O tempo e o vento parte I

O CONTINENTE vols. I e II

Erico Verissimo

O tempo e o vento parte I
O CONTINENTE vols. I e II

Prefácio
REGINA ZILBERMAN

17ª reimpressão

COMPANHIA DAS LETRAS

Copyright © 2004 by Herdeiros de Erico Verissimo
Texto fixado pelo Acervo Literário de Erico Verissimo (PUC-RS) com base na edição princeps, *sob coordenação de Maria da Glória Bordini.*

Grafia atualizada segundo o Acordo Ortográfico da Língua Portuguesa de 1990, que entrou em vigor no Brasil em 2009.

Capa
CELSO KOYAMA
Imagens: © Leonid Streliaev

Supervisão Editorial
FLÁVIO AGUIAR

Crônica biográfica e cronologia
FLÁVIO AGUIAR

Pesquisa
ANITA DE MORAES

Revisão
RENATO POTENZA RODRIGUES

Atualização ortográfica
PÁGINA VIVA

Os personagens e as situações desta obra são reais apenas no universo da ficção; não se referem a pessoas e fatos concretos, e sobre eles não emitem opinião.

Dados Internacionais de Catalogação na Publicação (CIP)
(Câmara Brasileira do Livro, SP, Brasil)

Verissimo, Erico, 1905-1975.
   O tempo e o vento, parte I : O Continente 1 / O Continente 2 / Erico Verissimo. — 4ª ed. — São Paulo : Companhia das Letras, 2013.

   ISBN 978-85-359-2357-5

   1. Romance brasileiro I. Título. II. Título: O Continente.

13-10548   CDD-869.93

Índice para catálogo sistemático:
1. Romances : Literatura brasileira 869.93

2025

Todos os direitos desta edição reservados à
EDITORA SCHWARCZ S.A.
Rua Bandeira Paulista, 702, cj. 32
04532-002 — São Paulo — SP
Telefone: (11) 3707-3500
www.companhiadasletras.com.br
www.blogdacompanhia.com.br
facebook.com/companhiadasletras
instagram.com/companhiadasletras
twitter.com/cialetras

Sumário

Prefácio – Um romance para todos os tempos 9
Mapa do Continente de São Pedro 13
Árvore genealógica da família Terra Cambará 14

O CONTINENTE VOL. 1
O Sobrado I 17
A fonte 36
O Sobrado II 78
Ana Terra 84
O Sobrado III 160
Um certo capitão Rodrigo 170
O Sobrado IV 304

O CONTINENTE VOL. 2
A teiniaguá 315
O Sobrado V 441
A guerra 450
O Sobrado VI 515
Ismália Caré 525
O Sobrado VII 619

Cronologia 629
Crônica biográfica 653
Sobre o autor 655

"Uma geração vai, e outra geração vem;
porém a terra para sempre permanece.
E nasce o sol, e põe-se o sol,
e volta ao seu lugar donde nasceu.
O vento vai para o sul, e faz o seu giro
para o norte; continuamente vai girando
o vento, e volta fazendo seus circuitos."

ECLESIASTES I, 4-6

Prefácio
Um romance para todos os tempos

O Continente foi publicado em 1949, abrindo a trilogia que Erico Verissimo denominou *O tempo e o vento*. Quando lançou o romance, talvez o escritor não soubesse que seriam necessárias três obras diferentes para dar conta do tema que escolhera, mas, quando termina o primeiro deles, já anuncia sua continuação, *O retrato*, editado em 1951. Apesar de pertencer ao conjunto completado apenas em 1962, quando aparece o terceiro volume de *O arquipélago*, *O Continente* tem unidade própria e pode ser lido como livro independente.

A obra divide-se em sete segmentos, sendo que um deles, "O Sobrado", emoldura todos os outros. É também o trecho que se apresenta fragmentado, porque a ação narrada não se oferece toda de uma vez, e sim aos pedaços, à medida que o leitor vai avançando no conhecimento da história da família Cambará. "O Sobrado" corresponde à parte final dessa história, mas tomamos contato com ela em primeiro lugar, a sequência sendo interrompida para o narrador dar ciência do que se passou antes, desde os tempos mais remotos até a atualidade, representada pelo cerco da casa de Licurgo, assunto da moldura em questão.

Os demais segmentos têm teor retrospectivo: "A fonte" narra a infância de Pedro, o menino que vive numa das missões jesuíticas e assiste à derrota de seu povo; "Ana Terra" centra-se na vida dessa personagem, desde o encontro com Pedro, agora adulto, até a fundação de Santa Fé, cidade onde ela se radica; "Um certo capitão Rodrigo" introduz a figura do soldado aventureiro que, com Bibiana, dá início ao clã Terra Cambará; "A teiniaguá" é protagonizada por Bolívar, filho de Rodrigo e Bibiana, dividido entre o amor por Luzia, que o fascina e deseja sair de Santa Fé, e a obediência à mãe, que quer retê-lo junto às propriedades recentemente conquistadas; "A guerra" dá conta da juventude de Licurgo, cuja educação é disputada entre a mãe, agora doente, e a avó, dominadora e autoritária; "Ismália Caré" consagra Licurgo como chefe de família e político emergente, tomando parte nos movimentos abolicionista e republicano. O retrospecto desemboca na situação retratada em "O Sobrado", residência dos Cambará, acossada por ocasião da Revolução Federalista, que confronta liberais e republicanos, e confirma a liderança política de Licurgo.

O Continente funde a história de uma família e a história de uma região, o Rio Grande do Sul. As ações mais antigas passam-se em 1745, quando os Sete Povos das Missões estão sendo ameaçados pela execução do Tratado de Madri, acordo assinado entre Portugal e Espanha que entrega à Coroa castelhana a região colonizada pelos jesuítas. Estes, liderando os guaranis, a quem tinham catequizado e civilizado, recusam-se a cumprir o acordo, de que resulta a guerra. Em meio a esses eventos, nasce Pedro, que testemunha, ainda criança, a destruição e genocídio de seu povo. As ações mais recentes desenrolam-se em 1895, quando o Rio Grande reparte-se entre os adeptos de Júlio de Castilhos e os de Gaspar Silveira Martins, ocasionando a Revolução Federalista, vencida pelos primeiros.

Entre uma guerra e outra, faz-se a história do Sul; no mesmo período de tempo, Pedro conhece Ana Terra, tem com ela um filho, cuja filha, Bibiana, desposa Rodrigo Cambará. A família Cambará se constitui, cresce, gera descendência e acaba conquistando o poder político e econômico da região. Combinam-se, ao final, as duas trajetórias, sendo "O Sobrado" o ponto de chegada, conforme uma exposição que se oferece aos poucos, porque entrecortada pelas tramas intermediárias que revelam o percurso histórico.

O cotejo entre presente e passado não resume a construção integral de *O Continente*. Entremeando a passagem dos episódios parciais que compõem "O Sobrado" e cada uma das tramas que relatam períodos da história dos Cambará, Erico Verissimo introduziu trechos narrativos em que o narrador se afasta de suas personagens e conta os eventos históricos. Esses trechos distinguem-se dos demais não apenas por sua forma narrativa, mas também pela aparência gráfica, pois estão impressos em itálico. Sua função é variada: resumem os principais acontecimentos ocorridos entre um segmento e outro; oportunizam a emergência de uma personagem coletiva, que reage, às vezes lírica, às vezes dramaticamente, aos fatos mais importantes, não calando perante os efeitos devastadores das inúmeras guerras e conflitos armados por que passou a Província e que vitimaram sua população; e narram a trajetória de uma outra família, a dos Carés, que responde pelo ângulo popular da formação social do Rio Grande do Sul e que, assim como detém papel periférico na luta pelo poder, ocupa um lugar até certo ponto marginal na estrutura do romance.

O Continente constrói-se a partir da costura de todas essas linhas, segundo um desenho altamente elaborado. Sua estrutura refinada não impede, contudo, a compreensão dos fatos narrados, porque o escritor nunca perde o controle sobre a composição do romance. Graças à maestria com que o elabora, possibilita maneiras diversificadas de entendê-lo, multiplicando as possibilidades de dialogar com ele e apreciá-lo.

Uma primeira maneira diz respeito à abordagem da história do Rio Grande do Sul. Guerras abrem e fecham a obra, narrando as façanhas da conquista do Sul, bem como o processo de ocupação do território e de instalação de uma sociedade civil. As guerras supõem heróis, indivíduos capazes de se sobrepor aos demais e de lutar por causas coletivas. O primeiro deles é Sepé Tiaraju, admirado pelo pequeno Pedro; o último é Licurgo, que resiste à investida dos federalistas e impõe a nova ordem republicana em Santa Fé, cidade onde é prefeito. Entre esses dois pontos, aparecem outras figuras de grande nobreza, como o capitão Rodrigo Cambará, militar audacioso e campeão da causa dos mais fracos.

O Continente, porém, não é obra belicista. Pelo contrário, sublinha o que essas lutas tiveram de sacrifício, de que é sintomática a vida breve de quase todas as figuras masculinas, tais como Sepé Tiaraju, Pedro Missioneiro, Rodrigo e Bolívar Cambará. O teor pacifista da obra manifesta-se a cada passo, seja por mostrar, em "A fonte", o genocídio dos guaranis, seja por apresentar conflitos como a Revolução Farroupilha, a guerra contra o Paraguai ou a Revolução Federalista sob o prisma das mulheres, que perderam maridos e filhos, e viram abortar sua felicidade familiar.

Entendendo a história como uma sequência de lutas, Erico Verissimo deseja a paz, mas compreende seu preço. Por isso, o livro conclui com a vitória de Licurgo sobre os adversários, mas o sucesso custa caro, por trazer consigo as perdas contabilizadas nas últimas páginas do romance.

Uma segunda maneira de entender *O Continente* diz respeito à formação da classe dominante no Rio Grande do Sul. Erico Verissimo atribui-lhe uma origem entre os primeiros habitantes da região, os índios guaranis dos quais descende Pedro, o antepassado mítico capaz de visões premonitórias e que diz conversar com Nossa Senhora; atribui-lhe igualmente um começo histórico, situado em experiência anterior à ocupação portuguesa: os Sete Povos das Missões, pela qual nutre simpatia, dado o caráter cultural e civilizatório dos objetivos catequéticos dos jesuítas. E fixa para ela um percurso, vinculado primeiramente a atividades nômades e guerreiras, de que são exemplo as ações de Rodrigo Cambará, depois associadas à apropriação da terra, como mostra a história de Bolívar, culminando na tomada do governo, representada pelo trajeto de Licurgo.

Em *O Continente*, acompanha-se, assim, a ascensão de uma camada social que se formou durante o período colonial, definiu suas atividades econômicas principais durante o período monárquico, mas chegou ao poder somente com a substituição do regime político, que quis republicano. Nas partes iniciais do livro, os seres humanos que constituirão a camada social retratada pertencem aos grupos dominados; mas triunfam no final, ao derrotarem seus opositores e firmarem-se no comando do Estado.

Tal como ocorrera em relação à representação da guerra, Erico Verissimo não se rejubila com essa conquista. Pelo contrário, à medida que os Terra Cambará avançam politicamente, regridem afetivamente. O capitão Rodrigo é o romântico conquistador, que seduz não apenas a jovem Bibiana, mas também o leitor que acompanha suas aventuras; Licurgo, seu neto, é o realista que não comove nem se perturba, caracterizando-se pela frieza das emoções, a mesma que recebe de seu público. Habilmente, Erico Verissimo não criminaliza a personagem, porque seus heróis são conquistadores; mas congela a simpatia, evitando que o leitor se identifique com Licurgo e abrace seus ideais.

As duas histórias que embasam a trama de *O Continente* são lideradas por homens que lutam nas guerras e combatem o poder até se tornarem parte dele. Suas ações, contudo, não detêm o comando sobre o enredo do livro, dominado pelas mulheres, destacando-se três delas: Ana Terra, Bibiana Cambará e Luzia Silva. Por trás dessas senhoras estão várias outras, enlutadas por efeito das guerras que devastam a região e devoram seus homens, sendo que as vozes delas se manifestam principalmente nos trechos intermediários.

Já se afirmou várias vezes que, em *O Continente*, a perspectiva dominante é a das mulheres. Todos os que fizeram essa observação estão provavelmente corretos: não se trata apenas de fortalecer a voz feminina, mas de narrar um romance de conquistas e instalação de uma sociedade machista do ângulo dos perdedores, as mulheres que veem seus filhos e maridos partirem para a luta que os consumirá; que se dobram aos desígnios dos mais fortes; que, apesar de fracas, resistem e garantem a subsistência e o futuro de seus descendentes. Ana e Bibiana simbolizam a persistência feminina, razão por que se convertem não apenas em ícones da história narrada, mas também em alegoria da visão de mundo adotada por Erico Verissimo.

Pacifista e desiludido diante da trajetória dos grupos dominantes que fizeram a história do Rio Grande do Sul e do Brasil, o escritor confere às mulheres a função de representar seu posicionamento. Por ter sido capaz de traduzir a perspectiva da alteridade, que toma forma feminina, Erico criou um romance que ultrapassa o contexto histórico que retrata, mantendo-se permanentemente vivo na imaginação de quem o lê.

Regina Zilberman
Doutora em Letras pela Universidade de Heidelberg, na Alemanha,
professora da Pontifícia Universidade Católica do Rio Grande do Sul

Mapa do Continente de São Pedro

Árvore genealógica da família Terra Cambará

O CONTINENTE vol. I

O Sobrado 1

Era uma noite fria de lua cheia. As estrelas cintilavam sobre a cidade de Santa Fé, que de tão quieta e deserta parecia um cemitério abandonado. Era tanto o silêncio e tão leve o ar, que se alguém aguçasse o ouvido talvez pudesse até escutar o sereno na solidão.

Agachado atrás dum muro, José Lírio preparava-se para a última corrida. Quantos passos dali até a igreja? Talvez uns dez ou doze, bem puxados. Recebera ordens para revezar o companheiro que estava de vigia no alto duma das torres da Matriz. "Tenente Liroca", dissera-lhe o coronel, havia poucos minutos, "suba pro alto do campanário e fique de olho firme no quintal do Sobrado. Se alguém aparecer pra tirar água do poço, faça fogo sem piedade."

José Lírio olhava a rua. Dez passos até a igreja. Mas quantos passos até a morte? Talvez cinco... ou dois. Havia um atirador infernal na água-furtada do Sobrado, à espreita dos imprudentes que se aventurassem a cruzar a praça ou alguma rua a descoberto.

Os segundos passavam. Era preciso cumprir a ordem. Liroca não queria que ninguém percebesse que ele hesitava, que era um covarde. Sim, covarde. Podia enganar os outros, mas não conseguia iludir-se a si mesmo. Estava metido naquela revolução porque era federalista e tinha vergonha na cara. Mas não se habituava nunca ao perigo. Sentira medo desde o primeiro dia, desde a primeira hora — um medo que lhe vinha de baixo, das tripas, e lhe subia pelo estômago até a goela, como uma geada, amolecendo-lhe as pernas, os braços, a vontade. Medo é doença; medo é febre.

Engraçado. A noite estava fria mas o suor escorria-lhe pela cara barbuda e entrava-lhe na boca, com gosto de salmoura.

O tiroteio cessara ao entardecer. Talvez a munição da gente do Sobrado tivesse acabado. Ele podia atravessar a rua devagarinho, assobiando e acendendo um cigarro. Seria até uma provocação bonita. Vamos, Liroca, honra o lenço encarnado. Mas qual! Lá estava aquela sensação fria de vazio e enjoo na boca do estômago, o minuano gelado nos miúdos.

Donde lhe vinha tanto medo? Decerto do sangue da mãe, pois as gentes do lado paterno eram corajosas. O avô de Liroca fora um bravo em 35. O pai lhe morrera naquela mesma revolução, havia pouco mais dum ano tombara estripado numa carga de lança, mas lutando até o último momento.

"Lírio é macho", murmurou Liroca para si mesmo. "Lírio é macho." Sempre que ia entrar num combate, repetia estas palavras: "Lírio é macho".

Levantou-se devagarinho, apertando a carabina com ambas as mãos. Sentia o corpo dorido, a garganta seca. Tornou a olhar para a igreja. Dez passos. Podia percorrê-los nuns cinco segundos, quando muito. Era só um upa e estava tudo terminado. Fez avançar cautelosamente a cabeça e, com a quina do muro a tocar-lhe o meio da testa e a ponta do nariz, fechou o olho direito e com o esquerdo ficou espiando o Sobrado que lá estava, do outro lado da praça, com sua fachada branca, a dupla fileira de janelas, a sacada de ferro e os altos muros de fortaleza. Havia no casarão algo de terrivelmente humano que fez o coração de José Lírio pulsar com mais força.

Os federalistas tinham tomado a cidade havia quase uma semana, mas Licurgo Cambará, o intendente e chefe político republicano do município, encastelara-se em sua casa com toda a família e um grupo de correligionários, e de lá ainda oferecia resistência. Enquanto o Sobrado não capitulasse, os revolucionários não poderiam considerar-se senhores de Santa Fé, pois os atiradores da água-furtada praticamente dominavam a praça e as ruas em derredor.

Por alguns instantes José Lírio ficou a mirar a fachada do casarão, e de repente a lembrança de que Maria Valéria estava lá dentro lhe varou o peito como um pontaço de lança. Soltou um suspiro fundo e entrecortado, que foi quase um soluço. De novo se encolheu atrás do muro e tornou a olhar para a igreja. Se conseguisse chegar a salvo até a parede lateral, ficaria fora do alcance do atirador do Sobrado, e poderia entrar no campanário pela porta da sacristia.

Vamos, Liroca, só uma corrida. Que te pode acontecer? O homem te enxerga, faz pontaria, atira e acerta. Uma bala na cabeça. Pronto! Cais de cara no chão e está tudo liquidado. Acaba-se a agonia. Dizem que quando a bala entra no corpo da gente, no primeiro momento não dói. Depois é que vem a ardência, como se ela fosse de ferro em brasa. Mas quando o ferimento é mortal não se sente nada. O pior é arma branca. Vamos, Liroca. Dez passos. Cinco segundos. Lírio é macho, Lírio é macho.

José Lírio continuava imóvel, olhando a rua. Ainda ontem um companheiro seu ousara atravessar aquele trecho à luz do dia, num momento em que o tiroteio cessara. Ia cantando e fanfarronando. Viu-se de repente na água-furtada do sobrado um clarão acompanhado dum estampido, e o homem tombou. O sangue começou a borbotar-lhe do peito e a empapar a terra.

"Vamos, menino!" Quem falava agora nos pensamentos de Liroca era seu pai, o velho Maneco Lírio. Sua voz áspera como lixa vinha de longe, de um certo dia da infância em que Liroca faltara à escola e ao chegar a casa encontrara o pai atrás da porta com um rebenque na mão. "Agora tu me pagas, salafrário!" Liroca saíra a correr como um doido na direção do fundo do quintal. "Espera, poltrão!" E de repente o que o velho Maneco tinha nas mãos não era mais o chicote, e sim as próprias vísceras, que lhe escorriam moles e visguentas da ferida do ventre. "Vamos, covarde!"

De súbito, como tomado dum demônio, Liroca ergueu-se, apertou a carabina contra o peito e deitou a correr na direção da igreja. Seus passos soaram fofos na terra. Deu cinco passadas e a meio caminho, sem olhar para o Sobrado, numa voz frenética de quem pede socorro, gritou: "Pica-paus do inferno! Sou homem!". Continuou a correr e, ao chegar ao ponto morto atrás da parede lateral da igreja, rojou-se ao solo e ali ficou, arquejante, com o peito colado à terra, o coração a bater acelerado, e sentindo entrar-lhe na boca e nas narinas talos de grama úmida de sereno. "A la fresca!", murmurou ele. "A la fresca!"

Estava inteiro, estava salvo. Fechou os olhos e deixou-se quedar onde estava, babujando a terra com sua saliva grossa, a garganta a arder, e o corpo todo amolentado por uma fraqueza que lhe dava um trêmulo desejo de chorar.

Da sombra que a igreja projetava no chão saiu uma voz:

— Eta Liroca velho de guerra!

Num sobressalto José Lírio soergueu a cabeça.

— Quem é lá? — perguntou.

— Sou eu.

— Eu quem?

— O Inocêncio.

— Ah!

Olhou melhor. Contra a parede lateral da igreja começou a distinguir o vulto dum homem, à altura de cujo rosto lucilava a brasa do cigarro. Liroca foi se erguendo lentamente, enquanto o outro ria baixinho um riso gutural e encatarroado.

— Pra que toda essa figuração?

— Que figuração?

— Essa corrida boba.

— Ora... o Sobrado.

— Qual! Acho que a munição deles acabou.

— É bom não confiar muito.

Liroca sentou-se no chão e recostou-se na parede da igreja.

— Um trago? — perguntou o outro, passando-lhe a garrafa de cachaça.

Liroca apanhou-a, levou-a à boca e tomou um gole largo. Era bom estarem no escuro — refletiu —, pois assim o Inocêncio não lhe veria o tremor das mãos.

— Gracias.

— Tome outro.

— Não. O coronel me mandou te render na torre.

— Eu sei. Mas tem tempo. Eles pensam que ainda estou lá em cima. Vamos prosear um pouco. É o diabo a gente passar uma tarde inteira sozinho sem ter viva alma com quem conversar.

— Ninguém saiu pro quintal?

— Ninguém.
— Ninguém apareceu nas janelas?
— Não.
— Que será que aconteceu?
Inocêncio encolheu os ombros.
— Acho que eles estão nas últimas.
Liroca soltou um suspiro.
— Nós é que estamos nas últimas.
O outro ficou um instante em silêncio, batendo a pedra do isqueiro para acender o cigarro que se apagara.
— Quem sabe?
— Não tem mais jeito. Qualquer dia temos que nos bandear pro outro lado do Uruguai.
Um grilo começou a cricrilar perto. Liroca tirou um toco de cigarro de trás da orelha, prendeu-o entre os dentes e, esquecido de acendê-lo, ficou olhando para o céu.
— Tomara que acabe duma vez esta revolução — suspirou.
— Por quê?
— Estou cansado de andar barbudo, piolhento, dormindo na chuva, acordando com geada na cara. Cansado de... — Calou-se de súbito.
— Mas é a guerra, Liroca.
Animado pela cachaça, que lhe dera um calor bom, Liroca continuou:
— Vivo com o estômago embrulhado. O cheiro de sangue e de defunto não me sai das ventas. Sinto-o na água, na comida, na mão, no vento, em tudo.
— É a guerra... — repetiu o outro.
— Mas é triste.
— Triste são os nossos companheiros degolados. Triste é o Gumercindo Saraiva morto.
Liroca tornou a colocar o toco de cigarro atrás da orelha. Estava mais calmo. A presença do companheiro lhe dava um certo conforto.
— Depois que o Gumercindo morreu tudo piorou.
Ergueu-se, com alguma relutância, e apanhou a carabina.
— Bom, tenho de ir andando... — disse, sem nenhuma vontade de subir para seu posto.
O outro troçou:
— Tome mais um mate, compadre...
Liroca tornou a suspirar:
— Muito mate tomei eu naquela casa.
— No Sobrado?
— É.
— Casa de pica-pau.
— Os Cambarás são gente direita.

— Inimigo é inimigo. O chefe deles é quem diz: "Inimigo não se poupa".

— O Licurgo é um bom homem.

— Todos eles são uns anjos. — Inocêncio deu uma palmada na coronha da arma. — Mas pergunta pra minha Comblain se ela gosta de caçar anjo.

Levantou-se também.

— Bom, Liroca, seja feliz. E dê lembranças pro calça-branca.

— Que calça-branca?

— O pica-pau que a noite passada se atreveu a sair do Sobrado e ir até o poço buscar água. O Bibilo estava na torre da igreja, viu aquela coisa esbranquiçada, dormiu na pontaria e... pei! O bichinho testavilhou e caiu de bruços em cima da tampa do poço.

— Ficou lá?

— Ficou. De rabo pro ar. Está apodrecendo nessa posição. Dê lembranças pra ele.

Liroca estava chocado. Com morto não se brinca — achava ele. Até mesmo um republicano depois de morto deixa de ser um inimigo para ser apenas um defunto. E há qualquer coisa de sagrado nos defuntos.

— Olha aqui, Liroca — murmurou Inocêncio, aproximando-se do companheiro e soltando-lhe na cara o hálito de cachaça. — Tu vais ver como lá em cima da torre, sozinho, a gente fica com uma vontade danada de tocar sino. Sabes que noite é hoje?

— Não.

— Noite de São João.

— É mesmo?

— É. A noite mais comprida do ano. Toca sino, Liroca. A vila está que nem tapera. Anima a rapaziada, Liroca. Toca sino! É São João.

José Lírio não disse palavra. O outro fez meia-volta, deu alguns passos e, ao chegar à quina da igreja, voltou a cabeça para trás e disse:

— Agora vê só como é que procede um maragato de vergonha.

Pôs a carabina a tiracolo e começou a atravessar a rua a passo calmo, como se estivesse acompanhando um enterro. No meio do caminho parou, bateu o isqueiro, tornou a acender o cigarro, tirou uma baforada e depois seguiu pachorrentamente seu caminho, desaparecendo por entre as árvores e as sombras da praça.

Dentro da igreja uma penumbra leitosa azulava o ar. Ao pé do altar-mor tremeluzia a chama duma lamparina. Nos seus nichos as imagens dos santos pareciam guerreiros entocaiados, dormindo na pontaria. Liroca começou a andar pelo corredor, entre as duas carreiras de bancos. Levava a Comblain debaixo do poncho, como se quisesse escondê-la aos olhos de Nossa Senhora da Conceição, padroeira da cidade; caminhava encolhido, na ponta dos pés, olhando com o rabo dos olhos para os vultos dos santos, e com a desagradável impressão de que a qualquer momento ia ser baleado. De súbito percebeu que estava de chapéu na cabeça. A la fresca! Deus me perdoe! Descobriu-se, rápido.

Entrou no batistério, levou instintivamente a mão à pia e fez o sinal da cruz. Ali ficava a escada que levava ao alto da torre. Liroca começou a subir os degraus devagarinho e ao chegar ao campanário foi de novo envolvido pelo ar frio da noite. Tornou a botar o chapéu, aproximou-se de gatinhas do parapeito e espiou através duma das seteiras. Sentiu um aperto no coração: o Sobrado se achava agora tão perto, que se por um milagre Maria Valéria aparecesse à janela da água-furtada os dois poderiam ficar conversando sem precisarem altear muito a voz. Mas qual! Agora estava tudo perdido. O destino malvado o separara talvez para sempre da criatura que ele mais amava no mundo. Se antes Maria Valéria simplesmente não simpatizava com ele, de agora em diante passaria a odiá-lo, pois nunca mais haveria de esquecer que José Lírio fora um dos sitiantes do Sobrado — era um maragato, um inimigo.

Com o olhar entre triste e assustado, o nariz franzido como que a farejar mau cheiro, Liroca mirou longamente os cadáveres de dois companheiros que estavam estendidos no meio da rua, à frente da casa sitiada. Tinham caído durante um dos primeiros assaltos e até agora ninguém quisera correr o risco de vir buscar-lhes os corpos.

De repente Liroca teve a sensação de que havia alguém mais, ali no campanário. Tomado dum vago mal-estar, ergueu a cabeça e viu o sino. Desde menino habituara-se a considerar aquele sino como uma pessoa tão viva como o vigário ou o sacristão. Quando ele badalava festivo parecia dizer *pirão sem sal! pirão sem sal!* Mas Liroca não podia esquecer que aquele mesmo sino dobrara a finados no dia do enterro de sua mãe. Era por isso que desde então passara a ligar suas badaladas à ideia de morte. Muitas vezes pensava assim: "Quando o meu caixão estiver saindo da igreja esse desgraçado vai ficar tocando".

Agora ali estava o velho sino, calado e imóvel, com a sua boca de monstro muito preta e aberta. Mas... se de repente ele começasse a tocar? Essa possibilidade encheu Liroca dum apagado terror. Na solidão daquela noite seria uma coisa para deixar qualquer cristão fora do juízo.

Remexeu-se num desconforto, apoiou o cano da carabina na seteira e ficou olhando a fachada do Sobrado. Era o diabo. Agora tinha um inimigo pela frente e outro suspenso sobre a cabeça. Talvez o mais garantido fosse içar a corda, a fim de evitar que algum gaiato lá embaixo puxasse por ela. Sim, é o que eu vou fazer — decidiu. Mas não fez. Ficou onde estava, sentindo no rosto a frialdade da pedra do parapeito e olhando para o quintal.

A ordem era clara: se alguém viesse buscar água no poço, ele devia fazer fogo. Água... Água pra Maria Valéria. Água pros sitiados. Água pra d. Alice. Água pros meninos. Água pra velha Bibiana. O pior de tudo era haver mulheres e crianças dentro do casarão. No princípio do cerco o chefe federalista tinha erguido uma bandeira branca e mandado o pe. Romano propor a Licurgo Cambará que fizesse as mulheres e as crianças se refugiarem na casa paroquial, com todas as garantias de vida e de respeito por parte dos revolucionários. Mas Cambará dera uma resposta seca: "O lugar da minha família é no Sobrado. Daqui não sai ninguém. Não aceito favor de maragato". O padre voltou acabrunhado com a resposta. "Sua alma, sua palma", disse o chefe federalista. E o tiroteio recomeçou.

Liroca tirou o toco de cigarro de trás da orelha, bateu a pedra do isqueiro e, tendo o cuidado de esconder no côncavo da mão a brasa do pavio, acendeu-o. Ficou pitando numa relativa calma, achando gostosa a ardência da fumaça nos olhos. Aquele cheiro de cigarro de palha trazia-lhe à memória recordações agradáveis: os serões do Sobrado nas noites de inverno, mate chimarrão com pinhão quente, conversas amigas, café fumegante com bolos de coalhada...

Liroca lembrava-se duma noite de minuano em que as vidraças do casarão matraqueavam e uma negra velha tinha trazido da cozinha uma lata cheia de brasas. Licurgo tirara do bolso um pedaço de fumo em rama e lhe dissera com sua voz grave e calma:

— Experimente deste, Liroca. É forte e de bom paladar.

D. Alice aparecera depois com uma biscoiteira cheia de pés de moleque:

— Coma um, seu Liroca. Fui eu mesma que fiz.

Sua última visita ao Sobrado tinha sido em princípios de 1893. Depois a política azedara tudo: amigos começaram a cortar o cumprimento uns aos outros, irmãos se estranhavam, famílias se dividiam... Por fim rebentara a revolução.

Liroca estava cansado. Mais de dois anos de guerra civil não era nenhuma brincadeira. Que estaria acontecendo dentro do Sobrado? D. Alice, grávida de nove meses, podia ter o filho a qualquer momento... E se a criança nascesse bem na hora dum tiroteio? Mundo louco, guerra louca! Liroca pensava também em d. Bibiana — pobre da velha! — metida lá no casarão, meio catacega e caduca, decerto sem saber direito o que se estava passando. Atirar contra o Sobrado era o mesmo que atirar contra a velhinha. Barbaridade!

Soltou um suspiro que parecia ter saído não só do fundo de seu peito, mas também do fundo do peito dos mortos da revolução, e das profundas da própria terra que comera a carne dos mortos daquela e de todas as outras guerras — um suspiro sacudido e prolongado, doloroso como um gemido.

"Eta mundo velho sem porteira!", murmurou Liroca, com a testa apoiada no parapeito e os olhos postos no quintal. Ficou alarmado: a voz que lhe saíra da boca não era a sua. Era a voz de seu pai. Naquele momento Liroca era o próprio Maneco Lírio, tinha sessenta anos e não trinta. O velho sempre dizia aquela frase quando alguma coisa absurda ou triste acontecia. Era a sua maneira de protestar contra um mundo sem coerência, sem bondade, sem justiça e sem Deus.

Contava-se que quando caíra do cavalo, na carga de lança, ainda tivera forças para se erguer. Caminhara cambaleante na direção dum companheiro, com ambas as mãos a segurar os intestinos que se lhe escapavam pelo talho de lança, e com voz estertorosa dissera: "Mundo velho sem porteira!". E caíra de borco.

Liroca viu um vulto mover-se no quintal. O coração começou a bater-lhe descompassado. Não havia dúvida: era um homem, ia rastejando como um jacaré, confundia-se no chão com as sombras das árvores, mas movia-se sempre na direção do poço. Liroca sentiu o sangue pulsar-lhe com força nas têmporas. O toco de cigarro colou-se-lhe ao lábio inferior. Agarrou a carabina e levou o dedo ao gatilho. O suor escorria-lhe pela testa e a respiração escapava-lhe pela boca entreaberta num resfolegar de cachorro cansado.

Atiro? Inimigo não se poupa. Vai buscar água. Água pra Maria Valéria. Água pra velhinha. Vamos. Faz pontaria enquanto é tempo. Está se erguendo... está fazendo descer o balde. Devagarinho, devagarinho, decerto pensa que não estou vendo... Está agora por trás do calça-branca. Pontaria, Liroca. Lírio é macho. Vamos. Mete bala. É um pica-pau. Água pros meninos. Mas eles mataram o meu pai. Depressa enquanto ele não vai embora. Um tiro só pra assustar. Isso! Sem mirar. Só pra espantar.

Ergueu a alça de mira na direção da copa das árvores do quintal e puxou o gatilho. O clarão — o estampido —, o coice da arma... Depois um silêncio de alguns segundos. Liroca olhava o quintal mas não via nada: tinha uma nuvem diante dos olhos. De súbito, da água-furtada do Sobrado partiu um tiro e, ferido de bala, o sino soltou um gemido, que Liroca sentiu no corpo inteiro com a força dum choque elétrico.

O som do sino chega aos ouvidos de Licurgo Cambará como um dobre de finados. Pela fresta duma das janelas do Sobrado ele espia o campanário. O maragato que ontem lá estava entocaiado matou-lhe um dos melhores homens. Agora outro companheiro saiu a buscar água, e é indispensável que volte a salvo, com o balde cheio, pois é mais fácil suportar a fome que a sede. Não há mais nenhum pingo d'água dentro de casa e a cachaça acabou-se também. Felizmente as laranjeiras do pomar estão carregadas, e não é difícil nem arriscado apanhar laranjas dos galhos que ficam próximos às janelas dos fundos. Os homens enganam o estômago com pequenas rações de charque, farinha de mandioca e rapadura; matam a sede com caldo de laranja. O pior de tudo é a falta de leite e pão para as mulheres e os meninos.

Ao pensar nisto Licurgo odeia os sitiantes com um ódio apaixonado, e odeia-se a si mesmo por envolver também nesse ódio o sogro e a cunhada, que estão com ele ali no Sobrado e vivem a lançar-lhe olhares carregados de censura e ressentimento.

Mas será que ele, Licurgo, tem culpa do que aconteceu? Nunca imaginou que as coisas pudessem chegar a este ponto. Do contrário teria preparado o Sobrado para o cerco, armazenado mantimentos para um mês, para dois, para quanto tempo fosse necessário. A verdade é que não contava com aquele ataque súbito dos federalistas a Santa Fé, e muito menos com o curso, desastroso para os republicanos, que tomara o combate pela posse da cidade. Vira-se de repente quase cercado, ali na praça, e na contingência de retirar-se às pressas para o

Sobrado, com os poucos companheiros que lhe restavam, fechar as portas e resistir. Felizmente tinham munição em quantidade suficiente para se defenderem por mais alguns dias, se não desperdiçassem tiro. No início os ataques tinham sido ferozes. Por várias vezes nos primeiros dois dias do cerco os inimigos tinham tentado tomar o casarão de assalto, mas haviam sido repelidos com tantas perdas, que acabaram desistindo. Miseráveis! Não tinham tido coragem nem de vir buscar seus mortos. E desviando agora os olhos da torre — onde não vislumbra nenhum vulto humano — Licurgo olha para os dois cadáveres que estão estendidos há vários dias ali no meio da rua, a uns oito metros do Sobrado. Felizmente agora a noite esconde-lhes as feições decompostas, mas é horrível vê-los à luz do dia, cobertos de moscas. Quando o vento sopra de oeste, o cheiro pútrido que emana deles entra no casarão, por todas as frestas, empestando o ar. Licurgo tem ímpetos de abrir a janela central, avançar até o gradil da sacada e bradar:

— Venham retirar essa cachorrada morta! Não tenham medo, que nós não atiramos!

Noutros momentos em que seu ódio não ferve tão quente, ele pensa em acenar com um lençol e mandar um emissário ao inimigo, oferecendo-lhe uma trégua para que venham recolher os mortos. É desagradável ver esses cristãos insepultos, entregues às moscas ou então à mercê dos cachorros vadios que às vezes vêm cheirá-los e lamber-lhes as caras.

Por que morreram? Pelo seu partido, pelas suas ideias — está tudo muito bem. Lutaram como homens. Mas acontece que sua morte foi inútil, agora que a revolução se aproxima do fim e os federalistas estão perdidos. Há coisa duma semana um emissário vindo de Cruz Alta lhe trouxe a notícia de que as forças de João Francisco estavam marchando para atacar as do alm. Saldanha da Gama, lá para as bandas de Alegrete. Será provavelmente a batalha decisiva da campanha, o golpe de misericórdia nos federalistas. Muitos chefes maragatos já emigraram para a Banda Oriental. No entanto o cel. Alvarino Amaral insiste em sacrificar vidas neste cerco absurdo, por puro orgulho e pelo ódio que tem a ele, Licurgo Cambará, seu adversário político e inimigo pessoal de tantos anos. Pouco antes da revolução o canalha dissera numa roda de correligionários: "Um dia ainda hei de entrar no Sobrado de chapéu na cabeça e fazer o Cambará me beijar a mão". Licurgo não enxerga mais a rua nem os mortos nem a noite: só vê em seus pensamentos Alvarino Amaral metido num pala de seda, com o chapéu de aba quebrada na frente, o rebenque arrogante erguido no ar, o lenço encarnado no pescoço... Ouve-lhe a voz gorda e fanfarrona: "Gaspar Silveira Martins é o maior homem do Brasil. Quando ele fala, os republicanos ficam de perna frouxa!".

Licurgo lança o olhar na direção da Intendência, que fica do outro lado da praça. Os maragatos tomaram conta dela e apossaram-se de todas as casas da cidade; mas nem assim podem dizer que são senhores de Santa Fé, pois só entram e saem do paço municipal pelas portas dos fundos, e não se atrevem a cruzar a praça nem as ruas que ficam ao alcance das balas do Sobrado.

Licurgo respira fundo, com um feroz sentimento de orgulho. De certo modo ele ainda governa Santa Fé! Maragato algum jamais botará o pé no Sobrado nem como inimigo nem como amigo: nem agora nem nunca!

Tira do bolso uma palha de milho, enrola-a à maneira de cigarro, acende-lhe a ponta e leva-a aos lábios. Como não há mais nenhum pedaço de fumo em casa, para aliviar a vontade de fumar ele pita apenas a palha.

Ruído de passos. Licurgo volta-se e, na penumbra do patamar, distingue o vulto da cunhada.

— Acho que a criança vai nascer esta madrugada — murmura Maria Valéria.

Fica ali imóvel, muito alta e tesa, enrolada num xale escuro, com as mãos trançadas sobre o estômago. Por alguns instantes Licurgo permanece calado. Nada mais pode dizer senão repetir o que vem dizendo há quase uma semana com uma obstinação que às vezes se transforma em fúria: aconteça o que acontecer, não pedirá trégua.

Maria Valéria torna a falar:

— Acho que o senhor devia mandar buscar recursos.

Sua voz é firme e seca. E, apesar de não lhe divisar bem os olhos na semiobscuridade, Licurgo não tem coragem de encará-la.

— Recursos? Que recursos? — pergunta ele, olhando para o soalho.

— O doutor Winter está na cidade e pode vir com remédios. Mande um homem buscar ele.

— Não tem jeito.

— Tem, sim.

— Qual é?

— Peça trégua. Diga que sua mulher vai ter um filho. Os maragatos compreendem.

— Os maragatos são uns cobardes.

A resposta vem rápida e rascante:

— Não são. O senhor sabe que não são.

Licurgo fecha-se num silêncio soturno. A cunhada prossegue:

— O senhor sabe que eles são tão bons e tão valentes como os republicanos. É a mesma gente, só que com ideias diferentes.

— Que é que a senhora entende de ideias? — vocifera Licurgo.

Maria Valéria continua imóvel.

— Não é preciso gritar. O senhor faz todo esse barulho porque no fundo sabe que não está procedendo direito.

Licurgo tira a palha da boca e amassa-a entre os dedos.

— Isto não é negócio de mulher. É de macho.

Maria Valéria abranda um pouco a voz:

— Deus fez o mundo errado. Eu queria que os homens tivessem filho pelo menos uma vez na vida, só pra verem como não é fácil.

Ele tem vontade de gritar: "Que é que uma solteirona entende de ter filhos?". Mas permanece calado.

— Ter filhos é que é negócio de mulher, eu sei — continua Maria Valéria. — Criar filhos é negócio de mulher. Cuidar da casa é negócio de mulher. Sofrer calada é negócio de mulher. Pois fique sabendo que esta revolução também é negócio de mulher. Nós também estamos defendendo o Sobrado. Alguma de nós já se queixou? Alguma já lhe disse que passa o dia com dor no estômago, como quem comeu pedra, e pedra salgada? Alguma já lhe pediu pra entregar o Sobrado? Não. Não pediu. Elas também estão na guerra.

Licurgo faz um gesto de impaciência.

— Está bem, prima. Está bem. Mas tudo é uma questão de dias ou de horas. Os federalistas estão perdidos. Amanhã a cidade pode amanhecer livre.

— E a Alice pode amanhecer morta. Ela ou o filho. Ou os dois.

— Ou todos nós — diz Licurgo com voz apertada de rancor.

— Ou todos nós — repete Maria Valéria.

Faz uma lenta meia-volta e sem dizer mais nada começa a descer a escada.

Licurgo encaminha-se para o quarto de dormir. Uma lamparina de azeite está acesa junto da grande cama de casal, onde Alice se acha estendida, debaixo de grossos cobertores de lã, muito pálida, os olhos cerrados, os cabelos negros soltos sobre o travesseiro. A fumaça que sobe do prato de ferro ao pé do leito, e no qual ardem pedrinhas de incenso e benjoim, dá ao ar um cheiro de igreja, que Licurgo sempre associa à ideia de doença e morte. Sentada à cabeceira do leito, a mulata Laurinda segura a mão de Alice. Quando Licurgo entra, a criada ergue os olhos para ele, franze a testa numa expressão interrogativa, mas não diz palavra.

Se ao menos a gente pudesse abrir uma dessas janelas — pensa Licurgo — e deixar entrar um pouco de ar! Olha em torno do quarto. O lavatório com o espelho oval, o jarrão e a bacia de louça clara; o guarda-roupa escuro e pesado; o crucifixo de jacarandá com o Cristo de prata; o velho baú a um canto — tudo está como que esfumado na cerração azulada do ambiente, que a luz da lamparina mal alumia.

Licurgo aproxima-se da cama na ponta dos pés e fica a contemplar a saliência do ventre de Alice, sob os cobertores, e num dado momento julga perceber nela um movimento de onda, uma palpitação de vida: a criança a espernear. Ou terá sido ilusão?

Coitadinho! Vai nascer em tempo de guerra, talvez na hora dum tiroteio. Se for um homem, não haverá momento mais propício. Mas Licurgo deseja uma filha. Se ela nascer de madrugada, há de se chamar Aurora. Aurora Cambará. Um dia alguém dirá: "Nasceu numa noite fria de junho, quando o Sobrado estava cercado pelos federalistas. Quando o dia clareou, as tropas republicanas libertaram Santa Fé". Licurgo imagina-se com a filha nos braços, sente-lhe até o cheiro de leite e cueiros molhados. A revolução terminou, as janelas do Sobrado estão escancaradas e lá fora é primavera. Aurora... Uma linda menina.

A comoção sobe-lhe do peito à garganta, como uma onda quente e sufocante, e ele tem de fazer um grande esforço para reprimir as lágrimas. Um homem bem macho não chora nunca, haja o que houver. Choro é coisa de mulher. A última vez que chorou tinha dezessete anos; foi quando viu a mãe finar-se aos poucos em cima duma cama, consumida por um tumor maligno.

E neste instante Licurgo torna a ouvir mentalmente os sons duma valsa remota, tocada numa cítara por dedos magros e pálidos — os dedos de sua mãe. E de novo, por um rápido instante, sente-se menino: torna a voltar-lhe aquela esquisita impressão, misto de medo, curiosidade e estranheza que ele sempre sentia na presença da mãe. Seus olhos agora estão fitos no espelho oval, mas o que ele vê é apenas o mármore duma sepultura:

> *Aqui jaz*
> LUZIA SILVA CAMBARÁ
> 1833-1872
> *Paz à sua alma!*

Alice sacode a cabeça dum lado para outro, solta um débil gemido, seu rosto se contorce, os dedos se crispam sobre o cobertor. A mulata Laurinda torna a erguer os olhos para o patrão e fica à espera de que este diga ou faça alguma coisa. Licurgo tem vontade de sentar-se na beira da cama, acariciar a testa da mulher, beijar-lhe as faces ou então deixar a mão pousar-lhe por um instante sobre o ventre, para sentir os movimentos da filha. Outra vez as vozes do futuro em seus pensamentos. "Nasceu numa madrugada de junho de 1895. Uma moça guapa. Os olhos são dos Terras, mas o gênio é dos Cambarás." Beijar a testa de Alice, dizer-lhe alguma coisa ao ouvido, pedir-lhe perdão... Licurgo, porém, continua de pé e imóvel, tolhido por um constrangimento invencível. Há gestos que nunca fez e agora é tarde para começar.

De repente, voltando a cabeça, vê a própria imagem refletida foscamente no espelho do lavatório, mas logo desvia os olhos dela, como se a temesse. Deve estar envelhecido e desfigurado. Há dois dias mirou-se por acaso naquele mesmo espelho e viu, horrorizado, que seus olhos tinham uma torva expressão de ódio, um desejo de matar. Compreendeu que era um homem que a guerra endurecera, que sentia a piedade desaparecer-lhe da alma. Teve vontade de quebrar o vidro com os punhos.

Faz meia-volta e com passos lentos sai do quarto e desce para o andar inferior. Na escada uma sensação de frio toma-lhe conta do corpo. Calafrio de febre? Ou será a temperatura da casa? Melhor é ir para junto do fogo, na cozinha. Entra na sala de jantar, que está às escuras. Perto de cada janela acha-se postado um homem, agarrado à sua Comblain. Há uma sentinela na água-furtada, e outra junto duma janela dos fundos. Ao menor movimento suspeito darão o alarma. Apesar de todos os pesares — reflete Licurgo — só um de seus homens recebeu um ferimento grave: o Tinoco, que está deitado na despensa, com um balázio na perna. A princípio a coisa parecia sem importância, mas o ferimento apostemou e tudo indica que o pobre homem está com o pasmo. Dois ou três dos outros companheiros receberam ferimentos leves. Sim, e há também o pobre do Adauto, que lá está caído de borco sobre a tampa do poço. É preciso mandar enterrá-lo...

— Onde está o seu Florêncio? — pergunta Licurgo, parando no meio da sala. Ouve-se então uma voz calma e cansada:

— Estou aqui, Licurgo.

Aos poucos os móveis e os vultos da sala se vão delineando mais nitidamente aos olhos de Licurgo, já habituados à penumbra. Ele caminha na direção do sogro, e diz em voz baixa:

— A cousa parece que é pra esta madrugada.

— Que cousa?

— O nascimento da criança.

— A Maria Valéria já me tinha dito.

Silêncio. Florêncio pigarreia. O genro sabe quanta falta ele sente do cigarro e do chimarrão. Mas não diz nada, nunca se queixa, e esse discreto silêncio é o que mais irrita Licurgo.

— Então?

— Então o quê?

No tom de voz do velho há um mal disfarçado ressentimento.

— Que é que se faz?

— Vassuncê é o dono da casa...

— Mas o senhor é o pai de Alice. É o mais velho de todos nós. Me diga com toda a sinceridade: acha que estou procedendo mal?

O velho tosse, por puro embaraço. Mas responde com calma:

— Que importa o que eu penso? Vassuncê sempre faz o que entende. Sou um homem ignorante mas conheço bem as pessoas. Tenho visto muita coisa nesta vida. Acho que vassuncê pode estar procedendo bem como chefe político, mas está procedendo mal como chefe de família.

— Cada qual sabe muito bem onde lhe aperta a bota.

A sua aperta no amor-próprio — pensa o velho. Mas cala.

Da cozinha vem o zum-zum das vozes dos homens que conversam ao pé do fogo. Agora o velho Florêncio Terra fala num tom conciliador, quase paternal:

— Olhe, Licurgo, vassuncê tem só quarenta anos. Eu tenho quase sessenta e cinco. Já vi outras guerras. Tudo isso passa. A revolução termina, os federalistas e os republicanos ficam alguns meses ou anos um pouco estranhos, mas o tempo tem muita força. Um dia se encontram, fazem as pazes, esquecem tudo. Todos são irmãos. Mas a vida duma mulher ou duma criança é coisa muito mais importante que qualquer ódio político.

A porta da cozinha abre-se de repente.

— Logrei os maragatos! — grita uma voz meio rouca, num tom de triunfo.

— Trouxe o balde cheio d'água.

Licurgo precipita-se para a cozinha e aproxima-se do homem que acaba de chegar. É o velho Fandango. Põe o balde no chão, a seus pés, e fica a dançar de alegria, atirando braços e pernas para o ar. Alguns companheiros o cercam em silêncio: Licurgo sabe o que eles querem.

— Bem — diz —, a água tem de ser dividida irmamente entre todos. Primeiro as crianças e as mulheres. Depois vamos ver quanto toca pra cada um de nós.

Maria Valéria surge da sombra da sala de jantar e entra na zona luminescente criada pelo reflexo do fogo.

— Não toca nada — diz ela, brusca, tomando o balde. — A criança vai nascer esta madrugada e eu preciso de muita água quente.

Despeja a água num tacho, que coloca sobre a chapa do fogão. Sem olhar para os homens — que lhe observam os movimentos em respeitoso silêncio —, ela diz:

— Chupem laranjas.

Eles tornam a sentar-se ao redor do fogo, e um deles começa a assobiar baixinho. Fandango pergunta, muito calmo:

— Chamando cobra?

O assobio cessa. A lenha crepita. O reflexo das chamas clareia dum amarelo alaranjado estas caras barbudas e tostadas. Agora se ouvem, vindos de fora e de longe, os sons duma gaita.

— Os maragatos estão se divertindo — diz um.

Há um curto silêncio. Depois outro murmura:

— Mas isso não vai durar.

Maria Valéria acende uma vela nos tições e com ela atravessa a sala de jantar na direção da despensa. A chama ilumina-lhe o rosto descarnado e severo, um rosto anguloso e sem idade, mas de grandes olhos escuros e lustrosos. Tem de caminhar com cuidado para não pisar nos homens que dormem no chão, agarrados às suas armas. Suas narinas inflam: cheiro de homem. Suor antigo, sarro de cigarro, couro curtido. Um cheiro quente, azedo, penetrante, repulsivo. — Vou mandar a Laurinda defumar esta sala...

Maria Valéria entra no quartinho dos fundos, onde se encontra o ferido. Ergue a vela. A luz cai sobre o colchão onde Tinoco está estendido, enrolado num poncho. Tem a cara larga e barbuda, um nariz picado de bexigas, as mandíbulas fortes e quadradas. Sob a barba, a palidez cianótica parece já a dum cadáver. De olhos fechados, o ferido geme.

— Como vai, Tinoco?

Ele faz um esforço para falar, mexe inutilmente o queixo e os lábios, mas não consegue articular palavra. Maria Valéria franze a testa. Ela conhece esses sintomas: já viu um homem morrer de pasmo.

Ajoelha-se junto do ferido, põe o castiçal no chão e ergue a ponta do poncho. Vê o pé grande e moreno, de dedos achatados e graúdos, de unhas que mais parecem cascos, a perna cabeluda e musculosa... Cheiro de pus. Faz um esforço e começa a desfazer a atadura e, quando vê a ferida a descoberto, não pode evitar uma careta de repugnância. Ao redor do buraco negro e purulento da bala formou-se um largo halo, dum vermelho arroxeado. Faz dois dias, ela própria cauterizou a ferida com um ferro em brasa. Inútil. A supuração continua.

— A coisa está feia, Tinoco — diz ela. — Mas não há de ser nada, com Deus e a Virgem.

Tinoco torna a mexer as mandíbulas, mas não consegue falar. Maria Valéria ergue-se e deixa a despensa. O mais que poderiam fazer por ele agora seria dar-lhe cachaça. Mas a caninha terminou... Há outra solução: cortar-lhe a perna. Mas quem vai atrever-se a fazer isso a frio, sem os instrumentos apropriados? O melhor mesmo talvez seja meter uma bala na cabeça do coitado, para ele não sofrer mais. Maria Valéria estaca de repente junto da porta, como se a mão do horror de tal ideia a tivesse detido. Santo Deus, como é que posso pensar numa coisa dessas? A revolução está mudando todo o mundo. As pessoas não são mais as mesmas. Não há mais bondade. Não há mais paciência. Não há mais...

Fica de olhos postos na chama da vela. A gaita continua a chorar lá fora. Na cozinha os homens conversam em voz baixa. Maria Valéria encaminha-se para a escada. Para junto do primeiro degrau, desnorteada por uma repentina tontura. Tem no estômago uma sensação esquisita, como se houvesse dentro dele um punhado de geada. Dor de fome. Náusea. E se tomasse um chá de erva-cidró? Mas é preciso poupar água. Água para a criança que vai nascer...

Começa a subir lentamente a escada. A gaita tocando lá fora... Homens cantando, longe... Hoje é Noite de São João. Na mente de Maria Valéria está acesa uma grande fogueira, crianças saltam por cima dela, alguém assa uma batata-doce na ponta duma vara. Sobre o braseiro o churrasco chia, a graxa pinga nas brasas, o cheiro apetitoso espalha-se no ar. Vozes... "Vamos tirar a sorte, Maria Valéria?"

Ela sobe a escada devagarinho, uma das mãos segurando o castiçal, a outra agarrada ao corrimão. Tirar a sorte? Bobagem. Pra quê? Pra ver com quem vais casar. Atira esta casca de laranja pra trás... Assim. Vamos ver a letra que a casca formou. Um *L*. Ah! Eu bem desconfiava. Que nome começa por um *L*? Licurgo... Ah! Se eu pudesse fazer parar o pensamento! L. Licurgo. Mas o Licurgo não vai casar com a irmã dela, a Alice? Claro. Mas a Maria Valéria também gosta dele. Licurgo escolheu a outra. Coisas da vida... Sorte é bobagem. Licurgo. Sorte é bobagem. Alice casou. Maria Valéria vai ficar solteirona o resto da vida. L... Licurgo.

Maria Valéria chega ao patamar, fica um instante ali parada, sentindo as faces escaldantes.

Só o pensar nessas coisas me dá uma vergonha... Decerto estou vermelha. Melhor é ir ver os meninos...

Aproxima-se da porta do quarto dos sobrinhos, abre-a devagarinho, faz avançar a mão que segura o castiçal.

— Logo vi! — exclama, áspera.

Rodrigo e Toríbio, ambos de camisolão, acham-se junto da janela, espiando para fora. Voltam-se, num sobressalto, e precipitam-se para a larga cama onde passaram a dormir juntos desde que o cerco começou.

— Seus alarifes! Já deviam estar dormindo. Caminhando de pés no chão!

Querem apanhar um resfriado? Espiando na janela! Não têm medo duma bala perdida?

Com os cobertores puxados até o queixo, as duas crianças olham para a tia, mal conseguindo reprimir o riso. Maria Valéria aproxima-se da cama e inclina a cabeça sobre o rosto dos sobrinhos. O sebo da vela pinga no cobertor. Dois pares de olhos escuros e vivos estão fitos nela. As crianças sorriem. E pela primeira vez desde que o sítio começou Maria Valéria sorri. Mas é um meio sorriso, rápido e seco, de quem acha que não tem direito de sentir-se feliz nem por um segundo.

— Agora durmam direitinho. Amanhã quando acordarem o irmãozinho já chegou.

A chama da vela projeta, enorme, a sombra de Maria Valéria na parede e no teto do quarto. E quando ela se retira, fica ali dentro a escuridão fria e silenciosa.

— Toríbio... — murmura o mais moço dos meninos.

— Que é?

— Donde vai sair o filho?

— Ora, da barriga da mamãe.

Encolhido, com as mãos entre as pernas, Rodrigo fica pensando...

— Como vaca? — pergunta, após alguns segundos.

— Como vaca.

— Dói muito?

Toríbio sabe coisas. Na estância ajuda a peonada a marcar o gado, a curar bicheira e até já viu muitos animais darem à luz as suas crias.

— Dói, sim — diz ele, voltando-se para o irmão.

O hálito morno de Rodrigo bafeja-lhe a testa.

— É por isso que elas sempre gritam?

— As vacas?

— Não. As mulheres.

— É.

— E por que é que na hora de sair a criança botam na cabeça delas o chapéu do marido?

— Quem foi que te contou isso?

— Ouvi uma conversa. Mas por que é?

— Pra ela ter coragem.

Um silêncio. Toríbio revolve-se na cama, com a impressão de que tem areia nos olhos.

— Será que vem tiroteio hoje? — pergunta o outro.

— Ora, vamos dormir.

— Mas será, hein?

— Se vier a gente ouve.

— Bio...

O mais velho não responde. Rodrigo agora está deitado de costas, de olhos fechados, pensando nas muitas coisas que o preocupam. Por que será que os maragatos pararam de dar tiros? Por que estão agora tocando gaita? Daqui a pouco mamãe começa a gritar. Não quero dormir, vou esperar a hora do meu irmãozinho nascer. Botam na cabeça dela o chapéu do papai, o chapelão com o letreiro: VIVA O DR. JÚLIO DE CASTILHOS! Então a barriga da mamãe se abre e lá de dentro sai a criança. Depois ela começa a chorar. Vai, então, botam o nenê na cama e ele começa a chupar nas mamicas da mamãe, como os porquinhos chupam nas mamicas da porca. Mas que barulho é esse?

Um ruído surdo e cadenciado. Rodrigo fica de ouvido atento. Sempre temeu que um inimigo traiçoeiro pudesse aproximar-se da casa no escuro e atirar uma bomba aqui dentro. O coração começa a bater com mais força. Ele imagina tudo... O homem, de lenço vermelho no pescoço, poncho e barba comprida... A bomba é redonda, preta, com um pavio, bem como uma que ele viu numa figura... O inimigo vem se arrastando, devagarinho. Decerto está já debaixo do coqueiro. Agora pula o muro... Está perto da janela da varanda... Bate a pedra do isqueiro para acender o pavio. Vai atirar a bomba...

— Toríbio!

Sacode o irmão pelos ombros.

— Que é?

— Estás ouvindo um barulho?

— Estou.

— Que será?

— Bobalhão! É a cadeira de balanço da vó Bibiana.

— Será mesmo?

— É, sim. Dorme!

O ruído continua, surdo, regular, como se fosse o pulsar do próprio coração do Sobrado.

Sozinha no seu quarto, sentada na sua cadeira de balanço, e enrolada no seu xale, a velha Bibiana espera... O quarto está escuro, mas para ela nestes últimos anos sempre, sempre é noite, pois a catarata já lhe tomou conta de ambos os olhos. Ela mal e mal enxerga o vulto das pessoas, mas ouve tudo, sabe de tudo, conhece as gentes da casa pela voz, pelo andar e até pelo cheiro. Quando ouviu o primeiro tiroteio, ficou nesta mesma cadeira, esperando e escutando. Quando as balas partiam as vidraças ou se cravavam nas paredes, ela tinha a impressão de estar vendo — não! —, de estar ouvindo uma pessoa de sua família ser fuzilada pelos inimigos. Medo não sentiu, isso não. Teve dó. E ódio. Estragarem o Sobrado desse jeito! Mas guerra para ela não é novidade. Tudo isso já aconteceu antes, muitas, muitas vezes. Viu guerras e revoluções sem conta, e sempre ficou esperando. Primeiro, quando menina, esperou o pai; depois, o marido. Criou o filho, e um dia o filho também foi para a guerra. Viu o neto crescer, e agora o Licurgo está também na guerra. Houve um tempo em que ela nem mais tirava o luto do corpo. Era morte de parente em cima de morte de parente, guerra sobre guerra, revolução sobre revolução. Como o tempo custa a passar quando a gente espera! Principalmente quando venta. Parece que o vento maneia o tempo.

D. Bibiana se balouça na sua cadeira. Há momentos em que não se lembra de nada. Na sua cabeça há apenas uma cerração. Ouve ruídos, vozes, engole os mingaus que lhe dão, deixa-se levar para a cama — mas às vezes não sabe quem é nem onde está. Noutros momentos, porém, volta-lhe tudo. E na noite escura da catarata ela vê faces, vultos, cenas. De vez em quando lá de longe ouve uma voz: "Bibiaaana!". É o cap. Rodrigo que entra como um tufão, arrastando as esporas no soalho. A pele de seu homem tem um cheiro de sol; suas barbas parecem macega, mas macega castanha. Seus olhos... Mas como eram mesmo os olhos do capitão? De que cor? Pretos? Cinzentos? Azuis? Tinha uma voz forte, como a do Curgo — disso a velha Bibiana se lembra.

Ela tem nos dedos murchos um rosário. Esqueceu quase todas as orações. Há uma para dia de tempestade. Outra para tempo de peste. Agora ela precisa rezar pelo bom-sucesso de Alice. Para que botar filhos no mundo, se mais cedo ou mais tarde a guerra leva as criaturinhas?

A velha Bibiana gosta do barulho da cadeira nas tábuas do soalho. É como uma voz, uma companhia. Lembra-lhe outros tempos, outras largas esperas. Estas batidas surdas e o uivo do vento, e o matraquear das vidraças, e o tempo passando...

— Bio! Acorda, Bio!
Toríbio resmunga, revolve-se na cama.
— Que é? — Num sobressalto ergue a cabeça. — Mamãe já começou a gritar?
— Ainda não.
— Então que é?
— Se algum inimigo entrar na casa eu me defendo.
— Não seja bobo.
— Me defendo, sim. Estou armado.
— Faz de conta?
— Não. De verdade.
— Como?
— Tu não conta nada pra ninguém?
— Não.
— Palavra de honra?
— Por Deus Nosso Senhor.
— Então bota a mão aqui.
Toríbio procura a mão de Rodrigo por baixo das cobertas e seus dedos tocam um objeto frio.
— Que é isso?
— O punhal.
— O do vovô?

— É.
— Onde é que estava?
— Numa gaveta.
— Vais te machucar...
— Não vou. Guardo ele debaixo do travesseiro. Se um inimigo entra aqui, pulo em cima do bicho e lo degolo.
— Não pode.
— Por quê?
— Punhal não tem fio.
— Então finco-lhe a ponta na garganta. Eu já vi sangrar um boi.

Ao imaginar essas coisas o coração de Rodrigo pulsa com mais força. Ele vê o sangue escorrendo da goela do maragato. E seus pequenos dedos apertam o cabo do punhal.

A fonte

1

Naquela madrugada de abril de 1745, o pe. Alonzo acordou angustiado. Seu espírito relutou por alguns segundos, emaranhado nas malhas do sonho, como um peixe que se debate na rede, na ânsia de voltar a seu elemento natural. Por fim deslizou para a água, mergulhou e ficou imóvel naquele poço quadrado, escuro e frio.

Alonzo olhou em torno da cela. Repetira-se, como ele temia, o sonho das outras noites. Levantou-se, acendeu a lamparina, lavou-se — e enquanto fazia essas coisas o único som que se ouvia naquele cubículo era o rascar de suas sandálias nas lajes do chão. Vestiu a sobretúnica, pendurou o rosário no pescoço, apanhou o Livro de Horas e saiu para o alpendre. A brisa picante da madrugada bafejou-lhe o rosto. Havia na redução um silêncio leve e úmido, um certo ar de expectativa, como se toda a terra se estivesse preparando para o mistério do amanhecer. Alonzo amava aquela hora. Era quando tinha uma consciência mais lúcida da presença de Deus. Tudo lhe parecia puro, frágil e aéreo. Dir-se-ia que ele próprio pairava no ar, sem contatos terrenos. Sentia na boca do estômago um ponto branco e frio — e essa impressão de fome, que o enfraquecia um pouco, dava-lhe uma trêmula sensação de leveza, aguçava-lhe o espírito, tornando-o mais sensível às coisas do Céu.

O horizonte empalidecia e as estrelas se iam apagando aos poucos. Em torno da redução os campos estendiam-se, ondulados, sob a luz gris. Alonzo olhou para o nascente e foi de repente tomado dum sentimento de apreensão muito semelhante ao mal-estar que lhe deixara o sonho da noite. Naquela direção ficava o Continente do Rio Grande de São Pedro, que Portugal, inimigo da Espanha, estava tratando de garantir para a sua Coroa. Um dia, em futuro talvez não mui remoto, os portugueses haveriam de fatalmente voltar seus olhos cobiçosos para os Sete Povos. Fazia sessenta e cinco anos que, com o fim de estender ainda mais seu império na América, haviam eles fundado à margem esquerda do rio da Prata a Colônia do Sacramento, a qual desde então passara a ser um pomo de discórdia entre Espanha e Portugal. Laguna, posto extremo dos domínios portugueses no sul do Brasil, estava separada da Colônia por uma vasta extensão de terras desertas, cruzadas de raro em raro por grupos de vicentistas que, passando pela estrada por eles próprios rasgada através da serra Geral, iam e vinham na sua faina de buscar ouro e prata, arrebanhar gado e cavalos selvagens, prear índios e emprenhar índias. Metiam-se esses demônios Continente adentro, seguiam o curso dos rios, embrenhavam-se nas matas e, abrindo picadas a golpes de facão e machado, fazendo estradas com os cascos de seus cavalos e tropas, iam ao mesmo tempo rechaçando para o oeste e para o sul o inimigo espanhol. Alonzo ouvira contar a história dum bandeirante vicentista que, tendo encontrado nos campos duma vacaria uma cruz de pedra na qual se lia VIVA EL-REI DE CASTELA, SENHOR DESTAS CAMPANHAS, deitou-a por terra e ergueu ao lado dela um marco de madeira no qual escreveu VIVA O MUITO ALTO E PODEROSO REI DE PORTUGAL, D. JOÃO V, SENHOR DESTES DESERTOS. Os vicentistas enchiam aquelas paragens com o tropel de seus cavalos, os tiros de seus bacamartes e seus gritos de guerra. Mas quando voltavam para São Vicente, levando suas presas e achados, o que deixavam para trás era sempre o deserto — o imenso deserto verde do Continente.

O governo português resolvera então povoar o Rio Grande de São Pedro, a fim de facilitar as comunicações entre Laguna e Sacramento, bem como para garantir a posse deste último estabelecimento. Laguna, pois, ficou sendo o ponto de partida das muitas levas de homens que entravam nos disputados campos do extremo sul, para abrir caminho até o rio da Prata, de onde retornavam com novas da Colônia. E naqueles vinte últimos anos muitos lagunistas e vicentistas se haviam fixado em vários pontos do Continente, estabelecendo invernadas e currais que mais tarde se transformavam em estâncias. Contava-se até que quase todos eles já tinham conseguido cartas de sesmaria. E o fato de os portugueses haverem fundado em 1737 um presídio militar no Rio Grande indicava que estavam decididos a tomar posse definitiva do Rio Grande de São Pedro.

Alonzo olhava as bandas do nascente. Era de lá que no futuro havia de vir o perigo. Os vicentistas, que agora eram senhores de estâncias de gado naquelas terras lindeiras, provavelmente descendiam dos bandeirantes renegados que havia mais dum século tinham destruído bestialmente as províncias jesuíticas de Guaíra e Itati. E a ideia de que um dia os Sete Povos pudessem cair nas mãos dos portugueses deu-lhe um calafrio desagradável. Instintivamente — como que numa busca de proteção — Alonzo olhou para a catedral. Pesadamente plantada na terra, o vulto maciço recortado em negro contra o horizonte do amanhecer, ela parecia uma fortaleza. Sempre que a via, Alonzo pensava na mãe. Começou a caminhar na direção do templo, enquanto seus pensamentos o levavam de volta a um dia inesquecível de sua infância. O pai lhe havia infligido um castigo injusto; apaixonado, o corpo sacudido de soluços, mas mesmo assim sem conseguir chorar, o menino Alonzo seguia agoniado pelo corredor de sua casa, na direção da sala onde se encontrava a mãe. O corredor era longo, de altas paredes e teto abobadado, e seus passos soavam nos mosaicos do chão com ecos de catedral.

Alonzo via d. Rafaela sentada na sua cadeira de respaldo alto e lavrado — bela e tranquila no seu vestido de tafetá negro, as mãos, faiscantes de joias, trançadas sobre o ventre. Precipitou-se para ela, ajoelhou-se diante da cadeira, quis contar-lhe a injustiça que sofrera mas não pôde articular palavra. Os soluços pareciam querer rasgar-lhe o peito, subiam-lhe como bolas de ferro à garganta. Mal, porém, os dedos mornos da mãe lhe tocaram as faces, Alonzo meteu a cabeça no regaço materno e desatou o pranto. "Chora, meu filho", murmurou ela, "chora que te faz bem." E ele chorou, e sentiu-se aliviado, consolado, desagravado. As mãos dela começaram a fazer-lhe nos cabelos uma carícia tão leve e esflorante que ele teve vontade de rir de gozo. E quando a mãe se pôs a cantar baixinho uma *canción de cuna*, uma paz quente e profunda desceu sobre Alonzo, que fechou os olhos e adormeceu no paraíso.

Sim, aquela catedral lembrava-lhe a mãe. No verão seu ventre era fresco; mas como eram cálidas no inverno suas entranhas! E no dia em que os inimigos atacassem a redução — e ao pensar nisso os olhos de Alonzo se voltaram de novo para o nascente — a catedral seria uma cidadela invencível.

No cemitério um lagarto correu por entre cruzes e sepulturas. Do outro lado da praça um vulto moveu-se contra a parede do Cabildo. Deve ser um dos guardas-noturnos — refletiu Alonzo. Nas outras casas — no colégio, no hospital, nas oficinas, no quarteirão dos índios — não se notava o menor sinal de vida.

Alonzo parou um instante no átrio da igreja. Pela porta aberta viu lá no fundo o altar-mor, cujas velas já estavam acesas. Preciso contar meu sonho ao cura — decidiu ele. E entrou no templo.

2

Ajoelhou-se em silêncio junto do pe. Antônio e ficou durante longo tempo em meditação. Por fim o cura ergueu-se, e Alonzo fez o mesmo.

— Padre Antônio, preciso de seu conselho.

À luz das velas e das lamparinas o rosto do cura tinha um tom alaranjado. Era uma face redonda e carnuda, de feições tranquilas. Sumidos nas órbitas, debaixo de sobrancelhas híspidas e grisalhas, seus olhos azuis tinham um brilho líquido de vidro.

— Temos ainda um bom quarto de hora antes do sino tocar. — Puxou a manga da túnica do outro. — Vamos nos sentar ali...

Sentaram-se. O cura respirava fundo. Era um homem corpulento e sanguíneo, de grandes mãos cabeludas. Seus dedos grossos brincavam distraídos com as contas do rosário.

— Fala, meu filho — murmurou ele.

Por um instante Alonzo ficou sem saber por onde começar. Fazia pouco que chegara à missão para servir de companheiro ao cura, que pouco sabia de sua vida e talvez nada de seu passado.

— Padre Antônio — disse Alonzo por fim —, tenho tido ultimamente sonhos perturbadores.

— Lúbricos?

— Não! — exclamou o outro, sôfrego. E ficou desconcertado ante a veemência de sua própria negativa. — Não... — repetiu com mais calma.

— Como são esses sonhos?

Houve uma pausa. Um grilo começou a cricrilar debaixo dum banco, e sua voz estrídula riscou o silêncio. Alonzo calou-se por um momento, meio enleado, os olhos postos na imagem de são Miguel, em cuja face de madeira dançava a luz das velas. Agora de repente lhe ocorria que são Miguel também lhe aparecera no sonho da noite.

— Bom... são confusos, como quase todos os sonhos. Mas num ponto todos se parecem. É que de repente me vejo a correr por uma rua estreita, fugindo... Sinto-me perseguido e estou em agonia. Lembro-me vagamente de que cometi um crime, mas não sei onde nem quando. Só sei que sou culpado e que por isso alguém me persegue.

— Essa rua... é aqui na redução?

— Não. Às vezes é uma rua em Pamplona, onde nasci. Outras vezes é... sim, agora me lembro bem. Esta noite sonhei com uma rua que eu costumava ver na gravura dum velho livro.

— Que livro?

— Creio que numa edição do Quixote. Não tenho certeza.

Pe. Antônio, de olhos semicerrados, sacudia a cabeça lentamente.

— No sonho desta noite — prosseguiu Alonzo —, depois da corrida pela rua, vi-me de volta à cela, caminhando como um sonâmbulo para o armário onde guardo as minhas coisas. Meus pés pesavam como chumbo. De repente são Miguel surgiu na minha frente e me fez recuar. Eu queria alguma coisa que estava no armário, mas o santo sacudia a cabeça, fazendo que não, e eu não sabia se recuava ou avançava.

Pe. Antônio pareceu despertar de repente:

— Que ias buscar no armário?

Fez-se um silêncio em que apenas o cri-cri do grilo continuou, com uma insistência cadenciada de goteira. Alonzo hesitou por um instante.

— Vamos — disse o cura —, conta tudo.

— Nesse armário estava... estava uma parte de meu corpo cujo nome não ouso mencionar neste templo.

O cura fez com a cabeça um grave sinal de assentimento.

— Mas ao mesmo tempo — continuou Alonzo — era também outra coisa que eu ia buscar... Não me lembro... Tudo estava muito confuso. Nesse ponto acordei com uma impressão de agonia.

Fora, os galos começavam a amiudar, e o trecho de horizonte que a porta do templo enquadrava tingia-se de carmesim.

— É só? — perguntou o cura.

— É só. Pelo menos, não me lembro de mais nada.

Pe. Antônio abriu bem os olhos e voltou a cabeça para o companheiro.

— Alonzo, não me disseste tudo.

Alonzo baixou o olhar. Havia algo que reservava para mais tarde, quando se confessasse ao cura. Mas era preciso contar agora.

— Padre — murmurou ele —, tive uma adolescência corrupta.

— Santo Inácio de Loyola também teve.

— Aos dezoito anos fui... fui amante duma mulher casada que quase me destruiu o corpo e a alma. Eu vivia sem lei nem Deus, para desgosto de minha família. Não tentarei justificar-me. Nem entrarei em pormenores. Quero apenas que tenha conhecimento desse período negro de minha vida.

De novo o cura estava de cabeça baixa e olhos cerrados, bem como costumava ficar no confessionário, enquanto ouvia os índios.

— Desabafa, meu filho, abre a tua alma. De resto, Deus já sabe de tudo. Estou certo de que Ele já te perdoou. Mas fala...

— Essa mulher era o centro da minha vida, padre. Fazia de mim o que queria. Por causa dela cometi as maiores vilezas. Ela costumava dizer-me que o marido a maltratava, que batia nela. Contava-me essas coisas com tanta força de convicção, com um realismo tão feroz que me fazia chorar. Aos poucos me fui enchendo dum ódio terrível por aquele homem que eu mal conhecia. Um dia...

Calou-se, como se de repente lhe faltasse o fôlego.

— Sim? — encorajou-o cura.

— Um dia resolvi matá-lo. Cheguei a essa decisão depois duma noite inteira passada em claro. Pela manhã fui à casa de meu rival. Ia provocá-lo e finalmente matá-lo num duelo. Eu era um bom espadachim e ele tinha trinta e cinco anos mais que eu... Quando lá cheguei disseram-me à porta que ele tinha morrido havia poucos minutos, fulminado por uma apoplexia. Voltei tomado de horror, com a impressão perfeita de que eu, eu é que o tinha assassinado a sangue-frio. Passei então as horas mais negras da minha vida. Procurei o padre confessor da família e contei-lhe tudo. Foi ele que me mostrou o caminho de Deus. Graças a ele estou aqui...

O cura soltou um fundo suspiro, descansou a mão no joelho do companheiro e disse:

— Isso tudo pertence a um passado morto, não é mesmo? Ou será que essas lembranças costumam perturbar-te os pensamentos?

— Minha verdadeira vida começou quando saí do confessionário decidido a entrar na Companhia de Jesus. O que ficou para trás não passa dum... dum pesadelo.

O cura coçou a cabeça e disse com sua voz áspera e gutural, que fazia os índios pensarem que ele escondia um chocalho na garganta:

— Nossa mente, Alonzo, é como uma grande e misteriosa casa, cheia de corredores, alçapões, portas falsas, quartos secretos de todo o tamanho, uns bem, outros mal iluminados. No fundo desse casarão existe um cubículo, o mais secreto de todos, onde estão fechados nossos pensamentos mais íntimos, nossos mais tenebrosos segredos, nossas lembranças mais temidas. Quando estamos acordados usamos apenas as salas principais, as que têm janelas para fora. Mas quando dormimos, o diabo nos entra na cabeça e vai exatamente abrir o cubículo misterioso para que as lembranças secretas saiam a assombrar o resto da casa. O demônio não dorme. E é quando nossa consciência adormece que ele aproveita para agir.

Alonzo sorriu de leve. Tinha — em Pamplona um dia alguém lhe dissera isso — o rosto dramático dum monge pintado por Zurbarán. Nas faces morenas e meio encovadas azulava uma barba forte. Os lábios eram grossos, e havia nos olhos castanhos um fogo lento de brasa.

O cura costumava dizer que amava mais a alma das pessoas que as próprias pessoas físicas. Tinha um prazer todo particular em procurar penetrar nos mistérios da mente dos índios, ler-lhes os pensamentos, seguir-lhes o raciocínio, antecipar-lhes as reações. Ainda a semana passada tivera um caso curioso. Estava a encomendar uma mulher dada como morta havia algumas horas, quando o corpo começou a mexer-se. Houve pânico entre os índios presentes, que se puseram uns a correr desnorteados, outros a cair de joelhos e a murmurar orações. A mulher olhava em torno com olhos aparvalhados. Com o auxílio dum irmão, pe. Antônio levou-a de volta a casa, pô-la num catre, deu-lhe um pote de leite morno e, depois de vê-la reanimada, fê-la falar. Por esse tempo os índios começavam a entrar aos magotes na casa da "ressuscitada". A índia, muito pálida, as mãos postas, contava a sua aventura. Mal sentira a vida fugir-lhe do corpo vira-se transportada aos céus nos braços de dois anjos "brancos como Pay Antônio" e de asas da cor das garças. Mas ah! A subida para o céu não tinha sido fácil, porque verdadeiros enxames de demônios com cabeças de cão, corpos de vaca e asas de morcego tentavam arrebatá-la das mãos dos anjos e levá-la para o inferno. Os índios escutavam-na enlevados, ao passo que o cura, céptico, olhava para a índia de soslaio, num silêncio desconfiado. Resolveu por fim interrogá-la.

— E depois, chegaste a ver o céu?

— Cheguei.

— Conta-me então como é o céu.

— É bem como o Pay Antônio diz.

— Viste Deus?

— Vi.

— Como é Deus?

— Um homem grande, branco, de barbas compridas, sentado num trono de ouro, em cima duma nuvem. Pay, como Deus é bonito!

Os índios estavam boquiabertos.

— Viste Nossa Senhora? — perguntou um.

— Vi, sim. Estava com seu manto azul bordado de estrelas de ouro. Ela sorriu para mim e disse: "Como vai?".

Pe. Antônio estava fascinado. Os índios tinham uma imaginação tão viva que às vezes lhes era difícil separar o mundo real do mundo de sua fantasia.

E o território dos sonhos de pe. Alonzo não se pareceria um pouco com aquelas fantásticas regiões em que a velha índia andara perdida durante sua morte aparente?

— Escuta, companheiro — disse o cura. — Que é que guardas no armário da cela?

— As minhas roupas.

— Só?

— Alguns livros.

— Que livros?

— Uma velha edição do Quixote. Os poemas de San Juan de la Cruz. Os *Exercícios*, de santo Inácio.

— Que mais?

A expressão do rosto de Alonzo mudou de repente.

— Sim! O punhal.

— Que punhal?

— Um punhal de prata, relíquia de família — exclamou ele, com uma expressão quase extática. E em seguida, mudando de tom: — É estranho que eu tivesse esquecido por tanto tempo que o punhal estava lá...

— Tens uma estima especial por essa arma?

Alonzo ficou calado. Parecia não saber como responder à pergunta. O cura tornou a falar.

— Tinhas contigo esse punhal no dia em que decidiste ir provocar... aquele homem?

Alonzo franziu o sobrolho.

— Sim, eu o levava à cinta.

O cura deu uma palmada na própria coxa.

— Aí está!

— Vê alguma relação entre meus sonhos e meu passado dissoluto?

— Evidentemente! Mas agora me explica por que razão trouxeste contigo o punhal.

— A conselho de meu confessor. Quando a graça de Deus caiu sobre mim e vi a iniquidade em que vivia, despojei-me de tudo quanto tinha, de tudo que me pudesse lembrar da vida antiga: objetos, roupas, amigos... Foi então que o confessor me sugeriu que guardasse o punhal, pois lhe parecia perigoso que eu apenas "esquecesse" o passado.

— ... sem tê-lo destruído de todo — completou o cura, sacudindo lentamente a cabeça. — Ótimo conselho. O essencial é não esquecer nunca a existência do inferno, para melhor sentir as delícias do céu. O único meio de fugir ao perigo é enfrentá-lo. Procurar esquecer a tentação é covardia. O que devemos fazer é vencê-la, isso sim.

Naquele instante o ar foi rasgado pelos sons graves e musicais dos sinos, que encheram de tal forma o recinto da catedral, que Alonzo teve a impressão de que de repente uma onda os engolfava. O sacristão acordava os índios da redução e chamava-os para as orações. Os castiçais vibravam àquele badalar festivo. Os dois padres se levantaram.

O cura teve de gritar para que o outro o ouvisse:

— Tira o punhal do armário e coloca-o em cima da mesa, bem à vista!

Tomou do braço do companheiro e impeliu-o docemente na direção da porta do templo.

— É preciso expulsar o demônio desse casarão — continuou, batendo com a ponta do indicador na testa de Alonzo. — Abrir as janelas, arejar os quartos. No ano passado os índios da redução foram atacados duma doença terrível, porque comiam muita carne crua e essa carne lhes apodrecia no estômago e intestinos, criando vermes. O remédio foi dar-lhes um vomitório de folhas de fumo. A purga e o vomitório para a espécie de mal que te atormenta, meu filho, são a confissão, a oração e a meditação.

Alonzo escutava-o em silêncio. Pararam no átrio e olharam em torno. Raiava o dia. De todas as casas saíam homens, mulheres e crianças, que se encaminhavam para a igreja. Via-se nas bandas do nascente, onde o sol começava a apontar, uma faixa dum amarelo avermelhado.

Finalmente o sino silenciou e ouviu-se o zum-zum confuso das vozes dos índios. O interior da igreja estava agora todo iluminado.

— Abrir também o quarto secreto! — exclamou o cura. Preso num raio de sol, seu rosto resplandecia. — Jogar pelas janelas todas as lembranças más e deixar entrar a luz de Deus, o ar de Deus!

Ao passarem pelo átrio os índios saudavam os padres. O cura dava-lhes a bênção, sorrindo, e fazia no ar o sinal da cruz. A praça enxameava de gente. Retardatários corriam. Mulheres arrastavam crianças. Velhos caminhavam apoiados em bastões.

— Padre Alonzo — perguntou o cura —, estás preparado para ouvir um segredo?

O outro sacudiu a cabeça afirmativamente. Pe. Antônio inclinou-se para ele e murmurou:

— Louvado seja Deus, sou um homem feliz!

E ao dizer isso sua voz chegou a ficar doce e lisa.

3

Às oito horas os índios que trabalhavam nas plantações e na estância reuniram-se como de costume na frente da igreja e pe. Alonzo fez-lhes uma pequena preleção. Disse-lhes que, se colhessem muito trigo, teriam muita farinha; se tivessem muita farinha, dariam serviço ao moinho; se o moinho trabalhasse, os padeiros poderiam fazer muito pão; e se todos tivessem muito pão, ficariam bem alimentados; e se ficassem bem alimentados, Deus se sentiria feliz. Acrescentou que naquele ano precisavam exportar mais erva-mate e algodão para Buenos Aires, pois quanto mais coisas exportassem mais dinheiro teriam, não só para pagar os dízimos ao rei de Espanha, como também para comprar remédios, instrumentos e — oh! sim — mais coisas belas para a igreja: cálices, cruzes, castiçais...

Quando ele terminou de falar, os índios trouxeram de dentro da catedral a imagem de santo Isidro e o cortejo se formou. À frente iam os tocadores de flautas, tiorbas, clarins e tambores; seguiam-se os homens que carregavam nos ombros a imagem do patrono da lavoura; depois vinham os outros índios, cujas vozes, que entoavam um canto sacro, subiam no ar luminoso. Alonzo ficou a observá-los por algum tempo e, depois que viu o grupo sumir-se na encosta do outeiro, saiu para as tarefas do dia.

Àquela hora o pe. Antônio devia estar confessando índios e índias e depois iria dar a aula de doutrina cristã. Uma vez Alonzo o surpreendera a contar às crianças a história de Jesus, que ele apresentava aos alunos como uma espécie de Bom Cacique. Estava tão absorto na própria narrativa que não viu o companheiro entrar. Era extraordinário como sabia adaptar as parábolas bíblicas ao mundo dos índios, e como dava realidade, vida às suas personagens. As crianças o escutavam de boca aberta, num silêncio enlevado.

Alonzo começou a atravessar a praça. Havia no ar um cheiro de névoa batida de sol, e a brisa que lhe chegava às narinas vinha carregada dum suave perfume de macela. Alonzo gostava da paisagem ao redor da redução. Não era trágica como a de certas regiões de Espanha, nem cruel como a dos trópicos. Era pura de linhas e cores — coxilhas verdes recobertas de macegas cor de palha e manchadas aqui e ali dum caponete; por cima de tudo, um céu azul onde não raro boiavam nuvens. Era simples e ingênua, dir-se-ia pintada em aquarela pela mão duma criança.

Alonzo entrou no hospital. Pairava lá dentro um cheiro desagradável de corpos suados, misturado com a fragrância de ervas medicinais — tudo nessa atmosfera indefinível dos quartos onde há muitas pessoas com febre.

Alonzo confabulou por alguns instantes com os enfermeiros e depois saiu a ver os doentes. Deteve-se diante do catre dum índio que tinha sobre um dos olhos uma atadura de algodão.

— Como te sentes, Inácio?

Por um momento o índio pareceu não ter ouvido. Depois descerrou a pálpebra do olho são e sorriu — mas sorriu apenas com esse olho, que fuzilou de alegria; o rosto permaneceu impassível.

— Bem — respondeu, seco.

O caso de Inácio — ocorrido havia poucos dias — fora verdadeiramente impressionante. Descoberto por um de seus companheiros no momento em que espiava a mulher dum amigo que tomava banho, nua, fora trazido à presença do cura, que o repreendeu severamente, pintando-lhe os horrores que sofreriam no inferno os que pecassem contra os santos mandamentos. Num dado momento, embriagado pelo próprio fervor, o pe. Antônio repetiu — e sua voz nesse momento tinha uma qualidade de esmeril — o versículo bíblico que diz "Se teu olho te escandalizar, arranca-o, e atira-o para longe de ti". Tamanha fora a eloquência do cura e tão grande o arrependimento de Inácio, que o índio correra para a oficina, tomara duma pua e com ela vazara o olho esquerdo. Com a cara lavada em sangue, urrando de dor, procurava furar o direito, golpeando a própria testa às cegas, quando um irmão leigo e outro índio o subjugaram. O cura teve de usar todo o seu tato para lhe explicar que, conquanto seu pecado fosse muito sério, os versículos bíblicos não deviam ser tomados ao pé da letra. Mais tarde, naquele mesmo dia, dissera a Alonzo, à hora da ceia:

— Imagina tu a loucura de Lutero. Dar a Bíblia a ler aos leigos!

Alonzo olhou para Inácio, dirigiu-lhe algumas palavras de conforto e começou a afastar-se dele quando o índio o chamou:

— Padre!

— Que é?

— Quando o índio morrer ele vai para o céu?

— Se seguires os mandamentos de Deus, se fores um bom cristão, irás para o céu.

— E se eu for para o céu, Deus me dá um olho novo?

— Claro, Inácio, claro. Deus te dará um olho novo.

Um curto silêncio.

— Padre, eu quero um olho azul como o de Pay Antônio.

— Está bem, Inácio. Reza e pede a Deus que te dê no céu olhos azuis como os de Pay Antônio.

O olho são de Inácio tornou a brilhar, mas sua face continuou séria e rígida.

Na oficina, Alonzo foi ver o que estavam modelando os escultores e ali passou uma hora. O índio Francisco, que nascera e se educara na missão, era um escultor consumado. Havia talhado muitas imagens, algumas das quais se achavam nas igrejas de outras reduções. De torso nu e calças de algodão, ele trabalhava a madeira com paixão, enquanto o suor lhe escorria pelo corpo bronzeado. Alonzo ficou a observá-lo por alguns momentos. Francisco esculpia a imagem dum Senhor Morto. Os outros escultores índios em geral davam à face das figuras os seus próprios característicos fisionômicos: olhos oblíquos, zigomas salientes, lábios grossos. Havia pouco um índio esculpira um Menino Deus índio com um cocar de penas na cabeça. Mas o Cristo Morto de Francisco, com sua face alongada e suas feições semíticas, lembrava estranhamente, na sua simplicidade dramática, certas imagens do século XI que Alonzo vira em igrejas da Europa. Era surpreendente como aquele índio conseguira dar uma expressão de dor e ao mesmo tempo de paz ao rosto do Filho do Homem.

Depois de visitar a padaria, a casa dos teares, a olaria e o moinho, Alonzo foi ao Cabildo, onde o corregedor — um índio imponente que ostentava o uniforme amarelo e encarnado dos soldados espanhóis — discutia com membros do Conselho problemas de administração judiciária.

Quando escrevia a parentes e amigos da Espanha, Alonzo nunca deixava de elogiar a organização das reduções, que, à maneira das povoações espanholas, era governada por um cabildo, para o qual os índios escolhiam em eleições anuais o corregedor — a autoridade máxima —, os regedores, os alcaides, o aguazil-mor, um procurador e um secretário. Contava-lhes também como os indígenas aprendiam, através de lições práticas e vivas, que o indivíduo pouco ou nada vale fora da coletividade a que pertence. Toda a produção das lavouras e estâncias de gado das reduções pertencia à comunidade, e os bens de consumo eram distribuídos igualmente entre todos. A gente dos Sete Povos não conhecia nenhuma moeda, pois ali vigorava um regime de permutas. Do dinheiro apurado na venda de erva-mate e outros produtos que exportava para o Rio da Prata, pagava impostos ao rei de Espanha, sendo o resto empregado na compra de instrumentos de trabalho, alfaias e outros objetos para as igrejas. O que sobrava era finalmente remetido aos cofres da Sociedade de Jesus, em Roma.

O governo encarregava-se de dar assistência às viúvas sem arrimo, aos velhos e aos órfãos; as crianças eram educadas segundo os preceitos da lei de Deus, e preparadas especialmente para viverem naquele tipo de sociedade, onde os brancos — em geral instrumentos de corrupção — só podiam entrar mediante uma licença especial.

Numa de suas últimas cartas à família, Alonzo escrevera:

Se pensais que vivo no meio de bárbaros, estais completamente enganados. Nos Sete Povos começa a nascer uma das mais belas civilizações de que o mundo tem notícia. Enquanto vos escrevo, vejo através da janela a nossa bela catedral, toda de arenito vermelho, com seu tímpano grandioso, o seu átrio com uma longa fileira de colunas, e a sua resplandecente cruz de ouro. Seu estilo lembra o de certas igrejas do fim do Renascimento italiano (o que não é de admirar, pois foi ela construída por um milanês).

Os índios das reduções vivem hoje mais cristãmente que muitos brancos de Pamplona, Madri ou Lisboa. Estão já redimidos do feio pecado da promiscuidade, pois todos se casam de acordo com as leis da Igreja e guardam o sexto mandamento; temem a Deus, são batizados e fazem batizar os filhos; no leito de morte nunca deixam de receber o Viático; e quando morrem são encomendados e finalmente enterrados em campo-santo.

Pois muitos desses chamados selvagens sabem, além da língua nativa, o latim e o espanhol, e são hábeis escultores, pintores, oleiros, ourives, tecelões, fundidores de bronze, e músicos. Um destes dias, escutando um sexteto de índios que tocava com sentimento e correção peças dum compositor bolonhês, fiquei de tal maneira comovido que não pude reprimir as lágrimas.

Às dez e meia o sino tornou a badalar. Alonzo recolheu-se à cela para seus quinze minutos de meditação. Tirou do armário um estojo de couro negro e abriu-o. Lá estava o punhal, que ele não via nem tocava havia tantos anos. Era uma bela arma de cabo e bainha de prata lavrada. Alonzo desembainhou-a: a lâmina triangular de aço, que ele apertou na mão, era fria. Fria e má — concluiu.

Fechou os olhos e imaginou o que teria sido sua vida — ou antes, sua morte — se ele houvesse matado aquele homem. (Como se chamava ele? Com quem se parecia? Não se lembrava de nada...) Imaginou o horror de sentir nas mãos o sangue do outro, quente como uma coisa viva. Pensou na agonia das horas que se seguiriam ao crime, nas noites de insônia, no remorso a espicaçar-lhe a consciência, no horror e na vergonha da família e finalmente nas torturas do inferno, onde sua alma iria expiar, pelos séculos dos séculos, não só o crime de homicídio como também o pecado da luxúria. Alonzo então usou os cinco sentidos para criar o inferno e imaginar-se dentro dele. Ouviu seus próprios gritos de dor, os berros e as blasfêmias dos outros condenados que vociferavam coisas obscenas, vituperando Cristo e a Virgem... Sentiu o cheiro de carne queimada, o fedor pútrido de corpos em decomposição. Viu pecadores a se estorcerem, esfolados, purulentos, chamuscados, dilacerados, carbonizados — mas vivos, vivos sempre, sofrendo sempre. Sentiu na própria carne a dor que as queimaduras produziam. Tinha pecado: estava perdido para toda a eternidade. O suor escorria-lhe pelo rosto, pelo torso, e de olhos cerrados Alonzo debatia-se sempre no inferno. Não havia mais salvação. Todos os segundos, todos os minutos, todas as horas, todos os dias, todos os anos, todos os séculos dos séculos — sem um único momento de alívio, sem um único instante de descanso — significavam dor, dor aguda, dilacerante. Dor... Doía-lhe a palma da mão, de onde o sangue pingava lentamente nas lajes do chão. Alonzo abriu os olhos. A ponta do punhal penetrara-lhe na carne. Mas agora, suado e ofegante, ele entrevia o céu. No ato de Deus que fulminara aquele homem, ele vislumbrara o desejo do Altíssimo não só de salvar-lhe a alma como também de chamá-lo para Seu serviço. Ele estava salvo! Agora pertencia a Deus. Como era bom não ter cometido o grande pecado... Bom! Bom! Bom! Largou o punhal e seu espírito subiu ao céu. De braços caídos, cabeça erguida, olhos cerrados, ele se deixou levar... Sentia o perfume celestial, um sopro fresco bafejava-lhe a fronte. E a luz que se irradiava da face de Deus deixava-o ofuscado. A redução com todos os seus trabalhos evangélicos, todas as suas oportunidades de servir o Criador, redimir os índios era já uma antecâmara do Céu. Era bom estar ali! A sensação de liberdade e gratidão foi tão grande, que toda ela subiu no peito do padre e rebentou-lhe na garganta num soluço. Alonzo caiu de joelhos junto do catre e rompeu numa oração que o choro entrecortava.

Depois, exausto, e sempre ajoelhado, deixou pender a cabeça sobre o leito. Da ferida da mão, o sangue ainda escorria. Mas ele amava aquela ferida.

4

Entardecia e pe. Alonzo terminava sua aula de música. Um dos estudantes tocara ao órgão, havia pouco, um prelúdio. Depois um grupo de instrumentos de arco executara uma sarabanda, e agora o índio Rafael ali estava a tocar na sua flauta a pavana dum compositor italiano. Junto da janela, Alonzo escutava. Havia no rosto do índio uma inefável expressão de tristeza — mas uma tristeza de imagem asiática — lustrosa, fixa, oblíqua. Parado no meio da sala, de sobrancelhas erguidas, testa pregueada, olhos fechados, ele soprava na flauta, como que esquecido do mundo.

E a voz queixosa do instrumento parecia contar uma história. A melodia ora se desenrolava no ar como uma fita ondulante — e Alonzo tinha a impressão de ver a linha sonora escapar-se pela janela, avançar campo em fora, acompanhando docemente a curva das coxilhas —, ora parecia um lento arabesco noturno. E aquela pavana, composta por um remoto compositor europeu e tocada por aquele índio missioneiro, despertava em Alonzo recordações também remotas. Lembrou-se de sua casa em Pamplona. Frituras de azeite na cozinha, fragrância de cravos no jardim — esses eram os cheiros da casa de seus pais ao entardecer. Alonzo tinha agora no pensamento a imagem da mãe, sentada como uma rainha na sua cadeira de respaldo alto, o colo farto, o olhar manso, as mãos cruzadas sobre o ventre — tranquila, sólida e acolhedora como uma catedral...

A melodia serpenteava sobre as coxilhas. Que pensamentos estariam passando pela mente de Rafael? — desejou saber Alonzo. Aqueles índios amavam a música. E com que talento a interpretavam! Que ouvido privilegiado tinham! Havia na redução excelentes organistas, harpistas, corneteiros e cravistas. Tocavam composições difíceis, e até trechos de ópera italiana. Os instrumentos em sua maioria eram fabricados na redução pelos próprios índios, dirigidos pelos padres. A música havia sido e ainda era para os missionários um dos meios mais efetivos de catequização. Tocando seus instrumentos e cantando, eles se haviam aproximado pela primeira vez dos guaranis, desarmando-os espiritual e fisicamente e conquistando-lhes a confiança e a simpatia. No princípio a música fora a linguagem por meio da qual padres e índios se entendiam. E não teria sido porventura a música a língua do Paraíso — o primeiro idioma da humanidade? Por meio da música os jesuítas induziam os índios ao estudo, à oração e ao trabalho. Era ao som de música e cânticos que eles iam para a lavoura, aravam a terra, plantavam e colhiam — e era sempre debaixo de música que voltavam para a redução ao anoitecer. A música era por assim dizer o veículo que levava aquelas almas a Cristo.

A pavana terminou. O índio abriu os olhos mas ficou imóvel, com o instrumento ainda nos lábios, a mesma expressão de tristeza na face bronzeada. A interrupção da melodia chegou a ser quase dolorosa para Alonzo. Mas, oh!, a música podia ser também uma arma do demônio. A pavana era decididamente perigosa. Ele devia riscá-la do repertório de Rafael. Porque aquela composição não elevava a alma a Deus: não era vertical, mas horizontal, preguiçosa, lânguida, quase mórbida.

— Muito bem, Rafael — disse o padre. — Podes ir.

No anoitecer daquele mesmo dia, durante a hora de recreio que se seguiu à ceia, pe. Antônio contou aos índios a história da Paixão de Cristo, preparando-os para as comemorações da Semana Santa que se aproximava.

E já a noite havia descido por completo — uma noite morna, pontilhada de estrelas e grilos — quando pe. Alonzo se retirou para a cela, a fim de fazer um exame de consciência e preparar-se para a meditação do dia seguinte.

Pouco depois que o sino grande da catedral deu o toque de recolher, alguém lhe bateu à porta.

— Quem é?

— Sou eu. O irmão Paulo.

— Pode entrar.

Um jovem magro, metido numa batina parda, entrou.

— O cura lhe pede que vá imediatamente ao hospital.

Alonzo pôs o barrete na cabeça e saiu em companhia do outro.

— Inácio está passando mal? — perguntou ele ao atravessarem a praça.

— Não, padre. Uma índia acaba de dar à luz uma criança e está se esvaindo em sangue.

Alonzo estranhou:

— Mas não me consta que nenhuma mulher estivesse esperando filho para hoje...

Irmão Paulo tinha um rosto cor de cidra, uma voz mansa e um jeito humilde. Os olhos encovados quase nunca fitavam de frente o interlocutor.

— Não é índia das reduções — explicou ele. — Parece ter vindo do Continente do Rio Grande.

— Mas não me comunicaram nada!

O outro encolheu os ombros timidamente.

— Foi encontrada perto do trigal e recolhida pelos homens quando voltavam do trabalho.

— O corregedor foi informado?

Irmão Paulo fez com a cabeça um sinal afirmativo.

Luzia no céu um caco de lua. Talvez amanhã houvesse mais uma cruz ali no cemitério — refletiu Alonzo. E perguntou:

— Há alguma esperança de salvar a mulher?

— É um caso perdido, irmão.

Entraram no hospital. No quarto onde o cura administrava a extrema-unção à moribunda, boiava a luz amarelenta das lamparinas de azeite. Alonzo aproximou-se do catre. A índia estava deitada de costas, o sangue escorria-lhe das entranhas, empapava os cobertores e pingava nas gamelas que os enfermeiros haviam colocado ao pé do leito. O único som que se ouvia ali dentro, além do pingar do sangue, era a voz esfumada do cura, que ungia com os dedos os olhos da rapariga, murmurando: *Per istam Sanctam Unctionem et suam piissimam misericordiam, indulgeat tibi Dominus quidquid oculorum vitio deliquisti. Amen.*

De olhos muito abertos — olhos de animal acuado — a índia mirava fixamente o cura, enquanto de sua boca entreaberta saía um ronco estertoroso. Devia ter quando muito vinte anos — calculou Alonzo. Ajoelhou-se junto do catre e começou e pedir a Deus que recebesse no Reino dos Céus a alma daquela pobre mulher, que pecara por ignorância, e a quem decerto nunca fora dada a oportunidade de seguir o bom caminho.

— ... *quidquid narium vitio deliquisti. Amen* — recitava o cura. E o sangue pingava nas gamelas... *quidquid labiorum linguae vitio deliquisti. Amen*. O cheiro de óleo e sangue entrava pelas narinas de Alonzo e em seu cérebro se transformava em pensamentos confusos, que ele se esforçava por espantar.

Ao cabo de alguns instantes em que andou perdido a vaguear entre o céu e a terra, Alonzo sentiu uma pressão de dedos no ombro. Ergueu os olhos e viu o cura.

— Está tudo acabado — disse este último.

Alonzo ergueu-se. Irmão Paulo aproximou-se da morta e com dedos leves cerrou-lhe as pálpebras.

De outras salas do hospital vinham agora gemidos e lamúrias. Como se tivessem sentido a presença da morte, os outros doentes clamavam pelos padres, oravam e choravam.

— E a criança? — perguntou Alonzo.

O cura sorriu.

— Está viva. Venha ver.

Aproximaram-se dum berço tosco onde, no meio de panos de algodão, o recém-nascido dormia. Tinha a pele muito mais clara que a da mãe. Alonzo ergueu os olhos para o cura, que sacudiu lentamente a cabeça, adivinhando os pensamentos do companheiro e dando a entender que participava também de suas suspeitas. Aqueles malditos vicentistas! — pensou Alonzo. Não se contentavam com prear índios e levá-los como escravos para sua capitania: tomavam-lhes também as mulheres, serviam-se vilmente delas e depois abandonavam-nas no meio do caminho, muitas vezes quando elas já se achavam grávidas de muitos meses. Aquele não era o primeiro caso e certamente não seria o último.

O cura observava a criança.

— É um lindo menino — disse. — Vamos batizá-lo amanhã. Tu serás o padrinho, Alonzo. — Inclinou-se sobre o berço, sorrindo. — Este pelo menos salvará sua alma — acrescentou. E depois, mudando de tom: — Que nome lhe vamos dar?

— Pedro — respondeu Alonzo, quase sem sentir.

O cura repetiu:

— Pedro... Pedro. Não há nada como os nomes simples. Ele se chamará Pedro.

Alguns minutos depois, atravessando a praça, rumo da cela, Alonzo procurava descobrir por que se lhe escapara com tanta espontaneidade o nome de Pedro. Algum amigo quase esquecido? Não. Algum membro da família? Também não. Deu mais alguns passos e de repente estacou, como se alguém o tivesse frechado pelas costas. *O homem que um dia ele quisera matar chamava-se Pedro. Agora ele se lembrava...* Pedro Menéndez Palacio.

5

Depois daquela noite, a geada de cinco invernos branqueou os telhados da missão; e as pedras avermelhadas de sua catedral fulgiram ao sol de cinco verões mais ou menos tranquilos. Foram aqueles os tempos de maior prosperidade dos Sete Povos. Conquanto no Continente do Rio Grande de São Pedro espanhóis e portugueses vivessem em contínuas lutas por questões de limites, houve paz nas reduções.

Padres vindos de além-mar ou de outras missões — pregadores, cartógrafos, músicos, naturalistas, astrônomos, matemáticos, arquitetos — chegavam, ficavam por algum tempo e depois se iam, deixando uma marca de sua passagem: um mapa, um relógio, um órgão, uma imagem, um livro, uma ideia... A população crescia, novas casas se construíam e novas cruzes eram plantadas no cemitério. Batizados, enterros e casamentos se alternavam; e não raro o cura mal via fechada uma sepultura e já corria a preparar-se para o batismo dos recém-nascidos, enquanto na igreja pares de noivos esperavam a hora do casamento. A experiência levava os padres a arranjar e apressar o casamento de índios e índias mal eles chegavam à puberdade. A catedral aos poucos se enchia de novas imagens e enriquecia suas alfaias. O relógio incrustado na torre maior parecia a face mesma do tempo, e o sino grande a sua voz.

A rotina da redução era quebrada de quando em quando por um acontecimento sensacional; um índio mordido de cobra; um tigre que atacava os terneiros da estância; um temporal que destelhava as casas ou uma chuva de pedra que danificava as plantações. Duma feita o sol foi escurecido por uma nuvem de gafanhotos vindos do nascente e que ameaçavam cair sobre as lavouras. Todos os índios da redução saíram correndo de suas casas, gritando com toda a força dos pulmões, batendo tambores, matracas, chocalhos, fazendo soar clarins, dando tiros de ronqueira, ao mesmo passo que os sinos da igreja atroavam os ares... E foi tal o barulho que se ergueu da missão, que a nuvem mudou de rumo e se sumiu na direção do norte.

Periodicamente o governador de Buenos Aires mandava buscar nas reduções índios para empregá-los na construção de edifícios públicos. Os padres indignavam-se ante tais exigências. Sabiam que esses índios jamais voltariam às suas casas, pois morreriam mercê dum tratamento pouco humano ou, longe da influência dos missionários, tornariam a cair em pecado, entregando-se à heresia, ao amor promíscuo, à bebida e outros vícios.

Pe. Alonzo continuava na redução. Uma vez que outra, nos verões muito quentes, ele tinha a impressão de ver o tempo parado sobre os telhados e campos em derredor, como que imobilizado pelo mormaço: moscardos zumbiam e voavam no tempo estagnado. Outras vezes ele sentia a rotina arrastar-se com lentidão, paralelamente às horas. Mas na maioria dos dias o tempo voava como o vento. Era quando ele se entregava a trabalhos absorventes, sempre cheios de imprevistos: orientar os índios nas suas criações artísticas; levá-los em excursões pelos campos; preparar as festas; escrever autos e dirigir-lhes os ensaios; discutir com o corregedor e as outras autoridades problemas de administração e de justiça. Dentro de suas orações havia toda a eternidade; e nas horas de meditação o tempo fluía e refluía, avançava ou recuava mil anos ou então se sumia de todo no espaço ilimitado de seu espírito, que de repente ficava esvaziado do seu conteúdo de tempo, bem como uma lagoa cuja água se drenasse por completo.

Todos os anos, no dia de Corpus Christi, antes de nascer o sol o corregedor, os caciques e outros dignitários da redução percorriam as ruas montados em cavalos ricamente ajaezados. Eram seguidos de tamboreiros e tocadores de flauta. Diante da igreja detonava-se uma ronqueira, seu estrondo reboava na praça, espantando as pombas que voavam assustadas da torre e do frontão do templo. A população acordava e vinha para a missa cantada.

Quando o sacerdote saía da sacristia, era sempre precedido por jovens dançarinos, que marchavam em filas de dois e empunhavam velas cuja chama lhes iluminava a face acobreada e impassível, como que talhada também em arenito vermelho. Iam num passo grácil e ritmado, enquanto quatro bailarinos queimavam ervas aromáticas e outros tantos tapetavam de flores e folhas o caminho que o celebrante percorria por entre as alas de fiéis, os quais ia aspergindo com água benta.

Como era belo ver depois aqueles esbeltos dançarinos, disciplinados como pajens, parados de pé, ali no batistério! Quando o sacerdote subia para o púlpito ou quando descia, era sempre flanqueado por dois desses índios, que levavam ainda nas mãos as velas acesas.

O cheiro do incenso misturava-se com o das flores e ervas. As vozes do coro enchiam, poderosas, o recinto da catedral. Os objetos de metal cintilavam à luz do sol ou ao reflexo das chamas das velas. Alonzo mal se podia concentrar em suas orações, tão deslumbrado estava com tanta cor, tão estonteado se sentia com tantos perfumes e sons, tão perturbado ficava com tanta beleza.

Terminada a missa solene, havia danças e cânticos no vestíbulo da igreja, perante os padres e os membros do cabildo.

As ruas eram preparadas especialmente para a procissão, enfeitadas com bandeiras, estandartes e arcos de triunfo, aos quais estavam presas aves vivas — gralhas, gaviões, corvos, tucanos, garças, colhereiros... Pias, gamelas e bacias de ferro cheias d'água e contendo peixes vivos eram colocadas em diversos pontos por onde devia passar a procissão. Outros animais — tigres, gatos-do-mato, veados, antas, tamanduás, leões baios — eram postos ao pé dos arcos, dentro de jaulas ou capoeiras.

Quando a procissão passava ao som de cânticos, as aves guinchavam e sacudiam as asas, os animais urravam, e do chão se erguia um perfume de manjericão silvestre esmagado.

Um dia Alonzo concluiu que esse era o espetáculo mais belo que jamais vira em toda sua vida. No entanto o resto do mundo o ignorava! Nas cortes da Europa ninguém sabia nem podia imaginar que ali naquele mundo novo e selvagem, no meio de campinas imensas, havia uma catedral mais bela que muitas da Espanha e da Itália: e que naquele momento milhares de índios e índias convertidos ao Evangelho rendiam homenagem ao Corpo de Cristo. O céu era dum azul-rútilo. A catedral reverberava à luz da manhã, como uma fortaleza impávida cujas paredes fossem de ferro em brasa. O ar enchia-se de sinos e das vozes de todas as criaturas de Deus — aves, feras e homens. Flores e asas e bandeiras de todas as cores tremulavam nos arcos de triunfo. A procissão movia-se vagarosamente, em meio duma nuvem de incenso, e nas mãos do sacerdote o ostensório fulgia como um sol.

Uma tarde, à hora do crepúsculo (foi no ano de 1750, por ocasião da Páscoa) Alonzo parou no centro da praça, contemplou a catedral e sonhou de olhos abertos com o Mundo Novo. Havia de ser algo tão belo e sublime que a mais rica das imaginações mal poderia conceber.

Os povos não mais seriam governados por senhores de terras e nobres corruptos. Seria a sociedade prometida nos Evangelhos, o mundo do Sermão da Montanha, um império teocrático que havia de erguer-se acima das nações, acima de todos os interesses materiais, da cobiça, das injustiças e das maquinações políticas. Um mundo de igualdade que teria como base a dignidade da pessoa humana e seu amor e obediência a Deus. Nesse regime mirífico o homem não mais seria escravizado pelo homem. Não haveria mais exaltados e humilhados, ricos e pobres, senhores e servos. Que direito tinha uma pessoa de se apossar de largas extensões de terra? A terra, Deus a fizera para todos os homens. O que era de um devia ser de todos, como nos Sete Povos. Todas as criaturas tinham direito a oportunidades iguais. Não era, então, maravilhoso transformar-se um índio pagão num cristão, num artista, num músico, num escultor, num ourives, num arquiteto? Quantos milhares de seres havia no globo que vegetavam na ignorância e na miséria por falta apenas de quem lhes iluminasse o entendimento, despertando-lhes o desejo de melhorar, de criar coisas úteis e belas com a mão e o espírito que Deus lhes dera!? Mas para conseguir esse mundo ideal era primeiro necessário combater todos aqueles que por indiferença ou egoísmo se negavam a baixar os olhos para os humildes. Alonzo, que fora sempre um estudioso da história, sabia que os homens em todos os tempos foram sempre levados ao pecado pelo diabo, e a arma de que o diabo mais se servia era o desejo de riqueza, poder e gozo. Para conseguir essa riqueza, essa força e esses prazeres, não hesitavam em escravizar as outras criaturas. E a melhor maneira de conservá-las em estado de escravidão era mantê-las na ignorância. Pagavam soldados não só para defender-lhes as vidas e os bens como também para alargar-lhes as conquistas. Mas esses senhores consistiam numa minoria. Ah! Um dia esses eternos humilhados, esses eternos escravos haveriam de tomar consciência de sua força e erguer-se! Mas era indispensável que tal levante se fizesse não em nome do ódio, da vingança e da destruição, mas sim em nome de Deus e da Suprema Justiça. A missão da Igreja — e neste ideal extremado Alonzo sabia que estava só — devia ser a de promover essa revolução. O trabalho da Companhia de Jesus já havia começado na América. Era preciso primeiro conquistar o Novo Continente, livrar o índio da influência do homem branco, organizar uma grande república teocrática que depois, aos poucos, poderia estender a outras terras a sua influência e o seu exemplo. Ah! Mas para conseguir esse supremo bem os jesuítas seriam obrigados a usar meios aparentemente ignóbeis. Teriam de ser obstinados e implacáveis. No princípio seria necessário exercer uma ditadura justa mas inexorável. Não havia outra alternativa. Seriam os fiadores dessa Revolução em Nome de Deus, pois o povo não estava ainda esclarecido, não sabia o que lhe convinha, e portanto podia ser facilmente ludibriado pelos poderosos. Era pois imprescindível que os sacerdotes exercessem na terra a ditadura em nome de Deus até que um dia (dali a quantos anos? cem? duzentos? mil? que importava o tempo?) fosse possível atingir aquele estado ideal, conseguir a igualdade entre as criaturas, a paz e a felicidade universal. Agora, porém, era preciso lutar, pregar, instruir, influir no espírito das gentes, educar e disciplinar a juventude, exercer uma censura feroz em todos os setores da vida daqueles povos a fim de que eles se habituassem a pensar de acordo com a Ideia Nova. Um dia haveria sobre a face da Terra governos justos, e não mais instrumentos secretos e cruéis de satanás. Até lá, porém, era inevitável que os sacerdotes suassem sangue, não cedessem às fraquezas de seus corações, tivessem a coragem de parecer tirânicos. Seriam odiados, caluniados, perseguidos, apresentados como monstros. Os senhores do mundo haveriam de atirar contra eles expedições militares punitivas. Ah! Mas ele conhecia a história. A justiça de Deus estava visível nas entrelinhas dos fatos. Que significavam as guerras contínuas entre nações, ducados e principados senão que a humanidade vivia em desentendimento porque era corrupta e adorava o bezerro de ouro? Por que países como Portugal e Espanha viviam sempre em guerras? Era porque faltava entre os povos separados por línguas e costumes diferentes um elemento de unidade espiritual. Esse elemento de unidade, esse denominador comum das almas só poderia ser um: o temor e o amor a Deus. Era em nome de Deus que eles, soldados da Igreja, tinham de lutar. E não haviam de recuar diante de nenhum obstáculo. O fim era bom: todos os meios para chegar a ele seriam necessariamente lícitos.

Naquela hora crepuscular, às vésperas dum domingo de Páscoa, Alonzo pensou em todas essas coisas. E esses pensamentos não só lhe vinham de velhos sonhos e cogitações, como também haviam sido despertados especialmente pelas notícias que acabavam de chegar à redução com um caráter de praga, de peste, de catástrofe. Portugal e Espanha, para pôr termo às rixas em que viviam empenhados, tinham assinado um tratado iníquo, segundo o qual os portugueses cediam a seus velhos inimigos a Colônia do Sacramento, e os espanhóis, em troca, lhes entregavam os Sete Povos das Missões.

6

    Pedro cresceu na missão aos cuidados da família do cacique d. Rafael, e seguido de perto por Alonzo, que tinha por ele uma estima toda particular. Aos oito anos sabia ler, escrever, fazer contas, e, além do guarani, falava espanhol e podia ler com relativa correção alguns textos em latim. Era um menino mais alto que o comum dos índios da sua idade, tinha a pele trigueira, os cabelos pretos e lisos, olhos escuros e meio oblíquos, nariz fino e reto, e boca rasgada.
    Grande foi para Pedro o dia em que pela primeira vez serviu de coroinha. Antes de começar a missa saiu a acompanhar o padre, que aspergia os índios. O coro rompeu a cantar. As mãos de Pedro, que seguravam a caldeirinha, tremiam: e cada vez que o padre sacudia o hissope no ar, gotas de água benta respingavam os olhos do menino, que piscava. A voz dos índios enchia as naves: *asperges me hyssopo et mundabor; lavabis me et super nivem dealbabor...* — cantava o coro. Desde esse dia, sempre que alguma coisa lhe entrava nos olhos, fazendo-os arder, ele se lembrava da palavra *asperges*. Com o passar do tempo foi descobrindo outras palavras mágicas. *Lavabo* passou a significar água; e sempre que chovia ele exclamava para si mesmo: *Lavabo! Lavabo!* Mas a grande descoberta que trouxe para sua vida uma secreta alegria e mais um mistério ocorreu quando ele rezava com outros meninos a Ladainha de Nossa Senhora. Estavam todos ajoelhados, de mãos postas, fazendo o responsório.
    — *Turris eburnea!* — disse o cura.
    E os meninos:
    — *Ora pro nobis.*
    E num dado momento "aquilo" aconteceu. A voz áspera de pe. Antônio rascou o ar:
    — *Rosa mystica...*
    Pedro esqueceu a ladainha. Seus lábios não conseguiram pronunciar o *ora pro nobis*. Rosa mística... Essas palavras lhe ficaram soando na memória com uma doçura de música. Rosa mística. Ele as repetia baixinho. Como era bonito! Rosa mística. Mas que queria dizer? Sabia o que era rosa. Havia rosas brancas, vermelhas, amarelas... Mas que seria *rosa mística*? Pensou em perguntar ao cura ou a pe. Alonzo. Mas um temor secreto impediu-o disso. Ficou acariciando a palavra, guardando-a como um segredo, como um pecado. Rosa mística. Tornou a pensar nela na cama, dormiu com ela. Na aula de música, no dia seguinte, enquanto tocava órgão, as palavras seguiram em sua mente a linha da melodia duma cantata. Rosa mística. Na aula de doutrina quase se ergueu para perguntar: "Padre, que é rosa mística?". Mas não teve coragem. E um dia, olhando a igreja na hora em que o primeiro sol da manhã lhe incendiava as paredes, murmurou: "Rosa mística". E daí por diante, sempre que uma impressão de beleza o feria, sempre que alguma coisa lhe dava prazer, ele murmurava: "Rosa mística". Se uma laranja era doce, Pedro pensava: "Rosa mística". "Rosa mística" dizia também para as músicas que amava, para as nuvens, para as aves, para a água, para os peixes. Um

dia em que caminhava com pe. Alonzo através do cemitério, pararam ambos diante dum túmulo.

— Aqui está o corpo de tua mãe — disse o padre, mostrando uma cruz ao menino. Pedro olhou para o pequeno monte de terra a seus pés. Teve o desejo de abrir a sepultura a ver como era a fisionomia de sua mãe. Imaginava-a bela e branca como as santas. Olhando para o chão, esquecido da companhia do padre, murmurou de repente:

— Rosa mística.

O jesuíta, surpreendido, perguntou:

— Que foi que disseste?

— Rosa mística.

— E sabes quem é a Rosa mística?

O menino sacudiu a cabeça negativamente, sem olhar para o amigo.

— É Nossa Senhora, Mãe de Deus — explicou Alonzo.

Muito cedo Pedro travou conhecimento íntimo com o diabo. Nas aulas de doutrina ouvia histórias sobre anjos bons e anjos maus. Passou, então, a vê-los muitas vezes em seus sonhos e nas suas elucubrações. Dificilmente conseguia distinguir as coisas que imaginava ou sonhava das coisas que realmente via quando estava acordado. Num velho livro que pe. Alonzo tinha em sua cela, havia uma gravura pela qual Pedro sentia grande atração. Era a em que um mau espírito aparecia montado num pobre pecador, o qual, de quatro pés como uma cavalgadura, se deixava surrar pelo anjo do mal; viam-se ainda outros demônios com cabeça de vaca e de cão, asas de morcego e corpos humanos: um deles empunhava uma clava, outro tinha um nó de víboras em cada mão; um quarto espírito mau tocava flauta, e, no primeiro plano, um diabo dirigia o coro dos pecadores, cujas cabeças apareciam, de faces contorcidas, acima das chamas do inferno. Pedro aprendeu também que o diabo vigia nossos passos, procura entrar em nossos pensamentos a fim de nos fazer pecar. Vivia atento à luta que se travava entre o seu anjo da guarda e os espíritos do mal pela posse de sua alma. Às vezes julgava ouvir esses anjos caídos gemerem na voz do vento, surgirem nas sombras da noite, entre as cruzes do cemitério, ou entrarem no corpo dos morcegos e outros bichos da noite. Sua imaginação povoava o mundo de demônios, e esse mundo fantástico não só continuava como também se alargava em seus sonhos e meditações.

Pedro tinha em geral uma vida ativa: aprendia ofícios, doutrina cristã, música; lia em voz alta as Escrituras Sagradas em latim, à hora em que os padres ceavam; não raro ajudava os índios a limpar o trigo e, enquanto fazia isso, cantava com eles. Aos domingos, com outros coroinhas, acolitava o cura na missa. Fazia também parte do coro; representava nos autos e durante as festas tomava parte nas danças. Gostava também de andar sem rumo pelas coxilhas, de arco e flecha, a caçar passarinhos, a procurar ninhos ou a aprisionar lagartixas vivas.

(Talvez um dia conseguisse até prender numa guampa a teiniaguá, a lagartixa encantada!) Momentos havia, porém, em que o menino caía em estado de melancólica meditação, preocupado com o mistério das pessoas que via a seu redor: os padres brancos com suas batinas negras; os índios cor de terra, vestidos de maneira tão diferente dos outros índios que não pertenciam a nenhum dos Sete Povos.

Intrigava-o o mistério do dia e da noite; do sol e da lua; das plantas, dos bichos, da chuva, do trovão, do relâmpago e do raio. Em tudo isso ele via, duma maneira obscura, manifestações da luta entre o bem e o mal. E havia sobretudo o grande mistério da morte. Ele acompanhava, fascinado, os serviços fúnebres, gostava de ver e ouvir, escondido atrás das colunas do templo, a encomendação dos defuntos. E era com o coração a bater-lhe descompassado, os olhos muito abertos, que Pedro via os cadáveres serem postos nas suas covas e depois cobertos com terra. O latim para ele tinha um som mágico que o deixava comovido, mesmo quando não compreendia o que lia ou ouvia. Decorava trechos do *Martiriológio* e salmos, que repetia quando estava sozinho. Sempre que ouvia falar nos outros países que havia para além do horizonte, ficava olhando à distância com olhos tristonhos. Pe. Alonzo contava-lhe coisas da Espanha, de seus reis, cavaleiros, santos, sábios, mártires e conquistadores. E às vezes traçava na terra com a ponta duma vara mapas que Pedro examinava com apaixonada e perplexa atenção. Gostava principalmente das façanhas dos templários, e deliciava-se ao escutar a história das Cruzadas.

Outra das suas grandes paixões era a música. Em geral os índios das reduções, mesmo os adultos, conseguiam tocar apenas o que aprendiam de cor ou então o que liam na pauta, sendo incapazes de compor. Pedro era diferente. Às vezes tomava da flauta e começava a improvisar. Inventava melodias que ora eram tristes e arrastadas ora rompiam em trêmulos e arabescos alegres, para depois caírem de novo numa melopeia.

Aos dez anos Pedro aprendeu de cor uns versos de San Juan de la Cruz que o pe. Alonzo costumava recitar. Era o *Cántico espiritual entre el alma y Cristo, su Esposo*:

Adónde te escondiste,
Amado, y me dejaste con gemido?
Como el ciervo huiste,
Habiéndome herido;
salí tras ti clamando, y ya eras ido.

O menino repetia esses versos com sua voz musical. E a parte de que ele mais gostava — embora não chegasse nunca a compreendê-la — era esta:

Buscando mis amores,
iré por esos montes y riberas,

ni cogeré las flores,
ni temeré las fieras,
y passaré los fuertes y fronteras.

Recitou-os um dia para o pe. Alonzo e, ao terminar, perguntou-lhe:
— Padre, então a Alma casou com Cristo?
Meio embaraçado, Alonzo respondeu:
— Simbolicamente, Pedro.
Mas compreendeu de imediato que havia respondido apenas a si mesmo, não ao entendimento do menino.
— Faz de conta — explicou. — A alma duma pessoa religiosa ama a Cristo e une-se, casa-se com Ele.
— É o Pay Antônio que faz o casamento?
Alonzo sorriu.
— Não, Pedro. Não é bem assim.
Procurou palavras simples para explicar, e como não as encontrasse achou prudente mudar de assunto.

Um dia Alonzo chamou Pedro para lhe cortar a tonsura. Para que o rapaz não cometesse nenhum erro, deu-lhe uma rodela de papel na configuração exata da tonsura, e sentou-se. Pedro subiu num mocho, apanhou a tesoura e pôs-se a trabalhar. Era a primeira hora da tarde, fazia calor e Alonzo sentia os olhos pesados de sono. Um ar de preguiça amolentava tudo, e a luz do sol parecia escorrer como azeite quente sobre a missão. Num dado momento a rodela de papel deslizou pelos cabelos do padre, começou a esvoaçar no ar como uma borboleta branca. O espírito de Pedro não se concentrava no trabalho. Nem o espírito nem os olhos, pois estes estavam fitos, fascinados, no punhal de prata que se achava em cima da mesa da cela.
— Padre... — chamou Pedro de mansinho. Depois, mais alto: — Padre!
Alonzo abriu os olhos.
— Que é?
— De que é feita aquela espadinha?
— Aquilo não é espadinha. É um punhal. A lâmina é de aço. A bainha, de prata lavrada.
— De quem é o punhal?
— É meu. Já te disse mil vezes.
— Ah!...
Pedro tornou a pôr a rodela de papel na coroa da cabeça do missionário, e por alguns instantes só se ouviu ali na cela o zumbir das moscas e o pique-pique da tesoura.
— Padre.
— Presta atenção no que estás fazendo, Pedro!

— Quem foi que deu o punhal ao padre?
— Foi meu pai.
— E quem foi que deu o punhal ao pai do padre?
— Talvez meu avô. Mas basta! Cuidado... vais me cortar!
Os olhos de Pedro, porém, não se afastaram do punhal.
— Quando eu crescer posso ter um punhal assim?
— Para quê?
— Para me defender.
— De quem?
— Dos inimigos.
— Que inimigos?
— Os espíritos do mal.
— A melhor arma contra eles é a cruz.
— É?
— É.
— Ah!...

Fez-se um silêncio de vários minutos em que Pedro dividiu a atenção entre a tonsura do missionário e a arma.

— Pronto! — disse por fim, saltando da cadeira.

Sempre que podia, Pedro entrava furtivamente na cela do padre, tomava o punhal nas mãos, acariciava-o, experimentava-lhe a ponta, punha-o na cinta e imaginava-se um guerreiro como o corregedor, o alferes real Tiaraju, que era o homem que ele mais admirava na redução. Gostava de vê-lo empunhar o arco e frechar aves em pleno voo, dar tiros de mosquete, manejar a lança montado num cavalo a todo o galope, e gritar ordens para os soldados... Ficava de respiração alterada quando via o alferes nos dias de procissão todo metido no seu uniforme de guerreiro de Espanha, pistolas e espada na cintura, cavalgando seu belo ginete...

Pedro ficava-se ali na cela a imaginar essas coisas. Depois repunha o punhal sobre a mesa e retirava-se sem ruído, como uma sombra.

7

Um dia d. Rafael procurou o pe. Alonzo, trazendo-lhe Pedro e um problema.

— Padre — disse o cacique, apontando para Pedro. — Este menino anda dizendo por todo o Povo que viu Nossa Senhora.

Alonzo sorriu e respondeu:

— Todos vemos Nossa Senhora. Está na igreja, no seu altar.

O índio sacudiu a cabeça, obstinadamente.

— Não, padre. Ele diz que viu Nossa Senhora em carne e osso.

— Nossa Senhora é espírito... — murmurou o padre, baixando os olhos para o menino.

O cacique exclamou:

— Eu não te disse? — E segurando o menino pelos ombros, sacudiu-o todo. — Eu não te disse?

Os olhos do rapaz estavam postos no missionário — grandes, parados, quentes. Alonzo brincou com as contas do rosário, fazendo um esforço para não sorrir.

— Está bem, cacique. Pode ir e deixe o menino comigo. Vou interrogá-lo.

D. Rafael retirou-se. Houve um silêncio. Era na casa dos padres à hora do anoitecer. Andava no ar um cheiro de carne assada, e vinha de longe o som das cantigas dos homens que voltavam da lavoura.

Alonzo aproximou-se do menino, pousou-lhe nos ombros ambas as mãos e depois perguntou, olhando-o bem nos olhos:

— Qual é o oitavo mandamento?

— Não levantar falso testemunho.

— Está bem. Sabes, então, que mentir é pecado...

— Sei.

— E sabes que se de repente morresses depois de teres dito uma mentira tua alma iria direito ao Purgatório?

— Sei.

— Vais então falar a verdade?

— Vou, padre.

— Perfeitamente.

Pedro estava parado no meio da sala, de braços caídos, os olhos fitos num pálido pedaço de céu que a janela emoldurava. Alonzo começou a andar calmamente dum lado para outro, com as mãos trançadas às costas. Houve alguns segundos de silêncio. De repente o jesuíta estacou na frente do menino e perguntou:

— Viste Nossa Senhora?

— Vi.

— Onde?

— No cemitério.

— Quando?

— Todos os dias.

— Todos os dias? Que vais fazer todos os dias no cemitério?

— Ver minha mãe.

— E consegues vê-la?

— Consigo.

— Mas como, se ela está enterrada!

— Ela desce do céu.

Alonzo fitou os olhos no rosto de Pedro e viu nele uma tamanha expressão de inocência, que por um momento imaginou que ele pudesse estar dizendo a verdade. Mas como estava habituado às fantasias dos índios — que viam as mais absurdas aparições — insistiu:

— Olha aqui, Pedro. Presta bem atenção. A alma de tua mãe, cujo corpo está enterrado no cemitério, desce do... céu?

— Desce.

— Todos os dias?
— Todos.
— Vem... junto com Nossa Senhora?
Pedro sorriu e ergueu as sobrancelhas num espanto.
— Mas ela é Nossa Senhora!
— Quem?
— Minha mãe.
— Pedro! — exclamou o padre. E quando deu acordo de si estava sacudindo a criança, bem como havia poucos minutos fizera o cacique d. Rafael. — Pedro!
— Que é, padre? — A voz do menino era tranquila, doce e meio nasalada como a voz da chirimia na qual ele tocava suas musiquinhas.

Alonzo não disse nada. Deixou cair os braços, sacudiu a cabeça devagar, respirou fundo e de novo começou a caminhar dum lado para outro. Ficou por um instante junto da janela olhando as cores do horizonte. E aos poucos sua irritação se transformou em divertida curiosidade. E foi sorrindo que tornou a aproximar-se do rapaz, passando-lhe a mão pela cabeça. Sua voz tinha um tom amigo e confidente quando ele perguntou:

— Então, Pedro, tua mãe é Nossa Senhora?
— Mas não é?
— Bom... E tu a vês todos os dias no cemitério?
— Vejo.
— Como é ela?
— Bonita... branca... vestida de azul.
— De onde vem?
— Do céu.
— Sozinha?
— Vem numa nuvem puxada por anjos.
— E a nuvem desce sobre o cemitério?
— Primeiro faz uma volta ao redor da torre da igreja, depois desce devagarinho e se some. E então Nossa Senhora fica ali no meio das cruzes.
— E que é que ela diz?
— Diz: "Como vais, Pedro?".
— E tu, que respondes?
— Primeiro me ajoelho e beijo a mão dela, depois digo: "Eu bem, e a Senhora?".
— Mas... quando beijas a mão de Nossa Senhora, sentes que elas são de carne, como as minhas, como as do cacique...?
— Não são de carne.
— Como são?
— São de espírito. E têm um cheiro bom.
— Cheiro de incenso?
— Não. Cheiro de rosa.
— Rosa?

— Rosa mística.
Perturbado, Alonzo começou a assobiar baixinho. Por fim tornou a perguntar:
— E depois... que acontece?
— Depois ela me convida para dar um passeio, pega a minha mão e vamos passear.
— Aonde vão?
— Saímos os dois voando num cavalo branco. Vamos para aquele lado.
Pedro ergueu o braço e apontou para o nascente.
— Para o Rio Grande de São Pedro?
— Isso mesmo.
— E que é que ela te mostra lá?
— Campos, índios, soldados, povos, padres, igrejas...
— Que mais?
— E meu pai.
— Teu pai? Como é ele?
— É um guerreiro como o nosso alferes real. Tem um chapéu de dois bicos com penachos coloridos... E pistolas... e um cavalo com arreios de prata e ouro.
— Como sabes que esse guerreiro é teu pai?
— Nossa Senhora me diz.
— E tu falas com teu pai?
— Não. Só olho...
— E depois?
— Depois nós voltamos. Nossa Senhora diz: "Vai para casa, Pedro, senão o cacique te castiga. Adeus". Eu beijo de novo a mão dela e volto.
Alonzo segurou o queixo de Pedro e fê-lo alçar o rosto.
— Pedro, estás falando a verdade?
— Estou, padre.
— Por Deus?
— Por Deus.
O rosto do menino tinha uma expressão de ânsia. O do padre, de pasmo.
— Sabes que se eu descobrir que mentes nunca mais permitirei que sirvas de coroinha?
— Sei, padre.
— E que nunca mais permitirei que representes nos autos? — O menino sacudia a cabeça. Seus olhos fitavam os de Alonzo, firmes, sem piscar. — E que nunca mais te deixarei tocar música? — Pedro fazia que sim, e o padre prosseguia: — E que nunca mais te deixarei entrar na minha cela? — Uma pausa. Alonzo respirou fundo, lentamente, como para dominar a comoção. Depois, destacando bem as palavras, perguntou: — Pedro, tu viste mesmo Nossa Senhora?
Na penumbra da sala, que apenas a luz do entardecer fracamente alumiava, o rosto do menino tinha uma pureza de imagem.
— Vi, padre. Vejo todos os dias...

Alonzo largou-lhe o queixo. Fez um gesto de desamparo e disse:
— Está bem. Podes ir!
Pedro fez meia-volta e se foi em silêncio, deixando Alonzo com sua dúvida e sua perplexidade.

8

Alonzo ia sendo aos poucos consumido pelo lento fogo que se lhe acendera no peito desde o dia em que chegara aos Sete Povos a notícia da assinatura do Tratado de Madri. Era um braseiro de paixão, misto de revolta nascida da consciência duma injustiça, de mágoa e — embora ele relutasse em reconhecer — de ódio. De faces descarnadas, dum amarelo lívido a que a barba cerrada emprestava um tom esverdeado, ele comia e dormia pouco e mal, e vivia num permanente estado de agitação física e espiritual. A roupeta negra lhe ia ficando cada vez mais folgada no corpo anguloso; a voz se lhe tornava azeda e áspera, os gestos nervosos, e às vezes toda a vida que havia nele parecia concentrar-se unicamente nos carvões ardentes dos olhos.

Aqueles últimos anos haviam sido particularmente difíceis e duros, talvez os mais dolorosos de sua existência. Outra vez estava ele em face duma tragédia. Agora, porém, não se tratava apenas de sua pessoa, mas sim de dezenas de milhares de criaturas humanas. Ele sofria na carne e nos nervos o drama dos Sete Povos. Não se conformava com a ideia de que aquela obra abençoada da Companhia de Jesus, aquele trabalho precioso de mais de um século estivesse a pique de desmoronar-se. A princípio parecera a ele e aos outros padres que a Espanha, percebendo afinal as desvantagens que lhe traria aquele tratado injusto e absurdo, tudo faria para revogá-lo. Era uma insensatez entregar a Portugal, em troca da Colônia do Sacramento, aquelas ricas terras das missões orientais, com aldeamentos prósperos, templos magníficos, estâncias, lavouras, casas... Por outro lado, como seria possível fazer a mudança de mais de trinta mil índios para o outro lado do rio Uruguai sem causar-lhes danos irreparáveis? Como transportar sem riscos mais de setecentas mil cabeças de gado?

Alonzo lera e relera os termos do tratado, no qual havia um artigo que, pela sua cínica simplicidade, lhe ficara gravado na memória:

Das Povoações ou Aldeias que cede Sua Majestade Católica na margem oriental do Uruguai, sairão os Missionários com todos os móveis, e efeitos, levando consigo os Índios para aldear em outras terras de Espanha; e os referidos Índios poderão levar também todos os seus bens móveis e semoventes, e as Armas, Pólvora e Munições que tiverem; em cuja forma se entregarão as Povoações à Coroa de Portugal, com todas suas Casas, Igrejas, e Edifícios e a propriedade e posse do terreno [...]

Todas as casas, igrejas, edifícios e propriedades! Por meio dum frio pedaço de papel, El-Rei movia as trinta mil e tantas almas daquelas reduções como se elas fossem utensílios de pouco ou nenhum valor!

Em fins de 1752 chegara aos Sete Povos o jesuíta Lope Luiz Altamirando com a incumbência de convencer os curas de São Lourenço, São Luís e São Borja a saírem com parte de seus povos rumo dos terrenos escolhidos para os novos aldeamentos em terras do Paraguai. Fora, porém, tão grande entre os índios a indignação contra aquele padre — a seu ver um agente secreto da Coroa de Portugal — que Altamirando se vira obrigado a fugir intempestivamente para não ser morto por um grupo de habitantes de São Miguel.

O pe. Matis, o superior das missões, declarara repetidamente que nem em cinco anos seria possível fazer aquela mudança em massa que os representantes de Espanha e Portugal esperavam se processasse dentro apenas do prazo de alguns meses. Para principiar, era difícil encontrar do outro lado do rio terrenos apropriados para a instalação das aldeias com suas lavouras e estâncias de gado. Alonzo horrorizava-se à ideia de que para chegar ao terreno que estava reservado a seu povo, ao norte do Queguai, teriam de percorrer duzentas léguas de deserto!

Durante todos aqueles anos os padres das missões, de um e outro lado do Uruguai, tinham despachado cartas de protesto. O próprio governador de Buenos Aires havia feito uma representação ao rei de Espanha, mostrando-lhe os inconvenientes daquela permuta, contra a qual se manifestaram também a Audiência Real de Charcas e o bispado de Córdoba e Tucumán.

Tudo, porém, fora em vão. O tratado estava sendo cumprido. A demarcação começara. Portugueses e espanhóis tinham ficado indiferentes a todos os protestos. Havia um porém, diante do qual não podiam apenas encolher os ombros: era a manifestação dos índios, que haviam impedido de armas nas mãos que a primeira partida demarcadora entrasse em terras de São Miguel.

À frente desses rebeldes achava-se o corregedor Sepé Tiaraju. Bradara ele corajosamente em face dos representantes de Portugal e Espanha que Deus e são Miguel haviam dado aquelas terras aos índios; e que se a comissão e os soldados espanhóis quisessem entrar nelas, seriam bem recebidos, mas que os portugueses, esses jamais poriam o pé naqueles campos.

A partida demarcadora achara prudente retirar-se para o rio da Prata, pois fora informada de que estavam reunidos na redução cerca de oito mil índios em armas, dispostos à guerra. Essa primeira vitória causara grande contentamento nas missões. Alonzo, porém, não se iludira. Ele sabia que o gesto de rebeldia dos índios equivalera a uma abertura de hostilidades.

Pelo inverno de 1753 divulgou-se a notícia de que os exércitos de Portugal e Espanha tinham decidido declarar guerra aos Sete Povos.

Já então lavrava a revolta e a desordem entre os índios, que não mais obedeciam aos padres. A disciplina das reduções se quebrava. Caciques, corregedores e alcaides estavam resolvidos a enfrentar os exércitos aliados. E Alonzo via, agoniado, transformar-se a vida daqueles povos, onde agora só se faziam preparativos bélicos. Os hinos religiosos eram substituídos pelos cantos tribais de guerra, entoados com o fervor do ódio. Os estandartes da Igreja tinham sido postos de lado para dar lugar a bandeiras vermelhas, que os cavaleiros índios agitavam ao vento, de povo em povo, para incitar os companheiros ao combate. Os padres que tentassem chamá-los à razão eram desacatados e às vezes corriam até o risco de serem agredidos.

Em tudo isso o que mais espantava Alonzo era ver que a piedade, a cortesia e as inclinações pacifistas dos indígenas não passavam dum tênue verniz que agora se quebrava para mostrar a natureza verdadeira daquela gente, que aos olhos dos padres se revelava com a força escandalosa duma nudez medonha. A antecipação da luta com todas as possibilidades de violência deixava-os intoxicados. As praças das reduções enchiam-se de rumores de guerra. Nas oficinas já não mais se esculpiam imagens nem se forjavam instrumentos de trabalho: agora só se fabricavam armas e munições. As lavouras estavam abandonadas, pois os homens válidos haviam sido convocados para formar o grande exército das missões. Alonzo decidira — e nisso tivera a reprovação do cura — encarar a situação com realismo. Achava que os índios tinham todo o direito de resistir, de não entregar aos portugueses a terra que lhes pertencia. Assim, empenhou-se também em ajudar o corregedor nos preparativos militares: instruir os guerreiros no manejo das espingardas e das peças de artilharia que ele próprio ajudava a fabricar. A princípio fizera essas coisas com fria eficiência; depois sentira que passava a trabalhar com interesse e finalmente com uma paixão que chegava a ser quase voluptuosa.

Numa tarde, em fins de janeiro de 1756, pouco antes de partir para uma das batalhas da campanha, o cap. Sepé lhe mostrara uma carta que acabara de receber e cujos dizeres impressionaram Alonzo profundamente, reforçando nele a convicção de que os índios estavam com a boa causa. A carta rezava assim:

> Apenas se aproximem esses homens que nos aborrecem, devemos invocar a proteção de Nossa Senhora e de São Miguel e de São José, e de todos os santos, e se forem de coração, as nossas preces serão ouvidas. Devemos evitar toda a conferência com os espanhóis e ainda mais com os portugueses, que de todo o mal são a causa. Lembrai-vos como em todos os tempos antigos mataram muitos milhares de nossos pais, sem perdoarem nem as inocentes crianças, e como nas nossas igrejas profanaram as imagens que adornam os altares dedicados a Deus Nosso Senhor. E como queriam tornar a fazer-nos o mesmo, a nós e aos nossos. Não queremos aqui esse Gomes Freire e a sua gente, que por instigação do diabo tanto ódio nos tem. Foi ele que enganou o seu rei e a nosso bom monarca, e por isso não queremos recebê-lo. Temos derramado o sangue no serviço d'El-Rei, pelejando em suas batalhas na Colônia e no Paraguai, e ainda ele nos diz que abandonemos nossas casas, nossa Pátria! Este mandamento não é de Deus, é do diabo, mas o nosso rei anda sempre pelos caminhos de Deus, não do demônio: assim no-lo têm dito sempre. Ele sempre nos amou como seus pobres vassalos sem jamais buscar oprimir-nos

nem fazer-nos injustiça, e quando souber todas essas cousas, não podemos crer que nos mande abandonar quanto temos e entregá-lo aos portugueses; nunca o acreditaremos. Por que não lhes dá ele Buenos Aires, Santa Fé, Corrientes e o Paraguai? Por que há de somente sobre nós, pobres índios, recair a ordem de deixar casas, igrejas, tudo quanto possuímos e que Deus nos dera? Se querem conferências, que não venham mais de cinco espanhóis, e o padre, que é pelos índios, será intérprete. Desta forma se farão as coisas como Deus quiser, senão será o que quiser o demo.

Alonzo lera a carta e tornara a entregá-la a Sepé Tiaraju, que a metera sob a camisa, no dia em que saíra a enfrentar os exércitos inimigos mandados para atacá-lo, sob o comando do governador de Montevidéu.

Alonzo despediu-se do alferes real ali na praça da redução, à frente da catedral. E quando o cap. Sepé montou a cavalo e desapareceu com seus homens na encosta do outeiro, Pedro puxou a manga da roupeta do padre e disse:

— O capitão Sepé não volta mais.

Alonzo lançou um olhar de censura para o menino e murmurou:

— Não digas uma coisa dessas!

Pedro olhava para o horizonte com seus olhos mansos e límpidos, e com aquela expressão de alheamento que tanto impressionava os padres e os índios. Impaciente, Alonzo segurou o menino por ambos os braços e começou a sacudi-lo num frenesi. O rosto de Pedro, porém, não se alterou.

— O capitão Sepé vai morrer — repetiu ele.

O padre sentiu uma súbita náusea. Ele sabia, por amarga experiência, que as premonições daquela criança sempre se confirmavam.

— Cala a boca! — gritou.

Pedro calou-se. Alonzo encaminhou-se, então, para a igreja, de olhos baixos, olhando fixamente para a própria sombra no chão.

Se José Tiaraju morrer — refletiu — estará tudo perdido. E assim, como temia o autor da carta que havia pouco ele lera, as coisas se fariam não como Deus as queria mas sim como o demo as esperava...

9

Fora aquela uma guerra cheia de armistícios prolongados, durante os quais os otimistas nos Sete Povos chegaram a dizer: "O inimigo compreendeu afinal que não nos pode vencer. Um exército como o nosso, que tem chefes como Nicolau Languiru e Sepé Tiaraju, jamais poderá conhecer a derrota".

Um dia o próprio cura dissera a Alonzo:

— É bem possível que as coisas vão ficando como estão e que nós, pela graça de Deus, possamos continuar em nossas terras.

Alonzo, porém, sacudira a cabeça, que aqueles anos de provação haviam embranquecido, e murmurara:

— Não creio. Eles estão apenas a preparar o ataque final. — Disse isso e mentalmente acrescentou: "Queira o bom Deus que eu me engane!".

Mas não se enganava. Os exércitos unidos de Portugal e Espanha gastaram quase três anos em aprestos para a batalha decisiva.

E durante esse áspero triênio acontecera algo que deixara Alonzo intrigado e presa de inquietadoras dúvidas. É que desde o primeiro encontro entre os índios e a partida demarcadora nas proximidades de Santa Tecla, ele assistira ao nascimento e ao desenvolvimento duma lenda e dum ídolo.

Muitas vezes, nas suas horas de solidão na cela, ficava ele a pensar nas coisas que vira e ouvira, e na qualidade fantástica que naquela atmosfera de nervosismo e excitação assumiam os fatos e as palavras mais triviais. Os índios tinham uma imaginação rica, eram supersticiosos e estavam sempre prontos a invocar o milagre para explicar as coisas que não compreendiam.

Desde o primeiro momento o corregedor José Tiaraju se erguera como um chefe natural daqueles guerreiros indígenas. Alonzo nunca chegara a penetrar bem a alma daquele belo homem de rígida postura marcial, parco de palavras e de gestos. Não estava Sepé entre os índios que revelavam vocação para a música, para a escultura, para a pintura ou para a dança, mas possuía evidentemente outros talentos. Sabia ler e escrever com fluência, tinha habilidade para a mecânica e conhecia a doutrina cristã melhor que muitos brancos letrados que se jactavam de serem bons católicos. Ninguém melhor que ele domava um potro ou manejava o laço; poucos podiam ombrear com ele no conhecimento e trato de terra; e aquela guerra mostrara que ninguém o suplantava como chefe militar e guerrilheiro.

Em tempos de paz, muitas vezes Alonzo ficara surpreendido ante as sentenças que o alferes real pronunciava, na qualidade de corregedor de seu povo. Resolvia problemas judiciários com um equilíbrio e um senso de justiça que fariam inveja aos magistrados das cortes europeias. Sabia exprimir-se com precisão e economia de palavras, e nas suas sábias sentenças Alonzo vislumbrava às vezes uma pontinha de ironia, o que o deixava a pensar nas ricas reservas mentais daquela raça considerada pelos brancos inferior e bárbara.

Alonzo não saberia dizer ao certo como tinha começado a lenda. Desconfiava, porém, que fora Pedro quem fizera rolar pela encosta da montanha a bola de neve que através do espaço e do tempo fora engrossando até tomar as proporções duma avalancha.

Em fins de 1752 Pedro divulgara a sua versão do famoso encontro entre o alferes real e os membros da primeira partida demarcadora.

— Nesse momento — contara o menino, arrematando a história — os espanhóis e os portugueses quiseram avançar, mas nosso corregedor levantou a espada, que era de fogo como a do arcanjo são Miguel, os inimigos recuaram assustados e fugiram a toda a brida.

Ao redor dele homens, mulheres e crianças o escutavam.

— A espada era mesmo de fogo? — perguntou um dos índios.

Pedro fez com a cabeça um veemente sinal afirmativo.

— Como pudeste ver tudo isso que se passou tão longe daqui, se não saíste da missão?

— Tive uma visão — respondeu o menino sem pestanejar.

Em outra ocasião, Sepé voltara duma escaramuça e ficara no centro da praça a arengar seu povo; e falara com tanto ardor que a cicatriz em forma de meia-lua que tinha na testa começara a ficar vermelha e reluzente.

Pedro contemplava-o, embevecido, e num dado momento sussurrou para as pessoas que estavam a seu lado:

— Olhem... Deus botou um lunar na testa de Sepé.

Essa frase passou num cicio pela multidão, de boca em boca. José Tiaraju tinha um crescente na testa, como uma luminosa marca de Deus. E com o passar do tempo e das batalhas, a estatura do herói foi crescendo...

Um dia os povos tiveram notícia dum hábil ardil de Sepé. Espalhara ele pela margem direita do Jacuí, onde os adversários se achavam acampados, algumas cabeças de gado e, isso feito, emboscara-se com seus índios. Ao verem os animais soltos, os soldados portugueses e espanhóis exultaram e, na perspectiva duma presa fácil, saíram desarmados a repontar o gado. Foi então que Tiaraju saiu do esconderijo com sua gente e os dizimou.

Poucos dias depois da Páscoa, no ano de 1754, caíra sobre a redução com o peso duma clava a notícia de que Sepé Tiaraju tinha sido aprisionado pelos inimigos. Alonzo viu então um negro desânimo tomar conta de sua gente a ponto de por alguns dias reduzi-la a um estado de absoluta apatia. E estava ela ainda a lamentar a perda do chefe quando uma tarde Pedro se pendurou na corda do sino da igreja, fazendo-o soar num ritmo desesperado de alarma. Os índios correram para a frente do templo e, encarapitado no alto da torre, o menino gritou para baixo:

— Sepé Tiaraju está livre!

Contou-lhes que tinha tido uma visão em que o corregedor lhe aparecera montado num cavalo, a correr pelo meio dos soldados de Espanha e Portugal, que atiravam nele com suas pistolas e mosquetes, sem entretanto conseguir atingi-lo; e Sepé lançara-se ao rio, atravessara-o a nado, sumira-se no mato, na margem oposta, onde finalmente se reunira aos companheiros.

Uma semana depois chegava à missão um mensageiro contando que Sepé havia fugido; e a narrativa dessa fuga coincidia com a visão de Pedro.

Os índios, então, entraram na igreja para render graças a Deus. Pedro, que rezava ajoelhado ao lado de Alonzo, tocou no braço do jesuíta e cochichou:

— Padre...

Alonzo voltou a cabeça e perguntou baixinho:

— Que é, meu filho?

— José Tiaraju é o arcanjo são Miguel.

— Não digas heresias.

— É, padre. Eu sei. Olhe para a cara do santo.

Alonzo olhou para a imagem e muito a contragosto descobriu-lhe nas feições traços do alferes real.

— Não contes isso a ninguém, Pedro.

Mas Pedro contou. Saiu a espalhar por todos os cantos que o pe. Alonzo lhe afirmara que o corregedor era uma encarnação do arcanjo.

Doutra feita, estando Sepé longe de seu povo em andanças guerreiras, chegou à missão a notícia de que o capitão-general português Gomes Freire, conde de Bobadela, mandara chamar Tiaraju para uma conferência. O mensageiro, testemunha ocular do fato, descrevia a cena com abundância de pormenores. Tudo se passara num mato, nas imediações do rio Jacuí, onde o conde lusitano se encontrava acampado com seu exército.

Convidado a vir parlamentar com o capitão-general, a princípio Sepé respondera:

— Se ele quiser conversar comigo, que venha até onde estou.

Como, porém, seus oficiais insistissem, Sepé resolveu aceitar o convite e foi. Gomes Freire tinha feito estender no chão um grande tapete, sobre o qual, à maneira de trono, colocara uma cadeira de campo. Sentara-se nela para esperar o rebelde, mas tivera antes o cuidado de cercar-se de guardas e de colocar a pequena distância os seus dragões façanhudos, armados de lanças e pistolas.

Acompanhado de alguns de seus homens, Sepé fez alto a umas quatro quadras do lugar onde o conde o aguardava. Apareceu o intérprete, que vinha da parte do chefe português, e disse:

— Deves vir desarmado.

Sepé retrucou:

— Mas por quê, se o general e seus homens estão armados?

Ditas essas palavras, Tiaraju aproximou-se do conde de Bobadela e, de cabeça erguida, bradou:

— Bendito seja o Santíssimo Sacramento!

— Apeie e beije a mão do general — intimou-o o intérprete.

O índio baixou para ele um olhar de desdém e respondeu:

— Beijar a mão de teu general? A troco de quê? Pensas acaso que estou na terra dele e não na minha?

Ao ouvir essa resposta traduzida pelo intérprete, Gomes Freire exclamou, irritado:

— Diga a esse índio que ele é um bárbaro.

Sepé sorriu e respondeu simplesmente:

— Diz ao teu patrão que ele é mais bárbaro que eu.

O general estava vermelho de cólera. Sempre de cabeça alçada, em cima de seu cavalo, o corregedor resumiu seu pensamento assim:

— Vim aqui, general, para te dizer que o exército espanhol retrocedeu e nos deixou em paz. E que tu e teu exército devem fazer o mesmo e voltar imediatamente. É só o que tenho a dizer-te.

Gomes Freire ergueu-se e, de punho cerrado, começou a fazer ameaças.

Tinha gente e armas e coragem em quantidade suficiente para conquistar os Sete Povos — declarou ele, apontando com a mão cheia de anéis na direção noroeste.

Sepé limitava-se a sorrir quando o intérprete, que suava abundantemente, traduzia as palavras do conde. Finalmente este último tornou a sentar-se, passou a mão pela testa úmida, e quando de novo falou foi num tom conciliador. Começou a fazer grandes promessas: daria a Sepé e seus capitães lindos presentes vindos especialmente de além-mar: joias, armas, arreios, uniformes... E, como prova de cordialidade — acrescentava o narrador —, o conde, tirando do bolso sua caixinha de tabaco, chegara a oferecer uma pitada a José Tiaraju, o qual, fechando o cenho, gritou para o intérprete:

— Vai-te para o diabo, negro! Pensas que preciso de teu tabaco? Pensas que não tenho tabaco? Tenho, e do bom, muito melhor que o teu.

A entrevista terminou intempestivamente. Sem sequer acenar com a cabeça para o capitão-general, Tiaraju esporeou o cavalo e se foi.

Os feitos de Sepé e seus guerrilheiros corriam pelos Sete Povos, e testemunhas oculares das batalhas contavam que no meio da refrega tinham visto o lunar a fulgir na testa do corregedor, que passava incólume por entre as balas, brandindo no ar a espada flamejante.

Por toda a parte contavam-se histórias de novos milagres de Tiaraju, e, quando este aparecia na missão, todos queriam tocar-lhe as vestes. Alonzo vira mulheres ajoelhadas aos pés do guerreiro, a beijar-lhe reverentemente as mãos.

Um dia Pedro improvisou na chirimia uma música bucólica; e quando ele terminou, Alonzo, que estivera a escutá-lo num silêncio reflexivo, perguntou:

— Que foi que tocaste, Pedro?

O menino ficou um momento de olhar vidrado, absorto em seus pensamentos, e depois respondeu:

— É uma música que inventei. Chama-se "Lunar de Sepé".

Em princípios de fevereiro daquele terrível ano de 1756, Alonzo dirigia-se uma noite para a cela, quando, ao se aproximar dela, ouviu rumor de vozes lá dentro. Parou um instante, aguçou o ouvido. Quem podia estar no quarto a conversar aquela hora? Acercou-se da porta na ponta dos pés e abriu-a sem ruído e olhou.

O vulto de Pedro delineava-se contra o céu noturno que a janela enquadrava. Ficou o padre a observá-lo em silêncio. O menino tinha nas mãos alguma coisa que brilhava à luz do luar — o punhal — e murmurava palavras que Alonzo não conseguia compreender. Permaneceu assim durante algum tempo, como se estivesse conversando com alguém.

— Pedro! — exclamou o padre.

Sem o menor sobressalto, o menino voltou serenamente a cabeça na direção da porta e disse:

— Louvado seja Nosso Senhor Jesus Cristo.

Alonzo aproximou-se dele. Agora via-lhe o rosto à vaga claridade da noite. Naquele instante as feições da criança lhe feriram a retina com tal intensidade e numa tão pura impressão de beleza que por alguns segundos o padre perdeu a voz. Ficou a olhar para Pedro com a boca entreaberta e lágrimas nos olhos.

Finalmente conseguiu balbuciar:

— Que é que estás fazendo aqui, meu filho?

— Conversando com o alferes real.

Por alguns instantes Alonzo ficou de novo mudo. Era mais uma das "coisas esquisitas" do rapaz. Todos sabiam que Sepé Tiaraju estava longe, tinha saído com seus homens para enfrentar as tropas aliadas.

— Nosso alferes está a dezenas de léguas daqui, meu filho. Como podias estar conversando com ele?

Pedro apertava amorosamente o punhal contra o peito.

— José Tiaraju morreu, padre.

— Morreu? Quem te disse?

— Eu vi.

— Que foi que viste?

Mau grado seu, o padre sentia que as pulsações de seu coração se aceleravam.

— Vi o combate. O alferes foi derrubado do cavalo por um golpe de lança. Vi quando ele quis erguer-se e um homem... um general... de cima do cavalo varou-lhe o peito com uma bala.

Alonzo segurou a cabeça do menino com ambas as mãos e aproximou-a de seu rosto como se quisesse ler-lhe os pensamentos no fundo dos olhos.

— Como podias ter visto isso tudo se o combate foi travado tão longe daqui?

Pedro respondeu simplesmente:

— Eu vi.

— Disseste que estavas conversando com o corregedor.

— Estava.

— E que te dizia ele?

— Dizia que seu corpo tinha sido atirado num mato perto dum rio. E que a batalha estava perdida.

— Onde estava ele quando te falou?

— Lá em cima. A alma de Sepé subiu ao céu e virou estrela.

Alonzo largou a cabeça do menino, que fez meia-volta e se encaminhou para a janela, puxando o padre docemente pela manga da sobretúnica. Ergueu o dedo e mostrou o crescente:

— Deus botou também na testa da noite um lunar como o de são Sepé.

— *São* Sepé? — repetiu o padre, meio estonteado.

Sem dizer palavra e sem fazer o menor gesto, Alonzo viu o menino guardar o punhal entre a camisa e o peito, e sair da cela em silêncio.

* * *

Três meses depois, quando os exércitos dos Sete Povos já haviam sido completamente desbaratados numa batalha campal, e os habitantes do povo de Alonzo, desesperados, prendiam fogo à catedral e às casas, para que elas não caíssem intatas nas mãos do inimigo vitorioso que se aproximava — Pedro montou num cavalo baio e, levando consigo apenas a roupa do corpo, a chirimia e o punhal de prata, fugiu a todo o galope na direção do grande rio...

José Borges, meu bom homem, de que serve ter nas veias o sangue de Jacques de Bruges, o gentil-homem flamengo que veio para a ilha nos tempos do Infante Dom Henrique?
Ele possuía terras, vinhedos e trigais; joias, baixelas de prata, carruagens, cama fofa e mesa farta. Mas tu que tens? Só lhe herdaste a pele clara, os olhos azuis, os cabelos ruivos. Teu pão é escasso, tua açorda é magra e teus filhos não têm o que vestir.
José Borges, deixa tua ilha, aceita o convite d'El-Rei.

É num dia de estio, e há sol sobre o mar.
Zé Borges na praça de Angra soletra o edital d'El-Rei.

[...] fazer mercê aos Casais das ditas Ilhas, que se quiserem estabelecer no Brasil de lhes facilitar o transporte e estabelecimento, mandando-os transportar à custa de sua Real Fazenda, não só por mar, mas também por terra até os sítios que se lhes destinarem para as suas habitações, não sendo homens de mais de quarenta anos e não sendo as mulheres de mais de trinta [...]

Crescem os olhos de Zé Borges, ao lerem as promessas d'El-Rei.

[...] e logo que chegarem aos sítios que hão de habitar se dará a cada casal uma espingarda, duas enxadas, um machado, uma enxó, um martelo, um facão, duas facas, duas tesouras, duas verrumas e uma serra com sua lima e travadoura, dous alqueires de sementes, duas vacas e uma égua [...]

E ali na praça de Angra, Zé Borges põe-se a sonhar. Vê suas terras e rebanhos, come pão de seu trigal, bebe vinho de suas uvas, mora em casa senhorial, vai à missa no domingo numa carruagem com pajens, tem escravos que o servem, vizinhos que o adulam, vê os filhos já crescidos, casa as filhas com morgados...
Volta para casa estonteado e conta o sonho à mulher.
Ai, meu Deus, Nossa Senhora! Para o Brasil eu não vou. Tenho medo do mar, dos índios, das feras e das febres.

Mas vão. Dizem adeuses chorando aos amigos que ficam. Caminham para o porto com suas trouxas e baús. O pai, a mãe e cinco filhos: sete sombras caladas no chão da ilha Terceira.

Naquele exato momento, a mais de mil léguas de distância, do outro lado do mar oceano, onde o dia é mais novo, outras sombras se movem no chão da vila da Laguna. Um homem e seu cavalo.

Me chamo Francisco Nunes Rodrigues, mais conhecido por Chico Rodrigues. Venho do planalto de Curitiba. Meus pais? Se tive, perdi. Onde nasci não me lembro. Mas dês que me tenho por gente, ando vagando mundo.

Apeia na frente duma venda, entra, pede comida e pouso.

Pra onde se atira, patrício?

Pros campos do Rio Grande de São Pedro.

Pra lá muito povo tem ido, desta vila e doutros lugares. Vi gentes que saíram apenas com a roupa do corpo e a bolsa vazia. Sei que hoje são senhores de estâncias de gado, com léguas de sesmaria; têm patacões, onças, cruzados, boas botas e senhoria. Mas ouvi dizer que no Continente a vida é dura, os índios são brabos, e é preciso ter cuidado com os vizinhos castelhanos, com as feras e as cobras e o Regimento de Dragões.

Chico Rodrigues come, enquanto o vendeiro fala.

Pois é, Laguna está morrendo, todo o mundo vai s'embora, rumo desses campos do Sul. Uns vão prear gado, outros buscar ouro e prata, outros requerer sesmaria, outros o que fazem é tropas pra vender em São Paulo, Minas e Curitiba. Ai! Laguna está morrendo bem como a mulher que na hora de parir o filho começa a se esvair em sangue...

Mas a vida é assim mesmo. Uns morrem, outros nascem.

E uma coisa eu lhe digo. Tome nota do meu nome. Inda vai dar muito que falar um tal de Chico Rodrigues.

É noite no mar. Deitado no convés do navio, Zé Borges olha as estrelas e conversa com Deus.

Senhor, por que assim nos castigais? Faz sessenta dias e sessenta noites que não pisamos terra. Matastes dois filhos nossos, que foram sepultados no mar. Vossas águas estão furiosas, meu corpo arde em febre, minha mulher chora e geme, e os filhos que me restam sentem frio, fome e sede. Senhor, que grande pecado foi o nosso?

As estrelas luzem tranquilas sobre as ondas e as velas.

Há setenta casais a bordo, mas a Morte embarcou também. Não se passa um único dia em que não lancem um defunto ao mar. São as febres malignas e o medonho mal de luanda.

Cinzentos como cadáveres, homens e mulheres vomitam os dentes com sangue.

E de suas bocas purulentas sai um hálito podre de peste.

Outros rolam nos beliches treme-tremendo de febre.

E o capitão indiferente aponta para o céu, mostra a alguém o Cruzeiro do Sul.

O lavrador do Fayal que ontem perdeu o juízo, debruça-se à amurada, olha os horizontes da noite e começa a recitar

Sobe, sobe meu gajeiro
Àquele mastro real.
Vê se vês terras d'Espanha,
Areias de Portugal.

No dia seguinte avistam as areias do Continente.
É aqui que fica o Presídio e o Senhor General, com seus dragões façanhudos, de cabeleiras compridas, fardamento azul-marinho com debruns dourados, capacete com penacho azul e amarelo, espadim à cinta e pés descalços. Os famosos Dragões do Rio Grande, comedores de milho e abóbora, de poeira e distâncias.
Cinco sombras da ilha Terceira nas areias do Rio Grande. Faltam duas, para onde foram? São sombras no fundo do mar.

Zé Borges, mulher e filhos embarcam num batelão, sobem a grande laguna, vão para os campos do Viamão. Lá encontram outros casais das ilhas. Mas na Capela Grande as imagens dos santos têm faces para eles estranhas.
Fazem casa de barro com coberta de palha. Comem carne-seca com farinha e suspiram de saudade da açorda, do pão branco, da sardinha, do azeite, da cebola e do alho.
Zé Borges, meu marido, onde estão as ferramentas, as sementes, a espingarda, as vacas e a égua que Dom João V nos prometeu? Cá estamos como degredados, El-Rei de nós se esqueceu.
Tem paciência, ó mulher, Deus é grande e ninguém perde por esperar. El-Rei nos deu um quarto de légua de terra onde podemos plantar.
A mulher chora e diz:
Sete palmos me bastam.

E nos anos que se seguiram não houve quem não conhecesse no Continente de São Pedro a fama dum tal Chico Rodrigues, chefe dum bando de arneiros, e que não respeitava a propriedade de El-Rei. Apossava-se de terras sem requerer carta de sesmaria, assaltava tropas, roubava gado, andava sempre com uma índia na garupa e quando alguém num povoado ou estância bradava: "Aí vem o Chico Rodrigues!", a gritaria começava, as mulheres fugiam para o mato, os homens pegavam nas espingardas, era um deus nos acuda.
O comandante do Presídio pôs-lhe a cabeça a prêmio.
Contam que um dia Chico Rodrigues quase foi morto de emboscada por um índio tape. Derrubou o bugre com um tiro de garrucha, depois arrancou a frecha que tinha cravada no peito, aquentou um ferro no fogo e quando viu a ponta em brasa encostou-a

na ferida. Mal franziu o cenho, não soltou um ai, e quando sentiu cheiro de carne queimada gritou aos companheiros.

Até me deu fome, amigos. Vamos fazer um assado.

Fizeram. E como não tinham sal esfregaram a carne nas cinzas e comeram.

Por esse tempo muito povo descia para o Continente, cujas terras e gados seriam de quem primeiro chegasse.

Homens da Laguna, de São Paulo, das Minas Gerais e do planalto curitibano desciam pelos caminhos das tropas.

Muitos navegavam os rios em busca de ouro e prata.

Um tal João de Magalhães transpôs a serra do Mar, varou o Continente e foi parar nas barrancas do Uruguai.

Muitos requeriam sesmarias. Outros roubavam terras.

Ladrões de gado aos poucos iam virando estancieiros.

Nasciam povoados nos vales e nas margens daqueles muitos rios.

As campinas andavam infestadas de aventureiros, fugitivos do Presídio e da Colônia do Sacramento, homens sem lei e sem pátria, homens às vezes sem nome. E era com gente assim que Chico Rodrigues engrossava seu bando.

Quais são teus inimigos?

Os bugres, as feras, as cobras, os castelhanos, e o Regimento de Dragões.

E teus amigos?

Meu cavalo, meu mosquete, minhas garruchas, meu facão.

Em Santo Antônio da Guarda Velha, no Rio Grande, no Rio Pardo, em Tramandaí e Viamão não havia ninguém que não tivesse ouvido falar nas proezas dum tal Chico Rodrigues.

E de homens como ele havia centenas e centenas.

As patas de seus cavalos, suas armas e seus peitos iam empurrando as linhas divisórias do Continente do Rio Grande de São Pedro.

Queremos as ricas campinas do oeste e as grandes planícies do sul!

Só caranguejo é que fica na beira da praia papando areia.

Pelos campos do Rio Pardo iam entrando na direção do poente, demandando as Missões. Ou desciam costeando as grandes lagoas, rumo do Prata.

E em todas as direções penetravam na terra dos minuanos, tapes, charruas, guenoas, arachanes, caaguás, guaranis e guaranás.

A fronteira marchava com eles. Eles eram a fronteira.

Zé Borges, tu plantas trigo, mas cresceu algodão na tua cabeça. Muitos anos se passaram. Mais cinco filhos nasceram. Como o trigo cresceram e amadureceram. Dois deles morreram. Duas das moças casaram. Mas a mais bela de todas, a ruiva de olhos garços, inda está solteira.

Maria Rita, como danças bem a Chamarrita!

Volta, minha Chamarrita,
Ó minha Chamarritona.
Trago terra n'algibeira
Pra depor na manjerona.

Encontrei a Chamarrita
No mato fazendo lenha,
C'o seu colete redondo
Sua saia de estamenha.

Maria Rita! Maria Rita! Será que não amas ninguém? Vives fiando e cantando e ficas calada sorrindo quando os rapazes te dizem:

Aqui tens meu coração,
Se o quiseres matar bem podes:
Olha que estás dentro dele,
Se o matas, também morres.

Em Viamão se vive na paz de Deus.
Casas baixas de barro com rótulas pintadas de verde. Cantigas das ilhas.
Velhas de longas mantilhas pretas com rosários nas mãos vão aos domingos à missa em carretas de rodas maciças puxadas por lerdos bois. Fazem promessas, acendem velas, são devotas do Espírito Santo.
E os vagamundos aventureiros que passam por ali, riem daquelas gentes pacatas, que respeitam a lei e odeiam a guerra, que falam cantando e às vezes lhes preguntam.
Aonde vades?
Acham engraçadas suas caras, suas casas, suas comidas, suas roupas, seus cantares, suas danças: o feliz amor, o sarrabaio, a chamarrita. E nas quermesses de maio mofam da Pomba do Divino. Mas muitos deles tomam parte nas cavalhadas, que é a guerra dos cristãos contra os mouros.
E quando esses homens sujos, de mosquete a tiracolo, chapéu de couro na cabeça, facão na cinta, veem os açorianos suando ao sol das lavouras de trigo ou mourejando nas suas oficinas, e as mulheres graves e caladas em casa curtindo couro, fiando, tecendo, cozinhando, lavando, cuidando dos filhos — sacodem as cabeças guedelhudas e não compreendem como é que um cristão pode ficar parado sempre no mesmo lugar, a fazer a mesma coisa o dia inteiro, a vida inteira.
Montam a cavalo e se vão felizes para suas andanças e lidas.

Os ventos do destino sopram Chico Rodrigues para as bandas do Viamão.
E num domingo à saída da missa ele vê Maria Rita, a de pele branca, cabelos ruivos e olhos garços.

Estava cansado de índias e chinas tostadas de sol com gosto de poeira e picumã. Queria agora mulher branca.

Foi por isso, só por isso que na noite daquele domingo tirou Maria Rita de casa.

E agora lá vai ele com a ruiva na garupa.

Perdi a conta do tempo, mas se não me falha a memória devo andar beirando os cinquenta.

Resolvi mudar de vida, requerer sesmaria, fazer casa, parar quieto, ser um senhor estancieiro, ter mulher, gado, cavalos e filhos, todos com a minha marca.

Chico Rodrigues olha para uma árvore forte, à beira da estrada e pensa.

De hoje em diante vou me chamar Chico Cambará.

O Sobrado II

25 DE JUNHO DE 1895: MADRUGADA

Um grito atravessa o sono de Rodrigo, que acorda sobressaltado. É a mamãe — pensa ele. O coração começa a bater-lhe acelerado. O medo aumenta-lhe a impressão de frio, e ele sente na boca do estômago medo e fome confundirem-se numa mesma sensação de vazio gelado e náusea. Não tem coragem para abrir os olhos porque sabe que o quarto está às escuras. Com o punhal nas mãos e as mãos apertadas entre as pernas, encolhido e meio trêmulo, ele escuta... Deve estar saindo o filho — imagina. Pobre da mamãe!
— Bio — murmura.
Uma pausa. Depois, cochichada bem junto de seu ouvido, a voz do irmão:
— Que é?
— Começou...
— O quê?
— A mamãe. Escuta...
Mas agora de novo está tudo em silêncio.
— Não ouço nada... — sussurra Toríbio.
— Ué... Ind'agorinha a mamãe estava gritando...
— Decerto foi sonho.
De novo vem do quarto contíguo um grito agudo, como de alguém que tivesse sido subitamente apunhalado.
— Estás ouvindo?
— Estou.
Toríbio sente contra as costas as pulsações descompassadas do coração do irmão, e na nuca seu hálito morno e úmido.
— E agora?
Os gritos continuam, cada vez mais fortes e menos espaçados. Rodrigo rompe a chorar em soluços convulsivos.
— Não chora, bobo, não é nada.
— Mas eu tenho pena dela, Bio.

— Tapa os ouvidos.

Rodrigo deixa o punhal apertado entre os joelhos, puxa a coberta sobre a cabeça e cobre os ouvidos com as mãos.

À porta do quarto de Alice, Laurinda vem apanhar a chaleira d'água quente que Maria Valéria acaba de trazer.

— Agora vassuncê espera aí fora — diz a mulata.

— Não seja boba! Quero ajudar também.

— Mas vassuncê é uma moça solteira!

— Vacê também é!

Sem dizer mais nada Maria Valéria entra no quarto, resoluta, e fecha a porta.

No andar térreo os homens estão em silêncio. Os gritos de Alice, que vêm do andar superior, enchem a casa e parecem deixar o ar mais gelado. Ninguém ali na sala de jantar tem coragem de proferir a menor palavra. De vez em quando um dos homens pigarreia ou tosse uma tosse seca e nervosa. Lá fora a gaita também silenciou. Sentado no seu canto, o velho Florêncio Terra está imóvel, de cabeça baixa, com as mãos apertando as guardas da cadeira.

Licurgo sente o suor frio escorrer-lhe pela testa, a saliva grossa amargar-lhe a boca, arder-lhe na garganta. Os gritos da mulher são como agulhadas em sua cabeça. Imóvel, de pé na frente do sogro, ele espera... A qualquer momento algo de importante tem de acontecer. O nascimento da filha... Um toque de clarim anunciando que os republicanos se aproximam da cidade... Ou então um novo tiroteio. É preciso que aconteça alguma coisa que lhe exija uma ação imediata, porque ele simplesmente não pode aguentar mais esta imobilidade, esta quietude. Os gemidos de Alice parecem também fazer parte do silêncio: são como certas vozes que nos sonhos a gente mais vê do que ouve. Sim, tudo isto é como um horrível pesadelo. A escuridão fria, o sobrado cercado de inimigos, Santa Fé em poder dos federalistas, Alice lá em cima dando à luz uma criança... É preciso que aconteça alguma coisa. Por que ninguém fala? Se ao menos um desses homens dissesse uma palavra ou fizesse uma queixa... Mas qual! Estão agachados na escuridão, mudos, enrolados nos seus ponchos. O silêncio deles arde em Licurgo como uma chicotada. Porque ele sabe as coisas amargas que aqueles homens cansados e enfraquecidos estão pensando dele, de seu chefe, do dono da casa. Mas por que não falam? Se algum deixasse escapar a mínima queixa ele poderia gritar: "Pois vão todos embora! Entreguem-se aos maragatos! Não preciso de vocês! Não preciso de ninguém!".

Quando os gritos da mulher cessam de todo, o silêncio ali embaixo fica ainda mais medonho. *Alice morreu...* Esta ideia, que Licurgo vem se esforçando por afastar do espírito, toma-lhe conta dos pensamentos. Mas, não. Não é possível. No fim de contas um parto não é coisa assim tão perigosa. Milhões de mulheres têm filhos todos os anos, em todas as partes do mundo, nas condições mais difíceis. Sua avó Bibiana tivera três filhos assistida apenas por uma negra velha e suja, e no entanto mal botara as crias para fora já estava outra vez de pé a cozinhar, a tirar leite, a lavar a roupa... Não. Alice está viva, tudo correu bem e mais um Cambará chegou ao mundo.

Licurgo olha para o vulto do sogro. Seria bom que ele falasse, dissesse uma palavra de incentivo, de esperança. Mas o velho continua calado, de cabeça baixa.

De repente Licurgo ouve a própria voz:

— Aposto como a revolução não dura mais nem um mês. Os federalistas já estão se bandeando pro outro lado do Uruguai.

Ninguém parece tê-lo escutado. Suas palavras caem num vácuo frio. É como se ele tivesse falado dentro dum túmulo.

No fundo da cozinha um homem franzino ergue-se e encaminha-se de mansinho para a sala de jantar. O Antero — pensa Licurgo, reconhecendo o vulto. "Decerto quer se entregar. Nunca tive confiança nesse nanico." Fica esperando, subitamente aquecido pelo fogo duma raiva nascente. "Dou-lhe um pontapé no rabo e boto ele porta afora." Mas o homenzinho passa de largo, em silêncio, entra na despensa e fecha a porta atrás de si.

Antero acende um fósforo. A chama ilumina-lhe o rosto barbudo, no qual avulta um nariz chato e lustroso; sob as espessas sobrancelhas negras, os olhos, de esclerótica suja, têm uma fixidez gelatinosa e meio morta.

Com o pau de fósforo aceso, preso entre o polegar e o indicador, ele se acocora junto do ferido.

— Tinoco — murmura com sua voz encatarroada, observando o rosto do outro à luz da pequena chama. O ferido não responde, o fósforo se apaga, e nos dedos trêmulos de Antero fica apenas o palito em brasa. — Tinoco!

Torna a acender um fósforo. Tinoco abre os olhos e fita-os em Antero. Seus lábios se movem mas não conseguem articular palavra: sai deles apenas um ba-ba-ba infantil, mole e viscoso.

— Tu não me conhece... — diz Antero com voz apertada. — Sou irmão do Leovegildo. O Leovegildo Moura, te lembra?

Tinoco pisca e suas faces têm um estremecimento nervoso. O fósforo se apaga. Na escuridão úmida do quarto, Antero prossegue:

— Te lembra, cachorro? O Leovegildo, que tu matou numas carreiras.

Morre-lhe a voz no fundo da garganta. Há uma pausa em que só se ouve a respiração áspera do ferido.

— Este mundo é muito pequeno e dá muita volta — continua o homenzinho. — E Deus é grande.

Solta um suspiro longo, fundo, sentido.

— Ele era um menino bom que não fazia mal pra ninguém. E tu matou ele, bandido. Ele estava desarmado, covarde. Te absolveram, disseram que foi defesa legítima. Mentira! Foi mas é banditismo, malvadeza. Tu matou o menino por causa de dez mil-réis.

Risca outro fósforo.

— Quero ver tua cara outra vez, assassino. Por que tu não fala, hein? Deus é grande e Deus castiga. Tua língua está dura, tua queixada está dura, teu corpo está duro. Tudo que a gente faz neste mundo, aqui mesmo paga.

Muito arregalados, cheios duma expressão de vítrea estupidez, os olhos de Tinoco estão presos ao rosto de Antero, que continua:

— Eu podia te queimar esses olhos, não podia? — Aproxima a chama dos olhos do outro, que se fecham. — Por que tu não te mexe? Por quê? Porque tu está paralítico, tua perna está podre, teu peito está podre, teu coração, esse sempre foi podre.

O fósforo se apaga entre os dedos de Antero.

— Este mundo é mesmo muito pequeno. Quando trouxeram pra casa o corpo do Leovegildo, nossa mãe quase morreu do choque. Desde esse dia nunca mais endireitou, a coitada. Está me escutando, assassino?

Risca o quarto fósforo.

— Olha, canalha, faz anos que estou rezando pra chegar esta hora. Eu podia te esperar de tocaia e te meter uma bala no peito. Mas isso era traição. Eu não queria que tu morresse de repente. Queria mas era te ver morrendo aos poucos, purgando os teus pecados. Deus é grande. Deus nos reuniu nesta casa. Foi Deus que me mandou.

Tira da cinta a faca, aproxima-a do pescoço de Tinoco.

— Eu podia te degolar agora, se quisesse. Assim... — Encosta a lâmina no pescoço do outro. — Estás sentindo o fio da minha faca?

Tinoco começa a gemer baixinho, a baba escorre-lhe pelos cantos da boca, um suor azedo e viscoso roreja-lhe a testa, entra-lhe pelas barbas.

— Mas não sou bandido como tu, ouviu? Não quero que teu sangue imundo suje a minha arma.

A chama do fósforo se extingue.

— Tu está perdido. Deus castiga. Tu está fedendo, está podre. Tu vai morrer. Deus é grande.

Tinoco tenta dizer alguma coisa, sua mandíbula move-se rigidamente por alguns segundos, mas da boca só lhe sai um glu-glu de agonia.

— Tenho ainda um fósforo aqui. Quero ver essa cara nojenta que os bichos da terra amanhã decerto vão comer. E até a hora da morte tu vai pensar no menino que tu matou, bandido.

Do peito de Antero rompe um soluço. E com voz sumida ele choraminga:

— Mas nada disso faz o Leovegildo ressuscitar.

Acende o último pau de fósforo. Puxa do peito um pigarro e, com súbita fúria, escarra no rosto do ferido.

— Este é em nome do Leovegildo.

Torna a escarrar-lhe na testa.

— Este é em nome da minha mãe, que tu também matou de desgosto.

Ergue-se, com a chama do fósforo a morrer-lhe entre os dedos. E de pé cuspinha ainda sobre o outro, com menos força, já com certa relutância.

— E este é em meu nome.

Atira a brasa do fósforo no chão e, todo trêmulo, sai da despensa, na ponta dos pés.

Licurgo sobe as escadas devagarinho, com um mau pressentimento a oprimir-lhe o peito. Lá em cima no quarto de Alice tudo parece ter terminado. No entanto ele não ouve choro de criança. Que terá acontecido? Com os dedos crispados sobre o corrimão, ele sobe os degraus lentamente, sem nenhum desejo de chegar ao andar superior.

Pelas bandeirolas tricolores das janelas começa a entrar a claridade pálida do dia que nasce. Licurgo fica por alguns instantes imóvel junto da porta fechada do quarto da mulher. O único ruído que vem lá de dentro é um surdo rumor de passos. Ergue a mão para bater mas hesita, fica com o punho no ar, e depois deixa cair o braço. Nesse momento a porta se abre, e contra a luz amarelenta do interior da alcova desenha-se o vulto de Maria Valéria. Por alguns segundos ela fica em silêncio, olhando para o cunhado. Depois sussurra:

— A criança nasceu morta. Era uma menina.

Licurgo tem a impressão de que foi baleado no peito. Estonteado, engole em seco, cerra os dentes, faz um esforço desesperado para conter as lágrimas.

— E a Alice?

A cunhada encolhe os ombros.

— Não sei... Está muito abatida e precisa dormir um pouco.

Licurgo fica pensando em Aurora. As vozes do futuro agora são fúnebres: "Coitadinha. Nasceu morta naquela noite horrível".

— Quer ver a criança?

— Não.

Licurgo faz meia-volta e dirige-se para a escada. Suas botas pesam como ferro sobre o soalho. Maria Valéria acompanha-o com o olhar cansado.

O vento sopra forte, sacudindo as vidraças do Sobrado, agitando as árvores do quintal. Estendida na cama, d. Bibiana acorda de repente, com uma sensação de pânico. Que foi que aconteceu? Onde estou?

Ainda há pouco em seus sonhos havia luz, brilhava o sol. Agora o que ela vê é uma sombra confusa. Fica escutando o vento nas vidraças e o silêncio do casarão. Onde estará sua gente?

— Maria Valéria! — grita ela. — Maria Valéria! Licurgo!

Nenhuma resposta. Só o gemido do vento, o frio e a escuridão. Sob as cobertas d. Bibiana cruza os braços e aperta-os contra o peito. Se ao menos lhe trouxessem um braseiro para botar debaixo da cama... Ou lhe dessem um chimarrão bem quente... Encolhida de frio e de medo, ela começa a rezar automaticamente. No meio da oração perde-se, esquece as palavras, mas aos poucos se vai lembrando das outras coisas. O Sobrado cercado... a revolução... o parto de Alice... Teria nascido a criança? Menino ou menina? Onde estão todos? Por que não vêm me contar nada? Nunca ninguém me conta nada. Valéria! Curgo! Rodrigo! Toríbio! Nada. Ninguém. Só o silêncio do casarão, o vento nas vidraças e o tempo passando...

— Bem dizia a minha avó — resmunga d. Bibiana, cerrando os olhos. — Noite de vento, noite dos mortos.

Ana Terra

1

"Sempre que me acontece alguma coisa importante, está ventando", costumava dizer Ana Terra. Mas, entre todos os dias ventosos de sua vida, um havia que lhe ficara para sempre na memória, pois o que sucedera nele tivera a força de mudar-lhe a sorte por completo. Mas em que dia da semana tinha aquilo acontecido? Em que mês? Em que ano? Bom, devia ter sido em 1777: ela se lembrava bem porque esse fora o ano da expulsão dos castelhanos do território do Continente. Mas, na estância onde Ana vivia com os pais e os dois irmãos, ninguém sabia ler, e mesmo naquele fim de mundo não existia calendário nem relógio. Eles guardavam na memória os dias da semana; viam as horas pela posição do sol; calculavam a passagem dos meses pelas fases da lua; e era o cheiro do ar, o aspecto das árvores e a temperatura que lhes diziam as estações do ano. Ana Terra era capaz de jurar que aquilo acontecera na primavera, porque o vento andava bem doido, empurrando grandes nuvens brancas no céu, os pessegueiros estavam floridos e as árvores que o inverno despira se enchiam outra vez de brotos verdes.

Ana Terra descia a coxilha no alto da qual ficava o rancho da estância, e dirigia-se para a sanga, equilibrando sobre a cabeça uma cesta cheia de roupa suja, e pensando no que a mãe sempre lhe dizia: "Quem carrega peso na cabeça fica papudo". Ela não queria ficar papuda. Tinha vinte e cinco anos e ainda esperava casar. Não que sentisse muita falta de homem, mas acontecia que casando poderia ao menos ter alguma esperança de sair daquele cafundó, ir morar no Rio Pardo, em Viamão ou até mesmo voltar para a Capitania de São Paulo, onde nascera. Ali na estância a vida era triste e dura. Moravam num rancho de paredes de taquaruçu e barro, coberto de palha e com chão de terra batida. Em certas noites Ana ficava acordada debaixo das cobertas, escutando o vento, eterno viajante que passava pela estância gemendo ou assobiando, mas nunca apeava do seu cavalo; o mais que podia fazer era gritar um "Ó de casa!" e continuar seu caminho campo em fora. Passavam-se meses sem que nenhum cristão cruzasse aquelas paragens. Às vezes era até bom mesmo que eles vivessem isolados, porque quando aparecia alguém era para trazer incômodo ou perigo. Nunca se sabia. Uma vez tinham dado pouso a um desconhecido: vieram a saber depois que se tratava dum desertor do Presídio do Rio Grande, perseguido pela Coroa como autor de sete mortes. O pai de Ana costumava dizer que, quando via um leão baio ou uma jaguatirica, não se impressionava: pegava o mosquete, calmo, e ia enfrentar o animal; mas, quando via aparecer homem, estremecia. É que ali na estância eles estavam ressabiados.

A princípio tinham sofrido os castelhanos, que dominaram o Continente por uns bons treze anos e que de tempos em tempos surgiam em bandos, levando por diante o gado alheio, saqueando as casas, matando os continentinos, desrespeitando as mulheres. De quando em quando grupos de índios coroados desciam das bandas da coxilha de Botucaraí e se vinham da direção do rio, atacando as estâncias e os viajantes que encontrassem no caminho. Havia também as "arriadas", partidas de ladrões de gado, homens malvados sem rei nem roque, que não respeitavam a propriedade nem a vida dos estancieiros. Por vezes sem conta Ana e a mãe tinham sido obrigadas a fugir para o mato, enquanto o velho Terra e os filhos se entendiam com os assaltantes — agressivos se estes vinham em pequeno número, mas conciliadores quando o bando era forte.

Mas havia épocas em que não aparecia ninguém. E Ana só via a seu redor quatro pessoas: o pai, a mãe e os irmãos. Quanto ao resto, eram sempre aqueles coxilhões a perder de vista, a solidão e o vento. Não havia outro remédio — achava ela — senão trabalhar para esquecer o medo, a tristeza, a aflição... Acordava e pulava da cama, mal raiava o dia. Ia aquentar a água para o chimarrão dos homens, depois começava a faina diária: ajudar a mãe na cozinha, fazer pão, cuidar dos bichos do quintal, lavar a roupa. Por ocasião das colheitas ia com o resto da família para a lavoura e lá ficava mourejando de sol a sol.

Ana Terra fez alto, depôs o cesto no chão e suspirou. O vento impelia as palmas dos coqueiros na mesma direção em que esvoaçavam seus cabelos. Para que lado ficava Sorocaba? Os olhos da moça voltaram-se para o norte. Lá, sim, a vida era alegre, havia muitas casas, muita gente, e festas, igrejas, lojas... A povoação mais próxima ali da estância era o Rio Pardo, para onde de tempos em tempos um de seus irmãos ia com a carreta cheia de sacos de milho e feijão, e de onde voltava trazendo sal, açúcar e óleo de peixe.

O olhar de Ana continuava voltado para o norte. O pai prometera vagamente voltar para São Paulo, logo que juntasse algum dinheiro. Mas d. Henriqueta, que conhecia bem o marido, desencorajava a filha: "Qual nada! Daqui ele não sai, nem morto". E, dizendo isso, suspirava. Às vezes, quando estava sozinha, chorava, mas na frente do marido vivia de cabeça baixa e raramente abria a boca.

Ana tornou a apanhar o cesto, ergueu-o e descansou-o sobre o quadril direito e, assim como quem carrega um filho escanchado na cintura, continuou a descer para a sanga. Avistou a corticeira que crescia à beira d'água e seus olhos saudaram a árvore como se ela fosse uma amiga íntima. Uma lagartixa passou correndo à sua frente e sumiu-se por entre as macegas. Ana pensou em cobra e instintivamente voltou o olhar para a direita, rumo da coxilha no alto da qual havia uma sepultura. Lá estava enterrado o corpo de seu irmão mais moço, que morrera havia alguns anos, picado por uma cascavel.

A sanga corria por dentro dum capão. As folhas das árvores farfalhavam e suas sombras no chão úmido do orvalho da noite eram frescas, quase frias. Ana aproximou-se da pedra onde sempre batia roupa, e depôs o cesto junto dela. Deu alguns passos à frente, ajoelhou-se à beira do poço fundo, fez avançar o busto, baixou a cabeça e mirou-se no espelho da água. Foi como se estivesse enxergando outra pessoa: uma moça de olhos e cabelos pretos, rosto muito claro, lábios cheios e vermelhos. Não tinha sequer um caco de espelho em casa, e, no dia em que pedira ao irmão que lhe trouxesse de Rio Pardo um espelhinho barato, o pai resmungara que era uma bobagem gastar dinheiro em coisas inúteis. Para que queriam espelho naqueles cafundós onde Judas perdera as botas?

Ana Terra sorria: a moça da sanga sorria também, e seu rosto era atravessado pelos vultos escuros dos lambaris que se moviam dentro d'água. Ana ficou a contemplar-se por algum tempo, com a vaga sensação de que estava fazendo uma coisa muito boba, muito imprópria duma mulher de sua idade. Agora em seus pensamentos um homem falava de cima de seu cavalo. Tinha na cabeça um chapéu com um penacho, e trazia à cinta um espadagão e duas pistolas. E esse homem dizia coisas que a deixavam embaraçada, com o rosto ardendo. Era Rafael Pinto Bandeira, o guerrilheiro de que toda gente falava no Rio Grande. Corriam versos sobre suas proezas e valentias, pois era ele quem pouco a pouco estava livrando o Continente do domínio dos castelhanos...

Ana Terra guardava a lembrança daquele dia como quem entesoura uma joia. Estava claro que ventava também na manhã em que o major Pinto Bandeira e seus homens passaram pela estância, a caminho do forte de Santa Tecla, onde iam atacar o inimigo. O velho Terra convidara-os para descer e comer alguma coisa. O major aceitou o convite e dentro em pouco estava sentado à mesa do rancho com seus oficiais, comendo um churrasco com abóbora e bebendo uma guampa de leite. Era um homem educado e bem-falante. Contava-se que sua estância era muito bem mobiliada e farta, e que tinha até uma banda de música.

Ana estava perturbada em meio de tantos homens desconhecidos — grandes, barbudos, sujos — que fanfarronavam, comiam fazendo muito barulho e de vez em quando lhe lançavam olhares indecentes. Num dado momento Rafael Pinto Bandeira fitou nela os olhinhos miúdos e vivos e, com pingos de leite no bigode, dirigiu-se a Maneco Terra, dizendo:

— Vossa mercê tem em casa uma moça mui linda.

De tão atrapalhada ela deixou cair a faca que tinha na mão. O pai não disse nada, ficou de cabeça baixa, assim com jeito de quem não tinha gostado da coisa. O major, que continuava a olhar para ela, prosseguiu sacudindo a cabeça:

— Mas é muito perigoso ter uma moça assim num descampado destes...

O velho Terra pigarreou, mexeu-se na cadeira e respondeu seco:

— Mas tem três homens e três espingardas em casa pra defender a moça.

E depois disso houve um silêncio muito grande.

Ao se despedir, já de cima do cavalo, na frente do rancho, Pinto Bandeira tornou a falar:

— A sina da gente é andar no lombo dum cavalo, peleando, comendo às pressas aqui e ali, dormindo mal ao relento pra no outro dia continuar peleando. — O vento sacudia o penacho do major. Os cavalos, inquietos, escarvavam o chão. — Pois é, dona, quando o último castelhano for expulso — continuou o guerreiro, sofreando o animal —, vamos ficar donos de todo o Continente, e poderemos então ter cidades como na Europa. — Baixou os olhos para Ana e murmurou: — Nesse dia precisaremos de moças bonitas e trabalhadeiras como vossa mercê. Deus vos guarde! — Ergueu o chapéu no ar e se foi.

Ana escutara-o com o rosto em fogo. O pai ficou de cabeça baixa, calado. Ela se lembrava bem do que o velho Terra e Antônio, o filho mais velho, tinham dito depois.

— Pai, eu acho que devia ter ido com eles... — murmurou o rapaz, olhando os soldados que se afastavam na direção do poente.

O velho respondeu:

— Não criei filho pra andar dando tiro por aí. O melhor é vosmecê ficar aqui agarrado ao cabo duma enxada. Isso é que é trabalho de homem.

— O major é um patriota, meu pai. Ele precisa de soldados para botar pra fora os castelhanos.

O velho ergueu a cabeça e encarou o filho:

— Patriota? Ele está mas é defendendo as estâncias que tem. O que quer é retomar suas terras que os castelhanos invadiram. Pátria é a casa da gente.

E agora, ali a olhar-se no poço, Ana Terra pensava nas palavras do guerrilheiro: "... precisaremos de moças bonitas e trabalhadeiras". Bonitas e trabalhadeiras. Bonitas, bonitas, bonitas...

Ergueu-se, caminhou para o lugar onde estava o cesto, tirou as roupas para fora, ajoelhou-se, apanhou o sabão preto e começou a lavá-las. Enquanto fazia isso cantava. Eram cantigas que aprendera ainda em Sorocaba. Só cantava quando estava sozinha. Às vezes, perto da mãe, podia cantarolar. Mas na presença do pai e dos irmãos tinha vergonha. Não se lembrava de jamais ter ouvido o pai cantar ou mesmo assobiar. Maneco Terra era um homem que falava pouco e trabalhava demais. Severo e sério, exigia dos outros muito respeito e obediência, e não admitia que ninguém em casa discutisse com ele. "Terra tem só uma palavra", costumava dizer. E era verdade. Quando ele dava a sua palavra, cumpria, custasse o que custasse.

2

De súbito ali ao pé do poço Ana Terra teve a impressão de que não estava só. A mão que batia a roupa numa laje parou. Em compensação o coração começou a bater-lhe com mais força... Esquisito. Ela não via ninguém, mas sentia uma presença estranha... Podia ser um bicho, mas podia ser também uma pessoa. E se fosse um índio? Por um instante esteve prestes a gritar, sob a impressão de que ia ser frechada. Sentia que o perigo vinha da outra margem... Sentia mas não queria erguer os olhos. Com o coração a pulsar-lhe surdamente no peito, ela esperava... Quando caiu em si estava olhando para um homem estendido junto da sanga, a umas cinco braças de onde se encontrava.

Ana Terra apanhou uma pedra com ambas as mãos. Se ele avançar pra mim — pensou —, atiro-lhe a pedra na cabeça. Era a tática que usava contra cobra... Foi se erguendo devagarinho, sem tirar os olhos do corpo, que continuava imóvel, caído de borco, os braços abertos em cruz, a mão esquerda mergulhada na sanga. Ana Terra recuou um passo, dois, três... O desconhecido não fez o menor movimento. Tinha o torso nu, manchado de sangue, e seu chiripá estava todo rasgado. Seus cabelos eram pretos e longos e sua face se achava quase completamente escondida atrás duma macega.

De repente Ana fez uma rápida meia-volta, largou a pedra e precipitou-se a correr na direção da casa. Ao chegar ao alto da coxilha avistou o pai e os irmãos, que trabalhavam na lavoura, e correu para eles, fazendo sinais com os braços. Antônio veio-lhe ao encontro.

— Que foi que houve? — gritou ele.

O pai e Horácio largaram as enxadas e também se encaminharam para Ana, que dizia, quase sem fôlego:

— Um homem... um homem...

E apontava na direção da sanga.

— Onde? — perguntavam eles. — Onde?

— Na beira da sanga... deitado... eu vi. Estava lavando roupa... de repente...

A garganta lhe ardia, o coração parecia querer saltar-lhe pela boca.

— De repente vi aquilo... Parece que está ferido... ou morto... ou dormindo. Não sei.

Ana tinha agora diante de si três caras morenas, curtidas pelo vento e pelo sol. Ali estava o pai, com os grossos bigodes grisalhos, o corpo pesado e retaco, o ar reconcentrado; Antônio, alto e ossudo, os cabelos pretos e duros; e Horácio, com seu rosto de menino, o buço ralo e os olhos enviesados. Em todas aquelas caras havia um retesamento de músculos, já uma rigidez agressiva. Escutaram a narrativa rápida e ofegante de Ana, consultaram-se numa troca de olhares, precipitaram-se para a casa, apanharam as espingardas e desceram os três a passo acelerado na direção da sanga.

Ana entrou no rancho e contou tudo à mãe, que estava junto do fogão botando no forno uma fôrma de lata com broas de milho. D. Henriqueta escutou-a em silêncio, tapou o forno, ergueu-se limpando as mãos na fímbria da saia e fitou na filha os olhos tristes e assustados.

— Quem será, Ana? Quem será?

— Não sei, mamãe. Acho que ele está muito ferido. Decerto veio se arrastando pra beber água na sanga e desmaiou.

D. Henriqueta sacudia a cabeça devagarinho. Aquilo não era vida! Viviam com o coração na mão. Os homens do Continente não faziam outra coisa senão lidar com o perigo. Tinha saudade de Sorocaba, de sua casa, de seu povo. Lá pelo menos não vivia com o pavor na alma. Às vezes temia ficar louca, quando o filho ia com a carreta para Rio Pardo, o marido saía a campear com o Horácio e ela ficava ali no rancho sozinha horas e horas com a filha. Ouvia contar histórias horríveis de mulheres que tinham sido roubadas e levadas como escravas pelos índios coroados, que acabavam obrigando-as a se casarem com algum membro da tribo. Contavam-se também casos tenebrosos de moças que eram violentadas por bandoleiros. Seria mil vezes preferível viver como pobre em qualquer canto de São Paulo a ter uma estância, gado e lavoura ali naquele fundão do Rio Grande de São Pedro.

D. Henriqueta olhava desconsolada para a velha roca que estava ali no rancho, em cima do estrado. Era uma lembrança de sua avó portuguesa e talvez a única recordação de sua mocidade feliz. Casara com Maneco Terra na esperança de ficar para sempre vivendo em São Paulo. Mas acontecera que o avô de Maneco fora um dos muitos bandeirantes que haviam trilhado a estrada da serra Geral e entrado nos campos do Continente, visitando muitas vezes a Colônia do Sacramento. Quando voltava para casa, tantas maravilhas contava aos filhos sobre aqueles campos do Sul, que Maneco crescera com a mania de vir um dia para o Rio Grande de São Pedro criar gado e plantar. Antes dele, seu pai, Juca Terra, também cruzara e recruzara o Continente, trazendo tropas. Todos diziam que o Rio Grande tinha um grande futuro, pois suas terras eram boas e seu clima salubre. E eles vieram... E já tinham pago bem caro aquela loucura. O Lucinho lá estava enterrado em cima da coxilha. E, quanto mais o tempo passava, mais o marido e os filhos iam ficando como bichos naquela lida braba — carneando gado, curando bicheira, laçando, domando, virando terra, plantando, colhendo e de vez em quando brigando de espingarda na mão contra índios, feras e bandidos. Parecia que a terra ia se entranhando não só na pele como também na alma deles. Andavam com as mãos encardidas, cheias de talhos e calos. Maneco à noite deitava-se sem mudar a camisa, que cheirava a suor, a sangue e a carne crua. Naquela casa nunca entrava nenhuma alegria, nunca se ouvia uma música, e ninguém pensava em divertimento. Era só trabalhar o quanto dava o dia. E a noite — dizia Maneco — tinha sido feita para dormir. Que ia ser de Ana, uma moça, metida naquele cafundó? Como é que ia arranjar marido? Nem ao Rio Pardo o Maneco consentia que ela fosse. Dizia que mulher era para ficar em casa, pois moça solta dá o que falar.

D. Henriqueta respeitava o marido, nunca ousava contrariá-lo. A verdade era que, afora aquela coisa de terem vindo para o Rio Grande e umas certas casmurrices, não tinha queixa dele. Maneco era um homem direito, um homem de bem, e nunca a tratara com brutalidade. Seco, calado e opiniático — isso ele era. Mas quem é que pode fugir ao gênio que Deus lhe deu?

— Eles vêm vindo, mamãe! — exclamou Ana, que estava junto à janela.

D. Henriqueta aproximou-se da filha, olhou para fora e avistou o marido e os filhos, que carregavam lentamente um corpo.

— Minha Nossa Senhora! — murmurou. — Que será que vai acontecer?

3

Dentro de alguns minutos os homens entraram em casa e deitaram o desconhecido numa das camas.

— Água, gente! — pediu Maneco. — Depressa.

Ana Terra caminhou para o fogão, apanhou a chaleira de ferro tisnado, despejou água numa gamela e levou-a ao pai. Foi só então que, numa súbita sensação de constrangimento e quase de repulsa, viu o rosto do estranho. Tinha ele uma cara moça e trigueira, de maçãs muito salientes. Era uma face lisa, sem um único fio de barba, e dum bonito que chamava a atenção por não ser comum, que chocava por ser tão diferente das caras de homem que se viam naquelas redondezas. A tez do desconhecido era quase tão acobreada como a dos índios, mas suas feições não diferiam muito das de Antônio ou Horácio. Os cabelos, lisos e negros, desciam-lhe quase até os ombros, e o que impedia que ele parecesse efeminado era a violenta masculinidade de seus traços. Havia ainda para Ana um outro elemento de inquietação e estranheza: era aquele torso nu e musculoso, aquele peito largo e suado, que subia e descia ao compasso da respiração.

De súbito Ana viu-lhe o ferimento no ombro esquerdo, um orifício arredondado do tamanho duma onça, já meio apostemado e com sangue coalhado nas bordas. Ficou vermelha e perturbada, como se tivesse enxergado alguma parte secreta e vergonhosa do corpo daquele homem. Desviou os olhos dele imediatamente.

Maneco Terra falava em voz baixa com os filhos.

— O chumbo ainda está lá dentro — dizia. — Este animal perdeu muito sangue.

Antônio tirou a faca da cintura, foi até o fogão, aqueceu-lhe a ponta nas brasas e depois voltou para junto do ferido.

Ana não podia esquecer aquela cara... Estava inquieta, quase ofendida, e já querendo mal ao estranho por causa das sensações que ele lhe provocava. Era qualquer coisa que lhe atacava o estômago, dando-lhe engulhos; mas ao mesmo tempo tinha desejos de olhar para aquele mestiço, muitas vezes, por muito tempo, apesar de sentir que não devia, que isso era feio, mau, indecente. Veio-lhe à mente uma cena de seu passado. Quando tinha dezoito anos visitara com os pais a cidade de São Paulo e uma tarde, estando parada com a mãe a uma esquina, viu passar uma caleça que levava uma vistosa dama. Toda a gente falava daquela mulher na cidade. Diziam que tinha vindo de Paris, era cantora, uma mulher da vida... Ana sabia que não devia olhar para ela, mas olhava, porque aquela mulher colorida e cheirosa parecia ter feitiço, como que puxava o olhar dela. Era loura, estava toda vestida de sedas e rendões, e tinha o pescoço, os braços e os dedos coruscantes de joias. Uma mulher da vida, uma ordinária... Ana contemplava-a de boca aberta, fascinada, mas ao mesmo tempo com a sensação de estar cometendo um feio pecado. Pois tivera havia pouco a mesma impressão ao olhar para aquele desconhecido.

Antônio terminou a operação, aproximou-se da mãe com a faca manchada de sangue e mostrou-lhe o pedaço de chumbo grosso que tinha na palma da mão.

— Será que a ferida vai arruinar? — perguntou d. Henriqueta.

Antônio sacudiu os ombros, como quem diz: a mim pouco se me dá.

O homem continuava estendido no catre, imóvel. Maneco Terra mirou-o por algum tempo e depois disse:

— Tem jeito de índio.

— Mas não é índio puro — observou Antônio em voz baixa. — É muito alto para ser índio, e a pele é mais clara que a dos bugres.

Houve um curto silêncio. Maneco Terra sentou-se num mocho e começou a enrolar um cigarro.

— Não gosto da cara desse diabo — resmungou.

— Nem eu — disse Horácio.

— Quando ele acordar, dá-se comida pra ele e manda-se embora — decidiu o dono da casa.

Os filhos não disseram nada. A um canto do rancho Ana, que olhava fixamente para o ferido, apontou de repente para ele e perguntou:

— O que é aquilo?

Antônio seguiu com o olhar a direção do dedo da irmã, deu alguns passos para a cama e meteu a mão por baixo da faixa que o desconhecido tinha enrolada em torno da cintura e tirou de lá alguma coisa. Os outros aproximaram-se dele e viram-lhe nas mãos um punhal com cabo e bainha de prata lavrada. Antônio desembainhou-o, rolou a lâmina nas mãos calosas, experimentou-lhe a ponta e murmurou:

— Linda arma.

O punhal passou pelas mãos do velho Maneco e depois pelas de Horácio.

— Onde será que o índio roubou isso?

Ninguém respondeu. Maneco Terra guardou o punhal na gaveta da mesa, apanhou uma espingarda e entregou-a à filha.

— Sente aqui, segure esta arma e fique de olho nesse homem, que nós vamos voltar pra lavoura. Se ele começar a se mexer, mande sua mãe nos avisar ou então dê um grito. Mas não largue a espingarda, e se ele avançar faça fogo.

Maneco Terra e os filhos saíram. Tinham as calças de ganga escura arregaçadas até meia canela, e suas camisas, muito curtas e sujas, esvoaçavam ao vento.

Ana sentou-se, com a arma de fogo sobre as coxas, o olhar fixo no desconhecido.

4

O sol já estava a pino quando o homem começou a mexer-se e a resmungar. Os Terras tinham acabado de comer e Ana tirava da mesa os pratos de pó de pedra. O ferido abriu os olhos e por muito tempo ficou a olhar para as pessoas e as coisas do rancho — a olhar dum jeito vago, como quem não compreende ou não se lembra... Depois soergueu-se devagarinho, apoiado nos cotovelos, apertou os olhos, mordeu os lábios e soltou um gemido. Os Terras, sem afastar os olhos dele, mantinham-se imóveis e calados onde estavam, numa espera meio agressiva. O desconhecido então sorriu um sorriso largo e demorado, levantou a mão lentamente num gesto de paz e disse:

— Amigo.

Os Terras continuaram mudos. O índio ainda sorria quando murmurou:

— Louvado seja Nosso Senhor.

Tinha uma voz que não se esperava daquele corpo tão vigoroso: macia e doce.

Os outros não faziam o menor movimento, não pronunciavam a menor palavra. Mas o índio sorria sempre e agora repetia: amigo, amigo, amigo...

Depois inclinou o busto para trás e recostou-se na parede de barro. De repente seu rosto se contorceu de dor e ele lançou um olhar oblíquo na direção do ombro ferido.

Nesse instante Maneco Terra deu dois passos na direção do catre e perguntou:

— Como é o nome de vosmecê?

O outro pareceu não entender. Maneco repetiu a pergunta e o índio respondeu:

— Meu nombre é Pedro.

— Pedro de quê?

— Me jamam Missioneiro.

Maneco lançou-lhe um olhar desconfiado.

— Castelhano?

— No.

— Continentino?

— No.

— Donde é, então?

— De parte ninguna.

Maneco Terra não gostou da resposta. Foi com voz irritada que insistiu:

— Mas onde foi que nasceu?

— Na mission de San Miguel.

— Qual é o seu ofício?

— Ofício?

— Que é que faz? Em que trabalha?

— Peleio.

— Isso não é ofício.

Pedro sorriu. Tinha dentes fortes e alvos.

— Que anda fazendo por estas bandas? — insistiu.

No seu português misturado com espanhol, Pedro contou que fugira da redução quando ainda muito menino e que depois crescera nos acampamentos militares dum lado e doutro do rio Uruguai; ultimamente acompanhara os soldados da Coroa de Portugal em suas andanças de guerra; também fizera parte das forças de Rafael Pinto Bandeira e fora dos primeiros a escalar o forte castelhano de San Martinho...

Maneco Terra voltou a cabeça na direção dos filhos e olhou-os com ar céptico.

— Tem prova disso? — perguntou, tornando a voltar-se para Pedro.

Este último começou a apalpar a faixa e de repente seu rosto ficou sério, numa expressão de apreensiva surpresa.

— Donde está meu punhal?

— Não se apoquente — retrucou Maneco Terra —, ele está bem guardado.

Pedro continuou a apalpar a faixa. Finalmente achou o que procurava: um papel dobrado, muito amarelo e seboso. Desdobrou-o com mão trêmula e apresentou-o ao dono da casa. Maneco Terra não moveu sequer um dedo. Encarou Pedro com firmeza e disse:

— Aqui ninguém sabe ler.

Pronunciou essas palavras sem o menor tom de desculpa ou constrangimento: disse-as agressivamente, com uma espécie de feroz orgulho, como se não saber ler fosse uma virtude.

Pedro então leu:

A quem interessar possa. Declaro que o portador da presente, o tenente Pedro Missioneiro, durante mais de um ano serviu num dos meus esquadrões de cavalaria, tomando parte em vários combates contra os castelhanos e revelando-se um companheiro leal e valoroso. Rafael Pinto Bandeira.

Horácio e Antônio entreolharam-se, ainda incrédulos. Maneco Terra perguntou:

— Com quem vosmecê aprendeu a ler?

Sabia que não existia uma única escola em todo o Continente.

— Com os padres de la mission — respondeu Pedro. E imediatamente pôs-se a recitar: — *Lavabis me et super nivem dealbabor.*

Viu todos aqueles olhos postos nele, as caras sérias e desconfiadas, sorriu largamente e esclareceu:

— É latim. Língua de padre. Quer dizer: a chuva cai do céu. *Lavabis* é chuva. *Dealbabor* é céu.

Ana estava de boca entreaberta, atenta ao que Pedro fazia e dizia.

O latim pareceu não impressionar Maneco Terra, que perguntou, brusco:

— Como foi que vosmecê veio parar aqui?

— Fui atacado por uns desertores do presídio, a umas três léguas desta estância. Entonces consegui montar a cabalo e vir vindo, perdendo muita sangre no caminho. Despois caí de fraco, o cabalo fugiu, senti olor de água, estava loco de sed e vim de rasto até a beira da sanga. Entonces todo quedou escuro.

Pedro tornou a deitar-se, como se de repente se sentisse muito fraco e cansado. Maneco Terra ficou por algum tempo a mirá-lo, com ar indeciso, mas acabou dizendo:

— Essa história está mal contada. Mas dê comida pro homem, Henriqueta.

5

Anos depois, sempre que pensava nas coisas acontecidas nos dias que se seguiram à entrada de Pedro naquela casa, Ana Terra nunca chegava a lembrar-se com clareza da maneira como aquele forasteiro conseguira conquistar a confiança de seu pai a ponto de fazer que o velho consentisse na sua permanência na estância. Porque Maneco Terra, apesar de todos os seus sentimentos de hospitalidade, estava decidido a mandar Pedro Missioneiro embora, logo que o visse em condições de deixar a cama. Resolvera até dar-lhe um cavalo, pois não seria justo largar um vivente sozinho e a pé por aqueles desertos.

Fê-lo dormir no galpão a primeira noite. Durante o dia seguinte Antônio e Horácio foram levar-lhe comida e fazer-lhe novos curativos. A ferida sarava com uma rapidez tão grande que Antônio não pôde deixar de exclamar:

— Vosmecê tem sangue bom, moço!

Pedro limitou-se a dizer que Nossa Senhora, sua mãe, o protegia.

Dentro de poucos dias mais estava de pé, e as cores lhe tinham voltado às faces.

Os Terras estavam trabalhando na lavoura quando Pedro se apresentou para ajudá-los. Vestira uma camisa e umas calças velhas que Antônio lhe dera e tinha a cabeça amarrada por um lenço vermelho que lhe cobria também a testa. (Bem como os castelhanos, observou Maneco Terra, com desconfiada má vontade.) Acabou, porém, dando uma enxada ao índio e refletindo assim: "Ora, eu precisava mesmo dum peão". Mas não se sentiu bem com aquele estranho a trabalhar ali a seu lado. Tinha-lhe um certo temor. Entre suas convicções nascidas da experiência, estava a de que "índio é bicho traiçoeiro". Não conseguia nem mesmo tentava vencer o seu sentimento de desconfiança por aquele homem de cara rapada e olhar oblíquo. Era preciso mandá-lo embora o quanto antes. Se Pedro conhecesse o seu lugar e não se aproximasse das mulheres da casa nem tomasse muita confiança com os homens, ainda estaria tudo bem...

Ora, aconteceu que Pedro trabalhou aquele dia sem conversar. Comeu a comida que lhe levaram e quando a noite chegou recolheu-se em silêncio ao galpão. No dia seguinte acordou antes de o dia raiar e foi ordenhar as vacas no curral. Ao sair da cama, d. Henriqueta encontrou uma vasilha cheia de leite à porta da cabana.

Aos poucos o mestiço ia se fazendo útil. Os dias passavam e Maneco Terra, que aceitava os serviços dele com alguma relutância, ia deixando sempre para o dia seguinte a resolução de mandá-lo embora. Pedro falava pouco, servia muito e só se dirigia à gente da estância quando era interpelado ou então quando precisava pedir alguma informação ou instrução.

Um dia meteu-se no mato e voltou depois de algumas horas trazendo para d. Henriqueta favos de mel de abelha e uma canastra cheia de frutas silvestres. Doutra feita fez um arco e frechas e saiu a caçar às primeiras horas da tarde; voltou ao anoitecer, trazendo às costas um veado morto — com o sangue a pingar-lhe do focinho — e três jacutingas presas num cipó. Pôs o produto da caça junto da porta do rancho, numa oferenda silenciosa.

Mas Maneco e os filhos ainda não estavam convencidos de que o caboclo era pessoa de confiança. O papel que lhes fora lido, assinado por Pinto Bandeira, podia ser autêntico, mas também podia não ser. Pelas dúvidas, eles mantinham o punhal de Pedro fechado a chave numa gaveta, e conservaram o índio sob severa vigilância. E agora, que ele tinha um arco e frechas, passaram a temer vagamente uma emboscada e, por mais duma madrugada, Maneco Terra ficou de olho aceso, a pensar que, na calada da noite, Pedro podia entrar na casa e matá-los todos, um a um, enquanto dormiam. "O melhor mesmo é mandar esse diabo embora", refletiu certa manhã. Aconteceu, porém, que nesse mesmo dia Pedro se ofereceu para domar um potro — e fê-lo com tanta habilidade, com tamanho conhecimento do ofício, que Maneco Terra ao anoitecer já não pensava mais em despedi-lo. Aquele bugre era o melhor domador que ele encontrara em toda a sua vida! Nunca vira ninguém que tivesse tanta facilidade no trato dum potro! Era como se ele conhecesse a língua do cavalo, e com sua lábia tivesse o dom de conquistar logo a confiança e a amizade do animal... Pedro precisava ficar, pois havia muitos outros potros a domar. Quem recebeu com maior alegria a notícia da proeza do Missioneiro foi d. Henriqueta, que ficava sempre em agonia quando algum dos filhos ou o marido subia para o lombo dum cavalo selvagem. Maneco levara certa vez uma rodada medonha, e desde esse dia sentia umas dores nos rins. Doutra feita Antônio caíra do cavalo e quebrara uma costela. Que dessem agora aquele serviço ao bugre! Era um achado.

E assim Pedro Missioneiro foi ficando na estância dos Terras, e passou a morar numa barraca de taquara coberta de palha, que ele mesmo ergueu na encosta da coxilha, não muito longe da sanga.

Por essa época os ventos da primavera tinham amainado, e pelo cheiro do ar, pelo calor que começava, pelo aspecto dos campos e das árvores, os Terras sentiram que entrava o verão.

6

Pedro construiu um forno de barro perto do curral, e um dia montou a cavalo e saiu sem dizer aonde ia. Horácio viu-o partir e disse à mãe:

— Sempre que o Missioneiro sai a cavalo, me parece que não vai voltar mais...

— Volta, sim — garantiu-lhe d. Henriqueta, que já começava a ter uma certa afeição pelo índio. — Uma coisa me diz que ele volta.

E Pedro voltou mesmo. Voltou trazendo grande quantidade de argila. Ninguém lhe perguntou o que ia fazer com aquilo. O mestiço passou o dia a trabalhar junto do forno aceso e no dia seguinte acercou-se de Ana, trazendo-lhe o odre e os cinco pratos de argila que modelara. A moça murmurou uma breve palavra de agradecimento, sem contudo olhar para o índio. Não tinha coragem para encará-lo de frente. Quando o via, sentia uma coisa que não podia explicar: um mal-estar sem nome, mistura de acanhamento, nojo e fascinação. Chegou à conclusão de que odiava aquele homem, que sua presença lhe era tão desagradável como a de uma cobra. Desde aquele momento passou a ter um desejo esquisito de judiar dele, fazer-lhe todo o mal possível. Um dia botou-lhe cinza fria na comida. Noutro, sem que ele visse, atirou um punhado de sal no pote em que ele ia beber leite. E numa ocasião em que Pedro se inclinou para apanhar algo que caíra ao chão, e ela viu aparecer uma nesga da carne de seu torso tostado, desejou subitamente cravar-lhe as unhas naquela pele até tirar-lhe sangue. Envergonhou-se imediatamente desse desejo, que lhe pareceu doido, e por isso mesmo odiou ainda mais aquele homem estranho que lhe despertava sentimentos tão mesquinhos. Mas o que maior mal-estar lhe causava, o que mais a exasperava, era o cheiro do suor de Pedro que lhe chegava às narinas quando ele passava perto, ou que ela sentia nas camisas dele que tinha de lavar juntamente com a roupa do pai e dos irmãos. O cheiro de Pedro era diferente do de todos os outros.

E agora que o índio tinha sua barraca ali no caminho da sanga, nem mais lavar a roupa em paz ela podia. O diabo do homem não lhe saía do pensamento. "Tomara que ele vá embora!", dizia Ana para si mesma, muitas e muitas vezes por dia. Era um índio sujo, sem eira nem beira. Como podia ela preocupar-se tanto com uma criatura assim! Quando estava batendo a roupa nas pedras, ao pé da sanga, Ana sempre tinha presente a ideia de que fora ali que ela vira o Missioneiro pela primeira vez... E agora lhe parecia que lá de sua barraca ele a estava espiando: chegava a sentir o olhar de Pedro como um sol quente na nuca. Por isso Ana temia a sanga e deixara de tomar banho no poço.

Numa noite de aguaceiro, depois do jantar, quando d. Henriqueta e a filha lavavam os pratos e os homens conversavam ainda junto da mesa, Pedro bateu à porta e pediu licença para entrar. Ao ouvir-lhe a voz, Ana sentiu um calafrio desagradável. Aquela voz lhe fazia mal: era doce demais, macia demais; não podia ser voz de gente direita...

— Pode entrar! — exclamou o velho Terra.

Ana baixou os olhos. Ouviu o mole rascar dos pés descalços do índio no chão do rancho. Continuou a lavar os pratos.

— Vosmecê me dá permisso pra tocar alguma cosa?

Maneco Terra pigarreou.

— Tocar?

— Frauta — explicou Pedro. E mostrou a flauta que tinha feito duma taquara.

Os Terras entreolharam-se em silêncio.

— Está bem — disse Maneco.

Seu rosto, diante de Pedro, nunca assumia uma expressão amiga. Já agora a desconfiança e o temor duma traição haviam desaparecido nele quase por completo; mas ficara um certo desajeitamento, que às vezes se traduzia na maneira áspera com que ele se dirigia ao índio.

— Tome assento — disse o dono da casa, com o ar de quem dava uma ordem de trabalho.

O rancho não era grande. Constava duma só peça quadrada com repartições de pano grosseiro. A maior das divisões era a em que se achavam todos agora. Ali faziam as refeições e ficavam nas noites frias antes de irem para a cama: era ao mesmo tempo refeitório e cozinha, e a um canto dela estava o fogão de pedra e uma talha com água potável. O mobiliário era simples e rústico: uma mesa de pinho sem verniz, algumas cadeiras de assento e respaldo de couro, uma arca também de couro, com fechos de ferro, um armário meio desmantelado e, sobre um estrado, a velha roca de d. Henriqueta. Numa das outras repartições ficava a cama do casal, sobre a qual, na parede, pendia um crucifixo de madeira negra, com um Cristo de nariz carcomido; ao pé da cama ficava um mosquete carregado, sempre pronto para o que desse e viesse. Na divisão seguinte estavam os catres de Antônio e Horácio; e no quarto de Ana mal cabia uma cama de pernas de tesoura, debaixo da qual se via o velho baú de lata, onde a moça guardava suas roupas.

A luz da lamparina de óleo de peixe iluminava pobremente a casa, despedindo uma fumaça negra e enchendo o ar dum cheiro enjoativo.

Pedro sentou-se, cruzou as pernas, tirou algumas notas na flauta, como para experimentá-la, e depois, franzindo a testa, entrecerrando os olhos, alçando muito as sobrancelhas, começou a tocar. Era uma melodia lenta e meio fúnebre. O agudo som do instrumento penetrou Ana Terra como uma agulha, e ela se sentiu ferida, trespassada. Mas notas graves começaram a sair da flauta e aos poucos Ana foi percebendo a linha da melodia... Reagiu por alguns segundos, procurando não gostar dela, mas lentamente se foi entregando e deixando embalar. Sentiu então uma tristeza enorme, um desejo amolecido de chorar. Ninguém ali na estância tocava nenhum instrumento. Ana não se lembrava de jamais ter ouvido música de verdade naquela casa. Às vezes um dos irmãos assobiava. Ou então eram as cantigas tristonhas e desafinadas de sua mãe. Ou dela mesma, Ana, que só cantava quando estava sozinha. Agora aquela melodia, tão bonita, tão cheia de sentimento, bulia com ela, dava-lhe um aperto no coração, uma vontade danada de...

Tirou as mãos de dentro da água da gamela, enxugou-as num pano e aproximou-se da mesa. Foi então que deu com os olhos de Pedro e daí por diante, por mais esforços que fizesse, não conseguiu desviar-se deles. Parecia-lhe que a música saía dos olhos do índio e não da flauta — morna, tremida e triste como a voz duma pessoa infeliz. A chuva tamborilava no teto de palha, batia no chão, lá fora... E Pedro beijava a flauta com seus beiços carnudos. Às vezes a música se parecia com as que Ana costumava ouvir na igreja de Sorocaba, mas dum momento para outro ficava diferente, lembrava uma toada que um dia ela ouvira um tropeiro assobiar ao trote do cavalo...

A chama da lamparina dançava, soprada pelo vento que entrava pelas frestas do rancho. As sombras das pessoas refletidas nas paredes cresciam e minguavam. Com a cabeça apoiada numa das mãos, Maneco Terra escutava. Horácio olhava para o teto. Antônio riscava a madeira da mesa com a ponta da faca. Havia lágrimas nos olhos de d. Henriqueta — lágrimas que lhe escorriam pelas faces sem que ela procurasse escondê-las ou enxugá-las. E mesmo na tristeza seu rosto não perdia a expressão de resignada serenidade.

De repente Ana Terra descobriu que aquela música estava exprimindo toda a tristeza que lhe vinha nos dias de inverno quando o vento assobiava e as árvores gemiam — nos dias de céu escuro em que, olhando a soledade dos campos, ela procurava dizer à mãe o que sentia no peito, mas não encontrava palavras para tanto. Agora a flauta do índio estava falando por ela...

A música cessou. Fez-se um brusco silêncio, que chegou a doer nos nervos de Ana. Agora só se ouvia o ruído da chuva e o chiar da chama da lamparina batida pelo vento.

Maneco puxou um pigarro e perguntou:
— Onde foi que aprendeu a tocar?
— Na mission. Também sabia tocar chirimia.

Maneco abriu a gaveta da mesa, tirou de dentro dela o punhal e atirou-o para Pedro, que o apanhou no ar. Não explicou nada. Achou que não era necessário. O índio recebeu a arma num silêncio compreensivo. Examinou-a por alguns instantes, pô-la à cinta, ergueu-se e, sem dizer palavra, foi-se. No momento em que ele abriu a porta, Ana Terra por um instante viu, ouviu e sentiu a chuva, o vento, a noite e a solidão.

7

Os dias se faziam mais quentes e mais longos. Pelos cálculos de Ana, dezembro devia estar no fim quando Antônio saiu para o Rio Pardo com um carregamento de milho e feijão. D. Henriqueta fez-lhe encomendas: precisava de uma faca de cozinha, de fio para fiar, dum corte de cassa e duns emplastos para as suas dores do lado. E, quando a carreta se sumiu para as bandas do nascente, ela voltou para dentro da casa e foi rezar ao pé do crucifixo.

Numa noite de lua cheia Horácio saiu para o campo a caçar tatu e voltou pela madrugada trazendo uma mulita magra. No dia seguinte a mãe preparou a caça para o almoço, e Maneco e Horácio mostraram-se satisfeitos, pois a carne de mulita era muito apreciada por todos. Pedro, porém, recusou-se a comê-la com uma veemência que quase se aproximava do horror.

— Não gosta? — perguntou d. Henriqueta.

— Nunca provei.

— Pois então prove.

O índio sacudia a cabeça obstinadamente.

— Mas não tem outra coisa — avisou ela. — Só tatu e abóbora.

Pedro fazia que não com a cabeça, ao mesmo tempo que sorria, olhando para o prato. Maneco aproximou-se dele e disse:

— Que luxos são esses? É uma das melhores carnes que conheço.

Pedro explicou que não costumava comer carne de mulita.

— Mas por quê? — perguntou Horácio.

— Porque um dia a mulita e os filhos dela ajudaram a Virgem Maria no deserto — explicou ele.

— Mas que bobagem é essa? — estranhou Maneco Terra.

Voltaram todos para a mesa, junto da qual Ana Terra ficara ouvindo tudo, mas evitando olhar para Pedro e mostrar-se interessada no que ele dizia. O índio sentou-se, pachorrento, junto da porta e, enquanto os outros comiam, contou-lhes uma história.

Havia muitos, muitos anos o rei dos judeus ordenara a seus soldados que matassem todas as crianças das redondezas e por isso a Virgem Maria e seu marido são José fugiram para o deserto, levando o Menino Jesus dentro dum carrinho puxado por um burro. Mas o burro por desgraça empacou no meio do caminho, ao passo que os soldados que perseguiam os fugitivos se aproximavam cada vez mais...

Ana escutava, sem erguer os olhos do prato. No seu espírito o deserto era verde e ondulado como os campos dos arredores da estância, e os rostos da Virgem e do Menino pareciam-se com os das imagens que ela vira na Matriz de Sorocaba.

Pedro prosseguiu:

— Entonces a Virge viu que estava tudo perdido. Pero apareceu a mulita na estrada e Nossa Senhora dije: "Mulita, usted tem filhos? Dá-me uma gotita de leite para meu filho que esta jorando de fome". A mulita deu, pero era solo uma gotita, mui poco. O Menino continuou jorando. Entonces Nossa Senhora dije: "Mulita, vá a jamar tuas filhas". Mulita contestou: "Muitos filhos tengo, pero mujeres pocas". Pero jamou as filhas, que dieram leite ao Menino. E Jesus quedou mui quieto.

Ana escutava Pedro, fascinada. Nunca havia encontrado em toda a sua vida uma pessoa assim. Às vezes o índio lhe parecia louco. Tudo nele era fora do comum: a cara, os modos, a voz, aquela língua misturada... E Ana ouvia-o de olhos baixos, imaginava Nossa Senhora no alto da coxilha, tendo a seu lado o carro com o Menino dentro, são José coçando as barbas, aflito, o burro empacado, e as mulitas fêmeas dando cada uma sua gota de leite para matar a sede de Jesus...

Maneco e Horácio também escutavam, mastigando e olhando para o prato.

As filhas da mulita sumiram-se no deserto, só a mãe ficou junto da Santa Família. E os soldados do rei dos judeus aproximavam-se cada vez mais, com suas espadas e lanças e caras malvadas. São José empurrava o burro, mas o animal continuava empacado. A Virgem, então, num desespero, tornou a falar com a mulita: "Mulita, ajuda-nos com tua força, puxa o carro de meu filho". Já se avistavam os soldados no horizonte, e suas armaduras reluziam ao sol. A mulita começou a puxar o carro, mas, se sua vontade de ajudar era muita, sua força entretanto era pouca. O tropel dos cavalos dos centuriões chegava já aos ouvidos da Virgem e de são José. "Depressa, mulita!", gritou a Mãe de Deus, chorando de medo. "Mande chamar seus filhos para puxar o carro do meu filho." Então a mulita respondeu: "Virgem Santíssima, minha ninhada é mui grande, mas meus filhos machos são poucos". Mas chamou os poucos filhos que tinha, e eles vieram e puxaram o carrinho do Menino Jesus.

— Pero mulita anda despacito — explicou Pedro — e os soldados do rei dos judeus teniam cabalos veloces. Quando jegaram cerca da Virge, hubo uma grande tempestade de arena que dejou os soldados todos cegos e perdidos.

D. Henriqueta perguntou:

— E a Santa Família se salvou?

Maneco lançou-lhe um olhar de reprovação: aquilo era então pergunta que uma mulher velha fizesse? Pedro sacudiu a cabeça afirmativamente:

— Si, doña, salvou-se. E a Virge disse: "Mulita, como paga do leite de tuas filhas e da força de teus filhos, daqui por diante, sempre que tengas ninhadas, seran solamente de machos ou solamente de fêmeas".

Calou-se. Maneco, que tinha terminado de comer, empurrou o prato para o centro da mesa, tirou uma palha de trás da orelha e começou a fazer um cigarro.

— Bobagens — murmurou. — É uma história que nunca sucedeu.

O índio não disse nada. O velho Terra picava fumo com a faca na mão direita, deixando cair os pedacinhos negros na palma da esquerda. Horácio perguntou:

— Onde foi que aprendeu esse causo?

— Na mission. É um causo de verdade.

— Bobagens — repetiu Maneco.

Tinha ouvido falar em muitas histórias de assombração e tesouros enterrados. Mas não acreditava nelas. Naquela terra aberta, sem socavões nem altas montanhas, sem mato brabo nem muitas furnas; naquele escampado, não havia segredos, nem lugar para fantasmas e abusões. Medo só podia ter de gente viva mal-intencionada e de bichos. Quanto a tesouros enterrados, só conhecia os que lhe dava a terra como fruto de seu trabalho de sol a sol, dia após dia, ano após ano. Era um homem positivo, que costumava dar nome aos bois e não gostava de imaginações. Não acreditava em milagres e achava errado dizer que mais vale quem Deus ajuda do que quem cedo madruga. Deus ajuda quem com o sol se levanta e com o sol se deita, cuidando de suas obrigações.

— Pode ser bobagem — arriscou d. Henriqueta, levantando-se e começando a recolher os pratos. — Mas é bonito.

— E sem serventia — completou o marido —, sem serventia como quase tudo que é bonito.

Horácio cuspiu no chão, olhou para o índio e perguntou:

— Então é por isso que vosmecê não come carne de mulita?

— A mulita ajudou a Virge — respondeu Pedro simplesmente. — E Nossa Senhora é minha mãe.

Maneco Terra prendeu o cigarro nos dentes, bateu o isqueiro e acendeu-o. Puxou uma baforada de fumo e depois ficou contemplando Pedro através da fumaça, com seus olhos apertados e incrédulos.

8

Antônio Terra voltou com a carreta de Rio Pardo e, depois de pedir a bênção aos pais, de dar duas palmadinhas no ombro de Ana e Horácio, numa acanhada paródia de abraço, começou a contar as novidades da vila. Assistira aos festejos da entrada do ano-novo — o 78, explicou — e vira o entrudo, os fogos, o leilão e as cavalhadas. Falou com entusiasmo nos uniformes dos oficiais da Coroa e louvou o conforto de certas casas assoalhadas de madeira. Maneco escutou-o meio taciturno. Sempre temera que os filhos um dia o abandonassem para ir morar no Rio Pardo. Gente moça — achava ele — gostava muito de festa, de barulho e de bobagens...

À mesa do almoço conversaram ainda sobre Rio Pardo. O sol batia de chapa no toldo de palha e a cabana estava quente como um forno. Ana via os irmãos comendo e suando, as caras barbudas e reluzentes, a testa gotejando, as camisas empapadas. O panelão de feijão, com pedaços de linguiça e toicinho, fumegava no centro da mesa, e moscas voavam no ar pesado. Na cabeça de Ana soava uma flauta: a melodia que Pedro tocara naquela noite de chuva não lhe saía da memória, noite e dia, dia e noite.

Antônio começou a contar das estâncias que vira, de suas vastas lavouras de trigo, do número de peões e escravos que certos estancieiros ricos possuíam. Tivera ocasião de beber o excelente vinho feito pelos colonos açorianos com uva nascida do solo do Rio Pardo! Maneco escutava-o pensativo. Um dia ainda haviam de ter também ali na estância um grande trigal, e mais campo, mais gado, mais tudo. Mas não tinha pressa. Seu lema era: "Devagar mas firme".

Pensou no pai, que passara metade da vida a viajar entre São Paulo e o Rio Grande de São Pedro, sempre às voltas com tropas de mulas, que vendia na feira de Sorocaba. Uma vez o velho ficara dois anos ausente; correra até o boato de que ele havia sido assassinado pelos índios tapes. Um belo dia, porém, Juca Terra reapareceu trazendo na guaiaca muitas onças de ouro e a carta de sesmaria dumas terras do Continente que ele dizia ficarem nas redondezas dum tal rio

Botucaraí. Quando a mulher se queixava de que ele era um vagamundo e tinha bicho-carpinteiro no corpo, o velho Terra meio que entristecia e com sua voz grossa e lenta dizia: "Vosmecê pensa que gosto dessa vida de judeu errante? O que eu quero mesmo é um sítio, uma lavoura, um gadinho e uma vida sossegada. Um dia inda hei de me estabelecer nos meus campos do Continente". Dizia isso com orgulho, batendo na guaiaca, onde guardava sua carta de sesmaria. Mas o coitado morrera sem realizar o seu desejo. E, ao pensar agora nessas coisas, Maneco olhava para a arca de couro dentro da qual guardava a carta de posse da terra que ele, a mulher e os filhos neste momento pisavam, da terra que tinha comido as carnes do Lucinho e que um dia se fecharia também sobre seu corpo.

Antônio descreveu para Ana o baile a que assistira no Rio Pardo. Falou com especial entusiasmo nos seus esplêndidos violeiros e gaiteiros, e nos bailarins que dançavam a chimarrita e a tirana que era uma beleza!

— Vi lindas moças — acrescentou, levando à boca com ambas as mãos uma costela de vaca e arrancando-lhe com os dentes a carne junto com a pelanca. — Por sinal fiquei até gostando duma delas. Chama-se Eulália. Dançamos toda a noite de par efetivo.

Maneco Terra espetou no garfo um pedaço de carne, e antes de levá-lo à boca repetiu um ditado que aprendera nos campos da Vacaria:

— Pra essas éguas da cidade não há cabresto nem palanque.

Não queria que os filhos casassem com moça da vila, dessas que não gostam de campo e só pensam em festas, roupas e enfeites.

— Me disseram no Rio Pardo — continuou Antônio — que em Porto Alegre um homem foi preso por ordem do Senado da Câmara só porque não quis ir a uma procissão.

Maneco enristou a faca na direção do filho e disse:

— É por essas e por outras que eu prefiro viver nos meus campos. Aqui faço o que quero, ninguém me manda. Sou senhor de meu nariz.

— Mas uma vila tem as suas vantagens, papai — arriscou Horácio.

— Que vantagens? Pra principiar são cercadas de muros e valos, como uma cadeia. Depois têm duas coisas que eu não gosto: soldado e padre.

— Mas que ia ser de nós sem os soldados? — perguntou Antônio. — Essa castelhanada vive nos atacando.

— Ora! No momento do aperto eles chamam os paisanos. Quem foi que mais ajudou a expulsar os castelhanos? Foi Pinto Bandeira. É um oficial de tropa? Não. É um estancieiro. E assim outros e outros...

— Mas numa cidade ao menos a gente está mais seguro, Maneco — disse d. Henriqueta, que se levantara para ir buscar a caixeta de pessegada.

— Fresca segurança! — exclamou o marido. E enumerou casos que sabia: crimes e banditismos ocorridos no Rio Pardo, na Capela do Viamão e em Porto Alegre.

— Lá a gente recebe cartas — arriscou Ana, que sempre achara bonito uma pessoa receber uma carta.

— Passo muito bem sem essas cousas — retrucou-lhe o pai. — Carta não engorda ninguém.

Houve um silêncio. Depois Antônio começou a contar de como iam adiantadas no Rio Pardo as obras da Matriz. — Dizem que daqui a um ano, ou ano e pouco, vai ficar pronta... — Maneco não prestava atenção ao que o filho dizia. Seu olhar perdeu-se pelo campo, que ele via pelo vão da porta. O ar tremia, era uma soalheira medonha. Longe, contra um céu desbotado, urubus voavam. Uma vaca mugia tristemente.

Maneco recordava sua última visita a Porto Alegre, onde fora comprar ferramentas, pouco antes de vir estabelecer-se ali na estância. Achara tudo uma porcaria. Lá só valia quem tinha um título, um posto militar ou então quem vestia batina. Esses viviam à tripa forra. O resto, o povinho, andava mal de barriga, de roupa e de tudo. Era verdade que havia alguns açorianos que estavam enriquecendo com o trigo. Esses prosperavam, compravam escravos, pediam e conseguiam mais sesmarias e de pequenos lavradores iam se transformando em grandes estancieiros. Mas o governador não entregava as cartas de sesmaria assim sem mais aquela... Se um homem sem eira nem beira fosse ao Paço pedir terras, botavam-no para fora com um pontapé no traseiro. Não senhor. Terra é pra quem tem dinheiro, pra quem pode plantar, colher, ter escravos, povoar os campos.

Maneco ouvira muitas histórias. Pelo que contavam, todo o Continente ia sendo aos poucos dividido em sesmarias. Isso seria muito bom se houvesse justiça e decência. Mas não havia. Em vez de muitos homens ganharem sesmarias pequenas, poucos homens ganhavam campos demais, tanta terra que a vista nem alcançava. Tinham lhe explicado que o governo fazia tudo que os grandes estancieiros pediam porque precisava deles. Como não podia manter no Continente guarnições muito grandes de soldados profissionais, precisava contar com esses fazendeiros, aos quais apelava em caso de guerra. Assim, transformados em coronéis e generais, eles vinham com seus peões e escravos para engrossar o exército da Coroa, que até pouco tempo era ali no Continente constituído dum único regimento de dragões. E, como recompensa de seus serviços, esses senhores de grandes sesmarias ganhavam às vezes títulos de nobreza, privilégios, terras, terras e mais terras. Era claro que, quando havia uma questão entre esses graúdos e um pobre-diabo, era sempre o ricaço quem tinha razão. Maneco vira também em Porto Alegre as casas de negócio e as oficinas dos açorianos. Apesar de ser neto de português, não simpatizava muito com os ilhéus.

Era verdade que tinha certa admiração pela habilidade dos açorianos no trato da terra e no exercício de certas profissões como a de ferreiro, tanoeiro, carpinteiro, seleiro, calafate... Reconhecia também que eram gente trabalhadora e de boa paz. Achava, entretanto, detestável sua fala cantada e o jeito como pronunciavam certas palavras.

D. Henriqueta partia a pessegada, Horácio palitava os dentes com uma lasca de osso.

— Me contaram também — prosseguiu Antônio — que a gente tem de tirar o chapéu quando passa pela frente do Paço.

Maneco mastigou com fúria um naco de pessegada.

— Um homem só tira o chapéu na frente de igreja, cemitério ou de pessoa mais velha e de respeito — sentenciou ele, acrescentando: — Como nesta estância não tem igreja, nem cemitério nem ninguém mais velho que eu, só tiro o chapéu quando quero.

Os outros não disseram nada. Comeram em silêncio a sobremesa, com os olhos já meio caídos de sono. Depois os homens se ergueram e foram dormir a sesta, e as mulheres puseram-se a lavar os pratos.

De longe vinha agora o som da flauta de Pedro. Ana sentia os olhos pesados, a cabeça zonza: seu corpo estava mole e dolorido, como se tivesse levado uma sova. Olhou para fora, através da janela, mas não pôde suportar o clarão do sol. Moscas voavam e zumbiam ao redor da mesa. Um burro-choro começou a zurrar, longe.

— Acho que estou doente — murmurou ela.

— Deve ser o incômodo que vem vindo — disse a mãe, que tinha as mãos mergulhadas na água gordurosa da gamela.

Ana não respondeu. Continuou a enxugar os pratos. O som da flauta aumentava-lhe a sensação de calor, preguiça e mal-estar.

— Se ele parasse de tocar era melhor... — murmurou.

Nunca pronunciava o nome de Pedro. Quando se referia ao índio dizia apenas "ele" ou "o homem".

— Deixa o coitado! — retrucou d. Henriqueta. — Vive tão sozinho que precisa se divertir um pouco.

Ana estava inquieta. No fundo ela bem sabia o que era, mas envergonhava-se de seus sentimentos. Queria pensar noutra coisa, mas não conseguia. E o pior era que sentia os bicos dos seios (só o contato com o vestido dava-lhe arrepios) e o sexo como três focos ardentes. Sabia o que aquilo significava. Desde seus quinze anos a vida não tinha mais segredos para ela. Muitas noites, quando perdia o sono, ficava pensando em como seria a sensação de ser abraçada, beijada, penetrada por um homem. Sabia que esses eram pensamentos indecentes que precisava evitar. Mas sabia também que eles ficariam dentro de sua cabeça e de seu corpo, para sempre escondidos e secretos, pois nada neste mundo a faria revelar a outra pessoa — nem à mãe, nem mesmo à imagem da Virgem ou a um padre no confessionário — as coisas que sentia e desejava. E agora ali no calor do meio-dia, ao som daquela música, voltava-lhe intenso como nunca o desejo de homem. Pensava nas cadelas em cio e tinha nojo de si mesma. Lembrava-se das vezes que vira touros cobrindo vacas e sentia um formigueiro de vergonha em todo o corpo. Mas esse formigueiro era ainda desejo. Decerto a soalheira era a culpada de tudo. A soalheira e a solidão. Pensou em ir tomar um banho no poço. Não: banho depois da comida faz mal, e mesmo ela não aguentaria a caminhada até a sanga, sob o fogo do sol. A sanga era para Ana uma espécie de território proibido: significava perigo. A sanga era Pedro. Para chegar até a água teria de passar pela barraca do índio, correria o risco de ser vista por ele.

A água do poço devia estar fresca. Ana imaginou-se mergulhada nela, sentiu os lambaris passarem-lhe por entre as pernas, roçarem-lhe os seios. E dentro da água agora deslizava a mão de Pedro a acariciar-lhe as coxas, mole e coleante como um peixe. Uma vergonha! O que ela queria era macho. E pensava em Pedro só porque, além do pai e dos irmãos, ele era o único homem que havia na estância. Só por isso. Porque na verdade odiava-o. Pensou nos beiços úmidos do índio colados à flauta de taquara. Os beiços de Pedro nos seus seios. Aquela música saía do corpo de Pedro e entrava no corpo dela... Oh! Mas ela odiava o índio. Tinha-lhe nojo. Pedro era sujo. Pedro era mau. Mas, apesar de odiá-lo, não podia deixar de pensar no corpo dele, na cara dele, no cheiro dele — aquele cheiro que ela conhecia das camisas —, não podia, não podia, não podia.

— Se ele parasse de beijar! — exclamou ela. E, percebendo que tinha dito *beijar* em vez de *tocar*, ficou vermelha e confusa.

Deixou cair um prato, que bateu no chão com um ruído fofo. D. Henriqueta olhou para a filha, apreensiva, e disse:

— Vá se deitar que é melhor.

Sem dizer palavra Ana Terra caminhou para o catre.

9

Como era noite de lua cheia, depois do jantar os Terras vieram ficar um pouco na frente da casa, antes de irem dormir. O céu estava dum azul muito pálido e transparente, e Ana teve a impressão de que o lucilar das estrelas acompanhava o cri-cri dos grilos. Subia do chão, no ar parado, um cheiro morno de capim e terra que tomou muito sol durante o dia.

Maneco Terra fumava, distraído, olhando para sua lavoura e pensando vagamente no dia em que em lugar do milho, da mandioca e do feijão tivesse um grande trigal. Precisaria de contratar peões e comprar escravos. Em vez de mandar uma carreta a Rio Pardo, passaria a mandar duas ou três. No futuro construiria uma casa maior, toda de pedra. Compraria também mais gado, mais cavalos, mais mulas. Sim, e ovelhas, talvez até porcos. Faria tudo devagar — devagar mas com firmeza.

Antônio e Horácio conversavam em voz baixa sobre o que tinham de fazer no dia seguinte. De quando em quando d. Henriqueta suspirava baixinho. E de repente, em meio dum silêncio picado pelo cricrilar dos grilos, ela disse:

— Precisamos dum cachorro.

Tinham tido um perdigueiro que, fazia muito, havia morrido duma mordida de cobra-coral. Desde então Maneco vivia a prometer que mandaria buscar um ovelheiro no Rio Pardo, mas nunca mandava. E agora, ouvindo a observação da mulher, ele perguntou:

— Quem foi que falou em cachorro?

— Ninguém. Eu é que me lembrei. Sinto falta de cachorro aqui em casa.

Maneco ficou pensando no pai, que tanto gostava de cachorros. Parecia mentira que um dia, havia muito tempo, o velho Juca Terra passara por aqueles mesmos campos com seus companheiros vicentistas. Maneco imaginava o velho em cima do cavalo, metido no seu poncho, com o chapelão de couro na cabeça, o mosquete a tiracolo e o facão de mato à cinta. Decerto ele acampara ali numa noite de lua como aquela, e antes de dormir ficara pensando no rancho que um dia havia de erguer no alto da coxilha...

Ouviu-se o guincho duma ave noturna. Um vulto encaminhava-se para a cabana e nele os Terras reconheceram Pedro. O índio aproximou-se em silêncio e pediu licença para sentar-se junto deles. Maneco disse:

— Tome assento.

Pedro sentou-se a uns cinco passos de onde estava o grupo e ficou calado.

— Amanhã vamos parar rodeio, Pedro — disse-lhe Antônio.

— Mui lindo — respondeu o índio.

— Vosmecê vá no bragado — instruiu-o Maneco. — O Antônio vai no alazão, o Horácio no baio.

— Mui lindo — repetiu Pedro.

E de novo o silêncio caiu. As estrelas brilhavam. Pedro olhava para a lua. Ana esforçava-se para não atentar nele, para ignorar sua presença. Sentia que agora, na noite morna e calma, não o odiava mais. Chegava a ter pena dele, da sua solidão, da sua pobreza, do seu abandono, da sua humildade serviçal.

Longe, contra a silhueta negra dum capão, um fogo vivo brilhou por uns instantes e depois se apagou.

— Olha lá! — exclamou Horácio, estendendo a mão.

Os outros olharam. A chama, que tornara a aparecer, agora se movia pela orla do capão. Em poucos segundos apagou-se outra vez.

— Boitatá — sussurrou Pedro.

— É o fogo de algum carreteiro acampado — disse Maneco.

— Puede ser, puede no ser — disse o índio.

— Muitas vezes vi fogo assim de noite no alto da serra — contou Antônio. — Nunca fiquei sabendo o que era.

— Boitatá — tornou a dizer Pedro, como se falasse para si mesmo. E acrescentou: — A cobra de fogo.

— Vosmecê acredita mesmo nisso? — perguntou Maneco, coçando a barba.

— Vi muitas.

Antônio soltou uma risada seca:

— Esse índio viu tudo...

— Anda por aí uma história mal contada — observou Maneco. — Um bugre velho que viveu no Povo de São Tomé um dia me falou na tal teiniaguá... Isso é invenção de índio.

— Mas hai — disse Pedro.

E, como os outros deixassem morrer o assunto e ficassem em silêncio, ele acrescentou:

— A teiniaguá já desgració um sacristán.

Repetiu com algumas modificações a história que Maneco Terra ouvira da boca do velho índio missioneiro.

Os mouros de Salamanca, mestres em artes mágicas, ficaram loucos de raiva quando foram vencidos nas Cruzadas pelos cristãos. Resolveram então vir para o Continente de São Pedro do Rio Grande, trazendo consigo sua fada transformada numa velhinha. Os mouros tinham grande ódio de padre, santo e igreja, e o que queriam mesmo era combater a cruz. Mal chegaram ao Continente fizeram parte com o diabo, que transformou a linda princesa moura na teiniaguá, uma lagartixa sem cabeça que também ficou conhecida como *carbúnculo*. No lugar da cabeça do animal, o tinhoso botou uma pedra vermelha muito transparente, que era um condão mágico. Quando o sol nasceu, seus raios deixaram a pedra tão brilhante que ninguém podia olhar para ela sem ficar meio cego. Ora, o encontro do diabo com a princesa se deu numa furna, a que chamaram *salamanca*. E em sete noites de sexta-feira o demônio ensinou à teiniaguá onde ficavam todas as furnas que escondiam tesouros. E, como era mulher e mui sutil, a princesa aprendeu depressa.

Houve uma pausa. De novo o fogo brilhou longe, à beira do mato. Então d. Henriqueta perguntou:

— E depois?

Pedro prosseguiu:

— Habia na mission de San Tomé um sacristán, muchacho mui triste. E una tarde, a la hora de la siesta, cuando los curas dormian, o muchacho caminou para a laguna que habia cerca, una laguna que parecia un calderón de água fervendo, parecia que o diabo vivia adentro, os peixes morriam, as jervas secavam... Entonces o sacristán viu salir da água um bicho pequeño... Era teiniaguá, com sua cabeza de sol. O sacristán quedó como loco, porque sabia que si prendiera a teiniaguá ganava una fortuna. Entonces tomó una guampa con água e meteu a teiniaguá adentro dela, e levou o bicho para su cela e lo alimentó com mel de lechiguana. Estava tan contento que batia no peito, dizendo que ia quedar rico com aquela pedra, el hombre más feliz do mundo. Pero un dia a teiniaguá se transformó numa princesa moura, mui linda, e el sacristán quedó loco de amor, e fué tentado, e pecó. Buscó el vino de la iglesia, vino de missa, e se emborrachó com la princesa e quedó desgraciado...

Maneco queria encurtar a história, porque lhe era ainda desagradável aos ouvidos a voz de Pedro e sua língua confusa. Além disso, o fato de todos estarem escutando com atenção aquele mameluco dava-lhe uma importância que ele não merecia. Por isso, aproveitou a pausa que Pedro fizera e falou:

— Os padres então chegaram, viram o sacristão bêbedo, a cela desarrumada, sentiram cheiro de mulher e compreenderam tudo. O sacristão foi posto a ferros, e quiseram que ele confessasse o que tinha acontecido. Mas ele não confessou.

Foi então condenado à morte e, quando levaram ele pra praça, o sino tocava finados e todo o Povo de São Tomé veio olhar. Quando o carrasco ia matar ele, começou a soprar uma ventania danada, ouviu-se um barulhão e todos ficaram mui assustados, os padres atiraram água benta no povo e começaram a rezar. Ouviu-se um ronco de fera e a teiniaguá saiu da lagoa com a cabeça erguida, faiscando. Saiu derrubando árvores, esbarrancando as terras. Foi assim que o índio velho me contou, se estou lembrado.

Pedro sacudia lentamente a cabeça.

— Diziam que era o fim do Povo de San Tomé, ou o fim do mundo. Pero hubo un milagre. Una cruz apareció no céu.

— E o sacristão? — perguntou Horácio, que ouvia a história de cócoras, arrancando talos de capim com dedos distraídos.

— O sacristán quedó solito, abandonado, com as manos presas em cadenas.

— Dizem que depois foram pro cerro de Jarau — prosseguiu Maneco Terra. — O sacristão e a princesa. Lá no cerro havia uma salamanca onde estava escondido um tesouro mui grande.

— Há quem diga que as salamancas existem — arriscou Antônio.

— Un dia encontré um castelhano que tinha entrado na furna de Jarau — disse Pedro.

— E que foi que ele encontrou lá? — indagou Horácio com um risinho incrédulo.

— Doblões de ouro, onças, pedras preciosas, mucha plata. Mui lindo.

— Decerto era um castelhano contador de rodelas — murmurou Maneco.

Pedro prosseguiu, sereno:

— O hombre dijo que Jarau está guardado por pumas e tigres, por almas penadas, por culebras calaveras. Mui feo. Un dia eu quero entrar na furna do Jarau.

— Não acredito nesses tesouros escondidos... — declarou Maneco Terra.

Antônio ergueu-se, espreguiçou-se e disse, abafando um bocejo:

— Eu bem que queria descobrir os tesouros que os padres enterraram nas missões.

— Patacoadas! — exclamou Maneco Terra, erguendo-se também. — Nosso tesouro está aqui mesmo.

E com a cabeça fez um sinal que abrangia o campo em derredor.

Do seu canto Ana olhava com o rabo dos olhos para Pedro, que continuava sentado, imóvel, com ambos os braços ao redor dos joelhos, olhando fixamente para a lua.

À hora de deitar-se Ana ouviu a voz da mãe, que dizia ao marido:

— Nunca sei quando esse índio está brincando ou falando sério.

Maneco pigarreou, gemeu baixinho, estendeu-se no catre, ficou calado por algum tempo e depois resmungou:

— É um mentiroso.

E apagou a lamparina com um sopro.

10

Aquele verão foi seco e cruel. Quando o áspero vento norte soprava, Ana Terra ficava de tal maneira irritada, tão brusca de modos e palavras, que d. Henriqueta murmurava: "O que essa menina precisa mesmo é casar duma vez...". Ana revoltava-se. Casar? O que ela precisava era mudar de vida, visitar de vez em quando Rio Pardo, ir a festas, ter amigas, ver gente. Aquela solidão ia acabar deixando-a doida varrida... Mas na presença do pai não dizia nada. Recalcava a revolta, prendia-a no peito, apertava os lábios para que ela não se lhe escapasse pela boca em palavras amargas. Nas noites abafadas dormia mal, às vezes levantava-se, ia para a frente da casa, ficava olhando as coxilhas e o céu, tendo nos olhos um sono pesado e na cabeça, no peito, no corpo todo uma ânsia que a mantinha desperta e agitada. Não raro, altas horas da noite, acordava com uma sede desesperada, metia a caneca na talha, bebia em longos goles uma água que a mornidão tornava grossa; e ia bebendo caneca sobre caneca, para no fim ficar com o estômago pesado sem ter saciado a sede nem aliviado a ardência da garganta. Muitas vezes o sono só lhe vinha de madrugada alta, e, vendo pela cor do horizonte que o dia não tardava a raiar, concluía que não adiantava ir para a cama, pois, dentro de pouco, teria de acender o fogo para aquentar a água do chimarrão. O remédio, então, era molhar os olhos, lavar a cara, caminhar ao redor do rancho para espantar a sonolência.

Uma tarde, à hora da sesta, Ana Terra tornou a sentir aquela agonia de outras tardes e noites. Era uma sensação que não saberia descrever a ninguém. Seria fome?... Havia acabado de almoçar, estava de estômago cheio; logo não podia ser fome. Tinha a sensação de que lhe faltava alguma coisa no corpo, como se lhe houvessem cortado um pedaço do ser. Era ao mesmo tempo uma falta de ar, uma impaciência misturada com a impressão de que alguma coisa — que ela não sabia bem claramente o que era — ia acontecer, alguma coisa *tinha* de acontecer. Revolveu-se na cama, meteu a cara no travesseiro, procurou dormir... Inútil. Ficou de novo deitada de costas, ouvindo o espesso ressonar dos homens dentro da cabana. Viu uma mosca-varejeira entrar por uma fresta da janela e ficar voando, zumbindo, batendo nas paredes, caindo e tornando a levantar-se para outra vez voejar e zumbir... Ana seguia com o olhar os movimentos da varejeira e acabou ficando tonta. Cigarras rechinavam lá fora. E mesmo sem ouvir o barulho do vento Ana sabia que estava ventando, pois seus nervos adivinhavam... Era o vento quente do norte a levantar uma poeira seca. Ana sentia o suor escorrer-lhe pelo corpo todo. O vestido se lhe colava às costas. Puxou toda a saia para cima do peito e ficou de coxas nuas e afastadas uma da outra, desejando água, um banho à sombra das árvores. Imaginou-se descendo a coxilha, rumo da sanga. Por que não fazia isso? Sim, seria melhor ir para fora. Mas não foi, era como se o suor a grudasse aos lençóis escaldantes. Começou a mover a cabeça devagarinho dum lado para outro, sentindo o latejar do sangue nas têmporas, que começavam a doer-lhe. Agora, sim, ela ouvia o vento. Não era um sopro uniforme: de vez em quando amainava, de repente vinha uma rajada mais forte, e Ana ouvia também o crepitar miúdo da poeira caindo no chão e na coberta da casa. As pálpebras pesavam-lhe, fechavam-se. Veio-lhe um torpor de febre, e de repente, num mundo confuso, Ana sentiu que um touro vermelho lhe lambia as pernas, enquanto ela se retorcia toda arrepiada de medo, nojo e desejo... A língua do touro era viscosa, babava-lhe as coxas, e a respiração do animal tinha a mornidão úmida do vento norte. E de repente, trêmula e aflita, Ana se encontrou de novo de olhos abertos, vendo o teto de palha da cabana, ouvindo o ressonar dos homens e o zumbido da varejeira que agora refulgia, verde-azul, presa momentaneamente numa réstia de sol.

Meio sem saber o que fazia, atirou as pernas para fora do catre e ergueu-se. Sentindo na sola dos pés a terra morna do chão, caminhou sem ruído para a porta, abriu-a devagarinho e saiu. Fora, o sol envolveu-a como um cobertor de fogo. Ana Terra começou a descer a encosta que levava à sanga. A luz ofuscava, e havia no ar um vapor trêmulo que subia do chão escaldante. As rosetas lhe picavam os pés nus, mas ela continuava a andar. Quando viu a corticeira, precipitou-se a correr. Deitou-se à beira da sanga, puxou a saia para cima dos joelhos, mergulhou as pernas na água, com um débil suspiro de alívio, e cerrou os olhos. Ouvia o farfalhar das folhas, sentia a quentura rija da terra contra as costas, as nádegas e as coxas, e assim ficou num abandono ofegante, cansada da corrida e ao mesmo tempo surpreendida de ter vindo. Pensou vagamente em atirar-se no poço, mas não teve coragem de mover-se. Uma cigarra começou a rechinar, muito perto. Ana sentia um aperto nas têmporas, a cabeça dolorida, as ideias sombrias, como se o sol lhe houvesse chamuscado os miolos. Ficou num torpor dolorido e tonto, escutando o murmúrio da água, o canto da cigarra, o farfalhar das folhas e o pulsar surdo do próprio sangue.

Num dado momento sua madorna foi arranhada por um estralar de ramos secos que se quebram. Teve um retesamento de músculos e abriu os olhos. "Tigre ou cobra", pensou. Mas uma dormência invencível chumbava-a à terra. Voltou um pouco a cabeça na direção do ruído e vislumbrou confusamente um vulto de homem, quase invisível entre os troncos das árvores, bem como certos bichos que tomam a cor do lugar onde estão. Ana então sentiu, mais que viu, que era Pedro. Quis gritar, mas não gritou. Pensou em erguer-se, mas não se ergueu. O sangue pulsava-lhe com mais força na cabeça. O peito arfava-lhe com mais ímpeto, mas a paralisia dos membros continuava. Tornou a fechar os olhos. E ouviu Pedro caminhar, aproximar-se num ruído de ramos quebrados, passos na água, seixos que se chocam. Apertava os lábios já agora com medo de gritar. Pedro estava tão perto, que ela sentia sua presença na forma dum cheiro e dum bafo quente. Sentiu quando o corpo do índio desceu sobre o dela, soltou um gemido quando a mão dele lhe pousou num dos seios, e teve um arrepio quando essa mão lhe escorregou pelo ventre, entrou-lhe por debaixo da saia e subiu-lhe pelas coxas como uma grande aranha-caranguejeira. Numa raiva Ana agarrou com fúria os cabelos de Pedro, como se os quisesse arrancar.

11

Os dias que se seguiram foram para Ana Terra dias de vergonha, constrangimento e medo. Vergonha pelo que tinha passado; constrangimento perante Pedro, quando o encontrava diante das outras pessoas da casa; e medo de que estas últimas pudessem ler nos olhos dela o que havia acontecido. Aquele momento que passara com o índio à beira da sanga lhe havia ficado na memória duma forma confusa. Lembrava-se duma exaltação tocada de horror, dum doloroso dilaceramento misturado de gozo, e também do desespero de quem faz uma coisa que teme só para se livrar da obsessão desse temor.

No fim de contas, que era mesmo que ela sentia por Pedro? Amor? Nojo? Ódio? Pena? Às vezes se surpreendia a querer que ele morresse de repente, ou então que fosse embora, deixando-a em paz. Talvez fosse melhor que aquilo não tivesse acontecido... Ou melhor, que Pedro nunca tivesse aparecido na estância. A agonia em que vivia desde o primeiro dia em que pusera os olhos naquele homem persistia ainda. E agora ela tinha novos cuidados porque, além de todas as coisas que sentia antes, vivia num estado de apreensão insuportável. Chegava à conclusão de que o horror de que o pai e os irmãos descobrissem tudo era o sentimento que dominava todos os outros, até mesmo o desejo de ser de novo tomada pelo índio. Temia também que os homens da casa cometessem alguma violência. Eles tratavam Pedro como um ser inferior e não lhes passaria nunca pela cabeça a ideia de que Pedro Missioneiro jamais pudesse fazer parte da família. Ana conhecia casos de pais que matavam as filhas ao sabê-las desonradas. Honra se lava com sangue!

E o tempo passava... À noite Ana dormia mal, pensava muito e temia mais ainda. Procurava convencer a si mesma de que podia viver sem Pedro, continuar como era antigamente. Achava que tudo tinha acontecido só por causa do calor e da sua solidão. Mas, se por um lado ela queria levar os pensamentos para essa direção, por outro seu corpo ia sempre que possível para Pedro, com quem continuava a encontrar-se à hora da sesta no mato da sanga. Ficava com ele por alguns instantes, com o coração a bater descompassado. Falavam muito pouco e o que diziam nada tinha a ver com o que faziam e sentiam. Eram momentos rápidos, excitantes e cheios de sustos. E, no dia em que pela primeira vez ela sentiu em toda a plenitude o prazer do amor, foi como se um terremoto tivesse sacudido o mundo. Voltou para casa meio no ar, feliz, como quem acaba de descobrir uma salamanca — ansiosa por ruminar a sós aquele gozo estonteantemente agudo que a fizera gritar quase tão alto como os quero-queros...

O verão terminou, o outono começou a amarelecer as folhas de algumas árvores e pôs um arrepio no ar. E um dia, quando lavava roupa na sanga, Ana sentiu uma súbita tontura acompanhada de náusea. Ficou então tomada de pânico, porque lhe ocorreu imediatamente que estava grávida. Por longo tempo quedou-se imóvel ajoelhada junto da água, com as mãos cheias de espuma, os olhos postos na corrente, pensando no horror daquela descoberta. Voltou para casa aniquilada. Que fazer? Pedro estava ausente, tinha ido com Horácio levar uma tropa à estância de Cruz Alta do Rio Pardo. Pensou vagamente em fugir ou em ir à vila sob qualquer pretexto e lá procurar uma dessas mulheres que sabem de coisas para fazer desmancho. Tinha ouvido falar numa erva... Se contasse à mãe talvez ela a pudesse ajudar. Mas não teve coragem.

Dias passaram. Os sintomas se agravaram. Ana começou a observar a lua, viu-a passar por todas as fases: seu incômodo mensal não veio. Não havia mais dúvida. Num temor permanente passou a olhar para o ventre, a apalpá-lo, para ver se ele já começava a crescer. E, quando Pedro voltou, uma noite ela saiu da cama sem ruído — o ar estava frio, o capim úmido de sereno, o céu muito alto —, foi até a barraca do índio, contou-lhe que ia ter um filho e ficou ofegante à espera duma resposta. Houve um curto silêncio, ao cabo do qual Pedro murmurou:

— Mui lindo.

De repente Ana desatou a chorar. Estavam ambos sentados no chão lado a lado. Pedro enlaçou-a com os braços, estreitou-a contra si e as lágrimas da rapariga rolaram-lhe mornas pelo peito. Ana sentia contra as faces as carnes elásticas e quentes do homem, e o bater regular de seu coração. Chorou livremente por algum tempo. Pedro nada dizia, limitou-se a acariciar-lhe os cabelos. E, quando ela parou de chorar, pôs-lhe a mão espalmada sobre o ventre e sussurrou:

— Rosa mística.

Ana franziu a testa.

— Quê?

— Rosa mística.

— Que é isso?

— Nossa Senhora, mãe do Menino Jesus.

Ana não compreendeu. Outra vez lhe passou pela mente a ideia de que talvez o índio não fosse bom do juízo.

— Pedro, vamos embora daqui!

Ele ficou em silêncio. Um quero-quero guinchou, e sua voz metálica espraiou-se na noite quieta.

— Vamos, Pedro!

Pedro sacudiu a cabeça.

— Demasiado tarde — respondeu.

Ana não entendeu bem o sentido daquelas palavras, mas, como o índio sacudisse a cabeça, ela viu que ele dizia não, que não.

— Mas por quê? Por quê? Se meu pai e meus irmãos descobrem, eles nos matam. Vamos embora.

— Demasiado tarde.

— Que é que vamos fazer então?

— Demasiado tarde. Voy morrer.

— Pedro!

— Eu vi... Vi quando dois hombres enterraram mi cuerpo cerca dum árbol. Demasiado tarde.

— Como?

— Dois hombres — murmurava Pedro. — Mi cuerpo morto... cerca dum árbol.

— Um sonho?

— No. Eu vi.

— Mas como?

— Demasiado tarde.

Ana agarrou os ombros do índio e sacudiu-o.

— Então foge sozinho.

— Demasiado tarde.

— Foge, Pedro. Foge. Não é tarde, não. Depois nos encontramos... em qualquer lugar.

Parou, sem fôlego. Pedro sorriu e murmurou:

— Rosa mística.

E deu-lhe o punhal de prata que trazia à cinta.

Ana voltou para casa com a morte na alma. Ia pensando naquela coisa que lhe crescia no ventre. Dentro de poucos dias não seria mais possível esconder que estava grávida.

Ao chegar perto da cabana começou a temer que o pai ou um dos irmãos a ouvisse entrar e perguntasse quem era. Começou a andar devagarinho, na ponta dos pés, o coração a bater-lhe num acelerado de medo. De repente uma sombra avançou para ela. Ana não pôde conter um grito de espanto, um grito que lhe saiu do fundo da garganta, quase como um ronco. Ficou de boca aberta, com a respiração subitamente cortada... O vulto delineou-se com mais nitidez, e ela reconheceu a mãe. As duas mulheres ficaram frente a frente, paradas, sem dizer uma única palavra, sem fazer o menor gesto. E aos poucos Ana percebeu que a mãe chorava de mansinho, sem ruído: os soluços mal reprimidos sacudiam-lhe os ombros ossudos. D. Henriqueta aproximou-se da filha e choramingou:

— Que será que vai acontecer agora, Ana?

A moça atirou-se nos braços da mãe, abafou os soluços contra seus murchos peitos e ali ficou fazendo um esforço dilacerador para não soltar o pranto, e sentindo que o frio do chão lhe subia pelo corpo, lhe penetrava as carnes e lhe enregelava os ossos.

— E agora, mamãe, e agora? — perguntava ela.

— Não há de ser nada com Deus e Nossa Senhora, minha filha.

Num súbito acesso de nervos, quase gritando, Ana desabafou:

— Mas eu vou ter um filho!

— Santo Deus! — murmurou d. Henriqueta. E quando ela pronunciou essas palavras de espanto Ana sentiu na orelha seu hálito morno. — Santo Deus! Esse homem só veio trazer desgraça pra nossa casa...

— Mãe, e se eu tomasse um remédio pra botar o filho fora?

— Não diga isso, minha filha!

— Então como vai ser?

— O único jeito é contar tudo pro Maneco. Mais cedo ou mais tarde ele tem de saber.

— Mas ele me mata, mamãe!

D. Henriqueta tremia, e foi sem muita convicção que disse:

— Não mata, não. Teu pai é um homem de bem. Nunca pegou em arma a não ser pra defender sua casa.

— A honra, a honra, a honra! — dizia Ana com voz rouca, agarrando com força os ombros da mãe. — A honra, mãe. Ele vai me matar.

— Não mata, minha filha, não mata.

— E o Antônio? E o Horácio?

— Eles só fazem o que o pai manda.

Ana deixou cair os braços, endireitou o busto, afastou-se um passo. Depois lentamente enxugou as lágrimas com as pontas dos dedos.

— Tenha coragem, minha filha. Vamos contar tudo ao teu pai. Conta-se aos poucos. Não precisas dizer que estás grávida...

Da sombra que a cabana projetava no chão avançou outra sombra. E Maneco Terra falou:

— Não precisa dizer nada. Eu ouvi tudo.

Foi como se Ana tivesse levado uma bordoada na cabeça. Amoleceram-se-lhe as pernas e os braços, o sangue começou a pulsar-lhe nas têmporas e no pescoço com tamanha força que ela ficou estonteada.

— Maneco... — balbuciou d. Henriqueta. E não pôde dizer mais nada.

Ana deixou-se cair, primeiro de joelhos, depois resvalou para um lado, deitando-se sobre a coxa direita, apoiando o busto com o cotovelo fincado no chão. Maneco continuava imóvel onde estava. Antônio e Horácio saíram da cabana e d. Henriqueta, horrorizada, viu quando eles se encaminharam para o fundo do terreiro e começaram a encilhar os cavalos em silêncio. O luar nos campos era doce e calmo.

Agora, deitada no chão, tomada duma invencível canseira, Ana Terra, sem compreender bem o que via, seguia com os olhos os movimentos dos irmãos, que montaram nos seus cavalos e, levando um terceiro a cabresto, seguiram a trote na direção da sanga. Ouviu quando o pai lhes gritou:

— Bem longe daqui...

Henriqueta não reconheceu a voz do marido. Estava de tal modo alterada que ela teve a impressão de que era um estranho que falava. Na mente de Ana soava a voz de Pedro: "Dois hombres... enterraram meu corpo cerca dum árbol. Dois hombres... Dois hombres".

Quis gritar, mas não teve forças. A saliva se lhe engrossara na boca e uma garra parecia comprimir-lhe a garganta. O corpo inteiro tremia, como se ela estivesse atacada de sezões. Estendeu-se no chão de todo o comprimento, sentindo na orelha, no pescoço e nas faces a frialdade da terra.

Maneco Terra fez meia-volta e encaminhou-se lentamente para a cabana. Poucos minutos depois d. Henriqueta seguiu o marido. Ao entrar encontrou-o sentado, encurvado sobre a mesa, com a cabeça metida nos braços, soluçando como uma criança. Estavam casados havia quase trinta anos e aquela era a primeira vez que ela via o marido chorar.

12

Antônio e Horácio voltaram ao clarear do dia. Estavam pálidos e tinham nos olhos tresnoitados uma apagada expressão de horror. Nada disseram ao entrar; ninguém lhes perguntou nada. Estendida no catre, Ana ouviu o ruído dos passos dos irmãos, abriu os olhos e ficou a seguir o movimento de suas sombras que se projetavam no pano que separava seu quarto da divisão maior. Viu quando um deles atirou uma pá no chão. Compreendeu tudo. Numa súbita revolta desejou erguer-se, correr para os irmãos, meter-lhes as unhas na cara, arrancar-lhes os olhos, mas ficou imóvel, sem ânimo para mover-se ou falar.

Estava exausta, com um frio de morte no corpo, um vazio na cabeça. Tudo aquilo lhe parecia um pesadelo, que a luz da lamparina e o frio da madrugada tornavam ainda mais medonho.

D. Henriqueta começou a servir o chimarrão ao marido e aos filhos. A cuia passou de mão em mão, a bomba andou de boca em boca. Mas ninguém falava. Maneco apagou a lamparina, e a luz alaranjada ali dentro da cabana de repente se fez cinzenta e como que mais fria. As sombras desapareceram do pano onde Ana tinha fito o olhar. Ela então ficou vendo apenas o que havia nos seus pensamentos. Seus irmãos tinham levado Pedro para bem longe: três cavalos e três cavaleiros andando na noite. Pedro não dizia nada, não fazia nenhum gesto, não procurava fugir, sabia que era seu destino ser morto e enterrado ao pé duma árvore. Ana imaginou Horácio e Antônio cavando uma sepultura, e o corpo de Pedro estendido no chão ao pé deles, coberto de sangue e sereno. Depois os dois vivos atiraram o morto na cova e o cobriram com terra. Bateram a terra e puseram uma pedra em cima. E Pedro lá ficou no chão frio, sem mortalha, sem cruz, sem oração, como um cachorro pesteado. Agora estava tudo perdido. Seus irmãos eram assassinos. Nunca mais poderia haver paz naquela casa. Nunca mais eles poderiam olhar direito uns para os outros. O segredo horroroso havia de roer para sempre a alma daquela gente. E a lembrança de Pedro ficaria ali no rancho, na estância e nos pensamentos de todos, como uma assombração. Ana pensou então em matar-se. Chegou a pegar o punhal que o índio lhe dera, mas compreendeu logo que não teria coragem de meter aquela lâmina no peito e muito menos na barriga, onde estava a criança. Imaginou a faca trespassando o corpo do filho e teve um estremecimento, levou ambas as mãos espalmadas ao ventre, como para o proteger. Sentiu de súbito uma inesperada, esquisita alegria ao pensar que dentro de suas entranhas havia um ser vivo, e que esse ser era seu filho e filho de Pedro, e que esse pequeno ente havia de um dia crescer... Mas uma nova sensação de desalento gelado a invadiu quando ela imaginou o filho vivendo naquele descampado, ouvindo o vento, tomando chimarrão com os outros num silêncio de pedra, a cara, as mãos, os pés encardidos de terra, a camisa cheirando a sangue de boi (ou sangue de gente?). O filho ia ser como o avô, como os tios. E um dia talvez se voltasse também contra ela. Porque era "filho das macegas", porque não tinha pai. Tremendo de frio Ana Terra puxou as cobertas até o queixo e fechou os olhos.

Quando o sol saiu, os três homens foram trabalhar na lavoura. D. Henriqueta aproximou-se do catre da filha, sentou-se junto dele e começou a acariciar desajeitadamente a cabeça de Ana. Por longo tempo nenhuma das duas falou. Ana continuava de olhos cerrados, reprimindo a custo as lágrimas. Por fim, numa voz sentida, bem como nos tempos de menina quando Horácio ou Antônio lhe puxavam os cabelos e ela vinha queixar-se à mãe, choramingou:

— Mãe, eles mataram o Pedro.

D. Henriqueta limitou-se a olhar a filha com seus olhos tristes, mas não teve coragem de falar. O sofrimento dava-lhe ao rosto uma expressão estúpida. Ela não queria acreditar que os filhos tivessem feito aquilo; mas já agora não restava a menor dúvida.

— Decerto eles só mandaram o Pedro embora... — disse, sem nenhuma convicção.

— Não, não. Eles mataram o Pedro, eu sei... Que vai ser de mim agora?

— Deus é grande, minha filha. Tem coragem.

— Se eu tivesse coragem eu me matava.

— A vida é uma coisa que Deus nos deu e só Ele pode nos tirar.

— Ou então eu ia embora...

— Mas pra onde?

— Pra o Rio Pardo, pra qualquer outra parte...

— Mas fazer o quê?

— Trabalhar, viver a minha vida.

— Com esse filho na barriga?

— Um dia ele nasce.

— E tu vai ter ele na rua ou numa estrebaria, como um animal? Não, minha filha, teu lugar é aqui. Teu pai diz que pra ele tu está morta. Mas eu sou ainda tua mãe. Teu lugar é aqui.

Ana sacudiu a cabeça, obstinadamente. Sabia que sua vida naquela casa dali por diante ia ser um inferno.

— Eles mataram Pedro — repetiu.

D. Henriqueta não respondeu. O mugido duma vaca no curral lembrou-a de que tinha de ir tirar leite, começar o seu dia, seguir sua sina. Soltou um fundo suspiro, puxou para cima uma mecha de cabelo grisalho que lhe caíra sobre a testa, levantou-se, apanhou o balde e saiu. E a própria Ana lembrou-se de que tinha de lavar roupa — a roupa dos homens que haviam assassinado Pedro —, cerzir calças, começar enfim seu dia de trabalho. Levantou-se da cama com grande esforço, de pernas bambas, braços moles, meio estonteada e a ver diante dos olhos manchas escuras. Começou a apanhar as roupas, com gestos automáticos. Por fim encheu o cesto, levou-o à cabeça e também saiu.

E assim as duas mulheres começaram mais um dia. E, quando a noite desceu, encontrou-as a dar comida para os homens, à luz da lamparina fumarenta. E dentro da casa aquela noite só se ouviu a voz do vento, porque ninguém mais falou. Nenhum dos homens sequer olhou para Ana, que só se sentou à mesa depois que eles terminaram de comer.

13

Vieram outros dias e outras noites. E nunca mais o nome de Pedro foi pronunciado naquela estância. O inverno entrou e houve horas, longas horas, em que o minuano arrepelou as macegas e cortou o ar como uma navalha. Vieram as chuvas, que prenderam na cabana os cinco membros da família, que às vezes se reuniam junto do fogo, onde os homens ficavam a falar da lavoura, do gado, do tempo. Para Maneco Terra a filha estava morta e enterrada: não tomava conhecimento de sua presença naquela casa. Antônio e Horácio tratavam Ana com uma aspereza meio constrangida, que lhes vinha duma consciência culpada. Ao lhe dirigirem a palavra, não olhavam para ela de frente, e ficavam desconcertados quando, para lhe evitar os olhos, baixavam a cabeça e davam com o ventre crescido da irmã.

Quando não chovia Ana descia para a sanga. Agora levava duas cargas: a cesta de roupa e o filho, que cada vez lhe pesava mais. Muitas vezes pela manhã seus pés pisavam a geada do caminho. E na água gelada seus dedos ficavam roxos e entanguidos. Durante todo o tempo que passava junto da sanga, a lembrança de Pedro permanecia com ela.

Um dia, olhando o bordado branco que a espuma do sabão fazia na água, teve a sensação de que Pedro nunca tinha existido, e que tudo o que acontecera não passara dum pesadelo. Mas nesse mesmo instante o filho começou a mexer-se em suas entranhas e ela passou a brincar com uma ideia que dali por diante lhe daria a coragem necessária para enfrentar os momentos duros que estavam para vir. Ela trazia Pedro dentro de si. Pedro ia nascer de novo e portanto tudo estava bem e o mundo no fim de contas não era tão mau. Voltou para casa exaltada...

Mas num outro dia foi tomada de profunda melancolia e escondeu-se para chorar. Ficou na frente da casa, olhando o horizonte e esperando que longe surgisse o vulto dum cavaleiro — Pedro voltando para casa; porque ele não tinha morrido: conseguira fugir e agora vinha buscar a mulher e o filho. Um entardecer sentiu o repentino desejo de montar a cavalo e sair pelo campo em busca do cadáver de seu homem: levaria uma pá, revolveria a terra ao redor de todas as árvores solitárias que encontrasse... Mas montar a cavalo no estado em que se encontrava? Loucura. Seu ventre estava cada vez maior. E Ana notava que, quanto mais ele crescia, mais aumentava a irritação dos irmãos. O pai, esse nunca olhava para ela nem lhe dirigia a menor palavra. Comia em silêncio, de olhos baixos, pigarreando de quando em quando, conversando com os filhos ou pedindo uma ou outra coisa à mulher.

Em meados da primavera Antônio mais uma vez foi a Rio Pardo e de lá voltou trazendo mantimentos e artigos que os pais lhe haviam encomendado. Contou que aquele ano os índios tapes tinham atacado os colonos açorianos nas vizinhanças da vila: ele vira algumas lavouras devastadas e muitas cruzes novas no cemitério. Falou também das festas da inauguração da nova Matriz e, depois de muitos rodeios, comunicou ao pai que estava gostando duma moça, filha dum agricultor do município, e que pensava em casar-se com ela.

— Se vosmecê me dá licença... — acrescentou humildemente.

Maneco Terra ficou um instante em silêncio e depois respondeu:

— Está bom. Vamos ver isso depois. Quero tomar informações da moça e da família dela.

E não se falou mais no assunto nos dias que se seguiram.

Findava mais um ano e os pêssegos do pomar já estavam quase maduros quando Ana começou a sentir as primeiras dores do parto. Foi num anoitecer de ar transparente e céu limpo. Ao ouvirem os gemidos da rapariga, os três homens encilharam os cavalos, montaram e se foram, sem dizer para onde. D. Henriqueta viu-os partir e não perguntou nada.

Naquela noite nasceu o filho de Ana Terra. A avó cortou-lhe o cordão umbilical com a velha tesoura de podar. E o sol já estava alto quando os homens voltaram, apearam e vieram tomar mate. Ouviram choro de criança na cabana, mas não perguntaram nada nem foram olhar o recém-nascido.

— É um menino! — disse d. Henriqueta ao marido, sem poder conter um contentamento nervoso.

Maneco pigarreou mas não disse palavra. Quando o pai saiu para fora, Ana ouviu Horácio cochichar para a mãe:

— Ela vai bem?

— Vai indo, graças a Deus — respondeu d. Henriqueta. — Está com os ubres cheios. Tem mais leite que uma vaca — acrescentou com orgulho.

Naquele instante Ana dava de mamar ao filho. Estava serena, duma serenidade de céu despejado, depois duma grande chuva.

Três dias depois já se achava de pé, trabalhando. E sempre que ia lavar roupa levava o filho dentro da cesta, e enquanto batia nas pedras as camisas e calças e vestidos, deixava a criança deitada a seu lado. E cantava para ela velhas cantigas que aprendera quando menina em Sorocaba, cantigas que julgava esquecidas, mas que agora lhe brotavam milagrosamente na memória. E a água corria, e a criança ficava de olhos muito abertos, com a sombra móvel dos ramos a dançar-lhe no rostinho cor de marfim.

Pelos cálculos de Antônio deviam já estar no ano-novo. Uma noite, depois do jantar, Horácio disse:

— Se não me engano, estamos agora no 79.
Maneco Terra suspirou.
— Eu só queria saber que nova desgraça este ano vai nos trazer...
Disse essas palavras e começou a enrolar tristemente um cigarro.

14

Um dia d. Henriqueta sugeriu timidamente ao marido que levasse o neto ao Rio Pardo para que o vigário o batizasse. Maneco pulou furioso:
— No Rio Pardo? Estás louca. Pra todo mundo querer saber quem é o pai da criança? Estás louca. Pra arrastarem meu nome no barro? Estás louca varrida.
— Então o inocente vai ficar pagão?
— O melhor mesmo era ele ter nascido morto — retrucou o velho.
Ana escutou a conversa, serena. Habituara-se de tal modo à situação que já agora nada mais a indignava ou irritava. Um dia havia de aparecer na estância um padre e então batizariam Pedrinho. Se não aparecesse, paciência...
Maneco continuava a ignorar a existência tanto da filha como do neto. Mas Antônio e Horácio tinham abrandado um pouco o tratamento à irmã. Dirigiam-lhe a palavra com mais frequência e menos aspereza, embora continuassem a evitar-lhe o olhar. E d. Henriqueta, que sofria com esse estado de coisas, alimentava a esperança de que com o passar do tempo tudo voltasse a ser como antes. Achava que, quando a criança crescesse e começasse a querer subir para o colo do avô, Maneco acabaria por se entregar ao neto. Era casmurro, teimoso como uma mula, mas tinha bom coração. D. Henriqueta conhecia bem o seu homem, por isso esperava e confiava. E, quando algum desconhecido passava pela estância, descia para tomar um mate e fazia perguntas sobre Ana e o filho — enquanto os homens da casa ficavam num silêncio meio agressivo —, d. Henriqueta apressava-se a explicar:
— Minha filha é viúva. O marido morreu de bexigas, faz meses.
Aquele inverno Maneco Terra foi ao Rio Pardo com um dos filhos e voltou de lá trazendo três escravos de papel passado. Dois deles eram pretos de canela fina, peito largo e braços musculosos; o outro era retaco, de pernas curtas e um jeito de bugio. No dia em que eles chegaram Ana foi até o galpão levar-lhes comida. Antônio — que estava irritado porque o pai, apesar de lhe ter aprovado a escolha da noiva, aconselhara-o a marcar o casamento para dali a um ano — exclamou ao ver a irmã entrar:
— Vê agora se vai dormir também com um desses negros!
Ana estacou de repente no meio da sala, de cabeça alçada, olhos fuzilando, como uma cobra pronta a dar o bote. Olhou firme para o irmão e cuspiu a palavra que havia muito recalcava:
— Assassino!
Antônio ergueu-se num prisco.

— Cobardes! — exclamou Ana, olhando também para os outros homens. — Mataram o Pedro — desabafou ela. — Assassinos!

— Cala essa boca, pelo amor de Deus! — implorou d. Henriqueta.

Antônio estava pálido.

— Tu e o Horácio! — gritava Ana, espumando na comissura dos lábios. — Dois contra um, cobardes!

Horácio estava de cabeça baixa. Antônio deu alguns passos e ergueu a mão para bater na irmã. Mas a mãe se precipitou para ele e se lhe dependurou no braço.

— Não, Antônio! Isso não!

Maneco Terra fumava em silêncio, olhando fixamente para seu prato vazio, como se nada visse nem ouvisse.

— Assassinos! — repetiu Ana. — Todos deviam estar mas era na cadeia com os outros bandidos!

Antônio desembaraçou-se da mãe e correu para fora.

Pedrinho tinha começado a berrar. Ainda arfando, Ana aproximou-se do catre, tomou o filho nos braços, desabotoou o vestido e deu-lhe o peito. A criança acalmou-se em seguida, e por algum tempo no silêncio do rancho o único som que se ouviu foi o dos chupões que ele dava no seio da mãe.

15

Os anos chegavam e se iam. Mas o trabalho fazia Ana esquecer o tempo. No inverno tudo ficava pior: a água gelava nas gamelas que passavam a noite ao relento; pela manhã o chão frequentemente estava branco de geada e houve um agosto em que, quando foi lavar roupa na sanga, Ana teve primeiro de quebrar com uma pedra a superfície gelada da água.

Em certas ocasiões surpreendia-se a esperar que alguma coisa acontecesse e ficava meio aérea, quase feliz, para depois, num desalento, compreender subitamente que para ela a vida estava terminada, pois um dia era a repetição do dia anterior — o dia de amanhã seria igual ao de hoje, assim por muitas semanas, meses e anos até a hora da morte. Seu único consolo era Pedrinho, que ela via crescer, dar os primeiros passos, balbuciar as primeiras palavras. Mas o próprio filho também lhe dava cuidados, incômodos. Quando ele adoecia e não sabia dizer ainda que parte do corpo lhe doía, ela ficava agoniada e, ajudada pela mãe, dava-lhe chás de ervas, e quando a criança gemia à noite ela a ninava, cantando baixinho para não acordar os que dormiam.

De quando em quando chegavam notícias do Rio Pardo pela boca dum passante. Contaram um dia a Maneco Terra que Rafael Pinto Bandeira tinha sido preso, acusado de ter desviado os quintos e direitos da Coroa de Portugal e de ter ficado com as presas apanhadas nos combates de São Martinho e Santa Tecla. Ia ser enviado para o Rio de Janeiro e submetido a conselho de guerra. E o informante acrescentou:

— Tudo são invejas do governador José Marcelino, que é um tirano.

Maneco não disse palavra. Não era homem de conversas. Não se metia com graúdos. O que ele queria era cuidar de sua casa, de sua terra, de sua vida.

De toda a história Ana só compreendeu uma coisa: Rafael Pinto Bandeira fora preso como ladrão. E imediatamente lembrou-se daquele remoto dia de vento em que o comandante, todo faceiro no seu fardamento e no seu chapéu de penacho, lhe dissera de cima do cavalo: "Precisamos de muitas moças bonitas e trabalhadeiras como vosmecê".

Muitos anos mais tarde, Ana Terra costumava sentar-se na frente de sua casa para pensar no passado, e no seu pensamento como que ouvia o vento de outros tempos e sentia o tempo passar, escutava vozes, via caras e lembrava-se de coisas... O ano de 81 trouxera um acontecimento triste para o velho Maneco: Horácio deixara a fazenda, a contragosto do pai, e fora para o Rio Pardo, onde se casara com a filha dum tanoeiro e se estabelecera com uma pequena venda. Em compensação nesse mesmo ano Antônio casou-se com Eulália Moura, filha dum colono açoriano dos arredores do Rio Pardo, e trouxe a mulher para a estância, indo ambos viver no puxado que tinham feito no rancho.

Em 85 uma nuvem de gafanhotos desceu sobre a lavoura deitando a perder toda a colheita. Em 86, quando Pedrinho se aproximava dos oito anos, uma peste atacou o gado e um raio matou um dos escravos.

Foi em 86 mesmo ou no ano seguinte que nasceu Rosa, a primeira filha de Antônio e Eulália? Bom. A verdade era que a criança tinha nascido pouco mais de um ano após o casamento. D. Henriqueta cortara-lhe o cordão umbilical com a mesma tesoura de podar com que separara Pedrinho da mãe.

E era assim que o tempo se arrastava, o sol nascia e se sumia, a lua passava por todas as fases, as estações iam e vinham, deixando sua marca nas árvores, na terra, nas coisas e nas pessoas.

E havia períodos em que Ana perdia a conta dos dias. Mas entre as cenas que nunca mais lhe saíram da memória estavam as da tarde em que d. Henriqueta fora para a cama com uma dor aguda no lado direito, ficara se retorcendo durante horas, vomitando tudo que engolia, gemendo e suando frio. E quando Antônio terminou de encilhar o cavalo para ir até o Rio Pardo buscar recursos, já era tarde demais. A mãe estava morta. Era inverno e ventava. Naquela noite ficaram velando o cadáver de d. Henriqueta. Todos estavam de acordo numa coisa: ela tinha morrido de nó na tripa. Um dos escravos disse que conhecia casos como aquele. Fosse como fosse, estava morta. "Descansou", disse Ana para si mesma, e não teve pena da mãe. O corpo dela ficou estendido em cima duma mesa, enrolado na mortalha que a filha e a nora lhe haviam feito. Em cada canto da mesa ardia uma vela de sebo. Os homens estavam sentados em silêncio. Quem chorava mais era Eulália. Pedrinho, de olhos muito arregalados, olhava ora para a morta ora para as sombras dos vivos que se projetavam nas paredes do rancho. Ana não chorou. Seus olhos ficaram secos e ela estava até alegre, porque sabia que a mãe finalmente tinha deixado de ser escrava. Podia haver outra vida depois da morte, mas também podia não haver. Se houvesse, estava certa de que d. Henriqueta iria para o céu; se não houvesse, tudo ainda estava bem, porque sua mãe ia descansar para sempre. Não teria mais que cozinhar, ficar horas e horas pedalando na roca, em cima do estrado, fiando, suspirando e cantando as cantigas tristes de sua mocidade. Pensando nessas coisas, Ana olhava para o pai, que se achava a seu lado, de cabeça baixa, ombros encurvados, tossindo muito, os olhos riscados de sangue. Não sentia pena dele. Por que havia de ser fingida? Não sentia. Agora ele ia ver o quanto valia a mulher que Deus lhe dera. Agora teria de se apoiar na nora ou nela, Ana, pois precisava de quem lhe fizesse a comida, lavasse a roupa, cuidasse da casa. Precisava, enfim, de alguém a quem pudesse dar ordens, como a uma criada. Henriqueta Terra jazia imóvel sobre a mesa e seu rosto estava tranquilo.

No outro dia pela manhã enterraram-na perto do Lucinho, no alto da coxilha, e sobre o seu túmulo plantaram outra cruz feita com dois galhos de guajuvira. Quando voltaram para casa, soprava o minuano sob um céu limpo e azul. Maneco e Antônio iam na frente, com as pás às costas.

"As mesmas pás que cavaram a sepultura do Pedro", pensou Ana, que descia a encosta puxando o filho pela mão.

À noite, Pedrinho, que dormia abraçado à mãe, apertou-a de leve e cochichou:
— Mãe.
Ana Terra voltou-se para ele, resmungando:
— Que é?
— Está ouvindo?
— Ouvindo o quê?
— Um barulho. Escuta...
Ana abriu os olhos, viu a escuridão e ouviu o ressonar de Maneco.
— É o teu avô roncando — disse.
— Não é, não. É a roca.
Sim, Ana agora ouvia o ruído da roca a rodar, ouvia as batidas do pedal, bem como nos tempos em que sua mãe ali se ficava a fiar e a cantar. Não havia dúvida: era o som da roca. Mas procurou tranquilizar o filho.
— Não é nada. Dorme, Pedrinho.

Ficaram em silêncio. Mas não puderam dormir. Ana escutava o tá-tá-tá da roda, que agora se confundia com as batidas apressadas de seu próprio coração e com as do coração de Pedro, que ela havia apertado contra o peito.

Devia ser a alma de sua mãe que voltava para casa à noite e, enquanto dormiam, punha-se a fiar. Sentiu um calafrio. Quis erguer-se, ir ver, mas não teve coragem.
— É ela, mãe? — sussurrou Pedro.
— Ela quem?
— A vovó.

— Tua avó está enterrada lá em cima da coxilha.
— É a alma dela.
— Não é nada, meu filho. Deve ser o vento.

Em outras madrugadas Ana tornou a ouvir o mesmo ruído. Por fim convenceu-se de que era mesmo a alma da mãe que vinha fiar na calada da noite. Nem mesmo na morte a infeliz se livrara de sua sina de trabalhar, trabalhar, trabalhar...

16

Em princípios de 89 Maneco Terra realizou o grande sonho de sua vida. Foi a Rio Pardo, comprou sementes de trigo e conversou com alguns colonos que o haviam plantado com sucesso e que lhe ensinaram como preparar a terra e semear. Maneco voltou para casa contente. Pela primeira vez em muitos anos Ana viu-o sorrir. Chegou, abraçou Eulália e Antônio, resmungou constrangido uma palavra para a filha e outra para o neto e foi logo contando as novidades. Rafael Pinto Bandeira — ouvira dizer no Rio Pardo — tinha sido absolvido no Rio de Janeiro e voltara de lá com glórias e honrarias. E depois de ter sido durante alguns anos governador do Continente ("Vejam só, um homem que já comeu na minha mesa e apertou a minha mão"), havia casado, na vila do Rio Grande, com uma dama natural da Colônia do Sacramento. Maneco falara também com Horácio e sentira um aperto de coração ao vê-lo atrás dum balcão vendendo cachaça e rapadura aos caboclos vadios da vila.

Durante o mês de junho Maneco e Antônio aprontaram a terra para plantar o trigo. Toda a gente da casa, inclusive Pedrinho, que ia já a caminho dos onze anos, foi para a lavoura. Limparam primeiro o terreno, arrancando as raízes e as ervas. Depois viraram a terra, trabalhando de sol a sol. Quando voltaram ao anoitecer para o rancho, Eulália esperava-os com o jantar pronto: carne de veado, abóbora, mandioca e feijão. Maneco estava excitado e parecia ter rejuvenescido. Fazia contas nos dedos, ficava às vezes absorto nos próprios pensamentos, esquecido da comida que fumegava no prato. Plantaria poucos alqueires, para experimentar a qualidade da terra; e naturalmente continuaria com o milho, a mandioca e o feijão. Se o trigo desse bem, aumentaria o trigal. Com o produto da venda do primeiro trigo colhido poderia comprar mais uma junta de bois, ferramentas e mais escravos. E era preciso arranjar o quanto antes mais uma carreta.

— Uma pena é o Horácio não estar também aqui com a gente — murmurou ele de repente, ao cabo de longo silêncio.

Quando cessaram as primeiras chuvas de inverno — julho devia estar principiando —, começaram a semear. Lançaram as sementes nos sulcos (quanto mais fundo o rego, melhor, sabia ele). Na noite do dia em que se fez a primeira semeadura, Maneco teve um sono agitado. Ana ouviu-o revolver-se na cama e finalmente levantar-se e sair. Ergueu-se também, foi até a porta e olhou para fora. Era uma noite de lua cheia, de ar parado e frio. Avistou o pai, que caminhava para a lavoura. Seguiu-o com os olhos e viu-o ficar olhando longamente a terra, como se o calor de seu olhar pudesse fazer as sementes germinarem. Quando ele se voltou e começou a andar na direção do rancho, Ana tornou a deitar-se.

Uma semana depois, certa manhã, mal o sol havia raiado, Pedrinho entrou em casa todo alvorotado, no momento em que o avô e o tio tomavam chimarrão e as mulheres se preparavam para ir tirar leite no curral.

— Mãe! — gritou ele. — Mãe! O trigo está nascendo!

Maneco Terra largou a cuia sobre a mesa, ergueu-se, rápido, e ficou olhando para o neto. O menino estava transfigurado e havia no seu rosto uma alegria tão radiosa que chegava quase a transformá-lo num foco de luz.

— O trigo já está aparecendo... — disse ele. — Uma coisinha verde. Tão bonita, mãe, tão...

Calou-se, engasgado. Brotaram-lhe lágrimas nos olhos. Maneco e Antônio precipitaram-se para fora e correram para a lavoura. As sementes efetivamente haviam brotado. A terra era boa! O trigo punha a cabeça para fora, procurava o sol!

Nos dias que se seguiram foram aparecendo as folhas. E os talos cresceram. Pedrinho seguia de perto o desenvolvimento das plantas e todos os dias à hora das refeições contava o que havia observado.

Uma tarde, ao voltar da sanga, Ana viu Maneco Terra e o neto conversando animadamente na frente da casa como dois bons amigos. Falavam do trigo. Ela sorriu e entrou em casa de olhos baixos.

17

Depois que as espigas apareceram, sempre que geava os Terras tomavam duma longa corda, Antônio pegava numa ponta e Maneco na outra e começavam a andar de cima a baixo na lavoura, passando a corda sobre as espigas, para limpá-las da geada.

Passaram-se os meses, o inverno acabou e quando entrou o verão Maneco cortou uma espiga, procurou esmagar os grãos entre os dedos e, como encontrasse resistência, concluiu: "Está maduro. Podemos colher". E num dia seco e limpo de fevereiro todos foram para a lavoura com suas foices. Ana surpreendeu-se vendo o pai assobiar. Era um assobio agudo, cuja melodia, confusa e sincopada, tinha o ritmo do trote do cavalo.

Trabalharam como mouros naquele dia e nos que se seguiram. À noite iam para a cama exaustos e muitas vezes Ana estava tão excitada que não conseguia pregar olho. Ficava então acordada, ouvindo o ressonar do filho, que dormia a seu lado, e pensando no dia em que pudesse ir-se embora dali com Pedrinho.

Depois que os feixes de espigas foram amarrados e guardados debaixo duma ramada, Maneco Terra voltou para casa à hora do almoço e, quando Ana lhe serviu o prato de fervido, ele quase sorriu para a filha.

Mas notícias pressagas escureceram aquela alegria. Um tropeiro que passara pela estância, rumo do Rio Pardo, contou-lhes, alarmado, que um grupo de bandidos castelhanos se encaminhava para ali, saqueando estâncias, matando gente, violentando mulheres.

Maneco escutou a notícia num silêncio sombrio. E, quando Antônio lhe perguntou que deviam fazer, respondeu simplesmente:

— Esperar.

O tropeiro se foi, prometendo pedir providências ao comandante da praça do Rio Pardo. Podiam mandar os dragões para enfrentar os bandoleiros. Não era para isso que a Coroa pagava seus oficiais e seus soldados?

Naquela noite Maneco e Antônio ficaram por muito tempo azeitando e carregando as espingardas. E os dois escravos revezaram-se no posto de sentinela no alto duma coxilha, de onde podiam dominar com o olhar léguas em derredor. A noite se passou em calma. No dia seguinte os homens foram para o trabalho e trataram de trazer o gado e os cavalos para mais perto da casa. E, como se passassem outros dias sem novidade, a tensão nervosa dos Terras afrouxou e eles começaram a ter esperanças de que os castelhanos, temendo aproximar-se demais da vila, onde havia forças regulares, tivessem mudado de rumo.

Uma tarde Ana Terra olhou bem para o filho e começou a ver nele traços do pai: os olhos meio oblíquos, as maçãs salientes, o mesmo corte de boca. Pedrinho era um menino triste, gostava de passeios solitários e, agora que completara onze anos, começava a fazer perguntas. Um dia indagou:

— E o meu pai?

— Morreu — disse Ana —, morreu antes de tu nasceres.

— É ele que está enterrado lá em cima?

— Não. Uma daquelas cruzes é da sepultura da tua avó. A outra é do teu tio.

— Mas onde foi que enterraram o meu pai?

Antônio, que estava perto e ouvira a pergunta, baixou os olhos e tratou de afastar-se. Ana Terra sentiu uma apertura na garganta, mas respondeu firme:

— Morreu numa guerra, muito longe daqui.

Um dia surpreendeu o menino a brincar com o punhal de prata.

— Posso ficar com esta faca, mãe?

Ela sorriu e sacudiu a cabeça afirmativamente. E Pedro dali por diante começou a riscar com a ponta do punhal os troncos das árvores, fazendo desenhos que surpreendiam a mãe: cavalos, bois, casas, pés de trigo, árvores e até caras de pessoas. Ela olhava e sorria. E consigo mesma dizia: "Bem como o pai. Sabe fazer coisas".

18

Certa manhã, estando Ana e Eulália a fazer pão, ouviram vozes excitadas no galpão e Antônio entrou correndo na cabana seguido de Maneco e dum dos escravos.

— Os castelhanos vêm aí! — gritou ele com voz que a comoção tornava gutural.

Eulália ficou mortalmente pálida, deixou cair a fôrma que tinha na mão. O primeiro pensamento de Ana foi para o filho.

— Pedrinho! — gritou ela.

O rapaz apareceu, Ana abraçou-o e pôs-se a olhar para os lados, aflita, sem saber o que fazer.

Maneco e Antônio apanharam as espingardas e deram um velho mosquete ao escravo.

— Corram pro mato! — ordenou Maneco à filha e à nora. — E levem as crianças. Ligeiro!

Ana ergueu nos braços a filha de Antônio, tomou a mão de Pedro e, fazendo sinal para a cunhada, gritou:

— Vamos!

Saíram. O outro escravo, que estava agachado atrás duma árvore, espiando os castelhanos, gritou para as mulheres:

— Aproveitem que lá de baixo não podem enxergar vosmecês.

— Quantos são? — perguntou Ana sem parar nem voltar a cabeça para o negro.

— Tem mais castelhano que dedo na minha mão — respondeu ele.

— Tome a criança! — disse Ana, passando Rosa para os braços da mãe.

Apertou Pedro contra o peito, beijou-lhe o rosto muitas vezes e disse:

— Leve a tia Eulália pro fundo do mato, lá pr'aquela cova que tu sabes.

Os olhos do menino brilharam.

— Eu estou armado, mãe! — exclamou ele com orgulho, segurando o punhal que trazia à cinta.

Eulália perdera a fala, e o pavor velava-lhe os olhos.

— Agora corram! — gritou Ana. — Corram! Corram!

Pedrinho tomou a mão da tia e puxou-a. Mal havia dado alguns passos, voltou-se:

— Vem, mãe!

Ana acenou-lhe com os braços e gritou:

— Eu vou depois. Mas, aconteça o que acontecer, só saiam quando eu chamar. — Num desespero repetiu: — Só quando eu chamar!

Fez meia-volta e correu para casa, onde Maneco e Antônio combinavam o que deviam fazer quando os castelhanos se aproximassem. Recebê-los à bala? Era loucura. Estavam em número muito inferior e não poderiam resistir nem durante meia hora...

Ao verem Ana entrar, interromperam a conversa, e foi com uma irritação nervosa que o velho perguntou:

— Por que não foi pro mato?

Ana não respondeu.

— Corra, Ana! — exclamou Antônio, agarrando o braço da irmã e tentando arrastá-la para fora. Mas ela resistiu, desvencilhou-se dele e disse:

— Se eu me escondo eles nos procuram no mato, porque logo vão ver pelas roupas do baú que tem mulher em casa. Se eu fico, eles pensam que sou a única e assim a Eulália e as crianças se salvam.

— E vosmecê sabe o que pode le acontecer? — perguntou-lhe o pai.

Ana sacudiu lentamente a cabeça. Maneco encolheu os ombros e deixou escapar um suspiro.

Combinaram tudo. Antônio sairia para se entender com os castelhanos enquanto os outros ficariam dentro de casa, preparados para tudo. Se os bandidos quisessem apenas saquear a estância, respeitando a vida das pessoas, ainda estaria tudo bem. Era só apear e começar a pilhagem... (E ao decidir isso Maneco pensava com dor no coração no seu rico trigo, que lá estava debaixo da ramada.) Mas se aqueles renegados não quisessem respeitar nem as pessoas, o remédio era resistir e morrer como homem, de arma na mão.

Antônio apanhou a espingarda e saiu. Maneco também tomou da sua arma e foi colocar-se junto duma das janelas. Suas mãos tremiam e a sua respiração era um sopro forte, como a dum touro. O escravo, que empunhava também arma de fogo, estava acocorado no chão, perto da porta, e tremia tanto que Ana temeu que lá de fora pudessem ouvir-lhe o bater dos dentes; e pela sua cara, dum negro meio azulado, o suor escorria em grossas bagas. Enquanto isso, o escravo que estava desarmado segurava a cabeça com ambas as mãos e chorava um choro solto e convulsivo.

Automaticamente Ana começou a rezar. Seus olhos ergueram-se para o crucifixo, postaram-se no Cristo de nariz carcomido. Padre nosso que estais no céu, santificado seja o Vosso nome... O coração batia-lhe com uma força surda. O tropel se aproximava e ela ouviu, vindo lá de fora, o resfolgar dos cavalos, o tinir de espadas. Depois, um silêncio.

Uma voz rouca perguntou:

— Donde están los otros?

Ana mal reconheceu a voz do irmão quando ele respondeu, meio engasgado:

— Dentro de casa.

— Que salgan! Bamos!

— Vosmecê pode me dizer... — começou Antônio.

— Perro súcio!

Ouviu-se um estampido lá fora. E em seguida Maneco disparou o mosquete. Pelo vão da porta o escravo atirou também. Ana rojou-se ao chão, de todo o comprimento, colou-se à terra, enquanto outros estrondos fendiam o ar e as balas esburacavam as paredes do rancho. De olhos fechados, Ana ouvia os gritos e os tiros, sentia cair-lhe poeira sobre o corpo, enterrava com desespero as unhas no chão. "Santa Maria Mãe de Deus", pensava ela, "rogai por nós pecadores..." Da boca entreaberta saía-lhe com a respiração uma baba visguenta. De repente ela viu, mais com os ouvidos que com os olhos, que a parede da frente vinha abaixo. Um dos bandidos entrava no rancho a cavalo, distribuindo golpes de espada a torto e a direito. Ana sentiu tão perto o resfolgar do animal que escondeu a cabeça nas mãos e esperou agoniada que patas lhe esmagassem o crânio ou que espadas lhe varassem o corpo.

A gritaria continuava. Mãos fortes agarraram Ana Terra no ar e puseram-na de pé. A mulher abriu os olhos: cresceram para ela faces tostadas, barbudas, lavadas em suor.

— Mira que guapa!

Um dos homens apertou-lhe os seios. E depois Ana viu uma cara de beiços carnudos, com dentes grandes e amarelados — e esses beiços, que cheiravam a cachaça e sarro de cigarro, se colaram brutalmente aos seus num beijo que foi quase uma mordida. Ana cuspiu com nojo e os homens desataram a rir.

Um suor gelado escorria-lhe pela testa, entrava-lhe nos olhos, fazendo-os arder e aumentando-lhe a confusão do que via: o pai e o irmão ensanguentados, caídos no chão, e aqueles bandidos que gritavam, entravam no rancho, quebravam móveis, arrastavam a arca, remexiam nas roupas, derrubavam a pontapés e golpes de facão as paredes que ainda estavam de pé. Mas não lhe deram tempo para olhar melhor. Começaram a sacudi-la e a perguntar:

— Donde está la plata?

La plata... la plata... la plata... Ana estava estonteada. Alguém lhe perguntava alguma coisa. Dois olhos sujos e riscados de sangue se aproximaram dos dela. Mãos lhe apertavam os braços. Donde está? Donde está? La plata, la plata... Ela sacudia a cabeça freneticamente, e a cabeça lhe doía, latejava, doía... La plata... la plata... Braços enlaçaram-lhe a cintura, e Ana sentiu contra as costas, as nádegas, as coxas, o corpo duro dum homem; e lábios úmidos e mornos se lhe colaram na nuca, desceram em beijos chupados pelo cogote, ao mesmo tempo que mãos lhe rasgavam o vestido.

La plata... la plata... E Ana começou a andar à roda, de braço em braço, de homem em homem, de boca em boca.

— Bamos, date prisa, hombre.

Tombaram-na, e mãos fortes que lhe faziam pressão nos ombros, nos pulsos, nos quadris e nos joelhos imobilizaram-na contra o solo. Ana começou a mover a cabeça dum lado para outro, com uma força e uma rapidez que a deixavam ainda mais estonteada.

— Capitán! Usted primero!

Ana sentiu que lhe erguiam o vestido. Abriu a boca e preparou-se para morder a primeira cara que se aproximasse da sua. Um homem caiu sobre ela. Num relâmpago Ana pensou em Pedro, um rechinar de cigarra atravessou-lhe a mente e entrou-lhe, agudo e sólido, pelas entranhas. Ela soltou um grito, fez um esforço para se erguer, mas não conseguiu. O homem resfolgava, o suor de seu rosto pingava no de Ana, que lhe cuspia nas faces, procurando ao mesmo tempo mordê-lo. (Por que Deus não me mata?) Veio outro homem. E outro. E outro. E ainda outro. Ana já não resistia mais. Tinha a impressão de que lhe metiam adagas no ventre. Por fim perdeu os sentidos.

19

Quando voltou a si, o sol estava a pino. Ergueu-se, devagarinho, estonteada, com um peso na cabeça, uma dor nos rins. Olhou em torno e de repente lembrou-se de tudo. No primeiro momento teve a sensação de estar irremediavelmente suja, desejou um banho e ao mesmo tempo quis morrer. Tinha ainda nas narinas o cheiro daqueles homens nojentos. Levantou-se lentamente, gemendo. Àquela hora o clarão do sol tinha uma intensidade que fazia mal aos olhos.

Não havia sombras sobre a terra e o silêncio em torno era enorme. Ana olhou para a ramada: os bandidos haviam levado todo o trigo e as carretas. O rancho estava completamente destruído. E de súbito, num choque, ela deu com os cadáveres... Lá estava o velho Maneco todo coberto de sangue, caído de costas: uma bala abrira-lhe um rombo na testa. A poucos passos dele, caído de borco, Antônio tinha a cara metida numa poça de lama sangrenta. Mais além, um dos escravos com a cabeça separada do corpo. Por um momento Ana sentiu uma náusea, um novo desfalecimento. Que fazer? Que fazer? Que fazer? Não atinava com coisa alguma. Julgou que ia enlouquecer. Não conseguia nem pensar direito. De olhos fechados ali ficou por muito tempo, sob o olho do sol, apertando a cabeça com as mãos.

Foi então que, de súbito, lembrando-se de Pedrinho, precipitou-se coxilha abaixo na direção da sanga. Ia de pernas moles, passos incertos, chorando e gemendo, e a cada passo uma agulhada como que lhe trespassava os rins. Ana sentia sede, mas ao mesmo tempo sabia que se botasse alguma coisa no estômago imediatamente vomitaria. Porque não podia tirar do pensamento a imagem dos mortos, e ainda sentia o cheiro daqueles homens imundos. Um banho, um banho... Pensando nisso, corria. De repente afrouxaram-se-lhe as pernas e ela caiu de cara no chão e ali ficou ofegante por algum tempo. Depois, fez um esforço, tornou a erguer-se e continuou a correr. Avistou a corticeira... E à medida que se aproximava dela um novo horror lhe ia tomando conta do espírito. E se lá embaixo à beira do mato encontrasse o filho, a cunhada e a sobrinha mortos também? E então começou a desejar não chegar nunca, mas apesar disso corria sempre. Finalmente chegou à sanga. "Pedro! Pedro! Pedro!", gritou. Mas ela não chamava o filho. Chamava o pai de seu filho, como se ele pudesse ouvi-la e vir socorrê-la. Era melhor morrer, morrer duma vez, decidiu de repente. Lembrou-se dos homens que se haviam cevado no seu corpo, e sem pensar, num assomo de desespero, atirou-se no poço. A água ali cobria um homem alto. Ana deixou-se ir ao fundo, mas instintivamente fechou a boca, apertou os lábios, começou a bracejar, veio à tona e por fim agarrou-se numa pedra; arquejante, encostou o rosto nela e ficou olhando estupidamente para um pequeno inseto verde que lhe pousara na mão. Saiu de dentro d'água, atirou-se no chão e ali permaneceu — por quanto tempo? — com a cabeça escondida nas mãos, tratando de pôr ordem nos pensamentos, para não ficar louca. Levantou-se e caminhou para o mato.

— Pedrinho! — gritou. — Pedrinho!

Ficou escutando. Sua voz morreu por entre as árvores. Nenhuma resposta.
— Eulália! Eulália! — tornou a gritar.
Nada.
— Pedrinho! Sou eu... a mamãe!
E então, de repente, por trás duns arbustos apareceu uma cabeça.
— Meu filho!
O rapaz correu para a mãe e atirou-se nos braços dela. Eulália também surgiu, lívida, com a filha adormecida no colo. E Ana ficou olhando para a cunhada com olhos estúpidos, querendo contar tudo, mas sem coragem de dizer uma palavra. Quedaram-se por longo tempo a olhar uma para a outra, num silêncio imbecil.
— Que foi que aconteceu, mãe? — perguntou Pedro.
Ana não respondeu. O rapaz tornou a perguntar:
— Os bandidos já foram? Onde está o vovô? Onde está o titio?
Ana olhava sempre para a cunhada. Os olhos de Eulália continham uma pergunta ansiosa e ao mesmo tempo já refletiam o horror da resposta que ela sabia que ia ouvir. Ana finalmente recobrou a voz, e foi com frieza, quase com alegria, que disse:
— Estão todos mortos.
Fez meia-volta e, puxando o filho pela mão, começou a subir a coxilha na direção da casa, sem voltar a cabeça para trás.
E durante toda aquela tarde as duas mulheres e o menino ficaram a enterrar seus mortos. Eulália pouco ou nada pôde fazer, pois estava tomada duma crise nervosa, e o pior — achava Ana — é que a coitada não conseguia chorar: soluços secos sacudiam-lhe o corpo, e havia momentos em que ela ficava apenas a olhar fixamente para o chão, o rosto vazio de expressão, a boca semiaberta, os braços caídos, os olhos vidrados.
Ana auscultou o coração do pai: já não pulsava mais; fechou-lhe os olhos sem emoção e depois foi encostar o ouvido no peito de Antônio, cujo coração também cessara de bater. Era preciso enterrá-los antes que caísse a noite. Enrolou-os nas estopas que serviam de repartição na casa, tomou da pá e começou a cavar as sepulturas. Quando ela cansava, Pedro revezava-a no trabalho. Antes do anoitecer os quatro mortos estavam enterrados, mas Ana, Eulália e Pedrinho não saberiam mais dizer em qual daquelas sepulturas sem nomes nem cruzes estava o corpo de Maneco ou o de Antônio. Mas que importava? O principal é que tinham sido enterrados, não ficariam ali para servir de pasto aos urubus.
Chegou a noite — uma noite morna, de ar parado —, e as duas mulheres atiraram-se no chão, extenuadas. Eulália então apertou a filha contra o peito e desatou o pranto. Ana não disse nem fez nada, mas estava contente por ver a cunhada finalmente botar para fora aquele choro que a engasgava. Só fechou os olhos quando, cessados os soluços, viu a outra adormecer. Ana Terra dormiu um sono atormentado de febre, acordou no meio da noite e a primeira coisa que viu foram as quatro sepulturas sob o luar. Ergueu-se e caminhou na direção da ca-

bana. Lembrava-se agora de que o pai, ao saber da aproximação dos bandidos, enterrara todo o dinheiro que havia em casa. Tomou da pá e começou a cavar a terra bem no lugar onde estivera uma das camas. Encontrou o cofre de madeira com algumas onças e muitos patacões. Tomou-o nos braços, como quem segura uma criança recém-nascida, e ficou parada, ali no meio das ruínas do rancho, olhando para os móveis quebrados que estavam espalhados a seu redor. De repente avistou, intata sobre o pequeno estrado, a roca de d. Henriqueta. "Ainda bem que a mamãe está morta", pensou.

Havia uma imensa paz naqueles campos. Mas Ana começou a temer o novo dia que em breve ia raiar. Que fazer agora? Para onde ir? Não era possível ficarem sozinhas naquele descampado. Pensou em Horácio... Não. Não tinha coragem de ir para o Rio Pardo: o irmão podia envergonhar-se dela. O melhor era procurar outro sítio.

Pensou também no que iam comer. Não tinha ficado nada em casa. Os bandidos haviam levado o gado, as ovelhas, as vacas leiteiras e até as mantas de charque e as linguiças que pendiam do varal, por cima do fogão.

Ana respirou fundo e teve um estremecimento desagradável: tinha ainda nas narinas o cheiro dos castelhanos... (La plata! Donde está la plata? La plata!)

Longe no mato cantou um urutau. Ana Terra voltou para perto de Pedrinho, sentou-se em cima do cofre e ficou a contemplar o filho, que dormia. Estava ainda acordada quando o primeiro sol dourou o rosto do menino.

20

Mal raiou o dia, Ana ouviu um longo mugido. Teve um estremecimento, voltou a cabeça para todos os lados, procurando, e finalmente avistou uma das vacas leiteiras da estância, que subia a coxilha na direção do rancho. A Mimosa! — reconheceu. Correu ao encontro da vaca, enlaçou-lhe o pescoço com os braços, ficou por algum tempo a sentir contra o rosto o calor bom do animal e a acariciar-lhe o pelo do pescoço. "Leite pras crianças", pensou. O dia afinal de contas começava bem. Apanhou do meio dos destroços do rancho um balde amassado, acocorou-se ao pé da vaca e começou a ordenhá-la. E assim, quando Eulália, Pedrinho e Rosa acordaram, Ana pôde oferecer a cada um deles um caneco de leite.

— Sabe quem voltou, meu filho? A Mimosa.

O menino olhou para o animal com olhos alegres.

— Fugiu dos bandidos! — exclamou ele.

Bebeu o leite morno, aproximou-se da vaca e passou-lhe a mão pelo lombo, dizendo:

— Mimosa... Mimosa valente...

O animal parecia olhar com seus olhos remelentos e tristonhos para as sepulturas. Pedro então perguntou:

— E as cruzes, mãe?

— É verdade. Precisamos fazer umas cruzes.

Com pedaços de taquara amarrados com cipós, mãe e filho fizeram quatro cruzes, que cravaram nas quatro sepulturas. Enquanto faziam isso, Eulália, que desde o despertar não dissera uma única palavra, continuava sentada no chão a embalar a filha nos braços, os olhos voltados fixamente para as bandas do Rio Pardo.

No momento em que cravava a última cruz, Ana teve uma dúvida que a deixou apreensiva. Só agora lhe ocorria que não tinha escutado o coração dum dos escravos. O mais magro deles estava com a cabeça decepada — isso ela não podia esquecer... Mas e o outro? Ela estava tão cansada, tão tonta e confusa que nem tivera a ideia de verificar se o pobre do negro estava morto ou não. Tinham empurrado o corpo para dentro da cova e atirado terra em cima... Ana olhava, sombria, para as sepulturas. Fosse como fosse, agora era tarde demais. "Deus me perdoe", murmurou ela. E não se preocupou mais com aquilo, pois tinha muitas outras coisas em que pensar.

Começou a catar em meio dos destroços do rancho as coisas que os castelhanos haviam deixado intatas: a roca, o crucifixo, a tesoura grande de podar — que servira para cortar o umbigo de Pedrinho e de Rosa —, algumas roupas e dois pratos de pedra. Amontoou tudo isso e mais o cofre em cima dum cobertor e fez uma trouxa.

Naquele dia alimentaram-se de pêssegos e dos lambaris que Pedrinho pescou no poço. E mais uma noite desceu — clara, morna, pontilhada de vaga-lumes e dos gemidos dos urutaus.

Pela madrugada Ana acordou e ouviu o choro da cunhada. Aproximou-se dela e tocou-lhe o ombro com a ponta dos dedos.

— Não há de ser nada, Eulália...

Parada junto de Pedro e Rosa, com um vaga-lume pousado a luciluzir entre os chifres, a vaca parecia velar o sono das duas crianças, como um anjo da guarda.

— Que vai ser de nós agora? — choramingou Eulália.

— Vamos embora daqui.

— Mas para onde?

— Pra qualquer lugar. O mundo é grande.

Ana sentia-se animada, com vontade de viver. Sabia que, por piores que fossem as coisas que estavam por vir, não podiam ser tão horríveis como as que já tinha sofrido. Esse pensamento dava-lhe uma grande coragem. E ali deitada no chão, a olhar para as estrelas, ela se sentia agora tomada por uma resignação que chegava quase a ser indiferença. Tinha dentro de si uma espécie de vazio: sabia que nunca mais teria vontade de rir nem de chorar. Queria viver, isso queria, e em grande parte por causa de Pedrinho, que afinal de contas não tinha pedido a ninguém para vir ao mundo. Mas queria viver também de raiva, de birra. A sorte andava sempre virada contra ela. Pois Ana estava agora decidida a contrariar o destino. Ficara louca de pesar no dia em que deixara Sorocaba para vir morar no Continente. Vezes sem conta tinha chorado de tristeza e de saudade naqueles cafundós. Vivia com o medo no coração, sem nenhuma esperança de dias melhores, sem a menor alegria, trabalhando como uma negra, e passando frio e desconforto... Tudo isso por quê? Porque era a sua sina. Mas uma pessoa pode lutar contra a sorte que tem. Pode e deve. E agora ela tinha enterrado o pai e o irmão e ali estava, sem casa, sem amigos, sem ilusões, sem nada, mas teimando em viver. Sim, era pura teimosia. Chamava-se Ana Terra. Tinha herdado do pai o gênio de mula.

Soergueu o busto, olhou as coxilhas em torno e avistou um fogo, muito longe, na direção do nascente.

"Boitatá", pensou. E lembrou-se imediatamente da noite de verão em que Pedro Missioneiro, acocorado na frente do rancho, lhes contara a história da teiniaguá. O fogo que ela via agora parecia uma estrela caída, graúda e amarelona. E como ela não se apagasse, Ana concluiu que devia ser o fogão dum acampamento. Soldados? Ao pensar nisso tornou a sentir o cheiro dos castelhanos, e a lembrança de homem lhe trouxe de novo uma sensação de repulsa e de ódio. Mas podia bem ser o acampamento dum carreteiro, e nesse caso a carreta podia passar por ali no dia seguinte. Ana Terra começou a sentir no corpo o calor duma esperança nova. Iam ver gente, talvez gente de bem, algum tropeiro continentino que vinha da vila do Rio Pardo... Tornou a deitar-se, mas continuou a olhar para o fogo. Pouco a pouco o sono começou a pesar-lhe nas pálpebras. Ana cerrou os olhos, dormiu e sonhou que andava numa carreta, muito devagar, e ia para Rio Pardo, cidade que ficava muito longe, e todo o tempo da viagem ela chorava, porque Pedrolucinho tinha ficado sepultado no alto duma coxilha: ela mesma o enterrara vivo, só porque o coitadinho não era bem branco; e por isso agora chorava, enquanto as rodas da carreta chiavam e o carreteiro gritava: Ooche, boi! Ooche, boi!

21

Na manhã seguinte o sol já estava alto quando as mulheres viram aproximar-se duas carretas, conduzidas por três homens a cavalo. Um deles esporeou o animal e precipitou-o a galope coxilha acima, estacando ao chegar perto de Ana e Eulália.

— Buenas! — disse, batendo com o dedo na aba do chapéu. Olhou em torno, viu o rancho destruído, as sepulturas, tornou a encarar as mulheres e perguntou:
— Mas que foi que aconteceu por aqui, ainda que mal pergunte?

Ana contou-lhe tudo. O desconhecido escutou num silêncio soturno e, quando a mulher terminou a narrativa, ele cuspinhou e disse por entre os dentes:
— Castelhanada do inferno!

Apeou e, segurando a rédea do animal, aproximou-se das mulheres, estendeu-lhes uma mão áspera e frouxa e disse:

— Marciano Bezerra, criado de vosmecês.

Em breve as carretas e os outros dois homens chegavam ao topo da coxilha, e Marciano repetiu aos companheiros o que ouvira de Ana. De dentro das carretas caras espantadas olhavam. Havia três mulheres moças, quatro crianças e uma velha de rosto tão enrugado e cor de ocre que lembrou a Ana um origone.

As mulheres desceram das carretas e ficaram a olhar para Ana e Eulália, como se estas fossem bichos raros.

— Pr'onde é que vão? — perguntou Ana a um dos homens.

Marciano Bezerra apressou-se a esclarecer:

— Vamos subir a serra. Já ouviu falar no coronel Ricardo Amaral?

— Não — respondeu Ana.

— É o estancieiro mais rico da zona missioneira. É tio-avô da minha mulher. Consegui umas terrinhas perto dos campos dele. Diz que há outras famílias por lá. O velho parece que quer fundar um povoado.

— Um povoado? — perguntou Ana, meio vaga.

O homem sacudiu afirmativamente a cabeça.

— É muito longe daqui?

— Bastantinho — disse Marciano, picando fumo para um cigarro e olhando o horizonte com os olhos apertados.

Ana pensou no cofre. Tinha o suficiente para pagar àquela gente pelo transporte e ainda lhe sobraria dinheiro para comprar alguns alqueires de terra. Podiam principiar a vida de novo. Chamou Eulália à parte.

— E se a gente fosse com eles?

— Pra onde?

— Pra esse lugar.

— Onde é que fica?

— Pras bandas do norte, subindo a serra.

— E nós deixamos... isto aqui?

Ana sacudiu a cabeça lentamente. Não poderiam mais continuar vivendo sozinhas naquele descampado.

— Quem sabe vosmecê quer ir pro Rio Pardo? — perguntou ela, encarando a cunhada. O rosto de Eulália, descarnado e amarelento, era o duma pessoa doente e já sem vontade.

— Não tenho mais ninguém de meu no Rio Pardo — suspirou ela.

— Vamos então com esta gente?

Eulália sacudiu os ombros magros. — Que me importa?

Naquele instante Pedrinho brincava com o perdigueiro que acompanhava os carreteiros; o cachorro sacudia o rabo e lambia as mãos do menino.

Sempre num silêncio meio assustado, as mulheres e as crianças tornaram a voltar para as carretas.

— Seu Marciano! — chamou Ana Terra.

O homem aproximou-se, com o cigarro apertado entre os dentes.

— Pronto, dona.

— Nós queremos ir com vosmecês...
Por alguns instantes o carreteiro ficou em silêncio, o ar indeciso.
— Temos dinheiro pra le pagar — acrescentou Ana.
— Quem foi que falou em dinheiro, moça?
— Mas vosmecê parece que não gostou...
— Não é o causo de gostar ou não gostar. Esta viagem não é brincadeira.
— Eu sei.
— Podemos levar uns dois mês... ou mais.
— Eu sei.
— E que é que vão fazer chegando lá?
— Vosmecê não disse que esse seu parente ia fundar um povoado?
— Pois é, disse.
— Então, acho que podemos ficar morando lá.
— Isso é.
Marciano fez meia-volta, foi confabular com os dois outros homens e depois voltou:
— Pois então vamos, não é? — E acrescentou: — De qualquer modo, não é direito deixar vosmecês atiradas aqui sozinhas.
Ana pôs a trouxa às costas e subiu com Pedro para dentro duma das carretas, ao mesmo passo que Eulália e a filha se aboletavam na outra.
Puseram-se a caminho. Marciano picou um dos bois, gritando: "Vamos, boi osco!". As rodas rechinaram. Ana Terra estava na frente duma mulher de rosto amarelado e triste que, com seus seios murchos, amamentava uma criança de poucos meses. Num canto da carreta a velha com cara de origone mirava-a com o rabo dos olhos.
E assim Ana Terra viu ir ficando para trás a estância do pai. Por algum tempo avistou as ruínas do rancho, as quatro cruzes perto dele e, mais longe, no alto de outra coxilha, a sepultura da mãe e a do irmão mais moço. Seis cruzes... Lançou um olhar de despedida para a lavoura de trigo e depois ficou olhando para o focinho tristonho de Mimosa, que seguia a carreta no seu passo lerdo, com fios de baba a escorrer-lhe, dourados de sol, da boca úmida e negra.
Seis cruzes...
Ao anoitecer acamparam perto dum capão, fizeram fogo e uma das mulheres cozinhou. Comeram em silêncio e ninguém falou nas coisas que tinham ficado para trás. No dia seguinte antes de o sol raiar, retomaram a marcha. E o novo dia foi longo e mormacento; e a noite caiu abafada, sem a menor viração. E vieram outros dias e outras noites, e houve momentos em que até em sonhos Ana Terra continuava a viajar, ouvia o chiar das rodas, os gritos dos homens. E assim cortaram campos, atravessaram banhados, passaram rios a vau. E vieram chuvas e tempestades, de novo o céu ficou limpo e o sol tornou a brilhar. Aquela viagem parecia não ter mais fim. Uma tarde avistaram a serra. Três dias depois a subida começou. Em muitas noites Ana ouviu o choro de Eulália junto de seu ouvido.
— Eu queria mas era estar morta — murmurou ela um anoitecer.

Ana pensou em fazer um gesto amigo, estender a mão e acariciar a cabeça da cunhada. Mas não o fez. Ficou imóvel e disse apenas:

— Não há de ser nada. Deus é grande.

E em pensamento completou a frase: "Mas a serra é maior".

No outro dia continuaram a subir. Quando a rampa era forte demais, as mulheres e as crianças tinham de descer, e todos punham-se a empurrar as rodas das carretas.

Quanto tempo já fazia que estavam viajando? Ana tinha perdido a conta dos dias. Seguiam a trilha das outras carretas, entravam em picadas, embrenhavam-se no mato, desciam e subiam montes... Numa certa altura da viagem, uma das filhas de Marciano — a mais moça de todas — começou a tossir uma tosse rouca e a chorar. Ana embebeu um pano em cachaça e amarrou-o ao redor do pescoço da criança. Mas a tosse continuou e havia momentos em que a coitadinha parecia prestes a morrer asfixiada.

E a carreta andava, lenta, aos solavancos. Mimosa, cada vez mais magra, seguia a caravana com seus olhos tristes, os úberes secos. E um dia, numa volta do caminho, sem que ninguém soubesse por quê, ficou para trás e desapareceu. Pedro notou-lhe a falta, mas não disse nada.

Ao anoitecer, quando a carreta parou à beira duma lagoa, alguém soltou um grito. Ana pulou de seu canto e foi ver o que era. A mulher de Marciano Bezerra sacudia a filha nos braços e exclamava:

— Minha filha! Minha filha!

Ana arrebatou-lhe a criança e trouxe-a para perto do fogo. O rosto da criaturinha estava completamente arroxeado, seus olhos, muito arregalados, pareciam querer saltar das órbitas, o coraçãozinho não batia mais.

Enterraram a menina à beira da lagoa. A muito custo conseguiram arrancar a mãe de junto da sepultura e levá-la para a carreta. A velha com cara de origone estava muito quieta no seu canto, de olhos secos e boca apertada. Quando retomaram a marcha, ela olhou para Ana e falou:

— Eu bem disse. Trazer criança numa viagem destas é coisa de gente louca. — Encolheu os ombros. — Mas acham que a velha está caduca. — Suspirou. — Eu devia ter morrido também pra ficar enterrada perto da minha neta. Assim a criança não ficava sozinha.

Ficou depois a resmungar palavras que Ana não entendeu.

Marciano Bezerra seguia soturno no seu cavalo, ao lado da carreta, com a aba do chapéu puxada sobre os olhos. E, nos muitos dias que se seguiram, quase não falou. Chupava seu chimarrão em silêncio, e de quando em quando suspirava. Dali por diante ninguém mais mencionou o nome da criança morta.

Continuaram subindo a serra. O calor diminuíra, o vento agora era fresco e de manhãzinha e à noite fazia frio. Um dia atravessaram um tremedal e todos tiveram de descer das carretas para empurrar-lhes as rodas, com barro até meia canela. Marciano picava os bois, incitava-os com gritos. O suor escorria-lhe pela cara trigueira, e num dado momento, soltando um suspiro de impaciência, ele exclamou:

— Quando urubu anda sem sorte até nas lajes se atola.

Mas Pedrinho divertia-se à sua maneira quieta e meio silenciosa. Para ele a viagem era uma aventura. Fizera boa camaradagem com as meninas e já agora trocava com elas histórias e risadas.

Pelas manhãs as carretas viajavam através da cerração, e Ana temia que os bois resvalassem e caíssem todos naqueles precipícios medonhos. Não queria mais morrer. Viver era bom: ela desejava viver, para ver o filho crescer, para conhecer os filhos de seu filho e, se Deus ajudasse, talvez os netos de Pedrinho. Mas, se tivessem de morrer, era melhor que morressem todos juntos. E seus olhos ficavam postos na estrada, que a névoa velava: e ela mal podia ver o lento lombo dos bois que puxavam a carreta. Aos poucos, porém, à medida que a manhã passava, a névoa ia ficando mais clara, mais clara até que se sumia de todo, o céu azulava, o sol aparecia e lá estava um novo dia — quente e comprido e arrastado como os outros.

Uma tarde avistaram um rio.

— O Jacuí — disse Marciano. E pela primeira vez Ana viu no rosto dele algo que se parecia com um sorriso.

Aproximaram-se das margens, acamparam, e ali ficaram muitos dias, porque o Jacuí não dava vau, e os homens tiveram de fazer uma balsa. Foram para o mato com seus machados e começaram a derrubar árvores, a cortar galhos e cipós. Ana ajudou-os nesse trabalho, que para ela era um divertimento, porque trabalhando ela não pensava, e não pensando afugentava as lembranças tristes. Eulália auxiliava as outras mulheres a preparar a comida e a cuidar das crianças.

Pedrinho estava encantado. Nunca vira um rio tão grande como aquele. Era maior, muito maior que a sanga da estância e devia ter peixes enormes. Marciano emprestou-lhe linha e anzol e o rapaz ficou uma tarde inteira a pescar e soltou gritos de triunfo ao tirar da água um grande peixe dourado.

Finalmente a balsa ficou pronta e as carretas atravessaram em duas viagens aquele rio de águas barrentas. Na outra margem três antas bebiam água, mas, à aproximação da balsa, fugiram e meteram-se num mato próximo.

— Agora estamos mais perto — disse um dos homens, olhando para o norte.

E as carretas retomaram a marcha. E, quando Ana já pensava que nunca mais haviam de chegar, Marciano uma tarde fez parar o cavalo junto dum copado umbu e gritou:

— Estamos entrando nos campos do velho Amaral!

Três dias depois chegavam ao alto duma coxilha verde onde se erguiam uns cinco ranchos de taipa cobertos de santa-fé. Marciano Bezerra soltou um suspiro e disse:

— Chegamos.

Os homens ajudaram a velha a descer da carreta. Quando pôs o pé em terra ela olhou em torno, viu as campinas desertas, aproximou-se de Ana e cochichou-lhe:

— Toda essa trabalheira louca só pra chegar nesta tapera?

Ana Terra sacudiu a cabeça lentamente, concordando, pois tivera o mesmo pensamento.

22

Aquele agrupamento de ranchos ficava à beira duma estrada antiga, por onde em outros tempos passavam os índios missioneiros que os jesuítas mandavam buscar erva-mate em Botucaraí. Por ali transitavam também, de raro em raro, pedindo pouso e comida, viajantes que vinham das bandas de São Martinho ou dos campos de baixo da serra.

Desde o primeiro dia Ana Terra começou a ouvir falar no coronel Ricardo Amaral, dono dos campos em derredor, senhor de dezenas de léguas de sesmarias e muitos milhares de cabeças de gado, além duma charqueada e de vastas lavouras. Contava-se que o coronel Amaral nascera em Laguna e viera, ainda muito moço, para o Continente com paulistas que negociavam com mulas. Chegou, gostou e ficou. Sentou praça no exército da Coroa e em 1756 tomou parte na batalha do monte Caibaté, em que as forças portuguesas e espanholas aniquilaram o exército índio dos Sete Povos das Missões. Contava-se até que fora Ricardo Amaral quem numa escaramuça derrubara com um pontaço de lança o famoso alferes real Sepé Tiaraju, a respeito do qual corriam tantas lendas. Dizia-se que esse guerreiro índio tinha na testa, como sinal divino, um lunar luminoso, e os crentes afirmavam que depois de morto ele subira ao céu como um santo. Pelo Continente corriam de boca em boca lindos versos cantando as proezas de são Sepé. E quando alguém perguntava ao coronel Ricardo: "Então, é verdade que foi vosmecê que lanceou Sepé Tiaraju?", o velho torcia os longos bigodes brancos e com sua voz grave e sonora respondia, vago: "Anda muita conversa fiada por aí...". E sorria enigmaticamente, sem dizer sim nem não.

Depois da Guerra das Missões, Ricardo saíra a burlequear pelos campos do Continente, e as más-línguas afirmavam que ele andara metido numas arriadas, assaltando estâncias e roubando gado por aqueles descampados. Mas quem dizia isso eram seus inimigos. Não havia nenhuma prova clara dessas histórias escuras, e a verdade era que hoje Ricardo Amaral tinha fama de ser homem de bem e de gozar grande prestígio com o governo. Sempre que havia alguma guerra o comandante militar do Continente apelava para ele e lá se ia o senhor da estância de Santa Fé, montado no seu cavalo, de espada e pistolas à cinta, seguido da peonada, dos escravos e dum bando de amigos leais.

Quando os castelhanos invadiram o Continente, comandados por Pedro Ceballos, Ricardo lutara como tenente nas forças portuguesas, tendo tomado parte no ataque fracassado à cidade do Rio Grande; apesar de ter recebido no peito uma bala, continuara brigando, protegendo a retirada dos companheiros. Dizia-se até que, ao gritar as ordens para seus soldados, as palavras lhe saíam da boca junto com golfadas de sangue. Anos depois, quando Vertiz y Salcedo invadiu de novo o Continente com suas tropas, Ricardo Amaral e seus homens se juntaram às forças do tenente-general João Henrique de Bohm que assaltaram e retomaram a vila do Rio Grande. Amaral foi dos primeiros a entrar na vila; entrara de espada desembainhada, no seu cavalo marchador, cumprimentando galantemente as raras moças que assomavam meio bisonhas às janelas de suas casas.

Como recompensa pelos seus serviços, o governo lhe ia dando, além de condecorações, terras. Murmuravam-se histórias a respeito da maneira como ele conseguira seus muitos campos. A lei não permitia que uma pessoa possuísse mais de três léguas de sesmarias, mas Ricardo Amaral, seguindo o exemplo astuto de muitos outros sesmeiros, recebera as suas três léguas e pedira mais sesmarias em nome da esposa, dos filhos e até dos netos que ainda estavam por nascer.

Depois da expulsão dos espanhóis e do Tratado de Santo Ildefonso, Ricardo retirara-se para a estância e, segundo sua própria expressão, "sossegara o pito". Entregara-se à criação de gado, comprara mais escravos e aumentara as lavouras. Suas carretas saíam periodicamente para o Rio Grande e outros pontos, levando trigo, milho e feijão. Mas o que ele gostava mesmo era da criação. Era com uma certa volúpia que parava rodeio, curava bicheiras, marcava o gado. Era voz geral que o próprio Ricardo gostava de sangrar as reses para carnear e que seus olhos luziam de gozo quando ele sentia o sangue quente do animal escorrer-lhe pelo braço. Um dia alguém ouviu-o dizer:

— Criação é que é trabalho pra homem. Lavoura é coisa de português.

Falava com certo desdém dos açorianos que vira em Rio Pardo, Porto Alegre e Viamão, com suas barbichas engraçadas, seus olhos azuis e sua fala esquisita. Para Ricardo, trabalho manual era para mulher ou para negro. Um homem bem macho devia saber manejar a espada, a lança, a espingarda e a pistola, entender de criação e ser bom cavaleiro. Não compreendia que se pudesse viver com os pés sempre no chão, agarrado ao cabo duma enxada ou exercendo um ofício sedentário. Para ele o comércio tinha qualquer coisa de indigno e desprezível. Amava os cavalos, e sua filosofia de vida e seu conhecimento das criaturas e dos animais levavam-no a traçar paralelos entre os homens e os cavalos. Todos ali na estância de Santa Fé e arredores repetiam os ditados do coronel Ricardo, que costumava dizer que "Homem direito tem um pelo só", e que "Cavalo bom e homem valente a gente só conhece na chegada". Queria com isso dar a entender que conhecia cavalos que numa carreira saíam na frente mas chegavam na rabada, bem como homens que se mostravam valentes na arrancada inicial mas no meio da peleja "cantavam de galinha". Ricardo Amaral gostava de dizer que "Quem faz o cavalo é o dono" e, estendendo essa filosofia aos peões e aos escravos, procurava moldá-los de acordo com seus desejos e conveniências. Quando um dia o governador José Marcelino de Figueiredo lhe mandou um ofício, que Ricardo considerou ofensivo, sua resposta foi pronta, lacônica e altiva; apenas um bilhete com estas palavras: "Sou potro que não aguenta carona dura de ninguém".

Casara-se com a filha dum curitibano residente no Rio Pardo. Achava que

"Mulher, arma e cavalo de andar, nada de emprestar". Mas, apesar disso, mais de uma vez tomara emprestadas mulheres de outros. E na fazenda — contava-se — fizera filhos em várias chinocas, mulheres de capatazes e agregados, e até numa escrava, a famosa Joana da Guiné.

Um dia — por volta de 1784 — Ricardo Amaral viajara para Porto Alegre, levando consigo muitos cavalos de posta, dois escravos e o mulato Bernardino, que afirmavam ser seu filho natural. Voltara depois duns três meses e, ao chegar à casa, reunira à noite os parentes e amigos e contara, entre outras notícias da capital, a sua visita ao Palácio do Governo. As lamparinas ardiam na sala grande da casa da estância e, sentado na sua cadeira de balanço, com um pretinho escravo a descalçar-lhe as botas, Ricardo Amaral começou:

— O governador me deu uma audiência...

Olhou em torno para ver o efeito da palavra *audiência*. Era um palavrão importante que cheirava a coisas da Corte, vice-reis, generais e palácios. Sua esposa sorria, enamorada dele como sempre.

— Pois é — repetiu o coronel com sua voz solene. — O governador me deu uma audiência. Quando entrei no palácio, os guardas apresentaram armas. Apresentaram armas — repetiu — e então eu entrei e o general Veiga Cabral veio ao meu encontro, me apertou a mão e disse: "Como tem passado, coronel? Entre e tome assento. Vossa mercê está em sua casa".

Ricardo soltou a sua risada lenta, que pôs à mostra os dentes cor de marfim queimado. Era um homem alto e corpulento, desempenado apesar de andar já por volta dos setenta. Tinha o rosto trigueiro, o olhar de ave de rapina, o nariz largo e purpúreo, e os lábios grossos e rosados escondidos sob um bigode branco e esfalripado como algodão.

— Imaginem só. Eu em minha casa, no palácio! Bom. Tomei assento e então conversei sobre coisas do nosso município. Fui mui franco, porque não sou como quero-quero, que canta pra um lado e tem ninho pra outro. Dissimulação não é comigo. "General", eu disse, "as coisas vão mal assim como estão..."

Falara-lhe — prosseguiu Ricardo — primeiro nas arbitrariedades de José Marcelino, o antecessor de Veiga Cabral no governo do Continente. Depois queixara-se do abandono em que viviam as estâncias, da eterna questão dos limites de terras e da confusão que havia quanto às tropas. Neste ponto o general lhe assegurara que estava obrigando todos os estancieiros a marcarem seu gado e seus cavalos. Ricardo manifestara também a Veiga Cabral suas dúvidas quanto à Feitoria do Linho-Cânhamo, que a Coroa criara. Na sua opinião a empresa estava destinada ao fracasso. O melhor que o governo podia fazer era ajudar os criadores. Estava claro que a lavoura também era importante, mas não tanto como o gado. "A carne, vossa mercê sabe, é o alimento mais importante pra nossa gente. E enquanto houver abundância de carne tudo está bem. Porque ninguém vive só de pão, mas só de carne pode viver. E, se tivermos carne, teremos charque, e as nossas charqueadas só podem ir pra frente. Temos ainda o negócio de couros, os chifres, etc. Mais ainda, general, na guerra não vamos alimentar nossa gente com trigo, milho ou feijão. O que nos vale numa campanha é o boi."

Neste ponto da narrativa Ricardo Amaral piscou o olho, avançou o busto para a frente e disse:

— Então cheguei onde queria. Disse: "General, preciso que o governo me conceda mais sesmarias para as bandas do poente. Vossa mercê precisa saber que meus campos ficam a dois passos do território inimigo. Mais cedo ou mais tarde os castelhanos nos atacam de novo. E quem é que sofre primeiro? São os povos que estão perto da fronteira. Preciso ter gente pronta pra brigar". O homem sacudia a cabeça e estava impressionado. Vai, então, eu disse: "Para le ser franco, acho que o território das Missões nos pertence de direito". Veiga Cabral respondeu que estava tudo muito bem, mas que a gente não devia se precipitar, pois o Continente ainda não estava preparado para a guerra. "Está bem", retruquei, "está muito bem. Mas vamos nos preparar." Fiquei sério, meio que me ergui na cadeira e falei: "General, preciso de mais terras, pois, quanto mais campo eu tiver, de mais gente precisarei. E, quanto mais gente eu tiver, mais soldados terá o Continente no caso de necessidades". O homem ficou impressionado e me prometeu estudar o assunto.

Ricardo reclinou-se para trás na sua cadeira e ficou gozando o efeito de suas palavras no rosto da mulher, do filho, da nora e do capataz, que o escutavam num silêncio respeitoso.

Quando Ana Terra viu pela primeira vez o senhor da estância de Santa Fé, seu espírito já estava cheio das histórias que se murmuravam a respeito dele. Ricardo Amaral chegou um dia montado no seu cavalo alazão, com aperos chapeados de prata, muito teso, de cabeça erguida e um ar de monarca. As largas abas do chapéu sombreavam-lhe parte do rosto. Ficou sob a figueira grande, à frente dos ranchos, e os poucos habitantes do lugar vieram cercá-lo — as mulheres de olhos baixos e os homens de chapéu na mão. Ricardo Amaral não apeou. De cima do cavalo informou-se sobre as colheitas, ouviu as queixas e resolveu duas ou três questões entre os moradores dos ranchos. Naquelas redondezas ele não era apenas o comandante militar, mas também uma espécie de juiz de paz e conselheiro.

Marciano Bezerra aproveitou uma pausa e disse:

— Coronel, esta é a moça que falei a vossa mercê.

Apontou desajeitadamente para Ana, que segurava a mão do filho.

— Ah! — fez o estancieiro, baixando os olhos. — Linda moça! — E num relâmpago Ana viu Rafael Pinto Bandeira a falar-lhe de cima do seu cavalo num dia de vento. — Vai ficar morando aqui?

— Se vossa mercê dá licença — respondeu Ana.

— Não há nenhuma dúvida. Precisamos de gente. Um dia inda hei de mandar uma petição ao governo pra fundar um povoado aqui.

Abrangeu com o olhar o coxilhão.

— O menino é filho? — perguntou depois, olhando para Pedro.
— É, sim senhor.
— Onde está o marido de vosmecê?
Ana não teve a menor hesitação.
— Morreu numa dessas guerras.
Contou-lhe também o que havia acontecido ao pai e ao irmão. O coronel escutou em silêncio e, depois de ouvir tudo, disse:
— Um dia essa castelhanada ainda nos paga. Deixe estar...
Pedro olhava fascinado para as grandes botas do estancieiro e para as chilenas de prata que lampejavam ao sol.
Quando ele se foi, o menino puxou o vestido da mãe e disse:
— Mãe, que velho bonito!
Ana sacudiu a cabeça devagarinho e acrescentou:
— E dizem que sabe ler e escrever.
"Um dia", pensou ela, "havia de mandar o filho para uma escola." O diabo era que não existia nenhuma escola naqueles cafundós. Ouvira dizer que um homem na vila do Rio Grande tinha aberto uma aula para ensinar a ler, escrever e contar. Mais tarde, quando Santa Fé fosse povoado, talvez o coronel mandasse abrir uma escola, se bem que no fundo ela achasse que uma pessoa podia viver muito bem e ser honrada sem precisar saber as letras.

Naqueles dias, ajudados por vizinhos, Ana Terra, Eulália e Pedro construíram o rancho onde iam morar. Tinha paredes de taipa e era coberto de capim. Quando o rancho ficou pronto, Ana, o filho e a cunhada, que até então tinham vivido com a família de Marciano, entraram na casa nova. O único móvel que possuíam era a velha roca de d. Henriqueta. Dormiam todos no chão em esteiras feitas de palha. Ana conservava sempre junto de si, à noite, a velha tesoura, pensando assim: "Um dia inda ela vai ter a sua serventia".

E teve. Foi quando uma das mulheres da vila deu à luz uma criança e Ana Terra foi chamada para ajudar. Ao cortar mais um cordão umbilical, viu em pensamento a face magra e triste da mãe. A criança veio ao mundo roxa e muda, meio morta. Ana segurou-lhe os pés, ergueu-a no ar, de cabeça para baixo, e começou a dar-lhe fortes palmadas nas nádegas até fazer a criaturinha berrar. E, quando a viu depois com os beicinhos grudados no seio da mãe a sugá-los com fúria, foi lavar as mãos dizendo ao pai que estava no quarto naquele momento:
— É mulher. — E a seguir, sem amargor na voz, quase sorrindo, exclamou: — Que Deus tenha piedade dela!

Desde esse dia Ana Terra ganhou fama de ter "boa mão" e não perdeu mais parto naquelas redondezas. Às vezes era chamada para atender casos a muitas léguas de distância. Quando chegava a hora e algum marido vinha buscá-la, meio afobado, ela em geral perguntava com um sorriso calmo:
— Então a festa é pra hoje?
Enrolava-se no xale, amarrava um lenço na cabeça, apanhava a velha tesoura e saía.

23

Muitos anos depois, sentada uma tardinha à frente de seu rancho, Ana Terra conversava com o filho e dizia-lhe, mostrando meninos e meninas que passavam:

— Aquele que ali vai eu ajudei a botar no mundo. Por sinal que o diabinho saiu berrando como bezerro desmamado.

E depois:

— Está vendo a Amelinha? Passou e nem olhou pra mim. No entanto, se não fosse eu ela estava a esta hora no cemitério. Nasceu com o cordão umbilical enrolado no pescocinho e ia morrendo esgoelada. Foi numa noite braba de inverno. — Suspirou fundo e acrescentou: — Este mundo velho é assim mesmo. Não há gratidão.

Tendo na mão a cuia de mate — quente como uma presença humana — e chupando lentamente na bomba, Ana Terra às vezes ficava sentada à sombra duma laranjeira, na frente de seu rancho, tentando lembrar-se das coisas importantes que tinham acontecido desde o dia em que ela chegara àquele lugar. Mas não conseguia: ficava confusa, os fatos se misturavam em sua memória. E o que sempre lhe vinha à mente nessas horas eram os muitos invernos que tinha atravessado, pois o inverno era o tempo que mais custava a passar. O vento minuano às vezes parecia prender a noite e afugentar o dia que tentava nascer. Tudo era mais comprido, mais triste e mais custoso no inverno.

Entre outras coisas alegres do passado, Ana lembrava-se principalmente dum verão em que aparecera por ali um padre carmelita descalço, homem de barbas pretas e sotaina parda, que chegara montado numa mula, contando que tinha estado prisioneiro dos índios coroados. Vinha da vila do Rio Pardo; ia para as Missões. Falava dum jeito esquisito, pois era estrangeiro. Ficou uns dias por ali e os moradores dos ranchos lhe deram mantimentos e dinheiro. O carmelita rezou uma missa debaixo da figueira grande, batizou as crianças que ainda estavam pagãs e casou os homens e mulheres que viviam amancebados.

Havia também outros dias que Ana Terra não podia esquecer, como aquele em que pela primeira vez percebera que Pedrinho era já um homem-feito, de voz grossa e buço cerrado. Ficara espantada ao notar que o filho estava mais alto do que ela. Mas espanto maior ainda lhe causara a descoberta que aos poucos fizera de que, embora fosse a imagem viva do pai, o rapaz tinha herdado o gênio do avô: era calado, reconcentrado e teimoso. Engraçado! Maneco Terra e o homem que ele mandara matar agora se encontravam no corpo de Pedrinho.

Ana procurava sempre esquecer os dias de medo e aflição, principalmente aquele — o pior de todos! — em que, chegando à casa uma tarde, vira, horrorizada, um índio coroado aproximar-se, na ponta dos pés, da cama onde seu filho dormia a sesta. Quase sem pensar no que fazia, apanhou o mosquete carregado que estava a um canto, ergueu-o à altura do rosto, apontou-o na direção do índio e atirou. O coroado caiu com um gemido sobre Pedro, que despertou alarmado, desvencilhou-se daquela "coisa" que estava em cima de seu peito e saltou para fora da cama já com o punhal na mão e todo banhado no sangue do bugre. Vendo o filho assim ensanguentado, ela se pôs a gritar, imaginando que também o tivesse atingido com o tiro. Os vizinhos acudiram e foi só depois de muito tempo que tudo se aclarou. Ana Terra não gostava de recordar esse dia. Ficara com o ombro arroxeado e dolorido por causa do coice que a arma lhe dera ao disparar. A sangueira que saía do corpo do coroado deixara-a tonta. Não tinha tido coragem de ir olhar de perto... Mas um vizinho lhe contara:

— Ficou com um rombo deste tamanho no pulmão.

Ana passara o resto daquele dia tomando chá de folhas de laranjeira. Tinha matado um homem — ela, que ajudava tanta gente a nascer! Por muitas semanas ficou sem poder comer carne. Mas, como o tempo é remédio que cura tudo, aos poucos foi esquecendo aquilo. Sempre, porém, que alguém queria mangar com ela na frente dum forasteiro, a primeira coisa que dizia era:

— Dona Ana, conte a história do bugre que vosmecê matou.

Ela ficava tão furiosa que tinha vontade de dizer nomes feios.

E, por falar em bugres, muitas vezes naqueles anos os coroados andaram pelas vizinhanças dos ranchos, fazendo estripulias.

Num dos primeiros invernos que ela passara ali, Marciano Bezerra tinha ido um dia encher o corote no arroio que ficava a umas trezentas braças dos ranchos e voltara de lá branco como papel, perdendo muito sangue dum braço, e contando que havia sido frechado por um bugre. Nos dias que se seguiram todos ali ficaram no temor dum ataque dos coroados, que tinham sido vistos pelas redondezas em grande número. Avisado disso, o coronel Ricardo armara seus homens e saíra à caça dos índios, que fugiram para as bandas de São Miguel.

Essas eram as coisas de que Ana Terra mais se lembrava sempre que ficava depois do almoço a tomar mate sozinha debaixo da laranjeira. Porque, quanto ao resto, um dia era a cópia de outro dia, em que ela trabalhava de sol a sol, em casa e na lavoura, fazendo serviço de homem. Para Ana não havia domingo nem dia santo. De vez em quando ela saía com sua tesoura para cortar algum cordão umbilical. Ou então ia a algum enterro. Porque pessoas continuavam a nascer e a morrer naquele fim de mundo.

Quando a água da chaleira acabava, Ana erguia-se, entrava no rancho, botava a cuia em cima do fogão e recomeçava a lida do dia. Tinha agora em casa um espelho, presente que Pedro lhe trouxera duma de suas viagens à vila do Rio Pardo. De raro em raro Ana tirava um minuto ou dois para se olhar nele. Era esquisito... Tinha sempre a impressão de estar na frente de uma estranha. Examinava-se com cuidado, descobria sempre novos fios brancos nos cabelos e às vezes nos seus próprios olhos via os olhos tristonhos da mãe. "Espelho é coisa do diabo", concluía. Quem tinha razão era seu pai.

Exatamente no dia em que Pedro Terra anunciou seu noivado com Arminda Melo, chegaram ali os primeiros boatos de guerra.

Dias depois o coronel Ricardo apareceu montado no seu cavalo — agora um tordilho — e expôs a situação. Chegara à sua estância um próprio trazendo um ofício em que o governador do Continente lhe comunicava que, na Europa, Portugal e Espanha estavam de novo em guerra.

— Isso significa — explicou ele — que temos de pelear de novo com os castelhanos.

Estava recrutando gente, pois Veiga Cabral precisava de muitas forças para guarnecer as fronteiras. O tordilho escarvava o chão, desinquieto. E em cima do animal o coronel Ricardo estava também excitado. Apesar dos setenta anos era ainda um homem desempenado e forte, e seus olhos brilhavam quando ele falava em guerra.

— Faz muitos anos mesmo que a gente não briga — acrescentou. — Já era tempo.

Pediu a Marciano que começasse o recrutamento. Tinha armamento para uns quarenta homens. Levaria de sua estância vinte escravos e dez peões, e esperava arregimentar mais uns doze ou quinze soldados ali nos ranchos. Os habitantes do lugar escutaram-no em silêncio. Antes de se retirar, o coronel Amaral gritou, de cabeça erguida, como se estivesse falando com Deus:

— O recrutamento é obrigatório. São ordens do governo!

As mulheres então desataram o pranto.

Naquele mesmo dia Ana Terra pediu emprestado a Marciano um cavalo, montou nele e tocou-se para a estância do coronel Amaral. Mandaram-na entrar para a sala grande da casa, onde ela se viu na frente do senhor de Santa Fé.

— Tome assento — ordenou ele.

Chico Amaral, filho do estancieiro, azeitava suas pistolas. Por toda a parte se notavam preparativos guerreiros: alguns escravos limpavam espadas e baionetas, outros se exercitavam no manejo de espingardas. Sentado num cepo, de facão em punho, um mulato fazia ponta numa lança de guajuvira, assobiando por entre os dentes. As mulheres da casa estavam de olhos vermelhos. Mas os homens, com exceção dos escravos, pareciam muito contentes, como se se estivessem preparando para um fandango. Um deles até cantava, trançando um laço perto da porta da casa-grande:

Esta noite dormi fora,
Na porta do meu amor;
Deu o vento na roseira
Me cobriu todo de flor.

Ana olhava, bisonha, para Ricardo Amaral.

— Então? — perguntou este último. — Que novidade há?

— Não vê que eu vim fazer um pedido a vossa mercê... — Calou-se, embaraçada. Amaral brincava, meio impaciente, com a argola do rebenque que estava em cima da mesa, a seu lado. Ana criou ânimo e prosseguiu: — Não vê que tenho um filho, o Pedrinho...

— Eu sei, eu sei.

— Seu Marciano disse que o menino tem que marchar também... — E acrescentou rápida, a medo — pra guerra —, como se esta última palavra lhe queimasse os lábios.

— E que tem isso? Pois ele não é homem?

— É, sim senhor.

— Então?

— Mas acontece que é tão moço. Recém fez vinte anos.

— Moço? Sabe quantos anos eu tinha quando entrei no primeiro combate? Dezessete!

Ana Terra tinha os olhos postos no chão. O vozeirão do estancieiro a intimidava. Ela olhava fixamente para suas grandes botas negras, cujos canos lhe subiam até os joelhos, e lembrava-se de que, quando menino, Pedro lhe dissera um dia ter medo daquelas botas que lhe pareciam um "bicho preto".

— Vosmecê volte pra casa — disse Ricardo. — Volte e não conte a ninguém que veio me pedir pra dispensar o seu filho. Não conte, que é uma vergonha.

Ana recobrou a coragem e fez nova tentativa:

— E se ele morrer?

— Todos nós temos de morrer um dia. Ninguém morre na véspera.

— Mas o Pedro está pra casar...

— Casar? O que ele quer mesmo é dormir com a moça. Pois que durma, tem tempo, só partimos daqui a dois dias. Durma e vá pra guerra. Depois case, se voltar vivo e tiver vontade.

Ana Terra sentiu uma revolta crescer-lhe no peito. Teve ganas de dizer que não tinha criado o filho para morrer na guerra nem para ficar aleijado brigando com os castelhanos. Guerra era bom para homens como o coronel Amaral e outros figurões que ganhavam como recompensa de seus serviços medalhas e terras, ao passo que os pobres soldados às vezes nem o soldo recebiam. Quis gritar todas essas coisas mas não gritou. A presença do homem — aquelas botas pretas, grandes e horríveis! — a acovardava. Fez meia-volta e se foi em silêncio. E ia pisar no alpendre quando ouviu a voz retumbante do coronel que a envolveu, pesada e violenta como boleadeiras:

— Estou com setenta anos e prefiro mil vezes morrer brigando do que me finar aos pouquinhos em cima duma cama!

Fora, o caboclo ainda cantarolava. Quando Ana passou, ele lhe lançou um olhar carregado de malícia e lhe dirigiu uma quadra:

Fui soldado, sentei praça,
Já servi numa guarita,

Agora, sou ordenança
De toda moça bonita.

Dois ou três dias depois Ana Terra disse adeus ao filho. Apertou-o contra o peito, cobriu-lhe o rosto de beijos e a muito custo conteve as lágrimas. Outras mulheres despediam-se chorando de seus homens. Havia um ar de desastre e luto em todas as caras.

O coronel Ricardo Amaral e os filhos apareceram em cima dos seus belos cavalos, com pistolas e espadas à cinta. Abriram a marcha, seguidos pelos outros homens que, enrolados nos seus ponchos, e na sua maioria descalços e com as espingardas a tiracolo, acenaram, de cima de seus matungos, para as pessoas que ficavam.

Ana Terra, Eulália, Rosa e Arminda, noiva de Pedro, ficaram a acompanhar com os olhos o grupo que se afastava. Os arreios chapeados de prata do coronel Amaral reluziam ao sol. Longe, quando já começava o declive da grande coxilha, Pedro fez estacar seu cavalo, torceu o busto, e acenou tristemente com a mão. As mulheres responderam ao aceno.

Foi só então que Ana Terra percebeu que estava ventando.

24

E de novo Ana Terra começou a esperar... Esperava notícias da guerra; esperava a volta do filho. Se era dia, desejava que caísse a noite, porque dormindo esquecia a espera. Se era noite, queria que um novo dia viesse, porque, quanto mais depressa o tempo passasse, mais cedo o filho voltaria para casa. Muitas vezes até em sonhos Ana se surpreendia a esperar, agoniada, vendo longe no horizonte vultos de cavaleiros entre os quais ela sabia que estava Pedrinho — mas por mais que seus cavalos galopassem eles nunca chegavam.

Nos ranchos vazios de homens — só os velhos e os inválidos tinham ficado — as mulheres continuavam sua lida. E quando, dali a muito tempo, chegou um próprio trazendo notícias da guerra para a família do coronel Amaral, elas o cercaram e lhe fizeram perguntas aflitas sobre seus homens. O mensageiro não pôde contar-lhes muito. Deu-lhes notícias gerais e vagas... Ricardo Amaral e seus soldados estavam com as forças do coronel de cavalaria ligeira Manuel Marques de Souza. Tinham invadido o território inimigo e tomado as guardas de São José, Santo Antônio da Lagoa e Santa Rosa, e estavam agora se fortificando em Cerro Largo.

Por aqueles dias Eulália foi viver com um viúvo cinquentão que não fora para a guerra por ter dois dedos da mão direita decepados.

— Quando aparecer um padre nós casamos — explicou ela a Ana, de olhos baixos, na hora em que foi comunicar à cunhada sua resolução de juntar-se com o viúvo.

— Que me importa? — respondeu a outra. — O principal é que vosmecês vivam direito e que a Rosinha tenha quem cuide dela.

Assim, Eulália e a filha mudaram-se para outro rancho. E Ana Terra ficou sozinha em casa. E quando se punha a fiar, a pedalar na roca, frequentemente falava consigo mesma por longo tempo e acabava concluindo, a sorrir, que estava ficando caduca.

Às vezes a imagem do filho em seus sonhos confundia-se com a do pai, e uma madrugada Ana acordou angustiada, pois sonhara que Antônio e Horácio tinham levado Pedrinho para longe, para assassiná-lo. Ficou de olhos abertos até ouvir o canto do primeiro galo à hora de nascer o sol.

Passaram-se meses, e um dia, quando ela viu que o ventre de Eulália começava a crescer, pensou logo na sua tesoura e sorriu. Naquele inverno nasceram seis crianças nos ranchos, porque antes de partir para a guerra muitos maridos tinham deixado suas mulheres grávidas. E, quase sempre no momento em que ela via uma criança nascer, a primeira coisa em que pensava era: será que o pai ainda está vivo?

Uma noite de chuva, voltando para casa depois dum parto, caminhando meio às cegas e orientando-se pelo clarão dos relâmpagos, Ana pensou todo o tempo no filho, imaginou-o a dormir no chão, enrolado num poncho ensopado, com a chuva a cair-lhe em cheio na cara. Teve vontade de apertá-lo nos braços, emprestar-lhe o calor de seu corpo. E em casa, perto do fogo, ficou ouvindo o barulho manso da chuva na coberta do rancho. Olhava para a roca e lembrava-se dos tempos lá na estância, quando a alma de sua mãe vinha fiar na calada da noite. A roca ali estava, velha e triste, e Ana Terra sentia-se mais abandonada que nunca, pois agora nem o fantasma da mãe vinha fazer-lhe companhia.

Lá pelo fim daquele inverno um próprio chegou e disse:

— A guerra anda aqui por perto.

Muitas pessoas, velhos e mulheres, aproximaram-se dele e ouviram o homem contar que um tal Santos Pedrozo com uns vinte soldados derrotara a guarda castelhana de San Martinho e apoderara-se das Missões. E, com um largo sorriso na cara marcada por uma cicatriz que lhe ia do canto da boca à ponta da orelha, acrescentou:

— Agora todos esses campos até o rio Uruguai são nossos!

Ana Terra sacudiu a cabeça lentamente, mas sem compreender. Para que tanto campo? Para que tanta guerra? Os homens se matavam e os campos ficavam desertos. Os meninos cresciam, faziam-se homens e iam para outras guerras. Os estancieiros aumentavam as suas estâncias. As mulheres continuavam esperando. Os soldados morriam ou ficavam aleijados. Voltou a cabeça na direção dos Sete Povos, e seu olhar perdeu-se, vago, sobre as coxilhas.

No princípio dum novo verão chegou um mensageiro com a notícia de que o coronel Ricardo tinha sido morto num combate e que os filhos estariam de volta a Santa Fé dentro de três meses, com os soldados que tinham "sobrado" da guerra. Na estância de Santa Fé houve choro durante três dias e três noites. As mulheres nos ranchos estavam ansiosas, queriam saber quantos haviam sobrevivido dos quarenta e tantos que tinham partido, fazia mais dum ano. O mensageiro entortou a cabeça, revirou os olhos e respondeu, depois de alguma reflexão:

— Sobraram uns vinte... — E, como visse consternação no rosto das mulheres, fez uma concessão otimista... — ... ou vinte e cinco.

E se foi, assobiando uma música de gaita que aprendera nos acampamentos da Banda Oriental.

— Mas Pedro está vivo — disse Ana Terra para si mesma. — Uma coisa dentro de mim me diz que meu filho não morreu.

Tomou a mão da futura nora e arrastou-a para o rancho, dizendo:

— Temos de arrumar a casa pra esperar o noivo.

25

Um dia Chico Amaral chegou com seus homens. Tinham vencido a guerra, mas voltavam com um ar de derrota. Barbudos, encurvados, de olhos no fundo, os ponchos em farrapos, nem sequer sorriram ao ver os parentes. Chico Amaral tinha recebido um pontaço de lança que lhe vazara o olho esquerdo, sobre o qual trazia agora um quadrado de fazenda preta. Um dos seus peões voltava sem um dos braços. Outros haviam recebido ferimentos leves. Tinham ficado enterrados em território castelhano quinze escravos, quatro peões e oito rancheiros. Os homens apearam dos cavalos, abraçaram os parentes e amigos e encaminharam-se para seus ranchos. E as mulheres cujos maridos, filhos, irmãos ou noivos não tinham voltado ficavam ainda um instante, meio estupidificadas, a esperar por eles debaixo da grande figueira. Mas de repente, compreendendo tudo, rompiam o choro.

Ana Terra não pôde conter as lágrimas quando viu o filho. Quase não o reconheceu. Pedro tinha envelhecido muitos anos naqueles meses. Estava magro, abatido e deixara crescer a barba, e quando ele desceu do cavalo e caminhou para a mãe, esta teve a impressão de que ia abraçar o próprio Maneco Terra.

No dia seguinte — já descansados e mais bem alimentados — os guerreiros contavam proezas, descreviam combates, marchas, surtidas... Só Pedro Terra não falava. Por mais que lhe perguntassem, por mais que puxassem por ele, não dizia nada. Ficava às vezes com os olhos vagos a olhar para parte nenhuma, ou então a tirar lascas dum pau qualquer com seu facão.

Começou a correr de boca em boca a narrativa das proezas do coronel Ricardo Amaral. Contava-se que o inimigo estava acampado nas proximidades do rio Jaguarão com cerca de duzentos homens. Marques de Souza mandou uma divisão dumas duzentas praças fazer reconhecimento. Quis entregar o comando delas a um de seus capitães, quando o coronel Ricardo avançou e disse: "Chefe, se vossa mercê tem confiança em mim, terei muita honra em comandar esses soldados". Marques de Souza respondeu: "Está muito bem, coronel. Vá e seja feliz". Chico Amaral falou: "Pai, eu quero ir com vossa mercê". O velho disse apenas: "Pois venha. Vai ser divertido". E foi mesmo muito divertido. Ricardo pôs-se à frente da tropa e encontrou o inimigo formado em fila singela perto do Passo das Perdizes. De lança em riste os nossos soldados se precipitaram contra os castelhanos, que abriram fogo. Mas quem foi que disse que os homens de Amaral pararam? Veio então o entrevero. Foi no alto duma coxilha e de lado a lado os soldados brigavam como demônios. Em muitos pontos o capim verde ficou vermelho. E o sangue dos homens misturou-se e coalhou ao sol com o dos cavalos. Parece que Ricardo Amaral recebeu um balaço quando o combate ia em meio, mas aguentou até o fim, perdendo sangue. Os castelhanos foram completamente derrotados; os que não puderam fugir morderam o pó. Quando Chico Amaral olhou para o pai — no fim da peleja —, viu-o cair para a frente, sobre o pescoço do tordilho. Esporeou seu cavalo e chegou a tempo de enlaçar o velho pela cintura, impedindo-o de tombar ao chão. Ricardo quis dizer alguma coisa, mas de seus lábios só saiu um ronco. Morreu dessangrado nos braços do filho.

Marques de Souza mais tarde declarou que aquela vitória do Passo das Perdizes tinha sido decisiva. Porque graças a ela suas forças puderam atravessar o Jaguarão sem perigo e entrar mais fundo no território inimigo. Assim os castelhanos perderam Rio Pardo, Batovi, Taquarembó, Santa Tecla...

Nos meses que se seguiram chegaram ainda aos campos de Santa Fé boatos de que os castelhanos se preparavam para voltar ao ataque. Mas contava-se também que, na Europa, Portugal e Espanha tinham feito as pazes, e que no Continente tudo continuaria como estava.

Em princípios de 1803 um padre das Missões passou por aquele agrupamento de ranchos, disse uma missa, convenceu Chico Amaral da necessidade de mandar erguer uma capela, batizou doze crianças e fez cinco casamentos, inclusive o de Pedro Terra e Arminda Melo.

Em fins daquele mesmo verão Chico Amaral viajou de carreta para Porto Alegre em companhia da mulher e de seu filho Ricardo, levando uma mucama preta, um pajem e dois peões. Voltaram depois de seis meses, e o novo senhor de Santa Fé contou aos parentes e amigos o que vira, dissera e fizera na capital. O general Veiga Cabral morrera havia uns dois anos, fora substituído por um brigadeiro — que governara apenas quatorze meses —, e agora quem estava na comandância do Continente era o chefe de esquadra Silva Gama.

— Um homem de bem — contou Chico Amaral. — Mas encontrou o Continente em petição de miséria, por causa da guerra. Me contou que a despesa é maior que a receita... imaginem!

Os que o escutavam sacudiram a cabeça num mudo assentimento, embora não entendessem o sentido dessas palavras.

— Queixou-se do abandono em que vive o Continente — continuou o estancieiro — e de que não pode fazer nada sem consultar o Rio. Assim as coisas ficam mui demoradas e difíceis. O remédio, me disse ele, é tomar as iniciativas sem consultar o vice-rei.

Chico Amaral sorriu e acrescentou:

— Então eu respondi: "É melhor passar por insubordinado do que por incompetente". O governador gostou muito da minha resposta. E me contou muito em segredo que faz quase dez anos que a Corte não manda pagar os soldados do Rio Grande. "Vosmecê sabe melhor que eu, major", ele me disse, "o que esses pobres-diabos passam. Nem uniforme têm, andam de pés no chão e nesta última guerra brigaram até com lanças de pau, por falta de arma de fogo!"

Chico Amaral mostrava-se satisfeito pela maneira com que fora recebido. O governador concedera-lhe as três léguas de sesmaria que ele requerera e, quando ele lhe contara de seus projetos de fundar um povoado, Silva Gama lhe dissera: "Faça uma petição ao comandante das Missões. Eu vou recomendar-lhe que a despache favoravelmente".

Foi assim que um dia, alguns meses depois, o novo senhor de Santa Fé chegou a cavalo e, bem como fazia o pai, postou-se debaixo da figueira, chamou os moradores dos ranchos e contou-lhes que o administrador da redução de São João lhe mandara um ofício concedendo o terreno necessário para a edificação do povoado. Chico Amaral leu em voz alta: "Ordeno a Vosmecê que faça medir com brevidade meia légua de terreno no lugar em que pretendem formar a povoação, contendo, desde o ponto em que desejam ter a capela, um quarto de légua na direção de cada rumo cardeal, em rumos direitos de Sul a Norte, e de Leste a Oeste".

Ana Terra escutava, mal entendendo o sentido daquelas frases. Pedro estava muito atento. Pensava no terreno que lhe ia tocar, e ao mesmo tempo olhava fascinado para as grandes botas do estancieiro, lembrando-se das botas do coronel Ricardo; ainda sentia por elas um secreto temor, que no fundo era surda malquerença.

Houve um ponto para o qual o major Amaral chamou a atenção dos presentes, lendo-o duas vezes com ênfase: "Ninguém poderá ocupar mais terreno que aquele que lhe é destinado, salvo o caso de compra a outrem que lá possuir título legítimo".

Cada rua do povoado devia ter sessenta palmos craveiros de largura e cada morador ia receber um lote de cinquenta palmos contados na frente da rua e duzentos palmos de fundo, devendo dentro do prazo de seis meses requerer título legítimo aos senhores do governo.

O major Amaral mandou fazer uma planta da povoação por um agrimensor muito habilidoso que viera do Rio Pardo. Queria uma praça, no centro da qual ficaria a figueira, três ruas de norte a sul e quatro transversais de leste a oeste.

Meses depois mandou começar a construção da capela com madeira dos matos próximos. E todos os homens e mulheres do lugar ajudaram nesse trabalho. E, quando a capela ficou pronta, foi ela dedicada a Nossa Senhora da Conceição; veio um padre de Santo Ângelo e disse a primeira missa. E o major Amaral mandou comprar nas Missões, a peso de ouro, uma imagem da padroeira do povoado.

No ano seguinte mandou construir uma casa toda de pedra para sua família, bem na frente da capela, do outro lado da praça. Ergueu outras casas para alugar à gente que chegava. E muita gente chegou naquele ano e nos seguintes. Tropeiros que vinham de Sorocaba comprar mulas nas redondezas gostavam do lugar e iam ficando por ali. E o nome de Santa Fé começou a ser conhecido em todo o município do Rio Pardo e fora dele.

Em princípios de 1804 Chico Amaral fundou uma charqueada e comprou mais um lote de escravos. Nesse mesmo ano, numa noite morna de março, nasceu o primeiro filho de Pedro e Arminda Terra. Era um menino e deram-lhe o nome de Juvenal. Quando Ana Terra tomou da tesoura para cortar-lhe o cordão umbilical, suas mãos tremiam.

E naqueles dias, quando Pedro saía para o mato a buscar madeira para a casa que estava construindo no terreno que lhe coubera, e Arminda ia lavar roupa no arroio, Ana Terra ficava em casa fiando e cuidando do neto. Quando Juvenal chorava, ela pedalava mais de mansinho e cantava-lhe velhas cantigas que aprendera com a mãe, as mesmas que cantara um dia para Pedrinho.

Achava que tudo agora estava bem. O filho era um homem direito e tinha casado com uma mulher séria e trabalhadora. Eulália vivia em paz com o marido e Rosinha estava noiva do capataz do major Amaral.

Aqueles foram tempos de grande paz. Muitas vezes por ano Ana Terra saía apressada sob o sol ou à luz das estrelas com a tesoura debaixo do braço. E gente nascia, morria ou se casava em Santa Fé. O número de casas aumentava e a população já se habituava à voz do sino da capela.

No inverno de 1806 Ana ajudou a trazer para o mundo seu segundo neto, uma menina que recebeu o nome de Bibiana. Ao ver-lhe o sexo, a avó resmungou: "Mais uma escrava". E atirou a tesoura em cima da mesa num gesto de raiva e ao mesmo tempo de alegria.

Bibiana tinha já quase três anos quando certo dia um tropeiro chegado do Rio Pardo contou a Pedro que havia grandes novidades no Rio de Janeiro. A rainha e o príncipe regente tinham fugido de Portugal porque esse país havia sido invadido pelos franceses... ou ingleses, ele não sabia ao certo; mas a verdade era que a família real já estava no Brasil. No Rio Pardo todos achavam que as coisas iam mudar para melhor.

O major Amaral agora dava audiências no seu sobrado às gentes do lugar que lhe iam levar seus problemas ou pedir-lhe conselhos.

Duma feita, Pedro ouviu o senhor de Santa Fé conversar, indignado, com um estancieiro de Viamão que lhe viera comprar uma tropa.

— Assim não é possível! — dizia ele, caminhando dum lado para outro da sala. — Nosso charque só pode ser vendido no Rio de Janeiro a setecentos réis a arroba, e o charque dos castelhanos chega lá por quatrocentos. Isso tem cabimento? Me diga, tem?

O visitante limitava-se a sacudir a cabeça e a murmurar:

— São dessas coisas, major, são dessas coisas...

— E, a todas essas, o preço do nosso gado na tablada vai baixando.

O viamonense começou a picar fumo reflexivamente. Depois, com sua voz calma, perguntou:

— E no que deu aquele pedido que fizeram ao governo pra proibir a entrada do charque castelhano?

— Deu em nada! Está claro que o governo tem interesse no caso, pois não quer perder o imposto de importação.

— É o diabo... E agora ainda inventaram esse imposto de trezentos e vinte réis por cabeça de rês abatida...

Chico Amaral cuspiu no chão.

— Eu só quero ver como é que eles vão arrecadar. Eu só quero ver...

— É o diabo...

— Os castelhanos têm tudo que querem, fácil e ligeiro. Nós temos que depender das ordens do Rio. De nada nos adiantou elevarem o Rio Grande a capitania. Não vai adiantar nada também a gente ter a Corte no Rio de Janeiro. Vamos continuar aqui embaixo abandonados e esquecidos como sempre. Mas na hora do aperto eles vêm com esses pedidos de auxílio, porque o país está mal, porque isto e porque aquilo. Vosmecê se lembra da arrecadação de donativos que fizeram em 1805? Foi o mesmo que pedir esmola a particulares. Onde se viu?

— É o diabo... — murmurou de novo o visitante, enrolando o cigarro.

— E na hora de pegar no pau furado, na hora de brigar com os castelhanos, a Corte apela é pra nós.

Parado junto da porta, sem coragem de entrar, Pedro escutava o estancieiro, com os olhos fitos em suas botas embarradas.

Chico Amaral, que agora mascava com fúria um naco de fumo, começou a falar no problema do contrabando. Silva Gama fizera o possível para acabar com aquele abuso, mas não conseguira nada. Os contrabandistas traziam negros das colônias portuguesas da África, tiravam guias para a Capitania do Rio Grande, mas na verdade seguiam viagem para Montevidéu e Buenos Aires, onde trocavam os pretos por charque, trigo, couro e sebo, e iam depois vender essas mercadorias em outros pontos do Brasil, como se elas tivessem sido produzidas no Rio Grande.

— E é assim que eles fazem concorrência ao nosso produto! — exclamou Chico Amaral. — Isso tem cabimento? É por essas e por outras que o nosso charque não pode competir com o da Banda Oriental. O couro deles tem boa cotação, o nosso fica aqui apodrecendo e o remédio é fazer surrão com ele!

Chico parou na frente do visitante, segurou-lhe o braço, encarou-o e perguntou:

— Vosmecê sabe qual é a solução para esse negócio todo? Pois é invadir a Banda Oriental e arrebentar aquela coisa lá. Os castelhanos não podem se queixar porque foram eles que começaram essa história de entrar na terra dos outros.

O viamonense sacudiu a cabeça devagarinho e disse mansamente:

— Guerra não resolve nada, major.

— Qual! Guerra resolve tudo.

Pedro, que tinha ido à casa de Chico Amaral para lhe pedir o arrendamento de alguns alqueires de terra, onde tencionava plantar uma lavoura de trigo, achou melhor voltar, pois viu que o homem estava excitado.

Uma semana depois, entretanto, conseguiu o que queria. Chico Amaral arrendou-lhe um pedaço de campo a um quarto de légua do povoado. Pedro contratou dois peões e com eles virou a terra. Nesse dia a mulher e a mãe também pegaram nas enxadas e os ajudaram. Trabalharam o dia inteiro. Depois semearam. Passados seis meses, colheram. Pedro vendeu o trigo e ganhou um bom dinheiro. Tornou a semear e de novo teve boa colheita. Já por essa época sua casa estava pronta. Era de tábua, tinha um pomar e uma criação de galinhas e porcos.

Tudo corria bem para os Terras quando começaram a circular rumores duma nova guerra. Dizia-se que d. João resolvera tomar conta da Banda Oriental.

Ana Terra suspirou e disse:

— Isso é falta de serviço. Se esse homem tivesse de trabalhar como a gente, de sol a sol, não ia se lembrar de invadir terra alheia.

Foi no ano de 1811. Contava-se que na Banda Oriental havia barulho, porque os platinos queriam se ver livres da Espanha. Quem é que ia entender aquela confusão? Diziam também que d. Diogo de Souza, o comandante das forças portuguesas na Capitania do Rio Grande, estava acampado em Bagé com seus exércitos. Tudo indicava que estava preparando a invasão.

Arminda rezava dia e noite diante do Cristo sem nariz. As mulheres de Santa Fé encheram a capela no dia em que se confirmaram os boatos de guerra. E lá dentro o rumor das rezas se misturava com o do choro.

Quando Chico Amaral apareceu uma tarde, exaltado, em cima do seu cavalo e mandou tocar o sino, chamando os habitantes do lugar, Ana Terra saiu com um frio na alma, porque sabia o que ia acontecer. E tudo aconteceu como ela temia. D. Diogo de Souza apelava para o major Francisco Amaral, pedindo-lhe que se reunisse o quanto antes com seus homens às forças portuguesas que iam invadir a Banda Oriental.

Pedro teve de abandonar a lavoura para se incorporar à tropa de Chico Amaral.

— Uma coisa me diz que desta guerra eu não volto — murmurou ele quando se preparava para partir.

Arminda, que chorava com Bibiana agarrada às saias, não disse nada. Mas Ana Terra, que tinha os olhos secos, botou a mão no ombro do filho e falou:

— Volta, sim. — E, como se tudo dependesse de Pedro, ela olhou-o bem nos olhos e disse: — Vosmecê precisa voltar. Pense nos seus filhos, na sua mulher, na sua lavoura.

Os olhos de Pedro brilharam.

— Mãe, tome conta de tudo.

— Nem precisa dizer.

Chico Amaral e seus soldados partiram numa madrugada para reunir-se nas Missões às forças de Mena Barreto. Ana e Arminda tinham passado a noite em claro, ouvindo Pedro remexer-se na cama, inquieto. Ao partir ele estava pálido. Sabia como era a guerra. Não tinha nenhuma ilusão.

E de novo o povoado ficou quase deserto de homens. E outra vez as mulheres se puseram a esperar. E em certas noites, sentada junto do fogo ou da mesa, após o jantar, Ana Terra lembrava-se de coisas de sua vida passada. E, quando um novo inverno chegou e o minuano começou a soprar, ela o recebeu como a um velho amigo resmungão que gemendo cruzava por seu rancho sem parar e seguia campo fora. Ana Terra estava de tal maneira habituada ao vento que até parecia entender o que ele dizia. E nas noites de ventania ela pensava principalmente em sepulturas e naqueles que tinham ido para o outro mundo. Era como se eles chegassem um por um e ficassem ao redor dela, contando casos e perguntando pelos vivos. Era por isso que muito mais tarde, sendo já mulher-feita, Bibiana ouvia a avó dizer quando ventava: "Noite de vento, noite dos mortos...".

Noite de abril. À luz duma vela, na casa onde se hospeda, o botânico francês toma uma nota em seu diário de viagem.

Observo que quanto mais simplicidade de maneiras e conversa imprimo a meus atos, menos deferência recebo.

Os habitantes da Capitania do Rio Grande estão de tal modo habituados ao militarismo e ao ar carrancudo dos oficiais, que não acreditam em que uma pessoa simples e honesta possa ter importância.

Sim, os homens que tinham galões, títulos de nobreza, léguas de sesmaria, botas e cavalos falavam alto e grosso, de cabeça erguida.

E havia também os sem títulos nem terras nem galões, que falavam alto e grosso e de cabeça erguida porque tinham armas, botas e cavalos.

Mas os gaúchos sem cavalo, sem armas, sem botas, sem nada; os pobres-diabos que andavam molambentos e de mãos vazias, esses só falavam alto e grosso entre os de sua igualha.

Porque ante os bem montados ficavam de olhos baixos e sem voz.

De seu às vezes nem um nome tinham. Donde vinham? Ninguém sabia ao certo nem procurava saber. Alguns haviam nascido de chinas ou bugras que dormiram com tropeiros, ladrões de gado, carreteiros, buscadores de ouro e prata, preadores de índios.

Outros eram sobras de antigas bandeiras,
retirantes da Colônia do Sacramento,
escravos foragidos,
desertores do Regimento de Dragões,
castelhanos vindos do outro lado do Uruguai, das planuras platinas: gente andarenga sem pouso certo,
mamelucos, curibocas, cafuzos, portugueses, espanhóis.
Alguns carregavam suas fêmeas e crias, mas em geral andavam sozinhos.
E eram mais miseráveis que os bugres.

Ali vai um desses.
Como é teu nome?
João Caré.
Onde nasceste?
Não sei. Acho que cresci do chão como erva ruim que ninguém plantou.
Tua mãe?
Morreu.
Teu pai?
Nem ela sabia.
Tens pele de mouro, mas donde tiraste esses olhos esverdeados?
Nunca vi meus olhos.

João Caré anda sozinho, de pés no chão, quase nu, mal tapando as vergonhas com um chiripá esfarrapado. No inverno, quando o minuano sopra, ele cava na terra uma cova e se deita dentro dela. Quando a fome aperta e não há nada que comer, João Caré mastiga raízes, para enganar o estômago. E, quando o desejo de mulher é muito, ele se estende de bruços no chão e refocila na terra.

Pobre não se casa, se junta. João Caré um dia se junta com uma china.
Fazem rancho de barro com coberta de capim. E começam a ter filhos.
A única coisa que plantam na terra que não lhes pertence são os filhos que morrem.
Os que sobrevivem se criam com a graça de Deus.

Um dia vem um homem a cavalo e grita:
Quem te deu licença pra fazer casa nestes campos?
Ninguém.

Esta terra é muito minha, tenho sesmaria d'El-Rei. Toca daqui pra fora!

João Caré junta os trapos, a mulher, os filhos e se vai.

De pobre até o rastro é triste. Mas há muita fruta no mato, água nas sangas e mais os bichos de Nosso Senhor. Às vezes até encontram a fressura de alguma rês recém-carneada: é só limpar a terra.

Um dia João Caré chega ao Rio Pardo, ouve os sinos batendo, foguetes no ar pipocando, vê gente na rua gritando. Que foi? Que não foi?

Proclamaram a Independência! Estamos livres dos galegos!

João Caré não compreende. E, como precisa de dinheiro para dar de comer à família, aluga a filha mais moça a um negociante.

É virgem?

É sim senhor.

Quantos anos tem?

Deve andar pelos quinze.

Está no ponto.

É sim senhor.

Os olhos do homem cocam as pernas da chinoca.

Quanto quer por ela?

Vossa mercê faça preço.

Dois patacões e uma manta de charque.

Pode levar a menina.

Os olhos do homem cocam os peitinhos da chinoca.

Está fechado o negócio. Mas, se ela não for virgem, quero de volta o dinheiro. E te mando dar uma sumanta de rabo-de-tatu.

Minha filha, vá com o coronel, faça tudo que ele mandar.

E foi assim que nasceu o Mingote Caré.

Cresceu ali mesmo no Rio Pardo, onde a mãe, china de soldado, dormia com os dragões a dez vinténs por cabeça.

Agora lá vai ela levando o Mingote no colo e outro filho sem pai no bucho. E o vento frio deste julho faz tremular seus molambos

... e as bandeiras e velas do bergantim Protetor, *que está atracando no trapiche de Porto Alegre com imigrantes alemães a bordo.*

S. Exa. o Presidente da Província, de chapéu alto e sobrecasaca, os espera no porto, no meio de autoridades.

Da amurada do navio, Willy olha a cidade que os casais açorianos fundaram.

Desembarca meio estonteado, de mãos dadas com a mulher: Hänsel e Gretel, coitados, perdidos na floresta.

Num batelão com as outras famílias de imigrantes sobem o rio dos Sinos, de águas barrentas e margens baixas, rio sem história, sem castelos, sem ondinas nem Loreleis.

Tornam a pisar terra firme, entram num carro de bois.

Este é o lote que te toca, Willy. Agora não passarás mais fome como em tua terra natal.

Willy olha a mata. Verflucht! *É preciso derrubar árvores, virar a terra e antes de mais nada fazer uma casa. Mas o alfaiate Willy não sabe construir casas. Senta-se numa pedra e fica olhando as nuvens e achando que* Gott wird helfen.

Outras levas de imigrantes chegam. São da Renânia, do Palatinado, de Hesse, da Pomerânia, da Baixa Saxônia e da Vestfália.

O ar da antiga Feitoria do Linho-Cânhamo se enche do som de machados, serrotes, martelos e vozes estrangeiras. Árvores tombam, picadas se abrem, e escondidos dentro do mato bugres e bugios espiam intrigados aqueles homens louros.

Heinrich ficou debaixo dum cedro com o peito esmagado.

Kurt foi mordido por uma cobra.

Um índio furou o olho de Jacob com um frechaço.

Schadet nichts!

Dão à colônia o nome de São Leopoldo.

Ach mein Gott! *Não gosto de charque nem de pão de milho nem de feijão com arroz. Quem me dera ter batatas,* sauerkraut, *pão de centeio e alguns litros de cerveja!*

Willy experimenta o mate chimarrão, queima a língua, cospe longe a água verde e amarguenta. Mas Hans o ferreiro prova e gosta, veste chiripá, se amanceba com mulata e, vergonha da colônia, muda de nome: é João Ferreira.

Uma tarde em sua casa nova, nas faldas da serra Geral, Werner escreve ao seu lieber *Vetter Fritz, que ficou na Alemanha:*

[...] *o governo não nos deu tudo que prometeu, mas com o amor de Deus vamos vivendo.*

Como não havia mais terras devolutas em São Leopoldo, nos mandaram aqui para a serra, onde existem índios ferozes.

Graças à divina Providência não passamos mais fome. Temos comida em abundância e nossa terra dá feijão branco e preto, milho, arroz e batata. Imagina, Fritz, batata! Também planto fumo, que é da melhor qualidade.

Deves vir também para cá. A viagem foi longa e dura, passei perigos e agruras, mas estou certo de que dentro de poucos anos serei um homem rico.

Olha, Fritz, tu que tanto gostas de frutas viverias aqui muito feliz, pois esta boa terra produz limas e limões, bananas, laranjas, ananases, figos, pêssegos, maçãs, melancias e melões. Agora vou plantar linho e algodão, e um dia talvez...

Werner parou de escrever porque estava na hora de voltar para a lavoura. Nunca chegou a terminar a carta, pois naquele mesmo dia os índios atacaram a picada e mataram onze colonos. Werner caiu de borco com uma frecha cravada nas costas. A última palavra que disse, babujando a terra de sangue, não foi o nome do Vaterland nem o de algum ente amado. Foi:

Scheisse!

Um dia um gaúcho andarengo e pobre passou a pé por São Leopoldo.
Olhou a colônia que já tomava jeito de vila, viu homens trabalhando nas roças, ferreiros batendo bigorna, seleiros fazendo lombilhos, moleiros moendo trigo, padeiros fazendo pão, e como passasse por sua frente um filho de Willy, grandalhão, corado, feliz, bem montado num lindo alazão, o caboclo teve um súbito ímpeto de revolta e gritou:
Alamão batata!
E se foi, desagravado, erguendo poeira do chão com seus pés descalços.

Depois veio a guerra com os castelhanos. Formaram nas colônias uma Companhia de Voluntários Alemães.
E de vários pontos da Província cinco Carés foram levados a maneador para as tropas nacionais como voluntários.
Nunca ficaram sabendo direito contra quem brigavam nem por quê.
Mas lutaram como homens, e nenhum deles desertou. Eram magros mas rijos.
Foi nessa mesma guerra que um tal Tenente Rodrigo Cambará um dia avançou a cavalo contra uma bateria castelhana e com um laço de onze braças laçou uma boca de fogo inimiga e se precipitou com ela, gritando e rindo, a trancos e barrancos, para as linhas brasileiras.
Por essa e por outras ganhou uma medalha e foi promovido a capitão.
Pedro Caré nessa guerra teve um braço amputado. E nunca recebeu soldo.
Quando veio a paz voltou à vida antiga.
Onde foi que perdeu o braço?
Na guerra.
Não lhe faz muita falta?
Nem tanto. Graças a Deus me cortaram só o braço.
E meio rindo ele mostrava sua china, que tinha um filho no colo e outro na barriga.
Por essa e por outras foi que a raça dos Carés continuou.

O Sobrado III

25 DE JUNHO DE 1895: TARDE

Pouco depois do meio-dia, Licurgo sobe à água-furtada e de lá fica espiando a praça, onde não enxerga viva alma. O homem que está de plantão se queixa:
— Faz mais de quinze horas que não dou um tirinho.
Licurgo mantém-se calado. Seus olhos estão fitos na fachada da Intendência. Lá dentro daquela casa está Alvarino Amaral, e nesse homem Licurgo concentra todo o fogo de seu ódio, como se ele fosse o culpado de tudo: da revolução, da morte de sua filha, de toda a desgraça que caíra sobre sua casa...
— Que será que houve? — pergunta ele, mais para si mesmo que para o companheiro.
— Decerto os maragatos já abandonaram a cidade.
Licurgo sacode a cabeça.
— Se tivessem abandonado, alguém já tinha vindo me avisar.
As vidraças das casas da praça chispam ao sol. Há geada na cara dos mortos, ali na rua, e Licurgo olha para eles com nojo.
— Se a gente pudesse mandar enterrar esses cadáveres... — murmura.
O atirador boceja.
— Quando bate o vento, não se aguenta o mau cheiro — diz ele, cuspinhando.
— Terá alguém agora na torre da igreja?
O outro dirige para o campanário um olhar mortiço, pesado de sono:
— Acho que não.
— É esquisito...
— Parece que os maragatos estão se preparando para abandonar a cidade.
— Por quê?
— Ao romper do dia chegou um homem a cavalo. Vi quando ele entrou pela rua do Comércio. Ia fazer pontaria mas achei que era desperdiçar bala. Estava ainda meio escuro e o diabo vinha muito longe. De repente desapareceu. Decerto entrou na Intendência pelos fundos. Depois disso notei uns movimentos, um vaivém...

— Vou mandar um homem buscar água no poço. Fique observando a torre e, se enxergar algum vulto, faça fogo.

Espraia mais uma vez o olhar pela praça. Lembra-se doutros tempos, quando ali havia paz e gente alegre. Pensa na última festa do Divino, no coreto onde tocava uma banda de música, nas bandeirinhas de papel colorido, na quermesse, nos fogos de artifício, nos jogos... Santo Deus, quanto tempo faz que essas coisas aconteceram!

— Às quatro vou mandar um homem le render — diz Licurgo.

E desce. Desce com a sensação de que sua casa não é a mesma de algumas horas atrás. Antes havia ali dezenove pessoas: treze homens, quatro mulheres e duas crianças. Agora existem vinte, mas a vigésima está morta. "Chama-se Aurora. É uma linda moça. Nasceu numa noite de inverno, quando a casa dos pais estava cercada pelos maragatos." Ninguém mais há de dizer essas palavras no futuro, porque Aurora nasceu morta.

Licurgo desce à cozinha e manda Gervásio — um caboclo retaco de olhos claros — buscar água no poço.

Entra depois na sala de visitas. Em cima da mesinha redonda está o corpo da recém-nascida, dentro duma caixeta de marmelada, coberta com uma toalha. Ao pé da caixeta bruxuleia a chama do último toco de vela que existe em casa. A um canto da sala, sentado numa cadeira, Florêncio Terra está num silêncio resignado. O grande espelho de moldura dourada reflete sua figura triste: um velho de rosto moreno, longo e descarnado, com uma barba grisalha a cobrir--lhe as faces e o queixo, o bigode de pontas amareladas a escorrer-lhe pelos cantos da boca. A seu lado, Maria Valéria conversa com a mulata Laurinda, que acaba de descer.

— A Alice já acordou? — pergunta a primeira.

— Não senhora.

— E dona Bibiana?

— Já.

— Onde estão as crianças?

— No quarto da frente, brincando.

Licurgo aproxima-se da cunhada.

— Quando é que os homens vão comer? — pergunta.

— Pode ser agora. — Volta-se para Laurinda: — Dê comida pros homens.

Laurinda fita nela os olhos surpresos:

— Mas que comida?

— Os restos de charque e farinha.

Ouve-se a voz cansada de Florêncio:

— Eu não quero nada, Laurinda.

Licurgo percebe que estes três pares de olhos estão postos nele. Sente-se na obrigação de dizer alguma coisa:

— Acho que hoje é o último dia de sítio. A sentinela do sótão me disse que viu uns movimentos esquisitos na Intendência. Parece que não tem mais ninguém na torre. Não se enxerga ninguém na praça. Acho que os maragatos estão liquidados.

Os outros continuam calados. Licurgo não ousa encarar a cunhada. Senta-se pesadamente numa cadeira e fica a olhar para cima da mesinha. Sua filha morta, dentro duma caixa de marmelada! Podia ter um caixãozinho branco, com enfeites dourados. Mas está dentro daquela caixeta, como filha de pobre. Morta, fria, um pedaço de carne sem vida. E o estômago se lhe contrai numa náusea quando ele pensa, por associação, em carne de nonato. Se ao menos pudesse fumar! Os lábios lhe ardem. A falta de cigarro lhe dá a impressão de que sua língua cresceu, inchou.

Maria Valéria aproxima-se dele e diz:

— Precisamos enterrar essa criança, Curgo.

Ele ergue os olhos.

— Enterrar? Mas onde? — pergunta com voz embaciada.

— No porão.

— No porão?

— Só até terminar o sítio. Depois se leva o corpo pro cemitério.

Licurgo torna a baixar a cabeça.

— Está bem. Mas quando?

— Pode-se esperar ainda umas horas. Mas acho que não adianta nada. É melhor enterrar já.

Florêncio solta um suspiro.

— Vou ver a Alice — diz ele, levantando-se e encaminhando-se para a escada.

Licurgo esquece a presença de Maria Valéria e, inclinando o busto para a frente, apoiando os cotovelos nas coxas, esconde o rosto nas mãos. Vem-lhe à mente a imagem de Ismália. Que lhe terá acontecido? Pensa também em sua estância... A esta hora os malditos federalistas decerto já invadiram os campos do Angico, cortaram o aramado, arrebanharam o gado, carnearam, depredaram a casa e — miseráveis! — provavelmente serviram-se à vontade no corpo da rapariga.

A voz de Maria Valéria:

— Vassuncê precisa mas é dormir.

Licurgo ergue a cabeça, quase num sobressalto.

— Dormir? — repete, como se não conhecesse a palavra.

— Vá pra cima e se deite.

Curgo continua sentado, agora com o busto inteiriçado, o ar meio agressivo.

— Não adianta nada vassuncê se martirizar desse jeito — insiste a cunhada.

— A senhora também precisa dormir.

— Já dei uma cochilada há pouco no quarto de Alice. Faça o mesmo.

— Mas não estou com sono.

— Não pode deixar de estar. Faz duas noites que não dorme.

— Eu sei do que preciso.

Licurgo odeia que tomem com ele atitudes maternais. Maria Valéria contempla-o por um breve instante e depois torna a falar:

— Vassuncê ficando acordado a situação não melhora em nada. A criança nasceu morta. A Alice está com febre. Os mantimentos se acabaram. O Tinoco está com pasmo.

À menção do nome de Tinoco, Licurgo franze o cenho. Naquelas últimas horas havia-o esquecido por completo. Mas dentro dum segundo Tinoco torna a desaparecer-lhe da consciência, pois Licurgo está tomado por um sentimento de revolta ante a enumeração de desgraças que a cunhada acaba de fazer com um ar de quem acha ser ele o único culpado de tudo. Começa a sentir um calor no peito e a custo reprime um palavrão: cadela! Desvia os olhos do rosto daquela mulher, cujas feições ele sempre aborreceu e agora começa a odiar.

— Por falar nisso — diz ela —, é preciso fazer alguma coisa por esse pobre homem.

— Mas que querem que eu faça?

— Já lhe disse mil vezes. Bote uma bandeira branca na frente da casa, peça uma trégua, diga que é pra salvar a vida dum cristão. Não. De dois. Chame o doutor Winter. Ele pode trazer remédios pra Alice e os petrechos pra cortar a perna do Tinoco.

— Já lhe disse que não peço favor a maragato.

— Prefere então deixar aquele coitado apodrecendo aos poucos lá na despensa?

— Não prefiro coisa nenhuma. Guerra é guerra.

Curgo grita mas não se sente muito seguro do que diz. E fica ainda mais furioso por ver que Maria Valéria está percebendo sua indecisão, sua luta de consciência.

— O Tinoco está perdido — acrescenta, sem grande convicção. — Não tem mais jeito, mesmo que cortem a perna dele.

— Quem foi que lhe disse? Faz dois dias que vassuncê nem entra na despensa.

— Tenho tido coisas mais importantes a fazer.

— Ouça o que lhe digo. Ainda há tempo de salvar o Tinoco.

— Milhares de homens têm morrido nesta revolução por causa de suas ideias. A vida duma pessoa não é tão importante assim. Há coisas mais sérias.

— O seu orgulho, por exemplo.

Licurgo Cambará ergue os olhos para a cunhada: seus maxilares inferiores se mexem sob a pele tostada que uma grossa barba negra recobre.

— Pois bem. O meu orgulho. Eu respondo pelos meus atos. Se depois de terminado tudo isto eu for chamado perante um tribunal, irei de consciência tranquila.

— Duvido.

— Nunca fugi à responsabilidade — diz ele, alteando a voz e falando num tom gutural, como se estivesse engasgado.

— Só grita quem sabe que não tem razão.

— Não estou gritando. Posso falar como entendo porque estou na minha casa.

— Todo o mundo sabe disso.

— É melhor a senhora ir calando a boca. Como chefe político tenho deveres que uma mulher não pode compreender.

Maria Valéria está pálida e seus lábios tremem um pouco quando ela diz:

— De política não entendo nem quero entender. Só sei que minha irmã está doente e precisa dum doutor e de remédio. Só isso é que sei.

— Mas a Alice não está em perigo de vida.

— Está com febre alta e ninguém sabe o que pode acontecer.

Curgo faz um gesto de impaciência, ergue-se, dá algumas passadas na sala, para junto da mesinha, olha por um instante para a caixeta onde está o corpo da filha e depois, mais calmo, quase conciliador, diz:

— Tenho a mais absoluta certeza que amanhã o mais tardar os republicanos chegam e a cidade fica livre desses maragatos.

Maria Valéria fita em Curgo os olhos graúdos, quase exorbitados:

— Podemos então fazer três enterros ao mesmo tempo — diz ela. — O da criança, o do Tinoco e o da Alice.

Curgo cresce para a cunhada, como se a quisesse esbofetear.

— Cale essa boca, sua...

Ouve-se um tiro. Outro. E outro. E o tiroteio começa, cerrado. Os defensores do Sobrado correm para as janelas e põem-se a atirar para fora. Licurgo precipita-se para a cozinha. Abre a porta e vê Gervásio que sobe a escada, meio encurvado, com uma mão sobre o peito e a outra a segurar o balde. Desce a auxiliá-lo, toma-lhe o balde com uma das mãos, com a outra enlaça o companheiro pela cintura e arrasta-o para dentro de casa.

— A sentinela da torre me viu e fez fogo — diz o caboclo, ofegante.

Deitam-no no chão da cozinha.

— Onde foi?

O peão arreganha os dentes.

— Não foi nada. Parece que a bala me pegou de refilão.

Licurgo abre-lhe a camisa.

— O maragato te tirou um bom pedaço de carne do peito — diz ele. — Tiveste sorte, Gervásio. Por um pouco que não te entra no coração.

O caboclo continua sorrindo.

— Patrão, faça um churrasco desse naco de carne.

Um dos companheiros ajoelha-se ao lado dele, lava-lhe a ferida e depois passa nela uma pena de galinha embebida em creolina.

— Está doendo, Gervásio?

— Coisa de nada.

O ferido soergue-se, olha em torno e diz:

— Eu dava metade da vida pra ter agora um cigarrinho de palha!

Depois, olhando para o balde, ajunta:

— Mas a água está ali. Não perdi uma gota...

Um dos homens toma do balde e diz:

— É. Mas quem é que vai beber isso?

Os outros olham: a água está toda tinta de sangue.

A sala de visitas está deserta. Toríbio e Rodrigo entram de mansinho, de pés descalços e chinelos nas mãos, aproximam-se da mesa e ficam parados, a respiração alterada, como se estivessem fazendo uma coisa proibida. Conversam num sussurro:
— Ela está aí dentro da caixeta? — pergunta Rodrigo.
— Está, sim — responde Toríbio. — Pequeninha, não é?
— É.
— Como será a cara dela?
— Não sei.
— Vamos tirar o pano pra ver?
— Não.
— Por quê?
— Tenho medo.
Uma pausa. As duas crianças ficam olhando para a toalha que cobre a caixeta.
— Engraçado... — diz Rodrigo, entortando a cabeça e sorrindo.
— Que que é engraçado?
— Ela ser nossa irmã.
— É mesmo...
— E ter nascido morta.
— Pois é...
— Não adiantou nada. Toda a dor, todos os gritos da mãe...
— Não adiantou.
— E agora?
Bio encolhe os ombros.
— Agora enterram ela.
— Onde?
— No porão.
— Como é que tu sabe?
— A tia Maria Valéria me contou.
— E depois?
— Depois... nada.
— Que é que acontece quando enterram uma pessoa?
— Ela apodrece, os bichos comem ela.
— Que bichos?
— Ora... os bichos.
Rodrigo sacode a cabeça.
— Não entendo.
— Que é que tu não entende?
Rodrigo faz um gesto vago:
— Tudo...
Toríbio ergue a mão e começa a puxar a toalha.
— Não! — protesta o outro.
— Eu quero só ver a carinha dela.

Rodrigo recua um passo, fecha os olhos.
— Olha só, Rodrigo. Olha.
Sempre de olhos fechados, o outro continua a sacudir a cabeça, fazendo que não.
— Olha, bobalhão.
Rodrigo abre os olhos. Dentro da caixeta de marmelada, aquela coisa enrolada nuns panos parece uma bonequinha de carne. Rodrigo aproxima-se mais.
— É bem direitinha... — diz.
Estão ambos com os olhos muito próximos do rosto da morta.
— Tem nariz, tem olhos, tem tudo — murmura Toríbio.
— Só não respira.
— Está morta.
— Por que ela está dessa cor?
— Morto fica assim.
— É?
— É.
— Como é o nome dela?
— Não tem.
— Por quê?
— Porque não foi preciso.
— Como é então que nós vamos chamar ela?
— Mas nós não vamos chamar ela.
— Eu sei dum nome.
— Qual é?
— A enterradinha.
— Bobo!
Olham uma vez mais para a irmã. Depois Toríbio docemente torna a cobrir a caixeta com a toalha.
— Vamos brincar? — convida ele.
— De quê?
— De revolução. Eu sou republicano e tu é maragato.
— Não. Eu sou republicano e tu maragato.
— Assim não vale. Então vamos brincar da guerra do livro.
— Isso mesmo! Eu sou francês e tu prussiano.
— Está feito.
Fazem meia-volta e se vão. Junto da porta voltam-se ainda, e lançam um olhar para a caixeta. Toríbio fecha um olho, leva ao rosto uma carabina imaginária, aponta para a irmã, dorme na pontaria e depois faz — tei!

Pouco depois das três horas Licurgo apanha uma pá, toma nos braços a caixa com o cadáver da filha e desce com ela para o subsolo, pelo alçapão da sala de jantar. Já com metade do corpo para baixo do soalho, ele olha para o sogro, para a cunhada e para os outros homens que, num silêncio respeitoso, se preparam para acompanhá-lo:

— Não é preciso ninguém descer comigo. Eu posso fazer o serviço sozinho.

Maria Valéria fica esperando na sala de visitas, sentada junto do pai. E Laurinda, com uma expressão de sonolenta tristeza nos olhos escuros, lamenta:

— A inocentinha vai ser enterrada sem batismo.

— Essa criança não tinha pecado, Laurinda — observa Maria Valéria num tom de censura.

— Mas pagou pelos pecados dos pais, minha filha — diz o velho Terra.

— Não acredito nessas coisas.

— A gente tem de acreditar. Quando a senhora chegar à minha idade vai mudar de opinião.

— Esse negócio de pecado é bobagem.

— Não diga isso.

Laurinda pergunta:

— Se vosmecê é herege por que é então que reza no oratório?

— Porque acho que existe um Deus. Um Deus que às vezes nem bom é. Mas existe, governa o mundo, como um chefe, como um...

Como Licurgo — pensa ela, terminando a frase no pensamento. Um Deus mandão, orgulhoso, absurdo, que às vezes odiamos, outras vezes amamos, e a cujas ordens sempre acabamos obedecendo, por bem ou por mal.

Laurinda dirige-se para a cozinha a fim de preparar a comida de d. Bibiana e das crianças: uma papa de biscoitos velhos amolecidos n'água quente com um pouco de farinha de mandioca e caldo de laranja.

Florêncio Terra tira a faca da bainha e começa a limpar as unhas num silêncio absorto. Maria Valéria cerra os olhos por um instante e encosta a cabeça no respaldo da cadeira. Imagina o que se está passando lá embaixo. Agora Licurgo abre no chão úmido do porão uma pequena cova, enquanto ratões passam pelos cantos sombrios. Ao pé de Licurgo, a caixeta. Marmelada branca. A criança tinha mesmo uma cor de marmelada branca. E Maria Valéria pensa nas vezes em que já ficou ao pé do fogão, de mangas arregaçadas, mexendo com uma pá de madeira no tacho onde fervia a marmelada branca. Nunca mais ela poderá fazer ou comer marmelada sem pensar na criança morta.

A voz do pai atravessa seu triste devaneio. Ela ouve o som das palavras mas não percebe o sentido delas.

— Hein? — pergunta, abrindo os olhos.

— De que cor eram os olhinhos dela?

— Pretos... acho.

— Que nome iam botar na criança?

— Não sei, papai. Que adianta a gente estar pensando agora nessas coisas?

— Ora, minha filha, eu só queria saber. Faz algum mal?

Ruído na sala de jantar: o alçapão que se fecha com um estrondo. O velho Terra estremece. Maria Valéria levanta-se e caminha para a peça contígua.

Licurgo está no meio da sala, com os cabelos revoltos, o rosto lustroso de suor.

— Está enterrada — diz ele, seco.

Atira a pá no chão e com passos cansados dirige-se para a escada.

Alice soergue-se na cama: tem as faces afogueadas, os lábios gretados, e há em seus olhos uma luz tão estranha que Licurgo tem a impressão de estar diante duma desconhecida.

— Onde está a minha filha? — pergunta, exaltada.

Licurgo hesita por um instante, mas Maria Valéria, que acaba de entrar, responde:

— Tenha calma, menina. Deixe a criança dormir. Depois eu trago ela.

— Mas onde botaram a minha filha? — torna a perguntar Alice, quase gritando, a mover a cabeça dum lado para outro, numa busca aflita.

— Está dormindo no meu quarto... — mente Maria Valéria.

— Dormindo? É mentira. Ela nasceu morta. Eu sei... Eu sabia que ela estava morta. Fazia dias que não se mexia dentro de mim.

De pé junto da cama Licurgo está imóvel como que chumbado ao chão. A voz de Alice lhe faz mal aos nervos. É-lhe tão desagradável ver a mulher assim descabelada a gritar, que ele desvia os olhos dela. Detesta as cenas, sempre achou insuportáveis as pessoas teatrais. Mas compreende também que Alice — de ordinário tão quieta e sensata — está doente, com febre e não deve saber o que faz nem o que diz. A coisa toda, porém, se parece tanto com cenas que ele já viu no teatro ou em descrições de folhetins de jornal, que não pode evitar uma sensação de mal-estar que lhe põe no corpo um calor formigante.

— Onde botaram a minha filha? — exclama Alice. — Por que não esperaram que eu acordasse pra depois levarem ela daqui?

Maria Valéria aproxima-se da cama, toma a irmã pelos ombros e obriga-a a deitar-se.

— Vamos, Alice. Não podes te agitar desse jeito. Fica quieta.

Agora, deitada, com os braços debaixo das cobertas, Alice começa a sacudir a cabeça sobre o travesseiro, dum lado para outro.

— Por que deixaste levar a nossa filha, Licurgo? — murmura ela. — Por quê?

Licurgo faz um esforço sobre si mesmo para dizer:

— Tinha que ser, Alice.

— Mas por quê? — insiste ela. — Não podiam esperar mais um pouco, só um pouquinho?

De repente a cabeça fica imóvel, as pálpebras se fecham, o rosto se contorce ao mesmo tempo que as lágrimas começam a brotar-lhe dos olhos e a escorrer-lhe pelas faces.

— Tragam a minha filha... — pede ela com voz de criança. — Eu sei que ela está morta. Mas tragam assim mesmo. Eu quero pegar ela um pouquinho.

Licurgo e a cunhada entreolham-se. Passando a mão de leve pelos cabelos da irmã, Maria Valéria sussurra:

— Não adianta ver a criança agora, Alice. Podes ficar mais nervosa.

Alice abre os olhos:

— Então ela nasceu aleijada! É isso. Vocês não querem que eu veja a minha filha porque ela nasceu aleijada!

Maria Valéria reprime um suspiro de impaciência.

— Não foi nada disso. Nós não trazemos a criança... porque ela já está enterrada.

Por alguns instantes Alice não diz palavra, fica chorando de mansinho, mordendo os lábios, os olhos postos no teto.

— Enterrada... Então já levaram ela pro cemitério?

Há um silêncio de alguns segundos. Depois Licurgo diz com voz dura:

— Foi enterrada no porão.

— No porão? — balbucia Alice.

— Não havia outro jeito.

— No porão... — Alice repete a palavra várias vezes e depois com voz aflita pergunta: — Não vão acertar nenhuma bala no corpinho dela, Licurgo?

— Não, Alice, não há perigo.

— No porão... Sozinha, com este frio, no porão... E sem nome... sem nenhum nome... sem nada.

Licurgo fica olhando fixamente para a chama triste da lamparina.

No seu quarto d. Bibiana termina de comer a papa que Laurinda lhe trouxe.

— Então nasceu morta? — pergunta a velha. — Essa foi feliz...

— Não diga isso, dona.

— Ué, por que não hei de dizer?

— A coitadinha...

— Morreu em boa hora. Essa não tem de trabalhar, sofrer, casar, criar filhos, e ficar esperando quando os filhos vão pra guerra. Primeiro precisam da gente, mamam nos nossos peitos, mijam no nosso colo. Depois crescem, se casam e tratam a gente como um caco velho.

— Coma mais um pouco.

— Era bonita?

— A criança? Era uma lindeza.

— Parecida com alguém da família?

— Um pouco com o pai.

— Sangue Cambará não nega... — E a velha sorri.

Laurinda tira-lhe o prato das mãos. D. Bibiana cruza os braços sob o xale e começa a se balançar na cadeira.

— O capitão Rodrigo ia gostar de ver a cara da bisneta.

Um certo capitão Rodrigo

1

Toda a gente tinha achado estranha a maneira como o cap. Rodrigo Cambará entrara na vida de Santa Fé. Um dia chegou a cavalo, vindo ninguém sabia de onde, com o chapéu de barbicacho puxado para a nuca, a bela cabeça de macho altivamente erguida, e aquele seu olhar de gavião que irritava e ao mesmo tempo fascinava as pessoas. Devia andar lá pelo meio da casa dos trinta, montava um alazão, trazia bombachas claras, botas com chilenas de prata e o busto musculoso apertado num dólmã militar azul, com gola vermelha e botões de metal. Tinha um violão a tiracolo; sua espada, apresilhada aos arreios, rebrilhava ao sol daquela tarde de outubro de 1828 e o lenço encarnado que trazia ao pescoço esvoaçava no ar como uma bandeira. Apeou na frente da venda do Nicolau, amarrou o alazão no tronco dum cinamomo, entrou arrastando as esporas, batendo na coxa direita com o rebenque, e foi logo gritando, assim com ar de velho conhecido:

— Buenas e me espalho! Nos pequenos dou de prancha e nos grandes dou de talho!

Havia por ali uns dois ou três homens, que o miraram de soslaio sem dizer palavra. Mas dum canto da sala ergueu-se um moço moreno, que puxou a faca, olhou para Rodrigo e exclamou:

— Pois dê!

Os outros homens afastaram-se como para deixar a arena livre, e Nicolau, atrás do balcão, começou a gritar:

— Aqui dentro não! Lá fora! Lá fora!

Rodrigo, porém, sorria, imóvel, de pernas abertas, rebenque pendente do pulso, mãos na cintura, olhando para o outro com um ar que era ao mesmo tempo de desafio e simpatia.

— Incomodou-se comigo? — perguntou, jovial, examinando o rapaz de alto a baixo.

— Não sou de briga, mas não costumo aguentar desaforo.

— Oôi bicho bom!
Os olhos de Rodrigo tinham uma expressão cômica.
— Essa sai ou não sai? — perguntou alguém do lado de fora, vendo que Rodrigo não desembainhava a adaga.
O recém-chegado voltou a cabeça e respondeu calmo:
— Não sai. Estou cansado de pelear. Não quero puxar arma pelo menos por um mês. — Voltou-se para o homem moreno e, num tom sério e conciliador, disse: — Guarde a arma, amigo.
O outro, entretanto, continuou de cenho fechado e faca em punho. Era um tipo indiático, de grossas sobrancelhas negras e zigomas salientes.
— Vamos, companheiro — insistiu Rodrigo. — Um homem não briga debalde. Eu não quis ofender ninguém. Foi uma maneira de falar...
Depois de alguma relutância o outro guardou a arma, meio desajeitado, e Rodrigo estendeu-lhe a mão, dizendo:
— Aperte os ossos.
O caboclo teve uma breve hesitação, mas por fim, sempre sério, apertou a mão que Rodrigo lhe oferecia.
— Agora vamos tomar um trago — convidou este último.
— Mas eu pago — disse o outro.
Tinha lábios grossos, dum pardo avermelhado e ressequido.
— O convite é meu.
— Mas eu pago — repetiu o caboclo.
— Está bem. Não vamos brigar por isso.
Aproximaram-se do balcão.
— Duas caninhas! — pediu Rodrigo.
Nicolau olhava para os dois homens com um sorriso desdentado na cara de lua cheia, onde apontava uma barba grossa e falha.
— É da boa — disse ele, abrindo uma garrafa de cachaça e enchendo dois copinhos.
Houve um silêncio durante o qual ambos beberam: o moço em pequenos goles e Rodrigo dum sorvo só, fazendo muito barulho e por fim estralando os lábios.
Tornou a pôr o copo sobre o balcão, voltou-se para o homem moreno e disse:
— Meu nome é Rodrigo Cambará. Como é a sua graça?
— Juvenal Terra.
— Mora aqui no povo?
— Moro.
— Criador?
O outro sacudiu a cabeça negativamente.
— Faço carreteadas daqui pro Rio Pardo e de lá pra cá.
— Mais um trago?
— Não. Sou de pouca bebida.
Rodrigo tornou a encher o copo, dizendo:

— Pois comigo, companheiro, a coisa é diferente. Não tenho meias medidas. Ou é oito ou oitenta.

— Hai gente de todo o jeito — limitou-se a dizer Juvenal.

Rodrigo olhou para o vendeiro.

— Como é a sua graça mesmo, amigo?

— Nicolau.

— Será que se arranja por aí alguma coisa de comer?

Nicolau coçou a cabeça.

— Posso mandar fritar uma linguiça.

— Pois que venha. Sou louco por linguiça!

O capitão tomou seu terceiro copo de cachaça. Juvenal, que o observava com olhos parados e inexpressivos, puxou dum pedaço de fumo em rama e duma pequena faca e ficou a fazer um cigarro.

— Pois le garanto que estou gostando deste lugar — disse Rodrigo. — Quando entrei em Santa Fé, pensei cá comigo: capitão, pode ser que vosmecê só passe aqui uma noite, mas também pode ser que passe o resto da vida...

— E o resto da vida pode ser trinta anos, três meses ou três dias... — filosofou Juvenal, olhando os pedacinhos de fumo que se lhe acumulavam no côncavo da mão.

E, quando ergueu a cabeça para encarar o capitão, deu com aqueles olhos de ave de rapina.

— Ou três horas... — completou Rodrigo. — Mas por que é que o amigo diz isso?

— Porque vosmecê tem um jeito atrevido.

Sem se zangar, mas com firmeza, Rodrigo retrucou:

— Tenho e sustento o jeito.

— Por aqui hai também muito homem macho.

Houve um silêncio desconfiado. Juvenal pôs de lado a faca e ficou a amaciar o fumo apertando-o na palma da mão esquerda com o lado da direita.

Um cheiro de linguiça frita espalhava-se no ar. Rodrigo sorriu e começou a bater com a mão espalmada no balcão.

— Como é, amigo Nicolau, essa linguiça vem ou não vem?

Do fundo da casa, o vendeiro respondeu:

— Tenha paciência, patrício.

Rodrigo voltou-se para Juvenal:

— Então vosmecê acha que não posso passar aqui nem três horas.

— Não foi bem isso que eu disse.

— Mas deu a entender.

— Mais ou menos.

— E por quê?

— Tudo pode acontecer, não pode?

— Quer dizer que hai valentões por acá. E decerto eles vão se estranhar comigo...

— Mais ou menos...

Agora Juvenal alisava a palha com a lâmina da faca, pachorrento. Seus olhos continuavam ainda postos no estranho, avaliando-o. Achava engraçada aquela combinação de bombacha e casaco de soldado. Implicava um pouco com o lenço vermelho. Aquele violão a tiracolo também lhe inspirava desconfiança. Nunca tivera simpatia por homem que vive gauderiando. Enfim, é preciso haver de tudo um pouco neste mundo — concluiu.

Começou a falar em coisas vagas: o tempo, as colheitas, uma carreira que ia realizar-se dali a uma semana... Mas estava ansioso para saber quem era aquele tal cap. Rodrigo, e de onde tinha vindo. Que era prosa, logo se via; que era fanfarrão, não restava a menor dúvida. Tinha entrado ali altivo e provocante, mas não sustentara a provocação. Porque não queria brigar debalde? Ou porque era medroso? Não. Juvenal conhecia bem homem e cavalo. Aquele homem não era covarde.

— Está na mesa! — gritou Nicolau. — Venha entrando.

— Vamos comer alguma coisa? — convidou Rodrigo, puxando Juvenal pelo braço.

— Já almocei.

— Mas venha dar uma prosa.

Juvenal foi. Sentaram-se a uma mesa de pinho, sebosa e sem toalha, e sobre a qual estava um prato onde se enroscava uma linguiça tostada e fumegante, ao lado duma farinheira de pau transbordante de farofa.

Rodrigo começou a trinchar a linguiça com alegria. Juvenal bateu o isqueiro, acendeu o cigarro, tirou duas tragadas e ficou a observar o forasteiro. Já começava a achar que ele tinha uma cara simpática. Só o jeito de olhar é que não era lá muito agradável: havia naqueles olhos muito atrevimento, muita prosápia e assim um ar de superioridade. Depois, Juvenal sempre desconfiara de homem de olho azul... No entanto, podia jurar que nunca vira cara de macho mais insinuante. Os cabelos do capitão eram meio ondulados e dum castanho-escuro com uns lampejos assim como de fundo de tacho ao sol. O nariz era reto e fino, os beiços dum vermelho úmido, meio indecente, e o queixo voluntarioso. Fumando em calma, Juvenal observava Rodrigo, que mastigava com gosto, o bigode já respingado de farofa.

— Quase que nos estranhamos, hein, amigo Juvenal?

— É verdade...

Com a boca cheia, meio atirado para trás na cadeira de assento de palha, Rodrigo olhou bem nos olhos do outro e perguntou, afrouxando o nó do lenço:

— A moçada da terra gosta de jogar cartas?

— Alguns gostam.

— E o amigo?

— Eu não jogo.

— Nunca jogou?

— Nunca.

— Pois perdeu metade da sua vida. A gente precisa experimentar de tudo.
— Hai pessoas de todo jeito.
— Pelo que vejo, o amigo é um homem sem vícios.
— Nem tanto.
— É casado?
— Sou.
— Com moça da terra?
— Vosmecê até parece vigário.
— Faz algum mal perguntar?
— Mal não faz.

Houve uma pausa longa, em que Rodrigo se atirou com apetite à linguiça. A cabeça da mulher de Nicolau apontou num vão de porta, e seus olhinhos curiosos e assustados ficaram espiando o desconhecido por um instante. Rodrigo ergueu para ela os olhos atrevidos e a cabeça desapareceu, num movimento de ave assustada.

— Hai muitas moças bonitas neste povo?
— Algumas.
— Não me refiro só a moças de família...

Juvenal verrumava o outro com olhos miúdos, calado como se não tivesse ouvido a pergunta. Rodrigo tirou da linguiça um espinho verde de laranjeira e, erguendo-o no ar, esclareceu:

— Faz dois meses que não tenho mulher...

O cigarro de palha estava colado ao lábio inferior de Juvenal, que tinha a boca entreaberta e uma expressão de desconfiança nos olhos. Ficou assim algum tempo e depois falou, vagaroso:

— Amigo, acho que vosmecê não vai esquentar lugar em Santa Fé.
— Quem foi que lhe contou?
— Eu é que acho.
— Por quê?

Rodrigo levou à boca o último pedaço de linguiça, tendo primeiro o cuidado de esfregá-lo demoradamente na farofa.

— Aqui todas as mulheres têm dono — explicou Juvenal Terra. — As que ainda não têm são moças de família e querem se casar.

Rodrigo mastigava ruidosamente, escutando. O outro continuou:

— E é melhor eu ir lhe avisando, capitão, a gente desta terra é de boa paz, mas não gosta que ninguém venha lhe pisar no poncho...
— Mas eu não vou pisar no poncho de ninguém, companheiro!
— Às vezes a gente pisa sem querer.

Rodrigo encolheu os ombros, empurrou o prato vazio para o centro da mesa e gritou:

— Nicolau!

Quando o vendeiro apareceu, o capitão perguntou:
— Tem sobremesa?

— Tem pessegada com queijo.
— Então traga. Gosto de tudo.
Nicolau voltou para a cozinha, enquanto Rodrigo ficou palitando os dentes com o espinho. Juvenal pensou em erguer-se e sair; não sabia por que continuava ali, conversando com aquele forasteiro. Sentia por ele uma atração inexplicável. Tinha vontade de saber mais do passado daquele homem. Não era seu feitio bisbilhotar a vida dos outros, mas achava também que não fazia nenhum mal perguntar àquele cristão de onde vinha, já que ele lhe fizera tantas indagações.
— Ainda que mal pergunte — começou, batendo o isqueiro para acender o cigarro que se apagara —, donde vem o amigo?
Rodrigo fez um gesto largo e respondeu:
— Venho de muitas guerras.
— Andou pela Banda Oriental?
— Se andei pela Banda Oriental? Mais duma vez.
Nicolau trouxe a sobremesa num pires trincado, com um garfo sem cabo. Rodrigo preferiu usar a própria adaga. Tirou-a da bainha e cortou com ela um pedaço de pessegada, depois um naco de queijo, espetou-os ambos na ponta da arma e levou-os à boca.
— Sentei praça com dezoito anos e em 1811 andei com as forças que invadiram a Banda Oriental.
— E que tal foi a coisa?
Rodrigo encolheu os ombros.
— Não foi das piores. Deu pra gente se divertir.
— Meu pai esteve também nessa guerra.
— Como é o nome dele?
— Pedro Terra.
— Nunca ouvi falar.
— Mas ele esteve — afirmou Juvenal, num tom quase agressivo.
— Está bem. Não desminto. Só disse que não conheço o nome.
Uma curta pausa.
— Entrei em Montevidéu em 1817 com as forças do general Lecor — prosseguiu o capitão. — As castelhanas são mui lindas. — Sorriu. — Houve uma noite que eu fui para o quarto com três. E dei conta do recado. Tinha nesse tempo vinte e poucos anos...
Juvenal não disse nada. Depois dum curto silêncio falou:
— Meio feio a gente invadir a terra dos outros, não?
— Não tivemos a culpa. O governo da Banda Oriental pediu a proteção do nosso. Estava malito, porque o Artigas andava fazendo estripulias por lá.
— A verdade é que nós acabamos tomando conta da terra deles.
— Águas passadas...
— Mas muita gente boa morreu.
— Hai gente demais no mundo... Mas, como eu ia le dizendo, em princípios

de 21 eu era tenente e estava na guarnição de Porto Alegre quando soubemos dos acontecimentos de Portugal.

— Que acontecimentos?

— A revolução do Porto.

— Não ouvi falar nada...

— Ora, a portuguesada disse que não queria saber mais dessa história do rei mandar e desmandar sem dar satisfação a ninguém. Queriam que ele jurasse uma constituição.

— Me desculpe. Mas nunca ouvi falar nesse negócio. Sou um homem rude.

— Constituição é... — Rodrigo calou-se, embaraçado, e começou a fazer gestos, como se estes pudessem substituir as palavras. — ... é um papel, um regulamento que um país tem, dizendo todas as coisas... vosmecê sabe... todas as leis... um negócio desses... compreende?

Juvenal mirava-o em silêncio, com sua cara inexpressiva, o olhar morto.

— Seja como for, a junta governativa de Porto Alegre não estava muito disposta a jurar a tal constituição... Ora, chegaram notícias que nas outras capitanias havia barulho. Por toda a parte se falava em revolta.

— Mas contra quem era o barulho?

— Contra o governo.

— Mas por quê?

— Ora... — E Rodrigo comeu os últimos pedaços de pessegada e queijo. — Eu sempre digo, se é contra o governo podem contar comigo.

— Mas o governo às vezes pode ter razão.

— Mesmo que tenha, isso não vem ao caso. Governo é governo e sempre é divertido ser contra.

Juvenal sacudiu a cabeça devagarinho. Não sabia que opinião formar daquele homem, nem até que ponto podia acreditar no que ele lhe contava. Precisava levantar-se e ir embora. Não era nenhum índio vadio que pudesse ficar numa venda conversando à toa. Havia, porém, algo que o impedia de mover-se. Ele se interessava pelo que o outro dizia; gostava da maneira como o capitão falava, mesmo que suas palavras às vezes o irritassem. Até a voz do diabo do homem era agradável: tinha um tom grave e ao mesmo tempo meio metálico.

— Pois o povo compreendeu que o triunvirato estava mas era marombando pra não jurar a constituição. Nesse ponto estourou a revolta não só do povo, como também das tropas, é claro! Lá estava o tenente Rodrigo Cambará no meio do fandango.

— Houve briga?

— Quase. Eram mais ou menos duas da madrugada quando fomos pra frente da casa do governo. Eu era da infantaria, mas levamos também umas duas bocas de fogo, porque vosmecê sabe que a artilharia sempre impõe respeito. Mas a minha arma mesmo é a cavalaria, que é outra coisa. Boca de fogo faz muito barulho e fede. A espada e a lança são armas nobres e não há coisa mais linda neste mundo que uma boa carga de cavalaria em campo aberto. Já viu alguma?

— Ainda não.

Rodrigo ficou surpreso.

— Nunca esteve numa guerra?

— Não.

— Nem numa revolução?

— Também não.

— Mas já era tempo. Quantos anos tem?

— Vinte e cinco no lombo.

— É. Já era tempo... Mas, como eu ia dizendo, o fandango estava armado. Outras forças da guarnição apareceram e os oficiais mandaram chamar o ouvidor, o juiz de fora, o... o vigário-geral e não sei quem mais.

— Eles vieram?

Rodrigo soltou uma risadinha de desdém.

— Não haviam de vir! Pois levamos aqueles graúdos todos a grito para ir buscar a gente do governo.

Fez uma pausa para tirar do bolso a palha e o fumo, que começou a picar, de olho alegre.

— E vieram? — tornou a perguntar Juvenal, só para fazer o outro continuar a narrativa.

— Vieram e juraram a constituição ali mesmo no meio da praça. O dia estava raiando, os galos cantando... Então o comandante mandou as peças darem umas salvas. Estava jurada a constituição.

Juvenal remexeu-se na cadeira, esfregou no chão os pés descalços.

— E adiantou alguma coisa?

— Não sei se adiantou ou não. O que sei é que naquele dia houve festa grossa. Rolou bebida e comida. Houve uma hora que eu senti o bucho tão cheio de vinho e churrasco que pensei que ia rebentar. Só sei que lá pelo anoitecer acordei completamente nu numa cama não sei de quem, num quarto não sei onde e ao lado duma mulher não sei de quem nem de onde.

Soltou outra risada e deu uma palmada na mesa.

— Onde é que vosmecê estava quando proclamaram a independência? — perguntou Juvenal.

— Deixe ver... — disse Rodrigo, pensativo. — Ah! Eu tinha dado baixa e andava metido em negócios de gado. Vosmecê sabe, um homem precisa fazer de tudo um pouco. Depois que tomamos a Banda Oriental a situação do nosso charque e do nosso gado melhorou, e eu ganhei um bom dinheiro fazendo tropa. Mas quando ouvi falar de novo em revolução, eu, que já andava cansado de lidar com boi, vaca e cavalo, comecei a limpar a espada e azeitar as pistolas... Andavam prendendo muito militar e eu senti que a coisa estava por estourar...

Enrolou o cigarro, acendeu-o no do Juvenal, tirou uma baforada e disse:

— Mas a independência veio e o Rio Grande aceitou logo a situação. Foi pena. Eu tinha muito português marcado...

— E que é que ia fazer com eles se houvesse mesmo guerra?

— Nada... Só ia dar um sustinho nessa gente. Não sou prevalecido e só brigo com homem que pode reagir. Mas hai sujeitos que merecem levar um bom cagaço.

De novo Juvenal pensou em seus afazeres. No dia seguinte tinha de sair com a carreta carregada para Cruz Alta, onde ia buscar açúcar, sal, fazendas e bugigangas para a estância dos Amarais e para a venda do Nicolau, que era a única da localidade. Precisava ir dar umas ordens, tomar umas providências, mas apesar de tudo isso ia ficando...

— E assim o amigo continuou a negociar com gado, não?

— Qual nada! — Rodrigo atirou os pés para cima da mesa. — Um dia fiz a mala, montei no pingo, apurei um dinheirinho e me toquei pra Porto Alegre. Fiquei lá me divertindo até gastar o último patacão.

— Hai pessoas que não se preocupam com o amanhã.

— *Mañana es otro dia*, como dizem os castelhanos.

— Quem não tem família nem obrigação pode pensar assim.

Rodrigo mamava o seu cigarrão de palha com visível delícia.

— Escuta o que vou le dizer, amigo. Nesta província a gente só pode ter como certo uma coisa: mais cedo ou mais tarde rebenta uma guerra ou uma revolução. — Atirou ambos os braços para o lado, num gesto de despreocupação. — Que é que adianta plantar, criar, trabalhar como burro de carga? O direito mesmo era a nossa gente nunca tirar o fardamento do corpo nem a espada da cinta. Trabalhar fardado, deitar fardado, comer fardado, dormir com as chinocas fardado... O castelhano está aí mesmo. Hoje é Montevidéu. Amanhã, Buenos Aires. E nós aqui no Continente sempre acabamos entrando na dança.

— Hai gente que gosta de paz.

— No entanto sempre temos guerra ou revolução...

— Dizem que na estranja é assim também.

— Nunca ouviu falar nesse tal de Bolívar que levantou o povo desses países todos da América do Sul e botou os espanhóis pra fora? Nunca ouviu falar em San Martín?

— Eu sou um homem rude — repetiu Juvenal, com uma humildade agressiva.

— Vosmecê viu também que antes de os orientais conseguirem independência tiveram de nos meter no baile?

— Por falar nisso, vosmecê também brigou em 25?

— Naturalmente. Estive naquele combate de Rincón de las Gallinas com a gente do Mena Barreto. — Soltou um suspiro e disse: — Apanhamos que nem boi ladrão.

Juvenal sorriu de leve. Mas seu sorriso foi um sorriso de canino, só de dentes; o resto da cara não participou dele, continuou numa impassibilidade sombria.

— Foi um deus nos acuda — prosseguiu o capitão. — Nossa gente se espalhou em desordem e depois foi um caro custo pra reunir de novo a soldadesca. Em 1827 eu estava com as tropas do marquês de Barbacena. Nunca vi tanta miséria. Soldados de pé no chão, sem uniforme, alguns quase nus, só cobertos pelo poncho. Eram uns diabos sujos e piolhentos, mas, justiça seja feita, na hora de brigar esqueciam a fome, o frio, tudo, e chegavam a pelear se rindo e gostando. — Cuspiu no chão com nojo. — Depois — prosseguiu — veio aquela batalha desgraçada do Passo do Rosário. Nós éramos uns cinco mil e poucos contra mais de dez mil inimigos. Nossas tropas tinham umas dez ou doze bocas de fogo; eles tinham vinte e tantas, quase trinta. Foi uma barbaridade. Brigar em campo seco é sério, mas brigar em banhado é mais sério ainda. Nossa gente estava cansada, tinha feito uma marcha puxada: os castelhanos estavam fresquitos e bem municiados. Assim mesmo peleamos onze horas sem comer nem beber água. Por falar em água, estou com sede. Nicolau! Me traga um pouco d'água fresca.

O vendeiro trouxe-lhe uma caneca de barro cheia d'água, que Rodrigo bebeu num sorvo só. Depois, enxugando os beiços com a manga do dólmã, sorriu e continuou:

— Pra le dar uma ideia da anarquia das nossas tropas, vou le dizer uns versos feitos por um alferes brasileiro, um tal de David Francisco Ferreira ou Pereira, nem me lembro direito do nome dele. Esse homem tomou parte na batalha, viu a coisa de perto. Escute.

Recitou:

Muitas chinas percorriam
Pelas margens dos banhados
Levando cada uma delas
Aos dez e doze soldados.

— Pois era mesmo! — comentou Rodrigo. — A soldadesca o que queria era dormir com as piguanchas. Mas eu me lembro de outros versos:

Se quereis ser triunfante,
Mudai desde logo a cena,
Não dês heróis combatentes
Ao cargo dum Barbacena.

— Era verdade! — exclamou o capitão. — Nunca vi pior general. Parecia que nunca tinha ouvido falar em estratégia.

Juvenal não conhecia essa palavra, mas nada disse. O outro continuou:

E assim aconteceu
Sem nada determinar.
E só entrou nessa luta
Aquele que quis entrar.

Rodrigo soltou uma risada.

— Nunca vi uma batalha mais louca. Foi bem como diz o alferes nos seus versos:

Fazendo carga no centro
Sem dar proteção aos flancos
Lá deixou bastantes mortos,
Muitos feridos e mancos.

— E vosmecê não se feriu?
Rodrigo sacudiu negativamente a cabeça.
— Só tive um bicho-de-pé arruinado. Parece mentira! Mas ouça mais esta quadra, que é a melhor de todas:

Tendo-nos sido visível
Quase inteira a perdição,
O herói Bento Gonçalves
Foi a nossa salvação.

— Mas como? — perguntou Juvenal.
— Espere que já lhe conto. O inimigo tinha invadido a Província e tomado Bagé. Barbacena estava parado com sua gente e todo mundo parecia desmoralizado, sem coragem pra dar um passo. Estávamos acampados num banhado e eu pensei cá comigo: não sou sapo pra viver em banhado. Quero mais é brigar. Comecei a resmungar e um tenente meu amigo me disse: "Capitão Rodrigo (nesse tempo eu já tinha sido promovido a capitão), vosmecê anda falando contra o comandante. Tome cuidado senão podem le mandar a conselho de guerra". Eu não disse nada mas resolvi fugir...
— Fugir? — admirou-se Juvenal.
— Falava-se muito na cavalaria de Bento Gonçalves da Silva e de Bento Manuel Ribeiro... Uma noite montei a cavalo, logrei a sentinela e me fui...
Fez uma pausa. Tirou os pés de cima da mesa, de novo apertou o lenço. Na porta a mulher do Nicolau tornou a espiar e só então, voltando a cabeça, é que Rodrigo percebeu que, na sala da frente da venda, outros homens também tinham estado a escutá-lo. Isso lhe deu um ânimo novo. Quando voltou a falar foi com voz mais forte e numa inflexão mais dramática.
— Me juntei com a cavalaria dos dois Bentos. Aquilo é que é gente, amigo. Barbaridade! Que cavaleiros! Levamos a castelhanada a grito e a ponta de lança até a fronteira. Depois tivemos umas escaramuças mais, até que veio a paz.
Juvenal ergueu-se e Rodrigo fez o mesmo.
— Vosmecê já viu peixe fora d'água? Pois aqui está um. Na paz me sinto meio sem jeito.
— Quer dizer que vosmecê recém saiu da guerra.
— Ainda trago nas ventas cheiro de pólvora e sangue.
— E que é que vai fazer agora?
Rodrigo olhou em torno, de mãos na cintura, peito inflado.
— Pois nem sei. Estou gostando deste lugar...

Caminhou até a janela, olhou a praça, com a grande figueira no centro, as casas em torno e os verdes campos que circundavam o povoado. Um sol de ouro novo iluminava tudo.

Rodrigo respirou fundo e disse:

— É. Pode ser que eu fique por aqui.

Juvenal coçou a cabeça e resmungou:

— Está me palpitando que o amigo não vai se dar bem em Santa Fé.

O capitão voltou-se para o interlocutor.

— Mas por quê?

— Vosmecê é um homem de guerra. A gente deste povoado é mui pacata.

Rodrigo fez um gesto vago.

— Pode-se tentar. Não se perde nada. Se a coisa estiver muito ruim, faço a mala, monto a cavalo e caio na estrada. O mundo é muito grande.

— Grande e louco — sentenciou Juvenal.

Os homens que escutavam riram baixinho. Rodrigo olhou para eles e perguntou:

— Onde é que vou encontrar pouso para esta noite?

Ninguém falou. Mas Nicolau saiu de trás do balcão e disse:

— Se vosmecê quiser ficar aqui, tenho um quarto de hóspede. Não é lá grande coisa, mas serve.

— Estou habituado a dormir ao relento em cima dos pelegos.

Juvenal estendeu a mão, que Rodrigo prendeu na sua.

— Bom, capitão, tenho de ir andando. Juvenal Terra, seu criado.

Rodrigo olhou-o bem nos olhos.

— Capitão Rodrigo Cambará, pra servir vosmecê. Pode contar com um amigo. E quando digo que sou amigo, sou mesmo.

Juvenal fez meia-volta e encaminhou-se para a porta. Levava um mau pressentimento. Aquele homem ia trazer incômodos para Santa Fé. Por um momento a sombra duma dúvida escureceu-lhe o espírito: que era que a Maruca, sua mulher, ia sentir quando visse aquele homem? Pensou também no que diria seu pai, Pedro Terra, quando soubesse da chegada do estranho. E desejou estar presente quando Rodrigo Cambará e o cel. Ricardo Amaral Neto — o chefe político de Santa Fé — se encontrassem. Ia sair chispa: aço batendo contra aço.

Já tinha deixado a venda quando ouviu, lá dentro, a voz de Rodrigo:

— Algum dos amigos por acaso quererá jogar uma bisca comigo? Tenho um baralho na mala...

Não ouviu o resto. Caminhou para casa e — sem saber por quê —, quando a mulher lhe perguntou onde estivera, respondeu que ficara a conversar na venda do Nicolau, mas não fez a menor referência ao recém-chegado.

E aquela noite as gentes de Santa Fé ouviram música de violão na casa de Nicolau. E lá de dentro saiu uma bonita voz de homem, cantando modinhas.

Pedro Terra, que voltava da casa do vigário pouco antes das nove da noite, ao passar pela venda ouviu a voz de Rodrigo, parou e ficou escutando:

Sou valente como as armas,
Sou guapo como um leão.
Índio velho sem governo,
Minha lei é o coração.

Pedro Terra começou a sentir, desde o primeiro momento, uma inexplicável antipatia pelo dono daquela voz — um homem cuja cara ainda não vira nem desejava ver.

2

No Dia de Finados Pedro Terra foi com a mulher e a filha ao cemitério para levar flores às sepulturas de seus parentes. Era uma manhã morna, de sol muito pálido. O cemitério de Santa Fé ficava no alto duma coxilha, a um quarto de légua do povoado; era cercado de pedras e as suas sepulturas todas não passavam de montículos de terra com cruzes ou então de lajes rústicas onde havia nomes gravados com letras singelas. Só havia uma que tinha a forma de capela e era de tijolo rebocado e caiado: o jazigo perpétuo da família Amaral. Lá estavam, entre outros, os restos mortais do cel. Ricardo Amaral, que morrera às margens do Jaguarão lutando contra os castelhanos, e os de seu filho Francisco Amaral, fundador de Santa Fé. E esse jazigo destacava-se com tamanha imponência no meio daquelas sepulturas quase rasas que era como se até depois de mortos os Amarais, famosos por serem homens altos e autoritários, continuassem a dominar os outros, a falar-lhes e dar-lhes ordens de cima de seus cavalos.

Numa das cruzes havia um nome e uma pequena inscrição:

ANA TERRA
Descansa em Paz

Não havia datas. Esse era um característico das gentes daquele lugar: ninguém sabia muito bem do tempo. Os únicos calendários que existiam no povoado eram o da casa dos Amarais e o do vigário, o pe. Lara. Os outros moradores de Santa Fé continuavam a marcar a passagem do ano pelas fases da lua e pelas estações. E quando queriam lembrar-se dum fato, raramente mencionavam o ano ou o mês em que ele se tinha passado, mas ligavam-no a um acontecimento marcante na vida da comunidade. Diziam, por exemplo, que tal coisa tinha acontecido antes ou depois da praga de gafanhotos, dum inverno especialmente rigoroso que fizera gelar a água das lagoas ou então duma peste qualquer que atacara o trigo, o gado ou as pessoas. Muitos sabiam de cor o ano das muitas guerras. Os velhos diziam "Foi na guerra de 1800..." ou "Foi na de 1811... ou 1816... ou 1825". Mas no espírito da maioria, principalmente no das mulheres — que faziam o possível para esquecer as guerras —, essas datas se misturavam.

Era por isso que o túmulo de Ana Terra não tinha datas. Ninguém sabia em que ano ela nascera; todos, porém, se lembravam de que a velha morrera exatamente no dia em que chegara a Santa Fé a notícia de que os 33 de Lavalleja tinham invadido a Cisplatina...

Diante daquele túmulo, naquela manhã de princípios de novembro, achavam-se Pedro Terra, sua mulher, Arminda, e Bibiana, a filha do casal. De chapéu na mão, os cabelos grisalhos esvoaçando à brisa, Pedro olhava para a cruz e lembrava-se dum dia — havia muitos anos — em que tinham vindo enterrar naquele mesmo cemitério um dos habitantes do povoado que morrera com os intestinos furados pelas guampas dum touro bravo. Por sinal o enterro fora numa tarde de soalheira medonha, e os homens que carregaram o caixão a pulso tinham as roupas ensopadas de suor. Ana Terra fizera questão de ir ao cemitério, apesar do mormaço, e Pedro, que conhecia a teimosia da mãe, sabia que era inútil contrariá-la. Ficara a velha à sombra dum cedro, no centro do cemitério, apoiada no braço do filho, e no momento em que baixaram o caixão à cova, ela murmurou:

— Meu pai e meu irmão foram enterrados no alto duma coxilha. — Mostrou-lhe as mãos murchas. — Eu mesma enterrei os dois com estas mãos que a terra um dia há de comer... esta terra. — E apontava para o chão vermelho. — Quero ser enterrada aqui, meu filho, aqui debaixo deste cedro.

A terra caía sobre o caixão com um som cavo, quase musical.

— Não quero que ninguém chore — continuava a velha. — Não é preciso costurarem nenhuma mortalha pra mim. Qualquer vestido serve. Mas quero que vosmecê prometa que ninguém vai ver a minha cara no velório. Promete?

— Não diga essas coisas, mamãe — repreendia-a Pedro. Mas ela apertava o braço do filho, sacudia a cabeça completamente branca, sorrindo um sorriso em que a boca desdentada sugava os lábios, fazendo-os dobrarem-se sobre as gengivas.

— Promete? — insistia ela. — Promete?

Ele não teve outro remédio senão sacudir a cabeça e dizer "Prometo".

— Está bem, meu filho. Eu também prometo uma coisa. Prometo nunca mais voltar depois de morta para trabalhar na roça, como a minha mãe fazia. — Fez uma pausa, olhou fixamente para a cova e depois disse, rindo o seu riso guinchado: — Mas o hábito tem muita força. O melhor mesmo é vosmecê também enterrar a roça junto comigo. Assim eu livro a Bibiana da sina de trabalhar nela.

Agora Pedro Terra olhava para a cruz e pensava nessas coisas. Pensava também na vida trabalhosa e triste que a mãe sempre levara, e, erguendo os olhos para Bibiana, ficou a contemplá-la com uma mistura de carinho e pena. Que destino estava reservado para aquela criaturinha de Deus? Ele fazia tudo para que ela fosse feliz, trabalhava como um mouro para que nunca faltasse nada à família. Fora infeliz nos negócios, mas não por culpa sua. E agora, já na casa dos cinquenta, ainda trabalhava como um moço de vinte, não que quisesse fazer da filha uma dessas mulheres sem serventia que passam o dia dormindo, comendo e passeando; o que ele não queria era que um dia ela fosse obrigada a trabalhar como uma escrava para ganhar seu sustento.

Arminda ajoelhou-se e começou a arrancar as ervas daninhas que cresciam sobre a sepultura da sogra. Bibiana depositou no pé da cruz a braçada de margaridas amarelas que trouxera e ficou acompanhando com os olhos as formigas que caminhavam numa fila interminável, carregando pequenos fragmentos de folhas e de grama.

Bibiana tinha um rosto redondo, olhos oblíquos e uma boca carnuda em que o lábio inferior era mais espesso que o superior. Havia em seus olhos, bem como na voz, qualquer coisa de noturno e aveludado. Os forasteiros que chegavam a Santa Fé e deitavam os olhos nela, ao saberem-na ainda solteira, exclamavam: "Mas que é que a rapaziada desta terra está fazendo?". E então ouviam histórias... Bento Amaral, filho do cel. Ricardo Amaral Neto, senhor dos melhores e mais vastos campos dos arredores do povoado, andava apaixonado pela menina, tinha-se declarado mais de uma vez, mas a moça não queria saber dele.

— O herdeiro do velho Amaral? — estranhavam os forasteiros.
— Sim, senhor.
— Mas o moço é aleijado?
— Qual nada! É até um rapagão mui guapo.

Ninguém conseguia compreender. As outras moças invejavam Bibiana Terra e não entendiam como era que ela, não sendo rica, rejeitava o melhor partido de Santa Fé, aquele moço bonitão a quem elas de muito bom grado diriam sim no momento em que ele se declarasse. Mas quem ficava mais perplexo que qualquer outra pessoa era o próprio Pedro Terra, que não atinava com uma explicação para a atitude da filha. Ele não morria de amores pelos Amarais. Tinha até queixas do velho Ricardo, que lhe tirara as terras e se recusara a ajudá-lo quando o trigo fora águas abaixo. Além disso, achava os Amarais prepotentes, vaidosos, gananciosos, e também sabia que Ricardo não fazia muito gosto no casamento do filho com Bibiana, pois queria que o rapaz casasse com alguma moça rica de Rio Grande ou Porto Alegre. Por todas essas coisas Pedro Terra não insistia com a filha para que aceitasse Bento Amaral. Mas mesmo assim não entendia e ficava vagamente inquieto com a ideia de morrer sem ver a filha casada com um homem de bem. Fosse como fosse, os Amarais eram por assim dizer os donos de Santa Fé. E Bento visitava os Terras com alguma frequência, tratava-os bem, dava presentes a Juvenal, a Arminda e principalmente a Bibiana, que os recebia sem nenhuma alegria, mal murmurando uma palavra de agradecimento, quase sempre sem olhar para o pretendente. Pedro Terra às vezes inquietava-se pensando no gênio da filha. Era voluntariosa, duma teimosia nunca vista e dum orgulho tão grande que era capaz de morrer de fome e de sede só para não pedir favor aos outros. No entanto, quem olhasse para ela julgaria, pelo seu suave aspecto exterior, estar diante da criatura mais meiga e submissa do mundo. Às vezes em casa, depois do jantar, Pedro ficava fumando junto da mesa, enquanto a mulher e a filha cerziam meias ou bordavam. Nessas horas o filho de Ana Terra olhava para Bibiana e pensava em certas coisas... A mãe lhe falava às vezes no velho Maneco Terra e em como ele era teimoso, caladão e reconcentrado. Pedro mal se lembrava do avô, mas certas ocasiões chegava quase a vê-lo nos olhos da filha e principalmente no jeito de franzir o sobrolho. Havia nela também muito da avó, principalmente a voz. Bibiana tinha crescido à sombra de Ana Terra, com a qual aprendera a fiar, a bordar, a fazer pão e doces e principalmente a avaliar as pessoas. Depois que Ana Terra morrera, Pedro às vezes tinha a impressão de que ela continuava a falar pela boca da neta. Bibiana repetia frases da avó. Quando à noite ventava e eles estavam dentro de casa em silêncio, esperando a hora de irem para a cama, a moça de repente murmurava: "Noite de vento, noite dos mortos". Bibiana via muito os homens com os olhos desconfiados e cautelosos de Ana Terra. Pedro nunca pudera descobrir a razão por que a mãe tinha tanta malquerença pelos homens em geral. Às vezes fugia deles como o diabo da cruz. Era com frequência que falava, com má vontade e repugnância, em "cheiro de homem". Não gostava que Pedro fumasse perto dela; dizia que isso era falta de respeito, mas o filho sabia que havia uma razão mais poderosa: sarro de cigarro era "cheiro de homem". Pedro lembrava-se de que quando menino ouvira falar nas propostas de casamento que vários homens de Santa Fé haviam feito à sua mãe. Sempre que vinha das Missões um padre para dizer missa, fazer casamentos e batizados, surgia um pretendente para Ana Terra — um viúvo ou um solteirão de meia-idade. Ela repelia-o, indignada, como se lhe tivessem feito uma proposta indecorosa. Pedro não compreendia e às vezes ficava a pensar que espécie de pessoa teria sido seu pai para que Ana vivesse assim tão ressabiada de homem.

Devia ser por influência da avó que Bibiana tinha tanta aversão ao casamento. Era na certa por isso que rejeitava as propostas de Bento Amaral.

E agora ali no cemitério, diante do túmulo de Ana Terra, Pedro contemplava a filha e via-lhe no rosto uma expressão de grande tristeza, enquanto ela olhava para a sepultura da avó.

Pedro Terra tomou do braço da esposa e levou-a consigo em silêncio, para depositar flores no túmulo de três de seus filhos que haviam morrido quando ainda adolescentes: um afogado, outro de bexigas e o terceiro de bala perdida, por ocasião duma briga, num dia de carreiras.

Bibiana ficou sozinha mas não deu por isso. Olhava para as formigas que entravam num buraco que havia sobre a sepultura. Imaginava que aqueles bichinhos penetravam na terra e estavam passeando pelo corpo de sua avó. Quis afastar esse pensamento; sabia que agora já não devia haver nenhuma carne naquele corpo: aquela face querida era apenas uma caveira. Lágrimas começaram a brotar-lhe dos olhos. Depois que a velha morrera, Bibiana se sentira muito desamparada. Costumava confiar-lhe seus segredos e as duas muitas vezes ficavam horas inteiras conversando, costurando, fazendo marmelada ou enchendo linguiça. A avó contava-lhe coisas do tempo em que era moça e morava com a família numa estância perdida no campo, lá para as bandas do Botucaraí. Agora a velhinha estava morta e Bibiana não tinha mais a quem confiar suas mágoas e suas dúvidas. Não se entendia muito bem com a mãe; achava-a boa, sim, serviçal, não havia dúvida, mas muito parada, muito... sem histórias para contar. O pai, esse era um pouco fechado e inspirava-lhe um respeito que quase chegava a ser temor.

Bibiana olhava fixamente para a sepultura. A luz do sol, que passava por dentro dos ramos do grande cedro, pintava-lhe o rosto de amarelo. As sombras das cruzes eram arroxeadas contra a terra vermelha. Um joão-de-barro que tinha o seu ninho na forquilha onde o tronco da árvore se dividia meteu a cabeça para fora de sua casa, como para espiar aquela gente que visitava seus mortos. Sons indistintos de vozes chegavam aos ouvidos de Bibiana, que de repente percebeu que os pais se tinham afastado.

Havia no cemitério àquela hora outras pessoas do povoado — homens, mulheres e crianças — e por entre elas e as cruzes a moça começou a procurar os pais com o olhar. Foi então que uma figura lhe chamou subitamente a atenção. Era um homem vestido duma maneira esquisita, metade de soldado, metade de paisano. Estava parado a contemplá-la, a pequena distância. Tinha ele no pescoço um lenço encarnado e quando Bibiana caiu em si estava olhando com espanto para a cara do desconhecido. Sentiu uma coisa esquisita: primeiro foi surpresa, depois constrangimento. Suas orelhas e faces começaram a arder. Ela baixou os olhos, ajoelhou-se automaticamente e pôs-se a mexer nas margaridas ao pé da cruz, só para disfarçar seu embaraço. Mas com o rabo dos olhos viu que o homem ainda estava no mesmo lugar e continuava a olhar para ela. Seu corpo foi tomado duma sensação estranha, uma espécie de medo de que ele lhe viesse falar. Era também uma cócega quente, como se aquelas formigas todas lhe estivessem passeando pelo corpo. O melhor era correr para o pai antes que o desconhecido se aproximasse. Quem seria ele? Um forasteiro, talvez... E o que mais aumentava o embaraço de Bibiana era o fato de ela estar com os olhos cheios de lágrimas. Ouviu um bater de asas: o joão-de-barro sobre sua cabeça... O homem deu um passo à frente, na sua direção. Bibiana ergueu-se, alvorotada, e correu para onde estavam o pai e a mãe.

Rodrigo Cambará seguiu com o olhar a moça de vestido de cassa azul e lenço na cabeça. Achara-a tão bonita que tivera o desejo de dirigir-lhe a palavra, sob qualquer pretexto. Podia perguntar-lhe de quem era a sepultura diante da qual estava ajoelhada. Ou simplesmente começar dizendo: "Bonito dia, não?". Tinha gostado da cara da rapariga. Mais que isso: tinha ficado excitado. Não era homem que se deixasse fascinar facilmente. Gostava de mulher, isso gostava... Mas nunca — que se lembrasse — tinha ficado tão impressionado por nenhuma assim à primeira vista.

Viu a moça de azul correr, quase pisando as sepulturas, na direção dum casal. Sorriu, apertou o chapéu nas mãos e resolveu aproximar-se do grupo. No fim de contas não era nenhum bicho e a coisa mais natural do mundo era uma pessoa falar com outra.

Caminhou para Pedro Terra, lentamente, de cabeça erguida, e ao distinguir as feições daquele rosto queimado teve a impressão de que elas lhe eram vagamente familiares. A moça de azul, vendo-o acercar-se, voltou-lhe bruscamente as costas. Potranquinha arisca — pensou Rodrigo. E seu interesse pela rapariga aumentou.

— Com o permisso de vosmecê, patrício! — exclamou ele, dirigindo-se a Pedro. — Sou de fora e nunca vim a este cemitério. Podia me informar de quem é aquela sepultura?

Apontou para o jazigo da família Amaral. Pedro Terra encarou o desconhecido, de sobrolho franzido, e, como quem quer cortar a conversa, respondeu, seco:

— Está escrito na porta.

Rodrigo não se deu por vencido.

— Muitas gracias, amigo. Vosmecê mora no povo?

— Moro.

Então o forasteiro descobriu com quem se parecia aquele homem de poucas palavras.

— Não será por acaso parente de Juvenal Terra?

— O Juvenal é meu filho.

— Logo vi. São mui parecidos e têm quase a mesma voz.

— Donde é que vosmecê conhece o Juvenal?

— Daqui mesmo. Somos amigos. Ele não lhe disse?

Pedro então viu com quem estava falando. Era o homem que tocava violão e cantava na venda do Nicolau. Mirou-o de alto a baixo e retrucou:

— Ele não me disse nada.

Enquanto os dois conversavam, as mulheres se tinham afastado e agora estavam paradas, de olhos baixos e em silêncio.

— Eu sou o capitão Rodrigo Cambará, criado de vosmecê.

Estendeu a mão, que Pedro segurou frouxamente, por um rápido segundo. Querendo estabelecer conversação, Rodrigo disse:

— Ouvi falar que vosmecê esteve na guerra de 1811.

— Na de 800 também. E em muitas outras. Por que pergunta?

— É que também estive na de 811 e em todas as que vieram depois.

Pedro limitou-se a sacudir a cabeça. O capitão perguntou:

— Em que forças serviu vosmecê?

— Andei com a gente do coronel Ricardo Amaral, o primeiro povoador destes campos.

Disse isso e achou que já tinha falado demais. Rodrigo olhou para as mulheres, sorriu com amabilidade.

— Pelo que vejo são gente da sua família.

— São.

Nenhuma das duas mulheres sequer levantou a cabeça.

— Bom — fez Pedro, fazendo para elas um sinal. — Vamos embora.

Olhando para Rodrigo, murmurou:

— Passe bem.

Pôs-se a caminhar rumo ao portão do cemitério, seguido das mulheres. Bibiana passou pelo forasteiro de cabeça baixa e Rodrigo devorou-a com os olhos. Viu que ela tinha as faces coradas como uma fruta madura e que seus seios eram pontudos; imaginou como deviam ser rijos e quentes... Apalpá-los seria o mesmo que apertar duas goiabas maduras. Sentiu um calor bom em todo o corpo... Mas, percebendo que ia perder a oportunidade de fazer boas relações com o pai da moça, deu algumas passadas largas e alcançou Pedro Terra já do lado de fora do cemitério.

— O amigo me desculpe se sou importuno — começou a dizer, enquanto o outro voltava para ele o rosto em que havia uma indisfarçável expressão de contrariedade. — Eu queria le pedir um conselho.

— Mas vosmecê nem me conhece...

— Ouvi dizer que vosmecê é um homem mui experimentado.

— Nem tanto.

— Acontece que estou numa dúvida e precisava ouvir alguém.

As duas mulheres aproximaram-se da carroça que as trouxera até ali. E, quando Bibiana subiu, a saia ergueu-se-lhe um pouco e Rodrigo vislumbrou-lhe o tornozelo.

— Que espécie de conselho vosmecê deseja?

— Pois resolvi ficar em Santa Fé. Sou solteiro, não tenho parentes e pretendo sentar juízo. Queria empregar direito o dinheirinho que tenho e não sei bem o que vou fazer. Vosmecê acha que devo plantar ou criar gado?

Pedro escrutou-lhe o rosto por um instante e depois perguntou:

— Vosmecê quer mesmo a minha opinião franca?

— Foi pra isso que pedi o seu conselho.

— Está bem. O meu conselho é que vosmecê monte a cavalo e vá embora daqui o quanto antes.

Rodrigo sentiu subitamente o sangue subir-lhe à cabeça. Teve de fazer um esforço para não esbofetear aquele atrevido. Ficou muito vermelho, apertou os lábios e conteve-se. Não podia bater num homem de cabelos grisalhos que, além do mais, não chegava a ser tão forte quanto ele. Também não podia brigar com o pai da moça de azul...

Pedro bateu com o indicador da mão direita na aba do chapéu e afastou-se.

— Vosmecê está enganado comigo! — gritou Rodrigo, esforçando-se por dar à voz um tom de jovialidade.

Pedro subiu para a boleia da carroça e, sem olhar para o outro, pegou do chicote, fê-lo estalar no ar. Os cavalos puseram-se em movimento e a carroça afastou-se na direção de Santa Fé. Por algum tempo Rodrigo Cambará ficou olhando as costas de Bibiana: o vestido azul, o lenço branco esvoaçando ao vento...

"Monte a cavalo e vá embora daqui o quanto antes." A voz do homem ainda lhe soava na mente. Que diabo aquela gente tinha visto em sua cara? Primeiro tinha sido o filho. Agora o pai. Todos achavam que ele ia trazer desgraça para o povoado... Mas a verdade era que, quanto mais oposição encontrava, mais vontade sentia de ficar.

3

A casa de Pedro Terra ficava numa esquina da praça, perto da capela, com a frente para o poente. Baixa, de porta e duas janelas, tinha alicerces de pedra, paredes de tijolos e era coberta de telhas. Os tijolos haviam sido feitos pelo próprio Pedro em sua olaria e as telhas tinham vindo de Rio Pardo, na carreta de Juvenal. Era das poucas casas assoalhadas de Santa Fé; dizia-se até que muita gente em melhor situação financeira que a de Pedro não morava numa casa tão boa como a dele. Não era muito grande. Tinha uma sala de jantar, que eles chamavam de varanda (o vigário, homem letrado, afirmava que varanda na verdade era outra coisa), dois quartos de dormir, uma cozinha e uma despensa, que era também o lugar onde ficava o bacião em que a família tomava seu banho semanal. (Pedro tinha o hábito de lavar os pés todas as noites, antes de ir para a cama.) A cozinha, que era a peça que o dono da casa preferia, por ser a mais quente no inverno e a que mais o fazia lembrar outros tempos — chão de terra batida, cheiro de picumã, crepitar de fogo, chiado da chaleira —, ficava bem nos fundos da casa, com uma janela para o quintal, onde havia laranjeiras, pessegueiros, cinamomos, uma marmeleira-da-índia e o poço. A mobília dos Terras era o mais resumida possível. Na varanda, além da mesa de cedro sem lustro, viam-se algumas cadeiras com assento de palha trançada, uma cantoneira de tábua tosca e uma talha com água potável a um canto. Nos quartos, camas de vento, baús e pregos na parede à guisa de cabides. As paredes eram caiadas e completamente nuas; na da sala de jantar havia uma saliência semelhando um ventre roliço. (Ana Terra costumava dizer que a casa estava grávida...) De vez em quando essas paredes eram cruzadas por pequenas lagartixas dum pardo esverdinhado, por lacraias ou aranhas — o que dava calafrios em Bibiana, que sabia de histórias de pessoas que morriam de mordidas de bichos venenosos. Sobre a cabeceira da cama de Pedro pendia um crucifixo com um Cristo de nariz carcomido. Essa imagem — sabia Bibiana — era um dos poucos objetos que tinham vindo da estância do bisavô, juntamente com a velha tesoura enferrujada que pertencera a Ana Terra e que servia para podar árvores ou cortar fazenda.

Na noite do Dia de Finados, depois de lavados os pratos do jantar, Arminda e Bibiana ficaram costurando à luz duma vela metida num gargalo de garrafa. Sentado na cadeira de balanço, a um canto da varanda que a luz da vela não alcançava, Pedro Terra fumava em silêncio, olhando para a filha. Estava cansado e triste. Sempre ficava nesse estado de espírito quando visitava o cemitério. Desde a morte da mãe sentia-se desamparado, como um terneiro que se vê subitamente desmamado. Sabia que um dia a velha tinha de morrer: era uma lei da vida. Mas habituara-se de tal modo a buscar o apoio dela, a pedir-lhe conselho, que agora lhe era custoso viver sem a velha. Pensava na vida que a mãe levara e agora ali em sua casa repetia para si mesmo a pergunta que se fizera no cemitério diante do túmulo materno. Valia a pena lutar, sofrer, trabalhar como um animal para depois ir servir de comida aos vermes da terra?

Devia existir um Deus que governa o mundo e as pessoas, um ser poderoso acima do qual nada existe. Mas ninguém sabe direito o que esse Deus pretende. Pelo menos ele, Pedro Terra, não sabia. O vigário fazia sermões e falava em céu e inferno, mas às vezes Pedro se convencia de que o céu e o inferno estão aqui embaixo mesmo, neste mundo velho e triste, que no fim de contas é mais inferno que céu.

Pedro não tirava os olhos de Bibiana. A filha era uma das poucas alegrias de sua vida. Mas não chegava a ser uma alegria completa, porque também lhe dava grandes cuidados. Criar filho homem era mais fácil e menos arriscado. Juvenal estava casado, vivia a sua vida: tratava-se duma questão resolvida. Mas com Bibiana a coisa era diferente. Estava com vinte e dois anos e ainda solteira numa terra em que as moças se casavam às vezes com quatorze ou quinze anos. Ele sabia duma que se casara no Rio Pardo antes de completar treze... A sua pressa em arranjar marido para a filha lhe vinha do medo de morrer duma hora para outra, deixando a família desamparada. Arminda não era uma mulher decidida e Juvenal não estava em condições de sustentar duas casas. Além do mais, Pedro vivia com um temor negro no coração. Sabia de casos horríveis: povoados atacados pelos índios que saqueavam as casas, matavam os homens e violentavam ou raptavam as mulheres. Por isso às vezes lhe passava pela cabeça a ideia de que o melhor mesmo seria casar a filha com um homem decente que a pudesse levar para Viamão, Porto Alegre ou qualquer um daqueles lugares que estavam menos sujeitos aos ataques dos selvagens. Havia ainda e sempre o perigo das guerras; e os castelhanos não estavam muito longe de Santa Fé. Ele tinha uma experiência amarga. Mais cedo ou mais tarde haveria outra invasão e era um risco muito grande ter mulher moça em casa num lugar abandonado como aquele.

Pedro sentia ainda no corpo o vestígio das guerras em que tomara parte. Depois de 1811 ficara sofrendo de reumatismo e duma dor nos rins, tudo isso como consequência de dormir em banhados, de tomar chuva e de carregar muito peso. Vezes sem conta tivera de empurrar roda de carroça e puxar canhão, como se fosse um cavalo. Além disso, passara fome ou estragara o estômago comendo carne podre e charque bichado. Aquela era a sina dos habitantes da Província de São Pedro. Pagavam muito caro por viverem tão perto da fronteira castelhana. Diziam que no Rio de Janeiro a vida era diferente, mais fácil, mais agradável, mais confortável. (A ideia de conforto, entretanto, nunca fora muito do agrado de Pedro, que a associava vagamente a homens efeminados, que nunca pegaram no cabo duma enxada e usam água de cheiro.)

Ao pensar na Corte, Pedro pensou em *governo*. Para ele governo era uma palavra que significava algo de temível e ao mesmo tempo de odioso. Era o governo que cobrava os impostos, que recrutava os homens para a guerra, que requisitava gado, mantimentos e às vezes até dinheiro, e que nunca mais se lembrava de pagar tais requisições... Era o governo que fazia as leis — leis que sempre vinham em prejuízo do trabalhador, do agricultor, do pequeno proprietário. Antigamente, quem dizia governo dizia Portugal, e a gente tinha uma certa má vontade para com tudo quanto fosse português, começando por antipatizar com o jeito de falar dos "galegos". Mas que se passava agora que o país havia proclamado sua independência e possuía o seu imperador? Não tinha mudado nada, nem podia mudar. No fim de contas d. Pedro I era também português. Vivia cercado de políticos e oficiais "galegos". Ali mesmo na Província já se dizia que nas tropas quem mandava eram os oficiais portugueses; murmurava-se que eles estavam conspirando para fazer o Brasil voltar de novo ao domínio de Portugal.

Bibiana ergueu os olhos para o pai. Não lhe distinguia bem o rosto ali no canto sombrio. Mas via a brasa viva do cigarro, diminuindo e aumentando, e via também a fumaça subir. Ela estava inquieta, com uma coisa no peito... Era um alvoroço que nunca sentira antes. Por mais que fizesse, não podia esquecer o homem que vira aquela manhã no cemitério. Sabia que se chamava Rodrigo e que estava hospedado no rancho do Nicolau, ali do outro lado da praça, bem defronte a sua casa. Pensava na voz dele e sentia um calor no corpo. Não, não era bem calor. Era um amolecimento morno, uma vontade de... de que mesmo? Ela não sabia direito. Melhor: sabia mas não queria saber e só de pensar nisso corava, ficava perturbada, errava o ponto do bordado. Ainda bem que os outros ignoravam o que ela estava pensando e sentindo... Olhou para a mãe, que, com a testa franzida, embainhava uma toalha feita dum saco de farinha de trigo. Bibiana empurrou a agulha com o dedal azinhavrado mas em seguida se perdeu de novo em pensamentos. Imaginou-se costurando seu próprio enxoval. Ouvia mentalmente o comentário das amigas: sabe? A Bibiana vai casar. Não diga! Com quem? Com o Bento Amaral? Não. Com aquele homem bonitão que chegou a Santa Fé. O capitão Rodrigo? Esse mesmo. Diz que vai ser um casamento muito lindo. O velho Terra mandou matar uma novilha e um porco. Estão fazendo doces. Vem um gaiteiro de São Borja. Vão dançar o fandango. Um homem mui guapo.

— Que é, minha filha? — perguntou d. Arminda.

— Nada — respondeu Bibiana, quase sobressaltada. — Por quê?

— Vosmecê está aí sacudindo a cabeça e falando baixinho... Até parece a sua avó. Errou o ponto?

— Não senhora. — Mentiu: — Espetei a agulha no dedo.

— Não tem dedal?

— Tenho.

— Está saindo sangue?

— Não. Não foi nada.

Bibiana sentia arderem-lhe as faces e as orelhas. A noite estava morna, de ar parado, e da varanda do Nicolau vinham risadas masculinas. Através da janela Bibiana agora via a grande figueira no meio da praça, ao luar. Quando menina ela gostava de trepar naquela árvore grande, de ficar pendurada num dos galhos, balançando os pés no ar. Gostava também de arrancar suas folhas, picá-las com uma velha faca e fazer de conta que era uma dona de casa e estava preparando o jantar para suas bruxas de pano. Bibiana ficava horas debaixo da figueira, que ela considerava como sua propriedade. Era ali que brincava de comadre e de visita com as outras meninas. Mas, desde o dia em que seu Inocêncio Carijó amanheceu enforcado num dos galhos da figueira, Bibiana passara a olhar a árvore com um certo temor. Fora ela a primeira a ver o corpo, de manhãzinha. A princípio pensou que o homem estava brincando de se balançar. Aproximou-se dele e quando lhe viu a cara soltou um grito. Inocêncio estava completamente roxo, de língua de fora e olhos saltados das órbitas. Vieram os vizinhos, cortaram a corda e o corpo do enforcado tombou ao chão com um som horrível, como um enorme figo podre que cai. Um dos homens disse: "Judas também se enforcou numa figueira". Ela não compreendeu... Mas em casa ouviu os pais dizerem que Inocêncio Carijó tinha atraiçoado um amigo.

Bibiana olhava agora para a figueira, pensando no enforcado. Mas em breve esqueceu a árvore e o morro para atirar o olhar na direção da venda do Nicolau, cuja porta era um quadrilátero de luz amarelenta aberto na fachada sombria. Era lá que *ele* estava. Bibiana não se lembrava de jamais se haver interessado tanto por um homem. Bento Amaral, tão rico, tão cobiçado pelas outras moças, não lhe causava nenhuma impressão, apesar de seus arreios chapeados de prata, de seus palas de seda, do anel no dedo, do relógio de ouro. Sabia ler e escrever e tinha maneiras de fidalgo. Mas Bibiana simplesmente não sentia nada senão aborrecimento perto dele, e quando o moço aparecia ela só desejava que ele fosse embora o quanto antes. No entanto, o desconhecido que ela vira aquela manhã no cemitério (será mau agouro?) não lhe saía da lembrança. Bibiana pensou na avó. Se ela estivesse viva, qual seria sua opinião daquele forasteiro? "É um homem como os outros." Mas talvez gostasse dele, talvez...

Bibiana tentou concentrar a atenção no que estava fazendo, mas não conseguiu. Não via o bordado: via a cara do cap. Rodrigo. Aqueles olhos azuis tinham um fogo, uma coisa que puxava a gente, bem como um atoladouro. Eram olhos que davam medo e ao mesmo tempo atraíam. Bibiana achava que não teria nunca coragem de ficar olhando muito tempo para eles. Porque se olhasse muito acabaria tendo uma vertigem. No entanto, sabia que o pai não tinha gostado do capitão. Viera do cemitério resmungando, falando mal dele. "Havia de aparecer agora essa peste..." E dava chicotadas nos cavalos, como se os pobres animais fossem os culpados do aparecimento daquele estranho. "Que é que ele pensa de Santa Fé?" Lept! Lept! Bibiana nunca vira o pai tão exaltado. Por quê, Santo Deus? Afinal de contas o homem não tinha feito nada de mau... E ao pensar em todas essas coisas Bibiana ficava apreensiva, com o receio de que algo de sério pudesse acontecer. A avó sempre lhe falava da brutalidade dos homens, que sempre acabavam fazendo o que a gente menos espera, isto é, as coisas mais absurdas. Vovó Ana costumava dizer que certos assuntos eram "coisa de homem". Guerra era coisa de homem; carreira, briga, jogo e bebida eram coisas de homem. O melhor que as mulheres tinham a fazer era desistir de compreendê-los. Desistir e continuar obedecendo e esperando...

    Pedro Terra pensava nas suas lavouras perdidas. Era a maior mágoa que tinha no coração. Perdera seus trigais, fazia alguns anos, e com dor de alma vira desaparecer com o trigo uma das maiores riquezas do Continente. Primeiro tinha sido a peste da ferrugem que batera nos trigais. Ele, então, tentara plantar outro tipo de trigo que a ferrugem não costumava atacar. Fora mais ou menos bem-sucedido, mas sobrevieram outros desastres. A Coroa tinha estabelecido um preço fixo para o trigo e havia comprado toda a produção. Ora, esses preços não convinham ao plantador, mas governo é governo. Às vezes a Coroa se apossava das colheitas, prometia pagar mas acabava não pagando. Por outro lado, as sementes escasseavam e o governo nada fazia para ajudar o agricultor. As lavouras começaram a ficar abandonadas. Era impossível lutar contra duas pestes ao mesmo tempo: a ferrugem e o governo. Não era de admirar que os lavradores acabassem abandonando os trigais. Preferiam criar gado, pois dava menos trabalho — diziam — e era mais divertido. De resto, a faina das estâncias parecia-se mais com a da guerra que o trabalho das lavouras. Os homens do Rio Grande estavam de tal modo habituados à luta e às correrias que quando vinha a paz não se conformavam mais com o trabalho da terra, em que tinham de ficar mourejando de sol a sol, agarrados ao cabo da enxada ou da foice. E assim, aos poucos, o trigo tinha ido águas abaixo. A coisa começara lá por 1815, no ano em que apareceu a ferrugem. Pedro lembrava-se bem, pois fora na época em que, triste e estropiado, ele voltara da Banda Oriental. Viera depois a pavorosa seca de 1820. Daí por diante as lavouras tinham começado a mermar, a mermar até se acabarem. Só se salvou quem tinha criação. E a salvação dele, Pedro, havia sido a olaria. Os Amarais exigiram a devolução das terras, pois ele não pudera cumprir o prometido no seu compromisso de compra. E assim ficara apenas com a olaria e a casa do povoado.
    Pedro Terra suspirou de mansinho e tornou a pensar na mãe.
    Foi nesse momento que se ouviram os sons dum violão e um homem começou a cantar com uma voz que encheu o ar quedo da noite. Pedro franziu o cenho, retesou o busto, apertou forte o cigarro entre os dentes e ficou escutando. As mulheres também ergueram a cabeça e olharam na direção da janela. Bibiana, de olhos arregalados, respirava com dificuldade. D. Arminda olhou para o marido, numa interrogação muda.
    — Parece mentira! — exclamou Pedro. — Não respeitam nem o dia dos mortos!
    — É um desaforo — concordou a mulher. E depois, noutro tom: — Quem será?

— Ora, quem há de ser! — Pedro ergueu-se. — É aquele sujeito que encontramos hoje no cemitério. Conheço a voz.

Bibiana teve como um desfalecimento.

Pedro aproximou-se da janela olhando na direção da venda do Nicolau.

— É preciso ser muito ordinário para fazer uma coisa dessas — murmurou.

As palavras do pai doeram em Bibiana. Entretanto, ela reconhecia que era mesmo uma falta de respeito, um sacrilégio cantar no Dia de Finados. Mas a voz que vinha lá da venda, morna e clara como a noite, causava-lhe uma confusa ânsia que no fundo era um pressentimento de desastre. Mas também era prazer, um prazer tão grande que chegava a dar-lhe vergonha, como se ela estivesse fazendo algo de feio e proibido.

4

Sentado num mocho, de pernas cruzadas e violão em punho, Rodrigo Cambará cantava cantigas que aprendera nos acampamentos da Província e da Banda Oriental. Eram modinhas e quadras que falavam de mulheres, cavalos, amor e morte. Debruçado sobre o balcão, Nicolau fitava no cantor os olhos sonolentos, pondo à mostra os cacos de dentes. Uma lamparina de sebo alumiava fracamente a sala. Rodrigo cantava com entusiasmo porque sabia que do outro lado da praça ficava a casa de Bibiana, que decerto também o escutava. Punha na voz muita ternura, falava duma tirana que lhe havia roubado o coração e que o martirizava por ser muito arisca...

Calou-se mas continuou a dedilhar o violão. Depois tornou a soltar a voz:

Quem canta refresca a alma,
Cantar adoça o sofrer,
Quem canta zomba da morte,
Cantar ajuda a viver.

Nicolau sacudiu a cabeça e disse:

— Que ajuda, ajuda mesmo.

Um cachorro veio da cozinha, sacudindo o rabo, deitou-se enrodilhado junto ao balcão, descansou o focinho sobre as patas dianteiras e fechou os olhos. Num canto sombrio apontou a cabeça da mulher de Nicolau, que ficou de olhos grudados no capitão, uma expressão de espanto no rosto lustroso.

Rodrigo olhava para a porta que enquadrava um pedaço da noite e via, no outro lado da praça, a janela iluminada da casa de Pedro Terra. De repente uma sombra assomou à porta da venda e fez sumir-se a casa de Bibiana. Era um homem alto, moreno e grisalho, de batina negra: o vigário de Santa Fé. O capitão continuou dedilhando o violão, tirando acordes graves, mas de olhos postos no recém-chegado.

— Boa noite, capitão! — disse o padre, sorrindo.
— Boa noite! — respondeu Rodrigo, parando de tocar.
— Vosmecê pode me dar uma palavrinha?
— Pois não.

Rodrigo pôs o violão em cima do balcão e ergueu-se.
— Aqui fora, se não é incômodo.

Saíram ambos para a praça.
— Linda noite! — exclamou o padre, como para começar a conversa.
— Mui linda.

Rodrigo olhou de soslaio para o outro. O pe. Lara caminhava devagar. Tinha uma cabeça enorme, desproporcional ao corpo raquítico e desengonçado. Havia entretanto uma qualidade tão aliciante em sua voz grave e lenta que era possível a uma pessoa simpatizar com ele, contanto que não olhasse para seu rosto feio e enrugado, de pele frouxa e papada flácida — coisa de estranhar numa cara magra. Os olhos do padre eram líquidos e as bordas de suas pálpebras estavam sempre vermelhas, como numa ameaça permanente de terçóis. Mas ali à luz da lua a face do vigário como que adoçava, perdia a fealdade e tudo que ele tinha de melhor se revelava na maciez envolvente da voz.

Os dois homens deram algumas passadas lado a lado, em silêncio, na direção da grande figueira. Quando se achavam apenas a uns cinco metros da árvore, o padre parou, segurou o braço do outro e perguntou:

— Vosmecê se lembra daquela história das Sagradas Escrituras sobre a figueira que não dava frutos?

— Não entendo muito desses negócios de religião, padre.

— Quando Nosso Senhor andava pela terra, um dia ficou com fome e se acercou duma figueira. Vendo que ela tinha só folhas, disse: "Nunca mais nasça fruto de ti". E a figueira secou imediatamente.

Por alguns segundos Rodrigo nada disse. Limitou-se a olhar para o vigário. Só agora percebia que o velho tinha uma respiração de asmático e que um rom--rom de gato lhe escapava da boca semiaberta.

— Vigário, que é que essa história quer dizer?

O pe. Lara começou a esfregar as mãos, devagarinho.

— Há homens como a figueira das Escrituras. Não têm nada pra dar. É o mesmo que se estivessem secos.

Rodrigo limitou-se a dizer:
— É. Hai...

A sombra da figueira era como um borrão de tinta no chão que o luar azulava.
— Existe muita gente assim no mundo, capitão.
— Mas a troco de que vosmecê me conta essa história das Escrituras?

O outro fez um gesto vago.
— Por nada. Porque vi esta árvore.

Rodrigo não ficou satisfeito com a explicação. Pressentia que aquelas palavras eram apenas uma introdução para algo de pessoal que o padre lhe queria dizer. Alguém tinha encomendado sermão ao vigário. Era melhor resolver logo o assunto. Tomou do braço do outro e apertou-o com força; mas, como seus dedos encontrassem um braço fino e descarnado, afrouxou-lhe a pressão.

— Padre, é melhor vosmecê ir logo dizendo o que quer. Isso de dar voltas é lá com o rio Ibicuí. Gosto de gente que vai direito ao assunto. Que é que vosmecê quer mesmo comigo?

— Para lhe ser sincero, capitão, o que eu queria era fazer que vosmecê parasse de cantar e tocar violão.

— É pecado cantar e tocar violão?

— Em certos lugares e em certas ocasiões é. Não sabe que hoje é Dia de Finados?

— Ah! Mas por que não disse logo?

— Vosmecê podia se ofender.

— Nunca me ofendo quando me pedem. Fico esquentado quando querem me mandar. Se me pedem com bons modos, faço. Se me dão ordens, brigo.

Acre e úmida, a respiração de gato bafejava o rosto do capitão. O luar parecia deixar mais brancos os cabelos do padre. Um galo cocoricou longamente num quintal; outros galos responderam em outros terreiros, e por um instante a noite ficou como que cheia de clarinadas. Rodrigo lembrou-se de toques de clarim na madrugada. E quase sentiu a impressão que tinha quando em campanha era acordado ao alvorecer pelas cornetas: a cabeça vazia, uma dor de fome no estômago, e na boca uma secura que era vontade de tomar chimarrão. Enquanto os galos cantavam, os dois homens ali perto da figueira ficaram em silêncio. Rodrigo procurava discernir vultos dentro da casa de Pedro Terra. Era lá que morava Bibiana. Por trás daquelas paredes estava a cama em que a moça dormia. Daria um braço, um olho, uma perna para dormir com Bibiana. Só de pensar nisso sentia prazer. De algum jardim vinha-lhe às narinas um cheiro adocicado de flor.

— Capitão...

Rodrigo voltou os olhos para o padre.

— Vosmecê é um soldado, não é?

— E vosmecê é um padre...

— Espere, estou falando sério. Como militar vosmecê sabe que num batalhão tem de haver disciplina, o soldado tem de obedecer ao seu superior.

— Naturalmente.

— Desde que o mundo é mundo sempre houve os que mandam e os que obedecem, um servo e um senhor. O mais moço obedece ao mais velho...

— Isso depende...

— Deixe-me terminar. O filho obedece ao pai, a mulher obedece ao marido. Se as coisas não fossem assim, o mundo seria uma desordem...

— Mas quem foi que lhe disse que o mundo não é uma desordem?

— Capitão! Vosmecê precisa ler história universal. Precisa ler sobre os outros continentes, principalmente sobre a Europa. Não pense que o mundo é só a Província de São Pedro.

Rodrigo deu de ombros.

— Pra mim tem sido...

— Mas não é para muitos milhões de pessoas. O mundo é muito vasto. A autoridade suprema dum país é o rei. Ele tem todo o poder temporal. Mas o poder espiritual quem tem é o papa, representante de Deus na Terra.

Aonde quererá ele chegar? — refletia Rodrigo, olhando de viés para a casa de Bibiana.

— Que diabo, vigário. Vosmecê sempre com voltas. Não queria que eu parasse de cantar? Pois parei. Que é que vosmecê quer agora?

Por um instante o padre lutou com a asma. Finalmente disse:

— Assim como cada casa tem um chefe, cada cidade também tem uma autoridade. E não é desdouro para ninguém obedecer a essa autoridade, quando as ordens que nos dão são justas, decentes e para o bem geral.

— Padre, desembuche duma vez!

— Se vosmecê chega a um povoado como o nosso, não pode proceder como se estivesse ainda num campo sem dono nem lei. Tem de se submeter às autoridades.

— E quem é a autoridade aqui?

— O coronel Ricardo Amaral Neto.

Era bem o que eu esperava — concluiu Rodrigo. O padre trabalhava para o mandachuva da terra. Naturalmente fora o velho Amaral quem mandara construir a igreja, quem comprara as imagens, quem dava ao vigário casa para morar. Não seria de admirar que o pe. Lara usasse o confessionário para arrancar dos habitantes do lugar informações do interesse do chefete de Santa Fé. Rodrigo conhecia casos...

— Vosmecê podia me ter dito tudo isso em duas palavras sem dar tanta volta.

Ficaram de novo em silêncio. Rodrigo via em pensamentos a imagem de Bibiana: a boca carnuda, os olhos oblíquos. Parecia uma fruta; dava na gente vontade de mordiscar aquela boca, aquelas faces, aqueles peitos. Naquele momento seu desejo por Bibiana se confundia com uma sensação de fome e Rodrigo começou a pensar alternadamente na rapariga e num churrasco. O padre recomeçou o sermão, mas Rodrigo não lhe prestava muita atenção. Não podia perder uma noite daquelas na companhia dum padre. Para ele padre era preto e agoureiro como urubu. Onde havia padre havia desastre ou morte: enterro, extrema-unção ou casamento. Sempre achara que casamento também era um desastre, uma prisão, uma espécie de morte. No entanto, agora a ideia de casamento associada a Bibiana não lhe era de todo desagradável nem impossível. Depois — concluiu ele com certa irritação —, parecia que só poderia dormir com a moça se casasse com ela... O pe. Lara falava, falava... Num dado momento puxou pela manga da túnica do capitão e perguntou:

— É ou não é? É ou não é?

— Deve ser, padre, deve ser. Mas vosmecê não acha que o sereno vai lhe fazer mal?

Como se não tivesse ouvido a pergunta, o vigário prosseguiu:

— Então deixe que eu lhe dê um conselho.

Por que será que toda gente neste povoado se acha com o direito de me dar conselhos? — pensou Rodrigo.

— Pois venha de lá esse conselho — disse em voz alta, enquanto com o rabo dos olhos via um vulto de homem assomar à janela da casa de Bibiana.

— Encilhe o seu cavalo e vá embora amanhã.

— Até vosmecê, padre?

— Ouça o que estou lhe dizendo.

— Mas por quê?

— Porque Santa Fé não é lugar para um homem de seu temperamento.

— Mas serei por acaso leproso, ladrão de cavalo ou bandido?

Rodrigo começava a exasperar-se.

O pe. Lara sacudiu a cabeça com veemência e a pelanca debaixo de seu queixo balouçava dum lado para outro, mole como papo de peru.

— Não. Mas sei que vosmecê é um homem que veio de muitas guerras, gosta de jogo, de mulheres e de bebida.

— E quem não gosta?

— O capitão vai se dar mal aqui. Tivemos outros casos, ainda no ano passado...

Rodrigo interrompeu-o:

— Palavra de honra que não compreendo, padre.

— Pois eu compreendo. Tudo está claro como água.

— Então se explique. E por amor de Deus não me venha com voltas.

O pe. Lara puxou o outro pelo braço e ambos começaram a caminhar na direção da capela.

O vigário entrou numa história muito longa sobre a família Amaral, sua tradição, seus hábitos, suas manias e seu prestígio junto ao governo da Província. Rodrigo olhava para a casa de Pedro. Viu quando fecharam a janela. Imaginou Bibiana a despir-se, a tirar o corpinho, a saia... Aquele pedaço de tornozelo que ele vislumbrara quando a menina subira para a carroça, à frente do cemitério, agora se ampliava: era uma perna bem torneada, um joelho roliço, uma coxa... Em breve, excitado, Rodrigo tinha nos braços Bibiana toda nua, com os seios a balouçar, brancos e trêmulos como coalhada nova recém-saída da tigela. E em pensamento ele a deitou na cama e os dois estavam enroscados aos beijos quando o pe. Lara lhe apertou o braço e lhe disse junto ao ouvido:

— É quem manda neste povoado e nestes campos ao redor de Santa Fé. Ninguém fica aqui sem o consentimento dele. É ele quem resolve todas as questões: uma espécie de juiz de paz.

— Mas esse homem nem me viu ainda. Como é que já não gosta de mim?

— Pois aí é que vosmecê se engana. O coronel Amaral já sabe quem é vosmecê, donde vem e o que pretende. Ele me disse que não ia permitir que vosmecê ficasse no povoado, porque não quer saber de barulho.

— Mas eu não vou fazer barulho, já disse! — gritou Rodrigo. Sua voz ecoou na praça e depois se dissolveu no ar.

— Está vendo? Diz que não vai fazer barulho e está quase brigando comigo. Vosmecê tem sangue quente, capitão.

— Que é que vou fazer? Nasci assim e estou velho demais pra mudar.

O padre aveludou a voz.

— Está bem. Está bem. Não vamos brigar. Vosmecê não precisa mudar. Continue como está, se isso lhe agrada. O que eu quis dar a entender com toda esta arenga é que o coronel Amaral mandou lhe dizer que não vê com simpatia a permanência de vosmecê em Santa Fé.

— Por que é que ele não veio me dizer isso cara a cara?

— Decerto porque não quis, pois coragem não lhe falta.

Tinham chegado à frente da capela. Rodrigo sentou-se num dos degraus de madeira da porta central e o padre o imitou. Por alguns instantes ficaram ambos em silêncio olhando a noite. Na maioria das trinta e poucas casas de Santa Fé àquela hora não havia luz. O luar caía manso sobre os telhados e cobertas de palha, sobre os pomares, as hortas e os campos em derredor. Rodrigo fitou o casario de pedra dos Amarais, lá do outro lado da praça. A fera deve estar dormindo — pensou. E sentiu desejos de enfrentá-la.

— Então o homem não quer saber de mim... — murmurou.

O padre ronronava a seu lado como gato velho.

— Que é que vosmecê vai fazer? Pode falar com confiança. Nunca se confessou?

— Nunca. Nem a meu pai.

— Bom. Mas pode se abrir comigo como se estivesse num confessionário. Segredo que cai aqui — e espalmou a mão sobre o peito — é como se caísse numa sepultura.

— Mas não tenho nenhum segredo para contar. O que pretendo fazer já disse a meio mundo. Vou ficar.

— Mas por que é que vosmecê insiste tanto em ficar?

— Porque gostei deste lugar.

— Só por isso?

— Para provar que não escondo nada, vou dizer o resto. É porque estou também gostando duma moça que mora aqui.

— Posso saber quem é?

— A filha do Pedro Terra.

— A Bibiana?

— Essa mesmo.

O padre fez uma pequena pausa e depois disse, grave:

— Mas é uma moça muito direita. Se vosmecê pensa...

— Se é direita, tanto melhor. Tenciono casar com ela.

O sacerdote ficou como que espantado.

— Bom, se é assim... Mas me parece... bom... a coisa vai ser difícil.

— Por quê?

— O Bento, filho do coronel Amaral, também gosta da moça.

— E ela gosta dele?

O pe. Lara acariciou com a palma da mão a coroa da cabeça.

— Gostar... não gosta. Mas vosmecê sabe. O moço é voluntarioso, é rico, e no fim de contas a Bibiana vai acabar dizendo que sim. Principalmente se o velho Ricardo se meter na história.

— Pelo que vejo esse Amaral é um deus.

— Não diga isso, capitão. Deus é um só e está no céu. E esse Deus único não é apenas senhor de Santa Fé. É senhor do universo. — Deixou o tom solene, ficou mais terra a terra ao perguntar: — Vosmecê não é religioso?

— Não. Religião nunca me fez falta.

— Há pessoas que só se lembram da Virgem quando troveja.

— Quando troveja me lembro do meu poncho.

— Há homens que passam a vida fazendo pouco da Igreja, mas na hora da morte mandam chamar um padre pra se confessar.

Rodrigo soltou uma risada.

— Chamar padre na hora da morte? Acho que nem que eu queira vou ter tempo pra isso.

— Quem é que lhe garante?

— Na minha família quase ninguém morre de morte natural. Só as mulheres, assim mesmo nem todas. Os Cambarás homens têm morrido em guerra, duelo ou desastre. Há um ditado: "Cambará macho não morre na cama".

E ao dizer essas últimas palavras Rodrigo falava alto e havia em sua voz um tom de alegre orgulho. O padre ficou por um instante num silêncio abafado. Olhou para a criatura que tinha a seu lado: a lua lhe batia em cheio no rosto. De tão claros, seus olhos pareciam vazios.

— Vosmecê já pensou no que lhe pode acontecer depois da morte?

— Não.

— Não tem medo de ir para o inferno?

Rodrigo cruzou as pernas, atirou o busto para trás e recostou-se contra a porta da capela.

— Padre, ouvi dizer que no céu não tem jogo nem bebida nem carreiras nem baile nem mulher. Se é assim, prefiro ir pro inferno. Além disso, as tais pessoas que todo mundo diz que vão pro céu por serem direitas e sem pecado são a gente mais aborrecida que tenho encontrado em toda a minha vida. Tenho conhecido muito patife simpático, muito pecador bom companheiro. Se eles vão para o inferno, é para lá mesmo que eu quero ir.

— Vosmecê brinca com coisas sérias. Mas acredita que há um céu e que há um inferno, não acredita?

— Pra lhe falar com franqueza, nunca penso nessas coisas.

— Sim, mas quando vosmecê começar a envelhecer vai pensar. Ouça o que lhe digo.

— Nunca nenhum Cambará macho conseguiu passar dos cinquenta anos.

Para além das casas estendiam-se os campos dobrados sob o lagoão enorme do céu. As coxilhas eram como seios de mulheres — comparou Rodrigo mentalmente. Seios e nádegas.

— Mas vosmecê nunca pensa em Deus?

— Uma vez que outra.

— Não reconhece que Ele fez o mundo e todas as pessoas que há no mundo?

— Se Deus fez o mundo e as pessoas, Ele já nos largou, arrependido.

— Não diga tamanho absurdo! Se Ele tivesse largado, tudo andava de pernas para o ar.

— E não anda?

— Me diga uma coisa: por que é que a Terra gira em volta do Sol e a Lua em volta da Terra, tudo direitinho a bem de haver o dia, a noite, as quatro estações? Por que é?

— Porque é.

— Isso não é resposta. Me diga por que é que a gente bota semente de trigo na terra e a semente cresce numa planta, numa espiga com grãos, e o grão se transforma em farinha e a farinha em pão e o pão em alimento para as pessoas. Vosmecê já pensou que coisa bem-feita, que máquina perfeita é o corpo humano?

Rodrigo pensou no corpo de Bibiana. Nu em cima duma cama, os peitos de coalhada, as pernas roliças, os beiços vermelhos. O corpo de Bibiana devia ser uma perfeição.

— Me diga outra coisa. Há homem no mundo capaz de fazer as coisas que Deus fez: as criaturas humanas, as plantas, as estrelas, os animais? Pegue uma florzinha e veja que maravilha, que delicadeza, que... — O padre calou-se, ofegante. — Já pensou nessa coisa milagrosa que é nascer, crescer, viver...

— E envelhecer, e morrer, e apodrecer... — completou Rodrigo, pensando em que Bibiana um dia havia também de ficar velha.

— Exatamente! Mesmo envelhecer e morrer e apodrecer são coisas extraordinárias, porque tudo obedece a um grande plano. O corpo humano é matéria e como tal volta à terra de onde saiu. Mas a alma é imortal. Tudo faz parte do milagre chamado vida. Nada disso podia existir se não houvesse Deus. Podia?

— Vosmecê que lê nos livros é que sabe, padre. Não me pergunte.

— Se Deus tivesse abandonado o mundo, o dia não seguia a noite, o pão não alimentava mais o corpo, o ar se sumia, as plantas não cresciam mais, os astros se chocavam no espaço e o mundo acabava...

Mas antes de o mundo acabar — pensava Rodrigo — tenho de dormir com Bibiana Terra. E de novo sentiu fome. Será que o Nicolau me arranja alguma coisa pra comer?

— Vosmecê deve ter razão, padre. E eu lhe peço desculpas por ser tão atrasado e tão herege. Pode ser que eu mude um dia... — acrescentou, sem nenhuma convicção.

— Se Deus quiser!

— E se eu tiver tempo.

Ergueu-se, rindo baixinho e sentindo as bombachas úmidas de sereno nos fundilhos. Um grilo começou a cantar debaixo dos degraus. Rodrigo lançou um olhar na direção da casa de Pedro Terra.

— Padre.

— Pronto, capitão.

— Vou lhe fazer um pedido.

— Faça.

— Não pense mal de mim.

— Mas eu nunca penso mal de ninguém. Sou um pobre velho que quer ajudar os outros e servir a sua Igreja.

— Sei que sou meio esquentado e às vezes falo alto demais. É que gosto muito da vida.

— Está se vendo.

— Viver é muito bom. Às vezes a gente tem tanta força guardada no peito que precisa fazer alguma coisa pra não estourar.

— Eu compreendo.

— Me criei guaxo. Não conheci mãe. Com doze anos já trabalhava no campo com a peonada bem como um homem-feito. Com dezoito tinha sentado praça e já andava brigando com os castelhanos. Daí por diante sempre vivi ou brigando ou correndo mundo.

O padre sacudia a cabeça, devagarinho.

— Nunca aprendi nenhuma reza nem me habituei a ir à igreja.

— Mas ainda tem tempo. Nunca é tarde, meu filho.

— Qual! Há certas coisas que a gente ou aprende quando é menino ou nunca mais. Mas, pra le ser franco, não tenho sentido falta da igreja nem de reza nem de santo.

— Nem na hora do perigo?

— Pois na hora do perigo mesmo é que não penso nessas coisas.

— Paciência. Pode ser que um dia vosmecê mude. Deus é grande.

— E o mato é maior, padre. É o que esses caboclos aprendem na luta dura desde pequeninhos. Não podem confiar em Deus e ficar parados. Quem fizer isso acaba degolado ou furado de bala. Às vezes o melhor recurso é ganhar o mato. A gente não pode estranhar que essa gente pense assim. Foi a vida que ensinou...

— Deus escreve direito por linhas tortas.

Rodrigo abriu a boca num bocejo cantado e depois disse:

— Mas o diabo é que ninguém sabe ler o que Ele escreve.

O padre ia retrucar, mas calou-se. Houve um curto silêncio e por fim o vigário confessou:

— Quer que eu lhe diga uma coisa? Gosto de vosmecê. Pode ficar certo disso. Gosto.

— Pois me alegro, vigário, me alegro. Tenho tido pouca sorte desde que cheguei.

— Por que não vai falar com o coronel Amaral?

— Eu?

— Sim. Vá e fale franco com o homem. Pode ser que ele acabe gostando de sua pessoa.

— Acha que vale a pena?

— Que é que vosmecê tem a perder?

— Nada, isso é verdade.

— Então? Amanhã eu falo com o homem, pergunto a que horas ele pode receber vosmecê.

Rodrigo fez um gesto que era metade dúvida, metade assentimento.

— Pois... está combinado. Fico esperando suas ordens amanhã. — E mudando de tom: — Vai naquela direção?

— Não. Fico por aqui. Minha casa é atrás da igreja.

— Boa noite, padre. E não me queira mal.

— Boa noite. Deus guarde vosmecê!

— Amém — disse Rodrigo automaticamente. E riu-se de ter dito isso sem sentir.

Separaram-se. As luzes na casa de Nicolau estavam apagadas. Rodrigo fez a volta do rancho e entrou no seu quarto pela porta dos fundos. Pensava ainda em Bibiana e em algo que comer. Alguém tossiu do outro lado do tabique.

— Nicolau! — murmurou o capitão.

— O Nicolau saiu. — Era a voz da mulher. — Foi caçar tatu.

Imediatamente o coração de Rodrigo começou a pulsar com mais força, uma fração de segundo antes de ele próprio saber o porquê daquele súbito alvoroço. O Nicolau tinha saído de casa e ali do outro lado do tabique sua mulher estava numa cama... Não era nem muito moça nem bonita. Mas era uma fêmea. Fazia tempo que Rodrigo não tinha mulher. Ou tudo aquilo não passava de fome? Pensou em Bibiana. Imaginava Bibiana do outro lado do tabique, deitada na cama, nua...

— Dona Paula — chamou ele.

Por um instante não veio nenhuma resposta. Ele sabia que a china o evitava, como se o temesse. Espiava-o sempre de longe, com seus olhos de animal assustado.

Finalmente o capitão ouviu uma voz débil.

— Vosmecê chamou?

— Chamei, sim.

— Que é?

— Estou com muita fome, dona. Pode arranjar alguma coisa de comer?

— Não sei. Vou ver. — Havia na voz dela um tom de permanente lamúria. Tinha uns peitos flácidos e uma pele terrosa. Mas não era repugnante. E, fosse como fosse, era uma mulher.

De pé, junto da cama, Rodrigo ouvia o rascar das chinelas da companheira do Nicolau. Sabia que para ir à cozinha Paula tinha de passar pelo seu quarto.

Entreabriu a porta e ficou esperando de luz apagada. E, quando o vulto da mulher passou, Rodrigo murmurou:

— Dona Paula...

Ela estacou, muda. Ele a segurou pelos ombros e puxou-a para dentro do quarto. Sentiu que ela tremia toda, como se estivesse com sezões, mas não fez nenhum gesto, não disse a menor palavra. Arrastou-a para a cama.

5

No dia seguinte, logo após a sesta, por obra e graça do pe. Lara, Rodrigo se viu frente a frente com o senhor de Santa Fé. Era numa das salas do casarão de pedra, onde os poucos móveis que havia eram escuros e rústicos. A um canto da peça Rodrigo viu três espadas e uma espingarda encostadas na parede. O cel. Ricardo estava sentado atrás duma mesa de pau preto. Não se ergueu quando o padre fez as apresentações. Não estendeu a mão para o visitante nem o convidou a sentar-se. Quando o vigário se retirou, Rodrigo, de pé a uns quatro passos da mesa, olhou bem nos olhos o dono da casa e seu instinto lhe gritou que tinha macho pela frente.

Ricardo Amaral Neto era um homem de cinquenta e poucos anos, moreno, de rosto coberto por uma barba preta estriada já de fios brancos. Usava o cabelo à escovinha, tinha um olhar altivo e na ponta do nariz um sinal dum preto-arroxeado, quase do tamanho duma moeda de vintém. Estava em mangas de camisa, trazia à cinta uma faca de prata e, sob a mesa, Rodrigo podia ver-lhe as botas de couro negro e cano alto.

Houve um pequeno silêncio. O capitão tinha já decidido principiar a conversa quando o outro perguntou bruscamente:

— Que é que pretende fazer aqui?

— Ainda não sei, coronel.

— Este povoado já tem gente vadia que chegue!

Ricardo Amaral atirou essas palavras como seixos na cara do outro. Rodrigo recebeu-as aparentemente impassível, ficou por alguns segundos calado e depois, com voz meio apertada, replicou:

— Se não fosse o respeito que tenho a um homem da sua idade, eu fazia vosmecê engolir o que acaba de dizer.

Ricardo ergueu-se como que impelido por uma mola. Como o avô e o pai, era um homem alto e espadaúdo. Afastou a cadeira com um pontapé, contornou a mesa, pegou duas das espadas que estavam a um canto, atirou uma para Rodrigo, que a apanhou no ar, desembainhou a outra e gritou:

— Defenda-se! Vou mostrar quem é velho. Defenda-se!

Rodrigo continuava imóvel, segurando a espada horizontalmente com ambas as mãos.

— Vamos, defenda-se! — repetiu o estancieiro.

O capitão sorria. Sorria porque estava achando divertido aquele homenzarrão ali na sua frente, de espada em punho, querendo arrastá-lo a um duelo. Se também se deixasse enfurecer estaria tudo perdido.

— Acalme-se, coronel — pediu ele, apaziguador. — Vosmecê não vai querer matar um homem debaixo de seu próprio teto.

Só então Ricardo pareceu cair em si e compreender a situação. Pigarreou — no próprio pigarro havia um tom de surda raiva — e deixou cair o braço cuja mão segurava a espada. Seu peitarraço subia e descia ao compasso duma respiração acelerada; seu rosto estava purpúreo.

Rodrigo deu alguns passos e encostou a espada na parede. Voltou-se para o senhor de Santa Fé:

— Vosmecê veja a minha situação... — disse ele, quase jovial, ajeitando o lenço vermelho. — Se eu matasse o coronel Amaral, não saía vivo desta casa. Se vosmecê me matasse... eu estava liquidado. De qualquer modo estou perdido. Já vê que minha posição é meio difícil...

— Mas vosmecê me ofendeu! — exclamou Ricardo, pondo a espada em cima da mesa.

— Foi vosmecê que me ofendeu primeiro — retrucou Rodrigo.

— Eu podia mandar le prender.

— Podia, coronel. Podia também mandar me enforcar. Mas não manda nem uma coisa nem outra.

— Quem foi que lhe disse?

— Vosmecê não manda me prender porque não tem motivos pra isso. Não se prende um homem de bem por um dá cá aquela palha. E vosmecê não manda me enforcar por uma razão muito forte. É porque é um homem justo e bom.

Ricardo voltou-se devagarinho na direção da mesa, lançando um olhar torvo e enviesado na direção do interlocutor. Depois, dominando a voz, disse:

— O melhor mesmo é vosmecê ir embora de Santa Fé o quanto antes.

— Por quê?

— Porque sim.

— Que é que há contra mim?

Ricardo hesitou por um instante, acariciou nervosamente o cabo da faca e disse:

— Vosmecê não tem o nosso jeito. Sou um homem muito vivido e vejo logo quando uma pessoa pode se dar aqui e quando não pode. Logo que me falaram na sua pessoa, senti que vosmecê não podia esquentar lugar em Santa Fé e que mais cedo ou mais tarde ia nos dar trabalho.

— O coronel está me tratando como se eu fosse um castelhano, um estrangeiro, um inimigo.

Ricardo pareceu meio abalado com o argumento. Tartamudeou um pouco antes de responder, mas o tom firme e teimoso em breve lhe voltou à voz.

— Conheço um homem até pela maneira como ele anda vestido. Esse seu lenço vermelho é um sinal de fanfarronice.

— Coronel, vosmecê está enganado.

— Nunca me engano com homem nem com cavalo. Vosmecê tem um jeito de olhar e de falar com as pessoas que faz o sangue da gente ferver.

— Não é minha culpa. Nasci assim.

E imediatamente Rodrigo percebeu que a voz lhe saíra atrevida e agressiva.

— Meu avô costumava dizer que homem também se doma, como cavalo.

— Nem todos.

— Pois le pego pela palavra. Se vosmecê é potro que não se doma, muito bem, é porque não pode viver no meio de tropilha mansa. Seu lugar é no campo. Neste potreiro de Santa Fé, moço, só há cavalo manso. Chegam xucros mas eu domo eles e boto-les a minha marca.

— Já me tinham dito isso.

— Pois, se a coisa não le agrada, mande-se mudar.

Ricardo virou as costas para Rodrigo, como para dar por terminada a entrevista. O outro, porém, continuou imóvel onde se achava. Estava resolvido a não deixar-se convencer nem enfurecer. Se despertasse a ira do senhor de Santa Fé, estaria perdido. A vida para ele no povoado seria insuportável e o melhor que tinha a fazer era encilhar o cavalo, montar e ir cantar noutra freguesia. Mas, se ele fosse embora, adeus, Bibiana!

Decidiu tentar outro recurso. Sabia que Ricardo era comandante dum corpo de cavalaria.

— Coronel, vosmecê também é um militar.

— E por sinal seu superior, capitão. Não se esqueça disso.

— Não esquecerei. Mas peço que vosmecê me escute. No fim de contas um homem tem o direito de se defender, principalmente quando está com a consciência limpa.

Ricardo encarou-o. E naquele instante Rodrigo sentiu que estava diante dum juiz.

— Então que é que tem a dizer a seu favor?

— Eu mesmo não tenho nada. Mas há muita gente boa disposta a falar por mim.

— Aqui em Santa Fé?

— Nestes papéis, coronel. Com licença de vosmecê, aqui está a minha fé de ofício.

Tirou um rolo de papéis de dentro da túnica e apresentou-os ao estancieiro, que os tomou, desamarrou a fita que os prendia, botou os óculos e começou a ler. Eram cópias de ordens do dia de diversos generais que Ricardo Amaral conhecia e nelas havia elogios ao cap. Rodrigo Severo Cambará pelo seu comportamento em ação. Havia também um "a quem interessar possa", declarando que o cap. Rodrigo tinha tomado parte em diversos combates, "portando-se com heroísmo, dedicação e disciplina a toda prova". A declaração estava assinada por Bento Gonçalves da Silva.

Por alguns minutos Ricardo ficou de cabeça baixa, e Rodrigo percebeu que o homem lia com alguma dificuldade: seus lábios grossos se moviam, soletrando as palavras. O senhor de Santa Fé tornou a enrolar os papéis e estava amarrando a fita que os prendia quando o capitão tirou do bolso das bombachas um estojo preto e dramaticamente apresentou-o ao outro:

— E se isto também pode dizer alguma coisa em meu favor...
— Que é isso?
— Faça o obséquio de abrir.

Ricardo Amaral tomou do estojo, com um pouco de má vontade, abriu-o e viu contra um fundo de veludo roxo uma medalha. Reconheceu a cruz da Ordem dos Militares. Não pôde esconder sua surpresa, e seu rosto iluminou-se de repente, como se a condecoração irradiasse luz. Logo em seguida, porém, seu semblante tornou a ficar sombrio. Ricardo fechou o estojo, entregou-o ao outro e começou a esfregar as mãos com impaciência.

— Isso tudo, capitão, prova apenas que vosmecê foi um bom soldado.

Rodrigo estava decepcionado. Esperava que todos aqueles documentos conseguissem comover o estancieiro e agora, vendo-o irredutível mesmo diante daquela condecoração, começava a agastar-se.

— Só me admiro é duma coisa — disse Ricardo, com voz mais conciliadora mas ainda com uma ponta de dúvida. — Como é que um homem com os serviços que vosmecê prestou ao governo não teve outras recompensas...

— Recebi o meu soldo, coronel.

— Não me refiro a soldo. Muitos oficiais depois de deixarem a tropa receberam sesmarias, viraram criadores ou plantadores.

Rodrigo sorriu. Lembrava-se de que lhe haviam contado que naquelas muitas guerras, quando fazia o recrutamento, Ricardo Amaral Neto preferia sempre tirar pais de famílias de seus lares e lavouras a desviar do trabalho de sua estância peões e escravos. Apesar de comandante dum corpo de cavalaria, nunca fornecera uma única de suas vacas para alimentar os soldados, pois achava muito mais conveniente requisitar gado e cereais aos pequenos criadores e agricultores. Murmurava-se também que o cel. Ricardo se valera mais duma vez de sua autoridade militar para obrigar certos proprietários a lhe venderem suas terras a preços baixos.

Rodrigo encolheu os ombros e disse:

— Nunca me interessei por essas coisas, coronel. Nasci caminhando como filho de perdiz.

— E por que é que agora quer fazer seu ninho aqui no povoado?

— Já lhe disse que gostei de Santa Fé. É um lugar mui lindo. No dia que eu achar que ele não me serve mais, monto a cavalo e vou m'embora. Só árvore é que pega raiz no chão.

— Pois homem que não é capaz de se apegar à terra não nos serve. O mal desta província têm sido esses aventureiros que vêm doutros pontos do país só pra se divertirem ou fazerem negócio e depois vão embora.

Ricardo, agora visivelmente mais calmo, acariciava as barbas grisalhas com sua grande mão queimada de sol e estriada de veias dum azul esverdeado.

Rodrigo sabia ser simpático, quando queria. Tratou de falar com calma e brandura, e no seu tom de voz havia agora não a humildade dum pobre que curva a cabeça ante um potentado, mas sim o respeito carinhoso dum filho que se dirige ao pai.

— Vosmecê ainda não me conhece, coronel. Mas se minha palavra valesse alguma coisa...

Ricardo interrompeu-o:

— Olhe, capitão, nunca apreciei as pessoas que põem em dúvida a palavra dos outros. Se vosmecê vai me dar a sua, não tenho razão pra duvidar dela.

Rodrigo viu que começava a pisar em terreno mais firme.

— Pois lhe empenho a minha palavra de cidadão e de soldado como nunca lhe darei nenhum motivo de queixa. Quero ficar aqui. Talvez compre umas terrinhas e comece a criar o meu gadinho. Talvez até me case...

— Mas vosmecê não vai gostar de Santa Fé. Temos poucos divertimentos e um homem habituado a pândegas, fandangos, carreiras, jogatina e mulheres não pode aguentar esta vida. Santa Fé é terra de gente trabalhadeira. Tem pouca festa e pouca moça. E as moças são direitas, ouviu, capitão?

— Ninguém está dizendo o contrário.

— Vosmecê já foi ao nosso cemitério?

— Casualmente estive lá ontem.

— Viu aquele túmulo de cruz preta, logo à direita de quem entra?

Rodrigo sacudiu a cabeça, numa negativa.

— Não que me lembre.

— Pois ali está enterrado o Zé Oliveira.

Fez uma pausa cheia de significação. Depois continuou:

— O Zé tomou a mulher dum dos meus agregados... — Outra pausa. Os olhos de Ricardo Amaral Neto brilharam por um instante. — O marido meteu-lhe chumbo no corpo. O corpo do Zé Oliveira ficou que nem peneira...

— E que foi que aconteceu pra mulher? — perguntou o capitão, sorrindo.

O estancieiro fez um gesto brusco e grasnou:

— Não vem ao caso!

— Se vosmecê pensa que vou tentar tirar a mulher de alguém... — começou a dizer Rodrigo.

Mas o outro não o deixou terminar:

— O Zé Oliveira era um sujeito valente, muito alegre, cantava e tocava violão. — Com uma voz cheia de intenções veladas, acrescentou: — Sempre desconfiei de homem que toca violão.

Espinhado, Rodrigo não se conteve e replicou:

— Conheço muito patife que não toca violão.

Por um breve instante os dois homens se mediram com os olhos, num silêncio feroz. Nenhum piscou. Nenhum falou por vários segundos. Rodrigo então compreendeu que não havia mais remédio para aquela situação. Apanhou o chapéu que estava em cima duma cadeira e disse, num supremo esforço para alisar a voz:

— Bem, vou andando com a licença de vosmecê.
— Pra andar vosmecê tem toda a minha licença.
— E pra ficar?
— Para ficar, não.
O capitão fez meia-volta, aproximou-se da porta e, já a abri-la, exclamou:
— Mas fico!

Não ouviu o que o outro disse nem lhe viu a cara, pois bateu a porta em seguida e saiu para o alpendre. Dirigiu-se para a venda do Nicolau, assobiando, com o chapéu atirado para a nuca, a ruminar com gozo suas últimas palavras. Mas fico. Mas fico. Mas fico.

6

E ficou mesmo. Nada lhe aconteceu. Porque aqueles dias Ricardo Amaral fechou a casa do vilarejo e foi passar o resto do verão na estância, deixando o campo livre para Rodrigo, que aos poucos conquistou toda a população de Santa Fé, com exceção de Pedro Terra. Era alegre, cantava, tocava violão, pagava bebidas e sabia perder no jogo. Faziam rodas de truco ou de solo na venda, e em certas ocasiões até o pe. Lara vinha jogar. Ficava pitando um cigarro de palha, tossindo e rindo das histórias que o capitão lhe contava. E muitas vezes, segurando com seus longos dedos as cartas sebosas do baralho, sacudia a cabeçorra e murmurava:

— Esse capitão Rodrigo é das arábias!

Nicolau estava satisfeito com o hóspede e, de pé atrás do balcão, servindo cachaça para a freguesia, costumava olhar com ar quase paternal para Rodrigo. E parecia continuar ignorando que, sempre que ele saía, a mulher ia para a cama do outro, silenciosa e trêmula, confirmando o ditado que o cap. Cambará com frequência repetia aos amigos íntimos: "Mulher que vai uma vez comigo pra cama vai sempre".

De vez em quando Rodrigo saía com os novos amigos a caçar veados ou jacutingas. Aos domingos corria com eles carreiras em cancha reta. As apostas eram moderadas e todos se admiravam de nunca haver briga. Diziam:"O capitão Rodrigo é homem que sabe perder". Quase todas as noites havia reuniões na venda do Nicolau depois do jantar. Rodrigo tocava violão e cantava, e, quando encontrava algum repentista, desafiava-o para trovar; e, sob risadas, ficavam os dois até tarde no seu duelo poético. Já se dizia em Santa Fé que "Onde está o capitão Rodrigo não hai tristeza".

E assim se passaram algumas semanas. Rodrigo não podia tirar Bibiana do pensamento. Para falar a verdade, não procurava esquecê-la. Fizera muitas tentativas para falar com a moça, mas não conseguira nada. Aos domingos costumava ir esperar a saída da missa para ver sua "tirana" passar, de olhos baixos, muito vermelha, acompanhada pela mãe e pelo pai, o qual, ao avistá-lo, mal batia com dois dedos na aba do chapéu e passava de largo. Tinham-lhe contado que Pedro Terra dissera, em certa roda: "Esse tal capitão Rodrigo é um homem sem serventia. Vive cantando, bebendo e jogando, e tem raiva do trabalho". Rodrigo exasperava-se. A moça morava naquela casa ali do outro lado da praça e no entanto era como se vivesse em Viamão, em Rio Pardo ou em São Paulo, porque raramente a via. Pensara em mandar-lhe um recado, escrever-lhe um bilhete... Um dia chegou a falar com o padre.

— Vigário, eu queria pedir um favor a vosmecê.

O pe. Lara aproximou o ouvido dos lábios do capitão.

— Diga.

— Arranje um jeito de eu falar com dona Bibiana.

O sacerdote sacudiu a cabeça com veemência.

— Não conte comigo para essas coisas. Não sou nenhum alcoviteiro. Não quero me meter nesses assuntos.

— Mas as minhas intenções são sérias. Quero casar com a moça.

— Então fale com o pai dela.

— Mas o velho Terra não me dá ocasião. Não quer saber de mim.

— Fale com o irmão.

— Ele não está no povoado.

— Deve chegar por esses dias.

— Mas eu sei que Pedro Terra ouve vosmecê. Diga alguma coisa a meu favor.

O padre coçou a papada. Seus olhos líquidos fitaram o rosto do capitão.

— Vosmecê me bota em cada aperto...

— Então vai falar?

— Vamos ver... Talvez. Não prometo nada.

O vigário procurou safar-se. Mas Rodrigo agarrou-lhe a manga da batina e disse:

— Padre, vosmecê sabe como sou esquentado. Estou levando este negócio com bons modos. Mas se perco a paciência não respondo pelo que acontecer.

— Vosmecê é um homem impossível! — exclamou o sacerdote. E abalou, furioso.

Por aqueles dias Juvenal voltou de sua viagem a Cruz Alta. Vendo a carreta carregada de fardos e caixas, Rodrigo teve uma ideia. Depois de abraçar Juvenal, chamou-o à parte e disse:

— Tenho uma proposta pra le fazer.

— Que é?

— Um negócio...

— Que negócio?

Estavam sentados debaixo da figueira. A tarde caía calma, e o céu estava limpo, dum azul liso e desbotado.

— A venda do Nicolau é uma droga — declarou Rodrigo.

— Mas é o que temos, não é? — retrucou o irmão de Bibiana, meio áspero.
— Vosmecê conhece a loja do velho Horácio Terra no Rio Pardo?
— Não hei de conhecer! O velho Horácio é meu tio-avô.
— Pois aquilo é que é loja. Tem de tudo, é grande e bem sortida. Santa Fé precisa duma venda melhor que a do Nicolau.

Rodrigo olhou para Juvenal, mas não viu no rosto deste nenhum sinal de compreensão ou entusiasmo. Continuou:

— Tenho na guaiaca algumas onças e patacões. Não é muito, mas dá pra gente principiar... Pois a minha proposta é a seguinte: vosmecê tem uma carreta e eu tenho um dinheirinho. Vamos fazer uma sociedade. Vosmecê faz o sortimento no Rio Pardo e eu tomo conta da loja aqui.

O rosto de Juvenal continuou impassível. Seus dentes amarelentos apertavam o cigarro apagado. Permaneceu em silêncio, olhando para o casarão dos Amarais, cujas janelas e portas continuavam fechadas.

Rodrigo deu-lhe uma palmada jovial no joelho.
— Que tal?
— É...
— É o quê? Acha ou não acha boa a ideia?
— Pode ser, pode não ser...
— Mas vosmecê não arrisca nada. Eu é que entro com o dinheiro. Vosmecê entra com sua carreta, sua experiência e suas relações no Rio Pardo. Começamos com um negócio pequeno, depois vamos melhorando a coisa aos poucos.
— É... pode ser.
— Que diabo! Vosmecê não se entusiasma com nada.

Juvenal sorriu com um canto da boca.
— Não se pode fazer nenhum negócio no ar. Tenho família.
— Pois então pense. Pense e me diga o que resolveu.
— Vou pensar.

Juvenal ergueu-se.
— Outra coisa — ajuntou Rodrigo, levantando-se também. — Quero me casar com a sua irmã.

Juvenal não disse nada. Tirou o isqueiro, bateu a pedra e, quando o pavio prendeu fogo, aproximou dele a ponta do cigarro. Só depois de tirar uma baforada é que falou.
— Já se entendeu com o meu pai?
— Ainda não.
— E com a Bibiana?
— Também não.
— Ela gosta de vosmecê?
— Não sei.
— Como é que diz então que vai se casar com ela?
— Mas como é que vou falar com ela se o velho Terra cuida da filha como cachorro ovelheiro cuida de rebanho?

Pelos olhinhos de Juvenal passou um rápido brilho pícaro.

— Decerto é porque ele acha que vosmecê é um tigre.

Rodrigo fez um gesto de impaciência. Via agora um vulto no pátio da casa de Pedro Terra, sob os pessegueiros carregados de frutos. Um vestido azul... Sim, era Bibiana que dava de comer às galinhas.

— Amigo Juvenal, faça alguma coisa por mim.

— Mas que é que vosmecê quer que eu faça?

— Fale com seu pai, com sua irmã. As minhas intenções são boas. Não sou nenhum pesteado.

Juvenal mirou o outro longamente e depois disse:

— Não acha melhor dar tempo ao tempo?

Rodrigo desferiu um pontapé numa pedra, arremessando-a contra o tronco nodoso da velha figueira. Estava de bombachas de riscado e camisa branca, com o lenço vermelho no pescoço, a aba do chapéu quebrada na frente. Juvenal olhou-o com uma mistura de simpatia e má vontade. Durante toda a viagem a Cruz Alta levara no peito uma preocupação que em vão se esforçara por vencer. Não se sentia seguro sabendo que tinha deixado sua mulher sozinha em casa, numa terra onde andava às soltas um homem como o cap. Rodrigo. Nunca tivera nenhuma razão para duvidar da fidelidade da esposa; a Maruca era uma moça quieta e trabalhadeira que nunca dera nenhum motivo para falação. Mas, por mais que ele fizesse, não conseguia esquecer Rodrigo Cambará e por isso se apressara a voltar. E, olhando agora para a cara do capitão ali naquele entardecer quente e sereno, Juvenal não podia ter nenhuma dúvida quanto aos sentimentos da irmã. Apesar de Bibiana não lhe ter nem mencionado o nome de Rodrigo, ele pressentia que a coitada estava já irremediavelmente apaixonada por aquele forasteiro. O diabo do homem tinha feitiço.

— O que tenho feito aqui nesta terra, Juvenal, chega a ser uma desmoralização pra mim. Nunca me rebaixei tanto. Nunca fiquei onde não me queriam. Sou desses que quando querem as coisas fazem, sem pedir licença a quem quer que seja. Mas aqui tenho baixado a cabeça. O mundo é muito grande e eu podia encontrar por aí miles de moças que quisessem casar comigo. Mas gostei de sua irmã e decidi que ela tem de ser minha mulher. E lhe digo mais. Hei de me casar com dona Bibiana, custe o que custar.

Juvenal não perdeu a calma.

— Mesmo que ela não queira?

— Bom, isso é diferente... Se ela não me quiser, monto a cavalo e me vou embora. Com dor de coração, mas vou. Mas se ela quiser...

Calou-se. Achou melhor não continuar, porque não queria perder a amizade de Juvenal. Ia dizer que, se Bibiana o amasse, ele a tiraria de casa e a levaria para longe na garupa do cavalo. Já tinha feito isso com outras mulheres, em outros lugares. Deixava-as depois no caminho, quando se cansava delas. Mas com Bibiana ia ser diferente. Queria a moça para esposa. Desejava ter uma casa e filhos, muitos filhos.

Aquela manhã no cemitério, ao dar com os olhos em Bibiana, ele tivera uma espécie de visão do seu destino. Parecia que uma voz lhe segredava: "Chegou a hora, capitão. É esta".

— Tenho de ir andando... — disse Juvenal.
— Pense bem no negócio que lhe propus.
— Vou pensar.
— E quando é que me dá resposta?
— Qualquer dia.

Rodrigo teve ímpetos de dar um pontapé no traseiro de Juvenal para animá-lo, fazê-lo tomar interesse pelas coisas. Quando ele se afastou no seu andar lento, um pouco gingado, ficou a acompanhá-lo com os olhos. Juvenal tinha as pernas meio arqueadas e seus cabelos, dum negro lustroso e liso, eram compridos, cobriam-lhe o pescoço e roçavam na gola da camisa. Havia nele qualquer coisa de lerdo e descansado, como se de tanto carretear ele tivesse tomado o jeito dos bois.

Rodrigo voltou-se para a casa de Pedro Terra e ficou a contemplá-la. Bibiana havia desaparecido do pátio, mas lá estavam ainda as galinhas a ciscar o chão. Achou bonita a casa dos Terras à luz macia do entardecer. Não havia vento e as árvores estavam imóveis. Os pêssegos amarelavam entre as folhas verdes dos pessegueiros e o chão, sob as árvores, era dum vermelho-escuro manchado de sombras arroxeadas. Dum outro quintal vinha uma fumaça azulada, cheirando a cipó e ramos secos queimados. Havia também no ar um cheiro bom de carne assada. Nessas horas Rodrigo sonhava com uma casa, uma boa cadeira e Bibiana. Decidia que estava cansado de guerras e andanças e que já era tempo de sentar o juízo e cuidar do futuro. Pensou nos filhos... Queria que o primeiro fosse homem. Havia de dar-lhe uma educação de macho. Pediria ao vigário que o ensinasse a ler, escrever e contar... Mas havia de ensiná-lo principalmente a andar a cavalo e manejar as armas.

Nicolau apareceu à porta da venda.
— Está na mesa, capitão!
Despertado de seu devaneio, Rodrigo respondeu:
— Já vou indo.

Naquela noite não cantou. Todos estranharam ao vê-lo tão macambúzio. Naquela noite e nas muitas outras noites e dias que se seguiram, Rodrigo várias vezes avistou Bibiana, mas de longe. E, por mais que inventasse pretextos, não conseguiu falar com ela. E, quando o pai a levou a passar uma temporada na estância dum amigo, o capitão ficou no povoado, amargando sua saudade. À noite sentava-se sozinho debaixo da figueira, olhando para a casa de Pedro Terra e imaginando coisas. Frequentemente tinha de saciar o seu desejo de Bibiana no corpo magro da mulher do Nicolau, o qual começava já a desconfiar de tudo, mas preferia fingir que não sabia de nada. Rodrigo tinha pena do vendeiro e ao mesmo tempo o desprezava. Às vezes ficava irritado com Paula, porque ela não era nova, bonita e limpa como Bibiana. A chinoca continuava a deixar-se usar num silêncio submisso e sempre assustado. No princípio esperavam que Nicolau saísse para irem para a cama. Ultimamente Rodrigo já não fazia mais cerimônia. E muitas vezes, quando estavam ambos deitados, ouviam do outro lado do tabique a tosse ou o ressonar de Nicolau. Por fim Rodrigo não pôde suportar mais Paula; e uma noite, para evitar que ela viesse para sua cama, trancou a porta do quarto. E depois, ouvindo entre enojado e exasperado ruídos suspeitos no quarto contíguo, bateu com o pé na parede e gritou:

— Façam esse negócio sem barulho!

Revolveu-se na cama e fechou os olhos. O sono, entretanto, não lhe veio. Ele pensava em Bibiana, nos seus seios brancos, no seu corpo jovem, nos seus olhos enviesados... Decidiu que quando ela voltasse da estância ia falar-lhe nem que para isso tivesse de passar por cima do cadáver do pai, do irmão, do padre, do bispo, do diabo! Pensou também em fazer a mala e ganhar de novo a estrada. Um homem como ele se arranjava em qualquer lugar... Mas no momento mesmo de formular esse pensamento ele já sentia, já sabia que ia continuar em Santa Fé.

E, quanto mais o tempo passava, mais Rodrigo compreendia ser-lhe impossível viver sem Bibiana. O que a princípio fora apenas desejo carnal agora era também um pouco ternura: era amor. E o cap. Cambará inquietava-se por isso. Porque sempre lhe parecera que o único amor digno dum homem era esse que apenas pede cama. O amor de fazer ou cantar versos e mandar flores, esse amor de doer no peito, de dar saudade era amor de homem fraco. Ele cantava versos que falavam em tiranas, saudade e mágoa, só por brincadeira, sem sentir de verdade as coisas que dizia. No entanto, agora estava enfeitiçado por Bibiana Terra.

E, em fins daquele dezembro quente e parado, Rodrigo Cambará pela primeira vez compreendeu o profundo sentido dum ditado popular: "Quem anda cego de amor não sabe se é noite ou se é dia".

7

Um novo ano entrou e em fins de janeiro a filha de Rosa, prima de Pedro Terra, ia casar com um moço de Porto Alegre que ela conhecera em uma de suas viagens à capital. O pai da noiva, Joca Rodrigues — um dos mais prósperos plantadores de erva-mate de Santa Fé —, decidiu fazer festa grande no dia do casamento. Pediu emprestado o gaiteiro da estância de Ricardo Amaral, fez matar dois novilhos gordos, dois porcos e quinze galinhas e pôs a mulher e muitas amigas e comadres a fazerem doces, pães, pastéis, roscas e biscoitos. O noivo mandou de presente ao futuro sogro três pipas de vinho feito na quinta dos pais. E, quando Rosa Rodrigues — que era econômica a ponto de parecer sovina — perguntou ao marido se ele pretendia dar de comer e beber a um batalhão, Joca respondeu:

— Que diabo, mulher! É a nossa única filha, e vai fazer um casamentão. Se a gente não festeja uma ocasião dessas, quando é então que vai festejar?

Rosa suspirou, baixou a cabeça e meteu de novo as mãos na massa de pão. E no dia do grande acontecimento Santa Fé não falou noutra coisa.

O noivo viera só. Era um moço baixo, quieto, de grossos bigodes negros e olhos mansos. Os pais tinham nascido na ilha dos Açores e possuíam nos arredores de Porto Alegre uma quinta onde cultivavam parreiras e hortaliças, faziam vinho, queijo e linguiça e criavam porcos e galinhas. A chegada do rapaz a Santa Fé causara alguma sensação. Qualquer forasteiro que chegasse sempre era uma novidade que ocupava a atenção dos habitantes do povoado, onde a vida de ordinário se arrastava calma e igual. Mas aquele homem do litoral, que vestia e falava dum modo diferente das gentes do interior, de certo modo representava uma parte da Província cujos habitantes não tinham ainda cortado completamente o cordão umbilical que os prendia a Portugal. Algumas famílias açorianas cujos antepassados tinham chegado ao Continente de São Pedro havia quase oitenta anos mantinham ainda mais ou menos intatos os costumes das ilhas.

O noivo da filha de Joca Rodrigues não sabia montar a cavalo com o garbo e o desembaraço dos homens do interior e da fronteira. E quando entrou no povoado, meio encurvado em cima dum petiço manco e cansado, seguido de dois escravos, um santa-fezense que estava parado à frente da venda do Nicolau gritou, jovial:

— Cuidado, baiano!

E outro, mais adiante, vendo como o forasteiro se agarrava à cabeça do lombilho, não se conteve e exclamou:

— Largue o santantônio, moço!

O recém-chegado sorriu. Tinha consciência de estar fazendo figura triste. Achava-se agora em meio de gente habituada a uma vida e a um tipo de trabalho que ele desconhecia quase por completo. Jamais manejara o laço ou as boleadeiras; não sabia domar potros nem parar rodeio. Meio encalistrado, distribuía cumprimentos amáveis para a direita e para a esquerda, como se quisesse comprar com essa afabilidade a tolerância daqueles gaúchos.

Não levou, porém, muito tempo para se fazer estimado. Como a maioria dos ilhéus, era simples e alegre, duma alegria natural, sem fanfarronada nem barulho. Gostava de dançar, cantar, era econômico, firme nas suas opiniões e não se expunha a riscos em seus negócios. Apegado à terra, preferia — como a maioria dos homens de sua origem — uma vida sóbria e sedentária às guerras, correrias e aventuras. Era religioso, hospitaleiro e tinha um respeito supersticioso pela lei e pela autoridade.

O pe. Lara travou logo conhecimento com aquele moço de Porto Alegre, pediu-lhe notícias da capital e do mundo e recebeu com satisfação os jornais da Corte que o recém-chegado trouxera consigo. E, convivendo com aquele filho de açorianos, o vigário, que gostava de estudar e observar as pessoas e as coisas, sorria e achava que o noivo da filha de Joca Rodrigues era bem a antítese de Rodrigo Cambará. Sua linguagem — na pronúncia, na entonação e no emprego de certos vocábulos que o interior da Província usava pouco ou desconhecia de todo — lembrava a das ilhas, aproximava-se muito, na construção das sentenças, do português castiço que o padre lia em Manuel Bernardes e Benardim Ribeiro. Era uma língua cantante, por assim dizer apertada, cheia de *ss* chiados, *aa* surdos, *ee* mudos, ao passo que Rodrigo Cambará pronunciava todas as letras, falava uma linguagem clara, como que quadrada no seu escandir de sílabas, e cheia de castelhanismos trazidos da Banda Oriental. Para o moço de Porto Alegre uma moça era uma "rapariga"; para seus avós, uma "cachopa"; mas para Rodrigo, mulher moça era à vezes "muchacha" ou, quando ele queria depreciar a jovem, "piguancha". Quando o noivo desejava exprimir agradecimento, dizia respeitosa e quase solenemente: "Obrigado a vossa mercê"; mas Rodrigo soltava um "Gracias!" rápido, casual e quase insolente.

O pe. Lara lembrou-se dos tempos em que fora capelão da igreja de Viamão. Isso tinha sido pouco antes de 1822, quando já se falava da surda luta pela independência do Brasil. Ele via a má vontade, a desconfiada reserva com que alguns açorianos e seus descendentes recebiam ou comentavam as notícias sobre a propaganda libertária. Para eles era melhor que o Brasil continuasse sob o domínio português. Se o país ficasse independente, sabiam que iam sentir-se como que abandonados.

Esses açorianos, tão apegados a suas terras, lavouras, lojas e oficinas, representavam a ordem, a estabilidade, o respeito às leis, a obediência à Corte de Lisboa. Mas os homens que, como Rodrigo, tinham vindo das Guerras Platinas, onde estiveram em contato com os caudilhos e guerreiros castelhanos que procuravam libertar sua pátria do domínio espanhol; os homens do interior e da fronteira que amavam a ação, o entrevero, as cargas de cavalaria, a lida e a liberdade do campo, onde viviam longe do coletor de impostos e das autoridades — esses falavam em liberdade, hostilizavam os portugueses, queriam a independência. Representavam a população menos estável porém mais nativista do Rio Grande. Criavam gado, faziam tropas e eventualmente engrossavam os exércitos quando o inimigo invadia a Província. Alguns brigavam por obrigação; muitos por profissão; mas a maioria brigava por gosto.

E agora, observando o moço de Porto Alegre que viera casar com uma filha de Santa Fé, o pe. Lara mais uma vez ficava em dúvida quanto ao tipo que mais lhe agradava: o habitante sedentário e pacato do litoral ou aquela gente meio bárbara do interior? E concluía um tanto alarmado que, contra toda a lógica, entre o futuro genro de Joca — o moço quieto, que se confessava, tomava comunhão e ia à missa — e Rodrigo Cambará, que não tinha Deus nem lei e zombava da religião, ele, um sacerdote, preferia o último, de todo o coração. Era uma questão de simpatia que nada tinha a ver com suas conveniências ou convicções religiosas.

Para a Igreja, os litorâneos, os habitantes de lugares como Porto Alegre, Viamão, Rio Grande e Pelotas, ofereciam uma seara mais rica e segura que a de outras zonas da Província. A Igreja Católica precisava de estabilidade e havia nessas cidades, vilas e povoados uma hierarquia nítida — nobreza, clero e povo —, uma divisão muito conveniente ao trabalho de evangelização. Quanto às populações das estâncias e charqueadas, o problema era diferente e infinitamente mais complicado. Aquela vida agreste e livre convidava à violência, à arbitrariedade e à insubmissão. As charqueadas eram focos de banditismo. O trabalho das estâncias como que nivelava o patrão ao peão e ao escravo. Muitas vezes o estancieiro saía a camperear ombro a ombro com aqueles numa faina igualizadora que oferecia certos perigos, pois criava o risco de negros e caboclos quererem gozar das mesmas prerrogativas que seus senhores. O pe. Lara sabia que todos os homens tinham sido criados à imagem e semelhança do Senhor. Mas reconhecia também que, para maior facilidade e eficiência do trabalho dos sacerdotes de Deus na Terra, era necessário que houvesse ordem, um sentido de hierarquia, um escalonamento nítido da sociedade. Porque a desordem era inimiga da religião, e se os homens não reconhecessem nenhum princípio de autoridade na vida temporal, como haviam de reconhecê-lo na vida espiritual? Por outro lado, estava também convencido de que todas as ideias de liberdade e igualdade traziam no seu âmago sementes de ateísmo e anarquia, tanto que as conspirações republicanas eram feitas em geral pela maçonaria. Lera muitos ensaios sobre a Revolução Francesa. Detestava Marat, Robespierre e Danton. Achava-os uma corja de ateus que negavam o Deus único e falavam em nome duma deusa absurda, quando na verdade estavam apenas dando voz a seus apetites, ambições e perversões. O mundo — achava o pe. Lara — nunca fora mais feliz que na Idade Média. Ateus e hereges chamavam a essa época áurea da história a era do obscurantismo, a idade negra. Mas um dia a Idade Média haveria de voltar e com ela toda a glória da Santa Madre Igreja.

Rodrigo — achava o vigário — representava à maravilha a mentalidade do homem do campo, da guerra e do cavalo, que não teme a Deus nem ao diabo. Aqueles aventureiros habituavam-se a nunca ir à igreja nem a respeitar os sacerdotes. Não havia em suas vidas ordem ou método ou estabilidade que lhes permitisse dedicarem pelo menos um dia da semana ao culto do Criador. Em alguns lugares da Província os homens nem chegavam a saber quando era domingo. Por outro lado, como podiam eles humilhar-se diante de Deus se sabiam que Deus era um homem, e um homem macho — segundo o rude código continentino — nunca baixa a cabeça nem ajoelha diante de outro homem? Habituados a guerras, asperezas e violências, confiavam mais em seus cavalos, suas armas e sua coragem do que em santos, rezas, sacerdotes ou igrejas.

Às vezes, estudando as gentes de Santa Fé, comparando-as com as outras pessoas que conhecera em outros recantos da Província, estendendo o olhar para os horizontes que por assim dizer cercavam aquelas vastas campinas em derredor do povoado, o pe. Lara ficava a pensar no que seria aquela população dali a cem anos... A vida para ele não era fácil nem agradável, por causa da asma, mas gostaria de poder durar tanto como Matusalém para ver que resultado teria aquela mistura de raças que se estava processando na Província de São Pedro. Sabia que era uma espécie de tradição entre os Amarais fazer filhos nas escravas, produzir mulatos e mulatas, que por sua vez depois se cruzavam com brancos, índios ou pretos. Os brancos gostavam muito das índias. O padre ouvira dizer que as mulheres índias se entregavam aos índios por obrigação, aos brancos por interesse e aos negros por prazer. Agora — refletia ele — aquele moço de sangue açoriano ia casar-se com a filha de Joca Rodrigues, que era um paulista neto de portugueses do Minho. Fazia já mais de quatro anos que tinham chegado à Feitoria do Linho-Cânhamo, às margens do rio dos Sinos, centenas e centenas de colonos alemães. No futuro os filhos desses imigrantes haveriam de fatalmente casar-se com as gentes da terra e o sangue alemão se misturaria com o português, o índio e o negro. Para produzir... o quê? Havia outra coisa que inquietava o vigário de Santa Fé. Era pensar que entre esses imigrantes alemães deviam existir muitos protestantes. Chegaria o dia em que as igrejas luteranas começariam a aparecer nas colônias. O governo devia evitar isso, estabelecendo como condição para um imigrante entrar no Brasil a sua qualidade de católico praticante. Porque a terra da Santa Cruz pertencia espiritualmente à Igreja Católica. Muitos anos antes de os alemães sonharem com aquela parte do mundo, já havia ali missionários da Sociedade de Jesus. O primeiro branco a pisar as terras do Continente fora o jesuíta Roque Gonzales. Todos sabiam disso.

Na manhã do dia em que a filha de Joca Rodrigues ia casar-se com o moço de Porto Alegre, o pe. Lara ficou sentado nos degraus da capela, falando sozinho, lembrando, comparando, imaginando... Se ele vivesse tanto quanto Matusalém, ia ver muita coisa engraçada. Mas com aquelas dores no peito não esperava ir muito longe. Seus olhos voltaram-se para o alto da coxilha onde ficava o cemitério. Por trás daquela cerca de pedra estava a população mais tranquila de Santa Fé; uma gente que não incomodava ninguém, não falava, não ria, não dançava. Suas almas estavam num outro mundo. Para uns, esse outro mundo era o céu; para outros, o inferno; para outros, o purgatório. Mas para onde iria ele? Teria o grande privilégio de ver Deus? Imaginou-se entrando no céu, erguendo os olhos para a face resplandecente do Criador. Convenceu-se de que sua imaginação não o ajudava. Achava também que seria demasiada pretensão sua esperar que, depois de morto, fosse levado diretamente à presença de Deus.

Um homem passou naquele momento e perguntou:

— Falando sozinho, vigário?

O pe. Lara caiu em si e ficou meio encabulado. Mas respondeu com sereno bom humor:

— Coisas de velho caduco... coisas de velho caduco.

8

Depois do casamento na capela houve jantar e baile no terreiro da casa de Joca Rodrigues. Praticamente toda a população de Santa Fé compareceu à festa com as suas melhores roupas. Ao anoitecer sentaram-se em bancos sem encosto (pranchas de madeira em cima de pedras e tijolos empilhados) ao longo duma grande mesa feita de várias mesinhas emendadas e a cuja cabeceira estavam sentados os noivos, tendo à direita os pais da moça e à esquerda o pe. Lara. Em cima da mesa viam-se pratos e travessas cheios de pedaços de galinha assada, carne de porco com rodelas de limão, batatas-doces e aipim. No fundo do quintal preparava-se o churrasco: dezenas de espetos fincados em bons nacos de carne estavam colocados sobre um longo valo raso, no fundo do qual luziam braseiros; a graxa derretida caía nas brasas, com um chiado, e uma fumaça cheirosa subia no ar, enquanto duas pretas de vez em quando mergulhavam ramos de pessegueiro dentro dum balde com salmoura e depois aspergiam os churrascos, trazendo os que ficavam prontos para a mesa, onde eram disputados aos gritos. Os homens usavam suas facas, que tiravam da cintura ou das botas, e com elas cortavam o assado, muitas vezes respingando o rosto com o sumo sangrento da carne. Nas barbas negras de alguns deles a farinha branquejava como geada sobre campo de macegas recém-queimado. O dono da casa dirigia o jantar, gritava para os churrasqueadores, recomendando: "Um bem assado!" ou "Que venha uma boa costela" ou ainda "Um gordo aqui pro Chico Pinto!". No princípio da festa notara-se um silêncio um pouco constrangido. Mal, porém, o vinho começou a encher os copos e subir à cabeça dos convivas, eles se puseram a falar mais alto, a rir, a contar histórias, entusiasmados. As mulheres, mais quietas, limitavam-se a sorrir, de cabeça meio baixa. O terreiro estava iluminado por muitas lamparinas de azeite e sebo dentro de guampas postas em cima da mesa ou presas nos galhos das laranjeiras e pessegueiros.

De seu lugar Rodrigo cocava Bibiana com os olhos famintos. A moça estava junto de Bento Amaral, não muito longe do lugar do capitão. Este podia ver-lhe bem o rosto, graças à lamparina que havia sobre a mesa, bem na frente dela. Estava linda no seu vestido branco, com um fichu no pescoço, os cabelos escuros puxados num coque, no qual estava metido um pente espanhol. Bento tinha o rosto voltado para ela e dizia-lhe alguma coisa. Era um homem grandalhão, de cabelos crespos muito lustrosos e suíças grossas; e era talvez, com exceção do noivo, o homem mais bem-vestido da festa. Bibiana, porém, parecia não estar muito interessada no que ele dizia, porque enquanto o rapaz falava ela brincava com uma bolinha de miolo de pão, rolando-a entre o indicador e a mesa, de olhos baixos, séria, o sobrolho franzido. Rodrigo dizia para si mesmo: "Vou falar com ela hoje. Vou falar com ela hoje". Mastigava o seu churrasco com gosto, bebia o seu vinho estralando a língua. Sentia aos poucos um calor bom apoderar-se-lhe do corpo e ao mesmo tempo ficava um pouco inquieto, pensando no que poderia acontecer se ele se embriagasse e "perdesse a tramontana". O gaiteiro começou a tocar e os primeiros acordes do instrumento foram abafados pela gritaria de aplauso. Depois as vozes silenciaram um pouco e o homem — mulato de cara larga picada de bexigas — começou a tocar uma tirana. Estava sentado numa cadeira, no meio do terreiro, o chapéu quebrado na frente, o barbicacho quase a entrar-lhe na boca; tocava de olhos fechados, as sobrancelhas erguidas, e segurava a gaita com frenética paixão, como se estivesse abraçando uma mulher. Os noivos comiam pouco, mas olhavam-se muito e sorriam um para o outro. O padre estava empenhado numa conversa com o pai da noiva. Rodrigo olhou um momento para a filha de Joca Rodrigues: viu-a ali de véu e grinalda contra um fundo escuro de árvore na sombra e prometeu a si mesmo que — custasse o que custasse — dentro de algum tempo quem estaria na cabeceira duma mesa como aquela seriam ele e Bibiana. Afogou suas visões num novo gole de vinho, bem no momento em que alguém lhe passava por cima do ombro um espeto com um churrasco cheiroso e suculento. Largou o copo, segurou o espeto e gritou:

— Sirvam-se, patrícios!

Muitas mãos e facas aproximaram-se do churrasco.

O gaiteiro continuava a tocar a tirana. Rodrigo via por sobre sua cabeça um vago brilho de estrelas e, num relance, lembrou-se das suas noites de guerra, nos acampamentos da Banda Oriental em que, cansados de brigar, eles se deitavam, alguns com suas chinas. Quase sempre havia alguém que tocava cordeona ou guitarra e cantava. E ele, deitado de papo para o ar sobre os arreios, com as mãos enlaçadas contra a nuca, ficava olhando as estrelas, pensando nas muitas mulheres que tivera, em como era bom estar ainda vivo. A carne que davam às tropas era pouca e ruim; a água que bebiam era turva. Mas era bom estar vivo. E agora ali sentado àquela mesa — as faces ardentes, uma comichão nas mãos e nos pés — olhando para Bibiana ele concluía mais uma vez que a melhor coisa do mundo era estar vivo. Só lamentou que não pudesse virar a mesa com um pontapé, dar um empurrão em Bento, tomar Bibiana pelo braço, montar a cavalo, levar a moça na garupa e ir deitar-se com ela em meio do campo, sob aquelas mesmas estrelas que o haviam acompanhado em tantas campanhas.

Bibiana olhou para ele furtivamente. E no rápido instante em que seus olhos se encontraram Rodrigo viu, sentiu que a moça o amava. Essa potranquinha está laçada — concluiu. — Já botei nela a minha marca. Meteu na boca um naco de carne gorda, triturou-o nos dentes fortes e pensou ainda: Minha marca não sai mais. Nunca mais. Mastigou bem a carne e depois ajudou-a a descer goela abaixo com um gole de vinho tinto. Afrouxou o nó do lenço. "Está quente, amigo", murmurou, dirigindo-se ao homem que tinha a seu lado. O outro não ouviu e continuou a comer, de cabeça muito baixa, como um porco com o focinho metido no cocho. Os sons rasgados e chorosos da gaita enchiam o ar. Um ventinho morno bulia com as folhas, fazia oscilar a chama das lamparinas. Homens iam e vinham trazendo churrascos ou levando espetos nus. A vida era boa — pensava Rodrigo. Ele havia de casar com Bibiana. Esta noite tiro a minha dúvida. Vou falar com ela.

Alguém pediu silêncio. O padre levantou-se, fez um breve discurso e no fim pediu que bebessem um brinde à felicidade dos noivos. Tiniram copos. Os convivas estavam de pé quando novamente os olhos de Bibiana se encontraram com os olhos de Rodrigo e por assim dizer chocaram-se de leve como copos que se tocam num brinde. Minha marca é pra sempre — pensou o capitão.

Sentaram-se. Foi só então que Rodrigo começou a sentir que o observavam. Voltou a cabeça e deu com os olhos de Pedro Terra. Sorriu e fez-lhe um sinal amável. O pai de Bibiana limitou-se a inclinar a cabeça, sério. Mas Juvenal, que estava do lado do pai, ergueu a mão para Rodrigo num aceno amistoso. O capitão levantou o copo e gritou-lhe um "Salud!" que se perdeu em meio da algazarra.

9

Quando o jantar terminou, a mesa foi desmanchada, os bancos arredados e o terreiro ficou livre para o fandango. No princípio houve um pouco de acanhamento, os moços não se decidiam a tirar as moças para dançar. Mas Joca Rodrigues os animou, convidando Rosa para a primeira marca. Depois puxou os noivos para o terreiro. Joca sabia que as gentes das ilhas eram dançadeiras e alegres; tinham trazido para o Continente muitas das danças que se dançavam nas vilas e na campanha, como a chimarrita, o vira e tantas outras. Novos pares vinham para o centro do terreiro e Ataliba, o tocador de violão, aboletou-se no seu mocho, debaixo de um pessegueiro, e começou a pontear a guitarra. Alguém gritou: "Aí, Ataliba velho!". Rodrigo estava encostado no grosso tronco de uma laranjeira e olhava em torno, meio atarantado. A bebida lhe dera uma tontura boa e quando caminhava ele tinha a impressão de que o chão lhe fugia. Mas não estava tão embriagado que não compreendesse que estava embriagado e que se não se contivesse poderia fazer alguma asneira. Não queria de modo algum entornar o caldo. Desejava falar com Bibiana sem precisar brigar com ninguém. Se provocasse algum escândalo, talvez perdesse a moça para sempre. Lá estava ela junto de Bento, que faceiramente ajeitava o lenço, o cachorro! O diamante do anel do herdeiro do velho Amaral rebrilhava como seu cabelo besuntado de vaselina perfumada. Rodrigo imaginou-se a atravessar o terreiro, na direção do moço; viu-se a passar a mão por aquela cabeleira e despenteá-la... Por um instante o desejo de fazer isso foi tão grande que ele abraçou o tronco, como para evitar que suas pernas o levassem até Bento Amaral.

— Vai dançar com a árvore? — perguntou-lhe alguém.

Rodrigo voltou a cabeça e viu o vigário.

— Ah! Pois é, padre. As moças de Santa Fé não me querem.

O pe. Lara acendeu um cigarro e olhou em torno. Depois, lançando um olhar enviesado para Rodrigo, perguntou:

— Quantos copos de vinho bebeu, capitão?

— Uns dez...

— Por que não vai dar um passeio na praça e depois volta pra cá?

— Está com medo de que eu faça alguma loucura?

— Para lhe ser franco, estou.

— Não se preocupe. Estou enxergando mui claro. Não quero fazer barulho. Quero mas é falar com dona Bibiana.

O vigário sacudiu a cabeçorra.

— Não faça isso. O Bento pode ficar brabo.

— Que morda o rabo!

— Por que não deixa a coisa pra outra vez?

Rodrigo não respondeu. Olhava a grande roda que se havia formado no meio do terreiro.

— Vamos dançar o anu! — decidiu Joca Rodrigues. E bateu palmas, pedindo silêncio. As vozes se aquietaram e o pai da noiva dirigiu-se a Bento: — Vosmecê vai marcar.

— Está feito! — respondeu o moço. Tinha uma voz gorda e retumbante.

— Vamos, Ataliba! — gritou Joca para o violeiro. — O anu!

Ataliba começou a tocar.

— Tudo cerra! — gritou Bento, cujo par era Bibiana Terra.

Homens e mulheres deram-se as mãos e fecharam a roda. O sapateado começou. Os homens batiam com as esporas ou o salto das botas no chão duro do terreiro, enquanto as mulheres meneavam o corpo.

— Cadena! — mandou Bento.

Marcava a dança sem alegria nem graça. Dava ordens: era ainda o senhor de Santa Fé a falar aos outros de cima de seu cavalo. E no tom de sua voz Rodrigo percebia um certo orgulho, como se ele estivesse sempre a pensar assim: sou um Amaral. Eu mando. Sou um Amaral. Eu mando.

Os pares obedeciam. Quebravam a roda, os cavalheiros postavam-se à mão direita das damas. As figuras se sucediam e todos pareciam divertir-se muito.

Quando houve uma pausa na dança, Ataliba cantou:

O anu é pássaro preto,
Passarinho de verão.
Quando canta à meia-noite
Dá uma dor no coração...
Folga, folga, minha gente,
Que uma noite não é nada;
Se não dormires agora,
Dormirás de madrugada.

Dormirás de madrugada — pensou Rodrigo. — Mas com quem? Com quem? E não tirava os olhos de Bibiana. Via os pares passarem, ouvia o sapateado, a voz do violeiro...

Depois do anu dançaram a chimarrita e o tatu. E no meio da balbúrdia Rodrigo de quando em quando via os olhos de Bibiana buscarem os seus, oblíquos e ariscos; esperava longos minutos por esse encontro breve e leve. A seu lado o pe. Lara observava-o disfarçadamente. Houve uma pausa em que a música cessou. Os homens passavam os lenços pelos rostos suados; as mulheres abanavam-se com seus leques ou fichus, sentavam-se, diziam-se segredinhos com as cabeças muito juntas. O gaiteiro veio substituir Ataliba. E, quando os pares começavam a se preparar para a tirana grande, Rodrigo sentiu que havia chegado sua hora. Tinha esperado demais. A paciência dum homem tem limites. Apertou o braço do padre e disse:

— Padre Lara, não estou bêbado nem nada. Olhe a minha mão. — Estendeu o braço e abriu os dedos. Estavam firmes, sem o menor tremor. — Vou tirar a Bibiana para dançar. Quero que vosmecê esteja perto pra ver como vou me comportar.

Arrastou o padre consigo. Quando o viram aproximar-se de Bibiana, que já estava de pé, na frente de Bento, os outros pares se afastaram como se todos estivessem esperando por aquele momento especial. De repente houve um silêncio. Até o gaiteiro parou. Foi um silêncio tão grande que Bibiana chegou a temer que os outros pudessem ouvir as batidas de seu coração.

Rodrigo fez uma cortesia na frente da moça e perguntou:

— Vosmecê quer me dar a honra desta marca?

Ela quis dizer alguma coisa mas não pôde falar. O pe. Lara olhava para Bento com uma expressão desolada na cara. Houve um curto segundo de indecisão. Mas o filho de Ricardo Amaral falou:

— Dona Bibiana já tem par.

Rodrigo não se perturbou, olhou para o outro, firme, e disse com calma:

— Vosmecê me perdoe, mas estou falando é com a moça.

— Mas eu estou le respondendo.

O sacerdote tomou do braço de Rodrigo, tentando arrastá-lo dali.

— Capitão... — começou ele a dizer.

Rodrigo desembaraçou-se do padre e, fazendo nova curvatura para Bibiana, repetiu o convite.

— Vosmecê quer me dar a honra de dançar comigo a outra marca?

Os convivas aproximaram-se e em breve formavam um círculo, no centro do qual estavam Bibiana, os dois homens que a requestavam e o padre.

— Já le disse que ela tem par!

Rodrigo contemplava Bibiana, sem dar nenhuma importância ao que o outro dizia.

— Se vosmecê disser que não quer dançar comigo — prosseguiu ele —, vou-me embora desta casa. Se vosmecê disser que não quer saber de mim, vou-me embora de Santa Fé para nunca mais voltar. Mas, por favor, diga alguma coisa!

Bibiana tinha a impressão de que seu coração era como um pássaro louco, como um anu que ela tinha encerrado no peito e que agora batia com as asas e com o bico em suas carnes, querendo fugir. Sentia as pernas moles, a cabeça tonta. De olhos baixos, as faces ardendo, não sabia responder, e já agora nem sequer escutava o que os outros diziam. Não queria que aqueles homens brigassem por sua causa. Mas não queria também que Rodrigo fosse embora. Que fazer, meu Deus? Que fazer?

— Podemos resolver tudo isso amigavelmente — disse o padre, com voz um pouco trêmula. — Vamos, rapazes. No fim de contas não há motivo.

Bento Amaral interrompeu-o:

— Com certos tipos a gente só resolve as coisas de homem para homem.

Os outros admiravam-se da serenidade de Rodrigo, que encarava Bento a sorrir. E, quando falou, dirigiu-se aos que o cercavam:

— Vosmecês estão vendo. Esse moço está me provocando...

Insolente, Bento Amaral botou as mãos na cintura e disse:

— Pois ainda não tinha compreendido?

Bibiana sentiu que alguém lhe pegava do braço e a arrastava para longe dos dois rivais, abrindo caminho por entre os convivas. Não ergueu os olhos, mas sentiu que esse alguém era o pai.

— Vamos lá pra dentro resolver isto como cavalheiros... — sugeriu Joca Rodrigues, batendo timidamente no ombro de Bento.

— Não vejo nenhum cavalheiro na minha frente — retrucou este, mais mordendo do que pronunciando as palavras. — Vejo é um patife!

O sangue subiu à cabeça de Rodrigo, que teve de fazer um esforço desesperado para não saltar sobre o outro. Com voz surda replicou:

— Por menos que isso já escrevi a faca a primeira letra de meu nome na cara dum patife.

Bento deu um passo à frente, arremessou o braço no ar e sua mão bateu em cheio numa das faces do cap. Cambará.

E, quando Rodrigo, espumando de raiva, quis saltar sobre ele, sentiu que quatro braços o seguravam e retinham pelos ombros e pela cintura. Esperneou, vociferando, fazendo um esforço desesperado para se desvencilhar:

— Me larguem! Canalhas! Me larguem! Traidores!

E atirava pontapés para todos os lados.

— Larguem o homem! — pedia Bento. — Larguem!

Atarantados, Joca Rodrigues e o padre não sabiam o que fazer. O vigário viu um ódio feroz no rosto do capitão. Mais que isso: viu um desejo de morte, de sangue. Compreendeu também que já àquela altura dos acontecimentos não era mais possível resolver a questão sem violência. No meio da confusão ouviu-se de repente uma voz:

— Isso não é direito! O homem foi esbofeteado e agora não deixam ele reagir. Não é direito!

Era Juvenal Terra quem falava.

— Pois larguem o patife! — dizia Bento. — Larguem!

Mas os homens que seguravam Rodrigo não o largavam.

— Não podemos soltar o capitão. Vai haver sangue! — disse um deles.

Juvenal replicou:

— Depois dessa bofetada não pode deixar de haver sangue.

E o padre ficou surpreendido ao perceber no rosto do filho de Pedro Terra uma expressão que só podia ser ódio mal contido: uma surda raiva velava-lhe a voz. E o vigário pela primeira vez percebeu como Juvenal detestava Bento Amaral.

— Não quero briga dentro da minha casa — declarou Joca Rodrigues.

Sem tirar os olhos de Bento, Juvenal tornou a falar:

— Não precisa ser dentro de sua casa, seu Joca. Pode ser em qualquer outro lugar. O mundo é muito grande.

Rodrigo sentia arder-lhe o rosto, como se Bento tivesse encostado nele um ferro em brasa. Sua garganta estava seca e irritada. Seus dentes rilhavam. Mas ele já não fazia mais esforços para se libertar.

— Pois estou à disposição do seu amigo — anunciou Bento, encarando Juvenal.

O filho de Pedro Terra apertou os olhos e a voz.

— É muito fácil dizer isso, Bento, quando a gente tem pai alcaide e miles e miles de capangas.

— Que é que vosmecê quer dizer com isso?

— Que é muito bonito pro filho do coronel Ricardo se fazer de valentão. Porque neste povoado e em muitas léguas em roda dele quem arranhar o dedo mindinho de vosmecê não escapa com vida.

O rosto de Bento estava vermelho de cólera, sua testa reluzia e em seus olhos, que agora estavam fitos no rosto de Juvenal, havia uma expressão que era ao mesmo tempo rancor e espanto.

— Não seja desaforado!

— Que foi que aconteceu pro Juca da Olaria?

O coração do padre desfaleceu. Ele sabia que o cel. Ricardo tinha mandado um de seus peões matar o Juca da Olaria porque o rapaz lhe "lastimara" o filho numas carreiras.

— E o Maneco Bico-Doce? E o Mauro Pedroso?

— Cale essa boca, Juvenal! — interveio Joca Rodrigues, tentando levar o rapaz dali.

— Não calo, Joca, não calo. Se vosmecês têm medo de falar, eu não tenho. Por muito tempo andei com essas coisas atravessadas na garganta. Agora chegou a hora. Agora digo tudo.

Bento parecia engasgado. Grandalhão, o largo peito a subir e a descer ao compasso de uma respiração irregular, o anel a brilhar no dedo, ele ali estava como um touro que se prepara para o arremesso. E as palavras de Juvenal eram provocadoras como um pano vermelho.

Nesse momento Rodrigo gritou:

— Amigo Juvenal, esta parada é minha. Me larguem!

Juvenal não tirava os olhos de Bento.

— A parada é de vosmecê, capitão, eu sei. Mas ainda não terminei. Todo mundo aqui tem medo dos Amarais. Pois eu, se tive algum, agora perdi. Não é o vinho. Só bebi refresco de limão. Posso estar bêbado, mas é de raiva. Pois é. Ninguém diz nada, ninguém faz nada. Hai anos que a gente vive aqui encilhado pelos Amarais. O velho Ricardo Amaral tirou a terra do meu pai. Botou a corda no pescoço do coitado, quando ele ficou mal de negócios. Todo mundo sabe que a maior parte dos campos que esse velho tem foi roubada. Só sinto é ele não estar aqui pra ouvir estas verdades.

Bento bufava, mas não dizia nada, como que inibido pela surpresa.

Os homens que seguravam Rodrigo olhavam para Bento, como a pedir-lhe instruções. O filho de Ricardo Amaral tornou a passar a mão pela testa suada e disse, altivo, dirigindo-se a Rodrigo:

— Estou à sua disposição.

— Onde? — Foi só o que o capitão pôde perguntar.

O padre percebeu que no estado em que ele se encontrava era capaz de beber o sangue do outro.

— Montamos a cavalo e vamos pro alto duma coxilha.

Juvenal intrometeu-se:

— E os capangas de vosmecê vão atrás e ajudam a liquidar o capitão, não é?

Bento cresceu sobre Juvenal, que ficou firme onde estava, encarando-o.

— Isso é uma calúnia.

— Pois então prove que é. Dê ordem aos seus homens pra não seguirem vosmecê.

Bento olhava em torno, atarantado.

— Depressa com isso! — gritou Rodrigo, fazendo ainda um esforço por se livrar dos braços que o prendiam.

Juvenal continuou:

— E se vosmecê é um homem de honra, prometa aqui diante de toda esta gente que se o capitão ferir ou matar vosmecê ele pode ir embora em paz. Prometa!

Bento transpirava, arquejante, mas não dizia nada. Era como se aqueles muitos pares de olhos que estavam postos nele irradiassem calor, fazendo-o suar e dando-lhe um mal-estar insuportável.

— Está bem — disse, soturno. — Dou minha palavra de honra. — Dirigiu-se para um dos que seguravam Rodrigo. — Se esse homem me ferir ou me matar, podem deixar ele ir embora em paz. — Aproximou-se do vigário. — Padre, vosmecê fale com meu pai, explique a ele que empenhei minha palavra de honra.

O pe. Lara tinha os lábios trêmulos e sua respiração parecia mais agoniada que nunca.

— Meninos, acho que podíamos ajustar tudo honradamente sem ser necessário um duelo — sugeriu.

— Agora é tarde, padre! — gritou Rodrigo. — Se eu não botar minha marca na cara desse cachorro, não me chamo mais Rodrigo Cambará.

Isso pareceu enfurecer ainda mais Bento Amaral.

— Vamos embora — disse ele. — O quanto antes. Cada qual no seu cavalo. Só os dois. Seguimos na direção da lagoa... — Calou-se, ofegante. — Chegando atrás do cemitério, apeamos...

— Arma de fogo? — perguntou Rodrigo.

— Adaga.

Os olhos de Rodrigo brilhavam.

— É melhor. Leva mais tempo.

Bento deu meia-volta e foi pedir que lhe trouxessem o cavalo. Formaram-se os grupos, romperam as conversas. Algumas mulheres tinham os olhos arregalados de susto e não podiam falar. Uma delas chorava, tomada duma crise de nervos, enquanto as negras da casa lhe preparavam um chá de folhas de laranjeira.

Quando soltaram Rodrigo, este se aproximou do pe. Lara e disse:

— Tome a minha pistola. — Deu-lhe a arma. — Na casa do Nicolau, debaixo da cama, tem um baú e no baú está uma guaiaca com todo o meu dinheiro. Se eu morrer, dê metade do dinheiro pro Juvenal e fique com a outra metade pra sua igreja.

O padre contemplava-o, estupidificado, incapaz de pronunciar uma palavra, de fazer o menor gesto, de dar o menor sinal de gratidão ou de pesar: apenas ronronava, de boca semiaberta.

Um homem aproximou-se deles e comunicou:

— O seu Bento disse que daqui a pouquinho está esperando vosmecê debaixo da figueira. É de lá que os dois têm de sair.

Rodrigo foi até seu quarto, acendeu uma vela e começou a procurar os arreios. Estava excitado, feliz, e no seu nervosismo assobiava baixinho. Foi então que percebeu a presença de alguém mais ali no quarto. Num canto escuro estava um vulto parado. Reconheceu nele a mulher de Nicolau.

— Vou pelear, Paula, vou pelear.

Ela continuou silenciosa.

— Vou botar minha marca na cara do Bento Amaral.

Rodrigo puxou os arreios de debaixo da cama e apanhou a adaga que estava sob o travesseiro. De repente uma ideia louca lhe veio à cabeça e lhe tomou conta do corpo como um veneno de ação instantânea. Deu dois passos na direção de Paula, agarrou-a pela cintura, ao mesmo tempo que lhe erguia a saia. Deitou-a no catre e amou-a com pressa e fúria, pensando em Bibiana. Depois se ergueu, botou os arreios nas costas, a adaga na cinta, saiu para fora e foi encilhar o cavalo.

A noite estava clara, morna e mansa. Um vaga-lume cruzou o ar na frente de Rodrigo. Era esquisito, mas ele estava com a impressão de que tinha tido nos braços a filha de Pedro Terra.

Montou a cavalo e dirigiu-se para a figueira grande. Havia junto dela um grupo, no meio do qual se achava Bento Amaral montado no seu cavalo tordilho.

Juvenal Terra transmitia instruções. Bento sairia pela direita e Rodrigo pela esquerda, a galope, para se encontrarem atrás do cemitério. Não haveria testemunhas, pois existia no país uma lei contra duelos. Os adversários deviam apear, arregaçar as mangas e brigar. O que escapasse viria depois até a praça dar o sinal para irem buscar o corpo do outro. Mas, se dentro de uma hora nenhum dos dois aparecesse, um grupo devia ir ver o que tinha acontecido.

Rodrigo escutou as instruções e aprovou-as com um aceno de cabeça. O perfume da vaselina que vinha do cabelo de Bento fazia seu ódio crescer ainda mais, e o capitão pensava naquele rosto largo, duma boniteza desagradável, e já via nele sua marca: a primeira letra de seu nome, um *R* maiúsculo de sangue...

— Podem ir — gritou Juvenal.

Os dois homens esporearam os seus cavalos e se foram.

O tropel das patas encheu a praça e a noite. Pelas frestas de algumas janelas, mulheres espiavam.

10

Chegaram quase ao mesmo tempo ao ponto marcado para o encontro. Apearam em silêncio e amarraram seus cavalos. Rodrigo viu quando Bento, a uns vinte passos de distância, tirava o chapéu, o casaco e começava a arregaçar as mangas. Fez o mesmo. Da lagoa próxima vinha um coaxar de sapos.

O crescente no céu parecia uma talhada fina de melancia. Se eu mato esse homem não posso ficar em Santa Fé e perco Bibiana — refletiu Rodrigo. — Se ele me mata, perco tudo. É uma situação dos diabos.

Viu a adaga lampejar nas mãos do outro. Um vento morno batia-lhe no rosto, entrava-lhe pelas narinas com um cheiro de água. No campo vaga-lumes pingavam de fogo o corpo da noite.

— Pronto? — gritou Bento.

— Pronto!

E aproximaram-se um do outro, lentos, meio encurvados. Pararam quando a distância que os separava era pouco mais de cinco passos e ficaram a se mirar, negaceantes. Rodrigo ouvia a respiração arquejante do inimigo.

— Vou te mostrar o que acontece quando se bate na cara dum homem, patife — rosnou de. E sentiu que a raiva o fazia feliz.

— Quem vai te mostrar sou eu, canalha.

E dizendo isto Bento avançou brandindo a adaga. Os ferros se encontraram no ar com violência e tiniram. No primeiro momento Rodrigo teve de recuar alguns passos. Mas logo firmou o pé no chão e desviou todos os pranchaços do outro. Bento quis atingir-lhe a cabeça com o lado da adaga, mas o capitão aparou o golpe no ar com tal firmeza que a arma do adversário se lhe escapou da mão e caiu ao solo. Rápido, Rodrigo deu-lhe um pontapé e atirou-a longe, fora do alcance de Bento, que começou a recuar devagarinho, arquejando como um animal acuado.

— Pode pegar a adaga! — gritou-lhe Rodrigo. — Não brigo com homem desarmado.

Bento correu, apanhou a arma e tornou a arremeter. Por alguns instantes os dois inimigos terçaram armas, disseram-se palavrões, enquanto suas camisas se empapavam de suor. Por fim se atracaram num corpo a corpo furioso, cabeça contra cabeça, peito contra peito. O braço direito de Rodrigo estava no ar, seguro à altura do pulso pela mão esquerda de Bento, cuja direita tentava aproximar a ponta da adaga do baixo-ventre do adversário.

— Vou te botar minha marca na cara, pústula!

— Vou te tirar as tripas pra fora, corno!

Empregando toda a sua força, que o ódio aumentava, o capitão conseguiu prender a mão direita do outro entre suas coxas; e depois, imobilizando com a sinistra o braço que Bento Amaral tinha livre, com a destra segurou a adaga e aproximou-lhe a ponta da cara do inimigo, que atirou a cabeça para trás, num pânico, e começou a bufar e a cuspir.

— Te prepara, porco! — gritou Rodrigo. — É agora.

E riscou-lhe verticalmente a face. O sangue brotou do talho. Bento gemia, sacudia a cabeça e houve um momento em que seu sangue respingou o rosto de Rodrigo e uma gota lhe entrou no olho direito, cegando-o por um breve segundo.

— Falta a volta do R!

E num golpe rápido fez uma pequena meia-lua, às cegas. Bento cuspiu-lhe no rosto, frenético, e num repelão safou-se e tombou de costas, deixando cair a adaga.

Rodrigo imaginou que ele ia levantar-se, apanhar de novo a arma e voltar ao ataque. Mas Bento, sentado no chão, com a mão no rosto, ficou a olhar atarantadamente para todos os lados. Os sapos continuavam a coaxar. Vaga-lumes passavam entre os dois inimigos. Uma ave noturna saiu de dentro do cemitério e sobrevoou a coxilha, num seco ruflar de asas.

— Não vou te matar, miserável — disse Rodrigo. — Mas não costumo deixar serviço incompleto. Quero terminar esse R. Falta só a perninha...

E caminhou para o adversário, devagarinho, antegozando a operação e lamentando que não fosse noite de lua cheia para ele poder ver bem a cara odiosa de Bento Amaral.

Na casa de Pedro Terra o pe. Lara acendia de instante a instante o cigarro e esquecia de fumá-lo. Estava desolado. Sabia o que ia acontecer quando chegasse à estância a notícia do duelo. Se acontecesse alguma coisa de mau a Bento, seu pai poria o mundo abaixo. E ele, Lara, ouviria horrores, seria repreendido por não ter tido autoridade suficiente para impedir o duelo. Imaginava o velho Amaral a trovejar:

— Por que não mandou me avisar? Por que não fez isso? Por que não fez aquilo?

Pedro Terra conservava-se em silêncio, de cara fechada. Juvenal caminhava dum lado para outro. O pai ouvira tudo quanto ele dissera a Bento Amaral, mas não fizera nenhum comentário. Teria ele gostado do destampatório? Ou seria que agora pensava com temor nas consequências daquele desabafo? Fosse como fosse, não se arrependia do que tinha dito. Pouco lhe importava o que os outros pensassem. Estava cansado de ser mandado, de dizer sempre *sim senhor*, de pedir a bênção aos mais velhos. Pouco me importa — pensava ele. E sacudia os ombros para reforçar seus pensamentos.

Fechada no quarto, deitada na cama, Bibiana chorava, com o rosto metido no travesseiro. Chorava e pensava na avó. Se ela estivesse viva, provavelmente teria uma palavra para explicar tudo aquilo, para a consolar. Bibiana não tinha coragem de ir para a sala e fazer frente à família. Tudo aquilo havia acontecido por sua causa. Fazia já tempo que os homens tinham ido para a coxilha do cemitério, mas nenhum ainda voltara. Ela havia rezado diante do velho Cristo sem nariz e feito uma promessa. "Se nenhum dos dois morrer, prometo nunca mais comer doce." Mas achara a penitência fraca. Prometera então rezar cem ave-marias e cem padre-nossos e ter uma vela das grossas sempre acesa aos pés da imagem de Nossa Senhora da Conceição, padroeira do povoado. A seus ouvidos chegava o rumor de conversas da peça contígua. Mas a voz que ela ouvia com mais clareza, a voz que não lhe saía da memória era a do cap. Rodrigo. "Se vosmecê não quer dançar comigo, vou-me embora desta casa. Se não quer saber de mim, vou-me embora de Santa Fé..." Na penumbra do quarto Bibiana abriu os olhos úmidos e de repente teve um pensamento horrível. O cap. Rodrigo podia já estar morto... De novo enfurnou o rosto no travesseiro.

Ouviu-se um tropel. Pedro, Juvenal e o padre precipitaram-se para o centro da praça, onde grupos de homens conversavam. Um cavalheiro surgiu na boca duma das ruas.

— É o capitão... — disse alguém.

— Não é. O cavalo é o tordilho do Bento.

Finalmente cavalo e cavaleiro aproximaram-se. E todos viram que era mesmo Bento Amaral. Não apeou. Apertava contra a face um lenço todo ensanguentado. Quando falou, a voz lhe saiu abafada e trêmula.

— Podem ir buscar o corpo... — disse.

Deu de rédeas, esporeou o animal e saiu a galope na direção do casarão dos Amarais.

Juvenal, Joca Rodrigues e mais dois homens montaram em seus cavalos e dirigiram-se a todo galope para a coxilha do cemitério.

Encontraram Rodrigo Cambará estendido no chão, os braços abertos, a camisa branca toda manchada de sangue. Juvenal ajoelhou-se ao lado dele e auscultou-lhe o coração.

— Ainda está vivo — disse. Acendeu a lanterna que havia trazido e à sua luz viu o rosto de Rodrigo, que estava mortalmente pálido e de olhos fechados. Abriu-lhe a camisa ao peito e descobriu a ferida:

— Eu bem que estava desconfiado — disse. — Isto não é ferimento de adaga... Vamos levar o homem ligeiro pro povoado. Pode ser que a gente ainda salve ele.

Perto do muro do cemitério o cavalo de Rodrigo pastava tranquilamente.

11

Juvenal levou o ferido para sua casa e a novidade se espalhou depressa por toda a vila. A história apresentava dois aspectos culminantes — Bento Amaral havia cometido uma traição: levara uma pistola escondida e servira-se dela; Rodrigo estava muito mal: uma bala lhe atravessara o pulmão. Ninguém sabia dos detalhes da luta, porque o ferido não podia falar e Bento tinha ido embora para sua estância, sem falar com ninguém. Mas não era muito difícil imaginar o que se passara. Tinham visto Bento chegar à praça, depois do duelo, com uma das faces tapada por um lenço ensanguentado; muitos se lembravam da ameaça do capitão: "Se eu não botar a minha marca na cara desse cachorro, não me chamo mais Rodrigo Cambará". O pe. Lara, por sua vez, declarara que Rodrigo antes de partir para a coxilha do cemitério lhe confiara sua pistola; Juvenal guardava a camisa do ferido que a pólvora chamuscara, provando que o tiro fora disparado à queima-roupa, decerto quando estavam ambos atracados num corpo a corpo.

— Muito feio — resmungava o padre, quando lhe falavam no assunto. — Muito feio. Indigno dum homem de honra.

E sacudia a cabeçorra, pigarreava, ronronava, fazia e desfazia o seu cigarro, imaginando o que ia acontecer quando o cel. Ricardo lhe viesse falar no assunto. E se Rodrigo morresse? Era o diacho. E se se salvasse, levantasse da cama e quisesse vingar-se do outro? Também era o diacho. Lembrava-se do que Juvenal dissera a Bento no terreiro do Joca Rodrigues; àquela hora o cel. Amaral decerto já sabia de tudo. Uma desgraça completa!

A história da traição de Bento Amaral corria pela cidade de boca em boca. "O Bento é valente quando anda com os capangas", murmurou um, olhando a medo para os lados. Uma velha que fazia renda de bilro em sua casa disse ao marido: "Eu só queria era ver a cara do seu Bento com a marca do capitão".

Um novo dia amanheceu e a casa dos Amarais continuou fechada. Agora o povoado esquecia os Amarais para se preocupar com Rodrigo Cambará. A venda do Nicolau vivia cheia de homens que comentavam o caso. Santa Fé queria saber o que se passava no quarto da meia-água de Juvenal Terra, onde o cap. Cambará ardia em febre, entre a vida e a morte. Tinham chamado todos os curandeiros das redondezas e diziam que Juvenal não abandonava a cabeceira do doente. E as notícias mais desencontradas corriam, espalhadas por gente da casa de Juvenal ou então por alguém que lhe batia à porta para saber como ia passando o capitão. Dizia-se:

"Não passa desta noite. Está botando sangue pela boca." "Já extraíram a bala. Mas diz que ficou um buraco deste tamanho nos bofes do homem." "Está com tanta febre que a testa dele queima como chapa de fogão." "Botaram teia de aranha no ferimento." "A negra velha Mãe d'Angola benzeu ele, hoje de manhã. Parece que a febre diminuiu." "Perdeu muito sangue. Está branco que nem vela de cera." "Diz que está variando e que só fala na filha do Pedro Terra." "A ferida parece que arruinou." "Está perdido. A coisa é pra hoje."

A *coisa* era a morte. Ao entardecer do quinto dia correu a notícia de que Rodrigo Cambará ia morrer. O pe. Lara paramentou-se e foi levar a extrema-unção. Encontrou o doente quase tão branco como a parede caiada do quarto e com uma barba dum castanho meio dourado a cobrir-lhe as faces emagrecidas. Parecia um defunto.

Ao ver o padre, Rodrigo sorriu um sorriso torto de canto de boca. Respirava com dificuldade e parecia haver em seus olhos uma espécie de névoa. Parado aos pés da cama, o pe. Lara, de boca semiaberta, contemplava-o, penalizado.

Juvenal, que estava ao lado do vigário, murmurou:

— A febre passou. Ele está agora muito fraco por causa do sangue que perdeu. Temos de meter comida na boca dele por um canudo. Não tem força pra nada.

Rodrigo continuava a sorrir com metade da boca. O pe. Lara aproximou os lábios do ouvido de Juvenal e disse:

— Não é melhor dar a extrema-unção pra ele?

Juvenal encolheu os ombros.

— Isso é lá com vosmecê, vigário.

O cochicho do padre ficou ainda mais tênue:

— Acho que ele não escapa desta. Vai morrer de fraqueza. É melhor que se confesse, tome a comunhão e morra na paz do Senhor.

— Mas como? — sussurrou Juvenal, sem tirar os olhos do doente. — Ele não pode nem falar.

— Mas entende o que a gente diz?

— Entende. Porque quando eu falo ele faz sinal com os olhos ou então ri.

— Pois basta isso. Já confessei um homem assim.

O pe. Lara botou a mão no ombro de Juvenal.

— Agora vosmecê faça o favor de sair do quarto.

O dono da casa retirou-se. O padre acercou-se da cama. Começava a escurecer dentro daquele pequeno quarto. Uma fita alaranjada de sol atravessava a parede em diagonal, atrás do catre em que estava o capitão. O vigário sentou-se junto do doente e tomou-lhe a mão.

— Escute aqui, meu filho — disse ele. Verificou que não lhe era muito fácil falar, pois estava comovido. Só agora percebia o quanto estimava aquele homem. — Vosmecê está muito doente e então eu achei melhor vir... Está me entendendo?

Rodrigo continuava a sorrir e seus olhos tinham uma fixidez cadavérica.

— Quero que vosmecê se confesse. Não diga nada. Não se apoquente. Vai ser uma coisa ligeira. Está claro que o meu amigo vai sarar. Mas é sempre bom a gente estar prevenido...

O vigário passou a mão pela testa do doente e sentiu-a fresca e úmida de suor. É bom sinal — concluiu. — Mas assim mesmo acho que ele não resiste.

— Escute aqui. — E aproximou-se mais do rosto do outro. — Vosmecê não pode falar, mas pode fazer um sinal com os olhos. Vamos ver se me entendeu... Se entendeu feche e abra os olhos. Vamos ver...

Rodrigo fechou e abriu os olhos.

— Muito bem. Agora vou lhe fazer uma pergunta. Está contente com a minha visita? Se não está, pisque duas vezes. Se está, pisque só uma.

Rodrigo piscou uma vez. O vigário sorriu e os dois homens ficaram por algum tempo lado a lado, ambos a respirar com dificuldade.

— Estamos nos entendendo — disse o padre, esfregando as mãos. — Agora vamos à parte mais importante da nossa conversa. Todos nós temos nossos pecados. Quem é que não comete uma faltazinha de vez em quando? Mas a Igreja instituiu o confessionário para aliviar as consciências, para limpar as almas a fim de que as pessoas possam tomar a comunhão, quer dizer, participar do corpo de Cristo.

Rodrigo tinha fechado os olhos e o padre suspeitou que ele tivesse mergulhado no sono.

— Está me ouvindo?

O ferido tornou a abrir os olhos e piscou uma vez.

— Muito bem, capitão, muito bem. Pois vou lhe poupar trabalho. Não precisamos entrar em detalhes. Basta vosmecê dizer com uma piscadela que se arrepende de todos os seus pecados...

Rodrigo piscou duas vezes e o padre exclamou:

— Não? Pisque uma vez, diga que sim.

Rodrigo piscou duas vezes.

O rosto do vigário era uma careta de aflição.

— Pense no que há depois desta vida, capitão. Não perca a sua alma para toda a eternidade. Vosmecê morre e sua alma vai para o inferno. Se vosmecê se confessar e receber a extrema-unção, sua alma se salvará. Estou aqui não só como sacerdote, mas também como seu amigo. Tudo o que está se passando agora entre nós será conservado em segredo. Neste momento só Deus está nos vendo e ouvindo.

Rodrigo continuava imóvel. Não sorria mais, e suas pálpebras estavam caídas. Na parede a mancha de sol esmaecia cada vez mais.

— Por amor de Deus, capitão. Diga que sim, arrependa-se de seus pecados. Se amanhã vosmecê sarar e sair dessa cama, ninguém ficará sabendo que vosmecê se confessou e comungou. Dou-lhe a minha palavra. Juro perante Deus. Ninguém vai saber. Vamos, capitão! Não seja cabeçudo. Não seja orgulhoso.

Houve uma pausa em que o vigário lutou com um pigarro, alisou os cabelos brancos e tentou descobrir no rosto do outro um sinal qualquer de rendição. Não viu nada: apenas o sorriso de canto de boca que punha à mostra parte da forte dentadura de Rodrigo Cambará.

— Vou fazer mais uma tentativa, para provar que sou seu amigo. Mas quero lhe dizer que tudo que estou fazendo pelo bem de sua alma é desinteressado. No fim de contas quem vai sofrer é vosmecê, não sou eu. Eu cumpro o meu dever. E mais uma coisa. — E neste ponto o padre assumiu o mesmo tom de voz que usava quando explicava o catecismo às crianças. — Não pense que Deus precisa muito de sua alma no céu. Há muita gente boa lá em cima e vosmecê não faz nenhum obséquio a Nosso Senhor se disser que se arrepende de seus pecados e está disposto a morrer em paz com a Igreja. Vamos, capitão. Pisque uma vez. Diga que sim. Arrependa-se enquanto é tempo.

Rodrigo abriu os olhos e ergueu lentamente a mão direita na direção do rosto do vigário. E com um súbito horror, como se de repente tivesse visto a figura de satanás, o pe. Lara leu naquela mão dessangrada a resposta do doente. O cap. Rodrigo Cambará lhe fazia uma figa! Seus dentes estavam agora todos descobertos num sorriso horrível. O padre ergueu-se e deixou o quarto precipitadamente.

12

A notícia do milagre espalhou-se pelo povoado, graças à sogra de Rosa Rodrigues, uma beata que vivia na capela a rezar e fazer promessas. Depois da visita do pe. Lara — contava ela — o cap. Cambará começara a melhorar a olhos vistos. Diziam que o moribundo se confessara e tomara a comunhão e que o Corpo de Cristo lhe fora o melhor de todos os remédios. "Já fala, já se senta na cama e já pediu um churrasco!", noticiava a velha, mascando o seu naco de fumo e agitando no ar as mãos miúdas e enrugadas.

Pouco mais dum mês depois da noite do duelo, Rodrigo deixou a cama pela primeira vez, com os membros lassos, a cabeça oca e tonta. Caminhou até a porta da casa de Juvenal e, quando olhou para a praça e avistou a figueira grande, sentiu que amava aquela árvore, aquele chão, aquele povoado. Entrecerrou os olhos, focou-os na casa de Pedro Terra e, pensando em Bibiana, concluiu que era bom, muito bom estar vivo. Quando caiu em si, as lágrimas lhe escorriam pelas barbas. Ao perceber que estava chorando, achou a coisa tão engraçada que começou a rir, primeiro baixinho, depois numa gargalhada. E, quanto mais ria, mais as lágrimas lhe vinham aos olhos. E pareceu-lhe que o riso e as lágrimas lhe aumentavam a fraqueza, e ao mesmo tempo a fraqueza lhe produzia mais riso e mais lágrimas. Teve de se apoiar na parede para não cair. Ergueu o olhar para o céu, o sol bateu-lhe em cheio na cara, como que lhe prendeu fogo nas barbas. Estar vivo, recobrar as forças, poder de novo montar a cavalo, andar à toa, livre, conversar com as pessoas, dedilhar a viola, cantar, jogar... E, principalmente, poder de novo ter mulher, comer e beber!

Rodrigo ouviu a voz de Maruca Terra:

— Capitão, é melhor vosmecê vir pra dentro e deitar um pouco pra descansar.

Cambará voltou-se para ela e sorriu:

— É melhor mesmo, dona.

Devagarinho aproximou-se de uma cadeira e sentou-se. Juvenal apareceu, vindo do fundo da cozinha, com uma cuia de mate na mão.

— Que tal um amargo?

— Vem do céu — respondeu Rodrigo. — Vem do céu.

Apanhou a cuia, seus lábios descorados e ressequidos beijaram a bomba; e ele chupou o mate com delícia, enquanto Juvenal limpava as unhas com a ponta dum punhal.

— Bonito punhal — disse Rodrigo. — É de prata?

Juvenal olhou a arma como se a visse pela primeira vez.

— Parece.

— Onde comprou?

— Foi a finada minha avó que me deu. Era do marido dela. É mui antigo.

Entregou o punhal a Rodrigo, que o rolou na palma da mão, com cuidado, passando depois os dedos pela lâmina.

— Bom aço. — Olhou os arabescos da bainha de prata e murmurou: — Nunca vi um punhal assim. Deve ser estrangeiro.

Juvenal deu de ombros e repetiu, indiferente:

— É mui antigo.

Apanhou a arma e tornou a metê-la na bainha.

Rodrigo agora sentia, de mistura com a canseira, um certo enternecimento.

— Amigo Juvenal, nunca hei de esquecer o que vosmecê fez por mim.

O outro desviou o olhar do rosto do capitão como se aquelas palavras lhe causassem um certo constrangimento.

— Ora... — fez ele, lançando um olhar para a figueira grande, através da janela.

— Se lembra quando vosmecê disse que eu podia ficar aqui trinta anos, três meses ou três dias?

Juvenal fez um sinal afirmativo com a cabeça.

— Pois veja como são as coisas... Parece que vosmecê sabia o que ia acontecer. Minha vida esteve por um fio. Bem diz o ditado: "Se Deus é grande, a vontade de viver é maior".

O dono da casa apanhou a chaleira preta de picumã que tinha a seus pés, tornou a encher a cuia e passou-a ao amigo.

— Por falar nisso — disse ele com ar casual. — Que foi que vosmecê fez pro padre Lara que ele ficou tão sentido?

Rodrigo riu, deu um chupão forte na bomba e depois narrou a "cena da extrema-unção", rematando-a com as seguintes palavras:

— E não me arrependo do que fiz.

— A intenção do pobre homem foi boa — observou Juvenal.

— E a minha também. Nunca acreditei em padre, igreja, santo e essas coisas de religião. Veja bem, amigo Juvenal, se eu morresse sem me confessar e depois descobrisse que havia outra vida... bom, eu sustentava a nota e aguentava os castigos porque não havia outro remédio. Se eu me confessasse e não morresse, ia ficar com uma vergonha danada de ter me entregado só por medo da morte. Todo mundo ia dizer que afrouxei o garrão, e isso, amigo, era o diabo...

Fez uma pausa, cansado.

— É... — murmurou Juvenal.

— Agora, se eu me confessasse, tomasse a comunhão e morresse... e se houvesse outro mundo e Deus e mais essas lorotas todas, o que é que acontecia? Acho que Ele logo ia ver que eu tinha me confessado só por conveniência e aí não me valia de nada o arrependimento.

Juvenal escutava, tomando em calma seu chimarrão. Depois de nova pausa, acariciando as barbas com as mãos trêmulas, Rodrigo concluiu:

— E se eu morresse e não encontrasse nada do outro lado, então... então nada tinha importância e tudo estava muito bem.

Juvenal Terra sacudiu a cabeça vagarosamente e depois perguntou:

— Mas vosmecê pensou em tudo isso na hora que o padre estava le pedindo que se confessasse?

O capitão soltou uma risada.

— Pra falar a verdade, não pensei. Mas fiz a figa só pra ver a cara do homem.

Atirou a cabeça para trás, porque o riso lhe aumentava a fraqueza e porque quando ele ria lhe doía o peito e a cabeça. Por um instante Juvenal não ficou sabendo ao certo se o capitão ria ou gemia ou se fazia ambas as coisas ao mesmo tempo.

Maruca atravessou a peça onde os dois amigos se encontravam e, levemente inquieto, Juvenal viu os olhos que o capitão botou nela. Não foi um relance casual, mas sim esse olhar comprido e faminto que ele vira muitas vezes nos doentes que, estando em rigorosa dieta de leite e mingau, veem passar alguém com um prato cheiroso de carne assada. E mais uma vez Juvenal desejou que o amigo já estivesse de volta a seu quarto na venda do Nicolau.

— Ah! — fez ele. — Eu ia me esquecendo, capitão. O padre Lara me disse que na noite do duelo vosmecê declarou que se morresse metade do seu dinheiro ia ficar pra igreja e a outra metade pra mim...

— É verdade.

— Mas por quê?

— Por que o quê?

— Por que me fazer seu herdeiro?

— Ora essa! Porque sou seu amigo.

Juvenal baixou os olhos. Encheu de novo a cuia, e por algum tempo ficou a tomar o mate em silêncio. Rodrigo pensava agora em suas horas de febre. Se o inferno existisse, ele devia ser como a cabeça de um homem que tem febre alta. Por mais que escarafunchasse na memória, não conseguia lembrar-se de ter visto Bibiana em seu delírio. Vira, isso sim, caras de gentes mortas, de velhos amigos e cavalos doutros tempos; andara pelos lugares de sua infância, e principalmente tornara a guerrear as guerras do passado.

Olhou para Juvenal e perguntou:

— Me diga uma coisa, amigo. Quando eu estava variando na cama, disse muita bobagem?

— Que eu ouvisse, não. Vosmecê falava, resmungava, mas não se entendia nada.

— Sabe de uma coisa engraçada? Quando variei sempre me parecia que eu andava a cavalo, em guerras. O que eu sentia era algo muito esquisito: vontade de terminar a briga, acampar, dormir, descansar. E quando pensava que ia fazer isso, lá vinha outra guerra ou então eu estava de novo na estrada, caminhando num solaço brabo, às vezes atravessando a vau um rio de fogo. E vá briga, vá briga! E só me golpeavam na cabeça, e a cabeça parecia que ia estourar de tanta dor. Alguém me dizia que logo adiante, numa canhada, tinha um olho-d'água. Minha sede era de rachar, a língua estava seca... Mas a viagem continuava e o olho-d'água não aparecia. Outras vezes...

Calou-se. O melhor mesmo era não pensar mais naquilo. Estava vivo e isso era o que realmente importava. Mudou de tom:

— Acho que posso voltar amanhã pra casa do Nicolau.

O outro disse simplesmente:

— Como vosmecê achar melhor.

— Preciso fazer a barba. Estou com a cara que nem roça abandonada.

Sem saber bem por quê — mas com uma secreta alegria ao imaginar que depois de barbeada a cara do capitão apareceria magra, pálida, sem o viço e a beleza de antigamente —, Juvenal disse:

— Roça abandonada coberta de erva daninha é triste. Mas terra nua onde a seca matou tudo é muito mais triste.

Rodrigo respirou fundo e respondeu:

— Não hai seca que dure sempre. Um dia chove e quando a terra é boa ela torna a viver.

— Isso é verdade... — concordou Juvenal, apanhando a cuia que o outro lhe entregava. — Um dia chove. Não resta a menor dúvida.

13

Quando o outono entrou, Rodrigo Cambará já se sentia tão forte como antes, e, quando lhe perguntavam: "Como vai, capitão?", ele respondia, jovial: "Pronto pra outra!".

Os Amarais voltaram para o povoado e quase toda a gente temeu novo conflito. Achavam que quando Bento e Rodrigo se defrontassem tirariam as pistolas e se alvejariam um ao outro, estivessem onde estivessem. Juvenal receava que os capangas do cel. Ricardo dessem cabo da pele do capitão numa emboscada ou então que o provocassem num jogo de osso ou numas carreiras para matá-lo, alegando depois que haviam sido agredidos. E quando um dia Juvenal disse a Rodrigo de seus temores e censurou-o por ele, ainda meio fraco, andar sozinho, o capitão deu-lhe uma palmada no ombro e exclamou:

— Qual nada, amigo! Eles não se metem mais comigo.

— É melhor andar prevenido...

— E por falar nisso, vosmecê também tem de se cuidar...

— Eu! Mas por quê?

— Porque naquela noite no terreiro do Joca Rodrigues vosmecê disse umas verdades duras pro Bento.

Juvenal olhou pensativo para a ponta das botas.

— Mas é engraçado. Ontem cruzei com ele na rua, pensei que o homem ia virar a cara, fingindo que não me via.

— E que foi que ele fez?

— Me olhou, bateu no chapéu e disse: "Buenas tardes, seu Juvenal!".

— Essa é muito boa! E vosmecê?

— Fiquei meio atrapalhado no princípio. Mas disse: "Buenas tardes". E fui andando.

Rodrigo sorria.

— Viu a cara dele?

— Muito bem, não.

— É pena. Eu só queria saber como ficou a minha marca... — Soltou um suspiro. — Foi uma lástima eu não ter acabado aquele servicinho...

Juvenal mirava o amigo sem compreender. Rodrigo esclareceu:

— Não cheguei a terminar o *R*. Ficou faltando a perninha da frente da letra. Uma lástima... Era só mais um talhinho de nada...

Juvenal sorriu seu sorriso lento e meio triste.

Por aqueles dias de fins de março o pe. Lara procurou Rodrigo e contou-lhe que o cel. Amaral o chamara para "tratar do assunto".

— Que assunto?

— O duelo.

— Ah! Que foi que a fera disse?

Estavam sentados debaixo da figueira e era por volta das cinco da tarde.

— Me pediu que falasse com vosmecê e lhe dissesse que ele não aprova o que o filho fez. Eu queria que o capitão visse o velho! Estava furioso. Chegou a dizer: "Nunca nenhum Amaral fez isso. Foi uma traição indigna de um homem de bem e de coragem".

— E que é que ele quer que eu faça? Que peça desculpas ao Bento? Ou que vá embora?

O padre sacudiu a cabeça.

— Não. Ele pede para vosmecê esquecer tudo.

— Mas uma pessoa não esquece uma coisa porque quer: esquece porque esquece.

— Não é isso. Ele quer evitar novo duelo. Chegou a dizer: "Estão mano a mano. Ele levou uma bala no peito que quase le arrebentou a alma. Mas meu filho tem na cara aquela marca que é uma vergonha pra toda a vida".

Rodrigo sacudia a cabeça com ar de quem não compreende.

— Veja como são as coisas. Nunca imaginei que o coronel fosse dizer uma coisa dessas. Isso prova que a gente nunca chega a conhecer direito as pessoas.

— Que é que vosmecê esperava que ele fizesse?

— Eu esperava que mandasse me matar... e ainda não estou certo de que não vai mandar... — O padre ensaiou um tímido protesto que não chegou a tomar forma definida. Rodrigo prosseguiu: — Ou então que dissesse ao filho: "Vá e bote um B na cara dele; senão vosmecê não é mais meu filho". Pelo menos era isso que eu havia de dizer ao meu filho...

Houve um silêncio. Meu filho... Aquelas palavras tinham para Rodrigo um som agradável. Meu filho: o homem que ia herdar-lhe a espada e o nome...

— Padre, mais uma vez vou lhe fazer um pedido.

— Qual é?

— Vá conversar com Pedro Terra e diga a ele que quero casar com dona Bibiana.

O pe. Lara espalmou a mão sobre o peito, como se esse gesto lhe pudesse facilitar a respiração. Aquele dia morno e pesado agravava-lhe a asma. O verão fora horrível: passara noites em claro, mais sentado que deitado na cama, sem poder dormir por causa da falta de ar.

— Vosmecê ainda tem esperança de casar com essa moça?

— Esperança? Tenho a certeza.

— Se tem, por que é que me pede?

— Porque não quero fazer nada de estabanado. Estou cansado de ser olhado como desordeiro. Vosmecê pode arranjar tudo. Vá e fale com Pedro Terra. Diga que o Juvenal já concordou em botar sociedade comigo. Tenho dinheiro, vamos abrir uma venda aqui em Santa Fé. Ele vai comprar coisas no Rio Pardo e eu tomo conta do negócio. — Fez uma pausa. Olhou para a fachada da casa de Bibiana e acrescentou, calmo: — Padre, le dou minha palavra de honra como quero mudar de vida. Estou passando dos trinta e cinco, não sou mais criança.

O vigário ergueu-se com esforço, gemendo e arquejando.

— Está bem. Vou fazer o que posso. Sou um pobre velho que gosta de ajudar os outros. — Ergueu o indicador diante do nariz de Rodrigo, bem como fazia com as crianças nas aulas de catecismo. — Mas vosmecê não merece. O que vosmecê me fez numa hora séria daquelas é dessas coisas que não têm perdão. Foi uma blasfêmia horrível. Vosmecê não merece.

— Está bem, padre. Não mereço. Mas vá falar com o homem.

O padre mudou de tom:

— Ah! Deixe que eu dê um recado que o coronel Ricardo lhe mandou: ele quer que vosmecê dê o dito por não dito, ou melhor, o feito por não feito e fique vivendo quieto a sua vida.

— É o que estou fazendo, padre.

— Também disse que vosmecê pode ficar no povoado.

Rodrigo ergueu-se, brusco, com a cara iluminada.

— Ora, essa é muito boa! Que eu posso ficar? Pois foi isso mesmo que eu disse pr'aquele velho no fim da única conversa que tivemos. Disse que ficava. E fiquei.

O padre voltou-lhe as costas, resmungando:

— Vosmecê é um homem impossível.

E se foi na direção da capela, muito encurvado, arrastando os pés na poeira do chão.

14

O pe. Lara tinha confessado Bibiana por aqueles dias, preparando-a para a comunhão pascal. Sabia agora que a moça morria de amores pelo cap. Rodrigo; e, como conhecia o temperamento dela, achava inútil tentar convencê-la de que o partido não lhe convinha. De resto, o pe. Lara não estava bem certo disso. Gostava de Rodrigo: gostava tanto que lhe perdoara todas as suas ofensas à Igreja, todas as blasfêmias, todos os atrevimentos. Conhecera outros homens assim. Eram o produto da vida que levavam, da educação que tiveram. Que se podia esperar dum menino criado no meio de soldados nos acampamentos ou de peões e índios vadios nos galpões, nos bolichos, nas canchas de carreira e de jogo de osso? A guerra tinha sido talvez sua única escola. No entanto o vigário sabia que no fundo Rodrigo Cambará era um homem de bons sentimentos. Talvez desse até um bom marido. Talvez sentasse o juízo. Fosse como fosse, agora ele sabia que Rodrigo era um homem muito mais decente que Bento Amaral. Foi por causa dessas reflexões e principalmente pela simpatia que sentia pelo capitão que o vigário decidiu falar com Pedro Terra. Foi uma noite à casa deste, depois do jantar. Ficaram primeiro a fumar e a conversar sobre as colheitas, o tempo e as notícias que tinham chegado recentemente de Porto Alegre — todas elas cheirando a revolução e intrigas políticas. E num dado momento o padre pediu a Bibiana que saísse da sala, pois tinha um "particular" a tratar com seu pai. A moça obedeceu. E quando Arminda fez menção de retirar-se também, o padre deteve-a com um gesto:

— Não. Vosmecê pode ficar. Quero que escute tudo.

Transmitiu, então, o recado de Rodrigo Cambará: o capitão queria casar com Bibiana e prometia sentar o juízo. Pedro Terra escutou o padre num silêncio em que havia ressentimento e má vontade. E quando o vigário terminou, ele disse simplesmente:

— Esse homem não é trigo limpo.

— Aí é que vosmecê se engana; o capitão foi condecorado. Vi a fé de ofício dele. É um homem de grande valor.

— Mas não é trigo limpo.

— Quem foi que lhe disse?

— Qualquer um vê logo.

O padre deu uma palmada na própria coxa, mas imediatamente arrependeu-se do seu entusiasmo. No fim de contas não era lógico que estivesse tão apaixonado pela questão a ponto de perder a calma habitual.

— Deus, que é Deus, sabe perdoar tudo, meu amigo — disse ele. — Até o mais miserável dos pecadores pode regenerar-se aos olhos d'Ele.

— Mas eu não sou Deus. Sou um homem.

— O capitão também é um homem. Concordo que ele é um pouco atrevido, um pouco esquentado, vamos dizer. Mas os Amarais são esquentados. E vosmecê também é bastante esquentado.

Pedro Terra não sorriu. Brincou com a corrente do relógio, pigarreou secamente e depois falou:

— Mas quem foi que lhe disse que a Bibiana gosta dele?

Só naquele instante é que o padre percebeu que os Terras quase sempre principiavam suas sentenças com um mas; era o sinal de que estavam sempre discordando do que os outros diziam. Era a gente mais cabeçuda, mais teimosa que ele conhecia.

— Eu sei que a Bibiana gosta desse homem. E muito.

Arrependeu-se de ter dito isso. Não podia violar o segredo do confessionário. Mas agora era tarde. A coisa lhe tinha escapado... Deus compreenderia. Deus não era cabeçudo.

— Mas quem foi que lhe disse?

Não havia outro remédio senão mostrar as cartas.

— Ela mesma me disse.

— Como é que a Bibiana lhe diz coisas que nunca me disse?

Arminda ergueu a cabeça e soltou um balido de ovelha:

— Ora, Pedro. O vigário sabe...

O pe. Lara avançou:

— Vosmecê já lhe perguntou alguma vez se ela gostava do capitão?

— Não.

— Pois aí está...

Pedro mexeu-se na cadeira. Viu uma lagartixa atravessar a parede, por trás do padre. Seguiu-a com os olhos, mas pensando em Bibiana. Por fim disse:

— Ela pode gostar um pouco dele. Mas vai acabar esquecendo.

Arminda ergueu a cabeça.

— Esquecendo? — repetiu. — A Bibiana é bem como a avó, dessas que só gostam dum homem em toda a vida. Essas nunca esquecem.

Pedro Terra suspirou, inclinou o busto para a frente, descansou os cotovelos nas coxas e apoiou a cabeça nas mãos.

— É triste a gente criar uma filha com sacrifício para entregar depois ao primeiro canalha que aparece...

— Já lhe disse que o governo não condecora canalhas! Vosmecê está sendo injusto. Um canalha vem da guerra com a guaiaca cheia de onças, de joias e de coisas roubadas. O capitão Rodrigo trouxe apenas o soldo que economizou. Não é muito. Eu vi.

Pedro olhava fixamente para o chão. O padre e Arminda trocaram um olhar significativo. Vendo que ela estava de seu lado, o vigário sorriu-lhe agradecido.

— Seja tolerante, Pedro — insistiu ele. — Receba o homem na sua casa, converse com ele, tenha paciência.

Pedro pôs-se de pé e gritou:

— Bibiana!

A moça apareceu.

— É verdade que vosmecê gosta desse tal capitão Rodrigo?

Bibiana baixou os olhos. Viu as botas embarradas do pai, mas viu principalmente a face do cap. Rodrigo. Tinha chegado a hora decisiva. Se mentisse, perderia o homem que amava. Se dissesse a verdade, poderia perdê-lo também, mas pelo menos ficaria com o consolo de não ter mentido. Aconteça o que acontecer — resolveu —, vou dizer a verdade. Sem erguer a cabeça, balbuciou:

— Gosto, papai.

— E vosmecê sabe que eu não gosto dele?

— Sei, sim senhor.

— E mesmo assim quer casar com ele?

— Eu não sei se ele quer casar comigo...

— Está visto que quer! Mas vosmecê está resolvida a arriscar a ser infeliz?

Ela ficou em silêncio por alguns segundos.

— Estou — disse, erguendo o rosto e encarando o pai.

O padre olhou para Pedro e sentiu um calafrio. O que via nos olhos, no rosto daquele homem era ciúme, um ciúme surdo, escondido, que ardia como brasa viva sob a cinza.

— Vosmecê alguma vez falou com esse homem? — tornou a perguntar Pedro Terra.

— Nunca, papai.

— E se eu lhe proibisse de falar com ele, que é que vosmecê fazia?

— Obedecia.

— E ficava triste?

— Ficava.

— Ficava com raiva de mim?

— Como é que a gente vai ficar com raiva do pai?

— Mas não acha que um dia vosmecê podia esquecer esse homem?

— Não acho, não senhor.

— Por quê?

— Porque sei o que sinto.

— Escute, minha filha. — A voz de Pedro ficou mais branda e ele chegou a dar um passo na direção da moça. O padre olhou para Arminda e viu que as mãos dela tremiam. — Vosmecê nunca se interessou por homem nenhum...

Bibiana meneou a cabeça afirmativamente.

— E vosmecê não sabe — continuou o pai — que esse homem não tem nada de seu a não ser um cavalo, um violão e uma espada?... Que esse homem não tem nenhum ofício e nenhuma serventia? Não vê que vosmecê pode ser infeliz com ele, sempre com medo de que ele possa abandonar a casa duma hora pra outra e ir pra alguma aventura ou seguir outra mulher? Não sabe?

— Sei.

— E assim mesmo quer casar com ele?

— Se ele quiser, eu quero.

O padre agora via na moça a decisão de Ana Terra: o mesmo jeito de falar, quase a mesma voz. Teve saudade da velha, com quem costumava manter longas conversas ao pé do fogão, nas noites de inverno.

Pedro Terra continuou:

— E vosmecê sabe que este casamento vai me deixar muito triste?

— Sei, sim senhor.

— E apesar disso ainda insiste em casar com ele?

A própria Bibiana sentiu que era Ana Terra quando respondeu:

— Parece que é sina um de nós ficar triste. Veja só, papai. Se eu me caso com ele, vosmecê fica triste, mas eu fico alegre. Se vosmecê me proíbe de casar, não caso, mas fico triste, e me vendo sempre triste vosmecê vai ficar triste e a mamãe também. Não é melhor só um triste em vez de três?

Os anjos falaram pela boca dessa menina! — pensou o pe. Lara. Mas olhando para o rosto do pai de Bibiana viu que ele não tinha gostado do raciocínio.

Pedro Terra apertou uma mão fechada contra a palma da outra e fez estalar as juntas dos dedos.

— Bom, padre — disse ele —, posso ser um pouco teimoso, mas não sou nenhum animal. Vou falar com aquele sujeito. Mas vá logo dizendo a ele que nunca espere a minha amizade. Quero que vosmecê, vigário, seja testemunha do que vou dizer à minha filha. — Dirigiu-se à mulher. — E vosmecê também, Arminda. — Encarou Bibiana: — Vou consentir nesse casamento pra não dizerem que sou um tirano, mas acho que minha filha vai ser infeliz. Quero lavar as mãos do que vai acontecer. Nunca insisti com ela pra casar com o Bento, apesar de saber que é o melhor partido destas redondezas. Ela não gosta do rapaz, está muito bem. Eu também não gosto muito dele. Não proíbo ela de casar com esse tal capitão. Dou o meu consentimento com tristeza, mas amanhã, quando Bibiana depois de casada vier bater na nossa porta dizendo: "Papai, vosmecê tinha razão, meu marido não presta", não quero que ninguém me culpe do que aconteceu. Está tudo bem entendido?

Por alguns momentos ninguém falou. Finalmente Bibiana fez um esforço e disse, com voz trêmula:

— Vosmecê sabe que nunca me queixo de nada nem de ninguém.

Examinando com atenção o rosto daquele homem, o pe. Lara viu que ele sofria. Mas outra pessoa que entrasse naquele momento e não soubesse do que se estava passando não perceberia nenhuma alteração na fisionomia de Pedro Terra. Era a mesma cara de sempre: tostada de sol, fechada e apenas melancólica.

15

Assim, Rodrigo Cambará se casou pelo Natal de 1829 com Bibiana Terra. O noivo envergava seu fardamento completo, em cujo dólmã luzia a medalha. Bibiana ostentava o mesmo véu e a mesma grinalda que sua mãe usara no dia de seu casamento. Pedro Terra estava vestido de preto e trazia também luto fechado no rosto e foi com má vontade e constrangimento que recebeu as felicitações que lhe deram à saída da igreja. D. Arminda chorava de mansinho e seus olhos estavam vermelhos e tristes. Ao pé da imagem de Nossa Senhora da Conceição ardia uma grande vela de cera que Bibiana mandara vir de Rio Pardo para pagar uma promessa...

Os noivos foram morar numa casa de madeira que Juvenal ajudara Rodrigo a erguer à entrada do povoado, do lado nascente. Era na peça grande da frente que ficava a venda, com suas prateleiras de pinho — onde se amontoavam as mercadorias: peças de morim e riscado, cordas, velas, pedras de isqueiros, facas, pentes, vidros de água de cheiro — e as barricas e sacos com bolachas, farinha de trigo, arroz, cebola, açúcar e sal. Numa prateleira à parte via-se uma pequena botica com purgantes, ervas medicinais, emplastros, pomadas e linimentos.

— Para começar já dá... — disse Juvenal ao padre no dia em que lhe mostrou as prateleiras da loja.

Rodrigo gozou a sua noite de núpcias como quem, depois dum longo período de abstinência, saboreia um jantar especial, com churrasco gordo e bom vinho; mas não se tratava duma refeição comum, dessas em que a gente come em mangas de camisa, à vontade, mas sim duma ceia de cerimônia... por exemplo, no Paço do Governo, no meio de figurões, numa mesa com muitos candelabros e talheres de prata, louça fina e mulheres de maneiras fidalgas — uma ceia enfim em que o conviva do campo tem de refrear o apetite, comer devagar, evitando qualquer gesto que possa ocasionar a quebra dum copo, dum prato ou da etiqueta. Porque todo o seu apetite por Bibiana, havia tanto tempo reprimido, foi um pouco contido pela sensação de estar diante duma donzela, duma moça cuja timidez e pudor eram tão grandes que quase chegaram a contagiá-lo. Mas nem por isso o vinho deixou de subir-lhe à cabeça; nem por isso ele deixou de quebrar cristais ou de revelar sua sofreguidão. Bibiana se lhe entregou numa passividade comovida, trêmula e cheia de medo. Quando se viu a sós com aquele homem, deitada com ele na mesma cama, teve por um rápido segundo quase um sentimento de pânico e a sensação perfeita de que estava praticando um ato feio e ilegal pelo qual teria de responder no dia seguinte perante os pais, o padre e o resto da população de Santa Fé.

E essa sensação de pecado, essa impressão esquisita de que Rodrigo não era seu marido e de que ela não passava duma "china de soldado" não a abandonou nunca durante toda a lua de mel, principalmente quando ela se via frente a frente com o pai. Mas isso não a tornou menos feliz. Porque, naqueles meses que se seguiram ao casamento, Bibiana viveu como que no ar, erguida na crista duma onda cálida de felicidade, que a estonteava um pouco, dando às pessoas e coisas que a cercavam um aspecto de sonho. Cuidar da casa, fazer comida para Rodrigo, lavar-lhe a roupa branca, usar as coisas de seu próprio enxoval, tomar conta dos bichos do quintal — tudo isso eram prazeres que ela gozava duma maneira miudinha, prolongada, bem como fazia no tempo de menina quando lhe davam um pedaço de rapadura e, evitando triturá-lo com os dentes, ela o deixava dissolver-se aos poucos na boca para que o doce durasse mais. E muitas vezes, quando estava lidando na cozinha ou no quintal, fazia pausas ao ouvir a voz do marido, e ficava escutando, como se alguém estivesse a tocar uma música bonita na venda. E tudo que ele dizia ela achava divino. "Quantas arrobas? Duas? Lá vai." Havia na voz de seu marido um tom amigo e simpático quando ele gritava para alguém recém-chegado: "Apeie e entre, patrício! A casa é de vosmecê!". E era mesmo. Porque Rodrigo gostava de casa cheia e sempre que podia trazia amigos para almoçar ou jantar. "Coma mais uma costela, compadre!" E sua cordialidade era tão grande que não raro chegava a ser agressiva. "Mais feijão? Mas vosmecê está me fazendo uma desfeita!" E era quase com brutalidade que botava feijão no prato do convidado.

Lembrando-se de cenas como essas, Bibiana ficava sorrindo e escutando a voz do capitão. E ouvia também o tinir dos patacões, vinténs e cruzados que ele atirava na gaveta. Rodrigo não sabia fazer nada com calma e jeito. Não punha um objeto em cima da mesa: atirava-o. Quando se despia à noite, jogava as roupas para todos os lados. Não sabia beber um copo d'água ou de vinho devagar: tomava em goles largos, fazendo muito ruído e no fim estralando os beiços. Até mesmo no sono continuava fazendo barulho: seu ressonar era pesado e muitas vezes no meio da noite ela ouvira Rodrigo falar enquanto dormia. Bibiana não cessava de comparar o marido com o pai e concluía que eram tão diferentes um do outro como geada e fogo, e mais difíceis de se misturarem do que água e azeite. Bibiana criara-se à sombra daquele homem calado e sério, bondoso mas seco de gestos e palavras. Nunca o ouvira soltar uma boa risada: quando ele sorria, era um sorriso entre amargo e triste. Sabia que o pai era bom, isso sabia; não havia ninguém no mundo melhor que ele. Era capaz de todos os sacrifícios para fazer a família feliz. Trabalhava como um mouro, era um homem honrado, não se metia na vida de ninguém. Quando falava era em voz baixa, e sempre parecia pensar muito antes de falar. Para Pedro Terra água de cheiro, brincos, espelhos e enfeites eram coisas inúteis de "gente que não tem mais o que fazer". Os seus ditados — que ele repetia sempre que havia oportunidade, como para que servissem de lição à filha — davam uma ideia de sua maneira de avaliar as pessoas e as coisas. "Mulher que muito ri não pode ser boa coisa." "Primeiro a obrigação, depois a diversão."

Uma vez, no tempo de menina, Bibiana apanhara uma sova da mãe e quando, com o rosto cheio de lágrimas, ela fora, soluçando, queixar-se ao pai, esperando que ele a tomasse nos braços e a consolasse, Pedro Terra, de mãos às costas, baixara os olhos para ela e limitara-se a dizer: "Não é nada. Pata de galinha nunca matou pinto". Quando, antes do casamento, d. Arminda expressou um dia a esperança de que Rodrigo pudesse sentar juízo, Pedro, tirando da boca uma costela de rês, cuja pelanca ele tentava arrancar com os dentes, disse com a voz que a banha fazia perder a habitual secura: "Cachorro que come ovelha uma vez come sempre, só morto se endireita". Nos dias de tristeza, quando tudo lhe parecia sair mal — uma colheita pobre, uma peste na lavoura ou no gado, uma doença na família —, Pedro Terra suspirava e dizia: "A vida é como vaca tambeira que esconde o melhor leite". Não deixava Bibiana ir a bailes senão duas ou três vezes por ano, e assim mesmo em sua companhia; durante todo o tempo das danças ficava sentado a um canto, sem tirar os olhos dela. Porque tinha medo de que começassem a falar da filha, pois "a boca do povo", dizia, "é maior que a boca da noite, e muito mais malvada".

Era por tudo isso que Bibiana não se habituava à nova situação. Tudo era bom demais para ser verdade. Tinha agora seu marido, sua casa, sua liberdade... Mas Rodrigo era tão diferente do pai, tão alegre, tão descuidado, tão barulhento, tão engraçado, que ela às vezes ficava com a impressão de que estava — ainda para usar uma frase de Pedro Terra — levando uma vida de "gente louca" e que portanto essa vida não era decente nem podia durar.

E, quando Rodrigo à noite a tomava nos braços, erguia-a no ar como se ela fosse um nenê e começava a beijar-lhe os cabelos, o pescoço, os braços, Bibiana desatava a rir, cheia de cócegas, feliz e ao mesmo tempo envergonhada, amando-o mas achando-o despudorado — e todo o tempo ficava a olhar para a porta, para a janela aberta, receando que alguém os visse naquela indecência e, acima de tudo, temendo que o pai aparecesse...

Num anoitecer em que o pe. Lara viera visitá-los após o jantar e ficara a conversar e a fumar enquanto ela tirava os pratos da mesa, Rodrigo dera uma palmada nas nádegas de Bibiana, soltando ao mesmo tempo uma risada e dizendo: "Certas coisas da vida valem mais que uma ponchada de onças!" — ela ficara muito vermelha e refugiara-se na cozinha, sem coragem de olhar para o vigário.

Para Rodrigo todas as noites eram noites de amor. Bibiana ficava um pouco assustada. Os ardores do marido a sufocavam. E havia no rosto dele algo que a fascinava e ao mesmo tempo a atemorizava. Longe dele Bibiana fazia projetos. Ia pedir-lhe que tivesse modos diante de estranhos; que a deixasse dormir cedo; que não a acordasse no meio da noite para fazer as suas loucuras. Mas quando o via não pedia nada. Submetia-se a todos os seus desejos. Quando ele entrava numa peça, de repente tudo como que esquentava, e ficava mais claro, como se a cara do capitão fosse um sol. Quando o marido falava, ela sentia uma coisa no peito. Quando ele a tocava, ela desejava entregar-se, derreter-se, ficar mais pequena ainda do que era... Mas havia sempre de mistura com seus prazeres e êxtases um elemento secreto de inquietação — não só o pressentimento de que aquilo tudo não podia durar, como também a desconfiança de que aquele tipo de amor não era direito, não devia existir entre marido e mulher.

O pai e a mãe apareciam raramente. Quando vinham era para visitas breves em que o velho falava pouco e nunca olhava Rodrigo nos olhos, apesar de todos os esforços que este último fazia para ser agradável ao sogro. Quem os visitava mais era Juvenal, que quando não estava em viagem para o Rio Pardo ajudava o cunhado no serviço da venda.

Uma noitinha, depois do jantar, Rodrigo sentou-se num banco, botou a mulher no colo e começou a beijá-la com avidez.

— Não! — balbuciou ela. — Agora não.

— Só um pouquinho, minha prenda — disse ele, e seus lábios úmidos e frescos passearam pelo pescoço da mulher.

Estava ele de costas para a porta, através da qual Bibiana, apreensiva, via a rua. Num dado momento avistou dois vultos que se aproximavam. A noite estava clara e ela reconheceu neles o pai e a mãe. Fez um esforço para se desvencilhar do marido, mas os braços de Rodrigo a prendiam. E Bibiana, muda, afogueada, cheia de vergonha, viu o pai acercar-se da porta, parar, olhar para ela, de cenho franzido, fazer meia-volta, tomar o braço da mulher e ir-se embora sem dizer palavra.

— Por favor, Rodrigo!

Rodrigo, porém, continuava a beijá-la com fúria, por entre risos. Bibiana olhava para a porta, para a noite, e não podia esquecer a expressão de desagradável surpresa e — sim! — de vergonha que vira no rosto do pai.

16

O verão se foi, entrou o outono e Bibiana — que esperava o primeiro filho para meados da primavera — começava a ficar deformada pela gravidez. Seu ventre estava muito crescido, as feições um pouco intumescidas e o busto mais cheio. Rodrigo contemplava-a numa confusão de sentimentos. A ideia de que ia ter um filho deixava-o alvoroçado, orgulhoso, e ele contava os dias nos dedos, desejando que o tempo passasse e outubro chegasse depressa. Havia, porém, em sua alegria um elemento de impaciência. Porque Bibiana como que se desmanchava aos poucos ante seus olhos sempre gulosos. A rigidez de suas carnes dera lugar a uma flacidez descorada e ela de repente como que se fizera mais adulta, mais mulher. E ele, que já não se podia entregar aos mesmos excessos amorosos — pois além de ser obrigado a cuidados especiais com a esposa já começava a achá-la menos atraente —, ficava irritado com a situação e agora já pensava em outras mulheres.

Bibiana percebeu isso mas não disse nada. Vivia em constantes acessos de nervos, chorava às escondidas de medo ao pensar no parto. Quando comunicava esses temores à mãe, d. Arminda, para a consolar, dizia:

— Não há de ser nada, minha filha. A tesoura de tua avó está aí mesmo.

Mas isso, longe de confortar Bibiana, dava-lhe um terror frio, pois achava horrível a ideia de cortarem o cordão umbilical da criança com aquela tesoura negra e enferrujada.

Quando chegou a época de Juvenal ir ao Rio Pardo buscar novo sortimento para o inverno — pois quando entrasse junho seria praticamente impossível atravessar a serra —, Rodrigo ofereceu-se para ir fazer a viagem daquela vez.

— Mas vosmecê não conhece a estrada — observou o cunhado.
— Não se apoquente. Hei de encontrar o Rio Pardo.
Juvenal mirou o cunhado com seus olhos apertados e cheios de suspeita e disse:
— Mas tenho medo de que depois vosmecê não encontre Santa Fé, na volta...
Ele percebia tudo. Rodrigo queria um pretexto para se ausentar de casa por uns dois ou três meses, para evitar de ver a mulher naquele estado. Essa era uma das razões pelas quais insistia em fazer a viagem. A outra, mais poderosa, era o desejo de correr mundo, pois Juvenal compreendia — embora parecesse não atentar na coisa — que o cunhado já começava a aborrecer aquela vida parada ali atrás do balcão a vender pingas e a pesar farinha e feijão. Acontecia também que no Rio Pardo Rodrigo poderia procurar chinas. Em Santa Fé isso não era fácil.
— Pois está bem — disse. — Desta vez vai vosmecê.
Quando Rodrigo participou à mulher a decisão que tomara, Bibiana nada disse. Foi para o quarto, deitou-se, apertou o rosto no travesseiro e chorou. Tinha o pressentimento de que Rodrigo não voltaria mais. Podia cair num precipício na serra ou então meter-se em alguma briga no Rio Pardo e ser assassinado.
Quando se despediu do marido, abraçou-o e beijou-o longamente.
— Eu volto logo, minha prenda — disse ele. — Cuide bem de nosso filho.
Durante a ausência de Rodrigo, Bibiana de dia ajudava Juvenal na venda e ao anoitecer dirigia-se para a casa dos pais, onde pernoitava. Fiava na roca roupas para o filho, ia para a cama cedo, mas ficava muitas horas sem poder dormir, pensando no marido. Sentia falta da voz dele, do cheiro dele, da presença dele. E à medida que o tempo passava mais se fortalecia nela o pressentimento de que nunca mais tornaria a ver Rodrigo. Era essa mesma suspeita que Bibiana lia nos olhos do pai, nas raras vezes em que ele a fitava. Porque agora Pedro Terra evitava olhar para ela, como se aquele filho que ela trazia no ventre fosse o produto dum amor ilegítimo, dum "mau passo". Bibiana ficava constrangida quando alguma amiga que a visitava, ou cruzava com ela na rua, lhe pedia notícias de Rodrigo, pois sentia, no tom de voz com que as outras faziam a pergunta, que elas tinham a certeza de que o cap. Cambará não voltava mais. Uma tarde Lúcia, a filha de Chico Pinto, perguntou-lhe:
— Sabes quem chegou hoje?
— Não. Quem foi?
— O Bento Amaral e a mulher. Dizem que o casamento deles foi uma maravilha, uma beleza. As gentes mais finas de Porto Alegre foram. Até o governador!
Houve uma pausa. A outra baixou os olhos para o ventre de Bibiana.
— Então, pra quando é o "baile"?
— Ah, vai demorar ainda. Parece que é lá pra meados de outubro.
Ao se despedirem, Lúcia Pinto sussurrou:
— Esse filho podia ser do Bento, não? Ia ser melhor pra ti e pra ele. Em vez de morar na venda, tu moravas no casarão da praça.

Bibiana voltou para casa pensando naquelas palavras. E à medida que os minutos passavam ia crescendo sua indignação. Filho do Bento! Ela estava satisfeita e orgulhosa por trazer dentro de si um filho do cap. Rodrigo Cambará. Pensou no Bento e na cicatriz em forma de *P* que ele tinha na face. Avistara-o apenas duas vezes depois do duelo, e o homem dobrara esquinas, intempestivo, para não se defrontar com ela. Se a mulher de Bento ficasse grávida e olhasse muito para o rosto do marido, era bem possível que o filho nascesse com aquele *P* em algum lugar do corpinho. E assim a marca de Rodrigo passaria também para a criança.

Ao chegar a casa, ao ver as coisas do marido — o uniforme, a espada, a medalha —, sentiu que quem tinha mais forte a marca de Rodrigo era ela mesma. Tinha-a em todo o corpo, como que feita a fogo.

Deitou-se abraçada com o dólmã do capitão, e começou a chorar de mansinho. Da loja vinha a voz calma e seca de Juvenal, que conversava com os fregueses. E em pensamentos Bibiana via o marido estirado no chão, no fundo dum precipício, com a cabeça esmagada; ou então no momento em que o enterravam, no Rio Pardo, depois dum duelo. As lágrimas caíam no dólmã escuro e ela sentia no rosto o contato físico dos botões de metal. Naquele momento Bibiana percebeu que o filho lhe esperneava no ventre e por entre lágrimas começou a sorrir. Talvez fosse um homem e herdasse o gênio do pai. Imaginou Ana Terra com o bisneto no colo. Era pena que ela estivesse morta. E suas lágrimas passaram então a ser muito pela ausência de Rodrigo e um pouco pela morte da avó.

O outono se foi, começaram as chuvas e os frios de inverno, e Rodrigo não chegava. Juvenal inquietava-se porque já era tempo de o cunhado estar de volta. Fazia-se perguntas a si mesmo, imaginava coisas, mas não dizia nada à irmã para não inquietá-la.

E em certos dias em que o minuano soprava, enrolada num xale e pedalando na roca (pois agora que estava cada vez mais pesada não podia ir ajudar o irmão na venda), Bibiana pensava na avó, que costumava dizer-lhe que o destino das mulheres da família era fiar, chorar e esperar.

Junho ia em meio quando um dia Rodrigo apareceu com a carreta. Os amigos o receberam com grande alvoroço. Juvenal alegrou-se de vê-lo, mas limitou-se a apertar-lhe a mão e a dar-lhe duas palmadinhas no ombro, perguntando apenas:

— Fez boa viagem?

Rodrigo não ouviu a pergunta. Precipitou-se para casa, entrou e tomou Bibiana nos braços, cobrindo-lhe o rosto de beijos. Ela não pôde falar, engasgada. À vista do marido, cuja voz ouvira antes de ele entrar em casa, sentira uma onda de calor tomar-lhe conta do corpo. Era como se ela voltasse à vida depois de estar morta e fechada num túmulo: era como se o sol se abrisse de repente depois duma temporada longa de chuva e céu nublado. Tinha uma bola na garganta, e quando Rodrigo a beijava e dizia coisas e tornava a beijá-la e a fazer perguntas — seus lábios permaneciam imóveis e frios. E, enquanto o marido a apertava nos braços, o filho lhe esperneava nas entranhas. Essas coisas lhe deram um contentamento tão grande, tão agudo que Bibiana Terra desejou morrer naquele momento, morrer porque temia que no futuro essa felicidade acabasse.

Naquela noite Rodrigo contou à mulher, ao cunhado e a outros amigos as peripécias de sua viagem. Perdera-se na serra, lutara contra tremedais, matagais e peraus, mas achara finalmente o caminho. Tinha trazido a carreta cheia de mercadorias para a venda e muitos presentes para Bibiana.

E, quando no dia seguinte foram ambos visitar Pedro Terra, a primeira coisa que Rodrigo disse foi:

— O tio de vosmecê, o velho Horácio, mandou muitas lembranças...

— Agradecido — respondeu Pedro. E não disse muito mais que isso durante todo o resto da visita em que o genro contou as novidades do Rio Pardo.

Outubro passou e o filho de Bibiana não nasceu, contrariando todas as previsões. Mas à uma hora do dia 2 de novembro ela começou a ter dores muito fortes e por volta das quatro da tarde uma criança recém-nascida berrava na casa de Rodrigo Cambará.

— Logo no Dia de Finados! — lamentou-se Bibiana. Estava estendida na cama, muito pálida, de pálpebras pisadas. Rodrigo tomou nas suas a mão da mulher e respondeu:

— Mas foi no Dia de Finados que nós nos conhecemos, minha prenda.

A mulher sorriu um sorriso cansado. D. Arminda entrou no quarto e fumigou-o com alfazema. Pedro veio olhar o neto e ficou a mirá-lo em silêncio, sorrindo com os olhos.

Rodrigo exclamou:

— Mais um Cambará macho!

O sogro não respondeu. Lançou um olhar enviesado e tristonho para a mesa, em cima da qual jazia a velha tesoura de Ana Terra.

17

Na sua admiração pelo cel. Bento Gonçalves, em cujo regimento de cavalaria servira, Rodrigo pensou em dar ao filho o nome de Bento. Mas lembrou-se de Bento Amaral e resolveu chamar ao primogênito Bolívar. Bibiana não gostou do nome, mas não fez o menor reparo: o desejo do marido era para ela uma ordem. O pe. Lara batizou-o naquele mesmo novembro: Juvenal e Maruca foram os padrinhos.

Rodrigo não podia esconder seu orgulho e sua satisfação por ter um filho macho. Brincava com a criança como uma menina brinca com sua boneca e às vezes não podia deixar de dar voz à sua impaciência diante do fato irremediável de que a criança levaria anos para crescer, fazer-se homem e poder chegar à idade de botar pistola e espada na cintura e sair a burlequear pelo Continente.

— O mundo está errado! — disse ele um dia ao vigário, quando ambos conversavam na frente da venda, após o jantar. — Por que é que cavalo cresce tão depressa e gente leva tanto tempo?

O padre, que palitava os dentes com um espinho de laranjeira, encolheu os ombros e respondeu, meio vago:

— Deve ser porque cavalo vive menos.

— Também está errado. Um cavalo devia viver tanto como uma pessoa.

O pe. Lara olhou para o capitão longamente antes de falar. Fazia meses que vinha notando mudanças nele. O homem simplesmente andava desinquieto, irritadiço. Tudo indicava que aquela vida sedentária, atrás dum balcão, começava a entediá-lo. Não fora feito para aquilo. Para falar a verdade, também não fora feito para o matrimônio, ou melhor, para ter uma mulher só. E o vigário se inquietava, pois de certo modo se sentia responsável perante Pedro e Arminda Terra por aquele casamento, do qual era uma espécie de fiador. Se o signatário da letra de que ele era avalista fugisse e ele fosse chamado a pagar a dívida, que poderia fazer ou dizer? Soltou um suspiro e perguntou:

— Se vosmecê fosse o criador do mundo, como é que fazia as coisas e as pessoas?

Rodrigo apanhou um seixo, fez pontaria numa árvore e arremessou-o, errando o alvo.

— Se eu fosse dono do mundo, fazia algumas mudanças...

— Por exemplo... — pediu o padre.

— Acabava com essa história de trabalhar...

— Sim, e depois?

— Fazia os filhos virem ao mundo de outro jeito. Eu vi o que a Bibiana sofreu. É medonho.

O vigário sorria. Aquelas palavras, partidas dum egoísta, não deixavam de ter seu valor.

— E depois?

— Dividia essas grandes sesmarias de homens como o coronel Amaral.

— Dividia? Como? Pra quê?

— Dividia e dava um pedaço pra cada peão, pra cada índio, pra cada negro.

— Não vá me dizer que ia libertar os escravos...

— E por que não? Acabava com a escravatura imediatamente.

O padre ria, e o riso encatarroado que o sacudia todo depois se transformou num acesso de tosse que acabou por deixá-lo ofegante e cansado.

— Vosmecê é das arábias, capitão. Mas continue com o seu mundo... Que mais?

Dentro da casa Bolívar chorava. E Bibiana, ninando-o, cantava as cantigas de Ana Terra.

— Ah! Eu ia m'esquecendo. Pra principiar, fazia o mundo mais pequeno, pra gente poder atravessar todo ele a cavalo, sem levar muito tempo.

— E como é que vosmecê ia se arranjar, indo dum país pra outro sem conhecer outra língua senão a sua?

— Eu acabava com esse negócio de línguas diferentes...
Rodrigo fez uma pausa e ficou pensativo.
— Que mais?
— Acabava também com a velhice.
— Acabava?
— Quero dizer, ninguém envelhecia mais...
— Nem morria?
— Morrer... morria. Mas se morria era de desastre, nos duelos, nas guerras.
O vigário mordeu o palito, fez avançar a cabeça na direção do outro:
— Vosmecê não ia também acabar com as guerras?
Rodrigo por um instante pareceu confuso. Depois respondeu, lento:
— Bom... Acabar de todo, não acabava. Porque guerra é divertimento de homem. Sem uma guerrinha de vez em quando ficava tudo muito enjoado.
— Ia ser um mundo bem esquisito...
— Mas não mais esquisito que este nosso, padre.
— Se Deus fez o mundo assim foi porque achou que era o direito.
— Mas hai muita coisa torta por aí.
— Que há, há...
Rodrigo abafou um bocejo. Depois, olhando para os lados como para ver se ninguém o escutava, cochichou:
— Outra coisa, padre. No meu mundo não ia haver casamento. Um homem podia ter quantas mulheres quisesse. Dez, quinze, vinte, mil...
— E se dois homens desejassem a mesma mulher?
Rodrigo respondeu indiretamente com uma pergunta:
— Pra que é que serve a espada? Pra que é que serve a adaga? E a pistola?
O vigário procurou resumir as aspirações do amigo através do que ouvira e do que sabia dele por observação direta durante aquele ano:
— Noutras palavras, capitão, seu desejo mesmo é andar correndo mundo, sem pouso certo, sem obrigação marcada, agarrando aqui e ali uma mulher como quem apanha fruta em árvore de beira de estrada... De vez em quando uma partidinha de truco ou de solo, um joguinho de osso, umas carreiras e, para variar, uma peleia... Não é isso?
Rodrigo sacudiu a cabeça lentamente.
— Mais ou menos.
O choro do menino cessara, mas Bibiana ainda cantava baixinho. Um cão ladrou para os lados da casa dos Amarais. Por longo tempo os dois amigos ficaram em silêncio, olhando o céu estrelado. Rodrigo pensava na mulher com quem dormira todas as noites que passara no Rio Pardo: era uma mulata clara, de olhos verdes, com uma voz doce como arroz de leite e um corpo que cheirava a fruta madura quente de sol. O pe. Lara pensava na noite que iria passar... horas de aflição, sem ar e sem sono. A solidão de seu quarto era tão grande que ele às vezes ia para a capela e lá ficava orando e meditando, olhando para a imagem de Nossa Senhora, como que a buscar-lhe a compa-

nhia. Quase ao amanhecer caía no sono e dormia no chão, sobre as tábuas duras.

— Mas o mundo não é o que a gente quer — disse ele, quebrando o silêncio.
— É o que é.

— Eu sei que ele é o que é. Mas a gente não deve se entregar. Deve lutar para conseguir as coisas que quer. Não há muita gente disposta a dar. Às vezes é preciso tirar à força.

— Cada qual luta a seu modo, meu filho. Cada qual luta por um ideal. Houve homens que lutaram para libertar o Brasil dos portugueses.

— Mas os galegos estão aí mesmo — retorquiu Rodrigo. — Nas tropas os oficiais portugueses mandam mais que os brasileiros. No fundo a independência não mudou nada.

— Mas deixe-me terminar o pensamento. Uns lutam de arma na mão pela sua pátria. Eu luto pela minha fé. Vosmecê não acha que eu podia encontrar uma vida melhor se tivesse ficado em São Paulo e seguido o comércio como os meus irmãos fizeram? — Rodrigo sacudiu a cabeça. — Pois é. Estou aqui porque esta gente em geral vive sem Deus. Vosmecê sabe que um padre também é chamado um pastor. É porque os paroquianos são como ovelhas. É preciso proteger os rebanhos contra os guarás, os tigres, as onças-pintadas. Mas de que é que vosmecê está rindo?

Ao luar ele via a cara do capitão, toda aberta num sorriso irônico.

— Me lembrei do coronel Amaral.

— E que é que ele tem a ver com a nossa conversa?

— Tem muito. Ele é um leão baio. E dos grandes! E vosmecê parece ser mais do lado dele que do lado das ovelhas, padre.

O pe. Lara empertigou-se sobre a banqueta.

— Não compreendo — disse. Mas compreendia perfeitamente o que o outro insinuava.

— Vosmecê sabe como ele trata os escravos... — continuou Rodrigo. — Para ele negro não merece ser considerado gente. Vosmecê sabe como ele trata os peões e os agregados. E vosmecê não ignora que ele tem mandado matar gente...

O pe. Lara estava meio sufocado. Que conversa para depois do jantar! Seu ressentimento, sua confusão lhe tiravam a clareza das ideias e ao mesmo tempo lhe roubavam o fôlego. Passaram-se alguns momentos antes que ele pudesse falar.

— Mas não há provas! — exclamou por fim.

— Provas do quê?

— De que foi o coronel Amaral que mandou matar aqueles homens.

E ao dizer essas palavras ele baixou a voz e olhou a medo para os lados. Rodrigo soltou uma risada:

— Ora, padre, todo mundo sabe!

— E depois vosmecê deve saber que muitas vezes fui falar com o coronel para interceder por um escravo, por um peão. Ele me ouve muito.

Rodrigo desabotoou a camisa e puxou-a para fora das bombachas. Sentia calor. Não havia a menor viração na noite cálida.

— Conheci muitos padres por esse mundo velho que tenho corrido. Eles nunca estão contra o governo.

— A Igreja não é revolucionária — exclamou o vigário. — A Igreja não é lugar de conspirações. Ela representa o poder espiritual, que está acima, muito acima do temporal.

— Não me venha com essas palavras difíceis, padre, que eu não entendo. Fale claro. Temporal pra mim é mau tempo. Mas, falando sério, amigo Lara, cá pra nós no maior segredo, vosmecês nunca se arriscam a ir contra o governo, não é mesmo?

O padre rosnou alguma coisa ininteligível. Depois sua voz se fez clara e ele murmurou:

— Não é a Igreja que está com o governo. É o governo que está com a Igreja.

— Ahá! — e a gargalhada de Rodrigo encheu aquele pedaço da noite que parecia envolver a casa. — Quando nós brigamos com os castelhanos, nossas bandeiras e nossas espadas eram benzidas aqui pelos padres católicos. E os padres católicos lá da Banda Oriental faziam o mesmo com as bandeiras e as espadas dos castelhanos. Como é que se explica isso?

— Isso prova que a Igreja Católica é universal. Está acima das paixões e dos interesses dos homens, que são todos iguais perante Deus.

— Iguais? Até os negros?

O padre teve um levíssimo instante de hesitação — não porque considerasse os negros animais, mas porque lhe passou pela cabeça uma dúvida quanto à maneira como o outro podia usar sua resposta.

— Até os negros, claro.

— Então por que é que vosmecê nunca protestou contra a escravatura?

O padre mexeu-se, tomado de mal-estar. Nessas ocasiões ele sentia mais agudamente que nunca aquele fogo no peito.

— Os escravos nesta província são muito mais bem tratados que em qualquer outra parte do Brasil! Eu queria que vosmecê visse como os senhores de engenho tratam os negros lá no Norte.

— Eu sei, mas vosmecê não respondeu à minha pergunta... Será que Deus não fez os homens iguais?

— Mas tem de haver categorias para haver ordem e respeito. — Usou uma palavra grande para esmagar o outro. — Tem de haver hierarquia. No fim de contas esse foi o mundo que nós encontramos ao nascer, capitão. Não podemos mudar tudo de repente.

Ia acrescentar: "Um dia essas mudanças hão de fazer-se". Mas achou melhor calar-se. As paredes tinham ouvidos. Além disso, o capitão era muito conversador. Preferiu mudar de assunto e dizer:

— Por que é que vosmecê se mostra tão do lado dos negros? Por quê? É porque vosmecê no fundo é um homem de bem. Isso é um sinal de que ainda um dia poderá vir a ser um bom católico.

— Nada disso, padre! Sou contra a escravatura só por uma coisa. É que não gosto de ver homem rebaixado por homem. Nós os Cambarás temos uma lei: nunca batemos em mulher nem em homem fraco; nem nunca usamos arma contra homem desarmado, mesmo que ele seja forte. Quando vejo um negro que baixa a cabeça quando gritam com ele, ou quando vejo um escravo surrado, o sangue me ferve. Depois que vi certos negros brigando no nosso exército contra os castelhanos... Barbaridade!... se eles não são homens, então não sei quem é...

— Bons sentimentos, capitão. Bons sentimentos — disse o vigário, levantando-se. — Vou andando para começar a minha via dolorosa.

Referia-se às andanças habituais da noite; despir-se, ir para a cama, orar, lutar com a tosse, a falta de ar; depois enfrentar a longa vigília, e os seus pensamentos e o medo — que ele não podia dominar — de morrer sozinho no quarto.

Rodrigo ergueu-se também.

— Eu vou com vosmecê até a capela.

— Não se incomode.

— Não é incômodo. A noite está bonita. — Chegou até a porta da casa e gritou: — Bibiana, vou levar o padre em casa e já volto.

A mulher, que tinha o filho no colo e balouçava-o dum lado para outro, fez com a cabeça um sinal de assentimento.

Rodrigo e o padre começaram a andar lado a lado.

O luar como que azulava tudo e as casas lançavam suas sombras negras sobre o chão da rua. Muitas janelas estavam iluminadas.

De mãos às costas, a respiração áspera, muito encurvado, o padre caminhava dum jeito que dava a Rodrigo a impressão de que era com dificuldade que mantinha erguida a grande cabeça. E os dois amigos continuaram a andar em silêncio, escoltados pelas próprias sombras. Não disseram uma única palavra antes de chegarem à praça.

Rodrigo olhou para a casa de Pedro Terra e pensou nos tempos em que Bibiana vivia lá dentro e ele não lhe conseguia falar. Comparou mentalmente a Bibiana daquela época com a de hoje. Ele a amava ainda, sim, não havia a menor dúvida. Mas seria inútil tentar esconder a verdade de que já não sentia por ela o mesmo apetite de antigamente.

Olhando para o casarão de pedra, o vigário perguntou:

— Tem visto os Amarais?

— Inda outro dia cruzei com o Bento.

O padre segurou o braço de Rodrigo.

— E ele?

O capitão deu de ombros.

— Virou a cara. Virou mas tive tempo de ver a minha marca... Foi uma pena eu não ter terminado aquele *R*. Falta só o rabinho.

— Não pense mais nisso, capitão. Vosmecê agora é pai de família.

— E ele também vai ser ainda este ano. A mulher está de barriga.

— E o velho?

— Faz séculos que não vejo.

— Anda muito entusiasmado, falam que Santa Fé vai ser vilada e ele quer ser o presidente da Câmara Municipal.

— E será — retrucou Rodrigo. — Todo mundo vai votar nele. Inclusive vosmecê, padre.

— Quem foi que lhe disse?

— Eu é que sei...

Os dentes do capitão estavam à mostra num ricto sardônico. O padre olhou para ele longamente e depois, entre confidencial e trocista, disse:

— Meu filho, aprenda uma coisa. Por que é que a Igreja tem sobrevivido através de todos estes séculos? Por quê? Passam os reis, os conquistadores, os generais, os filósofos... passa tudo. Mas a Igreja fica. Alguns pensam que é porque ela é de origem divina. — Piscou um olho e pegou na fralda da camisa do outro. — Mas eu acho, e Deus me perdoe a irreverência, que é um pouco porque nós os sacerdotes somos realistas. Realistas, está ouvindo? Vosmecê sabe o que é um realista?

— Um homem do lado do rei?

O pe. Lara sacudiu a cabeça numa ardorosa negativa.

— Não. Um realista é um homem que nunca dá murro em ponta de faca. Deixa que os outros deem... Boa noite, capitão, durma bem.

— Boa noite, vigário.

Rodrigo voltou para casa pensando na mulata de olhos verdes que lhe alegrara as noites no Rio Pardo. Quando entrou no quarto, Bibiana mudava as fraldas de Bolívar, que estava acordado em cima da cama, sacudindo os braços e as pernas. Rodrigo ajoelhou-se junto ao leito, aproximou a lamparina e olhou bem a cara do filho, buscando parecenças. Não conseguia nunca saber se os olhos da criança eram pretos ou dum azul-escuro. Do nariz pra cima é a Bibiana — pensava —, do nariz pra baixo é parecido comigo... Sorriu e começou a dizer coisas e a fazer cócegas no ventre do filho.

— Não faça cócegas no menino, Rodrigo! — pediu Bibiana, que tirava fraldas novas de dentro dum baú.

Mas Rodrigo não lhe dava ouvidos. Passeava os dedos cabeludos pelo corpo claro do bebê, apertava-lhe as pernas. Seus olhos fixaram-se no sexo da criaturinha, em torno do qual ele já inventava histórias e anedotas.

— Já viu, Bibiana? É bem Cambará, este diabo. E vai dar muito trabalho às moças. Quando ele tiver quatorze anos, quem vai procurar mulher pra ele sou eu.

Vai, fica com ela e esquece o filho — pensou Bibiana, mas não disse nada.

— E se me sair maricas, que Deus nos livre, atiro ele no primeiro perau que encontrar no caminho.

— Nem diga uma coisa dessas!

Rodrigo derretia-se para o filho, e ao falar com ele sua voz ficava macia.

— Mas este não tem perigo. Já estou vendo na cara do bichinho. Vai ser macho mesmo. Capitão Bolívar Cambará. Dará muito que falar. Quero viver bastante para ver meu filho homem-feito e poder andar um pouco com ele por este mundo velho.

E, em vez de esperar e ter medo por causa de um — pensou Bibiana —, vou esperar e ter medo por causa dos dois. Imaginou o que seria sua vida no dia em que Bolívar crescesse e saísse a correr mundo com o pai. Aproximou-se da cama e começou a mudar as fraldas do filho, mas tendo antes o cuidado de polvilhar-lhe as nádegas e as coxas com farinha de arroz.

— Isso! — dizia Rodrigo. — Bota farinha no capitão. Cuida bem dele. Daqui a uns vinte anos não há de faltar mulher que queira fazer isso. Olha só a cara desse sem-vergonha! Parece que já entende tudo.

Bibiana tornou a tomar o filho nos braços e depois deu-lhe o peito. Rodrigo ficou junto da porta da rua olhando a noite, com um desejo de montar a cavalo e sair para o campo. Santa Fé era triste. Havia ali poucas diversões. A vila mais próxima, Cruz Alta, ficava muito longe... Abriu a boca num bocejo. E de repente — quase num susto — sentiu-se mais gordo, menos enérgico, um pouco molenga. Fazia tempo que não brigava, que não se movimentava. Aquela vida de balcão, que lhe enferrujava os membros, era de matar um cristão de aborrecimento. Por que se tinha ele metido naquilo? Por quê?

Voltou para dentro de casa e fechou a porta. Uma hora depois estavam os dois deitados e, revolvendo-se na cama, Bibiana disse:

— Um filho só é ruim, Rodrigo. Fica muito mimado.

Na verdade ela pensava numa menina, em alguém que lhe pudesse fazer companhia no futuro.

— Pois podemos tratar disso agora, minha prenda — disse ele, abraçando-a.

E assoprou a lamparina.

18

Um ano depois o pe. Lara escreveu no seu registro: "Aos vinte e oito de dezembro de mil oitocentos e trinta e um nesta capela de Nossa Senhora da Conceição batizei e dei os Santos Óleos a Anita, filha legítima do Cap. Rodrigo Severo Cambará, natural da freguesia do Rio Grande, e sua mulher Bibiana, natural desta freguesia...".

Pedro Terra não compareceu ao batizado. Cada vez se afastava mais do genro, cujo comportamento ultimamente se havia deteriorado de tal maneira que era por assim dizer o assunto predileto de Santa Fé. Todos sabiam que ele não vendia um copo de cachaça sem beber outro, junto com o freguês. Vivia em rodas de solo e bisca e jogava a dinheiro; aos domingos ia para as carreiras, onde fazia apostas altas. Gastava também um dinheirão com galos de rinha. Diziam, mais, que frequentava o rancho da Paraguaia, uma velha índia que morava lá para as bandas do cemitério e que cedia a neta de dezoito anos a quem estivesse disposto a pagar por ela alguns patacões. Murmurava-se que Rodrigo, que se enrabichara pela rapariga, dava muito dinheiro à avó para ter o uso exclusivo da chinoca. Essas conversas chegavam aos ouvidos de Pedro Terra, que as ouvia sem comentário, com uma raiva surda que era dirigida muito contra Rodrigo, mas um pouco também contra quem lhe trazia as murmurações. E de mistura com essa raiva havia um sentimento de vitória, pois tudo aquilo ele tinha previsto; nunca se iludira com Rodrigo. Esperava o dia em que Bibiana lhe viesse chorosa bater à porta para se queixar do marido. Então ele lhe diria: "Eu bem que lhe avisei".

Imaginou o futuro da filha: daria cria todos os anos e, depois que ela estivesse com uma ninhada bem grande, o marido iria embora, deixando-a ao abandono com toda a prole.

Por isso não foi ao batizado de Anita nem quis vê-la. Era o seu protesto e equivalia a um rompimento definitivo com o genro.

Bibiana ficou triste, mas não disse nada. Sua tristeza entretanto não durou, porque começou a entreter-se com a filha, que era ainda mais bonita que Bolívar e tinha os olhos azuis. Seu trabalho agora dobrara, pois, além de todo o serviço da casa, tinha de cuidar de duas crianças pequenas. Bolívar, longe de diminuir-lhe o trabalho agora que já caminhava, criava-lhe mais problemas, pois andava a correr por toda a casa, saía pelo quintal a perseguir as galinhas e um dia quase virara sobre a cabeça um tacho cheio de marmelada a ferver.

Rodrigo frequentemente tomava a filha nos braços e vinha mostrá-la aos homens na venda.

— Vejam os olhos dela... São como os do pai.

— Não preferia que fosse um machinho? — perguntou-lhe alguém certa vez.

— Que era melhor, era. Mas já que veio fêmea... paciência.

— Mulher dá mais trabalho.

— Isso é verdade. Mas quando ela crescer vou andar de olho aberto. Há muito gavião por aí.

Olhou bem para o rosto da filha e imaginou como ia ser ela quando ficasse mocinha: seria talvez uma Bibiana de olhos claros.

Suas atenções, porém, iam mais para Bolívar. Fazia-o montar nos joelhos e, segurando-lhe ambas as mãos, sacudia a perna e dizia:

— Eta cavalo corcoveador! Vamos avançar, capitão Bolívar! Os castelhanos vêm vindo... Upa!

Divertia-se vendo o filho pronunciar as primeiras palavras. Fazia projetos: quando ele falasse direito, ia ensinar-lhe alguns nomes. Um homem deve saber dizer nomes feios. Dizer nomes é coisa que alivia a alma.

Mas havia momentos em que Rodrigo perdia a paciência com os filhos. Era quando eles o despertavam à noite com seu choro.

— Cala essa boca, filho duma mãe! — exclamava, revolvendo-se na cama.

Bibiana procurava ninar a criança que chorava. Às vezes as duas berravam ao mesmo tempo.

— Esgoela esse desgraçado — resmungava Rodrigo.

E uma noite, vendo que as crianças não cessavam de chorar, ergueu-se da cama, furioso, e foi dormir no quintal, debaixo de uma laranjeira.

Bibiana tomava conta dos filhos, alimentava-os, lavava-os, vestia-os e afligia-se quando eles adoeciam. Rodrigo não a ajudava em nada. Bibiana pensara em arranjar uma criada, visto como o marido se recusava a comprar uma escrava. Um dia uma menina morena, de sangue índio, apareceu à procura dum emprego. Bibiana examinou-a longamente: viu que tinha um rosto bonito, um corpo bem-feito e respondeu:

— Não preciso de criada.

Sabia o que ia acontecer se a rapariga ficasse. Ajustou uma índia velha para cozinhar e ela própria continuou a lavar a roupa e a entregar-se inteiramente a Anita e Bolívar.

Horas havia em que Bibiana se ficava a fiar na velha roca, tendo a seu lado Anita num berço e Bolívar a seus pés a brincar com ossos de boi e sabugos de milho. Era nessas horas que ela pensava mais, como se o barulho da roca lhe estimulasse as ideias. Sentia que o marido mudara. Estava quase sempre com o hálito recendendo a cachaça e agora com frequência abandonava a venda para ir jogar baralho na casa do Chico Pinto. Dizia-se que as paradas eram altas e que os homens ficavam jogando, fumando e bebendo, durante horas e horas. Ultimamente Rodrigo voltava para casa muito tarde e não eram poucas as vezes em que ele só chegava ao romper do dia. Deitava-se vestido, dentro em pouco estava ressonando e só acordava por volta do meio-dia. Nessas ocasiões Juvenal tomava conta da venda; e, quando ele estava ausente em suas viagens para o Rio Pardo, era Bibiana quem tinha de ir atender a freguesia. Juvenal um dia lhe dissera:

— O Rodrigo desse jeito vai mal. Gasta demais e trabalha de menos.

Ela não fizera nenhum comentário, limitara-se a baixar a cabeça. Nas raras vezes em que ia à casa dos pais, temia que eles lhe falassem no marido, por isso ficava o tempo todo como que sobre brasas, ansiosa por ir embora. Notava, porém, que apesar de tudo o pai se mostrava mais carinhoso e menos severo que antes. Decerto tinha pena dela. Não era só o pai. Ela via no olhar e no jeito de falar das outras pessoas que em Santa Fé se comentava a vida de Rodrigo e se lamentava a sorte dela. Um dia uma de suas amigas lhe viera contar que o capitão tinha uma amásia, uma chinoca chamada Honorina, neta da Paraguaia. Ela saltara logo:

— Não acredito!

E a outra:

— É engraçado. Todo mundo sabe, todo mundo vê.

— Mas não acredito.

— O pior cego é o que não quer ver...

No entanto ela sabia que era verdade. Rodrigo dividia suas noites entre a mesa de jogo e a casa de Honorina. Bibiana chegara a ver uma noite a rapariga na última festa do Espírito Santo, toda vestida de vermelho. Tinha a pele cor de canela, tranças compridas, negras e lustrosas, e um jeito disfarçado e arisco de olhar as pessoas sem nunca encará-las direito. Era esquisito — refletia Bibiana —, mas ela não tinha propriamente ciúme do marido. Sabia que ele gostava era de mulher, que não se contentava com uma só. Mais cedo ou mais tarde havia de ficar também cansado de Honorina e passaria para outra. O melhor que ela tinha a fazer era fingir que não sabia de nada. Contanto que ele não fosse embora, que ela pudesse tê-lo a seu lado — contanto que ele continuasse a ser o seu marido, tudo estava bem. E, pensando nessas coisas, Bibiana pedalava a roca e fiava, e de quando em quando interrompia o trabalho para atender a Anita ou para ralhar com Bolívar.

Seus pensamentos, porém, voltavam sempre para o marido. Não podia esquecê-lo quando ele estava ausente. Aquilo era um vício. Havia pessoas viciadas em pitar cigarro ou cachimbo, pessoas viciadas no jogo de cartas ou na bebida. O vício dela era Rodrigo. Suportaria tudo, se sujeitaria a todos os rebaixamentos contanto que ele não fosse embora. Os habitantes de Santa Fé comentavam os defeitos de Rodrigo, mas se fossem justos não deviam esquecer suas boas qualidades. Ele era honesto, leal e tinha bom coração. Durante aqueles dois anos de casamento — refletia Bibiana — aconteceram muitas coisas que lhe revelaram o lado bom do marido. O capitão gostava de ajudar os pobres e era um mão-aberta incapaz de fazer papel feio por causa de dinheiro. Um dia passava a cavalo por uma casa quando viu um branco espancando um escravo; apeou e espancou o branco, deixando-o deitado no chão, quase sem sentidos. De outra feita viu dois homens que em pleno campo atacavam um viajante. Rodrigo não conhecia nenhum deles, mas achou que não podia passar de largo. "Dois contra um é covardia!", gritou. Saltou do cavalo, puxou a adaga e entrou na luta. Voltou para casa trazendo o desconhecido que livrara dos assaltantes. Estavam ambos com as mãos e o rosto cheios de talhos de faca. Chegaram sangrando mas sorrindo, recordando a briga e dando grandes risadas. Fecharam-se na sala da venda e tomaram juntos uma bebedeira.

"Rodrigo não pode ver briga", dizia Juvenal, "porque ele logo compra a parada." E era verdade. Se alguém maltratava um animal em sua presença, ele se enfurecia. Um dia viu um índio chicotear um burro que, emperrado, se recusava a andar. "Não surre a criatura!", gritou. O outro não lhe deu ouvidos e continuou a maltratar o animal. Rodrigo ficou vermelho, precipitou-se para o índio, tirou-lhe o chicote das mãos e começou a fustigar-lhe as costas, os braços, as pernas, até que o pobre-diabo, assustado, desandou a correr. Essas histórias — sabia Bibiana — eram contadas e espalhadas pelo povoado e pelas vizinhanças. Muitos as comentavam com simpatia e concluíam: "O capitão Cambará é um homem de bom coração". Mas outros deduziam que ele era antes de mais nada um desordeiro. Bibiana, porém, preferia resumir seus sentimentos numa frase: "É meu marido e eu gosto dele".

19

Em princípios de 1833 Santa Fé foi sacudida por uma grande novidade: a chegada de duas carroças conduzindo duas famílias de imigrantes alemães, as primeiras pessoas dessa raça a pisarem o solo daquele povoado. Os recém-chegados acamparam no centro da praça, e em breve toda a gente saía de suas casas e vinha bombear. Muitos dos santa-fezenses nunca tinham visto em toda a sua vida uma pessoa loura, e aquela coleção de caras brancas, cabeleiras ruivas e douradas, olhos azuis, esverdeados e cinzentos — era uma novidade tão grande que a manhã de fevereiro mais parecia um dia santo com quermesse, cantigas e danças na frente da igreja.

Os dois chefes de família foram imediatamente ao casario de pedra falar com Ricardo Amaral Neto. Grupos cercaram as carroças e alguns tentaram comunicar-se com as mulheres e os filhos dos colonos, mas sem o menor resultado, pois nenhum dos estrangeiros parecia falar ou entender o português.

Antes do anoitecer já havia informações positivas sobre as duas famílias. Chamava-se Erwin Kunz o alemão alto, magro, de rosto vermelho e sardento. Ia abrir uma selaria no povoado. Tinha mulher e uma filha cuja beleza deixou alguns homens que a viram um tanto perturbados. Teria uns vinte anos, no máximo, olhos dum azul vivo e limpo, e cabelos tão louros que pareciam polvilhados de ouro. "Tem cara de imagem", disse um. "É duma boniteza engraçada", comentou outro. E aqueles homens habituados às mulheres de cabelos e olhos castanhos ou negros — criaturas de feições bem marcadas — ficavam um tanto perplexos diante de Helga Kunz, tão branca e delicada, que falava outra língua e se vestia duma maneira diferente das mulheres do lugar. Uns a miravam com desconfiada insistência como que procurando decifrar-lhe o semblante. Outros a avaliavam como fêmea, olhavam-lhe os pés nus metidos em chinelos de couro, os seios pontudos. Houve um que disse: "Não troco as nossas chinas por essa alemoa".

A outra família era a de Hans Schultz, que tinha comprado perto do povoado umas terras onde pretendia plantar batatas, milho, feijão e linho. Além da mulher, Hans tinha duas filhas e cinco filhos em idades que iam de oito a dezoito anos.

— Como é que o pai sabe o nome de cada filho? — perguntou um santa-fezense a outro. — Todos têm a mesma cara.

— Decerto pela altura.

Riram-se, olhando para aquelas fisionomias vagas e sardentas, coroadas de cabelos que mais pareciam barba de milho.

Kunz e Schultz — que falavam um pouco de português — fizeram compras na venda de Rodrigo e pernoitaram com suas famílias debaixo das duas carroças, sob a grande figueira. E muito tarde, naquela noite, o pe. Lara, que não podia dormir, saiu para fora e começou a andar na frente da igreja. Aproximou-se do acampamento dos alemães, parou a pouca distância dele e ficou olhando... Era uma noite de quarto crescente, muito estrelada e fresca, e o vigário podia enxergar os colonos deitados e adormecidos debaixo das carroças, enquanto os cavalos, presos à soga, pastavam perto. Contou as pessoas: doze. Viu ainda brasas vivas nas fogueiras que eles haviam acendido para fazer o jantar. O padre ficou pensando naquelas criaturas que tinham vindo de tão longe para tentar a vida naquele fim de mundo. Pensou também em como deviam achar estranho ficarem sob o governo dum homem como o cel. Amaral, e como lhes deviam parecer rudes as caras barbudas e morenas dos homens da Província, e bárbara a língua que eles falavam.

Serão protestantes? — perguntou o padre a si mesmo. Não sabia, mas tudo indicava que sim. Esperaria o próximo domingo para ver se eles vinham ou não à igreja.

As brasas luziam. Um dos cavalos escarvou o chão. O vigário continuou seu caminho. Sabia o que algumas pessoas diziam dele. Chamavam-lhe lobisomem por causa de suas caminhadas noturnas. Não fazia mal. Assim de boca aberta, todo de preto, a vaguear sozinho pela noite, ele parecia mesmo um lobisomem. Passou pela frente da casa de Pedro Terra, lançou-lhe um olhar de soslaio e parou, porque pela primeira vez notava uma coisa curiosa: a fachada, com a porta ladeada pelas duas janelas, possuía uma fisionomia quase humana. E aquela casa, por mais absurda que parecesse, tinha um semblante parecido com o do dono: parado e triste. Será que os homens constroem suas casas à sua própria imagem? Ou então, que as casas acabam ficando parecidas com as pessoas que as habitam? E o padre continuou seu caminho, sacudindo a cabeça, resmungando e já agora pensando em Rodrigo e na vida que ele levava, de perdição e vadiagem. Sabia que seu negócio ia mal, que a venda ficava cada vez menos sortida. O pior era que ele via aproximar-se o dia em que Juvenal fatalmente teria de brigar com o cunhado.

O vigário passou pela frente do casario dos Amarais. O senhor de Santa Fé andava assanhado com os acontecimentos políticos. Falava-se em perturbação da ordem. Os ódios partidários explodiam e tudo indicava que mais cedo ou mais tarde ia haver barulho. Havia pouco chegara a Santa Fé um homem contando que corria pela Província o boato de que o cel. Bento Gonçalves, do Partido Liberal, se correspondia com o gen. Lavalleja e estavam conspirando para entregar a Província aos castelhanos. Rodrigo, que ouvira a conversa, pulou vermelho e gritou:

— É uma mentira. Conheço o coronel Bento Gonçalves!

O homem se encolhera, intimidado.

— Bom, moço, não vamos brigar. Estou contando o que ouvi.

— Mas é uma mentira, repito — retrucou Rodrigo. — E quem falar do coronel Bento briga comigo.

O vigário caminhava e seus passos soavam macios no chão. Um cão vadio atravessou a rua, à sua frente. Outro lobisomem — pensou o padre. E olhou, numa boca de rua, para aqueles campos que a imaginação das gentes da Província povoava de duendes. Àquela hora — sorriu o padre — decerto o Negrinho do Pastoreio andava a repontar sua tropilha de cavalos negros. Falava-se muito nas salamancas, principalmente na do cerro do Jarau, onde diziam haver tesouros escondidos, sob a guarda de feras e fantasmas horrendos. Contavam que muitos homens tinham conseguido entrar nessa salamanca, voltando de lá com a guaiaca cheia de onças, e muita gente garantia ter visto essas moedas que pareciam pequenos sóis. Havia outras histórias: a de são Sepé, o guerreiro índio que trazia uma lua resplandecente na testa; a da Mãe do Ouro; a da mulita e a da teiniaguá, a lagartixa que tinha um diamante por cabeça e que nada mais era do que uma malvada princesa moura que desgraçava os homens. O pe. Lara sorria. Tudo aquilo eram invenções dos homens que andavam sedentos de milagres. No entanto esqueciam os milagres que os santos tinham obrado. Desses havia testemunho; não eram produtos de nenhuma imaginação. Ele conhecia muitos homens que não tiravam o chapéu ao passar pela igreja nem tinham fé em santos e anjos; no entanto, esses mesmos homens esperavam um dia encontrar uma salamanca, acendiam velas para o Negrinho do Pastoreio e acreditavam em almas do outro mundo.

O pe. Lara viu luz na casa de Chico Pinto e aproximou-se da janela. Olhou para dentro e vislumbrou homens em torno duma mesa. Era a roda da bisca. Reconheceu a voz de Rodrigo e pensou em Bibiana com pena.

— A la fresca! — exclamava o capitão. — Estou perdido.

Outra voz:

— Uma vez é da caça, outra do caçador.

Alguém puxou um longo pigarro encatarroado. O pe. Lara voltou para casa pensando: um lobisomem vê e ouve coisas tristes quando sai a passear de noite. Vê, ouve e pensa. E concluiu: não é bom ser lobisomem, nada bom.

Chegou a casa, acendeu a lamparina, pegou o breviário e começou a ler até que o sono veio de mansinho e lhe cerrou as pálpebras. O livro caiu ao chão e a cabeça do vigário pendeu sobre o peito e em breve seu ressonar enchia o quarto.

20

Atrás do balcão Rodrigo olhava melancolicamente para o trecho de rua que a porta da venda enquadrava. Via, lá do outro lado, o quintal dos Almeidas e para além dele o campo, verde e batido de sol — uma sucessão de coxilhas onde azulavam capões. De vez em quando passavam no céu, dum azul liso e intenso, grandes nuvens brancas. Rodrigo foi até a porta e olhou para o alto. O vento trazia um cheiro bom de capim, e, aspirando-o, ele como que se embriagava. O fedor de cebola, alho e banha que havia dentro da casa nauseava-o. Meter-se naquele negócio tinha sido a maior estupidez de sua vida. Estava com a sensação de que o haviam trancafiado num calabouço. Ia resignar-se e ficar ali preso toda a vida? Imaginou-se velho e asmático como o pe. Lara, a pesar cereais, cortar fumo e vender cachaça aos copos, enquanto os vinténs e os cruzados pingavam na gaveta encardida.

Alguém entrou e disse:

— Lindo dia!

Rodrigo não respondeu. Estava de olhos erguidos, mas fechados, recebendo em cheio no rosto o sol quente e o vento fresco. Pensava em como seria bom sair pelo campo a cavalo, a todo o galope, percorrer as invernadas, tomar um banho no lajeado e depois ficar deitado ao sol...

— Capitão!

Voltou a cabeça e viu um homem junto do balcão.

— Que é que há? — perguntou, contrariado.

— Me dê um pacotinho de purgante de maná e um rolo de fumo.

Rodrigo despachou o freguês num silêncio ressentido, recebeu o dinheiro e por puro hábito disse:

— Gracias!

De súbito o outro se lembrou:

— Ah! Quero também uma réstia de cebola...

Rodrigo franziu a testa:

— Raspa! — gritou.

O homem estremeceu, ficou atarantado. Era um caboclo franzino que trabalhava numa atafona.

— Fora daqui!

— Mas capitão... — balbuciou ele.

— Qual capitão qual nada! — exclamou Rodrigo. — Vá embora, seu cachorro!

O outro fez meia-volta e saiu da venda quase a correr. Um fogo ardia no peito de Rodrigo, pondo-lhe um formigueiro em todo o corpo. Era uma sensação de angústia, um desejo de dar pontapés, quebrar cadeiras, furar sacos de farinha, esmagar os vidros de remédio e sair dizendo nomes a torto e a direito.

Quando o caboclo lhe pedira "uma réstia de cebola", ele de repente vira o horror, o absurdo da vida que levava. O cap. Rodrigo Cambará, que fora condecorado com a medalha da cruz dos militares e que possuía uma fé de ofício honrosa; o cap. Rodrigo, que brigara em várias guerras, estava agora reduzido à condição de bolicheiro: era da laia do Nicolau.

Fechou a porta da venda, saiu para o quintal e começou a encilhar o cavalo. Olhou o sol: deviam ser umas onze horas, calculou. Apertou a cincha com fúria, como se quisesse partir o animal em dois. Bibiana apareceu à porta dos fundos da casa com a filha no colo e perguntou:

— Adonde vai?

— Não sei — respondeu Rodrigo sem olhar para a mulher.

Sem chapéu nem botas, montou.

— Volta pro almoço?

— Não sei.

Bateu com os calcanhares nas ilhargas do seu zaino, que rompeu a trote pelo meio da rua, rumo ao norte. Em breve o capitão viu o campo livre, incitou o cavalo e precipitou-o a todo o galope. O vento batia-lhe na cara, revolvia-lhe os cabelos, fazia-lhe ondular a camisa como uma bandeira. "'Amo, zaino velho!", gritava ele acicatando o animal com esporas imaginárias. O zaino galopava e Rodrigo aspirava com força o ar, que cheirava a capim e distância. Quero-queros voaram, perto, guinchando. Longe, uma avestruz corria, descendo uma coxilha. O capitão começou a gritar um grito sincopado e estrídulo, bem como faziam os carreiristas no auge da corrida. Era assim que os soldados gritavam nas cargas de cavalaria. Pena eu não ter trazido a espada! — pensou ele. O pocotó das patas do cavalo, o vuu do vento, o guincho dos quero-queros — tudo isso era música para seus ouvidos. De repente Rodrigo sofrenou o animal, que estacou no alto da coxilha, resfolegando e sacudindo as crinas. Zaino velho de guerra! Rodrigo olhou em torno e avistou, longe, o lajeado do Bugre Morto e teve vontade de tomar um banho. Pôs o animal a trote e dirigiu-o para lá. Em breve começou a ouvir o murmúrio da água; e depois de atravessar um caponete chegou às margens do lajeado, cuja água faiscava como prata e corria transparente sobre as pedras cor de ardósia. Rodrigo apeou, amarrou o zaino a uma árvore, despiu-se, atirou-se no poço e começou a nadar, espadanando com muito barulho. Mergulhou, ficou algum tempo debaixo d'água, depois emergiu, bufando, com os cabelos colados na testa e caídos sobre os olhos. No seu corpo, dum branco rosado, gotas d'água fulgiam como diamantes.

Um cheiro de mel-de-pau lhe chegava às narinas junto com todos os perfumes do mato. O capitão começou a cantar cantigas que falavam em mulher. Pensou em Bolívar e desejou que ele estivesse suficientemente crescido para estar ali agora, nadando em sua companhia. Pensou em Helga, a filha do seleiro Kunz, que às vezes ia à venda fazer compras. Seria bom se pudesse ter a alemãzinha com ele no lajeado, toda nua. Devia ter um corpo branco como leite e seus cabelos lembravam-lhe um trigal maduro que ele vira num dia de sol nos campos de Cima da Serra. Seria gostoso atufar as mãos naquelas espigas douradas. Cada dia que a rapariga vinha à venda ele lhe descobria um novo encanto. No princípio fora a voz, que às vezes era grave e seca, quase como de homem, mas de repente se fazia fina como o som dum cincerro de égua madrinha; e aquela mudança — grave e agudo — lhe dava assim uma impressão de quente e frio, e isso era uma coisa que lhe bulia com o sangue... Rodrigo também não cansava de apreciar o contraste entre os cabelos cor de puxa-puxa e os olhos dum azul de açude em dia de céu limpo.

Deitou-se debaixo da pequena cascata e ficou recebendo a água fria no peito, nas coxas e nas pernas e sentindo contra as costas e as nádegas a dureza das lajes. Agora se sentia melhor. Tinha fugido da prisão. E ali sozinho e nu debaixo da cascatinha já não podia acreditar que era chefe de família, que tinha mulher e dois filhos — sim! — e um negócio... Que fosse tudo pro diabo! Fechou os olhos e ficou vendo nas pálpebras um campo vermelho onde havia manchas, flores e riscos esverdeados, azuis, dourados e pretos. Tornou a abrir os olhos e viu um rabo-de-palha frechar o ar e entrar na copa duma árvore. Acima do chuá-chuá mole e regular da água o capitão começava agora a ouvir os ruídos do mato. Era bom... Os bugios tagarelavam nas árvores e um pássaro-ferreiro batia bigorna. De quando em quando um sopro mais forte de vento fazia o arvoredo crepitar. Tico-ticos ciscavam o chão, perto da água, e por muito tempo Rodrigo ficou olhando, fascinado, para um sangue-de-boi que estava pousado num galho seco e que se destacava, muito vermelho, contra o azulão do céu. Rodrigo ficou assim deitado por longo tempo. Depois foi estender-se sobre a grama das margens, e ficou a secar ao sol. Formigas lhe subiram pelo corpo e ele se sentou para catá-las, primeiro com paciência, depois aos tapas, num frenesi. Ergueu-se de novo e entrou no mato à procura do que comer. Encontrou alguns sete-capotes e pôs-se a devorá-los ficando com uma certa aspereza na boca. Quando sentiu o corpo seco, tornou a vestir-se, montou a cavalo e dirigiu-se para o rancho da Paraguaia. Ao ouvir o ruído das patas do cavalo, Honorina saiu de casa e veio ao encontro do capitão. Estava descalça, de vestido cor de maravilha e seus cabelos reluziam, bem como o rosto redondo, de grandes olhos pretos.

— Ué — fez ela. — A esta hora? Não esperava.

— As coisas melhores são as que a gente não espera, minha prenda — respondeu Rodrigo, apeando e maneando o cavalo. Enlaçou a rapariga pela cintura e entrou com ela no rancho.

— Como vai, velha? — gritou para a Paraguaia, que fumava a um canto seu cachimbo de barro. A índia respondeu apenas com um grunhido. No seu rosto pregueado de rugas, os olhos de sáurio tinham um brilho frio e gelatinoso. Continuou imóvel onde estava, pitando em calma.

O rancho cheirava a picumã e a terra úmida.

— Já comeu? — perguntou Honorina.

— Comi uns sete-capotes no mato — respondeu Rodrigo.

— Tem paçoca e arroz.

Mas Rodrigo já não pensava mais em comida. Puxou Honorina para o quarto e disse:

— Tira toda a roupa.

Ela obedeceu.

A Paraguaia continuou a fumar, ouvindo agora os ruídos que vinham do outro lado da repartição de pano. Seu rosto, porém, não revelou a menor emoção. De vez em quando ela cuspia no chão e depois sua boca desdentada de novo se pregueava em torno da haste do cachimbo. Ao cabo de meia hora Honorina apareceu e disse baixinho à avó:

— O capitão está sesteando.

A Paraguaia não respondeu. O cachimbo se havia apagado e então ela estendeu a mão magra e apanhou um tição debaixo da trempe onde o arroz fervia numa panela de ferro.

Por volta das cinco horas Rodrigo acordou, montou a cavalo e dirigiu-se para o povoado de Santa Fé. Não tinha pressa, por isso deixou o animal seguir a passo. Sentia agora saudade da mulher e dos filhos, e uma pontinha de arrependimento começou a picá-lo. Era um egoísta, um desalmado: precisava mudar de vida, cuidar melhor da família e da venda. Mas que diabo! No fim de contas não era escravo nem português para passar a vida dentro de casa vendendo cebola e alho. Era um soldado, um oficial. Talvez fosse melhor conversar com Juvenal, desfazer-se da venda e tratar de outro negócio. Era mais divertido criar gado, fazer tropas. Ali estava! Ia ser tropeiro... Um tropeiro viaja, vê muitos povoados e vilas e gente por este mundo velho. E, pensando nisso, Rodrigo de repente sentiu vontade de comer arroz de carreteiro.

Olhou em torno. O sol declinava. Era uma tarde calma, com reflexos lilases como os de certas cachaças. Na encosta verde duma colina abria-se um grande quadrilátero de terra avermelhada, onde algumas pessoas trabalhavam. Rodrigo reconheceu a lavoura dos Schultz. Lá estava toda a família a mourejar, menos a mãe, que decerto tinha ficado em casa com o filho de colo a preparar o jantar para sua gente. Ao aproximar-se da lavoura, Rodrigo ia pensando naqueles imigrantes. Fazia meses que estavam no povoado e viviam quietamente sua vida. Trabalhavam de sol a sol, desde o filho mais moço, de oito anos, até o velho Hans. Uma madrugada, quando voltava da casa de Honorina, encontrara na estrada o "batalhão do Schultz", que ia para o trabalho; cada um deles levava a sua enxada e uma lata com comida. Iam todos de tamancos e tinham nas cabeças chapéus de palha de abas largas. Rodrigo não pôde deixar de sentir um certo mal-estar quando passou por eles. Na Província as gentes antigas afirmavam que o trabalho é coisa honrosa e necessária e muitos continentinos olhavam com desprezo para os vagamundos e os "índios vagos". Diziam que Deus ajuda quem cedo madruga. Pois Deus havia de ajudar os Schultz! — refletiu Rodrigo. Naquela madrugada, mal o sol começava a raiar, lá se iam eles para a lavoura, falando muito alto a sua língua doida e dando grandes risadas. Rodrigo buscara consolo num pensamento que lhe vinha com frequência à cabeça: "A vida vale mais que uma ponchada de onças". No fim de contas eles eram estrangeiros e tinham vindo com a tenção de encher os bolsos de dinheiro para depois voltarem para sua pátria. E, por falar em dinheiro — refletira —, ele daria de bom grado muitas moedas de ouro para ter uma noite em sua cama a filha de Erwin Kunz.

Agora pela primeira vez Rodrigo Cambará via a família de Schultz em plena atividade. Aquilo era até bonito. O sol — que ficava mais alaranjado à medida que caía — atirava sua luz sobre a lavoura, deixando mais vivo o vermelho da terra. Era bom a gente ver aquelas gentes de pele clara e roupas de muitas cores inclinadas a virar a terra, com a cara escondida pela sombra dos chapéus. Quando Rodrigo passou, Hans Schultz retesou o busto, ergueu a enxada e cumprimentou-o. O capitão fez um sinal com a mão e gritou:

— Boa tarde!

Sua voz como que subiu a encosta, e ele teve a impressão de que se sumia no ar antes de chegar aos ouvidos dos alemães. Toda a família tinha parado de trabalhar, voltava-se para Rodrigo e, tirando os chapéus, acenava-lhe. O capitão viu o sol atear incêndios naquelas cabeças. E de repente, sem ele mesmo saber por quê, sentiu um nó na garganta e uma vontade de chorar. Ficou com raiva de si mesmo e meio ressentido com aquela "alemoada do diabo". Meteu o calcanhar nas ilhargas do cavalo e se foi.

21

O ano de 1833 aproximava-se do fim. A população de Santa Fé estava alvoroçada, pois confirmara-se a notícia de que em 1834 o povoado seria elevado a vila. No entanto o assunto preferido de todas as rodas era a política. Gente bem informada, vinda de Porto Alegre e do Rio Pardo, contava histórias sombrias. Depois da abdicação de d. Pedro I, as coisas na Corte andavam confusas. Seu filho, o Príncipe d. Pedro, não podia ser coroado porque era muito criança. Ali mesmo em Santa Fé, bem como acontecia nas carreiras, as pessoas tomavam partido. Uns eram pela maioridade; outros achavam que o melhor mesmo era que uma junta de homens direitos e sábios ficasse no governo. A princípio todos esperavam que com a abdicação de Pedro I a situação mudasse, pois achavam que, sendo o Imperador português, não podia deixar de puxar brasa para o assado de Portugal. Mas haviam-se passado mais de dois anos e tudo continuava como antes. Bento Gonçalves, acusado de estar negociando com Lavalleja a anexação da Província à Banda Oriental, fora chamado à Corte para se defender dessas acusações e voltara de lá não só completamente desagravado, como também com honras e privilégios novos. Além disso trazia a seus correligionários do Partido Liberal a promessa de que um filho da Província, Fernandes Braga, seria nomeado governador.

Muitas vezes o pe. Lara ia conversar com o cel. Ricardo no casario de pedra e vinha de lá com "notícias frescas", que transmitia a alguns amigos na venda do Nicolau ou na do cap. Rodrigo. O cel. Amaral inclinava-se ora para o lado do Partido Restaurador, que desejava a volta de d. Pedro I ao trono, ora para o Partido Liberal de Bento Gonçalves, que se opunha àquele. Os restauradores tinham fundado a Sociedade Militar e Bento Gonçalves trouxera do Rio de Janeiro a promessa do governo central de impedir o funcionamento desse clube, que os liberais classificavam de retrógrado. Tudo parecia resolvido quando o comandante militar da Província, Sebastião Barreto, de novo tentou reerguer a Sociedade. Bento Amaral — que agora era representante em Santa Fé do juiz de paz de São Borja — chegara, havia pouco, de Porto Alegre e contava que a Câmara Municipal dera seu apoio aos liberais e que por sua vez o presidente da Província censurara esse pronunciamento da Câmara. Nas ruas da cidade, liberais e restauradores discutiam, diziam-se nomes, engalfinhavam-se a tapas e socos.

Os restauradores chamavam os liberais de "farroupilhas" e "pés de cabra". Os liberais retrucavam, chamando seus adversários de "retrógrados", "galegos", "caramurus". Ninguém se entendia mais. E — concluía Bento Amaral — a coisa estava muito preta. O pe. Lara andava inquieto porque tudo indicava que ia rebentar uma guerra civil.

— Que rebente! — exclamou um dia Rodrigo, exaltado. — Quanto tempo faz que esta gente não briga? As espadas e as lanças já estão enferrujadas, e os homens estão ficando molengas.

O padre, porém, lembrava-se de outras guerras e sacudia a cabeça, aflito. E um anoitecer, vendo a família de Hans Schultz passar em fila indiana, de volta do trabalho a cantar uma cantiga alemã, ele refletiu:

— Esses sim é que são felizes. Não sabem o que está se passando e, se vier a guerra, não terão nada a ver com ela, porque são estrangeiros.

Outro felizardo era Erwin Kunz — conhecido agora no povoado como "O Serigote". Passava os dias a fazer lombilhos e a bater sola, enquanto a mulher e a filha faziam doces e cucas cujo cheiro apetitoso o padre às vezes sentia ao passar pela casa do seleiro.

Helga, que todos conheciam como "a filha do Serigote", parecia ficar cada vez mais bonita e gostava de andar com lenços de cores muito vivas amarrados na cabeça.

A casa de Hans Schultz e a de Erwin Kunz ofereciam um contraste nítido quando comparadas com todas as outras do povoado. Eram graciosos chalés de madeira, muito limpos, que tinham até cortinas e vasos de flores nas janelas. Pouca gente do povoado havia entrado nelas, mas os poucos que as visitavam diziam que lá dentro até o cheiro das coisas era diferente. O que chamava também muito a atenção dos santa-fezenses eram os jardins bem cuidados que havia na frente de ambos os chalés, com seus canteiros caprichosos e suas flores. "Estrangeiro é bicho esquisito", comentavam os naturais do lugar.

No primeiro abril que os alemães passaram em Santa Fé, todos acharam muito engraçada a maneira como eles festejaram sua Páscoa. Contava-se que ao acordar as crianças encontraram debaixo de suas camas pequenos cestos em que havia ninhos de palha cheios de ovos de galinha pintados de amarelo, azul, vermelho e verde. Os filhos de Hans Schultz afirmavam que se tratava de "ovos de coelho", mas um cabocolinho da casa vizinha, de pele terrosa e ventre túmido, que costumava brincar nu no seu quintal, observou, céptico, quando lhe contaram a história: "Coelho não bota ovo". Os meninos dos cabelos de fogo riram muito quando o pai lhes traduziu as palavras do pequeno brasileiro.

E na véspera do Natal de 1833 os que passaram à noite pela casa de Schultz tinham visto na sala da frente uma pequena árvore toda coberta de flocos de algodão e cheia de velas acesas. Dizia-se que Hans, com barbas postiças de algodão e metido num camisolão vermelho, trouxera presentes para os filhos dentro dum saco. Aos poucos as coisas se explicaram. Aquele era um costume alemão: o velhinho barbudo chamava-se Weihnachtsmann, e o Menino Jesus era conhecido na Alemanha como Christkind.

O pe. Lara comentou na loja de Rodrigo:

— Isso tudo pode ser muito interessante, mas eu fico com o presépio. É mais bonito e muito mais nosso.

Eu fico com a Helga — pensou Rodrigo, que sentia crescer seu desejo pela rapariga.

Na noite de ano-bom houve festa grande na praça do povoado, com quermesse, jogos e fandango. Estavam todos muito alegres porque a Assembleia Provincial tinha aprovado a resolução que elevava Santa Fé a vila e a desmembrava do município de Cachoeira. Anunciava-se que em fins de janeiro haveria ali uma eleição para escolher os membros da primeira Câmara Municipal; e que dentro de poucas semanas seria criado um serviço regular de correio entre Santa Fé, Rio Pardo e São Borja!

Razões havia, e de sobra, para aquela festa. E a praça, em cujo centro foi acesa uma grande fogueira, desde o anoitecer se encheu de gente e do som de gaitas, violas e risadas.

Quando à meia-noite o pe. Lara mandou tocar sino para anunciar que o mundo entrava no ano da graça de 1834, a gritaria começou. As pessoas se abraçavam, os homens davam tiros para o ar e o sino da capela badalava desesperadamente como se estivesse dando um alarma de incêndio. Fizeram uma roda muito grande ao redor da figueira e começaram a andar e a desandar, pulando e cantando. Depois dançaram várias danças: a meia-canha, a tirana, o tatu, a chimarrita.

De sua casa, onde tinha ficado a cuidar dos filhos, Bibiana escutava a música e as vozes. Sabia que Rodrigo estava no meio daquele povaréu, dançando e cantando. Não se apoquentava com isso. Ao contrário: queria que ele se divertisse, pois o coitado andava cada vez mais inquieto. O negócio ia mal: as despesas aumentavam, a freguesia escasseava. Juvenal queixava-se de que Rodrigo perdia muito no jogo e ameaçava deixar a sociedade. Assim — concluía Bibiana —, era melhor que Rodrigo se distraísse, pois enquanto estava dançando não jogava nem andava metido com a neta da Paraguaia...

Sentado na frente da capela o pe. Lara olhava as danças, mas pensava na guerra. O cel. Ricardo lhe dissera que "a coisa estava pra estourar, mais dia, menos dia". Levantou-se e começou a passear por entre as gentes em busca de Rodrigo. Nunca estava sossegado quando sabia que "aquele diacho" andava solto. Olhou em torno e não viu o amigo. Pouco tempo depois alguém gritou: "Que cante o capitão Rodrigo!". "Muito bem!", aplaudiram vários homens batendo palmas. "Capitão! Onde está o capitão?" Cabeças se voltaram para todos os lados, procurando. Rodrigo, porém, não aparecia. "Por onde andará esse diacho?", perguntou o vigário a si mesmo. Ninguém sabia. Decerto está na casa da china — refletiu o padre com melancolia e uma sombra de remorso. Tinha consciência de haver contribuído para a desgraça de Bibiana. Não podia compreender como um homem branco e limpo pudesse deixar-se enfeitiçar por uma rapariga que pouco faltava para ser mulata.

Naquele mesmo instante, atrás do cemitério, Rodrigo contemplava o corpo nu de Helga Kunz. Tinham-se amado fazia poucos minutos — com uma fúria que o vinho, que ambos haviam bebido na festa, contribuíra para aumentar. Agora, de pé, o capitão olhava para a rapariga, que estava estendida sobre o capim. Como era branco aquele corpo! E como os beijos da "Filha do Serigote" tinham um gosto diferente dos de Honorina!

Rodrigo sentia-se tão feliz que tinha vontade de gritar. Helga não falava. Poucas palavras sabia de português. E quando a tivera nos braços, ela lhe dissera coisas em alemão — e essa língua estranha soara dum jeito que o deixara mais excitado.

Rodrigo tornou a deitar-se junto da rapariga e fez com que ela pousasse a cabeça sobre o braço esquerdo, que ele estendera no chão. Os cabelos dela tinham um cheiro doce. Nunca em toda a sua vida ele dormira com uma mulher tão loura, tão branca e tão limpa. Ergueu os olhos e viu o escuro muro de pedra do cemitério. Os mortos não têm olhos para ver — refletiu — nem ouvidos para ouvir nem boca para falar. Os mortos não podem amar. Era bom estar vivo! De vez em quando o vento trazia de Santa Fé os rumores da festa. E as estrelas brilhavam no céu.

22

No dia seguinte, alguém que vira Rodrigo sair de Santa Fé a cavalo, rumo à coxilha do cemitério, levando a "Filha do Serigote" na garupa, passara a sensacional notícia adiante.

E por alguns dias o escândalo teve a força de empurrar para um segundo plano o assunto "política" e até os boatos de revolução. A história chegou aos ouvidos do pe. Lara, dos Amarais e finalmente de Bibiana e Pedro Terra. Para o pe. Lara a coisa não tivera propriamente o caráter de novidade, pois ele sabia que naquela noite de ano-bom o cap. Rodrigo "andava fazendo mais uma das suas": só não esperava que fosse com Helga Kunz. Encolheu os ombros num comentário silencioso e concluiu para si mesmo: ela é protestante. O confessionário faz muita falta para essa gente. Ao saber do escândalo, Bento Amaral ficou muito vermelho, a cicatriz de seu rosto tomou uma cor esbranquiçada e começou a comichar. Ficou a pensar no que ele como delegado do juiz de paz devia fazer. Se a coisa continuasse, teria de chamar Rodrigo Cambará à sua presença para repreendê-lo. Mas a ideia de se ver de novo frente a frente com aquele homem que ele detestava e de certo modo temia não lhe era nada agradável. A simples menção daquele nome lhe causava um mal-estar insuportável. "E dizem que é amigo de Bento Gonçalves!", comentou o cel. Ricardo com um tom de voz cheio de intenções secretas. Queria dizer com isso que não perdia o homem de vista e, no caso de os "pés de cabra" tentarem alguma mazorca, mandaria prender o capitão antes de ele ter tempo de dizer "água". Pedro Terra repeliu a pessoa que lhe contou a história: "Não quero saber de nada. Esse homem pra mim não existe". E no dia em que ficou sabendo da aventura amorosa do genro, deixou a olaria e saiu a passear pelo campo sem rumo certo para esquecer as mágoas. Mas Bibiana não lhe saiu um instante sequer do pensamento. Recordou o tempo em que ela era menina, tinha uma pele fresca, uma fisionomia juvenil: agora lá estava envelhecida, com um filho no colo, outro agarrado às saias e o terceiro já a crescer-lhe no ventre. Esses eram assuntos que ele tinha vergonha de comentar com as outras pessoas, até mesmo com Arminda; por isso falava sozinho, conversava com o vento que carregava suas palavras para longe.

Bibiana recebeu a notícia como um soco no peito: ficou por um instante sem respiração. Estava acostumada às patifarias do marido: sabia que quando ia ao Rio Pardo dormia com outras mulheres. Tolerava que ele sustentasse a casa da Paraguaia e passasse até algumas noites com Honorina. Mas com Helga a coisa podia ser diferente: Rodrigo era capaz de perder a cabeça. A rapariga era moça bonita. E o fato de ser estrangeira, de falar uma língua esquisita, como que lhe dava aos olhos de Bibiana um certo ar de feiticeira. Ela ouvia falar nas histórias da teiniaguá... Pois a princesa moura que o diabo fizera virar lagartixa devia ter uma cara linda e malvada como a de Helga Kunz. Fiando e cantando para Anita dormir e sentindo os movimentos do outro filho no ventre, de quando em quando, através da porta, Bibiana lançava um olhar para Bolívar, que brincava no quintal com Florêncio, o filho de Juvenal; e pensava aflita no que devia fazer para evitar que a "alemoa" lhe roubasse o marido; e, como não atinasse com nenhum remédio, chorava, e chorando continuava a fiar, a cantar e a esperar...

Depois daquela inesperada noite com Helga, Rodrigo ficara alvoroçado, desejando a segunda, a terceira e muitas outras noites. E a simples perspectiva de ter uma mulher cor de leite num dia e uma mulher cor de canela noutro enchia-o duma alegria que lhe tornava cada vez mais difícil passar as horas na venda. Mas aconteceu que depois da noite de ano-bom não pudera mais nem aproximar-se de Helga. A rapariga andava arisca e quando passava pela venda nem sequer olhava para ele. O capitão inventava estratagemas para falar com ela. Foi um dia à selaria de Kunz para encomendar um serigote, e ficou conversando longamente com o alemão, na esperança de ver-lhe a filha. Mas não viu; ouviu-lhe apenas a voz, no fundo do chalé. Voltou para casa decepcionado; e sua decepção se transformou numa espécie de ressentimento, e o ressentimento em fúria quando um dia se espalhou a notícia de que chegara à vila o noivo de Helga, um alemão grande, de barbas louras e olhos claros. Morava em São Leopoldo, onde tinha uma chácara, e vinha buscá-la para a boda. Helga foi-se com ele, pois o casamento ia ser feito naquela colônia por um pastor protestante. E, quando a "Filha do Serigote" montou a cavalo e partiu em companhia do noivo para empreender uma viagem que levaria muitos dias e muitas noites, os moradores de Santa Fé trocaram perguntas e comentários atônitos ou maliciosos: "Mas ela vai sozinha com o noivo?". "Vão casar só em São Leopoldo." "Cruzes, que gente!" "Também, depois do que aconteceu com o capitão Rodrigo..." Mas Chico Pinto julgou resumir numa frase a explicação de tudo aquilo: "Estrangeiro é bicho sem-vergonha".

No dia em que Helga partiu, Rodrigo tomou uma grande bebedeira e nas semanas que se seguiram aliviou no corpo da chinoca cor de canela a saudade da alemã cor de leite. Tratou Bibiana e os filhos com impaciência irritada, cuidou mal do negócio, mergulhou fundo no jogo. Metia-se em carreiras, apostava alto e às vezes provocava brigas. Nos fundos da venda do Nicolau reuniam-se tropeiros e peões, que bebiam cachaça e jogavam osso: Rodrigo misturava-se com eles e lá ficava durante horas a jogar, a blasfemar e a contar histórias de guerras, mulheres, cavalos e apostas. E em certas ocasiões, na roda de bisca ou de voltarete, quando jogava com algum viajante desconhecido cuja cara lhe parecia suspeita, antes de começar o jogo desembainhava ostensivamente a adaga e cravava-a na mesa, ao alcance da mão, como uma advertência que já era também uma provocação.

O inverno daquele ano de 34 foi duro, de grandes geadas e chuvas longas. Numa noite de tormenta Anita, que havia semanas andava adoentada, piorou subitamente e Bibiana mandou chamar a mãe, que fez a criança tomar seus chás e aplicou-lhe seus linimentos.

— Onde está o Rodrigo? — perguntou d. Arminda.

— Saiu — respondeu a filha, sem erguer os olhos.

Balouçava nos braços a filha, que, muito pálida, tinha a boca entreaberta, as pálpebras azuladas, a respiração difícil.

— Aonde é que ele foi?

Bibiana não respondeu. Ninava a criança e cantava, baixinho, não porque achasse que isso ia ajudar a criaturinha, mas porque era a única coisa que podia fazer e um pouco também porque era hábito. Nenhum dos curandeiros da vila havia acertado com o remédio. Ninguém sabia o que a criança tinha. Fazia quase um mês que ela definhava, aos poucos — nenhum alimento lhe parava no estômago e agora Anita estava que era só pele em cima dos ossos. Tinham tentado tudo: simpatias, benzeduras, promessas...

— Aonde é que ele foi? — repetiu d. Arminda.

Bibiana continuava a sacudir a filha dum lado para outro.

— Está na casa do Chico Pinto.

— Jogando?

Bibiana sacudiu afirmativamente a cabeça. Depois, com todo o cuidado, pôs a filha no berço e cobriu-a com um pelego.

— A coitadinha está gelada... — murmurou, botando as costas da mão na testa de Anita.

D. Arminda inclinou-se sobre a neta, mirou-a longamente e depois murmurou:

— Essa criança vai morrer.

As palavras caíram como geada no peito da mãe. Por um instante se fez silêncio e as duas mulheres ficaram escutando o uivar do vento. D. Arminda acabava de dizer o que Bibiana temia, o que ela se esforçava por não reconhecer. Anita ia morrer. Era questão de dias, talvez de horas. Estava já ficando fria e roxa. De súbito, como que compreendendo o horror da situação, Bibiana precipitou-se para a filha, encostou o rosto no peito dela e procurou escutar-lhe as batidas do coração.

— O coraçãozinho dela não está batendo mais, mamãe!

D. Arminda apanhou um espelho, aproximou-o da boca entreaberta da criança e ali o deixou por alguns segundos. Trouxe-o depois para perto da lâmpada e examinou-lhe o vidro: estava embaciado.

— Está respirando — disse. — Mas é melhor chamar o Rodrigo.

— Inácia! — gritou Bibiana.

A cozinheira índia apareceu, enrolada num xale, os olhos como sempre lacrimejantes.

— Vá à casa do seu Chico Pinto e diga pro capitão Rodrigo vir ligeiro. A Anita está muito mal...

Sentado à mesa de jogo, com as cartas abertas em leque nas mãos, Rodrigo recebeu o recado e murmurou:

— Diga pra dona Bibiana que já vou.

Mal, porém, a índia desapareceu, ele a esqueceu e esqueceu também o recado, a filha, a mulher, a casa, tudo. Porque aquele jogo o apaixonava, e porque ele estava com sorte aquela noite. A parada era grande e os outros três homens que se achavam ali ao redor da mesa estavam perdendo.

— Que potra! — exclamou um deles.

Rodrigo sorria, com os olhos postos nas cartas.

De vez em quando vinha um escravo servir cachaça com mel, que o capitão tomava em longos sorvos. E, à medida que o álcool lhe ia subindo à cabeça, ele ficava ainda mais exaltado, as ideias se lhe tornavam surpreendentemente claras, tão claras como caninha destilada em alambique de barro.

Pensamentos que nada tinham a ver com o jogo às vezes lhe relampejavam na mente.

Juvenal queria desmanchar a sociedade... Pois que desmanchasse! Fosse pro diabo! Não precisava dele, não precisava de ninguém. Estava ganhando dinheiro, estava de sorte, ia levantar-se dali com a guaiaca gorda de patacões, cruzados e onças. Pagaria todas as dívidas, atiraria o dinheiro na cara dos credores. E depois... Depois viria a guerra. Era mesmo bom que viesse a guerra. Não havia nada melhor que uma guerra para resolver todos os problemas. Conhecia outros homens que quando estavam quebrados pediam a Deus uma revolução assim como sapo pede chuva. Guerra era remédio para tudo.

— Jogue, capitão.

— Lá vai e los arrebento!

Era bom o som da cachaça caindo no copo. O cheiro também era bom. Ele olhava ora para as cartas que tinha na mão, ora para as caras dos homens alumiadas pela lamparina que fumegava em cima da mesa.

O tempo passava. Como o tempo voa — refletiu Rodrigo — quando a gente está com uma mulher ou numa mesa de jogo! Na venda o tempo se arrastava como lesma.

— Vassuncê está com sorte hoje, capitão.

— Mandei me benzer por uma negra velha.

Bateram na porta. Chico Pinto foi abrir.

— Um recado pra vosmecê, capitão.

— Que venha!

Era um rapazote, filho dum vizinho.

— Capitão, dona Bibiana mandou dizer pra vosmecê ir pra casa. A sua filha está muito mal.

Aquela voz parecia vir de muito longe, e as palavras que ele dissera não tinham sentido muito claro. Sua filhinha está muito mal. Muito mal. Muito mal.

— Já vou! — disse Rodrigo. — Mais uma mão. Feche a porta, Chico. O minuano está danado.

O vento entrava, gelando a casa. Um homem tossiu. A chama da lamparina dançou. Chico Pinto fechou a porta.

— Não é bom vosmecê ir pra casa? — perguntou, meio bisonho.

— Não sou curandeiro.

— Mas é pai.

— Cuide de sua vida! Sente e dê as cartas.

Chico Pinto suspirou e em silêncio tornou a sentar-se. O jogo recomeçou. O tempo passava, Rodrigo sentia a bexiga inchada e dentro do peito uma fita de fogo que parecia subir e descer, dando-lhe um enjoo. A boca tinha um gosto amargo, e sua saliva estava grossa. Melhor era parar de beber. Mas não parava. Podia erguer-se, esvaziar a bexiga e voltar. Mas não fazia isso, estava chumbado àquela cadeira, preso ao jogo, fascinado. E, quando começou a perder, sua irritação cresceu.

— Que macaca! — exclamou ele. — Principiei tão bem...

E entraram numa nova mão. Rodrigo examinou as cartas, cuspiu para o lado, disse um palavrão. Os outros homens falavam baixo, esfregavam a sola das botas no chão. E quando ficavam em silêncio, ouvia-se o vento lá fora.

— Deve ser tarde — disse um dos jogadores.

— Só galinha é que dorme cedo — retrucou Rodrigo.

Um outro soltou uma gargalhada.

— Vosmecê ri agora porque está ganhando — observou Chico Pinto.

— Ué, amigo, também sou filho de Deus, não sou?

Duas horas depois Chico Pinto abafou um bocejo, olhou o relógio e disse:

— Quase quatro. Vamos deixar o resto pra amanhã?

— Qual nada! — vociferou Rodrigo. — Vosmecês me levaram todo o dinheiro, me deixaram pelado. Não saio daqui sem tirar pelo menos o dinheiro que trouxe.

Os outros consultaram-se com os olhos.

— Está bem — assentiu Chico Pinto.

Fizeram uma pausa, antes de continuar o jogo. Os homens levantaram-se, foram até o fundo da casa e voltaram. Um deles disse:

— Está uma noite medonha.

Noite medonha... Noite medonha... Rodrigo não se erguia. Não sabia que era que o prendia àquela cadeira. Uma teimosia, uma vontade de contrariar os outros, um medo de... Medo de quê? Escutou o vento. "Sua filhinha está muito mal..." Pois que esteja. Mulher não faz falta no mundo. Que morra! As mulheres são falsas. Helga Kunz é uma cadela. Que morra! Não sou curandeiro. Melhor é não ver nada. Não tem mais remédio. É questão de horas. Não me adianta nada ir. Não gosto de choro. Um dia a guerra vem. Tudo se resolve. A guerra e o tempo. Remédio pra tudo.

Apanhou a garrafa que tinha a seus pés e tornou a encher o copo e a beber. Cachaça com mel e limão fazia bem ao peito.

Chico Pinto deu as cartas. Jogaram mais uma mão e Rodrigo perdeu o que não tinha. O dono da casa levantou-se e disse:

— Agora vosmecês vão ter paciência. Vai clarear o dia.

— No inverno o dia clareia às sete... — retrucou Rodrigo.

Mas ergueu-se também. Botou na cintura a pistola que mantivera no chão, junto de sua cadeira, e a adaga, que cravara na terra ao lado da pistola e ao alcance da mão. Enfiou o poncho e saiu. A ventania esbofeteou-lhe a cara e ele começou a caminhar lentamente rumo de casa. Estava tudo escuro, mas Rodrigo prosseguia levado pelo instinto. Não havia luz em nenhuma das casas do povoado. Suas botas atolavam-se na lama. O céu estava negro como carvão e as árvores sacudidas pelo vento pareciam gemer *ai, ai, ai, ai...* Nos pensamentos de Rodrigo também havia um negror de confusão. Estava cansado, irritado, mas não queria dormir.

Ao aproximar-se de sua casa, viu um risco de luz por baixo da porta. Então, de repente, compreendeu a situação. Tinham-no chamado porque a filha estava mal e ele não atendera ao chamado. Uma paixão doida pelo jogo prendera-o à mesa. Já agora ele não sabia como fora capaz de fazer aquilo. Amava a família, não era nenhum monstro, daria um braço, uma perna, um olho para salvar a vida dos filhos, da mulher, de qualquer amigo.

Parado ali na rua, recebendo na cara o vento gelado, ele pensava essas coisas e olhava para a porta de sua casa. Depois aproximou-se dela e abriu-a devagarinho. A lamparina estava à beira da cama, onde, deitada ao lado de Bolívar, que dormia, Bibiana chorava mansamente, enquanto d. Arminda lhe passava a mão pelos cabelos. Rodrigo aproximou-se do berço da filha e viu que Anita tinha a cabeça coberta por um lençol.

Ia erguer o braço para descobrir o rosto da criança quando ouviu uma voz de homem:

— Faz mais de uma hora que a menina morreu.

Só então Rodrigo percebeu que havia outra pessoa na peça. Dum canto escuro avançou um vulto. Era o pe. Lara.

— Mas não mandaram me avisar! — exclamou Rodrigo com voz rouca e sem pensar bem no que dizia.

Suas palavras morreram no ar. Ele olhou primeiro para o padre e depois para d. Arminda. De repente um soluço lhe rompeu do peito e ele caiu sobre uma cadeira, chorando desatadamente e cobrindo o rosto com as mãos.

23

Quando agosto entrou e Bibiana se preparou para ter o filho, Pedro Terra mandou dizer-lhe que se ela quisesse voltar para casa ele a receberia de bom grado. D. Arminda foi a portadora do recado. A filha respondeu:

— Diga pro papai que muito obrigada. Mas meu lugar é aqui.

Não queria abandonar Rodrigo. Nem lhe guardava rancor pelo que ele fizera. Depois daquela noite horrível em que Anita morrera, ele tinha mudado por completo. Vivia em casa, a seu lado, tratando-a com todo o carinho, e não bebia nem jogava mais. Tomava um novo interesse pela venda, e se os negócios não iam bem — concluía Bibiana — não era por culpa do coitado, mas sim da situação geral. Ninguém queria pagar as contas, pois só se falava em guerra civil.

Rodrigo não abandonou a cabeceira da cama da mulher desde o momento em que as dores do parto começaram a vir-lhe mais fortes e com menores intervalos, até o instante em que a criança nasceu. Ele temia um mau sucesso por causa da comoção que a morte de Anita causara a Bibiana. Mas tudo correu bem, e a parteira, a mulata Teresa, disse rindo:

— Pistola boa não nega fogo.

Rodrigo saiu contente e foi levar a notícia ao padre:

— É outra menina! — exclamou com os olhos velados de lágrimas.

E permitiu-se beber um copo de cachaça para festejar o acontecimento.

— Graças a Deus tudo correu bem.

O padre não dizia nada. Era com certo constrangimento que agora via Rodrigo. Depois de tudo que acontecera, não lhe era fácil encarar o homem. No entanto, ainda não lhe queria mal. O diacho tinha um encanto tão grande que tornava às outras pessoas difícil não gostar dele. Eu só queria saber — pensava às vezes o vigário — se o Pedro tem mesmo raiva do genro ou se está só fingindo.

Rodrigo saiu à rua para anunciar aos amigos o nascimento da filha. Quando lhe perguntaram como ia chamar-se, respondeu:

— Leonor.

— Nome de alguma pessoa da família de vosmecê?
— É — mentiu Rodrigo. — Da minha mãe.

Não era. Leonor era o nome de uma mulher de trinta anos que ele amara no Rio Grande quando tinha apenas dezoito. Havia sido um amor distante, pois ela nunca lhe correspondera e acabara casando com outro.

O pe. Lara batizou a menina naquele mesmo agosto frio e úmido. E de novo Bibiana se sentiu feliz ao repetir com Leonor o que já fizera com Bolívar e Anita. Isso e o trabalho da casa ajudaram-na a esquecer as lembranças tristes e um pouco o medo do futuro. E naqueles dias sombrios de agosto ouvia-se sempre no quarto dos fundos da venda o ruído regular da roca. A mulher de Juvenal levava às vezes Bolívar para sua casa, a fim de que o menino brincasse com Florêncio. Os dois primos cresciam juntos, brigavam ou brincavam um com o outro, paravam rodeios com bois imaginários, que eram ossos de galinha, sabugos de milho ou pedras, montavam em seus cavalos que eram cabos de vassoura ou faziam casas de barro no fundo do quintal.

O pe. Lara às vezes olhava para o rosto de Bolívar e tentava descobrir nele traços do pai. Encontrava-os vivos, e ficava meio apreensivo. Restava saber se o menino tinha herdado também o gênio do capitão. Quando Bolívar fazia uma travessura, o vigário ria, e a risada se emendava com a tosse, e a tosse deixava-o afogado, e assim, meio engasgado, com os olhos cheios de lágrimas, ele dizia sincopadamente:

— Este alarife... Este alarife.

Naquelas noites de inverno o pe. Lara não podia sair em suas caminhadas noturnas por causa do mau tempo. Por isso ficava em casa lendo os jornais de Porto Alegre — alguns de data muito atrasada — que amigos lhe mandavam quando havia portadores. E à luz duma vela, os óculos na ponta do nariz, ele lia, relia e treslia. A situação não podia ser pior. Atacava-se o presidente da Província, o dr. Fernandes Braga, que havia tomado posse do cargo em maio daquele ano. Dizia-se que quem realmente mandava no governo era o irmão do presidente, o juiz de direito de Porto Alegre, um homem que os liberais acusavam de retrógrado, vingativo e autoritário. Todos haviam recebido o novo presidente com simpatias e esperanças, mas ao cabo de pouco tempo ele pusera as unhas de fora: começara a perseguir os liberais e a encher as cadeias de inimigos políticos. Recentemente tinha havido tumulto nas ruas de Porto Alegre porque o povo apoiara a Constituinte do Rio, que era de caráter liberal. (A falta que nos faz um imperador! — refletiu o pe. Lara.) O juiz de direito tomara o arsenal de guerra. O povo prendera o brig. Carneiro da Fontoura, entregando-o ao juiz municipal...

O vigário de Santa Fé fez uma pausa, tirou os óculos e olhou firme para a chama da vela... A situação era negra. Quando o povo perde o sentido de disciplina e de ordem, quando começa a desrespeitar a autoridade, então é porque o desastre está iminente... O pior de tudo era que, como sempre, a conspiração se fazia na maçonaria. Mas ele não justificava o regime de terror que o presidente instituíra. Era uma imprudência, uma temeridade, uma provocação...

O vigário continuou a ler as notícias e os artigos. Estes pareciam escritos com ódio e sangue. Os jornais liberais acusavam o governo de despotismo, tirania e corrupção. Os jornais do governo chamavam os liberais de traidores, de aliados dos castelhanos, de perturbadores da ordem e conspiradores...

O sacerdote tentou orar, mas não pôde concentrar-se na oração. Doía-lhe o peito e seus pensamentos estavam confusos. Abriu o breviário, mas o que ele via em suas páginas não eram apenas orações, e sim as palavras dos jornais — caramurus, retrógrados, tirano, traidor da pátria, guerra.

Começou a preparar-se para dormir. Pensou em Santa Fé e no que podia acontecer se a revolução rebentasse na Província. Tudo indicava que o cel. Ricardo e sua gente se manteriam fiéis à legalidade. Fosse como fosse, nenhuma revolução contra o resto do país poderia triunfar. Mais cedo ou mais tarde seria abafada. Ajoelhou-se, rezou um padre-nosso e uma ave-maria com o pensamento dividido entre a oração e a lembrança do que acabara de ler nos jornais. Seria verdade que os liberais planejavam mesmo anexar a Província à Banda Oriental? Ou tudo era intriga? Com quem estava a razão?

Deitou-se, cobriu-se, apagou a vela, fechou os olhos e ficou tentando capturar o sono, como quem procura apanhar um mosquito arisco.

24

No fim do verão de 1835, quando Juvenal Terra voltou com sua carreta do Rio Pardo, amigos o cercaram, curiosos, e lhe pediram que contasse "as últimas". Juvenal não perdeu a calma. Primeiro acendeu um cigarro, tirou uma tragada, apertou os olhos e começou a falar com seu jeito lento e seco.

O que contou era alarmante, porque significava guerra. Mas o tom de sua voz, a expressão de seu rosto eram os mesmos que ele tinha quando falava de coisas triviais.

Juvenal vira quando os portugueses de Rio Pardo fizeram desfilar pelas ruas um judas que representava — diziam — os brasileiros. Tinha havido protestos, e quando um escravo ergueu a voz foi morto ali mesmo. O povo do Rio Pardo enviara uma representação ao presidente da Província, protestando contra as autoridades que ele nomeara. Como única resposta Fernandes Braga mandara prender os signatários do manifesto.

— Já se sente cheiro de pólvora no ar — disse Juvenal. — Se alguém acender um isqueiro, tudo vai pelos ares.

Ouvira falar de tumultos no Rio Grande e de ameaças de revolta em Viamão. Conversara com muitos charqueadores que estavam irritados com o governo central, que os obrigava a pagar seiscentos réis fortes de imposto por arroba de charque. Os criadores também se queixavam, indignados, de que além da taxa de dez mil-réis por légua quadrada de campo, os quintos que tinham de pagar sobre o couro "eram uma barbaridade"; e se quisessem exportá-lo, Santo Deus, nesse caso o imposto era dobrado! Não se podia fabricar nada que lá vinham os impostos mais absurdos, os dízimos, como se o Rio Grande fosse uma colônia e não uma província do Brasil. Para cúmulo, até as tropas de mulas que os criadores rio-grandenses vendiam para tropeiros de Sorocaba e outros lugares fora do Continente estavam sujeitas a um imposto que era cobrado não no lugar de origem do negócio, mas sim nos mercados onde os muares eram revendidos, de sorte que quem se ia beneficiar com a arrecadação eram outras províncias.

A todas essas São Pedro do Rio Grande vivia abandonado e esquecido pela metrópole. Não lhe davam estradas, nem pontes nem policiamento nem nada. Justiça? Há-há! Todos os processos tinham de ser julgados pela Relação do Rio de Janeiro, para onde eram remetidos e onde ficavam a criar cabelos brancos.

Parecia que a Corte achava que os continentinos só serviam para brigar com os castelhanos, porque quando rebentava a guerra começavam logo o recrutamento e as requisições. Terminada a luta, cessavam de pagar o soldo às tropas e esqueciam-se de resgatar as requisições. E pouco se lhes dava que a guerra tivesse dizimado os rebanhos e destruído as lavouras do Continente.

— E onde é que eles metem o dinheiro do imposto? — perguntou um dos homens que escutavam Juvenal.

— Metem no rabo desses caramurus do inferno! — respondeu, azedo, um velhote de chiripá seboso.

Os outros o miraram de soslaio sem dizer nada.

— Com tudo isso que pagamos — disse Chico Pinto —, não temos nem escolas pros nossos filhos.

O velhote cuspinhou para o lado e retrucou:

— Qual escola, qual nada! Não preciso dessas coisas. Não sei ler e isso nunca me fez falta. Também não tenho filho pra mandar pr'escola. Mas me dá raiva de ver que estamos sustentando o luxo da Corte. O nosso dinheirinho é pra encher a barriga desses condes, duques e barões de meia-pataca!

Naquele mesmo dia, Juvenal transmitiu ao pai essas notícias inquietadoras. Pedro Terra ficou por algum tempo calado, e quando todos pensavam que ele as tinha esquecido, ouviram-no dizer:

— Já mataram o trigo, agora vão matar o resto. São pior que gafanhoto, pior que ferrugem.

— Quem, Pedro? — perguntou-lhe a mulher.

— Esses malditos caramurus.

Num domingo, à hora da missa, o pe. Lara pregou um sermão sobre a obediência, a ordem e a paz. Sabia que o cel. Amaral, que se encontrava então em Porto Alegre, estava resolvido a manter a todo custo a ordem em Santa Fé.

Em meados de outono o cel. Ricardo voltou da capital e convocou os vereadores para uma sessão especial. Contou-lhes que a situação se agravara e que a revolução era questão de meses ou talvez de semanas. No ato da instalação da

Assembleia Legislativa Provincial — ajuntou Ricardo Amaral — o presidente Fernandes Braga fizera um discurso muito franco e corajoso, acusando os liberais de estarem conspirando e preparando uma revolução com o fim de separar a Província do resto do Brasil e incorporá-la a uma federação cisplatina. Concluiu:

— O doutor Fernandes Braga me pediu que organizasse um corpo em Santa Fé e que garantisse a ordem aqui e nos arredores. — Bateu com o punho fechado na mesa. — E hei de garantir. Já estou reunindo gente. Quero que a Câmara Municipal faça uma proclamação jurando fidelidade ao governo. Alguém tem alguma coisa a dizer contra a minha proposta?

Houve um silêncio breve ao cabo do qual alguém falou:

— Eu tenho.

Cabeças voltaram-se para o lugar donde viera a voz. Era Pedro Terra. Ricardo Amaral franziu a testa, contrariado, e ordenou:

— Pois então fale.

O outro ergueu-se e disse:

— Acho que este assunto deve ser muito bem pensado.

— Não pode haver dois pesos nem duas medidas! — vociferou o presidente da Câmara. — Ou estamos com a legalidade ou estamos com os desordeiros que querem nos entregar aos castelhanos.

Sem se perturbar, Pedro continuou no mesmo tom de voz:

— O coronel Bento Gonçalves já foi acusado de traidor, foi chamado à Corte, defendeu-se e voltou com seu nome limpo e com um cargo de confiança.

O rosto do cel. Amaral estava cor de tijolo. Os outros conselheiros remexiam-se, inquietos, nas cadeiras. Um deles interveio com jeito conciliador:

— Que é, então, que o amigo Terra propõe?

— Eu proponho... — começou Pedro.

Mas Ricardo deu um novo murro na mesa: o secador e o tinteiro de louça saltaram, um pingo de tinta caiu sobre a madeira sem lustro.

— Vosmecê não propõe coisa nenhuma! Esta Câmara representa o governo. Não é uma Câmara de traidores.

Fez-se um silêncio pesado. Pedro Terra e Ricardo Amaral mediram-se com os olhos, e ficaram a mirar-se como duas cobras que trocam olhares hipnóticos, presas uma ao sortilégio da outra.

Finalmente um dos conselheiros disse:

— Estou com o presidente da Câmara.

Os outros vereadores sacudiram as cabeças e murmuraram uma aprovação meio constrangida. Sem tirar os olhos do senhor de Santa Fé, Pedro Terra declarou:

— Mas eu voto contra.

Afastou a cadeira para trás com o pé e quando se preparava para retirar-se ouviu a voz do cel. Amaral:

— Vosmecê está preso!

***

A notícia espalhou-se rápida pela vila. Tinha havido barulho na sessão da Câmara Municipal e Pedro Terra estava preso. Constava que antes do anoitecer iam prender também Juvenal e o cap. Rodrigo. Na venda do Nicolau alguns homens reuniram-se para comentar o fato e um deles disse: "Começou o fandango! O melhor é a gente ir pra casa limpar a garrucha e afiar a espada". E emborcou o copo de cachaça.

Ao entardecer daquele dia, Juvenal, que passara a tarde dando ordens na olaria do pai, correu à casa do cunhado. Contra seus hábitos, entrou intempestivo, sem bater à porta, e encontrou Bibiana junto ao fogão ajudando a cozinheira. Bolívar brincava debaixo da mesa e Leonor choramingava no berço.

— Vão prender o Rodrigo — disse ele, meio ofegante. — O melhor é ele tratar de...

Calou-se de súbito, pois antes de terminar a frase teve intuição do que havia acontecido. A venda estava fechada. A espada de Rodrigo não se achava mais pendurada, como de costume, na parede da varanda. E só agora é que Juvenal se lembrava de que não vira o cavalo do cunhado no quintal.

Bibiana caminhou para o irmão. Havia em seu rosto uma grande, uma profunda mas tranquila tristeza.

— O Rodrigo a esta hora está longe — murmurou ela.

Juvenal sentou-se e começou a enrolar um cigarro com dedos que tremiam um pouco. Por alguns instantes nenhum dos dois falou. Leonor choramingava ainda e debaixo da mesa Bolívar raspava com os dedos o barro ressequido das botas do tio. Bibiana sentou-se também e ficou olhando para Juvenal. Inda bem que Terra não é espalhafatoso — refletiu este. Sua gente era quieta, aceitava os fatos com uma coragem resignada e tinha vergonha de fazer cenas.

— Quando foi que ele saiu?... — perguntou em voz baixa, batendo a pedra do isqueiro para acender o cigarro.

— A noite passada.

— Pr'onde foi?

— Não disse.

— Como é que estava? Abatido?

Bibiana sorriu melancolicamente.

— Estava louco de contente. Parecia que ia pra uma festa.

— Deixou algum recado pra mim?

— Deixou. Disse pra vosmecê desculpar ele, mas que essas coisas acontecem. Deixou o dinheiro da féria na gaveta. Levou só uns patacões, uma manta de charque e um saco de farinha. Ah! E uma garrafa de caninha.

Juvenal fumava, sacudindo a cabeça vagarosamente. Parecia mentira — refletia ele —, mas de certo modo a ausência de Rodrigo lhe dava um alívio. Gostava do cunhado, não podia negar; gostava "por demais" até, mas acontecia que o comportamento do capitão fazia que ele vivesse sobressaltado. Rodrigo cometera muitas loucuras, tantas quantas um homem pode cometer. Botara dinheiro fora com jogo e mulheres, cuidara mal do negócio, fizera a Bibiana sofrer. Era estabanado, esquentado, e onde ele estivesse sempre havia perigo de barulho. Não tinha meio-termo: com ele era risada ou choro, beijo ou bofetada, festa ou velório. Ultimamente andava tão quieto, por causa daqueles boatos de revolução, que já nem pensava noutra coisa. Aquilo tinha de acontecer, mais cedo ou mais tarde. E agora que acontecera, Juvenal sentia alívio. Podia ser absurdo, mas sentia.

Olhou para a irmã e só então viu que ela chorava de mansinho e que as lágrimas lhe escorriam pelas faces. Procurou uma palavra de consolo, mas não achou nenhuma. Podia levantar-se e ir abraçá-la, mas o acanhamento lhe impediu esse gesto. Desviou os olhos dela e murmurou:

— Não há de ser nada...

Bolívar saiu de baixo da mesa cantarolando, aproximou-se do berço da irmã e ficou na ponta dos pés a espiá-la.

— Pra onde será que ele foi? — perguntou Bibiana depois de algum tempo.

— Decerto foi se reunir com a gente do coronel Bento Gonçalves. Pelo menos era isso que ele dizia que ia fazer se rebentasse a revolução...

— Mas será que vai rebentar mesmo?

— Vai. Não há dúvida. Vai.

Juvenal levantou-se e começou a caminhar lentamente de um lado para outro.

De repente Bibiana lembrou-se:

— E o papai? Como vai ser agora?

Juvenal deu de ombros.

— Dizem que vão me prender também.

— E vosmecê vai ficar na vila?

— Pr'onde é que hei de ir? — Mordeu o cigarro apagado e depois acrescentou: — Alguém tem de ficar pra olhar por vosmecês.

Bibiana pensava na mãe, em Rodrigo, nos filhos... Às vezes as desgraças chegavam ao mesmo tempo, amontoavam-se, como se uma chamasse a outra.

A filha rompeu a chorar e ela a tomou nos braços e começou a acalentá-la. Deve ser fome — concluiu. Sentou-se na cama, de costas para Juvenal, desabotoou o corpinho e deu o seio à menina.

Das panelas em cima do fogão vinha um cheiro bom de arroz com guisado de charque. Juvenal ficou olhando através da janela a estrela do pastor que cintilava no céu limpo do anoitecer.

25

O estafeta do correio que chegou do Rio Pardo em fins de outubro trouxe a grande notícia. Tinha rebentado a revolução e Bento Gonçalves da Silva, chefe supremo das forças revolucionárias, havia atacado e tomado Porto Alegre! O presidente da Província fugira para o Rio Grande e o chefe farroupilha convocara o vice-presidente para assumir o governo. Dizia-se também que toda a Província aderira ao movimento, com exceção de Pelotas, Rio Grande e São José do Norte.

E naquele novembro ventoso Bibiana passou os dias a trabalhar, a cuidar dos filhos e a esperar notícias do marido. Não sabia por onde andava Rodrigo, mas "uma coisa" lhe dizia que ele estava vivo e não muito longe dali.

Pe. Lara visitava-a com frequência e tratava-a com um carinho maior que o de costume, como que procurando atenuar assim o mal que lhe fizera, uma vez que se julgava responsável por aquele casamento.

— E o Velho? — perguntou o vigário um dia.
— Que velho? — perguntou Bibiana, deixando por um instante de pedalar na roca.
— O pai de vosmecê.
— Vai bem.
— Eu sei, mas tem aparecido?
— Tem...
— Já le falou alguma vez no Rodrigo?
— Não. Nunca.

O cigarro pendia do canto da boca do vigário. Como sempre, Bolívar olhava curioso para aquele homem tão parecido com um urubu e que, ainda por cima, havia engolido um gato que fazia ron-ron-ron em seu peito. O menino cocava o padre com olhos reluzentes de malícia e sorria. E nesse sorriso o vigário reconhecia Rodrigo.

Faziam-se longos silêncios naquelas visitas do pe. Lara — fundos silêncios em que ele pensava, desolado, nas coisas que via, ouvia ou lia. Santa Fé agitava-se em preparativos guerreiros. Ele sabia de muitos homens — entre os quais Chico Pinto e Joca Rodrigues — que tinham fugido para se reunirem às forças dos farrapos. Isso deixara o velho Amaral furioso. Pedro Terra fora solto depois de prometer, sob palavra, não se afastar do povoado a nenhum pretexto; mas os homens do cel. Ricardo não o perdiam de vista dia e noite. Juvenal fora proibido de fazer suas viagens ao Rio Pardo e vivia também muito vigiado. O recrutamento de "voluntários" — muitos dos quais eram presos a maneador — processava-se em todo o município de Santa Fé e os homens do cel. Amaral não tinham tato nem piedade. Fazia pouco, haviam matado a tiros um lavrador que recusara deixar a família e a lavoura para se incorporar às tropas legalistas. Hans Schultz, seu filho mais velho e Erwin Kunz também tinham sido recrutados. Na hora em que Hans deixou a casa, toda a família rompeu a chorar; mas no dia seguinte antes de nascer o sol foram todos como de costume trabalhar na roça, desta vez comandados por Frau Schultz, que levava o filho mais moço escanchado na cintura. E ao vê-los o vigário fizera reflexões melancólicas: o que aquela gente colhesse na próxima safra seria fatalmente requisitado pelo cel. Amaral, para alimentar seus soldados; e os Schultz nunca veriam um vintém daquelas requisições. Todos os pequenos criadores e plantadores do município andavam alarmados, pois as requisições de cavalos, gado e cereais já haviam começado.

O pe. Lara continuava a receber jornais. Pelo que lia neles e através de cartas de amigos, verificava que muitos sacerdotes católicos estavam metidos na conspiração ou tinham aderido à revolução. Não se tratava de um ou dois padres, mas de dezenas deles. E ali na casa de Bibiana, enquanto esta pedalava, o padre sacudia a cabeça repetidamente. Não compreendia como sacerdotes católicos pudessem dar seu apoio a uma revolução cujo chefe era um homem maçom, grau 33! Estava tudo errado, tudo perdido, tudo muito feio.

— E já houve combates! — disse ele depois de um longo período de silenciosa reflexão.

Bibiana, que quase havia esquecido a presença do padre, ergueu a cabeça e perguntou:

— Que foi que vosmecê disse?
— Eu disse que tem havido muitos combates.
— Ah!
— No primeiro os revolucionários foram mal! — contou o vigário com alguma relutância, temendo afligir Bibiana. — As forças de Silva Tavares e de Manoel Marques de Souza derrotaram os farrapos.

E no momento de pronunciar essas palavras uma ideia lhe veio à mente: "Um dia todas essas coisas hão de ser história", refletiu ele. Lera já vários artigos e livros sobre Napoleão Bonaparte, o grande conquistador. Era já homem maduro quando pela primeira vez ouvira falar nesse famoso general nascido na ilha de Córsega. Fora depois acompanhando, interessado, sua carreira. Agora Napoleão se tornara uma figura conhecida em todo o mundo e estava na história ao lado de César, Alexandre, Átila e tantos outros. Mas era muito possível — concluiu — que o resto do mundo nunca chegasse a ouvir falar em Bento Gonçalves. Não deixava de ser curioso a gente ver a história no momento em que ela estava sendo feita! Dali a cem anos, como iriam os historiadores descrever aquela guerra civil? O pe. Lara sabia como era custoso obter informações certas. As pessoas dificilmente contavam as coisas direito. Mentiam por vício, por prazer ou então alteravam os fatos por causa de suas paixões. Cenas da vida cotidiana que se tinham passado sob o seu nariz, ali mesmo na praça de Santa Fé, eram depois relatadas na venda do Nicolau duma maneira completamente diferente. Como era então que a gente podia ter confiança na história? Passou-lhe, então, pela mente a lembrança da importância que tinha para a Igreja Católica a tradição oral... Ora, estava claro que com a Igreja, que era divina, a coisa era diferente. Mas seria mesmo diferente? Essa dúvida era indigna dum sacerdote. Que Deus lhe perdoasse a heresia! Mas agora Bibiana lhe estava dizendo alguma coisa...

— Que foi que vosmecê disse? — perguntou, como se despertasse dum cochilo.

— Que os farrapos vão mal.

O pe. Lara sacudiu a cabeça.

— Não vão, Bibiana, não vão. No combate do arroio Grande o general Neto venceu as forças do Silva Tavares. Mais ainda: Bento Gonçalves e um tal Onofre Pires ameaçaram o Rio Grande e o presidente Braga achou melhor se mudar para o Rio. São notícias frescas.

Houve um curto silêncio. Florêncio, o filho de Juvenal, entrou, montado num cavalo imaginário, e convidou Bolívar para irem atacar o inimigo no fundo do quintal. Bolívar botou na cabeça um velho chapéu de Rodrigo, apanhou sua espada de pau, montou no seu cavalo invisível e saiu com o primo a todo o galope.

O padre acompanhou-os com o olhar. Depois tirou o isqueiro do bolso, bateu a pedra, prendeu fogo no pavio e aproximou dele a ponta do cigarro, enquanto Bibiana lhe fazia uma pergunta:

— Por onde andará ele?

— Ele quem? — perguntou o vigário, percebendo numa fração de segundo a inutilidade de sua pergunta, pois estava claro que Bibiana se referia ao marido.

— O Rodrigo — disse ela. — Será que ainda está vivo? A noite passada sonhei que ele era um soldado alemão.

— Vosmecê já viu alguma vez um soldado alemão?

— Nunca. Mas no sonho eu sabia que ele era alemão.

— Não se impressione porque o Rodrigo se arranja. Ele sempre leva a melhor em tudo.

— Vosmecê se lembra que ele costumava dizer que Cambará não morre na cama? O pai e o irmão morreram na guerra, muitos tios morreram em duelo...

— Me lembro, sim. Nenhuma pessoa foge ao seu destino...

Mal havia dito essas palavras, o padre percebeu que estava fazendo uma afirmação herética. Que diacho tenho eu hoje que estou aqui a pensar e falar como um ateu de má morte?

— Vosmecê também acredita no destino? — perguntou Bibiana.

O padre deu um chupão no cigarro, depois tirou-o da boca e respondeu:

— Destino é o nome que a gente dá à vontade de Deus.

E, depois de alguns segundos, acrescentou:

— O Rodrigo pode entrar em mil guerras e duelos, mas se Deus quiser que ele morra de velho em cima duma cama, ele morrerá.

Bibiana escutou-o, séria e pensativa, e depois disse:

— Padre, eu não quero que meu marido morra. Quero que ele volte. Mas acho que o destino dele é correr mundo. Por isso estou preparada pra tudo. Não tenho mais esperança de que ele fique sossegado no seu canto trabalhando. Decerto a vontade de Deus é que ele ande nessa vida.

— A vontade de Deus é que cada um viva de acordo com os dez mandamentos.

Bibiana encolheu os ombros, incrédula, e o pe. Lara teve a impressão de que mais uma vez estava a conversar com Ana Terra, como nos velhos tempos.

— Mas quem é que sabe o que Deus quer? — perguntou ela. — A paz ou a guerra? Deus será do lado dos farrapos ou dos legalistas? Eu às vezes fico pensando...

— Deus quer tudo pelo melhor, minha filha.

— Mas por que é que sempre acontece o pior?

O pe. Lara lutou por um instante com sua respiração e com seus pensamentos.

— Nem sempre acontece o pior.

— Pra nós sempre tem acontecido, padre — replicou ela com firmeza.

Ele sabia que aquilo era verdade, mas censurou-a:

— Uma católica verdadeira não diz essas coisas.

— Deus me perdoe, mas eu digo o que sinto.

Pouco tempo depois o pe. Lara ergueu-se, gemendo, foi até o berço onde Leonor dormia, inclinou-se um pouco sobre a criança, sorriu de leve e disse:

— Bom, vou andando. Até outro dia!

— Até outro dia.

E muitos outros dias vieram. Entrou o ano de 1836 e a Santa Fé chegavam as mais desencontradas notícias da guerra.

Pedro Terra uma tarde visitou a filha em companhia da mulher, pôs Bolívar sobre os joelhos e, examinando-lhe o rosto com atenção, descobriu nele traços do pai, principalmente o jeito arrogante de olhar. Sacudiu a cabeça, penalizado, mas não disse nada. Arminda passeava cantarolando dum lado para outro com a neta nos braços.

— Minha filha — disse Pedro, olhando para Bibiana —, por que vosmecê não volta pra sua casa?

Ela ergueu os olhos e fitou-os no pai, que baixou os seus para a ponta das botas.

— Não, papai. Esta é a minha casa. Quero que o Rodrigo me encontre aqui quando voltar.

Pedro Terra ficou meio desconcertado ao ouvir o nome do genro, mas limitou-se a transformar seu embaraço num pigarro prolongado.

— O padre Lara me disse que há esperanças de paz — acrescentou Bibiana.

O padre lhe contara, havia poucos dias, que Fernandes Braga tinha chegado ao Rio, onde dera conta dos acontecimentos da Província ao pe. Feijó, regente do Império, e que este lançara uma proclamação chamando à ordem os revolucionários. Tinha mandado um novo presidente para a Província, e Bento Gonçalves e seus generais estavam dispostos a dar posse ao novo governador e depor as armas.

Pedro Terra sacudiu a cabeça.

— Não, minha filha. Não vai haver paz. Nem pode haver paz com esses caramurus. Os homens lá em Porto Alegre não se entenderam. O governo imperial deu anistia aos revolucionários, mas eles não aceitaram. — Fez uma pausa curta e depois acrescentou: — São as últimas notícias. E deve ser verdade, porque o Ricardo Amaral anda furioso.

Bibiana olhava para o pai, com a boca entreaberta, o peito a arfar. Suas esperanças caíam por terra. Tão cedo não veria Rodrigo.

— E agora que vai ser de nós? — perguntou. — Essa guerra louca... essa...

Calou-se, engasgada. Pedro Terra olhava para a filha num triste silêncio. Andava amargurado, tinha a impressão de que dentro dele algo começava a apodrecer. "Às vezes parece até que tenho caruncho dentro do peito..." Agora contemplava a filha, via-a aflita, queria fazer ou dizer alguma coisa que lhe desse esperança e conforto. Mas continuou onde estava, imóvel e calado. Por fim, a única coisa que encontrou para dizer foi:

— Vai ser uma guerra braba.

26

Foi em fins de abril, num calmo princípio de tarde, que a notícia explodiu na vila como um petardo. Forças revolucionárias aproximavam-se de Santa Fé para atacá-la. Haviam invadido o município no dia anterior e, a menos que fossem repelidas pelos legalistas, entrariam na vila ao anoitecer. Dizia-se que era um contingente de cavalaria vindo do Rio Pardo especialmente para "ajustar contas com o cel. Ricardo e sua gente". O sino da capela tocou alarma e por alguns instantes deu a Santa Fé uma impressão de fim de mundo. Mulheres, crianças e velhos saíram de suas casas carregando cobertores, travesseiros, sacos e baús. Eram os moradores da parte leste da vila, de onde se supunha viria o ataque: iam refugiar-se nas casas que ficavam a oeste, para além da praça. Muitas mulheres choravam e soltavam exclamações; outras, lívidas, estavam demasiadamente assustadas para dizerem o que quer que fosse.

Juvenal correu à casa de Bibiana e encontrou-a sentada, dando de comer aos filhos.

— Vamos embora daqui — disse ele com um tom de urgência na voz.

Bibiana ergueu os olhos, franziu a testa e respondeu:

— Eu vou ficar.

— Não vai ficar coisa nenhuma! Os farrapos vão entrar por aqui.

— É por isso mesmo.

— Mas é perigoso, Bibiana. Arrume as coisas e vamos pra minha casa.

Bibiana não se movia. O sino ainda badalava; era como uma voz pedindo socorro.

— Vou ficar.

— Está louca!

Juvenal começou a apanhar coisas ao acaso: um cobertor, um pacote de velas, um travesseiro...

— Vou esperar o Rodrigo.
Juvenal parou à frente da irmã e encarou-a.
— Rodrigo?
— Ele vem aí.
— Quem foi que disse?
— Eu sei.
— Ele escreveu? Mandou algum recado?
— Não.
— Então como é que vosmecê sabe?
— Uma coisa aqui dentro me diz que o Rodrigo vem aí. E que ainda hoje vou ver ele...
Juvenal sacudiu a cabeça, meio perdido. Largou o cobertor, as coisas que tinha na mão e disse:
— Não temos tempo a perder, Bibiana. Resolva duma vez.
— Já resolvi. Vou ficar.
— Então me deixe levar as crianças.
— O Rodrigo vai querer ver os filhos.
Juvenal perdia a paciência.
— Mas é uma loucura. Vosmecê vai arriscar a vida dos inocentes só porque... Calou-se.
— Está bem, Juvenal. Pode levar as crianças. Mas eu fico.
O sino cessou de tocar. E de repente Bibiana sentiu que o silêncio era ainda mais medonho que o badalar do sino.
— É uma loucura! — exclamou Juvenal, compreendendo que seria inútil tentar levar a irmã dali.
— A guerra também é uma loucura. Tudo é uma loucura. Mas eu fico.

A capela estava cheia de gente, principalmente de mulheres. O vigário deu conselhos aos santa-fezenses, instruindo-os sobre o que deviam fazer na hora do combate, e pediu a Deus que protegesse Santa Fé e seus habitantes. Todos então começaram a rezar um padre-nosso em coro. A oração foi entrecortada de soluços. E, à ave-maria, quando estavam a dizer "agora e na hora de nossa morte...", ouviu-se ali na capela um grito agudo. Cabeças voltaram-se na direção do grito... Uma mulher estava caída ao chão, gemendo. Todos compreenderam imediatamente. Era Maria da Graça, a filha de Chico Pinto. "Ela vai ter a criança!", exclamou alguém. O pe. Lara mandou que todos saíssem da capela e fechou a porta, ficando ali apenas com Arminda Terra. Mandou chamar às pressas a mulata Teresa. E, quando esta veio e falou, o vigário sentiu-lhe o hálito recendente a cachaça. E ali mesmo na igreja Maria da Graça teve o filho. As pessoas que haviam ficado na praça ouviram-lhe os gritos: "Nossa Senhora me acuda! Nossa Senhora da Conceição!". E d. Arminda contou depois que a pobre moça passara o tempo todo com os olhos pregados na imagem da padroeira da vila.

* * *

Quando anoiteceu os habitantes de Santa Fé começaram a ouvir o pipocar do tiroteio. A praça ficou deserta, as casas fechadas. E o último sol daquela tarde de outono alumiou ruas mortas. Mas pelas frestas das janelas olhos espiavam para fora. De casa para casa, vizinhos trocavam impressões. E assim, por meio desse sistema de comunicação, naquele anoitecer eles fizeram correr pela vila as últimas notícias e boatos. O cel. Ricardo tinha mandado prender Pedro e Juvenal Terra, pois os dois se estavam preparando para se unirem aos farrapos.

A noite chegou, morna e estrelada. O tiroteio cessou, e o silêncio que se fez pareceu cheio de mau agouro. Duma das meias-águas da praça uma velha que vigiava a casa do cel. Amaral gritou para a casa vizinha: "Os legalistas chegaram. Parece que vão se entrincheirar no casarão". E ficou de olhos e ouvidos atentos. "Um homem disse que os farrapos já tomaram o cemitério", anunciou uma hora mais tarde. E dentro de poucos minutos quase toda a gente sabia do fato. Alguém comunicou que havia fogueiras no alto da coxilha do cemitério. "Vão acampar para passar a noite lá", opinavam uns. Outros diziam: "Vão atacar a vila ainda esta noite".

27

Sentada junto da mesa, no meio do quarto às escuras, Bibiana esperava com o coração a bater descompassado. Rodrigo se aproximava — pensava ela. Os soldados de Ricardo Amaral tinham recuado. Ela ia ver o marido. Aquela escuridão parecia pulsar também como um coração assustado. De quando em quando se ouvia lá fora uma voz de homem. Mas o que havia mesmo era o silêncio. E o seu coração louco parecia bater-lhe não só no peito, mas nas fontes, no pescoço, em todo o corpo. Às vezes tinha a impressão de que até a casa estremecia àquelas pulsações surdas. E assim ela como que via o tempo passar. Não podia fazer nada. Não queria acender a luz para não chamar a atenção dos legalistas, pois havia o perigo de eles entrarem e levarem-na dali à força. De súbito, num horror, Bibiana pensou que eles bem podiam estar preparando uma emboscada para Rodrigo. Sabiam que o capitão procuraria ver a família: podiam ficar entrincheirados, escondidos nas casas vizinhas, empoleirados nas árvores do quintal e, quando ele se aproximasse, fariam fogo. Ou então — muito pior — o prenderiam para o degolar. Ela sabia de histórias horríveis daquela guerra... O melhor que tinha a fazer era ficar alerta e gritar para Rodrigo que tomasse cuidado. Mas quem é que lhe garantiria que Rodrigo estava com os atacantes?

Um cachorro começou a uivar — um uivo prolongado, tremido, triste, triste, triste. Bibiana de repente sentiu frio, tanto frio que pensou em enrolar-se num xale. Mas não teve coragem de fazer o menor movimento. Ficou onde estava, toda encolhida, agora com os braços cruzados, apertados contra o peito. A cabeça começava a doer-lhe. Decerto eram as marteladas do sangue. Ou então o medo, a aflição...

Ouviu um tropel. E três tiros, bem destacados, não muito longe. Devia ir para baixo da mesa? Esconder-se atrás do armário? Era melhor. Mas não fez nada. Ficou imóvel, escutando não só com os ouvidos, mas com todo o corpo. Achou que só tinha uma coisa a fazer. Rezar. Começou a dizer: "Ave Maria cheia de graça...". E seus lábios se moviam, e ela murmurava a oração como se estivesse cochichando ao ouvido da santa. Disse uma salve-rainha, e depois um padre-nosso, mas ia repetindo as palavras sem prestar atenção nelas, pensando todo o tempo no marido. Queria vê-lo mais uma vez, só uma vez. Deus não ia ser tão mau que não lhe permitisse essa alegria. Ela já nem ousava pedir o impossível: que a guerra terminasse e Rodrigo voltasse para casa. Isso era demais. Bibiana sabia que as coisas boas nunca aconteciam. Por isso nem pedia. Mas queria ver o marido naquela noite. E continuava a balbuciar as orações.

Quanto tempo ficou ali sentada, esperando, rezando, temendo e sofrendo? Duas horas? Três? Perdera a noção do tempo. Talvez fossem dez da noite. Mas o dia também podia estar raiando. Ela já não sabia de mais nada. O tiroteio recomeçara, cerrado, havia pouco, e muito próximo. Ela ouvira vozes exaltadas na rua. E agora de novo estava tudo quieto.

De repente, uma voz lá fora:
— Bibiana!

A voz de Rodrigo! Bibiana teve um sobressalto. E imediatamente achou que estava dormindo e que aquilo era um sonho. Mas estava bem acordada... Sentia a dureza da mesa sob os cotovelos. Ela estava mas era louca, ouvindo vozes. Agora ouvia também passos... passos no quintal. Começou a tremer, a bater dentes e teve de fazer um esforço enorme para não gritar.

"Bibiana!", outra vez a voz.

Então se levantou, aérea, foi até a porta, abriu-a e viu um vulto no quintal.
— Bibiana!

O vulto aproximou-se. Agora ela lhe via o rosto à luz do luar. Era Rodrigo, sim, mas ela não podia acreditar.

O marido tomou-a nos braços, beijou-lhe o rosto. Os lábios dela permaneceram moles, inertes. Ele lhe dizia coisas, ela sentia nas faces a aspereza de suas barbas... Deixou-se levar para dentro de casa. Rodrigo acendeu uma vela e Bibiana viu-lhe o rosto à luz da chama. Aqueles olhos... Ficou meio estupidificada, olhando para seu homem que lhe fazia perguntas apressadas. E os filhos? E Juvenal? Onde estavam?

Ouviram uma batida.
— Quem é lá?
— Sou eu. O Quirino.

Rodrigo abriu a porta e Bibiana ouviu o desconhecido dizer:
— Estão entrincheirados no casarão.

— Está bem — gritou Rodrigo. — Cerquem aquele chiqueiro por todos os lados, tomem posição, mas não deem nenhum tiro. Daqui a pouco vou assumir o comando.

Rodrigo tornou a fechar a porta. Voltou-se para Bibiana e de novo a tomou nos braços. E, quando ela conseguiu falar, a primeira coisa que lhe ocorreu perguntar foi:

— Está com fome?

— Estou, minha prenda. Mas isso não é o mais importante.

— Está muito cansado?

— Estou mas não há de ser nada. Ainda tenho serviço para esta noite. Só vou dormir depois que tomar o casarão e prender os Amarais, o pai e o filho.

— Cuidado, Rodrigo!

Bibiana sentiu que ele estava inquieto e que não o teria consigo por muito tempo. O silêncio continuava lá fora. Nos braços do marido agora ela sentia o calor voltar-lhe ao corpo, e a pressão dos braços dele lhe fazia bem, dava-lhe uma sensação de segurança, de proteção.

Atabalhoadamente ele lhe contou coisas: o que fizera naqueles meses, os lugares por onde andara, os combates em que tomara parte. Não chegava a terminar as frases que principiava. Gesticulava muito e olhava de instante a instante para a porta. De repente mudou de tom e disse:

— Tenho de terminar aquele servicinho. Parece mentira que foi preciso uma guerra civil para eu poder botar o rabinho no *R* da cara do Bento.

— Rodrigo!

Ele a tranquilizou com um sorriso.

— Estou brincando, minha prenda. A cara daquele canalha não me interessa agora. Mas precisamos tomar o casarão.

Apertou mais forte a mulher contra o peito e beijou-lhe a boca longamente. Suas mãos correram pelas costas de Bibiana, seus dedos lhe prenderam a saia, começaram a erguê-la. Bibiana compreendeu e disse um não sem desmanchar o beijo, um não abafado, pronunciado dentro da boca do marido. Repetiu o não enquanto ele a empurrava na direção da cama. Continuou a dizer não. Agora ele a levava erguida nos braços. Já deitada na cama, ela ainda relutou.

— Agora não, Rodrigo.

Mas ele não lhe deu ouvidos. Tirou o chapéu da cabeça e atirou-o ao chão; deitou-se ao lado da mulher e assim vestido como estava, sem ao menos tirar as botas, tornou a enlaçá-la com os braços.

E momentos depois, quando o teve deitado a seu lado, meio arquejante, Bibiana passou-lhe as mãos pelos cabelos e disse:

— O pobre do meu filho deve estar cansado...

Por um momento Rodrigo nada disse. Depois, suspirou fundo e murmurou:

— Estou com um sono medonho. Se eu pudesse dar uma cochilada...

Ouviram-se passos. O coração de Bibiana começou a bater acelerado. Uma voz:

— Capitão, está tudo pronto!
— É o Quirino — disse Rodrigo, baixinho. Depois, gritou: — Já vou indo!
Saltou da cama, botou o chapéu. Bibiana também se ergueu e se aproximou do marido, agora mais infeliz que nunca.
— Por amor de nossos filhos, Rodrigo, tenha cuidado.
Ele tornou a beijá-la na testa, nos cabelos, na boca, dizendo:
— A vida vale mais que uma ponchada de onças. A gente passa trabalho numa guerra, mas se diverte muito.
Apanhou a espada que deixara sobre a mesa, e exclamou:
— Me frita uma linguiça que eu já volto. Até logo, minha prenda!
Precipitou-se para fora. Montou o cavalo e voltou a cabeça na direção de sua casa. Vislumbrou o vulto da mulher no desvão da porta e gritou-lhe:
— Cuidado com alguma bala perdida!

28

Antes de começar o ataque ao casarão, Rodrigo foi à casa do vigário.
— Padre! — gritou, sem apear. Esperou um instante. Depois: — Padre!
A porta da meia-água abriu-se e o vigário apareceu.
— Capitão! — exclamou ele, aproximando-se do amigo e erguendo a mão, que Rodrigo apertou com força.
— Foi só para saber se vosmecê estava aqui ou lá dentro do casarão. Eu não queria lastimar o amigo...
— Muito obrigado, Rodrigo, muito obrigado. — O pe. Lara sacudiu a cabeça, desalentado. — Vosmecê vai perder muita gente, capitão. Os Amarais são cabeçudos e têm muita munição.
— Eu também sou cabeçudo e tenho muita munição.
— Por que não espera o amanhecer?
Rodrigo deu de ombros.
— Pra não deixar a coisa esfriar.
— Olhe aqui. Vou lhe dar uma ideia. Antes de começar o assalto, por que vosmecê não me deixa ir ao casarão ver se o coronel Amaral consente em se render para evitar uma carnificina?
— Não, padre. "Não faças aos outros aquilo que não queres que te façam a ti." Não é isso que dizem as Escrituras? Se alguém me convidasse pra eu me render, eu ficava ofendido. Um homem não se entrega.
— Mas não há nenhum desdouro. Isto é uma guerra entre irmãos.
— São as mais brabas, padre, são as mais brabas.
De cima do cavalo Rodrigo ouvia a respiração chiante e irregular do sacerdote. Lembrou-se das muitas conversas que tiveram noutros tempos.
— Vosmecê é um homem impossível... — disse o padre, desolado.
— Acho que esta noite vou dormir na cama do velho Ricardo. — Sorriu. —

Mas sem a mulher dele, naturalmente... E amanhã de manhã quero mandar um próprio levar ao Chefe a notícia de que Santa Fé é nossa. A Província toda está nas nossas mãos. Desta vez os legalistas se borraram! Até logo, padre.

Apertaram-se as mãos.

— Tome cuidado, capitão. Vosmecê se arrisca demais.

— Ainda não fabricaram a bala que há de me matar — gritou Rodrigo, dando de rédea.

— A gente nunca sabe — retrucou o padre.

— E é melhor que não saiba, não é?

— Deus guie vosmecê!

— Amém! — replicou Rodrigo, por puro hábito, pois aprendera a responder assim desde menino.

O padre viu o capitão dirigir-se para o ponto onde um grupo de seus soldados o esperava. A noite estava calma. Galos de quando em quando cantavam nos terreiros. Os galos não sabem de nada — refletiu o padre. Sempre achara triste e agourento o canto dos galos. Era qualquer coisa que o lembrava da morte. Voltou para casa, fechou a porta, deitou-se na cama com o breviário na mão, mas não pôde orar. Ficou de ouvido atento, tomado duma curiosa espécie de medo. Não era medo de ser atingido por uma bala perdida. Não era medo de morrer. Não era nem medo de sofrer na carne algum ferimento. Era medo do que estava para vir, medo de ver os outros sofrerem. No fim de contas — se esmiuçasse bem —, o que ele tinha mesmo era medo de viver, não de morrer.

O tiroteio começou. A princípio ralo, depois mais cerrado. O padre olhava para seu velho relógio: uma da madrugada. Apagou a vela e ficou escutando. Havia momentos de trégua, depois de novo recomeçavam os tiros. E assim o combate continuou madrugada adentro. Finalmente se fez um longo silêncio. As pálpebras do padre caíram e ele ficou num estado de madorna, que foi mais uma escura agonia do que repouso e esquecimento.

O dia raiava quando lhe vieram bater à porta. Foi abrir. Era um oficial dos farrapos cuja barba negra contrastava com a palidez esverdinhada do rosto. Tinha os olhos no fundo e foi com a voz cansada que ele disse:

— Padre, tomamos o casarão. Mas mataram o capitão Rodrigo — acrescentou, chorando como uma criança.

— Mataram?

O vigário sentiu como que um soco em pleno peito e uma súbita vertigem. Ficou olhando para aquele homem que nunca vira e que agora ali estava, à luz da madrugada, a fitá-lo como se esperasse dele, sacerdote, um milagre que fizesse ressuscitar Rodrigo.

— Tomamos o casarão de assalto. O capitão foi dos primeiros a pular a janela. — Calou-se, como se lhe faltasse fôlego. — Uma bala no peito...

O padre mirava-o, estupidificado, pensando em Bibiana.

— E os Amarais?

— O coronel Ricardo morreu peleando. O filho fugiu.

O padre sacudia devagarinho a cabeçorra, como que recusando aceitar aquela desgraça.

— Eu queria que vosmecê fosse dar a notícia à mulher do capitão — pediu o oficial.

O vigário saiu de casa e começou a andar na direção da praça quase sem saber o que fazia. O homem caminhava a seu lado e houve um momento em que murmurou:

— Meu nome é Quirino. Quirino dos Reis. Conheci o capitão no Rio Pardo. Brigamos juntos nas forças de Antônio Vicente da Fontoura...

A praça na luz lívida. A figueira, como uma pessoa, grande, triste e escura. Lá do outro lado, o casarão...

— Perderam muita gente? — perguntou o padre com voz tão fraca que o outro não ouviu e ele teve de repetir a pergunta.

— Perdemos seis homens e temos uns quinze feridos. Dos caramurus... nem contei. Mas fizemos uns trinta prisioneiros desde o primeiro combate até a tomada do casarão...

O pe. Lara caminhava na direção da casa de Bibiana. Como havia de lhe transmitir a notícia? Dizer tudo de chofre? Ou primeiro mentir que o capitão estava ferido... gravemente, e depois, aos poucos, preparar-lhe o espírito para o pior? Talvez ela lesse no rosto dele o que havia acontecido. Talvez já tivesse adivinhado tudo. Essas mulheres às vezes têm uma intuição dos diachos...

— ... mas era um homem — murmurava Quirino.

— Hein?

— Estou dizendo que o capitão Rodrigo era um homem. O general Bento Gonçalves vai ficar muito triste. — Soltou um suspiro. — Tenho a consciência tranquila. Eu bem que avisei o capitão. Era loucura tomar o casarão de assalto. Eles iam acabar se entregando. Era só esperar. Mas qual! O capitão queria porque queria. — Suspirou, depois abriu a boca num grande bocejo que pareceu um ronco de animal. A seguir acrescentou: — Nunca vi cristão que gostasse mais de brigar que o capitão Rodrigo!

E o pe. Lara, que já avistava a casa de Bibiana, murmurou mais para si mesmo que para o outro:

— Era um homem impossível.

Disse isso com uma certa ternura zangada, e as lágrimas começaram a escorrer-lhe frias pela face.

Os mortos foram sepultados naquele mesmo dia. Quase toda a população de Santa Fé foi ao enterro do cap. Rodrigo Cambará, levando-lhe o caixão a pulso até o cemitério. Pedro e Juvenal Terra ajudaram a descê-lo à cova, e todos fizeram questão de atirar um punhado de terra em cima dele.

De volta do cemitério, por longo tempo Pedro Terra caminhou em silêncio ao lado do filho. De vez em quando seu olhar se perdia campo em fora.

— Este ia ser um bom ano para o trigo — disse ele, brincando com a corrente do relógio.

Ele não se esquece — pensou Juvenal, sacudindo a cabeça. Quis falar em Rodrigo, mas não teve coragem.

— Até quando irá durar esta guerra? — perguntou.

— Só Deus sabe.

Juvenal olhava para o casarão de Santa Fé, do qual aos poucos se aproximavam. Os telhados escuros estavam lavados de sol. Havia no ar um cheiro de folhas secas queimadas. Ao redor da vila estava tudo tão verde, tão claro e tão alegre que nem parecia que a guerra continuava. Juvenal não podia tirar da cabeça a imagem do cunhado. E não conseguia convencer-se de que ele estava morto, não podia mais rir, nem comer, nem amar, nem falar, nem brigar. Morto, apodrecendo debaixo da terra... Lembrou-se do primeiro dia em que o vira. "Buenas e me espalho! Nos pequenos dou de prancha e nos grandes dou de talho." E se viu a si mesmo saltar dum canto, de faca em punho: "Pois dê". Aqueles olhos de águia, insolentes e simpáticos... O mundo era mesmo bem triste!

Pedro fez alto e olhou para uma grande paineira florida que se erguia na boca duma das ruas.

— Tinha mais gente no enterro do capitão Rodrigo que no do coronel Ricardo — observou ele como se estivesse falando com a árvore.

— Rei morto, rei posto — refletiu Juvenal.

Retomaram a marcha e Pedro Terra foi dizendo:

— Mas tenho pena é desses soldados dos Amarais que morreram e foram enterrados de cambulhada num valo, sem caixão nem nada. Eram uns pobres coitados. Muitos até ninguém sabe direito como se chamavam. Não podem nem avisar as famílias. Foram enterrados como cachorros.

— É a guerra.

— Eu só queria saber quantas guerras mais ainda tenho de ver.

Um quero-quero soltou o seu guincho agudo e repetido, que deu a Pedro Terra uma súbita vontade de chorar.

Quando o Dia de Finados chegou, Bibiana foi pela manhã ao cemitério com os dois filhos. Estava toda de preto e agora, passado o desespero dos primeiros tempos, sentia uma grande tranquilidade. Ficou por muito tempo sentada junto da sepultura do marido, enquanto Bolívar e Leonor brincavam correndo por entre as cruzes ou então se acocoravam e se punham a esmagar formigas com as pontas dos dedos. Mentalmente Bibiana conversava com Rodrigo, dizia-lhe coisas. Seus olhos estavam secos. Às vezes parecia que ela toda estava seca por dentro, incapaz de qualquer sentimento. No entanto, a vida continuava, e a guerra também.

A Câmara Municipal de Santa Fé tinha aderido à revolução. O velho Ricardo Amaral estava morto. Bento havia emigrado para o Paraguai com a mulher e o filho. Diziam que os imperiais tinham de novo tomado Porto Alegre. Bibiana não sabia nem queria saber se aquilo era verdade ou não. Não entendia bem aquela guerra. Uns diziam que os farrapos queriam separar a Província do resto do Brasil. Outros afirmavam que eles estavam brigando porque amavam a liberdade e porque tinham sido espezinhados pela Corte. Só duma coisa ela tinha certeza: Rodrigo estava morto e rei nenhum, santo nenhum, deus nenhum podia fazê-lo ressuscitar. Outra verdade poderosa era a de que ela tinha dois filhos e havia de criá-los direito, nem que tivesse de suar sangue e comer sopa de pedra. O pai convidava-a a voltar para casa. Mas ela queria ficar onde estava. Era o seu lar, o lugar onde tinha sido feliz com o marido.

Bibiana olhou para a sepultura de Ana Terra e achou estranho que Rodrigo estivesse agora "morando" tão pertinho da velha. E não deixava de ser ainda mais estranho estarem os dois à sombra do jazigo perpétuo da família Amaral, onde se achavam os restos mortais do cel. Ricardo. Agora estavam todos em paz.

Bibiana levantou-se. Era hora de voltar para casa, pois em breve o cemitério estaria cheio de visitantes, e ela detestava que lhe viessem falar em Rodrigo com ar fúnebre. Não queria que ninguém a encontrasse ali. Em breve tiraria o luto do corpo: vestira-se de preto porque era um costume antigo e porque ela não queria dar motivo para falatório. Mas no fundo achava que luto era uma bobagem. Afinal de contas para ela o marido estava e estaria sempre vivo. Homens como ele não morriam nunca.

Ergueu Leonor nos braços, segurou a mão de Bolívar, lançou um último olhar para a sepultura de Rodrigo e achou que afinal de contas tudo estava bem.

Podiam dizer o que quisessem, mas a verdade era que o cap. Cambará tinha voltado para casa.

Dona Picucha Terra Fagundes, conte alguma coisa da sua vida.
Pra contar não tenho muito. Mas sou filha do velho Horácio Terra, negociante no Rio Pardo. Me casei muito menina com um tropeiro de Caçapava. Quem me escolheu marido foi meu pai, sem pedir minha opinião. Quando vi, estava noiva. O moço vinha uma vez por semana, mas ficava na sala proseando com o Velho. Eu mal tinha licença pra espiar pela fresta da porta. E fomos muito felizes, graças a Deus Nosso Senhor.
Onde está seu marido?
Enterrado em chão castelhano. Morreu na Cisplatina.
Dona Picucha, quantos filhos teve?
Fui bem como a mulita. Tive uma ninhada de sete machos.
E os sete se criaram?
Com o leite destes peitos.
Deram muito trabalho?
Nem tanto. Só sinto não ter tido mais sete.
Me perdoe a curiosidade, mas quantos anos a senhora tem?
Sessenta e seis na cacunda.
Quem vê a senhora não diz.
É muita bondade sua, sei que estou um caco velho. Mas não vá s'embora ainda. Quero que prove meus bolinhos de polvilho e um licorzinho de butiá. Quem sabe aceita um mate? Só lhe peço que não repare, pois isto é casa de pobre.

Dona Picucha Terra Fagundes, toda vestida de preto, pele de marfim, olhos de noz--moscada, buço cerrado, verruga no queixo, xale xadrez e chinelas de ourelo.
Dona Picucha Fagundes, uma coisa vou dizer: quem um dia entrou em vossa casa nunca mais há de esquecer
seu cheiro de flor e pão quente
o pintassilgo da gaiola
os manjericões da janela
os ratos que espiam nos buracos dos rodapés e que vós tratais como pessoas da família.

Quem passou pela vossa casa, ainda que viva cem anos, há de sempre recordar
vossas mãos ágeis que fazem renda de bilro
vossas mãos frescas e secas, boas para espremer queijo
vossas belas mãos afeitas a acariciar cabeças de filhos, netos e gatos
vossas ligeiras mãos que sabem curar feridas de gentes e bichos
vossas rapadurinhas de leite
vossos lençóis cheirando a alfazema
vossos chás caseiros
vossos óculos na ponta do nariz
vossas cantigas
vosso oratório onde sempre há velas acesas
e a vela solitária que às vezes acendeis no meio do pátio para o Negrinho do Pastoreio.
Quem um dia passou pela vossa casa há de guardar para sempre na memória
os causos que contais de Carlos Magno e os Doze Pares de França
os vossos fabulosos causos de assombrações e mistérios, princesas e fadas, lagoas brabas e salamancas.
Dona Picucha Terra Fagundes:
Quem vos ensinou essas histórias e rezas e receitas, essas cantigas antigas e essas estranhas simpatias que tudo podem curar?

Depois da Guerra dos Farrapos dona Picucha não falou mais nas proezas de Carlos Magno e seus doze cavaleiros.
Esqueceu Rolando por Bento Gonçalves
Olivério por Antônio Neto
Reinaldo por Davi Canabarro
Florismaldo por Lima e Silva.

Entre, patrício, a casa é sua. Não faça cerimônia, tome assento e aceite um chimarrão.
Eu lhe conto como foi. Nunca vi guerra mais braba nem mais comprida. Durou dez anos.
Está vendo aquele pessegueiro lá no fundo do quintal? Quando ele floresceu, em setembro de 35, chegou a notícia que o general Bento Gonçalves tinha dado o grito da revolução. Um ano se passou, e eu estava ainda comendo compota dos pêssegos de 35 quando o general Neto proclamou a República Rio-Grandense.
Dei tudo que tinha pros farrapos. Meus sete filhos. Meus sete cavalos. Minhas sete vacas. Fiquei sozinha nesta casa com um gato e um pintassilgo. E Deus, naturalmente.
Quando eu não estava fazendo pão ou doce, fazia renda de bilro, porque estas mãos que vassuncê está vendo não sabem ficar sossegadas.
Sina de mulher é essa: ficar em casa esperando, enquanto os homens se vão em suas andanças.

Mas por que será que o tempo custa tanto a passar quando há guerra?
Decerto não pode andar ligeiro, tropeçando num morto a cada passo.
E por que às vezes o vento geme tanto que parece ferido?
Decerto porque viu muito horror no seu caminho.
Foi uma guerra tremenda. Durou dez anos. Bem dizia o compadre Quinzote. Em todo o Continente não podia haver ninguém de lado, só os urubus, que pra eles carne de farroupilha era o mesmo que carne de caramuru.
Vassuncê deve se lembrar de quando prenderam o general Bento Gonçalves.

Bento Gonçalves da Silva
Foi preso, foi desterrado,
Mas deixou o bravo Neto
Pra cumprir o tratado.

Quando me contaram que os imperiais tinham levado nosso General pra Bahia e metido ele no Forte do Mar, acendi uma vela pra santo Antônio, que tem honras de sargento, e lhe pedi que ajudasse o nosso chefe a fugir.
Santo Antônio me atendeu, é santo mui cumpridor.
Um dia Bento Gonçalves pediu licença aos carcereiros pra tomar um banho no mar. Deram. Ele se atirou nas ondas e começou a bracear com vontade, e quando os guardas caíram em si nosso bravo Presidente estava longe e já entrando na canoa dum amigo, pois tudo era combinação. Veja só que homem ladino!
Depois, bem disfarçado, entrou num navio que descia cá pros mares do Sul, desembarcou em Santa Catarina, montou logo num cavalo e se tocou pro Continente.
Upa, upa, meu bragado! Tenho pressa de chegar, vou assumir a Presidência da República Rio-Grandense, e preciso muitas contas ajustar!
Depois de três dias de viagem batida chegou numa estância e gritou:
Ó de casa!
Apareceu uma velhinha.
Minha boa senhora, quero que me ceda um cavalo, que me alugue ou que me venda, o meu está mais morto que vivo, venho de longe, preciso chegar ao meu destino, é um caso de vida ou de morte.
A velhinha respondeu:
Vivo sozinha neste rancho, dei tudo que tinha pros farrapos e o resto os imperiais levaram. Só me resta um cavalo, que faz todo o serviço da estância. Esse não vendo nem alugo, nem por ouro nem por prata nem por sangue de lagarta. Há só um ente no mundo pra levar o meu tordilho. É o homem que mais venero, e o que mais admiro: o general Bento Gonçalves.

Mas vá se servindo de mate, a chaleira está aí mesmo.
Pois foi uma guerra braba, que judiou com o Continente. Mas dela saímos limpos, passamos todas as provas, honramos o nosso povo.

Mas cá pra nós vou lhe dizer, do lado dos caramurus também havia muita gente boa, que todos eram do mesmo sangue.

E o tal de Bento Manoel Ribeiro? Ninguém entendia esse cristão. Um dia estava com os imperiais e no outro com os farroupilhas. Havia até quem dissesse que duma feita ele entrou na salamanca do Jarau e saiu de lá com o corpo fechado pra bala e arma branca.

O meu compadre Quinzote acredita nessas bruxarias. E eu às vezes também acho que alguma coisa deve haver...

O general Bento Manoel era valente, ligeiro e alarife. O povo até fez uns versos:

Pode um altivo humilhar-se,
Pode um teimoso ceder,
Pode um pobre enriquecer,
Pode um pagão batizar-se,
Pode um mouro ser cristão,
O arrependido salvar-se.
Tudo pode ter perdão,
Só o Bento Manoel, não.

Mas isso de perdoar é lá com Deus Nosso Senhor, que conhece melhor as pessoas.
Pois é como lhe digo. Os homens da Revolução eram feitos duma só peça.
Não sei se vassuncê se lembra do manifesto do Presidente, do ano 38.
Tenho guardado o jornal que o meu filho me mandou da guerra. Leia onde ele marcou.

Eramos o braço direito e tão bem a parte mais vulneravel do Imperio. Agressor ou agredido o Governo nos fazia sempre marchar à sua frente: disparavamos o primeiro tiro de canhão, e eramos os ultimos a recebe-lo. Longe do perigo dormião em profunda paz as mais Provincias, em quanto nossas mulheres, nossos filhos e nossos bens, presa do inimigo, ou nos erão arrebatados, ou mortos, e muitas vezes trucidados cruelmente.

É preciso ter senhoria na cabeça pra escrever palavras assim.
Foi uma guerra mui séria, de ódios e durezas, ferro contra ferro, olho por olho, dente por dente.
Vassuncê deve estar lembrado que os republicanos deram alforria pra todos os negros que se alistaram nas suas forças. Os imperiais quando pegavam um desses negros mandavam dar-lhe uma sumanta de duzentos a mil açoites.
O governo farroupilha deita então um decreto, dizendo que dali por diante toda vez que os caramurus surrassem um negro farrapo eles tiravam a sorte entre os prisioneiros e passavam um oficial legalista pelas armas.
Vingança, sim senhor. Mas davam morte de homens e não castigo de cachorro.
Como o patrício está vendo, o respeito entrava na guerra.
Também, houve cada uma!

Os farroupilhas precisaram levar sua frota por mar. Vai então José Garibaldi inventou de carregar dois navios em cima de carretas puxadas por duzentas juntas de bois. Coisa igual nunca se viu, dês que o mundo é mundo. E assim aqueles dois barcos fizeram léguas por terra do Capivari até o mar.

Montado no seu cavalo,
Garibaldi é o capitão.
Nas verdes ondas do campo
A sua rédea é o timão.

Foi por esse tempo que os farrapos tomaram a vila da Laguna, onde por sinal nasceu a minha avó materna. Garibaldi foi por água, Canabarro foi por terra. E acabaram proclamando a tal República Juliana.

Também foi por esse tempo que Garibaldi conheceu Anita. E agora me dê licença de falar na minha gente.

Um dia um capitão farrapo, de espada na cinta, lenço republicano no pescoço, bateu na minha porta, tirou o chapéu e entrou.

Venho da parte do general Canabarro. Tenho o pesar de lhe comunicar que seu filho o tenente Crescêncio morreu em ação como um bravo. O general me pediu que lhe desse os seus pêsames.

Fiquei tonta, meio cega, mas fiz força pra não chorar. Porque essas coisas, como tantas outras, a gente deve fazer quando está sozinha.

Diga ao general Davi que lhe fico muito obrigada.

E como não tinha mais que dizer, perguntei ao capitão:

Aceita um amargo? Ou uma guampa de leite?

E depois que ele foi embora, peguei na renda de bilro, porque estas mãos que vassuncê está vendo não sabem ficar sossegadas. Mas, ai!, este coração de velha é que ficou sem sossego, e não encontrei pra ele outro trabalho senão pensar nos ausentes.

E o tempo continuava a andar num tranco lento de boi lerdo. Entrava inverno, saía inverno. E a guerra nada de acabar.

Notícias foram chegando.

Batalha do Taquari. Nessa perdi dois filhos.

Cerro dos Porongos. O general Canabarro foi pegado de surpresa: mais três filhos meus que se foram.

O sétimo morreu no Poncho Verde.

Depois veio a paz, com honras pros dois lados.

Mas a flor do Continente se perdeu.

Os campos ficaram desertos,
as mulheres de luto,
casas viraram tapera,
cidades empobreceram,
cemitérios cresceram,
os urubus engordaram,

*e muita gente até hoje passa necessidade por causa dessa guerra,
e os que antes não tinham nada depois dela ficaram com menos.*

*E agora aqui está a velha Picucha Terra Fagundes, esperando a chamada de Deus.
Ah! Ia me esquecendo de lhe dizer que tenho sete netos, todos homens.
Quando vejo eles, que já estão grandotes, sinto um calafrio pensando noutra guerra.
Por falar nisso, vassuncê acha fundamento nos boatos que andam correndo que vai haver outro barulho com os castelhanos?
Deus queira que seja mentira, mais uma guerra ninguém aguenta.
 Mas vá tomando o seu mate. Quem sabe aceita uns bolinhos? Não faça cerimônia, a casa é sua.
E agora, se me dá licença, vou voltar à minha renda, porque estas mãos que vassuncê está vendo não sabem ficar sossegadas.*

*Dona Picucha Terra Fagundes, toda vestida de preto, pele de marfim, olhos de noz-
-moscada, buço cerrado, verruga no queixo, xale xadrez e chinelas de ourelo.*

O Sobrado iv

25 DE JUNHO DE 1895: NOITE

Quando anoitece e um companheiro vem substituí-lo na vigia da água-furtada, Jango Veiga — o melhor atirador de quantos estão no Sobrado — vem reunir-se aos companheiros que se encontram na cozinha, perto do fogo. Como a lenha acabou, Licurgo mandou queimar algumas cadeiras velhas e as tábuas das prateleiras da despensa.

Continua a soprar o minuano, que entra silvando pelas frestas de janelas e portas.

— Quem me dera um trago de branquinha! — murmura um dos homens.

— E um bom assado gordo — diz outro.

Uma voz brota dum canto escuro:

— E uma china bonita de perna grossa pra dormir comigo e m'esquentar.

— Deixa de prosa, Fandango — retruca Jango Veiga. — Tu está tão velho que nem pode com as bombachas.

Alguém solta uma risada seca e breve, sem muita vontade.

João Batista, um negro que foi escravo de Curgo, aproxima-se do fogão e remexe nos tições; um clarão avermelhado ilumina-lhe a larga cara preta, coroada por uma cabeleira dum branco amarelado que lembra um pelego velho.

Jango Veiga acaricia a Comblain e conta:

— A caçada hoje foi pobre. Desde que começou esta festa acho que derrubei uns oito maragatos: primeiro foram aqueles que pularam o muro, no primeiro dia. Depois os loucos que se atreveram a atravessar a praça nos provocando. O tiro mais lindo de todos foi aquele federalista que derrubei da torre da igreja. Mas hoje a caçada foi magra. Dei uns cinco ou seis tiros, quebrei umas vidraças da Intendência e parece que lastimei um maragato que atravessou a rua correndo.

— Tu viu ele cair? — pergunta Antero.

— Vi quando ele meio se ajoelhou e depois se ergueu e sumiu por detrás duma casa.

— Por que será que não nos atacam? — pergunta Gervásio, que está deitado ao pé do fogão. — Um tiroteio não era nada mau pra gente esquentar o corpo.

A voz áspera do negro João Batista raspa o ar frio:

— E um entrevero era ainda melhor. Um entrevero de arma branca, isso sim é que ia ser divertido.

O velho Fandango, que está muito junto do fogo, opina com voz compassada:

— Entrevero é pra gente moça.

Alguém diz:

— Guerra é que é pra gente moça, companheiro.

Uma súbita pausa. Muitos olhos se voltam para o velho, que replica, calmo:

— Nem sempre quem está na guerra é porque gosta de brigar, menino. Às vezes a gente se mete numa revolução, numa peleia porque tem vergonha. E vergonha não é privilégio de moço.

A lenha crepita no fogão. O minuano sacode as vidraças, que tremem: é como se, sentindo frio, o Sobrado estivesse a bater dentes.

— Por que é que hei de mentir? — diz outra voz. — Eu brigo porque gosto.

— Cada qual com o gosto que Deus lhe deu... — replica Fandango.

De novo o silêncio.

— Minha barriga está roncando... — queixa-se Gervásio, ao cabo de alguns segundos.

— Que novidade!

— E essa coisa de só comer charque e laranja está me estragando o estômago.

Jango Veiga ergue a voz:

— Na revolução de 35 meu avô uma vez carneou uma rês pros soldados dele, e como não tinha sal esfregaram o churrasco na cinza.

— Xô mico! Isso não é nada. Meu pai uma vez teve de ferver um laço e um relho pra comer. Noutra ocasião assou uma cobra.

— Cobra? Cruzes! — exclama alguém, cuspinhando.

— Vamos falar noutra coisa?

Jango Veiga tira do bolso uma palha, enrola-a à maneira de cigarro e aproxima-se do fogo para acendê-la. Volta para seu canto, com aquele ponto de fogo nos lábios, e, falando com os dentes apertados, diz:

— Não sei o que estará acontecendo. Esta tarde vi uns movimentos engraçados. Um homem passando a galope pelas ruas detrás, um alvoroço no pátio da Intendência. Parece que está começando a sair gente na direção de Cruz Alta.

— Decerto o próprio que chegou ontem veio dizer que as forças do Pinheiro Machado estão se aproximando.

— Se é assim — diz João Batista —, a coisa não vai durar muito...

Há uma pausa. E os homens começam a ouvir ruídos surdos que vêm do andar superior. Um deles murmura, com uma ternura respeitosa na voz:

— É a velha de novo.

— Minha Nossa Senhora! — exclama o negro. — Que vontade de sair por essa porta nem que fosse pelado, com minuano e tudo! Não nasci pra viver fe-

chado. Se um dia me botassem na cadeia, eu morria louco. — Um suspiro fundo.
— Que vontade de montar num ca'alo e sair a galope pelo campo!

— Quando eu sair daqui — diz Fandango —, me meto num baile e passo três dias e três noites dançando sem parar.

— Dançando? Pois eu vou procurar uma china bem bonita pra ficar uma semana com ela na cama fazendo ticau.

Ajoelhado diante do fogão e mexendo nas lenhas com uma haste de ferro, um velho de cara bronzeada diz:

— Vocês podem achar que estou caducando. Mas o que eu tenho vontade mesmo de fazer saindo daqui é ir enterrar esses cristãos que estão apodrecendo por aí como cachorro sem dono. Vocês parece que já se esqueceram do Adauto que está morto em cima da tampa do poço, faz dias.

— Por falar em esquecer — observa Jango Veiga —, como irá o Tinoco?

Ninguém responde. Mas Antero recebe a pergunta como uma bofetada. Durante todas estas últimas horas Tinoco não lhe tem saído da cabeça. E agora, ali no seu canto escuro, encolhido debaixo do poncho, sentindo o vento frio que entra pela fresta da porta da cozinha e lhe sobe pelas pernas — ele pensa no ferido. E, cada vez que se lembra de que lhe escarrou três vezes na cara, uma sensação de vergonha lhe toma conta do corpo. Prevalecido, prevalecido, prevalecido! Ofender um homem ferido que não pode fazer nenhum movimento é o mesmo que bater em mulher.

— Esse está liquidado... — diz alguém.

— Um de nós bem podia meter uma bala no ouvido do pobre, pra ele parar de sofrer.

— Então, por que tu não vai?

— Ué, se o seu Licurgo me der ordem...

— Tu é mas é bandido.

Continuam os ruídos compassados da cadeira de balanço. De quando em quando estala uma viga da casa. Um dos homens começa a descascar uma laranja: o cheiro acre do sumo da casca enche o ar.

— Nunca pensei em virar papa-laranja! — suspira Fandango.

— Esse cheiro já me embrulha o estômago.

— Graças a Deus o charque acabou.

— Mas ainda tem farinha.

— O remédio mesmo é a gente virar bugre — caçoa Fandango — e comer um dos companheiros.

— Quem vai ser?

— Que tal o Antero?

— Boa ideia. Estás de acordo, nanico?

Antero arrasta os pés, engole em seco e diz:

— Não é negócio pra vocês. Estou muito magro.

— Boa mesmo era a Laurinda. Só aquelas nádegas e peitos davam uns bifes supimpas. Vamos comer a mulata.

Nesse momento o vulto de Laurinda avança da sombra da sala de jantar e sua voz se ouve:

— Come a tua mãe, desaforado!

Laurinda aproxima-se do fogão, ajoelha-se e começa a puxar brasas para o prato de folha que tem na mão.

— Senta aqui com nós, Laurinda, e nos conta teus causos de bandalheira.

Laurinda não responde. Ergue-se e torna a sair da cozinha.

— Vamos calar a boca e dormir — propõe um dos homens.

— Não. É muito cedo. Alguém canta alguma coisa. Vamos ver umas trovinhas, Jango.

Jango Veiga, que está de novo acendendo a sua palha nas brasas, responde:

— Cantar? Não vê que tem gente de luto no Sobrado?

— De luto quase todos estamos. Nesta revolução não hai quem não tenha um morto.

Jango Veiga ajeita a Comblain entre as pernas.

— E se o Fandango dissesse uns versos pra nós?

— Esse velho anda com a cabeça vazia que nem porongo — caçoa o negro.

— Diz aquele verso da nau *Catarineta*.

— É. Isso mesmo! A nau *Catarineta*!

— Verso não enche barriga.

— Cala boca, bagual! Vamos, Fandango.

O velho pigarreia e começa:

Lá vem a nau Catarineta*!*
Que tem muito que contar!
Ouvide agora, senhores,
Uma história de pasmar.

Passava mais de ano e dia
Que iam na volta do mar.
Já não tinham que comer,
Já não tinham que manjar.

Jango Veiga cerra os olhos e fica escutando a voz do velho. Os versos lembram-lhe a mãe, que os recitava quando ele era pequeno. Tinha uma voz fina, tremida e triste. Contava que tinha aprendido aqueles versos com seu avô, que viera menino da ilha dos Açores.

Deitaram sola de molho
Pra o outro dia jantar,
Mas a sola era tão rija,
Que não puderam tragar.

Fandango faz uma pausa. Alguém diz:
— Nós também estamos na nau *Catarineta*.
— Silêncio, galo velho! — repreende-o Fandango.
E continua:

Deitam sortes à ventura
Qual se havia de matar;
Logo foi cair a sorte
No capitão-general.

O vento é uma música para as palavras de Fandango. De cabeça caída sobre o peito, o velho bronzeado cochila ao pé do fogão. Antero continua pensando em Tinoco: na sua lembrança torna a riscar um fósforo e vê a cara esverdeada e barbuda, a boca endurecida, os olhos parados. Prevalecido! Prevalecido! Não é isso que o vento está dizendo? Prevalecido! Antero fecha os olhos. A voz de Fandango parece vir de longe, das bandas do próprio mar que nunca nenhum destes homens viu.

Vejo sete espadas nuas
Que estão para te matar.
Acima, acima, gajeiro,
Acima ao tope real!
Olha se enxergas Espanha,
Areias de Portugal.

Jango Veiga agora tem doze anos. É uma manhã de sol, em pleno inverno, e a geada endureceu a água da tina que passou a noite ao relento. Sua mãe lava a roupa, com os dedos duros e roxos de frio. E para não chorar ela recita com a voz tremida os versos que aprendeu do avô açoriano.

Já vejo terras de Espanha,
Areias de Portugal.
Mais enxergo três meninas
Debaixo dum laranjal:
Uma sentada a coser,
Outra na roca a fiar,
A mais formosa de todas
Está no meio a chorar.

A voz de sua mãe. A voz do velho. A voz do vento.

No quarto dos meninos, que uma lamparina alumia, Laurinda bota o prato com brasas debaixo da cama.

— Agora durmam! — diz ela para Toríbio e Rodrigo, que estão ambos ajoelhados na cama.

— Conta uma história pra nós, Laurinda — pede Rodrigo.

— História nada! Vão dormir. É tarde.

— Tenho medo do escuro — murmura Rodrigo.

— Tamanho homem!

— Conta uma história, Laurinda.

Ela hesita: por alguns instantes fica indecisa, mas acaba sentando na beira da cama e diz:

— Está bom. Mas uma só. Então se deitem e se cubram.

Os meninos obedecem. Há uma pausa em que só se ouve o assobio do minuano, as vidraças tremendo e o bam-bam da cadeira de balanço de d. Bibiana.

— Conta uma do Pedro Malasarte — sugere Toríbio.

O cheiro de Laurinda... Rodrigo gosta do cheiro de Laurinda. Suor, banha e cebola. Para ele este cheiro está ligado às histórias que ela conta. É o cheiro do próprio Pedro Malasartes.

— Uma vez Pedro Malasarte ia por uma estrada — começa a mulata — e de repente sentiu vontade de fazer uma necessidade...

Os dois meninos começaram a rir. As histórias de Laurinda são tão boas!

— Então arriou as calças, se agachou e fez. Naquele momento apareceu um homem a cavalo na estrada e Malasarte teve uma ideia. Tapou a porcaria com o chapéu e quando o homem veio e perguntou que era que tinha ali escondido, ele respondeu: "É um passarinho muito raro e muito bonito, que vale uma fortuna". O homem apeou do cavalo e Malasarte disse: "Agora eu vou à cidade buscar uma gaiola. O senhor quer ficar aqui cuidando do passarinho?". "Com muito gosto", respondeu o homem. Então Malasarte ficou sério e disse: "Mas como é que vou ter a certeza que o senhor não vai fugir com o bichinho?". "Ora", respondeu o homem, "eu lhe dou cinquenta mil-réis como garantia." E deu. Malasarte botou o dinheiro no bolso e disse: "Então me empreste o chapéu e o seu cavalo pra eu ir até a cidade. Volto logo". O homem emprestou e quando já estava em cima do animal o Malasarte disse: "Não levante o chapéu senão o passarinho foge. É uma beleza. Vale uma fortuna". Vai então Malasarte galopou pra cidade e o homem ficou agachado segurando o chapéu. Passou-se uma hora, duas, três. O homem começou a ficar desconfiado. E, quando viu que Malasarte não vinha, resolveu ver o bichinho.

Rodrigo e Toríbio estão agora sentados na cama, esperando o final da história que já ouviram dezenas de vezes.

— Deitem, senão não conto o resto!

Eles obedecem, Laurinda puxa as cobertas até o queixo dos meninos e continua:

— Vai então o homem botou a mão debaixo do chapéu para segurar o passarinho e os dedos dele esmagaram a porcaria que o Malasarte tinha feito...

Hoje Laurinda não ri, como de costume. Fica calada por algum tempo e depois abre a boca num bocejo.

— E o Malasarte? — pergunta Toríbio.

— Malasarte estava na cidade se divertindo com o cavalo, o chapéu e o dinheiro do homem. Agora durmam!

Levanta-se e sai do quarto depois de soprar a lamparina. Rodrigo fecha os olhos, apanha o punhal que está debaixo do travesseiro, deita-se de borco e aperta a arma contra o peito.

— Estou sentindo uma dor — choraminga ele.
— Onde?
— Na boca do estômago.
— É fome.
— Acho que é.

Um silêncio. Toríbio revolve-se na cama. Depois de alguns instantes Rodrigo pergunta:

— E ela?
— Ela quem?
— A enterradinha.
— Está no porão.
— Eu sei. Mas será que não sente frio?
— Morto não sente frio.
— Como é que tu sabe?
— Qualquer um sabe.
— E se a mamãe morrer também... vão enterrar ela no porão?
— Acho que sim. Enquanto os maragatos estiverem cercando a casa ninguém pode sair.

Rodrigo aperta o estômago contra o punhal para fazer a dor passar. Sempre de olhos fechados, pensa numa história de alma do outro mundo que Laurinda um dia contou: a do homem que foi dormir numa casa assombrada e altas horas da noite ouviu uma voz que gemia: "Eu caio... Eu caio", e o homem, que era valente, gritou: "Pois caia!", e caiu a perna duma pessoa e a voz continuou: "Eu caio...", e o homem de novo disse: "Pois caia", e caiu outra perna e depois os braços, o peito, a cabeça...

Agora o vento parece dizer: "Eu caio... Eu caio... Eu caio...".

Rodrigo aconchega-se ao irmão e sussurra-lhe ao ouvido:
— Estou com medo.
— Medo de quê?
— Do escuro.
— Bobo! — exclama Bio.

Mas ele também está de olhos cerrados, procurando não escutar o vento, nem o ratatá das vidraças, nem as vozes misteriosas que cochicham em seus pensamentos.

A lamparina arde junto da cama de Alice, que dorme um sono desinquieto de febre. E Licurgo, que há pouco se deitou vestido ao lado da mulher, dorme também. Sentada numa cadeira junto do lavatório, Maria Valéria está de vigília, encolhida sob o xale, os braços cruzados a apertar a boca do estômago. O frio a deixa como que anestesiada, incapaz de sentir o que quer que seja: tristeza, compaixão ou esperança. O que a mantém de pé a ajudar sua gente é ainda um sentimento de dever que lhe vem principalmente do hábito. D. Bibiana tem razão: as mulheres do Rio Grande são direitas e cumprem suas obrigações por puro cacoete, e cacoete hereditário.

Maria Valéria olha para o cunhado, cujo ressonar forte enche o quarto. Até no sono seu rosto conserva a rigidez agressiva das horas de luta: é um rosto tenso, sem repouso, como se mesmo dormindo Licurgo continuasse a espreitar e a odiar o inimigo. E como suas botas sujas e brutais se parecem com sua cara! Ali na cama sobre a coberta branca — meio coisas e meio bichos — elas avultam estranhas, indefiníveis, como certas imagens de pesadelo. Por alguns instantes Maria Valéria fica escutando o vento e as batidas cadenciadas da cadeira de balanço de d. Bibiana. Se o cerco continuar — reflete ela, olhando para a chama da lamparina —, outros cadáveres irão fazer companhia à recém-nascida (ou recém--morta?) na terra fria do porão. Alice pode morrer de infecção. Lá na despensa Tinoco apodrece aos pedacinhos. Seu pai, de coração velho e cansado, não poderá aguentar o sítio por mais tempo. E é só por milagre que a velha Bibiana ainda está viva.

Maria Valéria contempla o cunhado com um frio ódio. Ele não hesitará em sacrificar toda aquela gente ao seu orgulho de macho. Homens! E de súbito ela sente vontade de cuspir. Homens! Botas embarradas, cheiro de suor, sarro de cigarro e cachaça, faca na cava do colete, revólver na cintura, escarro no chão. Machos! Aqueles homens nojentos lá embaixo, enrolados nos ponchos, cuspindo a casa toda, fazendo suas necessidades no porão (em cima, de certo, da sepultura da menina), empestando o ar com seu hálito podre e lançando às mulheres olhares indecentes. Machos!

Alice agita-se no sono, sacode a cabeça dum lado para outro, murmura palavras incompreensíveis. Maria Valéria pensa em Ismália. O que mais deve doer em Licurgo é a ideia de que Ismália ficou no Angico à mercê dos maragatos. Bem feito! Quem faz, paga. A pobre da Alice! O que ela sofreu no dia em que ficou sabendo de tudo! Mas sofreu calada, bem como sabem sofrer os Terras. Não se queixou a ninguém, continuou vivendo como se nada tivesse acontecido. O filho que a Ismália tinha era de Licurgo: todo o mundo sabia disso. No entanto agora ele falava em honra, falava em decência, falava em dignidade.

Santo Deus! Se ao menos parasse este vento!

Maria Valéria encolhe-se sob o xale e pensa nas palavras de d. Bibiana: "Noite de vento, noite dos mortos".

Madrugada alta, Maria Valéria é despertada pelos gritos de Alice.
— Socorro! Licurgo! Os ratos!

Licurgo ergue-se automaticamente, estonteado de sono, sem atinar ainda com o que se passa. Mas vendo a mulher de pé na cama, fazendo menção de saltar para o chão, toma-a nos braços e faz que ela se deite de novo. Alice, porém, reluta, debate-se e continua a gritar:

— Os ratos! Os ratos!

Maria Valéria ajuda o cunhado a sujeitar a doente.

— Fica quieta, Alice. Por amor de Deus, fica quieta.

— Os ratos! Os ratos!

— Ela está variando — diz Licurgo.

— Os ratos vão roer o corpo da minha filha! — grita Alice. — O porão está cheio de ratos. Eu estou vendo. Já abriram a cova dela. — Cala-se de súbito. — Escutem... não ouvem o barulho dos ratos roendo uma coisa? — Faz um esforço por se levantar de novo. — Depressa, Licurgo. Vai salvar a nossa filha. Os ratos vão comer a pobrezinha.

Licurgo olha para a mulher e lhe diz com uma secura irritada:

— Sossega, Alice. É o vento...

FIM DO PRIMEIRO TOMO

O CONTINENTE vol. 2

A teiniaguá

1

Em 1850 a vila de Santa Fé foi elevada a cabeça de comarca e seu primeiro juiz de direito, o dr. Nepomuceno Garcia de Mascarenhas, natural do Maranhão, veio morar com a esposa numa das casas de alvenaria que o cel. Bento Amaral mandara recentemente construir na rua dos Farrapos. Era o dr. Nepomuceno um homem de estatura mediana, que impressionava logo pelo comedimento de gestos, palavras e opiniões. Andava sempre de sobrecasaca preta e dificilmente se separava de sua bengala de castão de prata. De olhos empapuçados e mortiços, voz velada e lenta, tinha um ar de sonâmbulo acentuado pelo andar tateante e meio cansado, que aos íntimos ele explicava ser devido ao fato de ter pés chatos. Passava o juiz de direito por bom latinista, razoável matemático e exímio jogador de xadrez. Era maçom, adorava Chateaubriand e nas horas vagas fazia sonetos.

Juiz íntegro, homem austero, o novo magistrado de Santa Fé se impôs desde logo ao respeito e à admiração dos habitantes da vila. E afeiçoou-se de tal maneira àquele lugar, cujos bons ares lhe haviam restaurado a saúde da esposa, que resolveu não mais sair dali. E, como prova de estima e gratidão à vila e seus habitantes, organizou e mandou publicar por conta própria, numa tipografia de Porto Alegre, o primeiro *Almanaque de Santa Fé*, que apareceu em janeiro de 1853, com informações sobre a topografia, a geologia, a fauna e a flora do município, além dum calendário completo, com conselhos aos agricultores e horticultores, bem como páginas amenas e instrutivas de literatura e humorismo, charadas, logogrifos, enigmas pitorescos, etc.

Abria o *Almanaque* uma descrição literária da cidade, feita pelo próprio dr. Nepomuceno. Começava assim:

> A vila de Santa Fé, cabeça da comarca de São Borja, e da qual temos a desvanecedora honra de ser o primeiro juiz de direito, é uma das flores mais formosas do vergel serrano. Situada sobre três colinas e cercada de campinas onduladas, lembra

ela ao viandante, singelo mas gracioso presepe. Prodigamente dotada pela natureza, seus bons ares e suas cristalinas águas são propícios à longevidade, razão pela qual muitos de seus habitantes, em geral de costumes morigerados, passam dos noventa anos, como foi o caso extraordinário do preto escravo conhecido pela antonomásia de Sinhô d'Angola, o qual durou mais duma centúria, e do Cacique Fongue, que viu pela primeira vez a luz do dia na redução de Santo Ângelo, por volta de 1750, e o qual ainda hoje por aqui vive em pleno gozo de suas faculdades mentais.

O *Almanaque* oferecia também a seus leitores um "escorço histórico" da vila, no qual o autor prestava uma homenagem à família Amaral, cujo fundador foi "esse venerando cidadão, o Cel. Ricardo Amaral, o primeiro povoador destes campos, um bandeirante na verdadeira extensão do vocábulo, e que morreu como um bravo, no lendário combate do Passo das Perdizes". Vinha a seguir uma referência de dez linhas ao filho de Ricardo, Francisco Amaral, "o fundador de Santa Fé", e depois uma página inteira dedicada a seu neto, o cel. Ricardo Amaral Neto, "que tanto contribuiu para o engrandecimento deste município, de cuja Câmara foi o primeiro presidente". Após a enumeração das qualidades morais de Ricardo Amaral Neto e de seus feitos na paz e na guerra, a biografia terminava assim: "e em 1836 baqueou como um bravo, de armas na mão, dentro de sua própria casa, defendendo a legalidade". Havia por fim três páginas dedicadas à personalidade do cel. Bento Amaral, "atual chefe político deste município, deputado à Assembleia Provincial, verdadeiro varão de Plutarco que perpetua no tempo e na admiração de seus coevos um nome honrado e uma tradição de virtudes cívicas e privadas".

O *Almanaque* circulou em Santa Fé e arredores, onde foi lido, comentado e apreciado. E através de seus dados estatísticos e de suas informações — escrupulosamente colhidos pelo próprio dr. Nepomuceno — ficaram os santa-fezenses sabendo que a vila possuía agora sessenta e oito casas, entre as de tábua e de alvenaria, e trinta ranchos cobertos de capim; e que sua população já subia a seiscentas e trinta almas. Informava ainda o dr. Nepomuceno que Santa Fé contava com quatro bem sortidas casas de negócio, uma agência do correio "cuja mala, lamentamos dizê-lo, chega apenas uma vez por semana", uma padaria, uma selaria e uma marcenaria.

A ciência de Hipócrates está representada entre nós pelo ilustrado Dr. Carl Winter, natural da Alemanha e formado em Medicina pela Universidade de Heidelberg e que fixou residência nesta vila em 1851, data em que apresentou suas credenciais à nossa municipalidade. Não podemos deixar de mencionar o nosso Clotário Nunes, médico homeopata bem conceituado, e o curandeiro conhecido popularmente por Zé das Pílulas, muito procurado por causa de suas ervas medicinais cujos segredos diz ele ter aprendido dos índios coroados, dos quais parece ser descendente.

Causou também muito boa impressão a parte do *Almanaque* em que o dr. Nepomuceno rememorava as guerras em que os filhos de Santa Fé haviam tomado parte.

Nossa vila (e aqui peço vênia para usar o possessivo nossa, uma vez que me considero um santa-fezense de coração se não de nascimento) tem pago pesado tributo de sangue e heroísmo no altar da pátria. Muitos foram os oficiais e soldados que deu para as lutas de que esta Província tem sido teatro, e pode-se dizer sem exagero que não houve geração que não tivesse visto pelo menos uma guerra. Durante a luta civil que por espaço de dez anos ensanguentou o solo generoso do Continente, muitos foram os santa-fezenses que participaram dela, quer nas hostes farroupilhas quer nas forças legalistas. Não me cabe aqui, como magistrado e como homem infenso às paixões políticas, manifestar simpatias ou lançar diatribes. O que passou passou e mais vale esquecido do que lembrado, pois uma luta fratricida é mil vezes mais horrenda do que as guerras entre as nações. Graças ao Supremo Arquiteto do Universo, o sol da paz raiou benfazejo no horizonte da Província, e os inimigos de ontem se deram as mãos e recomeçaram a trabalhar juntos em prol da grandeza da Pátria comum. Mas, ai!, ainda nem bem se haviam cicatrizado as feridas abertas pela guerra civil e já de novo eram nossos irmãos arrancados ao aconchego dos seus lares e ao seu trabalho pacífico, convocados mais uma vez pelo pressago clarim da guerra. Rosas, o tirano argentino, ameaçava a integridade de nosso Brasil, e era necessário fazer frente a essa ameaça. E assim mais uma vez os santa-fezenses formaram os seus batalhões de voluntários e nessa luta que nem por ser relativamente curta foi menos cruenta, muitos foram os filhos desta vila que tiveram atuação destacada. Entre eles é de justiça salientar o jovem Bolívar Terra Cambará, filho dum intrépido soldado, o Cap. Rodrigo Severo Cambará, morto heroicamente num combate que se feriu nesta mesma vila em princípios de 1836. Bolívar, esse denodado jovem, cujo nome parece trazer em si uma destinação gloriosa, guiou os seus cavalarianos numa carga de lança, destruindo um quadrado inimigo e arrancando, ele próprio, das mãos dum adversário a bandeira argentina! Esse ato de bravura valeu-lhe a promoção ao posto de primeiro-tenente, e uma citação especial em ordem do dia.

As anedotas do *Almanaque* foram muito apreciadas, bem como as poesias, algumas da lavra do próprio dr. Nepomuceno, e outras de poetas famosos como Camões, Tomás Antônio Gonzaga e Gregório de Matos. No "fecho de ouro" dum de seus sonetos, o juiz de direito concluía com rimas ricas que sob o veludo da rosa às vezes um acúleo se esconde.

Pouco tempo depois do aparecimento do *Almanaque*, o sonetista teve ocasião de sentir na própria carne a pungente verdade do verso. Sim — refletiu o magistrado —, seu anuário podia ser comparado a uma linda e perfumada rosa que a todos deleitara com suas cores e seu perfume. Mas trazia ela um espinho escondido e inesperado: o artigo intitulado "Residências de Santa Fé", que ele próprio escrevera sob o pseudônimo de Atala. Essa página, traçada com sinceridade e sem a menor intenção de ofender ou criticar quem quer que fosse, desgostara e irritara o cel. Bento Amaral. Ocupava-se o infeliz ensaio do sobrado que um tal Aguinaldo Silva mandara construir em Santa Fé. Depois de mencionar a simplicidade rústica da maioria das casas do lugar e de elogiar a solidez e a sobriedade do casario de pedra dos Amarais, "tão cheio de invocações históricas", Atala escreveu:

> O forasteiro que chega à nossa vila há de por certo quedar-se surpreso e boquiaberto diante duma maravilha arquitetônica que rivaliza com as melhores construções que vimos no Rio Pardo, em Porto Alegre e até na Corte. Referimo-nos à casa assobradada que o Sr. Aguinaldo Silva, adiantado criador deste município, mandou recentemente erguer na Praça da Matriz, num terreno de esquina com as dimensões de trinta e cinco braças de frente por uma quadra completa de fundo. Essa magnífica residência deve constituir motivo de lídimo orgulho para os santa-fezenses. Dotada de dois andares e duma pequena água-furtada, destacam-se em sua fachada branca os caixilhos azuis de suas janelas de guilhotina, dispostas numa fileira de sete, no andar superior, sendo que a do centro, mais larga e mais alta que as outras, está guarnecida duma sacada de ferro com lindo arabesco; por baixo desta sacada, no andar térreo, fica a alta porta de madeira de lei, tendo de cada lado três janelas idênticas às de cima. Ao lado esquerdo, do sobrado, no alinhamento da fachada, vemos imponente portão de ferro forjado ladeado por duas colunas revestidas de vistoso azulejo português nas cores branca, azul e amarela, e encimadas as ditas colunas por dois vasos de pedra de caprichoso lavor. O terreno, a que esse portão dá acesso, está todo fechado por um muro alto e espesso que por assim dizer (perdoe-se-nos a ousadia da imagem) aperta a casa como uma tenaz. O efeito é assaz formoso, pois o 'Sobrado' (assim é a residência conhecida na vila) dá a impressão desses solares avoengos, relíquias de nossos antepassados lusitanos. Não devemos esquecer outro encanto, qual seja o seu vasto quintal todo cheio de árvores de sombra e frutíferas, como laranjeiras, pessegueiros, guabirobeiras, lindos pés de primaveras, cinamomos, magnólias e uma esplêndida e altaneira marmeleira-da-índia.
>
> Convidados gentilmente pelo Sr. Aguinaldo Silva para visitar-lhe a residência, pudemos verificar que esta se acha dividida em 18 amplas peças, mui bem arejadas e iluminadas; com pé-direito bastante alto; e que as portas que separam essas peças umas das outras terminam em arco, em bandeirolas com vidros nas cores amarela, verde e vermelha. Os móveis são de autêntico jacarandá, muito pesados e severos, tendo pertencido, como nos informou o dito Sr. Silva, a uma Casa Senhorial do Recife, e sendo de lá trazidos para Porto Alegre num patacho e desta última localidade para cá em carretas.

O artigo terminava com um parágrafo que por assim dizer constituía a ponta do traiçoeiro espinho: "Assim, pois, seria o sobrado do Sr. Aguinaldo Silva um solar digno de hospedar até Sua Majestade D. Pedro II, caso o nosso querido Imperador nos desse a altíssima honra de visitar Santa Fé".

Pois esse artigo, escrito com um entusiasmo inocente e desinteressado, deixara o cel. Bento Amaral furioso.

— Essa é muito boa! — exclamou ele um dia na loja do Alvarenga. — O Imperador parando na casa do Aguinaldo! É de primeiríssima! Uma ideia estúpida assim só podia ter saído da cabeça daquele pé de pato!

Ficou muito vermelho e começou a sentir uma comichão na cicatriz em forma de *P* que lhe marcava uma das faces. O pe. Otero, que tinha ido comprar um emplastro na loja, ouviu a explosão, e como era amigo do juiz de direito, com quem habitualmente jogava longas partidas de xadrez (apesar de sabê-lo pedreiro-livre), arriscou:

— O doutor Nepomuceno não escreveu isso por mal, coronel...

— Não sei se foi por bem ou por mal — retrucou o outro, fitando o olhar encolerizado na face amarela do vigário. — O que sei é que escreveu. Ele devia saber quem é esse Aguinaldo Silva.

Pigarreou com fúria e escarrou no chão.

2

Mas, para falar a verdade, em Santa Fé ninguém sabia ao certo quem era Aguinaldo Silva. Claro, pela entonação da voz, via-se logo que o homem era do Norte. Ele próprio declarara ter nascido no Recife; o que não contava, mas os outros murmuravam, era que tivera de fugir de lá, havia muitos anos, por ter matado a esposa e o homem com quem ela o traíra. "Isso não é crime", observara um dia o Alvarenga, de cuja loja o nortista era bom freguês. "Um homem de vergonha não podia fazer outra coisa." Mas pessoas que sabiam da história com todos os pormenores explicavam que o duplo assassínio fora premeditado. Ao descobrir que a mulher o enganava, Aguinaldo a obrigara a marcar um encontro com o amante em seu próprio quarto de dormir. Simulara uma viagem mas ficara escondido debaixo da cama, e saltara do esconderijo em dado momento para estripar a facadas tanto o amante como a mulher. Havia no drama um detalhe dum trágico grotesco que os maldizentes usavam como remate humorístico do caso: "O homem estava começando a tirar a roupa quando Aguinaldo saiu de baixo da cama. O infeliz nem teve tempo de dizer ai: a faca do marido rasgou-lhe o bucho". Risadas. "No fim, acho que ele não sabia se segurava as calças ou as tripas." Pausa dramática. "Mas tanto as calças como as tripas acabaram caindo no chão." Novas risadas.

Eram essas as histórias que corriam em Santa Fé. Mas ninguém sabia de nada com certeza. Contava-se também que, depois de passar alguns anos no Rio de Janeiro e em Curitiba, com nome trocado, Aguinaldo viera para a Província de São Pedro, onde durante a guerra civil andara ora com as tropas farroupilhas ora com as forças legalistas, ao sabor de suas conveniências. Os que o conheciam de perto pintavam-no como um homem ladino, de olho vivo para os negócios, e que, obcecado pelo medo de ser logrado e sabendo que a melhor maneira de a gente se defender é atacar, tinha a preocupação permanente de lograr os outros. Baixo, de pernas muito curtas para o tórax anormalmente desenvolvido, era levemente corcunda e tinha, plantada sobre os largos ombros ossudos, uma cabeça triangular, de pescoço curto, e uma cara de chibo que a pera grisalha acentuava. Era feio, mas duma fealdade aliciante e simpática, muito ajudada por uma voz de inflexões macias e musicais. Apesar da cor amarelada do rosto, tinha uma saúde de ferro e aos setenta e dois anos ainda fazia tropas, dormia ao relento e campereava com o entusiasmo e a eficiência dum moço de vinte. Por muito tempo Aguinaldo recusara vestir-se como os gaúchos da Província. Conservara a indumentária de couro dos vaqueiros do Nordeste — o que lhe valera muitas vezes a desconfiança e a má vontade dos continentinos — e mesmo agora, que decidira abandoná-la em favor da bombacha, do pala e do poncho, conservava ainda o chapéu de sertanejo, de abas viradas para cima, o que, como dizia o dr. Nepomuceno, lhe dava uns ares napoleônicos. Aguinaldo amava o dinheiro mas não era sovina. Gostava de pagar "comes e bebes" para os amigos, vivia ajudando os necessitados, e era generoso para com seus agregados, peões e comissionados. Quando pela primeira vez aparecera em Santa Fé, no ano em que fora assinada a paz entre farroupilhas e legalistas, causara a pior das impressões. Chegara escoteiro, montado num cavalo magro e manco, e fazendo questão de mostrar a toda a gente que tinha as guaiacas atestadas de moedas de ouro. Começaram então a murmurar na vila que Aguinaldo havia descoberto uma salamanca lá para as bandas de São Borja. "Salamanca? Lorotas!", retrucavam outros. "Isso é dinheiro de contrabando. Conheço pelo cheiro." E um dia, numa roda de bisca na casa do Alvarenga, o pe. Otero comentou: "Seja como for, não deve ser dinheiro limpo". Mas os que precisavam de crédito para seus negócios não se preocuparam com averiguar a origem dos patacões, cruzados e onças de Aguinaldo Silva, quando este se aboletou num rancho nos arredores de Santa Fé e começou a emprestar dinheiro a juro alto. Quando sabia que um lavrador ou criador estava em dificuldades financeiras, procurava-o, blandicioso, e oferecia-lhe um empréstimo, pedindo como garantia terras ou gado num valor que em geral correspondia ao dobro ou ao triplo do capital emprestado. Se o homem era bem-sucedido nos negócios, lá voltava o dinheirinho para a bolsa de Aguinaldo, acrescido dos gordos juros. Mas se a dívida se vencia e o devedor não estava em condições de liquidá-la, Aguinaldo, sem desmanchar dos lábios o sorriso amigo, sem a menor dureza na voz cantante, executava a hipoteca. Foi assim que com o passar dos anos, em que fez também muitas tropas e vendeu-as a charqueadores, Aguinaldo se apossou de várias propriedades de Santa Fé — inclusive da de Pedro Terra — e multiplicou sua fortuna de tal forma que já se dizia estar ele tão rico de campos, gados e moeda sonante quanto o próprio Bento Amaral.

Muito religioso, Aguinaldo ia à missa todos os domingos e fazia donativos à

Igreja. O pe. Otero gostava de ouvi-lo contar histórias do sertão de Pernambuco em torno de cangaceiros, cabras valentes, lutas de família e casas assombradas; ficava admirado de ver como aquele caboclo analfabeto sabia narrar com fluência e colorido, com um sabor até literário.

Também dava muito na vista em Santa Fé o apego que Aguinaldo Silva tinha por dois filhos do lugar: Bolívar Cambará e Florêncio Terra. Conversando certa ocasião com o pe. Otero, Aguinaldo lhe dissera:

— Esses dois meninos são mesmo que filhos meus. Vosmecê sabe, seu vigário, perdi toda a minha gente. Da minha família só me sobrou uma neta, a Luzia, que está estudando num colégio na Corte. Quero que ela tenha o que eu não tive e o que os pais dela não tiveram. Tudo do bom e do melhor.

E um dia, quando o vigário e Aguinaldo se encontravam na praça, debaixo da figueira, conversando e olhando para o Sobrado, enquanto trabalhadores lhe caiavam a fachada, o pe. Otero perguntou:

— Ainda que mal pergunte, amigo, não acha que o Sobrado é um pouco grandote pra uma família tão pequena? Vosmecê não disse que só tinha uma neta?

— Disse. Mas acontece que um dia a Luzia vai casar e ter filhos. E os filhos da Luzia vão casar também e ter família. Quero reunir toda a cambada no Sobrado...

Ficou um instante pensativo, olhando para a casa. Depois acocorou-se à maneira dos sertanejos e começou a picar fumo. E assim nessa posição, com uma palha de milho atrás da orelha, contou ao padre que um dia, quando menino, vira uma cena que nunca mais lhe saíra da memória: um senhor de engenho cofiando as barbas brancas e sorrindo à cabeceira duma mesa comprida a que estavam sentados, comendo, rindo e conversando, os vinte e tantos membros de sua família — filhos, filhas, genros, noras, netos... Desde esse momento Aguinaldo decidira trabalhar como um burro para um dia ter também casa e família grande, com mesa farta e alegre.

— Mas Deus não quis que eu visse minha família reunida — murmurou ele, enrolando o cigarro. — Foi matando todos, um por um...

Ergueu os olhos para o vigário, ficou a contemplá-lo por alguns segundos, e depois murmurou:

— Nunca fui ao confessionário, padre, mas vou lhe contar aqui um segredo que nunca contei a ninguém. — Riu. — Não sei por que estou lhe dizendo isto, mas de repente me deu vontade...

Calou-se por um instante, seus olhos se perderam na direção dos campos. Depois, baixinho, num cicio, olhando furtivamente para os lados, contou:

— A Luzia não é minha neta de verdade. Peguei ela num asilo, quando ainda de colo. Era órfã de pai e mãe. Mas criei a menina como se fosse minha neta. Um homem não pode viver sem ninguém de seu, pode, padre?

O vigário sacudiu a cabeça negativamente. E o nortista acrescentou:

— Ela não sabe da verdade. Pensa que é minha neta mesmo.

O pe. Otero ficou um instante pensativo e depois disse:

— Não desanime, seu Aguinaldo. Vosmecê está ainda forte e se a Luzia casar o Sobrado pode estar cheio de crianças dentro de poucos anos.

— Se eu viver até lá.

— Há de viver, sim, se Deus quiser.

Aguinaldo fechou um olho, ficou um instante como que dormindo na pontaria e finalmente perguntou:

— Mas será que o Velho quer mesmo?

Dessa conversa resultou um novo donativo gordo para a Igreja. O vigário o recebeu sorrindo e a refletir assim: esse caboclo pensa que pode comprar a dinheiro favores de Deus. Mas bendisse os cruzados do pernambucano, pois precisava deles para custear um puxado que ia fazer na casa paroquial e para comprar uns castiçais novos para o altar-mor.

Quando Luzia deixou o colégio e mudou-se para Santa Fé, onde passou a ser a "senhora do Sobrado", todos acharam que, mais do que ninguém, ela merecia o título. E durante muito tempo a neta de Aguinaldo Silva foi o assunto predileto das conversas da vila. As mulheres reparavam nos seus vestidos, nos seus penteados, nos seus "modos de cidade", mas, bisonhas, não tinham coragem de se aproximar da recém-chegada, tomadas duma grande timidez e duma sensação de inferioridade. Em muitas esse acanhamento se transformava em hostilidade; noutras tomava a forma de maledicência. Luzia era rica, era bonita, tocava cítara — instrumento que pouca gente ou ninguém ali na vila jamais ouvira —, sabia recitar versos, tinha bela caligrafia, e lia até livros. Os que achavam que Santa Fé não podia dar-se o luxo de ter um sobrado como o de Aguinaldo, agora acrescentavam que a vila também "não comportava" uma moça como Luzia. Para alguns severos pais de família tudo aquilo que a forasteira era e tinha constituía uma extravagância ostensiva que os deixava até meio afrontados. E quando viam Luzia metida nos seus vestidos de renda, de cintura muito fina e saia rodada; quando aspiravam o perfume que emanava dela, não podiam fugir à impressão de que a neta do pernambucano era uma "mulher perdida" e portanto um exemplo perigoso para as moças do lugar. Por outro lado, o passado escuro de Aguinaldo não contribuía em nada para melhorar a situação da moça. Aqueles homens, dum realismo rude, olhavam para o Sobrado e para seus moradores como para intrusos e acabavam dizendo: "Isso não vai dar certo".

Os rapazes da vila, conquanto se sentissem atraídos por Luzia, concluíam quase todos que ela não era o tipo que desejavam para esposa. A moça causava-lhes um vago medo que eles não sabiam explicar com clareza, mas que em geral resumiam para si mesmos numa frase: "Não nasci pra corno". No entanto, desde o momento em que a rapariga chegara, Bolívar Cambará e Florêncio Terra ficaram fascinados por ela, cercaram-na de atenções e não perdiam pretexto para visitar o Sobrado. Faziam isso, porém, de maneira diferente. Bolívar não escondia seus sentimentos: mostrava-se como era — sôfrego, apaixonado, explosivo. Florêncio, entretanto, mantinha-se reservado, silencioso, mas duma fidelidade canina; portava-se, em suma, como um cachorro triste que — temendo ou sabendo não ser querido pela dona — limitava-se a ficar de longe a contemplá-la com olhos cálidos e compridos, cheio dum amor dedicado mas que não tem coragem de se exprimir.

Aguinaldo percebera tudo desde a primeira hora e observava, deliciado, a maneira como a neta tratava os dois rapazes, mangando com ambos, dando a um e outro esperanças que ela própria se encarregava de desmanchar dias ou horas depois com um gesto, uma palavra ou um encolher de ombros.

Como era natural, a história se espalhou depressa pela vila: Bolívar e Florêncio, primos-irmãos e amigos de infância, estavam apaixonados por Luzia Silva. Qual dos dois a moça iria escolher?

— Escolhe o Florêncio — dizia um — porque é o preferido do Velho.

— Não. O preferido do Aguinaldo é o Bolívar — afirmava outro.

— Mas, no fim de contas, qual é o preferido da moça?

— Decerto os dois! — maliciava um terceiro. — Ela tem olhos de mulher falsa.

— Mas não pode casar com os dois...

— Ué... Casa com um e depois fica amásia do outro. Gente de cidade grande não tem vergonha na cara.

Um dia alguém disse:

— O Florêncio e o Bolívar vão acabar brigando. É uma pena. Primos-irmãos... cresceram juntos como unha e carne. Agora vem essa bruaca estrangeira...

— Mas ela não é estrangeira. Nasceu em Pernambuco.

— Sei lá! Não sendo continentino pra mim é estrangeiro.

Em princípios de 1853, quando os santa-fezenses ainda comentavam o *Almanaque* do dr. Nepomuceno, espalhou-se por toda a vila a notícia de que Luzia Silva ia contratar casamento com Bolívar Cambará.

Um habitante antigo do lugar, que conhecera o cap. Rodrigo, murmurou:

— Se o rapaz puxou pelo pai, tenho pena da moça...

Mas um outro, que sabia das histórias que corriam sobre o passado de Aguinaldo, retrucou:

— Mas se a moça puxou pela avó, a corrida vai ser parelha.

3

Acordou sobressaltado, sentindo que havia soltado um grito. Pulou da cama automaticamente e ficou de pé no meio do quarto escuro, na estonteada aflição de quem se vê de súbito sem memória e não sabe quem é nem onde está — mas sente que algo de terrível está acontecendo.

"Meu filho!"

Donde vinha aquela voz? Da direita? Da esquerda? De onde?

"Meu filho!" Quase sem sentir, como uma criança que tem medo da escuridão, ele gritou: "Mamãe!".

A memória então lhe voltou. Era Bolívar Cambará, estava em sua casa, em seu quarto e fazia algum tempo que se deitara para dormir. Mas o medo ainda lhe comprimia o peito, e era mais terrível ainda porque ele não lhe conhecia a causa. Alguma coisa o fizera soltar um grito e acordar assustado, alguma coisa que decerto estava agora escondida num dos cantos do quarto escuro... Por isso a voz de sua mãe era uma esperança de socorro. Ele queria luz: ele queria a mãe.

Uma porta se abriu e Bibiana apareceu com uma vela acesa na mão. A chama alumiava-lhe o rosto. E por um segundo Bolívar de novo voltou à infância. Pareceu-lhe até sentir o cheiro do óleo da lamparina. O rosto da mãe lhe deu a sensação de segurança de que ele precisava. Seu primeiro ímpeto foi o de caminhar para ela, buscando a proteção de seus seios, de seus braços, de seu ventre. Para ele, mãe e luz eram duas coisas inseparáveis. Quando menino, muitas vezes acordava assustado no meio da noite, começava a chorar e só se acalmava quando a mãe acendia a lamparina e o tomava nos braços para o embalar.

— Que foi que aconteceu, meu filho? — perguntou ela caminhando descalça para o rapaz e pondo-lhe a mão no ombro. — Está sentindo alguma coisa?

— Não é nada, mãe.

De repente teve vergonha da situação. Um homem de quase vinte e três anos portando-se daquela maneira...

Bibiana empurrou Bolívar para a cama, de mansinho. Bolívar deixou-se levar.

— Deita, meu filho.

Ele obedeceu. Bibiana sentou-se na beira da cama, depôs o castiçal sobre a mesinha de cabeceira e puxou a colcha de algodão, cobrindo o filho.

— O sonho veio outra vez?

— Veio.

Desde que voltara da guerra, Bolívar sonhava periodicamente com o homem que matara numa carga de lança. Claro, tinha matado muitos outros, em diversos entreveros: mas havia um que ele não podia esquecer... Vira-lhe bem o rosto no momento em que sua lança lhe penetrara o tórax, num estalar de costelas — uma cara contorcida pela dor e pelo medo, com o sangue a escorrer pelos cantos da boca...

E agora, ali junto da mãe, pensando em tudo isso, Bolívar mais uma vez teve vontade de desabafar com ela, contar-lhe o que nunca contara a ninguém. Queria dizer: "Foi de mau que matei ele. O combate tinha terminado. O quadrado estava rompido. Os argentinos se entregavam. Foi então que vi aquele homem. Olhou pra mim, ergueu os braços e gritou: 'Amigo, amigo!'. Estava doido de medo, o pobre... Estava desarmado... Esporeei o cavalo, arranquei pra cima dele e enterrei-lhe a lança no peito. Eu estava como louco, meio cego... O homem caiu de costas com a lança espetada no peito e eu fiquei olhando... Era bem moço e estava de olhos vidrados. Eu matei aquele homem por maldade. Mas não sou bandido, mãe, juro por Deus que não sou!".

Bolívar olhava para a mãe mas não dizia nada. Falava apenas em pensamento, confessava tudo. E em pensamento também chorava, tirava aquela ânsia do peito, desabafava...

Como se tivesse ouvido as palavras que o filho não pronunciara, Bibiana começou a passar-lhe as mãos pelos cabelos e a dizer:

— Não é nada, Boli. Guerra é guerra.

Ela sempre lhe contava as histórias do cap. Rodrigo e as que sua avó Ana Terra lhe narrara sobre revoluções, violências e crueldades. Parecia que aquelas mulheres estavam habituadas à ideia de que um homem para ser bem macho precisava ter matado pelo menos um outro homem.

— Sonhei que o morto estava em cima do meu peito — disse Bolívar — e que o sangue que saía da boca dele escorria pra dentro da minha e me afogava...

— Por que não esquece isso, meu filho? O que passou passou.

— Mas não passou, mãe. De vez em quando o sonho volta. Cada vez que ele vem, é o mesmo que matar de novo aquele homem.

— São os nervos, Boli. É por causa de amanhã.

No dia seguinte ia haver uma festa no Sobrado para festejar o contrato de casamento de Bolívar com Luzia Silva. Era natural que o noivo estivesse preocupado.

Bibiana tomou de novo o castiçal e ergueu-o diante do rosto de Bolívar. Viu a chama refletida nas pupilas do filho, uma pequena vela acesa em cada olho.

— Agora dorme. Tudo passa. Fecha os olhos e faz força pra não pensar.

Bolívar cerrou os olhos e pediu:

— Deixa a lamparina acesa.

— A lamparina? — estranhou ela.

— A vela, digo.

Lembrou-se dos tempos de menino quando suplicava: "Não apaga a luz, que eu tenho medo".

Os dedos dela eram frescos e leves sobre sua testa. Sentiu quando ela se erguia, ouviu-lhe os passos macios nas tábuas do soalho e o ruído da porta que se fechava de mansinho. De novo teve a sensação de abandono e de inexplicável medo. No silêncio começou a ouvir o tique-taque do relógio sobre a mesinha de cabeceira.

Era o relógio que pertencera a seu avô, Pedro Terra. Quando menino, Bolívar costumava pedir ao velho que o deixasse escutar o coração do relógio. "Não é coração, Boli. É uma máquina", explicava Pedro. O coração de Pedro Terra tinha parado para sempre. Mas o do relógio ainda continuava a bater.

Bolívar revolveu-se na cama, e então o pensamento que estava tentando evitar lhe veio de novo, com uma força tão terrível que lhe pôs o sangue a pulsar nas têmporas com fúria entontecedora. O quarto de súbito como que ficou cheio da presença do negro Severino.

O suor escorria pela testa e pelas faces de Bolívar, e ele sentia a camisa pegajosa e úmida colada às costas e ao peito. Precisava sair para o ar livre, procurar a companhia de alguém. Pensou em ir acordar o primo. Florêncio era o seu melhor amigo, a única pessoa com quem se podia abrir. Sim, devia levantar-se e sair. Mas não saía. Ficou na cama, deitado de costas, com a impressão de ter o mundo inteiro em cima do peito.

Havia uma coisa que não lhe saía da mente: "Amanhã Severino vai ser enforcado por minha culpa". Todos diziam que fora o depoimento de Bolívar Cambará que o condenara. O júri se realizara havia mais de ano, o processo se arrastara, fora mandado em recurso final ao Tribunal da Relação do Rio de Janeiro, que confirmara a sentença. Severino ia ser enforcado no dia seguinte, às cinco da tarde, na praça da Matriz... Era a primeira condenação à morte na história de Santa Fé. Na expectativa do grande espetáculo, a população estava excitada, como em vésperas de quermesse ou de cavalhadas. Iam até botar cadeiras ao redor da forca...

Havia pouco mais de um ano aquele crime ocupara todas as atenções na vila e no município. Os habitantes antigos do lugar afirmavam que fora o mais horrível de quantos tinham lembrança. Dois tropeiros desconhecidos haviam pedido pousada numa chácara das cercanias da vila, onde morava um oleiro viúvo servido por um único escravo, Severino. Jantaram os viajantes na companhia do oleiro e durante o jantar — em que foram atendidos pelo preto — declararam ter recebido muito dinheiro da venda duma tropa de mulas. E, como fossem partir no dia seguinte, antes do nascer do sol, quiseram, antes de se recolherem, pagar a hospedagem, e um deles tirou uma onça de ouro da guaiaca recheada de moedas. O dono da casa — segundo ele próprio contou mais tarde às autoridades — mostrou-se melindrado com aquele gesto e recusou receber o dinheiro. Onde se viu um gaúcho cobrar hospedagem em sua casa? Os viajantes recolheram-se ao quarto e no dia seguinte foram ambos encontrados mortos, com as cabeças esmigalhadas. Ao descobrir os cadáveres, o oleiro — de acordo com seu próprio depoimento — gritou por Severino e verificou que o negro havia desaparecido. Aconteceu que na noite do crime Severino pedira guarida a Bolívar, dizendo ter fugido do amo por não poder suportar-lhe os maus-tratos. Bolívar ficou intrigado ao ver manchas frescas de sangue na camisa e nas calças do escravo.

— Que é isso, Severino?
— Sangre.
— Eu sei. Mas de quem?

O negro pareceu hesitar um instante e depois disse:

— Meu. Foi da sova que apanhei ind'agorinha.
— Tire a camisa. Vamos botar remédio nas feridas.
— Não carece.
— Tire a camisa! — ordenou Bolívar.

Severino então começou a tremer e a balbuciar coisas que Bolívar não entendeu, e num dado momento olhou para a porta com olhos cheios de pavor, precipitou-se na direção dela, e fugiu. Foi preso no dia seguinte nuns matos dos campos dos Amarais e trazido para a vila. Chamado a depor, Bolívar contara o que vira. Interrogado pelas autoridades, o negro chorou, negando ter cometido o crime. Como as guaiacas das vítimas não tivessem sido achadas, perguntaram a Severino onde as havia escondido.

— Não escondi nada — choramingou ele. — Não matei ninguém. Não sei nada. Sou um pobre negro.

Contava mais, que na noite do crime o patrão o acordara a chicotadas e ameaçara-o com um facão, gritando:

— Vai-te embora, negro sujo, senão eu te sangro!

O oleiro, entretanto, negava tudo isso, como negara também haver surrado o escravo na noite em que os tropeiros lhe pediram hospitalidade.

O júri foi dos mais movimentados em toda a vida de Santa Fé desde que ela fora elevada a cabeça de comarca. Entre os juízes de fato estavam Bento Amaral, Aguinaldo Silva e Juvenal Terra. O promotor foi implacável. Achava que um crime daquela natureza não podia ficar impune; tinha de ser punido com a máxima severidade "para que, senhores jurados, não fique estabelecido um precedente horrível que haveria de trazer a inquietude e o pavor permanentes a todos os senhores de escravos, a todas as casas, a todas as famílias". E continuou: "O depoimento do Sr. Bolívar Cambará, pessoa que nos merece a maior confiança, deixa o caso claro como um cristal. Na noite do crime o negro o procurou e estava com as roupas ensanguentadas. Que dúvida pode ainda subsistir? Era o sangue das vítimas inocentes, pois, se fosse o sangue do próprio escravo, como ele parecia insinuar, por que se recusou Severino a mostrar suas feridas ao homem junto do qual buscava proteção?".

Severino foi declarado culpado por todos os juízes, menos por Juvenal Terra, que mais tarde afirmou a amigos: "Esse negro eu conheço desde menino. Brincou com o Florêncio e o Bolívar. Não é capaz de matar uma mosca. Homem e cavalo eu conheço pelo jeito de olhar".

Bolívar revolveu-se na cama e ficou deitado de bruços, com os braços dobrados e os punhos cerrados debaixo do peito, sentindo o bater furioso do coração. Pensou no coração do Severino a pulsar naquele pobre peito escuro e lanhado. Decerto àquela hora o negro estava acordado na sua cela, esperando o clarear do dia de sua morte. Mas quem Bolívar via em pensamentos na cadeia não era o Severino homem-feito, mas sim o menino que brincava com ele e Florêncio debaixo da figueira da praça. E esse menino agora ia morrer só por causa dumas palavras que seu amigo Boli dissera às autoridades...

Bolívar procurou pensar em Luzia, esforçou-se por se convencer a si mesmo de que tudo estava bem: ele ia casar com a mulher que amava, com a mais linda moça de Santa Fé; um dia seria o senhor do Sobrado... Mas era inútil. Seu mal-estar continuava: aquela aflição, aquele peso no peito, a sensação de que algo de horrível estava por acontecer... E a lembrança de Luzia agravava essa sensação.

E, sem compreender como, Bolívar odiou a noiva. Odiou-a por tudo quanto sentia por ela, odiou-a porque ela era bela, rica e inteligente. E odiou-a principalmente por causa de seus caprichos de mocinha mimada. Ele lhe pedira, lhe suplicara quase, que transferisse a festa do noivado para outro dia qualquer, a fim de que a cerimônia não coincidisse com a hora do enforcamento de Severino. Luzia batera pé: "Não, não e não!". O pe. Otero interviera, dizendo que não era direito estarem se divertindo no Sobrado enquanto um cristão morria ali na praça. Mas Luzia não cedera. Achava que não havia nenhuma razão para modificar seus planos. Já tinham preparado tudo: os convites estavam feitos, os doces prontos... Se as autoridades quisessem, que transferissem a execução. E Aguinaldo, que sempre acabava fazendo as vontades da neta, deu-lhe todo o apoio: "Luzia é a dona da casa e da festa. Ela é quem manda".

Bolívar sentia o pulsar do próprio sangue no ouvido que apertava contra a fronha. Seu coração batia com tanta força que parecia sacudir a cama, a casa, o mundo. E batia de medo — medo do que ia acontecer depois que o dia raiasse...

De repente Bolívar descobriu por que sentia aquilo. Era a impressão de que ele, e não Severino, é que ia ser enforcado. Aquela era a sua última noite. Não podia dormir. Era inútil tentar. O pavor da morte mantinha-o de olhos abertos.

Atirou as pernas para fora da cama e levantou-se. Como era seu hábito, dormia vestido. Apanhou as botas e começou a caminhar na direção da porta, procurando não fazer barulho. E, quando se viu a andar pé ante pé na casa silenciosa, teve a impressão de que era um ladrão ou de que ia matar alguém... E num segundo passou-lhe pela mente uma ideia confusa e horrenda: *Ele, Bolívar, tinha assassinado os dois tropeiros. Severino estava inocente, agora se lembrava. A machadinha, os dois homens ressonando no quarto escuro. Depois o estralar dos ossos daquelas cabeças, como cocos que se partem.* Bolívar respirava com dificuldade. Tinha os olhos fechados e procurava espantar aquela ideia. Devo estar louco por pensar essas barbaridades.

Continuou a andar, com todo o cuidado. Mas o soalho rangeu e a voz da mãe veio do outro quarto:

— Bolívar!

Por um instante ele não respondeu. Estava trêmulo, assustado, como se tivesse sido descoberto no momento em que ia cometer um crime. A porta abriu-se, e de novo lá estava d. Bibiana, com os cabelos grisalhos caídos sobre os ombros. A luz da vela, que mal alumiava o quarto, não chegava até o rosto dela.

— Que é que o meu filho tem?

— Não é nada, mãe. Só que não pude dormir.

— São os nervos.

Houve um silêncio. Bolívar calçou as botas, e depois disse:

— Vou caminhar um pouco pra refrescar.

— Vai, meu filho, mas não demora. Amanhã precisas estar bem-disposto.

Bolívar saiu com a impressão de que não voltaria mais, nunca mais.

4

Era uma noite calma, e morna, de lua cheia. Bolívar começou a andar sem saber ao certo aonde ia, mas seus passos o levaram na direção da casa de Florêncio. Tinha a impressão esquisita de não estar bem acordado. Seus pés pesavam como chumbo e parecia que o chão lhe fugia às pisadas. Galos amiudavam nos terreiros e isso deixava tudo mais estranho — pois embora ele sentisse que os galos estavam cantando, esse canto não chegava a mover o ar morto da noite. Houve um instante em que Bolívar desconfiou de que tudo aquilo era apenas um sonho. Talvez fosse. Talvez de repente acordasse para verificar que estava ainda em sua cama. No entanto andava sempre, via as casas ao luar, os quintais onde árvores escureciam, as sombras das casas na rua, os frades de pedra na frente da venda do Schultz, da loja do Alvarenga e da agência do correio. Ele estava acordado, não havia dúvida. E agora começava a doer-lhe a cabeça — uma dor de canseira e de tontura, um mal-estar de febre. Um gato cinzento passeava por cima dum telhado e seus olhos fuzilaram. De repente, num choque, Bolívar lembrou-se dum gato que, quando menino, ele vira um escravo enforcar no fundo do quintal, e o guincho estrangulado do animal lhe traspassou a memória como uma agulhada. E lá de novo estava Severino pendurado na forca, e o coração de Bolívar a bater-lhe como um possesso dentro do peito.

Decerto estou doente, com febre — refletiu ele ao chegar à frente da casa de Florêncio Terra. Ficou indeciso. Precisava chamar o amigo sem acordar as outras pessoas da casa. Entrou pelo portão lateral e bateu de leve na janela do quarto do primo. Não teve nenhuma resposta. Tornou a bater com mais força, chamando:

— Florêncio... Florêncio!

Esperou. Ouviu um arrastar de pés dentro do quarto. Depois a janela se entreabriu.

— Quem é?

— Sou eu. O Boli.

— Que foi que houve?

A cabeça de Florêncio apareceu.

— Nada. Só que não posso dormir... — começou a dizer Bolívar. E de repente sentiu vergonha daquela situação. Estava ali como um menino assustado pedindo a proteção dum mais velho. Ficou desconcertado, sem atinar com o que fazer. Florêncio compreendeu tudo e murmurou:

— Espera um pouquinho que já saio. — E fechou a janela.

Bolívar encostou-se na parede da casa, tirou do bolso um pedaço de fumo, desembainhou a faca e começou a fazer um cigarro. Havia no ar um perfume de madressilvas e agora, longe, um cachorro começava a uivar. De novo Bolívar pensou em Severino. Ele decerto estava ouvindo da cadeia o uivo do animal, uma lamúria agourenta, prolongada e trêmula, que Bolívar sentia repercutir-lhe dentro do peito. Pensou na "simpatia" que sua mãe costumava fazer quando ouvia um cachorro uivar: virava uma chinela de sola para o ar e imediatamente o uivo cessava.

O vulto de Florêncio apareceu, vindo do fundo da casa. Os dois primos começaram a caminhar lado a lado, em silêncio, ganharam a rua e sem a menor combinação se dirigiram para a praça. Era assim que faziam quando crianças: mal se juntavam, corriam a brincar debaixo da figueira grande.

Pararam por um instante à frente da capela, e Florêncio, vendo que o primo tinha preso entre os dentes o cigarro apagado, bateu a pedra do isqueiro. E, quando o outro aproximou a ponta do cigarro da brasa do pavio, Florêncio percebeu que os dedos do amigo tremiam.

— Calma, tenente — murmurou ele. — Calma...

Era assim que dizia quando estavam na véspera dum combate. Tinham feito juntos a campanha contra Rosas, e, pouco antes de entrarem em ação, Bolívar ficava tão nervoso que começava a bater queixo, a tremer e às vezes rompia até a chorar. Florêncio tinha de tomar conta dele, levá-lo para o mato, metê-lo na barraca, abafar-lhe o choro como podia para que os companheiros não ouvissem, para que não pensassem que Bolívar estava com medo. Porque covarde ele não era. Quando ouvia os primeiros tiros, quando via o inimigo aproximar-se, o rapaz mudava completamente. Ficava assanhado como um potro bravo, de narinas infladas, cabeça erguida, ardendo por se meter num entrevero. E era preciso contê-lo para que não fizesse temeridades.

Florêncio agora olhava para o primo à luz do luar. Como era difícil compreender aquele homem! Viviam juntos desde meninos e ele ainda não conseguira entender o outro, nunca sabia o que esperar dele. Era uma criatura desigual: num momento estava exaltado e fogoso, mas no minuto seguinte podia cair no mais profundo desânimo. Passava da doçura à cólera com uma rapidez que desnorteava os amigos.

Depois que decidira contratar casamento com Luzia, seu nervosismo aumentara, e agora ele começava a portar-se como se estivesse em véspera de combate.

Florêncio apagou o isqueiro e perguntou:

— O sonho veio outra vez?

— Veio — murmurou o primo, puxando uma baforada de fumaça.

— O mesmo de sempre?

Bolívar sacudiu a cabeça, numa afirmativa meio relutante. Depois, disse:

— Desta vez o Severino também apareceu.

Florêncio sempre achara que os sonhos traziam avisos de coisas que iam acontecer. Conhecia casos... Mas o dr. Winter afirmava que isso era crendice, porque os sonhos nada tinham a ver com o futuro.

Agora os dois caminhavam calados para o centro da praça e Florêncio via que os olhos de Bolívar estavam postos na forca. Compreendeu então que era que estava roendo o amigo por dentro, mas achou melhor não dizer nada. O outro que puxasse o assunto, se quisesse.

Sentaram-se debaixo da figueira, ficaram por algum tempo em silêncio, pensando os dois nos tempos da infância, quando vinham ali brincar com Severino. O negrinho subia na árvore, ágil e escuro como um bugio, fazia piruetas, soltava guinchos. Bolívar erguia ao rosto um pedaço de pau, fazendo de conta que era uma espingarda, apontava-o para o bugio, gritava "Pei!", e Severino, segundo uma combinação prévia, tinha de atirar-se ao chão e ficar imóvel — um bugio morto — até que Florêncio vinha ajoelhar-se ao pé dele, encostar o ouvido no peito do "animal" e depois declarar muito sério para o primo: "Bem no coração". Mal, porém, ele dizia essas palavras, o negrinho começava a rir desesperadamente, a retorcer-se todo e a espernear. Era a hora de Florêncio tirar da cintura a sua faca de madeira e "sangrar" o bugio bem como os homens da charqueada sangravam os bois...

O bugio vai ser enforcado amanhã — pensou Bolívar. De novo começou a sentir as batidas violentas do próprio coração. Estava sentado com as costas apoiadas no largo tronco da figueira, e houve um momento em que lhe pareceu que a árvore tinha também um grande coração que pulsava, numa cadência de medo. Aquela figueira sempre lhe dera a impressão duma pessoa, duma mulher que tivesse a cabeça, os braços e os ombros enterrados no chão e as pernas erguidas para o ar, muito abertas. Bolívar tinha treze anos quando descobriu a semelhança, e desde então começou a amar secretamente a figueira. Às vezes ficava montado bem na parte em que as duas pernas da "mulher" se ligavam ao tronco: enlaçava com ambos os braços uma das coxas e, de olhos fechados, ansiado e trêmulo, ficava ali longo tempo, com o coração a bater descompassado de prazer e de medo — prazer de amar a figueira-mulher; medo de que alguém aparecesse e o visse fazendo aquilo. Nunca contara seu segredo a ninguém, nem a Florêncio, pois o primo não gostava de "bandalheiras". E aquela árvore tinha sido para ele tudo: cavalo, carreta, castelo, abrigo, amante... Pensou em Luzia, imaginou-a meio enterrada no chão, de pernas para o ar. Luzia devia ter pernas bonitas. Ele ia amar Luzia como amara a figueira. Mas Luzia não era boa como a figueira, Luzia não era amiga como a figueira...

Olhou para o Sobrado: grande, branco, imóvel ao luar. Por trás daquelas paredes sua noiva decerto dormia sem remorsos, como uma criança. Tinha tudo o que queria, todos lhe faziam as vontades, era como uma rainha. Um homem ia morrer na forca, mas que era para aquela moça mimada a vida dum homem, de cem homens?

Bolívar olhou para o primo, tomado dum súbito desejo de contar-lhe o que sentia; mas a voz se lhe trancou na garganta. Depois, havia tanta coisa a dizer que ele não sabia por onde começar. Ficou olhando alternadamente para o Sobrado, para a forca e para a cadeia onde Severino estava preso. Galos cantavam. Dentro de algumas horas a manhã ia raiar.

De repente, como se seus pensamentos se transformassem em palavras à revelia da vontade, Bolívar murmurou:

— É uma barbaridade enforcarem um homem.

Atirou longe o cigarro. Florêncio encolheu os ombros.

— Barbaridade por barbaridade, há muitas outras no mundo e a gente acaba se habituando com elas.

— Mas vai ser uma injustiça! — gritou Bolívar. E suas palavras foram absorvidas pelo ar parado da noite.

Florêncio voltou a cabeça para o primo. Não lhe podia distinguir bem as feições ali à sombra da figueira, mas sentiu que no rosto dele havia sofrimento.

— Injustiça? O júri condenou o Severino.
— Mas o negrinho está inocente.
— Quê?
— Quem matou os tropeiros fui eu.

Florêncio sentiu no peito essas palavras como um soco que lhe cortou o fôlego. Mas logo se refez e reagiu:

— Não seja bobo. Vassuncê está mas é doente.

Agora ele ouvia a respiração arquejante do outro, como a dum cachorro cansado. Bolívar meteu as mãos pelos cabelos e começou a sacudir a cabeça devagarinho. Foi com voz fosca que disse:

— Mas se eu fosse me apresentar às autoridades confessando que matei os dois homens, ninguém podia duvidar da minha palavra e o Severino se salvava.

O luar era como uma geada morna sobre os telhados. Florêncio arrancou um talo de capim e mordeu-o.

— Vassuncê precisa é dormir, descansar — disse ele simplesmente.

Bolívar continuava a sacudir a cabeça.

— O negrinho vai morrer por minha culpa.
— Não diga isso, Boli. Vassuncê fez o que era direito. Contou o que viu...
— Não sei.
— Que é que não sabe?
— Se contei o que vi. No princípio achei que estava falando a verdade. Mas depois do júri comecei a duvidar. Hoje não sei mais nada... Parece que o sangue era mesmo do negro.
— Nesse caso, quem foi que matou os tropeiros?
— Sei lá! Algum ladrão que entrou de noite pela janela. Ou, quem sabe, o dono da casa.

Florêncio mordia o talo de capim e sua voz estava calma, resignada e triste quando ele disse:

— Agora é tarde.

Bolívar ergueu a cabeça e lançou um olhar na direção da cadeia.

— Não é tarde. O Severino ainda está vivo.
— Mas está preso, Boli, e vai ser enforcado amanhã.

Florêncio sentiu a mão quente e úmida do amigo apertar-lhe o pulso com uma força quase furiosa.

— Florêncio, ainda tem tempo!

O rosto de Bolívar estava agora tão próximo que Florêncio lhe sentia o hálito ácido.

— Tempo de quê?
— De salvar o negrinho.

— Mas como?
— Tirando ele da cadeia.
— Está louco?
— Não, mas sou capaz de ficar se o Severino morrer enforcado. Não posso aguentar mais essa morte na consciência.
— Mas o que é que vassuncê quer fazer?
— Escuta, tem só dois guardas na cadeia. Nós somos dois...

Florêncio agora compreendia. Cuspiu de súbito o talo de capim e sacudiu vigorosamente a cabeça.

— Vamos até a cadeia — continuou Bolívar —, amarramos os guardas, tiramos o Severino, eu dou um dos meus cavalos pra ele e mandamos o negro embora. Pode sair na direção da Cruz Alta, pode ir pra São Borja e depois pra Argentina, pra qualquer lugar. Qualquer coisa é melhor que a forca.

Florêncio tirou do bolso um pedaço de fumo em rama, desembainhou a faca e começou a fazer um cigarro. Bolívar esperava a resposta. Só depois de algum tempo é que o primo respondeu:

— Vassuncê está bem doido mesmo.
— Não estou, já disse. Ainda tem tempo. Vamos.

Florêncio picava fumo, calmo. Ele conhecia o primo. Tudo aquilo ia passar. Ainda bem que não havia ninguém por ali para ouvir aqueles despautérios.

— Vassuncê precisa mas é de descansar. Amanhã quando raiar o dia tudo vai ficar direito.
— Não fica. Fica pior.
— Sabe duma coisa? Um banho no lajeado ia le fazer bem. Vamos?

Bolívar pareceu não ouvir o que o outro propusera.

— Vamos tirar o Severino da prisão enquanto é tempo — insistiu. — Quando amanhecer vai ser tarde demais.

Viam uma janela iluminada na casa da cadeia. Era o candeeiro que passava a noite aceso. Havia dois guardas que se revezavam na vigília. Às vezes ficavam acordados jogando bisca e bebendo. Contava-se que não raro ambos caíam no sono... Os olhos de Bolívar agora estavam fitos na janelinha iluminada.

Florêncio guardou a faca na bainha e começou a amassar o fumo no côncavo da mão.

— Nós tiramos o Severino da cadeia... — disse ele com sua voz calma — e depois, que vai ser de nós?

Bolívar encolheu os ombros.

— Que me importa?
— Como, homem? Não vê que é uma coisa muito séria dar escapula pra um condenado à morte?
— Pois então fugimos também com ele, vamos pro outro lado do Uruguai.
— Vassuncê perdeu o juízo. Não se lembra que amanhã é o dia de seu contrato de casamento?
— Que me importa? A vida duma pessoa tem mais importância.

— Que tem, tem. Mas o caso aqui é diferente. Os jurados acharam que o negrinho era culpado. Se alguém errou não foi vassuncê, foi o júri.

— Mas houve um jurado que não achou o Severino culpado. Foi o seu pai. Ele disse que conhece as pessoas pelo jeito de olhar. Ele jura que o negrinho não era capaz de cometer aquele crime. Tio Juvenal conhece as pessoas. Ele nunca se engana.

Florêncio alisava agora a palha do cigarro.

— O papai às vezes também se engana. Todo o mundo se engana. Ninguém é infalível. Só Deus.

— Deus também se engana. Há muita injustiça no mundo.

— Vassuncê precisa é dum banho frio. Por que não encilhamos os cavalos e vamos até o lajeado?

De novo galos cantaram: eram como um relógio dando horas. Cada vez mais se aproximava o fim da noite. Bolívar olhou para o horizonte através duma boca de rua. Temia ver aquela parte do céu clarear. Mas que era mesmo que ele temia? A hora do enforcamento? A hora do noivado? O suor agora lhe entrava pelos cantos da boca, pelos olhos, e por alguns segundos ele viu a noite através duma cortina líquida: tudo trêmulo e vago. Seus próprios pensamentos pareciam encharcados de suor, estavam confusos, misturados, eram como um mingau quente de febre. Pensava estonteadamente em Severino e em Luzia: ora lhe parecia que fora Luzia quem mandara matar Severino; ora era Severino quem estava na cama de Luzia, montado nela, com seus braços negros a enlaçar-lhe as coxas; ora era Luzia quem estava na cadeia e ia ser enforcada. Depois imaginava-os todos a fugir para o Uruguai, a galope, montados em cavalos em pelo — ele, Luzia, Florêncio, Severino —, perseguidos pela polícia, perseguidos pelos galos e pelas barras do dia.

Levantou-se, brusco.

— Pois se vassuncê não quer ir comigo, eu vou sozinho.

— Vai aonde? — perguntou Florêncio, apesar de saber a que o outro se referia.

— Tirar o Severino da cadeia.

Florêncio soltou uma risadinha seca.

— Mas primeiro tem que lutar comigo.

Ergueu-se também, mas lento, com o cigarro apagado entre os dentes.

Bolívar olhou para o amigo, cuja calma o enervava. Teve vontade de esbofeteá-lo. E — estranho — num relâmpago compreendeu que naquele momento ele tinha inveja do outro. Florêncio não sofria, *era um homem livre, não ia casar-se com Luzia Silva*. Sentiu também ciúme dele, porque sabia que Florêncio sempre gostara de Luzia, e esta muitas vezes dera mostras de não lhe ser indiferente. E ali estava agora o primo, pachorrento, batendo o isqueiro para acender o seu cigarro. Invejava-lhe também aquela calma, a consciência tranquila, a segurança de suas palavras, de seus gestos, de suas convicções.

Bolívar olhou de novo para a janela da cadeia. Atravessaria a praça correndo, armado de pistola e, entrando de repente, faria que os guardas dessem liberdade a Severino. "Corre, negro, foge! Tira o meu cavalo da estrebaria e foge pro Uruguai. Depressa!"

Passou a mão pelo rosto, enxugando o suor. Sentiu que não podia fazer nada do que pensava. Era loucura. Severino estava perdido. Ele estava perdido. Todos estavam perdidos. Todos menos Luzia. Ela sempre fazia e tinha o que queria. Ela e Florêncio. E então de repente lhe veio uma ideia. "Eu solto o Severino e fujo com ele pra Argentina. Florêncio fica e acaba casando-se com Luzia." Ali estava a solução! Nesse momento verificou que estava desarmado. Tinha de ir até a casa para buscar dinheiro e suas armas. Entraria na ponta dos pés, sem fazer barulho... Lembrou-se da mãe. Que ia ser dela se ele fugisse? Por alguns instantes teve na mente a imagem de Bibiana, de camisola, os cabelos grisalhos soltos, uma lamparina na mão... A mãe morreria de desgosto se ele fugisse.

Florêncio pitava serenamente. Bolívar aproximou-se da figueira e passou-lhe a mão pelo tronco áspero. Quando meninos eles tinham gravado seus nomes a ponta de faca naquele tronco. Como não soubesse escrever, Severino desenhara ali apenas uma cruz. Agora o coitado ia morrer na forca, talvez nem o enterrassem como cristão. Não teria de seu nem uma cruz. Bolívar prometeu a si mesmo que havia de comprar para Severino uma sepultura com uma cruz e uma inscrição, como sepultura de branco. Passara a fúria. Lentamente tornou a sentar-se. O chão estava tépido como um corpo humano. Pensou em Luzia e desejou estar na cama com ela, não para amá-la, mas para ter um seio onde repousar a cabeça cansada e chorar. Porque a vontade de chorar lhe crescia aos poucos no peito. Por alguns instantes lutou com ela, mas por fim cedeu, e o choro rompeu-lhe da garganta num soluço. Escondeu o rosto nas mãos e ficou a soluçar convulsivamente.

Florêncio baixou os olhos para o amigo e pensou: "Ele tem medo da Luzia". Mas não disse nada. Olhou para o Sobrado e pensou na moça. Agora que ela ia casar com o primo, deixava de ser mulher para ele. Estava tudo acabado. Doença de amor se cura com o tempo. No fundo ele se sentia feliz por Luzia não o ter escolhido. Feliz não era bem a palavra: aliviado, isso sim. Luzia não era mulher para ele nem para Bolívar. Ia casar com o rapaz por capricho ou por birra, ninguém sabia bem ao certo por quê. Amor não era, que Luzia não era mulher para isso. Pobre do Boli! Se não botasse cabresto na esposa desde o primeiro dia, estava perdido. Luzia era como certos cavalos que precisavam de rédea curta. Mas qual! Boli estava cego de amor, ia passar a vida dominado por ela. Em tudo aquilo só havia uma esperança: era tia Bibiana, que ia morar também no Sobrado. Ela cuidaria de Boli, seria sempre um escudo para o filho. Luzia era voluntariosa, autoritária, cheia de caprichos, mas ia encontrar pela frente uma adversária de respeito. Tia Bibiana tinha a cabeça no lugar: era uma mulher dos bons tempos. Estava habituada a lidar com gente, e tinha a fibra dos Terras — concluiu Florêncio com certo orgulho, tirando uma baforada.

Nesse instante viu que um vulto se aproximava. Reconheceu os contornos do dr. Carl Winter. O médico alemão era inconfundível. Ninguém mais em Santa

Fé se vestia daquele jeito engraçado. Ninguém ali usava chapéu alto como chaminé nem aquelas roupas estapafúrdias.

A poucos passos da figueira Carl Winter parou.

— Boa noite, doutor! — exclamou Florêncio.

Por alguns instantes o médico ainda hesitou mas, por fim, reconhecendo o rapaz, respondeu:

— Boa noite, Florêncio. Boa noite.

Deu mais alguns passos à frente.

— Que anda fazendo por aqui a estas horas? Virou lobisomem?

Winter soltou a sua risada em falsete e antes de responder ficou a acender um de seus charutinhos.

— Fui chamado para ir ver o coronel Bento. Comeu charque arruinado e ficou com cãibras no estômago.

— Deve ter sido charque da charqueada dele — observou Florêncio.

Foi então que Winter viu Bolívar.

— Ah! Bolívar. Não tinha visto o amigo. Boa noite.

Bolívar fungou.

— Boa noite.

— Está resfriado?

— Um pouco.

Florêncio aspirava com certo prazer a fumaça do charutinho do médico. Ali em Santa Fé só ele fumava aqueles charutos do tamanho dum cigarro. O dr. Winter era um homem fora do comum, que vestia roupas de veludo nas cores mais extravagantes, com uns esquisitos coletes de fantasia. Fazia uns dois anos que estava na vila e diziam que tinha emigrado da Alemanha por se ter metido numa revolução. Seus inimigos afirmavam que ele não era formado, mas o dr. Winter tinha em casa um diploma para quem quisesse ver: era um papel escrito em alemão que ele guardava dentro dum canudo de lata. O Schultz garantia que o diploma era legítimo.

Fez-se um silêncio. O dr. Winter parecia estar olhando para a forca, e Florêncio, temendo que ele falasse em Severino, procurou levar a conversa para outro rumo.

— É grave? — perguntou.

— Grave? — repetiu o médico.

— A doença do coronel Bento.

— *Ach!* Um purgante de sal amargo resolve tudo.

Florêncio sempre admirava a maneira correta com que aquele homem se exprimia em português; tinha um sotaque muito forte, era verdade, carregava nos erres, mas quanto ao resto falava fluentemente como um brasileiro educado, quase tão bem como o juiz de direito ou o padre. E diziam que sabia também o seu latim e que em sua casa tinha muitos livros escritos em línguas estrangeiras.

Florêncio continuava a aspirar a fumaça do charutilho do médico, de cheiro tão forte como o do seu cigarro de palha.

— Ainda não se decidiu a pitar um crioulo, doutor?

O outro sacudiu a cabeça.

— Nem a dormir com mulatas — respondeu com voz risonha. — Há muitos produtos desta terra que não são para meu paladar.

Florêncio sorria. De cabeça baixa, protegido pela sombra, Bolívar pedia a Deus que o médico fosse logo embora.

— Pelo cigarro crioulo eu respondo — assegurou-lhe Florêncio, mostrando os dentes num lento sorriso. — Também nunca fui apreciador de mulatas.

— Que é que diz o Bolívar?

Bolívar não respondeu. Limitou-se a erguer a cabeça para o médico.

— Ele agora vai sentar o juízo — disse Florêncio. — Amanhã fica noivo.

O dr. Winter coçou o queixo onde crescia, revolta, uma barbicha ruiva.

— Não acha então que devia estar na cama descansando? — perguntou com jeito quase paternal.

Florêncio apressou-se a responder:

— O homem perdeu o sono e então viemos pra cá palestrar e tomar a fresca.

O médico resmungou qualquer coisa, puxou uma baforada de fumo, cuspinhou para o lado e disse:

— Bom. Vou ver se durmo um pouco. Dizem que a noite foi feita para dormir.

— Dizem — repetiu Florêncio.

— Boa noite, rapazes.

— Boa noite, doutor.

Winter afastou-se na direção de sua residência. Morava numa meia-água atrás da igreja, ao lado da casa do padre. Por alguns instantes Florêncio acompanhou-o com os olhos. Gostava do dr. Winter. Sentia por ele uma espécie de respeitosa confiança, como a que a gente sente por uma pessoa séria e idosa. No entanto o médico não teria muito mais de trinta anos. Devia ser aquela barba e aqueles óculos que lhe davam um ar assim tão respeitável.

— Será que ele notou? — perguntou Bolívar.

— Notou o quê?

— Que eu estava chorando.

Florêncio encolheu os ombros.

— Sei lá! Esse homem parece que não olha pra nada mas enxerga tudo com o rabo dos olhos.

Houve um curto silêncio e depois Bolívar perguntou:

— Será que vão mandar o doutor Winter examinar o corpo?

— Que corpo, homem?

— O do Severino, depois que enforcarem ele.

— Para com isso, Boli. Que homem custoso!

Bolívar olhou para o Sobrado e tornou a pensar em Luzia.

5

Naquele mesmo instante o dr. Carl Winter — que atravessava a praça com suas passadas lentas e largas — olhava para a casa de Aguinaldo Silva e também pensava em Luzia. Tinha-a na mente tal como a vira no Sobrado na festa de seu aniversário, toda vestida de preto, junto duma mesa, a tocar cítara com seus dedos finos e brancos. Nessa noite ficara fascinado a observá-la, e houve um minuto em que uma voz — a sua própria a sussurrar-lhe em pensamento — ficara a repetir: Melpômene, Melpômene... Sim, Luzia lhe evocava a musa da tragédia. Havia naquela bela mulher de dezenove anos qualquer coisa de perturbador: uma aura de drama, uma atmosfera abafada de perigo. Winter sentira isso desde o momento em que pusera os olhos nela e por isso ficara, com relação à neta de Aguinaldo, numa permanente atitude defensiva. Numa terra de gente simples, sem mistérios, Luzia se lhe revelara uma criatura complexa, uma alma cheia de refolhos, uma pessoa, enfim — para usar da expressão das gentes do lugar —, "que tinha outra por dentro". Ao conhecê-la, Winter ficara todo alvoroçado como um colecionador de borboletas que descobre um espécime raro no lugar mais inesperado do mundo. Ao contrário, porém, do que sentiria um colecionador, não desejou apanhar aquela borboleta em sua rede: ficou, antes, encantado pela ideia de seguir-lhe o voo, de observá-la de longe, viva e livre. Que mistérios haveria dentro daquela cabeça bonita?

Boas coisas não havia de ser — concluíra ele. O instinto lhe insinuava isso. Lembrou-se de seu professor de clínica, segundo o qual em medicina, como em tudo o mais, o instinto é tudo. Seu olho clínico, ou seu sexto sentido, fazia soar uma sineta de alarme toda a vez que ele via Luzia Silva. E sempre que visitava o Sobrado, enquanto o velho Aguinaldo contava com sua voz cantante histórias do sertão pernambucano, ele ficava a examinar furtivamente, com olhares oblíquos, a menina Luzia. Que tinha ela de tão estranho? Talvez os olhos... Eram grandes e esverdeados... Ou seriam cinzentos? Era difícil chegar a uma definição, pois lhe parecia que eles mudavam de cor de acordo com os dias ou com as horas. Possuíam uma fixidez e um lustro de vidro e pareciam completamente vazios de emoção. Winter descobrira que Luzia fitava as pessoas com a mesma indiferença com que olhava para as coisas: não fazia nenhuma distinção entre o noivo, uma mesa ou um bule. Pobre Bolívar! Winter achava absurdo que duas pessoas tão desiguais estivessem para casar, morar na mesma casa, dormir na mesma cama e juntar-se para produzir outros seres humanos. Bolívar mal sabia ler e assinar o nome: era um homem rude. Carl não acreditava que Luzia o amasse; para falar a verdade não a julgava capaz de amor por ninguém... Quanto ao rapaz, era natural que estivesse fascinado por ela. Winter sabia o quanto era difícil para qualquer homem que estivesse na presença de Luzia desviar os olhos de seu rosto. Reconhecia que ele próprio sentia pela senhora do Sobrado um certo desejo físico. Era, porém, um desejo sem ternura, um desejo frio e perverso.

Afastou os olhos do casarão e baixou-os para a terra onde se projetava sua sombra alongada. E então de repente sentiu o silêncio da noite e aquela impressão de mistério que o envolvia sempre que ele caminhava sozinho de madrugada, pelas ruas desertas. Sentira isso na sua aldeia natal, em Heidelberg, em Paris, em Berlim. Era como se nessas horas solitárias ele fosse uma espécie de fantasma de si mesmo.

"Melpômene", murmurou. E imediatamente lhe veio uma ideia curiosa: nunca ninguém pronunciara aquele nome naquela vila. Talvez nem naquela província... Depois, mais alto, como se se dirigisse à própria sombra, repetiu: *Melpômene*. Nunca — refletiu. — Eu sou o primeiro. E o primeiro também que passeia sob este céu com estas roupas. E rindo o seu riso interior o dr. Winter olhou para a própria silhueta no chão e teve mais que nunca consciência da maneira como estava vestido: a sobrecasaca de veludo verde, as calças de xadrez preto e branco, muito ligadas às coxas e às pernas, e principalmente aquele chapéu alto, que era um dos grandes espetáculos de Santa Fé. Sabia que suas roupas davam muito que falar. Os colonos alemães em sua generalidade haviam já abandonado seus trajos regionais e adotado os dos naturais da Província. Mas ele, Winter, preferira conservar-se fiel à indumentária europeia e citadina, e continuava a vestir-se bem como se ainda vivesse em Berlim ou Munique. Por outro lado, no que dizia respeito às coisas do espírito, também continuava a usar as modas europeias; e não queria mudar, pois sabia que, no dia em que se adaptasse e começasse a comer e vestir como os nativos, mais da metade do encanto de viver naquela terra remota estaria perdida. Winter sempre amara sua independência: era um individualista. Não via, pois, melhor maneira de se afirmar como um indivíduo, e de defender sua independência, do que a de andar vestido daquele modo inconfundível.

Antes de entrar em sua rua lançou um olhar enviesado na direção da figueira grande. Ela lhe dera a impressão duma enorme galinha a acolher sob as asas aqueles dois pintos — Florêncio e Bolívar. Ele vira claramente que um dos pintos estava assustado... Se eu fosse me casar com Luzia Silva — refletiu Carl Winter jogando ao chão o toco do charuto —, também perderia o sono... E entrou em casa.

O cheiro de picumã e mofo — que ele tanto detestava mas com o qual já começava a habituar-se — envolveu-o num abraço familiar. Winter acendeu o candeeiro, franzindo o nariz ao cheiro do sebo frio; brotou dele uma chama amarelenta e móvel, e aos poucos as coisas daquele quarto como que foram crescendo da sombra para fazer-lhe companhia: a cama de vento, a gamela de pau que lhe servia de bacia, o jarro de folha amassada, as cadeiras de palhinha, a estante com os livros, a mesa de pinho, sebosa e guenza, com seus papéis, o tinteiro, o secador de louça e a pena de pato... As paredes caiadas estavam manchadas de umidade.

Que contraste aquele ambiente oferecia quando Winter o comparava com os aposentos que tivera na Alemanha! Mas aquela rusticidade, aquela pobreza davam-lhe um absurdo prazer como o que uma pessoa sente ao se infligir certos castigos sem propósito: tomar banhos frios no inverno, dormir em camas duras.

Winter pendurou o chapéu num prego cravado na parede e começou a despir-se lentamente. Ouvia o ressonar pesado da negra Gregória, uma escrava que ele comprara havia pouco mais de ano e à qual dera alforria imediatamente. Ela lhe preparava a comida e tomava conta da casa. Era uma preta de carapinha amarelenta, velha e reumática, de pernas elefantinas. Sua presença fazia-se sentir duma maneira muito aguda, impunha-se à vista, ao olfato e ao ouvido, porque Gregória cheirava mal, era grande, movia-se com ruído e passava quase todo o dia cantando, falando consigo mesma ou arrastando pesadamente os pés inchados pela cozinha.

Por que era que ele insistia em continuar naquela casa? Extravagância? Autoflagelação? Ou simples preguiça? Talvez fosse preguiça. A verdade era que costumava divertir-se imaginando o que diriam seus amigos de Berlim se o vissem naquele ambiente. Ouvindo os roncos de Gregória, Carl disse para si mesmo: eu podia estar morando com Gertrude Weil numa casinha limpa de Eberbach, com vasos de flores nas janelas. No entanto estou nesta pocilga, em Santa Fé, na companhia da negra Gregória. *Ach, du lieber Gott!*

Estava agora completamente nu. Tinha um corpo muito esguio e ossudo, dum branco de marfim, pintalgado de sardas e recoberto duma penugem fulva. Ficou a imaginar o que aconteceria se um dia saísse a andar assim despido pelas ruas do povoado. Certamente aqueles homens sairiam a caçá-lo a tiros e as mulheres que o vissem soltariam gritos de horror. E só de pensar nisso Carl ficou sacudido de riso. Baixou os olhos na contemplação do próprio corpo. Era magro e dessangrado como o Crucificado de Van der Weyden que ele vira em Viena. Apenas o Cristo da pintura não usava óculos. Nem era ruivo. Nem formado em medicina. Nem... *Ach!... Du bist ein Hanswurst, Carl!*

Estendeu-se na cama e apanhou um livro de poesias de Heine. Mas não abriu o volume. Pô-lo em cima do ventre, achando gostoso o contato fresco da capa de couro negro. Cerrou os olhos e em breve verificou que estava sem sono. Abriu o livro e começou a ler um poema, mas com a atenção vaga. Tornou a fechar o volume, soprou a lamparina, e o ar, que estava amarelento, ficou azulado: o foco de luz deixou de ser a velha candeia de ferro para ser a janela escancarada por onde entrava o luar. E nesse retângulo violeta Winter começou a ver o crivo miúdo das estrelas.

Tirou os óculos e pô-los com todo o cuidado em cima da cadeira, ao lado da cama. E de repente, como já acontecera antes tantas vezes, sentiu-se tomado de uma sensação de estranheza que ele poderia toscamente resumir nestas palavras: "Eu, Carl Winter, natural de Eberbach, formado em medicina pela Universidade de Heidelberg, completamente nu, deitado numa cama tosca, num quarto malcheirante, numa casa miserável na vila de Santa Fé, perdida no meio das campinas da Província de São Pedro do Rio Grande, Brasil, América do Sul". Como? Por quê? Para quê? Enlaçou as mãos sobre o ventre e ficou de olhos cerrados a pensar. Era o melhor estratagema que conhecia para aprisionar o sono. Procurava narcotizar-se com pensamentos até dormir. E nunca conseguia ver claro o momento em que cruzava a tênue linha que separa o devaneio do sono.

Como? Por quê? Para quê? Não cometi nenhum crime. Não sou nenhum imbecil. O mundo é muito largo. Eu podia estar no Cairo, em Bombaim, em Cantão, em Caracas. E por que não em Munique, Berlim ou mesmo Eberbach...

Sempre hesitava antes de responder, quando lhe perguntavam por que deixara a pátria. Certo, não era um "colono" como os outros alemães que se haviam estabelecido às margens do rio dos Sinos. Não viera à procura do El Dorado nem da Galinha dos Ovos de Ouro. Refugiado político? Talvez fosse essa a sua classificação. Sua malícia, entretanto, recusava o título dramático e levava-o a resumir sua história em poucas palavras: "Estou aqui principalmente porque Gertrude Weil, a *Fräulein* que eu amava, preferiu casar-se com o filho do burgomestre. Isso me deixou de tal maneira desnorteado, que me meti numa conspiração, que redundou numa revolução, a qual por sua vez me atirou numa barricada. Ora, essa revolução fracassou e eu me vi forçado a emigrar com alguns companheiros".

Carl Winter gostava de relembrar a série de acontecimentos fortuitos que o haviam trazido de Berlim a Santa Fé, através das mais curiosas escalas. Desembarcara no Rio de Janeiro com o diploma, a caixa de instrumentos cirúrgicos e algum dinheiro no bolso, decidido a estabelecer-se ali, fazer clínica, juntar uma pequena fortuna para um dia — depois que seu governo tivesse indultado os revolucionários e ele conseguido esquecer Trude Weil — retornar à Alemanha. Achou, porém, que o Rio era insuportavelmente quente, tinha um incômodo excesso de mosquitos e mulatos, além da ameaça permanente da febre amarela. Meteu-se com armas e bagagens num patacho que se fazia de vela para a Província de São Pedro — que lhe diziam ter um clima semelhante ao do sul da Europa — e desembarcou na cidade do Rio Grande, onde julho o esperou com ventos gelados que cheiravam a maresia e nevoeiros que o lembraram agradavelmente dum inverno que ele passara em Hamburgo, quando adolescente. Apresentou suas credenciais à prefeitura e, sabendo existir na cidade uma grande carência de médicos, ofereceu-se para trabalhar gratuitamente no hospital de caridade local. Foi lá que um dia, fazendo sua visita matinal aos doentes, encontrou deitado num daqueles catres sujos e malcheirosos, num contraste com as caras tostadas dos nativos, um homem louro, extremamente jovem, e de aspecto europeu. Deteve-se, interrogou-o e verificou que se tratava de um alemão que viera com as tropas mercenárias que o governo brasileiro havia contratado para lutar contra os soldados do ditador Rosas. E o pasmo de Winter chegou ao auge quando o moço lhe declarou chamar-se Carl von Koseritz e ser descendente duma família nobre do ducado de Anhalt. Foi, pois, com uma mistura de surpresa e cepticismo que o médico ouviu aquele homem de feições finas, ali estendido num sórdido leito de hospital de indigentes, contar-lhe que seu irmão Kurt fora ministro do duque e sua irmã Tony, dama de honor da duquesa.

— Mas como foi que veio parar neste país, nesta cidade, neste hospital?
— Fui renegado pela minha família — sorriu o moço.

O médico ia perguntar: "Por quê?", mas conteve-se a tempo.

Era uma pergunta indiscreta. Talvez o rapaz houvesse falsificado a firma do pai em alguma letra para pagar dívidas de jogo... Ou então, amante de alguma condessa, tivesse sido obrigado a matar o conde num duelo...

Von Koseritz, porém, apressou-se a explicar que, sendo estudante em Berlim, se metera, contra a vontade dos pais, na revolução de 48. E acrescentou:

— E já que estava em ritmo de guerra, achei melhor vir para cá com os Brummers para lutar contra o tirano Rosas. Sabe o que eu era? — perguntou a sorrir com malícia. — Canhoneiro do Segundo Regimento de Artilharia! — Suspirou. — Mas aconteceu que a tropa se insubordinou e foi dissolvida. Assim um dia me vi doente e sem recursos nesta cidade estranha. Eis a minha história.

Winter olhava para o outro numa confusão de sentimentos. Tudo aquilo lhe cheirava vagamente a ópera-bufa. O rapaz, porém, lhe mostrou os documentos comprobatórios de sua identidade. Tinha um belo nome: Carlos Júlio Cristiano Adalberto von Koseritz. Nascera em 1830: estava portanto com apenas vinte e um anos!

— E agora? — perguntou Winter. — Que vai fazer depois que der alta do hospital?

— Ficar nesta província.

— E plantar batatas como nossos compatriotas de São Leopoldo?

— Não. Abrir uma escola e ensinar; fundar um jornal e escrever.

— Mas como, se nesta terra se fala o português?

— Dentro de pouco tempo estarei habilitado a escrever nessa língua tão bem como na minha.

Era assombrosa a certeza que aquele moço tinha de seu futuro.

— E sabe duma coisa, doutor? — perguntou von Koseritz, passando os dedos pela barba loura que lhe cobria o rosto. — Talvez eu ainda venha a me naturalizar brasileiro.

— Mas... e sua família?

O outro Carl deu de ombros.

— Um dia eles vão compreender que não precisei de seu nome nem de seu auxílio para abrir caminho na vida.

Aquele diálogo marcara o início duma boa e sólida amizade. E fora por conselho de Carl von Koseritz que Carl Winter transferira residência de Rio Grande para Porto Alegre. Perguntara-lhe o barão numa carta: "Por que não vai clinicar na bela cidade que os açorianos ergueram às margens dum magnífico estuário e no meio de colinas verdes? Entre as muitas vantagens que ela oferece, tem a de ficar a pequena distância de São Leopoldo, que meu caro amigo poderá visitar periodicamente quando sentir a nostalgia do Vaterland".

Winter, porém, não tardou a declarar guerra à cidade açoriana. Para principiar não era o que ele esperava. Gostou do cenário mas detestou os atores. Por outro lado, não conseguiu fazer muita clínica, pois os médicos locais o hostilizavam. Os costumes da terra o irritavam tanto como os habitantes e, por fim, Carl, só por birra, começou a meter-se em discussões políticas, o que lhe valeu mais inimizades. Escrevia longas cartas ao barão dando-lhe conta de seus agravos e idiossincrasias. Von Koseritz respondia-lhe com sugestões animadoras: *"A única vantagem que um homem solteiro tem sobre o casado é a da mobilidade. Pois se não gosta de Porto Alegre, mude-se. O meu caro doutor é um homem livre. Por que não tenta as colônias? Vá visitá-las a título de experiência. Talvez goste delas e fique por lá"*. Winter foi, não gostou e não ficou. Concluiu que seus compatriotas o irritavam tanto ou mais que os nativos. Muitos deles eram estúpidos e cheios de preconceitos. Havia-os de toda a natureza e de todas as origens, inclusive os que se envergonhavam do título de "colonos" e declaravam não terem vindo para o Brasil trazidos pela fome, pelo desejo de fugir aos impostos ou de enriquecer: eram, isso sim, exilados políticos. Alguns chegavam a insinuar até vagos antepassados de sangue azul. Em sua maioria ficavam indignados quando alguém os julgava mecklenburgueses, pois contava-se que as primeiras levas de colonos vindas de Mecklenburgo eram formadas de mendigos e presidiários.

Winter encontrara compatriotas que haviam assimilado todos os maus hábitos dos naturais da terra, e vira até colonos alemães que viviam amasiados com mulatas e negras, das quais tinham filhos. Moravam em ranchos miseráveis, andavam descalços e já estavam roídos de vermes e sífilis. Em sua maioria, porém, prosperavam, moravam bem, ganhavam dinheiro, aumentavam as propriedades. Desprezavam o caboclo e eram por sua vez desprezados pelos estancieiros, dos quais não gostavam, embora parecessem temê-los. Era triste ver como em seus baús e sacos, junto com roupas e tarecos, haviam trazido para o Brasil todos os prejuízos, rivalidades e mesquinhezas de suas aldeias natais. Não compreendiam — os insensatos! — que lhes seria possível passar a vida a limpo naquela pátria nova.

Winter decidiu então procurar a zona rural do Rio Grande, onde não havia núcleos coloniais alemães. Sempre desejara conhecer as terras que ficavam para as bandas de oeste. Um dia comprou uma bússola, um mapa e um cavalo e meteu-se pelo interior da Província. Queria ir até as ruínas das reduções jesuíticas, cujas lendas tanto o seduziam. E assim de estância em estância, de povoado em povoado, melhorando e enriquecendo cada vez mais seu português, fazendo curas aqui e ali e recebendo como pagamento hospitalidade, mantimentos ou dinheiro, foi penetrando o interior, subiu a serra e, antes de entrar na zona missioneira, chegou a Santa Fé num entardecer de maio. Pernoitou na vila e ficou de tal modo fascinado pelo lugar, que resolveu ali permanecer por algum tempo, esquecido da visita às Missões. Que havia naquele vilarejo pobre que tanto lhe falava à fantasia? Não sabia explicar. Gostara daquelas ruas tortas, de terra batida e muito vermelha, em contraste com o intenso verde das campinas em derredor. Achara um encanto rude e áspero nas casas e na cara das gentes, na pracinha de árvores copadas, nos quintais lamacentos onde roupas secavam ao sol. Por uma razão misteriosa Santa Fé lhe parecera uma vila familiar, que ele conhecia dum sonho ou duma outra vida: tinha a impressão de haver já cruzado aquelas ruas num passado muito remoto e só agora descobria que sempre desejara voltar ali. No entanto aquele conglomerado de casinholas sem estilo nem história não se parecia em nada com sua cidade natal de Eberbach. Por ali não corria nenhum rio que lhe pudesse lembrar o Neckar, não se via nenhuma elevação de terreno que sugerisse a serra de Odenwald. E estava claro que só num pobre espírito de paródia ele poderia comparar o sobrado de Aguinaldo Silva com o velho castelo dos tempos de Barba-roxa, uma das relíquias históricas de Eberbach. Mas a verdade era que Winter pensara passar apenas uma semana em Santa Fé e no entanto lá estava havia já mais de dois anos! Por quê? Por quê? Por quê?

Por alguns instantes, de olhos sempre cerrados, Carl Winter ficou a passar a mão pelo tórax, sentindo o relevo das costelas. Por quê? Um mosquito esvoaçava-lhe em torno da cabeça, tocando em surdina seu violino miudinho. Mas por quê? D. Bibiana dera uma explicação simples: Santa Fé tinha feitiço. E explicara: "O meu homem, o falecido capitão Rodrigo, um dia chegou pra passar a noite na vila e ficou aqui o resto da vida, que infelizmente foi mui curta". Sim, Santa Fé devia ter um poderoso sortilégio. Gregória acreditava em mandinga. (Luzia Silva devia ter mandinga naqueles olhos de réptil.) Desde que chegara à vila, Winter fazia projetos de "ir embora na próxima semana". Ficar era absurdo, não havia nenhuma razão ponderável para isso. Podia ir para Buenos Aires, ou voltar para qualquer capital europeia onde houvesse teatro, música (que falta ele sentia de teatro e de música!) e museus onde de quando em quando pudesse encher os olhos e o espírito com a beleza das obras dos grandes mestres. Queria um lugar que lhe oferecesse conforto e oportunidades de agradável convívio humano. Mas os dias e as semanas passavam e ele ia ficando. Assustava-se à ideia das léguas que teria de vencer, montado no lombo dum cavalo ou então sacolejando dentro duma diligência desconjuntada para chegar a Porto Alegre e Rio Grande, a fim de tomar um navio. Outras vezes deixava-se ficar à espera dum acontecimento: umas cavalhadas, umas carreiras, um batizado ou um casamento para o qual fora convidado. Mas a verdade era que ia ficando por pura inércia. Durante o inverno vivia a praguejar em alemão. O minuano entrava assobiando pelas frestas de sua casa e o frio lhe enregelava os membros. Punha todas as roupas quentes que tinha, vivia na proximidade dos fogões, erguia os olhos coléricos para o céu nublado e jurava que iria embora na semana seguinte. Mas vinham dias de sol, e o céu, despejado de nuvens, ficava de novo dum limpo azul. Carl Winter gostava das laranjas que as geadas faziam amadurecer, das bergamotas gordas e douradas, sentia um prazer especial em beber todas as manhãs leite morno, recém-saído dos úberes da sua vaca malhada, e adorava os churrascos que Gregória lhe assava no fundo do quintal e que ele comia com gosto, respingando de farinha a barba ruiva. E havia os hábitos: a conversa de após o almoço na loja do Alvarenga; as partidas de xadrez e as discussões com o juiz ou com o vigário; os serões semanais no Sobrado, quando Luzia tocava cítara e torturava Bolívar com sua indiferença, e uma escrava vinha com a panela de pinhão cozido ou com pratos cheios de bolos de polvilho. No fim de contas o inverno não durava toda a vida e se a gente tivesse um pouco de paciência a primavera não tardaria muito a vir. E Winter ia ficando. Não raro apaixonava-se por um caso de sua clínica. O cel. Amaral se tomara de amores por ele e o fato de contar com a simpatia e a proteção do chefe político da terra dava-lhe facilidades e vantagens que ele não aproveitava por pura preguiça, pela mesma preguiça que o fazia ir ficando, ficando sempre...

Gostava de dar pela manhã longos passeios a pé pelo campo, sentindo no rosto a brisa fresca que cheirava a sereno batido de sol. Nessas ocasiões deixava os olhos passearem pelas coxilhas verdes onde as macegas pareciam as cabeleiras de milhares de *Fräulein* soltas ao vento. (Trude! Trude! *Ich liebe dich, aber das ist ja unmöglich*...) Numa carta que dirigira a von Koseritz, descrevendo-lhe a vida que levava, dissera: "*Ich berausche mich an der Weite des Horizontes*", tomo bebedeiras de horizontes. Nunca em toda a sua vida vira céus mais largos nem sentira tamanha impressão de liberdade. Na paisagem ele descobria então o mais poderoso motivo de sua permanência em Santa Fé. É que ela lhe dava uma vertiginosa sensação de ser livre, de não ter peias nem limites. De certo modo naquela vida ele realizava pela primeira vez seu velho ideal de não assumir compromissos definitivos com ninguém nem com coisa alguma. Não ter amo nem mestre, e poder — ah! principalmente isso —, poder de vez em quando dar-se o luxo da solidão, da mais absoluta e hermética solidão, eram positivamente coisas voluptuosas! A paisagem daquela província perdida nos confins do continente americano era doce e amiga, supinamente civilizada, um cenário digno de abrigar a gema da raça humana. Parecia que ao criá-la Deus tivera em mente povoá-la de figuras como Platão, Sócrates, Goethe e Shakespeare. No entanto por ali andavam homens rudes como Bento Amaral ou então aberrações humanas como aquele gnomo que se chamava Aguinaldo Silva. Nem mesmo Luzia pertencia à paisagem. Havia naquelas distâncias e campinas, lagoas e horizontes, uma pureza e uma inocência que ele não sentia na neta do pernambucano.

O pôr do sol de Santa Fé também o deixava exaltado. Em certos dias de outono subia à coxilha do cemitério para ver os crepúsculos vespertinos, que eram longos e fantasticamente coloridos. Em certas horas o céu do poente tomava uma tonalidade esverdeada e transparente: era como se a cor dos campos se refletisse no vidro do horizonte. E sobre toda a paisagem em torno pairava uma vaga neblina violeta que acentuava as sombras, tingia as pessoas, os animais e as coisas, parecendo aumentar a quietude do ar e da hora. Winter ficava imóvel junto dos muros do cemitério — entre o silêncio dos mortos e aquela fantasmagoria do céu — vendo nas nuvens castelos das lendas do Reno, perfis de profetas barbudos, monstros antediluvianos, rebanhos de carneiros brancos e rosados, exércitos em fuga, vulcões, ou fabulosas cidades de gelo iluminadas pelo clarão de incêndios. Mas quando não havia nuvens os crepúsculos eram doces — azul--desbotado, malva e rosa — e a paisagem adquiria uma pureza e uma simplicidade tão grandes que Carl Winter ficava com lágrimas nos olhos e começava a murmurar versos de Heine, e ao mesmo tempo a achar-se muito piegas e muito romântico por estar naquela atitude, fazendo e sentindo aquelas coisas. E desse modo — através de seu eu cínico e de seu eu sentimental — ele gozava duplamente da situação.

Adquirira o hábito de falar consigo mesmo em voz alta. Fazia-o em alemão, em geral quando caminhava pelas ruas da vila ou saía em seus passeios solitários pelos arredores. Os caboclos miravam-no intrigados — Winter percebia com o rabo dos olhos. Mas mesmo quando encontrava estranhos continuava em seu solilóquio, pois tinha a impressão de que, como falava alemão, a coisa toda perdia o seu caráter absurdo. Ouvira um dia uma das velhotas da vila dizer: "O alemão é louco da cabeça". *Mein Gott!* Louco da cabeça. Lúcido demais, isso sim. E era essa lucidez que às vezes o impedia de gozar melhor a vida.

Um dia seu eu romântico lhe perguntara: "Carl, quando voltas para casa?". Com *casa* ele queria dizer a pátria, a cidade natal, Eberbach. "*Ach!*", respondera o seu eu cínico. "Quando a Alemanha for unificada e eu não correr o perigo de ser preso. E quando Trude Weil estiver tão gorda e feia que meu coração já não possa mais bater de amor por ela."

Winter deu um tapa no ar, procurando apanhar o mosquito e silenciar aquele violino enjoativo. Trude... Trude... Quando se olhava no espelho Winter compreendia por que Gertrude o tinha esquecido em favor do filho do burgomestre. Seus olhos eram dum cinzento frio e feio; seus cabelos, dum louro avermelhado como o das barbas de milho das roças de Santa Fé; sua pele, branca e oleosa, com manchas rosadas, lembrava salsichas cruas. Não. Ele não tinha a menor ilusão quanto à sua aparência física. Trude era uma rapariga de bom gosto e uma criatura sensata. Dono duma loja de *Delikatessen*, o filho do burgomestre era gordo, corado e tinha uma beleza sólida e estúpida. A escolha não podia ter sido melhor. Grande rapariga! Sensata *Fräulein*!

E Carl Winter de novo começou a apalpar o tórax e as pernas, como se tivesse certo orgulho de seu corpo anguloso e feio ou como se o fato de ser magro e desengonçado o divertisse.

Tentava agora lembrar-se de Gertrude. Não podia. O mais que via em seus pensamentos era uma silhueta de mulher de tranças louras, e com uma face vazia de feições. Mas era ainda com um certo desfalecimento de coração que pensava nela. A ferida estava cicatrizada — concluía —, mas a cicatriz era sensível, comichava muito e ao menor descuido podia abrir-se e sangrar.

Mas como pode a gente amar uma mulher de cujas feições não se lembra mais com nitidez? Será que eu amo a ideia de Trude mais que sua pessoa? Quem sabe? *Ach!*

Winter revolveu-se na cama, ficou deitado de lado e finalmente resolveu erguer-se e ir até a janela. Foi. Debruçou-se no peitoril e ficou olhando para o quintal da casa do vigário. *Nu, debruçado a uma janela em Santa Fé, olhando para o quintal da casa do padre Otero. Mein Gott!* Tudo aquilo parecia impossível; pelo menos era improvável.

As estrelas brilhavam. Do galinheiro do vizinho veio um ruído de asas. Raposa? Não. Se fosse, haveria um pânico geral. Um galo cantou num terreiro distante. Winter ficou a pensar no que havia de contar daquela província a seus amigos, se um dia voltasse para casa.

A paisagem era civilizada, mas os homens não. Tinham rudes almas sem complexidade, e eram movidos por paixões primárias. A lida dos campos e das fazendas tornava-os ásperos e agressivos. Lidar com potros bravos, curar bicheiras, sangrar e carnear o gado, laçar, fazer tropas — eram atividades violentas que exigiam fortaleza não só de corpo como também de espírito. (Winter sempre prometia a si mesmo tomar nota daquelas reflexões num caderno, mas nunca chegava a fazê-lo. *Ach*, és um vadio, Carl!) Depois havia as guerras. Era raro passar uma geração que não visse pelo menos uma guerra ou uma revolução. E como eram primitivas aquelas guerras em que brasileiros e castelhanos se engalfinhavam — primitivas na estratégia e nos armamentos. Mas nem por isso eram menos brutais e cruéis que as guerras europeias. Winter ouvia sempre contar histórias de entreveros, de cargas de lança, de atos de coragem e desprendimento mas também de crueldades e traições. Em muitos casos os soldados lutavam descalços e armados de lanças de pau; eram mal alimentados e raramente ou nunca recebiam seu soldo. Poucos sabiam ao certo por que lutavam, mas havia na Província a tradição de "pelear com os castelhanos", e seus homens encaravam as invasões como uma fatalidade, como um ato de Deus — uma espécie de praga periódica tão inevitável como uma seca ou uma nuvem de gafanhotos. Mercê dessas lutas haviam surgido verdadeiros senhores feudais na Província. Eram os estancieiros como o cel. Amaral, a quem o governo amparava e dava privilégios, na certeza de que na hora da guerra eles viriam com seus peões, agregados, amigos e assalariados para engrossar o exército regular. Winter achava esquisito sabor em comparar estancieiros como Bento Amaral com os *Junker* prussianos; e, quando via a cicatriz em forma de *P* que ele tinha numa das faces, não podia deixar de fazer paralelos entre os duelos acadêmicos de Heidelberg e o feroz corpo a corpo como aquele em que o falecido marido de d. Bibiana havia deixado sua marca no rosto do adversário.

D. Bibiana! Ali estava uma criatura de valor. Com umas duzentas matronas como aquela estaria garantido o futuro da Província. Entretanto o destino das mulheres naquele fim de mundo era bem melancólico. Não tinham muitos direitos e arcavam com quase todas as responsabilidades. Sua missão era ter filhos, criá-los, tomar conta da casa, cozinhar, lavar, coser e esperar. Dificilmente ou nunca falavam com estranhos, e Winter sabia que um forasteiro que dirigisse a palavra a uma senhora corria o risco de incorrer na ira do marido, do pai ou do irmão dessa senhora, que lhe viria imediatamente "tirar uma satisfação". Os homens, esses podiam sair em aventuras amorosas, a fazer filhos nas chinocas que encontrassem pelo caminho, nas escravas ou nas concubinas; mas ai de quem ousasse olhar mais demoradamente para suas esposas legítimas! Eram estas em sua maioria analfabetas ou de pouquíssimas letras e tinham uma assustadora tendência para a obesidade. (Trude! Trude! Toma cuidado.) Eram tristes e bisonhas, e as contínuas guerras quase não lhes permitiam tirar o luto do corpo; por isso traziam nos olhos o permanente espanto de quem está sempre a esperar uma notícia trágica.

O código de honra daqueles homens possuía um nítido sabor espanhol. Falavam muito em honra. No fim de contas o que realmente importava para eles era "ser macho". Outra preocupação dominante era a de "não ser corno". Não levar desaforo para casa, saber montar bem e ter tomado parte pelo menos numa guerra eram as glórias supremas daquela gente meio bárbara que ainda bebia água em guampas de boi. E a importância que o cavalo tinha na vida da Província! Para os continentinos o cavalo era um instrumento de trabalho e ao mesmo tempo uma arma de guerra, um companheiro, um meio de transporte; para alguns gaúchos solitários as éguas serviam eventualmente de esposa. Winter conhecia ali homens que à força de lidar com cavalos começavam já a ter no rosto traços equinos.

Mas era preciso ter paciência e compreender que aquele era um país novo, ainda na sua primeira infância. Havia nas gentes da Província um certo acanhamento desconfiado que nos homens se transformava num ar agressivo. Falavam alto, com jeito dominador, de cabeça erguida. Entre fascinado e assustado, Winter assistira a várias carreiras em cancha reta, e mais de uma vez o haviam chamado para atender algum homem que fora estripado num duelo por causa duma "diferença de pescoço" ou de qualquer outra dúvida quanto à decisão do juiz. Gostava de ver certo tipo de gaúcho que se sentava no chão para jogar cartas e antes de começar o jogo cravava sua adaga na terra, entre as pernas abertas, numa advertência muda ao adversário.

Os lavradores daquela província só agora começavam a conhecer e usar o arado bíblico. E ninguém ali — suprema medida duma civilização! — sabia fazer bom pão e bom vinho.

Tratava-se positivamente duma sociedade tosca e carnívora, que cheirava a sebo frio, suor de cavalo e cigarro de palha. As casas eram pobres, primitivas, sem gosto nem conforto, quase vazias de móveis; em suas paredes caiadas não se via um quadro, uma nota de cor que lhes desse um pouco de graça. No inverno o minuano entrava pelas frinchas, cortante como uma navalha. Nos dias de chuva os homens traziam barro para dentro de casa nas suas botas ou nos pés descalços. Havia em tudo uma rusticidade e uma aspereza que estavam longe de ter o encanto antigo e a madureza das coisas e gentes camponesas da Baviera, da Pomerânia ou do Tirol — onde existia uma tradição no que dizia respeito a móveis, roupas, comidas, danças, lendas e canções. Os "homens machos" da Província de São Pedro pareciam achar que toda a preocupação artística era, além de inútil, efeminada e por isso olhavam com repugnada desconfiança para os que se preocupavam com poesia, pintura ou certo tipo de música que não fossem as toadas monótonas de seus gaiteiros e violeiros.

Como era escassa a música daquela gente! Não passava duma cantilena que tinha o ritmo do trote do cavalo, um lamento prolongado, pobre de melodia.

Infelizmente em Santa Fé Winter tinha de contentar-se com as peças que

Luzia dedilhava na cítara ou então com a música que ele próprio produzia. Na Alemanha fizera parte dum quarteto de cordas de amadores, como violinista. (Hans, Hugo, Joseph, onde estais a estas horas?) Reuniam-se nas noites de sábado para tocar Mozart, Beethoven e Schubert, beber cerveja e fumar cachimbo nos intervalos entre um e outro quarteto.

Carl olhou para o céu estrelado e por alguns momentos ficou a ouvir fragmentos de melodias do passado. Depois fez meia-volta e, grave e nu, caminhou até o lugar onde estava o estojo do violino, abriu-o e tirou dele o instrumento com o ar de quem ergue o cadáver duma criança de pequeno esquife negro. Feriu as cordas com o indicador, afinou-as como pôde e depois começou a tocar em surdina a *Serenata* de Haydn. A musiquinha doce encheu o quarto, fugiu para a noite.

Nunca esta melodia andou no ar de Santa Fé — pensou Winter com esquisita satisfação. Continuou a tocar marcando o compasso com o pé longo e descarnado, enquanto em sua mente Hans, Joseph e Hugo faziam o acompanhamento em *pizzicato*. Era como se o velho quarteto de amigos se tivesse reunido de novo para um serão musical.

Na praça, sob a figueira, Bolívar dormia, recostado ao velho tronco, com a cabeça caída sobre o peito, a boca entreaberta. A seu lado, fumando em paz, Florêncio velava o sono do amigo, como um anjo da guarda.

6

Sentada na cama, com o busto muito teso, as mãos pousadas no colo, Bibiana contemplava o filho, que, diante do pequeno espelho, procurava dar a laçada na gravata de seda preta. Ela via que o colarinho alto e engomado sufocava o rapaz, e que sua roupa domingueira de casimira preta o deixava contrafeito e ao mesmo tempo irritado. O suor escorria-lhe em grossas bagas pelo rosto, empapando-lhe o colarinho e a camisa. Bolívar fungava e bufava, impaciente, enquanto seus dedos desajeitados lutavam em vão com a gravata.

Como ele está abatido! — refletiu Bibiana. — Também, passou a noite em claro e não é brincadeira ficar noivo duma moça como Luzia Silva. Tem de estar nervoso mesmo.

— Não posso! — exclamou Bolívar, dando um puxão na gravata. — Não sei arrumar esta porcaria.

— Tenha paciência, meu filho.

— Não posso!

— Pode, sim. Querer é poder.

Bibiana lembrou-se de sua avó e achou graça por ter falado exatamente como ela. Querer é poder. Se Ana Terra estivesse ali agora ia ficar orgulhosa do bisneto. Se o cap. Rodrigo pudesse ver o Bolívar crescido...

Seus olhos de repente se turvaram de saudade. E ela viu o marido em pensamento. Apeava do cavalo, de bombachas brancas, esporas de prata, lenço vermelho no pescoço, e caminhava para ela de cabeça erguida e olhos atrevidos: "Como le vai, minha prenda?".

A voz do filho cortou-lhe o devaneio.

— Não tem jeito. Não posso.

Bibiana ergueu-se e caminhou para ele.

— Deixe ver. Quem sabe se sua mãe acerta.

Bolívar alçou um pouco o queixo. A cabeça de Bibiana mal lhe chegava aos ombros. Enquanto seus dedos procuravam dar a laçada, ela foi envolvida pelo calor do corpo suado do filho e não pôde evitar um pensamento que lhe pareceu vagamente indecente: o cheiro do pai. Sentiu também como batia forte o coração do rapaz e como seu peito arfava. Lembrou-se dos tempos em que o embalava nos braços e sorriu para essa lembrança.

— De que é que está rindo? — quis ele saber.

— De nada. Duma coisa que pensei.

Depois, mudando de tom, perguntou:

— Está nervoso?

— Não — mentiu ele.

Tinha na cabeça uma forca e uma voz que cochichava: "Daqui a pouco vão matar o Severino". A apreensão e o medo como que lhe apertavam o coração, insuportavelmente.

— Pronto — disse Bibiana, dando o último toque na laçada. — Veja se está direito.

Voltou a sentar-se na cama. Bolívar mirou-se no espelho.

— Acho que está — disse.

Tomou dum pente e começou a passá-lo na cabeleira preta e ondulada.

Foi então que Bibiana percebeu que ela também estava nervosa. Não era só por causa do pobre do negro Severino que ia morrer. Era também por causa do noivado. Seu segredo — um segredo tão grande que não tivera a coragem de contá-lo a ninguém, tão grande que às vezes tinha medo de comentá-lo consigo mesma —, o seu imenso segredo como que se lhe avolumava agora dentro do peito, apertando-lhe o coração, e tornando-lhe custosa a respiração. Ninguém compreendia por que tinha ela aprovado o casamento do filho com a neta de Aguinaldo. Só ela sabia o motivo...

Lembrava-se duma conversa que tivera com o irmão:

— Mana, vassuncê fez mal — dissera Juvenal, com seu jeito sério e sossegado. — Fez muito mal em ajudar esse noivado. Não compreendo como é que uma pessoa ajuizada como vassuncê faz gosto nesse casamento. A Luzia não é mulher pro Boli. É uma moça de cidade criada com mimo, e sem a menor serventia.

Ela ficara calada, apertando os lábios para evitar que seu segredo se escapasse. Podia contar tudo ao Juvenal. Não era uma pessoa do mesmo sangue? Não era o seu único irmão? Mas não contou, e por isso sentiu aumentar o peso daqueles pensamentos secretos.

Juvenal tinha dito mais:

— Depois, o Aguinaldo é um ladrão. Não sei como é que vassuncê pode esquecer que esse homem roubou as terras de nosso pai.

— Quem lhe disse que m'esqueci?

— Pois se não esqueceu, pelo menos parece.

— Eu sei o que estou fazendo, mano.

E essas palavras cortaram a discussão. Juvenal encolhera os ombros, murmurando:

— Queira Deus que tudo saia bem. Mas eu duvido.

Sim, um dia Pedro Terra necessitara de recursos para plantar uma lavoura de linho e trigo (sempre a mania do trigo!) e por isso fora obrigado a pedir dinheiro emprestado a Aguinaldo Silva, dando-lhe como garantia sua casa e o terreno de esquina, cujo valor era três vezes maior que o do empréstimo. Numa sucessão de safras infelizes a lavoura se fora águas abaixo e como, vencido o prazo da hipoteca, Pedro não tivesse dinheiro para resgatá-la e Aguinaldo não quisesse dar-lhe a menor prorrogação, as propriedades dos Terras passaram inteiras para as mãos do avô de Luzia. Foi com dor no coração que Pedro abandonou sua casa, pois Aguinaldo queria o terreno para construir nele um sobrado. Bibiana lembrava-se de que o único comentário que o pai fizera no dia em que se mudara para um rancho de barro resumia-se em poucas palavras: "Ainda bem que a Arminda está morta". E nunca mais falou no assunto. Mas via-se no rosto dele que alguma coisa o estava roendo aos poucos por dentro. Começou a definhar, a envelhecer, não tomava interesse em mais nada e vivia triste, com olhos de cachorro escorraçado. Chorou — sim, chorou como Bibiana jamais vira homem algum chorar — no dia em que pedreiros começaram a derrubar-lhe a casa. Era como se aquelas macetas, martelos e picaretas que golpeavam as paredes de sua meia-água estivessem também a quebrar-lhe os ossos, um por um.

Agora lá estava o Sobrado como um intruso em cima daquela terra querida. Era como se o casarão do pernambucano houvesse esmagado a casinha onde vivera Ana Terra e onde ela, Bibiana, noivara com o cap. Rodrigo. Lá estavam ainda as árvores que Pedro ajudara a plantar com suas próprias mãos e amava quase tanto como a seus próprios filhos. Sempre que passava pelo Sobrado, Bibiana lançava um olhar para aquelas laranjeiras, pessegueiros, cinamomos e marmeleiros e tinha a sensação de que eles eram parentes seus que a espiavam, tristes, por trás das grades duma prisão. Era por isso que continuava a alimentar a certeza de que aquela terra ainda lhe pertencia e que portanto o Sobrado era também um pouco seu.

O tempo passou. Dizem que tempo é remédio para tudo. O tempo faz a gente esquecer. Há pessoas que esquecem depressa. Outras apenas fingem que não se lembram mais...

Quando Aguinaldo começou a procurar e adular Bolívar e Florêncio, ela teve vontade de dizer-lhes: "Não falem com esse excomungado. Foi ele que matou meu pai de desgosto". Mas não disse. Os rapazes eram ainda muito novos quando todas aquelas coisas tristes haviam acontecido. E, mesmo que ela dissesse, não adiantava nada. Os moços nunca aceitam muito as razões dos velhos. Além disso, o diabo do nortista era jeitoso, sabia falar bem, tinha mel na voz. E, quando Luzia chegou da Corte e os meninos começaram a andar atrás dela como cachorrinhos assanhados ao redor duma cadela, seu primeiro ímpeto foi o de levar Boli para longe, a fim de evitar que ele se apaixonasse pela forasteira.

Foi então que lhe veio aquela ideia doida... A coisa aconteceu de madrugada. Ela acordou de repente, pensando no marido. Teria sonhado com ele? Não se lembrava. Mas ficou em todo caso pensando na noite da morte de Rodrigo... Ela estava sozinha em casa, com o coração pulando no peito e uma apertura na garganta; ouvia o pipocar do tiroteio e esperava em agonia o fim do combate. E, quando o pe. Lara lhe apareceu, não foi preciso que ele dissesse uma única palavra. Ela adivinhou tudo: tinham matado seu homem! Mais tarde lhe contaram que o capitão recebera um balaço no peito quando tentava tomar o casarão dos Amarais. Tomar o casarão...

Sentada na cama, no quarto escuro, ela começou a pensar no Sobrado, nas suas árvores, em Luzia e em Bolívar. Tomar o Sobrado... Se Bolívar casasse com Luzia, ele ficava sendo o dono do Sobrado. Ela, Bibiana, iria viver com o filho, voltaria para o seu chão... Aguinaldo estava velho e não podia durar muito tempo... No princípio ia ser difícil viver com aquele corcunda, sob o mesmo teto. Mas a casa afinal de contas era grande, e sua posse valia todos os sacrifícios.

Naquela noite Bibiana tomou a grande resolução. Ia casar Bolívar com Luzia. A moça podia ser leviana, podia ser isto e mais aquilo. Mas seu filho afinal tinha nas veias o sangue do cap. Rodrigo, e nunca um Cambará se deixaria dominar por uma mulher. Fosse como fosse, ela estaria sempre junto dele para ampará-lo e dar-lhe conselhos.

Estava resolvido: ia tomar o Sobrado. Não de assalto, aos tiros, como o cap. Rodrigo. Agora não havia nenhuma pressa. Era mulher, tinha paciência, estava acostumada a esperar... Que era um ano, dois anos, dez anos? Um dia Aguinaldo morre, Bolívar fica dono de tudo, eu volto pras minhas árvores, vou ver nascer os filhos de meu filho, vou ajudar a criar meus netos.

Bibiana agora sorria para seus pensamentos. Mas no fundo do coração ela temia o futuro.

Faltavam poucos minutos para as quatro quando Florêncio apareceu.
— Está quase na hora — disse ele. — Vamos embora?
Por que será que esse menino não olha direito pra mim? — estranhou Bibiana.
— Vamos, Boli — disse ela. — O noivo não pode chegar tarde.
Dirigiu-se à outra peça para apanhar o guarda-sol e, ao passar pelo sobrinho, perguntou:
— E o Juvenal?
Sem encarar a tia, o rapaz deu uma resposta evasiva:

— O papai está em casa.
— Brabo com a gente?
Florêncio hesitou.
— N... não. Por que havia de estar?
— Ele é contra este noivado.
— Não é bem assim, titia.
— É. Eu sei.
— A senhora compreende... O velho é opiniático.
— Basta ser Terra.
Florêncio sorriu, brincando com o chapéu. O suor escorria-lhe pela testa e seus olhos estavam estriados de sangue. Coitado — pensou Bibiana. E sorriu com simpatia para o sobrinho.

Saíram. A claridade da tarde era tão forte que por um instante os deixou ofuscados. Começaram a caminhar de olhos apertados. Sob o guarda-sol aberto, Bibiana ia muito tesa no seu vestido de cassa preta, ladeada pelos dois rapazes. Ar parado. As sombras sobre a terra vermelha eram dum preto arroxeado. Corvos voavam contra o azul desbotado e luminoso do céu.

Bolívar sentia o sangue martelar-lhe as têmporas com fúria compassada, e a cabeça agora lhe doía tanto que parecia prestes a estourar. Pensava simultaneamente no Sobrado e na forca, em Severino e em Luzia. O colarinho dava-lhe uma sensação de estrangulamento, e, sob a grossa roupa preta, seu corpo estava já todo úmido de suor.

Andaram por algum tempo em silêncio. Iam cumprimentando os conhecidos que se achavam às portas de suas casas ou que espiavam por cima das cercas dos quintais. Ondina, a filha do Alvarenga, assomou à sua janela, sorriu e disse:

— Então, dona Bibiana, é hoje o grande dia?

Era pálida, tinha uma voz meiga, e olhos negros duma tristeza humilde de ovelha.

— É verdade — respondeu a mãe de Bolívar. — A sua vez também há de chegar, Ondina.

Florêncio viu os olhos da rapariga pousarem um instante nos seus, muito a medo, mas dum modo que o deixou perturbado. Desajeitado, bateu com dois dedos na aba do chapéu.

Quando já estavam longe de Ondina, Bibiana voltou a cabeça para o sobrinho e murmurou:

— Uma boa moça pra vassuncê casar, Florêncio. — Deu meia dúzia de passos em silêncio e depois prosseguiu: — É muito prendada, sabe fazer renda de bilro como ninguém, é sossegada, boa dona de casa e uma doceira de mão-cheia.

Florêncio nada disse. Coçou a ponta da orelha, encabulado, pigarreou de leve e continuou a olhar para a frente na direção da capela.

— E é bem bonitinha — acrescentou Bibiana. — Mas por que é que vassuncê está com cara de velório, meu filho?

Bolívar não respondeu. O suor fazia arder-lhe as faces recém-escanhoadas e uma dor latejante na cabeça deixava-lhe as ideias confusas.

— Ele anda triste por causa do Severino — explicou Florêncio.

Estavam agora os três a menos duma quadra da praça e já podiam ver o movimento das pessoas que procuravam lugares em torno da forca. Lenços, roupas e vozes alegres ao sol — aquilo parecia uma festa.

— É o diabo — concordou Bibiana. — É o diabo. Eu também tenho pena do negro. Afinal de contas a gente viu ele crescer como se fosse uma pessoa da família... — Suspirou. — Mas não foi pelo que eu fiz que ele vai ser enforcado.

Essas palavras doeram em Bolívar.

— Mas vão cometer uma injustiça! — exclamou ele. — O Severino está inocente!

Bibiana achou melhor não discutir. Ficou pensando, apreensiva, no que podia acontecer na hora do enforcamento. Bolívar estava nervoso: a forca tinha sido erguida bem na frente do Sobrado.

Sim, teria sido melhor que Luzia houvesse concordado em transferir a festa para outro dia.

Começaram a atravessar a praça. Um homem achava-se sentado numa pedra, alisando uma palha de milho com as costas da faca. Era o Chico Carreteiro. Ao ver o grupo o caboclo dirigiu-se a Bolívar e caçoou:

— Então vamos ter hoje dois enforcamentos ao mesmo tempo, não?

Mostrou os dentes escuros num sorriso rasgado. Bolívar teve vontade de atirar-se sobre ele e partir-lhe a cara a bofetadas. Cerrou os punhos, olhou duro para a frente e não respondeu. Bibiana, porém, sorriu para o carreteiro e disse:

— É verdade, seu Chico, é verdade.

— É preciso ser muito malvado pra gozar com o sofrimento alheio — observou Florêncio em voz baixa, olhando as pessoas que disputavam lugares ao redor do cadafalso. Tirou o relógio do bolso e olhou o mostrador. — E ainda falta mais duma hora!

Aproximavam-se do Sobrado que lá estava, muito branco, com suas janelas de caixilhos azuis, o telhado pardo e limoso, as vidraças chamejando ao sol. Como ficavam bonitos os azulejos do portão assim num dia claro — refletia Bibiana. E seus olhos saudaram as árvores: "Tenham paciência. Qualquer dia eu venho tomar conta de vassuncês".

O cap. Rodrigo naquela noite de 1836 correra armado de espada e pistola para a casa dos Amarais... Mas ela agora ia tomar o Sobrado completamente desarmada: levava apenas um guarda-sol na mão e aquele segredo no peito. O dono da casa ia recebê-la de braços abertos.

7

Sentado em uma cadeira de respaldo alto e lavrado — que achava supinamente incômoda — o dr. Winter passeava em torno o olhar curioso. Fora o último dos convidados a chegar ao Sobrado e lamentava ter perdido a arenga que Aguinaldo Silva fizera aos presentes para anunciar o contrato de casamento da neta com Bolívar Cambará. A vasta sala de visitas estava muito clara de sol e Carl notou que o reflexo tricolor da bandeirola duma das janelas tingia a face e o pescoço de Luzia. Uma estigmatizada — fantasiou ele. Achou-a perversamente linda. Estava ela sentada no sofá ao lado do noivo, vestida de crinolina verde, de saia muito rodada com aplicações de renda; tinha cravado nos cabelos dum castanho-profundo grande pente em forma de leque, no centro do qual faiscava um brilhante. Winter pensou imediatamente na bela e jovem bruxa moura que o diabo, segundo a lenda que corria pela Província, transformara numa lagartixa cuja cabeça consistia numa pedra preciosa de brilho ofuscante. Como era mesmo o nome do animal? Ah! Teiniaguá. A sua Musa da Tragédia havia agora virado teiniaguá. Winter pensava essas coisas e sorria, apertando o charutinho entre os dentes.

O dr. Mascarenhas conversava animadamente com Aguinaldo. Bibiana gritava ao ouvido da esposa do juiz, que era surda, e a boa senhora lhe respondia com sua voz fosca e branda. Winter percebeu que trocavam receitas de doces e gastavam açúcar e ovos em grande profusão: era, por assim dizer, uma conversa temperada de canela, cravo e noz-moscada. Bolívar parecia nervoso e Winter sentia no ar algo de pressago e equívoco que começava a deixá-lo um pouco inquieto.

Sentado numa cadeira, pitando tranquilamente seu cigarro de palha, Florêncio de vez em quando lançava um olhar morno na direção de Luzia e do primo. O pe. Otero não chegara ainda, pois estava ocupado com Severino: tinha de prepará-lo para morrer e devia assisti-lo até o último momento.

Winter julgava perceber no rosto do dono da casa certo desapontamento ante o fato de não ver ali na sala a maioria das pessoas que convidara para a festa. Toda a gente sabia que os Amarais detestavam Aguinaldo Silva e recusavam-se a pôr os pés no Sobrado. Quanto aos outros, era também sabido que não morriam de amores pelo pernambucano, pois raro era o santa-fezense que não se julgasse de qualquer forma lesado por ele ou que não tivesse pessoa da família ou amigo de peito entre as vítimas do que eles chamavam "as bandalheiras do corcunda". Além disso — refletiu Winter —, muitos dos convidados decerto acharam que seria mais divertido ficar na praça para ver Severino estrebuchar na forca do que vir para o Sobrado ouvir Luzia tocar cítara.

Aguinaldo, desinquieto como sempre, andava dum lado para outro na sala. Com sua corcunda pronunciada, a cabeça triangular, a barba de chibo, o avô de Luzia lembrava a Winter um gnomo em versão cabocla.

— Isso está muito desanimado, minha gente! — exclamou o velho. — Até parece velório de pobre. Luzia, toque um pouco de música. Vamos animar a festa.

Deu dois pulinhos, esfregando as mãos fortemente uma contra a outra, e gritou na direção da cozinha:

— Sia Rosa, mande trazer a refrescalhada!

Bolívar passava o lenço vagarosamente entre o colarinho e o pescoço. A cabeça ainda lhe doía e agora a sede, uma sede desesperada, secava-lhe a goela, ressequia-lhe a boca. Um refresco chegava em boa hora.

— Vamos, menina, toque um pouco! — tornou a pedir Aguinaldo.

Luzia sacudiu a cabeça de leve: o diadema chispou.

— É muito cedo ainda, vovô. Depois eu toco.

Tinha uma voz grave e musical, uma voz — achava Winter — cujo registro correspondia ao da viola. Era quente, úmida, profunda, veludosa — tão excitante que parecia vir-lhe do sexo e não da boca —, refletiu ainda o médico. A comparação podia ser grosseira; pelo menos ele nunca a poderia fazer em voz alta. Entretanto, era exatamente isso que ele sentia. Pensou em Trude, cuja voz fina e melodiosa lembrava a dum oboé. Que contraste!

Bolívar nunca conseguia explicar a si mesmo por que ficava tão excitado quando a noiva falava. Aquela voz tinha feitiço, punha-lhe uns arrepios no corpo. Quando a ouvia, ele tinha ímpetos de saltar sobre Luzia, rasgar-lhe as roupas e amá-la com fúria. Agora, porém, eram outros os sentimentos que o perturbavam. Metade de seu ser estava na sala: a outra metade, lá fora. Seus olhos de instante a instante voltavam-se para a janela, mesmo contra sua vontade. Uma sensação de perigo iminente apertava-lhe o peito. Ele sabia que às cinco em ponto Severino ia ser enforcado; era por isso também que não perdia de vista o relógio grande de pêndulo que estava a um canto da sala contígua, e o qual ele via através da porta. Eram quatro e vinte: o pêndulo de latão oscilava compassadamente. Às cinco Severino ia ficar pendurado na forca, balançando dum lado para outro.

Bolívar olhou para as mãos muito brancas de Luzia, que repousavam sobre o verde da saia, segurando o leque: seus dedos eram finos, compridos, delicados, e estavam cheios de anéis. Olhou para as próprias mãos rudes, queimadas de sol, cabeludas e sombreadas de veias. As mãos dele nada tinham a ver com as dela. No entanto em breve um padre ia uni-las para sempre. Bolívar percebeu que a noiva o contemplava e sentiu seu mal-estar aumentar, pois sabia que seu rosto estava revelando todos os seus segredos. Levou automaticamente o lenço às faces, ficou a fingir que enxugava o suor, mas na verdade o que queria era escondê-las.

Um escravo entrou com uma bandeja cheia de copos de limonada e começou a andar à roda, oferecendo-os aos convivas.

— Chegue sua cadeira pra cá, doutor! — convidou o juiz de direito, dirigindo-se ao médico. — Faz tempo que não trocamos ideias. É. Faz tempo.

Winter obedeceu. Aguinaldo deu-lhe um copo de refresco, dizendo:

— Sinto muito não ter uma boa cerveja pra oferecer ao amigo.

— *Ach!* Não faz mal.

— Dizem que em São Leopoldo já se fabrica boa cerveja — comentou o dr. Nepomuceno. — Seus compatriotas, doutor Winter, são especialistas em cerveja. — Inclinou a cabeça, numa reverência. — Como em muitas outras coisas mais. — E repetiu: — Como em muitas outras coisas mais.

Falava sempre com ar sentencioso, por mais terra a terra que fossem as coisas que dissesse. Orgulhava-se de ser um conhecedor profundo da política nacional, que acompanhava através dos jornais da Corte com escrupuloso interesse e com a imparcialidade que convinha a um juiz.

— Eu estava dizendo ao senhor Aguinaldo — contou ele, inclinando a cabeça na direção de Carl Winter — que se o marquês de Olinda tivesse ficado no governo com seu ministério conservador, as coisas teriam tomado outro rumo. Ele era contra a nossa interferência nas questões do Prata. Mas veio o Paulino Sousa e seguiu a política intervencionista, fez aliança com Urquiza e o resultado foi a guerra contra Rosas.

— Mas ganhamos essa guerra! — exclamou Aguinaldo, com os bigodes e a pera respingados de limonada. — E ali estão dois moços que viram a coisa de perto!

Lançou para Bolívar e Florêncio um olhar cheio duma ternura quase paternal.

A esposa do juiz dizia a Bibiana:

— Agora, a senhora sabe, quindim gasta muito ovo. Mas o Nepomuceno é louco por quindim.

A outra, porém, não a escutava. Olhava para o filho com uma sensação de amoroso orgulho que chegava quase a ser sufocante. Parecia vir dele uma onda de calor que a envolvia como um abraço. Mas quando Bibiana desviou o olhar de Bolívar e focou-o em Luzia teve a impressão de receber de repente um sopro de gelo. Diziam que o minuano vinha dumas montanhas geladas do Chile e da Argentina. Pois Luzia parecia mesmo uma montanha coberta de geada. É bonita — refletiu Bibiana —, isso ninguém pode negar. Mas é uma boniteza má, uma boniteza de pecado. Bolívar precisa domar essa potranca no primeiro dia do casamento, senão está perdido.

— ... e o ano passado eu quis fazer marmelada branca mas não pude acertar direito o ponto — prosseguia a esposa do magistrado, com seu peito magro de tísica a arquejar.

Bibiana voltou para ela uns olhos onde havia um tépido interesse e sorriu para dar a entender à interlocutora que a escutava. Mas, na verdade, naquele momento ela estava era sentindo o Sobrado. Não! Ela estava sentindo seu chão. A casa de seu pai ficava naquele mesmo lugar onde agora estava o Sobrado. Faz de conta que esta é a nossa varanda. Ali está a parede empenada, que vovó dizia que estava grávida. Ali a mesa, com as cadeiras; lá naquele canto, a talha. Papai está pitando, sentado na cadeira de balanço. Eu até vejo a fumaça do cigarrão dele. A mamãe está fazendo croché perto da mesa. Eu estou aqui e o capitão Rodrigo, que chegou há pouco, pediu licença e está picando fumo pra fazer um crioulo. Por que será que papai não fala com ele? Birras de velho. Não faz mal:

com o tempo ele vai acabar gostando do genro. Ninguém resiste àqueles olhos de gavião. Eu até nem posso olhar direito pra eles: fico meio zonza. É por isso que estou olhando só pras botas do capitão. E ele vai dizendo coisas, contando histórias da sua vida: guerras, viagens, brigas, guerras, viagens, brigas... Todos escutam. Noite de Finados. Alguém está cantando na venda do Nicolau. A voz é a do capitão. Mas ele não pode estar lá na venda e aqui em casa ao mesmo tempo. Por que não pode? O capitão Rodrigo pode tudo. O padre Lara chega, diz boa-noite, senta-se, chiando como um gato velho. Coitado! Está enterrado perto da sepultura da vovó. Decerto de noite os dois ficam ali no cemitério conversando sobre os vivos, rindo-se deles... O capitão Rodrigo já acendeu o cigarro. Papai olha o relógio como quem quer dar a entender que é tarde. Então meu noivo se levanta, vai embora e eu fico pensando nele e nas coisas que tenho que fazer amanhã. Pular da cama às cinco, tirar leite, encher linguiça, dar milho pras galinhas, matar formigas pra elas não estragarem as plantas... Com essa cintura fina a Luzia parece uma formiga, uma saúva grande. Mas formiga se esmaga com o pé. E sapo também. E os olhos de Bibiana se voltam para Aguinaldo.

Depois passeiam lentos e avaliadores em torno da sala. Aquele espelho grande de moldura dourada é muito bonito, deve ter custado um dinheirão. E um dia ainda quero ver naquele vidro o Aguinaldo dentro dum caixão de defunto, com quatro velas acesas dos lados. Deus me perdoe, não desejo o mal de ninguém, mas todos um dia morrem. Amém. E é bem bonita a mobília — refletiu ela, olhando para o consolo de mármore, sobre o qual estava a cítara de Luzia, dentro dum estojo de madeira lavrada. E pra que estas cadeiras todas cheias de requififes, Santo Deus? Não troco as minhas de palha trançada por estes monstrengos. Mas gosto desta casa. Como são grossas as paredes! Num casarão assim a gente se sente garantida. Pode vir chuva, ventania, tempestade e até guerra. Bala não passa por elas.

— Está boa a limonada? — perguntou Aguinaldo, jovial.

Bibiana teve um leve sobressalto, ergueu os olhos para o dono da casa e respondeu:

— Não provei ainda.

Só então é que se lembrou de que tinha na mão o copo de limonada. Levou-o à boca e começou a beber devagar. O cheiro de limão trouxe-lhe à mente um certo dia de sua vida, havia muitos anos. O cap. Rodrigo chegou duma viagem e lhe disse: "Estou louco de sede, minha prenda. Me faz uma limonada bem ligeiro. Mas bota pouco açúcar". E depois, quando ela estava espremendo o limão dentro dum copo, ele se aproximou por trás, enlaçou-lhe a cintura e beijou-lhe a nuca.

Bolívar bebia sua limonada com avidez, mas a comoção parecia trancar-lhe a garganta.

Florêncio ergueu-se, foi até a janela e olhou para o cadafalso, a cujo redor a multidão engrossava. Crianças corriam e brincavam sob a figueira grande. Uma brisa leve começava a bulir com as folhas das árvores e à porta da cadeia curiosos se aglomeravam, andavam dum lado para outro, erguendo poeira do chão. Pobre do Severino! E o nome de Severino que Florêncio pronunciara mentalmente repetiu-se num eco. Mas o eco era o de um outro nome: Bolívar. Pobre Bolívar!

Bolívar tornou a olhar para o relógio, mas não pôde distinguir o mostrador, porque o suor lhe entrara pelos olhos e lhe turvava a visão. Começou a esfregá-los com os dedos.

— Entrou alguma poeira? — perguntou Luzia, num súbito interesse. — Deixe ver.

Bolívar sacudiu a cabeça.

— Não. Não é nada. Foi o suor.

— Está ardendo?

— Um pouco.

— Deixe ver.

— Não carece.

Os olhos de ambos se encontraram.

— Que é que vosmecê tem? — perguntou ela.

— Eu? Nada.

— Tem, sim. Está se vendo.

— Não é nada.

Bolívar não pôde suportar o olhar da noiva. Baixou os olhos para o chão.

— Se está arrependido — prosseguiu ela num murmúrio —, ainda é tempo de desmanchar o casamento. Há pessoas que voltam até da porta da igreja.

Felizmente — pensou Bolívar — os outros estavam entretidos a conversar e não ouviam aquelas coisas estúpidas que Luzia lhe sussurrava. Assim em cochicho a voz dela ficava ainda mais excitante. Era como se o estivesse convidando a ir para a cama.

— Ninguém está falando em arrependimento... — retorquiu ele pondo o copo de refresco em cima da mesa redonda, na frente do sofá.

— Então diga que é que tem.

— Ora, estou me sentindo mal. Minha cabeça está estourando.

Bolívar achava difícil conversar com a noiva cara a cara. Não podia resistir ao olhar dela: dava-lhe um acanhamento que ele nunca sentira diante de mulher alguma. E, por se sentir acanhado, ficava com raiva da moça, de si mesmo, de tudo e de todos. Vinham-lhe desejos de fazer violências, dizer nomes feios, de portar-se como um cavalo. Sempre que discutia e lhe faltavam argumentos, palavras, ele tinha gana de usar as patas.

— Passou mal a noite?

Com relutância Bolívar sacudiu afirmativamente a cabeça:

— A bem dizer passei a noite em claro.

Ergueu os olhos para a mãe e percebeu que, fingindo escutar a esposa do juiz, ela procurava ouvir o que Luzia estava dizendo.

— Pensando no Severino? — insistiu a moça.

— Como é que vosmecê sabe?

— É natural. O negro vai morrer por causa de seu testemunho.

Disse isso e seus olhos escrutaram o rosto do noivo, verrumantes, como se quisessem ver-lhe os sentimentos. Bolívar sentiu um pingo de suor escorrer-lhe frio sob a camisa, ao longo da espinha. Sua cabeça latejava com força e de repente ele se lembrou dum homem que um dia vira cair em plena rua, fulminado por um ataque de cabeça.

— Vosmecê também acha que o negrinho está inocente?

Luzia encolheu os ombros.

— Eu não acho nada. Vosmecê é que devia saber o que dizia quando falou às autoridades.

Bolívar fez um gesto de impaciência e meteu os dedos trêmulos pelos cabelos. Procurou alguma coisa para dizer, mas não encontrou nada. Teve vontade de mandar todos para os confins do inferno.

— Mas como é... — principiou — como é... o...

Calou-se de novo. Tinha-se feito um hiato na conversação e de repente a sala ficara silenciosa e os olhos do dr. Winter, de Florêncio e de Bibiana estavam voltados para o sofá.

— Será que já começaram a brigar? — troçou Aguinaldo, fazendo com a cabeça um sinal na direção dos noivos. — Tem tempo, meninos, tem tempo!

Florêncio olhava para Luzia e achava-a parecida com uma imagem de santa Rita que ele vira nas Missões.

O dr. Winter, o dr. Nepomuceno e o dono da casa de novo entraram numa discussão política, e Bibiana agora contava animadamente à interlocutora o que costumava fazer para secar a roupa lavada em dias de chuva; a mulher do juiz, com a mão em concha atrás da orelha, escutava-a arfante e atenta.

— Falta só meia hora — murmurou Luzia, lançando um rápido olhar para o relógio de pêndulo.

Alguém abriu uma porta nos fundos da casa e a brisa entrou na sala trazendo um cheiro de cozinha que, ao passar por Luzia, se misturou com um perfume de essência de rosas e de pele limpa de mulher recém-saída do banho — o que contribuiu para aumentar a confusão de Bolívar, que de repente sentiu pela noiva um desejo estúpido que era ao mesmo tempo náusea, medo e impotência. Seus olhos voltaram-se mais uma vez para o mostrador do relógio grande, e ele tornou a ver o gato enforcado, e o grito do animal cruzou-lhe o espírito.

Bolívar ergueu-se como que impelido por uma mola, e caminhou apressado para a janela. Luzia seguiu-o com o olhar, depois voltou a cabeça para Florêncio e sorriu. O rapaz respondeu com um sorriso meio constrangido e perguntou:

— Que foi que houve?

— Seu primo está nervoso.

Aguinaldo soltou uma risada.

— É natural. No dia que contratei casamento fiquei tão nervoso que até me deu uma soltura.

— Vovô! — repreendeu-o Luzia. — Isso não se diz.

Bibiana olhava apreensiva para o filho. Junto da janela Bolívar mal enxergava o que se passava na praça, pois diante de seus olhos manchas dum preto-esverdeado dançavam, estonteantes. Mais uma vez teve vontade de arrancar fora o colarinho, a gravata, o colete, sair correndo daquela casa, montar a cavalo e meter-se campo adentro a galope.

Sentiu que lhe seguravam o braço. Voltou-se: era a mãe. Tinha nas mãos um copo de refresco.

— Beba mais um pouco, meu filho.

Sem pensar, Bolívar obedeceu. Emborcou o copo e bebeu toda a limonada dum sorvo só. O líquido adocicado, meio enjoativo e pegajoso, lhe desceu com dificuldade goela abaixo.

— Vá agora sentar-se perto da sua noiva — sussurrou-lhe Bibiana. — Coragem! Isso passa.

Bolívar voltou para o sofá.

Aguinaldo agora contava coisas do Angico ao juiz de direito e ao médico.

— Minha cavalhada anda muito ruim. Essas guerras estragam os nossos rebanhos. É uma lástima. Muito cavalo superior se perdeu na Guerra dos Farrapos. Miles de miles — concluiu Aguinaldo, enrolando um cigarro.

O juiz sacudia a cabeça lentamente, de olhos meio cerrados.

— Muito homem superior morreu nessa guerra — corrigiu-o Bibiana.

— Pra mim animal é o mesmo que gente — explicou Aguinaldo. — Pego amizade por eles. Pode ser cavalo, boi, cachorro ou gato. Um dia peguei um dos meus escravos maltratando uma pobre mula. Ah, seu compadre, fiquei fulo de raiva e comecei a enxergar vermelho. Negro sem-vergonha, gritei, vai bater na tua mãe, desgraçado! Pois o diabo do negro estava tão possesso que não me viu nem m'escutou. Continuou a dar com o chicote no lombo do pobre animal. A mula estava já toda lanhada, escorrendo sangue. Então perdi as estribeiras, tomei o chicote das mãos do negro, me atirei pra cima dele e comecei a dar-lhe na cara, a dar-lhe na cara, e fui ficando tão furioso que acabei dando com o cabo do chicote na cabeça do bandido. E dê-lhe pau, dê-lhe pau! No princípio ele meio que ficou estonteado sem saber o que estava acontecendo. Mas quando compreendeu tudo, se ajoelhou, botou a boca no mundo e depois quis fugir. Mas corri atrás dele, o negro tropeçou, caiu e eu me atirei em cima do cachorro, cego de raiva... E lá vai pau, e lá vai pau. Pois não é que quase mato o desgraçado?

Os olhinhos de Aguinaldo brilharam. Ele fez uma pausa para acender o cigarro e depois continuou:

— A sorte do crioulo é que já sou um homem velho e não tenho a mesma força dos tempos de dantes. Cansei logo e parei pra não cair. Se não fosse isso, eu acabava fazendo mingau da cabeça do negro.

Puxou uma tragada, soltou o fumo no ar e disse:

— Animal é mesmo que gente pra mim.

Caminhou até a porta da sala de jantar e gritou:

— Sia Rosa, mande trazer as coisas de comer!

O dr. Winter contemplava Aguinaldo com a mesma curiosidade meio horrorizada com que um dia olhara um terneiro do Angico que nascera com duas cabeças.

Entraram duas escravas com bandejas cheias de bolos e doces.

Winter cruzou as pernas e disse ao dono da casa:

— Mas o senhor parece que não teve nenhuma piedade do negro. Me diga então uma coisa: quando vê um branco batendo num escravo, vosmecê não fica também revoltado?

Aguinaldo coçou a pera e estava para responder quando ouviu a voz de Luzia:

— Negro não é gente — disse ela.

Todos os olhos se voltaram para a moça. Santa Rita disse uma barbaridade — pensou Florêncio. Bolívar parafraseou mentalmente as palavras da noiva: "Severino não é gente. Vão enforcar um bicho".

O dr. Winter tirou os óculos e começou a limpá-los lentamente com o lenço.

— *Mein liebes Fräulein!* — exclamou ele, com sua voz aflautada. — O que vosmecê acaba de dizer é uma inverdade científica.

Luzia encolheu os ombros e seus dedos brincaram com o leque.

— Não sei se o que eu disse é científico ou não. Mas é o que sinto. Para mim o negro está mais perto do macaco que dos seres humanos.

O juiz fechou os olhos, como para não se deixar influenciar por aquelas ideias, franziu os lábios reflexivamente, e quedou-se a procurar um ponto de conciliação. Bibiana ficou mais tesa ainda na cadeira, como cobra pronta para dar o bote. Então é isso que essas moças aprendem nos colégios da Corte? — pensou ela. Credo! É melhor a gente não saber ler nem escrever mas ter um bom coração. Cruzes!

— *Mein liebes Fräulein!* — repetiu o dr. Winter. Ergueu-se e foi postar-se na frente da moça. Seu cheiro de desinfetante envolveu Bolívar, que por um rápido segundo o achou confortador. Uma vez tinha caído de cama, com febre, e sua mãe chamara o dr. Winter. Só a presença do médico lhe trouxera alívio; e ele associava essa presença e essa impressão de alívio àquele cheiro de remédio.

— *Mein liebes Fräulein!* Como pode a minha graciosa amiga conciliar seu cristianismo com essas ideias? — perguntou Winter, balançando o corpo na ponta dos pés. — Onde está sua caridade? Que um herege como eu pense assim, ainda se admite. Mas que uma jovem cristã diga essas barbaridades, *mein Gott!*, isso eu não compreendo!

— Há muita coisa que vosmecê não compreende, doutor.

Bolívar sentia-se constrangido por ver a noiva a conversar com o médico aqueles assuntos de que ele nada entendia. Teve vontade de gritar para Winter: "Cuide da sua vida. Volte pro seu lugar. Nos deixe em paz!".

Luzia abriu o leque e começou a abanar-se serenamente.

— Vosmecê não acha, doutor — perguntou ela —, que ser bom ou ser mau é uma questão de mais ou menos coragem?

— Hein? — fez o médico, perplexo, a coçar o queixo com dedos frenéticos. — Quer dizer então que bondade é sinônimo de covardia?

— E o senhor acha que não é? Nunca pensou que ser bom é a coisa mais fácil do mundo? E que qualquer pobre-diabo pode se dar o luxo de ser bom?

O dr. Winter ergueu ambos os braços e depois deixou-os cair, batendo com força nas coxas com a palma das mãos. Era um gesto que queria dizer: se a menina pensa assim, desisto de discutir. Mas o diabo — pensava — era que de certa maneira misteriosa Luzia parecia ter alguma razão. Era preciso uma pessoa ter muita coragem para dar expressão a todos os seus desejos e sentimentos maus. Sim, ser bom era fácil. A teiniaguá não se deixava apanhar facilmente.

Aguinaldo contemplava a neta com admiração, sacudindo a cabeça devagarinho e rindo o seu riso encatarroado.

O juiz, ainda de olhos fechados, a papada comprimida entre o maxilar inferior e o colarinho engomado, lutava com palavras e ideias, tentando formar mentalmente uma sentença que, sendo ao mesmo tempo gramatical e judiciosa, tivesse a peregrina virtude de clarificar a situação.

A esposa queria saber do que estavam falando, e Bibiana explicou-lhe tudo como pôde. A surda lançou para o marido um olhar que foi um apelo: "Tira-me do escuro, Nepomuceno!". O juiz continuava a sortir as palavras, a ajustá-las às ideias. Que o negro era um ser humano, constituía uma verdade científica incontestável. Mas ele próprio às vezes não deixava de sentir nas pessoas de cor qualquer coisa de bestial que as aparentava aos animais inferiores. Como não encontrasse a frase conciliadora, soergueu o corpo na cadeira, estendeu o braço e apanhou um quindim da bandeja que estava sobre uma pequena mesa e começou a mordiscá-lo com alguma solenidade.

Uma questão de coragem... Florêncio não entendia bem o que Luzia pretendia dizer com aquilo. Mas sentia que boa coisa não era... Baixou os olhos e ficou olhando meio vago para a ponta das botinas que lhe apertavam os pés.

Questão de coragem... Essas palavras soavam ainda na mente de Bolívar. Se ele tivesse coragem sairia correndo e iria gritar para aquela gente que estava reunida ao redor da forca:

— Vão pra casa, bandidos! Onde se viu estarem se divertindo com a morte dum homem?! Severino está inocente. Quem devia estar pendurado nessa forca era eu. Matei um homem uma vez, só de mau. O combate tinha terminado. Ele pediu misericórdia. Matei de mau. Eu bem podia ter matado também aqueles dois tropeiros. O Severino é um homem bom. Nunca fez mal a uma mosca. Tio Juvenal, que conhece as pessoas, diz que o negrinho está inocente. Vão pra casa! Vão pedir perdão a Deus!

Winter voltara para sua cadeira e agora observava Luzia. Que haveria naquela alma? Ele ainda não sabia, mas começava a adivinhar, através duma névoa, e o que entrevia lhe dava um aperto de coração, um frio horror. Como era que naquele fim de mundo, naquele lugarejo perdido nos confins do continente americano, entre gente rude e primária, existia uma mulher assim? Podia estar numa tragédia de Sófocles ou de Schiller, num conto de Hoffmann ou num... *Mein Gott!* Contado ninguém acreditaria. E por um instante se imaginou num *Bier-*

garten de Berlim, dali a muitos anos, sentado ao redor duma mesa a tomar cerveja com amigos e a falar-lhes de seu passado de Santa Fé. E se viu e ouviu a dizer: "Há muitos anos, nos confins da Terra, conheci uma rapariga singular. Chamava-se Luzia. Eu só queria saber que foi feito dela...".

Agora o rosto da teiniaguá tinha uma expressão angélica: estava sereno, limpo e luminoso. Sua voz profunda tornou a envolver o médico:

— Por que não trouxe seu violino, doutor? — perguntou ela. — Podia tocar um pouco para nós.

Winter pensou no sacristão da lenda e viu a lagartixa encantada enroscar-se nele.

Deu um tapa cômico no ar.

— *Ach!* Já não sei mais tocar. Vou enterrar o violino.

— Talvez nasça um pé de couve — observou Bibiana.

Aguinaldo soltou uma risada seca e disse:

— Por falar em enterrar, está quase na hora de enforcarem o negro.

Como era que ele podia falar com tanta despreocupação na morte duma pessoa? — perguntou Florêncio a si mesmo, com uma sensação de mal-estar. E de novo ouviu na memória as palavras de Luzia: *Negro não é gente*. Com que frieza ela tinha dito aquilo! Por contraste pensou em Ondina Alvarenga, e a lembrança de seus olhos mansos lhe fez algum bem.

Silêncio. O dr. Nepomuceno — que tinha lavrado a sentença de morte — pigarreou, constrangido, e começou a tamborilar nervosamente com os dedos sobre a guarda da cadeira. O dr. Winter voltou-se para o magistrado:

— O senhor tem de estar presente à cerimônia? — perguntou.

O juiz tornou a inclinar o corpo para a frente, estendeu o braço e apanhou outro quindim.

— Eu devia estar lá — disse, com relutância, mordiscando o doce. — Mas não gosto dessas coisas. Sou um homem nervoso. Não gosto dessas coisas. — Pedaços de quindim pintalgaram-lhe de ouro a barba grisalha. — A lei não obriga propriamente o juiz a comparecer. É. A lei não obriga... propriamente.

Aguinaldo tirou do bolso o relógio e olhou para o mostrador.

— Faltam quinze minutos.

O coração de Bolívar começou a bater com mais força. Ainda havia tempo. Podia levantar-se e dizer: "Senhor juiz, tenho de fazer uma confissão. O negro Severino está inocente. Quem matou os dois tropeiros fui eu. Juro por Deus Nosso Senhor!".

Aguinaldo aproximou-se da janela, relanceou os olhos pela praça e disse:

— Está assim de gente. Parece até quermesse.

Ou então — pensava ainda Bolívar — podia sair correndo, ir até o cadafalso, beijar a mão de Severino e pedir-lhe perdão. Imaginou-se fazendo isso. A mão do negro está gelada de pavor. Sentiu na garganta um aperto que o impedia de engolir a saliva.

— Não quer um doce? — perguntou-lhe Luzia.

— Não — respondeu ele.
— Ainda está doendo a cabeça?
— Ainda.

A senhora do juiz contava que tinha encomendado umas rendas de bilro a Ondina Alvarenga. Mas d. Bibiana estava com a atenção no filho. Fez-se um novo silêncio difícil. Parecia que agora todos só pensavam na hora do enforcamento.

— Querem ir lá na praça ver a coisa de perto? — convidou Aguinaldo.
— Deus me livre! — apressou-se a dizer Bibiana.
— E o senhor, doutor?

Winter sacudiu negativamente a cabeça. O juiz limitou-se a fechar os olhos e a repetir:

— A lei não obriga. Não gosto desses espetáculos. A lei não obriga.

Aguinaldo esfregou as mãos, de olho alegre. Piscou para o dr. Winter e, inclinando a cabeçorra na direção do juiz, troçou:

— Será que a consciência está lhe doendo?

O dr. Nepomuceno ficou soturno, brincou com a medalha que pendia da corrente do relógio e redarguiu:

— Tenho a consciência tranquila, senhor Aguinaldo. Tenho a consciência tranquila. Fez-se justiça. Os juízes de fato acharam o réu culpado. A condenação foi feita de acordo com o artigo número duzentos e setenta e um do Código Criminal do Império. Tenho a consciência tranquila. — Lançou um olhar na direção de Bolívar e ajuntou: — Ali está casualmente o cidadão cujo depoimento contribuiu para esclarecer o crime.

Fez com a mão um sinal solene que queria dizer: um cidadão honesto, íntegro, acima de qualquer suspeita.

Florêncio estava sentado na ponta da cadeira, com os olhos postos no primo, temendo que ele fizesse ou dissesse alguma coisa inconveniente.

Bolívar, porém, limitava-se a olhar para o soalho, com a cara reluzente de suor e os largos ombros a subir e descer ao ritmo duma respiração ofegante.

Por alguns instantes todos ficaram calados, como que à espera dalguma coisa. Aguinaldo fez uma ou duas tentativas para puxar um assunto, mas foi em vão. O silêncio voltava sempre, e quase todos os olhos estavam voltados para as janelas que davam para a praça. Quantas daquelas pessoas — perguntava Winter a si mesmo — desejariam ir ver o negro espernear na forca, levadas por uma curiosidade mórbida que parecia ser um dos atributos da natureza humana? E, se não se dispunham a ir até as proximidades do cadafalso ou a ficar olhando de longe, ali das janelas, seria porque, de mistura com a curiosidade, sentissem também uma ponta de horror? Ou era porque queriam afetar bons sentimentos? Da parte de Bolívar e do juiz — refletia o médico — devia haver um pouco de remorso, pois ambos tinham contribuído para a condenação do negro. D. Bibiana e a esposa do magistrado deviam detestar sinceramente a ideia de assistir à cena. Florêncio era um homem de bom coração... E Luzia? Continuaria sentada ou viria espiar o enforcamento?

Aguinaldo estava excitado, ia de instante a instante à janela, ficava ali num pé só, fungando, aflito.

— Parece que vão trazer o negro — disse ele em dado momento, pondo a mão em pala sobre os olhos. — Estou vendo um movimento na frente da cadeia.

Começou a esfregar as mãos, satisfeito, numa antecipação do espetáculo.

Uma escrava entrou com uma grande bandeja cheia de talhadas de melancia.

— Pode botar em cima da mesinha — ordenou Luzia, com voz impaciente. — E vá lá pra dentro.

A negra obedeceu, hesitou um instante e depois se dirigiu ao amo, de cabeça baixa, com voz humilde:

— A negrada da cozinha também quer ir ver...

— Pois vão! — gritou Aguinaldo.

Luzia, porém, interveio:

— Não! Não vão. Fiquem lá no fundo e não venham nem pra frente.

A escrava saiu da sala de olhos baixos.

Winter sentiu que ele também estava inquieto. Se se erguesse e fosse até a janela poderia ver tudo. O cadafalso ficava a uns trinta e poucos metros do Sobrado e erguia-se a mais de três do solo. Poderia dali ver a execução muito melhor que muitos dos que se acotovelavam ao redor da forca, sob o sol quente. Vou ou não vou? — perguntava ele a si mesmo. Ir seria ceder a uma curiosidade perversa, a um sentimento inferior. Mas não ir seria levar muito a sério aquela história toda. No fim de contas era médico e vira coisas piores em sua carreira: crânios esmagados, membros decepados, tripas à mostra. Nunca, porém, assistira ao assassínio frio, calculado e legal dum homem. O fantasma de Luzia cochichou-lhe na mente: *Negro não é gente*.

— Faltam oito minutos — disse Aguinaldo. E de repente, com uma alegria infantil, exclamou: — Lá vem ele!

Winter ergueu-se, como que galvanizado, e aproximou-se da janela. O juiz continuou sentado onde estava, a balouçar as pernas nervosamente.

O médico olhou para fora. Um grupo compacto movia-se da cadeia na direção do cadafalso. Houve na multidão que se apinhava ao redor da forca um como que movimento de onda. Winter vislumbrou no grupo menor a batina negra do pe. Otero e alguns uniformes da Guarda Nacional. Tudo se processava no meio dum grande silêncio.

O dr. Nepomuceno foi atacado dum acesso de tosse nervosa. Voltando a cabeça para dentro da sala, Winter viu que Bolívar, duma palidez de morte, de olhos sempre baixos, remexia-se desconfortavelmente no sofá, ao passo que Luzia olhava atentamente para ele, sentada, muito ereta, na ponta do sofá, como que a gozar o sofrimento do noivo. O médico tornou a olhar para a praça. Viu quando dois guardas fizeram Severino subir os degraus do cadafalso. Dali Winter não podia distinguir as feições do condenado, mas percebeu que os guardas o amparavam para que ele se mantivesse de pé. Ao lado do negro, o pe. Otero ergueu um crucifixo preto, voltou-se para a multidão e pronunciou algumas palavras que o médico não ouviu com clareza. Começou então a erguer-se do povo um clamor uníssono, cadenciado e fúnebre. Rezavam o padre-nosso. As vozes, graves e foscas, erguiam-se no ar luminoso, enchiam a praça e tinham qualquer coisa que lembrava o som dum órgão. Winter começou a sentir a garganta seca, a língua grossa. Agora um perfume ativo de essência de rosas lhe chegava às narinas, e então ele sentiu, antes de ver, que Luzia estava a seu lado, à janela. Olhou-a de soslaio. Os seios da moça palpitavam, seus olhos estavam fitos no cadafalso, imóveis, arregalados, cheios duma poderosa fascinação.

De repente o coro cessou num amém que se esfarelou no ar.

O padre voltou-se para o condenado e encostou-lhe aos lábios o crucifixo. Naquele instante o relógio começou a dar as horas: cinco badaladas que Bolívar sentiu como pancadas no crânio.

O carrasco experimentou o nó corredio e depois colocou a corda em torno do pescoço do escravo. Havia agora na praça um silêncio de cemitério. De repente um galo cantou atrás da igreja. O dr. Winter voltou a cabeça para Luzia. E foi no semblante da teiniaguá que ele viu o resto da cena macabra. Primeiro o rosto dela se contorceu num puxão nervoso, como se ela tivesse sentido uma súbita dor aguda. Depois se fixou numa expressão de profundo interesse que aos poucos se foi transformando numa máscara de gozo que pareceu chegar quase ao orgasmo. Winter observava-a, estarrecido. Na multidão ao redor do cadafalso uma mulher soltou um grito que subiu no ar como um dardo. Winter olhou para o cadafalso. Pendente da forca, o corpo de Severino estrebuchava.

O dr. Nepomuceno tossia ainda. Sua esposa apertava o lenço nas mãos e tinha lágrimas nos olhos bondosos e palermas. Bibiana e Florêncio olhavam ainda para Bolívar com pena, como se fosse, ele e não Severino, o enforcado.

Winter voltou para a sua cadeira e acendeu um charutinho. Estava subitamente triste e por contraste pensava em Trude, especialmente num certo dia em que a vira entrar na igreja de Eberbach, toda de branco, com pequenas flores azuis nos cabelos dourados.

— Lá se foi o negro! — exclamou Aguinaldo, esfregando as mãos e caminhando na direção das melancias. Apanhou uma talhada e convidou: — Vamos, minha gente, antes que a melancia esquente.

Mas ninguém fez o menor movimento. Luzia deixou a janela. Seu rosto estava iluminado por uma luz de bondade que a transfigurava. Sentou-se junto do consolo, abriu o estojo de madeira e tirou de dentro dele a cítara. Fez tudo isso com gestos cuidados e tranquilos como quem segue um rito.

Tirou alguns acordes do instrumento e depois começou a tocar uma valsa brilhante. Winter observava-a, perplexo. A melodia alegre encheu a sala. A senhora do juiz aproximou-se mais de Luzia e, com a mão atrás da orelha, tentava escutar, com uma expressão de estranheza nos olhos ainda úmidos.

De repente Bolívar rompeu a chorar, escondeu o rosto nas mãos e ficou onde estava, os ombros sacudidos pelos soluços. Bibiana correu a sentar-se junto dele.

— Meu filho — murmurou ela, entre penalizada e cheia de vergonha. — Não faça isso. Um homem não chora.

Luzia olhou para o noivo, com olhos inexpressivos, e continuou a tocar. Winter, embaraçado, mascava ferozmente seu charutinho. Florêncio ergueu-se, caminhou para o primo e tomou-lhe do braço, dizendo:

— Boli, vamos dar um passeio lá no quintal.

O outro não se moveu. Florêncio obrigou-o a levantar-se. Bolívar deixou-se arrastar pelo primo para fora da sala.

— Vou mandar fazer um chá de folha de laranjeira pra ele — disse Aguinaldo.

Os olhos de Bibiana Terra chisparam.

— Meu filho não é mulher pra tomar chás, seu Aguinaldo. Nesta terra não há nenhum homem mais macho que o Bolívar. Quem tiver dúvida que experimente.

Passeou rapidamente o olhar em torno, num desafio, fez meia-volta e saiu no encalço dos dois rapazes.

Como se nada tivesse acontecido, Luzia continuava a dedilhar a cítara. Um reflexo da bandeirola da janela manchava-lhe a testa de verde.

A teiniaguá — pensou o dr. Carl Winter. E ficou olhando para o "animal", como que enfeitiçado...

8

Quando o pe. Otero chegou ao Sobrado por volta das cinco e meia, Bibiana, o filho e o sobrinho já se haviam retirado. O vigário entrou com ar cansado, cumprimentou os presentes e foi sentar-se a um canto da sala, na sua cadeira de balanço predileta. Era um homem baixo e franzino, ainda moço; tinha um rosto alongado, duma palidez esverdeada de hepático. De tão surrada, sua batina já se fazia ruça e estava toda manchada de sebo.

— Come uns docinhos, padre? — perguntou Aguinaldo.

O vigário sacudiu melancolicamente a cabeça.

— Não. Muito obrigado.

— Uma talhada de melancia?

— Também não. Não estou com fome.

— Então vamos tomar um licorzinho de pêssego...

O pe. Otero fez primeiro uma careta de dúvida; depois decidiu:

— Está bem, aceito.

Aguinaldo gritou para Rosa que trouxesse o licor. Luzia dedilhava ainda a cítara, de leve. Já tinha tocado quase tudo quanto sabia e a saída do noivo não a deixara nem um pouco perturbada.

— Então, vigário? — perguntou o dr. Nepomuceno. — Que nos conta?

O sacerdote fez um gesto desalentado.

— *Consummatum est*.

Houve um curto silêncio, ao cabo do qual o dr. Winter perguntou:

— E o condenado... como se portou?

— Não fez a menor queixa. Não fez nenhum pedido especial. Confessou-se e na hora de morrer beijou o crucifixo. Seus lábios tremiam, mas seus olhos estavam secos. Não soltou um ai. Morreu como um homem.

Luzia ergueu a cabeça e indagou:

— E na hora da confissão... Ele confessou o crime, ou repetiu que estava inocente?

— Minha filha — respondeu o padre com triste calma —, não posso quebrar o sigilo do confessionário.

O juiz de direito ergueu os olhos bovinos para Luzia e reforçou:

— É. Ele não pode. Não pode.

A moça começou a tocar em surdina uma barcarola, ao mesmo tempo que dizia:

— Uma vez na Corte, quando eu era menina, vi um enforcamento. Ah! Mas foi muito mais bonito que este. Enfim, Santa Fé é apenas uma vila. Não pode se comparar com o Rio de Janeiro, é natural. — Olhava para os próprios dedos, como que enamorada deles. Prosseguiu: — O condenado era um turco que tinha matado a mulher. Seu último pedido foi um cálice de vinho do Porto e um pedaço de pão de ló. — Sorriu, sacudindo de leve a cabeça. — Engraçado, não é? Quando o padre veio para a confissão, o turco disse que era muçulmano ou coisa que o valha... O padre ficou furioso.

Winter mirava ora as mãos de Luzia ora o seu rosto, e deixava-se embalar pela voz dela.

— Depois fizeram um cortejo pela rua — continuou a moça. — Vinha na frente o juiz das execuções, o meirinho, os irmãos da Santa Casa, com os seus balandraus... Ah! Vestiram um casacão branco no condenado. Depois vinham os funcionários, os soldados...

A escrava entrou trazendo uma bandeja com cálices de licor de pêssego e distribuiu-os entre os convivas.

— Ind'agorinha eu vi tudo ali da janela — disse Luzia, parando de tocar e descansando as mãos no regaço. Seus olhos pousaram no rosto do vigário. — Vosmecê ouviu quando o pescoço do negro se quebrou?

— Se ouvi? — perguntou o padre, franzindo a testa.

— Quero dizer, ouviu o barulho de ossos se quebrando?

O sacerdote encolheu os ombros, em dúvida.

— E ele ficou de língua de fora?

— Minha filha... eu... vosmecê sabe que a gente não presta bem atenção a essas coisas. Na hora se fica tão... Ora, pra falar a verdade, nem olhei quando puxaram o alçapão. Estava de olhos fechados, rezando.

Luzia insistiu:

— Mas depois, quando vosmecê olhou... ele estava de língua de fora?

O padre voltou a cabeça para Aguinaldo e disse com um sorriso constrangido:

— A curiosidade das moças de hoje não tem limites.

No espírito de Winter a palavra *curiosidade* transformou-se em *crueldade*. Luzia positivamente tinha a coragem de sua crueldade. Agora a névoa se havia dissipado ao redor dela. Lá estava a Musa da Tragédia com toda a sua alma desnudada.

A mulher do juiz, aflita, olhava com ar desamparado dum para outro, sem conseguir ouvir o que diziam.

O dr. Nepomuceno cruzou as pernas, ergueu os olhos para o alto, com o jeito de quem procura alguma coisa no cérebro e depois disse:

— Essa execução vai custar ao governo... deixe ver... mil e quinhentos mais oitocentos e cinquenta... — Tinha a fama de ser muito bom no fazer contas de cabeça. — Vai custar exatamente cinco mil e duzentos e noventa e um réis.

Via-se que dizia isso porque estava contrafeito e achava que tinha de dizer alguma coisa.

Luzia sorriu.

— Morre-se barato — disse ela. — Viver é que custa caro.

O pe. Otero olhava fixamente para o seu cálice de licor. Tinha a testa franzida, o ar preocupado.

— Que bicho le mordeu, padre? — perguntou Aguinaldo. — Ficou impressionado com a coisa?

— No fim de contas, não foi nenhuma festa... — replicou o sacerdote.

Winter tomou um gole de licor e sentiu que o líquido doce e grosso lhe descia, ardido, pela garganta, como um filete de fogo.

— Mas não acha, reverendo — perguntou —, que indo ver a morte do negro seus paroquianos não se portaram dum modo muito cristão?

O padre cruzou as pernas, tornou a olhar para o cálice e respondeu:

— É. O espetáculo não foi nada edificante. Mas o senhor sabe, doutor, o fato deve ser olhado como um exemplo.

— Mas a sua Igreja não condena a pena máxima? Temos o direito de tirar a vida dum ser humano, mesmo em nome da justiça?

O pe. Otero remexeu-se na cadeira, numa visível sensação de mal-estar. O dr. Nepomuceno voltou vivamente a cabeça na direção do médico.

O sacerdote tirou do bolso um lenço muito encardido e passou-o pela testa num gesto largo e depois respondeu, com sua voz lenta, escandindo bem as sílabas:

— A Igreja é de Deus e o reino de Deus não é deste mundo. Os homens podem errar, mas Deus nunca erra. No fim os pecadores sempre são punidos e os justos recompensados. E aqueles que são condenados por um erro da justiça dos homens, no céu serão exaltados e redimidos...

Winter sorriu.

— Acha então possível que no caso de Severino tenha havido um erro da justiça?

O padre empertigou-se de repente, como se lhe tivessem alfinetado as costas.

— Eu não disse isso.

— Acredita então que o negro matou mesmo os tropeiros?
— Também não afirmei tal coisa.
— Qual é a sua opinião sobre o caso?
— Como sacerdote de Deus não me cabe criticar a justiça do Estado. Cristo disse: "A César o que é de César. A Deus o que é de Deus".

O juiz de direito franziu o sobrolho e foi com uma gravidade ressentida que disse:

— É um caso límpido. É um caso límpido.

Winter emborcou o cálice de licor, lançou um olhar para Luzia, que seguia a discussão com interesse, e perguntou com ar agressivo:

— E quem me prova que não foi o próprio dono da olaria que matou os seus hóspedes? Quem me prova?

— "Não levantes falso testemunho contra o teu próximo" — sentenciou o vigário.

— É uma hipótese...

— Que não deixa de envolver uma calúnia — retrucou o dr. Nepomuceno.

— Pois bem. Eu posso me retratar duma calúnia... duma afirmação leviana. Mas o que fizeram com Severino é irremediável. E uma retratação da justiça não devolveria o negro à vida.

— Mas é um caso límpido — afirmou outra vez o juiz. — Um caso límpido. Doze, digo: onze juízes de fato reconheceram a culpabilidade do réu.

E começou a rememorar o processo, a repetir trechos do depoimento de Bolívar e do próprio amo de Severino.

Luzia afastou-se do consolo e foi sentar-se no sofá.

— O doutor Nepomuceno me deixou ler o auto do corpo de delito — contou ela. — Eu até decorei... Querem ouvir? Havia uma parte assim:

Passando os ditos peritos a examinar os cadáveres, declararam estarem ambos deitados e com a cabeça bastantemente moída, de maneira que espirraram os miolos, sendo a pancada recebida do lado esquerdo na altura da orelha, e a contusão mostrava ter sido feita com pau ou outro qualquer instrumento contundente. Declararam mais não encontrarem papéis nem outra qualquer coisa que indicasse o nome ou residência dos ditos mortos, que eram ambos jovens, brancos, cabelos crespos, feições regulares e um parecido com o outro, presumindo-se por isso serem irmãos.

Winter notou que Luzia repetia aquelas palavras como se recitasse um poema lírico.

Fez-se um silêncio de constrangimento em que apenas Aguinaldo mostrava uma face desanuviada e alegre. Tinha orgulho da neta, das coisas que ela sabia e fazia.

— O senhor examinou as vítimas, doutor? — perguntou a moça.
— Sim. Foi um dos meus primeiros "casos" em Santa Fé.

— É verdade que mesmo com as cabeças esmigalhadas eles viveram ainda muitas horas?

— É. Por que pergunta?

— Vosmecê acha que eles tinham ainda conhecimento das coisas?

— Claro que não.

— Então não sofriam?

— É muito difícil fazer uma afirmação positiva, mas creio que não sofriam mais.

— Uma vez quando menina eu vi uma cozinheira decapitar uma galinha, e o bicho mesmo sem cabeça continuou de pé e depois saiu caminhando e entrou direitinho no galinheiro. Nunca mais me esqueci disso.

O vigário fez um gesto de impaciência.

— Mas por que não mudamos de assunto? — perguntou. — Basta de sangue, de cabeças cortadas, de enforcamentos. — E, para começar um novo tópico de conversação, voltou-se para o dono da casa e perguntou: — Então, senhor Aguinaldo, como vão os negócios?

— De mal a pior — respondeu Aguinaldo, que comia vorazmente uma talhada de melancia. Cuspinhou as sementes no prato e continuou: — A guerra estragou a cavalhada, reduziu a gadaria. Os garanhões que sobraram não valem dez réis de mel coado.

Era sempre o que acontecia em tempo de guerra — refletiu Winter —, morria a flor das nações não só em homens como em cavalos. Ficavam os velhos, os doentes, os incapazes.

Winter tinha ouvido contar que na Província se matavam éguas aos milhares para aproveitar a graxa. E que os estancieiros vendiam para as charqueadas até as vacas de cria. Sabia também que desde 1823 as gentes de São Pedro do Rio Grande haviam abandonado a cultura do trigo para se dedicarem à pecuária. Ora, as guerras periódicas dizimavam a cavalhada e o gado, ao passo que a agricultura continuava decadente ou quando muito estacionária. Os campos se achavam despovoados e ele tinha a impressão de que ninguém tinha plano, ninguém pensava no futuro; os continentinos viviam ao acaso das improvisações, confiando sempre na sorte. Por que não tentavam alguma coisa? — impacientava-se ele.

— O negócio de gado está liquidado — declarou Aguinaldo. E levou a talhada de melancia aos lábios, como se ela fosse uma gaita de boca, e ficou a tocar uma música feita das notas líquidas dos chupões.

— Nada está perdido quando a gente tem força de vontade e amor ao trabalho — sentenciou o juiz de direito.

Luzia e a senhora surda ergueram-se e saíram da sala. A mulher do dr. Nepomuceno queria ver as toalhas bordadas que a moça recebera de Porto Alegre como parte de seu enxoval.

— Ainda por cima — acrescentou Aguinaldo —, o governo proíbe a passagem do gado da Banda Oriental para cá. Quando nem o governo ajuda, que esperança podemos ter?

— Não culpemos o governo de tudo — observou cautelosamente o juiz.

Winter ergueu-se e deu um puxão nos fundilhos das calças que se lhe colavam incomodamente às nádegas.

— Por que os fazendeiros não mandam vir reprodutores estrangeiros para melhorar seus rebanhos? — perguntou, fazendo um gesto largo como para dar a entender que o mundo era muito vasto e rico. — Importem cavalos da Inglaterra, da Alemanha, do cabo da Boa Esperança. Mandem vir vacas da Holanda.

— Alguns estancieiros de Cruz Alta — informou Aguinaldo — receberam há pouco um lote de cavalos pampas.

Muitas das coisas da Província, Winter ficava sabendo através de sua correspondência com Carl von Koseritz, ao qual ele chamava com afetuosa ironia "meu ilustre barão". Fazia pouco mais duma semana, escrevera-lhe uma carta em que dizia:

> Tu ao menos tens como desabafar: és jornalista, escreves os teus artigos e de certo modo já pertences a esta pátria. Quanto a mim, continuo a ser apenas o Dr. Carl Winter, um exilado, um imigrante, um intruso; e tenho de calar a boca mesmo quando sinto vontade de sacudir esta gente de sua apatia exasperante. Mas é preciso reconhecer que essa apatia se revela apenas no que diz respeito ao trabalho metódico e previdente, pois quanto ao resto nunca vi gente mais ativa. Estão sempre prontos a laçar, domar, parar rodeios, correr carreiras e principalmente a travar duelos e ir para a guerra.

Agora o padre balançava-se de leve na sua cadeira e dizia:

— Ainda hoje o coronel Amaral estava se queixando que o negócio de charque vai muito mal.

— Mas esta província não pode depender eternamente do charque e do couro! — exclamou Winter. — Foi um erro terem abandonado o trigo. E uma insensatez não cuidar dos rebanhos... um crime não cultivar melhor a terra.

Havia outros problemas sérios: o da instrução pública, por exemplo. Existiriam quando muito umas oitenta escolas em toda a Província, e todas eram de primeiras letras. Havia uma assustadora escassez de professores.

Inflamado por suas ideias, Winter ergueu o dedo e disse:

— Os senhores ainda não perceberam o grande perigo que correrão no futuro...?

Conteve-se. O que ia dizer era muito ousado, talvez até ofensivo àquela gente. Viu que os outros esperavam a terminação da frase. Não teve remédio senão continuar.

— ... se não promoverem o progresso desta região? Pode ser que alguma nação estrangeira poderosa, de gente superior, volte um dia para cá os olhos cobiçosos. Não será a primeira vez na história. Não basta ter uma terra: é necessário merecê-la.

O juiz ergueu para ele os olhos mortiços.

— O doutor quer insinuar que uma outra nação pode procurar tomar posse da nossa terra pelas armas?

Winter pôs as mãos nos quadris, inclinou-se sobre o juiz e disse:

— Exatamente.

Aguinaldo teve um arroubo patriótico:

— Pois que venham. Havemos de expulsar essa estrangeirada a grito e pontaço de lança.

— Que venham! — repetiu Nepomuceno, numa velada ameaça, como se dispusesse dum poderoso exército secreto pronto para qualquer emergência. — Que venham!

O padre olhava para Winter dum modo estranho, e o doutor viu que se havia metido em terreno perigoso. Mas agora já não podia mais recuar.

Adoçou mais a voz, deu-lhe um tom persuasivo para dizer:

— Esta terra é boa demais para ficar abandonada, despovoada de gentes, de gado e de lavouras... É incrível que a Província tenha de importar os cereais que consome: não só os cereais, mas até a farinha de mandioca.

Houve um silêncio ressentido em que só se ouviu o ruído líquido que Aguinaldo produzia ao mastigar nacos de melancia, e o tan-tan da cadeira de balanço do padre.

— Boa ou má — disse o dr. Nepomuceno depois de alguns segundos de reflexão —, rica ou pobre, esta terra é nossa, dos brasileiros. Havemos de defendê-la contra qualquer invasor, venha ele de que quadrante vier, seja de que raça for.

Olhou para o sacerdote como a pedir-lhe a aprovação para o que acabava de dizer. O pe. Otero sacudiu a cabeça gravemente. De novo o juiz esparramou a papada sobre o peito e, com ar sonolento, ficou a brincar com a medalha do relógio.

Winter lançou o olhar para a janela. Fora, a luz se fazia mais cor de âmbar e mais suave, à medida que entardecia. Na praça a multidão se havia dispersado, mas viam-se ainda curiosos a conversar aos grupos nas proximidades da forca. Mentalmente o médico escrevia agora uma carta ao seu "ilustre barão". Assim:

Ainda ontem no Sobrado com a mais sã das intenções, eu disse umas verdades cruas ao dono da casa, ao vigário e ao juiz de direito. Por um tolo sentimento de patriotismo mal compreendido parece que ficaram zangados. Como resultado de tudo também fiquei irritado, e já que havia saído para a chuva e estava molhado, resolvi continuar enfrentando o aguaceiro e cheguei a sugerir àqueles senhores que...

— Mas não basta melhorar os rebanhos — disse Winter em voz alta. Aproximou-se do consolo e ficou a dedilhar distraidamente as cordas da cítara. — É preciso também cuidar dos homens...

— Cuidar dos homens? — estranhou o padre.

— Explique-se — pediu o juiz —, explique-se.

— Calma — disse o médico, fazendo um gesto de paz.

— Estamos perfeitamente calmos. Vamos!

— Quero dizer que seria melhor casar vossos homens e mulheres com os imigrantes alemães do que com negros e índios.

— O meu caro doutor acha então que somos uma nação inferior?

Winter tirou um acorde dissonante da cítara, e olhou para o juiz.

— Eu não afirmei propriamente isso. Mas se vosmecê conhecesse a Alemanha teria uma ideia do que é capaz o povo alemão.

— O que o doutor quer insinuar — observou o padre — é que os alemães merecem mais que nós este país...

O juiz lutava com suas ideias. Elas lhe ocorriam sempre tardiamente. Invejava os que tinham resposta sempre pronta na ponta da língua. O padre sacudia a cabeça devagarinho numa dúvida taciturna. Não eram aqueles alemães em sua maioria protestantes? Que aconteceria se casassem com brasileiros? Como iriam educar os filhos? Em que Igreja? No amor e temor de que deus?

Finalmente o juiz conseguiu formar uma frase que lhe pareceu à altura do assunto, do momento e do interlocutor.

— Pois digam o que quiserem, eu cá acho que um povo latino como o nosso deve...

O médico soltou uma risada e avançou para o juiz:

— Latinos os homens desta província? — exclamou. — *Ach mein lieber Gott!* Acha então o doutor que os gaúchos descendem dos romanos?

— Ora! — fez o dr. Nepomuceno, que estava muito vermelho e agitado. — Ora!

— Preste bem atenção, senhor juiz. Quem foram os primeiros povoadores destes campos? Paulistas descendentes de portugueses. Pois bem. Os portugueses já têm uma boa dose de sangue mouro. Mais tarde chegaram aqui os casais açorianos, muitos dos quais eram de origem flamenga. Nesta província houve novas misturas com sangue índio e negro. Já vê que de latinos tendes muito pouco.

— Digam o que disserem. Somos latinos pela civilização!

Carl Winter sentou-se de repente, como se o peso da palavra *civilização* fosse demasiadamente grande para ele suportar de pé.

De que feitos espirituais se podia gabar aquela áspera sociedade pastoril que florescia — se é que se podia no caso usar esse verbo — no tão gabado "Continente" de d. Bibiana? Onde estavam seus artistas, seus cientistas, seus pensadores? Até aquela data Winter não vira um único livro impresso na Província. Poderiam os continentinos alegar que as guerras não lhes davam tempo para as atividades do espírito, e talvez aí tivessem alguma razão. Mas quem não tinha razão era o dr. Nepomuceno quando enchia a boca com a palavra civilização. Ele e o padre pareciam estar convencidos não somente de que eram descendentes dos romanos como também de que, por isso, representavam a essência da sabedoria, da espiritualidade e do progresso.

Tornou a erguer-se, aproximou-se da janela e ficou olhando para as campinas de Santa Fé. Que grandes coisas os homens de seu sangue poderiam fazer naquela terra privilegiada onde não havia angústia de espaço, nem terremotos, inundações ou secas calamitosas! Ali estava ela, generosa e mansa, oferecendo-se femininamente aos seus homens, que pareciam recusar-se a fecundá-la, preferindo transformá-la em cancha para seus jogos, conflitos e andanças.

No silêncio que se fizera ouviu-se a voz de Aguinaldo:

— Mas será que só eu é que estou comendo melancia? Não quer uma talhada, doutor Nepomuceno? E o padre Otero? E o doutor Winter?

— Muito obrigado — respondeu o juiz. — Não quero estragar o apetite para o jantar.

Eram mais de seis horas quando o dr. Winter deixou o Sobrado. Sabia que o padre e o juiz de direito tinham ficado magoados com suas observações. Que fossem para o diabo! Eram homens adultos, podiam muito bem aguentar um bom par de verdades. Deu alguns passos, batendo forte com a ponteira da bengala no chão, ao mesmo tempo que lhe vinha à lembrança uma água-forte que vira quando estudante em Heidelberg: Jesus diante de Pilatos. E ele "leu" a legenda que havia por baixo da gravura, em letras góticas: "'Que é a Verdade?', perguntou Pilatos". Winter sorriu. Estaria ficando intolerante, ou — pior ainda — convencido de ser o único portador da Verdade, uma espécie de saco de absolutos?

Parou um instante na praça e ficou olhando para a forca. Pobre Severino! Tinha morrido por causa dum absoluto. Um absoluto que o dr. Nepomuceno adorava, como a um deus. Encolheu os ombros como quem diz: "Não sou daqui, não tenho nada com isso". E decidiu que o melhor que tinha a fazer era ir ver o pôr do sol.

A luz da tarde era doce, e andavam por toda a paisagem uns lilases rosados positivamente fantásticos. Winter achava um grande encanto naqueles quintais quietos ao anoitecer. Um porco fossando na lama, uma galinha bicando o chão, um passarinho piando numa árvore, uma criança nua a brincar com um osso, um cão vadio dormitando num vão de porta — tudo isso eram coisas que o deixavam inexplicavelmente enternecido.

Comparava o mundo em que nascera e vivera até os trinta anos com o mundinho de Santa Fé. Ali naquela vila perdida na extremidade sul do Brasil representava-se também uma comédia humana, que era uma paródia da que Winter vira na Europa. Os atores seriam menos consumados, o cenário mais pobre. Mas os eternos elementos do drama lá estavam: o amor, o ódio, a cobiça, a inveja, o desejo de poder e de riqueza, a sensualidade, a vingança... e o mistério.

Caminhando na direção do campo, Winter pensava agora em Luzia. O que ele vira aquela tarde deixara-o perplexo. Não se achava preparado para comentar o caso nem consigo mesmo. O melhor era esquecê-lo por enquanto... Pobre Bolívar! Qual seria o destino daquele casamento? Fosse qual fosse, ele, Carl Winter, gostaria de ver o desenvolvimento da rústica comédia provinciana. No fim de contas, não havia do outro teatro em Santa Fé...

9

Em parte como ator e em parte como espectador, Carl Winter pôde realmente acompanhar o desenvolvimento da comédia.

Quando por setembro de 1853 Bolívar Cambará casou com Luzia Silva, houve festa grande no Sobrado. Aguinaldo mandou buscar gaiteiros e violeiros de Rio Pardo e Cruz Alta e fez matar três novilhas. Dançou-se o fandango à luz duma grande fogueira acesa no meio do quintal. Luzia — acharam todos — estava linda no seu vestido branco de noiva. O pe. Otero fez um discurso e perorou, desejando aos noivos uma vida longa e feliz, e muitos filhos. Em certa altura da cerimônia, d. Bibiana cutucou o dr. Winter, que estava a seu lado na igreja, e, olhando através das janelas as franças das árvores sacudidas pelo vento, murmurou: "Minha avó costumava dizer que sempre está ventando quando alguma coisa importante acontece".

Em princípios do ano seguinte ventava forte quando trouxeram do Angico para a vila, numa carreta puxada a bois, o velho Aguinaldo Silva agonizante, com a cabeça enfaixada em panos. Tinha caído do cavalo e batera com o crânio no solo. Chamado imediatamente para vê-lo, o dr. Winter verificou que não havia mais nada a fazer. Aguinaldo tinha fraturado a base do crânio: era um caso perdido. Deu-lhe uma hora de vida quando muito. Mas o nortista viveu ainda quase três. Viveu? Não. Ficou em agonia, deitado de costas na sua grande cama, com os olhos vidrados, a boca aberta deixando escapar a respiração estertorosa. Luzia não se afastou um instante do leito do avô. Ficou ao lado dele, com as mãos do velho presas nas suas, os olhos fitos no rosto dele, como se não quisesse perder um minuto sequer daquela lenta agonia. Bolívar estava pálido e de olhos úmidos. E, quando Winter murmurou para Bibiana: "Agora é o fim. Questão de minutos", julgou ver no rosto dela uma expressão estranha que o deixou desconcertado. Os olhos da mãe de Bolívar brilharam com uma súbita luz de alegria que lhe iluminou o rosto inteiro por uma fração de segundo.

Winter tinha outras coisas que fazer, mas achou conveniente ficar no Sobrado para esperar o desenlace. Era noite e tinham trazido para a mesa de cabeceira de Aguinaldo um velho candelabro com cinco velas. Uma preta entrou e disse baixinho a Bibiana que o relógio grande de pêndulo tinha parado de repente, e que isso era mau agouro. Como se algum bom agouro fosse possível num caso daqueles — refletiu o médico.

A notícia espalhou-se rapidamente pela vila. Começaram a aparecer amigos, conhecidos, curiosos — gente que vinha perguntar como "estava passando o velho". O pe. Otero foi chamado para administrar a extrema-unção ao moribundo. Puseram uma vela acesa na mão de Aguinaldo, e Luzia teve de apertar-lhe os dedos com os seus para que o avô pudesse sustentar a vela. No quarto silencioso ouviu-se a voz monótona do padre, murmurando palavras em latim. Winter olhava para Luzia e via que ela estava gozando aquele momento. Tinha a respiração ofegante e um brilho meio embaciado nos olhos claros. Agora, à luz das velas, Winter via-lhes melhor a cor: eram verdes, não havia a menor dúvida, dum tom que o mar assume em certos dias de sol fraco.

Aguinaldo expirou poucos minutos depois que o pe. Otero saiu do quarto. Luzia não consentiu que lhe cerrassem os olhos, pois o velho sempre lhe dizia: "Quando eu morrer não me fechem os olhos: quero entrar no outro mundo enxergando tudo". Luzia quis vestir o avô com suas próprias mãos. Quando a sogra se ofereceu para ajudá-la, ela respondeu com uma voz que a Winter pareceu uma navalhada:

— Não carece. Quem tem de fazer isso é um parente. Eu sou aqui a única parenta dele!

Pediu que os outros saíssem do quarto e fechou a porta a chave. Bolívar tinha já mandado fazer o caixão. Como não houvesse armador na vila, trouxeram um carpinteiro para o Sobrado e ali mesmo na despensa o homem ficou a trabalhar no esquife. E assim durante muito tempo, enquanto Luzia estava fechada no quarto com o cadáver do avô, os outros ficaram a ouvir os sons das marteladas que ecoavam pela casa toda. Winter procurava alguma coisa para dizer mas não lhe ocorria nada. Bolívar estava visivelmente abalado. Bibiana, serena, já começava a tomar providências para o velório. Iam deixar o corpo na sala de visitas: podiam fazer o enterro às oito da manhã seguinte. E o vento continuava a soprar, fazendo as vidraças trepidarem num rufar de tambores aflito.

Em dado momento, quando Bibiana veio trazer o chimarrão para os primeiros homens chegados ao velório, Carl Winter ouviu-a dizer em voz baixa ao filho:

— Tua mulher está de olho seco.

Olhando para as caras rudes e barbudas dos santa-fezenses que conversavam em surdina nas salas do Sobrado, Winter desejou a presença de Trude Weil, que, em contraste com aquelas figuras sombrias, lhe pareceu uma imagem de cromo, toda feita de leite, ouro, mel e lápis-lazúli. Mas qual! — refletiu ele em seguida —, àquela hora talvez sua bem-amada longínqua, gorda e desbotada, estivesse a vender salsichas atrás dum balcão de mercearia, enquanto o filho do burgomestre lhe dava palmadas nas nádegas, soltando grandes risadas que recendiam a chucrute e cerveja.

O mundo estava errado, irremediavelmente errado. A teiniaguá continuava lá em cima fechada no quarto com o defunto. Bolívar tinha no rosto a marca da infelicidade. E a Trude Weil, que ele amara um dia, não existia mais.

Florêncio apareceu mais tarde, quando o cadáver de Aguinaldo já estava dentro do esquife, metido na sua roupa preta domingueira, as mãos amarradas sobre o peito de polichinelo, as pernas cobertas de flores. Quatro círios ardiam na sala e mais quatro dentro do espelho.

Pessoas começavam a chegar. Bento Amaral também compareceu — deu pêsames a Luzia, Bolívar, e cumprimentou Bibiana, que lhe negou a mão e virou as costas — e foi sentar-se, taciturno, a um canto da sala, junto do pe. Otero. O dr. Nepomuceno chegou com a esposa por volta das nove horas, murmurando desculpas: só mui tarde ficara sabendo do triste evento, pois estivera fora da vila, etc., etc.

No velório os homens a princípio estavam meio bisonhos e silenciosos; mas começaram a animar-se aos poucos, à medida que o chimarrão foi correndo a roda e as escravas iam trazendo roscas de polvilho, bolos de coalhada e finalmente licor de pêssego. Um caboclo que Winter nunca vira — um tipo alto, muito trigueiro e de zigomas salientes — começou a contar histórias do velho Aguinaldo: andanças, ditos e espertezas. Os outros puseram-se a rir baixinho, sacudindo muito a cabeça. Bibiana mandou trazer para a sala mortuária todas as escarradeiras que havia no Sobrado e espalhou-as pelo chão. Alvarenga puxou com o juiz de direito e o padre uma discussão sobre a imortalidade da alma. No seu caixão preto, de rosto descoberto — como a neta exigira — e olhos arregalados, Aguinaldo também parecia escutar.

Winter olhava para Luzia. Luzia olhava para o defunto. O defunto olhava para o teto.

10

Depois da missa do sétimo dia, Bolívar, a mulher e a mãe foram para o Angico, resolvidos a ficar lá até princípios do inverno. E, quando o outono entrou, Carl Winter decidiu fazer uma excursão às Missões. Seu interesse pelas ruínas daquela curiosa civilização revivera de repente. E, como no momento nenhum paciente necessitasse de sua presença em Santa Fé, e como os dias andassem belos e calmos, o médico fez a mala, comprou um cavalo, contratou um vaqueano e pôs-se a caminho. Partiram de madrugada, pouco antes de o sol nascer. O ar estava frio e úmido, galos cantavam nos terreiros. Como o guia — que era neto do Chico Pinto — fosse homem de pouca conversa, a primeira légua foi percorrida quase em silêncio. E, como ao entrarem na segunda o moço ainda continuasse calado, Winter decidiu conversar consigo mesmo, e em alemão, coisa que o companheiro pareceu não estranhar muito. Quando, porém, o sol estava já a pino, o vaqueano voltou para o médico a face curtida e disse:

— Ainda que mal pergunte, doutor, vosmecê vai procurar algum tesouro?

Winter soltou uma risada. Um quero-quero gritou perto, como numa resposta.

— Está claro que não, amigo. Vosmecê acredita mesmo que há tesouros enterrados nas Missões?

O outro tirou de trás da orelha um toco de cigarro, bateu o isqueiro com pachorra e depois de puxar a primeira baforada, quando Carl já havia quase esquecido a pergunta, respondeu:

— Pode que sim, pode que não.

Ao fim do primeiro dia de viagem, de rins doloridos, pernas dormentes, Winter estava já arrependido de se haver metido naquela aventura. Era um homem curioso — não havia dúvida —, gostava de conhecer gentes e lugares novos; mas por outro lado seu comodismo obrigava-o a ficar sempre no mesmo lugar, repelindo com certo horror a ideia de movimentar-se, vencer distâncias, enfrentar as asperezas das jornadas, a intempérie, a mudança de regime alimentar, o desconforto das pousadas de emergência...

Passaram aquela primeira noite na casa dum pequeno estancieiro, que os recebeu com a hospitalidade característica das gentes da Província e lhes deu um bom churrasco com farinha, uma guampa de leite gordo e um catre sofrível.

No dia seguinte ao entardecer chegaram às ruínas da redução de Santo Ângelo e Winter foi imediatamente olhar o que restava do templo. Estava ainda de pé o grande frontispício, cuja porta principal era flanqueada por dois nichos, num dos quais Winter viu uma imagem de pedra representando um sacerdote paramentado, com um livro debaixo do braço esquerdo. Devia ser santo Inácio de Loyola — refletiu o médico. O santo do outro nicho estava sem cabeça, e no pedestal da estátua não havia nenhuma inscrição esclarecedora. O vaqueano olhou para a imagem decapitada e disse:

— A la fresca, lo degolaram!

Winter sorriu e ficou a examinar as quatro grandes colunas derrocadas que se erguiam à frente do templo e que deviam ter servido de sustentáculo ao pórtico. Por toda a parte cresciam guanxumas, urtigas e marias-moles. Durante muito tempo o alemão ficou olhando o horizonte do anoitecer através das aberturas daquela fachada em ruínas. E, quando a noite caiu, sua impressão de soledade e abandono foi tão profunda, que ele ficou meio deprimido. O vaqueano cozinhou arroz com charque, que ambos comeram em silêncio, e depois preparou um chimarrão, de que o médico teve de participar, para não ofender o companheiro. Dormiram ao relento, sobre os arreios. Antes, porém, de fechar os olhos, Winter ficou deitado de costas, com as mãos trançadas sob a cabeça, pensando na singular civilização que ali havia florescido e em como era estranho estar ele, Carl Winter, naquela terra remota à luz das estrelas, diante dum templo jesuítico em ruínas. Começou a fazer considerações sobre o tempo, a história e a geografia.

De certo modo o tempo histórico dependia muito do espaço geográfico. Na Europa agora a humanidade se achava em pleno século XIX. Mas em que idade estariam vivendo os habitantes de Santa Fé e da maioria das vilas, cidades e estâncias da Província do Rio Grande do Sul? Existiam vastas regiões do globo que ainda se encontravam no terceiro dia da Criação. E o viajante que em meados do século XVIII visitasse os Sete Povos das Missões, haveria de encontrar ali uma esquisita mistura de Idade Média e Renascimento, ao passo que se se afastasse depois na direção do nascente ele como que iria recuando no tempo à medida que avançasse no espaço, até chegar ao Continente de São Pedro do Rio Grande, onde entraria numa época mais atrasada em que homens vindos do século XVIII com suas roupas, armas, utensílios, hábitos e crenças se haviam estabelecido numa terra de tribos pré-históricas, onde ficaram a viver numa idade híbrida.

Dias depois Winter e seu guia chegaram a São Miguel, cujo grande templo em ruínas causou ao médico uma impressão ainda mais funda que o de Santo Ângelo. Carl passeou vagarosamente ao longo das colunas coríntias, agora dilapidadas e cobertas de parasitas, e que outrora, em número de dezoito, tinham sustentado um majestoso pórtico. Tentou subir ao alto da torre principal, onde se via ainda o revestimento de madeira que protegia o maquinismo do grande relógio do templo — mas os degraus da escada do campanário, carunchados e podres, cederam ao peso de seu corpo e partiram-se.

O vaqueano, que o observava, gritou:

— Cuidado, doutor, que vosmecê pode cair e quebrar as guampas.

Quebrar as guampas! — repetiu Winter mentalmente, sem saber se devia zangar-se ou não. Que expressão! Mas sua experiência da maneira de falar das gentes da Província o aconselhava a nunca tomar aqueles ditos muito ao pé da letra.

Continuou a andar dum lado para outro, à frente das ruínas, enquanto o guia lhe preparava o almoço e de quando em quando lhe lançava olhares furtivos e desconfiados. Pensa que ando procurando tesouros — refletiu Winter, que tinha agora nas mãos um lápis e um caderno de notas no qual procurava reproduzir o desenho das cabeças de leão esculpidas em pedra e que encimavam os capitéis das colunas, nos ângulos da torre principal. — Que teria existido no alto do zimbório? — perguntou ele a si mesmo em voz alta. Um galo de ouro — afirmavam os antigos. E sobre a cimalha majestosa? As imagens de são Miguel e dos doze apóstolos — informavam os cronistas. E Winter tomava notas, rabiscava desenhos. — Evidentemente o estilo lembra o Renascimento italiano... — murmurou ele, umedecendo com a língua a ponta do lápis.

E, pisando em ervas daninhas e pensando vagamente na possibilidade de tropeçar numa cascavel, Winter visitou o interior do templo, onde ficou por algum tempo tentando reconstituir com a imaginação a pompa antiga dos nove altares, com seus candelabros, lâmpadas de prata, imagens, vitrais e alfaias.

Depois foi examinar a grande muralha de pedra que circundava a quinta da redução, atrás da igreja; estava ela toda coberta de trepadeiras e de rosas silvestres brancas e escarlates. À sombra dessa muralha florida, Winter sentou-se aquela tarde para ler o volume de poemas de Heine que havia levado consigo. E à noite ao deitar-se pensou em todas as criaturas que no passado tinham pisado aquele chão — índios, missionários, bandeirantes, aventureiros, cientistas, viajantes... Aquelas pedras — refletiu ele — haviam sido envolvidas por melodias inventadas por compositores europeus e reproduzidas por jesuítas e indígenas em instrumentos fabricados na própria redução. Onde estavam agora as melodias do passado? Onde? Para se divertir fez em voz alta essa pergunta ao vaqueano. O rapaz mirou-o com ar sério e disse:

— Vosmecê está mangando comigo, doutor.

— Não estou, meu amigo! — protestou Winter, erguendo-se. — Pense bem. Os sinos da igreja badalavam, não badalavam? Os índios batiam tambores, não batiam? E tocavam instrumentos, não tocavam? Pois bem, onde está agora o som dos sinos, dos tambores, das cornetas, das clarinetas, das liras? Onde?

Acocorado perto do fogo, o rapaz encarou o companheiro por alguns segundos e depois respondeu:

— O senhor, que é doutor, deve saber. Eu sou um bagualão.

Winter tornou a deitar-se e ficou olhando para as estrelas: as mesmas estrelas que brilhavam neste mesmo céu no tempo da glória dos Sete Povos! Por aqui andou Sepé Tiaraju, o santo índio que tinha um lunar na testa. Foi na redução de São Tomé que a teiniaguá desgraçou um sacristão. O diabo — refletiu o médico — era que tudo aquilo não passava de pura lenda, como a história do anel dos Nibelungen e a da Lorelei. O mundo da realidade, *mein lieber* Heine, é muito prosaico! Como eu gostaria de ver surgir daquele cemitério abandonado ali ao lado da igreja o fantasma de algum defunto — padre ou índio. Seria uma revelação, uma novidade, uma quebra de rotina, o princípio de alguma coisa nova em minha vida.

Um corujão passou em voo rápido sobre a cabeça dos dois viajantes e entrou no campanário. As estrelas palpitavam. Winter fechou os olhos e pelos seus pensamentos começaram a desfilar pessoas e paisagens: Luzia, o quarteto de amadores, Trude, um *Biergarten* de Heidelberg, um trecho do rio Neckar, seu pai fumando cachimbo, von Koseritz num leito de hospital, a figueira da praça, o vulto do castelo de Barba-roxa...

— Boa noite, doutor — disse o guia, estendendo-se sobre os pelegos.

— Boa noite. Durma bem e tenha bonitos sonhos.

— Eu nunca sonho.

Winter tornou a abrir os olhos e a fitá-los no cemitério. Se ele visse agora um fantasma sua vida mudaria por completo, ganharia um novo sentido. Seria melhor que encontrar o tesouro dos jesuítas.

Voltou para Santa Fé em princípios de maio. Vinha cansado da solidão dos campos e ansioso por convívio humano. Como o Sobrado continuasse fechado, não teve outro remédio senão aceitar o convite de Alvarenga e frequentar-lhe os serões em que Florêncio noivava insipidamente com Ondina, cada um sentado na sua cadeira e separados por léguas e léguas de distância, sob o olhar fiscalizador de *Frau* Alvarenga.

Em fins de junho, numa noite serena particularmente fria, Gregória, cuja autoridade em assuntos climatéricos Winter respeitava profundamente, disse:

— Amanhã vai gear.

Efetivamente, no dia seguinte ao levantar-se da cama o médico viu que a relva, as árvores e os telhados achavam-se brancos de geada. O céu estava limpo e rútilo e começava a soprar um ventinho frio e cortante.

Mais um inverno! — pensou Winter. E de novo perguntou a si mesmo por que não se ia embora. Von Koseritz continuava a insistir para que ele voltasse ao litoral e se instalasse em Pelotas. Seu ilustre barão tinha planos grandiosos: ia fundar um jornal e uma escola, meter-se na política, naturalizar-se brasileiro e provavelmente casar-se com uma moça natural da Província.

Tremendo de frio, Winter derramou a água do balde na gamela, experimentou-a com a ponta dos dedos e gritou:

— Gregória!

Pronunciava esse nome com um excesso de erres. A escrava apareceu. Estava mais molambenta que nunca e seus olhos continuamente vertiam água. Winter contemplou-a com uma mistura de repulsa e piedade e disse:

— Aquente um pouco d'água para eu me lavar.

Ficou junto do espelho a passar os dedos pelas barbas ruivas, a examinar os próprios olhos. Estavam um pouco sujos e injetados de sangue. Botou a língua para fora: saburrosa. Devia ser o fígado. Naquela excursão comera muito charque de qualidade duvidosa e várias vezes, depois de tomar chuva, bebera cachaça. E o pior de tudo — lembrou-se ele — foi que, uma noite em que suas resistências morais estavam enfraquecidas e seu desejo exacerbado, dormira com uma índia. *Ach!*

Enquanto Gregória fazia fogo na cozinha, Carl apanhou o violino e começou a tocar. Tinha os dedos duros de frio. A voz do instrumento pareceu-lhe rouca, e lembrou-lhe, nas notas graves, a voz de Luzia.

De repente Winter sentiu saudade do Sobrado. Do Sobrado? Sim. Não era propriamente das pessoas da casa. Admirava d. Bibiana. Tinha pena de Bolívar. Sentia por Luzia uma atração estranha que não chegava nunca a ser desejo de estar perto dela — mas que o compelia a olhar irresistivelmente para a moça, quando em sua presença. Gostava, porém, do Sobrado como dum velho amigo calado e acolhedor, que tudo dá e nada pede. Era a única casa daquela vila que lhe dava uma impressão de conforto, de abrigo. Gostava dos serões do casarão, que cheiravam a açúcar queimado e defumação de alfazema.

Carl arranhava no violino um minueto de Beethoven, e, quando Gregória apareceu trazendo a chaleira preta de picumã e arrastando os pés de paquiderme, ele teve uma consciência tão aguda do contraste — o minueto e a figura da escrava — que soltou uma risada. Gregória ficou parada no meio do quarto, de cabeça baixa, humilde e calada.

— Tá aqui a água — disse ela com sua voz de areão.

11

Naquele mesmo dia Winter foi chamado para ver Juvenal Terra, que estava de cama com uma pontada nas costas.

— O velho não gosta de médico — explicou-lhe Florêncio no caminho. — Parece que a coisa não é muito séria, mas é sempre bom o senhor ir ver ele.

Caminharam alguns passos em silêncio e de repente Winter perguntou:

— Tem visto o Bolívar?

— Tenho.

— Como vai ele?

O outro encolheu os ombros.

— Bem. — E depois acrescentou, vago: — Eu acho...

E o assunto ficou cortado.

Juvenal estava deitado na cama do casal, mas completamente vestido e de chapéu na cabeça. Era um homem ainda forte, de rosto muito queimado, onde crescia em desalinho uma barba negra com raros fios grisalhos.

— A bênção — murmurou Florêncio, beijando a mão do pai.

— Deus le abençoe, meu filho.

Os olhos miúdos e meio oblíquos de Juvenal fitaram-se no médico.

— Ué... — fez ele, pondo-se de pé. — Que é que le traz por estas paragens, amigo?

O rapaz foi logo explicando:

— Não vê que o doutor ia passando, papai, e eu achei melhor convidar ele para dar uma olhada em vosmecê.

Juvenal apertou a mão de Winter.

— Mas eu não tenho nada, doutor.

Carl sentou-se na beira da cama, suspirou de mansinho, esfregou as mãos e disse:

— Pois se não tem, melhor. Vamos então conversar.

Florêncio inventou um pretexto e retirou-se. O médico acendeu um charutinho.

— Quer um dos meus mata-ratos? — perguntou, sorrindo.

— Não, gracias. Prefiro um crioulo.

Tirou da cava do colete um punhal com cabo de prata lavrada e começou a alisar com ele um pedaço de palha.

— Ouvi dizer que vosmecê andou viajando...

— É verdade — respondeu o médico —, andei visitando as Missões. Ruínas de causar dó.

E começou a contar das coisas que vira, dos lugares por onde andara e das pessoas com quem conversara; terminou dizendo:

— Mas cheguei meio adoentado, com umas dores do lado, a língua suja.

— Isso acontece. Eu também tenho andado com umas pontadas...

Levou a mão esquerda às costas. Mas de repente calou-se, pois compreendeu que estava caindo em contradição. Winter desatou a rir.

— Seu Juvenal, uma das manias dos homens desta terra é acharem que não podem adoecer. Sabe que isso é puro orgulho?

— Qual nada, seu doutor.

— As mulheres são diferentes, essas sempre pensam que estão doentes e não podem enxergar um médico que não comecem a queixar-se que sentem uma dor aqui que responde não sei onde... Mas os homens podem estar morrendo que nunca se queixam. Acham que doença é coisa de mulher.

— E não é?

— *Ach!* Está claro que não. Os touros não adoecem tanto quanto as vacas?

— Adoecem.

— Os garanhões não adoecem?

Juvenal agora picava fumo calmamente, sorrindo um sorriso canino que lhe expunha os dentes fortes e amarelos.

— Vamos! — disse o médico com ar trocista. — Diga o que sente.

Com alguma relutância Juvenal confessou que ultimamente andava sentindo dores no lombo. E antes de o médico dizer o que quer que fosse, ele concluiu:

— Deve ter sido alguma friagem que apanhei.

Winter não respondeu. Tomou o pulso do doente, examinou-lhe a língua, auscultou-lhe os pulmões, fez-lhe muitas perguntas e depois tomou dum lápis e escreveu uma receita numa folha de papel.

— Mande comprar isto na loja do Alvarenga. Peça à sua mulher que lhe bote uns sinapismos nas costas. E se dentro de dois dias não estiver melhor... o remédio é chamar uma dessas negras velhas benzedeiras.

Juvenal riu, bateu o isqueiro e acendeu o cigarro. Falaram do tempo e da política local. E, quando Winter mencionou o nome de Bolívar, teve a impressão de que o rosto do outro escurecia. Houve um curto silêncio em que Juvenal ficou pitando e olhando para o chão.

— Não sei se o doutor sabe — disse ele lentamente, depois de algum tempo. — Fui muito amigo do pai desse menino. O Bolívar a bem dizer se criou junto com o Florêncio.

Puxou um pigarro, como se estivesse constrangido e achando difícil falar naquelas coisas.

Winter sacudiu a cabeça em silêncio. Apanhou o punhal que o outro deixara sobre uma cadeira, ao lado da cama, e começou a brincar distraidamente com ele.

— O senhor às vezes vai no Sobrado, não vai, doutor?

— Sim, vou.

Novo silêncio. Outro pigarro.

— Doutor, vosmecê é uma pessoa de fora, um estrangeiro... — Juvenal interrompeu a sentença para tossir uma tosse seca sem vontade. — Sou homem de poucas palavras, gosto de ir direito ao assunto. Mas nem sempre é fácil. Há coisas muito sérias, negócios de família, e a gente fica meio desajeitado...

Winter largou o punhal sobre a cadeira e disse:

— Refere-se ao casamento do Bolívar?

Juvenal apertou forte o cigarro entre os dentes e murmurou:

— Vosmecê leu os meus pensamentos.

— Pode falar com toda a franqueza. Um médico é como um padre: tem de guardar segredo. Diga o que é que há.

— Pois aí é que está o difícil da coisa. Eu não sei o que é que há. Só sinto que há qualquer coisa errada... Não quero me meter na vida de ninguém, mas no final de contas o rapaz é meu sobrinho. Ando preocupado com o jeito dele. O Boli envelheceu dez anos depois que casou; anda triste como carancho em tronqueira.

— Vosmecê tem conversado com sua irmã a esse respeito?

Juvenal sorriu um sorriso descrente.

— O doutor não conhece bem os Terras. É uma gente mui custosa.

— Tenho observado que os Terras são reservados.

— É isso. E meio teimosos também. Não gostamos de discutir. Cada qual fica com suas ideias. — Novo pigarro. — Mas para le ser franco nunca botei nem pretendo botar os pés naquela casa. Assim sendo, não vejo muito seguidamente a mana Bibiana. Às vezes ela aparece de visita, fica por aí conversando com a minha velha, mas não fala na nora. Não quer dar o braço a torcer, porque sabe que sempre fui contra esse casamento. Mas a gente vê na cara dela que a coisa anda mal lá pelo Sobrado. Conheço bem a minha irmã.

Winter cofiou a barba e generalizou:

— Vosmecê sabe, sogra e nora nunca se entendem, principalmente quando moram na mesma casa.

— Mas não é só isso. Deve haver coisa mais séria. Eu sinto. O Bolívar está se consumindo. Será que...?

Ia formular uma pergunta mas conteve-se. Moveu-se na cama, gemendo baixinho; a cama gemeu com ele. Winter esperava...

— O Bolívar me apareceu umas duas vezes depois que casou — continuou Juvenal. — Tomou uns mates, falou no Angico, nuns negócios que tinha em vista, mas nem chegou a me olhar direito. Estava assim com um jeito assustado de negro fugido, era como se andasse acuado... Que é que o senhor acha, doutor?

Winter encarou-o. A fumaça de seu charutinho casava-se com a do cigarro de palha do outro e juntas subiam no ar frio.

— Vosmecê quer saber a minha opinião franca? — perguntou o médico. O outro sacudiu a cabeça afirmativamente. Winter lançou um olhar para a porta, antes de responder. Vendo que não havia ninguém na peça contígua, disse, baixando a voz: — O Bolívar casou com uma mulher doente.

— Como doente?

— Não é uma doença do corpo, dessas que se curam com cataplasmas, pílulas ou poções. É uma doença do espírito.

Bateu com a ponta do indicador no centro da testa e repetiu: "Do espírito".

— Quer dizer então que ela não é bem certa do juízo?

— Não é bem isso. É difícil explicar.

— Sou um homem muito ignorante.

O alemão sorriu:

— Não diga isso, seu Juvenal. Eu queria saber a metade do que vosmecê sabe. Há muitas coisas que os livros não ensinam. A melhor escola que há é a da vida e por essa escola o senhor é formado. É tão bom doutor que mesmo de longe percebeu que havia alguma coisa errada naquele casamento.

Juvenal ficou algum tempo em silêncio, fitando no interlocutor seus olhos tristes e foscos.

— E o que é que a gente pode fazer? — perguntou.

— Por enquanto, nada. Só ficar observando a coisa. Vosmecê compreende que só posso intervir quando Bolívar me pedir. Antes, não. E em qualquer caso não acho que possa fazer muito...

— E será que o Bolívar pede?

— Vosmecê, que é parente, sabe melhor. Será que pede?

— Pode ser. O Bolívar sempre foi mais expansivo que a mãe, que eu ou que o Florêncio. Herdou um pouco o gênio do pai. Mas o senhor sabe duma coisa? Por falar em gênio, tenho muito medo que o rapaz um dia faça alguma loucura.

— Loucura?

— Sim, que perca a paciência e surre a mulher.

— Pois isso não faria nenhum mal.

Juvenal ficou pensativo por alguns instantes. Depois, tentando em vão tirar uma baforada do cigarro que se apagara, disse:

— Parece mentira. Tanta moça boa por aí e ele foi escolher justamente aquela. Veja o que é o destino duma pessoa... — De repente mudou de tom. — No princípio fiquei com medo que o Florêncio andasse também enrabichado por ela. Mas graças a Deus ele vai casar com uma moça muito direita e trabalhadeira. A filha do Alvarenga, vosmecê sabe...

Tornou a acender o cigarro e acrescentou:

— Esse negócio de rabicho é muito engraçado. — Fez uma pausa, meio relutante, e depois prosseguiu: — Vou le contar porque vosmecê é um doutor, um homem de bem e de saber. A minha mana Bibiana quando era moça também se meteu na cabeça de casar com um homem contra a vontade do pai. Era um certo capitão Rodrigo, que veio dessas guerras da Banda Oriental, passou por Santa Fé e aqui acampou. Pois olhe, doutor, essa menina nos deu o que fazer. Menina... — Sorriu. — A gente continua a chamar as irmãs de menina mesmo depois que elas ficam avós. Pois a Bibiana foi um caso sério. O senhor conhece o coronel Bento Amaral. Pois era um rapagão vistoso, rico, disputado pelas moças. Estava louco pela Bibiana. Mas ela não quis saber dele. Queria o outro, o tal capitão Rodrigo. Bateu pé e casou. Meu pai lavou as mãos.

Aquela gente — refletiu Winter com um súbito bom humor — parecia não fazer outra coisa senão lavar as mãos ante o casamento dos parentes.

— E ela foi feliz? — perguntou, só para fazer o outro continuar.

— Bom. Diz ela que foi...

— Mas que é que vosmecê acha?

— Eu? Pois, homem, é difícil dizer. Sei que a Bibiana passou o diabo com o marido. Ele era chineiro, jogador, gostava de empinar o seu copo, vivia metido em fandangos e não era amigo do trabalho. Mas a Bibiana jura que foi feliz. Vosmecê conhece o nosso ditado: "O que é de gosto regala a vida".

— É o amor, seu Juvenal.

— Pois é. Uma coisa esquisita. O capitão Rodrigo tinha um não sei quê naquela cara que deixava a gente brabo e ao mesmo tempo gostando dele. No primeiro dia quase brigamos a arma branca, mas depois ficamos amigos e até sócios num negócio. — Fez uma pausa. — Mas acho que estou falando demais.

Calou-se, meio ressentido, como se tivesse adivinhado nos pensamentos do outro qualquer censura ou mesmo surpresa ante sua tagarelice.

— Por amor de Deus, seu Juvenal! Continue. Estou muito interessado nas coisas que o senhor está contando.

Winter calou-se. E de repente ele não estava mais em Santa Fé, conversando com Juvenal Terra, e sim num café de Berlim, dali a muitos anos, numa roda de amigos, recordando aquele momento: "Era um homem calado, muito discreto... Mas eu tinha certa ascendência sobre aquelas criaturas e elas sempre me faziam confidências. Eu só queria saber que fim levou *Herr* Juvenal Terra...".

— Pra le ser franco — continuou Juvenal, remexendo-se na cama — eu gostava do capitão Rodrigo. Achava que ele era valente, engraçado, um bom companheiro pra tudo. Mas pra falar bem a verdade, nunca me senti à vontade perto dele...

— Tinha sempre medo que ele fizesse uma das suas...

— Isso! E ele sempre acabava fazendo. Depois que fazia, eu tinha vontade de ir pra cima dele de rebenque em punho. Mas isso era só no primeiro momento. Em seguida o homem desarmava a gente com uma risada, com uma palavra ou só com um jeito de olhar.

— Pois se vosmecê, que é homem, sentia isso, como é que pode censurar a sua irmã por ter amado um tipo dessa têmpera?

— Pois é como le digo. Isso de gostar é uma coisa engraçada. A amizade também. Vosmecê não acha que a gente pode querer bem até a um homem sem-vergonha, um ordinário, um patife?

Winter sacudia a cabeça com uma gravidade de que ele mesmo achava graça.

— Claro que pode. Os patifes são em geral pessoas muito simpáticas. Não há nada mais aborrecido que um homem de caráter.

— Nesse ponto não estou de acordo com vosmecê. Há homens direitos que dá gosto a gente conhecer.

Winter deu uma palmada na própria coxa e levantou-se.

— Bom! Mande fazer a receita e bote o sinapismo. Amanhã eu volto.

Juvenal quis levantar-se.

— Não. Não se levante. Vosmecê precisa ficar de resguardo.

— Mas... doutor. Quando puder vá ao Sobrado, bombeie e veja o que é que pode fazer pelo Bolívar. Pode ser que o rapaz se abra com vosmecê. Pode ser que a Bibiana deixe escapar alguma coisa.

— Está bem. Prometo fazer o que puder.

— Eu le agradeço muito.

Winter saiu do quarto. A mulher de Juvenal, que estava na cozinha, veio a seu encontro. Era uma criatura raquítica, de rosto ossudo e lábios muito finos. Tinha cabelos lisos, dum grisalho amarelado, e falava com as pessoas sem nunca encará-las.

— Que é que ele tem, doutor?

— Nada de sério. Passei uma receita. Bote um sinapismo nele hoje mesmo. E não deixe seu marido se levantar nem apanhar frio. Até logo, dona Maruca.

Florêncio esperava-o à porta: saíram a caminhar juntos.

— Estivemos conversando sobre o Bolívar — contou Winter.

Florêncio nada disse por algum tempo. Depois desconversou:

— Eu ouvia o zum-zum das conversas e estava admirado do Velho estar falando tanto. O senhor pode se gabar de ter conseguido o que ninguém consegue. Por que será que as pessoas se abrem com vosmecê?

— Deve ser por causa do meu chapéu alto.

Winter caminhava com suas largas passadas de pernilongo. Voltou a cabeça bruscamente para Florêncio e disse:

— É. Algumas pessoas têm confiança em mim. Mas nem todas. — Olhou o outro bem nos olhos e repetiu: — Nem todas.

Florêncio sorria um sorriso vago, mastigando um talo de capim. Mas continuava silencioso.

12

Carl Winter voltou ao Sobrado num domingo de fins de julho, para almoçar. E, quando se viu sentado na sala de jantar à grande mesa que Aguinaldo sonhava encher de bisnetos, mas em torno da qual estavam agora apenas Luzia, Bolívar e Bibiana — o médico temeu que aquele almoço não passasse duma sucessão de silêncios pontuados de pigarros, suspiros e tosses falsas. Em breve, porém, verificou que se enganava. Porque Luzia estava loquaz, amável, simpática como ele jamais a vira. Parecia outra pessoa. Tratava tanto o marido como a sogra com naturalidade e quase com cordialidade. Isso facilitava tudo. E, embora Bibiana passasse a maior parte do tempo dando ordens às escravas que serviam a mesa, e Bolívar se mantivesse mergulhado num silêncio que a Winter pareceu de ressentimento — a conversa decorreu fácil desde a sopa até a sobremesa.

D. Bibiana mergulhou a colher grande — a que chamavam "cuchar-ra" — na terrina fumegante.

— Gosta de canja, doutor? — perguntou Luzia.

— Se gosto de canja, *meine liebe Frau* Cambará? Isso nem se pergunta. A canja é uma das delícias desta terra. Num dia frio como este uma canja assim não só aquece o corpo como também a alma.

Luzia sorriu.

— Vosmecê sabe, doutor Winter, do que eu mais me admiro? É da maneira correta como vosmecê se exprime em nossa língua. Tem um pouquinho de sotaque, é verdade. Mas fala gramaticalmente certo e com um vocabulário muito rico.

Winter tomou uma colherada de canja e respondeu:

— Muito obrigado pelo elogio. Acontece que sempre amei as línguas e o latim é um dos meus fortes.

— Mas se o padre Otero, que também sabe latim, tivesse a facilidade de expressão de vosmecê, nós teríamos melhores prédicas.

Winter limitou-se a soltar uma risada. O luto sentava bem para Luzia — refletiu ele —, realçava-lhe a pele branca e oferecia um belo contraste com os olhos verdes. Verdes? Não. Agora estavam azulados... Ou cinzentos?

O alemão olhou em torno. Gostava daquela sala com a sua mobília severa, o grande relógio de pêndulo e aquele lustre de cobre que pendia do teto, sobre a mesa. Pena era que não houvesse ali bons tapetes e quadros. A nudez de soalhos e paredes parecia aumentar a sensação de frio que davam em geral as casas da Província.

— Mais canja, doutor?

Winter ergueu a mão num gesto que queria dizer: vamos devagar.

— Não. Obrigado. A sopa está deliciosa, mas quero reservar lugar para os outros pratos.

O frio lhe desaparecera do corpo e uma sensação de bem-estar agora o animava. E, quando abriram a garrafa dum velho vinho português e ele viu o líquido vermelho cair no copo, ao mesmo tempo que aquele cheiro agridoce e inebriante lhe entrava pelas narinas, Carl Winter se sentiu positivamente feliz. E, depois que sorveu o primeiro gole, estalando a língua, degustando bem o vinho, teve vontade de cantar.

— Os brasileiros não gostam muito de cantar... — observou ele. — Por quê?

— Somos gente triste, doutor — observou Luzia. E seus dedos apertaram a haste do cálice.

— Mas por quê? — perguntou o médico. — Por quê?

Bibiana encolheu os ombros e disse:

— Nós sabemos bem por quê.

— *Ach, meine liebe Frau* Cambará! Não há um ditado que diz "Tristezas não pagam dívidas"?

Bolívar tornou a encher seu copo, e bebeu-o em seguida dum sorvo só.

— A mamãe sabe por que ela é triste — disse.

Winter coçou o queixo. Quis dizer alguma coisa mas achou melhor mudar de assunto. Sabia da vida que Bibiana levara: conhecia a sina das mulheres da Província.

— Traga os outros pratos — ordenou Bibiana à escrava que estava parada junto da porta.

— Ela tomou conta do Sobrado — refletiu Winter. — Parece a dona da casa.

Havia no rosto daquela mulher um ar tão resoluto, que ele achou que a coisa não podia ser de outro modo.

— Recebi ontem jornais de Porto Alegre — disse Luzia. — O doutor depois quer ler?

— Claro! Quero ver o que está acontecendo por esse mundo velho.

Luzia pousou os cotovelos na mesa e uniu as mãos como se fosse rezar.

— Mas não é uma coisa horrível a vida que a gente leva aqui? — perguntou ela, erguendo de leve as sobrancelhas.

Ali sentada à cabeceira da mesa, parecia uma colegial que se esforçava para representar o papel de mulher adulta num drama de amadores.

— Não temos teatros — prosseguiu ela —, não temos concertos, não temos bailes, não temos nada.

Sem olhar para a nora, Bibiana observou:

— Há pessoas que passam muito bem sem festas.

Luzia sorriu com doçura.

— Eu sei que há, dona Bibiana. Mas é que eu gosto dessas coisas. Principalmente de música.

Seca e brusca, a outra replicou:

— Pois então toque cítara.

Luzia sacudiu a cabeça com um sorriso indulgente, e o ar de quem quer dizer: "Como é que se vai discutir com gente assim?".

— Vosmecê tem razão — disse o dr. Winter. — Devíamos ter pelo menos uma banda de música em Santa Fé. Pode ser que um dia eu decida organizar uma.

Bibiana segurou a travessa de arroz que a escrava acabava de trazer, e retrucou:

— Temos vivido muito bem até agora sem banda de música.

— Mas deixe estar que era bem bom a gente ter uma banda — arriscou Bolívar.

Winter notou que o vinho deixava o rapaz com o rosto afogueado e os olhos brilhantes.

Inclinou-se, sorrindo, sobre a mesa na direção de Bibiana, que estava sentada à sua frente, e perguntou:

— Mas no fim de contas, *meine liebe Freundin*, de que é que vosmecê gosta mesmo?

— De cuidar das minhas obrigações — respondeu ela sem hesitar. E em seguida, dirigindo-se à escrava: — Depressa, Natália, traga o resto, antes que a comida esfrie.

Entraram duas escravas com bandejas cheias de pratos. Bibiana os foi enfileirando um por um em cima da mesa. Havia uma travessa cheia de arroz pastoso, levemente rosado e muito luzidio; uma terrina de feijão-preto; um prato de galinha assada com batatas; outro de guisadinho com abóbora e finalmente uma travessa de churrasco com farofa. Winter olhava admirado para aquilo tudo. Era simplesmente assustadora a quantidade de pratos que havia nas refeições das gentes remediadas ou ricas da Província. Nunca menos de seis, e às vezes até dez.

Não raro numa refeição serviam-se quatro ou cinco variedades de carne, e nenhuma verdura. Por fim, como um pós-escrito a uma longa carta, Natália trouxe uma travessa com mandioca frita.

— Gosta de tudo, doutor? — perguntou Bibiana.

Winter achava estúpido encher o prato com todas aquelas coisas, mas sacudiu a cabeça afirmativamente:

— Gosto. Muito obrigado.

Bibiana começou a servi-lo. O médico agora a observava por trás da tênue cortina de vapor que subia da travessa de arroz. Aos quarenta e oito anos tinha Bibiana Terra Cambará uma fisionomia ainda moça, a pele lisa, e os cabelos apenas levemente grisalhos; e seus olhos oblíquos, achava Winter, davam-lhe uma certa graça ao rosto. Deve ter sido uma moça bonita — concluiu.

Já estavam todos com seus pratos cheios quando Luzia retomou o assunto de havia pouco:

— Nunca me esqueço duma noite no Rio de Janeiro, no Teatro Dom Pedro de Alcântara. — Sorriu, mostrando os dentes muito brancos e regulares. — Levavam a ópera *A rainha de Chipre*. Oh, isso faz já mais de três anos... A prima-dona era Ida Edelvira. O senhor ouviu falar nela, doutor?

Winter sacudiu negativamente a cabeça.

— É uma cantora divina! — exclamou Luzia. — Quando a cortina se abriu fiquei quase sem respiração vendo o cenário. Tão lindo, tão... — Calou-se e baixou os olhos para o prato. — Quando a Ida Edelvira começou a cantar, senti uma coisa na garganta e rompi a chorar com tanta força que tive de botar um lenço na boca para abafar os soluços.

E ao dizer aquelas palavras os olhos de Luzia encheram-se de lágrimas. Com a cabeça muito baixa, quase a tocar o prato, Bolívar comia com uma pressa nervosa. Lançou para a mulher um olhar enviesado e disse:

— No entanto vosmecê não chorou quando seu avô morreu.

Bibiana voltou a cabeça vivamente na direção do filho. Winter puxou um pigarro nervoso. Mas Luzia continuou com a expressão de êxtase no rosto.

— Mas é diferente, Boli, é diferente. — Olhou para o médico. — Se eu lhe contar, doutor, que chorei como uma criança quando soube da morte de Chopin, vosmecê se admira?

— Eu não me admiro de nada.

— Que Chopin? — perguntou Bibiana.

Luzia, paciente, voltou-se para a sogra.

— É um compositor, dona Bibiana. Um homem que escrevia músicas, lindas músicas. Aquela valsa que eu toco e que a senhora gosta é dele...

Bibiana sorriu enigmaticamente.

— Pois chorei, doutor — continuou Luzia. — E sabe por que chorei mais? Porque Chopin morreu em 1849 e só três anos depois é que fiquei sabendo, por puro acaso. No Brasil a gente vive num fim de mundo, não é mesmo?

Winter estava pasmado. Lembrava-se das palavras da própria Luzia no dia do seu contrato de casamento. *Ser bom ou mau é uma questão de mais ou menos coragem.*

— É realmente um fim de mundo... — concordou ele. E olhou para a janela através de cujas vidraças via as vastas campinas onduladas que cercavam Santa Fé. Teve, mais que nunca, uma sensação de distâncias invencíveis e de irremediável desterro. Pensou nas centenas de léguas que teria de percorrer para chegar ao mar, e nos milhares de milhas de oceano que teria de navegar antes de poder ver de novo a face de Gertrude Weil. Era assustador o isolamento em que viviam aquelas estâncias, povoados, vilas e cidades da Província. As estradas eram poucas e más. Em 1835 haviam começado a abrir uma que ligaria Cruz Alta e Rio Pardo, passando por Santa Fé. A guerra civil, porém, interrompera o trabalho, que só ficaria pronto dentro duns cinco anos, no mínimo.

Luzia comia vagarosamente, levando à boca o garfo com minúsculas porções de alimento.

— Não hei de morrer sem conhecer a Europa... — murmurou ela, descansando os talheres nas bordas do prato. — O senhor não pretende voltar, doutor?

— Um dia, quem sabe...

— Me diga uma coisa, amigo — disse Bolívar, voltando-se para o médico. — O que é que vosmecê acha dessas tais estradas de ferro?

— Acho que está nelas o futuro dos transportes. Um país vasto como o Brasil não pode depender das carretas, dos cavalos e das diligências.

— Não sei, doutor. Posso ser muito atrasado, mas não troco um bom cavalo por essas tais máquinas que cospem fumaça e fogo.

Winter riu. Não era de admirar que Bolívar Cambará reagisse daquela forma, pois ele vira gente letrada na Alemanha olhar com supersticiosa desconfiança para as locomotivas. O próprio Thiers, o grande Thiers, havia alguns anos, declarara que as estradas de ferro de nada serviriam à França.

— E o senhor viu mesmo alguma dessas engenhocas? — perguntou Bibiana.

Winter fez um sinal afirmativo, passou a descrever com minúcias um trem de ferro, e acabou fazendo a lápis o esboço duma locomotiva numa folha de papel. Bibiana ouviu-o com um sorriso ao mesmo tempo divertido e descrente: era como se estivesse a escutar, com certa indulgência, a narrativa das travessuras duma criança. E, quando o médico terminou o esboço e passou-lhe o papel, ela o examinou com olho desconfiado e depois perguntou:

— E vosmecê acha que um dia essas coisas vêm aqui pra Província?

Winter ia responder quando Luzia o interrompeu:

— Estive lendo nos jornais que vão inaugurar este ano a primeira estrada de ferro no Brasil.

— Mas vai custar a chegar até aqui — observou Bolívar. — Tudo custa. Leva anos e anos.

— Quanto mais custar — sentenciou Bibiana —, melhor pra nós.

A estrada de ferro a que Luzia se referira pertencia a uma companhia inglesa. Quando passara pelo Rio de Janeiro, Winter ficara surpreendido ante o número de firmas e agências comerciais britânicas que lá existiam. O Brasil — refletira ele então — proclamara sua independência cortando as amarras que o prendiam a Portugal, mas de certo modo continuara a ser uma colônia, e colônia da Inglaterra.

Winter não podia disfarçar sua malquerença pelos ingleses, que na sua opinião outra coisa não eram senão piratas que tudo faziam por parecerem *gentlemen*. Depois de encorajarem por muitos anos o tráfico de escravos, agora haviam decidido proibi-lo, mandando sua esquadra policiar os mares à caça de navios negreiros. Depois de velha a prostituta esforçava-se por parecer dama respeitável — refletiu Winter, tomando um gole de vinho. Mas que grandes interesses estariam por trás daquele gesto aparentemente nobre? Que tremendos desígnios?

Pensou nos colonos alemães. Estava certo de que eles poderiam ajudar com seu trabalho e seus conhecimentos o progresso do Brasil. Os que ali haviam chegado até então lutavam com toda a sorte de dificuldades: as distâncias, a falta de meios de comunicação, a ignorância dos nativos e a indiferença dos governos. Faziam, entretanto, o que podiam. Aos poucos iam realizando coisas, fundando colônias novas, cultivando a terra, exercendo, enfim, um apreciável artesanato. Quando, porém, esse trabalho começava a dar frutos, lá viera aquela estúpida guerra civil que atrasara a Província de muitos anos. Von Koseritz escrevera-lhe, havia pouco, cartas cheias de entusiasmo pelo futuro da colonização germânica. Contava-lhe, com orgulho, o que seus compatriotas já tinham feito. Existiam nas colônias alemãs da Província mais de trinta engenhos para a fabricação de aguardente, vários teares para linho (linho que eles próprios, colonos, plantavam), curtumes, engenhos para mandioca, serrarias movidas a água, olarias, cervejarias e até uma oficina para lapidar pedras finas.

Pensando nessas coisas, Winter mastigava, observando Bolívar. Ali estava um belo tipo. Era robusto, másculo, tinha coragem, conhecia as lidas do campo e as da guerra. Mas era homem de poucas letras, mal sabia ler e escrever e não possuía a menor noção de história ou geografia. Havia anos que os santa-fezenses tinham pedido ao governo o provimento de escolas públicas para as paróquias do município, a abertura de mais estradas e o estabelecimento de colônias. A indiferença da Assembleia Provincial ante aqueles pedidos era simplesmente pasmosa. Não era, pois, de admirar que as pessoas em Santa Fé crescessem e morressem analfabetas... Às vezes — refletiu Winter — parecia que a única função dos homens da Província do Rio Grande do Sul era a de servirem periodicamente como soldados a fim de manterem as fronteiras do país com a Banda Oriental e a Argentina. Numa carta recente ao seu *lieber* Baron, ele escrevera:

> Parece que a regra geral aqui é a guerra, sendo a paz apenas uma exceção; pode-se dizer que esta gente vive guerreando e nos intervalos cuida um pouco da atividade agrícola e pastoril e do resto; mas um pouco, só um pouco, porque parece que tudo é feito com o pensamento na próxima guerra ou na próxima revolução. Há nos olhos destas mulheres uma permanente expressão de susto.

A voz quente de Luzia tirou Winter de seu devaneio.

— ... não é maravilhoso, doutor?

— Perdoe-me, mas não ouvi.

— Estou dizendo que na Corte já foi inaugurada a iluminação a gás.

— Minha avó morava num rancho perdido no meio do campo — disse Bibiana — alumiado de noite por uma lamparina de óleo de peixe feita duma guampa. Não acho que mais luz ou menos luz possa fazer uma pessoa mais feliz ou infeliz.

— Essas invenções trazem mais conforto à vida — replicou Luzia.

— Vosmecê já pensou, dona Bibiana — disse Winter, descansando os talheres sobre a mesa —, que um dia Santa Fé vai ser uma cidade, com muitas casas, lampiões nas ruas, teatros, fábricas, e gente, muito mais gente que agora?

Bibiana, que olhava fixamente para o prato do médico, perguntou:

— Quer mais alguma coisa, doutor?

— Não, minha senhora, muito obrigado.

— Pode tirar os pratos, Natália! — gritou a viúva do cap. Rodrigo. E depois, entrelaçando as mãos e pousando-as sobre a mesa, olhou para Winter com seus olhos chineses e disse: — Já pensei, sim, doutor. Já pensei em todas essas coisas. Mas também pensei que quando Santa Fé ficar mais grande vai haver muito mais maldade, muito mais bandalheiras que agora. — Soltou um suspiro quase imperceptível. — Às vezes acho que até é melhor uma pessoa não ser instruída, não saber ler. Os livros estão cheios de porcarias e perversidades.

Winter compreendeu que aquelas farpas eram dirigidas contra Luzia.

— Nem todos os livros — disse ele.

Natália colocou diante de Bibiana uma pilha de pratos fundos e um tarro de leite cru e frio.

— Quer mogango com leite, doutor?

— Se quero mogango com leite? Certamente! É das grandes invenções desta Província. Gosto muito também de batata-doce com leite.

Bibiana sorria quando contou:

— Meu marido costumava dizer que homem bem macho não come nenhuma coisa doce com leite.

— Na opinião dele — perguntou o alemão —, qual é a mistura digna do homem forte?

Despejando leite no prato fundo, Bibiana respondeu:

— Marmelo assado, milho verde, farinha de beiju... Era o que o capitão dizia.

Pela primeira vez durante aquele almoço Winter viu Bolívar sorrir.

— A mamãe às vezes me conta coisas do papai... — disse ele. — Ele sempre dizia que Cambará macho não morre na cama.

— Será que queria dar a entender que o único fim digno dum homem de coragem é morrer lutando? — perguntou Winter, tirando do bolso um charutinho e pedindo licença às damas para acendê-lo.

— Acho que sim — respondeu Bolívar ainda sorrindo e fazendo distraidamente riscos na toalha com a lâmina duma faca. Prosseguiu: — O papai também dizia que gostava de mulher de bom gênio, faca de bom corte, cavalo de boa boca e onça de bom peso.

Winter estendeu o braço na direção de Bibiana, que naquele momento lhe passava o prato com um pedaço de mogango.

— Meu marido também gostava de dizer que quando falava com homem olhava pros olhos dele; e quando falava com mulher, olhava pra boca, e assim ficava logo sabendo com quem estava tratando.

— Se não me engano — observou o médico —, isso quer dizer que o capitão Rodrigo julgava tanto as mulheres como os cavalos pela boca...

Luzia, que até então estivera com ar abstrato, falou:

— Mas, doutor Winter, nesta terra os homens não fazem muita diferença entre as mulheres e os cavalos.

Bolívar de súbito empertigou o corpo e, sem voltar a cabeça para a mulher, protestou:

— Ora, vosmecê nem devia dizer uma coisa dessas.

Bibiana sorria o sorriso misterioso de quem sabe mais do que diz.

— Mas é verdade, Bolívar! — replicou Luzia. — Veja bem, doutor, a ideia dos gaúchos em geral é a de que o cavalo e a mulher foram feitos para servirem os homens. E nós nem podemos ficar ofendidas, porque os rio-grandenses dão muito valor aos seus cavalos...

Winter no fundo estava disposto a concordar com Luzia, mas achou melhor dizer:

— Vosmecê está exagerando um pouco.

— Um pouco, talvez, mas não muito.

Todos estavam servidos de leite. Winter meteu a colher no bojo da metade de mogango que lhe coubera, e começou a misturar a polpa dourada com o leite. Luzia prosseguiu:

— Eu sei que sou censurada, que sou falada na vila só porque não quero ser como as outras mulheres que levam uma vida de escravas.

Outra vez Bibiana ficou tesa e tensa na sua cadeira. Tinha olhos e lábios apertados, o rosto contraído numa expressão de expectativa meio agressiva.

— Fui educada na Corte. Sei como vivem as mulheres nas grandes cidades do mundo.

Bolívar estava sombrio e mexia com mão distraída o seu leite com mogango. Winter sorvia a sua mistura com gosto e seus bigodes estavam respingados de leite.

— É por isso que eles não querem mandar as mulheres para a escola — continuou Luzia.

— Na escola não ensinam a costurar, nem a cozinhar, nem a cuidar dos filhos — murmurou Bibiana sem olhar para a nora e mal descerrando os lábios.

Luzia sorriu para o médico com indulgência.

— Opiniões — murmurou Winter, com a boca cheia. — Opiniões...

Aquele leite com mogango estava delicioso, mas ele se sentia enfarado, com uma bola no estômago, uma preguiça de pensar, um desejo de sair a caminhar ao ar livre. Mesmo assim continuava a comer, irresistivelmente, confirmando um ditado muito do gosto de d. Bibiana: "Comer e coçar, é questão de começar".

— A Luzia ainda não se acostumou com a vida num lugar pequeno como Santa Fé — explicou Bolívar. — E a gente tem de compreender; pra uma moça educada em cidade grande, morar em Santa Fé não é fácil.

Luzia, que ainda não tinha tocado seu leite, disse com grande tranquilidade:

— Mas eu não moro em Santa Fé, Bolívar. Moro no Sobrado.

Winter sabia que Luzia não visitava ninguém nem recebia visitas. Detestava o Angico e a vida do campo. Raramente saía de casa; e, mesmo quando estava no Sobrado, passava a maior parte das horas fechada em seu quarto de dormir.

Eram quase duas horas quando deixaram a mesa. Luzia pediu licença e retirou-se para o andar superior. Bolívar começou a fazer um cigarro. Bibiana convidou o médico para irem até o quintal e, quando o filho fez menção de segui-los, ela o deteve com um gesto, dizendo:

— Fique aqui, Boli. Quero um particular com o doutor.

O rapaz sacudiu a cabeça em silêncio e ficou.

13

Fora, fazia um frio seco e o ar era límpido. Bibiana e Carl Winter caminhavam vagarosamente sob as árvores. O chão de terra batida e avermelhada estava manchado de sombras e borrifado de sol. Por entre as folhagens das árvores avistavam-se nesgas de céu, dum azul muito lavado e longínquo. Debaixo dum pé de magnólia via-se uma carroça de varais caídos. Penduradas duma taquara posta horizontalmente entre dois cinamomos, pendiam várias linguiças frescas. As laranjeiras estavam carregadas de frutos.

— Neste quintal eu brinquei quando era menina... — disse Bibiana. Parou e apontou para uma árvore. — Essa foi a minha avó que plantou. É uma marmeleira-da-índia. Veja que bonita, doutor. Dá uma fruta grande, amarelona.

— Comestível?

— Não. Mas mui linda.

Continuaram a andar.

— Está vendo aquele poço ali? — perguntou Bibiana, estendendo a mão. O médico sacudiu afirmativamente a cabeça. — Foi o meu pai que fez, com tijolo da olaria dele. Fez tudo. Até o balde e a corda. Não é mesmo pra gente ter amor a estas coisas?

— A senhora deve estar feliz agora.

— Por quê?

— Voltou para o seu chão.

Bibiana franziu a testa, ficou um instante num silêncio reflexivo e depois disse:

— Sim, mas não estou na minha casa.

Continuou a andar, calada, olhando para baixo. Winter acompanhou-a, também em silêncio.

— Aquela árvore ali é uma goiabeira. Não há muitas em Santa Fé. A outra, a pequena, de folha lustrosa, é uma pitangueira. As flores do jardim a geada matou. Mas quando chegar a primavera vão ficar lindas. Tem hortênsia, dália, amor-perfeito, bonina, primavera, begônia...

Winter sabia que Bibiana não o levara até ali para falar em flores e árvores. Chegaram ao muro do fundo do quintal, junto do qual havia um galinheiro onde um esplêndido galo branco de crista escarlate estava postado com certa imponência em cima duma pedra, como que a olhar com superioridade para as galinhas em torno.

Bibiana ficou olhando por muito tempo "seus bichos", como que esquecida da presença do doutor. Aninhada num caixão cheio de palha, uma grande galinha branca estava no choco. De repente Bibiana disse:

— Ela vai ter um filho.
— Quem? — perguntou Winter quase sem sentir.
— A mulher do Boli.

O médico meteu os dedos nas barbas e coçou o queixo distraidamente.

— Foi ela mesma que lhe contou?

Sem olhar para o interlocutor, Bibiana sacudiu negativamente a cabeça.

— Não. Mas eu vi. Tenho bom olho. Estou acostumada com esse negócio. O senhor notou alguma coisa?

— Para ser bem franco... só notei que ela hoje estava muito bem-disposta e até agradável.

— É. Mas tem andado pálida, com tonturas e enjoos.

Winter jogou no chão o toco do charutinho e ficou a esmagá-lo com a sola da botina, demoradamente, de olhos baixos, como se aquele ato fosse duma enorme importância para o assunto de que estavam tratando.

— O Bolívar já sabe?
— Sabe porque eu contei.
— Mas a Luzia não disse nada ao marido?
— Não. E quando o Boli perguntou, ela negou. O pobre do rapaz estava louco de alegria. Foi todo entusiasmado falar com a mulher, mas ela respondeu: "Não seja bobo. Não há novidade nenhuma". Foi mesmo que botar água fria na fervura.

No galinheiro três galinhas disputavam uma minhoca, cacarejando e bicando o chão freneticamente. O galo branco continuava impassível.

— Mas quem sabe se não há nada mesmo? — insinuou o médico.

Bibiana ergueu os olhos para ele. Sua cabeça mal chegava à altura do peito de Carl Winter.

— Nessas coisas eu nunca me engano. Ela está grávida.
— Mas então eu não posso compreender...

Bibiana atalhou-o:

— Pois eu posso. Ela faz tudo isso de má pra deixar o pobre do rapaz louco da vida. Uma vez chegou a dizer que se ficasse grávida botava o filho fora. Imagine!

Calou-se de repente. Fez meia-volta e disse:

— Quero lhe mostrar um pé de magnólia que plantei o mês passado.

Winter seguia-a em silêncio. Num dado momento sentiu uma vontade irreprimível de falar claro. Falou:

— Pelo que tenho observado vosmecê não morre de amores pela sua nora...

Disse isso e esperou uma explosão. Mas a voz da mãe de Bolívar veio calma:

— Nem ela por mim.

— Então está tudo bem. Ou está tudo mal.

— Está tudo mal. Porque meu filho tem loucura por ela. Está ali a magnólia. Leva muito tempo pra crescer. Mas quando cresce fica uma árvore muito bonita. Já viu alguma? Dá uma flor assim meio creme, muito cheirosa. Ah! Tenho jasmim-do-cabo e jasmim miúdo. E um pé de primavera ali do lado. Tudo isto aqui era campo raso, pura barba-de-bode, quando meu pai veio pra cá. Não existe aqui um arbusto que não tenha sido plantado pela mão dum Terra.

De repente, sem mudar a entonação da voz, perguntou:

— Vosmecê não acha que ela não é bem certa do juízo?

Winter ergueu o braço e arrancou uma folha de laranjeira e começou a mordiscá-la.

— Bom, a Luzia não é uma pessoa normal, isso não é...

— Não acha que ela é capaz de botar o filho fora, só de malvada, pra nos fazer sofrer?

— É possível... Mas não é provável.

Bibiana ajeitou o xale sobre os ombros.

— Me diga uma coisa, doutor... — Sua voz agora era um murmúrio quase inaudível. O médico teve de inclinar um pouco a cabeça para ouvir melhor. — Se depois de ter a criança ela continuar com essas loucuras...

Calou-se. Estava de olhos no chão, evitando encarar o interlocutor. Ouvia-se agora, vindo da rua, um tropel de cavalos e o badalar dum cincerro. Por cima do muro lateral erguia-se uma nuvem de poeira rosada.

— Pode falar, dona Bibiana. Pode dizer tudo com a maior confiança.

— ... não era o caso de se mandar essa mulher...

— Para um hospício? — terminou Winter.

Bibiana sacudiu afirmativamente a cabeça. Winter teve uma repentina sensação de frio interior. E refletiu imediatamente: "Com Luzia no hospício, dona Bibiana completa a sua conquista do Sobrado". Mau grado seu, sentiu-se chocado. Costumava considerar-se um realista e encarar as criaturas humanas com cinismo, sem nunca esperar delas nobreza de sentimentos e altruísmo. Era em ocasiões como aquela que ele via como estava ainda dominado pelos seus preconceitos cristãos. A sugestão de Bibiana deixara-o quase escandalizado. Habituara-se a ver nela uma mulher de caráter e — oh, as frases feitas, os sentimentos feitos! — de coração bem formado. Via-a agora como sob uma nova luz fria, crua e reveladora: tinha a medida exata de sua capacidade de ódio. Mas... por que não virar a coisa do lado do avesso e dizer *de sua capacidade de amor?* Não estaria Bibiana a sugerir aquelas coisas pelo muito que amava o filho e o Sobrado? E aquela atitude não revelaria, em última análise, o espírito prático duma mulher realista que, no dizer do povo da Província, costumava dar sempre nome aos bois?

— E vosmecê teria coragem de fazer ao seu filho uma sugestão dessas? — perguntou ele, com um sorriso que os bigodes escondiam.

— O doutor é vosmecê — respondeu Bibiana secamente.

— E que é que acha que seu filho faria se eu lhe aconselhasse mandar a mulher para um hospício?

Bibiana teve um rápido encolher de ombros.

— Decerto ele esgoelava vosmecê.

— Então? — sorriu o médico. — Quer que seu amigo seja esgoelado?

— Não. Mas também não quero que ela acabe aos pouquinhos com a vida do meu filho.

Winter atirou os braços para o ar e deixou cair as palmas das mãos com força sobre o lado das coxas.

— Então que é que se vai fazer?

— Eu já disse que o doutor é vosmecê.

— Mas há muitas coisas que um doutor não sabe.

Bibiana ajoelhou-se por um instante e arrancou do chão um pé de guanxuma. Para a sogra — refletiu Winter —, Luzia não passava duma erva daninha que vicejava maleficamente no jardim do Sobrado e que era preciso extirpar antes que ela sufocasse as plantas úteis e belas.

— Já conversou com o padre Otero a esse respeito? — perguntou ele, só para dizer alguma coisa.

— Já.

— Ele lhe deu algum conselho?

— Deu. Me pediu que tivesse paciência e fé. Prometeu falar francamente com Luzia. Mas sei que não fala.

— Por quê?

— Porque tem medo dela. Todo mundo tem.

— Mas que foi que vosmecê contou ao padre?

— Contei das malvadezas da... dessa mulher. O senhor já viu como anda a cara do Bolívar? Toda lanhada, toda cheia de arranhões. Um dia amanheceu com os beiços inchados, estava-se vendo que tinha sido uma mordida. Uma pouca vergonha! Ainda ontem descobri uma queimadura na mão do rapaz. "Que foi isso?", perguntei. Ele ficou meio desconcertado e respondeu: "Não foi nada, mamãe. Me queimei no fogão". Mas sei que não foi no fogão. — Bibiana estava de olhos baixos olhando uma fileira de formigas que saíam dum buraco, ao pé duma bergamoteira. — Essas malditas formigas me estragam as plantas. Ouvi dizer que o coronel Amaral mandou buscar em Sorocaba umas formigas miúdas que comem as formigas daninhas. Ele vai botar no quintal dele para ver se acaba com a saúva. Vosmecê acha que dá certo?

— Tudo é possível, dona Bibiana, tudo é possível.

Winter lembrou-se de ter lido num almanaque que em todo o reino animal só os homens e as formigas é que têm o instinto da guerra.

— Vosmecê nunca falou claro com seu filho sobre... essas coisas?

Bibiana sacudiu a cabeça com tristeza.

— Muitas vezes comecei o assunto. Mas ele nunca quis continuar. Sempre achava um jeito de fugir. Ele anda diferente, doutor. Às vezes chego até a acreditar em feitiço. Aquela mulher enfeitiçou ele. O Boli... eu acho... o Boli já nem me quer mais bem. Depois que casou, mudou de um tudo. O Florêncio também tem estranhado ele. Eram tão amigos. Agora ele parece que deu pra ter ciúmes do primo. Já não trata ele como dantes. O pobre rapaz nem aparece mais no Sobrado. São histórias que essa mulher mete na cabeça do Boli.

— Mas como é que o padre explica essas coisas todas que a Luzia faz?

— Diz ele que há pessoas assim no mundo porque os demônios entram no corpo delas. Diz que nas Escrituras Sagradas há muitos casos como esse e que Jesus Cristo expulsou o demônio do corpo de muita gente.

Winter cuspinhou os pedaços de folha de laranjeira que tinha na boca.

— Não acredite, dona. Não há tal coisa.

— Eu sei que não há. Não acredito no diabo nem em almas do outro mundo. Já visitei muitas vezes o cemitério de noite. Não vi nada de mais; só um lugar muito quieto, muito triste, onde a gente pode se sentar e ficar pensando em paz, porque ninguém vem nos incomodar. Sou como o meu pai. Só acredito no que vejo. Meu pai não acreditava em almas do outro mundo. O senhor acredita?

— Positivamente não.

Bibiana começou a caminhar lentamente na direção da casa. Winter seguiu-a.

— Então, dona Bibiana, que é que quer que eu faça?

— Se puder, doutor, fale com ela. Diga que ela precisa ter esse filho.

— Não é fácil, mas prometo fazer isso quando houver ocasião.

— Se vosmecê soubesse como eu quero um neto! Sempre tive vontade de ter a casa cheia de crianças. Minha filha, a Leonor, mora em Cruz Alta, é casada com um fazendeiro, mas não tem filhos. Como é que eu podia imaginar que Luzia era assim? A gente às vezes ouve contar coisas esquisitas de certas pessoas, mas acha que é invenção, exagero.

— Vosmecê é uma mulher que viveu e lutou muito. Devia estar habituada a tudo.

Bibiana soltou uma risadinha seca.

— Habituada? Haverá coisa mais corriqueira que a morte? Desde criança a gente sabe que um dia tem de morrer. Toda a hora ouve falar em morte. Mas a gente se habitua com a morte? Não. Quando ela chega sempre é uma surpresa.

Uma grande nuvem branca, que lembrou a Winter um *iceberg*, agora se erguia no céu, por cima do Sobrado.

— Tenho a impressão — disse ele, em parte para tranquilizar d. Bibiana, em parte para dar voz a um pressentimento — que a Luzia vai ter esse filho.
— Vosmecê acha mesmo?
— Acho.
— Deus le ouça.
— Vosmecê acredita mesmo em Deus, dona Bibiana?
— Às vezes.
Disse isso e entrou no Sobrado.

14

A fresca luz dourada daquela manhã de princípio de primavera entrava pelas janelas da casa de Carl Winter, que, sentado à sua mesa, escrevia a Carlos von Koseritz:

Mein lieber Baron. Faz hoje quatro anos que estou em Santa Fé. Já não uso mais chapéu alto, minhas roupas europeias se acabam e eu desgraçadamente me vou adaptando. Isso me dá uma sensação de decadência, de dissolução, de despersonalização. Sinto que aos poucos, como um pobre camaleão, vou tomando a cor do lugar onde me encontro. Já aprendi a tomar chimarrão, apesar de continuar detestando essa amarga beberagem. (Pode alguém compreender as contradições da alma humana?) Eu vivia em castidade forçada por falta de mulheres de que eu gostasse e que quisessem dormir comigo. Meus sonhos eróticos eram povoados de fêmeas louras e eu tinha de me contentar com esses amores oníricos, mas agora, meu caro, de vez em quando, este espírito já vacilante cede aos gritos desta carne fraca — que, diga-se de passagem, continua muito magra sobre a ossatura — e trago para a minha cama, altas horas da noite, com a cumplicidade soturna da bela Gregória, chinocas, índias, e até mulatas. Depois dessas orgias, tiro o violino do estojo e tomo um banho de música. Ou então abro o meu Heine e me encharco de poesia. E nas muitas semanas de castidade que se seguem volto a sonhar vagamente com mulheres brancas e germânicas. Ah, meu amigo, sou personagem dum drama que Goethe não escreveria nunca, um drama que não daria glória a ninguém porque é sórdido, sem propósito e vazio. Mas é um drama ou, melhor, uma comédia. Por que não me vou daqui? Por quê? Não sei. Alguma coisa me prende a esta terra. Não é propriamente afeição, não é amor. É hábito, e o hábito é como uma esposa que cessamos de amar e que já aborrecemos, mas à qual estamos apegados pela força... do hábito, e por preguiça. A inércia, Carl, tem muita força. A rotina é uma balada insípida de rimas óbvias.

A vida aqui é monótona. Nunca acontece nada. De vez em quando sou chamado a atender um homem que foi estripado por outro num duelo por causa de pontos de honra, discussões em carreiras, jogos de osso, cartas ou dados. Mas mesmo isso se transforma em rotina, porque um intestino é igual a outro intestino; as reações das pessoas em tais ocasiões são mais ou menos as mesmas. Os pacientes aguentam os curativos sem gemer. Os outros nunca estão de acordo sobre quem provocou a briga ou quem está com a razão.

Raramente aparece uma cara nova na vila. Um dia é igual a outro dia. O correio chega uma vez por semana, quando chega. Uma carroça leva uma eternidade para ir ao Rio Pardo e voltar. As pessoas em geral são boas, mas duma bondade meio seca e áspera. Os assuntos, limitados. Fala-se em gado, em cavalos, em tropas, invernadas, comidas, campos ou então em histórias de brigas, guerras e revoluções passadas ou guerras e revoluções que estão para vir.

Ah! Ia esquecendo de te participar um grande acontecimento. Luzia, a minha Melpômene, teve um filho. Deu-lhe o nome de Licurgo, não porque admire o estadista espartano, mas porque (confessou-me ela com um sorriso angélico) o nome tem um som escuro, um tom dramático. Vê bem: Licurgo. É realmente um nome noturno. Não me chamaram na hora do parto; preferiram uma negra velha parteira que bota a criança no mundo com mãos sujas mas hábeis. Regozijei-me com isso pois não queria por nada no mundo ver minha Musa da Tragédia naquela conjuntura tragigrotesca. Vi-a poucas horas depois que a criança nasceu. Estava mais bela que nunca e seu rosto parecia irradiar luz e bondade. Sim, bondade, Carl. Depois de tudo que te tenho contado dela, isso parece absurdo. Mas estou te dizendo exatamente o que senti. Nesta hora, *mein lieber Baron*, eu a amei. Amei-a com ternura pela primeira vez, e esse amor durou precisamente o tempo que passei naquele quarto que cheirava a incenso. A mãe não tem leite; mandaram buscar uma preta da estância para amamentar a criança. O pai, de tão orgulhoso, chega a estar pateta. A avó, se está contente, sabe esconder seus sentimentos debaixo daquela máscara de pedra.

E agora, meu amigo, as coisas parece terem melhorado lá pelo Sobrado. Faço as minhas visitas quase diárias, como médico que sou da casa. Melpômene se tem revelado uma mãe mais carinhosa do que eu esperava, mas seu carinho se revela em gestos e palavras pois ela olha para o filho com a mesma falta de expressão com que fita um objeto, uma coisa. É um olhar vazio, um olhar de estátua.

Será que por um desses mistérios da natureza o choque do parto restituiu a saúde àquele espírito doentio? Possível, mas não provável. Como a Medicina está atrasada, meu amigo! E como neste fim de mundo, sem livros nem colegas cultos com quem trocar ideias, eu vou ficando para trás mesmo dessa Medicina atrasada! Às vezes, para explicar a epilepsia e certas formas de loucura, chego quase a aceitar a teoria dos antigos, que falavam em demônios e possessos. É uma explicação pitoresca, além de cômoda, e que nos permite a nós, pobres médicos, lavar as mãos diante desses casos, transferindo-os para feiticeiros, sacerdotes e taumaturgos.

Mudando de assunto direi que estes invernos rigorosos de Santa Fé, em que às vezes sentimos mais frio dentro das casas que fora delas, me ensinaram a beber uma mistura deliciosa, que *mein lieber Baron* deve já conhecer. É cachaça com mel e suco de limão. Positivamente divino! Se te contarem, Carlos, que morri embriagado numa sarjeta em Santa Fé, podes acreditar na história, apenas com uma restrição: é que em Santa Fé não tem sarjetas pela simples razão de que não tem calçadas, como não tem também lampiões nas ruas, e como, em última análise, não tem nada. Talvez seja essa carência de tudo que me fascina e prende.

Para não deixar de falar em política, o meu amigo não acha que é muito mau para todos nós que a França tenha agora um novo Napoleão? Sinto maus pressentimentos, Carl, muito maus pressentimentos.

Manda-me notícias de teus planos. Quando sai o jornal? E a escola? Já encontraste a brasileira do teu coração? Quando puderes, manda-me livros e jornais. Os jornais podem ser até bem antigos, porque nesta vila esquecida de Deus e dos homens, estou me convencendo cada vez mais de que o tempo, afinal de contas, não passa duma invenção dos relojoeiros suíços para venderem suas engenhocas. Manda livros, senão vou acabar esquecendo até o alemão. Já li mais de mil vezes meu volume de Heine. E o meu Fausto está inutilizado, porque a bela Gregória deixou-o cair dentro da água da tina de lavar roupa.

Tinha essa carta a data de 25 de setembro de 1855, o dia em que Florêncio Terra casou com Ondina, a filha do Alvarenga. A cerimônia realizou-se na intimidade e toda a gente na vila comentou o fato de Luzia não ter comparecido à boda.

Foi também nesse ano que a Assembleia Provincial autorizou o estabelecimento duma colônia alemã, a três léguas de Santa Fé. Os primeiros colonos chegaram em carroças com suas famílias. Traziam seus tarecos, seus instrumentos agrícolas e suas mulheres e filhos. Winter recebeu-os com uma certa má vontade que ele mesmo não sabia explicar. Além dele, até então os únicos alemães que viviam naquele município eram os Schultz e os Kunz, que haviam chegado ali pouco antes da Guerra dos Farrapos.

O cel. Bento Amaral reuniu os colonos em sua casa e fez-lhes uma preleção na presença de Winter, para o qual ele olhava de quando em quando com o rabo dos olhos. Tinha uma voz gutural, falava alto, com ar patronal. Os colonos o escutavam numa atitude entre respeitosa e assustada. Havia entre eles um tal Otto Spielvogel, um alemão corpulento da Renânia, de quase dois metros de altura, com grandes manoplas sardentas recobertas de pelo ruivo, nariz vermelho e fino, e olhos de pupilas tão claras que chegavam quase a parecer vazios. Era uma espécie de chefe natural daquele grupo; e era a ele que Bento Amaral principalmente se dirigia:

— E têm de obedecer às autoridades — discursava o chefe político de Santa Fé. — Não queremos badernas nem anarquia. E quem sair fora do regulamento, tem de se entender comigo.

Deram à colônia o nome de Nova Pomerânia, porque a maioria dos imigrantes tinha vindo daquela região. Os recém-chegados começaram a abrir picadas e a construir casas. A cada família coube um lote de cem braças de frente por mil e quinhentas de fundo.

De tempos em tempos Winter montava a cavalo e ia visitá-los. Fazia isso ou porque o chamavam para atender algum doente ou então porque desejava ver como ia marchando o trabalho. Ficava surpreendido com o que via. A região transformava-se dia a dia, tomava já um jeito de povoado, e por toda a parte viam-se valos, lavouras, cercas, roçados, sinais, enfim, de que aqueles estrangeiros começavam a dominar a paisagem, que de resto ali era suave e submissa. Haviam construído uma ponte sobre um riacho que cruzava aquelas terras e Otto Spielvogel já tinha posto a funcionar seu moinho d'água. Era curioso — refletia Winter — ver aquelas caras e ouvir aquelas vozes alemãs sob o céu de Santa Fé. De quando em quando passava a cavalo um caboclo moreno, de olhos e cabelos negros, parava, olhava para os colonos por muito tempo, sem dizer nada, depois esporeava a cavalgadura e seguia caminho. Carl não conseguia ler nem aprovação nem censura naquelas caras inescrutáveis.

Um dia, quando Winter fazia uma sangria num dos colonos, apareceu em Nova Pomerânia Bento Amaral montado em seu cavalo branco, com aperos chapeados, e grande botas de couro, muito pretas e lustrosas. Trazia na cabeça um chapéu de abas largas e seu pala de seda creme esvoaçava ao vento. Alguns colonos vieram a seu encontro. O cel. Amaral não quis apear. Falou com a "alemoada" de cima do cavalo, olhou em torno, fez perguntas e deu conselhos. Depois, se foi. Da janela da casa do paciente, Winter ficou a contemplar o *Junker* de Santa Fé, que se afastava ao trote faceiro e majestoso de seu cavalo — o busto muito ereto, o rebenque pendente do pulso por uma presilha de couro. Winter sorria. À tardinha, em certos dias, Bento Amaral costumava passear a cavalo pelas ruas de Santa Fé. "Boa tarde, coronel, como le vai?", perguntavam os santa-fezenses, descobrindo-se. Ele se limitava a bater com o dedo na aba do chapéu e continuava seu passeio. Se encontrava um desconhecido, fazia o cavalo estacar e gritava: "Ainda que mal pergunte, quem é o senhor?". Fosse qual fosse a resposta, a segunda pergunta era: "Que é que anda fazendo por aqui?".

Naquele dia os colonos ficaram a seguir o cel. Bento com o olhar até que ele se sumiu atrás duma coxilha. Winter esperava ouvir deles algum comentário. Os homens, porém, não disseram nada: voltaram discretamente para o trabalho. Winter achava-os ignorantes e pouco simpáticos. Em sua maioria tinham vindo para o Brasil porque achavam os impostos demasiadamente pesados em seus principados. Havia entre eles alguns que esperavam enriquecer dentro em pouco para depois voltarem para suas aldeias natais na esperança de lá ocuparem uma posição social melhor que a primitiva. Dentre todos aqueles colonos Winter gostava especialmente de Jacob Vogt, um velho de oitenta anos, natural da Vestfália. Tinha longas barbas dum branco amarelado, que lembravam as macegas dos campos em derredor da Nova Pomerânia. Completamente desdentado, de lábios cor-de-rosa, pele dum creme seco de marfim, olhos muito azuis, o velho Vogt morava com o filho, que era casado e por sua vez tinha oito filhos. Um dia, quando Winter veio ver uma das crianças da casa, que estava com catapora, Jacob aproximou-se dele e perguntou-lhe em alemão, com sua voz fina e fraca, quase inaudível:

— Há bruxas nesta terra?

— Bruxas? — estranhou o médico.

— Sim, feiticeiras. — E contou: — Quando eu era mocinho vi queimarem viva uma bruxa na minha aldeia.

O filho de Jacob esclareceu:

— Essa é uma história que papai conta, mas que não sei se é verdade ou caduquice.

Winter sabia que os camponeses da Vestfália eram muito supersticiosos e quando adolescente ele ouvira falar num caso parecido com o que o velho Vogt lhe contara.

— Não. Em Santa Fé não há bruxas... — disse ele. E achou melhor acrescentar — ... que eu saiba.

Por uma inquietadora associação de ideias pensou em Luzia. As coisas no Sobrado ultimamente pareciam ter-se azedado ainda mais que antes. Quando lá ia nas suas visitas, Winter percebia os ressentimentos nos silêncios, nos olhares, nas indiretas. O pequeno Licurgo crescia com saúde, graças ao leite da ama preta. Bibiana encarregava-se do resto. Luzia vivia a ler e a tocar cítara, e isso parecia enervar a sogra. Contava-se que havia dias em que as duas mulheres se fechavam, cada qual num quarto, e lá ficavam durante largas horas. Passavam dias e dias sem se falar, ao passo que, pálido e infeliz, Bolívar andava de uma para a outra como uma mosca tonta.

Um dia Florêncio encontrou Winter na rua e lhe contou com calma e máscula alegria que esperava o primeiro filho para julho do próximo ano. E, quando o médico lhe falou na gente do Sobrado, Florêncio pigarreou, desviou o olhar e murmurou, sombrio:

— Aquilo vai de mal a pior.

E por mais que se esforçasse, Winter não lhe arrancou nem mais uma palavra.

15

Quando, ao levantar-se uma manhã e ao ver da sua janela a paineira do quintal do vigário toda cheia de flores cor-de-rosa, o dr. Carl Winter compreendeu que mais um outono estava por chegar. Gostava daquela estação porque descobria sempre nela uma dignidade que as outras não possuíam.

De meados de março a meados de junho a luz era madura e cor de âmbar, e o ar, morno ao sol e fresco à sombra. O vento, que ele tanto detestava, o enervante vento que às vezes o fazia praguejar, amaldiçoando aquela terra e aquele clima — cessava por completo. Os crepúsculos faziam-se mais ricos e longos, como se Deus ou lá quem quer que fosse dispusesse de mais tinta, de mais tempo e de mais arte para pintar o céu do anoitecer. Nos quintais faziam-se fogueiras com folhas secas, e a fumaça que delas se evolava, invadindo o ar, tinha um perfume que para Winter possuía uma qualidade nostálgica. No outono as moscas diminuíam, os mosquitos começavam a desaparecer e aquela luz generosa parecia deixar menos feias as pessoas e as coisas.

Quando Gregória apareceu aquela manhã com o chimarrão, encontrou o médico à mesa escrevendo uma carta. Winter apanhou a cuia, distraído, levou a bomba aos lábios, enquanto a negra depunha a chaleira chamuscada ao pé da cadeira do amo. Chupando metodicamente o chimarrão, Winter releu o que havia escrito:

No outono, meu caro barão, fico em permanente estado de poesia. É quando me lembro mais de Eberbach e de Trude. Mas tanto a aldeia como a moça me parecem agora ficções, elementos dum conto de fadas tão distante como a história de Hänsel und Gretel que ouvíamos no tempo de meninos. Se há coisa que lamento é não saber pintar. Tenho visto crepúsculos incrivelmente belos, tão belos que é uma pena que se percam. Alguém devia prendê-los numa tela.

Jogo partidas de gamão com o juiz de direito e me divirto duplamente: com o jogo e com a cara de meu parceiro. O Pe. Otero, que parecia tão meu amigo, ultimamente deu para reprovar a vida que levo, pois não vou à missa, não contribuo com dinheiro para as obras da igreja e de vez em quando externo minhas ideias heréticas. E sabes como se desforra? Recomendando aos paroquianos que procurem o Clotário da homeopatia ou o Zé das Ervas, o curandeiro. Continuo nas boas graças do Junker. O velho Amaral tem sete filhos, dois homens e cinco mulheres, de sorte que no casarão sempre há alguém doente, o que me obriga a visitas quase diárias.

Quero dar-te notícias da "minha comédia", cujo desenvolvimento acompanho com interesse de espectador que às vezes é obrigado a entrar em cena como ator. A peça tomou um novo rumo ou, melhor, mudou de cenário. Como Luzia andasse irritadiça e inquieta, recomendei a Bolívar que a levasse numa viagem de recreio qualquer. A sugestão foi aceita. D. Bibiana me apoiou, pois a pobre criatura estava cansada, queria respirar um pouco em paz. Depois de alguma relutância, Bolívar decidiu levar a mulher a Porto Alegre. Luzia exultou. Vivia numa permanente saudade de concertos, festas e teatros. Desde o momento em que a viagem foi resolvida, ela como que se transfigurou. Naturalmente começou a tocar cítara, e tocou as peças mais alegres de seu repertório. Os preparativos foram frenéticos. Iriam de jardineira, pelo Rio Pardo, levariam uma mucama e dois homens de confiança na boleia. Não preciso dizer que a notícia se espalhou rapidamente pela vila e que na hora da partida da carruagem, em princípios de janeiro último, meio mundo estava na praça, à frente do Sobrado, olhando o grande acontecimento. Muitos vieram despedir-se. O padre, o juiz, o Alvarenga. Florêncio não se fez visível. D. Bibiana abraçou e beijou longamente o filho e deu a ponta dos dedos à nora, que para surpresa minha e dos outros se inclinou sobre ela e lhe beijou as faces. D. Bibiana, porém, ficou imóvel, de lábios apertados. Confesso que naquele momento tive vontade de beijar a teiniaguá. Estava linda, o contentamento dava--lhe cores vivas às faces. Houve muitos adeuses, acenos e gritos de boa viagem. E lá se foi a jardineira, levantando pó pela rua em fora. Quando ela desapareceu na primeira esquina, D. Bibiana traçou o xale e antes de entrar no Sobrado me disse: "Nesta província, doutor, quando uma mulher se despede do marido, do filho, do irmão ou do noivo, nunca sabe se é por pouco tempo ou para sempre".

E sabes, meu caro barão, o que me impressiona nesta gente? É o ar natural, terra a terra com que dizem e fazem as coisas mais dramáticas. Estou começando já a descobrir diferenças entre os habitantes das várias regiões desta província. Os da fronteira são mais dramáticos e pitorescos que os desta região missioneira. Gostam de lenços de cores vivas, falam mais alto, contam bravatas e amam os gestos e frases teatrais. Se eu tivesse de eleger o homem representativo desta região, não escolheria Bento Amaral nem Bolívar, mas Florêncio, o meu bom, discreto e bravo Florêncio Terra.

Perdoa-me estas minúcias. Quando vivemos por muito tempo num mundo tão limitado e pobre como este, acabamos conferindo às suas intriguinhas, às suas pessoinhas e às suas coisinhas uma importância universal.

Mas este outono, meu caro Carlos, é grande aqui como seria em qualquer outra parte do universo. Aristóteles haveria de gostar de dias e campos como estes para as suas dissertações peripatéticas. Estou certo de que houve um erro qualquer na distribuição das raças. Quando Deus criou o mundo, Ele destinou a esta terra outras gentes que não estas. Haverá ainda um meio de corrigir esse erro? Eis aqui uma pergunta perigosa, que nos poderá levar a complicações tremendas.

Foi nesse outono de 1856 que passou por Santa Fé um mascate judeu vendendo bugigangas. Era um homem retaco, muito vermelho, de nariz aduncado e barbas louras. Alegre, conversador e bem informado, contou, no seu português arrevesado mas fluente, coisas das terras por onde tinha andado. Conhecia o Oriente, a África e tinha visitado recentemente os países platinos.

— Sabem da última novidade? — perguntou ele um dia a um grupo na botica do Alvarenga. — Terminou a Guerra da Crimeia.

A notícia foi recebida com indiferença. Ninguém tinha ouvido falar nessa guerra. Ninguém sabia onde ficava a Crimeia, a não ser talvez o juiz de direito e o padre, que nessa hora estavam ambos distraídos a jogar xadrez. Por isso ninguém se interessou pela notícia.

Em fins daquele mesmo outono o dr. Winter foi chamado às pressas a Nova Pomerânia para atender Otto Spielvogel, que, tendo fincado um prego enferrujado na perna — fazia já duas semanas —, estava agora ardendo em febre e com muitas dores. O médico pegou a maleta, montou a cavalo e partiu a todo galope para a colônia. Examinou a perna do paciente e concluiu: *Starrkrampf.* Chamou os membros da família e disse:

— Se não cortarmos a perna do homem imediatamente, ele morrerá.

A choradeira começou. Todos, porém, puseram-se de acordo em que se devia fazer a amputação. Winter pediu água fervente num tacho e dois homens decididos para o ajudarem. Mandou amarrar Otto Spielvogel fortemente a uma mesa e deu-lhe uma bebedeira de cachaça que o deixou quase inconsciente. E depois, usando o próprio serrote com que um colono estivera aquele mesmo dia a cortar barrotes para a casa, amputou-lhe a perna à altura do joelho, enquanto a mulher e os filhos do paciente choramingavam no quarto contíguo.

Ao anoitecer do dia seguinte, voltou para casa, pois um dos filhos de Bento Amaral estava de cama e o *Junker* exigia sua presença à cabeceira do doente. Montou a cavalo, acendeu a vela da lanterna e pôs-se a caminho. Como não havia lampiões nas ruas de Santa Fé, sempre que saía à rua em noites sem lua o dr. Winter levava sua lanterna acesa.

Durante todo o trajeto da colônia à vila desejou chegar ao quarto para tomar uns bons goles de cachaça com mel e limão. O inesperado frio úmido na noite lhe penetrava até os ossos. A garoa gelada lhe respingava o rosto, a barba, as roupas; e seus dedos estavam entanguidos sob as luvas de lã. Winter tinha ainda nas narinas o cheiro de sangue. Sentia-se como um carniceiro e amaldiçoava sua profissão. Perdera os ferros cirúrgicos no Rio Grande: tinha de operar agora com os instrumentos mais rudimentares. E como a medicina estava atrasada! Naquela segunda metade do século XIX eles sabiam pouco mais que os curandeiros da Idade Média. Que era que causava as doenças? Que era que originava o tétano? Ninguém podia dizer. Algumas vezes ele, Winter, dera como perdidos pacientes que depois se erguiam da cama, curados com mezinhas caseiras ou chás fornecidos por negras velhas curandeiras.

Perto de Santa Fé a cavalgadura estacou diante dum vulto. Winter ergueu a lanterna, num sobressalto, e gritou: "Quem é lá?". Era uma vaca que ruminava placidamente, atravessada no caminho.

O médico soltou uma blasfêmia. O Código de Posturas Municipal dizia claramente: "É proibido ter vacas soltas em noites escuras, salvo se levarem lanternas presas aos chifres".

Entrou em Santa Fé no pior estado de espírito possível. Desejava calor, uma cama limpa e quente e uma boa companhia humana. Sabia que não encontraria em casa nada disso. O remédio era embebedar-se. Podia ser indigno, podia ser brutal, podia ser sórdido. Mas era um narcótico. Bêbedo, esqueceria a perna de Otto Spielvogel, que ele vira cair pesadamente num balde com um ruído medonho; esqueceria aquele tempo horrível, e esqueceria principalmente que ele, Carl Winter, um homem de trinta e cinco anos, formado em medicina pela Universidade de Heidelberg, estava preso, irremediavelmente preso a Santa Fé, sem coragem de abandonar aquele vilarejo marasmento e sair em busca duma vida melhor... Por quê? Por quê? Por quê? Winter fez essas perguntas em voz alta.

O cavalo seguia a passo pelas ruas. Seriam umas onze horas da noite e as casas estavam todas fechadas. Ao passar pela frente do Sobrado, Carl Winter pensou em Luzia. Havia já quatro meses que o casal tinha partido para Porto Alegre. Fazia uma semana, o estafeta que trazia a mala do Rio Pardo contara na venda do Schultz que havia irrompido em Porto Alegre uma epidemia de cólera-morbo. Cólera-morbo! Era só o que faltava! Se a peste chegasse até Santa Fé, morreriam todos como ratos — concluiu Winter. E de súbito ocorreu-lhe uma ideia: se Luzia morre de cólera o problema está resolvido, a comédia acabada. Sim, era uma solução. Bolívar sofreria muito a princípio, mas com o passar do tempo a esqueceria. Era moço, tinha a mãe para o amparar, o filho para criar. Sim, seria uma solução de mau gosto, de mau autor, mas o problema daquela gente ficaria resolvido...

Foi no momento em que pensava essas coisas que Winter viu luz numa das janelas do andar superior do Sobrado. Fez parar a cavalgadura e ficou olhando. Avistou um vulto de mulher com uma vela na mão. Devia ser d. Bibiana. Que estaria acontecendo lá dentro? Alguém doente? Algum ladrão? Achou que seu dever era bater à porta para ver o que se passava. Decidiu, porém, não fazer nada disso. Fincou os calcanhares nos flancos do animal e fê-lo seguir a trote rumo de casa.

16

Parada no centro do patamar da escada, com uma vela acesa na mão, Bibiana escutava... Julgara ouvir um pesado arrastar de pés no casarão e saíra do quarto para ver de onde vinha o ruído. A ama de Licurgo dormia no quarto contíguo ao seu. As outras negras estavam alojadas no porão. Um peão do Angico, homem de confiança, dormia na despensa.

D. Bibiana esperava imóvel, de ouvido atento. O silêncio agora era absoluto. Decerto está trovejando — concluiu ela. E resolveu voltar para o quarto. Nesse momento o relógio grande lá embaixo começou a dar as horas. Como não esperasse aquilo, Bibiana teve a impressão de que as pancadas soavam não apenas em seus ouvidos, mas também dentro de seu peito. A primeira delas lhe causou um estremecimento. Começou a contar mentalmente. *Duas... Três...* Cada batida ecoava pela casa, parecia deixá-la ainda maior do que era, como se em vez de dezoito peças o Sobrado tivesse cem. *Quatro... Cinco...* Bibiana sentia que o coração lhe pulsava um pouco mais forte e via a vela tremer-lhe na mão... *Seis... Sete... Oito... Nove...* Tinha agora a impressão de que alguma coisa ia acontecer. *Dez...* Devia ser meia-noite. As negras diziam que a alma do velho Aguinaldo costumava passear pela casa depois que o relógio grande dava a última badalada da meia-noite. *Onze... Doze...* O som se desfez no ar e Bibiana ficou ali com aquele pequeno e débil foco de luz na mão, esperando... Seu olhar dirigiu-se para a porta do quarto que fora de Aguinaldo, e que estava fechado desde o dia da morte do velho. Foi um olhar duro e decidido, como se ela estivesse desafiando a alma do morto a aparecer. Uma viga do teto rangeu, e foi como se o silêncio subitamente se trincasse como um prato de louça. Por um momento Bibiana teve a sensação de que havia alguém às suas costas. Fez uma rápida meia-volta, mas só viu a solidão e a penumbra do patamar e sua própria sombra refletida na parede branca. Lembrou-se das palavras de Natália: "O velho aparece de noite, anda por toda a casa arrastando uma corrente e gemendo: *Rezem por mim. Rezem por mim*". Havia de ter graça — refletiu Bibiana — que nem depois de morto Aguinaldo abandonasse o Sobrado. Mas quem morre se acaba. "Vassuncê viu mesmo a alma do velho, Natália?" A voz da escrava era um ronco medroso: "Por esta luz que me alumeia, juro que vi. Foi numa noite de tormenta. Primeiro pensei que fosse o vento. Depois ouvi a voz do velho. *Rezem por mim. Rezem por mim*". Quem gostava daquelas histórias era Luzia. A noite fazia as criadas repetirem todos os casos de assombração que conheciam. Ficava arrepiada e com medo de subir sozinha para o quarto. Mas subia, de vela na mão, tremendo, e parece que até achando gostoso aquele medo.

Bibiana voltou para seu quarto lentamente. Não temia as almas do outro mundo. Tinha medo, isso sim, das almas deste mundo. Lembrava-se das noites em que Luzia se metia em seu quarto de dormir, fechava a porta a chave e não deixava o marido entrar; o pobre rapaz ficava vagueando a noite inteira pela casa, como uma alma penada. Dessas almas é que ela tinha medo.

Entrou no quarto, fechou a porta de mansinho, aproximou-se do berço onde Licurgo dormia e ergueu sobre ele a vela. No sono a criança movia os lábios rosados e úmidos, como a procurar o bico dos seios da mãe preta. O comilão ainda mamava no peito, apesar de já ter feito um ano! — sorriu ela. Ficou por longo tempo contemplando o neto. Aquele ser pequenino um dia havia de crescer, fazer-se homem — um belo homem como o pai ou como o avô. (E Bibiana apressou-se a acrescentar mentalmente: avô por parte do pai.) De súbito, numa esquisita sensação de desfalecimento, que era ao mesmo tempo desagradável surpresa, apreensão e piedade, ela pensou: o Licurgo é bisneto daquele corcunda. Odiou Aguinaldo por isso. E a figura do velhote desenhou-se-lhe no pensamento: lá estava ele com sua barba de chibo, a cabeça chata, os olhinhos de bicho... O sangue daquele monstrengo corria nas veias da criança! Bibiana aproximou mais a vela do rosto do neto. Não, não havia naquela carinha mimosa nenhum traço de Aguinaldo Silva. Licurgo podia parecer-se com a mãe, que era bonita, ou com o pai, mas nunca com o Velho. E quem garantia que Luzia era neta mesmo de Aguinaldo? A mulher do nortista não o enganava? Bibiana apegava-se agora a essa possibilidade, esforçando-se para transformá-la numa consoladora certeza.

Licurgo ergueu de repente a mãozinha e deixou-a cair com força sobre o cobertor. Um glu-glu se lhe escapou da boca, e em seus lábios se formou uma bolha de saliva.

Quem vai criar esse menino sou eu — disse Bibiana para si mesma. Se quiserem me tirar ele, eu brigo, como uma galinha defendendo seus pintos. Começou a fazer cálculos... Tinha cinquenta anos: podia bem durar mais vinte... ou vinte e cinco, e assim veria Licurgo homem-feito, encaminhado na vida. Aquele menino, que tinha o sangue do cap. Rodrigo Cambará, ia ser o dono do Sobrado, dos campos do Angico e de milhares de cabeças de gado. Seu peito inflou-se de contentamento e de esperança.

Bibiana olhou para a cama grande, ao lado do berço. Não estava com sono. Sentia no peito uma coisa esquisita que não a deixava dormir. Desde que soubera da notícia da peste em Porto Alegre ficara apreensiva. Por que Bolívar não viera embora imediatamente ao saber que o cólera tinha irrompido na cidade? Por quê? Era uma peste braba, pior que o tifo e a bubônica. Bibiana cerrou os olhos e viu em seus pensamentos Luzia morta em cima duma mesa, ladeada por quatro círios, Bolívar chorando, gente cochichando: "Morreu do cólera. Morreu do cólera". De repente a cena mudou: a jardineira chegou a Santa Fé, levantando poeira... Bolívar desceu da carruagem, todo de preto, a barba crescida, os olhos vermelhos. "Mamãe!" Atirou-se nos braços dela. E ela abraçou e beijou o filho, dizendo: "Não há de ser nada, Boli. Vassuncê é moço ainda. Pense no Licurgo. Não é nada". Bibiana abriu os olhos, confrangida inopinadamente pela sensação de frio deixada por uma ideia terrível que acabava de cruzar-lhe a mente. Bolívar podia morrer. Nesse caso, quem voltaria para o Sobrado era *ela*. Ela... toda de preto, mas de olhos secos — aqueles olhos maus de gata. Morto Bolívar, a *outra* podia mudar-se para Porto Alegre ou para a Corte, levando consigo Licurgo... Venderia o Sobrado, o Angico... Não tinha apego à casa nem à estância. E mesmo que *ela* ficasse no Sobrado, como ia ser a vida das duas naquele casarão, odiando-se dia a dia, hora a hora, minuto a minuto? Que ia ser do menino entre aqueles dois ódios?

Bibiana apagou a vela e sentou-se na sua cadeira de balanço. O quarto ficou alumiado apenas pela lamparina que com tíbia chama ardia junto do berço da criança.

De braços cruzados sob o xale, os olhos cerrados, Bibiana balouçava-se devagarinho e pensava. Tinha pago pelo Sobrado um preço demasiadamente alto. Mas agora era tarde: o mal estava feito. Voltar atrás não só seria pior como também impossível. Por assim dizer, tinha perdido o filho. Desde que casara, Bolívar não era mais o mesmo. Andava arisco, já não se abria com a mãe, não dependia mais dela, não lhe pedia conselhos em nenhum assunto. Vivia enfeitiçado, dominado pela *outra*. Se a *mulher* fosse má sempre, todos os dias, poderia haver alguma esperança de o rapaz um dia compreender com quem se havia casado. Mas o diabo era que em certas horas — às vezes durante dias inteiros — Luzia mostrava-se amável e atenciosa não só com o marido como também com os outros. Depois, tinha estudado na Corte, sabia falar bonito, contava casos da Europa, ou então histórias que tinha lido em livros. Às vezes até recitava versos enquanto tocava cítara. Bolívar ficava olhando para ela, de boca meio aberta, e via-se que ele estava perdido de amor, que era capaz de fazer tudo que *ela* pedisse. Nessas ocasiões ele ficava bobo de contentamento, era o homem mais feliz do mundo, chegava até a cantar e assobiar. Mas lá de repente a mulher de novo fazia das suas. Muitas vezes ela, Bibiana, acordara no meio da noite ouvindo gritos no quarto do casal. Saía para o corredor de camisolão, pés descalços, para ver o que tinha acontecido. Nunca vira mas adivinhava o que se estava passando lá dentro. As malvadezas de Luzia não tinham mais conta. Fechava a Dita, a negrinha filha de Natália, no sótão durante dias, sem água nem comida, e de vez em quando ia lá em cima para espiar a rapariguinha pelo buraco da fechadura. Quando Bolívar ia para o Angico, ela aproveitava a ocasião para fazer essas coisas. Depois de ver bastante tempo a criaturinha sofrer, ela descia e ia tocar cítara. "Negro é bicho", ela dizia. "Negro não tem sentimento."

Bibiana balouçava-se na sua cadeira e pensava... Sim, tinha pago caro demais pelo Sobrado. E só Deus sabia que ela não queria aquela casa para si mesma, mas sim para Bolívar e para os filhos de Bolívar. No fim de contas aquela terra pertencia de direito a seu pai. Se havia algum intruso no caso, esse intruso era a neta de Aguinaldo Silva.

Bibiana ouvia agora o fofo tamborilar da chuva nas vidraças. Encolheu-se toda, de frio e de tristeza.

17

Conheciam-se agora notícias mais detalhadas da epidemia de cólera-morbo. Tinha sido trazida do Rio por passageiros do vapor *Imperatriz*, que ancorara em fins de 1855 no porto do Rio Grande. A peste começara nas charqueadas de Pelotas, alastrara-se pelas localidades vizinhas e atingira Porto Alegre, onde se dizia que o número de casos fatais ia além de mil. As carroças da municipalidade andavam pelas ruas a recolher os cadáveres, que na maioria dos casos estavam de tal modo desfigurados, que se tornava impossível identificá-los. Contavam-se pormenores horripilantes. Havia pessoas que eram atacadas subitamente pelo mal e caíam fulminadas nas ruas. Temia-se que muitas tivessem sido enterradas vivas, pois os médicos, os enfermeiros e os funcionários municipais estavam de tal modo cansados, tresnoitados e nervosos que nem tinham tempo para maiores verificações. Recolhiam-se os mortos às carroçadas. Abriam-se no cemitério valas comuns onde os corpos eram despejados e em seguida cobertos de terra. O êxodo da cidade era enorme. Quem podia fugir, fugia. Havia pavor em todas as caras e em algumas pessoas a palidez e a algidez do medo eram confundidas com os sintomas da peste asiática. O barão de Muritiba, chefe do governo provincial, estava tomando providências para evitar que o mal se alastrasse pelo resto da Província. Contratava médicos e enviava-os para vários municípios.

Mandou para Santa Fé o dr. Homero Viegas, que chegou um dia de diligência, reuniu imediatamente a Câmara Municipal e sugeriu uma medida que foi aceita por unanimidade: fechar a estrada da serra e evitar que por ela passassem gentes e animais vindos das cidades onde grassava o cólera.

Bibiana andava agoniada. Bolívar ainda não voltara. Suas últimas cartas eram lacônicas, mas até certo ponto tranquilizadoras:

Luzia e ele estavam bem de saúde e voltariam para casa "assim que fosse possível".

— É uma loucura, doutor! — disse ela um dia a Winter. — Eu não posso compreender. Por que é que não vieram embora logo que começou a peste?

Winter encolheu os ombros:

— Nunca se sabe, dona Bibiana, nunca se sabe. Talvez tivessem surgido dificuldades.

— Dificuldades? Numa hora dessas ninguém pensa em dificuldades. A gente bota o pé no mundo. O medo da peste é mais forte que tudo.

— Há coisas mais fortes... — retrucou o médico, sem saber muito claramente a que coisas se referia. Estava um pouco despeitado, mau grado seu, por não ter sido convidado pelo dr. Viegas a tomar parte na reunião da Câmara.

— E agora, se eles fecham a estrada... — perguntou Bibiana — como é que o Boli vai passar?

— Vosmecê sabe que essas coisas levam tempo. É bom não perder a esperança.

Estavam os dois amigos na sala de visitas do Sobrado e Bibiana tinha os olhos voltados para as janelas.

— Esperança? — repetiu ela, sem tirar os olhos da rua. — Esperando vivo eu há muitos anos.

— Vosmecê não acredita no destino? Não acha que o que tem de ser traz força?

— Acho.

— Pois então? Tenha paciência. Há um ditado latino que diz que o destino conduz os que querem ser conduzidos e arrasta os que não querem.

— Eu tenho andado mais ou menos de arrasto. Nem sempre quero ir pra onde o destino me leva. — E imediatamente, sem mudar de tom: — Toma um licor?

Winter disse que não, agradeceu e se foi.

Naquele mesmo dia, ao entardecer, postada na janela da água-furtada do Sobrado, de onde se avistavam os campos em torno de Santa Fé, Bibiana viu poeira na estrada. Seu coração começou a bater num ritmo entre alegre e medroso. Pouco depois avistou uma carruagem que parecia vir das bandas do Rio Pardo. Só podia ser a jardineira de Bolívar — garantia ela para si mesma. Nunca se enganava em seus pressentimentos...

Era quase noite fechada quando a carruagem parou à frente do Sobrado. Curiosos vieram para a praça e ficaram olhando de longe, sem coragem de ir apertar a mão daquela gente que chegava da zona da peste.

— Não deviam ter deixado a diligência entrar — murmurou um dos filhos de Bento Amaral, que estava ali por perto em cima de seu cavalo. Disse essas palavras e saiu a todo o galope na direção de sua casa.

Bolívar deu a mão à mulher para ajudá-la a descer da diligência. Luzia estava toda vestida de preto. Depois dela desceu a mucama. Na boleia vinha só um dos homens: soube-se mais tarde que o outro morrera de peste.

Parada ao portal do Sobrado, Bibiana abraçou e beijou o filho e deu molemente a mão à nora, que mal a apertou. Entraram. Cinco velas estavam acesas num candelabro no vestíbulo da escada grande. Luzia limpou com palmadas impacientes a poeira do vestido.

— Como vai o Licurgo? — perguntou.

— Vai bem — respondeu Bibiana secamente.

— Onde é que está ele?

— Dormindo.

Luzia tirou o lenço que lhe envolvia a cabeça e sentou-se numa poltrona com um suspiro de alívio.

— Que viagem horrível! — exclamou.

À luz das velas Bibiana viu a cara do filho e ficou alarmada. Bolívar estava duma palidez esverdeada e tinha os olhos no fundo.

— Está sentindo alguma coisa, meu filho?

Ele sacudiu negativamente a cabeça.

— Não. Estou só um pouco cansado.

Evitava encarar a mãe.

— O jantar já está pronto — avisou ela.

— Não estou com fome.

— Tem um bom churrasco de ovelha, Boli. — Gritou para a outra sala: — Natália, pode servir!

— Mas eu preciso me lavar um pouco antes de ir para a mesa... — disse Luzia.

— Pois vá. Ninguém está atacando vosmecê.

Bibiana estava ansiosa por ficar a sós com o filho. Luzia ergueu-se e, apanhando um castiçal com uma vela acesa, dirigiu-se para a escada.

Sentado numa cadeira, Bolívar descalçava lentamente as botas. Houve um longo silêncio. De pé na frente do filho, Bibiana esperava, e como ele continuasse calado por vários segundos ela disse:

— Pensei que não quisessem voltar mais.

Bolívar permaneceu mudo.

— Com essa peste horrorosa foi uma loucura terem ficado tanto tempo lá. As autoridades não deixaram vosmecês saírem? Houve algum impedimento?

Sem olhar para a mãe, irritado, Bolívar respondeu:

— Não houve nada. Era uma coisa e outra e a gente ia ficando...

— Mas não tiveram medo?

— Tivemos, mãe, tivemos.

— Sou capaz de apostar como foi ela que quis ficar.

— Ora, mamãe...

— Só de maldade. Decerto queria que vosmecê pegasse a peste. Assim ela ficava viúva, vendia o Sobrado e o Angico e ia morar na Corte com o Licurgo.

Bolívar entesou o busto e tomou uma atitude agressiva:

— Nem diga uma coisa dessas! A Luzia também estava se arriscando a pegar o cólera.

— Mas então por que é que não vieram antes?

Bolívar de novo se fechou no seu silêncio soturno.

Depois de algum tempo, com voz mais tranquila perguntou:
— Vai tudo bem por aqui?
— Vai.
— Nenhuma novidade?
— Nasceu o filho do Florêncio. É homem.
— E no Angico?
— Nada de novo. Não tem morrido gado. Vai tudo bem.

Bolívar sacudia a cabeça, devagarinho. Ficaram num longo silêncio: Bibiana contemplando o filho, Bolívar olhando para o soalho.

Luzia desceu, tornou a entrar na sala e aproximou-se da sogra:
— O Licurgo não está no quarto... — estranhou ela.

Bibiana ficou imperturbável.
— Eu sei.
— Onde botaram o menino?
— Na água-furtada.
— Na água-furtada?
— Vai ficar lá uns tempos.
— Mas por quê?
— Vosmecês vieram dum lugar que tem peste. Não quero que o menino pegue.

Luzia parecia ainda não compreender. Lançou para o marido um olhar que foi um pedido de esclarecimento. Bolívar olhou para a mãe.
— Quanto tempo ele tem de ficar lá? — perguntou.
— Quanto tempo for preciso.

Bolívar ergueu-se.
— Mas a criança vai ficar sozinha lá em cima?
— A ama está junto. Não vai faltar nada pro menino.
— Mas é uma bobagem, mamãe. Nós não pegamos a peste.
— Pode ser, Boli. Mas sempre é melhor esperar.
— Foi o doutor Winter que lhe aconselhou a fazer isso? — perguntou Luzia.

Sem olhar para a nora, Bibiana respondeu:
— Tenho juízo suficiente pra resolver essas coisas sem precisar do conselho de ninguém.

Bolívar e Luzia entreolharam-se de novo.

A negra Natália apareceu à porta da sala de jantar.
— A comida está na mesa — roncou ela.
— A comida está na mesa — repetiu Bibiana.

Fez menção de se encaminhar para a outra peça, mas Luzia deteve-a.
— E vosmecê pensa que vou chegar de viagem e não ver o meu filho? Pensa que vou passar dias sem ver o Licurgo?
— Penso.
— Pois está enganada. Vou já já subir à água-furtada.

Encaminhou-se de novo para a escada.

— Não adianta — disse a outra. — Fechei a porta a chave.
— Onde está a chave?
— Não digo.
— Bolívar! Obrigue sua mãe a me dar essa chave.
Bolívar ergueu-se.
— Mamãe...
— Não adianta, meu filho. Não dou.
— Bolívar! — exclamou Luzia. E na penumbra da sala seus olhos fuzilaram como os de uma gata. — O filho é nosso!
Bolívar aproximou-se da mãe, pegou-lhe da mão, tentou falar com calma. Mas havia em sua voz uma falsa doçura que mal encobria a raiva crescente.
— Escute, mamãe. Não vamos brigar. A Luzia quer ver o menino. É só por um momento, não é, Luzia? — Lançou um olhar para a mulher, que não fez o menor sinal de assentimento. — Ela promete não pegar o Licurgo, só olhar... olhar de longe, não é, Luzia?
Luzia estava parada junto da porta do vestíbulo, com o castiçal na mão. Nos seus olhos havia uma expressão de frio ódio.
— A comida está na mesa — repetiu Bibiana, esforçando-se por falar com naturalidade.
Fez meia-volta e dirigiu-se para o comedor.
— Diga pra essa velha amaldiçoada que me dê a chave!
Luzia não pronunciou estas palavras: cuspiu-as. A sogra, porém, continuou a caminhar, sem voltar-se, e foi sentar-se à mesa. Descalço, os braços caídos, um pouco encurvado, Bolívar encaminhou-se também para a sala de jantar. Luzia continuou na outra peça por alguns instantes: a vela tremia-lhe na mão, o espermacete pingava no soalho. De repente ela gritou:
— Bolívar, vá já arrombar aquela porta!
Ele não respondeu. Sentou-se à mesa, de cabeça baixa.
— Não seja covarde, Bolívar! Não se deixe dominar por essa mulher.
Bibiana tinha as mãos caídas sobre o regaço. Seus lábios tremeram por um instante.
— Quer sopa, meu filho?
— Esta casa é minha — dizia agora Luzia com uma fúria que quase não lhe permitia completar as palavras. — Foi feita com o dinheiro do meu avô. Vocês são dois intrusos! Intrusos! O filho também é meu: Os móveis são meus. Tudo que está aqui dentro é meu. Eu odeio vocês! Odeio esta vila! Odeio esta província!
A vela que Luzia tinha na mão apagou-se. Ela arremessou o castiçal contra um vidro da vidraça, que se espedaçou. Bibiana ergueu os braços, destampou a terrina de sopa e tornou a perguntar:
— Sopa, meu filho?
Bolívar não respondia.
Luzia avançou até a porta da sala de jantar. A raiva desfigurava-lhe o rosto,

como se ela tivesse sido subitamente atacada duma peste. Bibiana nem sequer ergueu os olhos para a nora. Luzia gritou:

— Me dê imediatamente essa chave, sua cadela!

Bolívar ergueu-se tão abruptamente que a pesada cadeira em que estava sentado tombou para trás com um ruído surdo. Deu dois passos rápidos na direção da mulher, agarrou-a violentamente pelos braços e sacudiu-a.

— Cadela é tu! É tu! É tu!

E repetindo essas palavras, continuava a sacudi-la. Luzia esforçava-se por desvencilhar-se do marido. Ergueu os braços e fincou as unhas no rosto dele, que começou a sangrar.

Enfurecido pela dor, Bolívar esbofeteou a mulher, uma, duas, três, muitas vezes, alternadamente com as costas e a palma da mão. Luzia deixou cair ambos os braços. Seus joelhos se vergaram e ela foi deslizando devagarinho para o chão, até ficar sentada, com um lado da cabeça e o braço direito encostados no encaixe da porta. A expressão de ódio que havia em seu rosto deu lugar a uma serenidade triste: agora as lágrimas lhe rolavam pelas faces, os soluços lhe sacudiam os ombros e ela ali estava como uma menininha que acabasse de ser injustamente castigada pelo pai. Bolívar olhava estupidamente para a mulher, arquejante, a baba a escorrer-lhe da boca entreaberta.

— Meu filho! — exclamou Bibiana pondo-se de pé e encarando o rapaz com um olhar duro. — Isso não se faz! Onde se viu um homem bater numa mulher?

Por alguns segundos Bolívar ficou assim como que acuado, a olhar aflito da mãe para a esposa. Por fim fez meia-volta e saiu a correr na direção da escada, onde seus passos soaram fortes e apressados.

Bibiana olhava para a nora sem saber que fazer nem dizer. Botar-lhe arnica na cara? Dar-lhe um chá de folhas de laranjeira? Quis adoçar a voz e dizer-lhe uma palavra de consolo. Mas quando deu acordo de si estava dizendo:

— Quem semeia ventos colhe tempestades.

Virou-lhe as costas e saiu também da sala.

18

Na manhã do dia seguinte correu pela vila uma notícia sensacional: a Câmara Municipal, por sugestão do cel. Bento Amaral, declarara o Sobrado de quarentena, isolando-o da cidade; seus moradores, desde os patrões até a negrada da cozinha, foram notificados de que estavam positivamente proibidos de deixarem a casa durante quarenta dias a contar da noite anterior. Para que a quarentena fosse observada com rigor, postaram-se guardas armados ao redor do casarão, com ordens — murmurava-se — de atirar na primeira pessoa que saísse pelas portas ou janelas do Sobrado, ou que tentasse saltar seus muros.

Os santa-fezenses em sua maioria aprovaram a medida. Bolívar — diziam — tinha procedido mal, pondo em risco a segurança de Santa Fé. Devia ter ficado no Rio Pardo, ou então, em último caso, seguido para o Angico. Mas na loja do Alvarenga comentou-se que tudo aquilo era apenas uma "birra do velho Amaral". No fundo a coisa não passava dum acinte, duma provocação. Ele ainda não esquecera que Bolívar era filho do homem que não só lhe roubara a mulher que ele amava como ainda por cima lhe deixara a marca na cara. Também não perdoava ao falecido Aguinaldo o ter construído um sobrado tão grande e confortável que deixara o seu famoso casarão "achicado", num segundo plano.

Muitas pessoas vinham agora para a praça olhar o Sobrado. Reconheceram nos guardas que o cercavam peões da estância do velho Amaral. Estavam eles sentados debaixo das árvores, conversando, com o olho posto na casa de Bolívar, cujas janelas e portas permaneciam fechadas.

No segundo dia de quarentena o dr. Carl Winter, depois de muito instar com o senhor de Santa Fé, conseguiu licença para entrar no Sobrado. Seu melhor argumento foi o de que alguém, no fim de contas, tinha de ir ver se havia algum pesteado lá dentro, e que a pessoa mais indicada para isso era ele, o médico da família.

O sino da capela batia as primeiras badaladas da ave-maria quando os curiosos viram o doutor atravessar a praça com seu andar de girafa e bater à porta do Sobrado. Viram também quando a porta se abriu e o alemão entrou.

— Suba, doutor — disse Bibiana.

Subiram lado a lado os degraus que levavam do portal ao soalho de vestíbulo. Winter tirou o chapéu.

— Vim ver se estão precisando de meus serviços aqui.

— Estão.

— Alguém doente?

— Do cólera, não. Mas passe aqui pra sala. Sente-se.

O médico sentou-se. A sala estava sombria, de ar enfumaçado, e cheirava a incenso.

— Onde está o Bolívar?

— Lá em cima, no quarto dos fundos. Está lá desde ontem, fechado a chave. Não come, não bebe, não fala com ninguém.

— Mas que foi que aconteceu?

Bibiana contou-lhe em voz baixa, sem omitir nada, tudo quanto se passara ali no Sobrado após a chegada do casal. Winter escutou-a em silêncio, com ar reflexivo, e de quando em quando coçando o queixo.

— É o diabo — murmurou ele, mais para si mesmo que para a interlocutora.

— Que foi que vosmecê disse?

— Digo que é o diabo...

— Agora não adianta chorar. É preciso a gente fazer alguma coisa.

— Como vai a criança?

— Bem. Continua encerrada na água-furtada.

— E a mãe?

— Está no quarto dela, também fechada a chave. Hoje de manhã desceu, me deu bom-dia e me pediu desculpa das coisas que me disse ant'ontem. Eu respondi: "Palavras loucas, orelhas moucas".

O médico sorriu.

— Moucas? Que é isso?

Bibiana encolheu os ombros.

— Sei lá! É um ditado. Quer dizer que a gente não deve dar ouvidos quando os loucos falam. Mas como eu ia dizendo, ela pediu café pra Natália e depois voltou pro quarto. Levou a cítara. De vez em quando toca. Não é bem louca mesmo?

Winter sacudia a cabeça dum lado para outro, perdido em dúvidas. A situação complicava-se. E com que frequência na vida o dramático e o grotesco se juntavam e saíam a pular de mãos dadas!

— Nenhum deles viu ainda o filho?

— Nenhum. Eu não deixo. A vida da criança é mais importante que tudo mais.

— E que é que vosmecê quer que eu faça?

— Quero que fale com o Bolívar. Pode ser que ele le ouça. Tenho muito medo que ele faça alguma loucura. É genioso como o pai. Tenho tanto medo que de hora em hora vou bater na porta, e só fico sossegada quando ele me responde lá de dentro.

Winter habituara-se a sempre falar claro com Bibiana.

— Quer dizer que vosmecê tem medo que ele se mate?

— É. Que se enforque. Desde que enforcaram o Severino ele vive com essa ideia na cabeça.

— A ideia de se enforcar?

— Não. A mania de falar em forca. Sonha com gente enforcada.

Winter pediu licença para acender um charutinho. E, quando já o tinha aceso e apertado entre os dentes, disse:

— O Bolívar é um homem que gosta muito da vida. Pessoas assim não se matam. Além de tudo, ele tem loucura pelo filho e há de querer pelo menos ver o menino crescido.

Bibiana fez uma careta de dúvida e perguntou:

— O senhor acha mesmo ou está dizendo isso só pra eu ficar sossegada?

— Está claro que acho.

Por que estou metido nisso? — perguntou Winter de repente a si mesmo.

Bibiana olhou para os lados com ares misteriosos e disse em voz baixa:

— Doutor, alguma coisa aconteceu em Porto Alegre que deixou o pobre rapaz desnorteado. Depois dessa viagem parece que tudo ficou pior. E eu tenho medo que ele acabe ficando com ódio de mim, porque afinal de contas foi por minha causa que ele surrou a mulher.

Winter ergueu-se.

— Acho melhor eu ir conversar com ele.

— Quer ir agora?

— Vamos.

Encaminharam-se para a escada e subiram os degraus em silêncio. No patamar, lá em cima, Bibiana fez com a cabeça um sinal na direção duma porta fechada.

— *Ela* está lá dentro.

Seguiram pelo corredor mal alumiado e finalmente chegaram a uma outra porta.

— Eu vou descer, doutor. O senhor bata, entre, fale com ele, dê conselhos, veja se pode fazer alguma coisa.

Winter limitou-se a sacudir a cabeça, num assentimento, e depois que viu a mãe de Bolívar afastar-se no corredor bateu à porta. Não teve resposta. Tornou a bater. De dentro do quarto veio uma voz abafada.

— Quem é?
— Sou eu. O doutor Winter.
— Que é que quer?
— Faça o favor de abrir.

O médico ouviu sons de passos que se aproximavam da porta. De repente eles cessaram e Winter teve a impressão de sentir a presença do outro através da madeira: chegava quase a ouvir-lhe a respiração ansiada. Teve receio do que ia ver. Quase se arrependeu de ter vindo. Aquela gente era teimosa, difícil; seu raciocínio sem sutilezas seguia uma inflexível linha reta, era como um boi enfurecido que leva tudo por diante. Selvagens! Eis o que eram. Selvagens! Mas no fundo Winter sentia que seu refinamento europeu não passava dum eterno assobiar no escuro, dum permanente fugir aos problemas. Aqueles homens rudes da Província pelo menos davam nome às coisas e não se envergonhavam de seus sentimentos.

— Bolívar! — tornou a dizer. — Faça o favor de abrir. Só por um instante.

A maçaneta moveu-se e a porta entreabriu-se. Na fresta apareceu em penumbra metade do rosto de Bolívar.

— Que é que o senhor quer?
— Duas palavras.

Houve uma leve hesitação do outro. Por fim ele abriu a porta por completo e disse:

— Entre.

O alemão entrou. As janelas estavam fechadas, o quarto escuro, e andava no ar viciado um cheiro azedo de suor humano muitas vezes dormido.

Winter caminhou para uma das janelas, abriu os postigos e ergueu a vidraça. A luz e o ar frio da tarde entraram no quarto. Era uma peça quase nua, onde havia uma cama de vento, duas cadeiras e um velho baú de lata. A um canto se via uma roca antiga, de pedal quebrado.

— Quem foi que mandou abrir a janela? — perguntou Bolívar.

Estava de barba crescida, olhos injetados, em mangas de camisa, pés descalços, as bombachas brancas amassadas. Envelheceu vinte anos — pensou Winter, contemplando o rapaz.

Foi com voz calma que disse:

— Um médico nunca pede licença para fazer essas coisas.

— Mas eu não mandei chamar nenhum médico.

Winter respirou fundo, como para dominar seu desejo de dar uma resposta violenta.

— Olhe, Bolívar, não vamos perder tempo com bobagens.

E ao dizer essas coisas notou que quando se comovia seu português piorava, seus erres se faziam mais rascantes, ele trocava o *b* pelo *p* e por nada deste mundo conseguia pronunciar direito o *ão*. Mas prosseguiu:

— Sei de tudo que se passou nesta casa. Sua mãe me contou.

Bolívar olhava-o, num desafio, como quem diz: "Contou? E daí?".

— Vosmecê talvez não saiba — prosseguiu Winter — que quando nós recebemos o diploma, fazemos um juramento solene de guardar o segredo profissional. Nada do que um cliente me diz eu posso contar a outros. Nada. Estou aqui não só como seu amigo, mas principalmente como médico da casa.

Deu dois passos na direção do rapaz. Sentia agora que o hálito do outro cheirava a cachaça. Com o canto dos olhos viu uma garrafa junto da cama.

— Por que não vamos nos sentar e conversar com calma, hã? Por quê? Hã?

Puxou uma cadeira e sentou-se. Bolívar hesitou um instante e depois se recostou na cama.

— Vamos fumar? — convidou o médico.

— Não tenho fumo nem palha.

— Eu tenho — replicou Winter, tirando do bolso um maço de palhas e um pedaço de fumo em rama.

A voz de Bolívar mudou por completo, tornou-se calma, natural e — estranho! — quase trocista quando ele perguntou:

— Então sempre resolveu fumar os nossos crioulos?

Winter soltou uma risadinha rápida.

— A gente se habitua a tudo.

Bolívar pegou o fumo que o médico lhe dera, apanhou a faca que tinha debaixo do travesseiro, e começou a fazer um cigarro. Winter observava-o com o rabo dos olhos, enquanto fingia examinar o quarto.

— Vosmecê e sua mulher tiveram sorte... — disse ele, depois de algum tempo.

— Sorte? Por quê?

— Andaram no meio dos pesteados e não pegaram a doença.

Bolívar baixou os olhos.

— É melhor a gente não falar nisso.

— Mas nós temos que falar em alguma coisa! — exclamou o médico, quase exaltado. — Será que lhe falta coragem para enfrentar o assunto?

— Não é questão de coragem.

— Então de que é?

— É que não adianta falar.

— Adianta, sim.

Winter bateu a pedra do isqueiro e quando o pavio estava aceso aproximou-o do cigarro que o outro tinha preso entre os dentes.

Guardou no bolso o pedaço de fumo e o pacotinho de palha e fez uma pergunta brusca:

— Por que é que está metido neste quarto?

— Porque quero.

— Era essa mesma a resposta que eu esperava. A resposta dum homem macho. *Estou porque eu quero.* Mas isso não esclarece nada. As crianças também respondem assim. Vamos, fale com franqueza. Fugir a um problema não é resolver esse problema. Por que é que está metido neste quarto? Não vê que não pode passar o resto da vida assim? Mais cedo ou mais tarde tem de descer. Vosmecê precisa comer, beber, fazer as suas necessidades. Vosmecê é o chefe desta casa. Não compreende que essa atitude não resolve nada?

Bolívar sacudia a cabeça com impaciência. Tirou uma baforada de fumo e depois cuspiu no chão com força.

— Eu sei, eu sei. Mas é que sou um homem de vergonha. Ontem bati no rosto da minha mulher. Estou envergonhado. Homem não dá em mulher. Só um covarde. Me portei como um covarde. Eu devia mas era queimar estas mãos...

Abriu ambas as mãos, de palmas voltadas para o alto, e mirou-as com rancor, como se só elas tivessem culpa de tudo quanto acontecera.

Winter sacudia a cabeça e coçava freneticamente o queixo.

— Vosmecê não conhece ainda a mulher com quem vive? Não sabe que ela é doente e que sente prazer em fazer os outros sofrerem?

Apontou para a cicatriz de queimadura na mão de Bolívar.

— Isso aí, por exemplo...

— Me queimei no fogão...

— Não é verdade. Eu sei de tudo. Não se esqueça que sou médico e não nasci ontem.

A voz lhe saíra incisiva e dura. Ergueu-se e foi até a janela. Olhou para as árvores do pátio, tão calmas e belas àquela hora, e ficou um instante a aspirar o cheiro leve e claro da tardinha.

— Por que foi que demoraram tanto em Porto Alegre? — perguntou Winter de repente, sem se voltar para o interlocutor.

— Porque eu quis.

O médico fez meia-volta:

— Diga antes: porque Luzia quis.

— Pois se o senhor sabe de tudo, por que é que pergunta?

Winter tentou outra tática.

— Seja homem, Bolívar, encare o seu problema de frente. Ficar brabo não adianta nada. Os homens desta província parecem achar que podem resolver tudo a gritos, tiros ou facadas.

Bolívar pitava em silêncio, olhando para o chão. Por muito tempo ficou assim, como que esquecido da presença do médico. Depois mudou de posição na cama, cruzou as pernas e disse com voz magoada:

— É uma história muito triste e muito comprida, doutor.

— Um médico está habituado a ouvir histórias tristes. Não tenho nenhuma pressa. Pode contar.

— Por que vosmecê abriu tanto a janela?

— Para entrar ar fresco e um pouco de sol.

— Não podia fechar um pouquinho?

Winter compreendeu. Ergueu-se e fechou os postigos, deixando apenas uma fresta por onde entrava agora uma estreita faixa de sol.

— Há coisas que um homem tem vergonha de contar, doutor.

Honra e vergonha... — pensou Winter. Como os homens do Rio Grande falavam em honra e vergonha! Honra manchada lavava-se com sangue. Havia uma lei que proibia os duelos, mas os duelos se realizavam assim mesmo, a tiros, a espada, a adaga. O dr. Nepomuceno falava com solenidade em Justiça, mas aqueles homens realistas não confiavam em juízes e tribunais. Resolviam suas pendências pelas armas: faziam justiça pelas próprias mãos.

— Escute aqui, Bolívar. Se vosmecê tivesse uma dessas doenças... pegadas... compreende?... dessas que a gente tem vergonha de contar, que é que fazia? Sofria calado e ficava estragado para o resto da vida ou ia contar tudo ao médico?

— Contava tudo ao médico. Mas o caso aqui é diferente, doutor.

— Não é muito. Veja bem. Luzia é uma mulher doente, doente do espírito. E vosmecê vai acabar também doente da cabeça se continuar nessa atitude.

— Que é que vou lhe contar? Vosmecê pelo jeito já sabe de tudo.

— De tudo não. Conte o que foi que aconteceu em Porto Alegre.

Bolívar mordia com força o cigarro apagado. Depois deixou-o cair no chão, apertou uma mão contra a outra, entrelaçou os dedos.

— Só depois que começou a peste lá em Porto Alegre é que eu vi com quem tinha casado. Dizem que o pior cego é o que não quer ver. Eu andava cego, assim como enfeitiçado. Muitas vezes quando Luzia brigava com a mamãe eu ficava do lado de Luzia. Cheguei até a ficar meio indiferente com o Florêncio por causa dela. Agora o Florêncio nem entra mais nesta casa.

Calou-se, como que engasgado. Vendo que o outro não prosseguia, Winter quis ajudar a narrativa e antecipou:

— Vosmecê descobriu que todas aquelas coisas horríveis, gente sofrendo e morrendo nas ruas, tudo aquilo para sua mulher era mesmo que uma festa, não foi?

Bolívar sacudiu a cabeça numa lenta afirmação.

— Logo que ficamos sabendo da peste eu quis vir embora. Ela ficou furiosa. Disse que não tinha feito aquela viagem cansativa só pra passar um mês em Porto Alegre. Quando falei que a gente podia pegar o cólera, ela me chamou de covarde. Assim, fomos ficando. Eu andava desnorteado, desconfiava da água que bebia, das coisas que comia. Não podia dormir de noite. Sentia por todos os lados cheiro de morte, de podridão. Mas Luzia andava contente. Ficava na janela olhando as pessoas que caíam na rua. Às vezes ia pra fora pra esperar a carroça que vinha recolher os defuntos, ia olhar de perto a cara deles... Uma vez chegou a entrar numa casa onde estavam velando um morto; não conhecia ninguém mas foi direito ao caixão e tirou o lenço da cara do defunto e ficou olhando. Fazia todas essas coisas mas de noite, na cama, tremia e chorava de medo. E quando eu convidava pra vir embora, ela não queria. "Só mais uns dias, Boli", ela dizia, "só mais uns dias."

— E que era que vosmecê achava de tudo isso?

— Ora, doutor, às vezes eu tinha vontade de surrar ela, de pegar ela à força, botar dentro da jardineira e vir embora. Outras vezes ficava com pena, principalmente quando de noite ela se agarrava em mim, começava a tremer e a choramingar.

Winter sacudia a cabeça. Tudo aquilo parecia puro melodrama.

— Foi então que me convenci que tinha casado com uma mulher louca. E o pior era que eu continuava louco por ela. Vosmecê não pode imaginar como os homens lá em Porto Alegre olhavam pra Luzia. Uma noite no teatro um capitão dos Dragões não tirava os olhos dela. Eu até quis ir tirar uma satisfação...

Winter aprendera que naquela província a expressão "tirar uma satisfação" equivalia quase sempre a um desafio para duelo.

— Pois esse homem depois vivia rondando o hotel onde nós estávamos parando. Fiquei sabendo que o tal capitão se chamava Paiva... Não sei o quê Paiva. Descobri que morava na rua da Olaria... Eu estava disposto a ir falar com ele pra acabar duma vez com aquela história. Foi quando a peste começou forte. Por fim eu já não sabia o que fazer. Um dia comecei até a pensar que a Luzia não queria vir embora por causa desse capitão. Senti o ciúme assim como uma facada no peito.

— Mas vosmecê acha que ela estava interessada no capitão?

— Como é que a gente vai saber o que uma mulher como a Luzia está sentindo? No teatro vi que ela também olhava pra ele, que estava gostando de ser olhada. Um dia peguei ela perto da janela do quarto, olhando pra rua, e vi o capitão parado numa esquina. Desci como uma bala. Quando cheguei lá embaixo ele tinha desaparecido. Aí se passou um coisa engraçada. Depois disso quem não queria vir embora era eu. Precisava primeiro agarrar o tal capitão...

Bolívar calou-se. Winter esperava, com o toco de charuto apagado no canto da boca.

— Eu não devia lhe contar essas coisas, doutor.

— Por que não?

— Porque há coisas que um homem não conta nem pro pai, nem pra mãe, nem pro melhor amigo.

Ergueu-se de repente, caminhou até um ângulo do quarto, ficou junto da velha roca e sua mão distraída começou a fazer a roda girar. Era um canto sombrio. Como que se sentindo protegido pela penumbra, Bolívar continuou:

— Mas eu preciso contar isso pra alguém. Preciso desabafar. Não é mesmo?

Uma tarde a Luzia saiu e disse que ia na costureira. Mas quem é que se lembra de fazer vestido no meio da peste? Todo mundo andava louco de medo. Quem podia fugir, fugia. As casas de negócio estavam fechadas. Ninguém queria sair na rua de medo de ter um desmaio, cair e ser levado como morto pro cemitério. Pois Luzia nessa tarde saiu. Menti que estava me sentindo mal e disse que ia ficar no hotel. Mas na verdade fui seguindo a minha mulher, seguindo. Ela entrou na rua da Olaria. Vai se encontrar com o capitão — pensei. Vi que tinha de matar os dois. Vosmecê não imagina como meu coração batia. Mil vezes uma guerra, um entrevero, uma carga de lança... Mil vezes um combate bem brabo do que aquela situação. Porque eu vi que podia cortar o corpo do capitão em mil pedaços, mas que não ia ter coragem de fazer nada pra Luzia. E que ia continuar vivendo com ela depois de tudo...

Para deixar o outro mais à vontade, Winter não olhava para ele.

— Pra encurtar a história, doutor, a Luzia parou na frente duma casa cor-de-rosa da rua da Olaria. O senhor sabe, lá na Capital as casas têm número. Era o 165. Me lembro bem. O 165. A porta estava meio aberta. A Luzia entrou. Esperei um pouco, entrei também. O corredor estava escuro. Subi a escada devagarinho, com a cabeça latejando, ia meio catacego, meio transtornado. Primeiro não entendi o que estava acontecendo. Tinha muita gente por ali, conversando baixinho. A Luzia estava de branco. Vi aquele vulto claro na sala meio escura. Depois é que compreendi que era um velório. Espiei por cima do ombro dum homem e vi quando a Luzia chegou perto do caixão, tirou o lenço do rosto do defunto e ficou olhando. Custei um pouco a reconhecer o capitão Paiva. Estava muito desfigurado. Fiquei com as pernas moles, fiz meia-volta e até agora não sei como saí daquela sala. Naquele dia tomei uma bebedeira braba, dessas de cair. Quase me levaram na carroça, pensando que eu estava pesteado. — Bolívar fez uma pausa. Encostou-se na parede, como que subitamente cansado. — Dois dias depois foi a Luzia que me convidou pra vir embora. Disse que estava com saudade do Licurgo.

Winter ficou por um instante num silêncio reflexivo. Depois perguntou:

— E que foi que vosmecê disse a sua mulher, depois que ela voltou para a pensão naquela tarde?

— Nada.

— E ela não sabe que vosmecê a seguiu?

— Não sei. Acho que não.

— E até hoje não tocaram no assunto?

— Até hoje... Agora eu me arrependo de não ter falado. Porque desde ontem estou aqui sozinho pensando, matutando. Passei a noite de olho aceso, me lembrando daquilo. Luzia olhando pro morto... Se ela sabia onde o capitão morava era porque tinha estado lá antes, vosmecê não acha? Rua da Olaria, 165... vosmecê não acha?

— É possível até que ela nunca tenha falado com esse homem. Decerto ouviu dizer que o capitão tinha morrido e teve vontade de ir ver o corpo dele...

— Pode ser. Mas não sei. Quero deixar de pensar nisso e não posso.

— Sabe o que estou pensando? É que Luzia fez tudo isso de pura malvadeza. Ela sabia que vosmecê ia segui-la. Viu quando vosmecê entrou na casa.

Bolívar tornou a dar um tapa brusco na roda da roca.

— O doutor quer dizer que ela nunca teve nada com esse tal capitão Paiva?

— Exatamente.

Bolívar sacudiu a cabeça.

— Isso é bom demais pra ser verdade. Mas de qualquer jeito eu devia ter falado com ela naquele dia. Agora é tarde. Não tenho nem coragem. Mas essa coisa não me sai da cabeça.

Winter aproximou-se da janela e jogou fora pela fresta o toco de charuto.

— Mas essa não é a pior parte do assunto, Bolívar. Faça o possível para esquecer isso.

— Mas ela é louca, não é, doutor? — perguntou Bolívar de repente, e no tom de sua voz havia como que uma súplica: era como se implorasse uma resposta negativa.

— É uma pessoa doente e como tal tem de ser tratada.

— Mas eu gosto dela, não posso viver sem ela, nunca vou ter coragem de mandar a minha mulher pra um hospício.

Winter estava perplexo. Não sabia o que dizer. Era uma situação com que nunca se havia defrontado em toda a sua vida. Poderia a propósito dela fazer reflexões filosóficas, recorrendo a um palavrório bonito. Mas, para um homem como Bolívar, tinha de dar uma solução prática, concreta, clara.

— Temos que pensar... — disse, ao cabo de alguns segundos de reflexão. — Temos que pensar... — E achou-se tolo, ignorante e impotente. — Mas a primeira coisa que vosmecê tem a fazer é deixar este quarto e retomar sua vida. Não se esqueça que é o homem desta casa, o chefe. Com o tempo havemos de descobrir uma solução...

Aquilo era uma promessa vã, uma mentira. Sabia que acharia paliativos para aquele problema, mas nunca uma solução. Se a ciência curava casos como o de Luzia, essa ciência não estava a seu alcance; ele a ignorava.

— Com o tempo? — repetiu Bolívar, saindo de seu canto escuro. Por um momento ficou dentro da fita luminosa de sol, que lhe acentuou a palidez amarelada. — Mas vosmecê não compreende que está tudo de pernas pro ar? O menino fechado lá na água-furtada, a casa de quarentena...

— A quarentena há de passar.

— Mas é um abuso! O Bento Amaral fez isso porque não gosta de mim. Era inimigo de meu pai. Tem raiva do Sobrado.

— O doutor Viegas concordou com a medida.

— O doutor Viegas já está dominado pelo velho Amaral. Todo mundo aqui diz amém a esse patife.

— Tenha paciência, Bolívar. Não junte mais esse problema aos outros que são muito mais sérios.

— Mas é que preciso sair daqui, ir ao Angico ver como estão os meus negócios. Muita coisa pode acontecer em quarenta dias. E vosmecê já pensou no que é a gente ficar aqui fechado dentro de casa, depois de tudo que aconteceu? Já pensou?

Winter ergueu-se.

— Vou falar com o coronel Amaral e dizer que não há perigo de vosmecês terem pegado a doença. Todo mundo sabe que tem chegado gente do Rio Pardo todos os dias. Vou pedir que acabem com a quarentena.

— Não peço favor pr'aquele canalha.

— Não se preocupe. Farei o pedido em meu próprio nome.

— E se ele não atender?

— O remédio é esperar com paciência. A casa está cercada de guardas.

— São os bandidos do Bento Amaral, os capangas dele. Eu conheço. É o Dentinho de Ouro, que matou três homens na Soledade. É o Quinzote, que degolou um velho na Vacaria. Conheço bem essa corja. Estão armados e de guarda por aí. O Bento Amaral pensa que tenho medo dos apaniguados dele.

Winter pôs a mão no ombro de Bolívar.

— Olhe aqui, meu amigo. Desça, tome um banho, um bom chimarrão e alimente-se direito. Sua mãe está aflita por sua causa. Ela tem medo...

Calou-se abruptamente.

— Medo que eu faça alguma loucura?

— Medo de que vosmecê se enforque.

— Só se eu estivesse louco. Preparar uma corda, fazer o laço, escolher um ramo de árvore, botar o pescoço na corda e depois... Não. Leva muito tempo. Só se eu estivesse louco. — Encarou o doutor bem de frente. — Vosmecê acha que estou correndo o perigo de ficar louco?

— Absolutamente. Vosmecê é um homem normal. Só está um pouco apaixonado. Mas isso passa. Principalmente se fizer o que digo. Reaja, pense assim: sou moço, não estou em nenhuma dificuldade financeira, tenho um filho bonito e são...

— Tudo isso é fácil de dizer, doutor. Mas não sou nenhuma criança que o senhor pode engambelar pra fazer tomar óleo de rícino.

— Quer dizer então que vosmecê acha mais fácil entrar numa carga de cavalaria e atirar-se em cima dum quadrado de soldados de baionetas caladas?

— Acho, doutor. Vosmecê disse uma coisa agora que... Pois é. Uma guerra resolvia tudo. Se houvesse uma guerra eu ia. Era o mesmo que deixar a coisa correr. O destino que resolva. Meu pai tinha razão. Guerra é remédio pra tudo.

— Não diga tamanho absurdo!

— Eu digo o que sinto. Mil vezes uma boa guerra.

E dizendo isso dava tapas nervosos e repetidos na roda da roca, fazendo-a girar.

Alguns minutos depois Winter desceu. Bibiana esperava-o na sala de visitas.
— Então? — perguntou ela.
— Não tenha medo — respondeu o médico. — O Bolívar não vai se enforcar. No fundo ele ama a vida. Tenha paciência. Vamos dar tempo ao tempo, como se diz por aqui. O tempo é um remédio infalível.
— Tempo é remédio de pobre.
Winter apanhou o chapéu e já no vestíbulo disse:
— Ele prometeu descer e fazer o possível para encarar a situação com calma. Vou pedir ao coronel Amaral que acabe com a quarentena. Não há razão para isso.
— Vosmecê acha que ele acaba?
— Acho.
— Pois eu duvido.
O médico estendeu a mão para Bibiana, que a apertou de leve, rapidamente, à maneira das mulheres da Província, que pareciam temer que as mãos de homens estranhos lhes transmitissem alguma doença.
Vinham agora lá de cima os sons da cítara de Luzia. A teiniaguá tocava uma valsa. Meio desconcertado, Winter lançou um olhar rápido para Bibiana, abriu a porta e saiu.

19

Por aqueles dias Carl Winter escreveu a Von Koseritz:

Espero que o meu caro barão tenha realizado os seus sonhos, que seu jornal seja um sucesso e a escola outro. Quanto a mim, sou um fracassado. O médico da municipalidade tem agora as preferências do nosso Junker local. O Sobrado continua de quarentena, já vai para uma semana. Devo dar graças por me permitirem entrar e sair de lá à vontade. Bolívar anda irritado, considera-se vítima duma intriga política e já fala em duelo. Falei com Florêncio, perguntei-lhe que podíamos fazer para evitar um conflito. "Nada", me respondeu ele. E explicou que se um Terra é teimoso, um Terra com sangue de Cambará é uma mula, e uma mula coiceira. (Foi essa a expressão que ele usou.) Parece mesmo que da parte do velho Amaral o que há mesmo é birra, desejo de desmoralizar Bolívar. O Dr. Nepomuceno recusou-se a interceder em favor do rapaz. O Pe. Otero nem quer ouvir as minhas razões. E lá está aquela gente ilhada no Sobrado e, pior que isso, ilhada cada um em si mesmo. O meu caro amigo já reparou que, em última análise, uma pessoa não passa duma porção de paixões, cercada de incompreensão por todos os lados? Este pequeno arquipélago de Santa Fé não está propriamente no Mar Tenebroso, mas sob sua aparência de quietude e rotina tem também seus dramas. E eu, como médico, faço o curioso papel de lançadeira, indo e vindo a conduzir a frágil linha que costura esse tecido dramático. Creio que estou ficando literato, tão literato que não se admire o meu bom amigo se um dia eu lhe mandar sonetos ou pensamentos filosóficos para seu jornal. Pois dramas não faltam por aqui, meu caro. Eu os vejo, eu os cheiro, eu os ouço, eu os apalpo. Há dramas no casarão do velho Amaral. Dramas nas casas dos colonos da Nova Pomerânia. Drama até no quintal do vigário, meu vizinho e inimigo. Drama há também no peito encatarroado do Dr. Nepomuceno. Mas o maior drama de todos está no Sobrado. Como médico — ah, a nobre, a sublime profissão médica! — não devo quebrar o sigilo sagrado; mas como velho tagarela que aprecia o espetáculo da vida, fico ardendo por contá-los ao mundo. Um dia ainda nos havemos de encontrar para uma longa palestra. Falaremos de tuas realizações, Carl, de teus projetos. Falaremos um pouco também sobre o passado. Diremos mal de Napoleão III, da Inglaterra e principalmente dessa augusta vaca, a Rainha Vitória.

Winter interrompeu a carta. Olhou o relógio. Eram quatro e meia da tarde e ele tinha prometido ir ao Sobrado para ver Licurgo, que estava um pouco febril. Vestiu-se, pensando nas muitas outras coisas que diria ao barão no restante da carta. Ia perguntar-lhe como conseguia ele escrever tão bem em português, se não sentia saudade da Pátria; se sabia o preço duma passagem de vapor do Rio de Janeiro a Bremen...

Botou o chapéu na cabeça, acendeu um charutinho e saiu.

O céu estava limpo, o ar parado, o sol morno. Ao passar pela casa de Florêncio, Winter aproximou-se da janela e gritou:

— Dona Ondina!

A mulher apareceu, vindo do fundo da casa, com o filho no colo.

— Boa tarde, doutor.

— Como vai o menino?

— Vai bem. Tem andado com uns sapinhos na língua, mas já está melhorando.

— Onde está o Florêncio?

— Anda pra fora, fazendo uma tropa.

— Está bom. Precisando de alguma coisa é só mandar me chamar.

— Muito obrigada, doutor.

Winter lançou um olhar de soslaio para o ventre de Ondina. A rapariga estava outra vez grávida. Sorriu ao pensar na história que Bibiana lhe contara um dia sobre uma famosa tesoura de podar da velha Ana Terra.

Atravessou a praça em passo lento. Não tinha pressa de chegar. Ultimamente achava opressiva a atmosfera do Sobrado — opressiva e árida.

Luzia andava paradoxalmente humilde, terna e submissa. Passava como sempre muito tempo fechada no quarto, tocando cítara ou lendo, e quando descia falava pouco. Bibiana desvelava-se em cuidados para com o neto e tomava conta da casa. Vinham mantimentos da estância ou da venda do Schultz; os sacos e pacotes entravam pelo portão dos fundos, sob o olhar fiscalizador dos capangas de Bento Amaral. Bolívar andava cada vez mais impaciente, fumava cigarro sobre cigarro, e ultimamente (contara-lhe Bibiana, apreensiva) dera para passar os dias a beber cachaça. "É essa maldita quarentena", queixara-se ela.

Não. Ele não tinha nenhuma pressa em chegar. A praça estava bonita. Poucas eram as árvores que o inverno despira. Lá estava a grande figueira, muito copada, dum verde-garrafa sombreado de negro, e com seu tronco e galhos que pareciam membros humanos. Ela também era comparsa daquela comédia — refletiu Winter —, mais do que mera parte do cenário.

Começou a atravessar a rua.

— Boa tarde, doutor!

O médico voltou a cabeça na direção da voz. O Dentinho de Ouro estava sentado debaixo do cinamomo da praça que ficava fronteira ao Sobrado. Tinha o chapéu atirado para trás, deixando descoberta a testa curta e bronzeada. Seu dente de ouro luziu quando ele arreganhou os beiços para o alemão. Este se limitou a bater com o dedo na aba do chapéu, lançou um rápido olhar para o homem e continuou seu caminho.

Ouviu de novo a voz do capanga:

— Sete dias, doutor! Faltam ainda trinta e três!

Não respondeu nem se voltou. Mas Dentinho de Ouro tornou a gritar:

— Hoje termino o meu trabalho. De tarde vou pra estância do coronel. O Mané Borba vem me render.

E eu com isso? — pensou Winter, batendo na porta do casarão. Uma das negras escravas veio abri-la e ele entrou. O cheiro do Sobrado — madeira, porão, cozinha, defumação — envolveu-o. Agora para ele aquilo era "cheiro de drama", uma emanação dos problemas mesmos daquela casa e de seus moradores.

Bibiana levou-o imediatamente ao quarto de Licurgo. O médico aproximou-se do berço, pousou a mão na testa do menino e disse:

— Está fresquinha. Acho que a febre se foi.

Pôs o termômetro na axila da criança. Pouco depois tirou-o, leu-o e murmurou:

— Temperatura normal.

Naquele momento ouviram-se passos pesados no corredor. Era Bolívar. Ao ver o médico, através da porta, parou e disse:

— Foi bom vosmecê ter vindo.

Havia em sua voz um tom que Winter não gostou. Era algo de apertado, gutural e ameaçador.

— Está sentindo alguma coisa?

As mãos do rapaz tremiam e seus olhos tinham um brilho anormal.

— Não. Estou bem. Muito bem até. Bem demais.

— Ele anda nervoso por causa da quarentena, doutor... — explicou Bibiana.

Bolívar voltou, brusco, a cabeça para ela e disse:

— Não se meta, mamãe, não se meta.

Tornou a encarar o médico:

— Vosmecê é testemunha. Tive muita paciência até agora. Mas estou resolvido a não aguentar mais. É um desafôro. Eu...

— Não se exalte, não há... — começou Winter. Mas o outro cortou-lhe a palavra:

— Meus negócios andam de pernas pro ar. Na vila todo o mundo se ri de mim, encurralado aqui dentro, como um bicho, só porque o Bento Amaral deu uma ordem. Quem é ele pra se meter na minha vida? Quero botar a minha marca no outro lado da cara desse canalha!

— Espere um pouco. Posso falar de novo com o homem...

— Não espero nem mais um dia nem mais uma hora. Não quero ficar louco fechado aqui dentro. Vosmecê como pode andar livre por toda a parte não sabe o que estou sofrendo. — Calou-se, ofegante. Olhou o médico bem nos olhos e disse: — Desça comigo. Quero que seja testemunha.

— Mas testemunha de quê...? — principiou o outro.

— Venha!

Encaminhou-se para a escada e desceu apressado. Winter e Bibiana o seguiram.

— Que é que vai fazer, meu filho? — perguntou ela.

— Vosmecê já vai ver...

Aproximou-se da janela que dava para a praça, ergueu a vidraça de guilhotina e gritou para fora:

— Dentinho de Ouro! Vá dizer pro seu amo que eu vou sair!

Aquela voz positivamente não era de Bolívar — refletiu Winter. O ódio a desfigurava.

Winter aproximou-se da janela e olhou para fora por cima do ombro do rapaz. Viu o capanga erguer-se, sob o cinamomo, aproximar-se lento do meio da rua e perguntar:

— Que tem?

— Vá dizer pro seu patrão que eu, Bolívar Cambará, vou já já sair do Sobrado.

Lá de baixo o outro gritou:

— Temos ordens de não deixar ninguém sair, moço.

— Vá chamar o Bento Amaral. Diga pr'aquele corno duma figa que venha me atacar se ele é homem!

E ao dizer isso Bolívar espumava na comissura dos lábios e seu corpo inteiro trepidava. Winter estava simplesmente imobilizado pelo espanto.

O capanga teve um momento de hesitação, mas depois replicou sem rancor:

— É melhor vosmecê não experimentar. Nós estamos armados.

— Eu também estou!

Voltou-se, enfiou o chapéu na cabeça e disse:

— Chegou a guerra. Agora não tem mais jeito. Eu já disse que saía e saio mesmo.

— Rodrigo! — gritou Bibiana. Imediatamente corrigiu-se: — Bolívar!

Agarrou o braço do filho, mas este se desvencilhou dela com um repelão.

— Não deixe ele sair, doutor! Por amor de Deus, não deixe! Vão matar o meu filho.

Winter tentou deter Bolívar, mas o rapaz o empurrou com tanta violência que o médico perdeu o equilíbrio e caiu de costas.

Bolívar precipitou-se para o vestíbulo de pistola na mão. Desceu em duas largas passadas a escada que levava à porta, abriu esta com um safanão e saiu.

— Volte, moço! — gritou Dentinho de Ouro do meio da rua, começando a recuar devagarinho na direção do cinamomo. — Volte que eu não quero le lastimar.

— Que venha o Bento Amaral! — gritava o filho do cap. Rodrigo. — Que venha esse canalha ladrão cachorro covarde corno! Que venha se é homem! Que venha a capangada!

— Não atirem no menino! — suplicava Bibiana, aos gritos, debruçada na janela.

De pistola erguida Bolívar caminhava devagar mas implacavelmente, olhando sempre para Dentinho de Ouro.

— Pare, senão eu atiro! — gritou este último.

— Pois atira, capacho! Atira, pústula!

E continuava a avançar. Dentinho de Ouro recuou ainda uns três passos: estava agora com as costas tocando o tronco do cinamomo. Vultos apareciam às janelas das casas próximas. Mulheres que andavam por ali deitaram a correr em pânico, aos gritos. Homens escondiam-se atrás de árvores. Um velho que ia atravessando a praça naquele momento atirou-se no chão e ficou como que costurado à terra.

Bolívar estava agora no meio da rua a olhar fixamente para o capanga.

— Onde está o corno ladrão que não vem? Chama esse covarde! Que venha toda a corja dos Amarais!

— Volte senão eu atiro! — ameaçou ainda o outro.

Disse isso e levou, brusco, a mão à cintura. Bolívar fez fogo e Dentinho de Ouro tombou de joelhos, segurando o ombro esquerdo onde o sangue começou a escorrer.

— Que venha mais um! — gritou Bolívar, triunfante.

Mal tinha pronunciado essas palavras quando se ouviram novos disparos: dois outros capangas dos Amarais haviam aparecido e o alvejavam de alguma distância: um deles atirava protegido por um dos pilares do portão do Sobrado; o outro achava-se ajoelhado atrás dos degraus da capela. Bolívar não se moveu de onde estava e começou a fazer fogo também para a direita e para a esquerda, gritando:

— Que venham mais! Dois é pouco! Que venham!

Para afastar Bibiana da janela o dr. Winter teve de segurá-la pelos pulsos e arrastá-la até uma cadeira; obrigou-a a sentar-se e ficou a fazer-lhe pressão nos ombros para que ela ficasse imóvel. Por alguns segundos Bibiana relutou, tentou desvencilhar-se do amigo: mas de repente teve um relaxamento de músculos e ali se quedou de olhos vidrados e fixos, a boca entreaberta, os braços caídos, a respiração arquejante.

Por alguns segundos ficaram os dois a ouvir o tiroteio. Num dado momento os tiros cessaram e fez-se um silêncio pressago. Bibiana deixou cair a cabeça para trás. Trêmulo, engasgado, sentindo que o coração queria saltar-lhe pela garganta, Winter aproximou-se da janela e olhou.

Bolívar estava caído de borco no meio da rua, com a cara metida numa poça de sangue.

Só dois dias depois é que o dr. Winter terminou a carta para Von Koseritz. Depois de narrar-lhe a cena da morte de Bolívar, acrescentou:

Havia muita gente no enterro. O corpo do rapaz foi sepultado entre o de Ana Terra, sua bisavó, e o do Cap. Rodrigo, seu pai. Luzia parecia inconsolável, chorava como uma criança a quem tivessem roubado o brinquedo predileto. No cemitério, antes de descerem o caixão à cova, ela pediu para ver uma vez mais o marido. Abriram o esquife. Eu não quis olhar o rosto do morto, mas olhei o da viúva. Não saberei descrever-te a expressão daquele semblante. Não era de gozo mórbido, como eu esperava e temia, mas sim de dor, de profunda dor. Houve, porém, algo mais que me deixou com uma sensação de frio interior e de repugnância por mim mesmo. Naquele momento, meu caro, tive um vislumbre da besta que dorme dentro de cada um de nós, e o que senti me assustou, e até agora no momento em que te escrevo ainda me perturba. É que me surpreendi a desejar violenta e carnalmente Luzia Cambará, ali no cemitério, naquele momento mesmo em que ela contemplava pela última vez o rosto do marido defunto. E de mistura com esse desejo eu senti náusea, como se meu sexo se tivesse transferido para a boca do estômago. Fiz meia-volta e saí do cemitério apressadamente.

Carl Winter releu o que acabara de escrever e depois concluiu que uma confissão de tal natureza era grande demais para se fazer numa carta. Rasgou o papel em muitos pedaços, foi até a cozinha e atirou-os no fogo, concluindo: uma confissão dessas a gente não faz nem a si mesmo.

O sonho de Mingote Caré era ter um cavalo.
Um dia a tentação foi maior que o medo e ele roubou um tordilho numa estância da fronteira.
Mas não teve sorte: a peonada saiu-lhe nas pegadas e agarrou-o.
Está aqui o ladrão, coronel, que é que fazemos com ele?
O estancieiro estava furioso, vermelho que nem gringo.
Botem a minha marca no lombo desse bandido. Depois lhe apliquem trezentos e sessenta e cinco açoites, um pra cada dia do ano. Sou homem de bem e justiça: se não procedo com energia, esses abusos não acabam.
Deixaram Mingote nu, amarrado a um palanque.
E, quando lhe encostaram o ferro em brasa na paleta, o coronel gritou:
Isso é pra tu aprenderes a respeitar a propriedade alheia!

Mingote foi atirado na estrada, marcado como uma rês.
Saiu a andar estonteado, com o lombo ardendo e sangrando, e, como a dor o cegasse, invadiu sem saber outra propriedade alheia.
Tinha febre e em seu delírio era o Crioulo do Pastoreio, repontando campo em fora trinta cavalos de fogo.
Por fim caiu sem forças no chão duma estância portentosa que começava em Bagé e entrava Uruguai adentro: diziam que o dono dela podia ir de sua casa até Montevidéu sem sair de suas terras.

Esse foi o fim de Mingote, mas não o de sua raça.
Porque havia outros Carés espalhados pelo Continente.
O Lulu, por exemplo.
Vivia sozinho, era barqueiro, e andava por muitos daqueles rios
o Caí
o Jacuí
o Taquari

a cujas margens agora colonos alemães estavam erguendo casas, abrindo picadas, fazendo roças.
Um dia Lulu Caré viu quando os índios saíram do mato, atacaram um desses povoados e mataram muitos colonos.
Ficou de longe, dentro do barco, olhando de olho parado.
Não fez um gesto, não deu um passo, só disse:
Xô égua!
Não tinha nada com aquilo e afinal de contas, pra falar a verdade, a terra era mesmo dos bugres.

Havia também o José Caré, por alcunha Juca Feio.
Nunca dobrou a espinha diante de ninguém, sempre estava contra o governo.
Contam que tinha cavalo, boas botas e pistolas na cinta.
Usava chapéu de barbicacho e cabeleira tão comprida que dava até para fazer trança.
Era indiático, carrancudo, mal-encarado e de fala fina.
(Com cavalo de olho de porco, cachorro calado e homem de fala fina... de relancina.)
Tinha a cara tão riscada de cicatrizes que parecia um campo lavrado.
Perguntavam.
Me diga uma coisa, Juca, onde foi que te deram esse talho que te vai de orelha a orelha, cheio de voltas que nem o rio Camaquã?
No combate do Poncho Verde.
E esse nos beiços?
Na tomada de Caçapava.
E esse no meio da testa?
A baioneta dum correntino, na guerra contra Rosas.
E esse no pescoço?
Juca Feio fechava a carranca e rosnava:
Esse é um talho particular.
E não dizia mais nada.

De todos os Carés o que tinha família maior era o Chiru.
Dez filhos, sem contar os mortos.
Depois de muito andar com a mulher e as crias batendo estradas e cruzando invernadas, conseguiu licença para erguer um rancho nos campos do Angico, no município de Santa Fé.
Quando a casa ficou pronta, olhou para a mulher e suspirou:
Queira Deus que agora a gente fique sossegado no seu canto.

Por algum tempo Deus quis.
Viviam dos restos da cozinha da estância,
tinham licença de trazer para casa a fressura das reses carneadas.
E dona Bibiana Terra Cambará, senhora do Angico, deu-lhe de presente uma vaca leiteira.

Tudo corria tão bem que Chiru começou a desconfiar, porque a experiência lhe dizia que
laranja madura na beira da estrada ou está azeda ou tem marimbondo.

Um dia apareceram pelo rancho dos Carés um sargento e duas praças, montados em bons cavalos:
andavam recrutando gente,
pois tinha rebentado outra guerra, Chiru não ouviu direito contra quem, mas desconfiava que era outra vez contra os castelhanos.
Disse adeus à mulher e aos dez filhos
e seguiu a pé os homens do governo.

Aprendeu a dar tiro de espingarda
a marchar
a entender a língua dos superiores, das cornetas e dos tambores.
E quando se viu de uniforme ficou faceiro como potrilho novo.
Pela primeira vez na vida andava completamente vestido.

Eu só queria que minha gente me visse agora!

Chapéu de feltro com barbicacho:
na aba levantada, o tope nacional e o número do batalhão.
Correame negro e paramentos verdes
carabina com bandoleira
sabre-baioneta
patronas, bornal e cantil
cartucheiras na cintura
mochila às costas
coturnos nos pés.
E na manga da túnica um emblema cor de ouro com a coroa do Império e três palavras:
Voluntário da Pátria.

Chiru Caré gostou da guerra.
Nunca pensei que fosse tão linda!
Era mesmo que uma festa: fandango ou puxirão.
Muita gente bem fardada
muito cavalo e canhão
muito barulho, tiro e grito
muito sangue pelo chão.
Generais de uniforme bonito
bandeiras, espadas, clarins
e cargas de lanceiros

lembrando as cavalhadas
dos cristãos contra os mouros.

Foi também na guerra que Chiru pela primeira vez na vida ouviu uma banda de música.
Ficou meio louco, com vontade de chorar.
Mas ficou mais louco ainda quando espetou o primeiro paraguaio na ponta da baioneta.
Teve tamanha alegria que chegou a soltar um urro.
Estava acostumado a matar passarinho para comer,
mas nunca matara bicho maior que um veado dos pequenos.
Via agora que matar homem era bom, porque enchia mais o peito.
Daí por diante só pensou na hora do entrevero.
Derrubar paraguaio de longe a tiro não tinha graça,
o bonito era carga de baioneta.
Várias vezes foi repreendido pelos superiores
porque era muito afoito e não esperava a ordem de avançar.

Os batalhões ganhavam fama
e com a fama apelidos:
o 2º era o Dois de Ouro
o 12º o Treme-Terra
o 13º o Arranca-Toco
o 16º o Glorioso
e o 1º de artilharia, o Boi de Botas.

Uma coisa Chiru nunca entendeu:
Por que era que os argentinos e os orientais estavam agora do lado dos brasileiros?
Ficava também meio confuso quando conversava com os camaradas dos batalhões que vinham do Norte.
Eram homens de fala esquisita,
de pouca comida mas muita coragem,
bons na arma branca, ligeiros e ladinos.
Só não tinham era resistência para o frio.
Aquele inverno de 65 foi brabo.
Muito nortista baixou enfermaria encarangado.
Alguns morreram de doenças dos bofes.
Chiru deu o capote a um soldado do Pará e trocou com um anspeçada da Bahia os seus coturnos por um pedaço de fumo em rama.
Gaúchos galhofeiros recitavam versinhos:

Mandai, Mãe de Deus, mais uns dias de minuano
Pra acabar com tudo que é baiano.

No cerco de Uruguaiana Chiru viu o Imperador que passava em revista as suas tropas.
Ficou petrificado, de boca aberta.
Quando eu contar isto pra minha mulher e meus filhos, vão dizer que sou mentiroso.
Mas por esta luz que me alumeia, juro que vi Dom Pedro II, Pai de todos nós, passar na minha frente em cima dum cavalo branco com arreios de ouro e prata.

Doutra feita Chiru avistou o grande Osório
montado no seu ginete
com o pala-poncho batendo ao vento,
seu chapéu preto de copa redonda,
sua famosa lança de ébano com lavores de marfim.
Era natural do Continente,
tinha brigado nas guerras da Cisplatina e dos Farrapos.
Contavam que havia sido o primeiro soldado brasileiro a pisar terra paraguaia, à frente de seu piquete.

Era por coisas assim que Chiru gostava da guerra.

Mas foi uma campanha comprida e custosa.
Morria mais soldado de peste que de bala, metralha ou arma branca.
Não houve praga que não atacasse aqueles exércitos.
Veio a bexiga negra.
Chiru carregou muita padiola com camaradas agonizantes, de cara enegrecida, a pele se descolando e toda coberta de pus.
Veio o cólera,
Vieram mil febres
e as cãibras de sangue.
Era gente a tombar por todos os lados, retorcendo-se de dor, com a cara mais branca que papel.

No inverno marchavam debaixo de chuva
ou com o minuano na cara,
e muita vez Chiru ajudou os companheiros a empurrar canhões e carretas que se atolavam na lama.
No verão marchavam na soalheira
e soldados caíam de insolação.

Foi uma campanha comprida e custosa.
Mas Chiru Caré andava contente,
porque em tempo de paz sua vida nunca fora melhor.
Agora ao menos comia carne, tinha amigos, uma carabina com baioneta,

e matar homem era bom,
enchia o peito.

Um dia descobriu que seu companheiro de barraca era um tal de Florêncio Terra, natural de Santa Fé, sobrinho da velha Bibiana, dona do Angico e do Sobrado.
Mundo velho bem pequeno!

Vassuncês não acreditam?
Por Deus Nosso Senhor: sobrinho da velha Bibiana!
Dormia perto de mim e nunca gritou comigo,
me tratava de igual pra igual.
Um dia caiu ferido, com um balaço na perna, e ia ficando pra trás...
Se os paraguaios pegassem ele, adeus tia Chica! Vai então corri pro homem, botei o bicho nas minhas costas e voltei a meio galope pra dentro das nossas trincheiras.
O moço perdeu um pouco de sangue, mas quando entreguei ele pros padioleiros, inda teve força pra arreganhar os dentes e me dizer baixinho:
Obrigado, companheiro.
Quem havia de dizer! Sobrinho da velha Bibiana, dona do Angico e do Sobrado.

Foi por tudo isso que Chiru Caré gostou daquela campanha.
Na paz vivia como um bicho.
Na guerra era um homem.

O Sobrado v

26 DE JUNHO DE 1895: MANHÃ

Quando o dia amanhece, Curgo sobe à água-furtada para falar com o homem que passou a noite de vigília. Encontra-o enrolado no poncho, sentado junto da janela, a espiar a praça e arredores através das vidraças meio embaciadas.

— Que tal, Ernesto?

— Nada de novo. Estou aqui desde as duas da madrugada. Lá pelas quatro mais ou menos vi gente saindo da cidade a cavalo pras bandas de Passo Fundo. Acho que os maragatos já começaram a se retirar.

Licurgo olha pra fora e murmura:

— Não sei, não sei... Pode ser uma cilada pra fazer a gente sair do Sobrado. É bom não arriscar...

— Pode ser... — repete o outro, abrindo a boca num largo bocejo.

— Desça, que eu fico aqui por enquanto. Quando o Damião acordar, diga pra ele que suba. Vá comer alguma coisa. Tem muita laranja e bastante água. Nossos companheiros passaram a noite caminhando pelo quintal, trouxeram quanta água quiseram. Chegaram até a tirar o Adauto de cima da tampa do poço e enterraram ele atrás do marmeleiro.

— É engraçado. Os federalistas estes dois últimos dias não deram nenhum tiro. Acho até que não ficou ninguém na torre esta noite.

— Não sei. Esse negócio não me cheira bem. A corja decerto está preparando alguma traição.

Ernesto põe-se de pé, espreguiçando-se num estralar de juntas; encaminha-se para a escada e dentro em breve seus passos começam a soar surdamente nos degraus. Curgo abre de par em par a janela da água-furtada, senta-se num mocho junto dela e debruça-se sobre o peitoril. A brisa úmida da manhã o envolve, dando-lhe a impressão de que mergulhou a cabeça na água fria dum açude. As faces e as orelhas lhe ardem, e ele aspira com força o ar que cheira a sereno e a campo. Pensa no Angico e em Ismália com uma saudade impaciente. Onde estará ela agora? Que lhe terá acontecido? Talvez tenha conseguido fugir... Mas fugir para onde? O mais provável é que haja sido presa e obrigada a ir para a cama com aqueles maragatos do inferno. Por alguns segundos Licurgo fica a ruminar o prazer carnal que tantas vezes a rapariga lhe deu; lembra-se dos olhos dela, da voz dela, das formas e do contato do corpo dela — tudo isso, porém, dum modo remoto, apagado, frio. Talvez a esta hora Ismália esteja morta, enterrada e podre. E Licurgo pensa na filha recém-nascida, dentro da caixeta de marmelada, e como que sente de novo o cheiro da terra úmida e limosa do porão, ao mesmo tempo que se imagina a enterrar Alice naquele chão negro; em seguida é um dia de sol e de paz, num outro tempo, e vozes cochicham nas ruas: "Aquele que ali vai é o coronel Licurgo Cambará. Uma fera! Na revolução de 93 os maragatos cercaram o Sobrado, mas ele não se entregou. Sacrificou a filha, a mulher, os amigos, mas não afrouxou. Uma fera!". Ele reconhece as vozes: gentes de Santa Fé. Que vão todos pro diabo!

Dirige o olhar pesado de sono para a praça, que uma luz pálida começa a iluminar. As árvores, os telhados e a terra estão úmidos de rocio e prateados de geada. Lá do outro lado continuam fechadas as janelas e as portas do edifício da Intendência. Nenhum galo canta. Não se enxerga viva alma nas redondezas do Sobrado. Santa Fé parece uma cidade de taperas.

Curgo olha para o alto do campanário. E se neste momento um maragato estiver fazendo pontaria na minha cabeça? Dessa distância é tiro certo... Mas que me importa? Deixa-se ficar onde está, com o queixo sobre os braços, os braços sobre o peitoril, as pálpebras pesadas, a cabeça oca, uma broca fria a verrumar-lhe o estômago. Por sua mente desfilam imagens de pessoas, trechos de conversas, cenas dum passado recente — e de súbito Licurgo torna a sentir, como em tantas outras vezes desde que começou o cerco de sua casa, a impressão de que foi vítima duma terrível, colossal injustiça. "Fazerem isso pra mim, logo pra mim...", murmura ele com os olhos postos na figueira grande, como se a ela estivesse dirigindo a queixa.

Desde que se proclamou a República foi ele sempre a autoridade máxima de Santa Fé. Com a queda da monarquia os Amarais perderam os cargos públicos e o prestígio. E desde 89 ele, Curgo, não fez outra coisa senão trabalhar pelo progresso e pela felicidade de sua terra. Foi eleito intendente municipal de Santa Fé pelo voto livre da população e por uma maioria inapelável. Não pediu nem comprou votos, não coagiu eleitores. Aos próprios peões, agregados e amigos íntimos disse: "Votem em quem quiserem, pois esta vai ser a primeira eleição livre na história do município". Depois de eleito, recusou-se a receber seus honorários. Muitas vezes chegou a tirar dinheiro do próprio bolso para custear obras públicas: construir pontes, reparar estradas e ruas. Tratava toda a gente com afabilidade, recebia a todos, ouvia a todos. Os colonos de Garibaldina e Nova Pomerânia obtinham dele tudo quanto pediam. A Intendência era a casa do povo. No entanto, muitos dos homens a quem prestou favores se voltaram contra ele, estão agora atirando contra esta casa a cuja mesa tantas vezes comeram, esta casa onde sempre foram recebidos por assim dizer como pessoas da família. Mas de todas as mágoas a que mais lhe dói é a que lhe causou Toríbio Rezende, seu melhor amigo e companheiro da propaganda republicana. Fascinado pela personalidade de Gaspar Silveira Martins, Toríbio abandonou os companheiros de ontem, fez-se parlamentarista, cerrou fileiras com os maragatos, afastou-se aos poucos do Sobrado e por fim chegou até a escrever verrinas contra Júlio de Castilhos, chamando-lhe ditador. Castilhos ditador! Era o cúmulo do absurdo chamar tirano a um homem que para evitar a guerra civil abandonou voluntariamente o cargo de presidente do Estado para o qual fora legalmente eleito. E, quando a revolução rebentou, Toríbio uniu-se às forças de Juca Tigre, convencido — o idiota! — de que os federalistas queriam salvar o Rio Grande da ditadura, não compreendendo — o infeliz! — que por trás daquelas conversas de parlamentarismo e liberdade, o que os maragatos queriam mesmo era restaurar a monarquia, destruir a república pela qual o próprio Toríbio tanto se batera.

Mas agora — reflete Licurgo — aproxima-se a hora do ajuste de contas. Gumercindo Saraiva está morto. O alm. Saldanha da Gama anda burlequeando pelo Estado com seu batalhão de marinheiros sobrados da Revolta da Armada, e que nada podem fazer em terra firme senão fugir e evitar os combates. Muitos dos chefes federalistas já começam a emigrar para o Uruguai e a Argentina.

Talvez dentro de mais um dia ou — quem sabe? — de poucas horas as forças de Firmino de Paula estejam entrando em Santa Fé. E nunca — pensa Licurgo, olhando para o casarão dos Amarais, lá do outro lado da praça —, nunca Alvarino Amaral poderá dizer: "Perdi a revolução mas tomei Santa Fé e tive o gosto de entrar no Sobrado de chapéu na cabeça e fazer o Licurgo dobrar a espinha". Nunca. Quando no futuro se falar na revolução de 93, hão de dizer: "O Sobrado aguentou um cerco de mais de dez dias e não se rendeu". Toríbio e Rodrigo crescerão ouvindo essa história e aprendendo com ela a dar valor à casa onde nasceram — a amá-la, respeitá-la e defendê-la; e compreendendo acima de tudo que existem na vida dum homem de honra duas coisas sagradas que ele deve fazer respeitar à custa de todos os sacrifícios: a cara e a casa.

A luz do sol aos poucos vai ficando mais viva e dourada e os campos ao redor da cidade lentamente emergem da sombra gris e ganham tons esverdeados. A geada brilha como vidro moído.

Licurgo passa os dedos entanguidos pelos cabelos. A vontade de fumar dá-lhe uma ardência na língua. Torna a pensar em Ismália e em Alice, mas entre as duas surge em seu espírito a figura de Maria Valéria. Cadela! Aquela solteirona seca e antipática a meter-se onde não é chamada! Torna a ouvir-lhe a voz: "Então podemos fazer três enterros. O da criança, o do Tinoco e o da Alice". Não. Alice não pode morrer, não deve morrer. A morte da coitadinha de nada servirá aos maragatos nem aos republicanos. Será, isso sim, mais uma injustiça dolorosa. Mas acontece — reflete Curgo, engolindo a saliva grossa e amarga — que este mundo parece andar mesmo sem governo. Não há bom senso, não há justiça. Pessoas direitas sofrem; canalhas gozam. Inocentes pagam pelos pecadores. Nem sempre o justo e o bom triunfam. E nesta revolução cruel bandidos são glorificados. Diz o pe. Romano que a verdadeira justiça está no céu e não importa muito o que acontece neste mundo. Mesmo quem observar a revolução com cuidado achará difícil dizer de que lado está Deus. Duma coisa eu sei — pensa ele —, é que se Deus está do lado dos federalistas o melhor é Ele ir tratando desde já de emigrar para a Banda Oriental.

O sol agora bate em cheio no rosto de Licurgo Cambará, que de novo apoia os braços no peitoril, descansa sobre eles uma das faces e cerra os olhos.

Liroca está de novo no seu posto, no alto da torre. Deitado nas lajes, ele espia o Sobrado através da seteira. Faz alguns minutos que acordou, encarangado de frio, trêmulo de fome, doido de vontade de tomar uma coisa quente, mate ou cachaça. Ao despertar olhou para o Sobrado e viu um homem à janela da água-furtada; reconheceu Licurgo. Teve uma vontade danada de gritar: "Ó Curgo! Então como vai a coisa por aí?". Mas ficou calado, porque inimigo é inimigo. Qual! Se fossem inimigos de verdade sua obrigação era meter uma bala na cabeça do outro. Muito fácil: bastava dormir na pontaria e — pei! — era uma vez um tal de Licurgo Cambará. Muito bonito. O Rodrigo e o Toríbio ficavam órfãos, d. Alice enviuvava, Maria Valéria perdia o cunhado. E ele, José Lírio, ia carregar pelo resto da vida o peso daquele remorso. Matar um homem em combate era uma coisa; matar de tocaia, à traição, era um crime, um assassinato.

Liroca suspira. Está tudo agora caminhando para o fim. O cel. Alvarino já começou a retirar sua gente da cidade; e corre à boca pequena que ele está preparando tudo para emigrar para o outro lado do rio. O bom mesmo, conclui Liroca, é eu levantar uma bandeira branca, correr pros pica-paus e me entregar.

Passou a noite a ver o movimento dos republicanos no quintal do Sobrado: iam e vinham do poço para a casa carregando água. A princípio andavam de rastos, depois encurvados, por fim já caminhavam naturalmente. Chegaram até a tirar o calça-branca de cima do poço. E ele, Liroca, nem teve coragem de atirar. Teve, isso sim, foi vontade de gritar: "Andem ligeiro! Levem água pras crianças, pras mulheres! E deem lembrança pra Maria Valéria!".

Se ela aparecesse agora assim de repente a uma das janelas, ele não resistiria à tentação de lhe gritar alguma coisa que lhe desse a entender que, enquanto José Lírio estiver de vigia na torre da igreja, os republicanos podem ir e vir no quintal sem serem molestados. Mas qual! Maria Valéria não vai aparecer... Ninguém sabe aqui fora o que está acontecendo lá naquele casarão. Pode ser até que a moça esteja doente ou ferida... Ninguém está livre duma bala perdida. Guerra malvada! Guerra tirana!

Liroca acaricia a coronha da Comblain, como se ela fosse o ombro da mulher amada. Encosta depois uma das faces na pedra fria do parapeito e fica mirando com olho triste as janelas do Sobrado.

Maria Valéria acha-se ao pé da cama de Alice com a mão espalmada sobre a testa da irmã, que tem ainda os olhos cerrados. Graças a Deus a testa não está tão quente, a febre deve ter baixado. Se ao menos agora o sítio terminasse e o dr. Winter pudesse vir com remédios... Ou então se Curgo abafasse seu orgulho e pedisse uma trégua... Ela sabe que é costume fazer isso até mesmo nas guerras grandes entre nações.

Alice abre os olhos e fica por algum tempo a fitar a irmã com uma expressão estonteada. Depois seus lábios, que a febre crestou, se movem, procurando formar uma palavra.

— Fica quieta, Alice.

— Os meninos? — balbucia a doente.

— Espera...

Maria Valéria sai do quarto e volta após um breve instante trazendo os sobrinhos, que ficam parados em silêncio junto do leito da mãe. Primeiro os olhares de ambos fixam-se no rosto dela, mas depois descem-lhe pelo seio e demoram-se sobre o ventre. Por fim os dois meninos se entreolham significativamente.

— Beijem a mãe de vocês — ordena a tia.

Eles se inclinam sobre Alice e beijam-lhe chochamente a testa. Ela continua com os braços estendidos ao longo do corpo, sob as cobertas, e seus olhos se enchem de lágrimas.

— Agora saiam — diz Maria Valéria. — E não façam barulho.

— Podemos ir lá pra baixo? — pergunta Toríbio.

— Não. Fiquem no quarto. E não abram a janela.

— Por quê, madrinha?

— Porque não.

As duas crianças lançam mais um olhar para a mãe e saem do quarto na ponta dos pés.

O rosto de Alice está crispado numa expressão de pesar e as lágrimas lhe escorrem pelas faces afogueadas. Sem dizer palavra, Maria Valéria toma dum lenço e começa a enxugar o rosto da irmã com mais eficiência do que ternura. Podia tentar consolá-la com mentiras — reflete. Mas é inútil. Por mais que se esforce não conseguirá pronunciar a menor palavra de esperança. Porque a realidade é só uma, dura, fria e triste. O Sobrado continua cercado. A comida se acabou. A criança nasceu morta. E, se o sítio se prolongar, ninguém sabe quantas coisas horríveis podem ainda acontecer.

Maria Valéria cruza os braços, aperta-os contra o estômago, que lhe dói desde a noite anterior. Quantas horas faz que não come? Vinte e quatro? Trinta? Mas o pior de tudo é não poder dormir, descansar, esquecer...

"Não aguento mais. Acho que vou acabar louca, abrir a porta da rua e sair correndo e gritando..."

Tem de súbito a impressão de que uma terceira pessoa acaba de entrar. Volta a cabeça e vê a própria imagem refletida no espelho do lavatório: um fantasma de xale nos ombros.

Do quarto vizinho vêm agora as batidas da cadeira de balanço de d. Bibiana. A velha já começou a funcionar... — pensa Maria Valéria. E fica a escutar o bam--bam cadenciado e surdo, que lhe parece uma voz. É como se Bibiana Terra Cambará estivesse procurando dizer-lhe alguma coisa. E Maria Valéria, sem saber claramente como nem por quê, enche-se aos poucos dum ânimo novo, ao mesmo tempo que diz para si mesma: se ela, que tem noventa anos, pode aguentar tudo isto, eu também posso. E atira um olhar de desafio para a mulher cadavérica do fundo do espelho.

Quando Licurgo desce da água-furtada para a sala de jantar, encontra seus companheiros a comerem laranjas com uma voracidade ruidosa de porcos esfaimados. Não se pode furtar a um sentimento de mal-estar e impaciência. Esquece por um instante que estes homens são seus correligionários, seus amigos, que não somente estão participando com ele dos perigos e durezas desta guerra civil como também estão defendendo o Sobrado. E nesse rápido instante de irritado esquecimento sente-se ofendido por ver aquelas gentes — entre as quais se acham cinco peões do Angico — usarem as salas de sua casa descerimoniosamente, cuspindo e escarrando no chão, encostando nas paredes as cabeças sebosas, riscando o soalho com a roseta de suas esporas, empestando o ar com o cheiro azedo de seus corpos sujos. E Licurgo, que acaba de vir lá de cima, onde respirou ar puro, franze o nariz e tem ímpetos de mandar escancarar imediatamente todas as janelas.

A luz do sol bate em cheio no rosto do velho Fandango, que dorme sentado numa cadeira, a cabeça caída sobre o peito. Curgo olha-o por alguns segundos, num vago temor de que ele esteja morto. Tem a impressão de que seu peito não se move. Pousa-lhe a mão na testa: fria. Começa então a sacudir o velho pelos ombros. Fandango abre os olhos e põe-se de pé como um autômato:

— Que foi? Que foi? — pergunta ele, atarantado.

— Nada — responde Curgo —, nada. É que te vi meio parado e fiquei pensando...

O outro esfrega os olhos, boceja e estende os braços, espreguiçando-se.

— Pensou que o velho tivesse morrido?

— Pensei.

— Xô égua! Já te disse miles e miles de vezes que o Fandango pode morrer um dia, mas não sentado. Há de ser em cima do lombo dum cavalo ou então de pé, dançando.

E esfregando as nádegas com as palmas das mãos, ele sai no seu tranco de cavalo marchador na direção da cozinha, a gritar:

— Que é que tem pra se comer, Laurinda?

Neste mesmo instante Florêncio Terra sai da despensa, aproxima-se rengueando do genro e diz-lhe em voz baixa:

— O Tinoco morreu.

Curgo franze a testa.

— Quando?

O sogro encolhe os ombros.

— Não sei. Decerto esta noite.

Licurgo fica a olhar para Florêncio, perdido. Tinoco lhe havia saído por completo do pensamento. As outras preocupações eram tantas e tão fortes, que ele nem sequer se lembrava do pobre-diabo que agonizava na despensa. Seja como for, sente-se agora aliviado. Morto Tinoco, ele fica livre da responsabilidade de fazer alguma coisa por ele: cortar-lhe a perna ou meter-lhe uma bala na cabeça para abreviar-lhe o sofrimento.

Florêncio resmunga:

— Morreu como um cachorro sem dono, abandonado, sem um cristão que botasse uma vela na mão dele. Todo o mundo se esqueceu do coitado...

Curgo toma essas palavras como uma censura e fica logo espinhado.

— Que era que o senhor queria que eu fizesse? Que ficasse lá dia e noite lambendo o ferimento dele?

Florêncio não responde. Fica cofiando os bigodes com seus dedos magros e amarelos, os olhos baixos. E, como o genro nada mais lhe diz e continua a mirá-lo com olhos agressivos, ele torna a falar:

— É preciso enterrar ele o quanto antes. Já estava meio po...

— Chega! — vocifera Curgo. — Eu sei.

O velho faz meia-volta e encaminha-se para a escada.

Erguendo a voz, Licurgo anuncia:

— O Tinoco morreu.

Os homens nada dizem. Agachado a um canto, Antero começa a fungar ao passo que as lágrimas lhe vão brotando nos olhos. Um dos companheiros lança-lhe um olhar enviesado e estranha:

— Ué? Que é isso?

Cuspi na cara dele — pensa Antero. — Fui um prevalecido. A bem dizer cuspi na cara dum defunto.

— Precisamos enterrar o corpo duma vez — diz Curgo.

Jango Veiga, que está à porta da cozinha, pergunta:

— Onde?

— No quintal, perto da parede da casa. Acho que não há perigo. Não tem ninguém na torre.

— Por que não no porão? — sugere o outro.

— Não! — apressa-se a responder Curgo, quase ofendido. A simples sugestão de enterrar Tinoco no mesmo chão onde está sua filha lhe é tão repugnante que ele a repele como uma ofensa pessoal.

— Se estão com medo de sair pro quintal, deixem que eu mesmo faço o serviço sozinho.

Jango Veiga cerra os dentes e diz com voz apertada:

— Ninguém está com medo de coisa nenhuma, seu! Se quiser podemos ir enterrar o Tinoco até lá na frente da Intendência. Quer?

Por um instante os dois homens se miram com rancor. Curgo sente gana de esbofetear Jango Veiga, mas contém-se, e com voz alterada diz:

— Enterrem onde quiserem, menos no porão.

Jango Veiga volta-se para os companheiros e grita:

— Vamos buscar o Tinoco! Podemos enterrar ele debaixo da escada da cozinha.

Ao anoitecer rompe inesperadamente um tiroteio. Os homens correm para seus postos de Comblain em punho. Curgo, que estava deitado a dormir um sono leve, de superfície, desperta sobressaltado, salta da cama, apanha a espingarda e desce as escadas a correr.

— Não atirem sem primeiro ver o inimigo! — grita. — Não desperdicem munição.

Algumas vidraças das janelas que dão para o norte se partem. Uma bala entra por uma das bandeirolas e vai cravar-se no teto.

— Acho que estão atirando da casa do Naziazeno. Esse tiro veio de baixo — grita João Batista, olhando para o teto.

O tiroteio dura menos dum minuto. Cessa de repente. Curgo sobe para a água-furtada.

— Que foi que houve, Damião?

O caboclo está ajoelhado junto da janela semiaberta, com a espingarda apoiada no peitoril.

— Ainda não sei — diz ele, sem erguer a cabeça. Curgo ajoelha-se junto dele.

— Donde vieram os tiros?

— Lá do outro lado da praça. Ouvi um barulho de cascos. Acho que atiraram de cima de cavalos a galope.

— Deve ser algum grupo que está se retirando.

— Pode que sim, pode que não.

Curgo olha a praça deserta.

— Tem alguém na torre? — pergunta.

— Não vi ninguém.

— Fique de olho na estrada. Acho que não demora muito as tropas republicanas aparecem.

Licurgo ergue-se e desce para o primeiro andar, sentindo que o coração lhe bate acelerado, que a ação lhe fez bem, deu-lhe um calor bom ao corpo. Ah! É mil vezes mais fácil suportar o sítio lutando!

Sentado numa cadeira, de faca em punho, para se distrair Florêncio tira lascas duma vara de marmeleiro, e as esquírolas se vão acumulando a seus pés. Curgo olha para o sogro com má vontade, e seu sentimento de culpa, longe de torná-lo humilde e conciliador, predispõe-no à agressividade. Ele sabe exatamente o que Florêncio está pensando, conhece as queixas que ele recalca no peito. Seria melhor que o velho falasse claro e alto, pois assim ele teria também a oportunidade de desabafar, de dizer-lhe um bom par de verdades. Sim, ele respeita o sogro. É seu parente de sangue, primo-irmão de seu pai. Um homem de bem, não há dúvida alguma, mas não um homem de ação ou princípios políticos. No fundo ainda suspira pela monarquia, e foi só forçado pelas circunstâncias que tomou partido nesta revolução... Curgo tem o olhar fito em Florêncio, espera que ele erga a cabeça para provocá-lo a uma discussão. O velho, porém, continua entretido a tirar lascas da vara, como se disso dependesse a sorte do Sobrado.

Antero está acocorado a um canto da sala, o busto encurvado, a cabeça metida entre os joelhos. Os outros homens começam a reunir-se ao redor do fogão, pois com o cair da noite o frio aumentou. Sobre suas cabeças soa a cadenciada e mansa trovoada produzida pela cadeira de balanço de Bibiana.

Aos ouvidos de Curgo chega a voz alegre de Fandango, que conversa ao pé do fogo:

— Aquilo é que foi guerra braba.

A guerra

1

Naquele dezembro — o sexto dezembro da Guerra — já não havia em Santa Fé família que não chorasse um morto. Desde o início da campanha a vila fornecera ao Exército nacional seis corpos de voluntários. Os que não morriam ou desertavam, voltavam feridos ou mutilados, e em seus rostos os outros podiam ler todo o horror da guerra. As mulheres já não tiravam mais o luto do corpo: viviam a rezar, a fazer promessas e a acender velas em seus oratórios.

Durante aqueles cinco anos de campanha, Santa Fé não apenas estacionara: mostrava mesmo sinais de decadência. As obras da igreja nova, iniciadas em 1863, foram interrompidas por falta de dinheiro e de braços. Os homens válidos da vila estavam em terras do Paraguai — em cima dela lutando ou debaixo dela apodrecendo. Os campos do município achavam-se quase despovoados: o governo fizera pesadas requisições de cavalos e reses; e os peões em idade militar haviam-se apresentado como voluntários. As lojas viviam às moscas; fazia-se pouco negócio. O correio chegava com irregularidade, quando chegava. As residências conservavam suas janelas quase sempre fechadas, e as que ficavam desabitadas dentro em pouco se transformavam em ruínas. Durante todos aqueles anos poucas vezes se ouviu som de gaita ou canto em Santa Fé; nem houve ali fandango, quermesse, cavalhadas ou outra festa qualquer. Ninguém tinha vontade de se divertir nem ânimo para cantar, dançar ou brincar, sabendo que parentes e amigos estavam na guerra. E, por mais que se dissesse que Solano Lopes estava perdido, nenhuma esperança havia de paz próxima.

No entanto, numa manhã de princípios de 1869 o sino da igreja repicara, festivo, para anunciar que a paz fora finalmente assinada. Um estafeta, vindo de Rio Pardo com a mala postal, fora o portador da grande notícia. Houve risadas, choros de contentamento, gritos e vivas. Os santa-fezenses saíam para a rua e abraçavam-se; velhos inimigos, estonteados de alegria, reconciliavam-se. Janelas abriam-se e as mulheres preparavam-se para pagar as promessas feitas aos santos de sua devoção.

No dia seguinte a Câmara Municipal mandou rezar uma missa em ação de graças pela terminação da guerra. A igreja ficou regurgitante de gente; homens, mulheres e crianças amontoavam-se lá dentro, sentados nos bancos ou de pé nos corredores; havia até pessoas escarranchadas nas janelas. À frente do templo uma multidão enchia a rua e ia até quase o meio da praça. Gente que em toda sua vida nunca tinha ido à missa naquele dia se encontrava na igreja. Na hora do sermão o pe. Otero estava de tal forma comovido, que quase não pôde falar. "Meus irmãos...", balbuciou. "A guerra terminou. Deus, na sua infinita bondade e sabedoria..." Então ouviu-se um zum-zum de vozes abafadas à porta da igreja. O padre calou-se. O murmúrio continuou, cada vez mais forte. Alguém fez *cht!* "Deus na sua infinita bondade e sabedoria...", repetiu o vigário, olhando alarmado a entrada do templo onde cabeças se agitavam e o vozerio se fazia cada vez mais alto. O sacerdote tornou a calar-se. Do meio da multidão, lá fora, veio uma voz de homem: "Chegou um ofício pra Câmara. Foi tudo boato. A guerra ainda continua!". Essas últimas palavras foram berradas com raiva, numa espécie de repto ao Deus sábio e misericordioso de que o vigário acabava de falar. Houve uma pausa atônita, como se a respiração de toda aquela gente ficasse subitamente cortada. Mas em seguida romperam gritos e choros, e os fiéis precipitaram-se para fora, numa pressa aflita, quase em pânico, como se alguém tivesse gritado "Incêndio!". O padre desceu do púlpito e encaminhou-se para o meio da rua, onde os membros da Câmara Municipal estavam reunidos. Havia realmente chegado um ofício do governo da Província prevenindo contra as falsas notícias da terminação da guerra e pedindo mais cem voluntários, cem cavalos e duzentas reses.

Foi como se uma sombra caísse sobre a vila. As mulheres passaram a olhar com pena e temor para os filhos adolescentes. "Se a guerra dura mais uns anos, eles ficam homens e têm de marchar pro Paraguai." E de novo se puseram a rezar, e dia e noite ardiam velas no altar de Nossa Senhora da Conceição e em todos os oratórios de Santa Fé. E o primeiro inverno depois daquela falsa notícia pareceu-lhes mais frio, mais escuro, mais duro de suportar que todos os outros. Quando soprava o minuano ou chovia, elas pensavam nos seus homens que estavam longe, lutando. E, quando ao despertar pela manhã viam a geada nos telhados, lembravam-se num arrepio dos soldados que tinham passado a noite ao relento, e choravam.

Velhos quietos pitavam sentados à tardinha na frente de suas casas, pensando nas guerras em que haviam tomado parte, e nos tempos d'antanho quando tinham a força da mocidade e andavam a fazer tropas ou a camperear. Agora não prestavam mais para as lidas do campo nem para as da guerra, e ali estavam parados, inúteis, fracos como mulheres. Olhavam melancolicamente as outras pessoas, meio envergonhados, como a pedir desculpas por terem envelhecido. E ninguém ficava sabendo se tinham os olhos lacrimejantes de velhice ou de tristeza.

Foi naquele quente e abafado dezembro de 1869 que chegaram de volta a Santa Fé alguns voluntários que a guerra deixara inválidos. Entre eles estava Florêncio Terra, que recebera um balaço no joelho. Desceu da carroça apoiado em muletas. Estava tão barbudo, tão magro e sujo, que a própria mulher não o reconheceu no primeiro momento. Ficaram os dois frente a frente, parados, mudos, a olhar estupidamente um para o outro. De repente ela se atirou nos braços de seu homem e desatou o choro. Florêncio abraçou-a, um pouco desajeitado por vê-la fazer aquela cena no meio de tanta gente. Ao redor deles havia uma grande balbúrdia, mistura de risadas, de choro e também de silêncios: o silêncio pesado das mulheres e dos velhos cujos parentes tinham morrido, e que ali estavam para ver a felicidade dos outros.

Ondina soluçava, com a cabeça encostada ao peito do marido.

— Não chore — disse ele, acariciando de leve os cabelos da mulher. — Não é nada. Voltei vivo.

Ela queria dizer alguma coisa mas não podia.

— Como vão as crianças? Por que é que não vieram?

Finalmente Ondina conseguiu falar. Contou que os filhos o esperavam em casa, e que estavam todos bem.

Fazia quatro anos que não via Florêncio. Um dia, no inverno de 66, correra por Santa Fé a notícia de que ele tinha morrido. Ela, porém, tivera o pressentimento de que aquilo não era verdade, e nunca deixara de esperar a volta do marido.

Caminharam para casa, parando aqui e ali quando conhecidos vinham cumprimentar Florêncio. Queriam saber onde e como tinha sido ferido; se a coisa era grave; como ia a guerra; quando vinha a paz; se era verdade que Solano Lopes estava morto... Florêncio respondia na sua maneira lacônica, constrangido por estar sendo alvo de tantas atenções. Caminhava apoiado nas muletas, com a perna esquerda dobrada e rígida, o pé no ar. O ferimento lhe ardia: o corpo todo lhe doía e ele tinha uma desagradável sensação de febre. A viagem até ali fora tão dura como a própria guerra. Eram quinze homens imundos e doentes amontoados numa carroça. Um morrera no caminho, outro estava agonizando. Tinham tomado chuva e passado fome na estrada.

Ondina não dizia palavra. Chorava mansamente, sem ruído e já nem mais se dava o trabalho de enxugar as lágrimas. Florêncio, que tanta saudade sentira de sua terra naqueles anos de ausência, agora nem sequer olhava para as casas. Era como se temesse encará-las, como se elas fossem pessoas e lhe pudessem fazer alguma pergunta embaraçosa. Quando chegou à praça, fez alto e olhou primeiro para a figueira e depois para o Sobrado. Lá estava o casarão com sua fachada caiada a reverberar a luz da tarde. Florêncio sentiu um aperto no coração. Lembrou-se de Bolívar, de Bibiana, de Luzia e todo o passado pareceu cair sobre ele como cinza fria. Uma pergunta se lhe formou no espírito: chegou a descerrar os lábios para a formular, mas conteve-se em tempo. Era melhor não remexer naquelas coisas... Continuou a andar.

Os filhos o esperavam à frente da casa. Juvenal, Maria Valéria e Alice...

Florêncio parou a alguns passos deles sem saber que fazer nem dizer. Estava contrafeito, como se defrontasse estranhos. Olhava as três caras morenas e tristes que o miravam com expressão bisonha. Teve ímpetos de apertá-los todos num longo abraço, de beijar-lhes os rostos muitas, muitas vezes. Mal, porém, nasceu esse desejo, uma vergonha antecipada desse gesto o congelou. Continou parado, olhando... Mas precisava dizer alguma coisa. Ia perguntar: "Se portaram direito quando o papai não estava em casa?", quando Ondina falou:

— Peçam a bênção.

Primeiro veio Juvenal. Tinha quase quatorze anos e um ar oblíquo de bugre. Beijou a mão do pai e ergueu para ele os olhos muito pretos e lustrosos. Florêncio pousou a mão na cabeça do filho e disse:

— Deus te abençoe e guarde, Juvenal.

Depois veio Maria Valéria, que ele achou magra e alta demais para seus nove anos.

— A bênção.

Florêncio sentiu na mão os lábios úmidos e frescos da menina.

— Deus te crie pro bem, minha filha.

Quando chegou a vez de Alice, a criança rompeu a chorar, agarrou-se à saia da mãe, gritando:

— Esse homem não é meu pai! Não é meu pai! Não é meu pai!

Desconcertado, Florêncio lançou um olhar patético para Ondina e entrou em casa de cabeça baixa, arrastando as muletas no chão.

2

Na manhã seguinte foi com a mulher ao cemitério levar flores aos túmulos dos pais, que haviam morrido ambos de bexigas pretas pouco antes de ele partir para a guerra. Ficaram longo tempo em silêncio a olhar para as duas sepulturas rasas. O cemitério estava completamente abandonado. Ervas cresciam por entre os túmulos, os muros de pedra caíam aos pedaços e joões-de-barro tinham feito seus ninhos no telhado do jazigo da família Amaral.

Eram dez horas e o sol brilhava num céu limpo. Florêncio olhava para as duas cruzes e pensava nos pais. Mas era a imagem do velho Juvenal que ele guardava na memória com mais nitidez. Sua mãe já era tão apagada mesmo em vida, a coitada! Na cruz estava escrito: *Juvenal Terra*, 1803-1864. *Paz à Sua Alma*. Sim — refletia Florêncio — paz era o que o Velho sempre desejara. Era um homem direito que gostava de viver em paz com as outras criaturas e com sua consciência. Nunca tinha feito mal a ninguém, era trabalhador, cumpria suas obrigações, não era homem de violências, mas quando era necessário brigar, brigava mesmo. Deus tinha feito bem em levar o casal na mesma semana. Agora ali estavam os dois, lado a lado, descansando na terra onde tinham nascido, na terra que haviam cultivado e amado. E Florêncio pensou: um dia hei de vir descansar aqui. E a Ondina também. E mais tarde até as crianças. E os filhos dos meus filhos...

Uma grande pergunta de repente cresceu dentro dele. Para quê? Para que tudo isso? Para que tanta trabalheira, tanta doença, tanta desgraça, tantas andanças, tanta aflição? Para que, se um dia a gente vem parar mesmo numa cova de sete palmos onde fica servindo de comida aos bichos da terra?

Apoiado nas muletas, Florêncio olhava fixamente para a sepultura do pai e lembrava-se agora daqueles dias horríveis do ano de 64, quando a bexiga grassava em Santa Fé. O primeiro caso tinha aparecido num rancho no fim da rua da Independência, e depois se alastrara por toda a vila. Sua mãe fora das primeiras a serem atacadas: ficara com a garganta cheia de pústulas e só podia se alimentar de leite, às colherinhas. O rosto da coitada tinha ficado completamente preto e as solas de seus pés começaram a cair assim como casca de marmelo cozido. O dr. Viegas mandava conservar os doentes num quarto escuro completamente fechado. O velho Juvenal foi atacado em seguida e morreu sufocado em menos de vinte e quatro horas. Como tinha sido duro e cruel aquele fim de ano! E quando a cidade começava a convalescer da peste, chegou a notícia de que havia arrebentado a guerra. E algumas pessoas emendaram o luto pelos parentes mortos de peste com o luto pelos parentes mortos na guerra. A casa dele, Florêncio, havia sido milagrosamente poupada pela doença. E, no dia em que partiu para o Paraguai, ele disse à mulher:

— Deus não me matou de bexiga decerto pra me matar na guerra. Ninguém foge à sua sina.

Mas Deus também não consentira que ele morresse na guerra. E agora ali estava ele, decerto aleijado para todo o resto da vida. Procurava interessar-se de novo pelas pessoas e pelas coisas, mas não conseguia. Queria pensar em plantar, em criar gado, em recomeçar a vida de qualquer modo, mas não sentia a menor vontade de trabalhar, só queria ficar parado, calado, pensando, lembrando-se das coisas do passado, e concluindo sempre que nada, nada mais valia a pena. Nem mesmo quando olhava para a mulher e para os filhos que agora estavam lá em casa quase nus, comendo pouco e mal, nem quando pensava no futuro da família sentia ânimo para lutar. Tinha passado o diabo naquela guerra, onde não só se morria varado de bala, de baioneta ou lança, mas também de tifo e de câmara de sangue. Tinha visto coisas de arrepiar. E a ideia de que com suas próprias mãos matara outros homens — pessoas que ele nem conhecia e que antes não lhe tinham feito nenhum mal — deixava-o perturbado, com a sensação de ter cometido vários crimes. Trazia ainda nas ventas o cheiro da guerra: suor de homem e de cavalo misturado com cheiro de pus, de podridão e morte. Não se livrara ainda das muquiranas que trouxera das trincheiras e dos acampamentos. Muitas vezes, naquelas terras estrangeiras, quando conseguia repousar por algumas horas entre um combate e outro, ficava deitado de costas no chão, olhando para o céu, pensando em Santa Fé, na sua casa, na sua gente, nas campinas ao redor da vila, imaginando como seria bom voltar, dormir de novo numa cama limpa, comer um bom churrasco numa mesa decente, tomar um banho no lajeado do Bugre Morto, conversar com os parentes e os amigos. Que era que ele estava fazendo ali no meio daquela soldadesca, com a carabina ao lado, esperando e temendo que o clarim de repente rompesse num toque a rebate? Nessas horas lhe vinha um desejo enorme de desertar. Mas em seguida envergonhava-se só de pensar naquilo. Só um covarde seria capaz de fazer uma coisa daquelas, uma traição tão grande aos companheiros. Pensando melhor, acabava achando que era preciso mais coragem para desertar do que para continuar pelejando. Finalmente dormia, porque o cansaço era grande. E muitas vezes em sonhos se via a si mesmo voltando para Santa Fé, conversando com Bolívar debaixo da figueira ou então caminhando como uma alma penada pelos corredores infindáveis dum casarão.

Desde sua chegada Florêncio ainda não falara no Sobrado. Era um assunto que sempre evitava. Desde o dia da morte de Bolívar ele nunca mais pusera os pés naquela casa. Havia, porém, uma coisa que ele ardia por perguntar à mulher. Ondina ali estava a seu lado, calada, arrumando as flores sobre as duas sepulturas.

Deixando o olhar fugir por cima do muro de pedra na direção do horizonte, Florêncio perguntou:

— Vassuncê entrou alguma vez no Sobrado quando eu estava na guerra?

Ondina continuou muda a mexer nas flores.

— Não ouviu o que lhe perguntei?

— Ouvi — respondeu ela, levantando-se, limpando as mãos no vestido mas evitando encarar o marido.

— Esteve ou não?

— Estive.

— Mas não devia.

— Ora, Florêncio, tia Bibiana vivia me chamando.

— Mas não devia.

— Ela mandou me chamar tantas vezes que no fim eu já nem tinha mais desculpas pra dar.

— Não é por causa da tia Bibiana. É por causa da outra.

— A outra nem vi. Sempre que eu ia lá, estava fechada no quarto.

— Foi melhor assim.

Ondina apanhou do chão um toco de vela e começou a limpá-lo distraidamente na ponta da saia, ao mesmo tempo que perguntava:

— E vassuncê? Não vai visitar tia Bibiana?

— Ela sabe que não boto os pés naquela casa.

Ondina olhou para o marido e disse:

— Vassuncê está ficando cada vez mais parecido com o seu pai.

— Com quem mais eu havia de estar parecido? Quem me dera que eu fosse como ele. Meu pai era um homem de bem.

Por um rápido momento Florêncio teve a impressão de que Juvenal Terra o estava escutando, e isso o deixou um pouco desconcertado, pois ele sabia que, se havia coisa que o Velho detestasse, era que lhe fizessem elogios assim à queima-roupa.

Saiu a visitar outras sepulturas, e, ao ver a própria sombra no chão — um homem de muletas com a perna dura e o pé no ar —, começou a pensar em que talvez no futuro ele viesse a ser conhecido na vila como "Florêncio Pepé". Anteouvia cochichos: "Lá vai o Florêncio Pepé. Foi na Guerra do Paraguai, coitado! Uma bala no nervo". Lembrava-se dum tipo de sua infância, o Joca Madureira, que tinha uma perna mais curta que a outra. Muitas vezes ele e Bolívar, trepados na figueira e escondidos entre seus ramos, viam o homem atravessar a praça rengueando e gritavam: "Joca Pepé!". Joca voltava-se para todos os lados, não enxergava ninguém mas gritava, cuspindo-se de raiva: "Pepé é a mãe".

Florêncio parou diante da sepultura de Bolívar Cambará. Era toda de alvenaria e tinha em vez de cruz uma estátua de mármore, uma mulher de asas — um anjo — tocando lira. Florêncio sempre achara aquilo uma ostentação de que Boli não havia de gostar. Além disso, aquela estátua parecia Luzia... Era por isso que agora Florêncio fazia o possível para não olhar para o anjo: lia apenas a inscrição na lápide de granito. Mas a inscrição também lhe dava um certo mal-estar, porque era um epitáfio em verso, feito por *ela*. Com todas aquelas coisas em cima, o pobre do Bolívar estava mais morto do que se repousasse numa sepultura rasa.

Florêncio começou a lembrar-se de outros tempos. Viu crianças brincando debaixo da figueira grande, seus pés de menino esmagavam figos verdes no chão, a fumaça cheirosa duma fogueira de ramos secos subia para o céu. Viu também o lajeado, ouviu o rumor da água, sentiu cheiro de sabão preto e de mato. Bolívar nadava em largas braçadas, fazendo muito barulho. "Vamos jogar uma carreira!", gritou. "Bamo!" E perto dele, num contraste, surgiu o corpo negro e lustroso do Severino...

Florêncio teve a sensação de que todos os amigos que possuía no mundo estavam mortos. Pior que isso: tinham-se matado uns aos outros. Meu lugar também é aqui no cemitério — pensou. Eu também estou morto. Teve vontade de dizer à companheira: "Vá pra casa, Ondina. Eu fico, porque o meu lugar é aqui". Mal, porém, pensou essas palavras, a imagem do pai se lhe desenhou no espírito e ele lhe ouviu a voz descansada e grave: *Quando a seca é grande não há nada como tocar fogo no pasto ruim pra que venha o bom*. Era assim que Juvenal Terra costumava falar quando lhe acontecia alguma desgraça. Ele não desanimava nunca, estava sempre pronto a recomeçar.

Florêncio suspirou, olhou para a mulher e convidou:

— Vamos pra casa?

3

No dia seguinte, por volta das três da tarde, Florêncio foi visitar o dr. Carl Winter, que agora morava numa meia-água na rua dos Farrapos, na quadra que dava para a praça da Matriz. Fazia muito calor e o médico, que havia pouco despertara da sesta, recebeu-o completamente nu, e só depois de cumprimentar o visitante é que se lembrou de amarrar na cintura uma toalha de algodão. Florêncio estranhou que o alemão não lhe fizesse as perguntas habituais sobre a guerra. Notou também que o dr. Winter envelhecia e que já havia fios brancos em suas barbas e cabelos ruivos.

— Sente-se, sente-se — disse o médico, mostrando uma cadeira. — Toma um mate?

— Aceito.

— Heinrich Heine!

Do fundo da casa surgiu um negrinho de canela fina, cabeçorra oval e grandes olhos de jabuticaba.

— Senhor!

— Vá fazer um mate. *Schnell!*

— *Jawohl.*

O moleque fez meia-volta e tornou a desaparecer.

Florêncio estava admirado.

— Ele fala mesmo alemão? — perguntou.

— Não. Só sabe dizer *sim senhor.*

— E como é mesmo o nome dele?

— Foi batizado como Sebastião. Mas eu o chamo Heinrich Heine.

Florêncio olhou para o médico sem compreender. Tinha a vaga suspeita de que o homem não estava muito bom do juízo.

Winter acendeu um cigarro de palha, lançou um olhar enviesado para Florêncio e explicou:

— Heine é o nome dum grande poeta alemão. — Apontou para um volume encadernado em couro que estava em cima da mesa. — Foi o homem que escreveu aquele livro. Se eu tivesse um filho, poria nele o nome de Heinrich Heine em homenagem a um dos meus poetas favoritos. Como não tenho, dou esse nome a meu escravo.

Meio confuso, sem saber que dizer, Florêncio remexeu-se na cadeira e observou:

— Pelo que vejo, o doutor até agora não quis saber de casamento...

Winter começou a coçar a coxa peluda.

— Dá muito trabalho, Florêncio, dá muito trabalho.

— É. Há pessoas que são contra.

O dono da casa sentou-se, de pernas muito abertas, os braços cruzados sobre o tórax onde se via o relevo das costelas. Ficou fumando em silêncio e a perguntar a si mesmo se a visita de Florêncio era de caráter social ou profissional.

— Que fim levou a Gregória?

Winter fez um gesto vago.

— Entrou na fresca noite.

— Como?

— *Kaputt.* Morreu. — E para si mesmo recitou baixinho: — *"Der Tod, das ist die kühle Nacht".*

— Que foi que o senhor disse?

— Nada. Estava recitando um verso de Heine sobre a morte.
— Ah...

Florêncio achava um pouco difícil entrar no assunto que o levara à casa do médico. Sempre lhe fora desagradável pedir e muito mais desagradável ainda colocar-se numa situação de inferioridade perante outro homem. Não era orgulho: era... nem mesmo ele sabia quê.

Puxou um pigarro, agarrou as muletas que tinha posto horizontalmente sobre as coxas, e começou:

— Doutor, eu vim pra vosmecê dar uma olhada na minha perna.

— Que é que há com a sua perna? — perguntou Winter sem olhar para o outro.

— Como vosmecê sabe, fui ferido num combate, e fiquei com a perna encolhida e dura.

— E que é que quer que eu faça?

Florêncio ficou chocado com essas palavras, o sangue lhe subiu ao rosto, as orelhas lhe arderam; e por um instante, perturbado, não achou as palavras de que precisava. Por fim, tartamudeou:

— Bom. Queria que vosmecê me examinasse... pois é. Pra me dizer se há esperança...

Winter levantou-se e caminhou para o outro.

— Deixe ver.

Florêncio arregaçou as calças até acima do joelho, que estava envolto em ataduras. Winter acocorou-se ao lado dele e começou a desfazer as ataduras. Ficou longo tempo olhando o ferimento, apalpando a perna e fazendo perguntas ao paciente. Depois ergueu-se, foi até a gamela e começou a esfregar as mãos com sabão de pedra, sem dizer palavra. Florêncio esperava.

— Então, doutor?

Winter meteu os dedos pelas barbas e coçou o queixo.

— Não precisa mais usar esses panos. A ferida está cicatrizada.

Florêncio olhava o outro bem nos olhos.

— Será que vou ficar com a perna dura pro resto da vida, doutor?

Winter continuava a coçar o queixo sem dizer palavra, lançando olhares enviesados para a perna do outro.

— Talvez não fique bem como antes — disse, ao cabo de alguma reflexão. — Mas com um pouco de exercício sua perna vai ficar quase boa. É preciso fazer umas massagens. Vou ensinar a dona Ondina como se faz.

O moleque entrou com a cuia e a chaleira d'água quente, entregou-as ao amo e retirou-se sem fazer o menor ruído.

Winter encheu a cuia d'água e deu-a a Florêncio, que começou a chupar na bomba melancolicamente. Estaria o doutor dizendo aquelas coisas só para o animar? Ou poderia ele mesmo um dia caminhar sem muletas?

— Experimente andar sem muletas, só com um bastão. Faça força para endireitar a perna, mesmo que doa. E procure caminhar, caminhar bastante.

Winter começou a andar dum lado para outro, e, quando Florêncio lhe viu as nádegas muito brancas, recobertas dum pelo fulvo, ficou tomado dum certo constrangimento e temeu — ele mesmo não sabia ao certo por quê — que alguém entrasse naquele momento e os visse em tão grotesca situação.

Passou a cuia para o outro. Winter começou a tomar o seu mate. Estava agora dominado pelo hábito do chimarrão, que sempre achara *eine grosse Schweinerei*, uma grande porcaria.

Florêncio ardia por saber como iam as coisas no Sobrado, mas não queria principiar o assunto. Como se estivesse a ler-lhe os pensamentos, o outro perguntou:

— Já viu dona Bibiana?

— Não. Vosmecê sabe que não entro naquela casa.

— Sei. Mas vai continuar sempre assim?

— Não há nenhuma razão pr'eu mudar.

— Há muitas. Uma delas é que o menino precisa de sua amizade.

— Mas não acha que o que aconteceu é bastante pr'eu nunca mais botar os pés no Sobrado?

Winter deu um tapa no vácuo.

— *Ach!* Isso aconteceu há muito tempo.

— Foi ontem, doutor.

— Pois acho que vosmecê devia quebrar seu orgulho...

— Não é orgulho.

— Que é então? Teimosia?

— É vergonha.

— Vergonha de quê? Vosmecê não vai pedir nada. Vosmecê não tem do que se envergonhar.

— Aquela mulher... — principiou Florêncio, mas não pôde continuar.

O que ele na verdade sentia não podia dizer a ninguém. Winter terminou a frase duma maneira para o outro inesperada e chocante.

— Aquela mulher não tem vida pra muito tempo!

— Como assim?

— Um tumor maligno no estômago! — exclamou o médico, quase com raiva.

Às vezes perdia a paciência com aquela comédia provinciana que de quando em quando queria tomar o caráter de tragédia. Não era também muito tolerante para com suas rudes personagens, que não podiam compreender certas sutilezas da vida. E desforrava-se delas falando-lhes com uma franqueza que às vezes chegava a ser brutal.

Florêncio ficou silencioso por um instante. E depois:

— Ela sabe? — perguntou.

— Sabe.

— Vosmecê falou franco? Disse que ela tinha vida pra pouco tempo?

— Disse. Uma mulher como Luzia tem mais coragem que muito homem que conheço.

— E *isso* não tem cura?
— Não.
— Nem em Porto Alegre? Nem na Corte?
— Não.
— Tia Bibiana também sabe de tudo?
— Sabe.
— Que é que ela diz?
Winter encolheu os ombros angulosos.
— Nada. Que é que podia dizer?
Florêncio brincou um instante com as muletas, pigarreou, meio embaraçado, e depois perguntou:
— Como é que elas vivem naquela casa, doutor?
— Odiando-se.
— Mas como é que duas pessoas que se odeiam assim podem viver debaixo do mesmo teto?
— Estão jogando uma carreira.
— Como?
— Sim, uma carreira. Não em cancha reta, mas numa cancha cheia de curvas. A raia da chegada é a morte. Só que nessa carreira quem chegar primeiro perde...
— Perde?
— O Sobrado e o menino.
Florêncio olhou para o médico com olhos vazios.
— Vosmecê me desculpe, mas não compreendo.
— O que mantém aquelas duas mulheres juntas na mesma casa é a esperança que uma tem de que a outra morra primeiro.
— Não acredito, doutor, vosmecê me desculpe, mas não acredito.
— Por quê?
— Tia Bibiana não é capaz duma coisa dessas.
Winter soltou uma risada seca e falsa.
— Sua tia é capaz de muito mais coisa do que vosmecê imagina. Ela odeia a nora com a mesma força com que amava o filho.
— E a nora odeia ela! — retrucou Florêncio, como se estivesse num duelo de sabre e revidasse um golpe do adversário com outro golpe imediato e igualmente vigoroso.
— Exatamente!
— Mas eu não compreendo então por que ela continua no Sobrado.
— Muito simples. Se ela deixa o Sobrado, perde o neto. Pense bem, Florêncio. Se Luzia morrer, o problema se resolve. Dona Bibiana fica com o menino e com o Sobrado e pode assim governar os dois como bem entender.
Florêncio sacudia a cabeça com obstinação.
— Vosmecê está enganado. Tia Bibiana é uma mulher de bom coração.
— Dona Bibiana é uma mulher prática. Aguinaldo Silva tomou a terra do pai dela por meio duma hipoteca. Ela recuperou a terra por meio dum casamento.

De novo Florêncio sentiu um formigueiro no corpo, um ímpeto de erguer-se e começar a gritar desaforos. Mas conteve-se. Aquele homem branco, magro, estrangeiro e nu desconcertava-o um pouco. Se um compatriota seu lhe tivesse dito aquelas mesmas palavras, ele já estaria de faca desembainhada, pronto para brigar. Mas o diabo do doutor tinha um jeito de dizer as coisas... Limitou-se a retrucar:

— Vosmecê está só imaginando...

— A coisa é tão clara que só não vê quem não quer.

— Não acredito.

— Vosmecê *não quer* acreditar. Porque tem medo. E sabe por quê? — Aproximou-se tanto de Florêncio que este sentiu no rosto o hálito morno do médico e o seu cheiro de desinfetante. — É porque, se acreditar nas coisas que estou lhe dizendo, vosmecê acabará se desiludindo de todo o mundo. Há quase quatorze anos vosmecê perdeu Bolívar, o seu melhor amigo. Depois perdeu seu pai, o único homem que vosmecê respeitava e admirava de verdade. Só lhe resta agora dona Bibiana, que vosmecê sempre se habituou a ver como uma mulher decente, de bom coração, incapaz dum sentimento de maldade. Agora não quer matar a sua última ilusão e por isso se esforça para não acreditar.

Winter calou-se, fez meia-volta e foi até a janela dos fundos da casa. Por que dissera aquelas coisas brutais? Estava torturando o pobre homem. Florêncio era uma alma simples, acreditava que as pessoas podiam ser ou absolutamente más ou absolutamente boas. Tinha um código rudimentar e rígido de comportamento e dispunha duma única medida para avaliar as criaturas. Voltara da guerra inválido, estava desiludido, cansado e triste. Era uma malvadeza dizer aquelas verdades a uma pessoa em tal estado de espírito e de corpo. Mas já agora Winter não via mais jeito de parar. Andava amargurado, cansado daquela vida e impaciente até consigo mesmo. Toda vez que pensava em deixar Santa Fé e voltar para a Alemanha ou para qualquer outra parte da Europa, surpreendia-se a sentir uma preguiça invencível, uma abulia que acabava chumbando-o àquela terra cuja gente ele aborrecia e em certos momentos chegava a odiar — àquela terra absurda que apesar de tudo o prendia poderosamente, como pela ação dum sortilégio maléfico. Desabafava em suas cartas a von Koseritz. Seu *lieber Baron* agora era uma figura pública importante, escrevia belos artigos em português, fazia jornalismo, metia-se em política e interessava-se pelas colônias alemãs — das quais era uma espécie de maioral. Seu amigo Carlos von Koseritz: que ele não vira mais depois do primeiro encontro em 1851, era praticamente a única pessoa com quem ele podia desabafar. Acontecia, porém, que numa conversa epistolar o "interlocutor" não está presente, não pode fornecer a resposta ao pé da letra, a fim de animar a polêmica, de avivar a discussão. Ali em Santa Fé, Winter se ressentia da falta de bons interlocutores. Discutia com o padre, e para exasperá-lo exagerava seus pontos de vista ateus. O dr. Nepomuceno envelhecia e estava envolto numa tão espessa carapaça de estupidez, que suas farpas irônicas nem lhe chegavam a arranhar a pele. O dr. Viegas, o pobre dr. Viegas, que fora trazido a Santa Fé para combater o cólera-morbo e acabara estabelecendo-se na cidade, era duma burrice dolorosa: desperdiçar ironias com ele seria, para usar uma expressão da Província, "gastar pólvora em chimango". Winter sentia agora uma necessidade permanente de agredir, e sua arma de agressão mais contundente era a franqueza, a verdade. Dizer verdades desagradáveis tinha-se-lhe tornado ultimamente um hábito que lhe valia muitas inimizades e desconfianças. No entanto os clientes continuavam aparecendo: os colonos de Nova Pomerânia e de Garibaldina não queriam saber do dr. Viegas.

Florêncio permanecia num silêncio reflexivo. O que o dr. Winter acabara de dizer era a pura verdade. Ele admirava a tia, tinha-a como uma dessas mulheres raras. Era-lhe difícil acreditar que ela realmente tivesse feito o filho casar com Luzia só para se apoderar do Sobrado. Sentia que era seu dever replicar ao doutor com veemência, defender tia Bibiana. Mas não encontrava argumentos.

Foi Winter quem falou primeiro:

— Vosmecê está enganado se pensa que por ter procedido assim sua tia se revelou uma mulher má. Não! Ela é, sem a menor dúvida, uma mulher prática. Não só recuperou as terras de seu pai, que o nortista espoliou, como também garantiu o futuro do neto. Licurgo agora é o dono do Sobrado e do Angico.

Florêncio suspirou de leve.

— Mas o preço foi muito caro.

— Nem sempre se pode fazer pechinchas com a vida, meu amigo — retrucou o médico, tornando a encher a cuia d'água.

— Como vai o Licurgo? — perguntou Florêncio depois duma longa pausa.

— Não viu ainda o menino?

— Não. Ele e a tia Bibiana andam agora lá pelo Angico.

— Licurgo está quase um homem.

— Só no tamanho?

— Não. Em tudo. Um homem segundo o conceito que vosmecês nesta província fazem de homem.

— Sempre tive medo da criação desse menino. Por causa da mãe.

— Não se impressione. Quem toma conta dele é a avó.

— E a mãe?...

— Sei lá!

— E o Curgo gosta muito dela?

Winter fez um gesto evasivo.

— É difícil dizer.

Winter já notara que Bibiana e Florêncio nunca pronunciavam o nome de Luzia. Era como se a palavra fosse um ácido que lhes corroesse a língua.

— Será que o menino percebeu que a mãe é... é uma mulher doente?

— Quem sabe? Agora é que ele está chegando à idade de compreender melhor as coisas.

— É impossível que ele não tenha notado que a avó e a mãe não se falam, não se gostam.

— A verdade é que Licurgo está demasiadamente interessado na estância para se preocupar com outros assuntos. Luzia nunca vai ao Angico e o rapaz passa lá todo o verão e boa parte do outono em companhia da avó. Vem no inverno para estudar. É possível que nem tenha percebido nada. No fim de contas, a gente desta terra não é lá muito conversadora...

— Mas mais cedo ou mais tarde o Curgo vai compreender tudo, descobrir o que houve entre a mãe e o pai. Há muita gente malvada no mundo. Alguém pode contar...

— A própria avó pode encarregar-se disso.

Florêncio recebeu essas palavras como uma bofetada.

— Vosmecê não tem direito de dizer uma coisa dessas.

Winter avançou resoluto dois passos na direção do outro e, tirando a bomba de prata da boca, perguntou:

— E por quê?

— Porque tia Bibiana não é capaz de tamanha maldade.

— Um dia ela será obrigada a isso.

— Obrigada?

— É a carreira, Florêncio! Vosmecê sabe que há corredores que são capazes de tudo pra ganhar a carreira...

Florêncio sacudia a cabeça, relutando em aceitar o ponto de vista do alemão.

— Olhe, preste atenção no que lhe vou dizer. Dona Bibiana vive atormentada, roída de medo. Tem medo que esta guerra dure mais três ou quatro anos e o Licurgo acabe se apresentando como voluntário. Vosmecê reparou no que isso significa? Se Licurgo morre, acabam-se os Cambarás. Licurgo é para sua tia a continuação de Bolívar, assim como Bolívar era a continuação do capitão Rodrigo. Se Licurgo morre, tudo se acaba para ela.

Mudou de tom.

— Heinrich Heine! — berrou. E, quando o negrinho apareceu com ar assustado, o médico disse: — A água esfriou. Vá aquentar mais. *Schnell!*

Tornou a encarar Florêncio:

— O outro medo não é menor e faz sua tia perder muitas noites de sono. É o medo de que Luzia um dia resolva vender o Sobrado e o Angico e mudar-se com o filho para a Corte.

— E vosmecê acha que ela pode fazer isso?

— Agora não, porque está doente, não tem parentes, e o filho está ainda muito novo para tomar conta dela.

— E mais tarde, quando o Curgo ficar homem?

— Mais tarde, talvez. Mas tudo vai depender da espécie de homem que Licurgo sair. Acredito que, criado pela avó, ele não pensará nunca em se desfazer do Sobrado nem do Angico.

— Essa é a minha esperança.

Houve um silêncio. Winter olhou para a sua estante, que estava agora cheia de livros alemães e franceses que ele encomendara do Rio de Janeiro. Entre o mundo de que tratavam aquelas obras e o mundo de Florêncio, havia uma distância abismal, que não se media só em espaço, mas também e principalmente em tempo.

— Doutor... — principiou Florêncio, pigarreando. — Ouvi falar umas coisas...

— Que coisas?

— Um tal major que anda por aí...

— Sim... — Winter olhou com o rabo dos olhos para o interlocutor.

— Estiveram me contando que ele anda apaixonado pela... por... pela mãe do Curgo.

— Pode ser.

— Dizem que vai muitas vezes visitar ela no Sobrado e que ficam horas e horas conversando...

— É verdade.

— Quem é ele, doutor?

— Um tal major Erasmo Graça, do Rio de Janeiro. Por quê?

— Eu só queria saber. — Pausa. — Que é que anda fazendo por aqui?

— Veio tratar dumas requisições do governo. É um homem muito insinuante e simpático. Tem uma comenda da Ordem da Rosa e dizem que é valente como um leão.

Winter pronunciou essas últimas palavras num tom de paródia. Florêncio ficou por alguns segundos calado e depois:

— Vosmecê acha que ela gosta dele? — perguntou.

— Não sei. Mas se gostar não é de admirar. O major Graça é um homem e tanto.

— Mas não será que ele está interessado mais no dinheiro dela do que nela mesma?

— Não creio. Luzia é uma mulher capaz de inspirar paixões, não acha?

E, ao fazer esta pergunta, Winter olhou firme nos olhos do outro. Florêncio piscou, tomado dum mal-estar. Quem estava nu agora era ele, completamente nu... Desviou os olhos e prosseguiu:

— Se eles casarem.

— Esse é outro medo que rói as entranhas da velha — interrompeu-o o médico. — O medo de que Luzia venha a casar-se. Nestes últimos anos apareceram vários homens que foram ao Sobrado e ficaram apaixonados por ela. Dona Bibiana andou pisando em brasas todo o tempo.

— E o senhor acha que agora há perigo dela se apaixonar por este?

— Francamente: acho.

— Mas é uma barbaridade!

— Barbaridade? Por quê? Luzia tem apenas trinta e cinco anos e está viúva há quase quatorze. Não vejo nada de mau em que ela se case. Não será a primeira viúva a dar esse passo.

— Mas é uma injustiça! Por causa do menino...

Winter encolheu, os ombros como a dizer: "Seja como for, o problema não é meu".

Florêncio ergueu-se e de novo apoiou-se nas muletas.

— Bom, doutor, vou andando.

Winter acompanhou-o até a porta.

— Faça bastante exercício e mande sua mulher fazer-lhe massagens na perna.

Junto da porta Florêncio ainda perguntou:

— Quando é que ele vai embora?

— Ele quem?

— O tal major.

— Dentro duns cinco ou seis dias.

— Ainda bem. Volta pra guerra?

— Volta. Não se apoquente. Pode ser que ele morra ou então que *ela* morra. Deus é grande.

E foi empurrando o outro para a rua com certa impaciência.

4

Aos quinze anos Licurgo Cambará era já um homem. Usava faca na cava do colete, fumava, fazia a barba e já tinha conhecido mulher. Estudava história e linguagem com o dr. Nepomuceno, aritmética e geografia com o vigário, e ciências com o dr. Winter. O resto — que para ele era o principal — aprendia com a própria vida, com a peonada do Angico e principalmente com o velho Fandango, o capataz. O português que o dr. Nepomuceno lhe ensinava era um idioma estranho que muito pouco tinha a ver com a língua que se falava no galpão e na cozinha da estância. Fandango achava que o conhecimento da aritmética não fazia nenhuma falta às pessoas. Tinha uma teoria própria sobre as quatro operações. "O homem trabalhador", dizia ele, piscando o olho, "soma; o preguiçoso diminui; o sábio multiplica e só o bobo divide." Nunca frequentara escola, e no entanto era capaz de, numa passada d'olhos, dizer quantas cabeças de gado havia numa tropa.

Geografia? Fandango tinha toda a geografia da Província na cabeça. Desde meninote vivia viajando, conduzindo carretas, fazendo tropas, e não havia cafundó do Rio Grande que ele não conhecesse tão bem como as palmas de suas próprias mãos. Sabia onde ficavam as aguadas, onde os rios davam vau, onde havia melhor pasto ou melhor pouso. Parecia não existir em todo o território do Continente rancho, estância, povoado, vila ou cidade onde ele não tivesse um conhecido. "Até as árvores e os bichos me conhecem por onde passo", gabava-se ele.

Certa vez no galpão, meio por caçoada e meio a sério, um peão lhe perguntou:

— Por onde é que a gente sai pra ir pra tal de Europa?

Fandango olhou primeiro para a direita, depois para a esquerda, fechou um olho, ergueu o braço na direção do norte e disse com ar de entendedor:

— Sai-se aqui direito por Passo Fundo.

História? Fandango sabia as melhores histórias do mundo: casos de assombração, lutas de família, guerras, duelos, lendas... Com dezesseis anos vira sua primeira guerra, e era por isso que costumava dizer: "Dês que me conheço por gente ando brigando com esses castelhanos".

Os livros de história falavam em generais, governadores, lugares, datas e coisas difíceis de entender. Curgo achava mais fácil acreditar nos "causos" de Fandango, que se referiam a gente e lugares conhecidos ali da Província. "César conquistou a Gália", lia o dr. Nepomuceno. Curgo escutava-o sem o menor interesse; ficava porém, de olho aceso e atenção alerta quando o velho Fandango se acocorava ao pé do fogo e começava uma história: "Pois diz-que uma vez o Xaxá Pereira resolveu ir visitar um compadre que ele tinha na Soledade...". As conquistas de Napoleão Bonaparte descritas pelos livros e comentadas pelo juiz de direito empalideciam ante as proezas de Bento Gonçalves narradas por Fandango.

Curgo gostava mais das aulas do dr. Winter que das do padre ou das do dr. Nepomuceno. O vigário tinha um cheiro azedo e uma voz desagradável. O outro — pobre do velho! — cochilava durante as lições e limitava-se a ler com sua voz arrastada o que estava escrito nos livros.

O dr. Winter era diferente. Nunca ficava parado dentro de casa com o aluno. Levava-o a passear pelo campo, explicava-lhe que a Terra era redonda como uma laranja e achatada nos polos. Apontava à noite para as estrelas e dizia-lhes os nomes e as distâncias a que se encontravam da Terra. E, quando dava lições de botânica, era mostrando plantas de verdade e não apenas as gravuras dos livros. Tinha uma magnífica lente de cabo de madrepérola com a qual fazia o aluno examinar flores e folhas, talos de relva ou gomos de laranjas e bergamotas. De que são feitas as nuvens? Por que é que quando a gente solta um livro que tem na mão o livro cai? Como é que a água se transforma em gelo? Por que é que existem o dia, a noite e as estações do ano? O dr. Winter explicava todas essas coisas a Licurgo, que as achava fantásticas, impossíveis — "invenções de estrangeiro pra fazer a gente de bobo". Sempre que ia para o Angico o rapaz pedia a opinião do capataz sobre os ensinamentos do alemão.

— Patacoadas! — exclamava Fandango. — Patacoadas! Estrangeiro é bicho besta. Esses negócios que aparecem nos livros são bobagens. Não hai nada como a experiência do indivíduo. Pra ver se vai chover esses doutores da mula ruça olham numa engenhoca parecida com um relógio. Gaúcho não precisa disso.

Ele sabia ver sinais de chuva no cheiro do vento ou no jeito das nuvens. Havia um certo lado do céu — o poente — que ele chamava de chovedor, pois quando as nuvens preteavam para aquelas bandas, era chuva na certa. Existiam ainda outras maneiras dum campeiro prever o tempo sem precisar olhar naquelas geringonças de gringo.

Havia um ditado que Fandango repetia com frequência no inverno: "Geada na lama, chuva na cama". Um dia Curgo perguntou:

— Por que "na cama", Fandango?

— Pra rimar, hombre.

Em suas muitas andanças guerreiras pela Banda Oriental, e principalmente depois duma famosa viagem que fizera a Concepción do Paraguai — aonde fora levar uma tropa de mulas —, Fandango incorporara a seu vocabulário vários termos castelhanos. Nunca dizia homem, mas sim *hombre*; em vez de chapéu usava *sombrero*, e empregava com frequência palavras como *despacito*, *calavera*, *muchacho*, *temprano*...

Às vezes, para mangar com Curgo, quando o menino lhe perguntava se ia chover ou não, o velho gaúcho olhava grave para o céu, consultava as nuvens e respondia: "Céu pedrento, chuva ou vento...". Fazia uma pausa breve, soltava sua risadinha seca e acrescentava: "ou qualquer outro tempo".

Quando andavam os dois pelo campo sob a soalheira e, sentindo sede, ficavam a buscar ansiosamente uma aguada, Fandango fazia o cavalo parar e começava a fungar com força, cheirando o vento. Ao cabo de algum tempo dizia:

— Tem água perto. E é pr'aquele lado!

Dirigiam-se para o lado indicado e encontravam água.

— Como é que tu sabes essas coisas? — admirava-se Curgo.

O outro respondia:

— Sou índio velho mui vivido.

Fandango estava chegando à casa dos sessenta, mas era um homem vigoroso e desempenado, e tinha mais resistência para o trabalho do que muitos dos peões mais moços do Angico.

Para Licurgo, Fandango era uma espécie de oráculo — o homem que tudo sabe e tudo pode. Um peão era um peão, uma pessoa que hoje podia estar aqui e amanhã na estrada ou no galpão de outro estancieiro. Mas com Fandango a coisa era completamente diferente. O velho se achava mais preso às terras do Angico do que aquelas árvores que tinham raízes profundas no chão. Desde que nascera, Curgo se habituara a ver o capataz ali na estância, como um elemento mesmo da paisagem. Era inconcebível o Angico sem Fandango ou Fandango sem o Angico.

Um dia numa aula o dr. Winter dissera a Curgo algo que o deixara intrigado. Com uma pequena bússola de bolso na mão, o médico falava do globo terráqueo e dos polos.

— Sua vida, Curgo — disse ele —, oscila entre dois polos magnéticos: Fandango e dona Bibiana.

O que o capataz do Angico e sua avó tinham a ver com a bússola foi coisa que Curgo não pôde nem procurou compreender. O doutor às vezes parecia que não era muito bom do juízo!

Era José Fandango um homem de estatura meã, pele tostada de sol, olhinhos pretos e pícaros metidos no fundo de órbitas ossudas, bigodes e barbicha grisalhos, e bochechas dum corado de goiaba madura. Tinha uma voz de cana rachada, que lembrava muito o palrar dum papagaio, e que ficava pastosa quando o velho comia carne gorda e falava de boca cheia.

Costumava ele resumir seus gostos e desgostos numa frase que já corria mundo: "Três coisas hai nesta vida que me fazem muito mal: mulher velha, noite escura e cachorrada no quintal".

Seu nome verdadeiro era José Menezes, mas quando mocinho era tão grande sua fama de trovador e bailarim, que os amigos acabaram por dar-lhe o apelido de Fandango. A alcunha pegou de tal modo que ele resolveu adotá-la como nome. Viúvo, sua família se resumia no filho, conhecido por Fandango Segundo, e num neto, o Fandanguinho, rapazola de treze anos e "amigaço" de Licurgo.

Era voz geral que "onde está o Fandango tem sempre fandango". Quando lhe perguntavam de onde vinha e quem eram seus pais, o capataz respondia em verso:

Eu não tenho pai nem mãe,
Nem nesta terra parentes.
Sou filho das águas claras,
Neto das águas correntes.

Mas os versos de que Fandango mais gostava de recitar continham, por assim dizer, uma declaração de princípios:

Índio velho sem governo,
Minha lei é o coração.
Quando me pisam no poncho,
Descasco logo o facão,
E se duvidam perguntem
À moçada do rincão.

Era verdade. Ninguém duvidava disso. Contavam-se proezas de Zé Fandango. Duma feita, quando moço, tinha acabado um baile a facão. Como a filha do dono da casa se recusasse a dançar com ele, Fandango sem se perturbar lhe gritara: "Não é a primeira égua que me nega estribo". Um irmão da moça estava perto e puxou a adaga. "Fechou o tempo", contava Fandango. "A primeira coisa que fiz foi dar um pontapé no candeeiro. Daí por diante brigamos no escuro." Dizia-se também que de 35 a 45 Fandango fizera coisas do arco-da-velha como oficial de lanceiros dos farrapos.

O prato que ele mais apreciava era arroz com guisado de charque — arroz de carreteiro —, e sua sobremesa predileta: canjica com leite. Para Licurgo era dia de festa na estância quando o velho resolvia ir para a cozinha preparar a comida.

Num dia de inverno, depois do almoço, Fandango ficara a tomar sol sentado no portal da casa do Angico. Curgo aproximou-se dele e perguntou:

— Lagarteando, não, Fandango?

E o gaúcho respondeu:

— O sol é o poncho do pobre, hombre.

Curgo gostava dos ditados do capataz. Para tudo tinha um provérbio. Uma vez uma china solteira da estância apareceu grávida e todos ficaram curiosos por saber quem era o pai da criança. Um dos peões perguntou:

— Fandango, quem foi que emprenhou a Dica?

O velho gaúcho fechou um olho, encarou o interlocutor e respondeu:

— Vaca de rodeio não tem touro certo, menino.

Tinha também ditados misteriosos, cujo sentido Curgo não conseguia penetrar:

— A pedra grande faz sombra, mas a sombra não pesa nada.

Um dia o rapaz perguntou:

— Que é que quer dizer isso?

— Quando vassuncê for mais velho vai compreender sem ninguém explicar. Agora é mui temprano.

Em sua vida andarenga Fandango conhecera muita gente em muitos lugares. Tinha uma memória prodigiosa, nunca esquecia nomes, datas, caras ou pormenores. Uma noite no galpão do Angico, quando os peões e um forasteiro conversavam e pitavam ao redor do fogo, alguém perguntou:

— Que fim levou o Mané Tarumã?

— Foi morto por um cunhado no Poncho Verde — respondeu o capataz.

— E o tio dele, o Antônio Tarumã?

Fandango pensou um pouco e depois informou:

— Foi degolado em 68 pela gente do Joca Brabo.

— E aquele tropeiro de olho torto... como era mesmo o nome dele?

— O Mingote Fagundes?

— Isso!

— Foi morto por um gaiteiro num baile. Deixe ver... Faz uns dois anos.

O estranho — um tropeiro paulista que escutara a conversa em silêncio — observou:

— Pelo que vejo por aqui ninguém morre de morte natural...

Fandango cuspiu no fogo e replicou:

— É meio difícil, moço. Mas alguns morrem...

Com Fandango, Curgo aprendeu sobre as plantas coisas que os livros não ensinavam e o dr. Winter parecia ignorar.

— O melhor pasto pro gado é a grama rasteira ou o capim-mimoso. Capim-limão não presta. Pé-de-galinha e milhã? Só pra gado manso. E Deus me livre dum campo de barba-de-bode!

— Está vendo aquele umbu ali? — perguntou um dia o gaúcho ao menino, quando este tinha apenas oito anos.

— Estou. É muito lindo.

— Pois o umbu é como certas pessoas: só estampa.

— Por quê, Fandango?

— Porque a madeira não vale um caracol.

Curgo sacudiu a cabeça. O capataz prosseguiu:

— Agora, tu quer ver madeira bem boa mesmo? Pega o cambará ou o angico...

Licurgo sorriu com certo orgulho. Seu nome era Cambará; Angico era o nome de sua estância. Todas essas coisas lhe davam uma sensação de firmeza, de resistência, de força.

— E depois, menino, não é só a madeira. Folha de cambará ou de angico é muito bom pra tosse.

E ensinava-lhe outros remédios. Urinas presas? Chá de erva-de-touro. Prisão de ventre? Batata baririçó. Fraqueza do peito? Agrião. Lombrigas? Mastruço. Contra mordida de jararaca? Trazer em qualquer parte do corpo um toco de cipó-mil-homens.

— Conheci um carreteiro — contou Fandango noutra ocasião — que estava com os dentes frouxos. Queria ir ao dentista mas eu disse pra ele: "Não faça isso! Não bote fora o seu dinheiro. Tome um chá de molho". O homem tomou e ficou bom.

Fandango ensinava também a Licurgo coisas a respeito dos bichos.

Para descobrir o sexo dum terneiro que ainda não nasceu, a gente examina a cauda da vaca que está para dar cria; se sua ponta for aguda, vem macho; se for arredondada, vem fêmea.

— Matar corvo — explicou Fandango — traz má sorte, porque esse bicho tem parte com o diabo. Arma que mata corvo fica estragada, não para de verter água. Devemos também respeitar o joão-de-barro, muchacho, porque foi ele que ensinou o homem a fazer casas de barro. Depois, esse bichinho todas as manhãs acorda o gaúcho com seu canto.

— E tu sabe duma coisa, Curgo? João-de-barro é um passarinho mui engraçado. Nunca trabalha nos domingos. E quando a companheira dele morre, tu sabe o que ele faz? Empareda ela dentro de casa. Pois é. Não presta matar joão-de-barro. Traz desgraça.

— E bem-te-vi?

— Onde tu enxergar um bem-te-vi, traca uma pedrada nele. O lo bicho simberguenza! É um passarinho amaldiçoado por Deus, porque quando a Virgem Maria fugiu pro Egito com o Menino Jesus, os judeus saíram atrás dela. A Virgem se escondeu, os judeus iam passando sem enxergar nada, mas o diabo do passarinho começou a gritar: "Bem-te-vi! bem-te-vi!". E ainda por cima soltou uma risada.

— E coruja?

— Não presta matar coruja. Ela limpa o campo de cobra e de outros anicetos. Mas coruja também traz mau agouro. Quando canta de noite perto da casa da gente é pra anunciar a morte duma pessoa da família.

— E grilo?

— Não se deve matar. Traz prejuízo de dinheiro ao matador.

— E sapo?

— Também não presta. Traz chuva.

— Então o que é que presta?

— Matar correntino quando ele passa a fronteira pro lado de cá.

Fora também com Fandango que Curgo aprendera a nadar, laçar, curar bicheira e parar rodeio. Mas de todos os conhecimentos que o velho lhe transmitira os de que Licurgo mais se orgulhava eram os que se referiam aos cavalos. O rapaz os absorvera através de aulas práticas, durante viagens, rodeios e domas em que ele observava de perto as manhas e hábitos dos cavalos, as peculiaridades de cada raça e de cada pelo. Depois, nas conversas de galpão e nas horas de folga, Fandango lhe dava por assim dizer as aulas teóricas, em geral resumidas na forma de ditados que corriam de boca em boca por toda a Província, nascidos da experiência de gaúchos anônimos em dezenas de estâncias.

Se Licurgo perguntava ao capataz sobre as qualidades dos cavalos tostados, ele fechava um olho, mirava o menino por algum tempo e sentenciava:

— Tostado? Antes morto que cansado.

— E tordilho, Fandango?

— N'água é melhor que canoa.

— E baio?

— Se encontrares um viajante na estrada com os arreios nas costas, pergunta logo: "Onde ficou o baio?". — E, sempre que prevenia os outros contra as traições dos cavalos desse pelo, acrescentava: — Uma vez, lá pras bandas de São Sepé um baio me deixou a pé.

Ninguém nunca ficou sabendo se a coisa tinha acontecido mesmo "pras bandas de São Sepé" ou se Fandango escolhera esse povoado só por causa da rima.

Havia outros conselhos que Licurgo não esquecia: "Se tens pela frente viagem larga, não faças pular teu ca'alo. Sai no tranquito até o primeiro suor secar; depois ao trote até o segundo; dá-lhe um alce no terceiro e terás ca'alo pro dia inteiro".

Quando certo dia Licurgo teve de escolher um cavalo para seu uso, aproximou-se de Fandango e perguntou:

— Que pelo vou escolher?

Fandango estava picando fumo para fazer um cigarro. Tinha a palha enfiada atrás da orelha, a perna direita dobrada em repouso, o peso do corpo sobre a esquerda, o busto um pouco inclinado para a frente, o olhar vago posto nos largos horizontes do Angico. Ficou por um instante calado, como se não tivesse ouvido a pergunta. As partículas de fumo caíam-lhe no côncavo da mão. Com as abas do sombrero quebradas na frente, o sol a bater-lhe em cheio no rosto, Fandango ali estava na frente da casa da estância, imóvel como um tronco de árvore. E, quando Licurgo ia repetir a pergunta, o velho lhe deu a resposta. Falava descansadamente, escandindo bem as sílabas, dum jeito quadrado e meio seco. E o que ele disse foi um resumo de sua experiência pessoal:

— Não te fies em tobiano, bragado ou melado. Pra água, tordilho. Pra muito, tapado. Pra tudo, tostado.

Diante desse conselho, Licurgo ficou indeciso. O velho, porém, sorriu, acrescentando:

— Mas ca'alo é como gente. Uma pessoa tem seus dias bons e seus dias ruins, não tem? Pois com o ca'alo se dá o mesmo. Tudo é bom e tudo não presta.

Dentre os outros conselhos que Fandango lhe dava com relação aos cavalos havia um de que o rapaz gostava particularmente: "Doma tu mesmo o teu bagual. Não enfrenes em lua nova, que ele fica babão. Não arreies na minguante, que te sai lerdo".

Aqueles homens do campo costumavam fazer comparações entre o cavalo e a mulher. Fandango aconselhava aos peões que casassem com moças conhecidas, se possível com meninas que eles tivessem visto crescer. E aplicava o ditado: "Cria perto de teu olhar a potranca pro teu andar".

— Com mulher sardenta e cavalo passarinheiro — prevenia também —, alerta, companheiro!

Pelas quadras populares e pelas modinhas que ouvia recitar ou cantar, Licurgo aprendera a classificar as mulheres de acordo com o "pelo". Concluía que as morenas eram mais constantes que as claras, e que as ruivas eram geniosas e as de cabelo preto, sinceras:

Vou escolher uma dona
No rebanho das formosas,
Escolherei trigueirinhas,
As claras são enganosas.

"Mulher, arma e cavalo de andar", lembravam elas, "nada de emprestar."

Mas, para aqueles violeiros e cantadores, a mulher era principalmente uma tirana:

Eu amei uma tirana,
E ela não me quis bem, ai!

Passei pela tua porta
Dei de mão na fechadura;
E não me quiseste abrir,
Coração de pedra dura.

Nunca vi mulher bonita
Ter cabelos no nariz,
Nunca vi mulher alguma
Ter constância no que diz.

Licurgo ouvia essas cantigas e rimas e ficava pensando. Era engraçado... As mulheres que ele conhecia estavam longe de merecer aquelas quadras. Eram quietas, trabalhadoras, sérias, mal ousavam erguer os olhos para os homens que não fossem seus maridos ou parentes muito chegados. Decerto as "tiranas" falsas de que falavam tais versos eram as mulheres de cidade grande. E, por mais que se esforçasse, sempre que ouvia quadras e modinhas sobre mulheres malvadas que tinham desgraçado a vida de homens, ele não podia deixar de pensar na mãe. E ficava perturbado.

Muitas vezes pensara: "Quando eu fizer vinte e dois anos, me caso". Havia na vila algumas meninas que ele achava bonitas, embora não chegasse a gostar de verdade de nenhuma delas. A avó vivia a dizer-lhe que um homem para ser bem completo tem de casar e ter filhos, muitos filhos. Os trovadores do galpão, porém, recomendavam:

Todo o homem quando embarca
Deve rezar uma vez.
Quando vai à guerra duas.
Quando se casa, três.

Fosse como fosse, ele teria ainda muitos anos para pensar em casamento. A lida da estância enchia-lhe as horas e os pensamentos. Mal anoitecia, Curgo ia para a cama cansado e dormia sono solto até o amanhecer do dia seguinte. Mas, em certas noites em que lhe vinha um desejo de mulher, ele acabava encilhando o seu cavalo para ir até o rancho da china Rosa. Voltava de lá de madrugada ao trote do animal, ouvindo os grilos, mirando as estrelas e saboreando seu cigarro de palha.

Aos quinze anos Licurgo Cambará era já um homem.

5

Muitas vezes, olhando os campos do Angico de cima do seu cavalo ou da porta da casa da estância, e pensando que eram suas aquelas terras que iam muito além do ponto até onde a vista alcançava, Licurgo sentia inflar-se-lhe o peito numa sensação de orgulhoso contentamento. Isso às vezes chegava a tirar-lhe o fôlego. Os *meus* campos, os *meus* peões, a *minha* cavalhada, o *meu* gado... O rapaz enchia a boca e o espírito com essas palavras e com o mundo de coisas que elas implicavam.

Gostava da vida campestre, e quando estava no Angico não tinha nunca um minuto sequer de aborrecimento. Despertava antes de raiar o dia, pulava da cama e ia para a mangueira, levando uma guampa com bocal de prata onde a avó mandara gravar seu nome. Os galos cantavam, como se quisessem acordar o sol com sua balbúrdia. Licurgo tinha um prazer especial em caminhar descalço sobre a grama ainda úmida de sereno. Empoleirava-se depois nos troncos da mangueira e gritava para a escrava que ordenhava as vacas:

— Buenos dias, Luciana!

— Bom dia, sô Curgo — resmungava a preta.

Seus dedos escuros apertavam as tetas da brasina ou da malhada: o leite esguichava no balde com um rufar de tambor. Como era bom ficar ali vendo o horizonte clarear aos poucos e aspirando os cheiros da mangueira — esterco úmido, leite morno, pelo de vaca.

Depois de beber duas ou três guampas de leite, quando o sol começava a apontar por trás da coxilha do Coqueiro Torto, Curgo ia para o galpão comer um churrasco malpassado nas brasas, seguido dum amargo bem quente. A essas horas já o gado mugia, os passarinhos cantavam nos cinamomos, à frente da casa, e os quero-queros andavam a gritar pelo campo.

Começava então a faina do dia e Curgo acompanhava Fandango e a peonada que saíam a percorrer as invernadas. Sabia laçar, parar rodeio, marcar, e seu maior sentimento era o de não saber domar potros, pois a avó não lhe dera ainda permissão para aprender. Temia que ele rodasse do bagual, quebrasse a cabeça e morresse "como aconteceu com o falecido seu bisavô". Como o rapaz vivesse insistindo, ela prometia com certa relutância:

— Quando vassuncê fizer dezoito anos eu dou licença.

Curgo voltava do campo com o sol já a pino; vinha com uma fome tão grande que se sentia capaz de devorar um boi. Segundo Fandango, era ele "um garfo de respeito". Comia com prazer e muitas vezes, de olho contente diante dum bom churrasco de costela ou duma sopa de mocotó, filosofava: "Uns comem pra viver, outros vivem pra comer, mas eu como porque gosto". A avó sorria e murmurava: "Puxou ao avô. Pra o Rodrigo, comer era mesmo que uma festa". Entre os pratos prediletos de Licurgo estavam o arroz de carreteiro, o matambre, a morcilha e o fervido. Uma vez por semana mandava fazer uma feijoada com bastante toicinho, linguiça e charque, e esfregava as mãos quando via a panela fumegando na mesa. Nessas ocasiões desprezava os outros pratos e comia feijoada até empanturrar-se. Por fim, "pra feijoada não sentar mal", bebia um copo de cachaça. Erguia-se da mesa "empachado", lerdo, sonolento, com a impressão de ter engolido um tijolo, e atirava-se na cama como um peso morto, para uma sesta longa de sono inquieto, do qual despertava com a boca amarga, a cabeça dolorida, irritado e infeliz. Quando, porém, chegava a hora do jantar, já estava pronto para limpar várias costelas de assado, e mais um prato ou dois de mondongo com farinha ou guisadinho com abóbora. Nunca deixava de tomar, após cada refeição, uma tigela de leite com marmelo cozido ou milho verde. Suas sobremesas favoritas eram pessegada e rapadura com queijo.

"O Curgo não é homem de festas", costumava observar Bibiana. E não era mesmo. Quando se via obrigado a ir a algum fandango, não se misturava com os outros, preferia ficar olhando os pares de longe. E olhava-os dum jeito esquisito assim como se estivesse reprovando o que via.

— Cai na dança, lorpa! — gritava-lhe Fandango, que não perdia marca.

— Me deixa — respondia o rapaz, esquivando-se.

Quando via os homens sapateando e rodopiando ao compasso da chimarrita, da tirana ou do tatu, ficava tomado dum certo mal-estar, como se dançar fosse coisa indigna de macho. Por outro lado, encarava também com desconfiança e má vontade as jovens dançadeiras, e prometia a si mesmo nunca se casar com mulher que ao dançar meneasse as cadeiras, requebrasse o corpo.

Nas raras vezes em que os outros conseguiam arrastá-lo a festas onde havia jogos de prendas entre moços e moças, ele ficava a um canto, arredio, observando tudo de carranca cerrada, com olhos tristonhos e graves.

Certa noite, numa dessas festas, Fandango deu-lhe um empurrão cordial, perguntando:

— Por que não vai brincar com as muchachas?

Ele sacudiu a cabeça, soturno, fazendo que não.

— Tu é mesmo um bagualão!

Repetindo um ditado que ouvira no galpão, Curgo procurou justificar-se:

— Com mulher só brinco na cama — resmungou.

Mas não era verdade: nem na cama brincava. Quando se deitava com as chinas — a Rosa, a Belinha, a Índia Nenê —, era sem alegria. Não as acariciava, nem pedia carícias. Tratava-as com rispidez, dando a entender que estava pagando e não pedindo favores. Fornicava com uma mistura de sofreguidão animal e a gravidade meio ressentida de quem está contrariado por "precisar dessas piguanchas". Quando se despedia delas não ajuntava nem o esboço dum sorriso aos patacões com que lhes "pagava o serviço".

No entanto a hora de parar rodeio, a de curar bicheiras, de carnear, eram para ele momentos de festa. Gostava de montar a cavalo e sair a galope pelo campo, só pelo puro prazer da corrida. Nessas horas ria, gritava, cantava, era feliz. Noutras ocasiões, quando contemplava os coxilhões verdes que cercavam a casa do Angico e pensava que tudo aquilo lhe pertencia, ficava tomado duma profunda e plácida alegria. E seu grande sonho era ter um dia mais campo e mais gado que os Amarais.

Embora Bibiana lhe tivesse proibido meter-se em carreiras, quase todos os domingos ele levava seus parelheiros para correr em cancha reta com cavalos das estâncias lindeiras do Retiro e do Rincão Bonito. Não raro essas carreiras davam em briga, e duma feita Curgo se pusera a discutir acaloradamente com um homem que devia ter o dobro de sua idade. Num certo momento o interlocutor lançou-lhe um olhar de desdém e disse:

— Cala essa boca, guri.

Curgo ficou vermelho e retrucou, meio engasgado:

— Eu te mostro quem é guri.

Tirou a faca da bainha e precipitou-se para cima do outro. Mais tarde, a caminho do Angico, queixou-se:

— Se tu não tivesse apartado a briga, Fandango, eu furava o bucho daquele patife.

— Furava coisa nenhuma! — troçou o capataz. — Tu te borra todo quando vê sangue.

Aquilo, claro, era uma brincadeira do velho, pois Curgo estava acostumado a ver sangue. Na primeira vez que vira abaterem uma rês, tinha ficado pálido, tonto, e com engulhos. Mas depois se fora aos poucos habituando àquilo. Agora ele próprio sangrava bois e até já gostava de cheiro de sangue. Foi por isso que, quando um touro bravo furou com uma chifrada os intestinos dum peão do Angico, ele pôde ajudar Fandango a botar as tripas do homem para dentro da barriga sem sequer pestanejar. Era também por isso que, quando ia caçar bugios no capão da Onça e os via cair no chão ensanguentados, com os corpos furados de chumbo, não ficava nem um pouco impressionado. Fosse como fosse, tinha de ir-se habituando àquelas coisas, porque, se a guerra com o Paraguai durasse mais dois anos, ele tencionava apresentar-se como voluntário.

Licurgo gostava muito da casa da estância, embora ela não pudesse comparar-se com o Sobrado... Muito menor, de um andar só, não tinha soalho nem vidraças nas janelas. No entanto, sentia sempre um alvoroço quando, ao chegar da vila, avistava aquela casa comprida, de três portas e oito janelas, lá no alto da coxilha, e branquejando por trás dum renque de cinamomos copados. E de todas as peças dessa casa uma das que ele mais gostava era a cozinha, onde às vezes ia conversar com as negras, que lhe contavam histórias belas e terríveis da África — uma África que nada tinha a ver com a dos livros de geografia do pe. Otero.

Outro dos grandes prazeres do rapaz — e um dos que mais o prendiam ao Angico — era o de tomar parte nas conversas do galpão à noite, depois do jantar. Reuniam-se os peões ao redor do fogo e ficavam a contar histórias. Eram "conversas de homem", quase sempre em torno de cavalos, jogo, mulheres, duelos, revoluções, heróis e bandidos. E através dessas conversas Licurgo ia como que absorvendo os artigos do código de honra daquela gente — um código que não fora escrito mas que tomava corpo, fazia-se visível em milhares de exemplos e casos que andavam de boca em boca. Segundo esse código, um homem para ser bem macho precisava ter barba e vergonha na cara. Ter vergonha na cara significava possuir uma cara limpa em que nunca nenhum outro homem tivesse batido. "Se um homem te esbofetear, mata o canalha no sufragante." Ter vergonha na cara significava também nunca faltar à palavra empenhada, custasse o que custasse. Contava-se que na Província se faziam grandes transações a crédito em que, em vez de assinar uma letra, o devedor dava ao credor um fio de barba, o qual para aqueles homens de honra valia tanto como um documento selado com firma reconhecida por um tabelião.

Licurgo orgulhava-se de saber que o avô e o pai tinham tido morte digna de homem: lutando de arma na mão. Era assim também que ele queria morrer quando sua hora chegasse.

Uma noite no galpão, como se falasse em homens valentes e generosos, Fandango tocou no ombro de Curgo e disse:

— Ouve esta, que te interessa, menino. Passou-se com teu avô, o finado capitão Rodrigo Severo Cambará.

— Tu te lembra bem dele, Fandango? — perguntou o rapaz.

— Me lembrar não me lembro, porque nunca nos encontramos. Mas foi tua avó, dona Bibiana, que me contou o caso.

Fandango fez uma pausa para tomar um gole de mate. Um dos peões pediu:
— Que venha a história!
Fandango cuspiu no fogo e começou:
— Pois diz-que o capitão Rodrigo tinha um inimigo, um tal de Mário Leite, que le tinha feito uma safadeza muito grande. Brigaram numas carreiras e só não se mataram a bala porque houve quem apartasse. O capitão chegou em casa furioso e disse pra mulher: "Estou com aquele sujeito atravessado na garganta. Onde eu encontrar ele, palavra de honra, meto-lhe o rebenque na cara". Dona Bibiana não disse nada. Ela nunca dizia nada. Pois um dia o capitão Rodrigo passava a ca'alo por uma estrada e vai então de repente ouve um barulho perto dum caponete, olha e vê dois bandidos armados de adaga atacando um homem que se defendia com o cabo do rebenque. O pobre do cristão ia recuando na direção dum valo, estava malito mesmo. O capitão esporeou o ca'alo, chegou-se perto dos peleadores e viu que o que brigava sozinho era nem mais nem menos que o seu inimigo, o tal de Mário Leite. Vejam só como são as coisas. Apeou ligeiro, já de adaga desembainhada, e entrou na briga, gritando: "Cobardes! Atacarem um homem desarmado. E dois contra um!". Disse isso e atirou-se pra cima dos bandidos a golpe de adaga, como quem vai matar cobra. Os bandidos se assustaram e meteram o pé no mundo. O capitão enfiou a adaga na bainha, montou a cavalo e, sem olhar pro outro, sem dizer uma palavra, foi-se embora.
Fandango fez uma pausa e depois rematou a história:
— Eram assim os homens de antigamente.
Era assim o meu avô — pensou Curgo. E ficou olhando reflexivamente para o fogo.
Havia também histórias de bandidos famosos. Dentre elas a favorita de Licurgo era a do Zé Viau.
— Esses bandidos valentes e pícaros do tempo antigo estão se acabando — lamentou Fandango noutra noite. — Onde é que se encontra hoje em dia um homem como o Zé Viau? Andava de flor no peito, sombrero de aba quebrada na frente, barbicacho nos queixos e espada na cinta. Vivia desafiando os milicos e era homem de entrar a cavalo num bolicho e levar duas chinas na garupa!
Contava-se que por volta de 1830 aparecera por São Borja um cidadão francês, um certo Jean Viaud, que se dizia médico formado por uma academia de Paris. Era um belo homem de maneiras fidalgas, barbas ruivas, olhos azuis e mãos de moça. Costumava viajar pelas estâncias, curando gentes e bichos e recebendo como pagamento dos seus serviços não só dinheiro como também galinhas, porcos, roupas ou objetos para seu uso pessoal. Uma noite o francês pernoitou na estância dos Belos, dormiu com a donzela da casa e no dia seguinte foi embora. Dois meses depois, quando descobriram que a moça estava grávida, seus irmãos obrigaram-na a dizer o nome do sedutor e puseram-se a campo para descobrir o paradeiro do infame. Encontraram-no finalmente em Rio Pardo, deram-lhe uma sova de rabo--de-tatu em praça pública, trouxeram-no maneado para a estância e fizeram-no casar com sua vítima. O casamento realizou-se em sigilo, com a presença apenas

dos pais e dos irmãos da noiva. A criança nasceu dali a sete meses, mas o dr. Jean Viaud, de belos olhos azuis e mãos de moça, parece que achou o casamento um peso excessivo para seus ombros delicados. Um dia fez a mala às escondidas, montou a cavalo e fugiu. Nunca mais ninguém ouviu falar nele. Os cunhados encolheram os ombros e disseram: "O mal foi reparado. É até melhor que esse diabo não apareça mais. Seja como for, a criança tem um pai". Era um menino e haviam-lhe dado o nome de José. Cresceu na estância, guapo e vivo. Com o correr do tempo os Belos perderam sua fortuna e o menino criou-se ao deus-dará. Aos quatorze anos fugiu de casa, e dizem que andou fazendo contrabando na fronteira com a Argentina. Aos dezoito matou o seu primeiro homem. Parece que gostou, pois aos vinte já tinha cinco mortes nas costas. Aos poucos suas proezas começaram a ser contadas em toda a Província. Ora, como ninguém lhe pronunciava direito o nome — pois, em vez de viô, diziam viau — o jovem bandido ficou sendo conhecido por Zé Viau, nome que correu mundo e ganhou fama.

Fandango remexeu no fogo com um pau.

— Hai uma história dele que é mui linda — disse. — Conhecem?

Ninguém falou: todos ficaram esperando, pois sabiam que o capataz havia de contá-la, mesmo que eles dissessem que a conheciam.

— Diz-que uma vez o Zé Viau matou um homem em Uruguaiana, e se bandeou para a República Argentina. Os parentes do morto juraram que não descansavam enquanto não matassem o Zé Viau e deixassem ele estaqueado no meio da praça.

Fez uma pausa e perguntou:

— Vassuncês sabiam que quando a gente bota uma moeda na boca dum homem que foi assassinado, o criminoso volta ao lugar do crime? Pois é. Enterraram o homem com uma moeda de tostão na boca. Passou-se um tempinho e um dia qual não foi a surpresa dum bolicheiro de Uruguaiana quando viu o Zé Viau entrar na casa dele, todo lampeiro, de flor no peito, arrastando as chilenas no chão. O coitado ficou branco de medo e começou a gaguejar e olhar pra todos os lados. "Viu alguma alma do outro mundo, patrício?", perguntou o bandido. O bolicheiro contou a história da moeda. Zé Viau fechou a cara e indagou: "Então eles enterraram aquele cachorro com uma moeda na boca? Espera um pouco". Saiu da venda, montou a cavalo, foi ao cemitério, desenterrou o defunto, tirou a moeda da boca dele, voltou pro bolicho, atirou ela em cima da mesa e gritou: "Um tostão de cachaça, amigo!". Quando o bolicheiro compreendeu a coisa, ficou verde.

Houve risadas. Fandango arreganhou os dentes, sacudiu a cabeça e disse devagarinho:

— O Viau tinha boas!

Naquele dezembro de 69 d. Bibiana veio passar dois dias na estância, e, quando voltou para Santa Fé, decidiu levar consigo o neto. Curgo ficou sombrio.

— Eu não quero ir, vovó.

— É só por uns dias.
— Mas por que é que a senhora não fica até o fim do verão?
— Não posso.
— Mas por que é que não pode?
— Tenho o que fazer no Sobrado.

O que ela tinha a fazer em casa não podia contar a ninguém: era vigiar a nora. Aquele maldito maj. Erasmo Graça frequentava o Sobrado, estava perdido de amores por Luzia. Sempre que o homem aparecia, Bibiana plantava-se também na sala de visitas, sentava-se numa cadeira e ali ficava, de mãos no regaço, calada, mas sem tirar os olhos do major. Era preciso não deixar aqueles dois sozinhos, não dar ao forasteiro tempo de se declarar. Assim vigiados, eles se viam forçados a conversar sobre coisas que nada tinham a ver com amor ou casamento. Agora Bibiana aproveitara uma ausência temporária do major para vir até o Angico, porque lhe batera de repente uma grande saudade do neto. Mas era preciso voltar em seguida, pois fora informada de que o "desgraçado" dentro de dois dias estaria de volta a Santa Fé.

— Vamos sair de jardineira, de manhã cedinho — disse ela ao neto. — Arrume as suas coisas.
— Está bem, vó.

Naquela noite Curgo procurou Fandango e contou-lhe suas mágoas.
— Faça a vontade da velha.
— Mas é que eu não gosto de passar o verão na vila!
— Tu tem ainda muito verão pela frente, muchacho, muito verão.

Assim, no dia seguinte, mal o sol rompeu, avó e neto embarcaram na jardineira. Licurgo ia taciturno, de testa franzida. Bibiana mirava-o de soslaio mas não dizia nada. Sabia que o neto tinha sangue de Terra e de Cambará. Não seria por causa do sangue do Rodrigo que ele estava assim de cara fechada, e bico calado. O capitão era homem alegre, conversador e andava sempre bem-disposto. Agora ali na jardineira que ia sacolejando pelas estradas cheias de "costelas" e buracos, Bibiana reparava no quanto Licurgo se parecia com seu próprio bisavô, Pedro Terra. Quando o menino estava "com os burros", o melhor era a gente nem falar com ele. E como um Terra sempre respeitava os silêncios de outro Terra, Bibiana não disse palavra ao neto durante muito tempo. Ficou a conversar com o boleeiro sobre as vacas que iam dar cria, as colheitas e os calores daquele verão.

O sol já estava alto e soprava um ventinho de leste quando eles deixaram os campos do Angico e entraram na estrada real, que era tão má como as da estância. E, como o silêncio de Curgo se estivesse prolongando demais, e como ele no momento em que o boleeiro fechou a porteira lançasse um olhar triste para os campos que ficavam para trás, Bibiana deu-lhe uma palmadinha rápida no joelho e disse:

— Não há de ser nada, Curgo. No mês que vem tu volta.

O rapaz então sorriu um sorriso rápido e meio triste:

— Vosmecê sabe, vovó, o que o Fandango disse quando se despediu de mim?
— Ela sacudiu a cabeça negativamente. — Disse que nem por mil cruzados entrava numa jardineira.
— Ué! Por quê?
— Porque carro é condução de mulher e criança de peito. Gaúcho anda mas é a cavalo.
— Velho desfrutável!

6

Na noite daquele mesmo dia, na sala de visitas do Sobrado, pela primeira vez em muitos meses Licurgo ficou a sós com a mãe. Foi após o jantar: as cinco velas do candelabro estavam acesas em cima do consolo, e Bibiana se encontrava no andar superior a defumar os quartos com incenso.

Sentada junto da mesinha redonda, Luzia tocava cítara para o filho. Os cabelos lhe caíam sobre os ombros cobertos por um xale de seda preta, que lhe acentuava ainda mais a palidez. De vez em quando a dor crispava-lhe o rosto e ela começava a gemer baixinho. Curgo, então, desviava os olhos, todo perturbado. A ideia de que sua mãe sofria, de que tinha um tumor maligno, lhe causava uma grande pena e ao mesmo tempo um grande remorso, pois, embora soubesse que seu dever era mostrar-se carinhoso e paciente para com ela, o que sentia mesmo era uma certa impaciência, uma vontade de fugir da presença "daquela mulher", como se pelo simples fato de não vê-la ela cessasse de sofrer.

Luzia tocava uma barcarola e o rapaz escutava, olhando para os dedos que beliscavam as cordas do instrumento. Agora ele descobria por que era que apesar de gostar do Sobrado não se sentia bem no casarão. Era porque sua mãe dava àquelas grandes salas uma certa frieza de "casa de cerimônia". Ela própria era quase uma estranha para ele. As coisas que lhe dizia o deixavam sempre desconcertado. A voz dela provocava nele uma esquisita sensação de acanhamento, e os sons mesmos do instrumento pareciam sair não daquela caixa chata de madeira, mas da boca de sua mãe. Dum certo modo que Curgo não sabia explicar direito, era como se aquela música triste saísse da ferida que ela tinha no estômago. Curgo tirou o lenço do bolso e passou-o pelo rosto. Pensou em como seria bom sair para a rua, ir para baixo da figueira da praça e ficar lá deitado no chão, sozinho...

Luzia tocava, como que esquecida do filho. Seus seios pontudos e miúdos, que tanto desconcertavam Licurgo, quando desavisadamente fitava os olhos neles, subiam e desciam ao compasso duma respiração lânguida e dolorosa. Curgo sabia que no rego daqueles seios ela guardava uma grande chave dourada — a chave do quarto secreto onde passava horas e horas fechada, fazendo ninguém sabia quê. Ele sempre tivera curiosidade de ver o que havia dentro daquela alcova onde nenhuma outra pessoa entrara depois da morte do seu pai.

Curgo olhou para as mãos de Luzia, que se agitavam sobre a cítara, e pensou em cavalos brancos a galope. Depois alçou os olhos para o rosto dela. Quando a mãe o acariciava, quando passava aqueles dedos frios pelo seu rosto e principalmente quando lhe fazia cócegas no lóbulo da orelha, ele ficava todo encolhido e arrepiado, com um desejo de gritar, de dizer nomes, de fazer uma brutalidade.

Licurgo escutava. Luzia agora sorria para ele. Seus olhos muito graúdos e claros lembravam-lhe o poço da sanga do Angico onde à tardinha ele costumava nadar em companhia do Fandanguinho.

Por fim Luzia deixou cair os braços ao longo do corpo e disse:

— Meu filho, vou tocar uma música e quero que prestes bastante atenção.

Curgo sacudiu a cabeça num assentimento.

Vindo lá de cima chegava até ele o cheiro da defumação, um cheiro triste de igreja. À luz das velas o rosto de Luzia tinha um reflexo alaranjado como o das caras dos peões à noite, ao redor do fogo.

Luzia começou a tocar uma música muito lenta e suave, e, enquanto tocava, sorria um sorriso lento e suave como a música.

— Em que é que estás pensando? — perguntou ela sem parar de tocar.

— Em nada.

— Não. Eu quero saber o que é que a música te evoca.

— Evoca?

— Quero dizer: quando ouves esta música, em que é que pensas?

Curgo ficou um instante com ar reflexivo.

— Na estância.

— A música então te faz pensar na estância?...

— Faz.

— Que parte da estância?

— Todas as partes.

Ela continuava a tocar.

— Não, meu filho. Deve haver uma parte especial. Não há?

— Há, sim senhora.

— Qual é?

— As coxilhas que a gente avista da porta da casa...

— Estás vendo agora esse campo... quero dizer, no teu pensamento?

— Estou.

— Não é uma coisa triste que estás sentindo?

— É, sim.

— Não sentes algo que te aperta o peito?

— Sinto.

A música continuava, calma e melancólica. Curgo agora estava "vendo" as campinas do Angico.

— Estás pensando nesses campos de manhã?... de noite?... ou de tardezinha?

— De tardezinha, assim ao anoitecer.

— É muito triste tudo, não é?

— É.
— Não dá vontade de chorar?
Curgo hesitou por um instante.
— É... dá.
— Não está brilhando uma estrela no céu? É a estrela vespertina...

Licurgo lembrava-se agora duma tarde em que ficara olhando o pôr do sol sentado no portal da casa da estância. Um negro que vinha repontando um rebanho de ovelhas cantava uma toada tristonha, dessas puxadas do fundo dum peito dolorido.

— Presta bem atenção, meu filho. Ouve a música. Agora tua mãe vai te dizer bem direitinho tudo que estás sentindo.

Os cavalos brancos galoparam em cima da cítara. Lá em cima soavam, surdos, os passos de vovó Bibiana. Um cheiro de igreja enchia a casa toda.

Tomara que a vovó desça — pensou Licurgo, olhando de viés na direção da porta do vestíbulo.

Luzia começou a tocar em surdina e a dizer:

— Presta atenção. Estás sentado no portal da casa do Angico. Está ficando noite e tudo é muito triste. A estância está deserta. A peonada foi toda embora, a negrada da cozinha foi embora. Tu estás sozinho, olhando o descampado e pensando... Sabes o que estás pensando? Estás pensando assim. Vivo só no mundo. Tenho quinze anos. Mataram meu pai. Minha avó morreu. Minha mãe vai morrer, está na vila sentada numa cadeira esperando a hora da morte, porque tem um tumor no estômago. Sou um pobre menino sem ninguém no mundo...

A música doce envolvia Licurgo, que se imaginava no Angico, olhando o pôr do sol. As coxilhas cheiravam a incenso.

— Há muitos países, muitas cidades no mundo — prosseguiu Luzia —, e nesses lugares existem muitos meninos que têm pai e mãe, que brincam, que andam de trem, que são felizes. Mas eu estou aqui sozinho, não tenho ninguém...

De olho parado, Curgo fitava as chamas das cinco velas enquanto uma tristeza que lhe parecia sair das entranhas lhe subia pelo peito como uma enxurrada e se lhe trancava aflitivamente na garganta. Engoliu em seco, piscou. Sou homem — pensou: esforçou-se por não chorar mas não pôde. A onda rebentou num soluço, as lágrimas lhe inundaram os olhos, lhe escorreram frescas pelas faces. Ele teve vergonha de enxugá-las, de erguer as mãos e tapar o rosto. Com os olhos sempre fitos no candelabro, continuou a ouvir a música e a ver a estrela do pastor no céu do anoitecer.

De repente a situação lhe foi tão insuportável que ele decidiu fugir. Pôs-se de pé subitamente e saiu quase a correr na direção da porta da rua. Mas, ao passar por perto da mãe, esta agarrou-lhe a mão com força, puxou-o para si, estreitou-o contra o peito e começou a beijar-lhe o rosto, a beber-lhe as lágrimas, a chorar também com ele e a murmurar coisas muito ternas e lamurientas.

— Vou morrer, meu filho, vou morrer. Tu vais ficar, vais esquecer a tua mãe, todos vão esquecer. A vida é triste, meu filho, eu vou morrer.

Apertava o rapaz contra os seios. A chave — pensava Curgo —, a chave dourada. Mas outro pensamento fazia-o esquecer a chave: a ferida... E ele queria acariciar a mãe, dizer alguma coisa, mas seus lábios continuavam apertados, os braços caídos. Por fim, num grande esforço levantou a mão e passou-a desajeitadamente pelo rosto dela: sentiu-o frio e úmido e isso lhe lembrou o rosto dum afogado que uma vez ele tocara. O corpo da mãe era morno e cheirava a essência de rosas. Por cima dos ombros dela Licurgo olhava a sombra de ambos projetada na parede da sala. Luzia apertava o filho contra o peito, e o rapaz tinha medo de machucar com a pressão de seu corpo a ferida do estômago. Pensava em alguma coisa para dizer mas não lhe ocorria nada. Por alguns instantes Luzia ficou acariciando os cabelos do menino e por fim afrouxou a pressão dos braços e começou a falar num cochicho:

— Curgo, quero que prometas uma coisa pra tua mãe. Prometes?

No espírito do menino o velho Fandango ergueu-se e falou: "Não faças promessas no escuro".

Ele não respondeu. Uma lágrima entrou-lhe, salgada, na boca.

— Prometes?

Curgo tinha medo de falar, pois se falasse talvez não lhe saíssem da boca palavras, mas sim soluços. Homem não chora. Homem não chora.

— Prometes?

Luzia sacudia o filho com ambos os braços. Curgo aproximou os lábios do ouvido da mãe e perguntou baixinho:

— Prometer o quê?

— Prometes que não vais passar toda a tua vida aqui em Santa Fé nem no Angico?

O corpo de Licurgo de repente enrijeceu. Ele ficou de músculos retesados numa atitude de defesa, como se de repente tivesse avistado um inimigo inesperado.

— Prometes, meu filho?

Silêncio. Luzia apertou os braços do rapaz com mais força.

— Fala, Curgo!

Agora as unhas dela apertavam as carnes do rapaz. Curgo continuava calado.

— Olha, meu amor, não quero que sejas como esses homens brutos que não sabem ler nem escrever, que vivem como animais, no meio de cavalos e bois. — Calou-se, como que afogada pelas próprias palavras. — Prometes?

Nenhuma resposta. Curgo adivinhava aonde a mãe queria chegar e esperava com uma rigidez de corpo e de espírito.

— O mundo é muito bonito, meu filho. Tem cidades com teatros, circos de cavalinhos, bandas de música! Olha... — E de repente a voz dela ficou quase risonha. — Em Londres uma vez houve uma grande exposição, tu nem eras nascido... Foi num palácio maravilhoso todo feito de vidro e de ferro.

Curgo recusava acreditar naquelas palavras. Palácios de vidro só existiam nos contos da carochinha.

— Um dia nós vamos embora daqui, Curgo. Tu e eu. Os dois juntos. Mãe e filho. Vamos de diligência, depois tomamos um trem e finalmente o vapor... Não tens vontade de conhecer o mar, não tens?

Ele não respondia. Estava vendo as campinas do Angico, escutando a voz dum tropeiro que conhecia o mar e que lhe dissera: "O mar é lindo, mas não troco estas coxilhas nem por tudo quanto é mar deste mundo".

— Não tens? — repetia Luzia.
— Não.
— Não digas isso, meu filho. O mar é uma beleza. O doutor Winter te explicou tudo na aula de ciências. Tem uns peixes muito bonitos, outros muito engraçados. O mar muda de cor, às vezes é verde, outras é azul, outras cor de cinza. Não tens vontade de ver o mar?
— Não.

Luzia afastou o filho de si com um repelão e perguntou, com uma ameaça na voz:

— Não tens?
— Não — repetiu o menino sem olhar para a mãe.

Compreendia que o que ela queria mesmo era tirá-lo do Angico, da companhia da avó, do Fandango e dos peões. A mãe decerto ia mesmo casar com o maj. Erasmo. Agora ele sabia. Era verdade o que murmuravam. E essa descoberta aumentava seu mal-estar e seu sentimento de estranheza para com ela.

Luzia deixou cair os braços. Estava ofegante. Atirou a cabeça para trás e ficou ali com o rosto contorcido de dor.

— Está doendo? — perguntou Curgo.
— Está — balbuciou ela. — Está doendo muito. E tu és o culpado.
— Me desculpe.
— Não desculpo. És um menino muito malvado.

Ele baixou os olhos e começou a chorar de novo, mansamente, deixando as lágrimas pingarem no chão. Luzia contemplava-o, sorrindo.

— Posso ir agora, mamãe? — perguntou ele ao cabo de alguns segundos.
— Ir aonde?
— Passear lá fora.
— Não. Fica aqui.

Só a avó o poderia salvar — pensava Licurgo, agoniado.

— Que é que a senhora quer?
— Conversar contigo. Senta-te.

Ele obedeceu, limpando as lágrimas com a manga da camisa.

— Olha pra mim, Curgo.

Ele fitou os olhos no rosto de Luzia.

— Por que é que não gostas de tua mãe?
— Mas eu gosto!
— Não gostas, não.

Ele tornou a baixar o olhar.

— Olha pra mim. Por que é?
— Eu gosto, mãe. Mas gosto também do Angico, do Sobrado, dos outros...
— Tua avó algum dia te disse que não devias gostar de mim?
— Não.
— Não mesmo?
— Não.
— Juras por Deus?
— Juro.

Luzia de novo entesou o busto, tirou alguns acordes da cítara e começou a tocar uma valsa lenta.

— Se tu tivesses de escolher entre tua mãe e ela, qual era que escolhias? — perguntou, sem interromper a música.

O menino não respondeu. Havia em seus olhos uma expressão de animal acossado.

— Qual era? — repetiu Luzia.
— As duas.
— Mas se um dia eu chegasse e dissesse: "Curgo, tua mãe vai embora. Queres ir com ela ou ficar com tua avó?". Que era que respondias?

No seu espírito Curgo berrava: "Ficar! Ficar! Ficar!". Mas não tinha coragem de dizer aquilo. Se dissesse era quase o mesmo que dar um soco no estômago da mãe. Ela ia morrer. Todos sabiam que não tinha vida para muito tempo...

— Fala a verdade, Curgo. Ias ou ficavas?

Ele olhava para a porta, à procura dum pretexto para sair.

— Mas aonde é que a senhora ia? — perguntou.
— Embora.
— Embora pra onde?
— Pra Corte.
— Mas por quê?
— Pensas então que Santa Fé é o único lugar do mundo onde a gente pode viver?
— Mas foi aqui que eu nasci.
— Pois eu não.
— Aqui é que estão os meus parentes, os meus amigos, tudo.
— Não tenho amigos. Meu único parente vivo és tu. E tu sabes — acrescentou ela, parando de tocar — que, se eu quiser te levar, eu te levo, porque a lei está do meu lado? Tu és meu filho e só tens quinze anos, sabes?

O rosto do rapaz ganhou de repente uma dureza de pedra. Como única defesa fechou-se num silêncio ressentido e feroz. Não diria mais nada, acontecesse o que acontecesse. Luzia pareceu compreender isso e mudou de tom:

— És ainda muito novo, meu filho. Um dia vais crescer e então te lembrarás do que eu te disse. Mas aí será tarde demais, muito tarde. Eu estarei morta e podre debaixo da terra. Mas tu estarás apodrecendo vivo aqui em Santa Fé ou com os animais lá no Angico. Apodrecendo vivo, estás ouvindo?

Curgo não respondia. Tinha no rosto uma tal expressão de horror que, ao chegar naquele momento à porta da sala, Bibiana olhou para o neto e compreendeu o que se estava passando.

— Venha lavar os pés, Curgo — disse ela com voz calma. — Está na hora de ir pra cama.

7

Naquela noite de sábado, quando bateu à porta do Sobrado para sua visita semanal, o dr. Winter se sentia tão bem-disposto e em tamanha paz com o mundo, que começou a assobiar baixinho um minueto de Mozart, marcando o compasso com a ponteira da bengala a bater na pedra do portal. Uma das escravas veio abrir-lhe a porta.

— Boa noite, Natália! — exclamou, tirando o chapéu e fazendo com ele um floreio no ar.

A preta resmungou roucamente um cumprimento, e Winter em duas largas passadas galgou os degraus que levavam da porta ao nível do vestíbulo. Viu em cima do consolo, junto do espelho oval que Aguinaldo Silva garantira haver pertencido a um nobre flamengo dos tempos da ocupação holandesa do Recife, o chapéu do dr. Nepomuceno, o do pe. Otero e o quepe do maj. Graça. Ficou a contemplá-los por um instante, sorrindo. A Justiça, a Igreja e o Exército. Parecia um arranjo simbólico. Achou absurdo que seu surrado chapéu de feltro fosse também ficar ali ao lado dos outros. Que representava ele? Nada. Nem o colono alemão que havia quarenta e tantos anos se estabelecera na Feitoria do Linho-Cânhamo às margens do rio dos Sinos. Era simplesmente um indivíduo, o dr. Carl Winter. E, se quisesse ser bem honesto para consigo mesmo, teria também de chegar à conclusão de que não representava nem mesmo a Medicina. Naquele fim de mundo ele ia de tal modo perdendo contato com a literatura médica, que um dia talvez chegasse a descer ao nível dos curandeiros da terra.

Olhou-se no espelho. Na penumbra do vestíbulo não pôde ver mais que uma silhueta. Atirou o chapéu em cima do quepe francês do maj. Graça — um quepe que lhe lembrava desagradavelmente o de Napoleão III, segundo um retrato a bico de pena que vira reproduzido numa revista — e encaminhou-se para a sala de visitas, onde a conversa começava a acalorar-se. Quando o dr. Winter entrou, fez-se um súbito silêncio.

— Continuem, senhores! — pediu o médico, apertando a mão de Bibiana e depois a de Luzia.

O maj. Graça levantou-se e ficou perfilado. Era um homem alto, de barbas e cabelos castanhos, e estava metido em seu uniforme azul-escuro, de túnica com ombreiras e galões dourados, e calças debruadas duma fita carmesim. Estendeu para o médico a longa mão enérgica, que Winter apertou. O pe. Otero permaneceu sentado, limitando-se a dar ao recém-chegado um boa-noite indiferente. E, como o juiz de direito começasse a erguer-se do fundo de sua cadeira, o dr. Winter apressou-se a dizer:

— Não se incomode, doutor.

Aproximou-se dele e tomou-lhe da mão flácida.

O dr. Nepomuceno perdera a mulher havia dois anos e agora levava uma vida solitária de viúvo sem filhos. A velhice fazia-o mais sonolento e tardo de movimentos.

— Estávamos discutindo — explicou ele ao médico —, o major Graça e eu. É, estávamos discutindo...

Winter sentou-se, cruzou as pernas e disse:

— Pois continuem, senhores.

— Discutíamos a questão Zacarias — esclareceu o major.

Tem uma voz de poeira — pensou Winter. Sim. Ali estava a comparação que ele buscava para descrever a voz do major. Uma voz de poeira, inesperada naquele corpanzil militar: uma voz sem música nem ressonâncias, esfarelada e farfalhante. Tuberculose da laringe? Ou cordas vocais gastas de tanto gritar ordens de comando?

— Senhores — confessou Winter —, não se esqueçam de que em matéria de política nacional, como em quase tudo o mais, sou duma ignorância colossal.

— O que vosmecê acaba de dizer — observou o pe. Otero, balançando-se na sua cadeira — é um sinal de modéstia. No entanto suas opiniões sobre a religião, ciência e filosofia são as dum homem que sabe tudo e que não tem dúvidas sobre coisa alguma deste mundo ou do outro.

Carl Winter soltou uma risada.

— Meu caro vigário — replicou —, não quero com a minha chegada desviar o rumo da discussão. Para encerrar o assunto admito que eu seja um poço de vaidade e presunção. Mas, pelo amor de Deus, esclareçam-me a respeito do caso Ananias!

— Zacarias — corrigiu o dr. Nepomuceno, com um ar de mestre-escola.

Winter olhou para Luzia. Lá estava ela na sua cadeira de respaldo alto, junto da mesinha redonda sobre a qual se achava o estojo da cítara. Tinha no rosto emagrecido a palidez cor de palha que Winter tão bem conhecia. Ali imóvel, toda vestida de escuro, parecia uma figura de cera com olhos de vidro. O sofrimento e a maturidade lhe haviam marcado o rosto, tirando-lhe a dureza de outros tempos, dando-lhe até um certo encanto lânguido e uma dignidade que talvez lhe viesse da vizinhança da morte. Não era coisa agradável para nenhum médico ver um cliente finar-se sob seus olhos sem que ele pudesse fazer alguma coisa para salvá-lo. O mais que Winter conseguia era aliviar-lhe as dores com gotas de beladona. Não se atrevia a dizer-lhe palavras de esperança e conforto porque estava certo de que Luzia não as tomaria a sério. De resto, ela gostava de falar da morte que se aproximava; era com gozo que, numa antecipação, descrevia-se a si mesma metida numa mortalha negra, dentro dum esquife, ladeada por quatro círios. Era sorrindo que antevia o velório, descrevia as pessoas que chegavam e mencionava as coisas que iam dizer ou pensar da defunta. Em pensamentos acompanhava o próprio enterro até o cemitério, via quando desciam o caixão ao fundo da cova, ouvia o ruído cavo da terra a cair na tampa do esquife. Winter estava presente quando um dia ela repetiu essa estúpida história diante do filho com tanta riqueza de detalhes mórbidos, que o rapaz rompeu a chorar e acabou fugindo da sala.

O dr. Nepomuceno começava a explicar quem era Zacarias.

— Vosmecê, doutor Winter, deve estar lembrado dele. Zacarias de Góis e Vasconcelos. Em 62 derrubou os conservadores do poder e formou um gabinete seu.

— Mas ficou só seis dias no poder — observou o major.

O magistrado daquela vez foi pronto na resposta:

— Era bom demais para durar, major, era bom demais.

O militar lançou um olhar cálido na direção de Luzia. Winter percebeu que Bibiana o vigiava. Só não pôde descobrir para onde olhava a teiniaguá — para o espelho? para a porta? para o major? ou para parte nenhuma?

— Mas não estávamos discutindo a queda dos conservadores em 62 — continuou o juiz. — Não estávamos. Isso são águas passadas.

A voz do dr. Nepomuceno sumiu-se, afogada, e por um instante ele ficou de olhos semicerrados, como num súbito cochilo. Com alguma impaciência o major resumiu a história:

— O caso é o seguinte, doutor. Vosmecê deve estar lembrado que, depois que expulsamos os paraguaios da Província, a coisa toda parecia que ia ser muito fácil. Fomos empurrando o inimigo para dentro de seu próprio território e todo mundo esperava que a guerra terminasse em poucos meses. Mas as tropas de Solano López se entrincheiraram em Curupaiti e resistiram. Vosmecê sabe como são essas coisas. Não há nada pior para um exército do que a certeza da vitória fácil. Quando levamos a coisa na certa, qualquer resistência do inimigo nos desnorteia. Foi o que aconteceu. Nosso exército começou a se desorganizar, a desanimar e nossos comandantes começaram a se desentender...

Ele está se dirigindo a mim — refletiu Winter —, mas mantém os olhos fitos em Luzia. Mesmo agonizante, a teiniaguá não perde o seu feitiço.

— O Imperador então — interveio o dr. Nepomuceno — achou que a guerra tinha chegado a um ponto crítico, e que só um homem podia salvar a situação.

— Esse homem — disse o major, sempre olhando para Luzia — era Lima e Silva.

O padre, que ainda se balouçava na sua cadeira, sorriu e avisou:

— Esse nome não deve ser pronunciado nesta casa. — Fez um sinal na direção de Bibiana. — Ela não esquece que Caxias era um legalista que combateu os farrapos. O marido de dona Bibiana, capitão dos rebeldes, foi morto no princípio da guerra civil.

O major voltou-se solene para Bibiana:

— Caxias é antes de mais nada um brasileiro e um patriota, minha senhora.

— Pra mim é um caramuru — replicou ela, seca.

O major olhou para a ponta das botinas muito lustrosas, acariciou a barba e depois suspirou, dizendo:

— Vejo que muita gente nesta província ainda não esqueceu a Guerra dos Farrapos. É lamentável. Nesta hora devemos deixar de lado todas as questões regionais. O destino da pátria comum está em jogo.

— É um caramuru e basta — insistiu Bibiana, olhando para o dr. Winter como a dizer: "Vosmecê me entende, sabe por que estou dizendo isto".

Winter sacudiu a cabeça numa aquiescência muda.

— Mas voltemos ao nosso assunto — pediu ele.

— Ficou então resolvido entregar-se o comando de nosso exército a Caxias — continuou o maj. Graça. — Mas aconteceu que o ministro da Guerra, Ângelo Muniz da Silva Ferraz...

— Um grande homem — atalhou o juiz —, diga-se de passagem, um grande estadista...

O major encolheu de leve os ombros e prosseguiu:

— O ministro da Guerra teria dito: "Com esse homem não sirvo".

O dr. Nepomuceno pareceu animar-se de repente e interrompeu o outro:

— Assim Zacarias ficou num dilema. Ou aceitava a nomeação de Caxias e perdia o seu grande ministro, ou mantinha o ministro e...

O major quase chegou a dar um pulo na cadeira quando gritou:

— ... sacrificava a campanha!

— Mas Caxias não era o único general em condições de assumir a direção da guerra.

— Era! — O major lançou essa palavra como uma ordem de comando.

— Vosmecê há de dizer que como militar entende melhor do riscado que eu. Concordo. Mas em matéria de política, peço vênia para declarar que poucos, em que pese à modéstia, poucos como eu...

— Mas não devemos pensar em política quando a pátria está em perigo.

Winter já observara que só dois assuntos tinham a virtude de tirar o juiz de direito da sua apatia habitual: política e gramática. Uma queda de gabinete ou a colocação dum pronome oblíquo era coisa capaz de levá-lo a discussões calorosas e intermináveis.

— Vosmecê, major Graça, não negará que Zacarias é dos nossos maiores estadistas.

— Ele provou que era acima de tudo um homem muito apegado ao poder. Em vez de tomar uma das duas pontas do dilema, seguiu um terceiro caminho. Sacrificou o ministro ao general, mas não resignou.

O dr. Nepomuceno soltou uma risada inesperada que foi quase um ronco, e disse:

— É a arte da política. A arte da política.

— Mas não da decência — retrucou o major, dando um brusco puxão na túnica.

O pe. Otero interveio:

— Política e decência nunca andam de mãos dadas. São inimigos mortais.

O oficial voltou-se para o sacerdote:

— Mas o nosso Imperador sabe fazer uma política hábil com uma decência indiscutível.

— O nosso Imperador é um homem excepcional... — observou o padre.

Winter simpatizava com aquele imperador barbudo e paternal a respeito de quem se contavam tantas histórias e anedotas. Havia ao redor dele uma aura de lenda. O médico observara também como a reputação de integridade de caráter do soberano influía poderosamente na vida social da nação. Era um exemplo de honradez e bondade a ser seguido. D. Pedro II como que dava a nota tônica ao ambiente moral do país. De certo modo — refletiu ainda Winter —, Sua Majestade já fazia parte do folclore nacional como uma espécie de anti-Malasartes.

— Mas seja como for — prosseguiu o major — Lima e Silva foi nomeado, encontrou nossas tropas desorganizadas e atacadas de cólera-morbo, e levou um ano no trabalho insano de reorganizá-las. Mas conseguiu. E se hoje a campanha se aproxima do fim é graças a esse grande brasileiro!

— Vou mandar servir o café — disse Bibiana, erguendo-se de repente e saindo da sala.

Luzia acompanhou-a com o olhar. Agora, pela expressão do rosto de sua paciente, Winter notava que ela sofria. Por que não se retirava? Por que não tomava as suas gotas? Seria que gozava também com o próprio sofrimento? Inacreditável!

— Quer que eu vá preparar o remédio? — murmurou, inclinando-se para ela.

Luzia sacudiu a cabeça:

— Não. Obrigada. Estou bem.

E sorriu um sorriso doloroso e quase terno. Winter não pôde deixar de ficar perturbado. Já não sabia mais ao certo o que sentia por aquela mulher. Logo que a conhecera, desejara-a fisicamente duma forma mórbida que o assustava um pouco. Depois fugira dela com certo horror. Agora o que sentia era pena mesclada de curiosidade. Sempre que a via pensava naquele tumor que lhe crescia no estômago com o viço maligno duma flor que se alimenta de carne. Era-lhe inconcebível a ideia de desejar carnalmente uma mulher em tais condições, pois isso seria quase uma inclinação necrófila...

O pe. Otero, que na discussão parecia estar decididamente do lado do maj. Graça, dizia agora:

— No entanto, as intrigas políticas contra Caxias continuaram no Rio de Janeiro.

O major ergueu a mão com o dedo indicador enristado na direção do dr. Nepomuceno:

— Agora vosmecê veja a nobreza desse homem de prol. Tendo tudo na mão: prestígio, coragem, força, um exército inteiro, ao invés de jogar todos esses trunfos na mesa em seu favor, preferiu escrever uma carta a Paranaguá, queixando-se amargamente desses homens que colocavam seus interesses pessoais acima dos da pátria e dizendo que, em vista de não lhe darem liberdade de ação, e do governo não lhe mandar os homens e o material pedidos, preferia resignar. Estava doente, cansado e desiludido.

— A carta explodiu como um petardo no Rio de Janeiro — ajuntou o pe. Otero, dirigindo-se desta vez ao dr. Winter. — Todos sabiam que Caxias era insubstituível. Caxias valia mais que todo um ministério.

— Não diga isso, padre! — protestou o dr. Nepomuceno. — A guerra um dia termina e nós vamos precisar de homens da fibra de Zacarias e outros para reconstruir a nação.

— Mas seja como for — disse o major — essa carta abalou o ministério e Zacarias compreendeu que estava diante duma nova crise. Viu que o Imperador não hesitaria em sacrificar o ministério para não perder o seu grande general, para não perder a guerra!

— Mas Zacarias não quis ceder a uma imposição da espada — recitou o dr. Nepomuceno com gravidade.

— Era preciso salvar as aparências, achar um pretexto para renunciar.

— Sempre os interesses individuais! — exclamou o major. — O que importava não eram os fatos, não era a solução da guerra, eram as aparências, o prestígio pessoal, a vaidade do ministro Zacarias.

O dr. Winter não se pôde conter:

— Mas o meu caro major não acha que a honra não é um privilégio dos militares, e que um civil pode achar que sua sobrecasaca e suas calças merecem tanto respeito quanto a farda?

O major mirou o médico num silêncio meio irritado. E na expressão do rosto do militar Winter leu tudo quanto ele queria dizer mas calava: "Não se meta. Vosmecê é um estrangeiro".

O pe. Otero livrou o major de dar uma resposta, pois continuou a história:

— Zacarias então achou um pretexto para resignar quando Sales Torres Homem foi nomeado senador do Império. Esse cidadão tempos atrás tinha feito grande oposição à família real em artigos escritos sob o pseudônimo de... como era mesmo? Ah! Timandro. O pretexto era ótimo. Zacarias saiu de cabeça erguida. Não fora derrubado pela espada dum general, mas sim pela pena dum político.

— E perdemos assim — concluiu Nepomuceno — o nosso mais ilustre estadista!

— Mas ganhamos a guerra — observou o major.

— Ganhamos?

— Claro, López está perdido. A vitória agora é questão apenas de meses...

Winter viu com alegria entrar uma escrava com uma bandeja cheia de xícaras de café fumegante. Apanhou a sua, serviu-se de açúcar e, enquanto mexia o líquido escuro com a colherinha de prata ("Maurício de Nassau", afirmava Aguinaldo Silva, "já tomou chá com estas colheres"), perguntou:

— Mas vosmecê não acha, major, que quando Caxias voltar da guerra triunfante e cheio de prestígio pessoal ele vai ser para este país o que Bismarck é para a Prússia?

— Que quer dizer o senhor com isso?

— Quero dizer que vai ser a verdadeira força por trás do trono, o homem que daqui por diante governará o Brasil...

— Meu caro doutor, Caxias é um patriota, e não um ambicioso!

— Mas já se fala por aí em república. Suponhamos que Caxias...

— Ah, isso é que nunca! Seria uma traição ao Imperador e Caxias não é um traidor.

Winter achou melhor não continuar. Homens como o major não sabiam discutir com calma. Tomavam tudo muito a peito, ofendiam-se com facilidade, só sabiam discutir com palavras e sentimentos grandiloquentes: pátria, honra de classe, altruísmo, nobreza, heroísmo. Era impossível esfriar-lhes o entusiasmo e trazê-los a examinar os fatos com objetividade desapaixonada.

— Nosso Imperador é um sábio e um santo — disse o militar. — Nossa monarquia é considerada no mundo inteiro uma verdadeira democracia. O prestígio do nosso soberano é conhecido nos países mais civilizados do orbe. Falar em república nesta hora é um crime, uma traição que deve ser punida com fuzilamento.

Lá vem ele com o seu pelotão de fuzilamento — pensou o médico. E por contraste lembrou-se de seus poetas. Por um instante Goethe e Heine estiveram naquela sala, visíveis apenas para Winter. E, quando seus fantasmas se sumiram, o médico exclamou:

— O café está uma delícia!

Os outros, com as xícaras nas mãos, fizeram um sinal de assentimento, menos o dr. Nepomuceno, que nunca tomava café à noite, pois sofria de insônia.

Bibiana entrou com uma bandeja cheia de bolinhos de polvilho e saiu a distribuí-los. O major olhava para Luzia com seus olhos cálidos.

— Fala-se em república, não há dúvida — concordou ele, com mais calma. — Mas é meia dúzia de mocinhos que andam com a cabeça cheia de leituras exóticas e ideias extravagantes.

— O mundo inteiro anda cheio de ideias extravagantes — opinou o pe. Otero, cruzando os braços e atirando a cabeça para trás.

— O que é extravagante hoje — observou o dr. Winter — pode ser muito natural e sensato amanhã.

— É o progresso — concluiu o dr. Nepomuceno, que mastigava um bolinho de polvilho. — É o progresso — repetiu, expelindo com a última palavra um chuveiro de farelo.

O pe. Otero fez um sinal com a cabeça na direção de Bibiana:

— Aqui a nossa prezada amiga não se conforma com o sistema métrico decimal.

Muito tesa em sua cadeira, e sem tirar os olhos do rosto da nora, Bibiana disse:

— É uma invenção triste. A gente estava muito bem como antes. Agora vem essa história de metro e quilo e centímetro e não sei mais o quê... Por que será que vivemos sempre macaqueando o que esses estrangeiros fazem?

O padre sorriu.

— Reformas como essas, dona Bibiana, não fazem mal a ninguém. O perigo está em certas ideias radicais que importamos da Europa. — E ao dizer estas últimas palavras olhou enviesado para o dr. Winter.

— Um dia elas virão para ficar — retorquiu o médico, sorvendo um gole de café —, quer vosmecê queira, quer não queira.

Nesse instante Luzia falou pela primeira vez depois que Winter entrara:

— Vosmecês não acham que estamos vivendo numa época muito interessante? — perguntou ela, passeando os olhos em torno.

Que se passa com essa voz de viola? — perguntou o dr. Winter a si mesmo. Não tinha mais a veludosa profundeza de outros tempos: estava cansada e gasta.

— Eu acho — respondeu ele em voz alta — que todas as épocas são interessantes. O essencial é a gente estar vivo...

Luzia pareceu animar-se.

— Mas não, doutor. Veja bem. Quanta coisa está acontecendo no mundo hoje! Basta ler um jornal.

Assanhada! — dizia Bibiana em pensamento, olhando para a nora. Está doente, com um tumor na barriga, anda que nem pode de dor e no entanto fica aqui embaixo conversando. Por quê? Só porque tem homem em casa. Assanhada!

— A guerra civil nos Estados Unidos... — enumerava Luzia. — A libertação dos escravos, a morte de Abraham Lincoln. Ah!, e a maravilhosa história de Maximiliano, imperador do México... Ainda ontem estive lendo a respeito dele num almanaque.

— Mas que é que vosmecê vê de tão maravilhoso na aventura infeliz desse austríaco? — perguntou Winter. — Não passou de um fantoche nas mãos de Napoleão III, esse outro maluco que está convencido de que é mesmo Napoleão Bonaparte.

— Vosmecê conhece bem a história de Maximiliano, doutor?

— O suficiente para julgá-lo um idiota.

Luzia sacudiu a cabeça com ar de desaprovação.

— Pois eu gostaria de ser a Imperatriz Carlota... — murmurou.

Está louca! — exclamou Bibiana em pensamento. Decerto o tumor já está atacando a cabeça dela. Onde se viu? A Imperatriz Carlota!

O maj. Graça olhava para Luzia com olhos cheios de apaixonada admiração. O pe. Otero balançava-se na sua cadeira e escutava tudo a sacudir a cabeça lentamente, numa silenciosa mas decidida reprovação. O dr. Nepomuceno parecia ter mergulhado num de seus cochilos intermitentes.

— Pense bem na história, doutor — continuou Luzia. — Um arquiduque austríaco que viajou por todo o mundo, um belo homem de pele clara e olhos azuis, um homem educado, um homem bom, e de repente se vê imperador dum país de índios de cara de bronze, um país tão diferente da Áustria como a noite do dia. E vosmecê já pensou no papel da Imperatriz Carlota quando foi falar com Napoleão III para lhe pedir que não abandonasse Maximiliano?

— Perdeu o seu latim — interrompeu-a Winter.

— Mas que importa?

— E acabou transtornada do juízo — acrescentou o doutor, tomando o último gole de café.

— E tudo isso não é belo?

O dr. Nepomuceno abriu os olhos e manifestou-se:

— Não acho nada belo. Não há nada mais sublime que o juízo perfeito, a lucidez das ideias.

— Mas o mundo dos sãos é um mundo triste — sorriu Luzia. — O mundo dos loucos, esse sim, deve ser maravilhoso e sempre cheio de coisas novas e fantásticas.

Vosmecê é que pode dizer — pensou Bibiana. E lançou para a nora um olhar carregado de censura e rancor. Achava quase indecente que uma viúva ainda moça estivesse a conversar aquelas coisas com homens. Aquilo positivamente não era assunto de mulher.

Via-se que o maj. Graça estava fascinado; aquele sortilégio parecia roubar-lhe a voz.

— As pessoas normais — continuou Luzia — são as mais sem graça do mundo.

Winter olhou para o major e leu espanto e decepção em seu rosto. O pe. Otero sacudiu a cabeça, penalizado.

— Vosmecê precisa vir à igreja, confessar-se e depois tomar a comunhão, dona Luzia.

Havia anos que o vigário insistia em trazer aquela ovelha negra para o seu rebanho — refletiu o médico. Luzia, porém, recusava-se, com uma obstinação e uma coragem que ele, Winter, não podia deixar de admirar. Sabia que ia morrer e seria natural que, diante da incerteza do que pudesse haver para além da morte, ela tentasse uma reconciliação com Deus através da Igreja.

— Fiz um donativo em dinheiro para as obras da igreja, padre — replicou ela. — É o mais que posso dar.

— Mas nós queremos também a sua alma, dona Luzia.

— Vosmecê tem certeza de que eu tenho uma alma?

O major empertigou o busto e olhou para o padre com espanto. O dr. Nepomuceno ficou de boca aberta a mirar a dona da casa.

— Não diga uma coisa dessas, dona Luzia! — exclamou o vigário. — Que Deus lhe perdoe! Nunca mais diga uma coisa dessas.

Por que é que ela não vai pra cama dormir? — perguntava Bibiana em agonia. Por quê? Por causa do major. Quer ficar aqui se mostrando pra ele. Por isso diz coisas que não devia, coisas que só uma mulher perdida pode dizer.

Luzia levou os dedos à altura do estômago e ficou como que a acariciar o tumor.

— E depois — continuou ela, como se não tivesse ouvido as palavras do padre — temos todos esses inventos maravilhosos: o vapor, a estrada de ferro, o telégrafo...

— Não sei aonde essas engenhocas todas nos vão levar — observou o padre, com um gesto de quem queria empurrar para o futuro uma preocupação que ao futuro pertencia.

Winter sentiu que a conversa entrava num terreno que lhe era agradável pisar. Por intermédio de Von Koseritz recebia jornais da Alemanha e acompanhava, com o interesse de quem lê uma novela fascinante, a marcha das ideias políticas na Europa. E o fato de ele estar em Santa Fé — por assim dizer, num outro planeta — tornava todas aquelas coisas mais esquisitas ainda.

— Há uma ideia em marcha, senhores — disse ele.

E, em seguida, percebendo que tinha falado com ar teatral, sorriu, achando-se ridículo. Ergueu-se, enfiou ambas as mãos nos bolsos das calças, caminhou até a janela, olhou para fora, viu a figueira na noite morna e calma e lembrou-se duma madrugada em que encontrara ali Florêncio e Bolívar a conversar... Os outros esperavam em silêncio.

— Que ideia? — perguntou o padre, com o ar provocador de quem já sabia o que o outro ia responder.

— Ainda a ideia da Revolução Francesa.

— Ora! — fez o padre. — Ora!

— Uma ideia cuja marcha — continuou o médico — a vossa Santa Aliança se esforçou por deter.

O major, que brincava distraído com a fivela dourada do cinturão, soltou no ar a poeira de sua voz:

— Vosmecê não poderia esclarecer melhor seu ponto de vista? Na minha fraca opinião, a Revolução Francesa...

Calou-se de súbito, ficou olhando para Luzia e não disse o que era a Revolução Francesa na sua fraca opinião. O dr. Winter interveio:

— Napoleão Bonaparte atrasou o relógio da história com suas guerras de conquista. Em suma: traiu a Revolução.

— Não diga tamanho absurdo, doutor! — protestou Erasmo Graça, entesando o busto e ficando sentado na ponta da cadeira.

Solidariedade de classe — pensou Winter.

— Deixem o doutor explicar seu ponto de vista — pediu Luzia.

— O ponto de vista não é propriamente meu. Mas eu o aceito. Li-o em algum livro ou artigo de jornal.

O pe. Otero não perdeu a deixa e resmungou, irônico:

— Se o ponto de vista não é seu, como pode ser bom?

Winter sorriu.

— Os outros às vezes pensam e dizem coisas inteligentes... — replicou ele, inclinando-se numa paródia de mesura.

E prosseguiu:

— Havia uma ideia liberal nascida da Revolução Francesa...

— Revolução essa — atalhou o vigário — que não passou duma consequência das ideias heréticas de livres-pensadores como Voltaire, Diderot e outros.

— Vosmecê me desculpe, padre, mas acho que o peso dos impostos influiu mais na balança que o das ideias dos enciclopedistas. As causas da Revolução Francesa foram mais políticas e econômicas do que propriamente intelectuais.

— Vosmecê fala como se a política da França do século passado fosse a política local de hoje.

— A proximidade em que me encontro no tempo e no espaço da política de Santa Fé só me confunde e prejudica a visão. A distância geográfica e histórica em que estou da Revolução Francesa só pode dar-me uma perspectiva melhor, principalmente quando eu a contemplo trepado nos ombros de gigantes como Carlyle e outros.

Luzia apoiou-o:

— Quando estamos diante dum quadro não nos afastamos dele para apreciá-lo melhor?

— Aí está... — disse Winter. E, mudando de tom, continuou: — A nobreza e o alto clero da França viviam à tripa forra e quem pagava as contas era a burguesia. Os camponeses vegetavam num estado de servidão que não era muito melhor que o que prevalecia na Idade Média.

— O clero é sempre o bode expiatório — exclamou o padre, dando uma palmada na coxa.

— Em suma — e neste ponto o dr. Winter abriu ambos os braços —, descontados erros, violências, matanças inúteis, vinganças e ódios pessoais, dessa Revolução sobrou alguma coisa. E essa alguma coisa sobreviveu também às guerras napoleônicas.

— E se me faz favor — perguntou Nepomuceno, olhando significativamente para o maj. Graça —, que vem a ser essa "alguma coisa"?

Winter esclareceu:

— Os Direitos do Homem, as liberdades inalienáveis do indivíduo, o direito que cada cidadão tem à liberdade, à propriedade e à segurança. A liberdade de imprensa, de culto e de palavra para todos, sem nenhuma distinção.

— Patacoadas! — exclamou o vigário. — Liberdade? Para que é que o povo quer liberdade? Para ser ateu, herege, licencioso? Liberdade para tomar a mulher do próximo? Liberdade para caluniar, mentir, ofender? Liberdade para quebrar os mandamentos divinos? Libertinagem, isso era o que queriam esses senhores da Revolução Francesa.

— Eu não esperava outra reação da parte de vosmecê — disse o dr. Winter.

O major perguntou:

— E vosmecê acha, doutor, que essas ideias foram alguma vez postas em prática?

— Eu já disse que Napoleão atrasou o relógio da história. Ainda há países que não saíram de todo das sombras da Idade Média. Mas em certos círculos do mundo floresce o pensamento liberal. A semente foi lançada. Não resta a menor dúvida.

— Mas o grosso do povo — interveio o dr. Nepomuceno —, esse continua no mesmo.

— Exatamente.

— E há de continuar sempre — replicou o major.

— Não vejo razão para fazer-se uma afirmativa tão categórica.

— Essa igualdade com que os senhores liberais sonham — insistiu o militar — pode muito bem significar desordem, desrespeito e anarquia.

— Eu compreendo muito bem que vosmecês prefiram a ideia da monarquia, da manutenção dos privilégios da Igreja e da nobreza, e da submissão do povo.

— E para a mulher — interveio Luzia — uma posição idêntica à que ela tinha na idade do obscurantismo.

Por que é que ela não fica de boca fechada? — perguntava Bibiana a si mesma. A atitude da nora lhe dava uma vergonha tão grande que ela como que sentia formigas lhe passearem pelo corpo. Por que é que essa sem-vergonha não vai pra cama?

— Se o padre Otero pudesse — disse ainda Luzia, sorrindo —, ele erguia uma muralha para evitar que as invenções e as ideias novas da Europa entrassem no Brasil.

— Não seremos mais felizes nem melhores — replicou o sacerdote — por adotarmos essas tais "ideias novas" e essas engenhocas fedorentas, não é, major?

O militar fez um gesto de indecisão.

— Não vejo nenhuma incompatibilidade entre o progresso, a decência e as nossas tradições políticas e religiosas — declarou ele.

— E quais são essas tradições? — perguntou Carl Winter.

O major hesitou por um instante e depois disse:

— Na política, a ideia conservadora. Na religião, o catolicismo. De resto, não estamos ainda preparados para ter todos esses inventos e novidades.

— Ainda teremos de esperar muito pelas estradas de ferro e pelo telégrafo. Pelo menos nesta província.

— Graças a Deus! — exclamou o vigário.

Winter deu de ombros. Fosse como fosse, ele não podia imaginar uma locomotiva entrando em Santa Fé, cortando o silêncio dos campos com seu apito e sujando aqueles belos céus com a fumaça escura de sua chaminé.

— É uma pena que a gente não possa viver cem anos para ver tudo isso... — murmurou Luzia. E com essas palavras criou um silêncio de constrangimento.

8

Pouco antes das dez horas o vigário e o dr. Nepomuceno fizeram suas despedidas e retiraram-se. O maj. Graça, entretanto, permaneceu sentado. A princípio fez-se um silêncio um pouco difícil, como se todos os assuntos se tivessem esgotado. Bibiana não tirava os olhos da nora. Winter percebia claramente que o major ainda tinha esperança de poder ficar a sós com Luzia aquela noite, nem que fosse por um breve momento. Sabia, porém, que Bibiana estava decidida a não arredar pé dali. O oficial pigarreou, olhou para o médico como para lhe pedir que começasse um assunto, e como o outro permanecesse calado, a mirá-lo com seus olhos irônicos, ele olhou na direção da janela e disse:

— Está uma linda noite.

— E nem parece — observou Luzia — que a esta hora homens estão se matando em terras do Paraguai. Não é extraordinário? Neste exato instante, um soldado está enterrando a sua baioneta no peito dum inimigo. E numa sepultura perdida no campo o cadáver dum oficial brasileiro está se decompondo. Estou vendo as dragonas dele sujas de terra. — Luzia olhava intensamente para o major. — E os cabelos e as barbas dele estão ainda crescendo. É mesmo verdade que os cabelos da gente continuam a crescer depois que morremos?

O major tinha agora no rosto uma expressão de perplexidade.

Em vez de responder, Winter disse:

— A esta hora em algum outro lugar do mundo alguém pode estar compondo uma sonata ou escrevendo um verso.

— Ou fazendo alguma coisa que preste — atalhou Bibiana.

— Bom — disse o médico de repente. — Preciso ir embora. É tarde.

— Fique mais um pouco, doutor — pediu Bibiana. — Preciso falar com vosmecê.

O major ergueu-se, deu um puxão na túnica e disse:

— Vou fazer as minhas despedidas. Volto amanhã para o campo de batalha.

Winter achou a expressão "campo de batalha" um pouco teatral, mas perdoou ao major. Ele estava diante de sua bem-amada: precisava impressioná-la.

— Minha missão em Santa Fé está terminada — continuou ele. — Quero agradecer às senhoras — fez um sinal com a cabeça abrangendo sogra e nora — e a vosmecê, doutor, por todas as considerações que me dispensaram...

Winter, repetindo uma fórmula corrente na Província, disse:

— Vosmecê é merecedor.

Bibiana permanecia de lábios apertados, sem tirar os olhos do oficial.

— Peço a Deus — prosseguiu ele — que um dia eu possa voltar a esta terra de onde levo as mais gratas recordações...

Winter contemplava Luzia, que acariciava o tumor com a ponta dos dedos.

— Dona Luzia — prosseguiu o major —, não posso ir-me embora sem lhe dizer da grande impressão que vosmecê me causou. Confesso que nunca encontrei em toda a minha vida dama mais culta nem mais virtuosa, isso para não falar na sua formosura.

A emoção apagava ainda mais a voz de poeira. Bibiana trocou com o médico um olhar travesso.

— Vosmecê é muito bondoso, major — murmurou Luzia.

— Diga antes que sou justo. Há mais uma coisa que vou pedir a Deus. É que no dia em que eu voltar a Santa Fé possa ter o prazer e a honra de revê-la.

Luzia estendeu ambas as mãos sobre a tampa do estojo da cítara.

— Não, major — disse ela. — Quando vosmecê voltar da guerra e quiser me ver, não é nesta vila que deve me procurar. É num outro lugar, muito mais quieto e mais triste que este. Fica no alto duma coxilha.

— O cemitério — explicou Bibiana quase sem sentir, temendo que o major não compreendesse a alusão.

Erasmo Graça olhava com ar perdido para Luzia, que voltou a cabeça para a sogra e confirmou:

— É isso mesmo. O cemitério.

— Por favor, minha senhora — exclamou o militar —, não diga isso.

Os dedos de Luzia acariciavam as incrustações de madrepérola do estojo.

— Todo mundo sabe que não tenho vida para muito tempo. Se duvida, major, pergunte ao doutor Winter.

Por um instante Erasmo Graça ficou sem saber que fazer.

— Deus é grande — disse ele por fim. — E Deus não é cruel.

Ninguém ouviu a risada seca e sarcástica que d. Bibiana soltou; porque ela riu em pensamento. Riu como se só ela conhecesse o caráter de Deus.

Na expectativa de que alguém ali dissesse uma palavra de esperança, mesmo que fosse uma palavra hipócrita, o major olhava do médico para a velha.

— Mas não é possível — tartamudeou ele —, deve haver um remédio... Deve haver recursos, em Porto Alegre, no Rio, quem sabe se na Europa...

Luzia sacudia a cabeça lentamente, numa serena negativa.

— Para meu mal não há remédio, major. Mas não se aflija. A maior interessada no caso sou eu. Estou resignada.

O oficial olhava perdidamente para o bico das próprias botinas.

— A vida é bem triste — murmurou ele. — Hoje estamos aqui, amanhã...

Não completou a frase.

— Mas para quem mora em Santa Fé — replicou Luzia — tanto faz estar em cima da terra como debaixo dela, é a mesma coisa...

Louca varrida — pensava Bibiana. Não sabe o que diz.

O major permaneceu um instante num silêncio de constrangimento. Por fim deu um passo na direção de Luzia e disse:

— Então adeus, dona Luzia. Que Deus vos abençoe e guarde.

Tomou-lhe da mão e beijou-a respeitosamente. Depois apertou a mão de Bibiana e murmurou:

— Muito agradecido por tudo, minha senhora. — Voltando-se para o doutor, perguntou: — Vosmecê vai também?

— Eu fico, major.

Apertaram-se as mãos em grave silêncio. Bibiana acompanhou o oficial até a porta sem dizer palavra. Mas, quando o viu sair para a rua, ainda de quepe na mão, deixou escapar um quase involuntário:

— Vá com Deus!

Através da fresta da porta ficou acompanhando com os olhos o vulto de Erasmo Graça, que atravessava a rua na direção da praça. Um cheiro morno de vento que passou por muito campo lhe chegou às narinas. O vulto do major sumiu-se na sombra das árvores. Bibiana ficou olhando fixamente para o lugar onde Bolívar tinha caído morto...

Quando voltou para a sala, Luzia já se havia recolhido e o dr. Winter começava a acender um de seus charutinhos.

— Então? — perguntou o médico, erguendo as sobrancelhas.

Bibiana sentou-se pesadamente numa cadeira e deixou escapar um suspiro de alívio.

— Desse estamos livres, pelo menos por enquanto.

Winter gostou daquele verbo no plural. O *estamos* de certo modo o incluía na grande conspiração.

— Sabe que estive na casa do Florêncio hoje de manhã? — perguntou ela. Winter sacudiu a cabeça negativamente. — Pois estive. Aquele menino é teimoso como uma mula.

— É um Terra.

— Está roendo um osso duro mas não se entrega. É tão orgulhoso que não quis aceitar nenhum ajutório meu.

— Vosmecê bem sabe por quê.

— Sei. Mas é uma bobagem. O dinheiro a bem dizer é do primo dele.

O dinheiro é do velho Aguinaldo — pensou Winter — e, por sinal, dinheiro muito mal ganho. Mas não deu voz a essa reflexão. Limitou-se a fazer um gesto vago.

— Eu quis emprestar um dinheirinho pro rapaz comprar umas cabeças de gado e começar uma criação. Também ofereci em arrendamento um pedaço do Angico. Ele só sabia era sacudir a cabeça e dizer: "Não carece, titia. Não carece. Já tenho um negócio em vista". Pura invenção. Não tem nada.

— Como é que a família tem vivido?

— A mulher faz renda de bilro pra fora e o Florêncio faz uns laços, uns lombilhos e vende por aí. Mas isso não chega pra dar de comer pras cinco bocas que tem em casa.

Fez uma pausa durante a qual ficou alisando um friso imaginário na saia. Depois:

— É verdade que o Florêncio vai ficar com a perna dura pro resto da vida?

— Boa como antes a perna não ficará. Mas acho que ele poderá andar a cavalo e caminhar sem muleta.

Bibiana soltou um suspiro de pena.

— Coitado! Merecia outra sorte. É um homem de bem como o pai. Seja como for, voltou da guerra. Muitos não voltaram. Pois é, doutor. Às vezes eu penso que Deus escreve direito por linhas tortas. Se o Bolívar não tivesse sido assassinado pelos capangas do Amaral, ele decerto tinha ido pra essa guerra e talvez já tivesse morrido.

— Também podia ter morrido de cólera-morbo em Porto Alegre...

— Ou podia ter nascido morto.

— É como lhe digo sempre. Não adianta a gente se preocupar. O que tem de ser traz força.

— Às vezes, sentada nesta cadeira, fico pensando, pensando e não chego a compreender direito o que é que Deus quer da gente.

— Talvez nem Ele mesmo saiba.

— Dizem que fez o mundo em seis dias e descansou no sétimo. Mas por que foi que fez o mundo? Pra ficar depois vendo a gente penar aqui embaixo? Será que Deus é como *ela*, que gosta de ver o próximo sofrendo? Deus me perdoe!

A religião de d. Bibiana — refletiu Winter — era muito curiosa. Tudo indicava que ela ia à missa por puro hábito, porque antes dela sua mãe e sua avó também tinham ido. Tratava os santos de igual para igual e em certas ocasiões revoltava-se contra eles com o mesmo fervor com que noutras lhes invocava a ajuda.

De resto — sorria Winter para seus pensamentos —, as relações entre os habitantes da Província e os santos eram singularíssimas. As solteironas que faziam promessas a santo Antônio para que ele lhes desse um marido, quando não viam seus desejos satisfeitos, tratavam de castigar o santo casamenteiro, pondo-lhe a imagem dentro d'água, de cabeça para baixo, e só livrando-a dessa penitência quando um pretendente aparecia. Mais de um crente lhe assegurara que não se devia nunca deixar bebida perto da imagem de santo Onofre, "pois o diabo do santo é cachaceiro".

— De vez em quando penso na minha mãe — prosseguiu Bibiana com sua voz calma e seca —, no meu pai, na minha avó e no que eles fizeram e sofreram, e nos trabalhos que passaram. De que serviu tudo isso? Me diga, de que serviu? Aqui estamos nós sofrendo, considerando, trabalhando, esperando. Primeiro esperei o meu marido que foi pra guerra; e no dia que voltou só tive ele por uns minutos, e logo em seguida foi morto pelos bandidos dos Amarais. Esperei que o Boli nascesse, que ele crescesse e tivesse um filho. Agora Boli está morto, o filho está crescendo e eu esperando que ele fique homem. Minha avó esperou muitas vezes o filho que tinha ido pra guerra. Uma vez fiquei na minha cadeira me balançando dum lado pra outro e esperando o Boli, que tinha ido brigar com os castelhanos. Agora está aí essa outra guerra braba que não acaba mais. Minha Nossa Senhora! Faz mais de cinco anos que começou!

Bibiana calou-se e pensou naquele medonho julho de 1865. As tropas paraguaias tinham invadido a Província e saqueado São Borja. Contava-se que passaram cinco dias a levar em canoas para o território argentino tudo quanto podiam roubar na vila brasileira. Não respeitaram nem as igrejas! Eram uns índios bandidos e, quando bebiam cachaça, ficavam piores que demônios. Ante a notícia de que uma coluna paraguaia avançava rumo de Santa Fé, a gente ali na vila começara a preparar-se para fugir. Durante muitos dias mulheres, velhos e crianças estiveram de trouxas feitas, os tarecos dentro das carretas, os cavalos encilhados — tudo pronto, enfim, para a fuga. Haviam sido dias e noites de susto e agonia. Mas ela, Bibiana, tinha dito desde o princípio: "Da minha casa não saio". Traçava já seu plano: mandaria Licurgo com Fandango para longe e ficaria esperando os paraguaios sentada na sua cadeira de balanço ali mesmo no meio da sala...

— Se esta guerra dura mais dois anos — murmurou ela —, o Curgo é capaz de se apresentar voluntário. Quando penso nisso, sinto até um frio na barriga.

— Não tenha cuidado. A guerra não dura nem três meses mais.

— Quem sabe? Sempre acontece o pior. Esse Solano López parece que tem sete fôlegos.

— Pois agora ele vai perder o sétimo.

— Tomara que vosmecê tenha razão. Mas não sei...

Bibiana voltou a cabeça e olhou demoradamente na direção da escada.

— Sabe da última, doutor? — Baixou a voz. — Ant'ontem *ela* conversou muito tempo com o Curgo. Era nisso que eu queria lhe falar...

— Vosmecê ouviu a conversa?

— Não, mas ele me contou tudo. Essa mulher perguntou se o menino queria ir embora com ela.

— E que foi que ele respondeu?

— Respondeu que não, bem como eu esperava. Mas tanta coisa ela fez que acabou fazendo o Curgo chorar.

— Mas Luzia pensará mesmo em ir embora?

Bibiana não respondeu. Ficou por um instante a olhar para o soalho e depois, quase num cochicho:

— Será que ela vai durar muito ainda? — perguntou, sem erguer os olhos.

Winter hesitou por breves segundos.

— Pode ser que dure ainda alguns anos, mas pode ser que dure apenas alguns meses.

— Deus me perdoe, mas...

Calou-se de súbito, como que se arrependendo em tempo do que ia dizer.

— Não precisa dizer o resto. Eu sei o que vosmecê está pensando.

— Sou uma mulher muito malvada, não sou, doutor?

— Absolutamente. Acho que vosmecê é uma pessoa muito prática e muito sincera.

— Não fica me querendo mal, então?

— Claro que não.

— Mas é que não me sinto bem quando penso essas coisas.

— A gente não sente porque quer. Sente porque sente.

Bibiana sorriu.

— Engraçado! Sabe quem costumava dizer isso? O falecido capitão Rodrigo.

— Se ele estivesse vivo tudo podia ser diferente, não?

— Qual! Se o Rodrigo não tivesse morrido na Guerra dos Farrapos, tinha morrido noutra. Decerto nesta. Ou em algum duelo. Ele gostava de comprar briga. Brigava por gosto. Quando não havia uma guerrinha, andava triste...

O gato cinzento de Bibiana entrou lento na sala e veio enroscar-se aos pés da dona.

— Ah! — fez ela, como quem de repente se lembra. — Quero lhe mostrar uma coisa.

Tornou a olhar furtivamente na direção da escada e pôs em cima da mesa seu lenço amarrado à feição de trouxa, desfez-lhe os nós, estendeu-o horizontalmente e tirou do centro dele um papelucho cor-de-rosa, cuidadosamente dobrado, que ali estava junto com algumas moedas de cruzado e um naco de fumo de mascar, e deu-o ao médico.

— Leia isso, doutor.

Winter aproximou o papel da luz das velas e leu:

Meu filho, quando eu morrer
Vai um dia ao campo-santo
E reza a Deus por alguém
Que em vida te amou tanto.

E lembra então, meu querido,
Que ali no frígido chão
Vermes me roem o corpo,
Podre está meu coração.

— Que é isto?

— Versos. Foi ela que fez. Deu pro Curgo ler.

Winter sacudia a cabeça lentamente.

— Inda mais essa! — comentou d. Bibiana, com surda indignação. — Faz versos.

O doutor devolveu-lhe o papel sem dizer uma palavra.

— Então?

— Fazer versos não é o pior. Perto das outras coisas isso é até inocente...

— Eu sei. Mas ela está judiando do menino. Faz agora dois dias que não olha pra ele, que não fala com ele. É como se a criança nem existisse. Tudo por causa daquela conversa de ant'ontem.

— Por que vosmecê não manda o Curgo para o Angico? Lá ele leva a vida que gosta e fica longe da influência da mãe.

— É o que vou fazer.

— E quanto ao resto... esperar.

Entreolharam-se em silêncio por alguns segundos, ao cabo dos quais Bibiana murmurou:

— Deus me perdoe.

Inclinou-se para a frente e começou a fazer cafuné na cabeça do gato, que cerrou os olhos num sonolento gozo.

Winter olhou em torno como se quisesse abranger com o olhar não apenas aquela sala e aquele momento, mas também o espaço de tempo que separava aquele minuto exato do dia em que Bibiana entrara pela primeira vez no Sobrado.

— Quase dezessete anos, não, dona Bibiana?

Ela sacudiu a cabeça, devagarinho.

— É verdade. Um tempão. Nenhuma guerra, que eu saiba, durou tanto.

Winter pensou na sua curiosa situação de neutro; e reconheceu que naquele conflito ele mantinha uma neutralidade benevolente para com a sogra em detrimento da nora.

— E depois — continuou ela —, se houvesse muitas pessoas nesta casa a coisa não era tão difícil. A gente se distraía mais, tinha com quem conversar. Quando o Curgo está no Angico nós duas ficamos sozinhas. Ela come os seus mingaus no quarto e eu como solita na mesa. Vosmecê sabe, o prato e os talheres e a cadeira do Boli continuam no mesmo lugar, como se ele estivesse vivo. E às vezes eu faço de conta que ele está, converso com o meu filho. As negras quando entram com os pratos olham pra mim e decerto pensam que estou louca ou caduca. Por falar nisso, no princípio quase fiquei louca mesmo. Um casarão deste tamanho e eu aqui dentro sozinha andando dum lado pra outro, resmungando e procurando não sei o quê. A sorte é que eu trabalhava o que dava o dia e não tinha muito tempo pra pensar em coisas ruins. Ia de noite pra cama com o corpo moído, fechava os olhos e não queria pensar. Me doíam as cadeiras, os braços, as pernas, o corpo todo, mas muitas vezes, apesar de cansada, eu não podia dormir. Nunca lhe aconteceu isso, doutor?

— Já, muitas vezes. E nessas ocasiões quando consigo dormir é um sono cheio de sonhos aflitivos. No outro dia acordo cansado, como se tivesse levado uma sova.

— Isso mesmo. Pois eu ficava de luz apagada, ouvindo todos os barulhos do Sobrado, os ratos correndo pelos cantos, o teto estralando, um que outro grilo cantando dentro de casa... Ficava pensando no que ia acontecer no outro dia. Le digo, doutor, passei o diabo. No princípio ela fez o possível pra me obrigar a ir embora. Fez horrores. Mas eu finquei pé. Só por causa do menino. Se eu fosse embora, perdia ele, perdia tudo...

— Eu sei muito bem disso, dona Bibiana.

— E mesmo eu lhe contei muita coisa. Vosmecê é a única pessoa que me entende direito. Acho que nem o Florêncio é bem do meu lado nessa questão. O pai dele nunca me perdoou por eu ter ajudado o casamento do Boli.

— E o que torna sua vida mais difícil, dona, é que por causa do gênio da Luzia pouca gente tem coragem de visitar o Sobrado.

Bibiana fez um gesto de resignação.

— Mas a gente se habitua a tudo. Converso com a negrada da cozinha, falo com o gato, e quando o Curgo está aqui a coisa toda muda de figura.

— Deve ser um alívio quando vosmecê vai para o Angico. Lá pelo menos fica sozinha com seu neto, longe dela...

— Em parte é um alívio mas em parte não é. Porque chega uma hora que eu penso assim: "Que será que ela está fazendo sozinha lá no Sobrado? Decerto maltratando as negras". E começo a ficar com medo de que ela prenda fogo na casa. Não tenho mais sossego e acabo achando melhor voltar pra cá. Então volto e a luta começa de novo. Quase dezessete anos nessa campanha, doutor. Não é nenhuma brincadeira.

— É uma situação terrível... que a beladona não resolve — sorriu Winter.

E em pensamento completou cinicamente a frase: "Veneno resolveria". E ficou a brincar com uma ideia. Um dia chamam-no às pressas ao Sobrado porque Luzia morreu repentinamente. Ele chega e descobre que ela foi envenenada. Lá está a teiniaguá estendida na cama, o rosto esverdinhado e contorcido, os olhos vidrados e mais vazios que nunca. D. Bibiana e ele trocam por cima do cadáver de Luzia um olhar carregado de significação. No da velha há medo, dúvida e uma interrogação ansiosa. E no seu? Uma benevolente promessa de silêncio. Depois ele senta-se à mesa para lavrar o atestado de óbito. *Causa mortis? Ach!* Já bastavam os dramas da realidade, era pura estupidez ajuntar a eles os criados pela imaginação. Mas quem lhe garantia que os chamados dramas da vida real não eram também produto da imaginação? Fosse como fosse, o ódio de d. Bibiana pela nora não era tão grande que pudesse um dia induzi-la ao crime... Ou era? Nunca se sabe de todas as coisas de que um ser humano é capaz...

— De que é que está rindo, doutor?

— De nada. Dumas bobagens que estou pensando...

Por um instante ficaram ambos calados. Depois Bibiana disse:

— É uma coisa bem triste ver esta casa vazia. Eu sempre quis ter um bando de netos e bisnetos. Acho que vou morrer sem poder ver os filhos do Curgo.

— Vosmecê diz isso de faceira. Tem uma saúde de ferro.

— Isso tenho. Mas acho que não passo dos sessenta e oito.

— Quer dizer então que já marcou a data de sua morte?

— É um palpite...

— Qual! Aposto como vosmecê chega aos noventa.

— Pois Deus lhe ouça. Não é que eu tenha medo de morrer. Ninguém fica pra semente. Mas é que não costumo deixar nenhum trabalho pela metade. Quando começo um bordado, termino ele nem que leve dez anos. Se eu morrer antes de ver o Curgo homem-feito, casado e com filhos, então é porque não adiantou nada pra ninguém eu ter vindo a este mundo.

— Garanto que vai até passar dos noventa. Desde que estou nesta vila nunca vi vosmecê de cama.

— Minha avó também nunca ficou doente de ir pra cama. E passou o diabo.

— É porque a raça é boa, dona.

— Hum! Pergunte pra *ela* se é da mesma opinião.

— Talvez seja, dona Bibiana. A gente às vezes se engana com as pessoas.

— O doutor está sempre disposto a desculpar os outros e achar que todos são bons. É que vosmecê tem bom coração.

— O que eu tenho é bons nervos.

— Dá no mesmo. Ah! Por falar em nervos, a Leonor, minha filha, me escreveu dizendo que tem andado muito nervosa e me convidando pra ir visitar ela na Cruz Alta.

— E vosmecê vai?

— Não. Como é que vou deixar essa mulher sozinha aqui? É capaz de fazer alguma barbaridade. Vosmecê sabe o que aconteceu um dia destes? Pois descobriu que tenho um amor especial por aquele pé de marmeleira-da-índia e a malvada, sem eu saber, mandou cortar ele...

— E cortaram?

— É mais fácil me cortarem o pescoço. É que ando sempre de olho vivo e pé ligeiro. Cheguei bem na hora que o negro Faustino estava de machado em punho, perto da árvore.

— E que foi que aconteceu?

— Vosmecê vai dar risada se eu contar.

Um risinho convulsivo sacudiu os ombros de Bibiana.

— Diga lá.

— Eu estava na janela do quarto dos fundos quando vi o negro se preparando pra cortar o marmeleiro. "Para com isso!", gritei. "Não corte essa árvore!" E ela, que estava perto da porta da cozinha, gritou também: "Corta, negro!". O pobre do Faustino ficou olhando ora pra mim ora pra ela, com ar de pateta. Então ela teve um acesso de nervos e começou a berrar: "Corta, negro sem-vergonha, senão eu mando te dar umas chicotadas e botar salmoura nas feridas!". O Faustino, coitado, tremia todo da cabeça aos pés. Levantou o machado devagarinho e então eu peguei a pistola do Boli e apontei pra ele: "Larga esse machado e vai t'embora, senão eu faço fogo!". O negro largou o machado e disparou pro fundo do quintal. Vai então eu disse com toda a calma: "Quem encostar a mão em qualquer árvore deste quintal leva bala".

Winter sorria. O gato abriu os olhos e pareceu ficar escutando também.

— E vosmecê era capaz de atirar mesmo? — perguntou o médico.

Bibiana hesitou por um segundo.

— Não sei. Mas acho que era. — Um brilho de malícia lhe passou pelos olhos. — De qualquer modo, doutor, a pistola estava descarregada. E eu nunca dei um tiro em toda a minha vida. Contam que minha avó um dia matou um bugre. Mas não é uma história engraçada, essa que lhe contei?

— Engraçada? Sim. E um pouco dramática também.

— Pois causos como esse há muitos. Se eu quisesse contar todos, a gente passava aqui a noite inteira. Birras, desaforos que ela me faz, indiretas, malvadezas fininhas...

Encolheu os ombros.

— No princípio eu me incomodava. Agora não. Estou acostumada. Ela faz as coisas e eu... nem água. É como se não fosse comigo. Sei que tudo é uma questão de tempo. Estou habituada a passar trabalho. A vida nunca foi fácil pra mim, nem pra minha mãe e meu pai, nem pra meus avós. Parece que a sina dos Terras é passar trabalho.

— Nesta província os homens em geral resolvem suas questões a arma branca ou a arma de fogo. O duelo dura poucos minutos, um dos adversários fica estendido no chão...

— Ou os dois...

— Sim, ou os dois. E a questão está resolvida.

— Mas nós mulheres não somos assim. Ficamos com a nossa guerra miudinha, dia a dia, hora a hora...

— E é preciso mais coragem pra esse tipo de guerra feminino do que pra um duelo a adaga ou pistola.

— A paciência é a nossa maior arma, doutor.

Mais do que a paciência — refletiu Winter —, as mulheres tinham uma constância feroz no ódio. Não era um ódio que se concentrasse todo num ímpeto para produzir um gesto de selvagem violência. Diferente do ódio dos homens, que se fazia labareda devastadora, mas se extinguia logo, o ódio das mulheres era uma brasa lenta que ardia, às vezes escondida sob cinzas, e que durava anos, anos e anos...

— No final de contas, doutor, eu estou sempre amolando o senhor com as minhas histórias. Mas também vosmecê é a única pessoa com quem posso me abrir. Que diacho, a gente também cansa de falar sozinha.

Winter ergueu-se, abafando um bocejo.

— Vosmecê já pensou — perguntou ele, espreguiçando-se — que para ela também todos esses anos não têm sido nada agradáveis? Ela odeia esta casa, esta vila, esta vida. E tem vivido ultimamente roída de ódio e roída ao mesmo tempo pelo tumor...

Bibiana ficou olhando por um instante, absorta, para o pedaço de noite que a janela emoldurava.

— Há males que vêm pra bem, doutor. Se não fosse esse tumor, decerto ela já tinha ido embora. Vendia a casa, o Angico e levava o menino.

— E eu não compreendo até hoje por que é que ela não foi. Já reparei que as pessoas podem ter um ódio de morte a outra pessoa, lugar ou situação, mas quando têm uma oportunidade de fugir deles, não fogem. Vosmecê se lembra daquele paulista fazendeiro de café que passou por aqui e quis casar com ela?

Bibiana sacudiu a cabeça, fazendo que sim.

— Pois eu estava certo de que ia sair casamento. O homem andava entusiasmado e parece que Luzia também não estava de todo indiferente...

— Ué! Andava até bem influída. Ouviu dizer que o homem tinha um palacete na capital, carruagem com cocheiro de libré e não sei mais o quê...

— De repente o fazendeiro foi embora sem dizer nada a ninguém... e nunca mais voltou.

Bibiana sorriu enigmaticamente.

— E vosmecê não sabe por quê?

— Porque Luzia não quis casar com ele?

— Não. Foi porque um dia tive um particular com o homem e contei tudo...

— Vosmecê?

— Contei que ela não é boa da cabeça. Contei o que ela fez pro Boli... Não escondi nada. Fiquei com as orelhas ardendo de vergonha, não tive nem coragem de olhar pra ele... Mas contei.

— E que foi que o homem disse?

— Ficou meio pateta, de queixo caído. No outro dia montou a cavalo e foi embora. Não voltou aqui nem pra dizer "Adeus, cachorro!".

— E Luzia percebeu alguma coisa?

— Sabei-me lá! Se percebeu não deu demonstração.

Inclinou-se e acariciou a cabeça do gato.

Eram quase onze horas quando o dr. Winter se retirou. Bibiana mandou Natália fechar as janelas e portas e depois, como costumava fazer todas as noites antes de deitar-se, tomou dum castiçal, acendeu-lhe a vela e saiu a percorrer as peças do Sobrado. Aquela casa era como uma filha querida para a qual tinha cuidados e carinhos especiais. Sentia cada arranhão na parede, cada falha no reboco como uma ferida aberta em sua própria carne. Fazia as negras esfregarem o soalho com sabão e casca de coco todos os sábados, e lavarem as vidraças pelo menos uma vez por semana. Os móveis andavam sempre reluzentes, sem o menor grão de poeira. E ai de quem entrasse no Sobrado com as botas embarradas!

Depois de revistar todas as peças do primeiro andar, Bibiana subiu para o segundo. Até o ranger dos degraus da escada sob o peso de seu corpo era uma musiquinha familiar e agradável para seus ouvidos. Junto da porta da sacada, parou e espiou a praça através das vidraças. Lá estavam as árvores, suas velhas amigas, imóveis sob o luar; e o vulto escuro da igreja, com sua torre incompleta. Pela rua passava naquele momento uma vaca com uma lanterna acesa nos chifres. Bibiana pensou no Amâncio Braga, agente do correio. Diziam que a mulher dele o enganava com um dos filhos do Bento Amaral. Imaginem o Amâncio passeando de noite com uma lanterna presa nas guampas! Riu um risinho baixo de garganta e continuou a caminhar ao longo do corredor. Suas chinelas de lã eram tão silenciosas como as pisadas do gato. E na quietude do casarão ela ouviu sons estranhos vindos do quarto de Luzia. Parou e prestou atenção: eram gemidos trêmulos e prolongados, de mistura com soluços. Ficou imóvel, de castiçal na mão, a imaginar o que se estaria passando no quarto da nora. Decerto estava estirada na cama, com dor no estômago. Pensou em bater e perguntar se ela precisava de alguma coisa. Mas tudo isso ficou só em pensamento. Não disse palavra nem se moveu. O que a gente faz de mal neste mundo, aqui mesmo paga. O sebo da vela escorreu e pingou na mão de Bibiana, que despertou do amargo devaneio e continuou seu caminho. Depois de certificar-se de que lá em cima tudo estava em ordem, entrou no quarto de Curgo, fechou a porta devagarinho, aproximou-se da cama do neto e ergueu a vela. O rapaz estava de olhos abertos.

— Ué... — estranhou ela. — Ainda não dormiu?

— Não, vó.

— Por quê?

— Perdi o sono.

— Então acende uma vela pro Negrinho do Pastoreio pra achar ele de novo.

O rapaz sorriu tristemente. Bibiana sentou-se na beira da cama e perguntou:
— Quer voltar pra estância?
Curgo soergueu o corpo, numa súbita animação.
— Quero, sim. Quando?
— Amanhã.
A luz amarelada da vela alumiava em cheio o rosto do menino... Por um instante ela viu todos os seus mortos queridos no semblante do neto. Pedro, Ana, Bolívar... A maneira que Curgo tinha de olhar as pessoas, com a cabeça um pouco atirada para trás, era francamente do Rodrigo...
— Pois encilhe o zaino amanhã de manhã e toque pro Angico. O Faustino vai junto.
— O Faustino? Mas eu já sou homem, vó, posso ir sozinho.
Bibiana sorriu, sacudiu a cabeça num assentimento e murmurou:
— Pois sim, capitão Rodrigo, pode ir sozinho.
Avó e neto ficaram a entreolhar-se por um instante em silêncio. Do quarto contíguo, abafados e dolorosos, vinham os gemidos de Luzia. A testa de Curgo franziu-se, seus lábios tremeram, e por seus olhos brilhantes e úmidos passou uma sombra.
Bibiana fez com a cabeça um sinal na direção da alcova da nora.
— É por causa disso que tu não podes dormir?
— É.
— Não há de ser nada, Curgo. Isso passa. Deita e dorme.
Uma vez, havia muito tempo, ela dissera essas mesmas palavras a Bolívar... "Isso passa. Deita e dorme."
O rapaz obedeceu, puxou a colcha até o queixo e sorriu para a avó. Em pensamento Bibiana deu-lhe um longo beijo na face. Mas só em pensamento, pois na realidade limitou-se a bater-lhe três vezes no ombro com a ponta dos dedos. Ergueu-se e saiu sem fazer o menor ruído.
Os gemidos de Luzia tinham cessado. Bibiana entrou no próprio quarto, despiu-se lentamente, enfiou o camisolão de dormir e estendeu-se na cama. O bom mesmo seria dormir logo sem pensar, porque seus pensamentos sempre eram maus e tristes. Fechou os olhos. Pela sua mente passou o vulto do major Erasmo Graça. Depois, o de Florêncio, caminhando e puxando por uma perna. Viu também Bolívar caído de borco no meio da rua, com a cara numa poça de sangue. Revolveu-se na cama, inquieta, e por algum tempo ficou escutando o silêncio. Diziam que a guerra estava por terminar: era questão de meses ou talvez até de semanas... Mas, fosse como fosse, quando terminasse a guerra contra Solano Lopes, a *outra guerra* ia continuar feroz ali no Sobrado...
Soltou um profundo suspiro, soergueu-se na cama e apagou a vela com um sopro.

Num verão mui seco José Fandango foi levar a tropa a São Gabriel.
Como sempre acontecia, a peonada das estâncias por onde ele passava ficava alvoroçada quando via o velho chegar,
pois não havia quem não apreciasse seus ditos, chistes e histórias.
Foi assim que numa bela noite, numa estância de Tupanciretã, Fandango sentou no galpão perto do fogo e, enquanto o chimarrão andava à roda, ficou a solar
porque quando pegava a palavra não entregava a mais ninguém.
Disse:
Dês de gurizote ando cruzando e recruzando o Continente
e não hai canto destes pagos que eu não conheça.
Fiz muita tropa nos campos da Vacaria
nos de Cima da Serra
nos de Baixo da Serra.
Andei pelo vale do Uruguai
e muita areia comi nesse deserto brabo que vai do Mampituba ao Chuí.
Miles de vezes cortei a serra Geral
e outros tantos a coxilha Grande.
Pela zona missioneira e pela Campanha, meu Deus, sou capaz até de andar de olhos tapados.
Tenho conhecido gente de todo o jeito:
estancieiro pequeno e grande
tropeiro e carreteiro
mascate e bolicheiro
doutor formado e curandeiro
polícia e contrabandista
padre e bandido
soldado e paisano
índio vago e juiz de roupa preta.

*Também tenho encontrado
mulher de todo o pelo
morocha, castanha, ruiva
rica, pobre, remediada
gorda, magra, alta, baixa
moça de família, china rampeira
mulher com medo de rato
e fêmea que briga como macho.*

*Mas fui aprendendo aos pouquinhos
que hai moças e moças
e que é sempre bom a gente atentar
no que diz a língua do povo:*

Em São Borja e São Vicente,
Pra casar não se demora
Que as moças lá desses pagos
Cortam a gente de espora!

Lá na terra de Pelotas
As moças vivem fechadas.
De dia fazem biscoito,
De noite bailam caladas.

Ó moço, se eu le contasse,
Vancê diria que eu minto:
As moças de Livramento
Usam pistola no cinto!

*Aprendi também que cada hombre, como o cavalo, tem seu lado de montar.
A questão é a gente descobrir...
Porque hai gaúchos e gaúchos, nem todo o nosso povo é igual.*

*Os da fronteira são largados, falam sempre meio gritando e com ar de provocação.
Gostam de contar bravatas e de fazer gauchadas
têm mão aberta e coração grande
e assim como se espinham por qualquer coisa e querem logo brigar
em seguida ficam amigos e dão a vida por vassuncê.*

*Os da zona missioneira são retraídos, falam pouco, não gostam de ostentação.
Dão um boi pra não entrar em briga, mas depois de entrar dão uma boiada pra não sair.*

Agora, o que eu acho engraçado é esse povo que vive lá pras bandas do mar, nos campos de Viamão, de Conceição do Arroio e de Santo Antônio da Patrulha.
Têm fala cantada que só galego
são gente pacata e meio sovina
mas cumprideira de suas obrigações.

Uma coisa, patrícios, eu les garanto:
pra meu gosto o verdadeiro Rio Grande fica da margem direita do Jacuí, pros lados de São Borja e pra baixo
na direção de Uruguaiana, Santana do Livramento, Dom Pedrito e Bagé,
principalmente na Campanha, onde sempre terçamos armas com os castelhanos.
Da margem esquerda pro norte e pro mar
tem gringo demais.

Não gosto de alemão.
Falam uma língua do diabo,
olham pra gente com um ar de pouco-caso.
Tudo neles é diferente:
as roupas, as danças, as comidas, as casas,
até o cheiro.
Quando vejo um homem de pele muito branca,
cabelo de barba de milho e olho de bolita de vidro,
até me dá nojo.
Se eu fosse governo, mandava essa alemoada embora.
Não é que eu seja mesquinho, somítico ou malevo:
estrangeiro também é filho de Deus.
Mas cada qual deve ficar sossegado na sua terra
com seus parentes e amigos, seus costumes e cacoetes.

Duns anos pra esta parte, tem chegado também muito italiano.
Se empoleiraram na Serra, porque a alemoada, que chegou primeiro, pegou os melhores lugares na beira dos rios.
Já andei por essas novas colônias da região serrana.
A fala deles tem música
e é doce como laranja madura
e meio parecida com a nossa.
Gostam de comer passarinho
de fazer e beber vinho
de cantar, de ouvir missa
de padre e de procissão.
Vassuncês são muito moços, não pegaram a Guerra dos Farrapos. Pois o velho Fandango teve a honra de servir com José Garibaldi,
que também era gringo

mas gringo de senhoria.
Sabem o que foi que ele disse na sua língua atrapalhada?
Que com a nossa cavalaria era capaz de conquistar o mundo.

Pois é como eu les ia dizendo:
do Jacuí pras bandas do mar tem muito estrangeiro.
Na vida do Continente
tudo anda demudado,
quase ninguém mais usa chiripá,
agora é só bombachas.
Nos fandangos já não dançam tanto
a chimarrita, o tatu e a meia-canha:
o que querem é valsa, xote, mazurca, polca,
essas bobagens estrangeiradas.

Se há coisa que me dá quizília é ver esses tais postes do telégrafo, quando ando viajando pela Campanha.
Se eu fosse governo mandava derrubar tudo.
Onde se viu a gente passar bilhete pra outra pessoa por um arame?
Isso até é uma pouca-vergonha, porque
se quero dar algum recado, justo um chasque, arranjo um próprio
ou vou eu mesmo.

Ainda no ano passado eu ia levando uma boiada pro município de Uruguaiana quando pela beira da estrada vi passar um trem.
O diabo da locomotiva vomitava fumaça e fogo, e parecia dizer
já-te-pego... já-te-largo... já-te-pego... já-te-largo...
De repente soltou um apito,
a boiada meio que se assustou e quase houve um estouro.
Fiquei fulo de raiva, tirei a pistola da cinta e traquei bala no trem.

Vassuncês meninos são modernos,
falam em metro, quilo e litro.
Eu sou homem mui antigo,
do tempo da onça,
do palmo craveiro e da bebida em quartilho.

Pois é como estou dizendo:
com tanto gringo, tanto estrangeiro
com tanta moda nova
com tanta gente morando em cidade
nossos homens estão ficando mui frouxos.

E se não hai logo uma guerra ou alguma revolução,
vai tudo acabar maricas.
Nesse dia a castelhanada cruza a fronteira brincando e toma o Continente a grito.

Mas não há de ser nada, porque como diz o rifão:
Em qualquer pocinho d'água, Deus pode fazer um peixe.
E venha de lá esse mate, que já estou de goela seca.

O Sobrado VI

26 DE JUNHO DE 1895: NOITE

Maria Valéria acende a lamparina no quarto dos sobrinhos e retira-se, depois de recomendar:

— Fiquem bem quietos. Já vou trazer alguma coisa pra comerem.

Quando a porta se fecha, Toríbio e Rodrigo se entreolham.

— Vamos brincar de vaca-amarela? — pergunta o primeiro.

— Vamos. Eu digo: vaca-amarela cagou na panela, três a mexer, quatro a comer, quem falar primeiro come.

Ambos apertam os lábios para não falar, e a muito custo contêm o riso. Ficam assim durante vários segundos, as bochechas cheias de ar — um ar que ameaça sair-lhes na forma duma risada explosiva. De repente a porta se abre e Fandango entra.

— Ué! Que é que estão fazendo aí tão quietos?

Os meninos rompem numa gargalhada, pulam da cama e começam a gritar:

— O Fandango comeu! O Fandango comeu!

O velho baixa para eles um olhar desconfiado e pergunta:

— Comeu o quê?

— Bosta de vaca! — exclamam os dois ao mesmo tempo. — Bosta de vaca!

Fandango sorri mostrando os dentes escuros e miúdos, senta-se na cama e fica olhando para o chão.

— É o que todos nós vamos acabar comendo se o sítio continua... — murmurou ele. — Bosta de vaca com farinha e caldo de laranja!

Rodrigo e Toríbio aproximam-se do velho; o mais moço monta-lhe na perna, o outro toma-lhe do braço.

— Conta uma história pra nós.

— Estou mui cansado.

— Ué... — faz Toríbio. — Tu conta é com a boca, não com a perna. Tua boca também está cansada?

— Conta uma história do Pedro Malasarte logrando o João Bobo — sugere

Rodrigo. — Aquela que o Pedro aquentou no fogo uma panela de ferro até que ela ficou em brasa e depois vendeu ela pro João Bobo dizendo que era uma panela mágica que não precisava de fogo pra fazer comida. Vai então o João Bobo compra a panela e quando ela esfria ele vê que foi empulhado. Conta!

— Pois tu já contou, muchacho! — boceja Fandango.

— Mas agora conta tu.

Toríbio tira a pistola do cinto de Fandango e começa a brincar com ela.

— Larga essa arma, menino, que ela pode disparar.

Arrebata a pistola das mãos do menino e torna a pô-la no coldre.

— Então conta outra história — pede Rodrigo.

— A do Negrinho do Pastoreio — reforça Bio.

— Já contei essa mais de mil vezes.

— Mas conta outra vez.

Fandango sorri, faz Rodrigo sentar-se no chão e diz:

— Muita história contei pro Licurgo quando ele era assim do tamanho de vassuncês...

E por um instante ele revê os campos da estância em outros tempos, quando saía pelas invernadas com o Curgo de quinze anos, a ensinar-lhe coisas.

Um dia perderam no Angico um terneiro brasino da estima de Licurgo e o menino ao anoitecer acendeu um coto de vela e fez uma promessa ao Negrinho do Pastoreio. No dia seguinte, mal rompeu a alvorada, lá estava o terneiro perdido, berrando na frente da casa da estância.

— Conta! — insistem os meninos.

— Está bem, xaroposos! Está bem.

Fandango recosta-se na cama e com a sua voz especial de contar casos, uma voz pausada de conversa ao pé do fogo, começa:

— Era uma vez um estancieiro podre de rico e louco de tão malvado... (Isso se passou nos tempos de dantes.) Pois diz-que esse hombre malo tinha até dinheiro enterrado, mas era tão sovina que não comia ovo pra não botar a casca fora. Na estância dele não dava pousada nem comida pra ninguém. Pra encurtar o caso, o diabo do homem era tão ruim que por onde ele andava nem os quero-queros cantavam. Pois essa peste tinha um filho, um menino, ruim como o pai, porque quem sai aos seus não degenera...

O velho faz uma curta pausa, puxa um pigarro e prossegue:

— Tinha também nessa estância um negrinho escravo, preto como fundo de panela, mas de dentes brancos que nem asa de garça. Negro lindo, mesmo!

— Como era o nome dele? — pergunta Rodrigo.

— Não tinha — Toríbio apressa-se a responder. — Tu sabe.

— É — confirma o velho. — Não tinha. Quando um padre passou pela estância e começou a batizar quem ainda era pagão, o negrinho também quis um padrinho. Vai entonces o estancieiro gritou: "Negro não se batiza!". O pobre do moleque baixou a cabeça e resolveu que ia ser afilhado da Virgem Nossa Senhora.

— E foi?

— Foi.

De olhos acesos, os meninos escutam a história com uma atenção fascinada, e com um gosto novo de quem ouve um belo conto pela primeira vez.

— Todo o mundo judiava do Negrinho naquela estância maldita, principalmente o estancieiro e o filho. Pois diz que um dia o homem malo mandou o Negrinho pastorear, num potreiro enorme de trinta quadras, trinta cavalos tordilhos. O Negrinho montou num baio e se foi...

— E os cavalos fugiram — antecipa-se Rodrigo.

— Cala a boca!

— Pois é — continua Fandango. — Quando anoiteceu, o Negrinho ficou cansado, pegou no sono, deixando o baio à soga. Alta noite vieram uns guaraxains, roeram a soga, o baio fugiu, os tordilhos também se foram e, num abrir e fechar de olhos, se sumiram na noite grande. Quando acordou, o pobre do Negrinho viu que tinha perdido o pastoreio. Entonces desandou a chorar.

— E quem é que foi contar pro estancieiro que os cavalos tinham fugido? — pergunta Rodrigo.

— Ora! — faz Toríbio. — Tu sabe. Foi o filho dele, não foi, Fandango?

— É, foi o filho da mãe do guri, xereta simbergüenza. Foi contar ao pai. O pai entonces manda amarrar o Negrinho num palanque e aplica-lhe uma sumanta de relho dessas de tirar a alma dum vivente a guascaços. Lept! Lept! Lept! O Negrinho ficou chorando e sangrando. E como castigo o homem malvado mandou o pobre do menino sair na noite escura pra campear o baio e os trinta tordilhos perdidos.

Fandango faz uma pausa para observar melhor os dois meninos, cujos rostos a luz da vela tinge dum amarelo-alaranjado. Do outro quarto vem o barulho surdo da cadeira de balanço da velha Bibiana. Ela também sabe a história do Negrinho do Pastoreio — reflete o velho —, mas conta-a de outro modo. Há mil modos de narrar esse mesmo "causo". Fandango ouviu um no galpão de certa estância de São Gabriel; ouviu outro na Soledade e finalmente um outro muito diferente em Vacaria. Bem diz o ditado: "Quem conta um conto aumenta um ponto".

— E daí? — pergunta Toríbio.

— Daí o Negrinho teve uma ideia. Foi ao oratório da Virgem sua madrinha e tirou de lá um coto de vela acesa e saiu com ela na mão pelo campo...

— E foi pingando cera no chão, não foi? — pergunta Rodrigo.

— Isso mesmo. Foi pingando cera e cada pingo quando caía ficava aceso e brilhando como uma outra vela. E tinha tantos pingos que o campo ficou todo alumiado, claro como o dia. Entonces o Negrinho achou o seu baio e os trinta tordilhos. Montou no baio e repontou a tropilha pra estância, pr'um lugar que o estancieiro tinha marcado. Mas de repente chegou a noite, o Negrinho ficou com sono, amarrou de novo o baio e dormiu. E de noite o filho do estancieiro veio, o malvado, e enxotou os trinta tordilhos, e a tropilha outra vez se perdeu no campo.

— E que foi que o estancieiro fez?

— Deu outra sova no Negrinho, uma sova tão forte que o desgraçadinho dessa vez começou a se esvair em sangue e a revirar os olhos. Então o estancieiro pensou: "O diabo vai morrer. É noite e eu não vou me dar o trabalho de abrir uma cova pra enterrar esse moleque. Vou botar ele dentro do panelão dum formigueiro que tem no meio do campo. Lá as formigas comem as carnes dele e ficam só os ossos. É isso que eu vou fazer".

— E fez?

— Fez. Primeiro se quedou ali pra ver o que as formigas faziam. Os bichinhos se assanharam e cobriram logo o corpo do Negrinho e começaram a comer as carnes dele. Entonces o estancieiro foi-se embora satisfeito, dando risada, o cachorro!

— E os cavalos?

— Os cavalos continuavam sumidos.

— E aonde é que foi o estancieiro?

— Foi dormir. Diz-que teve sonhos de arrepiar o cabelo, e que a noite ficou feia, e que veio uma cerração da cor de pelo de ratão, e durou três dias e três noites.

Fandango cala-se e fica olhando para a chama da vela, que dança, fazendo dançar também nas paredes caiadas as sombras das três pessoas que ali estão.

— E depois?

— Ora, um dia o estancieiro resolve ir até o formigueiro pra ver a calavera do Negrinho. Mas quando chegou lá ficou de boca aberta com o que viu.

Fandango entesa o busto, ergue as mãos ossudas e tostadas. Sua cara está séria, os olhos arregalados, como se ele fosse o próprio estancieiro no momento de fazer a descoberta espantosa. Toríbio e Rodrigo estão parados, de boca entreaberta, um ar entre medroso e palerma e no qual, não obstante, há um leve toque de maliciosa incredulidade.

— O Negrinho lá estava de pé — continuou o velho —, dando uma risada, no meio do formigueiro, nuzinho mas inteirinho, tirando as formigas do corpo com os dedos. E ao lado dele, assim no ar, numa nuvem de luz, a imagem da Virgem Nossa Senhora, rindo pro afilhado. Não muito longe do formigueiro, o cavalo baio pastava e em roda dele os trinta tordilhos sacudiam as crinas. O estancieiro perdeu a fala e ficou ali duro como uma estatua.

Nesse instante Maria Valéria entra no quarto, abrindo a porta com um gesto brusco. Num sobressalto os meninos voltam a cabeça para a recém-chegada e uma careta de contrariedade contorce-lhes o rosto.

— Venham comer — diz ela. — Laranja e farinha. Foi o que se pôde arranjar.

— Espera, madrinha — diz Rodrigo. — O Fandango está contando a história do Negrinho.

Maria Valéria faz que os sobrinhos agarrem os pratos, onde gomos de laranja descascada estão sobre uma camada de farinha de mandioca, empapada aqui e ali de sumo. Com os pratos nas mãos, mas os olhos postos em Fandango, os dois rapazes esperam a continuação do "causo".

O velho ergue os olhos para Maria Valéria e diz:

— Já estou no fim, dona.

Ela fica de braços cruzados, imóvel e tesa, esperando. À tíbia luz da lamparina seu rosto está todo manchado de sombras que a envelhecem, e como que lhe tornam maior o nariz, mais encovadas as faces.

— E depois, Fandango? — pergunta Rodrigo.

— O Negrinho solta uma risada, pula pra cima do lombo do baio...

— Em pelo?

— Em pelo no mais... E sai repontando campo fora os trinta cavalos tordilhos.

O velho faz uma pausa, respira fundo e a seguir, com voz mais macia, remata a história:

— Diz-que daí por diante em muitos lugares do Rio Grande tropeiros, carreteiros, gaúchos andarengos e peões de muitas estâncias começaram a ver o Negrinho passar certas noites montado no seu baio tocando por diante a cavalhada tordilha. Todos sabiam do causo do estancieiro malo e achavam que tudo tinha sido um milagre da Nossa Senhora. Diz-que agora tudo que se perde no mundo o Negrinho acha, mas ele só entrega os perdidos a seus donos se estes lhe acenderem uma vela. O Negrinho não quer vela pra ele, mas sim pro altar da sua Madrinha.

— E ele ainda anda por aí, Fandango? — pergunta Rodrigo.

— Diz-que.

Toríbio fica pensativo por um instante e depois indaga:

— E essa história é de verdade ou de mentira?

Fandango ergue-se devagarinho, respondendo:

— É uma história linda, chiquito.

Depois, dirigindo-se a Maria Valéria, murmura:

— Acho que vou acender hoje uma vela pro Negrinho pra ele trazer de volta pra casa o meu neto que se perdeu nessa revolução. — Sorri. Fecha um olho. — E pro afilhado da Virgem me devolver outras coisas, muitas outras coisas que tenho perdido nesta vida.

Sai do quarto caminhando no seu tranco sutil e faceiro.

— Vamos, comam duma vez! — diz Maria Valéria aos sobrinhos.

— Estou enjoado de laranja — choraminga Rodrigo. — Dá dor de barriga.

— É o que tem.

Bio esfrega um gomo na farinha e depois mete-o na boca, trincando-o; o sumo lhe escorre pelas comissuras dos lábios.

— Então conta outra história, titia.

— Chega de histórias. Comam e vão dormir.

De repente, numa invencível sensação de cansaço, ela se senta pesadamente na cama e leva ambas as mãos às têmporas. A cabeça agora lhe dói tanto que parece que se vai partir. Senhor, quando acabará este martírio? Quando? Quando? Quando?

Pé ante pé Fandango entra no quarto de Bibiana, que está às escuras. O soalho estrala.

— Quem é lá? — pergunta ela.

— Sou eu.

— Eu quem?

— O Fandango.

Na penumbra ele distingue a silhueta da velha, sentada na sua cadeira. Por alguns segundos Bibiana permanece silenciosa.

— Ah! — faz ela por fim, como se só agora reconhecesse o capataz. — Que é que anda fazendo na cidade? Quem é que ficou tomando conta do Angico?

Fandango fica um pouco confuso. Valerá a pena lembrar a pobrezinha do que está acontecendo?

— Vassuncê não se lembra mais? — pergunta ele. — A revolução...

Cala-se de súbito, sem jeito de explicar.

— Ah... pois é. Os caramurus estão aí.

— Como é que vassuncê vai passando?

— Como Deus manda. Me acabando aos poucos. Estou quase cega. Ninguém me conta mais nada. Os farrapos já chegaram?

Pobre da velha, caducando!

— Não — responde ele. — Mas vão chegar logo, não se preocupe.

— Se o capitão Rodrigo voltar, diga pra ele que suba, que não repare eu não descer. Estou mui cansada e enxergando pouco. Ninguém me conta mais nada. Onde está essa gente toda? Parou o tiroteio? O Bolívar aind'agorinha esteve aqui conversando comigo. Me trouxe notícias da Leonor.

Fandango fica pensativo. "Tenho só cinco anos menos que ela. Qualquer dia vou andar também por aí caducando, dizendo bobagens, servindo de palhaço pros outros. Mil vezes uma boa morte!"

O melhor seria morrer num baile, com as ideias ainda claras, cair de repente sem vida no meio duma tirana ou duma chimarrita, como uma vela nova de chama brilhante que o minuano apaga com um sopro, e não como um coto que se queima até o fim, numa agonia triste.

— Vassuncê não quer nada? — pergunta ele.

A velha fica pensativa por um instante e depois diz:

— Quero que vá amolar o boi, que tem o couro grosso.

— Está bem, dona.

Fandango sai do quarto lentamente, caminhando na ponta dos pés.

A noite avança e o silêncio lá fora continua. Os homens conversam em voz baixa na cozinha, onde João Batista conta casos do tempo da escravatura. Na sala de jantar, enrolado no poncho, Florêncio senta-se numa cadeira e prepara-se para a vigília da noite. Em cima do consolo, ao pé do espelho, arde a última vela.

Licurgo aproxima-se do sogro e pergunta:

— Por que não sobe pra deitar na sua cama?

— Estou bem aqui.

— Não adianta nada o senhor se martirizar desse jeito. Já ontem passou a noite aí sentado. Não tem comido nada. Um homem da sua idade não pode aguentar essas coisas.

Florêncio cerra os olhos e não responde. Curgo recebe o silêncio do sogro como uma bofetada.

Ruído de passos na escada. Maria Valéria entra na sala, aproxima-se de Licurgo e diz:

— A Alice está de novo com muita febre.

Florêncio continua mudo, sem sequer erguer a cabeça para a filha. E, como Licurgo também nada diz, Maria Valéria traça o xale e encaminha-se para o vestíbulo.

— Vou chamar o doutor Winter — anuncia ela.

— O quê? — exclama Curgo, dando alguns passos na direção da cunhada.

— Se os homens desta casa vão deixar a Alice morrer por falta de recursos — diz ela, parando à porta do vestíbulo —, *eu* preciso fazer alguma coisa.

— Está louca!

Florêncio levanta-se, aproxima-se de Maria Valéria, toma-lhe do braço e murmura:

— Tenha calma, minha filha. Pense bem no que vai fazer.

Esta cena toda tem um tom heroico-teatral que deixa Licurgo constrangido e ao mesmo tempo irritado. Está certo de que a cunhada não terá coragem de sair sozinha àquela hora da noite, sabendo que o Sobrado está cercado de inimigos. O que ela quer mesmo é pôr em brios os homens da casa. Mas ele não se deixa levar assim tão facilmente por esse ardil.

— A senhora não consegue dar nem três passos na rua — diz ele sem encarar Maria Valéria. — Tem um maragato de tocaia na torre da igreja.

— Que me importa? — exclama ela.

— E a senhora sabe onde está o doutor Winter a estas horas?

Florêncio tenta puxar a filha para dentro da sala.

— Me largue, papai!

— Por favor, não grite — suplica o velho num sussurro. — Os outros podem nos ouvir.

— Pois que ouçam! É possível que algum deles crie vergonha...

Aparece um vulto à porta da sala de jantar. Pela altura Curgo reconhece Antero.

— Que é que quer? — pergunta com rispidez.

O homenzinho dá alguns passos e pede:

— Vassuncê me dá licença?

— Licença pra quê?

— Para ir buscar o doutor?

— Ninguém lhe encomendou sermão!

— Curgo! — exclama Florêncio. — A intenção do homem é boa.

Antero continua parado, encolhido dentro do poncho.

— Se vassuncê dá licença eu vou. Sou pequeno, é mais fácil pra mim sair sem ninguém me ver...

Cala-se. Os outros esperam.

— Pois é — continua o "nanico". — Saio pelos fundos, pulo o muro, sigo de rasto. Dou volta pelas ruas de trás e entro pelos fundos da casa do doutor e digo pra ele que dona Alice está passando mal e que o coronel Licurgo...

— Não meta o meu nome nesse negócio. Não pedi nada a ninguém.

— Está bem — concorda Antero com humildade. — Não meto o seu nome. Só digo que dona Alice está passando mal e peço pro doutor vir...

— E depois — pergunta Florêncio — como é que vassuncês vão voltar?

Antero encolhe os ombros magros.

— Dá-se um jeito... — diz. — Podemos erguer uma bandeira branca. Sabendo que é um caso de doença, os maragatos não atiram e nos deixam passar.

Por alguns instantes ninguém diz palavra. Maria Valéria é quem fala primeiro:

— Muito obrigada, moço. — E depois, dirigindo-se ao cunhado: — Então? Que é que diz?

Sem olhar nem para a cunhada nem para Antero, Curgo responde:

— Vá. Mas não peço favor pra maragato. Não meta meu nome nesse negócio. E se receber algum balaço não me culpe. Eu não pedi nada. A lembrança foi sua.

— Mas a mulher é sua — replica Maria Valéria.

Curgo explode:

— Cale a boca!

Antero faz meia-volta e encaminha-se para a cozinha. Florêncio aproxima-se dele, põe-lhe a mão no ombro e diz:

— Deus le acompanhe. Vassuncê é um homem de coragem e um homem de bem.

Mas cuspi na cara do Tinoco — pensa Antero. Sou um covarde, um malvado. Decerto agora chegou a hora de Deus me castigar. Se eu tiver sorte e voltar vivo com o doutor, é porque Deus me perdoou. Mas acho que vou ficar mas é estendido no meio da rua com cinco balas no corpo, me esvaindo em sangue. Será que morrendo eu encontro no outro mundo minha mãe e meu irmão?

Antero funga, e com mão trêmula pega o chapéu e enfia-o na cabeça. Na cozinha conta aos companheiros o que vai fazer. Um deles diz:

— Tu é bem louco, nanico.

Outro vem apertar-lhe a mão:

— Tu é mais homem do que eu pensava. Deus te guie.

O velho Fandango, que remexe nos tições do fogo, limita-se a dizer, sem olhar para Antero:

— Bem diz o ditado: "Tamanho não é documento".

A voz do negro João Batista vem do fundo da cozinha:

— Tu sabe, Antero, que se os maragatos te pegarem te tratam como espião?

— Não...

— E tu sabe o que é que eles fazem com espião?

Antero espera, de boca entreaberta, uma secura na garganta.

— Passam a faca no pescoço — conclui o negro, com voz risonha.

— Não assusta o outro! — protesta Jango Veiga. — Seja feliz, companheiro.

Antero abre a porta da cozinha. A noite entra no Sobrado num bafo gélido. As árvores do quintal estão paradas no silêncio azulado. Sem voltar a cabeça e sem dizer palavra, Antero começa a descer lentamente a escada.

As conversas cessaram. Os homens acham-se deitados no chão da cozinha, ao redor do fogão onde as brasas ainda estão vivas. Muitos dormem, ressonam alto; às vezes um deles fala no sono, balbucia uma palavra, solta uma exclamação.

De olhos abertos e fitos no vão da porta da cozinha, que o reflexo das brasas vagamente alumia, Florêncio continua sentado na sua cadeira. Extinguiu-se a luz da última vela, e ele tem a impressão de que a escuridão e o silêncio aumentam o frio. A dor no peito lhe voltou e, com ela, a falta de ar e a aflição. Para ele a noite é pior de passar que o dia. Tem de dormir recostado em travesseiros, pois quando se deita a falta de ar aumenta. Sente um frio que lhe vem subindo dos pés e tomando conta das pernas, das coxas, do ventre; quando esse gelo lhe chegar ao coração, tudo estará acabado...

Pensa em Antero. Quanto tempo fará que o homenzinho se foi? Duas horas? Três? Quanto tempo faltará ainda para clarear o dia?

Ruído macio de passos. Florêncio vê um vulto aproximar-se dele, parar diante de sua cadeira.

— Quem é?

— Sou eu. O Fandango.

— Que foi que houve?

— Nada. Só vim ver como vassuncê vai passando.

Falam em cochichos para não acordarem os outros.

— A dor me voltou.

— Mui forte?

— Mais forte que da última vez.

— É o diabo. Mas daqui a pouco decerto o nanico chega aí com o doutor Winter e ele dá uma arrumação nesse seu peito.

— Vassuncê acredita mesmo que ele vem?

Fandango fica mudo por um instante. Senta-se no chão ao lado do amigo, encruza as pernas e depois sussurra:

— Pra le falar a verdade, não acredito muito. O doutor pode ter ido embora de Santa Fé, pode ter morrido... sei lá! E o Antero a esta hora decerto está amarrado numa árvore, com a garganta aberta...

Passos no andar superior.

— Como estará a Alice? — pergunta Florêncio.

— Vim de lá ind'agorinha. A febre voltou e ela está se remexendo muito, batendo com a cabeça dum lado pra outro, e até variando...

A Alice que Florêncio agora vê em seus pensamentos tem oito anos, tranças compridas e está correndo no quintal atrás duma borboleta. Maria Valéria aparece a uma janela e grita com sua voz esganiçada: "Deixa quieto o pobre do bichinho!".

Florêncio suspira fundo e depois pergunta:
— E vassuncê não dorme, Fandango?
— Já tirei a minha torinha. Não sou homem de mucho dormir. Acho até que sou meio parente de coruja. Gosto da noite que me lambo todo.
Uma pausa curta. Depois a voz calma de Florêncio:
— Vassuncê se lembra do Monarca, o meu bragado?
— Se não vou me lembrar! Era flor de animal.
O Monarca era o cavalo de estimação de Florêncio. Serviu-o durante muitos anos e foi morto num combate no princípio da revolução.
— Pois tive a noite passada um sonho esquisito com ele. Sonhei que estava num potreiro muito grande e de repente vi o Monarca saindo do meio duma cerração. Estava bem aperado e faceiro, sacudindo a cabeça e fazendo sinais pra mim assim como querendo dizer: "Vim le buscar. Vamos embora". E vassuncê sabe duma coisa? No sonho fiquei até contente quando compreendi que o bragado ia me levar pro outro mundo. De repente não senti mais dor neste peito nem frio nem tristeza nem nada. Tudo era como nos tempos de dantes. Montei no animal e entramos a trote na cerração...
Fandango levanta-se e diz:
— É. Tem sonhos engraçados. Mas veja se dorme um pouco, seu Florêncio.
— Estou com os pés gelados.
— Está porque quer. Vamos lá pra perto do fogo.
Toma do braço de Florêncio e ajuda-o a erguer-se. Encaminham-se os dois para a cozinha. Fandango leva a cadeira do outro, que coloca na frente do fogão.
— Vamos animar este fogo — cicia ele. — Tome assento, seu Florêncio. Não está melhor aqui?
Florêncio senta-se e fica olhando para as brasas. Fandango vai até a despensa e depois de alguns minutos volta sobraçando um pacote e alguns pedaços de madeira.
— Veja só o que encontrei — cochicha.
Ajoelha-se diante da boca do fogão e mostra a Florêncio o pacote à luz das brasas.
— Que é isso?
— Jornais velhos. Vou meter tudo no fogo.
— Não faça isso. Deve ser a coleção do Licurgo...
— Qual nada! Pra mim jornal só é bom mesmo pra começar fogo.
Florêncio permanece calado e imóvel, enquanto o outro começa a rasgar velhos números de *O Arauto* e de *O Democrata* e a atirar os pedaços dentro do fogão.

Ismália Caré

1

A redação e as oficinas de *O Arauto* ficavam numa meia-água quase em ruínas, apertada entre o Paço Municipal e o casarão dos Amarais. Toda a gente em Santa Fé sabia que o jornal dirigido por Manfredo Fraga se mantinha graças ao apoio financeiro que lhe dava o cel. Bento, o qual da janela lateral de sua residência costumava berrar sugestões para os artigos de fundo: "Ataque esses republicanos duma figa. Diga que são uma corja de traidores!". Ou então: "Responda ao artigo de Júlio de Castilhos e conte que *A Federação* é financiada pela maçonaria". Ou ainda: "Ameace que vamos contar donde saiu o dinheiro pra construir o sobrado dum certo republicano de Santa Fé. Dê a entender que vamos desenterrar cadáveres, e que muita roupa suja vai ser lavada em praça pública!".

Aos oitenta e um anos de idade era ainda Bento Amaral um homem cheio de energia. Caminhava lentamente, arrastando os pés, mas recusava-se a usar bengala, mantinha uma postura ereta e detestava ser tratado como velho. Tinha o crânio completamente calvo, liso e lustroso como uma bola de bilhar; a pele de seu rosto, duma tonalidade citrina, estava cortada de rugas fundas e terrosas; as pálpebras empapuçadas se lhe dobravam roxas sobre os olhos de bordas vermelhas e inflamadas e quase cobriam as pupilas dum cinzento frio e líquido. Toda a gente ali na vila achava difícil conversar com o cel. Bento porque o homem falava sincopadamente, aos arrancos, soltando as palavras em rajadas e fazendo longas pausas nervosas de gago. Quando estava enfurecido, a gagueira aumentava e, em vez de falar, ele ficava a silvar como cobra. Tinha o cacoete de levar de quando em quando a mão ao rosto e esfregar com a ponta do indicador a cicatriz que lhe marcava a face esquerda. Ultimamente deixara de fumar, mas adquirira o hábito de mascar fumo, de sorte que muitas vezes, quando da janela de seu quarto gritava ordens para "o salafrário do Fraga" — que lhe era útil, mas que no fundo ele detestava —, as palavras lhe saíam da boca junto com um chuveiro de saliva parda. Da outra casa, com a mão em concha atrás da orelha — pois era meio surdo —, o diretor de *O Arauto* escutava-lhe as ordens num silêncio servil e depois ia sentar-se à mesa de trabalho, molhava a pena na tinta e com caligrafia caprichada traçava o artigo de fundo, de acordo com as instruções do Chefe. Nunca publicava nada em seu jornal sem primeiro pedir a aprovação do cel. Bento.

Naquela fria manhã de junho, Manfredo Fraga terminava de revisar o editorial que devia aparecer no número do dia seguinte. Sentado junto da escrivaninha, metido num largo poncho cor de chumbo, do qual sobressaía seu pescoço descarnado e cheio de pregas, a sustentar precariamente a cabeça oval, de rosto rosado e glabro, o diretor de *O Arauto* parecia uma enorme tartaruga. Acariciando o lóbulo da orelha direita com a ponta da caneta, os óculos acavalados no nariz adunco, os lábios a se moverem silenciosamente, Manfredo Fraga relia o artigo mais importante que escrevera desde que tomara a direção do semanário.

Amanhã, 24 de junho de 1884, será um dia assinalado na História de nossa idolatrada terra. Santa Fé comemorará festivamente sua elevação à categoria de cidade. Aleluia! Aleluia! Que os sinos de nossa bela e alterosa igreja badalem e encham os ares de sons álacres, anunciando o fasto grandioso. Finalmente a Assembleia Provincial fez justiça (*quae sera tamen*), pois já a todos causava estranheza a tardança da concessão de foros de cidade à nossa vila, quando uma outra localidade menos progressista e importante que a nossa (e cujo nome a discrição manda calar) já o tem de há muito.

Manfredo Fraga ergueu a cabeça de quelônio e sorriu.

Todos iam perceber que ali estava uma referência velada a Cruz Alta, que era cidade desde 1879. O Velho ia gostar da indireta, pois tinha birra dos cruz-altenses e vivia às turras com o barão de São Jacó, chefe político do município vizinho. Sorrindo ainda, Fraga tornou a baixar os olhos para o artigo:

A nossa Câmara Municipal e o Comitê de Festejos à cuja frente se encontra o ilustre e benemérito cidadão Alvarino Amaral, organizou para amanhã um programa à altura do magno acontecimento. Ao romper da alvorada a Banda de Música Santa Cecília, organizada e orientada pelo provecto médico e musicista germânico, Dr. Carl Winter, percorrerá as ruas principais de nossa urbs, tocando marchas festivas. Às dez da manhã haverá na Matriz um *Te Deum*, com prédica especial pelo nosso culto vigário, o Pe. Atílio Romano. Às quatro da tarde, na Praça da Matriz, realizar-se-ão as tradicionais Cavalhadas, nas quais tomarão parte, como mouros e cristãos, pessoas da nossa melhor sociedade. Como de costume, seguir-se-ão as famosas provas das argolinhas, em que nossos garbosos conterrâneos terão ocasião de revelar sua perícia de cavalheiros.

Finalmente à noite, o Paço Municipal abrirá seus salões para um grande baile de gala, abrilhantado pela supracitada Banda, e iniciado por um cotillon, e ao qual comparecerá o que Santa Fé tem de mais seleto e representativo. Por essa ocasião será prestada significativa homenagem ao venerando Cel. Bento Amaral, neto do fundador desta cidade, e por muitos anos chefe político liberal deste município.

Seguia-se um elogioso perfil biográfico do Chefe. Manfredo acrescentou-lhe alguns adjetivos e a seguir, fazendo uma pausa na leitura, apanhou a garrafa de cachaça que tinha a seus pés, junto da cadeira, tomou um longo sorvo, estralou os beiços e limpou-os com a manga do casaco. Fazia frio, ele estava com os pés gelados e o diabo do Velho não mandava nunca fazer os consertos de que a casa necessitava: uma das paredes estava rachada, havia goteiras no telhado e o vento entrava pelas frestas das janelas sem vidraças. Agora, porém, Fraga sentia no peito um calor confortável que aos poucos lhe ia subindo à cabeça e que acabaria por aquecer-lhe também os pés. Ainda estralando e lambendo os lábios chegou ao que se lhe afigurava o trecho mais sensacional do artigo de fundo:

Achamos que é nosso dever prevenir o público em geral contra a manobra de certas pessoas de má-fé que, por simples inveja e despeito, estão procurando desvirtuar as finalidades dos festejos de amanhã, lançando a semente da discórdia no seio da população local. Esses maus patriotas, movidos por mero interesse pessoal e mal disfarçada ambição de mando, estão tratando de confundir os espíritos. Por isso avisamos nossos leitores de que nenhuma outra comemoração, além das acima mencionadas, tem a sanção da Comissão Central de Festejos. Dizemos isso porque sabemos que se organiza para a noite de amanhã uma festa de finalidade política e subversiva, com o visível propósito de perturbar o baile de gala do Paço Municipal, que deverá encerrar com chave de ouro o grande dia. Trata-se duma farsa montada e ensaiada por maçons, livres-pensadores, hereges e mazorqueiros, cujo objetivo precípuo é solapar o Regime, destruir a Família, menoscabar a Religião, atacar nosso querido e impoluto Soberano; em suma, substituir a democrática Monarquia Brasileira pela mais nefanda e nefária das anarquias. Os verdadeiros patriotas hão de saber não só evitar a companhia desses traidores da Pátria como também dar-lhes o desprezo e o castigo que merecem.

Ali estava um artigo de arromba — concluiu o diretor de *O Arauto*, esfregando as mãos. Ficou imaginando a cara com que ia ficar Licurgo Cambará quando lesse aquele editorial no dia seguinte.

Ergueu-se, puxou um pigarro com tamanho gosto e tanta força, que ele lhe saiu do peito como um grito de triunfo.

No dia seguinte, por volta das nove da manhã, *O Arauto de Santa Fé* foi distribuído de casa em casa entre seus assinantes e depois posto à venda avulsa na Farmácia Galena, na Casa Sol e na Sapataria Serrana. O artigo de Fraga foi muito comentado e, farejando polêmica, quase todos puseram-se a imaginar o que iria dizer *O Democrata*, órgão do Clube Republicano local. Ficaram um tanto decepcionados quando às dez da mesma manhã o número semanal dessa folha apareceu, trazendo na primeira página um editorial muito sereno, que terminava assim:

Entre as comemorações mais significativas do dia de amanhã, além do *Te Deum*, encontra-se a festa que nosso correligionário, o cidadão Licurgo Cambará, realizará na sua residência e durante a qual, num gesto que deve ser imitado por todos os bons brasileiros, dará carta de manumissão a todos os seus escravos. Na mesma ocasião dezenove outros cativos, cuja liberdade foi comprada a seus senhores a peso de ouro, com dinheiro da caixa do nosso Clube, coletado especialmente para esse fim, serão igualmente manumitidos. Haverá danças nas salas do Sobrado e fandango no seu quintal, onde se acenderão fogueiras em homenagem ao santo do dia. O Sr. Cambará não fez convites especiais para essa festa de fraternidade e humanidade, mas por nosso intermédio convida a tomar parte nela todos os santa-fezenses e forasteiros que simpatizam com a ideia abolicionista e que, mesmo não sendo republicanos, desejam ver implantado no Brasil um regime verdadeiramente igualitário.

Pouco antes do meio-dia Bento Amaral apareceu à sua janela e berrou:
— Fraga! Ó Fraga!
O diretor de *O Arauto* respondeu da outra janela:
— Pronto, coronel! Que foi que houve?
O Chefe brandiu no ar um exemplar de *O Democrata*.
— Vassuncê já leu esta bosta?
— Já.
— Eu devia mas era fazer o Rezende engolir este jornal.
— No próximo número de *O Arauto* eu desanco esse baiano.
— Palavra não dói na pele. O que ele merece mesmo é uma sova de rabo-de-tatu.
O velho mascava fumo freneticamente e pelos cantos da boca lhe escorriam dois filetes de saliva pardacenta. Ficou um instante a olhar para a cara do Fraga e depois rosnou:
— Regime igualitário! Eles vão ver com quantos paus se faz uma canoa. — De repente, como se quisesse que todo o mundo ouvisse, gritou: — Eles que deem graças a Deus eu ser um homem de bem, senão mandava acabar a festa do Licurgo a porrete.
Naquele instante ia passando a cavalo pela rua um tropeiro de Soledade, que ouviu as últimas palavras do velho. Apeou pouco depois à frente da venda do Kunz, amarrou o animal num frade de pedra, entrou, pediu um trago de caninha — "Pr'esquentar" — e foi logo contando:
— Sabe da última? O velho Amaral diz que é capaz de mandar acabar o baile do Licurgo a pau.
— Quem foi que disse? — perguntou o alemão de olhos arregalados.
— Ninguém — replicou o tropeiro. — Eu mesmo ouvi com estes ouvidos que a terra há de comer.
— Não diga!
Kunz foi para o fundo da casa e contou à mulher:

— O coronel Amaral diz que vai acabar a festa do Sobrado a bala.

— *Ach!* Que horror! — replicou *Frau* Kunz. Correu para a cerca e chamou a vizinha:

— Sabe o que me contaram, comadre? O coronel Amaral vai mandar acabar com o baile do Sobrado a facão.

A vizinha passou a notícia ao marido. Este, que era sócio do Clube Republicano, correu para a redação de *O Democrata*, onde chegou ofegante e despejou a novidade em cima do seu diretor, o dr. Toríbio Rezende:

— Os Amarais vão mandar a capangada atacar o Sobrado amanhã de noite. Diz que vão armados e dispostos a acabar com a festa.

O dr. Rezende franziu a testa, fitou os olhos no correligionário e depois perguntou com calma:

— O senhor acredita nisso?

— Ué. Por que é que não? Esses sujeitos são capazes de tudo.

O outro encolheu os ombros, sorriu e disse:

— Cão que ladra não morde.

Dois homens que estavam na sala da redação e ouviram o diálogo, saíram, cada qual para seu lado, e começaram a espalhar a notícia pela cidade. Por volta das três da tarde, toda Santa Fé já sabia que o cel. Bento Amaral estava preparando seus capangas para atacar o Sobrado, prender Licurgo Cambará e Toríbio Rezende, empastelar *O Democrata* e fechar o Clube Republicano.

2

Antes de raiar o Dia de São João, Jacob Geibel, o sacristão da Matriz de Santa Fé, deixou a cama ainda estremunhado de sono, enfiou o poncho sobre o camisolão de dormir e dirigiu-se para o campanário. Era um homúnculo atarracado, de pernas arqueadas e curtas, barbas ruivas e olhos cor de malva. Viera da Alemanha havia cinco anos e ali em Santa Fé e arredores era conhecido como o "Barbadinho do Padre". Poucos, porém, podiam gabar-se de ter-lhe ouvido a voz: além de não saber português, o sacristão era um homem taciturno e azedo, que parecia detestar o convívio humano.

Diante do altar-mor dobrou os joelhos rapidamente, sem entretanto encostá-los no chão, fez um vago sinal da cruz e saiu a arrastar as chinelas ao longo do corredor central do templo. Entrou no batistério, ficou por um instante coçando a cabeça e bocejando; depois agarrou a corda do sino com ambas as mãos e deu-lhe um brusco puxão.

A badalada fendeu o ar quase com a intensidade duma explosão e cobriu a cidade como uma onda, espraiando-se pelos campos em derredor. Jacob continuou a tocar sino com um vigor apaixonado e, como o atroar aumentasse, ficou de tal maneira estonteado, que por fim foi como se um demônio lhe tivesse entrado no corpo: pendurou-se na corda e começou a dar pulos, ao mesmo tempo que gritava em alemão os piores nomes que conhecia, na confusa esperança de que a zoada do sino impedisse Deus e os santos de lhe ouvirem os impropérios. Num dado momento fez uma pausa para tirar o poncho, e depois, só de camisolão, tornou a agarrar a corda com redobrada fúria. Odiava Santa Fé, odiava aquela gente de língua bárbara, odiava o vigário e às vezes chegava a odiar até as imagens dos santos.

Quando algum enterro saía da igreja e ele tinha de dobrar a finados, era com secreta alegria que murmurava a cada badalada: *Wieder einer weniger!* Menos um! *Wieder einer weniger!* Menos um! Agora, porém, o ritmo do sino não era lento e fúnebre, mas frenético, desesperado, como um toque a rebate.

"*Verfluchte Stadt!*", gritava ele. Cidade maldita! Cachorrada do inferno! Porcos excomungados! Que Deus vos amaldiçoe! Que um raio vos parta!

O Sobrado ali estava na luz indecisa da alvorada, pesado como uma fortaleza e ao mesmo tempo com o jeito dum grande animal adormecido. Fora recentemente caiado de novo, os caixilhos das janelas pintados dum azul-anil, os azulejos polidos; e nas grades do portão a tinta estava ainda fresca. Pombas que tinham fugido da torre da igreja, assustadas pelo badalar do sino, estavam agora pousadas no telhado do casarão dos Cambarás. Apesar de tudo, o monstro continuava a dormir. Num dado momento, porém, como uma pálpebra que se ergue, revelando o brilho duma pupila, abriu-se o postigo duma das janelas do andar superior, deixando aberto na fachada um quadrilátero luminoso onde se recostou o vulto dum homem alto e espadaúdo, metido num camisolão.

Licurgo Cambará fora despertado pelo bater do sino, pulara da cama meio atordoado, viera até a janela e agora ali estava a olhar para fora com olhos embaciados de sono. Em poucos segundos sua confusão, que continha um vago elemento de pânico, foi dissipada pela própria voz do sino, que parecia anunciar: "Santa Fé já é cidade! Santa Fé já é cidade!". Licurgo sentia o soalho frio sob os pés descalços. ("Vá calçar as botinas, menino!", gritou-lhe a avó em seus pensamentos.) Passando a mão pelos cabelos revoltos e duros, ele olhou para os lampiões da praça, cujas chamas morriam, e, erguendo os olhos, viu que começavam a apagar-se também as estrelas. Passara mal a noite, num sono de febre mais cansativo que uma vigília forçada. Andara dum lado para outro, ora a cavalo ora a pé, metido em roupagens vermelhas, com um turbante mouro na cabeça, distribuindo a torto e a direito títulos de manumissão e pontaços de lança. De vez em quando acordava, agoniado, com a sensação de não ter dormido um só minuto, e ficava olhando a escuridão, escutando a quietude da casa, ouvindo o relógio grande lá embaixo bater os quartos de hora. E assim, pensando nas coisas que tinha a fazer no dia seguinte, caía de novo em modorra, e outra vez começava a lida, a angústia, a luta entre mouros e cristãos, que de repente se transformava na quadrilha dos lanceiros em que seu par era prima Alice, a qual não era bem prima Alice, mas um pouco Ismália Caré. Assim passara toda a noite, e agora ele sentia a cabeça oca como um porongo que o som do sino fazia vibrar.

Mas tudo estava bem: o dia em breve ia nascer, o grande dia! Fez meia-volta, apanhou o lampião que se achava em cima da mesinha de cabeceira, e encaminhou-se para o lavatório. Despejou a água do jarro na bacia de louça, lavou o rosto com ambas as mãos, bufando e respingando o espelho; depois escovou os dentes com força, borrifando as faces com o pó cor-de-rosa do dentifrício. Tirou o camisolão e começou a vestir-se com uma pressa nervosa. Como o sino cessasse de bater, pôs-se a cantarolar "O Boi Barroso".

Eu mandei fazer um laço
Do couro do jacaré,
Pra laçar o Boi Barroso
No cavalo pangaré.

Enquanto enfiava as botas, gemeu a música do estribilho, imitando o choro sincopado da gaita. Depois cantou:

Adeus, priminha,
Eu vou m'embora,
Não sou daqui,
Sou lá de fora.

Por um instante teve na mente a imagem de Alice. Dali a pouco mais de um mês estaria casado com a prima. Ia ser engraçado, porque ele não podia esquecer a Alice dos tempos de menina: magricela, de tranças compridas, olhos pretos muito graúdos, pernas finas e fala chorosa. Nunca lhe ocorrera a ideia de namorar a prima. Sua avó tinha cada lembrança!

Licurgo pousou as mãos sobre os joelhos e ficou sentado na beira da cama, a olhar fixamente para o soalho. Sempre que pensava na noiva, sua imagem lhe vinha acompanhada pela da amante. Havia poucos dias mantivera com a avó um diálogo embaraçoso:

— Pensa que sou cega, Curgo? Eu vejo tudo.
— Pois é verdade. A Ismália é minha amásia.

Não tivera coragem de encarar a velha.

— Mas agora vassuncê vai casar, precisa deixar a china o quanto antes.

Ele permanecera silencioso.

— Promete?
— Não.

A conversa terminara aí. Desde então nunca mais haviam tocado no assunto. Era impossível explicar a uma senhora de quase oitenta anos o que ele sentia pela rapariga. Aquela gente antiga era muito positiva nas suas opiniões. Para ela uma coisa era boa ou má, preta ou branca, decente ou indecente. Não conhecia o meio-termo. Seria inútil tentar explicar à avó que ele gostava da prima Alice o suficiente para fazê-la feliz; que a achava bonitinha, prendada, e que tinha a certeza de que ela ia ser ótima dona de casa, boa esposa e boa mãe — mas que todas essas coisas nada tinham a ver com o que ele sentia pela Ismália. A chinoca não pedia nada, não esperava coisa alguma. Gostava dele quase assim como uma cadelinha gosta do dono. Se por um lado ele sabia que não teria nunca a coragem de abandonar a amante, por outro também estava certo de que seu rabicho pela Ismália nunca, mas nunca mesmo, poderia influir em sua afeição pela prima nem perturbar-lhe a paz do casamento.

Tornou a erguer-se, postou-se na frente do espelho e passou o pente nos cabelos. Depois alisou com a ponta dos dedos o grosso bigode negro, acariciou os zigomas salientes, dum moreno lustroso e avermelhado de couro curtido, e tornou a pensar em Ismália. Começara a desejar violentamente a rapariga desde o dia em que a vira pela primeira vez no rancho dos Carés, no fundo duma das invernadas do Angico. E certa manhã, após longo assédio, muitos negaceios e engodos, conseguira levá-la para o mato. Nos últimos momentos, porém, tivera de pegá-la à força, e desses minutos agitados e resfolgantes de luta corporal lhe haviam ficado lembranças meio confusas e perturbadoras: o desejo que, exacerbado pela longa espera e pela resistência de Ismália, se havia transformado numa fúria quase homicida; os gritos da chinoca, primeiro de protesto e finalmente de dor; os guinchos dos bugios que, empoleirados nas árvores e excitados pela cena, haviam rompido numa gritaria endoidecedora.

Aplacado o desejo, ele ficara estendido de costas, os braços abertos em cruz, olhando com um vago remorso para os bugios que perseguiam suas fêmeas e ouvindo o choro manso de Ismália a seu lado. Sentia vergonha de sua brutalidade e começava a impacientar-se pelo fato de não achar o que dizer à rapariga. Pedir desculpas não adiantava nada, e mesmo isso não era de seu feitio. Dar-lhe dinheiro seria brutal.

Erguera-se em silêncio, saíra do mato resolvido a não ver mais Ismália e convencido também de que daquele momento em diante ela passaria a votar-lhe um ódio de morte. Na certa ia contar tudo ao pai e este iria imediatamente queixar-se a d. Bibiana. Imaginara-se diante da avó a responder a uma interpelação:

— Pois é verdade. Fiz e sustento. Mulher é pra isso mesmo. Se não fosse eu, havia de ser qualquer outro.

A coisa no entanto acontecera da maneira menos esperada. Depois daquela manhã passara vários dias sem pôr os olhos na menina. E uma tarde, à hora da sesta, estando ele deitado no seu quarto já quase a cair no sono, vira um vulto de mulher esgueirar-se pela porta entreaberta e caminhar na direção de sua cama. Era Ismália. Fez-lhe um sinal e a china veio enroscar-se a seu lado como uma gata.

Licurgo desceu para o andar térreo, atravessou a passos largos a sala de jantar e entrou na cozinha, onde Fandango conversava ao pé do fogo com a negra Lindoia.

— Bom dia, Fandango!

— Buenas!

— Então sempre chegou a grande data, hein?

— Que remédio? Dês que o mundo é mundo, depois do hoje vem o amanhã e assim por diante até a hora da gente ir pra cidade dos pés juntos.

— Está pronto o mate?

— Quase — informou a negra.

Sobre uma das chapas do grande fogão, a chaleira começava a despedir jatos de vapor pelo bico.

Licurgo esfregou as mãos, sentou-se num mocho e perguntou:

— Sabe quantas pessoas dormiram aqui em casa esta noite?

— Umas quatro... — troçou Fandango.

— Quase trinta!

Os escravos do Angico e de outras estâncias que iam receber carta de manumissão tinham passado a noite no porão do Sobrado.

Fandango coçou a barbicha com a unha do indicador e murmurou:

— Eu só quero ver o que é que essa negrada vai fazer depois que receber papel de alforria.

— Ora! Vai ficar livre.

— Sim, mas vassuncê acha que vão viver melhor?

— Claro que vão.

— Pois eu duvido.

— Velho cabeçudo!

A tampa da chaleira começou a dar pulinhos.

— Que venha esse amargo, Lindoia!

A negra cevava o mate.

— Vassuncê vai ver — prosseguiu o capataz. — Recebem dinheiro e gastam tudo em cachaça. Vão passar o dia na vadiagem, dormindo ou se divertindo. Nenhum desses negros alforriados vai querer trabalhar. No fim acabam morrendo de fome.

— Não seja tão agourento, Fandango.

— Qual! O que sou é um índio velho mui vivido. Na minha idade um cristão acaba descobrindo que o que hai na vida é muita conversa fiada. Vassuncês moços que leem nos livros gostam demais dessas novidades estrangeiras.

— Mas a abolição vai melhorar tudo. A escravatura é a vergonha do Brasil.

— Qual vergonha, qual nada! Deixe de história. Negro é negro. Hai gente que nasceu pra ser mandada.

— Vassuncê está me desiludindo.

— Xô égua! Não nasci ontem. Essa história de cidade é a mesma coisa. Dias atrás não se sabia de nada, Santa Fé era vila. Muito bem. De repente chega um desses tais de telegramas e começa a folia. A Assembleia resolveu que agora Santa Fé é cidade. Todo mundo fica louco, a festança começa, é sino, viva e foguete. Mas, me diga, cambiou alguma coisa? Nasceu alguma casa nova, alguma rua nova, alguma árvore nova só por causa do decreto? Não. Pois é... Pura conversa fiada, hombre!

Licurgo sorria.

— Se é assim, vassuncê deve ser também contra a república.

— Aí está outra bobagem. Se vier a república a gente vai ver como não cambia nada. Pode cambiar a posição das pessoas. Quem está por baixo sobe, quem está por cima, desce. Mas as coisas ficam no mesmo, e o povinho continua na merda.

— A república há de vir, seja como for. Mas tome esse mate — disse Licurgo, estendendo para o velho a cuia que Lindoia lhe entregara.

Fandango, porém, sacudiu negativamente a cabeça:

— Não. Gracias. Nada de "primeiros" comigo. Nem com mulher nem com mate.

Licurgo começou a chupar na bomba e a cuspir o líquido esverdeado no chão.

— Na próxima eleição — disse ele — vassuncê vai votar com os republicanos.

— Posso votar com o Curgo, que é meu amigo. O resto é bobagem.

— Dessa vez havemos de eleger os nossos candidatos.

— Pode ser. Mas na última eleição esse tal de Assis Brasil não fez nem pro fumo...

— Espere, Fandango, que no ano que vem a coisa muda.

O capataz encolheu os ombros.

— O Velho é bom. Certos apaniguados dele é que não prestam.

Referia-se ao Imperador.

— Mas pra derrubar essa cambada é preciso derrubar também o Velho e o regime, substituindo esses figurões por gente nova como Júlio de Castilhos, Rui Barbosa, Venâncio Aires e outros.

— Conversas! São todos uns bons filhos da mãe.

Licurgo tornou a encher a cuia d'água e passou-a a Fandango. E, enquanto o velho ficou entretido a chupar na bomba, ele falou com entusiasmo nos festejos do dia. Tinha a impressão — disse — de que o baile de gala do Paço Municipal, com suas formalidades e seus medalhões, ia ficar apagado diante da festa do Sobrado, onde reinaria a verdadeira democracia: negros e brancos, ricos e pobres, todos misturados e irmanados no ideal abolicionista e republicano. Mas no momento mesmo em que dizia essas coisas, Curgo percebeu que não estava sendo sincero, que não estava dizendo o que sentia. Era-lhe inconcebível a ideia de que aqueles negros sujos pudessem vir dançar nas salas de sua casa, em íntimo contato com sua família. Sabia também que pouca, muito pouca gente em Santa Fé compreendia o sentido da palavra *república*...

Fandango fez uma careta.

— Pois eu cá não preciso de desculpa pra me divertir. Quando estou com vontade de dançar, danço. Quando estou com vontade de cantar, canto. Este peito não conhece tristeza. Vassuncês é que são uns capados. Não fazem nada sem muito discurso. Xô égua!

Licurgo contemplava o amigo. Gostava daquela cara indiática, do contraste entre a pele tostada e o branco prateado da barba esfalripada. Sentia-se fascinado principalmente pelo jeito de o velho falar e pela expressão travessa e maliciosa de seu olhar. Só se lembrava de tê-lo visto triste no dia em que chegara a Santa Fé a notícia de que seu filho, o Fandango Segundo, havia sido morto em combate nas terras do Paraguai. O velho ficou parado, com uma névoa nos olhos, e por alguns segundos não disse palavra. Depois, como o quisessem consolar, murmurou: "Todos têm de morrer mais cedo ou mais tarde, não é? Só que uns morrem cedo demais...". Nesse dia, quando Fandango montou a cavalo e saiu para o campo sozinho, Licurgo viu-lhe lágrimas nos olhos. O capataz passou horas e horas andando à toa pelas invernadas do Angico. Voltou ao entardecer e já assobiando ao trote do cavalo. E à noite no galpão, ao redor do fogo, contou à peonada as proezas de Fandango Segundo, suas andanças e amores; e rematava cada episódio da vida do filho com estas palavras: "Era um alarife, mas tinha por quem puxar". Depois dessa noite não pronunciou mais o nome do morto, e suas esperanças então passaram a concentrar-se no neto, o Fandanguinho, que crescia ali na estância ao calor de seus olhos e à luz de seus conselhos: "Um piá mui ladino", dizia o velho, piscando o olho. "Vai me sair melhor que a encomenda."

As pessoas com quem Licurgo mais gostava de conversar eram Fandango, sua avó e Toríbio Rezende. Este último, um baiano formado pela Faculdade de Direito de São Paulo, estabelecera-se em Santa Fé em princípios de 1881, trazendo para o município a ideia republicana, da qual era ardoroso propagandista. Desde o primeiro dia provocara a ira dos Amarais, que o ameaçaram de todos os modos, primeiro indireta e depois diretamente, procurando forçá-lo a deixar a vila. Mas o diabo do nortista fincara pé, impávido, e fizera frente aos potentados da terra com tanta altivez e coragem, que Licurgo fora espontaneamente procurá-lo, oferecendo-lhe seu apoio, sua casa, sua fortuna, enfim, tudo de que ele precisasse. Começara assim uma amizade que já durava mais de três anos e que se fazia mais forte à medida que o tempo e os acontecimentos passavam.

O convívio com Toríbio Rezende, a leitura dos artigos que Júlio de Castilhos publicava na imprensa atacando o império e fazendo a propaganda da abolição e da república — tudo isso tinha feito de Licurgo Cambará um republicano e um abolicionista. Ficara de tal modo dominado por essas ideias que acabara quase fanatizado por elas. Fandango observara um dia: "O Curgo tem três amantes: a República, a Abolição e a Ismália. Às vezes vai pra cama com as três ao mesmo tempo".

Em 83 Toríbio Rezende e Licurgo Cambará fundaram em Santa Fé o Clube Republicano, que contava agora com quase sessenta sócios e mantinha uma folha semanal. As notícias do progresso do movimento no resto do país davam-lhes ânimo e estímulo. Sabiam que o Ceará começara a libertar seus escravos, e que havia poderosos clubes republicanos em Porto Alegre e na capital de São Paulo, onde Borges de Medeiros, jovem estudante gaúcho, dirigia um jornal.

Fandango entregou a cuia a Lindoia, que tornou a enchê-la d'água, passando-a a Curgo, o qual tinha os olhos postos na janela, através de cujas vidraças via um pálido pedaço de céu. O grande dia estava prestes a raiar. Santa Fé ia dar um exemplo ao resto da Província, e esse exemplo partia daquela casa, do Sobrado! Aquilo — refletia Curgo — ia ser um ato de humanidade, de coragem, e ao mesmo tempo valia como uma bofetada na cara dos monarquistas: era um desafio capaz de repercutir até no estrangeiro. Tinha razão Toríbio Rezende quando afirmava que a ideia republicana podia ser comparada com uma onda que ia aos poucos crescendo e que acabaria não só lavando a mancha da escravidão como também derrubando o trono! Proclamada a República, Santa Fé ficaria livre dos Amarais, e homens como Toríbio e ele, Licurgo, iriam dirigir a política municipal, eliminando o favoritismo, as injustiças e as arbitrariedades. Em pensamento Licurgo via Toríbio a falar e gesticular: "O capitão Rodrigo botou sua marca no rosto do velho Bento; só ficou faltando o rabinho do *R*. Pois bem, Curgo. Quem vai completar o serviço (Toríbio pronunciava *serviço* com um *é* muito aberto) é você, não com uma adaga, mas simbolicamente, levando para diante a campanha abolicionista e republicana, e livrando Santa Fé de seu sátrapa". Como Toríbio falava bem, com que eloquência, com que facilidade! Na mente de Licurgo a imagem do amigo desapareceu para dar lugar à de Júlio de Castilhos, cuja mão ele apertara comovidamente por ocasião do último congresso republicano de Porto Alegre. Era incrível que aquele moço retraído e de poucas palavras estivesse abalando o trono com seus artigos políticos, escritos e publicados na Província! Agora os republicanos do Rio Grande tinham em Porto Alegre o seu jornal: *A Federação*, fundado em janeiro daquele ano. Em Santa Fé os sócios do Clube Republicano esperavam com ansiedade a mala postal que trazia semanalmente os números da folha em que Castilhos publicava seus artigos candentes.

Havia num desses escritos certo trecho que Licurgo aprendera de cor, por achar que ele definia, melhor que qualquer outro, a ideia abolicionista. Repetiu-o em voz alta para Fandango:

— "Quando se trata de tornar livres todos os filhos do Rio Grande, quando urge acabar com a imoral instituição que nos macula, não deve haver partidos. Só há lugar para um partido: é o partido da moral, do direito e da liberdade, que protestam contra a escravidão. À margem, pois, das desavenças e dos ódios das lutas partidárias, emudeça a voz do partidarismo político quando é imperioso combater este inimigo comum: a escravidão."

Fandango escutou o amigo em silêncio, e, quando Curgo se calou, o velho cuspinhou por entre os cacos de dentes e disse:

— Conversa fiada. O inimigo do homem é o homem mesmo.

Licurgo ergueu-se, caminhou para a porta da cozinha, abriu-a de par em par e respirou profundamente o ar frio da manhã.

Uma negra com um grande balde na mão se dirigia para o fundo do quintal, onde ia ordenhar as vacas. Aos poucos saíam vultos do porão da casa. Eram os escravos que acabavam de despertar. Uns se espreguiçavam, bocejando longamente. Outros caminhavam encolhidos, tiritando de frio. Quando viam Licurgo, murmuravam:

— A bênção, sinhô.

— Deus vos abençoe — respondia ele.

Em breve aquela gente toda ia ser livre — pensou. E por um momento ficou como que afogado pela ideia da própria bondade.

O que ia acontecer no Sobrado aquela noite era grande: o mais belo gesto da sua vida. Fechou os olhos, conteve a respiração como para avaliar melhor a intensidade de seus sentimentos. Acabou, porém, por descobrir, decepcionado, que a emoção que sentia diante de tudo aquilo não era tão dominadora como ele esperava: não estava, em suma, à altura dos acontecimentos que a despertavam.

Galos cantavam nos terreiros e seus gritos se cruzavam no ar do amanhecer. O horizonte começava a clarear.

— Está ouvindo, Fandango? — perguntou Licurgo em voz alta, sem se voltar. — Os galos estão bem loucos. Parece que sabem que dia é hoje. Lindoia! Me prepare um churrasco. Estou com fome.

Fandango ergueu-se.

— Deixe isso por minha conta. Vou trazer um bom costilhar pra nós. Também estou louco de hambre.

Caminhou com seu passo miúdo e meio gingante para a despensa, onde havia quartos de reses pendurados em ganchos.

Com um xale sobre os ombros, os braços cruzados, Bibiana entrou na cozinha. Aos setenta e oito anos tinha ainda o porte ereto, o andar firme e vivo, e os cabelos apenas grisalhos.

Licurgo voltou-se e caminhou para ela.

— A bênção, vovó.

Bibiana estendeu a mão, que o neto beijou.

— Deus te abençoe, meu filho.

Fandango voltou com o costilhar nos braços.

— Bom dia, Fandango.

— Buenos dias, dona. Passou bem a noite?

— Dormi com os anjos.

A malícia deu um brilho súbito aos olhos do velho.

— Com quem que vassuncê dormiu?

— Com os anjos, velho indecente!

— Ah! — fez Fandango, que tratava de tirar brasas do fogo para assar a carne.

— Pra que todo esse barulho? — perguntou Bibiana, olhando para o neto.

— O sino? É do programa, vovó. Hoje é o grande dia.

Bibiana sacudiu lentamente a cabeça.

— Pra mim é um dia como qualquer outro.

Depois, mudando de tom:

— Já pensaram no que é que vão dar pra essa negrada comer agora de manhã?

— Não.

— Pois é. Vassuncês só pensam em bobagens, em discursos. A velha é que tem de tratar da comida. Carta de manumissão não enche barriga de ninguém. É preciso dar alguma coisa pra entreter o estômago desses negros.

Ficou dando instruções a Lindoia. Não havia em casa pão nem biscoito que chegasse para todos.

— Eles que comam laranja e bergamota — sugeriu o capataz.

— Chame a Doca e a Noêmia — gritou Bibiana para a preta. — Vamos começar a trabalhar, senão fica tudo atrasado.

Tinham de dar de comer à noite para mais de cem pessoas. Iam mandar carnear cinco novilhas, três porcos e duas ovelhas. Havia na despensa várias caixas com garrafas de cerveja, vinho e cachaça.

E por que toda essa folia? — refletiu a velha. Só porque o homem do telégrafo, que vivia batendo com o dedo naquela engenhoca que fazia tec-tec-tec-tec-tec, tinha recebido pelo fio (coisa que ela não podia compreender) um recado dizendo que Santa Fé havia sido elevada à categoria de cidade. Licurgo andava com aquelas manias de acabar com a escravatura e atacar o Imperador. Era uma verdadeira loucura. O Sobrado estava cheio não só da negrada do Angico como de escravos de outras casas e estâncias. Era o maior disparate do mundo dar liberdade àquela gente. Mas o menino queria porque queria. E o outro, o dr. Rezende, esse era o mais doido de todos. Era por causa do baiano que Curgo andava com aquelas ideias na cabeça. Enfim, su'alma, sua palma, como diz o ditado. Eu é que não me meto nessas coisas. Contanto que não prendam fogo na casa, podem fazer o que entenderem.

Licurgo aproximou-se de novo da porta dos fundos e ficou mirando o quintal. Ansiava pelo nascer do sol. Queria ver Toríbio. Queria ver gente, muita gente: os amigos do Clube, pessoas, enfim, com quem pudesse discutir os planos do dia. A madrugada fria, aqueles vultos silenciosos no pátio e o cocoricó dos galos começavam a deixá-lo deprimido.

Sentiu que a avó estava a seu lado, os braços cruzados debaixo do xale. E no silêncio ele esperou a pergunta que temia, e que finalmente foi formulada:

— Mandou buscar a Ismália?

Seu primeiro impulso foi o de dizer que não. Mas não sabia mentir.

— Mandei.

— Então a coisa não está acabada?

— Não.

— Mas é preciso acabar o quanto antes.

— Eu sei.

— Se sabe, por que é que não acaba? Falta só um mês pro seu casamento.

Curgo pensou: mais cedo ou mais tarde a Alice tem de saber. Mas nada disse.

O relógio deu uma badalada.

— Seis e meia — murmurou Fandango.

O dia clareava aos poucos. De longe vinham agora os sons duma banda de música.

— Aí vem ela! — exclamou Lindoia.

Licurgo aproveitou o ensejo para cortar o diálogo. Tomou do braço da velha e disse:

— Vamos ver a banda, vovó.

Foram, seguidos de Fandango. Abriram uma das janelas da frente do Sobrado e debruçaram-se sobre o peitoril. Na boca da rua do Comércio apontou a Banda de Santa Cecília. Vinham os músicos formados em duas filas de quatro. Pistão, flauta, contrabaixo, bombardino, clarineta, violão, bombo e tambor. Tocavam uma marcha, mas a melodia cantada pela voz do pistão e da clarineta, rendilhada pelos trilos do flautim, era quase abafada pelos roncos do bombardino e do contrabaixo, em duas notas repetidas que davam a impressão do grunhir dum porco descomunal.

Quando a banda passou pela frente do Sobrado, Licurgo acenou amistosamente para os músicos. Bibiana olhava impassível, resmungando para o neto:

— O doutor Winter merecia ser enforcado por ter inventado essa droga.

Fandango deixou a janela, correu para a porta da rua, abriu-a e saltou para fora, gritando:

— Olha a furiosa, minha gente!

Pôs-se a pular e a dançar na frente da charanga. Nas árvores da praça os passarinhos chilreavam. Abriam-se janelas, onde assomavam cabeças. Homens, mulheres e crianças vinham para a frente de suas casas, trocavam-se acenos e cumprimentos. O pe. Romano apareceu à porta da igreja, com o rosto rubicundo iluminado em cheio pela luz do sol, que começava a aparecer por cima da coxilha do cemitério. Fez na direção do Sobrado um largo aceno, a que Licurgo respondeu.

— Até o vigário ficou assanhado com a música — comentou Bibiana.

— Não é só a música, vovó. É o grande dia!

A velha encolheu os ombros.

— Quando vassuncê chegar à minha idade, vai ver que no final de contas todos os dias são iguais.

Erguendo poeira do chão, a Banda de Santa Cecília passou pela frente da Matriz e seguiu pela rua dos Farrapos.

3

Quando Fandango entrou na igreja e viu-a abarrotada de gente, disse em voz alta a Bibiana, que caminhava a seu lado:

— Está apertado que nem queijo em cincho.

— Cht! — repreendeu-o a velha, franzindo a testa e acrescentando num cochicho: — Na igreja não se fala.

O sino começou a badalar. Eram quase dez horas da manhã, e o rosto da velha imagem de Nossa Senhora da Conceição resplandecia à luz do morno sol de inverno que entrava pelas janelas do templo. Para Bibiana a santa tinha uma fisionomia familiar, pois desde menina ela se habituara a vê-la ali no altar com as mesmas roupas, a mesma postura e o mesmo sorriso bondoso. Vezes sem conta, quando moça, Bibiana viera ajoelhar-se ao pé da imagem da padroeira de Santa Fé, confiar-lhe suas dificuldades e fazer-lhe promessas. Fora por obra e graça de Nossa Senhora que Bibiana casara com o cap. Rodrigo. Quando aos três anos Bolívar caíra de cama com um febrão medonho, ela viera um dia à igreja e dissera à santa: "Se vosmecê faz o Boli melhorar, prometo mandar rezar dez missas e dar cinco patacões pra igreja". Ao chegar à casa encontrara já o menino com as roupas úmidas de suor e a testa fresquinha. Depois, com o passar do tempo, e à medida que Bibiana perdia sua fé nos homens e nos santos, suas relações com Nossa Senhora foram deixando de ser de santa para crente para serem quase de mulher para mulher. E agora o olhar que a velha ao sentar-se lançara para a imagem parecia querer dizer: "Bom dia, comadre, como vão as coisas?". Eram ambas donas de casa e tinham grandes responsabilidades. Durante mais de cinquenta anos Bibiana não tivera segredos para com a santa. Eram velhas amigas e confidentes: entendiam-se tão bem que nem precisavam falar...

Alice entrou de braço dado com Licurgo. Atrás do par vinham Florêncio Terra, o pai da noiva, e sua outra filha, Maria Valéria.

Segundo uma tradição local, os liberais e seus familiares deviam ocupar os bancos que ficavam à direita de quem entrava no templo; os conservadores, os da esquerda, que era agora o lado onde se sentavam também os republicanos. Os três primeiros bancos da direita estavam permanentemente reservados para Bento Amaral e seus filhos, genros, noras e netos. O pe. Romano mandara reservar o primeiro banco da esquerda para Licurgo Cambará e sua gente. Quando estes últimos se acomodaram, os Amarais nem sequer voltaram a cabeça para o lado deles. Ouviu-se um murmúrio na igreja. A rivalidade entre aquelas duas famílias era um dos assuntos prediletos da vila. Todos sabiam que o velho Bento costumava dizer: "Quando vejo gente do Sobrado fico com o dia estragado". Por sua vez, sempre que mencionava o nome Amaral, Licurgo acrescentava: "Com o perdão da má palavra...".

Curgo sentou-se ao lado da noiva. Respirou fundo. Andava no ar um cheiro de água de *toilette* misturado com o do óleo de mocotó que muitas das mulheres usavam nos cabelos. Era uma mescla quente, entre adocicada e rançosa, temperada pelo olor de incenso e de cera queimada.

Quando o sino cessou de badalar, fez-se um silêncio pontilhado de tosses nervosas, de pigarros e do estralar de bancos.

Jacob Geibel deixou o campanário e encaminhou-se para o altar-mor, pelo corredor central. Vestia a sua melhor roupa, uma fatiota preta que o uso tornara ruça. Estava muito vermelho, com as orelhas em fogo. Caminhava encurvado, de olhos baixos, e suas botinas de elástico, que ele só usava na hora da missa, rangiam agudamente, coisa que lhe aumentava o embaraço. *Verfluchte Stadt!* Lá estavam aquelas mulheres gordas e peitudas, que tinham bigode e cheiravam a leite e queijo. E aqueles homens escuros e cabeludos, de mãos rudes e vozes guturais, aquelas bestas que recendiam a suor de cavalo e a esterco. Animais!

Jacob desapareceu na sacristia e pouco depois voltou para acender as velas dos altares. Fez primeiro uma reverência rápida diante do altar-mor e a seguir acendeu uma a uma as longas velas de cera, pensando irritadamente no negro Caetano, que todos os dias ao anoitecer saía pelas ruas com sua escadinha às costas para acender os lampiões da vila. À medida que o tempo passava, mais vermelhas iam ficando as orelhas do sacristão e mais forte sua sensação de mal--estar. Ele sabia — oh, se sabia! — que aquela gente ali na igreja estava rindo dele às suas costas. Porcos! Quando saía à rua, as crianças o seguiam, gritando: "Olha o Barbadinho do Padre!".

Depois de acender a última vela, Jacob retirou-se. O altar agora estava todo pontilhado de pequenas chamas móveis, que atiravam reflexos dourados nas alfaias e ouropéis.

Licurgo olhou de soslaio para a noiva e por um instante ficou a contemplar-lhe o perfil delicado e tranquilo. Alice trazia o seu melhor vestido de cassa e tinha uma mantilha negra na cabeça. Por um tímido instante seus olhos escuros e mansos fitaram o noivo, mas se desviaram logo, furtivos, fixando-se no altar. Licurgo sentiu que devia dizer alguma coisa. Podia cochichar: "A senhora está muito bonita hoje". Mas continuou calado. Não podia vencer a sensação de constrangimento que a presença da prima lhe causava. Por outro lado, havia coisas que não aprendera ainda a dizer nem fazer. Detestava as pessoas que viviam com a preocupação de agradar e elogiar os outros. Considerava Toríbio Rezende o seu melhor amigo, mas havia no rapaz traços e hábitos com os quais ainda não se acostumara. O baiano era demasiadamente derramado de palavras e gestos, e tinha o hábito constrangedor de chamar-lhe "meu querido", coisa que causava a Curgo um certo desagrado, pois achava esse tratamento demasiadamente efeminado.

Curgo estava de tal modo absorto em seus pensamentos (andava agora a cavalgar pelos campos do Angico com Ismália Caré na garupa), que nem percebeu que à entrada do padre a congregação se erguia. Alice bateu-lhe de leve no braço com a ponta dos dedos e dirigiu-lhe um rápido sorriso. Licurgo levantou-se. O *Te Deum* começava.

Quando o pe. Atílio Romano subiu ao púlpito para fazer a sua prédica, o cel. Amaral puxou um pigarro que encheu sonoramente o recinto. "Velho porco", murmurou Bibiana. Fandango abafou uma risada.

Era o vigário de Santa Fé um homem alto e corpulento, de rosto carnudo e olhos dum castanho de mel queimado. A barba forte e escura, sempre visível mesmo quando escanhoada, envolvia-lhe as faces sanguíneas numa sombra arroxeada, dando-lhe à fisionomia um certo ar crepuscular que só o sorriso aberto, de dentes muito brancos, conseguia neutralizar. Era um sorriso tão aliciante, que chegava quase a ser feminino. A primeira vez que Licurgo vira o padre sorrir ficara tomado duma impressão desagradável. O padre, porém, tinha um aspecto tão másculo — a voz, os gestos, o andar — que Curgo acabou convencido de que "o vigário era mesmo macho cento por cento".

Natural da Itália, Atílio Romano viera para o Brasil logo depois de ordenado. Voraz ledor de livros, adorava as línguas e a oratória, e gostava de tal modo de conversar e discursar, que parecia encontrar no simples pronunciar das palavras, na formação das sentenças, no uso dos adjetivos, no engendrar dos tropos um prazer tão sensual como o que o comum dos homens encontra no ato de comer ou de amar. Falava com um leve sotaque italiano e tinha uma voz cantante e macia que, por assim dizer, lubrificava as palavras, de sorte que elas lhe rolavam fáceis e ágeis pela língua e enchiam o ar de música e ritmo. Seus gestos, como a voz, possuíam também cadência e melodia. Agora ali no púlpito o sacerdote media o auditório com um olhar dramático, o cenho cerrado, as mãos enlaçadas à altura do peito, a respiração contida, as narinas palpitantes. Encheu os pulmões de ar, estendeu os braços para a frente, como se quisesse enlaçar toda a congregação, e disse:

— Meus queridos paroquianos!

Sua voz encheu o recinto, grave e bem modulada. Jacob Geibel saiu da sacristia na ponta dos pés e veio sentar-se num mocho atrás do púlpito, num lugar em que não podia ser visto pelos fiéis.

— Meus queridos — repetiu o vigário —, meus muito queridos paroquianos.

Lambeu os lábios e respirou fundo.

— Santa Fé acaba de receber seu título de cidade! — exclamou de repente, com voz cheia de exultação e agarrando as bordas do púlpito com suas manoplas rosadas e peludas.

Nesse momento ouviu-se um forte zumbido no ar. Cabeças voltaram-se para todos os lados, olhos procuraram... Um colibri que acabara de entrar na igreja, voejava agora, estonteado, dum lado para outro, à procura duma saída. O padre calou-se. Houve um momento de embaraçosa expectativa. Fandango não se conteve e disse em voz perfeitamente audível:

— Beija-flor é bicho muito burro!

Surdiram aqui e ali risinhos abafados. O passarinho volitava, aflito, sobre as cabeças dos fiéis. Por fim frechou na direção da porta e saiu para o ar livre. Houve como que um ah! de alívio e de novo as atenções se voltaram para o orador. Atílio Romano sorria, de olhos brilhantes. Estendendo o braço na direção da porta, com o indicador a apontar acusadoramente para o colibri, disse com suave gravidade:

— Esse pobre passarinho desnorteado que acaba de sair daqui, meus queridos cristãos, é um símbolo de importância tremenda. — Carregou no erre de tremenda, como para tornar a palavra ainda mais cheia de significação. — Ele me lembra certas almas sem rumo que procuram às cegas algo de melhor e mais alto na vida e passam seus dias a bater com a cabeça em muros, paredes, cercas e obstáculos de toda a ordem. Como esse passarito que buscava a liberdade do ar livre, essas almas se esforçam por fugir às prisões humanas e querem alçar o voo para o alto, para o infinito. Pobres almas aflitas, transviadas, sem norte, que se ferem nessa busca alucinada! Como lhes seria fácil achar a saída se compreendessem, como esse colibri a princípio parecia não compreender, que a liberdade está na direção da luz, na direção da porta. Mas aqui, meus queridos paroquianos, há uma diferença. Se para a avezita a liberdade e a vida estavam lá fora, para as criaturas humanas a verdadeira liberdade e a verdadeira vida estão aqui dentro! É na igreja que se encontra a salvação!

Ao pronunciar esta última palavra inclinou o busto para a frente, como se quisesse atirar-se do púlpito de ponta-cabeça. Passeou o olhar por aquelas muitas fileiras de caras, em sua maioria inexpressivas, que estavam voltadas para ele.

Tornou a retesar o busto. Afrouxou-se-lhe a expressão tensa do rosto, e sorrindo, ele prosseguiu:

— Vede como um simples bípede emplumado que errou o caminho pode desviar um orador sacro do rumo traçado para seu sermão. Mas, para voltar ao grande assunto do dia, quero ainda usar duma imagem que esse colibri me sugeriu. Como pássaros agitados que deixam a fronde duma árvore e, um após outro, se vão pelo ar, batendo as asas em todas as direções, assim são as palavras que neste momento se me escapam da boca.

Aproximou os dedos dos lábios, num gesto que tinha a leveza duma pluma. De repente ficou sério, cerrou o punho e brandiu-o na direção do auditório.

— Mas eu quisera que esses pobres e apagados pássaros tivessem a mais rica, bela, colorida e brilhante das plumagens, e que sua revoada constituísse um arabesco gracioso e expressivo; quisera, em outras palavras, ter a eloquência dum Cícero ou de um Demóstenes para poder exprimir neste instante o júbilo que me vai na alma diante desse acontecimento memorabilíssimo que é a elevação de Santa Fé à categoria de cidade!

Jacob Geibel escutava a voz do padre, mas sem compreender o que ele dizia. Seus pensamentos o levavam a outros lugares e horas. De braços cruzados, olhos entrecerrados, a barba ruiva espalhada sobre o peito, ele agora se via numa certa manhã dominical, com o guarda-sol aberto, montado num burro que trotava rumo de Nova Pomerânia. Ia meio adormentado ao tranco do animal e já avistava os telhados da colônia. Começava a encontrar conhecidos. *Guten Morgen, Jacob! Guten Morgen, Heinrich!* Depois começava a peregrinação de todos os domingos. Café com leite, cuca e manteiga de nata doce na casa do Spielvogel. *Apfelstrudel* no chalé de *Frau* Sommer. Canecas de cerveja espumante e partidas de bolão no Clube dos Atiradores. Música de acordeão e cantigas. *Ach du lieber Augustin, Augustin, Augustin.*

A voz do vigário era um pano de fundo para o devaneio do sacristão.

— Santa Fé, que era menina — dizia Atílio Romano —, agora se faz moça. E nós, que a amamos e nos envaidecemos dela, apresentamo-la ao mundo e exclamamos: "Vede como cresceu a nossa menina, como se fez graciosa e bela!".

— Rendamos graças a Deus e à nossa padroeira — trovejou o vigário, apontando para a imagem de Nossa Senhora da Conceição — pelos favores que o Céu nos tem concedido. Esta cidade é obra de homens que nasceram, aprenderam, trabalharam, sofreram, esperaram, envelheceram e morreram; de homens que produziram filhos que por sua vez nasceram, aprenderam, trabalharam, sofreram, esperaram, envelheceram e também morreram, e assim por diante de geração em geração, até este dia memorável. Mas enquanto os homens aparecem e desaparecem na face da Terra, há Alguém que é permanente, Alguém que é eterno. E esse Alguém, meus caros cristãos, é Deus, que está em todos os lugares e em todos os tempos. Sem Ele nada existe, nada vive. Rendamos, pois, graças ao Altíssimo, pois a Ele mais que à Câmara Municipal, mais que à Assembleia Legislativa da Província, mais que aos figurões da política...

Licurgo teve um estremecimento de entusiasmo. Aquelas palavras indiscutivelmente visavam aos Amarais. O padre era dos bons! Desde que chegara a Santa Fé compreendera a situação e resolvera não se deixar dominar pelo cel. Bento, como acontecera com o pobre pe. Otero. (Que a terra lhe seja leve!) Embora não pertencesse ao Clube Republicano, o vigário simpatizava com a ideia nova e era francamente partidário da abolição. Licurgo esfregou as mãos uma na outra, freneticamente, remexendo-se no banco.

— ... a Ele devemos nossa cidade — continuava o pregador —, as nossas casas, as nossas terras, os nossos entes queridos e o simples e maravilhoso fato de estarmos vivos. Rendamos, pois, humildemente, reverentemente, suavemente, comovidamente, graças a Deus!

Bibiana escutava com atenção, ao mesmo tempo que em pensamento fazia comentários à oração do padre. Render graças a Deus? Sim. Deus lhe dera um neto que era um homem de bem. Por outro lado, porém, Deus também lhe fizera "boas": matara-lhe o marido na flor da idade e deixara que os Terras passassem dificuldades. No entanto, ela se consideraria paga e satisfeita de todos os trabalhos e daria a vida por bem vivida se Deus agora, como compensação, lhe permitisse viver o tempo suficiente para ver os bisnetos e deixar seu trabalho na terra terminado: o Curgo casado, pai de família e senhor do Sobrado e do Angico.

— Porque — prosseguia o vigário, sacudindo ritmicamente os braços como se estivesse a reger uma orquestra — é necessário que matemos, assassinemos, expulsemos de nós o demônio do orgulho que às vezes sorrateiramente, traiçoeiramente, solertemente e maleficamente nos entra nos corações, levando-nos a crer que somos o sal da terra, chefes supremos dos nossos corpos e das nossas almas, e dos corpos e das almas daqueles que nos cercam e que nós, na nossa vaidade, na nossa cegueira, na nossa inconsciência consideramos nossos subordinados, nossos inferiores, nossos servos, nossos escravos!

Calou-se para tomar fôlego. Tornou a inclinar o busto para a frente e escrutar o rosto dos ouvintes. Licurgo vibrava. Não podendo mais conter-se, cutucou a noiva com o cotovelo. "Tudo isso é pro velho Amaral", cochichou ele aproximando os lábios do ouvido da rapariga e sentindo o perfume dos cabelos dela. (Que estará fazendo a Ismália a esta hora?)

— Santa Fé — exclamou o padre — não é obra dum homem, embora seja de justiça que prestemos nossa homenagem ao seu fundador, que foi uma figura de prol, tronco de respeitável família...

Licurgo não gostou da ressalva. Aquela cambada não merecia a menor consideração. Ricardo Amaral não tinha passado dum tiranete que falava à sua gente de cima do cavalo, de cabeça e rebenque erguidos. Começara a vida como ladrão de gado e mandara matar e surrar muita gente, passando por cima de todas as leis. O padre não precisava dar nenhuma barretada para aquela corja.

— Santa Fé é obra de muitos homens, de muitas famílias e principalmente uma dádiva do Todo-Poderoso!

Fez uma pausa e passeou o olhar cálido em torno, como num desafio a que contestassem o que acabava de afirmar. Fandango voltou a cabeça para a direita, avistou Fandanguinho na extremidade do banco — de casaco de riscado, bombachas brancas, lenço branco no pescoço e flor no peito —, sorriu e piscou o olho para o neto.

— Não é também por meio da calúnia oral ou escrita... — prosseguiu o pregador.

Chegou a hora de o Manfredo levar a sua dose — pensou Licurgo. Rezende conversara com o padre na véspera e lhe pedira que fizesse uma referência à linguagem de *O Arauto*. Licurgo olhou para a direita e viu o Fraga sentado junto dum dos Amarais, de beiçola caída, boca semiaberta, calva reluzente, ar palerma, os óculos acavalados no nariz lustroso e vermelho de cachaceiro.

— ... não é com a verrina, com a intriga, com o impropério... — As palavras eram como um vinho embriagador que o padre produzia e ao mesmo tempo consumia; e sua sede parecia insaciável. — ... não é com o aleive, com a mentira, com a agressão, com o apodo, com a calúnia que havemos de conseguir que nossas ideias prevaleçam. Elas só poderão impor-se se estiverem amparadas na verdade, e a verdade, meus queridos católicos, a verdade é simples e cristalina como a água que brota, borbotante, transparente, translúcida e pura do seio da Terra, dessa mesma Terra que Deus fez e que os homens habitam e às vezes conspurcam, maltratam, esterilizam e mancham de sangue.

"Mas esse padre é um portento!", murmurou Licurgo, dessa vez para ninguém. O vigário evidentemente se referia à ameaça que o velho Amaral fizera de atacar o Sobrado aquela noite.

— Esta data, portanto, pertence a todos aqueles que, santa-fezenses de nascimento ou não, amam esta cidade, este torrão abençoado, esta comunidade cristã. E se alguém tentar manchar este dia assinalado com algum ato de violência, que sobre ele caia a maldição do Todo-Poderoso. E que contra ele, em justo protesto, se volte a ira de todos os homens de bem desta terra!

As palavras tinham um tom de ameaça: os punhos cerrados do pregador esmurraram o vácuo. De súbito, porém, uma transformação se operou nele. Suas mãos não eram mais clavas de ferro: abriram-se e ficaram leves e esvoaçantes como pombas. Sua voz se fez alcalina e seu rosto se iluminou quando ele disse:
— Curiosos são os caminhos do mundo e misteriosos os desígnios de Deus...
— Sorriu e por alguns segundos ficou com a cabeça inclinada para um lado, o ar sonhador. — Há trinta e cinco anos nascia na cidade italiana de Nizza este humilde, insignificante sacerdote que agora vos dirige a palavra. E nessa mesma cidade, no ano da graça de mil oitocentos e sete, via pela primeira vez a luz bendita do dia uma criança que recebeu na pia batismal o nome de Giuseppe. Era filho legítimo de Domenico Garibaldi, um marinheiro, e, como o pai, ao fazer-se homem, sentiu o fascínio do mar. Era também um patriota e amava a aventura. Meteu-se na conspiração republicana de Mazzini e, perseguido pelas autoridades, fugiu para a América do Sul. Já sabeis, queridos cristãos, de quem vos falo. É de Giuseppe Garibaldi, o guerreiro de dois mundos.

Fez uma pausa teatral. Bibiana, que nos tempos da mocidade ouvira narrar, encantada, as proezas daquele lendário italiano, empertigou-se e, redobrando a atenção, ficou sentada na ponta do banco, de cabeça alçada e boca entreaberta. O padre falava num companheiro do capitão Rodrigo!

— Conta a tradição oral que, ao passar uma tarde por Santa Fé, Garibaldi contemplou longamente a vila do alto da coxilha do cemitério e depois murmurou a um dos companheiros: *"Un bel villaggio!"*. Dizem também que dormiu uma sesta à sombra da grande figueira da praça, sobre os arreios, enquanto seu cavalo, companheiro leal de tantas batalhas, pastava tranquilamente a poucos passos de distância. Que sonhos, meus amigos, que sonhos teriam visitado o sono do herói? Se me permitis dar asas à fantasia, direi que ele sonhou com a vitória dos farrapos...

Neste ponto do sermão ouviu-se um murmúrio e um arrastar de pés nos primeiros bancos da direita. O padre calou-se. Cabeças, olhos e atenções voltaram-se para lá. O velho Amaral ergueu-se, olhou duramente para o vigário e disse a meia-voz:

— Isso também é demais! Falar na minha frente nesse gringo sujo e traidor, nesse farrapo canalha, é um abuso. — Voltou-se brusco para os filhos e ordenou: — Vamos todos embora daqui.

No meio dum silêncio tenso retirou-se da igreja, arrastando os pés e puxando pigarros, acompanhado por todos os Amarais com suas mulheres e filhos. Manfredo Fraga seguiu-os como um cão fiel.

O rosto e as orelhas purpúreos, as narinas a vibrar, as mãos a apertar fortemente as bordas do púlpito, o pe. Romano acompanhou os Amarais com o olhar, e depois que os viu saírem da igreja, cerrou os olhos, baixou a cabeça, uniu as mãos espalmadas e ficou por um instante na postura de quem reza.

Um sussurro encheu o ar, como o farfalhar dum arvoredo batido por um súbito golpe de vento. Mas não se ouviu nenhuma voz. Todos os olhos estavam fitos no padre. Atílio Romano levantou a cabeça, sorrindo, e recomeçou o sermão:

— Como eu dizia, Giuseppe Garibaldi sonhou com a vitória das armas farroupilhas e sonhou também, decerto, com a unificação da pátria distante.

O padre tem fibra! — pensou Licurgo. Não se atrapalhou. Esse é dos bons! A seu lado Alice estava meio trêmula de medo e torcia nervosamente a ponta da mantilha. Fandango olhou para o neto e tornou a piscar-lhe o olho. Bibiana não tirava os olhos da imagem de Nossa Senhora da Conceição, dizendo-lhe em pensamento: "Vosmecê está vendo? É como le digo. Amaral não presta nem pro fogo".

— Anos depois, na Igreja de São Francisco de Assis, em Montevidéu — prosseguiu o orador —, Giuseppe Garibaldi casava-se com uma brasileira que encontrara na Laguna, Ana de Jesus Ribeiro, mais conhecida como Anita Garibaldi, a heroína. De volta à Itália, Garibaldi jamais esqueceu esta província, e eu peço vênia para ler-vos, caros cristãos, trechos da carta que ele escreveu a seu amigo e companheiro de campanha Domingos José de Almeida.

O padre tirou do bolso um papel.

— Ouvi o que disse de vossa província o insigne guerreiro. "Quando penso no Rio Grande, nessa bela e cara província, quando penso no acolhimento com que fui recebido no grêmio de suas famílias, onde fui considerado filho; quando me lembro das minhas primeiras campanhas entre vossos valorosos concidadãos e dos sublimes exemplos de amor pátrio e abnegação que deles recebi, fico verdadeiramente comovido. E esse passado de minha vida se imprime em minha memória como alguma coisa de sobrenatural, de mágico, de verdadeiramente romântico." — O vigário fez uma pausa, lambeu os lábios e, num tom menos solene, acrescentou: — Agora vou ler uma passagem que por certo encherá de orgulho principalmente os homens de Santa Fé: "Quantas vezes fui tentado a patentear ao mundo os feitos assombrosos que vi realizar por essa viril e destemida gente, que sustentou por mais de nove anos contra um poderoso império a mais encarniçada e gloriosa das lutas!". — Neste ponto o padre exaltou-se, como se estivesse fazendo um discurso político. — "Oh, quantas vezes tenho desejado nestes campos italianos um só esquadrão de vossos centauros avezados a carregar uma massa de infantaria com o mesmo desembaraço como se fosse uma ponta de gado! Onde estão agora esses belicosos filhos do Continente, tão majestosamente terríveis nos combates? Onde, Bento Gonçalves, Neto, Canabarro, Teixeira e tantos valorosos que não lembro?"

Licurgo vibrava, com ímpetos de aplaudir, de gritar. Mas limitava-se a bater com o cotovelo no braço da noiva. Fandango, porém, não se conteve e exclamou: "Oigalê bicho bom!".

— "Que o Rio Grande ateste com uma modesta lápide o sítio em que descansam os seus ossos. E que vossas belíssimas patrícias..." — O padre fez uma pausa, passeou os olhos pela assistência e repetiu: — "... que as vossas belíssimas patrícias cubram de flores esses santuários de vossas glórias, é o que ardentemente desejo."

Calou-se, dobrou o papel e tornou a metê-lo no bolso.

— Mas por que falei em Garibaldi, que aparentemente nada tem a ver com a data de hoje? — Fez uma breve pausa, como se esperasse de alguém resposta à sua pergunta retórica. Ergueu o braço direito, com o indicador enristado. — É porque quem vos fala é um sacerdote italiano de nascimento que começa a ser brasileiro de coração; porque nesta mesma igreja hoje, sentados no meio de brasileiros, acham-se imigrantes italianos que há quase dez anos chegaram a esta província e fundaram neste mesmo município de Santa Fé uma colônia que se chama Garibaldina, em homenagem ao herói. E é porque esses colonos italianos, bem como os alemães de Nova Pomerânia, estão trabalhando juntamente com os brasileiros pela grandeza deste município, desta província, deste grande país. E nesta terra cujos conquistadores primitivos tinham nomes como Magalhães, Pereira, Fagundes, Xavier, Terra, vivem hoje homens que se chamam Bernardi, Nardini, Sorio, Conte, Bauermann, Schultz, Schneider, Schmitt, Kunz. E nesta igreja espero um dia com a graça de Deus unir em matrimônio uma Dela Mea com um Pinto ou um Spielvogel!

Filho meu não casa com gringa — declarou Bibiana mentalmente.

Atílio Romano abriu os braços e por alguns momentos ficou numa atitude de crucificado.

— Aleluia! — exclamou. — Aleluia! Que os sinos cantem, bimbalhem, badalem, clamem, anunciando ao mundo que Santa Fé é cidade. E praza aos Céus que nunca mais outra guerra fratricida encha de luto e sangue esta terra abençoada!

Quando o padre terminou o sermão, os paroquianos começaram a ouvir os roncos compassados de Jacob Geibel, que dormia a sono solto atrás do púlpito.

4

É um serelepe — pensava Bibiana. Parece que tem bicho-carpinteiro no corpo.

Sentada à cabeceira da mesa, na sala de jantar que o sol do meio-dia tocava duma luz alegre, ela contemplava o dr. Toríbio Rezende, que dava pulinhos na frente de Licurgo, atirava os braços para o ar e movia a cabeçorra para a direita e para a esquerda — hein? hein? — com movimentos vivos de pássaro. Fazia já algum tempo que ela tentava acomodar os convivas à mesa, mas não conseguia, pois aquele baiano desinquieto não parava de falar, de andar dum lado para outro, como se quisesse lançar confusão no ambiente. Mirando o advogado com olho crítico, mas não sem uma certa simpatia, Bibiana esperava pacientemente, com as mãos trançadas postas sobre a mesa.

Toríbio exclamou:

— Pois que venham os capangas dos Amarais! Havemos de recebê-los a bala. E quando a munição acabar, brigaremos com batatas, laranjas, mandiocas, pratos, garfos, panelas.

E à enumeração de cada uma dessas coisas, movia vigorosamente os braços, como se estivesse atirando pedras contra inimigos invisíveis. Agitava a cabeleira negra, longa e ondulada, que o tornava tão parecido com Castro Alves.

De repente cessou de falar, mas continuou a produzir ruído: uma risada de garganta, trepidante e prolongada, que lembrou a Bibiana a matraca da igreja em Sexta-feira Santa.

— Quando vassuncê terminar de brigar — disse ela a Toríbio —, venha pra mesa.

O dr. Rezende aproximou-se da velha, tomou-lhe da cabeça com ambas as mãos, e deu-lhe um sonoro beijo na testa. A fisionomia de Bibiana permaneceu impassível. Não gostava muito daquelas liberdades, principalmente quando vinham dum estranho. Nunca fora "mulher de beijos".

— Sente-se na minha direita — ordenou ela.

Toríbio obedeceu, piscou o olho para Licurgo e disse:

— Ainda vou acabar sendo seu avô, Curgo.

— Cale a boca, menino. Me deixe acomodar essa gente na mesa.

O baiano empunhou uma faca e começou a fazer riscos paralelos na toalha.

— O senhor, doutor Winter, fique aqui na minha esquerda. Preciso de alguém bom do juízo perto de mim...

O médico sentou-se à frente de Toríbio. Bibiana olhou para o neto:

— Deixe o Florêncio sentar hoje na cabeceira, meu filho.

Florêncio ficou constrangido:

— Não carece, titia. Qualquer lugar me serve.

— Faça o que estou dizendo. Sente na cabeceira.

O sobrinho obedeceu. Bibiana olhou para as duas moças que estavam de pé, à espera de suas ordens:

— Alice, sente do lado esquerdo do seu pai. E vassuncê, Curgo, fique na frente da sua noiva. Maria Valéria, espere um pouco.

Alice e Licurgo sentaram-se nos lugares indicados.

— Onde está o Juvenal?

— Estou aqui — respondeu o rapaz, que naquele instante entrava na sala, limpando os lábios com a manga do casaco.

— Garanto como já esteve bebendo um trago na cozinha, não?

O rapaz sorriu. Era grandalhão e tinha o rosto largo e tostado.

— Pr'esquentar... — desculpou-se ele.

— Eu sei — resmungou a velha. — No inverno bebem cachaça pr'esquentar. No verão, pra refrescar. Quando se molham bebem pra evitar resfriado. Conheço bem esse negócio. Mas sente ali ao lado do doutor Toríbio. — Voltou-se para Maria Valéria. — E vassuncê, menina, fique entre o doutor Winter e o Curgo.

Esperou que todos se acomodassem e depois, abrangendo a mesa com um olhar satisfeito, murmurou:

— Até que enfim! Tudo arrumado.

Mas em pensamento corrigiu: Minto. Nem tudo está arrumado. Ainda falta muita coisa. Falta o Curgo e a Alice casarem, terem filhos e encherem esta mesa de crianças. Falta o menino abandonar a amásia. Falta casar também a Maria Valéria.

Lançou um olhar enviesado para o dr. Toríbio, que estava já com a "matraca" funcionando, a contar ao dr. Winter suas polêmicas com o Manfredo Fraga d'*O Arauto*. O dr. Rezende podia ser um bom partido... Ou não? Embora gostasse do rapaz, Bibiana nunca conseguira vencer a impressão de que o baiano era um estrangeiro, de fala e costumes diferentes dos da gente da Província. Ficava meio atordoada pela sua tagarelice, e sua gesticulação exagerada às vezes a deixava com uma "coisa" nos olhos... Havia de ser muito engraçado casar um moço agitado, conversador e festeiro com uma rapariga seca, retraída e caladona como a Maria Valéria, que herdara da mãe (pobre da Ondina, tão quieta, tão sem-sal!) a falta de graça e do pai a teimosia. Não. A coisa não podia dar certo.

Bibiana bateu palmas:

— Lindoia, a sopa!

As mulheres estavam caladas: Alice brincava com o guardanapo, de olhos baixos; Maria Valéria, muito tesa, as mãos pousadas no regaço, olhava fixamente para uma das janelas, onde uma abelha voejava e zumbia, batendo às tontas contra a vidraça. Juvenal contava ao pai a história dum tropeiro que conseguira vender a certa charqueada um lote de vacas magras por preço exorbitante. Florêncio sacudia a cabeça num gesto que era metade incredulidade e metade censura. A risada do dr. Rezende de novo vibrou no ar ensolarado.

Bibiana abarcava a sala com um olhar morno e tranquilo. Sentia-se feliz. Tinha ao redor da mesa os parentes mais chegados e queridos. No princípio daquele ano sua filha Leonor e o marido tinham vindo passar um mês no Sobrado. Se o Florêncio não fosse tão teimoso podia também morar ali com sua gente. Era um casarão enorme que por assim dizer vivia vazio. Mas o diabo do sobrinho só um ano depois da morte de Luzia é que tornara a entrar no Sobrado, e assim mesmo meio trazido à força. Agora lá estava ele à cabeceira da mesa, com os seus bigodes caídos, seus olhos tristes, macambúzio e contrafeito, como se estivesse num almoço de cerimônia. Ela tinha às vezes vontade de agarrar o Florêncio pelos ombros e sacudi-lo, sacudi-lo muito. "Deixe de bobagem, homem! Esta casa é nossa, é dos Terras. Sempre foi!"

A criada entrou com a grande terrina de louça branca e depô-la sobre a mesa, à frente da patroa. Bibiana ergueu-lhe a tampa e o vapor subiu, envolvendo-lhe o rosto. Com a grande *cuchara* de prata ela mexeu a sopa loura e cheirosa, e depois, tirando pratos fundos da pilha que tinha à sua direita, começou a servir.

— Vá passando adiante — disse ela ao dr. Toríbio, ao entregar-lhe o primeiro prato. — E não precisa cheirar a comida!

— Que delícia! — exclamou o advogado. — A ambrosia dos deuses e os manjares dos banquetes de Sardanapalo não cheiravam tão bem quanto esta sopa! Dona Bibiana, tenho a honra de pedi-la em casamento.

— Então primeiro passe adiante a sopa — retrucou ela. E vendo que Florêncio ia entregar o prato a Curgo, disse: — Não, Florêncio. Esse é seu.

Dentro de alguns segundos estavam todos servidos, à espera de que a dona da casa começasse a comer. Bibiana tomou da colher, mexeu a sopa com ar distraído e por fim, depois de soltar um profundo suspiro, com cujo sentido o dr. Winter não pôde atinar, sorveu o primeiro gole. Os outros começaram também a tomar sopa, e por alguns momentos o silêncio da sala ficou cheio de chupões sonoros.

Bibiana olhou para a terrina: tinha quase vinte anos de uso. Viam-se sobre aquela mesa outros utensílios antigos aos quais a velha se afeiçoara como se eles também fossem membros da família: a farinheira de madeira (com a tampa já muito lascada); os pratos de louça creme com debrum dourado; o paliteiro de platina — um homem magro de guarda-sol aberto e cheio de furinhos onde se espetavam os palitos; os cálices de cristal verde e longas hastes, que vinham do tempo do velho Aguinaldo (que Deus ou o diabo o tenha!).

Curgo comia com sofreguidão, encurvado sobre a mesa, o nariz quase a entrar no prato. Era sempre assim quando andava preocupado com algum problema: havia momentos em que os pensamentos se lhe atropelavam na mente e ele se esquecia por completo do que estava fazendo... Agora comia por assim dizer ao ritmo das coisas em que pensava. Naquele instante em sua mente era noite, a festa tinha começado, dançava-se na sala grande do Sobrado e no quintal os negros pulavam ao redor da fogueira, mas ele, Curgo, estava de revólver em punho à janela da frente esperando os capangas de Bento Amaral. Venham, seus capados! Venham se são homens! E eles vinham... Surgiam de todos os cantos da praça e rompiam fogo. Sobre a cabeça de Licurgo uma vidraça partiu-se, os cacos de vidro lhe caíram na cara. Ele começou também a atirar. Pei! Lá caiu um. Pei! Lá se foi outro... E com fúria assassina Curgo levava as colheradas de sopa à boca.

— Coma mais devagar, menino! — gritou-lhe a avó.

Só então Licurgo voltou à sala de jantar. E, como se os outros tivessem estado a presenciar aquele combate imaginário, disse:

— Mas acho que ele não tem caracu!

Alice corou e baixou os olhos para o prato. Com exceção de Maria Valéria, todos olharam para Licurgo interrogadoramente.

— Quem é que não tem caracu? — perguntou Juvenal.

A sopa que lhe enchia a boca, tornava-lhe mole a voz.

— O velho Amaral — esclareceu Curgo. — Digo que não tem caracu pra atacar o Sobrado. — Inclinou o busto sobre a mesa, voltou a cabeça para a direita e perguntou: — Qual é a sua opinião, doutor Winter?

O médico passou o guardanapo pelos bigodes, pigarreou e respondeu:

— Coragem talvez não lhe falte. Mas o velho é esperto demais para fazer uma loucura dessas.

— Mas não seria a primeira! — observou Toríbio.

O alemão sacudiu negativamente a cabeça.

— Não, Curgo. Ele não vai fazer uma asneira assim tão grande.

— E por quê? — indagou Toríbio. — Hein? Hein? Por quê?

Carl Winter começou a riscar distraidamente a toalha com a ponta da faca, enquanto Bibiana o mirava com ar de reprovação.

— Por várias razões — prosseguiu o médico. — Vejam bem. Primo, atacar uma casa de família onde se realiza uma festa em que há mulheres e velhos, é um ato reprovável que fatalmente repercutiria mal em toda a Província. Segundo, esse ataque só poderia prejudicar moralmente o Partido Liberal e fornecer aos jornais abolicionistas um motivo para atacarem a monarquia. Finalmente, porque o coronel Amaral sabe muito bem que o Conselheiro não aprovaria um gesto de violência como esse, principalmente dirigido contra o Sobrado...

Havia algum tempo, Gaspar Silveira Martins passara por Santa Fé, onde realizara uma conferência, após a qual — para surpresa de todos —, em vez de ir ao casarão dos Amarais, visitara o Sobrado, onde ficara até altas horas da noite a conversar com Bibiana, Licurgo e o dr. Rezende. Tinha sido uma noitada memorável, e a casa ficara toda cheia da voz trovejante daquele extraordinário orador cuja legenda o país inteiro conhecia. O Conselheiro deixara "a gente do Sobrado" impressionadíssima. Era um homem alto, de largo peito e postura atlética: tinha um olhar magnético e uma irresistível capacidade de sedução. O dr. Toríbio, que quase não tivera a coragem de abrir a boca na presença do estadista, dissera dele mais tarde: "É um misto de Sansão e Demóstenes. E se me pedissem para pintar Júpiter, barbudo e formidável por entre nuvens de tempestade, com um feixe de raios nas mãos, eu o representaria na figura do Conselheiro!".

Depois que Silveira Martins se retirara, avô e neto ficaram ainda por mais duma hora a conversar, entusiasmados, sobre a personalidade do visitante da noite. Comentara Licurgo: "É um grande tribuno. Pena que não seja dos nossos". Fandango, que durante todo o tempo da visita ficara de longe, "bombeando e escutando" o Conselheiro, resumira sua admiração numa frase: "Bichinho mui especial". Bibiana dissera simplesmente: "Tem o jeito do capitão Rodrigo. É um homem".

O dr. Winter tinha razão. O velho Amaral não era tão insensato que quisesse correr o risco de provocar a ira do Conselheiro.

— Mas pelas dúvidas — contou Licurgo — já tomei minhas providências. A peonada do Angico vai dançar de pistola na cinta e olho alerta, preparada pro que der e vier. É bom a gente não confiar muito. O seguro morreu de velho.

— Mas morreu — acrescentou Bibiana.

Winter soltou uma risada.

— Ah! — fez o advogado bruscamente. — Já ia me esquecendo... Recebi de Cruz Alta um boletim que o Diniz Dias mandou distribuir. É a propósito de sua briga com o doutor Gaspar Martins.

Por motivos políticos, o Conselheiro destituíra o barão de São Jacó da chefia do diretório liberal do município vizinho.

— Leve os pratos de sopa, Lindoia — ordenou Bibiana.

Toríbio tirou do bolso um papel, desdobrou-o e disse:

— Ouçam só esta beleza! — Começou a ler: — "O senhor Conselheiro decretou a deposição do barão de São Jacó e a outro se entregou o bastão que lhe fora confiado pelo voto unânime do partido local." — Toríbio fez uma pausa, fitou em Curgo os olhos inquietos, sorriu e disse: — Quem está radiante com essa briga é o velho Amaral.

— São vinho da mesma pipa — resmungou o amigo.

O advogado baixou a cabeça e continuou a leitura:

— "Quarenta anos de lutas, vinte e três de chefia não valeram ao soldado de quatro campanhas para evitar de ser alijado e magoado pelo senhor Conselheiro. Declaro, no entretanto, perante a Província e meu partido, que não é propriedade exclusiva do senhor Gaspar, que não aceito a demissão de chefe..."

Juvenal tomou a última colherada de sopa e disse:

— Começaram a se comer uns aos outros.

— Que se entredevorem! — exclamou Toríbio. — Que se estraçalhem! Essa confusão só poderá ser benéfica para a propaganda republicana. Mas ouçam isto, agora. É de primeiríssima: "Estaremos na Rússia, sob a pressão despótica do Czar? Somos servos ou cidadãos livres?".

— Somos servos da canalha monarquista! — aparteou Curgo.

Toríbio tornou a dobrar e guardar o papelucho.

— Se o gabinete liberal cair e os conservadores subirem — observou o dr. Winter —, o Bento Amaral é capaz de começar a atacar a monarquia.

— Sim — concordou o dr. Rezende —, porque nenhum desses dois partidos é sinceramente monarquista. O que eles querem é governar. Quando estão com o osso na boca, defendem o Imperador. Quando perdem o osso, começam a rosnar.

— Por isso eu digo sempre — tornou Winter — que não é de admirar se amanhã os Amarais de novo virarem a casaca. Não foram já conservadores? Tudo depende de onde sopra o vento... — Lançou um olhar trocista e oblíquo para Licurgo, acrescentando: — O velho Bento ainda vai acabar no Clube Republicano.

— Essa é que não! — protestou o outro.

Juvenal sentenciou:

— Em política nunca devemos dizer "Dessa água não beberei".

Curgo bateu na mesa com o punho fechado.

— Pois é pra acabar com essas imoralidades que nós queremos a república.

— E quem vai derrubar a monarquia — declarou Rezende com voz empostada — é aquele moço austero que nasceu na estância da Reserva, e que escreve artigos em *A Federação*. A monarquia, tome nota das minhas palavras, doutor Winter, vai cair aos golpes duma pena e não duma espada.

O médico sacudiu a cabeça, céptico.

— Neste país nunca se fará nada sem a interferência direta ou indireta da espada. Só virá a república se o Exército quiser.

Sempre que Licurgo ouvia ou lia a palavra *exército*, a imagem que lhe vinha à mente era a dum certo maj. Erasmo Graça, que frequentara o Sobrado em princípios de 1870.

— Qual Exército qual nada! — vociferou ele, lançando um olhar agressivo para o dr. Winter.

— Quando chegar a oportunidade — disse Toríbio remexendo-se na cadeira —, o Castilhos saberá atirar habilmente o Exército contra a monarquia. Não há nada que aquela pena mágica não possa fazer.

— É um homem inteligente, não há dúvida... — murmurou o dr. Winter com ar benevolente.

— Um homem inteligente? Só isso, meu caro doutor, apenas isso? Hein? Hein? — E Rezende voltava a cabeça dum lado para outro. — Hein? Júlio de Castilhos é o maior escritor político do Brasil!

Naquele instante entraram duas pretas trazendo bandejas com travessas fumegantes, que foram enfileiradas no centro da mesa. Juvenal ficou de olho alegre. Florêncio mirou a comida com melancólica inapetência. Winter mais uma vez se maravilhou ante a fartura: havia feijão-preto com linguiça; carne assada com batata-inglesa; galinha ensopada; um pratarrão de mondongo — que o doutor detestava; uma travessa de arroz rosado e lustroso; um prato fundo com abóbora e outro com iscas de rins.

— Agora, que cada um faça pela vida! — exclamou Bibiana. — Sirvam-se!

Houve uma troca animada de pratos, e por alguns instantes todos ficaram a servir-se.

Curgo levantou-se, foi até a despensa e voltou de lá com duas garrafas abertas.

— Vamos experimentar um vinho feito pelos italianos de Garibaldina — disse. Encheu o cálice de Florêncio, depois aproximou-se de Maria Valéria.

— Eu não tomo — murmurou esta sem erguer os olhos.

— Doutor Winter? Talvez vassuncê prefira cerveja.

— Vinho — disse o médico.

Licurgo encheu-lhe o copo.

— E a senhora, vovó, não bebe um pouquinho?

— Não sou gringa.

Licurgo serviu Toríbio e depois Juvenal.

— Toma vinho, Alice?

Ela olhou para o noivo e respondeu com um meio sorriso:

— Não, obrigada.

Por um breve instante o olhar de Curgo fixou-se, morno, no doce relevo dos seios de Alice, e imaginou-a nua em seus braços. Mas repeliu logo esse pensamento. Era indecente, absurdo. Alice ia ser sua esposa, a mãe de seus filhos. Para "aquelas coisas" ele teria a Ismália. (Onde estará ela a estas horas?)

Fez a volta da mesa, encheu o próprio copo e sentou-se.

— À República! — exclamou Toríbio, erguendo o cálice. — Hein? Hein? À República!

Juvenal e Curgo participaram imediatamente do brinde. O dr. Winter imitou-os com um resignado encolher de ombros.

— Vá lá! À República!

Florêncio olhava sombriamente para seu copo. Os outros homens tomaram um largo gole.

— Como é, seu Florêncio? — interpelou-o Toríbio Rezende. — Não nos acompanha no brinde?

— Acho que o papai é monarquista — disse Juvenal, olhando para o velho com um sorriso que ainda lhe alargava mais o rosto e obliquava os olhos.

— Eu sei bem o que o Florêncio é — resmungou a velha. — Um teimoso.

— Eu não sou coisa nenhuma, tia Bibiana.

— Um homem tem de ter opinião! — exclamou Curgo, partindo com desnecessária fúria um pedaço de carne.

— Eu cá tenho as minhas. Só acho que não preciso andar gritando na rua o que é que penso...

— Estou falando de política — tornou Curgo. — Nesta hora não é possível ser neutro.

Florêncio deu-lhe uma resposta indireta:

— O Imperador é um homem de bem. Eu só queria saber onde é que vassuncês vão arranjar outro melhor que ele pra botar no governo.

Curgo lançou um olhar cálido para Toríbio.

— Está ouvindo, Toríbio? Está ouvindo?

— Como esse há milhares e milhares em todo o Brasil — exclamou o advogado.

— É por isso — interveio o dr. Winter — que eu digo que não se pode contar com o povo para derrubar a monarquia.

— Mas não se trata duma revolução armada, doutor, e sim duma revolução de ideias. Estamos no século do progresso, do caminho de ferro, do vapor, do telégrafo elétrico, da fotografia... hein? hein? A era da barbárie já passou.

Carl Winter, que estava a tomar um novo gole de vinho, riu dentro do copo tão brusca e violentamente que, engasgado, rompeu numa tosse convulsa, apertando os lábios com o guardanapo. Sem a menor mudança de expressão fisionômica, Maria Valéria ergueu o braço direito e desferiu uma sonora palmada nas costas do médico.

— Que é isso, menina? — repreendeu-a Bibiana.

— O doutor está engasgado — respondeu a moça, imperturbável.

Winter tossia e ria ao mesmo tempo. E quando, muito vermelho, com os olhos cheios de lágrimas, a respiração arquejante, ele bebia pequenos goles d'água, Toríbio lhe perguntou:

— Mas por que o senhor riu, hein?

O alemão encarou-o, subitamente sério.

— Vassuncê disse que a era da barbárie passou e que estamos no século do progresso, das ideias...

— E que é que há de tão extraordinário nisso? Acaso não terei enunciado um axioma irretorquível?

Winter atirou o guardanapo sobre a mesa, inclinou o busto para a frente e, escandindo bem as sílabas, disse com voz ainda apagada:

— Não se iluda, meu jovem amigo. Os homens inventaram algumas engenhocas úteis, não há dúvida, mas no que diz respeito a sentimentos não estão em muito melhor situação que seus antepassados das cavernas. Suas reações animais são basicamente as mesmas.

— *Experto crede!* — exclamou o advogado.

— No ano passado a Inglaterra ocupou o Egito — prosseguiu o médico. — Que significa isso? A vitória da civilização sobre a barbárie? Não. Significa, a meu ver, que essa nobre vaca, com o perdão das senhoras presentes, que essa respeitável bruaca que é a Rainha Vitória vai ter mais escravos e os comerciantes ingleses mais lucros.

Os olhos ainda úmidos, Winter apertava a haste do cálice com seus longos dedos rosados, cobertos duma penugem fulva. Os outros dividiam a atenção entre a comida e a polêmica.

— Qual progresso, qual nada! — E o médico tornou a passar o guardanapo nos lábios. — Diga antes interesse material, comércio, ganância. O homem é o lobo do homem. Vosmecê deve saber dizer isto em latim, doutor Rezende...

— Mas o meu caro e irônico esculápio — retorquiu Toríbio — achará que a Inglaterra com seu adiantamento científico, a sua civilização, a sua experiência não pode levar o progresso ao Egito? Hein?

— Pode mas não leva. Para ela os egípcios não são propriamente homens.

— No entanto — rebateu Toríbio, cujas faces o vinho e o entusiasmo deixavam afogueadas —, no entanto vosmecê não negará que foi graças à grande Inglaterra que abolimos o tráfico de negros. Só uma política altamente humanitária seria capaz de conduzir a um gesto tão altruísta. Desde 1807, se não me falha a memória, a Inglaterra não faz mais o comércio de escravos.

— Mas dizem que ainda vendem negros por baixo do poncho — observou Juvenal.

— Qual nobreza, qual humanitarismo, qual nada! — exclamou Winter. — Tudo interesse comercial.

— O senhor é um espírito de contradição! — acusou-o Curgo, agastado.

Espetou no garfo um pedaço de batata, levou-a à boca num gesto brusco e ficou a mastigá-lo com uma ferocidade cômica.

— Sou um homem sem paixões — disse Winter. — Não tenho partido. Nem sequer nasci neste país. Um dia posso ir-me embora para a Alemanha e não voltar mais. Limito-me a ler, ouvir, observar e tirar minhas conclusões. Os senhores botam todas essas questões num pé puramente ideológico. Eu prefiro levar a coisa para o lado do interesse material...

— O senhor então — perguntou Curgo, inflamado — acha que não há no mundo lugar para o coração, e que as pessoas só fazem as coisas com o olho no lucro, no benefício próprio?

— Não quero dizer exatamente isso... — começou o médico.

O outro, porém, não lhe deu tempo para terminar a sentença, pois prosseguiu:

— Tome o meu caso. Vou hoje dar liberdade a todos os meus escravos. Qual é o meu lucro material nessa história? Me diga. Me diga.

Winter encolheu os ombros.

— Vassuncê é um sentimental.

— Graças a Deus! E não me envergonho disso.

Lançou um olhar rápido para Alice, que naquele instante o contemplava com expressão amorosa. Depois ergueu o copo e bebeu, como num brinde a si mesmo, ao seu bom coração e aos seus sentimentos nobres.

— A província do Ceará está libertando seus escravos — ajuntou Toríbio. — A do Amazonas também. Que lucro material têm elas nisso?

Winter lutava com uma sambiquira de galinha. Sem erguer os olhos para os interlocutores, respondeu:

— A explicação é simples. Para a lavoura do Norte o braço escravo já não é mais negócio. No fim de contas é muito melhor pagar ao negro um salário baixo e seco do que dar-lhe de comer e vestir.

Juvenal largou a sua perna de galinha e disse:

— Mas um dia destes conversei com um fazendeiro de São Paulo que não quer nem ouvir falar em abolição...

— Mas está certo — replicou o médico —, rigorosamente certo. A lavoura de café é a mais próspera do país, a mais lucrativa. Os fazendeiros de São Paulo estão tendo lucros cada vez maiores.

Destacando bem as sílabas e atirando-as uma a uma na direção de Licurgo e Toríbio, com uma lentidão provocadora, o dr. Winter concluiu:

— Os fazendeiros de café precisam do trabalho barato do escravo. Por isso são contra a abolição. O governo por sua vez se encontra entre dois fogos: o interesse dos senhores feudais paulistas e a opinião pública, que é antiescravagista.

— Seja como for — disse Toríbio —, a ideia abolicionista está em marcha vitoriosa.

— E vencerá! — exclamou Licurgo.

Winter sorriu:

— Espero que não me tomem por um miserável escravagista. Sou apenas um homem que se quer dar o luxo de ver claro...

Mas que era "ver claro"? — perguntou ele a si mesmo, chupando a sambiquira da galinha. Seria coisa sábia procurar a gente viver sempre com lógica e lucidez? Às vezes lhe parecia que o melhor era participar de todas as paixões, enlamear-se nelas, não ficar à margem da vida, preocupado com examinar todos os lados das pessoas e das questões, querendo dizer sempre a palavra mais justa e serena, que no fim era quase sempre a mais cínica e a menos humana. Apesar de toda a sua famosa lucidez, aos sessenta e três anos de idade encontrava-se ele ainda em Santa Fé, solteirão, solitário, escravo da rotina, pensando sempre em ir-se embora, em voltar para a Europa, mas ao mesmo tempo sentindo-se poderosamente preso àquela terra como uma velha árvore de raízes profundas — mas uma árvore que não ama o solo em que está plantada e não tira dele o alimento de que necessita para vicejar com toda a plenitude.

Lenta e meio cansada, como se viesse do fundo dum longo corredor sombrio, ouviu-se a voz de Florêncio:

— Não tenho nem nunca tive escravos. Mas acho que no Rio Grande os negros são felizes. Nas estâncias e nas charqueadas eles trabalham ombro a ombro com os brancos. A não ser um ou outro caso, em geral são bem tratados. Dizem que lá no Norte os senhores de engenho maltratam os escravos. Não sei. Há muita conversa fiada. O que sei é que aqui na Província os negros passam bem.

Curgo sacudia a cabeça, obstinadamente.

— Mas isso não é razão pra manter a escravatura, primo Florêncio.

O velho fez um gesto vago.

— Vassuncês são moços, leem nos livros, devem saber o que fazem. Eu sou um homem antigo.

Bibiana lançou-lhe um olhar de estranheza. Se Florêncio se considerava "antigo", ela então que era? Um caco velho, um trapo. No entanto não se trocava por nenhum daqueles moços que ali estavam ao redor da mesa.

Juvenal voltou-se para Toríbio e perguntou:

— Como é mesmo aquela frase do Conselheiro sobre a escravatura?

— "Amo mais a minha pátria do que ao negro" — citou o advogado.

— Frase indigna dum grande homem — disse Licurgo. — Nem parece ter saído duma cabeça privilegiada como aquela.

Toríbio olhou para o amigo:

— Não aprovo a atitude de Gaspar Martins, mas compreendo-a. O que ele quer dizer é que teme que a luta pelo abolicionismo degenere em guerra civil como nos Estados Unidos da América do Norte.

— E tem razão — observou Florêncio. — Há esse perigo.

Licurgo levantou-se intempestivamente, foi até a sala de visitas, voltou de lá trazendo o último número de *A Federação*, que recebera nas vésperas, tornou a sentar-se e anunciou:

— O que vou ler agora foi o doutor Castilhos que escreveu: "Abandonada aos impulsos naturalmente irregulares da paixão revolucionária que anima tanto o abolicionismo intransigente como a escravocracia emperrada, a questão do elemento servil assume uma gravidade excepcional". Agora prestem bem atenção a este final: "Se a luta violenta sobrevier, desabe todo o peso da responsabilidade sobre o governo medíocre, que compromete a paz pública".

Tornou a dobrar o jornal e colocou-o junto do guardanapo com o ar de quem havia dito a palavra definitiva sobre o assunto. Houve um curto silêncio, ao cabo do qual Toríbio falou:

— O que o doutor Castilhos quer dizer — explicou ele — é que o governo não tem seguido uma política sensata nesse assunto da abolição.

— Mas que é que o doutor chama de política sensata? — perguntou Winter.

— Uma política que visasse acabar gradualmente, hein? hein?, a propriedade escravagista por meio, digamos, dum imposto que os senhores de escravos teriam de pagar e cujo produto podia ser empregado num fundo de emancipação.

Uma política que promovesse o decreto de leis tendentes a dificultar o negócio de escravos e sua transmissão por herança. Por exemplo: devia ser proibido o comércio de negros entre as províncias. E a melhor maneira de substituir o braço escravo na lavoura seria estimular a imigração. Tudo isso o governo podia fazer e não faz.

— Só conseguiremos essas coisas com a república — afirmou Curgo.

Florêncio meneou a cabeça.

— Estou muito velho pra acreditar em conversas — observou ele, de olhos baixos, como se estivesse se dirigindo ao próprio prato e não aos outros. — Tenho visto muita mudança de governo na minha vida e tenho lido e ouvido muita promessa de políticos. Acho que as coisas não vão mudar se vier a república.

Curgo olhou vivamente para o tio e, quase agressivo, replicou:

— É por essa e por outras que o Brasil não vai pra frente. Se homens como o senhor acham que não há diferença entre república e monarquia, o que é que a gente pode esperar dum gaúcho bronco, dum peão, dum... dum... homem da rua? — Olhou para o advogado e pediu: — Toríbio, conte ao primo Florêncio o que é que a república quer.

Toríbio cruzou os talheres, fincou os cotovelos na mesa, trançou as mãos à altura do queixo e principiou:

— Para não fazer uma dissertação muito comprida, direi primeiro que, com a república, as províncias ficarão transformadas em estados autônomos e confederados, mas politicamente unidos.

Esfregou as mãos e fez uma pausa. Bibiana aproveitou o breve silêncio para perguntar:

— Mais carne, doutor Winter?

— Não, muito obrigado.

— Teremos também um Poder Legislativo Central; um Tribunal Superior de Justiça, colaboração proporcional de todos os Estados para as despesas da nação...

Winter sabia que Florêncio não estava entendendo nada. Como ele havia no país milhões de pessoas para as quais aquelas palavras não tinham sentido.

A enumeração continuava. O Senado seria temporário. O voto, alargado. Todos teriam liberdade de associação e de culto. Os cemitérios seriam secularizados.

Neste ponto Bibiana interveio:

— E os defuntos vão continuar mortos, sem saber de nada...

Curgo fuzilou para a avó um olhar de censura.

— Teremos o casamento civil obrigatório — prosseguiu Toríbio. — A Igreja será separada do Estado. Os ministros, responsabilizados. Não só os ministros, mas também todos os agentes da administração. Acabaremos com o Poder Moderador e com o Conselho dos Estados. Ah! E haverá a mais ampla liberdade de ensino...

De repente o advogado calou-se. Florêncio fez apenas este comentário:

— Tudo isso é muito bonito. Mas o Imperador é um homem de bem.

Curgo deixou escapar um suspiro de impaciência.

— É um caixeiro-viajante! — explodiu. — Vive passeando na Europa, fazendo versos e visitando museus, enquanto o país aqui se vai águas abaixo!

Florêncio não respondeu. Continuou a comer serenamente.

Toríbio retomou a palavra:

— É um Imperador para uso externo, cujo principal motivo de orgulho é ser amigo íntimo de Victor Hugo!

Florêncio repetiu simplesmente:

— O Imperador é um homem de bem.

5

O relógio grande bateu uma hora.

Os pratos foram recolhidos e veio a sobremesa — doce de coco — numa grande compoteira de vidro azul, na forma duma galinha no choco. Todos gostam de doce de coco? Se não gostarem, tem pessegada, marmelada e figada... Mas todos gostavam.

Durante aqueles últimos dez minutos o dr. Toríbio estivera com a palavra, continuando sua catilinária contra o Imperador e seus ministros enquanto os outros o escutavam em silêncio com uma atenção duvidosa.

Vendo que o advogado não tocava na sobremesa, Bibiana lhe disse:

— Coma, moço. Vassuncê mais fala do que outra coisa.

— Mas é da profissão, minha senhora. Se nós os advogados não falarmos, perdemos as causas, e se perdermos as causas, morreremos de fome.

— Pois então coma enquanto tem comida — retorquiu a velha.

Rezende soltou a risada de matraca.

— A senhora é uma mulher que me agrada. Realista, positiva, hein? hein? De gente assim é que vamos precisar quando vier a república, não é mesmo, Curgo? Pois sua avó vai ser a primeira presidenta do Estado do Rio Grande do Sul, hein?

Bibiana, que partia uma fatia de queijo, sorriu e replicou:

— Se eu continuar sendo presidenta do Sobrado me dou por muito satisfeita. — Fez com a cabeça um sinal na direção de Alice. — Ali está quem vai me derrubar. Dentro dum mês será a dona desta casa.

— Ora, titia — protestou Alice debilmente. — Nem diga uma coisa dessas...

Maria Valéria, que pouco falara durante todo o almoço, observou:

— Todo o mundo sabe, tia Bibiana, que quem vai continuar mandando aqui dentro é a senhora.

Winter voltou a cabeça para a moça que estava a seu lado. Tinha uma simpatia particular por aquela rapariga que toda a gente achava feia, mas na qual ele descobria um encanto secreto e meio áspero, muito mais atraente para seu gosto do que a "boniteza" comum de Alice. Sempre que a via, muito alta, tesa e esbelta, o rosto alongado, os grandes olhos negros um pouco saltados, o nariz longo e fino, a boca rasgada de expressão um tanto sardônica — ele não podia deixar de fazer uma comparação: "comprida e aguda como uma lança". A própria voz de Maria Valéria tinha algo de contundente. Em várias ocasiões, com o intuito de conhecê-la melhor, Winter procurara levá-la a confidências, pois suspeitava de que havia naquela criatura muito mais coisas do que seus gestos e palavras revelavam. Não conseguira, entretanto, quebrar aquela espécie de armadura de gelo que envolvia a filha mais moça de Florêncio Terra. Aos vinte e quatro anos Maria Valéria tinha mentalmente quase a idade de Bibiana. Quando as duas mulheres se encontravam, Winter divertia-se a observá-las. Era evidente que existia entre ambas uma certa má vontade recíproca a que as gentes da Província davam o nome de *birra*. Eram — comparava o médico — duas personalidades de pederneira, que ao se chocarem produziam chispas de fogo. No entanto ele estava certo de que, sendo necessário, qualquer uma daquelas duas mulheres seria capaz dos maiores sacrifícios pela outra.

Bibiana lançou um olhar duro para a sobrinha, mas nada disse. Quando veio o café, Rezende acendeu um charuto e Florêncio e Carl Winter começaram a fazer seus cigarros. Licurgo aproximou-se da janela e olhou para o quintal onde os escravos comiam sentados no chão, sob as árvores, ou nos degraus da escada que levava à porta da cozinha. Eram homens, mulheres, crianças e velhos, todos descalços e molambentos. Uns tinham nas mãos latas ou velhas panelas cheias de arroz e feijão; outros metiam os dentes em costelas, arrancando-lhes a pelanca, ao passo que uns quatro ou cinco caminhavam dum lado para outro, a chupar laranjas e bergamotas. Comiam num silêncio impressionante, e sobre as carapinhas e os chapéus de palha, as faces, mãos, pernas e pés pretuscos que o frio gretava, brilhava o claro e tépido sol de junho. Licurgo ficou a imaginar a cara que os escravos fariam aquela noite quando recebessem na sala grande do Sobrado seu título de manumissão. Compadecia-se daquela pobre gente, mas reconhecia que nem sempre tinha paciência suficiente para tratá-la com doçura. Mais duma vez fora obrigado a dar de relho em pretos que lhe faltaram com o respeito. Fizera isso, porém, de homem para homem, mas nunca, nunca mesmo, mandara açoitar um escravo.

Acendendo o charuto que o dr. Toríbio lhe oferecera, Juvenal disse:

— Eu só queria saber quem vem à festa hoje aqui no Sobrado e quem vai ao baile do Paço...

Licurgo ouviu as palavras do primo e deixou a janela.

— Pra vir aqui hoje — disse, aproximando-se do outro — é preciso ter tutano. Quem entra nesta casa fica marcado pelos Amarais pro resto da vida.

— Tenho receio que não venha ninguém — confessou Bibiana. — Depois que espalharam que o velho vai mandar atacar o Sobrado, muita gente pode ficar com medo de vir...

— Pois quem tiver medo que não apareça! — exclamou Licurgo. — Só queremos aqui dentro gente de coragem e de opinião. Se for preciso, fazemos o baile com o pessoal de casa e com a negrada.

Juvenal puxou uma baforada com gosto e, olhando intencionalmente para Maria Valéria, murmurou:

— Eu sei dum moço que vem...

Os outros riram porque sabiam a quem ele se referia. José Lírio, o Liroca, andava perdido de amor por Maria Valéria, a qual tinha por ele invencível repulsa. E o que deixava a situação ainda mais cômica era o fato de o rapaz ser mais baixo e mais moço que sua amada.

— Se sabe, diga logo! — desafiou Maria Valéria.

Um pontaço de lança — refletiu Winter, acendendo o cigarro e olhando reflexivamente para Bibiana.

— A senhora se lembra — perguntou ele — quando um dia, faz muito tempo, nesta mesma sala, nesta mesma mesa, eu lhe disse que Santa Fé ia progredir e ter muitas dessas coisas de cidade grande?

— Nunca me esqueço de nada, doutor.

— Pois é. Não me enganei. Hoje temos lampiões nas ruas, números nas casas, mala postal...

Curgo interrompeu-o:

— Mala postal, essa, que devia chegar uma vez por semana mas que chega sempre com o atraso de duas semanas, quando chega... Belezas da monarquia!

Sem fazer caso da interrupção, o médico prosseguiu:

— Temos um teatrinho, um telégrafo...

— E casas de mulheres à toa — ajuntou Bibiana acidamente.

Havia para as bandas da coxilha do cemitério uns dois ranchos onde viviam algumas chinas. Dizia-se que até homens casados frequentavam essas ordinárias. Winter soltou uma risada curta e seca.

— Que é que a senhora quer? Essa é a mais antiga das profissões.

— Uma pouca-vergonha, isso sim é que é — replicou a velha. Lançando um olhar oblíquo para o neto e baixando a voz, ajuntou: — Há homens que nem precisam visitar essas sem-vergonhas, porque têm as amásias em casa mesmo.

Licurgo teve a desnorteadora impressão de que a avó acabava de esbofeteá-lo em público. Sentiu um súbito formigamento quente em todo o corpo e olhou automaticamente para a noiva, que conversava em voz baixa com o pai e parecia não ter prestado atenção às palavras da velha.

Maria Valéria ergueu-se da mesa, acercou-se da janela que dava para a rua dos Farrapos, e ficou olhando com atenção vaga para a meia-água caiada, lá do outro lado, e à frente da qual uma criança brincava com um cachorro. Desconcertada diante da observação de d. Bibiana, tratara de afastar-se do grupo, para que ninguém lesse em seu rosto que ela sabia do caso de Licurgo com Ismália. Passara todo o tempo do almoço esforçando-se por não olhar para o primo. Que gostava dele, era uma verdade que só admitia com relutância. Morreria de vergonha se alguém viesse a suspeitar desses sentimentos que em vão procurava ocultar até de si mesma. Temendo trair-se, chegava a tratar Curgo com aspereza, dando muitas vezes aos outros a impressão de que lhe queria mal. Sempre, porém, que o via ou que lhe ouvia a voz, ficava toda perturbada, com a garganta seca, as mãos trêmulas, o coração a bater descompassado. No seu orgulho, irritava-se com isso, pois lhe fora sempre agradável a ideia de considerar-se diferente das outras moças que viviam preocupadas com "essas bobagens de amor". Maria Valéria era muito sensível aos mexericos da vila, embora declarasse não dar-lhes a menor importância. Era costume chamar aos maldizentes "filhos da candinha". Seria horrível se eles um dia começassem a murmurar: Sabem da última? A Maria Valéria está apaixonada pelo noivo da irmã.

Com a testa encostada na vidraça, os olhos fitos na rua, ela agora ouvia mentalmente vozes repetirem aquelas palavras. E "os filhos da candinha" tinham caras conhecidas: eram os homens que bebiam cachaça e contavam histórias sujas na venda do Schultz e na Casa Sol: eram também as mulheres que se encontravam à saída da missa e murmuravam segredinhos: "Ouvi dizer que a Maria Valéria tem um rabicho danado pelo Curgo. Quem diria, hein? Vá a gente se fiar nessas santinhas...". Só de pensar em tais coisas ela ficava com as orelhas vermelhas, as faces quentes como chapa de fogão, e até a respiração se lhe tornava difícil, como se ela estivesse cansada dum esforço físico.

— Pois é, doutor — dizia Bibiana. — Fique com o seu progresso. Me deixe cá com as minhas antiguidades.

Rezende caminhava pela peça, em passos rápidos e aflitos, soltando no ar a fumaça azulada do charuto. De repente estacou junto de Curgo, segurou-lhe um dos botões do paletó como se quisesse arrancá-lo e disse:

— Preciso voltar à redação. Estou preparando um número especial de *O Democrata* para amanhã. Os monarquistas vão ficar com a canela ardendo de inveja. Já comecei a escrever a notícia da nossa festa.

— A festa de hoje de noite? — estranhou Bibiana.

— E que tem isso? Não é difícil imaginar o que vai acontecer. Não se esqueça de que estamos em 1884. O jornalismo moderno difere do antigo principalmente na presteza com que dá as notícias.

A velha sacudiu a cabeça lentamente, murmurando: "Ora, já se viu?". Rezende beijou-lhe a mão:

— Muito obrigado pelo almoço — disse. — Foi um banquete digno dum nababo. — Fez um gesto largo. — Até logo para todos! Curgo, por volta das quatro estarei aqui nas minhas roupagens vermelhas de mouro, hein? Derrotaremos os cristãos e imporemos ao mundo o Império do Crescente. Viva a República!

Precipitou-se para o vestíbulo, acompanhado de Juvenal, que, de olhos já pesados, pensava na sesta.

— É bem doido — comentou Bibiana, sorrindo. E depois, mudando de tom: — Só não sei por que é que vassuncês, meninos, vão de mouros e não de cristãos.

— É porque o vermelho representa a revolta, dona Bibiana — explicou Winter —, a revolução, e também porque é a cor da mocidade, não é, Curgo?

— Não. Nós somos mouros porque os Amarais são cristãos.

Bibiana olhou para o neto, sobressaltada.

— Não vai haver perigo de sair briga de verdade? Não quero que vocês se lastimem.

Licurgo sacudiu os ombros.

— Estamos prontos pro que der e vier.

Florêncio olhava para Maria Valéria, que estava ainda ao pé da janela. Sentia pelos filhos uma profunda afeição, embora não soubesse manifestá-la em gestos ou palavras de carinho. Admirava Maria Valéria: era ela quem, depois da morte da mãe, tomava conta da casa. Tinha coragem, bom senso e espírito prático; não se preocupava com vestidos ou enfeites, e não era dessas que vivem na frente do espelho, pensando em festas e namorados. Sabia fazer queijos, doce e pão; era uma cozinheira de primeira ordem e herdara as mãos habilidosas da mãe, sendo hoje talvez a melhor rendeira de Santa Fé. Quando ela trabalhava com o bilro, Florêncio ficava distraído a olhar o movimento de seus dedos a tramarem os fios por entre os alfinetes do almofadão. Já a Alice era diferente... Florêncio sentia por ela uma afeição misturada de pena. Sempre a achara menos independente e corajosa que a outra. Parecia ser dessas moças que precisam permanentemente de proteção, que nasceram para viver à sombra dum homem — pai, irmão ou marido. Quanto a Juvenal, era sem a menor dúvida o mais alegre e despreocupado de toda a família. Às vezes Florêncio ficava a perguntar a si mesmo de onde o rapaz teria herdado aquele gênio. Olhava a vida sem pessimismo, gostava de festas, era trocista e costumava dizer que não se casaria nunca porque não era homem de gostar da mesma mulher a vida inteira. Florêncio lembrou-se dum dia em que chegara à casa abatido e contara aos filhos a decepção que tivera com um homem que até então ele julgara ser seu amigo de verdade. Alice mirara-o com uma expressão de pesar. Maria Valéria, ocupada com preparar o jantar, não pronunciara palavra. Mas Juvenal, sorrindo e encolhendo os ombros, dissera: "Faca que não corta, pena que não escreve, amigo que não serve, que se perca pouco importa". Era bom ter um gênio assim — refletiu Florêncio. A gente sofre menos.

— É um costume português — dizia Curgo à avó, que lhe perguntara sobre a origem das cavalhadas. — Foram os açorianos que trouxeram pra cá.

— Mas a coisa vem de mais longe — acrescentou o dr. Winter.

E começou a dissertar sobre o reino dos visigodos e a citar nomes como Pelágio, Hermengarda, Roderico, Vamba...

Esse alemão sabia coisas — refletiu Florêncio. Talvez fosse a única pessoa no mundo que sabia o que se tinha passado entre Bolívar e a mulher em Porto Alegre, no tempo da peste. Tudo o levava a crer que, pouco antes de ser assassinado pelos capangas de Bento Amaral, Boli contara a Winter o seu segredo.

O médico, porém, conservara a boca fechada. Depois daquele dia em que Florêncio correra para o Sobrado ao ouvir tiros, e fora erguer do meio da rua o corpo ensanguentado do primo — depois daquele dia horrível nunca mais tinham tocado no assunto. Era melhor não remexer naquela ferida. Era melhor esquecer... No entanto, tudo ali no Sobrado agora lhe lembrava Luzia, Bolívar e os anos difíceis que se haviam seguido àquele casamento desastroso. Florêncio não podia esquecer que Bolívar ficara indiferente com ele, a ponto de por fim tratá-lo como a um estranho. Essa era uma das grandes tristezas de sua vida. Outra de suas mágoas era a de nunca ter podido dar à família uma vida de conforto e fartura. Perdia dinheiro em todos os negócios em que se metia. Era pura falta de sorte, porque não jogava, não bebia, nunca fora dado a mulheres; pulava da cama com o sol, ao raiar o dia, e com o sol se deitava ao anoitecer. Não rejeitava trabalho, e Deus era testemunha do quanto ele amava a família e do quanto desejava fazê-la feliz. Sempre que se lembrava da falecida era com uma saudade tocada de remorso: o remorso de não lhe ter podido dar uma vida melhor. Desde o dia em que se casara até o dia em que a puseram no caixão, enrolada numa mortalha que as próprias filhas coseram, Ondina havia trabalhado sem parar, cozinhando, lavando e passando a roupa, cuidando da casa, dos filhos e do marido e ainda por cima — coitada! — fazendo renda para vender. No entanto ele não lhe ouvira nunca a menor queixa.

Florêncio olhou para Curgo, que discutia animadamente com o dr. Winter. O rapaz era opiniático como os Terras e esquentado como o avô. Dentro de poucas semanas seria seu genro. Florêncio aprovara o noivado mas nada fizera para encorajá-lo: não queria dar motivo para dizerem que estava procurando casamento rico para a filha. Queria, isso sim, que ela fosse feliz como merecia. Mas infelizmente aqueles dois iam começar a vida de casados já com uma dificuldade muito séria. Curgo tinha uma amásia. Diziam que o rabicho era forte. Florêncio não acreditava que o rapaz abandonasse a china. Conhecia dezenas de casos como aquele: duravam quase sempre toda uma vida. Pensara a princípio em falar francamente no assunto com o futuro genro, mas desistira da ideia, temendo um atrito. Licurgo tinha o sangue quente e detestava que lhe dessem conselhos. Que fosse tudo como Deus quisesse!

O dr. Winter levantou-se, espichou os braços, espreguiçando-se, e disse:

— Bom, vou fazer a parte do cachorro magro que enche a barriga e sai sacudindo o rabo.

Despediu-se e saiu. Bibiana acompanhou-o com os olhos e, antes de vê-lo desaparecer, gritou-lhe:

— Vassuncê vem à festa hoje de noite?

O médico voltou-se e respondeu:

— Está claro que venho. Me acha com cara de capacho dos Amarais?

A velha fez um muxoxo.

— Ué! A gente vê de tudo no mundo.

— *Argumentum ad ignorantiam!* — exclamou o médico. E abalou.

Bibiana ficou rindo seu risinho gutural e lento.

— Esse doutor Winter sempre empulhando a gente com o seu alemão! — Depois olhou para o neto, que conversava com a noiva, e disse: — Vá dormir a sua sesta, menino.

Licurgo franziu a testa, contrariado. Não lhe era nada agradável receber ordens da avó diante das primas.

— Não estou com sono — respondeu ele, com uma má vontade que lhe dava certo fio às palavras.

— Mas vá — insistiu a velha. — Vassuncê precisa descansar um pouco. O dia vai ser brabo e comprido. Sua noiva não repara, não é, Alice?

— Não reparo, titia.

— Pois é. Vá!

Curgo apertava nos dentes o cigarro agora apagado. De repente sentiu que a sesta lhe seria uma boa desculpa para deixar a sala: era-lhe difícil manter conversação com a noiva.

— Está bom. Com licença de todos, até mais tarde!

— Até mais tarde — disse Alice.

Maria Valéria não olhou para o primo.

Depois que Licurgo se retirou, Florêncio pôs-se de pé.

— Nós também vamos indo.

Bibiana ergueu a mão:

— Fiquem um pouquinho mais.

— A senhora não vai dormir a sesta?

— Quem foi que le disse que eu durmo a sesta?

Florêncio não respondeu. Sabia que todos os dias após o almoço a velha apanhava um jornal, acavalava os óculos no nariz, sentava-se na cadeira de balanço e ficava a ler e a lutar com o sono, de pálpebras pesadas e meio caídas, mas mesmo assim teimando em manter os olhos abertos. Por fim, vencida, deixava tombar o jornal e, de cabeça pendida sobre o peito, dormia profundamente. Acordava dali a meia hora num sobressalto, piscava estonteada, remexia os lábios e estalava a língua como se estivesse provando alguma coisa e, se via gente perto, tratava de disfarçar, dizendo:

— Quase peguei no sono...

Florêncio mirava-a agora, indeciso.

— Sente-se — ordenou ela. — E vassuncês também, meninas. Precisamos tratar dum assunto.

Pai e filhas obedeceram.

— Então — perguntou Bibiana, que continuava sentada à cabeceira da mesa —, quando é que resolvem se mudar pro Sobrado?

Por um instante Florêncio ficou mudo. Depois, sem olhar para tia, murmurou:

— Eu já lhe disse mais duma vez que não acho direito.

— O que não é direito é roubar, matar, pregar mentiras, tirar a mulher do próximo.

— Se a senhora quer a minha opinião, titia — interveio Maria Valéria —, eu estou com o papai. Não fica direito.

— Ninguém pediu a sua opinião.

— Mas eu dei.

— Que é isso, minha filha? — repreendeu-a Florêncio suavemente.

Bibiana mirou a moça sem rancor. Por mais que Maria Valéria às vezes a irritasse, não podia deixar de admirá-la. Gostava de gente franca e despachada.

— Pois é — prosseguiu a velha tranquilamente. — Esta casa é grande que nem potreiro e no entanto vive a bem dizer vazia. Vassuncês moram naquele cochicholo velho, úmido, sem vidraças nas janelas, todo cheio de goteiras. E pagam um despropósito de aluguel. Isso é que não é direito.

Florêncio sacudia negativamente a cabeça, chupando o cigarro com um certo constrangimento, pois ainda não se habituara a fumar diante da tia.

— Tudo isso está bem — concordou. — Mas é que podem dizer que estamos vivendo à custa da senhora e do Curgo.

— Pois que digam. Não é verdade. — Olhou para Alice e sorriu. — O seu caso já está resolvido, não é, minha filha? — Piscou-lhe o olho, fazendo um sinal de cabeça na direção de Florêncio e de Maria Valéria. — Deixe esses dois velhos cabeçudos morando sozinhos naquela baiuca. Um dia eles hão de se entregar, não é?

Ergueu-se, dizendo:

— Está bom. Agora podem ir.

Florêncio beijou a mão da velha e saiu a manquejar na direção da porta da rua. Alice beijou a tia em ambas as faces, mas Maria Valéria limitou-se a apertar-lhe a ponta dos dedos. Quando, acompanhadas do pai, as moças já estavam no vestíbulo, Bibiana gritou-lhes:

— Venham logo que anoitecer! Quero que me ajudem a receber os convidados.

Ficou parada junto da mesa, pensando... Ouviu a batida da porta que se fechava. Sabia que queria uma coisa mas não se lembrava do que era. Por alguns segundos teve uma sensação estonteante de vazio na cabeça. De repente, lembrou-se.

— Lindoia! — gritou. E, quando a negra apareceu, ela pediu: — O jornal.

A escrava trouxe-lhe o último número de *O Democrata*, que Bibiana pôs debaixo do braço, e depois, em passos lentos, dirigiu-se para a escada e começou a subir devagarinho, pensando em como ia arranjar-se quando estivesse velha demais para galgar aqueles degraus. Havia três soluções. Ficava lá em cima e não descia mais; mudava-se para o andar de baixo e nunca mais subia; ou então pediria que dois negros a carregassem no colo, sempre que precisasse subir. Mas nenhuma das três soluções prestava! O melhor mesmo talvez fosse morrer. Assim ficava estendida dentro do caixão, quieta, debaixo da terra; não tinha de subir nenhuma escada e não incomodava mais ninguém... Pronto!

6

Pouco antes das quatro da tarde, com o charuto preso entre os dentes, Toríbio Rezende irrompeu dramaticamente Sobrado adentro, todo metido nas suas vestes vermelhas de mouro, pregando um susto à escrava que lhe veio abrir a porta. Galgou em dois pulos os degraus do vestíbulo e, arrancando a espada, precipitou-se para o andar superior e fez algo que não teria a coragem de fazer em condições normais, isto é, se aquele fosse um dia como os outros e ele envergasse sua roupa preta domingueira e tivesse o pescoço entalado num colarinho duro: entrou no quarto de Licurgo sem bater. Abriu a porta num repelão e, erguendo a espada, bradou:

— Alá! Alá! Alá! Sangue! Quero muito sangue!

Estacou à frente do amigo, que, também metido nas suas roupas de mouro, se encontrava sentado na cama, numa atitude de profundo desânimo. Toríbio baixou a mão que segurava a espada, franziu a testa e perguntou:

— Mas que cara é essa, homem?

Curgo ergueu para ele dois olhos infelizes:

— Que horas são?

Toríbio não respondeu de imediato. Um pouco ofegante da corrida, tratava de meter a arma na bainha, o que fez com alguma dificuldade. Depois, encarando o companheiro, disse:

— Quase quatro. Mas que foi que houve?

Curgo levantou-se lentamente. Naquelas roupagens berrantes, com o turbante de veludo na cabeça, parecia ainda mais alto e corpulento do que realmente era. Estava de blusa e bombachas de cetim vermelho, botas de couro negro, muito lustrosas, e esporas de prata.

Preso ao turbante luzia um crescente de lata; e do lado esquerdo da blusa, como a indicar ao inimigo o coração do guerreiro, via-se outra meia-lua ainda maior, bordada com fio de prata.

A mão de Curgo crispava-se, nervosa, sobre o cabo do alfanje (de madeira, feito pelo Tuta Marceneiro) que pendia do cinturão de couro juntamente com o revólver de cabo de madrepérola.

— Nunca pensei que ia ficar tão esquisito com esta fantasia — resmungou ele, baixando os olhos. — Quando me olhei no espelho, cheguei a encabular...

— Ora, não seja bobo!

— Pois bobo é como me sinto, vestido deste jeito. Não tenho coragem de sair pra rua.

Toríbio cruzou os braços, puxou uma baforada e ficou a mirar o amigo com um olhar entre impaciente e irônico. Não era de admirar que Licurgo sentisse aquilo — refletiu. Parecia ser um traço dos Terras detestar tudo quanto fosse ostentação e atitude teatral. Não gostavam de pessoas "semostradeiras": eram homens secos, prosaicos e reservados, que viviam por assim dizer em surdina, procurando não chamar sobre si mesmos a atenção dos demais. Licurgo até que não era dos piores. Florêncio, esse sim, levava aquelas manias ao extremo.

— Estou que nem um palhaço... E dizer que tenho de montar a cavalo e me mostrar na frente de centenas de pessoas!

Tinha horror ao ridículo. Achava que a vida real era muito diferente da imitação dela que nos apresentam as novelas e as peças de teatro. Nunca tivera paciência para ler um livro até o fim. Instado por Toríbio, começara a ler romances de autores famosos como José de Alencar e Bernardo Guimarães; nunca, porém, chegara a passar da página cinquenta. Parecia-lhe uma infantilidade perder tempo com histórias de gente que nunca tinha existido de verdade e que, além do mais, pensava, fazia e dizia coisas que uma pessoa sã do juízo não pensa, não diz nem faz. De todos os romances que começara nenhum lhe parecera mais absurdo que *O guarani*. Onde se viu um bugre bronco como Peri falar bonito e difícil como um advogado ou um deputado?

Travestido de mouro, Licurgo agora se sentia improvável e grotesco como uma personagem de romance. Vira muitas cavalhadas em sua vida. Apreciava a coisa como jogo, mas sempre recusara tomar parte nela por causa da "palhaçada das roupas". Daquela vez, porém, havia cedido ante a insistência de Toríbio e de outros amigos, e levado também pelo caráter excepcional daqueles festejos.

— Pois eu gosto tanto desta fantasia e desta cor — confessou Toríbio com veemência — que se pudesse andava sempre vestido assim...

— Cada qual com o seu gosto, não é?

— Bom, mas agora é tarde pra voltar atrás. Vamos embora. Não te esqueças de que há mais dez sujeitos vestidos como nós. E mais doze de azul, com penachos na cabeça.

Tomou do braço do amigo, procurando arrastá-lo para fora do quarto.

— Depois, meu caro, lembra-te de que as cavalhadas são uma tradição desta província. Antes de ti teus avós andaram vestidos assim, e não me venhas dizer que és melhor e mais respeitável que eles.

Curgo apanhou com relutância a espada que pertencera ao avô e apresilhou-a à cinta. Soltou um suspiro e postou-se mais uma vez diante do espelho do lavatório. O pior de tudo era aquele turbante feminino a coroar-lhe o rosto tostado, num ridículo contraste com a bigodeira preta. Parecia mesmo um turco. Imaginou a cara de certas pessoas de Santa Fé que deviam estar presentes à festa. Viu-as cochichando e rindo à socapa quando ele passava. Teve gana de precipitar-se sobre elas e dar-lhes umas boas espaldeiradas no lombo. Canalhas!

— Coragem, homem! — exclamou Toríbio.

— Não é questão de coragem...

Curgo olhava para a imagem do espelho como para um estranho, e um estranho com quem não simpatizava nem um pouco. Fez meia-volta e balbuciou:

— Não há outro remédio. Vamos.

Saíram do quarto e desceram a escada, num tinir de espadas e esporas.

Encontraram Bibiana na sala de visitas, sentada numa cadeira de balanço. Pararam na frente dela perfilados, como para uma revista. Toríbio tirou respeitosamente o charuto da boca e escondeu-o no côncavo da mão. Na verdade a expressão de seu rosto equivalia a uma pergunta infantil: "Estou bonito?". Curgo, entretanto, tinha um aspecto taciturno: sentia-se como um menino que acaba de fazer uma travessura e espera a repreensão do pai. Por alguns segundos os dois quedaram-se na frente da velha, silenciosos e expectantes. Bibiana olhou-os criticamente e depois, com um brilho de malícia nos olhos, disse:

— Parecem dois burlantins.

Curgo voltou a cabeça para o amigo e vociferou:

— Eu não te disse?

Naquele momento a Banda de Santa Cecília rompeu num dobrado. Em passadas largas, Curgo aproximou-se da janela e olhou para fora. Sob um céu sem nuvens, dum azul intenso, a praça cintilava ao sol, numa mobilidade colorida de calidoscópio. Soprava uma brisa fria, o ar estava leve e picante. Coladas a fios suspensos entre os postes da iluminação e as árvores, esvoaçavam bandeirinhas triangulares azuis, encarnadas, verdes, amarelas e brancas. Dos ramos da figueira grande pendiam guirlandas de flores artificiais. A luz reverberava nas fachadas brancas das casas, fazia chispar as vidraças e os instrumentos da banda de música — o que contribuía para aumentar ainda mais a claridade festiva da tarde. À frente da igreja erguia-se um coreto rústico, também enfeitado de bandeiras e flores, e no qual já estavam acomodados o vigário e as autoridades municipais com suas famílias. Ao longo dos quatro lados da arena retangular na qual se iam bater mouros e cristãos, homens, mulheres e crianças, metidos quase todos em suas roupas domingueiras, achavam-se sentados em bancos ou cadeiras que haviam trazido de suas casas. O estandarte dos cristãos tremulava ao vento, plantado à frente do palanque principal. O "castelo" dos mouros, tendo a uma de suas quinas a bandeira vermelha do crescente, não passava duma plataforma quadrada feita de pranchas de madeira que repousavam sobre pilares de tijolos, à frente da figueira grande.

O estrado onde os músicos se esfalfavam a tocar o dobrado marcial ficava no lado da arena que dava para o Sobrado.

Licurgo contemplou por alguns segundos o quadro alegre. Pombas voavam ao redor do campanário da Matriz. O vento que agitava as bandeirinhas cheirava a campo. (Por que será que a Ismália ainda não chegou?)

— A senhora não vai à festa? — perguntou Toríbio.

— Vou assistir à coisa aqui da janela. As meninas do Florêncio também vêm pra cá. É melhor do que ficarem naquele amontoamento, tomando sol na cabeça.

Toríbio tocou o ombro do companheiro.

— Vamos embora!

Curgo voltou-se e respondeu:

— Vamos, antes que eu me arrependa. A bênção! — pediu, beijando a mão da avó.

— Deus te abençoe. E tenham juízo. Não façam nenhuma loucura. Olhem que isso é um brinquedo e não uma guerra de verdade.

Quando viu Licurgo afastar-se, de espada e pistola à cinta, Bibiana Terra Cambará teve um mau pressentimento. Lembrou-se da hora em que, havia quarenta e oito anos, dissera adeus ao marido, que ia atacar o casarão dos Amarais... ("Me frita uma linguiça que eu já volto. Até logo, minha prenda!") Em sua mente a imagem de Rodrigo fundiu-se com a de Bolívar, que atravessava a rua de pistola na mão, gritando como um possesso...

— Licurgo! — exclamou ela.

O rapaz estacou e fez meia-volta.

Naquele momento Bibiana teve a impressão de que o neto era uma mistura de Pedro Terra, do cap. Rodrigo e de Bolívar. Três homens num só, e esse *um* agora também ia para a guerra. Era uma guerra de brinquedo, sim, mas nela entravam homens, armas, cavalos e perigos. Tudo podia acontecer. Cambará macho não morre na cama. Ela não podia esquecer aquele ditado do capitão... Curgo era Cambará e macho. Uma rodada... Um pontaço de lança que alguém lhe desse sem querer... ou de propósito, porque um Amaral é capaz de tudo...

— Que é, vó?

— Nada. Vá com Deus.

Licurgo se foi. Bibiana ficou a ouvir dentro da cabeça o eco de suas próprias palavras. Vá com Deus. Era sempre o que as mulheres diziam quando seus homens partiam para a guerra. Vá com Deus. Eles iam com Deus. Uns voltavam inteiros. Outros voltavam estropiados, como o pobre do Florêncio. Outros não voltavam mais, nunca mais, como o Fandango Segundo. Adiantava alguma coisa dizer "Vá com Deus?". Deus me perdoe...

Ficou onde estava, sofrendo não apenas aquele momento, mas os muitos outros momentos negros do passado em que dissera adeus a entes queridos que partiam para a guerra, para longas viagens ou que saíam daquela casa para o cemitério dentro dum caixão...

Na rua ao sol, Licurgo teve a impressão de que as cores de suas vestes ficavam ainda mais berrantes. Sentia-se perturbado como se estivesse prestes a desfilar completamente nu pelo meio de todo aquele povo.

Os companheiros, os restantes dez mouros, estavam já montados em seus cavalos, à frente do Sobrado. Cinco deles eram membros do Clube Republicano; os outros cinco pertenciam aos partidos Liberal e Conservador, pois a comissão organizadora das festas achara conveniente "misturar os rebanhos", a fim de evitar que as cavalhadas degenerassem em conflito político.

Ao ver aqueles homens também vestidos de vermelho, alguns até com enfeites de vidrilho no turbante, Licurgo ficou um pouco mais consolado.

Levaram algum tempo para fazer o dr. Toríbio montar. Além de ser mau cavaleiro, o homem tinha as pernas curtas, e o espadagão que trazia à cinta embaraçava-lhe os movimentos. Dois companheiros seguraram-lhe as pernas e ergueram-no para a sela, trocando sorrisos maliciosos, pois para aqueles gaúchos nenhum homem era digno desse nome se não fosse bom cavaleiro. Curgo achava que teria sido melhor se Toríbio houvesse desistido de tomar parte nas cavalhadas; estava certo de que o amigo ia fazer papel ridículo, e isso o deixava inquieto.

7

Uma batida de bombo, que ecoou na praça como um tiro de morteiro, pôs fim ao dobrado, o que não impediu que o pistonista, distraído, soltasse ainda duas notas, que subiram desgarradas no ar, provocando risos entre o público.

O sino da igreja deu três lentas badaladas. Era o sinal convencionado para começar o torneio.

Licurgo gritou:

— Vamos embora, minha gente!

Pondo os cavalos a trote, os mouros dirigiram-se para o lado do quadrilátero que dava para a igreja, pois era por lá que deviam entrar na arena. Com a mão esquerda segurando as rédeas e com a direita empunhando a lança, Licurgo abria a marcha. Sentia no rosto um calorão de vergonha, o suor começava a brotar-lhe da testa e seus olhos estavam meio ofuscados. (Quem seria o "gracioso" que da janela duma das casas, lá do outro lado da praça, estava focando nele o reflexo cegante dum espelho? Cachorro! Só a bala!) Curgo não distinguia as pessoas com clareza: via manchas, vultos, faces móveis mas sem fisionomia... Passando pela frente do palanque principal, vislumbrou a silhueta negra do padre. Mantinha a cabeça erguida, os olhos à altura dos telhados das casas fronteiras. Começaram os aplausos, primeiro tímidos, depois mais fortes e coesos. A banda atacou um novo dobrado: "Cavalaria farroupilha", da autoria do Joca Paz, o trombonista. Aos compassos vibrantes da música Curgo teve, mau grado seu, um estremecimento de entusiasmo, uma espécie de exaltação patriótica que lhe deu um frenético desejo de ação guerreira e heroica. Procurou dominar esses sentimentos, que iam tão bem com suas roupagens mouriscas e que lhe pareceram tão espalhafatosos e absurdos quanto elas. Bobagem! Aquilo não passava duma festa, dum jogo: não havia razão para tais entusiasmos. Mas aquele diabo de música sugeria-lhe mesmo uma carga dos cavalarianos de Bento Gonçalves. E ele tinha na cintura a espada do cap. Rodrigo: aquela arma na verdade tomara parte na Guerra dos Farrapos! Licurgo apertou com força a haste da lança. Devia ser bom a gente entrar numa carga de lanceiros, rachar um quadrado inimigo...

Esporeou o animal, que transformou o trote num galope; os outros cavaleiros mouros o imitaram e assim, sob gritos e aplausos, chegaram ao seu "castelo", diante do qual se dispuseram numa fila singela.

— Que espetáculo! — exclamou Toríbio.

— E que dia! — comentou o homem que estava a seu lado. — Parece que foi feito de encomenda. Um céu azul e limpito!

— E bem frescote — observou outro cavaleiro mouro.

Curgo permanecia silencioso. Um suor frio escorria-lhe pelo rosto, que ele escanhoara havia menos duma hora. Seu peito arfava ao ritmo duma respiração comovida, e sua mão apertava ainda com apaixonada força a haste da lança. Olhou para o Sobrado e viu a avó, a noiva e Maria Valéria debruçadas à janela. Desviou o olhar de sua casa, demorou-o um instante no palanque principal e depois passeou-o em torno da arena. Via agora os bonifrates que se alinhavam nos dois lados mais longos do quadrilátero, com suas caras grotescas e suas cabeças descomunais de pano. Licurgo contou-os: havia dez "guerreiros" de cada lado.

— Lá vêm os cristãos! — exclamou alguém.

O que Licurgo viu a princípio por trás das árvores da praça foi uma mancha azulada e móvel, picada de rebrilhos. Finalmente Alvarino Amaral, de penacho ao vento, entrou na arena à frente de seu grupo, montado num belo alazão muito bem aperado. Os cristãos postaram-se à frente da igreja. Envergavam blusas e bombachas dum azul-claro, uma capa curta atirada sobre o ombro esquerdo e chapéus também azuis de aba larga, dobrada e costurada à copa, e encimados por penachos brancos. Curgo agora observava o garbo com que se apresentava Alvarino Amaral: seus arreios eram chapeados de ouro e no buçal, no cabresto, no rabicho e nas rédeas luziam filigranas de prata.

Palhaço! — murmurou.

O patife não perdia ocasião de ostentar sua riqueza. A prataria do casarão dos Amarais era famosa pela abundância e pela variedade. Prata roubada — diziam —, produto de pilhagens feitas em muitas guerras e em muitos lugares da Província e da Banda Oriental por várias gerações de Amarais, a começar pelo famigerado cel. Ricardo, tronco da família.

— Olhem só a faceirice daqueles fletes — exclamou um dos mouros.

Os cavalos dos cristãos tinham as colas trançadas e amarradas com fitas azuis e brancas. Para Licurgo todo aquele aparato era vaga e repulsivamente feminino. Só por isso — concluiu ele — Alvarino merecia levar uns pranchaços de espada nas paletas.

— Moçada linda! — exclamou um dos mouros.
— E bem montada! — elogiou outro.

Curgo voltou-se para os companheiros:

— Preparem-se. Quando derem o sinal, vamos começar as evoluções de picaria.

Alguém se pôs de pé no palanque das autoridades. Era o juiz de direito. Ergueu para o céu uma pistola, e disparou-a: a arma cuspiu fogo e seu estampido seco ecoou atrás da igreja. Era o sinal.

— Vamos embora! — exclamou Licurgo. — Primeiro a um de fundo.

Seguindo seu "mantenedor", os mouros fizeram a volta da arena a galope, soltando gritos de guerra e brandindo as lanças. Depois, prendendo estas ao arção da sela, desembainharam as espadas e simularam uma carga contra os cristãos, fazendo estacar dramaticamente os animais a poucos metros das fileiras inimigas. Estrugiram palmas. A banda de música interrompeu o dobrado e começou a tocar uma valsa, cuja melodia era familiar a Licurgo. Chamava-se "Saudades do Reno" e tinha sido composta por um colono de Nova Pomerânia. Olhou para Toríbio e viu-o agarrado à cabeça do lombilho, ofegante e suado. Em todas as evoluções ficara sempre para trás, provocando risos da assistência, de onde alguém já lhe gritara: "Socando canjica, miserável!".

Os mouros formaram uma circunferência e puseram os cavalos a andar a passo, ao ritmo da música. Quando já tinham feito um bom número de evoluções e figuras, Licurgo ordenou:

— Agora, a toda a brida pro castelo!

Os mouros precipitaram-se na direção de sua bandeira a todo o galope, gritando fino *hip-hip-hip-hip!* Toríbio foi o último a chegar. Curgo lançou-lhe um olhar rancoroso, mas o advogado como única resposta lhe sorriu candidamente.

Pouco antes de os cristãos começarem suas evoluções, ergueu-se da assistência um ah! de admiração. Cabeças voltaram-se na direção da fortaleza dos infiéis. Surgia de trás da figueira, montada em belo cavalo branco, uma donzela de cabelos louros soltos ao vento e com o rosto escondido sob uma máscara de pano preto. Donzela? Todos logo perceberam que se tratava, como de costume, dum homem vestido de mulher. Era Floripa, a princesa cristã que os mouros mantinham prisioneira em seu castelo, e que os cristãos em breve iriam libertar. Mas quem era que estava fantasiado de Floripa? — perguntavam-se os espectadores. Ninguém parecia saber ao certo. Alguns davam palpites...

Um dos mouros aproximou seu cavalo do de Floripa e perguntou:

— Como é, moça, vamos ou não vamos dormir juntos esta noite?

A "princesa", porém, permanecia silenciosa. Seu vestido branco, batido pelo sol, era também um foco de luz. Pela abertura da máscara viam-se dois olhos escuros meio assustados.

— Como vai a coisa? — perguntou-lhe Toríbio.

A resposta veio numa voz grossa e aflita:

— Puxa! Estou com falta de ar.

— Não há de ser nada — replicou Curgo. — Os monarquistas, digo, os cristãos já vêm aí e a folia acaba logo. Paciência.

Do público partiam risadas, gritos e dichotes dirigidos a Floripa. A banda prosseguia na valsa lenta e o contrabaixo fazia *um-pa-pa... um-pa-pa...*. Os cristãos começaram suas evoluções. Estavam magnificamente ensaiados e, nos seus cavalos bem arreados e faceiros, "fizeram mais vista" que os mouros, como disse o dr. Toríbio. Alvarino comandava-os com o garbo dum grão-senhor. Ao passar pela frente dos adversários fez um floreio cavalheiresco com a espada nua e sorriu, mostrando o canino de ouro que lhe cintilou sob os bigodes negros, lustrosos de cosmético.

— Filho da mãe! — resmungou Curgo.

No centro da arena os cristãos agora erguiam para o ar seus bacamartes e disparavam. O tiroteio deu a impressão de que a praça era uma enorme panela onde pipocas gigantescas estivessem a estourar. A assistência rompeu em aplausos entusiásticos.

— O velho sentimentalismo popular — comentou Toríbio a Licurgo. — O povo está sempre do lado da justiça e do bem, contra o crime e o mal, sempre do lado dos anjos contra os demônios. É natural que nesta liça o coração da turbamulta bata de amor pelos cristãos e de ódio pelos mouros. Amigo Curgo, não podemos contar com a simpatia da assistência. O remédio é batizarmo-nos, trocando o crescente pela cruz de Cristo.

Em obediência às regras do jogo, Curgo mandou aos cristãos o seu emissário, o Veiguinha, filho do proprietário da Casa Sol. O rapaz aproximou-se a galope do reduto cristão e bradou ao comandante inimigo que veio a seu encontro...

> *O mui alto e poderoso rei da Mauritânia,*
> *Senhor do meio-sol e da meia-lua,*
> *Mandou-me cá à presença tua*
> *Impor-te com a maior severidade*
> *Qual é, e qual deve ser sua vontade!*

Declamou os outros versos a plenos pulmões, mas sua voz, abafada pela música, principalmente pelos roncos do contrabaixo, não chegava até a assistência.

Quando Veiguinha terminou, Alvarino Amaral deu-lhe a sua resposta altiva: os cristãos não se renderiam aos mouros, mas lutariam até a vitória final e a libertação de Floripa. E declarou:

> *Um só de meus guerreiros bastaria*
> *Para dar cabo de toda a mouraria.*
> *Volta e vai tuas hostes preparar*
> *Que dentro em pouco hei de vencer e batizar.*

Veiguinha voltou, sob apupos, a seu castelo, para dar conta da missão ao chefe.

A batalha começou. A um sinal partido do palanque, ambos os grupos precipitaram-se a toda a brida um contra o outro, em fila simples, gritando como selvagens e brandindo no ar suas armas. No centro da arena fizeram os cavalos estacar, quase peito contra peito, e terçaram lanças, por alguns segundos. Licurgo viu-se a "lutar" contra um membro do Clube Republicano. Não trocaram palavras nem sorrisos: estavam demasiadamente compenetrados de seus papéis para se lembrarem de que eram correligionários e amigos.

Depois de rápida escaramuça, ambos os grupos voltaram para seus lugares. No dos mouros, Floripa esperava, sentada agora pacientemente numa cadeira, no centro do estrado.

Estava combinado que um cavaleiro cristão iniciaria os torneios individuais. Alvarino Amaral esporeou o cavalo e, de lança em riste, saiu a alvejar os bonifrates. A cada "homem" que derrubava, a multidão aplaudia com gritos e palmas. Depois de percorrer o lado direito, Alvarino voltou pelo esquerdo, fazendo tombar ao todo quinze bonecos. Quando o comandante cristão tornou a seu lugar, Licurgo saiu a lancear açodadamente os bonifrates, como se todos eles fossem membros da família Amaral. Sua fúria era tão grande e perturbadora, e ele precipitara o cavalo a tamanha velocidade que errou os primeiros cinco golpes — o que provocou gargalhadas na multidão. Cada vez mais enfurecido, Curgo continuou a carregar: acertou num, depois noutro e assim foi até o fim, deitando por terra os bonecos restantes sendo que trespassou a cabeça do último com a lança e ergueu-o dramaticamente no ar. A assistência prorrompeu em grandes aplausos. A banda de música tocava um galope. Ofegante, o rosto lustroso, o suor a entrar-lhe incomodamente nos olhos, Curgo voltou para junto dos seus homens. Os bonecos foram de novo postos de pé e o torneio prosseguiu, enquanto no palanque o dr. Winter e o juiz de direito, munidos de lápis e papel, tomavam nota do número de pontos feitos pelos membros de cada grupo. Quando chegou a vez de Toríbio, o baiano ficou onde estava, todo encolhido e de olhos baixos em cima do cavalo, pois sabia que para andar a galope teria de agarrar-se na cabeça do lombilho, o que lhe tornaria impossível manejar a lança. Da assistência partiam gritos: "Que saia o baiano! Que saia o baiano!". Estouravam risadas. Muito vermelho, o dr. Rezende erguia a mão para o ar, fazendo que não com gestos frenéticos. Indignado, Licurgo murmurava:

— Eu bem te dizia, Toríbio. Devias ter dado teu lugar pro Fandanguinho ou pra qualquer outro. Estás nos fazendo passar uma vergonha danada.

— Não seja bobo — replicou o advogado. — A vergonha é minha. Olha só pra minha cara. Estou tranquilo, hein?

Naquele momento ouviu-se um tropel e um cavaleiro surgiu de trás da figueira. O mascarado! — gritaram vozes. Era costume nas cavalhadas haver um palhaço, um cavaleiro mascarado que fazia evoluções humorísticas para divertir a assistência nos intervalos entre os torneios. Tinha, porém, ficado resolvido pela comissão organizadora da festa que não haveria nenhum mascarado naquela cavalhada. Quem era, pois, o recém-chegado?

O público rompeu a rir. A banda parou de repente de tocar e os músicos ficaram olhando a sorrir para o mascarado, que vestia um macacão amarelo e tinha na cabeça o velho chapéu de chaminé que pertencera ao dr. Winter; seu rosto estava escondido por trás duma grotesca máscara de papelão. O mascarado desembainhou a espada, aproximou-se do palanque principal e fez uma continência.

O juiz de direito ergueu-se e perguntou:

— Quem sois?

O desconhecido não respondeu. Um dos cristãos acercou-se dele e disse:

— Vá tirando a máscara, moço...

Sem pronunciar palavra, o homem de amarelo bateu com a espada na lança do outro, numa provocação. Por alguns instantes ficaram a terçar armas, sob as risadas dos espectadores. O mascarado soltava gritinhos — hi-hi-hi-hiii — e num dado momento deu de rédeas, fez o ginete sair a todo o galope e, perlongando o quadrilátero, começou a golpear os bonifrates. Com uma felicidade e uma destreza raras, foi-lhes decepando as cabeças uma por uma, errando apenas cinco golpes. Por fim, com um "crânio" espetado na ponta da espada, sofreou o cavalo diante dos juízes, sob grandes aplausos. O pe. Romano pôs-se de pé e sua larga cara rosada luziu risonha ao sol.

— Convido o meu belo amigo a tirar a máscara! — disse ele de maneira aliciante.

De vários pontos da praça partiram gritos: "Tira a máscara! Tira a máscara!".

O mascarado saltou do cavalo para o chão, jogou para o ar a cabeça do boneco, embainhou a espada e, voltando-se para o estrado da banda, pediu:

— Música, moçada!

O dr. Winter julgou reconhecer a voz... Mas seria mesmo quem ele suspeitava? Não. Impossível.

A banda começou a tocar uma polca e, quando o homem de amarelo arrancou a máscara, as pessoas mais próximas exclamaram em uníssono:

— O Fandango!

O clamor da multidão aumentou. Explodiram gargalhadas e palmas, que se misturaram no ar com a melodia saltitante da polca. E ali na frente do palanque, os olhinhos vivos e travessos postos nos juízes, a barbicha branca esvoaçando à brisa da tarde, José Fandango sorria, de braços abertos...

A novidade chegou aos ouvidos de Curgo.

— O homem tirou o disfarce — contaram-lhe. — É o Fandango.

— Velho desfrutável! — exclamou ele, entre zangado e enternecido. — Vestido de amarelo, como um palhaço de circo de cavalinhos! E nem me contou que ia fazer isso, o ingrato!

Outro mouro comentou:

— Mas viram que destreza tem o diabo do velhote?

— Está com mais de setenta no lombo, minha gente. Isso é que é resistência.

— O doutor Toríbio devia até ficar envergonhado.

O baiano limitou-se a resmungar:

— Não me amolem.

O pe. Romano desceu do palanque para ir apertar a mão do capataz.

— Venha sentar-se conosco, senhor Fandango — convidou. — Vassuncê é o herói do dia.

Fandango deu o braço ao padre e caminhou com ele para o estrado das autoridades.

A notícia do inesperado acontecimento chegara já à janela do Sobrado. Bibiana disse às sobrinhas:

— Esse velho assanhado ainda vai acabar morrendo numa dessas travessuras.

Fingia zanga, mas no fundo estava orgulhosa. Fandango era "gente do Sobrado" e acabara de dar àquele povo uma demonstração do quanto os antigos eram melhores que os "moços de hoje em dia".

Alice e Maria Valéria assistiam com interesse ao espetáculo. A primeira perguntou:

— E agora, titia?

— Agora — respondeu Bibiana — os cristãos vão salvar a Floripa.

Na praça o povo preparava-se para o momento culminante da guerra. Ouviu-se uma clarinada. Era o sinal convencionado para a carga final. Os mouros desceram de seus cavalos, amarraram-nos ao tronco da figueira e depois vieram entrincheirar-se à frente de sua fortaleza, de espingardas em punho, enquanto Floripa, sempre sentada na sua cadeira, pernas e braços cruzados, esperava pachorrenta. Alvarino Amaral ergueu a espada e gritou: "Avante!". Soltando gritos de guerra, os cristãos se atiraram ao ataque a todo o galope. Batido pelas patas dos doze animais, o chão soava como um grande tambor surdo.

— Fogo! — bradou Curgo.

Seus homens dispararam as espingardas quase ao mesmo tempo. Os cristãos fizeram alto subitamente e simularam uma retirada em desordem. Um dos mouros, num gesto absolutamente fora do programa, apanhou a bandeira vermelha que estava plantada a uma das quinas do "castelo", e começou a agitá-la no ar, gritando: "Já se entropigaitaram os cristãos!". Soltou uma gargalhada rascante, que foi abafada pelo ruído dos aplausos.

Voltaram os cavaleiros da cruz ao ataque e, apeando dos cavalos, lançaram-se contra o forte mouro de espadas desembainhadas. Os infiéis também arrancaram as espadas e o entrevero começou. Retinindo e lampejando, ferros chocaram-se no ar. A banda tocava um galope frenético em que o contrabaixo resfolgava como um homem gordo à cadência duma respiração de susto. Os guerreiros vociferavam blasfêmias. Licurgo defrontou-se com o coletor estadual, mas com o rabo dos olhos viu Alvarino Amaral, que sorria mostrando o canino de ouro. (Que cara boa pra uma bofetada!) A princípio mouros e cristãos terçaram armas, cada grupo formado numa fila simples mais ou menos regular, mas depois de meio minuto de luta a formação foi quebrada, os mouros saltaram do estrado para o chão e o entrevero então foi completo. Os contendores trocavam gravatas:

— Olha que te degolo!

— Lá vai ferro!

— Já te capo!

— Te defende!

— Toma esta que a tia Chica te mandou!

O público, exaltado, aplaudia sempre. Muitos daqueles homens que ali estavam sentados tinham tomado parte em revoluções e guerras. Quando sentiam cheiro de pólvora ou ouviam o tinir de arma branca, ficavam excitados. Um velho magro, que se achava acocorado nas proximidades do forte mouro, picando fumo com sua faca de cabo de osso, gritou para os vizinhos:

— Como é, moçada, vamos também entrar no barulho?

Um homem de barba cerrada e chapéu de palha exclamou:

— Sai, velhote! Tu nem pode mais com as calças...

O velho voltou-se para ele, fulo, e vociferou:

— Eu te mostro, cachorro!

E atirou-se contra o outro de faca em riste. "Que é isso, seu Pires?", gritaram. O velho foi agarrado e levado à força para seu lugar, enquanto o homem de chapéu de palha desculpava-se, com um sorriso amarelo:

— Estou brincando, amigo. Então não se pode nem caçoar?

O velho ofegava, lançando para o outro um olhar torvo.

As atenções tornaram a voltar-se para o torneio. Um cristão naquele momento saltava para dentro do "castelo", arrebatava Floripa, montava no seu corcel, içava a princesa para a garupa e saía a galopar na direção de seu reduto, sob aplausos gerais. Floripa fora libertada! Mas agora o público queria ver a cara da "princesa". "Tira a máscara!", gritavam. O cavaleiro que salvara Floripa fê-la descer do ginete. Alguns espectadores não se contiveram: invadiram a arena e ali mesmo, abaixo de gritos e risadas, arrancaram-lhe primeiro a máscara e depois as roupas. "É o Liroca!", exclamaram. "O Liroca!" "Me larguem!", gritava José Lírio, quase chorando de raiva. "Me larguem, miseráveis!"

Os outros continuavam a despi-lo sem piedade, e iam agitando no ar as vestes da "donzela", enquanto Liroca se debatia, todo confuso, em mangas de camisa, com as bombachas arregaçadas até os joelhos, mostrando as pernas cabeludas, e tendo ainda na cabeça a cabeleira loura de mulher, num contraste com o rosto másculo onde azulava a barba de dois dias. Por um instante ficou sem saber que fazer, mas de repente, arrancando e atirando longe a cabeleira, deitou a correr na direção da igreja.

As atenções, que se haviam desviado da luta para a cena cômica, focaram-se de novo no entrevero.

— Que é aquilo? — perguntou o juiz de direito. — Dois homens ainda lutando?

Estava combinado que quando libertassem Floripa, os mouros se renderiam. Alguém gritou:

— É o Curgo e o Alvarino se duelando...

O dr. Winter ergueu-se num salto.

— Ai-ai-ai — fez ele, voltando-se para o padre. — É bom irmos até lá.

Saltou do palanque e saiu a caminhar apressado, com o charutinho apertado nos dentes, uma das mãos segurando a bengala e a outra a aba do chapéu para que ele não lhe voasse da cabeça. O padre seguiu-o, em passadas largas, fungando. O público começou a invadir a arena. "Abram cancha!", gritavam. "Abram cancha!" Pelo meio da multidão desordenada Florêncio Terra também corria, arrastando a perna, apalpando já o cabo do punhal, com uma expressão belicosa no rosto. Juvenal seguia-o de perto, gritando: "Chegou a hora! Chegou a hora!".

Tinham formado um círculo compacto em torno dos homens que se batiam.

— Eu te mostro, cachorro! — gritou Alvarino.

— Temos contas a ajustar, ladrão! — replicou Curgo.

E atiravam-se como feras um contra o outro. Ouviam-se exclamações desencontradas na multidão. "Apartem!" "Não se metam!" "Mas vão se matar!" "Que se matem!" "Barbaridade!" "Olha o padre!" "Abram cancha!"

Com as caras contorcidas de ódio e reluzentes de suor, os dentes à mostra, a respiração ofegante quase transformada num estertor de fera malferida, os dois inimigos batiam ferros, avançavam e recuavam, brandindo as espadas. Licurgo tinha na testa um ferimento de onde o sangue brotava, escorrendo-lhe pelo rosto e entrando-lhe pelos olhos e pela boca. O peitilho azul da blusa de Alvarino Amaral estava também empapado de sangue.

O pe. Romano conseguiu abrir caminho e penetrar na pequena clareira onde os homens duelavam.

— Parem, pelo amor de Deus! — suplicou o vigário, erguendo os braços.

E por breves segundos seu vozeirão dramático dominou todos os outros ruídos. O duelo, porém, continuava com a mesma ferocidade. Alvarino, muito pálido, apertava o peito com a mão esquerda, como a procurar a ferida, e o sangue já começava a escorrer-lhe por entre os dedos. Licurgo tinha o olho esquerdo completamente vermelho e sua respiração era tão forte, que ao expelir o ar ele produzia um chuvisqueiro de saliva misturada com sangue.

O padre teve um instante de hesitação, mas a seguir, baixando a cabeça e estendendo os braços para a frente, investiu como um touro e, procurando evitar o nível em que as espadas se chocavam, meteu-se entre os adversários. Houve da parte destes um instante de perplexidade e indecisão, do qual se aproveitaram o dr. Winter, Toríbio, Juvenal e outros homens, que seguraram poderosamente os duelistas pelos ombros e pelos braços, imobilizando-os.

— Me larguem! — cuspinhava Licurgo, tentando libertar-se, e com a espada ainda na mão. Alvarino, porém, já não opunha aos apartadores a menor resistência. Deixou cair a arma ao solo e, muito pálido, ora olhava para a mão ensanguentada ora apalpava o peito, murmurando:

— O canalha me feriu! O canalha me feriu! Chamem um médico! Chamem um médico!

O padre andava dum lado para outro, tentando acalmar os ânimos. O cel. Bento Amaral surgiu de repente, seguido do filho mais moço e de dois genros, todos de pistolas em punho, façanhudos e ameaçadores. Abriam caminho na multidão e procuravam aproximar-se de Licurgo. Ao vê-los, Florêncio e Juvenal arrancaram também das pistolas e, acompanhados de Fandango, que tinha na mão apenas sua faca de picar fumo, postaram-se defensivamente na frente de Licurgo.

— Me larguem! — gritava este último. — Por amor de Deus me larguem!

Seu olho vermelho piscava repetidamente; seus dentes estavam tintos de sangue.

— Vamos ajustar contas com a cachorrada do Sobrado! — gritou o velho Bento, arrastando os pés. A pistola tremia-lhe na mão, e a cicatriz que tinha no rosto estava purpúrea contra a pele cor de palha.

O padre avançou alguns passos e barrou o caminho aos Amarais.

— Em nome de tudo quanto há de mais sagrado, não avancem nem um centímetro mais!

Naquele instante muitas das pessoas que haviam invadido a arena começaram a correr e a fugir, na expectativa dum tiroteio. Atrás do padre, Florêncio, Juvenal e Fandango, sem tirar os olhos dos Amarais, esperavam. Toríbio dava pulos e gritava:

— Até que um dia o tumor veio a furo!

— Não estrague a parada, padre! — pediu Licurgo. — Me soltem que eu mostro pra essa corja!

O velho Bento quis dizer alguma coisa, mas a raiva roubou-lhe a voz, seus lábios descorados moveram-se, flácidos, sob os bigodes brancos, mas deles saiu apenas um silvo.

Ao redor de Curgo estavam agora reunidos muitos companheiros do Clube Republicano.

Alvarino foi carregado pelos amigos na direção de sua casa, enquanto o dr. Winter se esforçava, mas em vão, para que Curgo fosse também afastado daquele lugar.

— O covarde vai fugir! — gritou o mais moço dos Amarais.

Florêncio Terra bradou:

— Cala a boca, ordinário!

O jovem Amaral deu dois passos à frente, apontou a pistola para Florêncio e, quando quis fazer fogo, o padre segurou-lhe a arma com a mão direita, e ergueu-a para o ar, enquanto com o braço que tinha livre enlaçava fortemente a cintura do rapaz. Ficaram assim por uns segundos como que a dançar. O vigário gritou:

— Pelo amor de Nossa Senhora da Conceição, padroeira desta vila!

Seu carão vermelho estava alagado de suor, suas narinas palpitavam, e havia em seus olhos, de ordinário doces, um brilho belicoso. Conseguiu finalmente tirar a pistola das mãos do outro, mas continuou a enlaçá-lo.

— Solta o meu filho senão eu faço fogo! — ameaçou-o o cel. Bento.

O pe. Romano obedeceu. Não se limitou, porém, a afrouxar o abraço; afastou o moço com um repelão tão forte que ele tombou de costas.

— Padre do diabo! — vociferou o velho Amaral. — Eu te ensino a respeitar os superiores!

Avançou com a pistola erguida à altura do peito do vigário, que se limitou a abrir os braços e dizer:

— Pois atire!

O velho hesitou. Fez-se um silêncio súbito e nesse silêncio se ouviu a voz de Florêncio:

— Vai morrer muita gente... — disse ele com uma calma dramática na sua falta de dramaticidade.

Passavam-se os segundos. O padre continuava de braços abertos, como que pregado a uma cruz invisível. Por trás dele os amigos de Licurgo, de armas em punho, esperavam. Toríbio repetia num automatismo nervoso:

— Saia fora, padre, porque a parada é nossa!

Bento Amaral desceu o braço e meteu a pistola no coldre. Voltou-se para seus homens e disse, babando-se de mal contida raiva:

— Não vamos estragar a nossa festa só por causa desses republicanos mazorqueiros.

Voltou as costas para o padre e se foi, arrastando os pés na direção de sua casa, seguido de parentes, amigos e capangas. O padre baixou os braços e por alguns instantes ficou a seguir o grupo com o olhar. Depois, voltando-se para os homens que estavam às suas costas, exclamou:

— Porca miséria! Desta vez quase me arrebentam a alma.

Começou a enxugar o rosto com seu grande lenço de alcobaça.

O Sobrado estava cheio de amigos, que comentavam o incidente. Em mangas de camisa e sentado numa cadeira na sala de visitas, Licurgo deixava que o dr. Winter lhe pensasse o ferimento da testa. Era um talho longo mas não muito profundo. Fora necessário dar-lhe cinco pontos, que Curgo suportara sem gemer.

— Costure direito o menino — dissera-lhe Bibiana, que seguira o curativo de perto, sem desviar os olhos.

Curgo era um homem — pensava ela. Quem tivesse antes alguma dúvida, agora a perdia, porque o rapaz não soltara um ai. Estava ali com a camisa aberta, um pedaço do peito cabeludo e forte à mostra: macho como o pai e o avô.

— Pronto! — disse o dr. Winter, terminando de amarrar um pano ao redor da cabeça do ferido. E, com o prazer de sempre, repetiu um ditado da Província: — "Não há de ser nada: quando casar, sara".

Bibiana pensou na Alice, coitadinha, que estava lá em cima deitada na cama, muito pálida, tomando o chá de folha de laranjeira que Maria Valéria lhe preparara.

— Canalhas! — murmurava Toríbio, ainda vestido de mouro e sentado numa cadeira a trançar e destrançar as pernas.

Bibiana lançou-lhe um olhar frio:

— Pare quieto, doutor. Finalmente a coisa podia ter sido pior. Ninguém morreu, que eu saiba.

Contava-se que Alvarino estava ferido no peito e havia perdido muito sangue. O cel. Bento, esse continuava a ameaçar céus e Terra.

Curgo mirava suas bombachas vermelhas.

— Preciso tirar estas roupas o quanto antes — disse.

O dr. Winter fechou a bolsa onde trouxera medicamentos e instrumentos cirúrgicos.

— Mas conte direito como começou a coisa — pediu ele, acendendo um charutinho. — Ainda não pude formar uma ideia. Cada qual conta a história a seu modo.

O dr. Toríbio pulou da cadeira:

— Pois eu estava terçando armas com o cachorro do Alvarino enquanto o Curgo, a meu lado, brigava com outro cristão. De repente ouvi o canalha gritar: "Já te corto a cara, republicano patife!".

Curgo interrompeu o amigo para corrigi-lo:

— Não, Toríbio. Eu me lembro bem. O que ele disse foi: "Eu te mostro, republicano sem-vergonha!".

— Pois então foi isso — concordou Toríbio. — Fiquei possesso e gritei...

Curgo de novo o interrompeu:

— Quando ouvi isso, deixei o meu parceiro e respondi: "Monarquista ordinário, é contigo mesmo que eu quero tirar uma diferença". E nos atracamos.

— E se não fosse o pe. Romano — concluiu Bibiana — vocês se matavam.

— Tinha sido melhor assim, vó. A gente resolvia o assunto duma vez por todas.

— Qual! — exclamou o dr. Winter, soltando uma baforada. — Não diga asneiras. Vassuncês precisam mas é criar juízo e acabar com essas rivalidades. Não digo que fiquem amigos, mas ao menos parem de brigar. Já que têm de viver na mesma cidade, é melhor que vivam em paz.

De dentes cerrados Curgo resmungou:

— Amaral, comigo, só na ponta da faca.

Naquele momento Fandango, que estivera a contar a "questã" à negrada da cozinha, apareceu à porta da sala de visitas, com as faces iluminadas por um sorriso. Curgo dirigiu-lhe um olhar enviesado:

— Velho gaiteiro! Como é que vassuncê faz uma coisa dessas e nem avisa a gente antes?

Todos os olhares se voltaram para o capataz, que encolheu os ombros e respondeu:

— Ué. Eu queria fazer uma surpresinha. — Deu alguns passos na direção de Bibiana. — Vassuncê viu as minhas proezas?

A velha sacudiu afirmativamente a cabeça:

— Vi. Parecia um palhaço de circo.

Fandango meteu os polegares nas cavas do colete, entortou a cabeça e filosofou:

— O mundo é mesmo um circo, dona. Tem de tudo. Burlantins que viram cambota, equilibristas, os que fazem piruetas em riba dum cavalo, os palhaços. E quem nasce pra palhaço, como eu, morre palhaço e nunca endireita.

Neste ponto o dr. Winter, que observava o velho, julgou perceber-lhe no tom da voz uma pontinha de tristeza. (Ou estaria fantasiando?)

— Pois é — prosseguiu o capataz. — Já pedi ao meu neto que quando eu morrer me botem no caixão com uma roupa bem bonita. Em vez de velório, façam um baile no terreiro, com bons violeiros. E dancem a tirana grande, o anu e a chimarrita em roda do meu corpo. Quero que o enterro seja abaixo de gaita. E que seis morochas bem guapas carreguem o meu caixão.

Houve um curto silêncio, ao cabo do qual Bibiana murmurou:

— Velho assanhado.

E lançou para Fandango um olhar entre repreensivo e afetuoso.

8

Eram sete horas da noite e Jacob Geibel estava recostado a um poste, à esquina da praça, olhando para o Sobrado, cujas janelas do andar térreo se achavam iluminadas. Havia uma boa hora que o sacristão ali se encontrava, falando consigo mesmo e olhando os convidados que tinham começado a chegar logo depois das seis. Via com uma raiva surda os vultos que se moviam por trás das vidraças que o frio embaciara. Fazia já algum tempo que alguém discursava lá dentro, e a voz do orador chegava de vez em quando, meio apagada, aos ouvidos do sacristão. Encolhido sob o poncho, com as abas do chapéu de feltro puxadas sobre os olhos, Jacob Geibel contemplava o Sobrado com ressentimento. Havia ali fora, no meio da rua, grupos de curiosos que espiavam a festa. No outro lado da praça, o Paço Municipal tinha suas janelas também iluminadas, e lá de dentro vinham os sons da banda de música, que tocava uma valsa. A noite estava estrelada e o ar parado e não muito frio. De quando em quando um cachorro latia numa rua distante. Por trás do Sobrado erguia-se o clarão da grande fogueira de são João.

Deviam prender fogo naquela casa — soliloquiava o sacristão. Ele gostaria de ver aquelas fêmeas saírem correndo e gritando lá de dentro, com suas vestes em chamas. Seria muito bem feito. Se morressem todos os convivas, não se perderia nada. E, se o vigário também ficasse carbonizado, a coisa então seria muito melhor.

Jacob Geibel tirou de baixo do poncho uma garrafa de cachaça, levou-a à boca e bebeu um gole largo. Depois lambeu os beiços e chupou os bigodes, ao mesmo tempo que lhe vinha à mente uma ideia excitante: tirar toda a roupa e entrar nas salas do Sobrado para escandalizar aquelas mulheres com sua nudez... Por alguns segundos o sacristão ficou a masturbar-se com essa ideia.

A música da valsa de vez em quando ficava mais forte, vinha como que em rajadas que o envolviam, e Jacob pôs-se a pensar num baile da mocidade, em sua aldeia natal, havia mais de trinta anos. Viu-se atravessando o salão na direção duma rapariga: inclinou-se à frente dela, convidou-a para dançar e a *Fräulein* como única resposta rompeu numa gargalhada. A vergonha daquele momento! Todo o mundo olhando e rindo. O chão pareceu faltar a seus passos quando, perturbado e vermelho, ele voltava a seu lugar. Cadelinha! Agora Jacob Geibel tornava a sentir aquele calorão, aquele formigueiro aflitivo a percorrer-lhe o corpo. Mas não era vergonha, não. Era a cachaça. Cadelas! Isso é que eram as mulheres. Cadelas! Todas inclusive sua mãe, que ele nunca conhecera, e que tivera a coragem de pô-lo na roda. Ordinárias!

Sob o lampião de luz amarelada e tíbia, o Barbadinho do Padre olhava para as janelas do Sobrado e imaginava-se a correr completamente nu pelo meio daquelas mulheres, que gritavam e tampavam os olhos com as mãos. Naquele instante a voz do orador se fez mais forte e até aos ouvidos do sacristão chegaram estas palavras: ... *ancha negra da escravatura.*

De costas para o grande espelho, na sala de visitas, metido no seu bem cortado *croisé* preto, com uma pérola a brilhar-lhe foscamente contra o fundo escuro do plastrão, o dr. Toríbio Rezende enchia o ambiente com sua voz metálica e vibrante. Fazia já vinte minutos que discursava, traçando a história da escravatura no mundo. Começara por dissertar sobre a Índia, o país das castas, em que os sudras constituíam a classe inferior, cuja sina era submeter-se e servir. Passara depois para o Egito, na descrição de cuja paisagem gastara prodigamente adjetivos, pedindo emprestadas a Castro Alves duas estrofes, "duas joias lapidares sem par na literatura universal", e que na sua opinião, melhor do que qualquer tela, que qualquer daguerreótipo, descreviam o país da esfinge e das pirâmides:

Lá no solo onde o cardo apenas medra,
Boceja a Esfinge colossal de pedra
Fitando o morno céu.

De Tebas nas colunas derrocadas
As cegonhas espiam debruçadas
    O horizonte sem fim...
Onde branqueja a caravana errante
E o camelo monótono, arquejante,
    Que desce de Efraim.

Pois nessa terra que em tempos pretéritos atingiu um grau de civilização de que o mundo ainda hoje se assombra — prosseguira o orador — os faraós faziam guerras para se apoderarem de escravos, e o rei Amenhotep — e Rezende repetiu o nome com certa volúpia — o rei Amenhotep chegara a mandar ao Sudão uma expedição com o fim exclusivo de caçar negros para transformá-los em servos!

Do Egito o dr. Toríbio transportou-se para a China, em que os primeiros escravos, segundo se calculava, haviam surgido durante a dinastia de Chow. Na ponta dos pés, Rezende atirava aquelas palavras como farpas contra as muitas dezenas de pessoas que o ouviam, em respeitoso silêncio na sala do Sobrado. A dinastia de Chow! Ele arrasava aquela gente com sua erudição. Aquilo de certo modo lhe era uma compensação para as frustrações da tarde em que como cavalheiro fizera figura triste. Agora ele fazia evoluções de picaria verbais, e nessa arte sabia não ter rival em Santa Fé. Pronunciar aqueles nomes de brâmanes, faraós, mandarins e reis, empregar com destreza e naturalidade os adjetivos mais raros era o mesmo que derrubar bonifrates a golpes de lança ou espada.

"Sim, meus senhores e minhas senhoras, na China da Antiguidade, os prisioneiros de guerra, fosse qual fosse a cor de sua epiderme, eram transformados em escravos." E, sem tomar fôlego, Toríbio Rezende saltara da China para a Babilônia — cuja descrição se prestara à maravilha para novos jogos florais de eloquência — e entrara, quase sem fôlego, na história dos hebreus, para depois chegar, com um sorriso nos lábios, à Grécia, "a gloriosa Hélade, a serena Hélade dos filósofos, dos sábios e dos artistas, e cujo grande vate, Homero, na sua *Ilíada*, menciona Aquiles e Agamêmnon como possuindo escravos em suas tendas...".

Nas salas iluminadas pela luz de dezenas de velas e lampiões a querosene, as damas estavam sentadas e os cavalheiros de pé. Bibiana, vestida de preto, fitava no orador seus olhinhos galhofeiros, sacudindo a cabeça a cada nome arrevesado de guerreiro, monarca ou filósofo que o baiano soltava no ar com sua voz cantante. Era um moço de fala engraçada — achava ela. Dizia *luiz* e *cruiz* em vez de luz e cruz; e sabia que como revide o baiano troçava dela quando a ouvia dizer *rés* e *depôs*, em vez de réis e depois.

Sentado junto da dona da casa, o pe. Romano de quando em quando sacudia a cabeça numa grave aprovação. E seus lábios se abriram num sorriso feliz quando Toríbio Rezende afirmou que com o advento do cristianismo a situação dos escravos melhorara, e as manumissões se fizeram mais frequentes. Entrando na Roma antiga o orador estudou a situação dos escravos à luz do Direito romano, e, avançando tempo em fora, com botas de sete léguas, passou dramaticamente sobre a Idade Média e — tropeçando em instrumentos de tortura, chamuscando-se em fogueiras de auto de fé — chegou com a testa rorejada de suor aos tempos modernos. Fez uma súmula das conquistas do homem mercê da Revolução Francesa e depois traçou a história da escravatura no Brasil, desde o dia em que os primeiros escravos negros puseram o pé em terras de Santa Cruz até aquele momento, àquela "já histórica" noite de 24 de junho de 1884, no Sobrado, em que por iniciativa do Clube Republicano de Santa Fé mais de trinta escravos iam receber sua carta de manumissão.

Fez uma pausa para beber um gole de água dum copo que estava às suas costas, sobre o consolo. Curgo olhou para a avó e sorriu. A velha piscou-lhe o olho. Trepado numa cadeira, na sala de jantar, o velho Fandango "bombeava" o orador por cima das cabeças das pessoas que se comprimiam na sala. Do quintal vinha de quando em quando o murmúrio das vozes dos escravos junto com o crepitar da fogueira.

Passando o lenço de leve pelos lábios, Toríbio Rezende tornou a encarar o auditório.

— Senhoras e senhores — disse. — Do significado desta noite, o Futuro e a História hão de dizer com uma eloquência muito maior que a de minhas pobres palavras!

— Não apoiado! — aparteou o padre.

Enquanto o advogado discursava, Licurgo passeava os olhos em torno — demorava-os um pouco na face de cada conviva, como a escrutar as reações de cada um àquele discurso ao qual ele próprio não prestava muita atenção. Era engraçado — achava ele — ver barbeados e penteados, de roupa nova e escura, colarinho duro e botinas lustradas, aqueles homens que ele estava habituado a ver diariamente de bombachas e botas, casaco de riscado ou então metidos nos ponchos, com as barbas geralmente crescidas. Como as mulheres ficavam mais bonitas quando vestiam suas roupas domingueiras e faziam penteados especiais! Com o canto dos olhos ele mirou por alguns instantes a noiva, que se achava sentada a seu lado. Seus cabelos negros e lustrosos de óleo estavam puxados para cima, num penteado alto que lhe acentuava o oval do rosto. De suas orelhas pendiam brincos de pedras azuis na forma de losangos. Num contraste com o vestido de gorgorão preto, muito rodado, a pele de Alice tinha uma tonalidade de marfim antigo. Licurgo achava que a fita de veludo negro que a noiva trazia ao redor do pescoço, e da qual pendia um medalhão dourado, lhe dava um ar de moça de cidade. Sentada junto dela, com o busto ereto, Maria Valéria tinha as mãos caídas sobre o regaço, e seu perfil se recortava nítido e agudo contra o *croisé* negro dum dos convivas.

Licurgo tornou a voltar a cabeça para Toríbio, que agora atacava o gabinete liberal e o Imperador, dizendo:

— ... e homens como Rui Barbosa, o do verbo candente, Joaquim Nabuco, o nobre estilista, e José do Patrocínio, que é a própria voz da raça negra escravizada, estão, com um punhado de outros heróis, preparando o advento da Abolição ao mesmo tempo que o da República, porque, minhas senhoras e meus senhores, abolição e república são sinônimos perfeitos!

Licurgo pensou em seu duelo com Alvarino Amaral e ficou ruminando o sabor violento, acre e embriagador daquele momento.

Havia muito que não sentia uma exaltação assim tão grande. Comparados com ela, a festa do Sobrado, a manumissão dos escravos, seu noivado com Alice e a própria ideia de república empalideciam, como coisas de menor importância.

Levou a mão à testa e com a ponta dos dedos apalpou de leve as ataduras bem no ponto em que sentia o ferimento. Estava orgulhoso daquele talho. O fato de nunca ter tomado parte em nenhuma guerra ou revolução sempre o deixara numa incômoda posição de inferioridade perante seus conterrâneos de meia-idade que haviam lutado no Paraguai e os velhos que tinham feito a campanha contra Rosas e a Guerra dos Farrapos. Sempre fora considerado um "espada virgem". Naquela tarde, porém, tivera seu batismo de sangue, e isso para ele tinha uma significação extraordinária. Era como se só agora se pudesse considerar completamente adulto. E essa sensação de ser homem, a certeza de que na hora do perigo a mão não lhe tremera, o coração não lhe falhara, davam-lhe uma força nova, uma confiança exaltada em si mesmo, e ao mesmo tempo uma certa impaciência que no fundo era desejo de mais ação violenta, de mais oportunidades para pôr à prova sua hombridade. Daquele duelo interrompido ficara-lhe também um sentimento de frustração, a impressão irritante de ter deixado um serviço incompleto, bem como acontecera com seu avô, que não pudera fazer o rabinho do *R* na cara de Bento Amaral. Porque — achava Curgo — a coisa só devia terminar quando Alvarino ou ele ficasse estendido no chão lá na praça.

Licurgo passou o indicador da mão direita entre o pescoço e o colarinho. Aquela coisa engomada sufocava-o: o discurso também começava a impacientá--lo. Gostava de Toríbio, achava-o inteligente, leal, o melhor amigo do mundo. Mas o diabo do rapaz falava demais; quando começava, Santo Deus!, não havia quem o fizesse parar. Lá estava ele a atacar violentamente a monarquia. Licurgo via uma expressão de interesse na fisionomia de muitas das pessoas que o escutavam; mas no rosto da maioria dos convivas o que ele via era fome. Misturado com o perfume de pó de arroz e de extrato, que emanava das mulheres, andava no ar um cheiro de comida, e de vez em quando vinha da cozinha um bafejo de frituras. A entrega dos títulos de manumissão levaria algum tempo. Quando era, pois, que aquela pobre gente ia para a mesa?

Licurgo estava prestes a fazer para o amigo uma careta de impaciência quando Toríbio ergueu a mão e gritou, rematando o discurso:

— Viva a Abolição! Viva a República!

Vozes masculinas uniram-se num coro e repetiram:

— Viva!

Romperam os aplausos. Alguns homens avançaram para estreitar Toríbio num abraço. Bibiana soltou um suspiro de alívio e cochichou ao ouvido do padre:

— Esse moço fala pelos cotovelos.

Atílio Romano mostrou os belos dentes num sorriso tolerante:

— O dom da palavra é uma graça divina, bela! — exclamou ele. Costumava chamar aos amigos *belo* ou *bela*. O dr. Winter até achava que esse era o tratamento que o vigário dava na intimidade a Nossa Senhora da Conceição. — E o doutor Toríbio usa da sua palavra em prol da boa causa! — acrescentou o padre já em tom declamatório.

O médico inclinou o busto para a frente e voltou a cabeça para o vigário.

— Padre Romano — disse ele em voz muito alta para ser ouvido no meio da balbúrdia —, ainda não compreendi como é que, sendo o senhor um sacerdote católico, pode simpatizar com a ideia republicana...

— Por que não? Por que não, belo? Acha que um padre não deve ou não pode ter emoção cívica?

— Não é isso. Um dos pontos do programa republicano é a separação da Igreja do Estado...

O pe. Romano ergueu-se.

— E então! E daí? — exclamou, aproximando-se do outro, como se o quisesse agredir. Segurando o médico pelos ombros com suas manoplas peludas, perguntou: — Pensa o doutor que a Igreja para sobreviver precisa do amparo do Estado? — Soltou uma risada gostosa. — Essa é magnífica! O Estado é que não poderá viver se não se amparar espiritualmente na Igreja!

O dr. Winter sacudia a cabeça, ao passo que Bibiana voltava os olhos ora para um ora para outro. Depois esqueceu-os e passeou o olhar em torno da sala. Os homens agora conversavam em voz alta, animadamente, divididos em pequenos grupos. No meio deles Licurgo parecia uma mosca tonta. Como ficava esquisito com aquele pano amarrado na testa! Parecia um bugre — sorriu Bibiana.

A entrega dos títulos de manumissão foi feita no meio dum silêncio grave e comovido. Os escravos estavam no quintal, junto da porta da cozinha, e entravam à medida que seus nomes iam sendo chamados. Sob o espelho da sala de visitas, os títulos empilhavam-se em cima do consolo de mármore. Toríbio Rezende lia a lista de nomes: "Antônio Tavares! Marcolino Almeida! Terêncio Rodrigues!", e muitas vezes Licurgo tinha de soprar-lhe ao ouvido o apelido do negro chamado, pois muitos daqueles homens já haviam esquecido os nomes de batismo. "Maneco Torto!", gritava Toríbio, "Dente de Porco! Inácio Moçambique!" Por entre alas de convidados os pretos entravam na sala, piscando os olhos à luz forte, e acanhados, de cabeça baixa, sem ousarem olhar para os lados, aproximavam-se de Licurgo, recebiam o título e beijavam-lhe a mão; alguns ajoelhavam-se depois diante da cadeira em que Bibiana estava sentada e levavam aos lábios a fímbria de sua saia. Retiravam-se, estonteados, buscando aflitamente a porta da cozinha. Muitos dos escravos choraram ao receber a carta de alforria. Houve, porém, um deles que entrou de cabeça erguida, olhou arrogante para os lados, como num desafio, recebeu o título e, sem o menor gesto ou palavra de agradecimento, fez meia-volta e tornou a voltar para o quintal, impassível como um rei que acaba de receber a homenagem a que tem direito. Licurgo acompanhou-o com um olhar furibundo. Era o João Batista! Merecia uns bons chicotaços na cara. Sempre fora assim altivo e provocador. Era um bom peão, um bom domador, um trabalhador incansável, mas tinha um jeito tão atrevido, que por mais duma vez Licurgo estivera prestes a "ir-lhe ao lombo".

A chamada continuava. Negros entravam e saíam. Havia entre eles homens e mulheres, moços e velhos. Licurgo começava a irritar-se. A cerimônia não só se estava prolongando demais, como também não oferecia metade da emoção que ele esperava: era uma coisa tão lenta e aborrecida como uma eleição. "Bento Assis!", gritou Toríbio. E, como o preto chamado não aparecesse, ele repetiu em voz mais alta: "Bento Assis!". O peão que estava à porta da cozinha gritou para fora: "Bento Assis!". Nenhuma resposta veio. Licurgo, que sacudia a perna nervosamente, bradou de repente: "Bento Burro! Onde está esse animal?". "Bento Burro!", repetiu o peão. Então uma voz soturna saiu do meio dos escravos que esperavam, no sereno: "Pronto, patrão!". E entrou na casa.

E o desfile continuou. Licurgo mal podia conter sua impaciência. Não conseguia convencer-se a si mesmo de que aquela era uma grande hora — uma hora histórica. Não achava nada agradável ver aqueles negros molambentos e sujos, de olhos remelentos e carapinha encardida a exibir toda a sua fealdade e sua miséria naquela casa iluminada. E como eram estúpidos em sua maioria! Levavam a vida inteira para atravessar a sala e depois ficavam com o papel na mão, atarantados, sem saber que fazer nem para onde ir. Era preciso que ele gritasse: "Agora vá embora. Não! Por ali. Volte pro quintal!".

O pior era que o Sobrado já começava a cheirar a senzala.

Foi com um suspiro de alívio que entregou o último título.

E quando o último escravo desapareceu na cozinha, houve um momento de silêncio e imobilidade, como se os convidados esperassem de Licurgo algumas palavras. Mas quem falou primeiro foi a velha Bibiana:

— Agora abram as janelas pra sair o bodum!

Licurgo mandou erguer as vidraças. Estava meio decepcionado. Esperara durante meses por aquele instante e no entanto ele não lhe trouxera a menor emoção. De repente viu-se cercado por amigos que lhe apertavam a mão e o abraçavam efusivamente. Um deles gritou: "Viva o Clube Republicano! Viva o nosso correligionário Licurgo Cambará!". Os outros gritaram em coro: "Viva!". E começaram todos a bater palmas estrepitosamente. Os gaiteiros que estavam no vestíbulo romperam a tocar uma marcha. Licurgo, então, sentiu com tamanha e repentina força a beleza daquele instante, que esteve quase a rebentar em lágrimas. Foi com esforço que se conteve. Entregou-se passivamente àqueles abraços, alguns dos quais chegavam a cortar-lhe a respiração. Não ouvia as palavras que lhe diziam. Só sabia que aquele momento era glorioso, raro, grande. Com um gesto de suas mãos tinha dado liberdade a mais de trinta escravos! Lá fora estava acesa uma grande fogueira ao redor da qual os negros — agora homens livres, felizes e dignos — iam dançar, cantar, comer e beber!

Uma preta de turbante vermelho, os dentes arreganhados, andava por entre os convidados com uma bandeja cheia de copos de cerveja. Alguém deu a Licurgo um copo, que ele apanhou e levou avidamente aos lábios, bebendo-lhe todo o conteúdo dum sorvo só. Ficou depois lambendo distraidamente os bigodes, a olhar em torno, meio zonzo, sentindo um calor e um tremor de febre, as ideias confusas e sempre aquela vontade absurda de chorar. Bibiana aproximou-se dele e abraçou-o e — pela primeira vez em muitos anos — seus lábios úmidos pousaram na face do neto num beijo chocho.

— Deus te abençoe, meu filho — balbuciou ela.

Licurgo inclinou-se, encostou uma das faces na cabeça da avó e rompeu a chorar como uma criança. Bibiana arrastou-o para o vestíbulo e depois para o escritório, cuja porta fechou apressadamente. Não queria que os convidados vissem aquele acesso de nervos de seu rapaz.

— Que é isso, Curgo? Não chore. Vamos, enxuge as lágrimas. Ora, já se viu?

Licurgo passava o lenço nos olhos e nas faces e fungava, furioso consigo mesmo por ter fraquejado, e já com uma vaga vontade de brigar. Mas brigar com quem e por quê?

— Vamos botar essa gente na mesa! — exclamou de repente. — Devem estar morrendo de fome.

Puxou bruscamente a avó pelo braço, e sempre fungando, com vontade de dizer nomes feios a seus convidados e ao mesmo tempo de abraçá-los, voltou para a sala, exclamando:

— Vamos comer, minha gente! Vamos pra mesa! Esta casa é de vassuncês!

9

Tinham posto na sala de jantar uma longa mesa, coberta de toalhas de linho muito alvo, e sobre a qual se alinhavam travessas com carne de porco fria e farofa, pedaços de galinha assada, linguiça frita e rodelas de salame e presunto de Garibaldina. Assim que os convivas se sentaram à mesa, as negras começaram a trazer os espetos de churrasco quente e pratarraços cheios de pastéis recém-saídos da frigideira.

— São de carne — anunciou Bibiana, que estava já sentada à cabeceira — e estão quentinhos.

Os convidados atiravam-se com vontade às comidas. Bibiana ficou a observar, deliciada, o pe. Romano, que comia com tanto apetite, que era um gosto vê-lo. Sentado à frente do vigário, o dr. Winter, que andava ultimamente tão enfastiado, mordiscava com indiferença uma coxa de galinha. Ouvia-se o som claro e alegre do vinho no instante em que era despejado nos copos. As conversas ganhavam animação à medida que os convivas iam bebendo, e os homens agora precisavam gritar para se fazerem ouvir, pois todos falavam ao mesmo tempo e os gaiteiros não tinham parado de tocar.

Sem fome, Licurgo olhava para a janela, através de cujas vidraças via o clarão da fogueira. Onde estaria Ismália? Já teria chegado? Não podia compreender aquela demora. Segundo suas instruções, a rapariga devia ter deixado o Angico ao raiar do dia.

Maria Valéria lançou um olhar furtivo para o primo. Achou-o taciturno e inquieto. Que se estaria passando com ele? Por que não falava com a Alice, que estava ali esquecida à sua direita? Olhou para a frente e deu com os olhos ansiosos de Liroca, do outro lado da mesa. O rapaz lhe sorriu. A face de Maria Valéria permaneceu impassível. José Lírio fizera já duas tentativas para puxar conversa, mas ela lhe respondera com monossílabos secos, a fim de o desencorajar. O diabo do rapaz, porém, era persistente. Apesar de todas as desfeitas que ela lhe fazia — bater ostensivamente a janela quando ele se aproximava na calçada; voltar-lhe as costas quando ele a convidava para dançar nos bailes; recusar as flores que ele lhe mandava —, apesar de tudo isso o infeliz continuava a persegui-la e ultimamente se dava até ao desfrute de cantar-lhe serenatas com sua voz de taquara rachada.

Maria Valéria baixou a cabeça e começou a comer, meio perturbada, fazendo o possível para esquecer que o primo se achava àquela mesma mesa, e que bastava erguer os olhos e voltar a cabeça para vê-lo.

Os gaiteiros tocavam agora uma valsa: "Ondas do Danúbio", reconheceu ela. Por um rápido instante imaginou-se a dançar nos braços de Licurgo, mas repeliu logo esse pensamento, irritada, e já com um sentimento de culpa, como se só por pensar aquilo tivesse traído a irmã.

Bibiana contemplou Alice por alguns instantes com olho crítico e depois, inclinando-se para ela, disse:

— De amanhã em diante vassuncê vai tomar todos os dias depois do almoço uma gema de ovo cru com um cálice de vinho do Porto.

Alice fitou na velha seus olhos graúdos:

— Mas eu não gosto de ovo cru, titia!

— Goste ou não goste, tem de tomar. Vassuncê anda muito pálida e precisa engordar. Homem não gosta de mulher magra. Faça o que eu digo. E comece amanhã!

— Está bem, titia — concordou Alice, com um sorriso submisso.

Baixou os olhos para o prato e continuou a comer sem nenhum entusiasmo um pedaço de peito de galinha.

Bibiana continuava a olhar obliquamente para a futura mulher de Curgo. A moça tinha os quadris estreitos: não podia ser boa parideira. Mas fosse tudo pelo amor de Deus! Ela conhecia muitas mulheres de bacia estreita que botaram muitos filhos no mundo e só morreram de velhice.

O ar estava cheio do rumor das conversas e do tinido de pratos, copos e talheres. Os homens conversavam animadamente e comentavam, muitos deles, o incidente da tarde. Curgo comia devagar e sem vontade, mas esvaziava em largos goles seu copo de vinho. Tinha o rosto afogueado e os lábios muito vermelhos e lustrosos. De vez em quando voltava-se para a noiva e procurava começar uma conversa: "Está sem fome?", dizia. Ou: "Olhe só o apetite do padre". Ou então: "Está gostando da festa?". Alice, porém, respondia apenas com monossílabos acanhados, e a conversa como que se congelava no ar.

O pe. Atílio Romano tinha diante de si um prato de pastéis, que ia devorando rapidamente, com tal entusiasmo que às vezes chegava a metê-los inteiros na boca. Mastigava com bravura e ao mesmo tempo não queria deixar de falar, porque o dr. Winter, aquele ateu incorrigível, não o deixava em paz. Agora estava a repetir-lhe de cor trechos dum livro de seu amigo Carlos von Koseritz, outro herege de má morte. Com o busto inclinado sobre a mesa, o garfo em riste, o médico olhava fixamente para o padre enquanto falava:

— "O mais crente dentre vós acreditará que a Terra seja o centro do Universo e que o Sol, a Lua e todos os astros só foram criados para fazerem o serviço de lampiões?"

O vigário escutava-o, sorrindo e mastigando.

— E por que não? — exclamou, interrompendo o outro. — Por que não, se Deus assim o quis? — Recostou-se na cadeira e gritou para uma negra que passava: — Me traga mais pastéis, bela! — E, com os lábios reluzentes de banha, a face corada, o olho alegre, tornou a voltar a atenção para o médico: — E por que não?

Winter brandia ainda o garfo.

— "A Bíblia é obra de homens ignorantes; a história da criação é um mito, e Laplace tinha razão quando Napoleão I lhe perguntou por que não falara em Deus ao expor o seu sistema de mecânica celeste: 'Sire, je n'avais pas besoin de cette hypothèse!'."

— "*Quos Deus vult perdere, prius dementat*" — citou o padre, soltando um arroto feliz.

— "O estado das camadas terrestres demonstra à evidência que o homem é simplesmente fruto da evolução da matéria como a própria Terra, como são os mundos todos que povoam o espaço do Universo."

Atílio Romano bebericava seu vinho, fazendo-o demorar sobre a língua e depois engolindo-o com um vagar sensual. Tornou a encher o cálice.

— Nada disso é novidade pra mim, doutor — disse ele. — Todos esses autores ateus seus amigos são também meus conhecidos. Tenho seus livros à minha cabeceira e isso é um sinal de que não os temo.

— E não acha que eles têm razão?

— Toda. Ah! Cá estão os pastéis quentinhos. — Esfregou as mãos. — Sirva-se, belo!

O dr. Winter não se deixou comover pela presença dos pastéis recém-saídos da frigideira e que ali estavam à sua frente, nédios, cheirosos, trigueiros, polvilhados de açúcar e canela. Lançou-lhes um olhar frio e tornou a encarar o interlocutor:

— Mas se acha que eles têm razão, como é que continua a exercer o sacerdócio duma religião baseada num mito pueril?

A manopla do padre avançou e seus dedos pinçaram um pastel.

— A razão não tem nada a ver com a fé! — sentenciou ele, metendo o pastel na boca e empurrando-o com os dedos.

— Vosmecê leu Darwin e Lamarck, não leu?

— Li. E talvez melhor que o doutor.

— Aceita as leis da evolução e da seleção?

— Aceito.

— Então?

— Então quê?

— Como pode reconhecer ao mesmo tempo a autoridade da Bíblia?

— Mas a Bíblia fala uma linguagem simbólica, belo!

— Isso é um sofisma.

— A hipótese evolucionista não exclui necessariamente Deus. Ela é antes uma prova da suprema, da incomparável, da sutil e imaginosa inteligência do Todo-Poderoso. — Limpou com a ponta da toalha os beiços engraxados. — A Bíblia não passa duma versão poética do gênesis ao alcance da inteligência popular.

— Isso é uma heresia, padre!

— E ninguém mais autorizado que um padre para proferir uma heresia, belo! — exclamou o vigário, soltando uma gargalhada.

O dr. Winter sacudiu a cabeça, rindo o seu riso em falsete. Contemplou o interlocutor com simpatia. Admirava o pe. Romano. Conhecera outros vigários de Santa Fé: alguns deles eram homens de poucas luzes, que viviam no sagrado temor de desgostar o chefe político local. Não liam nada e tinham medo de discutir tudo. Agora Santa Fé possuía um vigário independente, exuberante de saúde e bom humor, um liberal e, por mais absurdo que parecesse, um livre-pensador. Tinha em casa uma rica biblioteca, onde Winter, encantado, encontrava em belas encadernações de couro alguns de seus autores queridos: Renan, Schopenhauer, Diderot... Um dos livros de cabeceira do vigário era o *Candide*, de Voltaire. Um dia o dr. Winter pilhara o pe. Romano a ler os contos de Boccacio e a soltar gargalhadas homéricas.

— O vigário lendo Boccacio! — exclamara, admirado.

Fechando o livro com estrondo e erguendo-se de súbito, o padre explicou:

— Leio este patife por duas razões poderosas. Primo, porque gosto. Secundo, porque com suas histórias materialistas e frascárias ele me capacita a sentir melhor as delícias da castidade e da vida espiritual.

Era o pe. Romano geralmente estimado em sua paróquia. Sabia contar com graça uma anedota e, pastor amável, não vivia como seus predecessores a ameaçar as ovelhas com o fogo do inferno. Alguém pecou? Vamos ver, sente-se aí, fique à vontade, descanse um pouquinho. Não se aflija. Tudo se pode arranjar, porque Deus é uma boa pessoa. Abra-lhe seu coração, bela. Pronto, estou escutando...

Nos domingos à tarde montava no seu zaino-perneira e de guarda-sol aberto tocava-se ao trote do animal, rumo das colônias, seguido pelo sacristão, que cavalgava numa mula magra. D. Quixote e Sancho Pança — pensava Winter quando os via passar.

Em Garibaldina o padre comia macarronadas memoráveis, bebia vinho à sombra fresca das bojudas pipas das cantinas, e jogava ruidosamente bocha ou mora com os colonos, em companhia dos quais ficava depois a cantar cantigas do *bel paese*.

E la Violetta la vá, la vá, la vá,
La vá nel campo e la si sognava
Ch'el gera el so' Gigin che la rimirava.
— Perché mi rimiri, Gigin, de amor,
    Gigin d'amor?
— Io ti rimiro perché sei bella,
E se vuoi venir con me alla guerra.
— No, alla guerra non vo' venir,
    Non vo' venir!
Non vo' venir con te alla guerra
Perché si mangia male e si dorme per terra.

O dr. Winter jamais esquecera o dia em que vira o padre com um copo de vinho na mão cantar um solo com sua bela voz de barítono:

Non ti ricordi, oh Adelina,
Sotto l'ombra di quel ramo,
Tu dicevi: T'amo, t'amo!
Eri tutta felicità?

Ao redor dele os colonos, de faces rosadas e lustrosas, cantavam o coro:

*Ma perchè, Adelina, ma perchè
Tu non pensi più a me?*

Certo domingo, quando de volta de Nova Pomerânia apeava do cavalo em Garibaldina para um breve descanso, o dr. Winter ouviu gritos e risadas vindos dum grupo que cercava dois homens. Aproximou-se do ajuntamento e ficou embasbacado com o que viu. De batina erguida, o pe. Atílio Romano jogava uma luta romana com Arrigo Cervi, o ferreiro da colônia. De rosto suado, vermelho como um tomate, o vigário bufava e gemia, deixando escapar de quando em quando blasfêmias: *"Porca miseria! Hostia! Figlio dum cane!"*.

Os vigários de Santa Fé sempre se impacientavam com a falta de religião dos homens da terra, que em sua maioria nunca iam à missa ou, quando iam, não se ajoelhavam nem oravam, limitando-se a ficar de pé, atrás do último banco, com o ar entre sestroso e contrariado; em geral se retiravam, mal começava o sermão. Dizia-se que nenhum vigário jamais conseguira levar um daqueles homens ao confessionário. O pe. Romano, porém, fizera-se amigo de todos, conquistando-lhes a confiança, de sorte que muitas vezes ouvira, de homem para homem, diante dum copo de cachaça ou à mesa de jogo, confissões íntimas, e não raro era chamado para resolver pendências de honra ou problemas de família que seus paroquianos queriam ajustar em particular. Escandalizava as beatas pela irreverência com que às vezes tratava as coisas de religião. Mas tinha um comportamento exemplar e a maledicência local nunca conseguira descobrir-lhe na vida o mais leve cheiro de mulher.

Mirando agora Atílio Romano, que ainda comia com voracidade os pastéis quentes, Winter sacudia a cabeça com ar benevolente dum adulto diante das travessuras dum menino. Desviou depois o olhar na direção de Licurgo e pensou imediatamente em Bolívar. O rapaz tinha o jeito desinquieto do pai: sugeria um potro de cabeça alçada, farejando perigo, prestes a tomar o freio nos dentes e disparar. Que contraste com a tranquilidade e a calma força de Florêncio, que parecia ter seus pés tão bem plantados no chão! Mas — achava Winter — era a tranquilidade e a força dum boi que se resigna a passar a vida puxando carreta.

Tornou a encher o copo de vinho e bebeu-o todo dum sorvo só. O melhor que tinha a fazer era embriagar-se para poder participar da alegria geral, para esquecer que a vida para ele não prometia mais nada. Já não lhe restavam esperanças de sair de Santa Fé. A distância em quilômetros que o separava da Alemanha era enorme. Mas a distância em tempo, essa era ainda mais aterradora. Sentia-se solto no tempo e no espaço, sem ligação com ninguém e com coisa alguma. Mas não fora sempre esse o seu ideal? Não ter compromissos, nem esposa nem família nem propriedade nem contratos. Ser física e espiritualmente um viajante sem bagagem. Estar sempre em disponibilidade, poder, dum minuto para outro, sem ter de dar satisfações a ninguém, mover-se dentro da geografia, mudar de paisagem, de ambiente, de hábitos... Pois bem. Conseguira tudo isso. Mantivera-se livre, disponível, sentimentalmente intocado. Mas que uso fizera de sua liberdade? Guardara-a apenas como algumas daquelas famílias de Santa Fé entesouravam joias antigas dentro dum escrínio, no fundo duma gaveta, não as usando nunca, nunca se desfazendo delas nem mesmo nos momentos de maior necessidade. Um luxo inútil, enfim!

Tornou a encher o copo de vinho. Bebeu um gole, passou o guardanapo nos bigodes e olhou em torno. Lá estava a velha Bibiana à cabeceira da mesa, atenta a tudo, não perdendo uma palavra do que se dizia a seu redor, sempre a vigiar o neto com seu olhar vivo e dissimulado. Winter pensou em Luzia... Segundo as teorias do padre ela tinha uma alma, e essa alma devia estar àquela hora (será que no outro mundo existe o tempo?) purgando seus pecados nas chamas do inferno. O médico sorriu. A teiniaguá tinha parte com o diabo: o fogo não lhe faria o menor mal ao corpo verde de réptil. Mas onde estaria a alma do pobre Bolívar? Decerto penando pelos corredores do purgatório.

— Padre, vassuncê é uma besta! — gritou Winter olhando para o vigário.

Foi como se lhe tivesse de repente atirado na cara o vinho do copo. Sua voz, porém, perdeu-se na balbúrdia geral. Os homens conversavam em altos brados. As gaitas enchiam os salões com sua música rasgada e chorona. No quintal os pretos cantavam, dançavam e batucavam em tambores.

Um homem ergueu-se e bateu palmas, pedindo silêncio.

— Queremos que o doutor Toríbio nos recite alguma coisa! — gritou. Vozes o apoiaram: "Muito bem! Bravos! Que recite o doutor Toríbio!".

O advogado não se fez rogar. Ergueu-se com um entusiasmo avinhado, amassou o guardanapo nas mãos miúdas e delicadas, e ficou um instante de cabeça baixa, como que a pensar no que ia dizer. Quando a música parou e os convivas fizeram silêncio, o baiano passou os dedos pelos cabelos e disse com voz macia:

— Vou recitar um poema do grande vate condoreiro Castro Alves, glória da Bahia e do Brasil. — Fez uma pausa grave e depois, já em tom de discurso, acrescentou: — É "O navio negreiro", poema que tem feito pela causa da abolição da escravatura no Brasil o que *A cabana do Pai Tomás* fez pela mesma causa sublime na América do Norte.

Bibiana inclinou-se para Alice e cochichou:

— Lá vem discursório outra vez.

Curgo voltou vivamente a cabeça para a avó e, de cenho cerrado, lançou-lhe um olhar sombrio de repreensão, que a velha rebateu com um sorriso pícaro.

O dr. Toríbio pôs-se na ponta dos pés e, traçando no ar com a mão direita uma semicircunferência, começou:

Stamos em pleno mar... Doudo no espaço
Brinca o luar — dourada borboleta.

Suas mãos agitaram-se como borboletas morenas, que imediatamente se transformaram em ondas quando ele disse:

E as vagas após ele correm... cansam
Como turba de infantes inquieta.

Havia no rosto do padre uma expressão de absoluta felicidade: tinha comido e bebido bem, agora escutava um belo poema. Alimentava assim o corpo e o espírito.

O dr. Toríbio lançou ao ar uma pergunta patética:

Por que foges assim, barco ligeiro?

O dr. Winter tinha os cotovelos fincados na mesa e segurava a face barbuda com ambas as mãos. *Por que foges, barco ligeiro?* Imaginou-se a bordo dum brigue, sentindo no rosto o vento picante do mar; estava a caminho da Alemanha e ali no convés do navio pensava em Santa Fé, especialmente numa certa noite de festa no Sobrado — fazia tanto tempo! — em que alguém recitara um verso que falava em barco, e ele se imaginara a bordo dum brigue que o levava de volta à pátria, e chegara a sentir o vento do mar no rosto, e ficara pensando numa noite remota em Santa Fé, em que numa festa no Sobrado alguém recitara um poema que falava em barco e ele se imaginara... *Ach!* Estava mas era embriagado. Bebera demais. Mas beber era bom; fazia-o sentir-se como um balão leve, aéreo, colorido, despreocupado — bem como um balão de são João. Achava tudo bom, tudo bonito, tudo certo. Em todo o caso, seria melhor tratar de beber uma xícara de café bem forte sem açúcar. Um médico não deve embriagar-se, *mein lieber Doktor.* Que língua estava falando o dr. Toríbio? Ele já não compreendia nada... Aquelas palavras não tinham sentido. O poema era puro ritmo. Ra-ta-tá... ra-ta-tá... ra-ta-tá... Pensou em Johann Wolfgang von Goethe. Onde estava ele? Feito pó! De nada lhe adiantara ter escrito que *Zwei Seelen wohnen ach!, in meiner Brust.* Duas almas habitam, ai!, em meu peito. Seu peito se havia enchido de vermes. Hoje, não havia mais vermes nem peito. Pó. Olhou para o padre que ainda mordiscava um pastel. Onde estão as almas do poeta? No céu, responderia o sacerdote. Goethe entre os anjos. Não, Goethe seria um arcanjo, como Heine, Schiller e tantos outros.

Toríbio prosseguia:

Mas que vejo eu aí... Que quadro d'amargura
Que funéreo cantar! Que tétricas figuras!
Que céu infame e vil... Meu Deus! Meu Deus! Que horror!

A voz do advogado se fez cava e teatral:

Era um sonho dantesco... o tombadilho,
Que das luzernas avermelha o brilho,

Apontava para a mesa, como se ela fosse o tombadilho. E num rompante dramático pegou o copo de vinho, despejou-lhe o conteúdo na toalha branca e, mostrando a mancha vermelha, declarou:

Em sangue a se banhar

Bibiana resmungou:
— Não é ele que vai lavar a toalha...
A voz do advogado agora estava límpida e empostada:

Tinir de ferros... estalar de açoite
Legiões de homens negros como a noite
Horrendos a dançar...

Negras mulheres, suspendendo às tetas
Magras crianças, cujas bocas pretas
    Rega o sangue das mães:
Outras, moças, mas nuas e espantadas
No turbilhão de espectros arrastadas
    Em ânsia e mágoas vãs...

Winter tornou a encher o seu copo de vinho. *Mulheres suspendendo às tetas...* Seus olhos passearam pelas pessoas que estavam do outro lado da mesa. A tendência que as mulheres daquela província tinham para engordar! Com exceção das filhas de Florêncio, as outras moças eram rechonchudas, tinham ancas largas e seios fartos. Os gaúchos pareciam gostar de mulheres desse tipo, pois talvez as julgassem como julgavam as vacas leiteiras: quanto maior o úbere, mais leite. Depois que casavam, então, aquelas fêmeas botavam corpo e ficavam como a esposa do Veiga da Casa Sol, que ali estava junto do vigário, apertada num vestido de cetim azul-marinho, com sua cara de bolo de milho abatumado, o seu duplo queixo duma moleza e duma brancura de requeijão, a mirar o declamador com seus olhinhos empapuçados em que havia uma vaga luz de espanto... *Mein Gott!* Se Deus existisse, toda aquela comédia talvez tivesse um sentido. Quem sabe Deus existe?

Qual num sonho dantesco as sombras voam!...
Gritos, ais, maldições, preces ressoam!
    E ri-se Satanás!

Um dos peões de Curgo entrou na sala na ponta dos pés, aproximou-se do patrão, inclinou-se e cochichou-lhe ao ouvido:

— Está tudo calmo.

Era o homem que ele pusera de sentinela na água-furtada a vigiar a praça. Havia outro no fundo do quintal e um terceiro debaixo da figueira grande, com o olho no Paço Municipal. Curgo não acreditava que os Amarais se atrevessem a atacar o Sobrado, mas achava que era bom ficarem de sobreaviso.

Sacudiu a cabeça e murmurou:

— Está bem. Diga aos rapazes que venham comer.

O peão olhou para os lados e, num sussurro ainda mais leve, comunicou:

— A Ismália chegou, patrão.

Aquelas palavras caíram sobre o peito de Licurgo com o peso duma pedra. Ele olhou automaticamente para a avó.

— Muito bem, Neco. Onde está ela?

— No quintal.

O homem retirou-se na ponta dos pés. Licurgo olhou para Alice, meio desconcertado. Depois para Toríbio, que gesticulava, exclamando:

Ó mar, porque não apagas
Co'a esponja de tuas vagas
De teu manto este borrão?

Se ele pudesse apagar Ismália com uma esponja... teria coragem para tanto? Não. Embora os outros pudessem considerar Ismália um borrão em sua vida, ele não deixava de sentir por ela o que sentia. Agora tudo desaparecia: a festa, o declamador, o poema, a abolição, a noiva, a avó, a república — tudo. O que ele sentia era um desejo urgente de ver a chinoca, de apalpá-la, abraçá-la, penetrá-la. Sua sensação de febre aumentava e ele sentia o pulsar surdo do próprio coração e começava a remexer-se na cadeira como se estivesse sobre um braseiro. Era sangue ou fogo o que lhe corria nas veias? Não era apenas a ferida da testa que latejava: seu corpo inteiro pulsava, quente, dum desejo que chegava a doer. Olhou em torno mais uma vez. Levantou-se devagar, procurando não fazer barulho. Sentiu que a noiva e a avó o observavam disfarçadamente. O próprio vigário voltou para ele uma cara interrogadora. Fossem todos pro inferno. Ele era dono daquela casa e era dono de sua vida. Pro inferno! Levantou-se e saiu a caminhar na ponta dos pés na direção da cozinha, com a desconcertante impressão de que não só todos os olhos estavam postos nele, como também de que era para ele que Toríbio dirigia aquelas perguntas desesperadas:

Quem são estes desgraçados
Que não encontram em vós
Mais que o rir calmo da turba
Que excita a fúria do algoz?

Abriu caminho com gestos impacientes pelo meio da negrada que se aglomerava na cozinha, e chegou finalmente à porta dos fundos. Parou no portal e contemplou o quintal, que a grande fogueira iluminava. Os negros que dançavam ao redor do fogo — as caras reluzentes, transfiguradas por um êxtase de batuque, as dentuças à mostra, olhos revirados, as narinas arregaçadas, as bocas retorcidas a babujar palavras duma língua bárbara — pareceram-lhe mais demônios que seres humanos. Teve ímpetos de gritar: "Chega! Vamos parar com esse barulho!".

Mas num segundo esqueceu os pretos, a fogueira, o batuque. Porque o que ele queria era Ismália. Onde estaria a china? Começou a procurá-la, aflito... Finalmente avistou-a: estava ela sentada sozinha debaixo duma bergamoteira, enrolada num poncho, a olhar fixamente para o fogo.

Desceu a escada quase a correr.

10

Levou-a sem dizer palavra para o fundo do quintal, para uma zona que a luz da fogueira não atingia. E ali, debaixo duma árvore copada, num ângulo formado pelo muro, abraçou Ismália e beijou-lhe repetidamente os lábios úmidos e frios. O poncho que envolvia a rapariga, demasiadamente grande para seu corpo franzino, não só lhe embaraçava o movimento dos braços como também tornava difícil para Licurgo abraçá-la. Este continuou a beijá-la e seus lábios ávidos colaram-se no lóbulo da orelha da amante, depois nas têmporas, na testa, nos olhos, nas faces e outra vez na boca, onde ficaram por longos instantes.

Curgo afastou a rapariga de si para melhor ver-lhe o rosto. Na penumbra, porém, não lhe pôde distinguir as feições. Meteu as mãos pela abertura do poncho e apertou-lhe os braços.

— Por que demorou tanto a chegar?
— Não tive a culpa.
— Mas por quê?
— A aranha saiu tarde do Angico.
— Mesmo assim tinham tempo de chegar antes do anoitecer.
— Viemos devagarinho. Eu enjoei com o balanço. Paramos no Rincão Bonito pra descansar.
— Quem foi que te trouxe?
— O Bentinho.
— O Bentinho? — A pressão de seus dedos no braço da moça aumentou. — Mas eu te disse que viesses com o teu irmão.
— O Laco está doente, de cama.
— O Bentinho não se passou contigo?
— Não.
— Jura por Deus?

Mal fez esta pergunta, arrependeu-se. Estava fazendo uma cena, colocando-se numa posição ridícula perante Ismália.

— Juro.

Soltou-lhe os braços. A chinoca tocou-lhe a testa com a ponta dos dedos.

— Que foi isso?

Não valia a pena contar tudo. Era melhor resumir:

— Me lastimei esta tarde.

— Está doendo muito?

Ele não respondeu. Seu corpo é que estava doendo e latejando de desejo por Ismália.

A rapariga esperava, imóvel, calada, encolhida dentro do poncho. Tinha a envolver-lhe a cabeça um pano branco amarrado sob o queixo. Respirava pela boca e de seus lábios entreabertos se escapava um tênue vapor.

— Vem — ordenou Curgo.

Fez meia-volta e caminhou para o barracão que se erguia contra o muro dos fundos do quintal. Abriu a porta e entrou. Ismália seguiu-o silenciosamente.

Dentro estava completamente escuro. Curgo tomou da mão da rapariga e conduziu-a para cima duns fardos de alfafa.

— Senta aqui.

Ela obedeceu.

— Está com muito frio? — perguntou ele.

— Muito não.

— Então tira o poncho.

Ela tirou e Curgo estendeu-o sobre dois fardos.

— Deita aqui.

Ismália deitou-se. Ele fez o mesmo e em seguida abraçou-a e estreitou-a com força contra o peito. Por longo tempo ficou a chupar-lhe os lábios, só fazendo pausas para tomar fôlego. Agora ele aspirava, excitado, o cheiro de Ismália: corpo quente e moço recendendo a sabão preto. Era uma pena não ter trazido uma lanterna — pensava ele. Estava com saudade das feições da rapariga, daquela cara dum moreno terroso, bem como mingau respingado de canela, e principalmente daquelas pupilas dum verde desbotado de malva, com esquisitos pontinhos dourados. Nunca pudera compreender como duma família de posteiros miseráveis e molambentos havia nascido uma criatura bonita como a Ismália, com traços mais finos que os de muita filha de estancieiro rico.

O sangue martelava as têmporas de Licurgo quando suas mãos apalparam os ombros da china, acariciaram-lhe os seios miúdos, desceram-lhe pelo ventre, pelas coxas e finalmente começaram a arrepanhar-lhe a saia, desajeitadas e aflitas.

— Espere — disse Ismália.

E ela própria ergueu a saia.

Deitado e de olhos cerrados, Licurgo sentia na nuca a rigidez elástica do braço da rapariga. Estava agora saciado mas triste, e desejava dormir, dormir um profundo sono sem sonhos. Infelizmente tinha de voltar para a festa, pois no

Sobrado já deviam estar estranhando sua ausência. Não sentia, porém, o menor desejo de erguer-se. Era boa a presença daquela criatura, bom o calor de seu corpo, o contato de sua carne. Ismália não pedia nada, não perguntava nada. Era fácil estar ao lado dela.

Chegavam até o barracão as vozes dos negros, a música das gaitas e, de quando em quando, o amiudar longínquo dum galo ou o latido dum cachorro em alguma rua próxima.

— Agora vá pra casa da velha Rosa — disse Licurgo. — Já falei com ela. Se puder, amanhã vou te visitar. Ouviu?

— Ouvi.

— Está precisando de alguma coisa?

— Não.

Curgo voltou-se para Ismália, segurou-lhe a cabeça com ambas as mãos e tornou a beijar-lhe a boca. Pouco depois, seus lábios lhe tocaram as faces e sentiram-nas úmidas. Levou os dedos aos olhos da rapariga e descobriu-os cheios de lágrimas.

— Que é isso? Por que está chorando? — perguntou, já meio irritado.

— Nada.

— Está doente?

— Não.

— Eu te machuquei?

— Não.

— Então que é?

Ela não respondeu. Licurgo arrancou um talo de alfafa, levou-o à boca e começou a mordê-lo, impaciente. Ismália decerto estava triste porque ele ia casar. Era a hora de dizer-lhe que o casamento não ia mudar a situação, que eles continuariam como antes, como sempre, e que o fato de ele casar com Alice não significava que... Mas não. Dar aquelas explicações à filha do Mané Caré seria rebaixar-se muito. Não dava. De resto, ela não compreenderia. No entanto aquelas lágrimas o afligiam e, percebendo que estava prestes a enternecer-se, ele se agastava e pensava já em fazer algum gesto áspero. Tornou a passar os dedos pelas faces da china e sentiu que as lágrimas agora escorriam mais abundantes.

Cuspiu o talo de alfafa e soltou um fundo suspiro. Era preciso voltar ao Sobrado. As danças decerto haviam começado e ele tinha de dançar com a noiva. Sentia ímpetos de entrar em casa e gritar: "A festa acabou, minha gente. Já comeram, não comeram? Já beberam, não beberam? Já dançaram, não dançaram? Pois então vamos todos dormir. Boa noite!".

O silêncio continuava. Curgo descansou a mão espalmada sobre o seio esquerdo da rapariga e ficou sentindo o pulsar de seu coração.

Foi nesse momento que ela balbuciou:

— Vou ter um filho.

Ele não disse nada. Ficou ouvindo por muito tempo, com todo o corpo, aquelas palavras. Vou ter um filho. Continuou sentindo o pulsar do coração de

Ismália juntamente com as batidas violentas de seu próprio sangue nas têmporas doloridas.

Com passos lentos Licurgo dirigiu-se para o Sobrado. Parou nas proximidades da fogueira e ficou olhando para as chamas. As danças e cantigas haviam cessado. Acocorados perto das brasas, negros e negras assavam batatas-doces na ponta de varas. Outros, exaustos, dormiam sob as árvores, enrolados em molambos. Uma negra-mina, acocorada debaixo duma laranjeira, gemia uma melopeia africana. A parede dos fundos do Sobrado refletia a luz alaranjada da fogueira.

Vou ter um filho. Licurgo carregava consigo a voz de Ismália. *Vou ter um filho.* Uma voz fininha, dolorida, triste. *Vou ter um filho.* O ar cheirava a sereno, o fogo crepitava. Que fazer? Que fazer? Talvez o melhor fosse deixar o problema para o dia seguinte. Estava cansado, com o corpo moído, a cabeça latejando de dor. Talvez estivesse até com febre. Mas uma coisa desde já estava decidida: aquela criança não podia nascer... No entanto, era-lhe repugnante a ideia de mandar Ismália botar o filho fora. Sempre censurara os que faziam isso... Pensou na avó. A velha reprovaria aquilo, sem a menor dúvida... Mas não. Ele sabia dos dissabores que lhe viriam se a criança nascesse. Filho natural. Isso é que ele ia ser. Filho natural. Se fosse um homem a coisa seria má; mas se fosse mulher, tudo ficaria ainda pior. Cresceria como a mãe, ao abandono, no rancho dos Carés. Quando se fizesse mocinha algum graúdo a levaria para a cama e depois a deixaria ao abandono com um filho na barriga. E, pensando nisso, Licurgo chegou a odiar o homem que "ia" fazer aquilo. De repente compreendeu que de certo modo estava se odiando a si mesmo. Sim, ia mandar a Ismália fazer o aborto. Isso simplificaria tudo. Mas... se a rapariga morresse? Conhecia casos. Talvez o melhor mesmo fosse deixar Ismália ter o filho, e, quando a criança nascesse, faria tudo para que ela fosse criada direito e nada lhe faltasse. Um dia contaria tudo a Alice; ela havia de compreender, porque aquilo tinha acontecido no tempo em que ele, Curgo, era solteiro. Mas não. Dentro dum mês estaria casado. Era até bem possível que o primeiro filho de Alice nascesse apenas dois meses depois do de Ismália. Iam crescer juntos no Angico. Um na casa-grande, o outro no rancho dos Carés. Se fossem de sexo diferente era até possível que... Licurgo levou a mão à cabeça, que estava a estourar-lhe de dor. Talvez o talho estivesse infeccionado. Ou tudo no mundo estivesse errado, podre. Mas quando é que esses gaiteiros do inferno vão parar de tocar?

Tinha a língua seca, a garganta ardida e estava com sede. Beberia um canecão de cerveja e mandaria tudo para o diabo. Continuou a andar na direção da casa, pensando no que diriam os outros quando o vissem voltar. Fagulhas voavam no ar. Da fogueira saía um cheiro enjoativo de laranja assada.

Não. O melhor mesmo era a Ismália botar o filho fora. A negra Anastácia conhecia umas ervas infalíveis: tudo ia ser fácil. A Anastácia resolveria o caso... Já bastavam as outras preocupações de sua vida. O filho ia dar o que falar. Pensou nas explorações que seus inimigos políticos podiam fazer. Ele e os outros membros do Clube Republicano estavam empenhados numa campanha de regeneração em que falavam em decência e bons costumes. O Manfredo Fraga era capaz de insinuar nos seus editoriais infetos que o presidente do Clube Republicano de Santa Fé havia desonrado a filha dum humilde posteiro, deixando-lhe no ventre o fruto do pecado, etc., etc. Estava decidido. A criança não ia nascer...

Começou a subir os degraus que levavam à porta da cozinha. Lá de dentro vinham os sons duma polca e o arrastar de pés dos pares, de mistura com vozes e risadas. Vendo um vulto enquadrado pela porta da cozinha, estacou, reconhecendo a avó. Bibiana e o neto se miraram por algum tempo em silêncio. Será que ela desconfia de alguma coisa? — pensou Licurgo. Ia falar quando a velha se antecipou, dizendo-lhe com uma calma arrasadora:

— Vá ao menos lavar as mãos.

11

O dr. Winter entrou no escritório de Curgo com a intenção de fugir um pouco à algazarra que ia pelas outras salas. O pe. Romano estava demasiadamente loquaz. O dr. Toríbio, empapado de álcool, derrubava o Império. O baile ficava cada vez mais animado e o Veiga tinha acabado de gritar: "Polca de dama!". Antes que alguma daquelas matronas gordas o viesse convidar para dançar, ele batera em retirada. Fechou a porta com cuidado e foi direto à cadeira de balanço.

— Aonde vai? — perguntou uma voz.

Num sobressalto, o médico voltou a cabeça para o canto da peça donde viera a voz e viu Bibiana sentada numa poltrona.

— Como foi que não vi vassuncê aí?

— Porque está ficando velho, com a vista avariada.

Winter sorriu, sentou-se perto da amiga e deixou escapar um suspiro de alívio.

— É verdade. Estou envelhecendo. Já não aguento mais muito barulho. Vim aqui descansar um pouco, pois já me fizeram dançar duas valsas.

Ficaram por alguns instantes em silêncio, escutando a polca que os gaiteiros tocavam, e as risadas dos pares. O escritório estava alumiado apenas pela luz do lampião que se achava sobre a mesinha junto da qual Winter se sentara e de onde agora lançava para Bibiana um olhar oblíquo.

— Por que é que está tão abichornada?

— Não estou abichornada.

— Está, sim. Conheço muito bem a minha freguesia.

Ela encolheu os ombros mas continuou calada. Vinha agora da sala o tan-tan surdo e cadenciado de pés que batiam no soalho.

— Dá licença de fumar? — pediu Winter.

A velha tornou a sacudir os ombros.

— Se eu digo que não, vassuncê fica aí triste como terneiro desmamado.

Acenda um dos seus mata-ratos. Mas levante um pouco a vidraça pra fumaça não ficar toda aqui dentro.

— Está bem. Não fumo. A coisa não é tão urgente assim.

— Fume. Já disse que pode. Se não fumar, eu tomo isso como desfeita.

Winter tirou do bolso um charutinho, acendeu-o, puxou uma baforada e depois insistiu:

— Vassuncê está abichornada, sim. Alguma coisa aconteceu.

Bibiana nada disse. Encolheu-se mais sob o xale, pigarreou em surdina e continuou a olhar para a janela. A polca, os gritos e as batidas ritmadas continuavam.

— Que horas são? — perguntou ela.

Winter tirou o relógio do bolso, aproximou-o do lampião e olhou.

— Faltam vinte pra meia-noite.

De novo se fez silêncio entre os dois amigos. O médico reclinou a cabeça contra o respaldo da cadeira e cerrou os olhos. Alguma coisa havia acontecido, e ele sabia que Bibiana acabaria por contar-lhe tudo: era questão apenas de tempo. Podia esperar. A velha era assim. Quando estava doente — o que era raro —, fazia mil rodeios antes de admitir que sentia alguma coisa; depois é que, aos poucos, ia contando suas dores, mas achando que não tinham importância, iam passar ou podiam ser aliviadas com seus chás caseiros.

A música de repente cessou. Soaram palmas e gritos, e os gaiteiros bisaram a polca.

— A Ismália chegou — disse de repente Bibiana, sem nenhum preâmbulo.

Winter abriu os olhos e entesou o busto.

— Ao Sobrado?

— Lá fora. O Curgo ind'agorinha foi com ela pro fundo do quintal e ficaram lá um tempão.

O médico não achou o que dizer. Limitou-se a entortar a cabeça e ficar assim com um jeito hesitante.

— Imagine só — continuou a velha. — Com festa em casa, a noiva aqui dentro, nem ao menos...

Calou-se. O dr. Winter ficou olhando fixamente para a ponta do charutinho e depois, sem olhar para a amiga, murmurou:

— Coisas de moço. Isso passa.

No fundo sabia que não era assim. Conhecia Curgo e conhecia Ismália. O rapaz era obstinado em suas paixões e o diabo da rapariga tinha realmente um certo encanto.

— Deus le ouça! — fez a velha. — Mas eu duvido.

Ficaram a conversar sobre outros tempos e outras aventuras amorosas de Curgo. E Bibiana desatou a rir, recordando a "história da mulher do mágico". Licurgo devia andar por volta dos vinte anos quando apareceu em Santa Fé uma companhia de circo de cavalinhos que armou o seu barracão na praça, perto da figueira. Tinha um malabarista, um equilibrista, um contorcionista, cachorros amestrados, dois palhaços que só falavam espanhol, e um mágico italiano, um sujeito gordo e vermelho, de grandes bigodes pretos, casado (casado? qual! decerto amasiado...) com uma mulher ruiva. Trabalhavam os dois num palco, ele todo de sobrecasaca preta e gravata branca e ela — a desavergonhada — vestida de homem, bem como esses pajens das histórias da carochinha. Os homens de Santa Fé andavam assanhados com a piguancha: iam ao circo só para verem a mulher do mágico. Chamava-se Maria, imagine, nome de gente direita, nome da Virgem! Aparecia com carmim nas faces, uma sombra azul ao redor dos olhos muito saltados e azuis, e ficava todo o tempo rindo para os machos que estavam nas arquibancadas ou nas cadeiras. E eles lhe diziam coisinhas... Imaginem que até o Fandango perdeu a cabeça: não queria mais voltar para o Angico, ia a todos os espetáculos e, quando a mulher do mágico aparecia, o velho gritava das bancadas: "Eta potranca estrangeira bem linda!" e ficava rindo e se babando. O mágico fazia coisas do arco-da-velha, dizia umas bobagens em italiano e tirava ovos do nariz da mulher, fazia o vinho virar leite, dava um tiro numa caixa vazia e lá de dentro saía uma pomba voando. Mas o número de mais sucesso era o em que o mágico botava a mulher dentro dum caixão, mandava dois homens da assistência amarrá-la com cordas e cobri-la com um pano preto, depois dizia umas bobagens e zás! abria de novo o caixão e a mulher não estava mais lá dentro. Mas o Curgo, que não era mágico nem nada, fez um dia a mulher do italiano desaparecer. Havia algum tempo que andava de namoro com ela. Uma bela manhã o italiano acordou no seu quarto no hotel ali na rua do Comércio e não viu a mulher na cama. Onde está? Onde não está? Mas lugar pequeno é o diabo, a gente dá um espirro e todo o mundo ouve. O italiano logo descobriu com quem andava a safada e se tocou como um louco para o Sobrado.

Bibiana ria o seu riso macio.

— Parece que estou vendo a cara do homem — contou ela. — Chegou perto de mim, com os olhos cheios de lágrimas, e falou lá na sua língua arrevesada, queria que eu desse conta da mulher dele. Respondi: "Ué! Vassuncê não é mágico? Pois faça a sua mulher aparecer".

Winter levantou-se para ir erguer um pouco a vidraça e, ao voltar para sua cadeira, disse:

— Mas confesse que vassuncê estava alarmada...

A velha franziu os lábios.

— Muito não. O Licurgo tinha me deixado um bilhete dizendo que ia pro Angico passar uns dias com a gringa. Vassuncê sabe, doutor, ele sempre teve muita franqueza comigo. O menino se criou assim, sempre me contou todas as patifarias que fazia, a começar com as chinocas do Angico. Vassuncê sabe, ele é neto do capitão Rodrigo. Quem herda não furta.

Winter sorriu. As proezas eróticas do cap. Rodrigo, que no passado tinham sido uma fonte de inquietação e dissabores para d. Bibiana, agora lhe serviam como motivo de humorismo e ela parecia orgulhar-se de ter tido um marido "alarife".

— Sempre achei que é mil vezes melhor um rapaz fazer todas essas coisas em solteiro, pra depois de casado sossegar o pito e cuidar das obrigações. — Calou-se. Seu rosto ficou de novo sério. — É por isso que a história com a Ismália me preocupa. A coisa com a mulher do mágico durou uma semana. O circo foi embora. O Curgo andou uns dias abichornado, querendo seguir os burlantins até Santa Maria, mas acabou esquecendo. Teve outro rabicho por uma castelhana: durou um mês. Parece que quando foi a Porto Alegre andou metido com uma polaca... mas a coisa não durou muito também. Mas com a Ismália é diferente.

— Um dia há de acabar — disse Winter sem muita convicção.

Os gaiteiros tocavam uma mazurca. A luz do lampião ali no escritório morria aos poucos. Winter estendeu o braço e, fazendo subir a mecha, avivou a chama.

— E é por essa e por outras — concluiu Bibiana com um tom magoado na voz — que o Curgo está com vinte e nove anos e ainda solteiro. Estou beirando os oitenta e ainda não vi os meus bisnetos. Eu que tanto queria a casa cheia de crianças!

— Pois elas hão de vir. Tudo chegará a seu tempo. O Curgo casa o mês que vem. Lá por... deixe ver. — Fez a conta nos dedos. — Lá por abril de 85 podemos ter choro de criança no Sobrado. Em 86 pode aparecer outro bisneto... Não é possível apressar a natureza. Tenha paciência.

— Paciência eu tenho, mas é que duma hora pra outra posso bater com a cola na cerca...

— Aposto todo o meu dinheiro como vassuncê passa dos noventa.

— E se eu morrer antes, quem vai pagar a aposta?

— Vassuncê não morre.

— A verdade é que ninguém quer morrer, nem os que são desgraçados, os que sofrem muito. Medo da morte, medo mesmo não tenho. Mas querer morrer, isso não quero. — Encolheu-se mais sob o xale. — Vassuncê bem podia fechar a vidraça. Está entrando uma friagem. Dizem que a morte gosta de entrar pelas janelas...

Winter pôs-se de pé e foi baixar a vidraça. Lançou um olhar para fora. Viu os lampiões alumiando a solidão das ruas e um vulto deitado na calçada da praça. Devia ser o Jacob Geibel...

Que estranha criatura, aquela! Nas noites de ventania — contava-se — o sacristão saía como um louco a andar sem destino certo pelas ruas, falando sozinho e gesticulando, com o jeito de quem quer fugir de alguém ou de alguma coisa.

— Pois é, doutor — disse a velha, depois que Winter tornou a sentar-se —, a gente se habitua tanto à vida que no fim viver fica sendo uma espécie de cacoete.

O médico soltou uma risada.

— Estou de pleno acordo. Viver é mesmo um cacoete!

Atirou a ponta do charutinho na escarradeira que tinha a seus pés e ficou mirando a velha com olhos cheios de simpatia.

Quedaram-se ambos por algum tempo calados, a escutar a música.

De repente, sem saber bem por quê, Bibiana teve um pressentimento de desgraça.

— Acho que alguma coisa ruim está pra acontecer... — murmurou.

O dr. Winter franziu a testa e perguntou:

— Por quê?

— Tive um palpite... uma coisa aqui... — E a velha espalmou a mão sobre o peito. — Nunca me engano.

— Qual! Não há razão pra isso. Tudo está bem: o Curgo vendendo saúde, os negócios marchando direito. E depois, que diabo!, faz já quatorze anos que não temos guerra nem revolução.

— Pois é justamente isso que me dá medo. Quando a esmola é demais o pobre desconfia. Depois da guerra com os paraguaios não tem havido barulho. — Lançando um olhar malicioso para o amigo, acrescentou: — A não ser aquela guerrinha contra os seus patrícios...

Winter pigarreou, meio embaraçado, mas nada disse. Não gostava de falar no assunto. Bibiana referia-se aos Muckers, uma seita de colonos alemães que se formara no Ferrabraz, nas proximidades de São Leopoldo, em torno dum carpinteiro que virara curandeiro e de sua mulher, Jacobina, estranha criatura sujeita a ataques periódicos de catalepsia. Mercê de suas interpretações da Bíblia e de suas "curas milagrosas", Jacobina conseguira fanatizar seus adeptos, levando-os a estranhas práticas. E tudo não teria passado duma tolice inocente se os Muckers não se pusessem a hostilizar os colonos que não faziam parte da seita, chegando ao ponto de assassinar alguns deles e incendiar-lhes as casas. E a Província, estarrecida, vira aquele incidente local transformar-se num sério caso de polícia e degenerar mais tarde numa pequena guerra intestina, em que o governo, vendo derrotado o primeiro destacamento policial que fora atacar os Muckers, tivera de mandar uma segunda expedição mais numerosa e com artilharia, a qual só à custa de muitas baixas e ao cabo de numerosos e encarniçados combates conseguiu tomar a cidadela dos fanáticos. Contaram-se, na época, histórias sangrentas e cruéis dessa campanha. O curandeiro, que as forças legalistas não tinham conseguido capturar, fora encontrado mais tarde enforcado nas matas do Ferrabraz. E Jacobina, que estava grávida de muitos meses, tivera o ventre trespassado por uma baioneta.

Durante a "Guerra dos Muckers" o dr. Winter escrevera a seu amigo Von Koseritz:

> ... esse lamentável episódio vem confirmar a opinião que tenho de meus compatriotas: individualmente são excelentes, sensatas pesssoas, mas quando reunidos em grupos acabam sempre fazendo alguma asneira brutal. Creio, porém, que Goethe já disse isso antes de mim e em muito melhor alemão. Seja como for, às vezes chego a achar que a unificação da Alemanha foi um erro. Temo que depois da vitória de Sedan, embriagados de orgulho nacional, os alemães tomem gosto pelas guerras (Há um ditado gaúcho que conheces: "Cachorro que come ovelha uma vez...") e

não possam mais passar sem elas. Parece-me que homens como Mozart e Heine só podem ser produzidos por nações que não perdem tempo nem energia em arquitetar guerras e muito menos em levá-las a cabo.

Fingindo não ter percebido a deixa de Bibiana, Winter disse:
— Há de chegar o dia em que não haverá mais guerras.
Ele próprio não acreditava no que acabava de dizer. As guerras tolas não acabariam nunca pela simples razão de que os homens jamais deixariam de praticar as tolices que levam os povos à luta.
Bibiana olhava fixamente para a chama do lampião. Os gaiteiros fizeram uma pausa dentro da qual se ouviram palmas, gritos, risadas e batidas de pé. Depois começaram a gemer uma valsa lenta e sentimental. Winter abafou um bocejo. Olhando para Bibiana, viu que uma estranha transformação se operava no rosto da velha. Era como se ela estivesse sozinha no casarão e de repente ouvisse um ruído de passos suspeitos na sala contígua... Lá estava ela de cenho franzido, olhos vidrados, mãos crispadas sobre a guarda da cadeira, busto retesado...
Que seria? De repente Winter compreendeu... A valsa que os gaiteiros tocavam era uma das que Luzia mais gostava de dedilhar na cítara.
— Sabe duma coisa? — perguntou Bibiana baixinho, como a temer que sua voz fosse ouvida do outro lado daquelas paredes.
— Ultimamente o Curgo deu pra perguntar coisas sobre a mãe...
O médico sacudiu vagarosamente a cabeça.
— Quer saber como ela era, donde tinha vindo... — prosseguiu a velha. — Eu fico meio desajeitada, não sei se devo contar tudo. Às vezes tenho vontade, porque a verdade nunca fez mal a ninguém.
— A verdade agora nada adianta. Luzia está morta.
Bibiana sorriu enigmaticamente e por alguns segundos ficou a menear a cabeça lentamente.
— Não está tão morta como vassuncê pensa...
Essas palavras foram como água fria no espírito do médico. Foi-se-lhe de repente o sono e ele ficou alerta.
— Que é que vassuncê quer dizer com isso?
— Não se passa um mês que eu não sonhe com *ela*. Sonhos loucos que me deixam cansada como se eu tivesse passado a noite em claro. Me vejo sempre às voltas com ela, conversando, discutindo, brigando... Enxergo tudo tão claro como se ela ainda estivesse viva. Vassuncê sabe, o quarto dela está bem direitinho como no tempo que ela estava neste mundo. Não se mexeu em nada.
Fez uma pausa. A chama do lampião começava de novo a morrer e Winter já não podia distinguir bem as feições da amiga.
— Quem guarda a chave dourada do quarto é o Curgo. Não deixa ninguém entrar lá. Às vezes o menino se levanta no meio da noite, mete-se no quarto da mãe e fecha a porta.
— E o que é que faz lá dentro?

— Sabei-me lá! Acho que fica remexendo nos baús e gavetas dela... e lendo um cuaderno onde ela escrevia umas bobagens. Eu até não sei por que não rasguei há mais tempo esse cuaderno... O Curgo tem cada coisa! Agora deu pra querer saber por que foi que a mãe não deixou nenhum retrato...

Winter franziu a testa.

— Mas eu me lembro que lá por 69 ou 70 andou por aqui um fotógrafo francês que tirou uns retratos da Luzia, não foi?

Por alguns segundos Bibiana hesitou. Depois, sem olhar para o amigo, respondeu:

— Não me lembro.

Mas Winter agora se lembrava com clareza. Vira muitos retratos de Luzia no Sobrado até o dia de sua morte. Por sinal havia um com moldura dourada em cima do consolo... Sim, Luzia de preto sentada numa cadeira de respaldo alto, as mãos caídas sobre o regaço, a segurar um leque. Todos aqueles retratos tinham desaparecido de repente... Olhou para Bibiana, pigarreou de leve e sorriu.

De novo a velha falou:

— Sabe o que foi que o Curgo me disse um dia destes? Disse: "Vovó, às vezes quando passo no corredor pela porta do quarto da mamãe, tenho a impressão que ela está lá dentro me esperando, porque quer falar comigo...". Ora, já se viu? É uma coisa até diferente do Curgo, dizer isso. Onde se viu esse amor assim de repente? O menino não era assim. Duns dois anos pra cá é que mudou. Chegou a me dizer até que tem remorsos.

— Remorsos de quê?

— De não ter sido bom filho, de não ter gostado da mãe como devia. Vassuncê já ouviu maior disparate? Bom filho ele foi. Ela é que não soube ser boa mãe. — Bibiana teve um estremecimento e, mudando de tom, disse: — Estou ficando gelada. Será que está frio mesmo, doutor, ou...

Winter não ouviu o resto da frase, não só porque Bibiana o pronunciou num sussurro inaudível mas também porque ele logo se perdeu em pensamentos. Estava a lembrar-se duma curiosa conversa que mantivera com Licurgo, havia menos dum mês. Primeiro com ar fingidamente casual e depois com indisfarçável interesse, o rapaz lhe fizera perguntas sobre a mãe. Queria saber exatamente de que morrera ela, e se era realmente bela como ele a tinha em sua memória. Por fim mostrara-lhe o diário da mãe e fizera-o ler alguns trechos assinalados. Havia um que deixara Winter particularmente impressionado. Fora escrito nos últimos dias da vida de Luzia.

Estou me acabando devagarinho. Ontem ainda me olhei no espelho. Eu era bonita, agora estou que nem caveira. Mas gosto de me olhar, e quando me vejo assim envelhecida, acabada, horrível, fico até alegre. Sempre que me enxergo no espelho digo pra mim mesma. "Bem feito, Luzia, bem feito." Acho que nunca gostei de mim mesma e que toda a minha vida não passou dum suicídio lento, miudinho. Só não sei o que foi que eu fiz pra mim mesma para me odiar dessa maneira.

Essas palavras haviam deixado Winter perplexo. Não se tratava apenas de mera atitude literária duma moça influenciada pela leitura de *Noites na taverna* e dos contos de Hoffmann. Era algo de mais profundo que ele não compreendia, mas que o deixava perturbado.

Winter ficara com a impressão de que Licurgo se atormentava quando lia as páginas daquele diário escrito com letra miúda e regular, e ao qual Luzia confiava suas mágoas, sua revolta contra Santa Fé e suas angústias de prisioneira. E o que mais intrigava o rapaz era o fato de Luzia não ter mencionado seu nome uma vez sequer naquelas páginas. A verdade, porém, era que havia no diário muitas folhas arrancadas. Mas arrancadas por quem? Com que propósito? E que haveria nessas páginas?

Quando Licurgo lhe perguntara: "Que é que o doutor acha de tudo isto?", ele lhe respondera com toda a franqueza: "Acho que vassuncê deve esquecer, esquecer tudo. Há na Bíblia um versículo que diz: 'Deixa que os mortos sepultem os seus mortos'".

— Outro que não esquece é o Florêncio — ajuntou Bibiana.

— E se ele não decide vir morar no Sobrado com a família é ainda por causa daquela mulher...

No vestíbulo alguém gritou: "Dona Bibiana!". De repente a porta se abriu e Fandango irrompeu no escritório, exclamando:

— É quase meia-noite, minha gente. Venham! Vão soltar o balão. Depois todo o mundo vai dançar a quadrilha dos lanceiros.

Sem esperar resposta, fez meia-volta e se foi, no seu passo lépido de bailarim.

Bibiana suspirou fundo, ergueu-se lentamente, deu alguns passos na direção do médico, parou junto dele e murmurou:

— Nunca me agradei da cara dessa china, a Ismália. No princípio eu não sabia por quê. Agora sei...

Ficou esperando que o dr. Winter perguntasse: "Por quê?". Mas ele permaneceu calado, os olhos fitos na amiga. Das outras salas vinham, agora mais fortes, as vozes dos convivas. Os gaiteiros romperam a tocar os primeiros compassos duma quadrilha. Bibiana inclinou-se para o médico e esclareceu:

— O diabo da menina tem na cara, nos olhos, no jeito, qualquer coisa que lembra a mãe do Curgo.

Winter encarou por alguns instantes a interlocutora e depois, levantando-se também, disse:

— É verdade. A Luzia não está tão morta como muita gente pensa.

Lado a lado e silenciosos, os dois amigos voltaram a passo lento para a festa.

Não há em Santa Fé quem não conheça o velho Maneco Lírio
major da Guarda Nacional
veterano do Paraguai
ledor de almanaques
charadista consumado
e monarquista dos quatro costados.

Todos os dias antes de nascer o sol
lá está ele na frente da casa
de bombachas e em mangas de camisa, a tomar seu chimarrão,
seja inverno, primavera, outono ou verão.

Depois do almoço vai sempre dar um dedo de prosa na farmácia
e à noite joga sua partidinha de gamão com o coletor federal.

Sofre de bronquite asmática
e fuma com certa relutância cigarros de cartucho roxo.

É católico por tradição
mas não reza
não vai à missa
não gosta de padre.

Em festas familiares nunca se faz rogar: basta que peçam uma vez
Recite um verso, major
(principalmente quando quem pede é uma dama).
Dá dois passos à frente, limpa o peito e solta a voz de cascalho
Aquele "Ranchinho", da lavra de Lobo da Costa.

Tu me perguntas a história

Daquele triste ranchinho,
Que abandonado encontramos,
Coberto por negros ramos
De pessegueiro maninho,
Aquele rancho de palha,
Aquele triste ranchinho?

É num tom cavo e macabro que diz o último verso:

No outro dia os destroços
De um rancho viam-se então;
O incêndio levara tudo
E fora cúmplice mudo,
Fora cúmplice o trovão!
— Aí tens a história que pedes
Do ranchinho do sertão.

O major é viúvo e só tem um filho, que é a menina de seus olhos,
mas agora vive sozinho, na sua meia-água branca da rua Voluntários da Pátria.
Nas paredes úmidas de sua sala de visitas, três retratos,
o de dom Pedro II
o do Conselheiro Gaspar Martins
e o da Falecida, que Deus a tenha em Sua Santa Glória.
Amém!

São seis horas da tarde, na primavera de 93.
O major olha o calendário,
uma tricromia onde cisnes brancos nadam num lago azul por entre nelumbos e vitórias-régias.
Brinde da Casa Sol a seus prezados favorecedores.
Franze a testa.
Diacho! Hoje é 15 de novembro.
Arranca a folhinha e lê a efeméride
1889. O Mal. Deodoro proclama a República.
Xô mico! Antes não tivesse proclamado coisa alguma e ficasse em casa quieto, deixando a nação em paz.

Maneco Lírio vai sentar-se à janela, com a cuia de mate, uma chaleira d'água quente
e mais suas lembranças e mágoas.
Na calçada fronteira meninos jogam sapata
no meio da rua meninas fazem roda e cantam
no céu pisca-pisca a estrela vespertina.

O major volta a cabeça para dentro da sala e olha com ternura o retrato do Imperador.
Expulsarem do país um homem como esse,
verdadeiro neto de Marco Aurélio!

Na rua as menininhas cantam:

O meu belo do Castelo
Mata-tira-tirarei!

Amigo de grandes homens como o Papa, Lamartine, Pasteur e outros
soberano democrata
pai dos necessitados
sábio como poucos.
Traduziu o Velho Testamento do hebraico para o francês
o Júlio César de Shakespeare para o latim
os poemas de Longfellow para a língua materna
e fazia sonetos adamantinos da mais pura inspiração.
Versado em astronomia
olhava a lua em telescópios
estudou in loco *as ruínas de Pompeia*
conhecia os museus da Europa como a palma de sua augusta mão

Na calçada os meninos tiram a sorte:

Canivetinho
Pintadinho
Gorro, mingorro
Tua mão está forro.

E apesar de tudo isso era a modéstia em pessoa

O grande Victor Hugo, o vate de Os miseráveis, *recebeu o Imperador em sua casa de Paris,*
chamou o netinho e disse:
Beije a mão de Sua Majestade.
Vai então o nosso Monarca aponta para o poeta e exclama:
Esta sala, mon enfant, *agora só tem uma majestade:*
vosso avô.

Expulsarem do país um homem como esse!

Se esta rua fosse minha
Eu mandava ladrilhar
De pedrinhas de brilhante
Para o meu amor passar

Doutra feita, na América do Norte, sem cortejos nem fanfarras, como um simples viajante,
Nosso dom Pedro II visitou a Exposição do Centenário, na cidade de Filadélfia.
Falou com Alexandre Graham Bell, mas não se deu a conhecer,
Só perguntou:
Que diabo de aparelho é esse que vosmecê tem na mão?
Pois é uma maquinazinha em que botei muito engenho. Quer experimentar? Encoste este canudo no ouvido e escute.
O Soberano encostou, o inventor foi para outra sala e começou a falar dentro dum funil.
E de repente Sua Majestade sentiu cócega no ouvido, pois do canudo saía uma voz.
Santo Deus! Esta coisa fala.
E da outra ponta do fio Alexandre Graham Bell dizia:
Isto é o telefone. Dentro de pouco tempo todas as casas do mundo vão precisar dum aparelho assim.
Dom Pedro entusiasmado abraçou o inventor e disse:
Quero fazer uma encomenda desses tais de telefones pro governo do meu país.
Mas afinal de contas quem é o senhor?
Imperador do Brasil.
O outro quase caiu pra trás.

E foi um homem como esse que os republicanos mandaram embora.

Seu João das Calças Brancas!
Pronto, meu amo!
Quantos pães tem no forno?
Vinte e cinco e um queimado.
Quem foi que queimou?
Foi o Bico de Latão.
Ora pega esse ladrão
Na panela de feijão.

Tudo foi obra desses moços da propaganda republicana.
Viviam com a cabeça cheia de ideias da estranja.
Queriam a abolição,
Tiveram.
E pioraram a sorte dos negros.
Queriam a república,

Tiveram.
Derrubaram a monarquia,
Instituíram a anarquia,
Mandaram embora o Imperador,
que morreu, coitado, no exílio.
Mudaram a nossa bandeira,
que agora é ordem e progresso.
Só por milagre não mudaram o hino nacional.
O país está entregue à camarilha positivista.
Foram mexer com o Exército,
que no tempo do Império vivia quieto no seu canto.
Corremos agora o perigo duma ditadura militar.
E daqui por diante ninguém vai fazer mais nada,
Sem primeiro ouvir e cheirar os generais.
E o resultado dessa beleza é o que vemos:
Só aqui no Rio Grande de 89 a 90,
tivemos cinco governos.
Botaram buçal na imprensa
houve tiroteio nas ruas
a canhoneira Marajó quis bombardear Porto Alegre.
É que o povo anda descontente
dês que mandaram o Velhinho embora.

Deodoro fechou o Congresso,
deu o seu golpe de Estado,
logo depois renunciou.
Veio a revolta da esquadra
com o Custódio José de Melo,
a revolução no Rio Grande
e a ditadura do Floriano.
Já ninguém se entende mais.

Ciranda, cirandinha
Vamos todos cirandar
Vamos dar a meia-volta
A meia-volta vamos dar

Mas, no meu fraco entender, só existe um homem no mundo
capaz de salvar o país,
o Conselheiro Gaspar Martins, honra e glória da nação
gigante no físico e no moral, no saber e na inteligência
conhecedor de quinze línguas entre vivas e mortas

mais eloquente que Gambetta, Demóstenes ou Mirabeau.
E até a grande Eleonora Duse, quando viu o Conselheiro
disse lá na sua língua dela:
Que magnífico Otelo ele não faria!
E quando Gaspar Martins solta o verbo de fogo
com sua voz de trovão,
os pigmeus da República se encolhem.
Pois o nosso Conselheiro é contra esta situação
e nas campinas do Rio Grande deu o grito de revolução.
E de todos os quadrantes surgiram federalistas e gasparistas
de lenço dobrado no pescoço.
E meu filho José Lírio foi o primeiro a se apresentar.
Os dias do castilhismo estão contados.

Rei, capitão
Soldado, ladrão
Faca na cinta,
Pistola na mão.

Eu não sei o que é que estou fazendo aqui parado
que não azeito as minhas pistolas nem limpo a minha espada
e boto um lenço vermelho no pescoço e vou também pra coxilha
com as forças dos maragatos.
Não estou tão velho assim que não possa dar uns tirinhos
ou manejar uma espada.
Porque é bem como o Conselheiro diz:
Ideias não são metais que se fundem.

Senhora dona Cândida,
Coberta de ouro e prata,
Descubra o seu rosto,
Quero ver a sua graça.

Um apito de trem vara como uma lança o devaneio do major.
Maneco Lírio tira o relógio do bolso e olha o mostrador:
Seis e meia. O trem de carga de Santa Maria está no horário
ouro e fio

O trem agora vai passando
pela frente do rancho de Quincas Caré,
que sai para fora com a mulher e os filhos
e ficam todos olhando de boca aberta para a locomotiva.

E, depois que o trem desaparece na curva do cemitério,
Quincas cospe no chão, volta-se para a mulher e
diz com ar de entendido:
Esse bicho traz seca.

O Sobrado VII

27 DE JUNHO DE 1895: MANHÃ

Ao clarear do dia o sudoeste irrompe em Santa Fé. De seu posto na água-furtada, Fandango, a quem tocou o último quarto da vigília da noite, contempla o céu e tem a impressão de que é o minuano que vai apagando aos poucos com seu sopro de gelo as últimas estrelas. Das árvores agitadas cai um chuvisqueiro de sereno. A figueira grande, que a geada prateia, parece uma cabeça que envelheceu durante a noite. Tiritando de frio, o rosto muito próximo da vidraça, sentindo na ponta do nariz o contato gelado do vidro, o velho capataz agora espia a rua. Lá está o maragato morto todo coberto de geada... Quem será o infeliz? Decerto algum pai de família. Amanhã a revolução termina, os inimigos de hoje fazem as pazes, mas os que morreram não voltam mais.

Fandango suspira. Guerra malvada! Irmão contra irmão, amigo contra amigo. O Fandanguinho dum lado e o Juvenal do outro. A esta hora decerto já degolaram também o Antero... Não deve ser brinquedo levar um talho de faca com um frio destes. Cruz-credo!

Fandango pensa nas gargantas abertas que viu desde que a revolução começou. Curgo vive dizendo que os maragatos são bandidos. Mas qual! Todo o mundo sabe que há gente boa e gente ruim dos dois lados. Ele se lembra do Boi Preto, onde a Divisão do Norte pegou duzentos federalistas dormindo num acampamento e liquidou todos a arma branca. E o caso do Gumercindo Saraiva? Foi enterrado num dia pelos companheiros e desenterrado no outro pelos inimigos. Contam até que um chefe republicano gritou: "Quero as orelhas do bandido!", e passou-lhes a faca. Uma sangueira braba, uma perda horrível de vidas, de dinheiro e de tempo! E no entanto o mundo tem tanta coisa gostosa! Mulher bonita, cavalo bom, baile, churrasco, mate amargo... Laranja madura, melancia fresca, uma guampa de leite gordo ainda quente dos úberes da vaca... Uma boa prosa perto do fogo... Uma pescaria, uma caçada, uma sesta debaixo dum umbu... Tanta coisa!

Para esquecer o frio, a fome e as mágoas Fandango põe-se a assobiar.

E o vento, que assobia mais forte, faz trepidar as janelas do Sobrado, entra pelos buracos dos vidros quebrados, pelas frestas dos postigos e vai enchendo a casa com seu bafo polar. Um jornal que veio não se sabe donde, esvoaça no ar, sobe e desce em movimentos agônicos de pássaro ferido, e há um momento em que fica aberto e como que colado à parede da igreja, mostrando o cabeçalho da primeira página em letras garrafais: OS FEDERALISTAS DERROTADOS EM CAROVI!; depois torna a cair, rola na calçada e é levado pelo minuano num voo rasteiro, rua dos Farrapos em fora.

No Sobrado os homens estão quase todos acordados. Passaram a noite ao redor do fogão, agarrados uns aos outros, numa busca meio inconsciente de calor e aconchego, e agora estão vagamente envergonhados dessa promiscuidade, como se tivessem feito algo que um homem que se preza não faz com outro homem. Esfregam as mãos, batem pés, tossem, pigarreiam, escarram, bocejam... Mas nada dizem, porque decerto acham que nada mais têm a dizer.

Quando Fandango desce, seu primeiro cuidado é o de ir ver como Florêncio passou a noite. Encontra-o ainda a dormir, com a cabeça atirada para trás e pousada num travesseiro. Bem bom que o velho está descansando — reflete o capataz. O coitado merece.

Volta-se para os homens e cochicha:

— Não façam muito barulho, que seu Florêncio está dormindo.

O sol já apareceu por trás dos muros do cemitério. A velha Bibiana está de novo a balançar-se na sua cadeira. E Curgo, que dormiu algumas horas de sono pesado no quarto de Florêncio, acorda de repente num sobressalto, com uma sensação de desastre iminente. Atira as pernas para fora da cama e, zonzo, os olhos piscos, fica tentando varar a névoa da sonolência, para ver o que aconteceu... Que foi? Rompeu de novo o tiroteio? Morreu alguém?

Maria Valéria ali está, parada no meio do quarto, o rosto voltado para ele.

— Que é que quer? — pergunta, irritado com a desagradável impressão de que a cunhada esteve a espioná-lo.

— Nada. Vim só ver se vassuncê estava dormindo.

— Me acordei agora.

— Estou vendo.

— Aconteceu alguma coisa?

— Não.

— Como vai a Alice?

— A febre baixou um pouco.

Curgo passa a mão pela cabeça num gesto perdido.

— Dormi como uma pedra — murmura, como a penitenciar-se dum ato reprovável.

— Era de sono que vassuncê precisava.
— E o seu pai?
— Está lá embaixo. Parece que finalmente conseguiu dormir.
— O Antero deu algum sinal de vida?
— Não.
— Eu bem disse que não ia adiantar nada...
— Mas alguém precisava fazer alguma coisa, não é?
— Eu sei!

Sentado na beira da cama, Licurgo mantém os olhos baixos, pois sabe que não lhe é possível olhar de frente para a cunhada, cuja presença chega a ser-lhe quase repulsiva.

— As laranjas estão se acabando e não tem mais farinha em casa. Não sei o que é que vou dar pros homens comerem hoje.

Ele tem ganas de responder: "Me matem, me carneiem, me comam!". Imóvel na sua frente, Maria Valéria espera. Parece que o bafo gelado que entra no quarto não vem de fora, vem dela. E, quando esta mulher fala, ele sente sua voz como uma lixa a raspar-lhe os nervos.

— Me diga! Que é que vou dar pros homens?

Por que não dorme com eles? — pergunta-lhe Licurgo em pensamento. Assim eles esquecem a fome, a senhora fica sossegada e me deixa em paz.

Continua, porém, calado, de cabeça baixa, friccionando nervosamente os joelhos com a palma das mãos. De repente, vendo as próprias unhas crescidas e sujas, encolhe os dedos para que Maria Valéria não os veja, e fica ao mesmo tempo contrariado por ter feito esse gesto. Por que será que ela não vai embora?

— Já pensou nas crianças? Todos estes dias sem leite nem pão? E na velha?

De súbito ele ergue a cabeça, encara a cunhada e pergunta, agressivo:

— Que é que a senhora quer que eu faça?

— Já lhe disse mil vezes. Bote bandeira branca na sacada e peça trégua enquanto é tempo de salvar Alice.

Curgo põe-se de pé abruptamente, inclina-se sobre a cama e com um gesto brusco arranca-lhe o lençol.

— Pois é isso mesmo que eu vou fazer agora! — exclama. — E depois não me culpem pelo que acontecer.

Maria Valéria fita nele os olhos plácidos e melancólicos e murmura:

— Era o que o senhor devia ter feito há muito tempo.

Após uma breve hesitação, Licurgo encaminha-se para a porta, arrastando o lençol. Neste momento vem do corredor um ruído de passos apressados, seguido duma voz:

— ... de bandeira branca!

Licurgo deixa o lençol cair no chão e precipita-se para fora do quarto. Jango Veiga, que se acha junto da porta da sacada, a espiar pelo postigo entreaberto, volta a cabeça para ele e exclama, meio engasgado:

— Um grupo atravessando a praça... na frente um homem com uma bandeira branca... parece o vigário...

Licurgo aproxima-se do companheiro, olha por cima do ombro dele e avista, por entre as árvores que o vento sacode furiosamente, uns quinze homens que caminham na direção do Sobrado, tendo à frente — sim, não há a menor dúvida! — o vigário de Santa Fé, que carrega uma bandeira branca na ponta duma lança. Um dos homens ergue o chapéu no ar e solta um brado; os outros o imitam mas o vento leva-lhes a voz para longe.

— É a nossa gente — diz Jango, excitado. — Lá está o nanico... o doutor Winter... está vendo?

— Estou — responde Curgo com impaciência. — Não sou cego.

Abre a porta da sacada e dá dois passos à frente. Respira fundo, e com o olhar abarca a praça. O vento faz esvoaçar-lhe os cabelos, as barbas, o poncho e o lenço branco que ele não tirou do pescoço desde que começou o cerco. Sente uma repentina tontura e por momentos as imagens se lhe turvam diante dos olhos. Lá embaixo, impelido pela ventania, um pedaço de jornal arrasta-se pela rua, bate nas pernas do maragato morto, sobe-lhe pelas coxas, fica por um instante preso nas dobras do poncho e acaba por cobrir-lhe a cara.

Perfilado, Licurgo Cambará espera...

O pe. Atílio Romano entrega a bandeira a um companheiro, adianta-se ao grupo e, de braços abertos, atravessa a rua.

— Graças a Deus! — exclama, de rosto iluminado. — Graças ao bom Deus! Os federalistas abandonaram a cidade antes do dia raiar. As forças republicanas da Cruz Alta já entraram no nosso município!

Curgo baixa os olhos para o padre mas não diz palavra. Os homens estão todos agora no meio da rua, com as faces erguidas para a sacada. O senhor do Sobrado e do Angico reconhece os companheiros que foram aprisionados pelos federalistas durante o combate pela posse da cidade. Erguem-se no ar espadas, chapéus, lenços e lanças. Viva o Partido Republicano! Viva o cel. Licurgo Cambará! Viva o Rio Grande do Sul! Antero põe o chapéu na ponta duma lança, levanta-o bem alto e, com sua voz estrídula, brada: "Viva o Sobrado!".

Às janelas do casarão assomam aos poucos seus defensores.

Curgo volta o rosto para a torre da igreja e com uma fixidez estúpida fica a mirar o galo do cata-vento, que rodopia como uma piorra.

— Curgo! — grita-lhe o padre lá de baixo. — Não conhece mais seus amigos? Por que não manda abrir a porta?

Licurgo faz meia-volta, dá alguns passos e no patamar encontra a cunhada de braços cruzados sob o xale, esperando.

— A cidade está livre! — exclama ele com a voz cheia duma exultação em que há também um elemento de rancor. — Os federalistas fugiram, nenhum canalha botou o pé na minha casa!

Mau grado seu, lágrimas começam a escorrer-lhe pelas faces e, furioso por estar fraquejando, e ainda mais desconcertado porque Maria Valéria está percebendo que ele chora, grita:

— A senhora e seu pai queriam a todo transe entregar o Sobrado pros Amarais. Está vendo agora o que aconteceu? Foi ou não foi como eu lhe disse?

Maria Valéria diz simplesmente:

— Não se esqueça que sua mulher está passando mal. Mande o doutor Winter subir imediatamente.

Curgo desce a escada com uma lentidão nervosa. No andar térreo encontra Fandango a cantar e a dançar. A alegria do velho deixa-o agastado, pois para ele o momento é grave e triste: não se trata de dançar e dar vivas, mas de salvar a vida de Alice, enterrar decentemente os mortos, dar de comer aos vivos e fazer ressuscitar a cidade.

— Mas que cara emburrada é essa, muchacho?

Os outros homens cercam o chefe, à espera de ordens. Licurgo põe na cabeça o chapéu em cuja fita se lê VIVA O DR. JÚLIO DE CASTILHOS!, apresilha à cinta a espada e ordena a Jango Veiga, que neste momento entra na sala:

— Abre a porta e mande essa gente entrar!

Jango precipita-se para o vestíbulo, desce os degraus em dois pulos, tira a tranca da porta, dá-lhe volta à chave, puxa-lhe o ferrolho e abre-a de par em par. O primeiro a entrar é o vigário, que tem os olhos turvos de comoção. Abraça Jango Veiga e sobe apressado, seguido do dr. Winter e do resto do grupo. E ali no vestíbulo os recém-vindos e os sitiados ficam a abraçar-se, a se fazerem perguntas, a contar coisas entrecortadas e atabalhoadamente. O vigário envolve Curgo com seus braços atléticos e dá-lhe um beijo estralado em cada face.

— Que é isso, padre? — pergunta Curgo, constrangido.

E, desvencilhando-se do sacerdote, aproxima-se do dr. Winter, que lhe pergunta:

— Como vai a Alice?

As palavras do médico saem-lhe da boca num bafio de cachaça. Licurgo agarra-lhe fortemente os braços.

— Suba, doutor, suba ligeiro e salve a minha mulher.

— Vou fazer o possível.

— Faça o impossível!

Ao dizer isso aperta com mais força os braços do outro.

— Então não me quebre os ossos.

Curgo larga-o. Winter começa a subir a escada grande, levando na cabeça uma pergunta: salvar pra quê? Salvar pra quê?

Montados no corrimão, Rodrigo e Toríbio passam por ele deslizando velozmente.

— Olha o doutor Winter!

— O alemão batata!

Sem dar atenção aos meninos, de chapéu na cabeça, encurvado e tateante (quebrou os óculos há um mês e com esta maldita revolução não pôde encomendar outros), Winter sobe penosamente os degraus.

Na sala de jantar Rodrigo puxa a manga do casaco do irmão.

— Vamos tocar sino na igreja?

Os olhos do outro brilham.

— Vamos!

Passam pelo vestíbulo, por entre os homens, ganham a rua e deitam a correr na direção da Matriz. Como encontram fechada a porta da frente, contornam o templo, entram pela sacristia, fazem um rápido sinal da cruz ao passarem pelo altar-mor, metem-se no batistério, penduram-se na corda do sino e começam a puxá-la com fúria desesperada. A guerra acabou! O Sobrado ganhou a guerra! Viva! Viva! Atordoado pela zoada do sino, Rodrigo encolhe-se, trêmulo, arregala os olhos, assustado e já meio arrependido da travessura. Dizem que o Barbadinho do Padre morreu surdo e louco por causa do barulho do sino...

— Estou com medo, Bio! — grita ele.

Mas o irmão não pode ouvi-lo. Rodrigo larga a corda, ajoelha-se no chão, fecha os olhos e leva ambas as mãos aos ouvidos, tapando-os, enquanto Bio continua a badalar, virando cambalhotas como um burlantim.

Os ares de Santa Fé atroam, e o minuano como que se enrosca no som do sino, num corpo a corpo frenético, e se vai lutando com ele campo em fora. O galo do cata-vento continua a rodopiar. As árvores da praça farfalham. O pedaço de jornal que cobre a cara do morto sobe de repente e começa a esvoaçar sobre os telhados, como uma pandorga extraviada.

Estonteado no meio da zoada, Curgo leva os dedos às têmporas e fica um instante de olhos fechados, procurando pôr ordem nos pensamentos. É preciso fazer alguma coisa. Acabam de informar-lhe que o trem que partiu de Cruz Alta de madrugada, conduzindo as tropas republicanas, chegará dentro de meia hora.

— Jango! — grita ele para o companheiro. — Providencie imediatamente pra arranjar comida pra nossa gente. Veja primeiro se consegue leite pros meninos e pra dona Bibiana. — Volta-se para o vigário e diz: — Padre, venha comigo.

— Aonde vamos?

— Vou primeiro tomar conta da Intendência. Acho que vassuncê não se esqueceu que ainda sou intendente de Santa Fé...

— Claro que não, coronel.

— Depois quero passar um telegrama pro doutor Júlio de Castilhos.

Ergue a voz e pede silêncio. Os homens obedecem-lhe, mas o sino continua a tocar, a tocar...

— Quem quiser vir comigo que venha! — grita Licurgo.

Todos querem. Saem num grupo compacto, com o dono da casa e o padre à frente. Marcham lentamente, numa gravidade religiosa de enterro: é como se estivessem saindo do Sobrado conduzindo um defunto, rumo do cemitério.

— Por que mandou tocar sino desse jeito, padre? — pergunta Licurgo, franzindo o cenho.

— Eu não mandei coisa nenhuma, belo!

— Devem ser os seus filhos, coronel — esclarece um dos homens. — Vi quando eles saíram ind'agorinha correndo pra igreja.

No meio da rua Licurgo detém-se ao pé do inimigo morto, e, tapando o nariz com um lenço, baixa os olhos para o rosto dele. A princípio tem a impressão de que aquela fisionomia lhe é desconhecida. Não leva, porém, muito tempo para identificá-la, pois vê na face do defunto os olhos verdes e mosqueados de Ismália.

— João Batista!

— Pronto, coronel.

— Mande enterrar imediatamente esses maragatos!

Diz isto e retoma a marcha. O negro olha para o morto e murmura:

— Quem havia de dizer! O Mauro Caré atirando contra o Sobrado! A gente dele sempre viveu nas costas do coronel Licurgo. É o mesmo que comer e depois cuspir no prato. Há muita ingratidão neste mundo!

Cuspinha, enojado.

De longe o padre lhe grita:

— Não enterrem os defuntos sem encomendação. Levem os corpos para a igreja, que eu já volto.

Licurgo caminha de cabeça erguida, com o sol e o minuano na cara. A seu lado o padre fala incessantemente, contando-lhe suas provações daqueles últimos dez dias. Ficou prisioneiro de Alvarino Amaral enquanto durou o cerco, e por mais de uma vez lhe suplicou que o deixasse ir até o Sobrado para ver como estavam as mulheres e as crianças. O chefe federalista, porém, repelira-lhe a sugestão. Sabia que a revolução estava perdida para seu partido, mas tinha esperanças de forçar Licurgo a pedir trégua: queria "quebrar-lhe o corincho".

O padre tem de gritar para se fazer ouvir, pois o sino continua a bimbalhar. Aos poucos se vão abrindo as portas e janelas das casas ali da praça; algumas pessoas metem a cabeça para fora, espiam, ariscas, e depois, compreendendo o que se está passando, aventuram-se a vir para a calçada e, descobrindo conhecidos no grupo que atravessa a praça, começam a acenar-lhes e gritar-lhes coisas.

Na mente de Licurgo o telegrama já tomou forma:

Ilmo. Sr. Dr. Júlio de Castilhos
Palácio do Governo
Porto Alegre

Tenho a honra comunicar Vossência Santa Fé acaba ser libertada. Após vários dias de cerco minha residência onde resisti com grupo valerosos leais correligionários, inimigos abandonaram cidade aproximação bravas forças republicanas Cruz Alta. Viva o Partido Republicano! Viva o Rio Grande! Viva o Brasil!

Licurgo Cambará

De olhos fitos na fachada da Intendência, Curgo atravessa a rua em silêncio. Doem-lhe os olhos e o peito; suas pernas estão fracas e trêmulas, a garganta seca, as mãos e os pés gelados. Mas ele se mantém empertigado, e vai andando sempre, enquanto um sino enorme, um sino brutal badala-que-badala-que-badala implacavelmente dentro de sua cabeça, confundindo-lhe as ideias, martelando-lhe os nervos, deixando-o quase louco...

Sozinho no meio da sala de visitas do Sobrado, Fandango de repente tem a vaga mas estranha impressão de que algo de anormal está acontecendo. Que será? Nos primeiros segundos não atina com o que seja, mas, ao olhar na direção da cozinha, percebe o que é... O velho Florêncio continua a *dormir*, apesar de toda a gritaria que os homens fizeram há pouco, e apesar do sino que continua a tocar.

Com um mau pressentimento aproxima-se do amigo e toca-lhe o ombro, primeiro de leve e depois, como o outro não se mexe, com mais força, e repetidamente. Vê então, num susto, que os olhos de Florêncio estão abertos e vidrados, fixamente fitos no teto fuliginoso da cozinha. Toma-lhe da mão: fria. Apalpa-lhe a testa: gelada. Encosta o ouvido no peito do amigo e não lhe ouve o pulsar do coração. Apanha um copo, aproxima-o dos lábios do outro e deixa-o ali por alguns instantes; depois ergue o copo no ar, contra o sol, para ver se está embaciado. Nada!

Fandango coça a cabeça, estonteado, sem saber que fazer. Os homens todos foram embora. As mulheres estão lá em cima. É preciso que alguém lhes vá contar que o velho Florêncio morreu.

Se ao menos esse maldito sino parasse... Quem será o canalha que está tocando? Decerto é a alma do Barbadinho do Padre, que voltou dos quintos do inferno. Filho da mãe!

Fandango olha fixamente para o amigo morto. Pobre do velho! Como é que eu não vi logo que ele se tinha finado? Está que nem um boneco de cera, já com as ventas meio roxas. Deus me livre de morrer sentado! Mas deve ter sido uma morte fácil, sem agonia. Decerto morreu dormindo. Ou não? Quem sabe acordou de noite, com a pontada no peito? Era homem de vergonha, não gostava de dar parte de fraco nem de incomodar o próximo...

Não gemeu pra não acordar os outros. E morreu sozinho sem ter ninguém que botasse uma vela acesa na mão dele... É bem como dizia o falecido Maneco Lírio: mundo velho sem porteira!

Pé por pé, como para não despertar o amigo, o capataz encaminha-se para a escada e começa a subir os degraus lentamente, com uma vontade danada de não chegar nunca lá em cima.

Credo cruz! Dar notícia de morte é a coisa pior do mundo. Logo eu, o Fandango, o gaiato, o festeiro, o bom de farra.

Como é que vou dizer? Dona Maria Valéria, seu pai está lá embaixo morto. Acho que o bragado apareceu esta noite e levou ele na garupa pro outro mundo... Mas não se aflija, dona, a vida é assim mesmo. Todos morrem, mais cedo ou mais tarde. A morte não pede licença pra entrar na casa da gente. Seu pai era mais moço que eu. Seu pai era muito melhor que eu. Me desculpe por eu estar ainda vivo... Quem manda é o Velho, lá em cima.

Com os dedos crispados sobre o corrimão, Fandango vai subindo. Sino desgraçado, por que não calas essa boca? Vento do inferno, por que não paras de zunir? Vão acabar deixando todo o mundo fora do juízo. E como é que vou dizer pra Alicinha que o pai dela se finou? E pra velha Bibiana? Por que foi que esse negócio estourou na minha cacunda? Logo eu, o Fandango, o festeiro, o gaiato, o bom de farra... Mundo velho sem porteira!

Os olhos do capataz estão cheios de lágrimas, que lhe escorrem pelas faces tostadas e entram-lhe pelas barbas. Junto da porta do quarto de Alice, ele as enxuga com a ponta do poncho. Depois de alguma hesitação, bate de leve... Ouve o ruído de passos macios lá dentro. A porta entreabre-se e na fresta aparece a metade do rosto de Maria Valéria.

— Que é, Fandango?
— Preciso falar com vassuncê.
— É muito urgente?

O capataz titubeia.

— Muito... não.
— Então espere. Estou ajudando o doutor Winter.
— Está bem.

A porta torna a fechar-se. Fandango suspira, aliviado. De repente o sino cessa de badalar e ele fica com uma zoada nos ouvidos, como se sua cabeça fosse um ninho de marimbondos.

Sem saber ao certo por quê, dirige-se para o quarto de Bibiana, bate na porta e, como não obtém nenhuma resposta, abre-a devagarinho e entra. Lá está a velha sentada na sua cadeira de balanço, com o xale nas costas, mascando fumo, remexendo a boca como uma vaca a ruminar.

Mas que foi mesmo que vim fazer aqui? A velha está catacega e meio caduca: não tenho coragem de contar pra ela que seu Florêncio morreu.

— Quem é lá? — pergunta Bibiana.
— Sou eu. O Fandango, dona.
— Ah!
— O sítio terminou. Os maragatos fugiram. O Curgo está na Intendência com os companheiros...

A velha permanece impassível como se não tivesse ouvido as palavras do capataz, ou como se não as tivesse compreendido.

Fandango aproxima-se dela e toca-lhe o ombro.

— Vassuncê está se sentindo bem?

O vento uiva, fazendo matraquear as vidraças. Bibiana Terra Cambará sorri, leva o indicador aos lábios, como a pedir silêncio, e, estendendo a mão na direção da janela, sussurra:

— Está ouvindo?

FIM DO SEGUNDO TOMO

Cronologia

Esta cronologia relaciona fatos históricos a acontecimentos ficcionais dos dois volumes de *O Continente* e a dados bioráficos de Erico Verissimo.

A fonte

1626
Os jesuítas tentam estabelecer missões no território onde hoje é o Rio Grande do Sul. São os primeiros a introduzir a pecuária nessa região, mas essa primeira tentativa não vinga.

1680
Os portugueses fundam a Colônia do Sacramento, em frente a Buenos Aires, para disputar o controle do rio da Prata.

1682
A Companhia de Jesus retorna ao território do Rio Grande do Sul, desta vez para se fixar, e funda os Sete Povos das Missões: São Borja, São Nicolau, São Miguel, São Luís Gonzaga, São Lourenço, São João Batista e Santo Ângelo, trazendo índios guaranis. As Missões prosperam com a produção de erva-mate, a criação de gado e com a fiação e a tecelagem. Alcançam seu esplendor artístico com o estilo "barroco missioneiro".

1726
Fundação de Montevidéu.

1737
Portugueses fundam o presídio militar de Rio Grande, na região onde hoje se encontra a cidade de mesmo nome.

1740
Jerônimo de Ornellas obtém uma sesmaria do governo na região onde hoje fica Porto Alegre.

1741
Fundação de Capela do Viamão.

1750

Portugal e Espanha assinam o Tratado de Madri: a Espanha cede a Portugal o território dos Sete Povos das Missões e recebe em troca a Colônia de Sacramento. Os índios aldeados devem abandonar as missões.

1752

Começa a demarcação do tratado.
Organizam-se partidas armadas de portugueses e espanhóis para forçar os índios e os jesuítas a deixarem as missões. Os missionários resistem, liderados pelo corregedor de São Miguel, o cap. Sepé Tiarajú. Alguns padres apoiam os índios.

1745

Começa a ação do romance. Numa madrugada de abril, na missão de São Miguel, pe. Alonzo acorda assustado, com o mesmo pesadelo que há tempos o atormenta.
No anoitecer do mesmo dia nasce o personagem Pedro Missioneiro.

1750

No sábado de Aleluia, pe. Alonzo recebe a notícia da assinatura do tratado.

1756

Em 7 de fevereiro, Sepé Tiarajú morre em combate contra portugueses e espanhóis.

Em 10 de fevereiro, exércitos ibéricos massacram 1500 índios perto do arroio Caibaté. A resistência dos guaranis se desfaz. As missões são destruídas e o território, ocupado.

1759

Os jesuítas são expulsos de Portugal.

1761-1762

Com o Tratado de El Pardo, os espanhóis retomam a região das Missões.

1767

Os jesuítas são expulsos da Espanha.

1768

A Companhia de Jesus é expulsa da América. Os padres são presos e os bens da ordem, confiscados.

1769

O poeta mineiro Basílio da Gama publica em Portugal o poema *O Uraguai*, sobre as Missões.

1756

Cel. Ricardo Amaral, fundador da estância de Santa Fé, toma parte nas batalhas, do lado dos ibéricos.
Em maio Pedro Missioneiro foge da missão de São Miguel, antes da ocupação pelos portugueses.

Ana Terra

1772
Fundação de Porto Alegre.

1776
Em meio a novas hostilidades, os portugueses retomam o controle sobre o território do Rio Grande do Sul. Essa nova fase da disputa é marcada pela presença de caudilhos como Rafael Pinto Bandeira. Nos Estados Unidos da América do Norte, proclamação da independência.

1781
Em 18 de maio, o governo espanhol executa em Cuzco, no Peru, o inca Tupac Amaru, acusado de sedição.

1777
Ana Terra encontra Pedro Missioneiro ferido à beira de uma sanga, perto da casa de seu pai, Maneco Terra.

1778
No verão, Ana Terra fica grávida de Pedro, que é morto pelos irmãos dela. Nove meses depois nasce o menino Pedro Terra.

1781
Horácio Terra deixa as terras do pai e muda-se para Rio Pardo, onde se torna tanoeiro.

1787 ou 1788
Morre d. Henriqueta, mãe de Ana Terra.

1789
Tomada da Bastilha, em Paris. Começa a Revolução Francesa. No Brasil, a Inconfidência Mineira.

1801
O território das missões é conquistado definitivamente pelos portugueses.

1804
Independência do Haiti. É o segundo país americano a conseguir a independência.

1807
O Rio Grande do Sul é promovido a capitania-geral, deixando de ser administrado pela capitania do Rio de Janeiro.

1808
Napoleão domina a península Ibérica e a família real vem para o Rio de Janeiro.

Fim de 1789 ou começo de 1790
Bandidos castelhanos arrasam a estância de Maneco Terra e matam todos os homens adultos. Ana Terra, a cunhada e as crianças partem para as terras do cel. Ricardo Amaral.

1801
Nessas novas lutas morre o cel. Ricardo Amaral.

1803
O filho do cel. Ricardo, Chico Amaral, dá início às providências para fundar o povoado de Santa Fé.
Pedro Terra casa-se com Arminda Melo.

1806
Nasce Bibiana, filha de Pedro Terra.

*c.*1810
Nascimento de Fandango, que virá a ser capataz do Angico.

1811 Portugueses invadem a região do Uruguai, chamada de Banda Oriental, para combater os independentistas platinos, que se sublevam contra a Espanha.	1811 Pedro Terra acompanha as tropas do cel. Chico Amaral.	1810 Manoel Verissimo da Fonseca emigra de Portugal para o Brasil, onde se casa com Quitéria da Conceição, de Ouro Preto. O casal radica-se no sul do Brasil.
Um certo capitão Rodrigo 1815 Derrota de Napoleão em Waterloo e consolidação, na Europa, do predomínio da Santa Aliança (Rússia, Prússia e Império Austro-Húngaro) e da Inglaterra. 1816 Novas lutas e incursões de tropas portuguesas na região do Prata. A campanha se estende até 1820 e o Uruguai é anexado ao Brasil com o nome de província Cisplatina.		

1820

Revolução liberal e constitucionalista em Portugal, na cidade do Porto. O movimento repercute no Brasil, inclusive em Porto Alegre.

1821

D. João VI retorna a Portugal e aceita a nova Constituição.

1822

O príncipe regente d. Pedro I proclama a independência do Brasil.

1824

Primeira Constituição do Império do Brasil. Revolta liberal em Pernambuco, onde é fundada a Confederação do Equador. Na repressão subsequente, o frei Caneca do Amor Divino é fuzilado, no começo de 1825.
No Rio Grande do Sul chegam os primeiros colonos alemães.

1825

O caudilho Juan Lavalleja começa a luta pela independência do Uruguai. Nova mobilização brasileira para intervir no Prata.

1821

O cap. Rodrigo participa da agitacão popular e militar em Porto Alegre.

1825

Morte de Ana Terra.

1821

Em 18 de agosto, funda-se o povoado de Cruz Alta, terra natal de Erico Verissimo.

1827

Os brasileiros são derrotados na Batalha de Passo do Rosário, ou de Ituzaingó.

1828

Com pressão da Inglaterra, Brasil e Argentina reconhecem a independência do Uruguai.

1831

D. Pedro i abdica em seu filho e retorna a Portugal.

1834

Os coronéis Bento Gonçalves da Silva e Bento Manuel Ribeiro são acusados de manter ligações inconvenientes com políticos e militares uruguaios. Depois são absolvidos.

1835

Cresce a insatisfação no Rio Grande do Sul. Em 20 de setembro, Bento Gonçalves toma Porto Alegre e depõe Fernandes Braga. Começa a Revolução Farroupilha.
No Pará eclode a revolta conhecida como Cabanada.

1828

Em fim de outubro, chega a Santa Fé o cap. Rodrigo Severo Cambará. No Dia de Finados ele vê Bibiana Terra pela primeira vez.

1829

Duelo entre Rodrigo Cambará e Bento Amaral.
No Natal, Rodrigo e Bibiana casam-se.

1830

No Dia de Finados, nasce Bolívar Cambará, filho de Rodrigo e Bibiana.

1833

Nascimento de Luzia Silva, futura mulher de Bolívar Cambará. Chegam a Santa Fé os primeiros imigrantes alemães.

1835

O cap. Rodrigo parte para se juntar às tropas de Bento Gonçalves da Silva. Os Amarais permanecem fiéis ao Império e dominam Santa Fé.

1834

Elevação de Cruz Alta à categoria de vila.

1836
Na Corte formam-se os partidos Conservador e Liberal. Os imperiais retomam Porto Alegre. Em represália, depois da Batalha do Seival, gen. Antonio de Souza Netto proclama a República Rio-Grandense, em 11 de setembro. Em outubro, o general Bento Gonçalves é aprisionado por Bento Manuel, que mudara de lado, e vai para o Rio de Janeiro.

1837
Depois de ser mandado para o Forte do Mar, na Bahia, Bento Gonçalves foge com ajuda da maçonaria e volta para o Rio Grande do Sul, onde assume a presidência da República Rio-Grandense ou Farroupilha. Ainda na prisão no Rio de Janeiro, conhece o italiano Giuseppe Garibaldi, que adere à causa farroupilha.

1836
O cap. Rodrigo retorna a Santa Fé para tomá-la. Morre no assalto ao casarão dos Amarais.
O cel. Ricardo Amaral também morre.
Bento Amaral foge para o Paraguai.

1838

O governo da República Rio-Grandense funda o jornal *O Povo*, dirigido pelo italiano Luigi Rossetti.
Começa na Bahia a revolta conhecida como Sabinada, liderada pelo médico dr. Francisco Sabino da Rocha Vieira, que ajudou Bento Gonçalves a fugir.

1839

Os republicanos invadem Santa Catarina e tomam Laguna, proclamando a República Juliana, confederada à Rio-Grandense. A República durará quatro meses. Em novembro a Marinha Imperial retoma Laguna. Nessa passagem Garibaldi conhece Anita, "a heroína de dois mundos" e se junta a ela.

1840

Maioridade de d. Pedro II, que assume o trono e põe fim ao período regencial.

1841
Garibaldi vai para Montevidéu com Anita.

1842
Eclode a Revolta Liberal em Minas Gerais e São Paulo, em junho. Chega-se a pensar numa aliança entre as revoltas do Sul e do Centro do país. Caxias neutraliza mineiros e paulistas, e é enviado ao Rio Grande do Sul.
No Prata, recrudescem as lutas, agora entre Rosas, de Buenos Aires, e uruguaios, que querem manter a independência. Garibaldi adere aos uruguaios. As potências europeias, sobretudo a Inglaterra, querem garantir a livre navegação no rio da Prata. A diplomacia brasileira também age na região.

1843
Divididos, os republicanos rio-grandenses iniciam o debate sobre a Constituição, que não será proclamada.

1840
De acordo com a tradição familiar,
evocada por Erico em *Solo de clarineta*, um de seus bisavôs, apelidado de Melo Manso,
combateu os farrapos no planalto de Santa Catarina e aprisionou Anita Garibaldi. O fato é verídico; deu-se junto ao rio Marombas, e ali foi derrotada a coluna sob comando do cel. Teixeira Nunes. Alguns dias depois Anita conseguiu fugir, juntando-se novamente aos farroupilhas. Do lado destes lutava um irmão de Melo Manso, apelidado de Melo Bravo...

1844

Gen. Bento Gonçalves e cel. Onofre Pires batem-se em duelo. Ferido, o coronel morrerá de gangrena. Bento Gonçalves deixa a presidência da República Rio-Grandense. As forças de Davi Canabarro são surpreendidas e derrotadas em cerro dos Porongos. Os imperiais apresam armamento, cavalos, bandeiras e o arquivo dos farroupilhas. O major Vicente da Fontoura segue para o Rio de Janeiro, a fim de negociar a paz.

1845

Em 25 de fevereiro, em Ponche Verde, é assinada a paz entre o Império e os revoltosos. Embora assine o documento, gen. Antonio de Souza Netto declara-se pela continuação da luta, e se exila no Uruguai.

A teiniaguá

1848
Eclode em Pernambuco a Revolução Praieira, a última grande revolta armada contra o governo do Império brasileiro.
No Rio Grande do Sul, preparam-se novas investidas armadas no Uruguai para se contrapor à influência de Rosas.
Eclodem revoltas populares em quase todas as capitais europeias.
Marx e Engels lançam o *Manifesto comunista*.
Em Montevidéu, Garibaldi decide retornar à Itália para lutar pela unidade do país, contra o poder papal e o império austro-húngaro.

1849
Morre Anita Garibaldi, em 4 de agosto, na Itália.

1850
A lei Eusébio de Queirós proíbe o comércio negreiro da África para o Brasil.
Novas intervenções brasileiras no Prata.

1845
Chega a Santa Fé o negociante Aguinaldo Silva, avô de Luzia.

1850
A vila de Santa Fé é elevada a cabeça de comarca.

1851

No Uruguai, as tropas brasileiras derrotam Oribe. Ascende ao poder Venâncio Flores, do Partido Colorado, com apoio do Brasil. Começa a guerra com Rosas, da Argentina.
Chega ao Brasil Karl Julius Christian Adalbert Heinrich Ferdinand von Koseritz (Carl von Koseritz), refugiado político que fixa residência no Rio Grande do Sul. Intelectual combativo, terá enorme influência entre os imigrantes no Sul do Brasil. Inspirou o personagem dr. Carl Winter, seu suposto correspondente.

1852

As forças de Juan Manuel Ortiz de Rosas são derrotadas na Batalha de Monte Caseros. Rosas se refugia na Inglaterra. Em Paris, Napoleão Bonaparte é declarado imperador, com o título de Napoleão III.

1854

Irineu Evangelista de Souza, o barão e depois visconde de Mauá, inaugura a primeira estrada de ferro

1853

Edição do *Almanaque de Santa Fé*, onde se menciona "a recente" construção do Sobrado. Noivado e casamento de Bolívar Cambará e Luzia Silva. Bibiana muda-se para o Sobrado.

1854

Morte de Aguinaldo Silva.

brasileira, no Rio de Janeiro. Início da Guerra da Crimeia.		
1855 Começa a construção da Estrada de Ferro D. Pedro II, depois chamada Central do Brasil.	1855 Nascimento de Licurgo Cambará, filho de Bolívar e Luzia. Viagem de Bolívar e Luzia a Porto Alegre. Bolívar é morto por capangas de Bento Amaral.	

A guerra

1858 Em Porto Alegre, fundação do Banco da Província e inauguração do Teatro São Pedro.		
1860 Nos Estados Unidos da América do Norte começa a Guerra de Secessão.	1860 Nascimento de Maria Valéria, filha de Florêncio Terra.	
1862 Reviravolta política na Corte. Cai o gabinete conservador, sobe o liberal Zacarias de Goes.		
1863 Começa nova guerra civil no Uruguai, entre		

Atanásio Aguirre, do Partido Blanco, e Venâncio Flores, do Partido Colorado, que tem o apoio do Brasil.

1864

Flores é vencido no Uruguai. O Brasil intervém em seu favor, inclusive a pedido dos estancieiros brasileiros que têm terras no país.

1865

Aguirre é deposto e pede auxílio a Solano López, presidente do Paraguai. López invade o Brasil no Mato Grosso e no Rio Grande do Sul, e a província de Corrientes, na Argentina. Deflagra-se a guerra. O Brasil mobiliza 100 mil homens em armas, e um terço do exército é gaúcho.
Nos Estados Unidos termina a Guerra de Secessão, com a vitória dos nortistas e o fim da escravidão. O presidente Abraham Lincoln é assassinado. As forças paraguaias tomam São Borja, Itaqui e Uruguaiana. Mas em setembro desse mesmo ano são obrigadas a render-se às tropas brasileiras.

1865

Florêncio Terra e Chiru Caré vão para a Guerra do Paraguai.

1868
No Paraguai, a luta pende para os aliados.

1869
Em 1º de janeiro os aliados tomam Assunção, mas López segue combatendo.
Em Porto Alegre, assina-se contrato para a construção da primeira estrada de ferro no estado.

1870
Em março, Solano López é morto em combate. Fim da guerra.
No Rio de Janeiro é divulgado um Manifesto Republicano.
Em *O gaúcho*, José de Alencar relata acontecimentos da Revolução Farroupilha.

1869
Chegam a Santa Fé os primeiros soldados que estavam na guerra, entre eles, Florêncio.

Ismália Caré

1871
Cresce a campanha abolicionista. Vota-se a Lei do Ventre Livre.

Morre o jovem poeta baiano Castro Alves, já consagrado como poeta lírico e abolicionista, autor de "O navio negreiro". Na Europa, a França é derrotada pela Prússia. Organiza-se e proclama-se o Império alemão em Versalhes. Segue-se a revolta da Comuna de Paris e sua brutal repressão pelo próprio Exército francês.

1874
Inauguração da primeira estrada de ferro no estado, entre Porto Alegre e São Leopoldo. Na região de São Leopoldo uma parte dos colonos alemães se revolta, formando a seita religiosa liderada por Jacobina Maurer e que ficou conhecida como Mucker.

1875
Começa a imigração italiana no Rio Grande do Sul.

1878
Sob a liderança do senador Gaspar Silveira Martins, o Partido Liberal Histórico chega ao governo da província. Mas abandona a pregação radical.

1872
Morte de Luzia.
O Sobrado passa definitivamente para a família Terra Cambará.

1879
Cruz Alta, cidade natal de Érico, é elevada à condição de cidade.

1882

Com a primeira convenção republicana no Rio Grande do Sul, funda-se o Partido Republicano Rio-Grandense (PRR).

1883

Realiza-se o primeiro congresso do Partido Republicano na província. Consolida-se a liderança do jovem Júlio de Castilhos.

1884

Funda-se *A Federação*, jornal do PRR.
O Rio Grande do Sul, adiantando-se à Lei Áurea, abole a escravidão. O mesmo fazem Amazonas e Ceará.

1885

Lei do Sexagenário.

1887

Agrava-se a dissensão entre os militares, dominados pela propaganda republicana, e o Império. Mal. Deodoro da Fonseca, investido de comando no Sul, é chamado à Corte. Trata-se da Questão Militar.

1884

Santa Fé é elevada a cidade. Em 24 de junho, Licurgo Cambará liberta todos os seus escravos.
Licurgo noiva com sua prima Alice.
Conflitos com Alvarino Amaral, filho de Bento.

1885-1886

Nascem Toríbio e Rodrigo Terra Cambará.

1888

Aprovada e assinada a Lei Áurea, pela princesa Isabel.

1889

Proclamação da República.
No Rio Grande do Sul, cai o governo liberal. Como o imperador e sua família, Gaspar Silveira Martins segue para o exílio.

O Sobrado

Os sete episódios de "O Sobrado", que se intercalam entre as demais partes, transcorrem da noite de 24 de junho à manhã de 27 de junho de 1895. Desenha-se o estertor da chamada Revolução Federalista no Rio Grande do Sul, última grande guerra civil na região do Rio Grande do Sul no século XIX. Nessa guerra morreram cerca de 10 mil pessoas, dentre as quais estima-se que cerca de mil foram degoladas.

1890

No Rio de Janeiro, o mal. Deodoro ocupa a presidência da República e o mal. Floriano Peixoto, a vice-presidência.
No Rio Grande do Sul organiza-se a primeira oposição ao PRR, com o nome de União Nacional.

1891

Eleição da Assembleia Constituinte do Estado, só com membros do PRR. Em 14 de julho, proclama-se a Constituição Estadual, de forte influência positivista. Júlio de Castilhos é eleito presidente do estado. No Rio, Deodoro fecha o Congresso. Júlio apoia Deodoro, mas a oposição consegue depô-lo do governo rio-grandense. Segue-se um momento de indefinição política. Uma junta governa o Rio Grande do Sul, e fica conhecida como "governicho".

1892

Gaspar Silveira Martins volta do exílio. A oposição ao prr se une e funda em Bagé o Partido Federalista Brasileiro. Reúnem-se ali monarquistas, parlamentaristas e dissidentes do que chamam "a ditadura de Castilhos".

1893

Castilhos volta ao poder. Os federalistas se revoltam. Reúnem tropas no Uruguai e entram em território brasileiro. Os republicanos de Castilhos se identificam

por um lenço branco ao pescoço e são chamados de "chimangos" ou "pica-paus". Os federalistas usam lenço vermelho e são chamados de "maragatos". Aqueles têm ligação com os colorados no Uruguai; estes, com os blancos. Entre os maragatos destacam-se caudilhos como os irmãos Aparício e Gumercindo Saraiva, conhecidos no Uruguai como "Saravia" e Joca Tavares.
No Rio de Janeiro eclode a Revolta da Armada.

1894
Uma coluna de maragatos chefiada por Gumercindo Saraiva tenta chegar ao Rio de Janeiro para depor Floriano. Entretanto, embora consiga tomar as cidades de Lapa e Curitiba (PR), é obrigada a retroceder. Os revoltosos da Armada deixam o Rio, e as duas forças encontram-se em Nossa Senhora do Desterro (SC), onde um governo provisório é proclamado. Cercadas, as forças deixam a cidade mediante um armistício. Segue-se feroz repressão comandada pelo cel.

Moreira César, que muda o nome da cidade para Florianópolis.
Em 10 de agosto, morre o caudilho maragato Gumercindo Saraiva, depois do combate de Carovi.
No Rio de Janeiro, Prudente de Morais é eleito e assume a presidência da República. É o primeiro civil a ocupar o cargo.

1895
O contra-almirante Saldanha da Gama reúne-se aos maragatos, no Rio Grande do Sul. Em 24 de junho, é morto e seu esquadrão destroçado em combate no Campo dos Osórios.
No dia da morte de Saldanha da Gama, inicia-se a ação que abre "O Sobrado". Em 29 de junho morre Floriano Peixoto, no Rio de Janeiro.
O governo de Prudente de Morais propõe uma anistia, mesmo contra o desejo dos castilhistas. Em 23 de
 agosto as facções assinam a paz,
em Pelotas.

1895
Em 24 de junho inicia-se a ação de "O Sobrado".

Crônica biográfica

Quando publica *O Continente*, em 1949, Erico Verissimo já é um escritor consagrado. As primeiras notas do romance que se tornaria *O tempo e o vento* datam de muito antes, de 1941, embora a ideia já lhe tivesse ocorrido em 1939.

Em *O resto é silêncio*, de 1943, sete personagens presenciam o suicídio de uma jovem em Porto Alegre. No final do romance, uma das testemunhas, o escritor Tônio Santiago, está no Teatro São Pedro, ouvindo a *Quinta sinfonia* de Beethoven, quando tem a visão da história do Rio Grande do Sul como uma sinfonia. Nessa imagem sucedem-se personagens e momentos desde a época das Missões até os dias contemporâneos. O que deflagra o devaneio do escritor é uma associação vertiginosa de tempo e espaço: "Quando o tema da *Quinta sinfonia* preocupava o espírito do compositor, os antepassados da maioria das pessoas que enchiam o teatro andavam pelas campinas do Rio Grande do Sul a guerrear com os espanhóis na disputa das missões" (*O resto é silêncio*, capítulo 45, "Sinfonia").

Erico tinha planejado escrever toda a ação de *O tempo e o vento* num único romance de oitocentas páginas, mas acabou por desdobrá-la em três: *O Continente*, cuja ação vai de 1745 a 1895, e *O Retrato* e *O arquipélago*, que falam de fatos transcorridos entre 1895 e 1945.

Em seu livro de memórias, *Solo de clarineta*, Erico conta que a chave para os personagens do Sobrado foi a lembrança de um tio seu, Tancredo Lopes, homem que descreve como retraído e rude. A lembrança desse tio despertou-lhe certa vontade de mergulhar no fundo da alma dos personagens rio-grandenses, os de vida simples e dura, "aquela humanidade batida pela intempérie, suada, sofrida, embarrada, terra a terra" (*Solo de clarineta*, volume 1, capítulo 5).

Para Erico, os livros escolares não faziam ninguém amar a história do Rio Grande do Sul e de sua gente. Eram, em geral, versões decoradas cujo estilo lembrava um "relatório municipal".

Animado pela descoberta de que o brilho de alguns personagens brasileiros nada ficava a dever aos melhores espadachins do romance europeu, o escritor conclui que descortinar o passado devia ser muito mais interessante do que ficar preso às versões da mitologia oficial. Portanto, é de um impulso de apaixonar-se pela história de sua terra que nasceu este romance, hoje considerado um dos clássicos da literatura brasileira.

Erico começa a escrever *O Continente* em 1947, embrenhando-se no mundo de seus personagens, que se tornam mais e mais exigentes. Talvez a melhor frase do escritor sobre essa liberdade que os personagens exigem, uma vez criados, seja: "Quem sou eu para sujeitar um potro como o capitão [Rodrigo] Cambará?", também de seu *Solo de clarineta* (capítulo 5).

Em *O Continente* o escritor mergulha no passado sul-riograndense e brasileiro, na busca das raízes do presente. O país vivia um momento de redescoberta de si e de redefinição de caminhos, com o fim do Estado Novo e da Segunda Guerra Mundial, e o começo da Guerra Fria. Essa é a moldura de Erico Verissimo para sua visão vertiginosa da violência e das paixões na definição da fronteira e nas guerras civis em seu estado natal.

"Ao escrever *O Continente* o que a princípio me parecera um obstáculo, isto é, a falta de documentos e de um maior conhecimento dos primeiros anos da vida do Rio Grande do Sul, tinha na realidade sido uma vantagem. Era como se eu estivesse dentro dum avião que voava a grande altura: podia ter uma visão do conjunto, discernia os contornos do Continente. Viajava num país sem mapas, e outra bússola não possuía além de minha intuição de romancista. E isso fora bom."

ERICO VERISSIMO

ERICO VERISSIMO nasceu em Cruz Alta (RS), em 1905, e faleceu em Porto Alegre, em 1975. Na juventude, foi bancário e sócio de uma farmácia. Em 1931 casou-se com Mafalda Halfen von Volpe, com quem teve os filhos Clarissa e Luis Fernando. Sua estréia literária foi na Revista do Globo, com o conto "Ladrão de gado". A partir de 1930, já radicado em Porto Alegre, tornou-se redator da revista. Depois, foi secretário do Departamento Editorial da Livraria do Globo e também conselheiro editorial, até o fim da vida.

A década de 30 marca a ascensão literária do escritor. Em 1932 ele publica o primeiro livro de contos, *Fantoches*, e em 1933 o primeiro romance, *Clarissa*, inaugurando um grupo de personagens que acompanharia boa parte de sua obra. Em 1938, tem seu primeiro grande sucesso: *Olhai os lírios do campo*. O livro marca o reconhecimento de Erico no país inteiro e em seguida internacionalmente, com a edição de seus romances em vários países: Estados Unidos, Inglaterra, França, Itália, Argentina, Espanha, México, Alemanha, Holanda, Noruega, Japão, Hungria, Indonésia, Polônia, Romênia, Rússia, Suécia, Tchecoslováquia e Finlândia. Erico escreve também livros infantis, como *Os três porquinhos pobres*, *O urso com música na barriga*, *As aventuras do avião vermelho* e *A vida do elefante Basílio*.

Em 1941 faz uma viagem de três meses aos Estados Unidos a convite do Departamento de Estado norte-americano. A estada resulta na obra *Gato preto em campo de neve*, o primeiro de uma série de livros de viagens. Em 1943, dá aulas na Universidade de Berkeley. Volta ao Brasil em 1945, no fim da Segunda Guerra Mundial e do Estado Novo. Em 1953 vai mais uma vez aos Estados Unidos, como diretor do Departamento de Assuntos Culturais da União Pan-Americana, secretaria da Organização dos Estados Americanos (OEA).

Em 1947 Erico Verissimo começa a escrever a trilogia *O tempo e o vento*, cuja publicação só termina em 1962. Recebe vários prêmios, como o Jabuti e o Pen Club. Em 1965 publica *O senhor embaixador*, ambientado num hipotético país do Caribe que lembra Cuba. Em 1967 é a vez de *O prisioneiro*, parábola sobre a intervenção dos Estados Unidos no Vietnã. Em plena ditadura, lança Incidente em Antares (1971), crítica ao regime militar. Em 1973 sai o primeiro volume de Solo de clarineta, seu livro de memórias. Morre em 1975, quando terminava o segundo volume, publicado postumamente.

O tempo e o vento parte I

O Continente vol. 1
1ª edição [1949] 43 reimpressões
2ª edição [2002]
3ª edição [2004] 21 reimpressões
4ª edição [2013] 17 reimpressões

O Continente vol. 2
1ª edição [1943] 43 reimpressões
2ª edição [2002]
3ª edição [2004] 16 reimpressões
4ª edição [2013] 17 reimpressões

tipologia JANSON TEXT
diagramação VERBA EDITORIAL
papel PÓLEN, SUZANO S.A.
impressão GRÁFICA BARTIRA

A marca FSC® é a garantia de que a madeira utilizada na fabricação do papel deste livro provém de florestas que foram gerenciadas de maneira ambientalmente correta, socialmente justa e economicamente viável, além de outras fontes de origem controlada.